contos completos

CAIO FERNANDO ABREU

contos completos

Companhia Das Letras

Copyright © 2018 by herdeiros de Caio Fernando Abreu

Os contos inéditos "O meu travesseiro tem um ramo de trigo do lado esquerdo, mas o diário de Kafka está com a capa rasgada", "Angie" e "As quatro irmãs (uma antropologia fake)" fazem parte do acervo do Instituto de Cultura/Delfos — Espaço de Documentação e Memória Cultural, PUCRS.

Grafia atualizada segundo o Acordo Ortográfico da Língua Portuguesa de 1990, que entrou em vigor no Brasil em 2009.

CAPA E PROJETO GRÁFICO
Elisa von Randow

FOTO DE CAPA
Marcos Santilli

CRONOLOGIA
Érico Melo

PREPARAÇÃO
Maria Fernanda Alvares

REVISÃO
Renata Lopes Del Nero
Thaís Totino Richter
Valquíria Della Pozza

Os personagens e as situações desta obra são reais apenas no universo da ficção; não se referem a pessoas e fatos concretos, e não emitem opinião sobre eles.

Dados Internacionais de Catalogação na Publicação (CIP)
(Câmara Brasileira do Livro, SP, Brasil)

Abreu, Caio Fernando, 1948-1996
    Contos completos / Caio Fernando Abreu. — 1ª ed. — São Paulo : Companhia das Letras, 2018.

    ISBN 978-85-359-3128-0

    1. Contos brasileiros I. Título.

18-16160   CDD-869.3

Índice para catálogo sistemático:
1. Contos : Literatura brasileira   869.3
Maria Paula C. Riyuzo – Bibliotecária – CRB-8/7639

4ª reimpressão

Todos os direitos desta edição reservados à
EDITORA SCHWARCZ S.A.
Rua Bandeira Paulista, 702, cj. 32
04532-002 — São Paulo — SP
Telefone: (11) 3707-3500
www.companhiadasletras.com.br
www.blogdacompanhia.com.br
facebook.com/companhiadasletras
instagram.com/companhiadasletras
twitter.com/cialetras

Sumário

Nota a esta edição, 11

INVENTÁRIO DO IR-REMEDIÁVEL (1970), 13

Bodas de prata, 16
inventários
da morte, 19
   Os cavalos brancos de Napoleão, 21
   A quem interessar possa, 26
   Corujas, 29
   Apeiron, 33
   O ovo, 35
   O mar mais longe que eu vejo, 40
da solidão, 45
   Ponto de fuga, 47
   Paixão segundo o entendimento, 51
   Fotografia, 54
   Itinerário, 56
   O coração de Alzira, 60
   Domingo, 63
do amor, 67
   Diálogo, 69
   Triângulo amoroso: variação sobre o tema, 72
   Meio silêncio, 75
   Amor, 77
   Amor e desamor, 80
   Apenas uma maçã, 82
do espanto, 87
   O rato, 89
   Madrugada, 93
   A chave e a porta, 96
   Metais alcalinos, 99
   Verbo transitivo direto, 102
   Fuga, 106
   Inventário do ir-remediável, 110

O OVO APUNHALADO (1975), 117

O ovo revisitado, 119
alfa, 121
  Nos poços, 123
  Réquiem por um fugitivo, 124
  Gravata, 128
  Oásis, 131
  Visita, 136
  Ascensão e queda de Robhéa, manequim & robô, 140
  Retratos, 144
beta, 151
  Uma veste provavelmente azul, 153
  Eles, 154
  Sarau, 161
  O afogado, 164
  Para uma avenca partindo, 179
  Iniciação, 182
  Cavalo branco no escuro, 189
gama, 195
  Harriett, 197
  O dia de ontem, 199
  Uns sábados, uns agostos, 205
  Noções de Irene, 209
  A margarida enlatada, 214
  Do outro lado da tarde, 218
  O ovo apunhalado, 221

PEDRAS DE CALCUTÁ (1977), 227

parte I, 229
  Mergulho I, 231
  Holocausto, 233
  Joãozinho & Mariazinha, 236
  Até oito, a minha polpa macia, 241
  Rubrica, 244
  Divagações de uma marquesa, 248
  O inimigo secreto, 251
  Paris não é uma festa, 254
  Sim, ele deve ter um ascendente em Peixes, 258
  Zoológico blues, 261

parte II, 265
    Mergulho II, 267
    Caçada, 268
    Aconteceu na praça Quinze, 271
    Gerânios, 275
    Recuerdos de Ypacaraí, 279
    Garopaba mon amour, 285
    Uma história de borboletas, 290
    O poço, 297
    A verdadeira estória/ história de Sally Can Dance (and The Kids), 300
    Pedras de Calcutá, 310

MORANGOS MOFADOS (1982), 313

    Nota do autor, 316
o mofo, 317
    Diálogo, 319
    Os sobreviventes, 321
    O dia em que Urano entrou em Escorpião, 325
    Pela passagem de uma grande dor, 329
    Além do ponto, 336
    Os companheiros, 339
    Terça-feira gorda, 344
    Eu, tu, ele, 347
    Luz e sombra, 353
os morangos, 359
    Transformações, 361
    Sargento Garcia, 364
    Fotografias, 376
    Pera, uva ou maçã?, 382
    Natureza viva, 388
    Caixinha de música, 392
    O dia que Júpiter encontrou Saturno, 399
    Aqueles dois, 405
morangos mofados, 413

OS DRAGÕES NÃO CONHECEM O PARAÍSO (1988), 421

    Nota do autor, 424
    Linda, uma história horrível, 425
    O destino desfolhou, 432
    À beira do mar aberto, 441
    Sem Ana, blues, 445
    Saudade de Audrey Hepburn, 450
    O rapaz mais triste do mundo, 456
    Os sapatinhos vermelhos, 464
    Uma praiazinha de areia bem clara, ali, na beira da sanga, 473
    Dama da noite, 480
    Mel & girassóis, 486
    A outra voz, 497
    Pequeno monstro, 504
    Os dragões não conhecem o paraíso, 520

OVELHAS NEGRAS (1995), 529

    Introdução, 532
I **— ch'ien**, 535
    A maldição dos Saint-Marie, 537
    O príncipe Sapo, 556
    A visita, 563
    Introdução ao Passo da Guanxuma, 568
    Loucura, chiclete & som, 574
    Sagrados laços, 579
    Por uma tarde de junho, 581
    De várias cores, retalhos, 584
II **— k'an**, 587
    Lixo e purpurina, 590
    Creme de alface, 609
    Mas apenas e antigamente guirlandas sobre o poço, 613
    Antípodas, 618
    Noites de Santa Tereza, 623
    Triângulo em cravo e flauta doce, 625
    Red roses for a blue lady, 628
    O escolhido, 632

III — **kên**, 637
　Venha comigo para o reino das ondinas, 639
　Anotações sobre um amor urbano, 643
　A hora do aço, 648
　Uma história confusa, 651
　Sob o céu de Saigon, 656
　Onírico, 660
　Metâmeros, 665
　Depois de agosto, 667

OUTROS CONTOS, 677

anos 1970, 679
　A modificação, 681
　Aniversário, 685
　Carta para além do muro, 688
　Porta-retrato, 691
anos 1990, 693
　Ao simulacro da imagerie, 695
　Bem longe de Marienbad, 699
　London, London ou Ajax, brush and rubbish, 717
inéditos, 723
　O meu travesseiro tem um ramo de trigo do lado esquerdo, mas o diário de Kafka está com a capa rasgada, 725
　Angie, 728
　As quatro irmãs (uma antropologia fake), 740

A literatura como vingança e redenção — Italo Moriconi, 744
O homem do imediato — Alexandre Vidal Porto, 749
Hoje não é dia de rock — Heloisa Buarque de Hollanda, 753
Cronologia, 757

Nota a esta edição

CONTOS COMPLETOS REÚNE, pela primeira vez, toda a produção de Caio Fernando Abreu no gênero da prosa breve. Sua trajetória de contista é aqui apresentada seguindo a ordem cronológica de publicação das obras: *Inventário do ir-remediável, O ovo apunhalado, Pedras de Calcutá, Morangos mofados, Os dragões não conhecem o paraíso* e *Ovelhas negras*. *Inventário, O ovo* e *Morangos* ganharam edição revisitada pelo autor anos depois do lançamento, e são estas que figuram no presente volume. Por fim, há uma seção de contos avulsos organizados por década — quatro dos anos 1970 e três dos anos 1990 —, três contos até então inéditos em livro, textos de Italo Moriconi, Alexandre Vidal Porto e Heloisa Buarque de Hollanda, e uma cronologia do autor.

Conforme Caio Fernando Abreu explica na apresentação de *Inventário do ir-remediável*, houve um primeiro livro de contos antes de sua estreia, por assim dizer, oficial: *Três tempos mortos* recebeu em 1968 menção honrosa no prêmio José Lins do Rego, da Livraria José Olympio Editora, mas seus originais se perderam. A primeira edição de *Inventário do irremediável*, lançada em 1970 pela Editora Movimento, teve tiragem de quinhentos exemplares. Em 1995, 25 anos mais tarde, a coletânea ganhou nova forma: o autor eliminou oito contos e reescreveu os demais. "Até o título mudou, passando da fatalidade daquele *irremediável* (algo melancólico e sem saída) para *ir-remediável* (um trajeto que pode ser consertado?)", ele justifica.

Na apresentação de *O ovo apunhalado*, de 1975, o autor pontua: a obra "marcou a transição entre um certo amadorismo dos dois livros anteriores — mal editados, mal distribuídos — para uma espécie de profissionalismo". Na sequência, viria *Pedras de Calcutá*, em 1977, livro em que os temas já presentes em sua obra ganhariam forma mais madura. *Morangos mofados*, de 1982, também passaria por uma revisão de Caio, em 1995, sem corte de contos, mas com mudanças no texto: "O resultado me parece mais limpo, menos literário no mau sentido, mais claro e quem sabe definitivo". O próximo, em 1988, seria *Os dragões não conhecem o paraíso*, considerado pelo autor como "romance-móbile", ou "romance desmontável". Por último, *Ovelhas negras*, de 1995, batizado pelo escritor como uma "espécie de autobiografia ficcional", reúne sua produção ao longo de 33 anos, de 1962 a 1995. Alguns dos contos já haviam sido incluídos em antologias, jornais, revistas e publicações independentes, mas boa parte (seja pela censura, seja pelo crivo do próprio autor) se manteve inédita.

Os sete contos avulsos foram recolhidos dos volumes *Estranhos estrangeiros* — uma coletânea de contos lançada pela Companhia das Letras em 1996, pouco depois da morte do autor —, *O essencial da década de 1970* e *O essencial da década de 1990*. Estes últimos fazem parte da série Caio 3D, uma reunião de contos, crônicas, cartas, poemas e peças de teatro do escritor publicada pela Nova Fronteira, em 2014. Os três contos inéditos — "O meu travesseiro tem um ramo de trigo do lado esquerdo, mas o diário de Kafka está com a capa rasgada", "Angie" e "As quatro irmãs (uma antropologia fake)" — vieram à luz graças à pesquisa de Érico Melo e à colaboração de Lucia Riff, da família do autor e do Instituto de Cultura/Delfos — Espaço de Documentação e Memória Cultural, da PUCRS.

INVENTÁRIO DO IR-REMEDIÁVEL
(1970)

À memória de Carmen da Silva

Para
Hilda Hilst
Madalena Wagner
e Maria Lídia Magliani

*Vou com sonâmbulos e corsários,
poetas, astrólogos e a torrente
dos mendigos perdulários.*

CECÍLIA MEIRELES

Bodas de prata

INVENTÁRIO DO IRREMEDIÁVEL foi meu primeiro livro publicado. Antes dele, havia um volume de contos chamado *Três tempos mortos*, cujos originais acabaram se perdendo depois de ganharem, em 1968, uma menção honrosa no prêmio José Lins do Rego, da Livraria José Olympio Editora. Em 1970, Carlos Jorge Appel editou apenas quinhentos exemplares pela Editora Movimento, lançados em noite de autógrafos na lendária Livraria Coletânea, do meu maior incentivador (com Madalena Wagner, que nunca mais voltou da Alemanha), o escritor Arnaldo Campos. Em 1982, Pedro Paulo de Sena Madureira propôs reeditá-lo pela Nova Fronteira. Praticamente reescrevi-o todo nessa época, a artista plástica Magliani fez uma linda capa — mas Pedro Paulo desligou-se da editora, eu viajei, entrei em novos projetos e a coisa acabou não andando.

Por que retomá-lo agora, vinte e cinco anos depois? Primeiro, ainda acredito nele. Segundo, é praticamente um novo livro. Da primeira edição foram eliminados oito contos, os restantes, reescritos, e até o título mudou, passando da fatalidade daquele *irremediável* (algo melancólico e sem saída) para *ir-remediável* (um trajeto que pode ser consertado?). Terceiro: acho que se deve insistir na permanência de tudo aquilo que desafia Cronos, o deus-Tempo cruel, devorador dos próprios filhos. Esta reedição fica, assim, como uma espécie de comemoração das minhas, digamos, bodas de prata com a literatura…

Estes contos foram escritos entre 1966, entre Santiago do Boqueirão, onde eu costumava passar as férias na casa de meus pais; Porto Alegre da época da faculdade; São Paulo dos primeiros loucos tempos de 1968, AI-5 e ebulição cultural, e finalmente a Casa do Sol, de Hilda Hilst, em Campinas. Foi na casa de Hilda que dei forma final aos textos, inscrevendo-os no prêmio Fernando Chinaglia para autores ainda inéditos em livro.

Creio que o mais perigoso neste *Inventário* é a excessiva influência de Clarice Lispector, muito nítida em histórias como "Corujas" ou "Triângulo amoroso: variação sobre o tema". Mas há ainda outras influências: a do *nouveau roman* francês de Robbe-Grillet, Nathalie Sarraute e Michel Butor, num conto como "Ponto de fuga", e também do realismo mágico latino-americano (em "O ovo" ou "O mar mais longe que eu vejo"), vagas alegorias sobre a ditadura militar do país. Há meros exercícios de forma e estilo, além de textos demasiado pessoais, que soam mais como trechos de cartas ou diário íntimo.

Seja como for, com todas as suas irregularidades e muitas pretensões (frequentemente é demasiado *literário*), sem dúvida *Inventário do irremediável* foi uma das bases de todos os livros que vieram depois. Quem sabe isso talvez possa interessar, além de mim mesmo, a alguns leitores? Gostaria muito que sim.

Caio Fernando Abreu
Menino Deus, setembro de 1995

da morte

Descansa: pouco te chorarão...
O impulso vital apaga as lágrimas pouco a pouco,
Quando não são de coisas nossas.
Quando são do que acontece aos outros, sobretudo a morte,
Porque é a coisa depois da qual nada acontece aos outros...

FERNANDO PESSOA/ÁLVARO DE CAMPOS

Os cavalos brancos de Napoleão

Para Graça Nunes

A PRINCÍPIO OS CAVALOS ERAM MANSOS. Inofensivos como moças antigas fazendo seu footing na tarde de domingo. Foi só depois de certa convivência, ganhando intimidade, que começaram a tornar-se perigosos, passando da mansidão à secura e da secura à agressividade. Quando isso aconteceu, já tudo estava perdido. Na verdade talvez estivesse desde sempre, pois convenhamos, ver cavalos, e ainda por cima brancos — não é muito normal. E quem sabe a doçura do início fosse apenas um estratagema: se de imediato os cavalos tivessem se mostrado como realmente eram, é provável que Napoleão não os recebesse. E onde eles, pobres cavalos brancos rejeitados, encontrariam outro alguém para seduzir e atormentar? Outra hipótese é que não teriam sido propriamente um mal: Napoleão os teria trazido consigo, latentes, desde o útero materno, e só de repente vieram à tona. Como se aguardassem circunstâncias mais propícias para atacar. Pois eram inteligentes. E prudentes, também.

Antes, antes de tudo, Napoleão era advogado. Carregava consigo um sobrenome tradicional e as demais condições não menos essenciais para ser um bom profissional. Sua vida se arrastava juridicamente, como se estivesse destinado à advocacia. Em sua própria casa, à hora das refeições, todos os dias sempre se desenrolavam movimentadíssimos julgamentos. Dos quais ele era o réu. Acusado de não dar um anel de brilhantes para a esposa nem um fusca para o filho nem uma saia maryquantiana para a filha. Eventuais visitas faziam corpo de jurados, onde às vezes colaboravam criados mais íntimos, sempre concordando com a esposa, promotora tenaz e capciosa. Treinado desse jeito, diariamente e com a vantagem de estar na doce intimidade do dulcíssimo lar, não era de admirar que fosse advogado competente. Sobretudo, experiente. Entre papéis de defensor e acusado, dividia-se em paciência. Nome nos jornais, causas vitoriosas, vezenquando faziam-no sorrir gratificado, pensando que, enfim, nem tudo estava perdido, ora. Mas estava. Embora ele não soubesse. Ou quem sabe estava tudo achado e não perdido, de tal maneira estão bem e mal interligados? O fato é que ele não sabia. Não sabendo, não podia lutar. Não podendo lutar, não podia vencer. Não podendo vencer, estava derrotado. Um derrotado em potencial, pois ele viu pela primeira vez.

Deu-se nas férias, na praia, quando olhou para as nuvens. E o fato de ter visto exatamente cavalos — ainda mais exatamente, brancos — talvez tivesse mesmo a ver com seu nome, como mais tarde insinuaram os psiquiatras. Se se chamasse Ali ou Mustafá, provavelmente teria visto camelos? ou touros, se seu nome fosse Juan ou Pablo? Mas na primeira visão isso não teve importância. Simplesmente viu, com a simplicidade máxima que há no primeiro movimento do ato de ver. Tão natural achou que cutucou a esposa deitada ao lado, apontando, olha só, Marta, cavalos brancos nas nuvens. Não havia espanto nem temor nas suas palavras. Apenas a reação espontânea de quem vê o belo: mostrar. Marta disse não enche, Napoleão, coisa chata cutucar com este calor.

Como ele insistisse, afastou os ray-bans e deu uma espiada. Achou que as nuvens tinham mesmo certo jeito de cavalos. Tranquilizada, passou um pouco mais de bronzeador argentino nas coxas. O que ela não percebia é que os animais estavam além (ou aquém) das nuvens. E entre elas passavam, ora galopantes, ora trotando, uma brancura, uma pureza tão grandes — equinidade absoluta nos movimentos. Tanta que Napoleão piscou, comovido. E começou a afundar. Porque ver é permitido, mas sentir já é perigoso. Sentir aos poucos vai exigindo uma série de coisas outras, até o momento em que não se pode mais prescindir do que foi simples constatação. Em breve os cavalos se diluíram no azul. Napoleão voltou à sua Agatha Christie.

Nesse dia, nuvens dissipadas, no céu de um azul sem mágoa não havia mais espaço para os cavalos. Só no nublado da manhã seguinte eles voltaram a aparecer. Desta vez, já com o egoísmo de quem intui que a coisa começa a significar, Napoleão não quis dividi-los com ninguém. Afundou neles, corpo despregado da areia, levíssima levitação, confundindo-se com as nuvens, tão macias as carnes reluzentes, as crinas sedosas, os cascos marmóreos, relinchos bachianos brotando das modiglianescas gargantas, ricos como acordes barrocos. Estendeu as mãos para tocá-los, mas eles se esquivaram pudicos e desapareceram. De volta à areia, Napoleão olhou com certa superioridade para a esposa, achando-a vulgar naquela falsa moreneza tão oposta à brancura dos cavalos.

Começou a cultivá-los. Percebendo-os tímidos, passou a fazer longas caminhadas solitárias pela praia. Percebendo-os líricos, escolheu a hora do pôr do sol para seus furtivos encontros. E eles vinham. Agora se deixavam afagar, focinhos abaixados com sestro e brejeirice. Variavam em quantidade, nunca de cor. Como moças-de-respeito, jamais o encontravam sozinhos, embora, imaculadamente brancos. Brancos ou brancas? Éguas ou garanhões? Na verdade Napoleão jamais saberia especificar-lhes o sexo. E que importância tinha? Embora apaixonado, não pretendia dormir com eles(as), portanto era indiferente sua sexualidade. Afagava-os como afagaria uma rosa, vivesse metido em jardins ao invés de tribunais. Como antigos vasos de porcelana, tapetes persas, preciosidades às quais apenas se ama, na tranquilidade de nada exigir em troca. Tranquilo, então, ele os(as) amava. Voltava banhado em paz, rosto descontraído, sorrindo para os animais alojados no fundo de suas próprias pupilas. Mulher, filhos, criados, visitas, vizinhos surpreendiam-se ao vê-lo crescer dia a dia em segurança e força. Os habituais júris não mais o perturbavam. Pairava agora infinitamente acima de qualquer penalidade ou multa. Tanto que a esposa chegou a pensar seriamente em perguntar-lhe: o que é a Verdade? pois dessa nem Cristo escapara ileso. Calou — um pouco por ser demasiado católica, medrosa do sacrilégio, mas principalmente por senti-lo ainda além daquela pergunta, embora, orgulhosa, não o confessasse a si mesma.

Voltando à cidade, fim de férias, ele temeu que os cavalos o tivessem abandonado. Realmente, durante dois dias eles desapareceram. Napoleão esqueceu júris, processos, representações, dedicado somente à ausência dos amigos, ponto branco dolorido no seu taquicárdico coração. Fez então o primeiro reconhecimento: eles haviam assumido vital importância. Não podia mais viver sem os cavalos. Dessa certeza, partiu para uma segunda: eram a única coisa realmente sua que jamais tivera em toda a vida.

Mas eles voltaram. Entraram pela janela aberta do tribunal num dia em que ele estava especialmente inflamado na defesa de um matricida. A princípio ainda tentou prosseguir, fingiu não vê-los, traição, opção terrível, entre o amor e a justiça, como na telenovela a que sua mulher assistia. Eles não estavam doces. Depois de entrarem pela janela, instalaram-se rispidos entre os jurados. De onde observavam, secos, inquisidores. Sem sentir, Napoleão começou a falar cada vez mais baixo, mais lento, até a voz esfarelar-se num murmúrio de desculpas, em choque como murmúrio de revolta crescendo dos parentes do réu. Napoleão olhou ansioso para os cavalos, que não fizeram nenhum gesto de aprovação ou ternura. Rígidos, álgidos: esperavam. O quê? foi a pergunta que ele se fez em pânico escavando o cérebro. Sem resposta, manteve-se encolhido e quieto até o final do julgamento. Estariam zangados? Por que oh meu Deus, por quê? Mesmo assim acompanharam-no até a porta de casa instalados no banco traseiro do automóvel. Mudos. Napoleão entrou devagar na sala quase escura, criados indecisos entre aproveitar a luz mortiça do entardecer ou acender a luz elétrica. Confuso, enterrou a cabeça nas mãos. Nesse instante, a luz acendeu e um amigo, também advogado, entrou acompanhado de Marta.

AMIGO (*carinhoso e complacente*) — Não há de ser nada, Napoleão. Isso acontece até com os melhores. Você não deve se desesperar. As coisas voltam a ser como antes.

MARTA (*pousando a mão no ombro de Napoleão*) — Afinal, foi a primeira vez, meu bem.

NAPOLEÃO (*encarando-os, agradecido*) — Vocês viram, então? Viram? Ah, eu não sei como explicar. Parecia tudo tão bem, tão completo. Eu não entendo o que houve.

AMIGO — Isso acontece, Napoleão.

MARTA — Não se desespere, querido.

AMIGO — Você não teve culpa.

MARTA — Você estava nervoso.

NAPOLEÃO (*obsessivo*) — Mas vocês repararam na atitude deles? Repararam mesmo?

AMIGO (*conciliador*) — Natural que ficassem revoltados, Napoleão. Afinal, são parentes, clientes, pagaram os tubos. Queriam um serviço bem-feito.

MARTA — Claaaaaro. E, enfim, o cara pegou só sete anos. Não é tanto assim, você pode apelar, pedir o tal de habeas corpus...

NAPOLEÃO (*erguendo-se brusco da poltrona*) — Parentes? Clientes? Réu? Habeas corpus? Mas eu estou falando é dos cavalos, entendem? Dos cavalos, caralho! Os parentes, os réus, os jurados, que se fodam, entendem? Que se fodam. Sem vaselina! O que me interessa são os cavalos!

Marta e o amigo se surpreenderam. E revezaram-se em desculpas, a cólera de Napoleão crescendo, meu Deus, ficou perturbado com o fracasso, Maria, traz um copo d'água, o coração, Napoleão, olha o infarto, uma aspirina, minha filha, calma, Napoleão, pelo amor de Deus, criatura!

Acalmou-se. Pelo menos até os cavalos voltarem, no dia seguinte. Ainda indiferentes, remotos. A ira cresceu de novo, medo de perder seu único motivo, seu único apoio. Chamaram o médico. Deu-lhe injeções, calmantes, barbitúricos. Entre períodos de inércia e desespero, Napoleão se dividia. Veio psiquiatra. Devassou a sua vida, fazendo-o corar de vergonha e raiva e indignação. Nunca pensou em dormir com sua mãe? Já teve relações homossexuais? Em caso afirmativo, ativas ou passivas? Já pensou em estrangular a sua esposa? E em dormir com sua filha? Que sensação experimenta quando está defecando? Gosta de sentir dor? Em caso afirmativo, provocada por homem ou mulher? Complexos de Édipo, Orestes, Agamemnon, Jocasta, Hipólito, Ifigênia, Prometeu, Clitemnestra — toda a mitologia grega foi colocada em função de sua *doença*. Em apenas dois dias, foi obrigado a ler toda a obra de Ésquilo, Sófocles e Eurípides para descobrir quando devia ou não ofender-se. Rótulos como sadomasoquista, pederasta, esquizofrênico, paranoico, comunista, ateu, hippie, narcisista, psicodélico, maconheiro, anarquista, catatônico, traficante de brancas (ou brancos?) foram-lhe impostos sucessivamente pelos psicanalistas.

Paciente, passivo, aceitava tudo sem sequer tentar compreender. Da psicoterapia individual passou à de grupo, e desta ao psicodrama, sonoterapia, eletrochoques — submetendo-se inclusive a um novíssimo método: a cavaloterapia, criado especialmente para ele. Consistia em permanecer durante duas horas diárias no meio de cavalos reais. Exclusivamente pretos, e o mais cavalares possível, isto é, malcheirosos, despudorados, arrogantes etc. Nada conseguia curá-lo. Passava de psicólogo a psiquiatra, a psicanalista; de sanatório a casa de saúde, a hospício. E nada. Enquanto isso, os cavalos mostravam-se cada vez mais agressivos, chegando mesmo à ousadia de investir contra ele. Melancólico, chorava noites inteiras, buscando explicações para a atitude cada vez mais inexplicável de seus antigos companheiros. Os psiquiatras, a esposa, os filhos, os criados, os colegas — todos cresciam em exigências, magoando-o com dúvidas e perguntas suspeitas. Napoleão diminuía em ânimo e saúde. Nervos à flor da pele, recusava-se a comer ou beber e, nos últimos tempos, inclusive em responder às perguntas dos analistas.

Numa noite, deu-se o desfecho. Que, aliás, se armara inevitável desde o princípio. Mais tarde, os enfermeiros comentaram terem ouvido risos, segundo alguns, ou lágrimas, segundo outros. Mas ao certo mesmo, ninguém ficou sabendo como Napoleão morreu. Quando o médico entrou no quarto pela manhã, deparou com o corpo dele rígido sobre a cama. Parada-cardíaca-provocada-por-inanição, atestou logo entre alívio e piedade. Mandou chamar a esposa, filhos, colegas, criados, que vieram em tardias lágrimas inúteis. Sobre a mesinha de cabeceira, em tinta azul, ficava sua última (ou talvez primeira) exigência. Queria ser conduzido para o cemitério num coche puxado por sete cavalos. Brancos, naturalmente. Foi. Culpada, a esposa gastou no enterro quase todo o seguro prévia e prudentemente feito. Sete palmos, Napoleão foi enterrado. Tivessem aberto o caixão, talvez notassem qualquer coisa como um vago sorriso transcendendo a dureza dos maxilares para sempre cerrados. Ninguém abriu. Tempos depois o zelador espalhou pelas redondezas que vira um homem estranho, nu em pelo, cabelos ao vento, galopando em direção ao crepúsculo montado em amáveis cavalos. Brancos, naturalmente.

A quem interessar possa

, **EU NÃO TENHO CULPA** não fui eu quem fez as coisas ficarem assim desse jeito que não entendo que não entenderia nunca você também não tem culpa vou chamá-lo de *você* porque ninguém nunca ficará sabendo nem era preciso a culpa é de todos e não é de ninguém não sei quem foi que fez o mundo assim horrível às vezes quando ainda valia a pena eu ficava horas pensando que podia voltar tudo a ser como antes muito antes dos edifícios dos bancos da fuligem dos automóveis das fábricas das letras de câmbio e então quem sabe podia tudo ser de outra forma depois de pensar nisso eu ficava alegre quem sabe quem sabe um dia aconteceria mas depois pensava também que não ia adiantar nada e tudo começaria a ficar igual de novo no momento que um homem qualquer resolvesse trocar duas pedras por um pedaço de madeira porque a madeira valia mais e de repente outra vez iam existir essas coisas duras que vejo da janela na televisão no cinema na rua em mim mesmo e que eu ia como sempre sair caminhando sem saber aonde ir sem saber onde parar onde pôr as mãos os olhos e ia me dar aquela coisa escura no coração e eu ia chorar chorar durante muito tempo sem ninguém ver é verdade tenho pena de mim e sou fraco nunca antes uma coisa nem ninguém me doeu tanto como eu mesmo me doo agora mas ao menos nesse agora eu quero ser como eu sou e como nunca fui e nunca seria se continuasse me entende eu não conseguiria não você não me entendeu nem entende nem entenderia você nem sequer soube sabe saberá amanhã você vai ler esta carta e nem vai saber que você poderia ser você mesmo e ainda que soubesse você não poderia fazer nada nem ninguém eu já não acredito nessas coisas por isso eu não te disse compreende talvez se eu não tivesse visto de repente o que vi não sei no momento em que a gente vê uma coisa ela se torna irreversível inconfundível porque há um momento do irremediável como existem os momentos anteriores de passar adiante tentando arrancar o espinho da carne há o momento em que o irremediável se torna tangível eu sei disso não queria demonstrar que li algumas coisas e até aprendi a lidar um pouco com as palavras apesar de que a gente nunca aprende mas aprende dentro dos limites do possível acho não quero me valorizar não sou nada e agora sei disso eu só queria ter tido uma vida completa elas eram horríveis mas não quero falar nisso podia falar de quando te vi pela primeira vez sem jeito de repente te vi assim como se não fosse ver nunca mais e seria bom que eu não tivesse visto nunca mais porque de repente vi outra vez e outra e outra e enquanto eu te via nascia um jardim nas minhas faces não me importo de ser vulgar não me importa o lugar-comum dizer o que outros já disseram não tenho mais nada a resguardar um momento à beira de não ser eu não sou mais tudo se revelou tão inútil à medida em que o tempo passava tudo caía num espaço enorme amar esse espaço enorme entre eu e você mas não se culpe deixa eu falar como se você não soubesse não se culpe por favor não se culpe ainda que esse som na campainha fosse gerado pelos teus dedos eu não atenderia eu me recuso a ser salvo e é tão estranho o entorpecimento começa pelos pés aquela noite eu ainda esperava quase digo sem querer teu nome digo ou escrevo não tem importância vou escrevendo e falando ao mesmo tempo com o gravador ligado é estranho me desculpa saí correndo no parque e me joguei na água gelada de agosto invadi sem ter direito a névoa dos canteiros destaquei meu corpo contra a madrugada esmaguei flores não nascidas apertei meu peito na laje fria do cimento a névoa e eu o parque e eu a madrugada e eu costurado na noite cerzido no escuro porque me dissolvia à medida em que me integrava no ser do parque e me desintegrava de mim mesmo preenchendo espaços aqueles enormes espaços brancos terrivelmente brancos e você não teve olhos para ver que o parque era você a água você a névoa você a madrugada você as flores você os canteiros você o cimento você não teve mãos para mim só aquela ternura distraída a mesma dos edifícios e das ruas mas eles me desesperavam você me desesperava eu não quero falar nelas mas elas estão na minha cabeça como os meus cabelos e as vejo a todo instante cantando aquela canção de morte a minha carne dilacerada e eu ridículo queria ter uma vida completa você não se parecia com Denise tinha os olhos de mangaba madura os mesmos que tive um dia e perdi não sei onde não sei por que e de repente voltavam em você nos cabelos finos muito finos finos como cabelos finos minto que me bastaria tocá-los para que tudo fosse outra vez mas não toquei eu não tocaria nunca na carne viva e livre eles me rotularam me analisaram jogaram mil complexos em cima de mim problemas introjeções fugas neuroses recalques traumas e eu só queria uma coisa limpa verde como uma folha de malva aquela mesmo que existiu ao lado do telhado carcomido do poço e da paineira mas onde me buscava só havia sombra eu me julgava demoníaco mas não pense que estou disfarçando e pensando como-eu-sou--bonzinho-porque-ninguém-me-ama eu me achava envilecido me sentia sórdido humilhado uma faixa de treva crescia em mim feito um câncer a minha carne lacerada estou dentro dessa carne lacerada que anda e fala inútil a carne conjunta das xifópagas e o vento um vento que batia nos ciprestes e me levava embora por sobre os telhados as cisternas as varandas os sobrados os porões os jardins o campo o campo e o lago e a fazenda e o mar eu quero me chamar Mar você dizia e ria e ríamos porque era absurdo alguém querer se chamar Mar ah mar amar e você dizia coisas tolas como *quando o vento bater no trigo te lembrarás da cor dos meus cabelos* você não vai muito além desses príncipes pequenos suas palavras todas não tenho culpa não tenho culpa eram de quem pedia cativa-me eu já não conseguiria bem lento eu não conseguiria eu não sei mais inventar a não ser coisas sangrentas como esta a minha maneira de ser um momento à beira de não mais ser não me permite um invento que seja apenas um entrecaminho para um outro e outro invento mesmo a destruição tem que ser final e inteira qualquer coisa tem que ser a última uma era inteira e a outra nascia da cintura e existia só da cintura para cima como um ipsilone mole esponjosa uma carne vil uma carne preparada por toda uma estrutura de guerras epidemias pestes ódios quedas eu me sentia culpado ao vê-las assim nosso podre sangue a humanidade inteira nelas que não riam e cantavam aquela sombria canção de morte brutalmente doce elas cantavam e minhas costas doíam como se eu sozinho as sustentasse e não uma à outra mas eu eu com este sangue apodrecido que assassina crianças de fome droga adolescentes bombardeia cidades e também você e todos nós grudados indissoluvelmente grudados nojentos mas me recuso a continuar ninguém sofrerá por mim sem mim chorar ninguém entende nem precisa nem você nem eu o anel que tu me deste sobre a folha que me contém sem compreender sem compreender que você carrega toda uma culpa milenar e imperdoável a História como concreto sobre os teusmeusnossos ombros Cristo sobre nossos ombros todas as cruzes do mundo e as fogueiras da inquisição e os judeus mortos e as torturas e as juntas militares e a prostituição e doenças e bares e drogas e rios podres e todos os loucos bêbados suicidas desesperados sobre os teusmeusnossos ombros leves os teus porque não sabes sim sim eu tenho culpa não é de ninguém esse desgosto de lâmina nas entranhas não é de ninguém esse sangue espantado e esse cosmos incompreensível sobre nossas cabeças não posso ser salvo por ninguém vivo e os mortos não existem a fita está acabando começo a ficar tonto a dormência chegou quem sabe ao coração talvez eu pudesse eu soubesse eu devesse eu quisesse quem sabe mas não chore nem compreenda te digo enfim que o silêncio e o que sobra sempre como em García Lorca *solo resta el silencio un ondulado silencio* os espaços de tempo a nos situar fragmentados no tempoespaçoagora não sei onde fiquei onde estive onde andei nada compreendi desta travessia cega a mesma névoa do parque outra vez a mesma dor de não ser visto elas gritam sua canção de morte este sangue nojento escorrendo dos meus pulsos sobre a cama o assoalho os lençóis a sacada a rua a cidade os trilhos o trigo as estradas o mar o mundo o espaço os astronautas navegando por meu sangue em direção a Netuno e rindo não não quebres nunca os teus invólucros as tuas formas passa lentamente a mão do anel que eu te dei e era vidro depois ri ri muito ri bêbado ri louco ri até te surpreenderes com a tua não dor até te surpreenderes com não me ver nunca mais e com a desimportância absoluta de não me ver nunca mais e com minha mão nos teus cabelos distante invisível intocada no vento perdida a minha mão de espuma abrindo de leve esta porta assim:

Corujas

Para meus pais Zaél e Nair
e meus irmãos José Cláudio, Luiz Felipe, Márcia e Cláudia

INTRODUÇÃO
Tinham um olhar dentro, de quem olha fixo e sacode a cabeça, acenando como se numa penetração entrassem fundo demais, concordando, refletidas. Olhavam fixo, pupilas perdidas na extensão amarelada das órbitas, e concordavam mudas. A sabedoria humilhante de quem percebe coisas apenas suspeitas pelos outros. Jamais saberíamos das conclusões a que chegavam, mas oblíquos olhávamos em torno numa desconfiança que só findava com algum gesto ou palavra nem sempre oportunos. O fato é que tínhamos medo, ou quem sabe alguma espécie de respeito grande, de quem se vê menor frente a outros seres mais fortes e inexplicáveis. Medo por carência de outra palavra para melhor definir o sentimento escorregadio na gente, de leve escapando para um canto da consciência de onde, ressabiado, espreitaria. E enveredávamos então pelo caminho do fácil, tentando suavizar o que não era suave. Recusando-lhes o mistério, recusávamos o nosso próprio medo e as encarávamos rotulando-as sem problema como "irracionais", relegando-as ao mundo bruto a que deviam forçosamente pertencer. O mundo de dentro do qual não podiam atrever-se a desafiar-nos com o conhecimento de algo ignorado por nós. Pois orgulhos, não admitiríamos que vissem ou sentissem além de seus limites. Condicionadas a seus corpos atarracados, de penas cinzentas e três garras quase ridículas na agressividade forçada — condicionadas à sua precariedade, elas não poderiam ter mais do que lhe seria permitido por nós, humanos.

A CHEGADA
Vieram de manhã cedo, a casa adormecida recusando-se preguiçosa a admiti-las em seu cotidiano. Apenas a empregada levantou-se entre resmungos para abrir a porta. Aceitou-as impassível em sua sonolência, dentro da gaiola em que estavam. O homem que as trouxera exigira apenas um sabonete em troca. Não sei se chegaram a saber disso — talvez não, pois quem sabe a troca mesquinha faria oscilar o orgulho delas, amenizando-lhes a ousadia no encarar-nos. Sobre a mesa, uma encolhida contra a outra, massa informe, cinzenta e tímida, onde ainda não se dis-

tinguia o grito amarelo dos olhos, aguardaram pacientes que o sol subisse e as gentes acordadas viessem cercá-las de espantos e sustos. Meu pai no entanto não lhes deu atenção. Constatou-as e passou adiante, em direção ao banheiro. Minha mãe sorriu-lhes, tentando a primeira carícia, recusada talvez por inexperiência de afeto. Contudo, não as penetrou fundo, anexando-as inofensivas em seu esparramar de bondade sem precauções.

Foram as crianças as primeiras a hesitar, num recuo que seria de ofensa se pertencesse à gente grande. Crianças, trocaram assombros frente à estranheza dos bichos nunca antes vistos. Por terem menos tempo de existência eram talvez as mais vulneráveis ao mistério. O viver constante, demorado e desiludido dos outros, acostumados à dureza, não poderia por caminhos diretos render-se à solicitação dos olhos delas. Mas a inexperiência das crianças levava-as ao extremo oposto de desrespeitá-las em sua individualidade, trazendo-as sem cerimônias para seu mundo de brinquedos. Perguntaram o nome dos bichos à empregada atarefada em passar café.

Coruja — foi a resposta seca, desinteressada, como se se tratassem de um saco de açúcar.

Aparentemente satisfeitas, compenetraram-se em cercá-las de uma ternura meio brusca. Aquela mesma dispensada às bonecas novas, que em pouco tempo restavam espatifadas em braços e pernas pelo quintal. Essa ternura bruta que destrói por excesso inábil de amor. Restou-me o consolo de ter sido o primeiro a identificá-las como realmente eram. Ou como eu as via, duvidando que a visão dos outros fosse mais correta, profunda ou corajosa.

O sol já alto da manhã as fizera abrir os olhos, investigando o ambiente. Creio que a brancura dos azulejos da cozinha as surpreendeu, pois em breve voltaram a encolher-se, alheias. Acostumadas como estavam aos vastos céus e campos percorridos dias inteiros preferiam buscar as coisas perdidas no calor dos corpos uma da outra. Prática, minha mãe informava: eram boas para comer baratas. E conscientes de sua liberdade interrompida, elas esperavam pela tarefa que lhes era destinada.

BATISMO

Logo caminhavam pela casa inteira, desvendando segredos. As crianças seguravam-nas, embalando-as como nenéns. Sem esperar, de repente, a gente deparava com o olhar amarelo fixo duma — perturbando, interrogando, confundindo. A acusação muda fazia com que me investigasse ansioso, buscando erros. E punha-me em dia comigo mesmo, para me apresentar novamente a elas de banho tomado, unhas cortadas, rosto barbeado, cabelo penteado — na ilusão de que a limpeza externa arrancasse um aceno de aprovação. Mas eu sabia — embora, obstinado, recusasse a convicção até o último minuto —, sabia que seu olhar ultrapassava roupa, pele, carne, músculos e ossos para fixar-se num compartimento remoto, cujo conteúdo eu mesmo desconhecesse. Admitia-as envergonhado, mas hesitava em mostrar-me, criminoso negando o crime até a evidência dos fatos. Observava os olhares desviados dos adultos, e desviava também o meu, cirandando com eles na mesma negação.

As crianças disputavam a posse, é minha, não, é minha, manhê, a Claudia quer se adonar das corujas, mas elas passavam adiante, sabendo-se para sempre impossuídas, indecifráveis. Disputavam também a primazia de batizá-las, ignorando que o anonimato fazia parte de sua natureza. Nessa ignorância, chamaram-nas Tutuca e Telecoteco. Pisquei um olho para elas, rindo da ingenuidade, tentando penetrar em sua intimidade, cada vez mais e mais negada. Ofélia e Hamlet, sugeriu um leitor óbvio de Shakespeare. Mas recusei-os ainda. Secretamente, reivindicava para mim seu batismo e posse, investigava almanaques em busca do nome que melhor assentasse. Chamá-las de alguma coisa seria dar um passo no caminho de seu conhecimento, como se sutilmente as fosse amoldando à minha maneira de desejá-las. Finalmente achei. Eram nomes de criaturas estranhas, indecifráveis como elas, já perdidas no tempo, misteriosas até hoje. Rasputin e Cassandra. Calei a descoberta, ocultei o batizado, apropriando-me cada vez mais de sua natureza, embora inconscientemente soubesse da inutilidade de tudo. Rasputin era menor, mais ágil, caminhava lento pelo parquê, os olhos sempre abertos, inesperadamente alcançando o encosto das cadeiras num voo raso. Cassandra procurava os cantos escuros, os olhos constantemente semicerrados, uma perna encolhida, em atitude de rosto-pendido-e-ar-pensativo.

A FOME

Passados os primeiros dias, principiaram a entrar na rotina. Vezenquando ainda me surpreendia a encará-las num duelo de mistérios. Eu, ocultando cuidadoso o meu, feroz na defesa, embora fosse sempre o primeiro a desviar os olhos. Recusei tocá-las. A maciez de seus corpos passava quente, impassível, de mão em mão, quando havia visitas. E só nessas ocasiões elas voltavam a espantar. Cumpriam honestamente sua tarefa de devorar baratas, mas recusavam qualquer outro alimento. O homem que as trouxera informara a minha mãe de seu orgulho: feridas em liberdade, faziam greve de fome até a morte. Com a iminência de seu suicídio, planejamos soltá-las no campo. Quase podia vê-las erguendo-se de leve num voo contido, experimentando forças, as asas abrindo-se aos poucos numa subida lenta, fundidas em azul, subindo, subindo.

As asas cortadas, porém, exigiam tempo para crescer novamente. Éramos obrigados a esperar. Desejei comunicá-las sua próxima libertação, mas a ineficiência de gestos e palavras isolou-me num mutismo para elas incompreensível. Éramos definitivamente incomunicáveis. Eu, gente; elas, bichos. Corujas, mesmo batizadas em segredo. Cassandra e Rasputin. Ofélia e Hamlet. Tutuca e Telecoteco. Qualquer nome não modificaria a sua natureza. Nunca. Corujas para sempre.

Mas a greve de fome persistia. Tão bem cumpriram seu serviço de comer baratas que em breve, creio, não restava mais nenhuma. Orgulhosas, passeavam seus estômagos vazios pela casa toda, a gente se olhando culpado, as mãos desertas de soluções. Não nos restava mais nada a fazer senão esperar. Por sua morte ou sua capitulação. Quem as visse, convictas em seu desfilar faminto, poderia facilmente imaginá-las carregando cartazes de protesto. Contra quê? Contra quem? perguntávamos temerosos da resposta óbvia.

DESFECHO
Num começo de manhã ainda sem sol, igual a que as tinha trazido, Rasputin foi encontrado morto. O corpo pequeno e cinzento, já rígido, sobre os mosaicos frios da cozinha. Desviei os olhos sem dar nome ao sentimento que me invadia. Encolhida em seu canto, Cassandra diminuía cada vez mais. Olhos cerrados com força, eu tinha impressão que vezenquando seu corpo oscilava, talo de capim ao vento, quase quebrado. Até que morreu também. Digna e solitária, quem sabe virgem. Enterraram-na no fundo do quintal, uns jasmins jogados por cima da cova rasa, feita com as mãos.

Não fui ver a sepultura. Não sei se me assustava o mistério adensado ou para sempre desfeito.

Apeiron

Para José Ronaldo Falleiro

AQUELA MATÉRIA DE BONDADE se reorganizara dentro dele. No espelho encontraria num susto a mesma limpidez de olhar, os mesmos cabelos ao vento, ainda que rigidamente armados em torno da cabeça, as mãos leves como se segurassem algo doce e um tanto enjoativo — todo um ser de antigamente, reestruturado, o encararia meigo do fundo do vidro. Apenas nas fotografias antigas lembrava da mesma limpidez, a limpidez não de quem experimentou e venceu, mas a claridade que vinha duma isenção, como se nunca tivesse entrado no mundo. A limpeza de quem nunca tomou banho por nunca ter suado ou apanhado poeira. Seria de novo o-que-dá-conselhos, o-que-ampara, o-que-tem-mãos-para-todo-mundo? E seria possível voltar a um estágio anterior, já disperso em inúmeras passagens através de outros e outros estágios? Pois se já experimentara a maldade, a devassidão, a frieza, o cálculo, o vício, o cinismo, a agressão — e experimentara não como formas de ser, nem como opções. Experimentá-los tinha sido simplesmente ser o que o caminho exigia que se fosse, não desvios, nem atalhos. Agora já não havia marcas, as marcas onde estavam?

Mesmo imóvel, pressentia a recuperação de um jeito de sorrir que tivera, fechar os olhos, jogar os cabelos para trás, roer unhas, caminhar devagar olhando vitrines sem olhar vitrines: molécula por molécula, célula por célula, recuperava integralmente todo um ser antigo. Como se nunca houvesse saído dele. E mais que gesto, mais que movimento ou forma: aquele brilho escorregando dos olhos, aquele calor, não, calor não — tepidez, isso: aquela tepidez que faria com que as pessoas se aconchegassem lentas, tangíveis, ao alcance da mão.

Ele, meu Deus, ele que tinha sido siroco ardente ou minuano gélido, ele brisa, agora. Ou nem brisa: ausência de ventos. Não compreendia. Tocava a pele dos braços buscando as asperezas, as brusquidões do rosto, aquele vinco amargo no canto da boca, a pálpebra trêmula, a carne flácida das olheiras, as entradas fundas no cabelo, os dedos grossos, os pelos dos dedos grossos, as calosidades das palmas das mãos de dedos grossos — onde haviam ficado? Seus dedos lisos deslizavam mansos numa superfície doce, assim mesmo, com todos os adjetivos suaves. Não mais as bruscas paradas, como se tivesse esquinas e becos e encruzilhadas pela face. E o ventre raso. Os pés sem calos. O pescoço sem rugas. As coxas sem flacidez. E tudo, tudo voltava a ser antigo, e no entanto novo, compreende? Experimentou sentir ódio, lembrar pessoa, coisas e fatos desagradáveis, apalpar novamente a tessitura sombria do que vivera, a massa espessa de que era feita a mágoa, e todos os desencontros que tinha encontrado, e todos os desamores desilusões desacatos desnaturezas; não, não, já nem ódio queria, que encontrasse ao menos a tênue melancolia, aquele como-estar-debruçado-na-sacada-num-fim-de-tarde, a tristeza, a solidão, a paixão: qualquer coisa intensa como um grito.

Mas seu centro havia-se tornado gentil e um pouco ausente, como ilustração de romance antigo para moças. Nada nele feria. Tinha campinas verdes pelo cérebro e colinas suaves e palmeiras esguias e um céu cor-de-rosa encobrindo um lago azul no quieto coração. Já não era mais uma reorganização, não era sequer um processo: estava consumado e além, muito além de qualquer coisa. Sem asperezas. Envernizado. Puro. Álgido. Inatingível. Definitivo. Sólido na sua meiguice. Havia ultrapassado todos os estágios, todas as procuras, as crenças, perdões e espantos. Atingira a bondade absoluta. Meu Deus, isso é horrível, é horrível, quis gritar. Já não podia. O padre fechava rapidamente a tampa do caixão. Em breve viriam os vermes.

O ovo

> *Ver o ovo é impossível: o ovo é supervisível como
> há sons supersônicos. Ninguém é capaz de ver o ovo.*
> CLARICE LISPECTOR, "O OVO E A GALINHA"

MINHA VIDA NÃO DARIA UM ROMANCE. Ela é muito pequena. Mas é meio sem sentido ficar pensando em jeitos de escrever se ninguém nunca vai ler. Talvez eles me impeçam até mesmo de contar o que se passou. Mas há dias está tudo escuro e a luz da vela em cima da minha mesa não vai acordar ninguém.

Bem, acho que todas as narrativas desse tipo começam com um *nasci no dia tal em tal lugar*, coisa profundamente idiota, porque se o sujeito está escrevendo é mais do que evidente que nasceu. Pois eu também nasci, determinado dia, determinado lugar. O quando eu não lembro, mas onde foi aqui mesmo. Nunca saí daqui. Nem vou sair mais, eu sei. A cada dia tudo se torna um pouco mais difícil. Por isso é quase impossível que isto aqui se torne uma história interessante. As pessoas gostam de aventura, de viagens, trepações loucas. E eu nunca tive nem fiz essas coisas. Queria escrever qualquer coisa grande, ou muito triste ou muito escura, mas qualquer coisa de muito, e que alguém, se descobrisse, publicasse e procurasse castigá-los. Mas vai sair tudo parecido comigo: desinteressante, miúdo, turvo.

Bom, então nasci. Depois que nasci, cresci e tive uma infância. Houve um tempo em que eu não sabia de nada, nem as outras crianças. Os adultos sim, todos sabiam. Mas dissimulavam tão bem que nunca nenhum de nós teve qualquer espécie de dúvida. Então, a verdade dos adultos era a minha verdade. E depois, eu era criança. Desinteressantezinha, miudinha, turvinha, diminutiva. Minha mãe era dessas gordas que fazem tricô e crochê, depois colocam toalhinhas sobre os móveis e quando chega visita pedem desculpas porque a-casa-é-de-pobre. Meu pai era desses gordos que aos domingos leem o jornal de pijama e chinelos, bebendo cerveja. Tudo muito chato, muito igual. Não me culpem por eu não fazer uma descrição minuciosa de como eles eram e o que faziam. Se eu me estendesse mais neles, só diria mentiras, porque eram apenas e exatamente isso. E de resto, não tiveram nenhuma importância em tudo que acontece agora. Só que podiam ter me avisado.

Eu brincava com as crianças, as crianças brincavam comigo. Como todo o mundo vezenquando a gente brigava, pisava caco de vidro, roubava laranja, fugia pra tomar banho no rio. Uma vez também uma menina segurou no meu pinto. Ela era loira, gorda, tinha um trançao até a cintura. Depois ela casou com um soldado da brigada, prendeu as tranças em volta da cabeça, mas continuou gorda. Dessas gordas que à tardinha se debruçam na janela sobre uma almofada de cetim rosa. Toda vez que eu vinha do emprego passava em frente à casa dela e olhava exatamente como quem pensa você uma vez segurou no meu pinto. Lógico, ela não me cumprimentava. Acho que não é muito comum as meninas que seguram nos pintos dos meninos cumprimentarem eles depois que crescem e casam.

Quando eu tinha uns treze anos arranjei uma namorada que namorei até os dezessete. Essa nunca segurou no meu pinto, e era diferente, era dessas pra casar — pelo menos naquela época eu pensava assim. Só há pouco tempo, depois que vim para cá, é que me convenci de que são todas umas vacas. E os homens, uns cães. Todos eles sabendo e fingindo que não sabem. A mãe da minha namorada ficava a noite inteira sentada com a gente na sala, só levantava para trazer doce de leite, de abóbora ou de batata-doce. A menina vezenquando tocava piano, mal pra burro, diga-se de passagem. Mas eu nem ouvia direito. É que quando ela sentava um pedaço da saia levantava e apareciam umas coxonas muito brancas e grossas. Eu olhava discreto, o máximo que fazia era derrubar alguma coisa no chão pra ver melhor. Eu era um moço de respeito.

Quando tinha dezoito anos, ela casou. Com um soldado da brigada. Foi então que pensei seriamente em entrar para a brigada, já que duas mulheres da minha vida tinham casado com soldados. Parecia que eu estava destinado a sempre perdê-las para eles. Só que eu achava horrível aquela roupa, os coturnos, o casquete — tudo. Mas se eu queria casar — e naquele tempo eu queria —, tinha que ser soldado. Até que descobri uma solução melhor.

Perto da minha casa morava um soldado da brigada. A minha mãe era madrinha dele, a mãe dele era viúva. Quando crianças, nós brincávamos muito, mas era um guri esquisito como o diabo. Todo delicado, cheio de não-me-toques, loirinho, com uns olhos claros, uma cor que eu nunca mais consegui lembrar depois que ele se matou. Todos os sábados de manhã ele ia visitar mamãe, levava umas frutas ou um doce qualquer que a mãe dele tinha feito e ficava conversando na sala, feito moça. Logo que minha namorada casou eu nem olhava pra ele, de tanto ódio. Depois comecei a armar uma vingança. Quando ele chegava eu ficava passando na sala sem camisa, às vezes até sem calças, só de cuecas. Ele ficava todo perturbado e desviava os olhos. Eu sentava perto, encostava a perna, piscava um olho pra ele na hora de apertar a mão. Um dia convidei-o pra fazer uma pescaria comigo. Levamos uma barraca, cobertores, pinga, duas dessas camas de armar. E de noite eu comi ele. Com gosto. Como se estivesse com o pau na bunda de todos os soldados da brigada do mundo. Ele nunca mais foi lá em casa, a minha mãe reclamava, parava ele na rua para perguntar por quê. Até que ele tomou formicida e morreu.

Aí nasceu o meu irmão. Não tem nada a ver uma coisa com a outra, mas não posso fazer nada se meu irmão nasceu mesmo quando ele morreu. Nasceu direitinho e tudo, mas quando tinha uns seis meses começou a definhar, definhar, e morreu de caganeira verde. Foi bom. Senão seria mais um filho da puta. Ou soldado da brigada, o que dá no mesmo. Mas no dia em que ele morreu, eu não pensei assim. Subi em cima da montanha e fiquei olhando o mundo. Agora eu penso que se ele não tivesse morrido eu não teria subido na montanha, e se não tivesse subido na montanha não teria visto o que vi. Mas as coisas são porque têm que ser, não adianta nada a gente querer que sejam de outro jeito.

Então ele morreu, eu subi na montanha e vi. O mundo. Mas além do mundo, uma parede branca. Eu não conhecia geografia nem astronomia nem nada, nem sabia o que havia além do horizonte, podia mesmo até ser uma parede branca. Mesmo assim, a coisa me surpreendeu. Então voltei pra casa e esqueci.

Comecei a trabalhar na prefeitura, porque a minha mãe já estava ficando velha pra fazer toalhas de crochê e tricô, e o dinheiro que dava o armazém de meu pai era uma mixaria. Eu trabalhava o dia inteiro e tinha uma namorada. Essa, era viúva e muito puta. As coisas que ela fez comigo eu acho que nunca ninguém fez com ninguém, até tenho vergonha de contar. Eu não ia casar com ela nem nada, mesmo assim a minha mãe ficava triste porque queria que eu casasse com a moça magrinha da casa em frente, que depois morreu tuberculosa. A tal viúva ficou esperando um filho meu, mas eu não queria ter um filho — de qualquer maneira, esse seria mesmo um filho da puta. Aí ela foi tirar o filho e morreu.

Um domingo que saí a caminhar, me lembrei da montanha. Subi até lá e de novo vi a parede. Parecia mais clara, mais perto. Voltei pra casa e disse mãe tem uma parede branca além do horizonte. Eu já tinha uns vinte e dois anos, mas ela chamou meu pai e mandou eu repetir o que tinha dito. Eu repeti e ele me deu uma bofetada na cara. A mãe começou a chorar e pediu pra eu nunca contar a ninguém que tinha visto a parede. Mas eu estava uma fera. Chamei meu pai de filho da puta, disse que ele só me batia na cara porque era um velho e era meu pai e sabia que eu não era filho da puta ao ponto de bater num velho que ainda por cima era meu pai. Arrumei minhas coisas e saí de casa.

Fui pra uma pensão. Eu dormia com a dona e pedia dinheiro para um velho fresco que gostava de me chupar. A dona da pensão tinha uns peitos caídos e uma pele cor de terra que era mais sujeira que qualquer outra coisa. Eu ia à montanha todos os domingos, e a parede lá estava, cada vez mais próxima. Eu não queria contar a ninguém, iam pensar

37

que eu era louco. Então comecei a ler uns livros pra ver se a tal parede era uma coisa natural. Mas nos livros de geografia não havia paredes brancas. Falava de terras, mares. Os de astronomia de estrelas, cometas. De paredes, nada. Os outros livros que eu lia também não. O máximo de estranheza que contava era dum sujeito que se transformou em barata — ele devia ser soldado da brigada.

Um dia eu comecei a andar em direção à parede. Ela estava muito longe. Caminhei quase um dia inteiro, até que ficou noite e tive que pedir carona a um menino carroceiro. Quando cheguei na pensão procurei o velho fresco, que já foi puxando a carteira do bolso pra me dar mais dinheiro. Mas eu disse que não era nada daquilo, e contei da parede. Aí o velho fresco começou a gritar até que veio todo o mundo da pensão. Ele apontava pra mim com ar de pavor e berrava ele viu, ele viu! Ninguém perguntou o que eu tinha visto. Só mandaram pegar as minhas coisas e dar o fora antes que chamassem a polícia. Daí eu coloquei os troços na mala e fui saindo. Quando cheguei na praça, disposto a passar a noite num banco, olhei para o horizonte e vi a parede. Estava muito perto, era muito branca.

Era domingo, a praça cheia de gente passeando, os rapazes tomando cerveja no quiosque, as mocinhas caminhando de braços dados. Subi num banco, chamei todo o mundo para mostrar a parede. Ficou cheio de gente em volta de mim, um silêncio desses horríveis, havia uma porção de caras, eu olhava uma por uma buscando um sinal qualquer de reconhecimento, mas os olhos de todos estavam enormes, as bocas pareciam costuradas, as sobrancelhas unidas. De repente uns me seguraram enquanto os outros iam chamar os três.

Os três vieram. De branco, da mesma cor da parede: uma mulher com um chifre no meio da testa, um homem com três olhos e outro com vários braços, como um polvo. O de vários braços me segurou pelas costas enquanto o de três olhos ia abrindo caminho e a mulher me empurrava com o chifre. As gentes falavam palavrões e me cuspiam enquanto eu ia saindo. Eu caminhava devagar, via a parede atrás da igreja, dos campos, olhei para cima e também lá estava a parede, escondendo as estrelas. Antes deles me jogarem no caminhão, olhei para trás e vi minha mãe e meu pai muito velhinhos, de braços dados. Pedi pra eles me salvarem, mas eles sacudiram com ódio a cabeça, o meu pai me mostrou o punho fechado e minha mãe escarrou no meu rosto. Os três me jogaram dentro do caminhão, a mulher de chifre dirigia, os dois outros me seguravam. Então me trouxeram para cá.

Todos os dias a mulher de chifre me traz as refeições, ao mesmo tempo em que o de vários braços me segura, o de três olhos coloca uns fios na minha cabeça e eu sinto uma coisa estranha, um tremor em todo o corpo, depois caio num sono pesado e só acordo à tarde. Saio na janela, espio. E vejo a parede. Cada dia mais próxima.

Eu queria contar toda a minha vida para se alguém lesse visse que não sou louco, que sempre foi tudo normal comigo, que eu fiz e disse as coisas que todo o mundo faz e diz, e que a coisa mais estranha da minha vida foi só aquela menina que segurou no meu pinto e aquela outra que eu namorei terem casado com soldados da brigada. Que eu via a parede e que todos os outros também viam, tenho certeza, só que eles não queriam ver, não sei por quê, e prendiam quem via. Ontem chamei o de três olhos, que parece o mais simpático, mostrei a parede, perguntei se ele não via. Falei devagar, sem me exaltar nem nada. Aí ele ficou quieto e baixou a cabeça, acho que sentiu vergonha de fazer o que está fazendo, porque ele também vê. E ela está cada vez mais perto.

Só ontem cheguei à conclusão de que se trata de um enorme ovo. Que estamos todos dentro dele. Mas é um ovo que diminui cada vez mais, cada vez mais, nós vamos ser todos esmagados por ele. Não sei por que os homens não se armam de paus e pedras para furar a parede. Seria muito fácil, a casca de um ovo é tão frágil.

Ele já está meio azulado de tão próximo, não se vê mais as estrelas, nem a lua, nem o sol. A escuridão em que passamos o dia todo é meio azulada também. O silêncio é imenso, como se houvesse um grande vácuo aqui dentro. A cada dia o movimento do ovo fica mais rápido. Ontem, já havia ultrapassado o muro, estava a uns cem metros da minha janela. Amanhã vai estar do lado da janela, talvez já esteja, não ouço mais os passos da mulher de chifre caminhando pelos corredores com as chaves penduradas na cintura e — agora lembro — o de três olhos e o de muitos braços não me deram choques hoje. Acho que eles estão fora do ovo, e só eu dentro. Talvez cada um tenha o seu próprio ovo. E este é o meu.

Olho para o meu corpo. Será que ele cabe dentro de um ovo? Será que não vai doer?

Eu não sei. Tenho tanto medo. Estou esperando, cansei de escrever, a vela está quase apagando. Vou deitar. Estou ouvindo o rumor do ovo se aproximando cada vez mais. É um barulho leve, leve. Quase como um suspiro de gente cansada. Está muito perto. Tão perto que ninguém vai-me ouvir se eu gritar.

O mar mais longe que eu vejo

Para Antônio Carlos Maciel

> *Tem piedade, Satã,*
> *desta longa miséria*
> BAUDELAIRE, "LITANIAS DE SATÃ"

MEU CORPO ESTÁ MORRENDO. A cada palavra, o meu corpo está morrendo. Cada palavra é um fio de cabelo a menos, um imperceptível milímetro de ruga a mais — uma mínima extensão de tempo num acúmulo cada vez mais insuportável. Esta coisa terrível de não saber a minha idade, de não poder calcular o tempo que me resta, esta coisa terrível de não haver espelhos nem lagos, das águas do mar serem agitadas e não me permitirem ver a minha imagem. Perdi todas as minhas imagens: as das fotografias, dos espelhos, dos lagos. Se meus olhos fossem câmeras cinematográficas eu não veria chuvas nem estrelas nem lua, teria que construir chuvas, inventar luas, arquitetar estrelas. Mas meus olhos são feitos de retinas, não de lentes, e neles cabem todas as chuvas estrelas lua que vejo todos os dias todas as noites.

Chove todos os dias aqui, não tenho relógio nem rádio, mas sei que deve ser por volta das três horas, porque é pouco depois que o sol está no meio do céu e eu senti fome. Então começa a subir um vapor da terra, e as nuvens, há as nuvens que se amontoam e depois explodem em chuva, e depois da chuva são as estrelas e a lua. Não há uma manhã, uma tarde, uma noite: há o sol abrasador queimando a terra e a terra queimando meus pés, depois a chuva, depois as estrelas e a lua. No começo eu achava que não havia tempo. Só aos poucos fui percebendo que se formavam lentos sulcos nas minhas mãos, e que esses sulcos, pouco mais que linhas no princípio imperceptíveis, eram rugas. E que meus cabelos caíam. Meus dentes também caíam. E que minhas pernas já não eram suficientemente fortes para me levar até aquela elevação, de onde eu podia ver o mar e o mar que fica mais além do mar que eu via da praia. Antes, eu ia e voltava da elevação no sol abrasador; depois eu só conseguia sair daqui no sol abrasador e voltar na chuva e, depois ainda só nas estrelas e na lua. Agora são necessárias muitas chuvas, muitas estrelas, muitas luas e muitos sóis para ir e voltar. E isso é o tempo, muito mais tarde descobri que isso era o tempo. Fico aqui o dia inteiro, não há ninguém, não há nada. Fico aqui na gruta o dia inteiro, sem saber mais quando é sol abrasador, quando é chuva ou lua e estrelas, eu não sei mais.

No começo eu pensei também que houvesse outros, índios talvez, animais, formigas, baratas. Não havia ninguém, nada. Da elevação eu podia ver o todo, e o todo era só a areia e os coqueiros que me alimentam. O todo não tinha ninguém, não tinha nada. Eu chorava, no começo eu chorava e não entendia, apenas não entendia, e não entender dói, e a dor fazia com que eu chorasse, no começo. Eu sentia saudade, no começo, uma saudade apertada de gente, principalmente de gente. Não me lembro mais qual era o meu sexo, agora olho no meio das minhas pernas e não vejo nada além de uma superfície lisa e áspera, mas no começo eu sabia, eu tinha um sexo determinado, e a saudade que eu tinha de gente fazia com que eu rolasse horas na areia do sol abrasador, abraçando meu próprio corpo, inventando um prazer que eu precisava para me sentir vivendo talvez, porque eu não tinha medos nem preocupações nem mágoas nem nada concreto nem expectativas, as minhas células amorteciam, eu sentia que ia acabar virando uma palmeira, os meus pés agora parecem raízes, mas ainda tenho mãos, então eu rolava na areia quente enquanto meus dentes faziam marcas fundas roxas nos meus braços, nas minhas pernas e de repente todas as minhas células explodiam em vida, exatamente isso, em vida, eu tinha dentro de mim todo aquele sol todo aquele mar tudo aquilo que eu conhecera antes, que conheceria depois, se não estivesse aqui. Eu ficava amplo, na areia, abraçado a mim mesmo.

Talvez, sim, talvez eu fosse mulher, porque pensava no príncipe, a minha mão direita era a minha mão e a minha mão esquerda era a mão do príncipe, e a minha mão direita e a minha mão esquerda juntas eram as nossas mãos. Apertava a mão do príncipe sem cavalo branco, sem castelo, sem espada, sem nada. O príncipe tinha uns olhos fundos, escuros, um pouco caídos nos cantos e caminhava devagar, afundando a areia com seus passos. O príncipe tinha essa coisa que eu esqueci como é o jeito e que se chama angústia. Eu chorava olhando para ele porque eu só tinha ele e ele não falava nunca, nada, e só me tocava com a minha mão esquerda, e eu cantava para ele umas cantigas de ninar que eu tinha aprendido antes, muito antes, quando era menina, talvez tenha sido uma menina daquelas de tranças, saia plissê azul-marinho, meias soquete, laço no cabelo, talvez. Sabe, às vezes eu me lembro de coisas assim, de muitas coisas, como essa da menina — como se houvesse uma parte de mim que não envelheceu e que guardou. Guardou tudo, até o príncipe que um dia não veio mais. Não, não foi um dia que ele não veio mais, foram muitos dias, em muitos dias ele não veio mais, a água do mar salgava a minha boca, o sol queimava a minha pele, eu tinha a impressão de ser de couro, um couro ressecado, sujo, mal curtido. E havia essa coisa que também esqueci o jeito e que se chamava ódio. De vez em quando eu pensava eu vou sentir essa coisa que se chama ódio. E sentia. Crescia uma coisa vermelha dentro de mim, os meus dentes rasgavam coisas. Devia ser bom, porque depois eu deitava na areia e ria, ria muito, era um riso que fazia doer a boca, os músculos todos, e fazia as minhas unhas enterrarem na areia, com força.

Tenho um livro comigo, não é um livro, era um livro, mas depois ficou só um pedaço de livro, depois só uma folha, e agora só um farrapo de folha, nesse farrapo de folha eu leio todos os dias uma coisa assim: "Tem piedade, Satã, desta longa miséria". Só isso. Fico repetindo: "tempiedadesatãdestalongamisériatempiedadesatãdestalongamisériatempied..." tempo, tempo. Aí sinto essa coisa que ainda não esqueci o jeito e que se chama desespero.

Havia outras pessoas, sim. Não aqui, mas lá, bem para lá do mar que eu avistava de cima da elevação e que é o mar mais longe que eu vejo. Mais longe ainda tinha gente, a gente que me trouxe para cá. Só não lembro mais por quê. Verdade, eu tinha qualquer coisa assim como andar de costas, quando todos andam de frente. Qualquer coisa como gritar, quando todos calam. Qualquer coisa que ofendia os outros, que não era a mesma deles e fazia com que me olhassem vermelhos, os dentes rasgando as coisas, eu doía neles como se fosse ácido, espinho, caco de vidro. Então eles me trouxeram. Por isso, me trouxeram. Lembro, sim, eu lembro que havia coisas escuras que eles faziam e que eu não fazia, correntes, sim, sim, eu lembro: havia correntes e fardas verdes e douraduras e cruzes, havia cruzes, cercas de arame farpado, chicotes e sangue, havia sangue, um sangue que eles deixavam escorrer sem gritar enquanto eu gritava, eu gritava bem alto, eu mordia defendendo meu sangue.

A gruta é úmida escura fria. Não tenho roupa, não tenho fome, não tenho sede. Só tenho tempo, muito tempo, um tempo inútil, enorme, e este farrapo de folha de livro. Não sei, até hoje não sei se o príncipe era um deles. Eu não podia saber, ele não falava. E, depois, ele não veio mais. Eu dava um cavalo branco para ele, uma espada, dava um castelo e bruxas para ele matar, dava todas essas coisas e mais as que ele pedisse, fazia com a areia, com o sal, com as folhas dos coqueiros, com as cascas dos cocos, até com a minha carne eu construía um cavalo branco para aquele príncipe. Mas ele não queria, acho que ele não queria, e eu não tive tempo de dizer que quando a gente precisa que alguém fique a gente constrói qualquer coisa, até um castelo.

Acho que não passo da lua desta noite, talvez não passe nem da chuva ou do sol abrasador que está lá fora. São muitas palavras, tantas quanto os fios de cabelo que caíram, quanto as rugas que ganhei, muito mais que os dentes que perdi. Esta coisa terrível de não ter ninguém para ouvir o meu grito. Esta coisa terrível de estar nesta ilha desde não sei quando. No começo eu esperava que viesse alguém, um dia. Um avião, um navio, uma nave espacial. Não veio nada, não veio ninguém. Só este céu limpo, às vezes escuro, às vezes claro, mas sempre limpo, uma limpeza que continua além de qualquer coisa que esteja nele. Talvez tudo já tenha terminado e não exista ninguém mais para lá do mar mais longe que eu vejo. O mar que com este sol abrasador fica vermelho, o mar fica vermelho como aquela coisa que eu esqueci o nome, faz muito tempo. Aquela coisa que se eu lembrasse o jeito poderia ser minha matéria de salvação. Talvez olhando mais o vermelho eu lembre, o mar dilacera coisas com os dentes, enterra as unhas na areia, o mar tem aquela coisa que o príncipe também tinha, o mar de repente parece que. Não, não adianta, o vapor está subindo. Pela entrada da gruta vejo as primeiras nuvens se formando, não adianta, o mar está escurecendo, as nuvens aumentam, aumentam, é muito tarde, tarde demais. Daqui a pouco vai começar a chover.

da solidão

*Iniciei mil vezes o diálogo. Não há jeito.
Tenho me fatigado tanto todos os dias
vestindo, despindo e arrastando amor
infância, sóis e sombras.*

HILDA HILST

Ponto de fuga

Para Myriam Campello

DEPOIS, TU SAIRIAS AÉREO pisando no cascalho. Como ser aéreo ao pisar com força a terra? talvez te perguntasses. Mas ao mesmo tempo em que a pergunta nasceria do teu interior, projetada em surpresa num impacto que te faria deter os passos — ao mesmo tempo olharias para além da linha do horizonte, ao mesmo tempo para além da areia seca, da areia molhada, do quebrar das ondas depositando formas vivas e mortas na praia, para o primeiro quebrar de onda, espatifado em espuma debaixo do sol, ou talvez do céu escuro, mas se fosse luz, se houvesse luz, a onda quebraria num tremor, espalhada em gotas no ar, no vento, ao mesmo tempo — e tu olharias para o último quebrar de onda, para as ondas que já não quebram mais, para onde já nem existem ondas, para onde só resta o verdeverdeverde inexplicável na sua simplicidade de cor-de-mar--em-dia-claro, ao mesmo tempo olharias para o ponto de encontro entre o mar e o céu. E seria o além. Então procurarias sôfrego por uma palavra, em pânico escavando dentro de ti, pesquisando letras, letras despidas de significado ou significante, letras — como um objeto. Das letras reunidas uma a uma, formarias uma palavra para definir esta ânsia de voo subindo desde o chão até os olhos. Formarias uma palavra, esta: aéreo. No primeiro momento, serias a palavra, tu serias a coisa, ainda que ali, estático e terreno, pisando sobre o cascalho. Serias aéreo no momento exato em que a palavra se cumprisse em tua boca. Como algo que apenas por um ato de crença, um movimento de fé, se confirma e se consuma — aéreo.

Só depois desse primeiro momento, nenhum segundo, nem uma fatia mínima de tempo: um instante ínfimo em sua pequenez, máximo na sua amplitude e incompreensão, porque só o incompreensível é infinito — só depois desse primeiro momento é que te dobrarias para ti mesmo, a palavra latejando na memória, no corpo inteiro, nas mãos contidas, e te perguntarias lúcido — aéreo? Alado, talvez. Pensarias outras palavras, buscando já sonoridades, ressonâncias, ritmos, mas nenhuma delas, por mais lapidada que fosse, seria maior que aquela primeira. Nenhuma. Todo perdido dentro do nascido involuntário dentro de ti, caminharias confuso pisando o cascalho.

O cascalho — farelos de pedra espalhados sobre a areia. O caminho de cascalho, nascido na areia, do começo da praia, passando entre o muro de pedras brancas e a estrutura incompleta do edifício, erguendo a nudez dos tijolos para o céu, misturando-se à grama, derramado sobre os valos e as lajes carcomidas das calçadas. O caminho de cascalho até o fim da rua plana, no ponto onde já não haveria mais rua, não haveria mais céu. Um vago encontro, onde mesmo o mar teria se dissolvido.

O mar e o céu.
O ponto.

                                                                        E tu.

A rua e o céu.
O ponto.

Suspenso entre dois encontros, tu caminharias desencontrado. Como se fosse para sempre, pesado, os ombros curvos, esmagados pela solidão. Mas de repente haveria uma praça. Exatamente assim, como no poema, só que uma praça, no meio do caminho. Inesperada. Suspenderias os passos sem compreender, sem desejar compreender — tomado unicamente de espanto, nenhum outro sentimento secundário: o espanto exato de ter encontrado uma praça. Passado o instante da posse — a coisa achada tomando conta de ti por inteiro, tu feito na coisa, tu: a própria coisa —, teu olhar se estenderia manso, procurando pontos de referência, traços em comum com outras praças encontradas em outras situações. Bancos, árvores, canteiros, talvez estátuas, quem sabe um lago-praça.

Não haveria nenhum lago nessa praça. Somente uma estátua, num dos cantos. Um homem na atitude de jogar um dardo, duas asas nos pés, corpo branco e nu, rosto de feições devastadas pela erosão. As árvores seriam baixas e poucas, as folhas de um verde sujo, arenoso. Caminhando, tu segurarias com raiva um galho — sem compreenderes a própria raiva e sem compreenderes a projeção dela no galho —, a poeira fina e densa ficaria flutuando no ar até que a ultrapassasses para tocar num banco com a mão. O banco seria de mármore, mármore amarelado pelo tempo, carcomido pelos inúmeros ventos. O banco não guardaria sequer nomes de namorados gravados num outro tempo, nem um palavrão, nem um desenho — só a carne lisa, como se tivesse retornado a um anterior estado de pureza depois de muitas marcas. Mas essa pureza seria só aparência. Novamente deterias os passos para investigar o exterior limpo. Purificado? Não. A vida inteira vivida pelo banco teria permanecido em alguma escondida dimensão de seu ser. E a vida poluía. Carne gasta, já inatingível por qualquer palavra de ódio ou de amor, qualquer revolta ou qualquer alegria — o banco imundo.

Sentada no chão, encontrarias a moça vestida de azul. Pela terceira vez, tu serias invadido pela imagem. Desta vez, a moça. Tu: vindo de um caminho conhecido, em passadas às vezes lentas, leves, outras pesadas de espantos, quedas, quebras, tu: vindo por um caminho determinado, um caminho definido em pedaços de pedras, sobre as quais tu pisavas. Era o teu caminho: um caminho de pedras desfeitas. Desde a praia até a moça. A moça.

E a moça? De que lugar teria vindo? Que caminhos teria pisado? Que insuspeitadas descobertas teria feito? Tu olharias a moça mas, as perguntas não acorrendo, o mistério que a envolveria seria desfeito — uma moça vestida de azul, sentada no chão de uma praça sem lago. Não poderias saber nada de mais absoluto sobre ela, a não ser ela própria. Fazendo perguntas, tu ouvirias respostas. Nas respostas ela poderia mentir, dissimular, e a realidade que estava sendo, a realidade que agora era, seria quebrada. E pois, não fazendo perguntas, tu aceitarias a moça completamente. Desconhecida, ela seria mais completa que todo um inventário sobre o seu passado. Descobririas que as coisas e as pessoas só o são em totalidade quando não existem perguntas, ou quando essas perguntas não são feitas. Que a maneira mais absoluta de aceitar alguém ou alguma coisa seria justamente não falar, não perguntar — mas ver. Em silêncio.

Tu verias a moça.

A moça ver-te-ia?

Sentarias no chão, ao lado dela, tentarias descobrir nos olhos ou na boca ou em qualquer outro traço um sinal não de reconhecimento, mas de visão. E pensarias que o que faz nascer as perguntas não é uma necessidade de conhecimento, mas de ser conhecido. Porque tu não saberias se a moça sentia a tua presença. Falando, ouvirias a tua própria voz, solta na praça, e terias a certeza de que a moça te ouvia. Ainda que não te visse, na visão completa que terias acabado de descobrir.

Suspensa a voz num primeiro momento, tu voltarias atrás, desejando ser visto. Mas para teres a certeza de ser visto, terias que ter a certeza de que eras ouvido. A moça não falaria. Nem se movimentaria. Teria, já, descoberto o silêncio como forma mais ampla de comunicação? Estenderias a mão e a tocarias no seio, e a moça ainda não se movia. Afastarias o vestido, as tuas mãos desceriam pelos seios, pelo ventre, as tuas mãos atingiriam o sexo com dedos ávidos, o teu corpo iria se curvando numa antecipação de posse, o corpo da moça começaria a ceder, a pressão de teu corpo sobre o dela se faria mais forte: a moça deitaria de costas na areia, tão leve como se aquilo não fosse um movimento. Tu farias a tua afirmação de homem sobre a entrega dela. Mas os movimentos seriam só teus, vendo um céu talvez escuro, talvez iluminado, uma extensão de praça parecendo imensa vista em perspectiva. E uma estátua carcomida. Assim: teu membro explodiria dentro dela enquanto olharias fixo e firme para um rosto de pedra branca despido de feições.

Depois sairias caminhando devagar, vencendo a praça, voltando ao caminho de cascalho. Mas desta vez pisarias muito suave. Seria leve o toque de teus pés, seria verde o teu olhar no gesto de virar a cabeça para ver o mar, seriam mansos os teus movimentos em direção ao ponto de fuga onde mergulharia a rua. Na esquina olharias pela segunda vez para trás e veria um caminho, uma praça e o mar. Um caminho, uma praça e o mar. E no meio da praça, uma moça. Bancos de mármore, árvores sujas, canteiros vazios, nenhum lago, uma estátua devastada e, muito recuada, uma moça. Sem movimentos, uma moça. Sem salvação, uma moça. Sem compreender, uma moça. Uma moça e uma tarde. Quase noite.

Paixão segundo o entendimento

DESPIDO E SOLITÁRIO, organizou o prazer no banheiro, enquanto o mundo não lhe entregava aquela mulher predestinada desde o início dos tempos. Uma sensação de estranheza de seu corpo múltiplo e concentrado em um único ponto rijo de fogo, as mãos atarefadas conduzindo os movimentos. Envolto em vidro numa atmosfera ao mesmo tempo quente e delicada, como as concavidades da mulher ignorada. E de repente assim, já não vendo as próprias coxas onde o líquido tecia desenhos, de repente tendo outra vez oito anos na surpresa de perceber a mente infantil aprisionada num corpo adulto e satisfeito. Antes, o vidro ameaçava ceder a um matagal de veludo, qualquer coisa áspera e intensa: o vidro quebrado e os pesados reposteiros sobre ele, num voo.

A mão suspensa, exausta. E só após — a incompreensão da própria carne. O cérebro por segundos esvaziado de pensamentos cedia lugar unicamente ao gesto, o cérebro posto em repouso voltava a funcionar. Não, não eram recriminações: uma perplexidade distraída de não ter controlado o que era seu e, mais além, o medo de não controlando o que era seu não poder controlar jamais o que era alheio. O que seria alheio, corrigiu-se pensando na fêmea que lhe era destinada. Ajustou-se ao que voltara a ser, admitindo que já não conseguia tocar-se: havia-se formado como que uma aura em torno do corpo. Não uma aura de santidade, nem de irradiações, mas de desnecessidade de tocar-se. O corpo tresandava exaustão. Não, já não era preciso tocar-se, e isso não doía. Doía apenas quando o gesto se impunha, e antes do toque, apenas antes. Vigoroso, olhou-se no espelho e sorriu como um animal, sem compreender que o sorriso não era para si próprio, mas para um outro — ainda não suspeitava da possibilidade de encontro de criaturas de mesma força, numa relação diversa da dominante-dominado que esperava. E mesmo que suspeitasse, não admitiria, pois em qualquer parte do mundo havia uma fêmea feita para ele, acreditava. Uma fêmea côncava em que, convexo e sem espanto, se acomodaria. Não, não suspeitava que asperezas e saliências pudessem se encontrar em violência e fogo, num círculo intenso, oculto. Admirou-se, a masculinidade expressa no olhar arrogante substituindo o instrumento exausto. A luz coada da tarde impunha um reflexo fantasmagórico no liso da pele e, sem entender, admitiu.

Por um momento, uma suspeita o fez oscilar precário: que estava se passando? A mão deslizou mansa na pele, num toque novamente além da aura, mas diferente, apenas isso, diferente. Nem mais nem menos profundo. Então, como no começo do mundo, começou a se fazer a luz. Atravessou seis dias anexando a si o claro e o escuro e o sim e o não e o amor e a guerra e as pestes e os sorrisos e as mãos dadas e os plátanos perdendo as folhas e novamente recuperando e os desertos e as planícies e os oásis e as chuvas e os ventos e as praças e as grandes extensões de nada e as galáxias e cada um dos grãos de areia do fundo dos oceanos e os animais e as pedras e o acúmulo de pedras formando templos e as estradas e as portas e as varandas e as ondas e as cidades de ferro e metal e organdi e o silêncio todos os silêncios e os gritos e os muros e os porões e as chaves. Mas no sétimo dia, no sétimo dia tremeu e hesitou, imediatamente cobrindo-se com toalha, expulso do que descobrira e que, por inexperiência de lidar com as coisas, poderia transmutar-se de paraíso em inferno. Não houve tempo de escolher nem paraíso nem inferno: preferia a segurança de um gesto.

De hoje em diante comerás o fruto de teu próprio suor — ainda ouviu, sim, sim: era preciso dar sangue e pão e carne a um evento para que não morresse. Era preciso sentir nos ombros as garras do que inventara. Então vestiu-se demorado, reconstruindo aos poucos o que não sabia se se ampliara ou fora destruído, reassumindo-se no que era simplesmente, a sua demarcação com fronteiras e limites, obscuras negações. A firmeza e o conhecimento do que constituía seu próprio terreno, e que fechava a qualquer tentativa de modificações. Jamais teria sido guerreiro ou explorador de novas coisas ou um descobridor ou um cientista ou um astronauta: seu heroísmo residia na defesa, não no ataque. O máximo que pediria a Deus, se acreditasse nele — e acreditava —, seria não permitir jamais que saísse de si próprio, nem avançasse além do que, descuidado, já avançara. Pois que, avançando, era obrigado a anexar o que descobrira, e não tinha forças nem vontade de reformular todos os dias o seu ser de cada dia. E olhando fora de si, pressentia avisos, seculares avisos de sangue de que o que o esperava não tardaria. A isso chamava, amável, de *uma esperança*. Em nenhum momento permitiria a si mesmo duvidar da concretização das esperanças, do que chamava esperanças.

Sim, sim, confirmou olhando-se no espelho, quase vestido. A mulher havia colocado a mão no seu ombro, dizendo: eu sou bonita. Mas ele fora além e respondera: eu sou. O prazer que sentia era quase o mesmo de quando jogava tênis e conseguia interceptar uma bola impossível para marcar pontos. Apenas, o esforço dos músculos doía depois. Uma dor imprecisa, ao mesmo tempo generalizada e concentrada, num ponto inatingível. Sim, repetiu uma outra vez, e já não doía, nada mais doía. Pensou numa fórmula matemática — ele era engenheiro — a mãe esperando para jantar — ele era órfão de pai — nos talheres de prata — ele era rico: conseguindo situar-se. Sim, sim, delimitar-se, sim, sabia o que era, quem era, sim. Aparou cuidadoso o bigode e, recomposto, desceu triunfante as escadarias de mogno envernizado.

Fotografia

SENTADA AQUI, desde não sei quando, olho à esquerda, olho em frente, em cima, olho, quase tonta de não encontrar, olham também da mesa ao lado, já perguntei as horas duas vezes, não, três, o cara respondeu direito da primeira vez, da segunda me olhou oblíquo, na terceira comentou qualquer coisa com a mulher, deve ter dito coitada, levou o bolo, me dá nojo, não exatamente nojo, que é uma coisa de estômago que se derrama viscosa pelos outros, atingindo tudo em torno, esverdeada, não, nem ódio, que é grande demais, não cabe dentro de mim, da minha arquitetura frágil de mulher magra, as pernas finas suportando não sei como os ombros e o tamanho dos olhos, o ódio seria demais, eu tropeçaria toda atrapalhada com meu próprio peso, a raiva é mais mansa e eu me sinto capaz de suportá-la, a raiva cabe em mim porque não permanece, e as coisas só adentram em mim quando podem escapar em seguida, eu sufoco, sei bem, sufoco e quase esmago as coisas, as gentes também, apenas ultrapassam numa rapidez de quem não olha para trás e vai seguindo em frente, fraca demais para ser barreira, transparente, porosa feito cortina de fumaça, não, não exatamente, a fumaça ao menos faz os olhos ficarem vermelhos, provoca tosse, eu não consigo abalar ninguém, um plástico, material sintético, teve pena na certa, eu não quero que tenham pena de mim, dói mais que tudo os outros olhando de cima, constatando a fraqueza nossa, a nossa inferioridade, quero que me olhem do mesmo plano, se ele quer comentar alguma coisa com sua companheira que diga lembra? uma vez que eu também esperei por você assim, você não vinha, não vinha nunca, eu fumava, eu bebia, eu esperava e você não vinha, mas acabou vindo e está aqui, agora, vendo uma moça que espera como eu esperei você naquele dia, parece que daqui a pouco ele vai me dizer as horas sem eu perguntar, não como se estivesse se dobrando num jeito de amigo, mas como se me agredisse lançando a espera inútil no meu rosto, esqueci completamente as horas, não sei se estou aqui desde ontem, desde sempre, parece que já choveu, já fez vento e garoa, que o amarelo das folhas sobre a calçada é do outono passado, não deste, parece que já é inverno gelando a gente por dentro, que o verão pesa nas pálpebras tornando lentos os gestos, dessa preguiça no andar como se a cada instante a gente morresse, mas esse salto por dentro é primavera impulsionando para um verde renascido, garoa morna, fina, quieta nesse jeito de colocar os olhos longe, um longe despido de barreiras, ah essa toalha azul axadrezada de branco, o círculo úmido do copo onde uma mosca se debate, a minha bolsa, o maço quase vazio de cigarros, duas garrafas vazias de coca-cola, o cinzeiro cheio de pontas, essa música indefinida machucando por dentro, como se estivesse desde sempre aqui, escorregando devagar, as notas feito pingos de chuva na vidraça abaixada, vontade de dizer um palavrão, esses dois me olhando, assim, gozando, rindo da minha espera, mesmo o garçom de paletó branco, um dente de ouro na frente, vai escurecendo, trinta e duas tábuas no teto, gente saindo, passando, tivesse ao menos um jornal para disfarçar, não adianta, que horas serão, meu Deus, não quero perguntar outra vez, vai ficar muito evidente, já mudei mil vezes de posição na cadeira, não encontro o jeito, seria necessário um jeito específico de esperar, é medo o que eu tenho? não sei, de repente me encolho toda, um movimento interior de defesa eriçado por um sentimento que desconheço, da mesa ao lado eles levantam, vão saindo, indo embora lentos, o garçom desaparece ao lado do balcão, começa a anoitecer, todos os relógios estão parados, não sei se é ontem, se hoje ou amanhã, se é sempre, se nunca mais, estou solta aqui, completamente só, não há relógios, não há relógios e o tempo avança liberto, sem fronteiras nem limitações, uma bola de arame farpado, o sentimento vai-se adensando em mim, transborda dos olhos, das mãos, sai pela boca em forma de fumaça, sinto meus lábios ressequidos, machucados, o gosto amargo, a bola cresce estendendo tentáculos, no meio dela eu me encolho cada vez mais, presa num círculo que cresce até explodir na vontade contida de gritar bem alto, bem fundo, rouca, exausta, correndo, esmagando as folhas de um outro outono, de um outro tempo, ainda este, o tempo, o outono, a tarde, o mundo, a esfera, a espera em que estou para sempre presa.

Itinerário

DE REPENTE, ESTOU SÓ. Dentro do parque, dentro do bairro, dentro da cidade, dentro do estado, dentro do país, dentro do continente, dentro do hemisfério, do planeta, do sistema solar, da galáxia — dentro do universo, eu estou só. De repente. Com a mesma intensidade estou em mim. Dentro de mim e ao mesmo tempo de outras coisas, numa sequência infinita que poderia me fazer sentir grão de areia. Mas estar dentro de mim é muito vasto. Minhas paredes se dissolvem. Não as vejo mais, e por um instante meu pensamento se expande, rompendo limites num percurso desenfreado. Nesse rápido espraiar, meu ser anexa a si as coisas externas. O parque, as árvores, o sol, as gentes deixam de ter existência privada e, dentro de mim, estão sob meu domínio. Como membros de meu corpo, ou pensamentos já feitos ou palavras já formuladas — eles se aninham em mim, fazendo parte do meu ser. Me torno em parque, em árvore, sol, em gentes. O processo é tão breve que sequer tenho tempo de regozijar-me com ele. Porque subitamente tudo volta.

E sou apenas um homem no parque — reduzido somente a minha condição de homem no parque. Espio para fora de mim e vejo as coisas que não são mais minhas. As árvores debaixo das quais estou, esta folha que há pouco deslizou pelo meu chapéu, escorregou por ombro, atingindo a mão onde a esmago, esta gente para quem sou um homem no parque. Na minha mão o contato da folha ferida é áspero. Mas não fere. Frente a meus olhos: hirta, seca, amarelada, é uma folha do inverno. As ramificações se expandem em mil caminhos até as bordas, na tentativa já inútil de levar a seiva aos pontos mais recuados, e ela é uma coisa morta. O pequeno talo vibra entre meus dedos como um ser vivo e agonizante num último espasmo. Olho as pontas reviradas e, num gesto, torno a esmagá-la. Já não é folha, já não é nada — somente um punhado de poeira que escorrega incômoda manga adentro do casaco. No entanto, não sou um assassino: sou um homem no parque! quase grito para que as outras pessoas escutem e olhem para mim e vejam como sou inteiramente normal trivial banal e até vulgar dentro deste terno escuro, antiquado — preciso que tomem consciência do meu ser e preciso eu mesmo tomar consciência do que sou e do que significo nesta brecha de tempo. Por isso baixo os olhos e, subindo-os desde o bico dos sapatos, vistorio todo o conjunto que forma o meu ser em exposição. Calças, casaco, chapéu — eu sou um homem no parque! novamente quase grito porque a realidade de repente oscila, ameaçando quebrar-se em fatias que ferem. Apoiado em minha segurança, que se revela precária, eu luto.

E eis que a luta finda. Eu cedo. Novamente as coisas se dissolvem e torno a escorregar para dentro de mim. Mas estar mim já não é vasto. Minha extensão reduziu-se a este círculo acinzentado que é meu pensamento. Minha extensão é tão mínima que sufoco dentro dela. Tudo se resume a esta extensão. Não há mais nada fora de mim. Impossível a fuga. Meus membros se encolhem como um tecido ordinário, recém-levado, estendido ao sol. Tudo se comprime em torno de mim. Este círculo acinzentado apertando cada vez mais, repleto de arestas, de pontas aguçadas. Neste círculo estou em rotação. Meu ser vai girando, girando num lento corrupio, num movimento que é quase dança, quase ciranda. As arestas ferem leve, com jeito de carícia, as pontas apenas afagam enquanto o pensamento se esquiva, na esperança de sair ileso. Então tudo cessa.

E volta o parque com suas gentes passando, com aquela série de coisas que constituem o ser de um parque. Acendo um cigarro, minha mão treme, devolvida à segurança que em relação às coisas de fora novamente se revela eficiente. Nas minhas calças, o pó da folha é a lembrança do crime sem júri nem juiz, nem poluição. A meus pés, o trabalho das formigas é intenso neste outono quase inverno, repleto de folhas caídas. A longa fila se encaminha lenta, desviando-se de meus sapatos, folhas equilibradas sobre as cabeças, ultrapassando os pés do homem a meu lado, as pernas vagamente tortas daquela mulher mais adiante, as meias azuis daquela adolescente. Até o formigueiro, onde as despensas devem estar abarrotadas. Mas as cigarras já não cantam.

Tudo volta. Procuro retornar a meu último pensamento: tinha relação com infância e livro, eu sei. E busco. Por entre essa infinidade de formas, de signos desfeitos com que são construídos os pensamentos; por entre esse amontoado de lembranças feitas de imagem incompletas como retratos rasgados; por entre essas ideias a que faltam braços, pernas, cabeças; por entre os retalhos dessa caótica colcha de que é tecido o cérebro de um homem no parque, eu busco. Sem encontrar. A segurança das coisas fáceis e simples desliza entre meus dedos recusando fixar-se. E há o cigarro: essa tonalidade azulada é apenas a fumaça subindo em lentas espirais, cada vez mais densa, tomando conta de mim, eu sei, deve ser, porque as coisas não sendo o que são outra vez me jogarão num mundo de procuras e espantos.

E de novo estou em mim. Ainda preso nas engrenagens do círculo. Que desta vez não ferem. Dentro da minha pequena extensão me são permitido o movimento e o investigar. Movimento e investigar vãos, porque é tudo tão ínfimo que nem há mistérios pelos cantos. Não há perspectiva na espera de serem pressentidas. Não há sequer vértices nesta superfície despida de arestas: só a leve chama, em aceno trêmulo por entre o vazio. Mas eu não quero. Seria preciso abdicar de todas as minhas verdades essas estruturadas lentamente, dia após dia, quase minuto a minuto, suavizando os contornos da realidade quando esta se torna áspera. Seria preciso abdicar de meu ser cotidiano, construído em longo labor. Seria preciso abdicar de minha segurança, e eu a acumulei em paciência em tédio, mas a fiz forte, e se agora periclita é porque todos nós temos o nosso momento de queda. E este é o meu.

No vácuo de mim eu me despenco. Porque seria preciso também abdicar de mim mesmo para novamente reconstruir-me. Tornar a escolher os gestos, as palavras, em cada momento decidir qual dos meus eus assumir. Já esfacelei meu ser, já escolhi as porções que me são convenientes, esquecendo deliberado as outras. E são elas — serão elas? — que agora se movimentam revoltadas, pedindo passagem em gritos mudos, na ânsia de transcender limites, violentar fronteiras, arrebatando para a manhã de sol. O tremular da chama é um aceno, convite para chegar à verdade última e íntima de cada coisa.

Não quero. Não posso restar nu, despojado de mim mesmo. Não posso recomeçar porque tudo soaria falso e inútil. As minhas verdades me bastam, mesmo sendo mentiras. Não é mais tempo de reconstruir.

Em luta, meu ser se parte em dois. Um que foge, outro que aceita. O que aceita diz: não. Eu não quero pensar no que virá: quero pensar no que é. Agora. No que está sendo. Pensar no que ainda não veio é fugir, buscar apoio em coisas externas a mim, de cuja consistência não posso duvidar porque não a conheço. Pensar no que está sendo, ou antes, não, não pensar, mas enfrentar e penetrar no que está sendo é coragem. Pensar é ainda fuga: aprender subjetivamente a realidade de maneira a não assustar. Entrar nela significa viver.

Sôfrego, torno a anexar a mim esse monólogo rebelde, essa aceitação ingênua de quem não sabe que viver é, constantemente, construir, não derrubar. De quem não sabe que esse prolongado construir implica em erros, e saber viver implica em não valorizar esses erros, ou suavizá-los, distorcê-los ou mesmo eliminá-los para que o restante da construção não seja abalado. Basta uma pausa, um pensamento mais prolongado para que tudo caia por terra. Recomeçar é doloroso. Faz-se necessário investigar novas verdades, adequar novos valores e conceitos. Não cabe reconstruir duas vezes a mesma vida numa única existência. Por isso me esquivo, deslizo por entre as chamas do pequeno fogo, porque elas queimam. E queimar também destrói.

Perplexidade, recusa e medo feitos em palavras fazem tudo recuar. O círculo abandona meus membros, a chama se apaga. A luta vai-se tornando lassidão. Revolta sufocada são rumores que abafo lentamente, com a delicadeza monstruosa de quem estrangula uma criança dormindo.

Eis que começo a voltar. Não de uma galáxia distante, de outro planeta, sequer de uma cidade ou um parque. De mim, volto. Em torno as árvores principiam a ganhar consistência, negativo aos poucos revelado, água escorrendo da capa de obscuridade. São verdes, as árvores. Seus troncos nascem da terra, se alongam em braços recobertos pelas folhas que o outono amarelou. Troncos rugosos, feitos de pequenos pedaços ásperos, de cor indefinida. Mas elas são verdes. Todos as veem verdes, mesmo agora, com as folhas amareladas, com a cor-sem-cor de seus caules. O céu azul. Mesmo sendo cinzento ou incolor o ar que o faz. É preciso dar cor e forma às coisas porque desnudas elas apavoram.

Respiro. Fecho os olhos. O ar penetra as narinas abrindo caminhos pelo corpo num automatismo que não terá fim enquanto eu viver.

Estou de volta. Minhas mãos sobre os joelhos, os joelhos cobertos pelo pano preto das calças, o pano afunilando até os pés metidos em meias listradas de azul e branco, dentro do marrom dos sapatos. Tudo me diz que estou de volta. Aceito. Suspenso no meu pulso, o tempo tiquetaqueia no ritmo do relógio. Onze horas. Preciso ir andando. Há mulher há filhos há trabalho há a prestação da televisão que passará um bangue-bangue legal e pensando como qualquer homem neste ou noutro hoje à noite e eu gosto de bangue-bangue como um menino gosta de sorvete metido no meu pijama de bolinhas nas minhas chinelas às quais se amoldam meus pés como dentro de uma fôrma e a minha poltrona funda e o cachimbo e o jornal do lado. Tudo tão simples. Já vi mil vezes cenas iguais em filmes e livros e revistas. Tanto e tanto que duvido delas. Mas dúvida faz escorregar. E no fundo, depois do longo deslizar, no fundo é úmido e frio, apesar da chama. Faz-se necessário testar, apalpar as massas que recusam definições. Faz-se necessário avançar. Mas tudo impede o avanço. E dói.

Não.

E eis então que caminho para a rua, chamo um táxi, entro nele. Eis aí que olho pela janela, vejo o parque, o banco, as pipocas que não comprei. Eis assim que encosto a cabeça no banco, apanho um cigarro e trago longamente. Eis depois que solto a fumaça de um jeito que não sei se é sopro ou suspiro. Eis.

O coração de Alzira

POIS QUE ELE ERA UMA PESSOA e ela outra, descobriu de repente, afastando as cortinas. E eu que quis fazer de mim algo tão claro como um rio sem profundidade, disse para si mesma, em distração colocando em movimento os átomos de poeira. Curvou-se até o chão para apanhar um grampo. Quando se curvava assim, o cabelo caindo no rosto, assumia um ar humilde de coisa grande que se curva.

Ela era toda grande, de mãos e pés e olhos e busto, mas um grande que não se impunha, não feria. Um grande que pousava como quem já vai embora. Ela parecia levantar voo, no surpreendente de que ao elevar-se não deslocasse o ar em torno nem provocasse ventania. Até mesmo seu coração era grande. Era coração, aquele escondido pedaço de ser onde fica guardado o que se sente e o que se pensa sobre as pessoas das quais se gosta? Devia ser. Para tornar mais fácil o desenrolar do pensamento, ela concordava. E argumentava de si para si, lembrando músicas e poemas vagamente vulgares que falavam em coração: pois se alguém fazia uma música ou um poema forçosamente devia ser mais inteligente do que ela, que nunca fizera nada. Alguém mais inteligente certamente saberia o lugar exato onde ficam guardadas essas coisas. Coração, então, repetiu para si, consumando a descoberta. E acrescentou: mas ele está tão longe. Podia dar um tom de desalento ao que pensava, mas podia também solicitar, agredir, exigir. Qualquer coisa que doesse.

Ai, a necessidade que tinha de doer em alguém, como se já estivesse exausta de tanto ser grande e boa. Por um instante conteve um movimento, toda concentrada no desejo de ser pequena e má e vil e mesquinha. Até mesmo um pouco corcunda ou meio vesga de tanta ruindade. Ou continuar a ser grande, mas sem aquela bondade que pesava, para tornar-se lasciva. Obscena. Mas o máximo de obscenidade que conseguia era entrar de repente no banheiro quando o marido tomava banho, afastando as cortinas para entregar a ele um sabonete ou perguntar qualquer coisa sem importância. O importante era que o motivo não fosse importante. Justamente aí estava o obsceno. Depois saía toda corada, pisando na ponta dos pés e rindo um risinho de virgem. Virgem. Ai, estava tudo tão mudado que as meninas não davam mais importância à virgindade, andavam de calça comprida, cortavam os cabelos curtinho, fumavam, até fumavam, meu deus. E os rapazes, então, cabelos imensos, colares, roupas coloridas. Meu deus, ela repetia para si e para os outros que não sabia mais distinguir um jovem de uma jovem, e que isso a perturbava como se tivesse um filho ou uma filha e não soubesse dizer se era mesmo filho ou filha. Ai, era terrível.

Espiou o marido nu, as cobertas afastadas por causa do calor. Ai, era tão moço ainda, tão não-sei-como que dava uma vontade meio bruta de machucá-lo só porque era assim daquele jeito. Sentou na poltrona à beira da cama, espiando o dia. Mas ele é uma pessoa, eu sou outra, repetiu, repetiu, recusando a claridade que entrava pela janela para se encolher dentro dela, toda sem problemas nem angústias. De manhã bem cedo.

— Jorge — chamou, a voz ressoando estranha no silêncio. E desejou que ele abrisse os olhos e sorrisse dizendo: Alzira.

Mas ele não abriu os olhos, não sorriu nem disse. Então ela pensou e esta empregada que não chega. Era de manhã-bem-cedo e a empregada só chegava de manhã-bem-tarde. A dor que sentia de ser assim tão como era. Sorriu devagar, prosseguindo na doçura que sempre fora o seu caminho. O marido tinha cabelos no peito, pernas grossas, braços fortes. Ela era gorda, mole, grande. O marido tinha olhos azuis. Ela, pretos. Pretos como a noite, ele escrevera num poema antes de casarem. O marido tinha mãos quadradas, dedos compridos. Ela, grandes, redondas, gordas, acolchoadas. Leves como as de uma fada — o poema era o mesmo, mas as mãos também seriam? Precisava encerar o chão, mandar as cortinas para a lavanderia, fazer café. Ah, era domingo. Só agora ela lembrava. A empregada não viria. Era dia do marido dormir até tarde. Era dia dela mesma ficar na cama até as dez. Era dia de tantas coisas diferentes dos outros dias que ela conteve a respiração, abalada no que estivera construindo e preparando para um dia que não seria mais.

Vagou inquieta pelo quarto. Era domingo. Se fumasse, acenderia agora um cigarro para ficar com ar de pessoa distraída. Mas assim tão sem vícios e portanto sem ter sobre o que derramar a distração que desejava, ai — assim ficava tão solta. Perdi até o sono, suspirou, como se o sono fosse a sua última reserva de segurança. Nem de ler eu gosto, acrescentou. E estou com preguiça de trabalhar e tenho vontade de falar um palavrão, que merda também. Sem sentir, conseguira a distração que procurava. Mas agora que chegava a ela, consciente de que chegara, a distração se esgotava. Fazia-se necessário ir adiante. Mas o que vinha depois de uma distração? Não tinha em que nem como se concentrar. Nunca tivera instrumentos para forçar a atenção num determinado ponto. Era tão pobre. Tão.

Ai.

Caminhou até o banheiro, afogou a agitação abrindo três torneiras ao mesmo tempo. A água escorrendo gerava uma espécie de paz dentro dela. Molhou as pontas dos dedos, passou-as devagar pelo rosto. O espelho refletia um rosto amassado de pessoa em estado de desordem interna e externa. Começou a escovar os cabelos, fechou a gola do robe amarelo, deu dois beliscões nas faces para torná-las mais coradas. Voltou ao quarto. O marido mudara de posição: encolhido feito feto, mãos cruzadas sobre o peito. Alzira sentou na beira da cama. Espreitou o dia avançando, o medo avançando. Estendeu a mão num experimento de ternura. Retraiu-se. A lembrança da discussão do dia anterior barrava qualquer gesto. Que fazer, que fazer, que fazer, perguntou-se lenta, sem entonação. Não havia resposta. Engoliu algo parecido com um soluço. A cabeça encostada no travesseiro, espiava o dia crescendo. De repente deu com o olhar do marido fixo nela. Aprumou-se inteira, preocupada em afetar uma naturalidade de pessoa surpreendida em meio à higiene íntima.

— Hoje é domingo — disse.
— Pois é — concordou o marido.

E ela queria tanto mas tanto tanto que ele dissesse o nome dela assim bem devagarinho Al-zi-ra como se as sílabas fossem uma casquinha de sorvete quebrada entre os dentes e quase perguntava como é mesmo o meu nome? você lembra do meu nome? mas não adiantaria ele apenas a olharia surpreendido e se dissesse seria um dizer mecânico não aquele dizer denso lindo fundo e ela não queria isso não queria. Então falou:

— Dia de dormir até tarde.

E dormiu.

Domingo

SOBRE A MESINHA, ao lado da pilha de livros, o cinzeiro cheio de resíduos, bolinhas de papel, pontas de cigarro.

Recostado na mesa, o corpo, na ponta do corpo a mão, na ponta da mão os dedos avançando até o maço. Vazio. Revira o cinzeiro, um peso na cabeça, escolhe a ponta maior. Um último palito de fósforo na caixa. A chama. Azulada. Traga lento, depois solta a fumaça pela boca num jato, fica olhando o fio longo sugado pelo vento da janela aberta. Pela janela aberta, o silêncio do domingo impresso num céu sem cor. Na rua deserta de rumores: domingo. Abre um livro. Os dedos circundam as letras, a unha do indicador amarelada pelo fumo, os dedos acariciam as letras como se fossem carne. Carne desconhecida, sem interesse. Um pouco fria. Letras que não dizem nada, gesto cansado, dedos que voltam à posição anterior mas, inquietos, sobem pela camisa, libertam o último botão da calça. Dedos que entram no peito, passam na pele, alcançando o pescoço, o rosto onde a barba não feita fere de leve. De um apartamento ao lado o vento rouba uma música do rádio e a traz para junto de seus ouvidos. Um samba. Gosto desse samba, pensa distraído, liga o rádio, coincidência, exatinho na mesma estação, dedos agora acompanham o ritmo batendo na colcha, mas o pano não faz som, é preciso bater na mesinha, madeira sambando, a melodia escorrega devagar pelo lado do cinzeiro, se espalha no chão. A voz acompanha baixinho a letra melancólica, amor, flor. Esmaga a ponta do cigarro na parede, atira-a sobre assoalho, a mãe vai reclamar, nunca viu tanto relaxamento nem tanta preguiça num corpo só.

Dezoito anos e um metro e oitenta de solidão. Desliza a mão pela parede, fechando os olhos o verde deixa de ferir, as granulações miúdas do cimento parecem prometer alguma coisa. Mexe os pés sem meias de encontro à colcha, a consistência fria, um pouco viscosa, coloca arrepios na pele. Abre os olhos e encontra o verde da parede, o azul da colcha: domingo espreitando na moldura da janela. Reduzido a ele mesmo, miseravelmente, sobre a cama. Nem sono tem. Já fechou os olhos, tentou dormir mas tanta preguiça que nem sono tem. Apaga o rádio. Detesto tango argentino, nem sabe se é argentino, pode ser até brasileiro, sueco ou esquimó, mas fala em navalhada, cabaré & traição, mulher de cabelo tingido, talho na saia preta mostrando a coxa, piteira, pálpebras machucadas: tango. Coisa mais cafona. A indolência aumenta com a mudez do rádio. Gosto daqueles sambas mais antigos, a batida leve, mansinho, a voz fraca do cantor dizendo bem baixinho coisas bonitas e tristes. Ou então guitarras amplificador cabelos crespos berros brilhos oh yeah! No canto do quarto, o toca-discos: uma possibilidade. Mas seria preciso levantar, escolher o disco, passar lentamente o feltro, colocá-lo no prato, apertar um botão, dois botões, aumentar o volume, diminuir o volume. Ouvir. Deitar de novo, fechar os olhos, corpo abandonado na maciez da cama, lembrança chegando, de qualquer coisa, de preferência bem enfossante, quanto mais melhor. Obrigação de sentir, se possível, chorar. Larga de novo o corpo sobre as cobertas, que merda essa carteira de cigarros vazia, podia levantar, ir até a sala, a pedir ao noivo da irmã, um saco, descer até o bar, encontrar os carinhas pelo caminho, com o violão, na certa, sentados sobre o motor do fusca, não sei como o pobre aguenta aquela porção de bundões em cima dele, como é, vamos dar uma volta? Não quero, estou na fossa. Ou não dizer nada, são uns animais, não iriam entender, perguntariam por quê, ela te chutou? não iriam entender que vezenquando a gente fica triste sem motivo, ou pior ainda, sem saber sequer se está mesmo triste. Mas podia aceitar, entrar no carro, vamos até à praia? deitar a cabeça nos braços, apoiar os braços na janela aberta, vento entrando, remexendo nos cabelos, no rosto, jeito de lágrima querendo rolar.

A réstea de sol encolhe no chão: tempo. Só esse sol sem cor neste dia sem cor nem jeito de domingo. Idiotice: por que domingo precisa ter um jeito especial, mania de esperar que as coisas sejam dum jeito determinado, por isso a gente se decepciona e sofre. Na mesa, os livros oferecem consolo. Vontade de ler um troço decente. Mas é preciso passar por uma porção de besteiras até chegar ao que interessa. Vontade de ter um pensamento bem profundo, desses que fazem a gente se surpreender que tenham saído da nossa cabeça mesmo, naquela modéstia que só se tem quando se está distraído — desses pensamentos que nas revistas em quadrinhos aparecem em forma de lâmpada sobre a cabeça do cara. Mas o quê? Sobre a vida, um combate que aos fracos abate e aos fortes e aos bravos só pode exaltar? Sobre o amor, que é isso que você está vendo hoje beija amanhã não beija depois de amanhã é domingo e segunda-feira ninguém sabe o que será? Ou sobre a cultura e a civilização, elas que se danem eu não contanto que me deixem ficar na minha? Tudo já foi pensado: vida, amor, cultura, civilização, liberdade, anticoncepcionais, comunismo, esterilização na Amazônia, exploração das potências estrangeiras, mais que nunca é preciso cantar, guerra fria e vem quente que eu estou fervendo. Tudo a mesma merda. Pudesse abrir a cabeça, tirar tudo para fora, arrumar direitinho como quem arruma uma gaveta. Tomar um banho de chuveiro por dentro.

Em um metro e oitenta, dezoito anos, e em dezoito anos, seis meses, quatro dias, dezesseis horas e vinte minutos (em breve vinte e um). Nesse amontoado de características, sessenta quilos de magreza e solidão. Encosta o corpo na cama, a mão passando de leve no xadrez do cobertor dobrado a seus pés, o rosto na parede que o acolhe com o sem compromisso de sua impessoalidade, a mão passa sobe desce e de leve, de leve começa a chorar.

do amor

*Amar a nossa falta mesma de amor,
e na secura nossa amar a água implícita,
e o beijo tácito, e a sede infinita.*

CARLOS DRUMMOND DE ANDRADE

Diálogo

— *VOCÊ NÃO COMPREENDE, não consegue compreender.*

No meio do rio, eu via a pedra. A única naquela extensão azul de água, o pico negro erguido em inesperada fragilidade na solidão. Eu não tinha instrumentos para caminhar até ela, a pedra, tomá-la nos braços, por um instante debruçar minha ternura sobre seu isolamento num absurdo desejo de que em sua insensibilidade de coisa ela se fizesse sensível e, assim suavizada, contivesse o desespero amparando-se em mim. Por que ela se perdia assim e assim se assumia e se cumpria em pedra, dona de si mesma, dispensando qualquer afeto, qualquer comunicação? Ela se bastava. Parecia já ter ido além da própria estrutura num lento inventariar do mundo ao redor, como se seu pico tivesse olhos e esses olhos projetassem indagações em torno, avançando nas descobertas, constatações se fazendo certeza. E como se seu isolamento fosse deliberado, como se já não acreditasse em mais nada e tivesse escolhido o amparo apenas das águas, a precária proteção do azul — como se tivesse escolhido o vento, a erosão, os vermes, os musgos que a roíam devagar. Assim, da mesma forma como outros escolhem o apoio das pessoas ou a nudez do campo, ela escolhera o desafio da entrega. O despojamento de ser, insolucionada e completa em suas fronteiras: pedra porque pedra fora, era e seria num sempre que a sustentava, frágil e absoluta.

— *Veja, os meus cabelos estão molhados, caminhei horas pela chuva querendo e não querendo procurar você.*

Frágil e absoluta em sua carnação de mineral, as raízes, se as tivesse, encravadas no fundo do rio. A sua base por onde escorregam peixes, cobras, onde a lama se acumulava lenta tentando cobri-la por completo. Ondas frágeis de rio e, atrás, a ilha espalhada em verde contra o céu quase negro do entardecer. O sol além do rio, e o céu quase todo desfeito em cores que em breve afundariam no escuro. As cores morreriam, o claro se faria treva e a pedra mergulharia em sombras, impressentida — quem veria jamais uma pedra emergindo do negro que cobriria o rio? E renasceria, depois. Em cada amanhecer, renovada e sempre a mesma, endurecida em sua natureza. A pedra. Por que me doía e pesava por dentro, como se eu jamais conseguisse atingi-la? Ah meus gestos incompletos, meus olhos que não ultrapassavam o que viam — e ela me encarava, alheia ao meu espanto, inatingível quem sabe para sempre. E não seria apenas uma forma, uma silhueta de coisa nascendo da água, projetada contra o espaço, cercada de vazio, uma pedra? Que espécie de dureza havia nela, negando a penetração? A compreensão mesma de sua incompreensão — por que se fechava tanto, e tanto se esquivava, e sem se esquivar nem se fechar, feita em si — apenas uma pedra?

— Podia esperar de qualquer um essa fuga, esse fechamento. Mas não em você, se sempre foram de ternura nossos encontros e mesmo nossos desencontros não pesavam, e se lúcidos nos reconhecíamos precários, carentes, incompletos. Meras tentativas, nós. Mas doces. Por que então assim tão de repente e duro, por quê?

Uma pedra. Igual a si mesma, como só o são as naturezas inertes. As pessoas escorregam e, se num momento foram, no seguinte já não mais o são; a possibilidade de ser se reduz, contrai, escapa, ou num repente aumenta para explodir inesperada. As coisas se afirmam nelas mesmas em cada segundo de cada minuto. E em cada segundo futuro, serão ainda elas mesmas, sem se acrescentarem ou diminuírem. Para sempre, uma pedra será uma pedra. E por que então, enfim, esta palidez minha? Por que a encarava e pensava, e a constatava em sua permanência despida de mistérios e, no entanto, hesitava? Deveria compreendê-la no passar de olhos e ir adiante sem esperar. Contudo, esperava. De uma pedra — o quê? Se me machucava por dentro e quase tombava, meio aniquilado, impossível prosseguir. Derramar de ternura do vazio de minhas mãos, meus olhos quase verdes de tanto amor recusado, emoções informuladas pelo silêncio de noturna precisão — tudo convergindo para a pedra. Uma fatalidade, o inumano atingir o humano assim, de brusco? A nudez de meus pés devassava o frio. O vidro do rio, a lâmina do vento, a morte do sol. E a pedra. Inatingível.

— Compreenda, eu só preciso falar com você. Não importam as palavras, os gestos, não importa mesmo se você continua a fugir e se empareda assim, se olha para longe e não me ouve nem vê ou sente. Eu só quero falar com você, escute.

Inatingível. Escorregava em torno dela, percorrendo consciente uma trajetória de impossível. Em torno da pedra um círculo de repulsão que me jogava longe no momento da aproximação de seu centro. Cansaço pesando em mim, baixei a cabeça. As minhas mãos perdidas sobre a areia suja da beira do rio, as minhas mãos fremiam de fadiga. Círculos dourados percorriam o espaço, penetravam concêntricos em minhas órbitas, os círculos nascidos em torno da pedra. Pelos descaminhos, meu rumo se perdia, eu tornava a buscar, recomeçava — e novamente errava, e novamente insistia. Túrgido de ternura, me encarei. E baixei a cabeça com vergonha. A pedra prescindia de mim. Eu, que me projetava num tempo desconhecido, prescindir de tudo e, impotente, me projetava na pedra, lúcido de que não seria jamais o que ela estava sendo. Eu que não conseguia alcançar o que ela alcançara e para sempre me perderei entre as pessoas, vagando sem encontrar, sem saber sequer o que busco, o que buscarei. A pedra me agredindo com seu ser completo.

— *É esse gelo por dentro que eu não consigo entender. Você se doou tanto quando eu não pedia, e no momento em que pela primeira vez pedi, você negou, você fugiu. É esse seu bloqueio de aço encouraçando o silêncio, eu não consigo entender.*

Completo. Seria possível o absoluto em algo ou alguém às vésperas da destruição? Eu não sabia nem sei, ainda. Escurecia cada vez mais, a silhueta da pedra já se dissolvera talvez na noite, mas a sua imagem permanecia em minhas retinas. E no escuro, ela deixaria de ser? No escuro as coisas esquecem de si mesmas para se tornarem apenas coisas, desligadas de qualquer suspeita que se possa ter sobre elas? A imobilidade do rio com suas ondas fracas, feito um reafirmar de inércia. E eu. Que era eu naquele momento exato, jogado na areia, cheio de movimentos subterrâneos? Que era eu, com o incompleto de minhas tentativas que não se cumpriam, e permaneciam vagando num ritmo de espanto? O rio era o rio, o céu era o céu, a areia era a areia, mas a pedra recusara meu pensamento e se fizera unicamente em pedra. E eu que escorregava, me perdendo em corredores de luz filtrada, pelas varandas entrecobertas de samambaias, por solares arquitetados sobre pântanos, pelos pântanos mesmo de água pútrida e serpentes entrelaçadas em tronco de árvores viscosas — eu que me reconhecia ao longe e não ia além do gesto para me conhecer. Mas se o rio tinha peixes e lama e musgo no fundo, e tinha mistérios; e se o céu estava repleto de mundos formando o cosmos e o desconhecido infinito das galáxias, e tinha mistérios; se a areia onde haviam restado detritos e sulcos, onde vicejava uma grama rala, tinha também mistérios. Somente a pedra, até o fundo de si pedra, das nascentes ao topo, nada contendo além de seu ser.

— *Seria isso, então? Você só consegue dar quando não é solicitado, e quando pedem algo você foge em desespero. Como se tivesse medo de ficar mais pobre, medo de que se alcance seu centro e nesse centro exista alguma coisa que você não quer mostrar nem dar ou dividir. Contido, dissimulado, você esconde essa coisa, será assim?*

Ser. Já nada mais restava. Apenas a noite e, dentro dela, o meu silêncio de incompreensão. Meus passos afundavam na areia deixando uma esteira de poças que conteriam as estrelas, não fosse o imenso escuro de tudo. Cada vez mais lento eu caminhava. Para longe do rio. Para longe da pedra. Para longe do medo. Para longe de mim.

Triângulo amoroso: variação sobre o tema

Para Maria da Graça Magliani

ERA UMA MENINA. Embora não quisesse, quase desvairada na negação indireta, recusando atitudes e palavras que, justamente por afastadas, sublinhavam a sua condição. Aos olhos dos parentes, alheios a seu profundo — mais profundo ainda talvez porque inconsciente, resultante quem sabe de alguma remota frustração —, como ia dizendo, seu profundo ressentimento tomava forma como em todas as meninas: algo meio vago, quase informe, acentuado vezenquando por lacinhos e babadinhos, como se as frescuras no vestir pudessem compensar o que lhe faltava: a forma. Ah como recusavam a sua densidade, como supunham ultrapassá-la quando, na verdade, sequer chegavam à sua periferia. Principalmente: como erravam ao tentar acertar, suas atitudes de curva até o centrozinho dela (que eles ignoravam todo áspero e espinhento) fazendo-se queda lenta, desequilibrada, mesmo grotesca — irremediável queda.

Ela era, pois, o ser mais só daquela casa. Isso equivale a dizer que era também o mais só do mundo, já que seu ambiente limitava-se àqueles dois pais e àqueles quatro irmãos equilibrados precários em pares de longuíssimas pernas, que serviam para lançar no rosto da menina a sua pequenez. Ah como eles eram herméticos. Mesmo amigos com quem trocasse desditas, amigos miúdo-gigantescos como ela, não os tinha. Vivia num apartamento desses enganchados em edifícios cinzentos, tão vazio de cores quanto de crianças. Além disso, ainda não havia apreendido o grande desencontro das palavras — portanto não poderia comunicar-se de maneira adulta, posto que a maneira-adulta-de-comunicar-se trata-se de um constante dizer o que não se quer, pedir o que se tem e dar o que não se possui. Também nos gestos, ela ainda não conseguira precisar-se, adquirindo aquela dureza que não assusta aos outros. Toda inexperiente de membros, ela enrolava-se em braços e pernas, enredada em movimentos que absolutamente descontrolava. Subjetiva e objetivamente, a menina era tremendamente solitária.

Foi quando apareceu o gato. A natureza dos gatos é parecida com a das meninas: também eles possuem aquela ferocidade mansa, toda contida e dissimulada ao pedir leite roçando as costas contra as pernas das pessoas. A menina só era amorosa quando faminta, fazendo-se lânguida, quase erótica. Saciada, tanto se lhe dava estar com aquela família alta e magra ou outra, baixa e gorda. Como ponto de contato, havia ainda aquela lucidez desesperada, portal de loucura, nas noites de lua cheia. Ela chorava, ele miava. Incompreensão da própria angústia, uniam-se no ultrapassar de seus limites, iam além, muito além, completamente sós dentro do apartamento — quem sabe do universo —, ela gritava, luzes acendiam, gestos precisos acariciavam lugares imprecisos; ele miava carente de carícias, de tentativas de compreensão, incompreendido, incompreensível. O berro uníssono fazia as paredes incharem, prenhes.

Os olhos castanhos dela encontraram os olhos verdes dele numa manhã de chuva. Todo sujo de lama, ele fora encolher-se exatamente em frente à porta onde havia uma espera em branco. Comunicaram-se. Ela não tinha palavras. Ele tinha unhas afiadas. Ela tinha dentes nascendo, sua arma em gestação contra o mundo. Ah como se amaram violentos e ternos em unhadas de paixão, dentadas de lascívia, mão sobre o pelo amarelo, cabeças unidas — ele estacionado em evolução no ponto onde ela estava, mas ultrapassaria. Desde o início, ela fora em potencial maior do que ele. Tinha perspectivas, ao passo que ele estava para sempre confinado às quatro patas, ao rabo, às duas orelhas, aos seis ou oito fios de bigode. Mas inconscientes desse desencontro, doavam-se inteiros, ignorados, ignorantes — brutais e absolutos em sua posse calada.

Até que chegou a gata. Os pais tiveram o raciocínio lógico de que um gato, mais que qualquer coisa no mundo, precisa de uma gata. E a trouxeram. Ela insinuou-se fêmea, gata de loja de animais, guizos, laçarotes, miando esquiva roçava o corpo contra as paredes, delicadíssima no arquear do dorso, formando uma curva tão sutilmente prometedora que a menina se espantava toda de tanto cinismo caramelado. E começou a disputa. Desde o início, a menina estava derrotada — ah como os parentes não a compreendiam. Ela — indefinida, meio tosca — insabia que para conquistar era necessário ser dissimulada como a gata. Ela era completamente objetiva nos seus desejos: se queria agarrar o gato, não se perdia em tramas e atitudes — ia lá e agarrava a meta. Que se esquivava, agora, mais propenso às ternuras menos ostensivas da gata.

Findo o período de namoro, o cio chegou e a gata e o gato possuíam-se despudorados pelos cantos, a menina incompreendendo que ela mesma não era uma gata, e que só poderia, assim mesmo futuramente, e talvez, possuir naturezas como a sua. O problema é que ela nunca tinha visto um menino. Sua única oportunidade de amar fora o gato. Que se tornara absoluto como jamais pirulito ou boneca haviam sido.

Mais só ainda — ela chegou então à atitude extrema. Talvez por influência da gata, aprendeu a dissimular, e aproximou-se toda meiga do gato que tomava leite. Foi tudo premeditado, ou tão espontâneo que a preparação estava implícita. E apertou. De uma só vez. Mais com a força que teria, propriamente, do que com a que dispunha no momento. Ele não miou nem estrebuchou.

Apenas morreu. Sem adjetivos.

Ela ficou olhando o corpo mole, desafiando-se com a gata que farejava o companheiro. Havia uma réstea de sol sobre o tapete. A menina encaminhou-se para lá e começou a brincar com uns cubos coloridos. Não descobriram o autor do crime. Ela não chorou. No mesmo dia, disse a primeira palavra: ato. Depois começou a crescer crescer crescer. Até que casou, teve três filhos, comprou um automóvel, um apartamento de cobertura no Guarujá e uma casa em Poços de Caldas.

Meio silêncio

*É tempo de meio silêncio,
de boca gelada e suspiro,
de palavra indireta, aviso na esquina.
Tempo de cinco sentidos num só.*

CARLOS DRUMMOND DE ANDRADE

ÁGUAS DE VIDRO à luz doentia da madrugada. Um vidro verde e fino refletindo longe o tremor das luzes da cidade. Aproxima lento o próprio dedo da ponta acesa do cigarro até senti-lo retrair-se num afastamento involuntário. O rosto do outro também parece feito de vidro. Um vidro ainda mais frágil que o da madrugada. Tem a impressão que se sair caminhando o ar irá quebrar-se em ruídos e estilhaços. A lua está tão bonita que dói por dentro, fala. Depois retrai-se como o dedo não queimado. Sempre o medo de chegar perto demais, de não poder voltar atrás, pensa, e solta devagar a fumaça pelas narinas.

"Quer ouvir música? meus dedos avançam até o rádio. Um gesto e três palavras para encher o silêncio. Que de tão repleto não cabe em si mesmo. Mas ele diz não. Sua resposta me enche de uma brusca vergonha. Como se ele tivesse descido mais fundo do que eu, dispensando as facilidades que também são fuga. A luz da lua bate nas pedras, elas brilham feito mil luas brancas, mil luas ásperas, mil luas à beira de um céu-rio sem estrelas. Está tudo quieto — há quanto tempo? — e meus ouvidos já não descosturam do silêncio o rumor dos carros passando distantes na estrada."

Olham-se, mas não se veem. A escuridão não é uma parede, mas o silêncio os imobiliza na busca da palavra maior. Os dois fumam. As pontas acesas desvendam o escuro, e por instantes colocam um brilho avermelhado nas pupilas de ambos.

Perguntou se eu queria ouvir música. Não, eu disse sem pensar. Então ele calou como se tivesse ficado ofendido por eu recusar alguma coisa sua. Desconhecidos: como isso é, a um só tempo, terrivelmente bom e terrivelmente assustador. Pensar que eu estava só, no bar, esperando nem sei quê, nem sei sequer se esperando: de repente os olhos me buscando no balcão em frente. Verdes. No primeiro momento foi a única coisa que percebi. Verdes, os olhos, atrás da fumaça, no meio das gen-

tes, na frente do espelho. E o espelho refletindo o meu espanto. Depois vi os cabelos, a boca, os ombros. Mas era nos olhos, só nos olhos, que se fixava aquele mudo apelo, aquele grito. Nem sei. Aquela clara maldição. Saí, saiu. Não dissemos nada. Eu só tenho esperas. Ele traz a tranquilidade de mais nada esperar.

"Um menino. Aquele ar espantado. Um pouco trêmulo. Cigarro atrás de cigarro. Tenho medo de tocá-lo. De quebrá-lo."

Eu disse: a lua está tão bonita que dói por dentro. Ele não entendeu. É tudo tão bonito que me dói e me pesa. Fico pensando que nunca mais vai se repetir, é só uma vez, a única, e vai me magoar sempre. Não sei, não quero pensar. Neste espaço branco de madrugada e lua cheia, preciso falar, e mais do que falar, preciso dizer. Mas as palavras não dizem tudo, não dizem nada. O momento me esmaga por dentro. O espanto esbarra em paredes pedindo exteriorização.

Você vê? as pedras parecem luas também. Ou estrelas, ele diz. Chão de estrelas. Vamos pisar nos astros distraídos? Ele ri. Nesse segundo cheio de riso alguma coisa se adensa. Nossos pés pisam em pedras. Mas por cima dos sapatos, sinto que são frias e duras, e sei que seu significado está em nós, não nelas. Uma vontade que a manhã não venha nunca. Vai voltar a grande busca. As noites vazias. Amargura de estar esperando. Repetir mil vezes: não quero esperar. E a certeza de que esse não querer já traz implícitas as longas caminhadas, o olhar devassando os bares, a náusea, os olhares alheios, a procura, a procura: seus ombros largos, um jeito de quem pisa mesmo em luas, não em pedras.

As sombras se projetam alongadas na praia deserta. Rumor de carros e faróis que devassam a noite sem achar. Para de súbito, o corpo ferido por um sentimento indefinível. Precisa falar, precisa dizer.

Afinal, não foi para enfiar pérolas que você me trouxe aqui: eu digo. Ele está a meu lado. Então me olha sério, por um instante abalado, depois ri e diz: desista. Positivamente o cinismo não fica bem em você. E se com essa citação só quer mostrar que já leu Sartre, eu também já li. Por que feri? Por que feriu? Por que estamos dizendo coisas que não sentimos nem queremos?

Senta-se na pedra à beira do rio. Tira os sapatos, os pés nus mergulham na água. Os cabelos tombam da cabeça curvada.

"Um menino assustado querendo mascarar o medo com a agressividade. Um menino. Curvo-me para ele. Tão esguio que meus braços o rodeariam por completo. Por um instante ele ficaria inteiro preso dentro dos meus limites."

O rosto dele próximo do meu. Mais adivinho do que vejo o verde dos olhos deslizando pelas órbitas. A sua mão toca no meu ombro, sobe pelo pescoço, me alcança a face, brinca com a orelha, alcança os cabelos. O seu corpo cola-se ao meu. A sua boca vem baixando devagar, vencendo barreiras, colando-se à minha, de leve, tão de leve que receio um movimento, um suspiro, um gesto, mesmo um pensamento. Estou em branco como a noite. Ele me abraça. Ele está perto.

Ergue o braço lentamente, afunda as mãos nos cabelos de outro. E de súbito um vento mais frio os faz encolherem-se juntos, unidos no mesmo abraço, na mesma espera desfeita, no mesmo medo. Na mesma margem.

Amor

DO CORREDOR OS RUMORES chegavam diluídos, cobertos de cinza caindo mansa sobre os objetos. Vezenquando um rosto desavisado espiava na porta. Ficavam a encarar-se, e nesse duelo — quem saía perdendo? Enquanto examinava o rosto, guardava dentro de si um pensamento intenso, mas inafirmado em gesto ou palavra. Tinha consciência de estar sendo lento em seu exame, do movimento da mão baixando os óculos, do cigarro batido nas bordas do cinzeiro. E do olhar do outro, também parado, como se dissessem mutuamente me vês? e o que vês em mim? e em que essa visão te acrescenta ou diminui? te causa ódio ou amor ou que outra espécie de sentimento velado? Concordavam mudos, mas não saberiam ir além da primeira pergunta. Não saberiam definir a que espécie de quebrar interior se sujeitavam. Mas sabiam que um ser humano jamais atravessa incólume o círculo magnético de outro. Sabiam, mas sabiam também que, por condicionamento ou medo de verem periclitar a segurança fragilmente estruturada, atenuavam a carga de espanto oferecendo um cigarro ou perguntando se estava tudo bem. Fingindo-se imperturbáveis, não seriam obrigados a reinventar cada encontro ou desencontro. Por mais corajoso que fosse, por mais que se permitisse a queda, o desconhecimento, ainda assim não saberia precisar o movimento. Seria necessário um rótulo qualquer para pacificar-se. E os movimentos nunca vinham puros, em essência: era uma mansa piedade, quebrantada por um vislumbre de amor, ou um ódio com toques de desespero, ou ainda um simples dobrar-se, uma identificação de humano para humano, sem sequer um nome aproximado.

Assim, ele estava no escritório, cumprimentara há pouco a secretária que estava de aniversário, dizendo você é de Virgem, não? é o signo regido por Mercúrio, o planeta da inteligência, as pessoas de Virgem sempre conseguem o que querem embora no começo pareça tudo muito difícil. A moça sorria indefesa, querendo dizer que não tinha culpa nenhuma de estar de aniversário. Para disfarçar, dissera que o relatório estava pronto. De repente se olharam tão desesperadamente sós no corredor cheio de gente, uma ternura quase de cão brincando nos olhos, ele olhou para a ponta dos sapatos, ela batucou de leve na máquina, ele imaginou-a morando numa pensão barata, chegando do trabalho para lavar calcinhas na pia, indo ao cinema com o noivo, contando a ele as miudezas do dia — imagine, hoje o chefe me cumprimentou e até perguntou o meu signo, ele, que nunca tinha falado comigo. Não suportando mais, perguntou-lhe quantas primaveras, colocando um acento meio trágico na voz. Vinte e quatro, ela respondeu de olhos baixos. E quando chegaram ao ponto de precisar fazer qualquer coisa para quebrar o insuportável momento de ternura, disse brusco você está dispensada por hoje. Seco, praticamente jogando-lhe no rosto a sua bondade esmagadora, voltou as costas e saiu pisando duro corredor afora.

Na mesa, abriu a gaveta para encontrar um velho pacote de bolachas, uma fotografia rasgada e um carretel de linha. Em instantes como esse gostaria de ter no rosto uma expressão de ódio tão compacta e definida que ninguém suportasse encará-lo por mais de um segundo. Espiou o vulto refletido na vidraça. Impossível: havia nos olhos tal carga de espanto e indagação que causavam sempre um baixar de olhos, qualquer coisa assim como quem esconde a si próprio com medo de ser descoberto. Distraído, tentava aproximações, mas tão inábeis que os outros se encolhiam, medrosos da segunda intenção que ignoravam inexistente. Como chegar para alguém e dizer de repente eu te amo para depois explicar que esse amor independia de qualquer solicitação, que lhe bastava amar, como uma coisa que só por ser sentida e formulada se completa e se cumpre? Pois se ninguém aceitaria ser objeto de amor sem exigências.

Agora esperava o empregado entrar, ouvira a conversa no corredor. A felicidade do outro esperando o aumento quase certo, chego pra ele e digo assim eu preciso que o senhor me dê um aumento. Mergulhou na compreensão do sentimento do empregado e quase, quase se sentiu pobre, assim, como cinco filhos, um pedindo uma bicicleta, outro pedindo um livro, outro pedindo... pedindo... uma *côdea* de pão! Era assim que lia antigamente em livros que falavam dos pobrezinhos. E nada o comovia tanto quanto a expressão *uma côdea*. Imaginava um pobrezinho, a mão estendida à espera da casca toda roída. Arrepiava-se todo de amor pela humanidade. Quase não suportando a si mesmo de tanto amor represado, saía no corredor e dava um berro para o primeiro que visse. As paredes quase oscilavam, e ninguém, mas ninguém percebia que a sua raiva era um amor muito bem disfarçado, para que ninguém risse, para que ninguém o olhasse surpreso com a grandeza de seu coração. Preparava-se para levantar e berrar quando bateram à porta:

— Entre — disse.

O operário era magro, os maxilares agudos furando as faces, quase bonito teria sido talvez num outro tempo, sem a mulher e os cinco filhos, bebendo e rindo nos puteiros com os companheiros. Puteiro, não — *bordel*, corrigiu-se rápido. Bebendo cerveja, naturalmente, e rindo nos bordéis com os companheiros. Ou *prostíbulos*. As palavras muitas vezes usadas, sem o toque cínico e carregado de sugestões, mesmo um pouco melancólicas no seu ridículo, provocavam uma ternura maior. Piscou para si mesmo. Ah como conhecia as suas próprias fraquezas, como sabia apelar ao que lhe machucava o coração executivo.

Mandou o operário sentar, ofereceu-lhe um cigarro americano, filtro branco. E escutou atento a estória que já conhecia. Batucou nervoso na mesa, esperando que o homem falasse... agora... já... *uma côdea de pão*. Por inexperiência de lidar com palavras ou por conhecimentos carentes da psicologia dos chefes, o homem manteve-se discreto e objetivo nos fatos. Explicou tudo com muita concisão, o cigarro sublinhando sem melodrama os detalhes mais amargos. Olhava-o pensando no que ele pensaria de si. O homem terminou de falar e encarou-o. Uma pausa de espera estabeleceu-se incômoda entre as paredes. Confiante, o operário percebia suas feições comovidas, o ar exato de quem vai concordar e dar um aumento. Até se atreveu a largar um pouquinho de cinza no chão. Alguém gritou no corredor. Os estilhaços de som vieram arrancá-lo das escuras favelas onde andava compassado, distribuindo côdeas de pão a mil pobres bem pobrezinhos, de bracinhos finos e barrigas estufadas feito criancinhas de Biafra. Olhou o homem bem nos olhos, bateu o cigarro no cinzeiro — ah se pudesse ver a si mesmo assim, carregado, insuportável de amor, de tanto amor, de puro amor. E disse bem devagar:

— O senhor está despedido.

Amor e desamor

INESPERADA, ENCAROU-O PEDINDO. Dentro do ônibus que corria para um destino com a segurança dos que sabem para onde vão, ela de repente se assumiu em fêmea e simplesmente pediu. Seu primeiro movimento veio marcado de espanto, pois que pedia pura, motivada apenas pelo desejo de receber. Depois adentrou em si, recusando, negando a solicitação no ônibus superlotado de fim de tarde — e no entanto ainda pedia, mas dissimulada, tornando-se pouco a pouco cínica na maneira esquiva de olhar.

Espiou pela janela, curvando-se um pouco, quase a tocá-lo. A natureza de fora do ônibus escorria cinzenta, meio amorfa, desfeita em tons que não chegavam a se afirmar em cores. Dentro, escorria também, sem conseguir a nitidez de qualquer palavra. Subira no ônibus tão despreparada, disse baixinho, procurando encontrar a exclamação que não existia. E súbito, o homem estava ali. De óculos, entradas fundas no cabelo, olhando perdido pela janela. Era bonito? Sacudiu a cabeça em negativa de indecisão, como explicar, como formular que ele apenas era, sem adjetivos, era, estava sendo, embora sem saber, sem esforço algum — era. E ela pedia. Quebrava-se toda por dentro num movimento entre pudor e medo, voltando a cabeça para espiá-lo, a seu lado, as mãos postas em repouso sobre as calças bege claro. Ah como doía solicitar tanto e ir-se tornando cada vez mais lúcida dessa solicitação.

Tentou voltar ao primeiro susto, mas percebeu que este jamais se bastaria em si. Era o desassustado começo do medo e o resto se faria caminhada lenta de olhar para trás, para os lados, a ver se não estava sendo vigiada. Impossível, pois, voltar ao impacto primeiro, que era um nada de exigência não doída porque desconhecia a si mesma. A compreensão que ia atingindo, doía. Nesse doer, ela começava a sofrer, imprecisa e vaga. Suspirou ajeitando os cabelos que prendera na nuca, preguiçosa de pentear-se porque não previra o encontro.

Impassível, o homem ao lado. E já não mais era capaz de defini-lo: ele se transformara no que ela sentia. Ia além dessa compreensão, percebendo sábia que o seu sentir era tão dentro — e vago como as coisas interiores — que ela não poderia jamais sabê-lo em lucidez completa. Conseguia adivinhar o externo, mas o interno se perdia indefinido em sombras. O ônibus escorria no asfalto, o tempo escorria no relógio. Tudo ia em frente, ela se comprimindo cada vez com mais ardor. Ultrapassara o susto mas, temerosa de sofrer por amor, caíra na paixão. Absurda e mexicana e encerrada em si e independente do que a despertara: paixão. Pelo homem que era o objeto mais à mão, com a mesma intensidade com que amaria o único coqueiro da ilha onde estivesse náufraga.

De repente, se alguém a olhasse, ela perturbaria com sua turgidez ampla de fêmea em ritual de amor. Os olhos se haviam agrandado, a boca fremia num aparente mistério, porque jamais alguém conseguiria compreendê-la ou aceitá-la em sua quase obscenidade. Ela avançara rápido demais, e agora já não cabia dentro de si. Perdera-se completamente, os lábios mordidos e o frio do suor nas palmas das mãos a complicavam ainda mais. Irritava-se com as pequenas coisas que tentavam afastá-la de sua danação — a peruca loira da mulher em frente, os solavancos do ônibus, o vento que entrava pela janela aberta. Então quase odiava o que não contribuía para o amor desesperado gritando dentro dela.

Foi aí que o ônibus parou e ela desceu. Não sabia se antes ou depois ou no lugar exato onde devia. Não sabia ainda se fugira ou se aceitara. Um carro passou, molhando-a da água da chuva que caíra à tarde. Era noite. Assoou o nariz. Esbarravam nela, o choque fazendo-a enrijecer-se numa tentativa de decifração. O ônibus ia longe, dobrando a esquina, a silhueta do homem confundida com as outras, não conseguia mais ligar os pensamentos, recordar em que caíra, e como caíra, e por que caíra. Enveredou lenta pela galeria, alcançou a escada rolante. Foi no meio da subida, o espelho refletindo seu rosto, que ela descobriu um ponto branco latejando vivo num lugar desconhecido. Preciso cortar os cabelos, pensou sem compreender. Ou sem querer compreender. Ou sem querer, apenas.

Apenas uma maçã

NASCENDO DAS MINHAS PUPILAS, círculos dourados se estendem até o infinito. A maçã ofega em cima da mesa. A primeira percepção é um grito de luz sobre o branco, a presença da maçã, contornos imprecisos contra a janela. Os círculos ampliados concentricamente contêm átomos de poeira em passeio pela manhã. É manhã? Não sei: é silêncio apenas. Fecho os olhos. Somente a memória fala: porque é certo que as pessoas estão sempre crescendo e se modificando, mas estando próximas uma vai adequando o seu crescimento e a sua modificação ao crescimento e à modificação da outra; mas estando distantes, uma cresce e se modifica num sentido e outra noutro completamente diferente, distraídas que ficam da necessidade de continuarem as mesmas uma para a outra. O corpo ao lado, vestido, e o movimento que pressinto de recusa. Mas ela não fala. Apenas olha. As pupilas cheias de pequenos pontos dourados. Pontos de fogo, de ouro, de luz. Pontos de: não.

— Não vou perguntar por que você voltou, acho que nem mesmo você sabe, e se eu perguntasse você se sentiria obrigado a responder, e respondendo daria uma explicação que nem mesmo você sabe qual é. Não há explicação, compreende? Eu também não queria perguntar, pensei que só no silêncio fosse possível construir uma compreensão, mas não é, sei que não é, você também sabe, pelo menos por enquanto, talvez não se tenha ainda atingido o ponto em que um silêncio basta? É preciso encher o vazio de palavras, ainda que seja tudo incompreensão? Só vou perguntar por que você se foi, se sabia que haveria uma distância, e que na distância a gente perde ou esquece tudo aquilo que construiu junto. E esquece sabendo que está esquecendo.

Pede um cigarro, um objeto nas mãos torna mais fácil uma conversa dessas, compreende? A fumaça sobe devagar, já não existem os círculos dourados, agora são apenas cinza — a fumaça. Em torno, nada mudou. Até a água esverdeada do aquário parece a mesma. Espero. O peso na cabeça se dissolve aos poucos em contato com o dia.

— Não quero complicar nada. Nunca quis. Também não queria falar. Mas eu não podia simplesmente receber você com a cara de ontem.

Sentada na poltrona ao lado da janela, uma cara de hoje, o cabelo preso na nuca, o casaco do pijama escondendo as pernas, os pés descalços aparecendo. Movimento o corpo sob o lençol, sinto o contato do pano em toda a pele. Estou nu e ela adivinha o meu pensamento. Sorri:

— Não houve nada. Você não precisa se preocupar pelo que não houve. Você estava bêbado demais para qualquer coisa.

O cigarro, a maçã nas mãos: o tempo colocou na testa uma ruga que antes não havia.

De repente sinto medo. Um medo antigo, o mesmo que sentia o menino escondido embaixo da escada, esperando castigos. Um medo e um frio que nascem de alguma zona escondida no cérebro, nas lembranças, nas coisas que o tempo escondeu ao avançar, como se recuando súbito pusesse a descoberto todos os cantos invisíveis, todas as teias de aranha recobrindo velhos muros, os mesmos que tantas vezes tentei escalar sem que houvesse nada depois, nenhum caminho, nenhuma casa. Nada.

EU — Mas detesto analista amador.

ELA — Campo ou bosque ou deserto, qualquer coisa assim, compreende? O importante é que seja ao ar livre. Colabora, imagina. É só um teste.

EU — Um deserto, então.

ELA — Sem nada?

EU — Nada.

ELA — Mas nem uma palmeira?

EU — Nenhuma.

ELA — Um rio, qualquer coisa?

EU — Nada. Só areia.

ELA — E árvores?

EU — Nada.

ELA — Bichos?

EU — Nada.

ELA — Vento?

EU — Nada.

ELA — Água?

EU — Nada.

ELA — E a chave?

EU — Não encontro chave.

ELA — E o muro?

EU — Muro tem.

ELA — E como é o muro?

EU — Antigo, feio, todo descascado, tijolos aparecendo, um pouco de limo, enorme.

ELA — Você sobe?

EU — Tento subir. Várias vezes. Mas caio, arranho os pulsos, sai sangue. Dói muito. Sempre tento subir, sempre caio outra vez. Mas sei que um dia eu consigo.

ELA — E depois?

EU — Depois o quê?

ELA — Depois do muro, o que tem?

EU — Nada.

ELA — Nada?

EU — Absolutamente nada.

ELA — E você, o que você faz, no nada?

EU — Não sei, me desintegro, acho.

ELA — E não dói?

EU — Não. Não dói.

(*silêncio*)

ELA — Você já tentou o suicídio alguma vez?

EU — Três, por quê?

ELA — O muro que você tenta subir. O muro é a morte.

EU — Ah.

(*silêncio*)

ELA — Você agora vai me achar piegas, mas deixa eu perguntar.

EU — Pergunte.

ELA — Você não acredita em amor?

EU — Acho que não. Como é que você sabe?

ELA — Não existe água. A água é o amor.

EU — Ah. Que mais?

ELA — Nada.

EU — Nada?

ELA — É. Nada. Você não acredita em nada. Acha tudo estéril. Vazio. Seco. Um deserto. Nem problemas você tem.

EU — Problemas?

ELA — É. Os bichos.

EU — Ah.

ELA — Nem ideais. Com o perdão da palavra.

EU — Ideais?

ELA — É. As árvores.

EU — E daí?

ELA — Daí, nada.

(*silêncio*)

EU — Pronto: mergulhou no silêncio oceânico.

(*silêncio*)

ELA — Você não passa dum puto dum niilista. O diabo é que eu gosto de você paca.

Não mais. Ela apanha o cigarro, joga o toco pela janela aberta. Apanha a maçã.

— Eu ia pintar essa merda. Mas acho que não há mais nada a dizer sobre a droga duma maçã. Nada a fazer, também.

— A não ser comê-la.

— É, comê-la. Mas esta está velha.

— *Porque eu, meu filho, eu só tenho fome. E esse jeito instável de pegar uma maçã no escuro — sem que ela caia.*

— Que saco, hein? Estava demorando.

— O quê?

— A citação. Quem é?

— Clarice Lispector.

Ela não sorri. Houve um tempo em que tive um rio por dentro, mas acabou secando.

EU — É possível um rio secar completamente?

ELA — Claro que é.

EU — Mas será que ele não enche depois? Nunca mais?

ELA — Alguns sim, outros não.

EU — Mas nunca mais?

ELA — Sei lá, acho que não.

EU — Você tem certeza?

ELA — Certeza eu não tenho. Só estou dizendo que acho. Afinal não sou nenhuma especialista em matéria de rios, secos ou não.

EU — Sabe?

ELA — O quê?

EU — Eu tinha esperança que o rio voltasse a encher um dia.

O dia avança lento. Quem pode deter o avanço do tempo? Alguma coisa vai ser dita ou feita, o tempo prepara meus ouvidos e meu corpo para as palavras ainda em gestação. Levanto as duas mãos, veias estendidas sob a tessitura clara da pele, dedos desertos como se segurassem uma palavra intangível. Anêmona. Varanda. Circunlóquio. Hipérbole. Cantata. Coleóptero. Fazendo um gesto, talvez. Ou falando. Como dói o deserto de dedos desassombrados. Entre eles, a revista, a ilustração: uma orquestra sinfônica. Merda para todas as orquestras sinfônicas. Nos banquinhos, as bundas assentadas, violinos, fagotes. Gozado fagote, não é? Parece um cavalo galopando em cima de nozes, oboés, contrabaixos. E contracimas, não tem, hein? Sopé. E girândolas. Gôndolas girando? Mas se eu tivesse ficado, teria sido diferente? Melhor interromper o processo em meio: quando se conhece o fim, quando se sabe que doerá muito mais — por que ir em frente? Não há sentido: melhor escapar deixando uma lembrança qualquer, lenço esquecido numa gaveta, camisa jogada na cadeira, uma fotografia — qualquer coisa que depois de muito tempo a gente possa olhar e sorrir, mesmo sem saber por quê. Melhor do que não sobrar nada, e que esse nada seja áspero como um tempo perdido. Não digo. Atrás do aquário, os dois olhos confundidos com os peixes. Será que peixe gosta de maçã? Mas se tivesse ido até o fim, teria voltado? Voltar não será como ir até o fim, não será prolongar o processo em vez de abreviá-lo? Nunca soube a cor exata de seus olhos. Quando os via muito de perto, minha única preocupação era observar o movimento dos pontinhos dourados no fundo das pupilas. Mas em que cor estavam contidos esses pontinhos, boiando em castanho, em azul, em verde, em negro? O cigarro queima os dedos, fumado até o fim. O sol ilumina um remendo na cortina. A mancha encolhe lentamente.

EU — Você gosta de mar?
ELA — Gosto. Parece uma coisa que eu sinto às vezes por dentro e nem sei bem como é. Nem o que é. Acho que se um dia eu me matasse seria no mar. Queria ir entrando na água bem devagarinho, vestida de branco, descalça, cabelos soltos.
EU — Poesia fácil.
ELA — Vá à merda.

Atira a maçã para cima, recebe-a de novo, indecisa, num movimento que quase descobre os seios. As pernas compridas, um pouco brancas demais. Os olhos talvez meio estrábicos. Mas a cor? Que cor? O gesto antigo de afastar um fio de cabelo inexistente.
— Vá embora — ela diz.
Visto a roupa devagar. Começo a descer as escadas. Não olho para trás. De que adiantaria olhar? De que adianta não olhar?
Vou desviando das poças sujas da chuva de ontem. O asfalto esburacado. O céu cheio de fumaça. E de repente uma maçã espatifada contra o cimento. A carne madura demais espalhada em torno. Não há nada a dizer sobre ela, não passa de uma maçã morta.

do espanto

A vida se me é, e eu não entendo o que digo. Então adoro.
CLARICE LISPECTOR

O rato

ASSIM: do lado direito, um casal de velhos; do lado esquerdo, uma mulher com duas crianças; atrás, dois rapazes de ar indefinido; à frente, a toalha vermelha da mesa ampliando-se em perspectiva até a janela aberta para a noite. O ar ressecado estrangula os movimentos, depositado como poeira sobre as faces desfeitas de feições, expressões escorrendo em suor ao calor inesperado sobrevindo depois da chuva. Um rato caminha sobre uma das vigas de sustentação. Ele olha o rato, e o rato não o vê. Olha o rato, mas as outras pessoas não sabem que seu olhar olha o rato. Sozinho naquele bar, naquela rua, em todos os bares em todas as ruas do mundo, no mundo inteiro — sozinho: ele e o rato, natureza cinza equilibrada sobre quatro patas.

— Você prefere lasanha ou ravióli?
— O meu dia só existe porque você existe dentro dele.
— Garçom, por favor.
— Vou-me embora, não suporto mais este bar, este calor, esta mesa. Não suporto mais você.
— Eu quero batatinha frita.
— Hoje existir me dói feito uma bofetada.
— Sem cebola, por favor.

Quando partiu, levava as mãos no bolso, a cabeça erguida. Não olhava para trás, porque olhar para trás era uma maneira de ficar num pedaço qualquer para partir incompleto, ficado em meio para trás. Não olhava, pois, e pois não ficava. Completo, partiu. Não vê, mas pode sentir o toque áspero da pele recoberta de pelos em suas mãos que seguram o garfo e a faca, e o toque é quase uma carícia — uma nauseante carícia de bicho à procura de qualquer coisa. Mas o rato está em cima; ele estava em baixo, o sexo enrijecido, a mulher se movimentando sobre ele. Uma lassidão de coisa cujo destino é possuir, mas submetida à posse, quem sabe ampliada no escuro. Expandia-se dentro de si num movimento de revolta e nojo. Muito próximo do seu, o rosto da mulher aberto numa quase careta de gozo, os dentes manchados de cigarro espiando por entre os beiços cobertos de batom que as gotas de suor faziam escorrer. Apertou-a contra si, as mãos comprimidas na bunda áspera. O sexo explodiu numa chuva densa, enquanto olhava estupidamente para o fio de luz coado pela janela.

— Não posso comer massa, meu bem, engordo horrores.
— Porque se você não vem é como se o tempo fosse passado em branco, como se as coisas não chegassem a se cumprir porque você não soube delas.
— Infelizmente o camarão acabou.
— Estou completamente cheio.
— Bem molezinha, com bastante sal.
— Mas este prato está sujo, que absurdo!!!
— Tudo dói, e eu já nem sei mais para onde ir nem o que fazer, se ao menos —

você me amasse um pouco, não estaria aqui e agora, neste bar, sozinho, longe de você e de mim. O rato, agora, em passos hesitantes, a cauda enroscando-se em madeiras. Esfarela devagar um pedaço de pão, o miolo escorre por entre os dedos, feito água, feito vento, feito todas as coisas que passam e não marcam em nada, em nenhum recanto do corpo físico além de memória. Aqui e agora, pedindo mais uma cerveja ao garçom vestido de branco, bigodes retorcidos para baixo. Cercou-o devagar: um cuidadoso exame de comprador investigando a mercadoria, a medir de cima a baixo, da cabeça aos pés, a largura do tórax, a grossura das coxas, as mãos de dedos grossos nas juntas, os olhos escondidos debaixo das sobrancelhas, a barba forte azulando o rosto — como se conseguisse ir além da calça azul e da camisa branca limitando a carne. O sexo: ponto de chama entre as pernas. Estende a mão, mas o rato foge num movimento brusco.

— Prefiro carne, ao menos não engorda tanto.
— E se você vem, fica tudo maior, mais amplo, sei lá mas é como se eu existisse dum jeito mais completo, compreende?
— Temos peixe. Filé de peixe, serve?
— De repente parece que todo mundo vai começar a morder a gente.
— Feijão não, eu odeio feijão.
— Uma merda, tudo. Uma grande merda.

Súbito escorrega para uma região desconhecida, onde tudo se dilui em sombra, em silêncio. Na sombra e no silêncio, o rato desliza manso, subindo a parede até alcançar novamente a viga que o sustenta. A mulher o encarou ofendida: se você gosta de homem, o problema é seu, meu filho, não tenho nada com isso. Insistiu. O guarda o soltou e ele saiu caminhando de cabeça baixa, depois de ter jogado o cartaz na sarjeta: "O povo passa fome". Jamais olhava para trás, jamais: o que estava feito, estava feito, estava consumado, estava para sempre imutável, inamoldável, fechado em si mesmo, estanque: o tempo. Ela sorriu de lado, a língua metida na falha entre os dois dentes. Concordou. Meteu a mão no bolso, procurando a carteira, e sentiu o quase toque nos seus sapatos. Cerrou os dentes, o sexo latejava, estendeu a mão e tocou. Imóvel — o homem. O indecifrável dos olhos, do vinco marcando a boca, espreitando-o, tenso. Eu pago, disse. Mas o rato voltou, sem que ninguém o veja.

— Tudo bem, um bife, mas bem pequenininho, bem passado e sem molho, hein?
— Ninguém toma de ninguém esse tipo de coisa, ninguém.
— Temos sopas, também. Madame é quem sabe.
— Me deixa ir embora. Eu não quero mais te ver. Nunca mais.
— Arroz? Mas eu só queria batatinha.
— E a faca? Será que é preciso comer com as mãos?
— Se ao menos dessa revolta, dessa angústia, saísse alguma coisa que prestasse.

Qualquer coisa: eu teria ao menos algo em que me segurar, qualquer coisa. O extremo da revolta seria a coisa feita, pronta para que segurassem nela. Eram vermelhos? Ou seriam azuis? Nunca vira os olhos de um rato bem de perto. Só a cauda, estendendo-se de elo em elo, até o final pontudo, como uma serpente. Não suportaria encarar um animal, qualquer que fosse. Aquela inconsciência de si mesmo, a ausência de indagações, de marcas — a isenção o deixava paralisado, como uma ferocidade inesperada: um animal, o homem nu, estendido sobre a cama. Tocava o sexo, e o sexo vibrava. A cama vibrava. A noite vibrava. O mundo vibrava. Alinhou um a um os farelos na esquina, formando um nome com o líquido da urina. A mão machucada de sustentar o grito do cartaz, os pés sob a revolta, os ombros doídos embaixo da contestação. Foi de repente que começou a correr para longe daquilo, esmagado pela exigência, pelo espanto de estar pedindo alguma coisa que nem para si era. Pedir exigia uma participação íntima que ele não tinha, e seus gritos ressoariam falsos por todas as esquinas, seus ombros curvariam ao peso acumulado, a cabeça baixa, rabo entre as pernas. O susto do rato com a bolinha de pão jogada sobre a cabeça.

***

— Imagine, ele falou que tinha achado o chapéu detestável.
— Só eu sei que cheguei à humildade máxima que um ser humano pode atingir: confessar a outro ser humano que precisa dele para existir.
— Quem sabe uma feijoada?
— Daqui a pouco vai começar a chover de novo.
— Tá bem, mas só se vier um sorvete depois.
— Quer fazer o favor de me alcançar o copo?
— Mas não sai nada. Nada. Nem uma lágrima.

Aproxima-se. Os olhos agrandaram na procura consumada em encontro, as patas avançaram para o objeto — o cinzento arrastando-se sobre o amarelo dos tapetes.

— Inveja, pura inveja, conheço demais essa gente.
— E no momento em que se confessa a precisão, perde-se tudo, eu sei.
— Não? Quem sabe então um... um... um...
— Não adianta insistir. Agora eu vou.
— De creme, não. Quero de morango.
— E essa coca-cola que não vem?
— Sei lá, vou dormir que é melhor.

Agrandava-se. *Sra. d. Cândida, coberta de ouro e prata, descubra o seu rosto, quero ver a sua graça.* Descobria-se. Afastava o ouro, a prata, as mãos que escondiam o rosto e dentro — o que havia? Contém-se e começa a contar-se baixinho: Era uma vez: "assim: do lado direito, um casal de velhos; do lado esquerdo, uma mulher com duas crianças; atrás, dois rapazes de ar indefinido; à frente, a toalha vermelha da mesa ampliando-se em perspectiva até a janela aberta para a noite". E o rato. Quis gritar, mas era tão tarde, era muito tarde, era sempre tarde. Viu o garçom arrumando os pratos sobre a mesa, a fumaça elevando-se da comida quente. Mas a vidraça ainda não refletia a cor exata dos olhos. Baixou a cabeça para o prato, apoiado nas quatro patas cinzentas, o focinho fino, as pessoas esfarelando pães e jogando-lhe pedaços, espantou-se da delicadeza de suas próprias garras, da leveza de seu próprio corpo, agora apertam sua cauda entre os pés, e ele foge, tenta fugir, mas alguém sopra em seus ouvidos algo parecido com uma canção de ninar. Ou uma canção de guerra, de ódio, de nojo, de sangue, uma cantiga de roda, ou simplesmente um grito estridente, agudo, trêmulo, incompreensível. Um grito humano.

Madrugada

Para Arnaldo Campos

DESCONHECIDOS — mas somente antes do encontro. Que acontecera no bar. Então, unidos pela mesma cerveja, pelo mesmo desalento, deixaram que o desconhecimento se transmutasse naquela amizade um pouco febril dos que nunca se viram antes. Entre protestos de estima e goles de cerveja depositavam lentos na mesa os problemas íntimos. Enquanto um ouvia, os olhos molhados não se sabia se de álcool ou pranto contido, o outro pensava que nunca tinha encontrado alguém que o compreendesse tão completamente. Era talvez porque não trocavam estímulos, apenas ouviam com ar penalizado, na sabedoria extrema dos que têm consciência de não poder dar nada. Uma mão estendida áspera por entre os copos era o consolo único que se poderiam oferecer.

Com a lucidez dos embriagados, haviam-se reconhecido desde o primeiro momento. Ou talvez estivessem realmente destinados um ao outro, e mesmo sem o álcool, numa rua repleta saberiam encontrar-se. O fulgor nos olhos e a incerteza intensificada nos passos fora a pergunta de um e a resposta de outro.

O primeiro estava ali sentado há duas horas, mas já fazia parte do ambiente. Um pouco porque seu terno era de cor igual às paredes do fundo, mas principalmente porque ele era todo bar. Na forma, no conteúdo. Mais exatamente, aquele bar em especial, que tinha uma coruja no nome e nos desenhos da parede. Ave que ele imitava involuntário, nos ombros contraídos, no olhar verrumante. Olhar que lançou sobre o outro no momento da entrada. Este vinha ainda incerto, como se buscasse. E sua imprecisão atingiu o paroxismo quando no choque de olhares. Vacilou sobre as pernas, a roupa parecendo mais amarrotada, subitamente um braço se descontrolou atingindo a mesa mais próxima, varrendo-a quase com doçura. A doçura dos que de repente encontraram sem estar de sobreaviso. A loura oxigenada deu um grito e o homem que a acompanhava aprumou-se em ofensa, pronto a atacar, macho pré-histórico protegendo a fêmea em perigo. Ainda perdido no espanto, o segundo bêbado não reagiu. Suas mãos estavam cheias apenas de perplexidade, não de ódio. Nesse momento, o primeiro bêbado enristou seu metro e noventa de altura, até então diluído no encolhimento de coruja em que se mantinha. Sem dizer palavra encaminhou-se para o amigo

— pois que seus olhares haviam sido tão fundos que dispensavam ritos preparatórios antes de empregar o substantivo — e tomando-o pelo braço, levou para a mesa. O acompanhante da loura acalmou-se de imediato, enquanto esta ficava ainda mais oxigenada no despeito.

E os dois, satisfeitos com a inesperada oportunidade para a comunicação, foram objetivos ao assunto. Estavam sós. A mulher de um estava viajando; o outro não tinha mulher. Mas tinha noiva, e desconfiava que ela o andava traindo. O outro maravilhou-se com a coincidência, pois tinha quase certeza ser a viagem da mulher apenas um pretexto para encontrar com o amante. Unidos na mesma dor de cotovelo, sua amizade esquentou à razão de cem graus por segundo. Ambos estavam insatisfeitos nos respectivos empregos. Operários, planejaram greves, piquetes, sindicatos, falaram mal do governo. Um deles, que tinha lido uma frase de Marx num almanaque, citou-a com sucesso. E o engajamento era outro elo a reforçar a corrente já sólida que os unia. De elo em elo, ligavam-se cada vez mais. A tal ponto que simplesmente não cabiam mais em si mesmo. Os copos colocavam-se em pé, oscilantes como se estivessem em banho-maria, os cabelos despenteados, rostos vermelhos, olhos chispantes — furiosos e agressivos no diálogo. Nas outras mesas, seres provavelmente frustrados no desencontro farejaram briga e ergueram as cabeças, espreitando. Não sabiam que, por deficiência de vocabulário, a amizade não raro se descontrola e pode levar ao crime. Apenas os dois pressentiram isso, tão sensíveis haviam-se tornado no investigar sem palavras do terreno que ora pisavam. Tudo neles era recíproco — e o medo de se ferirem cresceu junto para explodir num silêncio súbito. Então se encararam, mais desgrenhados do que nunca, e com tapinhas nas costas voltaram à delicadeza dos primeiros momentos.

Mas os frustrados que enchiam o bar estavam achando aquilo um grande desaforo. Não era permitido a duas pessoas se encontrarem num sábado à noite e, ostensivas, humilharem a todos com sua infelicidade dividida. O desespero não repartido dos outros era uma raiva grande, expressa nos gestos de quem não suporta mais. Com a sutileza dos donos de bar, o dono deste sentiu a hostilidade crescente. E medroso de que o choque resultasse em prejuízos para si, colocou-se sem hesitação ao lado da maioria. Dirigiu-se aos dois operários e pediu-lhes que se retirassem. Apoiado em seu metro e noventa, um deles quis reagir. Mas o outro, mais fraco e portanto menos heroico e mais realista, advertiu-o da inconveniência da reação. E olharam ambos os outros desencontrados pelas mesas — subitamente encontrados no mesmo ódio — formando uma muralha indignada. O mais alto, menos por situação financeira do que por força, caindo em si fez questão absoluta de pagar todos os gastos. De braço dado, saíram para a madrugada.

Fora, depararam com o frio e o brilho desmaiado das luzes de mercúrio. Encolheram-se devagar, as desgraças mútuas morrendo em calafrios. O domingo vinha vindo. Eles não sabiam o que fazer das mãos cheias de amizade e lembranças das mulheres ausentes. Bêbados como estavam, a única solução seria abraçarem-se e cantarem. Foi o que fizeram. Não satisfeitos com o gesto e as palavras, desabotoaram as braguilhas e mijaram em comum numa festa de espuma. Como no poema de Vinicius que não tinham lido nem teriam jamais. Depois calaram e olharam para longe, para além dos sexos nas mãos. Nas bandas do rio, amanhecia.

A chave e a porta

FALÁVAMOS DE CARACÓIS, mas no vidro se refletiam as mãos em movimentos descontrolados de acender cigarros, a madeira da parede suportando papéis, fotografias, cartazes, e eu já não tinha nada além de palavras formuladas em perguntas despidas, apenas letras, estátuas de sal, de gelo, de pedra.

Era um silêncio muito grande e os dois falavam de caracóis. Súbito, sentia uma alegria interna quase como uma primavera. E a alegria crescia, expandindo-se em muitas direções, tomando conta das mãos, dos olhos, já transcendia o pensamento para se apossar do corpo inteiro. Mas de repente tudo já não cabia mais só dentro dele; precisava de um acontecimento externo que justificasse toda aquela largueza de dentro. A coisa externa não acontecia. E, se acontecia, não justificava. Por que não se render ao avanço natural das coisas, sem procurar definições? Como uma primavera, em mim. Mas se não havia justificativa, a queda era lenta e longa. No fundo do poço: baixou a cabeça, espiou-o por baixo das sobrancelhas. Tinha os olhos claros. Falava de caracóis.

Subi em cima da mesa e comecei a acenar para as aves de rapina que inventavam podridões no cimento. Pois se em breve todas as estátuas cairiam sobre a sombra desdobrada do casarão antigo, e como num medo muito grande eu subiria em cima da mesa, gritando sem ninguém ouvir, acenando com mãos que não se desprenderiam dos ombros. Protegia a si mesmo daquela primavera surgida brusca no meio do dia revestido de luz. Na sala ao lado, alguém cantava uma música antiga enquanto um telefone chamava sem que ninguém atendesse, sem que ninguém entendesse. Um estranho e triste apelo sem resposta partido no ar em fatias de aço. Que bom se fôssemos cavalos e corrêssemos por um campo de trigo, com papoulas nas margens.

Encarou-o tenso, colocando no olhar o desafio: eu te vejo mais fundo do que você me vê, porque eu te invento nesse olhar, porque você se torna o meu invento, porque depois de olhar muito dentro eu prescindo da imagem e o meu olhar repleto se basta, como se eu fosse cego, mas tivesse guardado todas as imagens: um cego vê mais que um homem comum porque não precisa olhar para fora de si, porque o que ele deseja ver está completamente dentro e é inteiramente seu. Mas os olhos claros barravam o inventário. Não ia além da cor, não ia além das pupilas contraídas pela luz. O máximo que distinguia era um rosto perto do seu. Um rosto muito perto do seu falando de caracóis. Suspirou, num reconhecimento de fraqueza. Se meu olhar não te desvenda é porque você me vê mais fundo, mas você não pode ver mais fundo porque o meu fundo está cheio de musgo, porque o meu fundo é verde como um muro antigo, roído como mármore de cemitério, denso como uma floresta onde eu ando lento, as árvores barrando meus passos e a transparência de seus olhos barrando os meus.

Você já tomou gim com mariscos? Não, porque eu tenho nojo e medo: eu não conseguiria provar a carne mais íntima de um objeto ou de um animal. *Tome logo, você não sabe o que está perdendo.* Não, não seria madrugada, não seria noite vestida de noite nem manhã de branco nem tarde de verde, não seria tempo nenhum; não seria sequer a sexta-feira mais intensa que qualquer outro dia, por ser véspera de tudo, embora o tudo resulte em nada, na segunda; não seria nem véspera de sábado, não seria sequer o sábado. Eu te falo: seria uma névoa cinzenta e o edifício deserto erguido às margens do rio sujo. Fantasmas lentos, nós entraríamos no edifício, o rio estaria dentro de nós, e eu não seria mais eu, seria o rio, e você não seria mais você, seria o rio. O rio riscado de encontro.

O telefone continuava chamando no momento em que ele riscou a parede com a mão aberta. Perfurava a carne de madeira, fazendo nascer espantos dissolvidos na fumaça do cigarro que subia para o teto esbranquiçado, cheio de furinhos de onde um dia talvez começasse a brotar um fino gás que asfixiaria a todos. Por dentro, aquele gosto ardido de areia, aquele gosto seco de poeira, de bolo antigo, dissolvia-se de grão em grão, escorregando pela boca em palavras que já não eram forjadas, escorregando pelas mãos em gesto não mais endurecido, escorregando pelos olhos que novamente olhavam como se vissem. Mas eu resistia ainda em usar a palavra. Espantou-se com o intervalo inesperado, ponto branco no meio de pensamento. E a leveza que descia feito o gás que desceria do teto: vestido de leveza, os olhos antigos de ternura, a morte implícita. Já era tarde, começava a chover, os pingos batiam fortes no vidro onde ninguém mais desenhava figuras ou escrevia nomes vadios. Na terra agora molhada não havia mais cirandas, do céu não caíam mais balões, na sala ao lado o samba antigo morrera no fundo da garganta. Só as máquinas a bater bater bater e o telefone gritando sem que ninguém atendesse. Ele continuava sentado na mesa, os olhos claros, a camisa verde, as mãos brancas. Pouco a pouco, como se experimentasse um voo, curvou-se para a mesa, as asas cortadas. E o medo. *Depois de limpar bem toda a terra, a gente coloca eles na panela e eles vão cozinhando devagar. Vivos? Claro, vivos. Tem uns que ainda tentam se segurar nas bordas, escapar, mas morrem todos. Todos acabam morrendo. Muito devagar.* Os círculos de tédio desciam concêntricos da lâmpada, estendia o braço e sentia a carne inerte, os sentidos adormecidos, pouco mais que um objeto, eu.

O mesmo bar, a mesma lâmpada, a mesma carne, mas todos em vibração, os sentidos multiplicados, intensos, elétricos, o coração quase parando de espanto, o espanto de ter encontrado no meio do deserto uma palmeira, uma palmeira de olhos claros, camisa verde, mãos brancas. Ter encontrado um cravo branco entre os caixotes de lixo atapetando a rua. Ter encontrado o espaço de silêncio dentro de um grito. Ter encontrado um ponto de apoio para o cansaço. Você não me vê, eu não te vejo, mas tenho o coração pálido, as mãos suspensas no meio de um gesto, a voz contida no meio de uma palavra, e você não vê o meu silêncio nem meu movimento dentro dele. A primavera se quebrava brusca em espinho, ferro. Já não sei desde quando estamos aqui, desde quando falamos de caracóis, desde quando invento teu silêncio igual ao meu. Por que estranha alquimia passavam as palavras dele para vará-lo assim, nessa tão remota dimensão do ser? A visão tardia de encontrar a chave depois da porta ter-se tornado inexistente. A chave inútil pesando em fogo nas mãos e o gesto há muito tempo preparado transformado subitamente em cansaço e desencanto de não ter visto antes. Os dois sentados um frente ao outro, pela tarde a transformar-se lenta em noite, em madrugada, em cinza. Não virá nunca.

Véspera de sábado, na sala ao lado o telefone grita para ouvidos distraídos. Sua mão esfaqueia a parede, as palavras caem como frutos podres, como flores colhidas, como crianças mortas. Nas mãos, a chave achada muito tarde, muito tarde. Tarde demais.

Metais alcalinos

NÃO SABIA DOMINAR UM PRIVILÉGIO. E metais alcalinos eram os metais do subgrupo I e subgrupo IA da classificação periódica dos elementos: lítio, sódio, potássio, rubídio e césio. Era isso, permitiu-se enquanto os alunos copiavam rápidos. Observou os três rostos confiantes enquanto ditava, e uma liberdade até então ignorada, a consciência dessa liberdade aflorou, pois que podia pensar e falar ao mesmo tempo, independente do pensamento ser a palavra ou da palavra ser o pensamento. Os olhos azuis pintados da menina de catorze anos desfilavam pela tampa escura da mesa, mas isso tornava a sua liberdade quase grosseira. Não, grosseira não. Desonesta, isso. Apalpou de leve a palavra e acumulou contradições que, por assim dizer, cerceavam a sua capacidade de pensar e não dizer, ou vice-versa. Mas mal suportando a alegria da descoberta, imediatamente pensou em dispensar os alunos e entregar-se. Entregar-se a quê, homem de deus? agrediu-se quase ríspido, pois era preciso adequar — adequar uma necessidade íntima a uma necessidade externa? Então estendeu a tabela para que copiassem. E uniu braços e pernas num movimento de quem se levanta. Cortado em meio, o gesto prendeu-o ao lugar que ocupava. Do lugar que ocupava, o campo de visão era restrito: as cabeças baixas dos três alunos, lado a lado, a parede por trás. A parede branca, as cabeças escuras, concentradas. A janela, à esquerda. E o gato. Sempre aquele enorme gato branco sobre o muro do vizinho.

Seguiu atrás do primeiro pensamento, mas não conseguiu recordar. A lucidez vinha sempre assim tão rápida e ofuscante que vivia toda uma vida naquela brevidade, sem deixar marcas, era isso? Era. A existência da lucidez era talvez longa para a lucidez, compreende? aquele menos que um segundo, menos que um grito ou uma iluminação, menos que qualquer coisa que atinja os sentidos — *aquilo*, pois não havia uma palavra exata para defini-lo, *aquilo* cumpria a necessidade da *coisa*. Mas a sua necessidade era mais ampla, reconheceu, por isso não se encontravam, em termos de tempo, a sua necessidade era mais ampla, não que tivesse um raciocínio difícil, mas porque havia todo um processo de despir-se de conceitos anteriores, de barreiras e resistências, para poder compreender. Isso levava horas. Levava horas o despir-se.

Que mais, professor. Os olhos pintados e a exigência da menina de catorze anos. Estamos no começo, estamos no começo, repetiu várias vezes até reassumir-se. Em tudo precisava de tempo, muito tempo para que as coisas fossem bem-feitas, e não houvesse, não houvesse... Ditou pausado um exercício, não, não havia perigo de ser surpreendido. Os três alunos eram informes em seus invólucros de adolescente. Toda uma estrutura ainda não solidificada, imprecisa, hesitante. Uma natureza que, por incompreensão ou falta de meios para atingir a compreensão, recusava medrosa qualquer aproximação: não lucrariam nada em surpreendê-lo. E mesmo que, independentemente de suas três vontades, o conseguissem, seria só uma coisa brusca e meio espástica como eles próprios — não saberiam o que fazer daquilo e iriam embora sem formular. Era essa a raiz — aos poucos ele se sorria, entendendo os próprios processos. Não saberiam formular. E não saber formular uma coisa compreendida é o mesmo que não compreender. Pelo menos para aqueles três, limitou rápido, pois tinha medo de qualquer afirmação. Como explicar a eles que uma coisa pode trazer no seu ser o seu próprio não ser, ao mesmo tempo e, desculpem, *con-co-mi-tan-te-men-te*, eles não compreenderiam, e não havia interesse em explicar-lhes, não havia nem mesmo interesse em observá-los: nenhum deles continuaria sendo o que agora era. Aqueles três corpos descobririam de repente a sua força oculta, e apoiados nessa força é que se construiriam em massas sólidas, bem delineadas. Por enquanto, os contornos apenas ameaçavam. Ninguém poderia impor uma definição antes dessa definição impor-se por si mesma: seria como tentar forçar uma natureza a ser aquilo que ela só seria se quisesse.

Era verdade, não sabia dominar um privilégio. Mais além, não sabia dominar. Imediatamente após uma descoberta, um reconhecimento de força, impunha-se uma alegria tão descontrolada que o próximo passo seria um rompimento do processo. Não um concretizar, mas uma destruição. Curvou o corpo, tentando segurar, segurar, segurar. Conseguia. Mas precisava voltar atrás para sintetizar tudo. O processo natural: um reconhecimento de força sobre alguma coisa, o emprego da força sobre essa coisa e as consequentes vantagens — era isso? O processo interrompido: um reconhecimento de força sobre alguma coisa, a alegria frenética que isso lhe dava e a destruição não só da força em relação à coisa, mas da força em relação a si mesma, isto é, da própria força. Entendo, suspirou exausto. E olhou o gato lá fora. Mas olhar o gato cansava. Não tinha nada a ver com aquela existência, a menos que começasse a elaborar uma aproximação através de gestos e palavras cotidianos. Havia ainda outro ponto: era preciso descobrir se a força agindo sobre a coisa lhe daria alguma vantagem. Ou desvantagem. Ou nem mesmo vantagem nem desvantagem: nada. Se agisse sobre o gato, o gato lhe daria algo? Algo além do calor de seus pelos, da dissimulação implícita em seus olhos verdes, do roçar em suas pernas, talvez uma unhada ocasional? O gato não lhe daria nem isso, daria apenas isso ou mais que isso? Mas a menos que tornasse o gato numa coisa que o gato não era, não teria nada.

Os olhos azuis pintados da menina de catorze anos. Estava certa, sim. Quase mulher, a menina olhou vitoriosa sobre os dois rapazes, ainda curvados sobre a mesa, em cálculos e testas franzidas. Nesse silêncio criado pelo que a menina chamaria, secreta e despudorada, de: uma superioridade — nesse silêncio, era preciso dizer alguma coisa. Então disse estou com um pouco de dor de cabeça. Ah, sim, tenho um comprimido na minha bolsa. Aceitou o comprimido, colocou-o na boca. Sem água, perguntou a menina. É, sem água. Engoliu. Com isso permitia-se uma extravagância, e a menina provavelmente diria a seus pais na hora do jantar: imaginem, o professor toma comprimidos sem água. E além de ser um professor, passaria a ser também um professor que tomava comprimidos sem água. O que não deixava de ser uma intromissão na sua intimidade. Tentou reassumir a postura omissa, mas os olhos azuis pintados da menina olharam-no dum jeito que seria o mesmo se ela não tivesse olhos azuis pintados. E sorriram, os olhos sorriram, por sobre a boca imóvel. Eu não permito, pensou ele, e deu as costas à menina. Anoitecia, a necessidade de acender a luz concedia um gesto no momento exato.

Acendeu a luz. As coisas tornadas mais claras feriram por um momento. Pareciam os três mais firmes, mais precisos e o sorriso, o sorriso era perigoso. No entanto, as coisas se acumulavam para salvá-lo: os dois rapazes estenderam os cadernos ao mesmo tempo e, ainda bem, um dos exercícios estava errado. O lítio, o sódio e o potássio são os únicos metais menos densos que a água, esclareceu, e o rapaz fez ah! a voz tremida como numa emoção. Olhou-o com curiosidade. O rapaz tremeu mais ainda. Era o mais vago dos três. E por ser o mais vago, justamente o mais perigoso, pois a sua precisão poderia explodir súbita, não anunciada por sinais externos: a sua neblina não permitia uma exploração cuidadosa, e ele podia vir a ser finalmente o que todos temiam. Mas o outro, o outro, procurou amedrontado com os olhos. Ah, o outro tinha pômulos salientes que esticavam a pele dominando todos os movimentos, o outro tinha uma cara lisa, limpa, de pômulos salientes, e o professor não conseguia ir além do rosto sem espinhas, arado. Inesperado olhou os três e não conteve um desespero varrendo pensamento. Disse assim bruto por hoje estamos prontos e, de repente, o professor chorou.

Verbo transitivo direto

Para Irene Brietzke

> *Eu quero ir, minha gente,*
> *eu não sou daqui,*
> *eu não tenho nada,*
> *quero ver Irene rir,*
> *quero ver Irene dar sua risada.*
>
> CAETANO VELOSO, "IRENE"

QUE ERA UMA MULHER E AMAVA — essas as considerações de nível geral repetidas todas as manhãs, antes de descer às minúcias cotidianas. Depois vinham os problemas. As perguntas. Que era uma mulher não havia dúvida, embora o ser despenteado e vagamente sujo recém-desperto a olhasse um tanto assexuado do fundo do espelho. Concretizada a primeira afirmação (ou *fato*, como diria mais tarde aos alunos do segundo ano primário) — concretizada a primeira afirmação, como ia dizendo, ela afirmava-se e cumpria-se em mulher, passando em seguida à segunda. Que amava. Liberta do entorpecimento do sono que a perseguia até então, encarava-se antipatizada consigo mesma. Que amava? Pedra no caminho, a interrogação a fazia tropeçar um pouco despeitada. Não com a pedra nem com o tropeção, que pedras sempre havia e tropeções eram fatais, mas com não poder passar adiante, sacudindo a poeira do vestido e acariciando prováveis arranhões. Lavava o rosto, fazendo-se mais e mais inteligente à medida em que se despia dos acessórios do sono. Resíduos nos olhos, fios de cabelo fora do lugar, gosto ruim na boca — com sabonete, água, pasta e escova de dentes ela os eliminava um a um. E em sagacidade, crescia.

Cabelos erguidos num coque, quase gênio, voltava à afirmação. Que amava. Pois afirmara e não apenas, modesta, indagara. Passava as outras operações. Matinais, femininas. No corpo, aquela quase idiota sensação de sujeira que o sono deixava. Sentia-se imoral ao acordar. Incestuosa. Principalmente quando sonhava consigo mesma. Ah houvesse um jeito de dormir completamente só, sem a companhia sequer de si mesma. Não havia. Incestuosamente, então, deitava-se às dez da noite para acordar às seis da manhã. Oito horas exatinhas. Às vezes detinha-se e pensava: antilunar o meu sistema. Quando deitava, a lua ainda não tinha vindo; quando acordava, já fora embora. Carregava pesada e magoada uma lua vista apenas por dentro. Que amava a lua? Obsessiva, voltava à pedra. Talvez descobrindo que lhe entrara no sapato. Por que não jogá-la longe de vez? Que amava? Em resposta, mirava-se triunfante no espelho, boca pintada, cabelo penteado, seios empinados, e totalmente assumida em mulher. Vagamente desgostosa, triunfo murchando na vistoria do corpo — aqui entre nós, dizia-se, quase indecente na intimidade consigo mesma — aqui entre nós, um tanto passado. Franzia as sobrancelhas, disfarçava a raiva espiando pela janela.

O sol ainda não viera. E sem lua nem sol ela estava sozinha no banheiro. Esta revelação a fez baquear um pouco. Meio tonta com a solidão e a brancura do momento. Trôpega, buscou apoio na extremidade da pia, que respondeu fria e asséptica ao pedido de ajuda. Olhou para a porta, e se então tivesse saído teria escapado. Mas ficou. Ferindo a si mesma e por si mesma sendo ferida. Com o pretexto de lavar as mãos, molhou os pulsos, sem admitir a tontura — que às vezes tinha esses pudores íntimos.

Recuperada, voltou à pergunta. Que amava? Com fricotes de namorada, fingia não querer responder, não querer saber — que amava? Didática, explicou-se: amar, verbo transitivo direto: quem ama, ama alguma coisa. Ou alguém, completou. Analisou-se, voltando à afirmação do início — que era uma mulher e amava: 1º) que era uma mulher; 2º) que amava: a) alguma coisa ou b) alguém. O pronome indefinido colocou-lhe um arrepio definido e melancólico na espinha. Teve que substituí-lo por outro: ninguém. Havia, certo, vagos e avermelhados professores do colégio onde lecionava. Havia vizinhos? e homens? e vizinhos e homens, havia. E principalmente um namorado de adolescência a quem, preguiçosa, esquecera de amar — possibilidade de algum sofrimento relegada em fotografia à última gaveta da escrivaninha. E contudo, amava. Leviana, objetiva, espalhava seu amor sobre os móveis polidos com cuidado, o assoalho encerado, as cortinas lavadas, que sua casa era um brinco. A imagem lembrou-lhe as argolas de ouro há tempos esquecidas. Vou botar hoje, decidiu.

E encarou-se. Implícito no olhar, o pedido de desculpas por permitir-se aquela extravagância. Pedido de desculpas logo transformado em olhar de revolta. Afinal, não tenho o direito de usar o que é meu? Teatral: e por que raios não saio logo deste maldito banheiro? Acrescentou o adjetivo para ver se sentia um pouco de raiva. Mas o banheiro, branco, limpo, com azulejos, sais e sabonetes enfileirados nas prateleiras — o banheiro não era nada odiável. Com seu ódio recusado pesando por dentro, interrogou-se: que-que eu tenho hoje. A pergunta soou sem ponto de interrogação. Respirou fundo e repetiu em voz alta: que-que eu tenho hoje?

Então viu. Antes que tivesse tempo de terminar a pergunta, ela viu.

Tentou disfarçar lembrando que seu nome — Irene — era de origem grega e significava "Mensageira da Paz", vira no *Almanaque Mundial de Seleções* na noite anterior, antes de dormir. Lindo lindo lindo — adjetivou três vezes em lento pânico. Tão lento que não atinou com despir-se inteira do que até então vira para sair nua e cega do banheiro. O pensamento dava voltas devagar, ela julgou ouvir um canto de criança longe. Tão longe que poderia ser também uma canção de ninar. Boba, sorriu. Toda enleada na viscosidade dos pensamentos, exatamente como uma mosca se debatendo bêbada, deliciada e aflita, numa armadilha de mel. Mas os minutos passavam enquanto sua possibilidade de libertação diminuía cada vez mais.

Alheia à própria perdição ela afundava, Irene, embevecida. E se não saísse agora, já, exatamente nesta nota deste canto naquele passarinho daquela árvore ali de fora, se não saísse agora estaria perdida. Imóvel, Irene não ouviu o apelo do pássaro. E sem ter outro remédio, relegada a si própria, Irene viu.

Redonda, amarela, tentadora — a espinha brilhava na ponta do nariz. Passado o primeiro espanto, o gesto foi de pudor. Como se sua face exibisse uma obscenidade, um outro órgão sexual ainda mais cabeludo e mais oculto. Como se a quieta presença da espinha violentasse alguma coisa no dia. Mas corrigiu esse primeiro gesto, e contemplou-a novamente. O segundo movimento foi de orgulho. Como nascera de si espinha tão perfeita? Examinou-se consciencioso da cabeça aos pés, e quando tornou a erguer os olhos o maravilhamento foi ainda maior. Era realmente uma bela espinha. De uma beleza geométrica: exata na circunferência, discreta na cor, formando dois ângulos de quarenta e cinco graus com as aberturas do nariz. Irene lembrou-se de compará-las às outras espinhas de sua vida. Mas aquelas, além de poucas, tinham seu habitat natural em suas costas, lugar inacessível aos olhos. Logo também o deslumbramento desestruturou-se, rolando em indagações pelo rosto abaixo. Como? Quando? Por quê? Na noite anterior, ao lavar o rosto, não vira sequer anúncio da espinha. E hoje, minutos a fio recompondo-se, ainda não percebera nada. E seu rosto sempre limpo, prevenindo acontecimentos dessa espécie. E sua idade madura, superando esses problemas adolescentes. Todas as perguntas tinham resposta. Mas a espinha continuava. Alheia às investigações, atenta apenas a seu próprio amadurecer. Teria crescido durante a noite? Seria apenas uma espinha? Seria um ferimento inflamado? Seria — ? Novamente Irene amaldiçoou as espinhas de outrora, nascidas sempre nas costas, e portanto negando-lhe um eventual preparo para enfrentá-las.

Então, esgotadas as dúvidas, as hipóteses, as perguntas; esgotada sua própria resistência, ela caiu no círculo profundo que desde o início evitara. Dentro de si, olhou para trás e viu às suas costas os dias anteriores acumulados. Uma pilha inútil, discos fora de moda, revistas velhas, badulaques. E viu dias agrupando-se em semanas, em meses, em semestres, em anos, em décadas — e de cima daquela pirâmide quarenta anos a contemplavam. Tentou ver-lhes as faces, curvou-se um pouco, e mais, e mais ainda. Desnecessário esforço. As massas informes não possuíam feições. Não haviam passado por elas as coisas que geram rugas, vincos, sorrisos, expressões. Cheiros não haviam feito vibrar aquelas narinas. Sabores não atingiam aqueles paladares, imagens passavam incógnitas pelos olhares fixos, sons desfaziam-se em choque e poeira contra ouvidos pétreos, contatos perdiam o sentido àqueles dedos frios. Quarenta monstrengos formados cada um de infinidades de outros a observavam, inertes. Tentou descobrir um vislumbre de ódio nas expressões. Nem isso. Sem solicitações ou expectativas, eles aguardavam. O quê, deus, o quê? Pois se amava. Pois se distribuía seu amor por todas as coisas com que convivia. Pois se sofria. Pois se vezenquando chorava sem saber por quê.

Pois se não via a lua. Pois se tinha pena das crianças pobres na escola. Pois se encarara a espinha. Intensa na própria defesa acumulava atenuantes, justificando-se aflita. Contou desculpas nos dez dedos das mãos abertas em frente ao espelho. Não satisfeita, recorreu aos dos pés. Recorreria a outros, se mais tivesse. As desculpas se acumulavam me entende, eu não quis, eu não quero, eu sofro, eu tenho medo, me dá a tua mão, entende, por favor. Eu tenho medo, merda!

Devagarinho, deixou os ombros caírem. Com a mão, afastou da testa os cabelos molhados. O grito ressoara forte no banheiro, ecoando pelos azulejos para calar o pássaro lá fora. O pássaro que há pouco fora sua possibilidade de salvação. Recusada. Sacudiu a cabeça, furiosamente afastando pensamentos. Que era uma mulher e amava, que era uma mulher e amava, queeraumamulhereamavaqueeraumamulhereamavaqueerauma-mulhereamava foi repetindo e repetindo até libertar-se de tudo. Abriu os olhos, encarou-se. Feminina, amorosa, delicada, levou os dois indicadores até o nariz e suavemente espremeu a intrusa. Depois caminhou até a cozinha e servindo-se de chá na xícara rosada olhou com espanto o relógio. — Como é tarde, meu deus! Preciso me apressar! Apressou-se então, a boca cheia de pão com manteiga, ao mesmo tempo em que se imaginava na roda do cafezinho contando: — Imagina, Clotilde, hoje me aconteceu uma coisa tão engraçada!

Mas tão engraçada, repetiu em voz alta no meio da neblina, argolas douradas nas orelhas, a rua vazia. Saiu correndo para pegar o bonde. Sentada, acariciou medrosa a ponta do nariz.

Não ficara nenhum sinal.

Fuga

Para Cecília Nisemblat

ELES TINHAM SEIS ANOS DE IDADE e iam fugir juntos. Lento, o menino enfiou o pião no bolso, sua única posse, e encaminhou-se para a porta. De dentro chegou a voz da mãe num prenúncio de reclamação está quase na hora do jantar, onde é que você vai? Não respondeu. Em silêncio, começou a concretizar o que há dois dias se desenrolava dentro dele. A segurança da coisa construída em imaginação durante horas de quietude emprestava a seus passos uma precisão até então inédita, permitindo-lhe a audácia de não responder, ignorando eventuais palmadas. O trinco quase machucou a mão no ato de fechar a porta, mas ele já começava a se distanciar das coisas que formavam "o que ficava". E o que ficava era tanto que praticamente não tinha nada além de: um pião no bolso e uma ideia na cabeça.

O morrer do sol colocava uma cor também de fuga nas casas, nas coisas, nas pessoas que cruzavam numa melancolia de anoitecer. Em breve as sombras se afirmariam em escuro e ele não estaria mais ali. A ideia poderia quebrá-lo por dentro, porque era duro de repente não estar mais num lugar. Mas ele nem se machucava, há tanto já adivinhara os movimentos interiores prevenindo os receios, precavendo-se contra a série de sentimentaloidices que se amontoariam bruscas sobre seu coração de seis anos de vida. Portanto, estava preparado. Dentro do tempo que vivera, dois dias era uma longa preparação de esquecimento que se impusera com método, recusando ternuras, comida na boca, cafuné antes de dormir. Estava todo delineado. E fugia.

Caminhava devagar, a coisa remexendo-se com gosto dentro dele. Num esquecimento de que era insípida, quase estalava a língua de puro prazer. Mãos nos bolsos, cabeça baixa, ah nunca se sentira tão definitivo. Era seu primeiro crime, e tão longamente premeditado que não havia espanto nem temor. Como um profissional da fuga, ia indo pela calçada comprida, rente ao muro. O sol espichava sua sombra para trás, vezenquando ele se voltava para ver se ela ainda o acompanhava. Ainda. Expressava seu alívio em forma de suspiro, e prosseguia. Permitia-se apenas esse medo, o de estar sozinho. Mas aquela sombra imensa e achatada contra o cimento não deixava de ser um segurança, embora disforme.

Pegou uma pedrinha branca e começou a riscar o calçamento. Depois enfiou-a no bolso, numa sabedoria de coisa decidida: poderiam segui-lo através do risco fino, irregular. Ainda mais seguro, olhou quase vesgo de satisfação para uma senhora com a bolsa grávida de compras. A mulher encarou-o com desconfiança. Ele parou, o medo se transformando em desafio nos olhos que meio furavam a natureza da mulher. Suspensos no meio da tarde, mediam-se expectantes. Pensou em correr, depois riu um risinho cínico que aprendera na televisão — ela não sabia de seu crime. Então esperou. Até que a mulher abriu a bolsa e estendeu-lhe dois biscoitos. Balbuciou um agradecimento de espanto com tanta inocência humana e enfiou-os no bolso, junto com a pedrinha branca. A silhueta da mulher morria na esquina quando ele se interrogou, numa primeira incompreensão. Saíra de casa apenas com o pião, agora já tinha dois biscoitos, uma sombra, uma pedrinha branca e um acontecimento. Fugir não era então ir-se despojando de coisas? Não entendeu, mas o poste que marcava longe o lugar do encontro suspendeu a dúvida. Preocupado, encaminhou-se para lá.

Não via a menina. Correu para o poste, investigou as pessoas que passavam mas nenhuma tinha jeito-de-menina-que-ia-fugir. Coçou a cabeça. Num desânimo, esperar. Acomodou a irritação no meio-fio, tirou as posses do bolso. Começava por um biscoito, depois brincava com o pião, depois o outro biscoito, depois desenhava no chão com a pedrinha branca, depois pensava na coisa acontecida. Detestava a improvisação, por isso ficou um pouco abalado com a ausência da menina e teve que planejar ações em que não havia pensado. Começava a desconfiar seriamente da honestidade do sexo oposto. Acumulou uma série de queixas que abalaram o prestígio da menina, e preparava-se para pensá-las quando o biscoito sobre a calça fez um jeito fascinante, assim meio pedindo para ser comido. Havia-se recusado tantas coisas nos últimos dois dias que guardava mesmo um pouco de fome formando um espaço branco no estômago. Rompendo com o planejamento, devorou voraz os dois biscoitos, depois misturou pedaços de unhas aos farelos restantes. Quase saciado, girou o pião de leve no cimento. Um menino que passava olhou fixo, invejando. Lembrou da impontualidade da menina e perguntou objetivo:

— Quer fugir comigo?

Inexperiente dessas coisas, o outro arregalou os olhos:

— Quê?

— Quer fugir comigo?

— Pra onde?

— Não sei ainda. Qualquer lugar.

— Pode ser Vênus?

— Pode.

— E Gotham City?

— Pode.

— E... e... (a geografia falhava).
— Quer ou não quer?
— Não sei, o que é que você me dá se eu fugir com você?

O menino investigou as posses desfalcadas. Percebeu o brilho de cobiça nos olhos do outro:

— O pião. Quer?

O outro fez cara de dúvida:

— Sei não. Isso presta?
— Quer ou não quer? ("É pegar ou largar", dizia o gangster na televisão.)
— Quero.

Estendeu a mão. O menino fez um movimento esquivo de dissimulação.

— Agora não. Só depois que a gente chegar lá.
— Lá onde?
— No lugar, ora.
— Que lugar?
— O lugar para onde a gente vai fugir.
— Mas você não disse que não sabe onde é?
— Disse.
— Então pode levar anos.
— E daí?
— Daí que eu quero o pião agora.

Desacostumado a argumentar, estendeu o pião. Antes que pudesse fazer qualquer gesto, o outro já ia longe, risada dobrando a esquina, o pião roubado, a promessa não cumprida. Todo magoado com a desonestidade alheia, voltou a pensar na menina. Encaminhou-se para a casa dela. Bateu devagar na porta. A mãe da menina espiou pela janela.

— A Lucinha está?
— Não. Foi no aniversário da menina aqui do lado.

Meio que tropeçou no inesperado da coisa. Devia ter ficado pálido, porque a mãe-da-menina-que-ia-fugir dobrou-se para ele, perguntando se estava sentindo alguma coisa. Estava. Mas como desconhecia aquela onda verde bem claro que se quebrava incompleta dentro dele, não teve palavras para explicar.

Disse não, não tenho nada, e foi saindo de cabeça baixa. Já não só duvidava da menina, mas principalmente de si próprio. Parecia-lhe um pouco culpa sua aquele amontoado de desencontros. De dez minutos para cá aconteciam coisas tão incompreensíveis que estava quase desistindo. Por uma questão de dignidade, bateu na porta da casa da menina-que-estava-de-aniversário, que apareceu de vestido cor-de-rosa perguntando se ele tinha trazido presente. Ele desentendeu um pouco mais, ainda assim fez voz firme e pediu para falar com a menina-que-ia-fugir. Com o maior cinismo do mundo, ela brotou de repente duma nuvem de babadinhos, a cara limpa, o cabelo penteado com uma fita — ela, a falsa, que vivia com os fios na boca. Mais grave: um copo de guaraná e uma cocada nas mãos. Nunca a vira tão Lucinha em toda a sua vida.

Teve vontade de dar um tiro nela. Mas estava tão desarmado que só conseguiu perguntar com voz meio irregular:

— Você não ia fugir comigo?

— Ia — disse a menina mordendo a cocada. E ai! o espaço branco da fome cintilou dentro dele.

— Esperei você até agora. Por que que você não foi?

— Por causa do aniversário, ué.

— E o que que tem isso?

— Tem que fugir a gente pode todos os dias, mas aniversário é só de vezenquando.

Tinha selecionado uma porção de adjetivos pejorativos para jogar em cima dela, mas o pretexto era de uma lógica tão irrecusável que ele ficou parado uma porção de tempo, sentindo o tudo que preparara lento em dois longos dias de meditação ir-se desfazendo como a cocada na boca da menina.

Ela olhava para ele, ele pensava na frase, pensava, pensava, ai, o espaço branco aumentando por dentro, uma baita raiva da menina, da mulher que dera os biscoitos, do moleque que fugira com o pião, vontade de bater neles todos ou, na impossibilidade, sapatear até ficar roxo e a mãe chamar o médico num susto. Mas os barulhos da festa cresciam lá dentro, o sol morrendo dourava ainda mais o guaraná, o espaço em branco aumentava até o não-suportar-mais.

Indeciso ainda, virou o pé leve no chão. Até que deixou de lado o pudor e perguntou:

— Será que ela deixa eu entrar sem presente?

Inventário do ir-remediável

Para Carlos Augusto Crusius

FOI DE REPENTE que o cigarro queimou os cabelos dele. Levantamos os olhos, nos encaramos tensos, quase em ódio, quase em amor, naquela repressão à beira de alguma coisa que poderia conduzir a qualquer gesto, mesmo ao homicídio. Mas sorrimos, e foi depois que tudo quebrou. Jamais voltamos à entrega mesma de antes e à ausência de solicitações e à aceitação sem barreiras. Foi de um de nós que partiu a morte, ou ela já nascia involuntária como a madrugada por trás dos vidros?

Olha em torno, o vazio do olhar fundindo-se com o vazio da sala. As pessoas, máscaras penduradas em corpos, o colorido das roupas gritando alto como se pudesse emprestar alguma individualidade ao que não era sequer sombra. O ar pesado de fumaça dos cigarros. Aperta nas mãos a caixa de fósforos vazia. Deixara o telefone do bar, o endereço, a hora que estaria ali. Um detalhado roteiro, feito dissesse dissimulado estou esperando, você pode me encontrar. Ah como doía manter-se assim disponível, completamente em branco para a procura. Não consegue fixar-se em nada. As faces inexpressivas, as paredes brancas onde não há sequer quadros, a toalha vermelha da mesa — tudo em ordem atrás da aparente desordem. Uma ordem interna, imutável, solidificada. Quase odeia os riscos que brotam súbitos dos cantos. Por que lhe é negada essa possibilidade de entrega ao que está sendo? Por que a espera, se a espera não o cabe mais? Só o ar denso, azulado de cigarros fumados. E o vazio da caixa de fósforos. Examina o relógio, mas não vê as horas, não vê nada. Seu pensamento lateja preso numa imagem determinada. Quase não pode projetá-la para fora de si, concretizá-la em visão. E o vê abrindo lento a porta, investigando em torno, de repente erguendo as sobrancelhas num gesto de quem reconhece. Então se encaminharia devagarinho até a mesa, vestido de azul — não sabe por quê, nunca o viu de azul, não sabe mesmo se existe aquele casaco jogado sobre os ombros. Só vê uma mancha azul e o rosto destacado em indagação. Os olhos. Como se dissessem: fala. Falaria? O quê? A porta se abre, cortando o pensamento. Dobra-se em ânsia, quase vira os copos: uma mulher de verde, nariz grande, ar de psicóloga em busca de material. Vira para a outra mesa, pede um fósforo.

***

    Eu não procurei, não insisti. Contive tudo dentro de mim até que houvesse um movimento qualquer de aceitação. Quando houve, cedi. A sua cabeça pesava no meu braço. Ele estava bêbado? Estava cansado? Eu era apenas um braço onde ele debruçava a sua exaustão? Ele se indagava se eu o recebia como receberia qualquer cansaço humano ou sabia que eu estava tenso, na espreita, dilacerado? Os outros dois dançavam no meio da sala. Não viam ou não queria, ver ou não havia nada para ver? O corpo de Lídia era agudo como uma flecha. Aquele contato era premeditado ou ocasional?
    As indagações pesavam sem resposta, e numa lucidez desesperada eu num repente assimilava todos os detalhes, dissecava o que acontecia em torno como se tivesse mil olhos, envelhecia como a noite lá fora, virando madrugada, a luz fraca — eu tudo compreendia, tudo sabia. Menos aquela cabeça pesando no meu braço. Que espécie de busca o levara àquele gesto? Me quebrava por dentro, a cabeça afundando cada vez mais no meu corpo, eu negava, fugia, tenso, o cigarro morto nas mãos, a cinza caindo sobre o tapete.

Eles dançavam há muito tempo, muito tempo. E eu morria. A cabeça dele se movimentava, sua boca esmagava meu braço. Fechei os olhos e afundei os dedos nos seus cabelos.

Ergue-se de um salto ouvindo o toque do telefone. Espreita a secretária levando o fone ao ouvido. Lentamente, acompanha os olhos da secretária vagando em torno, inexpressivos. Depois ela chama por outro nome. Não o seu. O tampo verde da mesa recebe os seus braços e o peso da cabeça. Abre uma gaveta à toa, papéis misturados, envelopes, cartas que não dizem nada, não trazem nada.
    Espalma as mãos sobre o teclado da máquina. Bate, leve. Podia escrever um poema. Não. Recusa mesmo essa espécie de alívio. Não quer a cor. Prefere o dilaceramento cada vez mais intenso, mais insolucionado. Precisa sofrer e morrer muitas vezes por dia para sentir-se vivo. Chegara à constatação de que era só, único, e que devia bastar-se a si mesmo, e justamente por isso precisava de uma outra pessoa. Os grãos de areia nunca se tocam. Mesmo quando juntos há entre eles uma espécie de carapaça que não os deixa tocarem-se. Jamais um núcleo toca outro núcleo. A terra é azul, os olhos eram azuis, ele vestiria azul — dentro de muitos azuis concêntricos, ele voltaria a se perder. Um certo prazer em saber-se assim solto, assim perdido entre as coisas, assim contendo um mal-estar que ninguém saberia de quê. O tique-taque das máquinas de escrever. O sol coado pelas per-

sianas. Uma brecha de luz em cima da mesa. A sombra de seu perfil na parede. Amassa várias folhas de papel, joga-as no chão, gesto brusco. Você sabe que vai ser sempre assim. Que essa queda não é a última. Que muitas vezes você vai cair e hesitar no levantar-se, até uma próxima queda. Prefere jogar-se numa atitude que seria teatral, não fosse verdadeira, sentir os espinhos rasgando a carne, as pedras entrando no corpo, o rosto espatifado contra o fim desconhecido. Precisa ir até o fundo.

 Guardou vários dias o perfume dos cabelos dele nos pelos do próprio braço. Como um adolescente. Agora só vê um braço deserto, a pulseira preta do relógio sublinhando a zona do pulso. A parede em frente cheia de fotografias. Arranca todas, vai picando em pedaços cada vez e cada vez menores. Solta devagar no cesto de lixo. Guarda um entre os dedos. Espia. Num fundo indeciso, resta um olho a observá-lo. Azul.

Foi na segunda vez que sentei no chão. Carlos dormia. Lídia desenhava. O copo estava quase vazio. Foi então que ele sentou perto de mim. As mãos sustentavam a cabeça. A posição devia ser incômoda — o corpo apoiado em meio sobre o assoalho, a cabeça no ar, os pés no ar. Eu tremia? Não. Sentia minhas próprias unhas furando as palmas das mãos, mas meu corpo estava seguro, em riste. O primeiro toque foi dele. As mãos comprimiram minhas pernas. Depois, uma das mãos libertou-se avançando em forma de ternura. Nos seus cabelos, as minhas mãos iam e vinham, adivinhando a tessitura. Era noite, ainda. O ritual já fora cumprido. Puxou-me para si, os nossos corpos opostos no assoalho, duas lanças apontando uma para a outra. E de repente nos ferimos. Com a boca. Senti seus lábios nos meus, os dentes se chocando, as mãos que seguravam meu rosto, investigavam meus traços, eu nascia por dentro, quase gritava, tentávamos desvendar um ao outro, mas não íamos além da tentativa, que já se fazia angústia em suas mãos como espinhos, subindo por meu corpo inteiro, busca tensa. Não, não era amor, não foi amor. Tudo explodia num plano muito mais alto, muito mais intenso. Nos desvendávamos com a fúria dos que antecipadamente sabem que não vão conseguir jamais.

 Alguma coisa morria em mim naquela procura de meta inatingível, desconhecida — e num tempo mesmo algo nascia de repente, puxado não sei de que desvão, de que sombra oculta, de que arca fechada, coberta de poeira, abriam-se portas em mim, janelas quebravam, estilhaços saltavam, pedaços de vidro me cortavam sem piedade, já não via a noite, o dia, o tempo, o espaço onde estávamos, vagávamos no cosmos ou estávamos presos numa esfera conhecida? eu não sabia, eu morria, eu nascia sucessivamente, em desespero, eu compreendia súbito. Não, não era amor. Era terror.

***

Desce do ônibus, alcança a escada rolante. O dia morre no fim da avenida que se espalha nas nascentes da galeria. Os degraus subindo em lenta ascensão. Vai além deles, corre vencendo a máquina. A rua apinhada de gente e carros. As buzinas em loucura. Os anúncios luminosos começam a acender, indecisos. As luzes dos postes. Atravessa a rua correndo. O automóvel freia. Pessoas param, suspensas, atentas a um acontecimento que quebraria súbito o estático do momento. Junta os livros no chão, alcança a calçada, quase corre, esbarra, vira a esquina, ofega, a subida põe gotas de suor no seu rosto. Entra no edifício. O zelador lê uma fotonovela. Alguma coisa para mim? pergunta. Quê? Alguma coisa para mim. Não pergunta mais, afirma, sabe que tem. Ah sim, uma carta. Estende o envelope pesado de que angústia, de que explicação, de que riso talvez? Olha o remetente, amassa em desalento o apoio que não quer, que não busca, que não espera.

Ninguém me procurou? Não. Ninguém. Aperta o botão do elevador. Pelo corredor vai desabotoando a camisa, tira o paletó, a gravata, afrouxa o cinto. Abre a porta. Espia, os olhos meio estrábicos no medo de ver o bilhete que não existe sobre o assoalho vazio. Joga as roupas numa cadeira. Apoia o corpo na janela. Acende um cigarro. Espia a rua, as pessoas, a noite que se cumpre mais uma vez. Liga o rádio. Não ouve a música. Os olhos se turvam, por dentro uma coisa aperta num jeito de quem estrangula. Não pode gritar. As paredes se dobram, fremem, prenhes de ironia.

Suspira. Exausto.

Não queria, desde o começo eu não quis. Desde que senti que ia cair e me quebrar inteiro na queda para depois restar incompleto, destruído talvez, as mãos desertas, o corpo lasso. Fugi. Eu não buscaria porque conhecia a queda, porque já caíra muitas vezes, e em cada vez restara mais morto, mais indefinido — e seria preciso reestruturar verdades, seria preciso ir construindo tudo aos poucos, eu temia que meus instrumentos se revelassem precários, e que nada eu pudesse fazer além de ceder. Mas no meio da fuga, você aconteceu. Foi você, não eu, quem buscou. Mas o dilaceramento foi só meu, como só meu foi o desespero. Que espécie de coisa o cigarro queimou, além dos cabelos? Sei que foi mais fundo, mais dentro, que nessa ignorada dimensão rompeu alguma coisa que estava em marcha. Eu quis tanto ser a tua paz, quis tanto que você fosse o meu encontro. Quis tanto dar, tanto receber. Quis precisar, sem exigências. E sem solicitações, aceitar o que me era dado. Sem ir além, compreende? Não queria pedir mais do que você tinha, assim como eu não daria mais do que dispunha, por limitação humana. Mas o que tinha, era seu. A noite ultrapassou a si mesma, encontrou a madrugada, se desfez em manhã, em dia claro, em tarde verde, em anoitecer e em noite outra vez. Fiquei. Você sabe que eu fiquei. E que ficaria até o fim, até o fundo. Que aceitei a queda, que aceitei a morte. Que nessa aceitação, caí. Que nessa queda, morri. Tenho me carregado tão perdido e pesado pelos dias afora. E ninguém vê que estou morto.

Abre devagar o armário do banheiro. O espelho reflete uma face de barba não feita, olheiras fundas, leve contração nas sobrancelhas. Abre o pacote de lâminas, retira uma, vai amassando aos poucos o papel. Senta na beira da cama, o aço nas mãos.

Examina a cicatriz já antiga, um simples fio no pulso. Aperta.

Sente as pulsações. O frio da lâmina entre os dedos. A cicatriz, lembrança de uma outra queda. Do apartamento ao lado chegam os sons desfeitos de algo que devia ser música. Um vento indeciso de madrugada entra pela janela. Está sentado na cama, corpo nu, pés descalços, costas curvas. A lâmina vibra entre os dedos. Nenhum pensamento. Só espera. Atenção fixa em si mesma. Dobra os ombros, como se chorasse. E não corta. Joga a lâmina pela janela, vai-se curvando para si mesmo. Os braços se cruzam, enlaçam os joelhos, a cabeça afunda entre as pernas. Não chora sequer. No cinzeiro, o cigarro esquecido queima. Um fino fio de fumaça sobe aos poucos indeciso, adensando o ar que se enche de olhos, de mãos, de gestos incompletos, vozes veladas, palavras não formuladas. Sem compreender, vaga entre a fumaça e tomba. Como um cego, vendo apenas para dentro.

*O anjo se desprende desse teto escuro
e o fumo se eleva sobre a rosa:
é hora, dá-me a tua mão
e vem comigo pelo espaço.*

LÚCIO CARDOSO

O OVO APUNHALADO

(1975)

À memória de
Carlos Renato Moura,
Elza Abreu Beccon,
Marietta Medeiros Soares,
Ruy José Sommer,
com quem morri um pouco

Para
Vovó Corruíra (Alcina Medeiros),
Vovô Aparício (Aparício Medeiros)
e Tia Vilma — Pavima,
com quem nasci um pouco

O ovo revisitado

O OVO APUNHALADO foi, e ainda é, um livro importante para mim. Primeiro porque, para publicá-lo, precisei voltar de um exílio voluntário de Londres para o Brasil e esquecer uma planejada viagem à Índia (com escala em Katmandu, claro, afinal era o comecinho dos anos 70 e eu queria tudo a que tinha direito). Depois, porque marcou a transição entre um certo amadorismo dos dois livros anteriores — mal editados, mal distribuídos — para uma espécie de profissionalismo. E digo espécie porque, hoje, quase dez anos depois, esse pro-fis-si-o-na-lis-mo continua ainda em esboço.

Ele foi publicado em 1975, ano marco daquela coisa confusa, gostosa e passageira que batizaram como *boom* da literatura brasileira. Ano de *Zero*, de Ignácio de Loyola, de *Feliz Ano Novo*, de Rubem Fonseca, de *A festa*, de Ivan Angelo — livros e escritores que muito admiro. Mas isso foi coincidência: na verdade, os contos que o compõem foram escritos entre 1969 (o mais antigo é "Réquiem por um fugitivo") e 1973 — em Campinas (na fazenda de Hilda Hilst), em São Paulo, Porto Alegre e, principalmente, no Rio de Janeiro. Aquele Rio do começo dos anos 70, com a coluna "Underground" de Luiz Carlos Maciel, no *Pasquim*, do píer de Ipanema, com as dunas da Gal (ou do barato), dos jornais alternativos tipo *Flor do Mal*. Tempo de dançadas federais. Tempo de fumaça, de lindos sonhos dourados e negra repressão. Tempos de Living Theater expulso do país, do psicodelismo invadindo as ruas para ganhar seus contornos tropicais. Tempos da festa que causou esta rebordosa de agora, e primeiras overdoses (Janis, Jimi). Eu estava lá. Metido até o pescoço: apavorado viajante.

De alguns textos (como "Retratos"), sou capaz de lembrar até a hora e a cor do dia em que escrevi (no apartamento de meu primo Francisco Bittencourt, sobre o Cinema Roxy, em Copacabana). De outros (como "Eles"), não consigo lembrar absolutamente nada. Nem sequer precisar de onde exatamente brotaram — de que região submersa da cabeça, de que fugidia impressão do real. Mistério. Revê-los foi como rever a mim mesmo. Com algum mau humor pelas ingenuidades cometidas. Eles se ressentem do excesso: são repetitivos (pés, margaridas, sinas, anjos, maldições), paranoicos e, frequentemente, pudicos demais. Afinal, eu tinha pouco mais de vinte anos. Eu só estava tateando. Como ainda estou. E não sei se isso justifica.

Tive impulsos fortes de desistir. De não enfrentar, ou publicar tudo exatamente igual à primeira edição ou, finalmente, não publicar nada. Mas fiquei pensando que — quem sabe? —, mesmo com todas as falhas e defeitos, este *Ovo* talvez sirva ainda como depoimento sobre o que se passava no fundo dos pobres corações e mentes daquele tempo. Amargo, às vezes violento, embora cheio de fé. Essa mesma que me alimenta até hoje, e que me faz ser capaz — como neste momento — de ainda me emocionar ouvindo os Beatles cantarem coisas como *all you need is love, love, love*. Terminada a revisão, fica uma certeza não sei se boa ou meio suicida de que, apesar de tudo, não arredei um pé das minhas convicções básicas.

Na época, foi difícil publicá-lo. Da primeira edição, foram cortados alguns trechos (incluídos nesta) considerados "fortes" pela instituição cultural que o coeditou. Foram também eliminados três textos "imorais", que não incluí nesta porque tornariam o livro ainda mais repetitivo do que ele já é. E, finalmente, lembrando a longa batalha pela publicação, não posso deixar de dedicá-lo, com imenso carinho e saudade, à memória de uma pessoa linda, sem a qual este *Ovo* não teria saído das gavetas burocráticas: Lígia Morrone Averbuck. Lá do outro lado, talvez ela sorria, cúmplice. Ou complacente.

Caio Fernando Abreu
São Paulo, agosto de 1984

alfa

They are playing a game. They are playing at not playing a game. If I show them I see they are. I shall break the rules and they will punish me. I must play their game, of not seeing I see the game.

R. D. LAING, *KNOTS*

Nos poços

PRIMEIRO VOCÊ CAI num poço. Mas não é ruim cair num poço assim de repente? No começo é. Mas você logo começa a curtir as pedras do poço. O limo do poço. A umidade do poço. A água do poço. A terra do poço. O cheiro do poço. O poço do poço. Mas não é ruim a gente ir entrando nos poços dos poços sem fim? A gente não sente medo? A gente sente um pouco de medo mas não dói. A gente não morre? A gente morre um pouco em cada poço. E não dói? Morrer não dói. Morrer é entrar noutra. E depois: no fundo do poço do poço do poço do poço você vai descobrir que.

Réquiem por um fugitivo

NÃO QUE EU TIVESSE MEDO. Mas ele era excessivamente pálido. Mesmo sem ter nunca encarado o seu rosto eu já sabia de sua palidez, como sabia de sua frieza sem precisar tocá-lo. Estava ali desde muito tempo, desde antes de mim. Eu o via desde muito pequeno, quando minha mãe abria o guarda-roupa e eu conseguia perceber no meio dos vestidos as suas mãos demasiado longas. No começo não tinha voz para perguntar quem era, o que fazia. E quando finalmente tive voz e tive movimentos, já não era necessária nenhuma pergunta, nenhuma curiosidade. Sabia-o ali, no meio dos vestidos e dos chapéus. Sabia-o ali, pálido e frio, praticamente ausente. Às vezes me comoviam a sua solidão e a sua lealdade: nunca vira minha mãe agredi-lo mas, por outro lado, também nunca a vi tomar conhecimento dele. Nem por isso ele solicitava qualquer atenção. Estava apenas ali, tangível e remoto como a parede do fundo do guarda-roupa.

Quando cresci um pouco ganhei um quarto só para mim, o que impôs uma distância maior entre nós. Mesmo assim eu não esquecia dele. Em parte porque seria impossível esquecê-lo, em parte também, principalmente, porque não desejava isso. É verdade, eu o amava. Não com esse amor de carne, de querer tocá-lo e possuí-lo e saber coisas de dentro dele. Era um amor diferente, quase assim feito uma segurança de sabê-lo sempre ali, quando minha mãe saía e eu ficava sozinho ou quando havia tempestade. Mais ou menos como essa coisa que as pessoas são capazes de sentir por um móvel ou um objeto muito antigos. A única diferença era que eu não admitia que ninguém mais pensasse assim. Para ser mais claro: eu tinha ciúme. Nada sei a respeito de sua vida privada, mas às vezes chegava... por assim dizer... bem, chegava a desconfiar dele com minha mãe. Hoje é a primeira vez que tenho coragem de admitir isso, porque uma coisa terrível aconteceu.

Muitas noites eu ficava tenso na minha cama, procurando ouvir ruídos — *certos* ruídos — no quarto de minha mãe. Para ser justo, devo dizer que nunca ouvi nada. Claro que de vez em quando alguma madeira estalava no teto, algum rato ensaiava uma corrida furtiva, ou acontecia qualquer outro desses rumores noturnos. São coisas corriqueiras essas, que acontecem, suponho, em qualquer casa — e digo *suponho* porque nunca vivi em outra casa que não a minha. Mesmo sabendo disso, eu me contraía cheio de suspeita e mágoa. Imaginava-os na cama, fazendo amor, e isso me doía mais, muito mais do que qualquer outra coisa, a não ser a que aconteceu hoje de manhã.

    Minha mãe foi muito correta. É verdade que sempre foi viúva, desde que me conheço por gente, mas é verdade também que nunca me tornou cúmplice de sua viuvez. Devia ter seus problemas, claro, mas nunca me tornou participante deles. Ela os resolvia em silêncio, discreta, sabendo que eu sabia, mas sem me impor absolutamente nada. Inclusive a presença dele, ela não me impôs. Não que o tenha ocultado (e essa atitude me faz ter quase certeza que realmente nada havia entre eles): abria sem dissímulo a porta do guarda-roupa e eu espiava para dentro sem que ela impedisse ou estimulasse. Também nunca me falou dele. Nem dele nem de outro qualquer, de dentro ou de fora do guarda-roupa. Não que não tivesse confiança em mim, na verdade nunca demonstrou isso — nem o contrário. Embora não nos falássemos, ela sempre foi muito educada, muito gentil. Não lembro de tê-la ouvido falar alguma vez em voz baixa ou em voz terna, ou mesmo em qualquer outra voz, mas isso não importa: o essencial é que ela nunca gritou. E se é verdade que não chegamos a ter amor um pelo outro, é verdade também que não chegamos a ter ódio. Acredito mesmo que tivéssemos descoberto a forma ideal de convivência e comunicação.

    A vida era muito dura. Não chegávamos a passar fome ou frio ou nenhuma dessas coisas. Mas era dura porque era sem cor, sem ritmo e também sem forma. Os dias passavam, passavam e passavam, alcançavam as semanas, dobravam as quinzenas, atingiam os meses, acumulavam-se em anos, amontoavam-se em décadas — e nada acontecia. Eu tinha a impressão de viver dentro de uma enorme e vazia bola de gás, em constante rotação. A vida só se tornava mais lenta quando, aproveitando a ausência de minha mãe, eu abria devagarinho a porta do guarda-roupa para vê-lo. Não ousava encará-lo: acreditava que seria necessária uma longa aprendizagem antes de submetê-lo à visão da minha face. Não que ela fosse excessivamente feia ou disforme, não se trata disso. Mas é que não havia no meu rosto nada de peculiar ou de interessante, nada que fosse digno de seu olhar. Ele tinha um olhar feito somente para coisas dignas, esclareço.

    Assim, eu me satisfazia em observar seus pés, suas pernas, até um pouco acima dos joelhos onde repousavam, suspensas, aquelas mãos. E isso era espantoso: os pés, as pernas, os joelhos, as mãos. Era tão maravilhosamente espantoso que eu não suportaria olhar mais adiante, seria demasiado para meus pobres olhos que, ao contrário dos dele, foram feitos para o trivial. Seus pés eram muito magros e estavam descalços. Tinham magníficas falanges de ossos perfeitos e um detalhe que os diferençava de quaisquer outros pés — o segundo dedo era maior que o primeiro, e de uma perfeição indescritível, com sua ponta levemente quadrada e sua unha um pouco azul, como se ele fosse anêmico ou sentisse muito frio. Foi pensando nessa segunda hipótese que, um dia, de cabeça baixa, troquei alguns vestidos de lugar, deixando mais próximo dele o casaco de peles de minha mãe. Acho que não adiantou nada, pois no dia seguinte a unha do segundo dedo continuava azulada, com uma pequena diferença: a meia-lua estava um pouco mais estreita. As suas pernas eu não podia ver, havia aquela roupa branca muito comprida, que escondia inclusive os tornozelos. Ainda assim, podia intuir por baixo do tecido leve a delicadeza de sua ossatura, que se confirmava nas mãos, dignas de qualquer poema, de qualquer tela, de qualquer sinfonia. Sei que fico um tanto ridículo falando delas nesse tom, mas não consigo evitá-lo: quando se quer explicar o inexplicável sempre se fica um pouco piegas. Por isso me eximo de descrevê-las. Digo apenas que estavam ali, paradas, e aqueles pés esplêndidos em muito ficavam lhes devendo. Eram essas mãos que povoavam meus sonhos. Meus sonhos eram repletos dessas mãos, que ora me indicavam caminhos, ora me acariciavam os cabelos, ora dançavam tomadas de vida própria. Acordava assustado com minha própria audácia, chegando a desejar que num dos sonhos elas ensaiassem um gesto mais ríspido para que eu pudesse detestá-las ou temê-las. Mas eram sempre doces, e isso nunca aconteceu.

 Foi quando minha mãe morreu, ontem à noite. Eu estava deitado no meu quarto quando a ouvi morrendo. Era um som inconfundível: nenhuma das suas caixinhas de música, nenhum dos ruídos noturnos, nenhum de seus amantes conseguira jamais produzir aquele som. Era escuro e rouco como as coisas que não têm depois. Fiquei a escutar por um instante, sem me abalar, pois sabia que ela morreria um dia, como todas as pessoas, e não me atemorizava nem me surpreendia que esse dia fosse ontem, hoje ou amanhã. Depois de escutar durante uns cinco minutos abandonei as flores de cartolina que costumo fazer e fui até seu quarto. Quando cheguei, o som já havia diminuído de intensidade e, quando a toquei, desaparecera por completo. Deduzi que estava morta. Telefonei para o médico, que veio e confirmou minha suspeita, e depois para a funerária, que a encaixotou e levou. Passei a noite mais insone do que de costume. Restávamos, agora, eu e ele. E eu não sabia como tratá-lo, como comunicar a ele o acontecimento. Imaginava que as pessoas como ele fossem difíceis, sensíveis, e ele era tão mais pálido que as gentes que eu costumava ver pela janela que estava realmente confuso.

 Hoje de manhã armei-me de toda coragem e abri a porta do guarda-roupa. Ele estava lá, no mesmo lugar. Foi só então que tive a minha suspeita — pois até esse momento não passara de uma suspeita — confirmada. As dúvidas se diluíram e eu tive certeza: tratava-se *realmente* de um anjo. Não sei se arcanjo ou serafim, mas indubitavelmente, irreversivelmente, inconfundivelmente — um anjo. Olhei-o, então. Acreditei que o momento houvesse chegado, e olhei-o. Confesso que esperava um sorriso ou qualquer outra manifestação dessas de afeto. Mas não houve nada disso. Não pude sequer perceber se era moreno ou louro, castanho ou ruivo. O que aconteceu foi apenas um clarão enorme e um ruído quase ensurdecedor de asas... como se diz mesmo?... ruflando, é isso: um ruído quase ensurdecedor de asas ruflando. Em seguida saiu pela janela aberta, alcançou os galhos mais altos dos plátanos desfolhados e desapareceu. Julguei ainda ouvir a voz dele dizendo que voltaria, mas não explicou quando. Não sei também se disse isso apenas por gentileza, para me consolar, ou se realmente pretende voltar um dia.

O que nunca pensei é que pudesse ser assim tão vazia uma casa sem um anjo. Dentro de mim existe alguma coisa que espera a sua volta, de repente, não sei se pela janela ou se aparecerá novamente no mesmo lugar. Para prevenir surpresas, tenho deixado sempre abertas todas as janelas e todas as portas de todos os guarda-roupas. Enquanto não chega, preparo duas coroas de flores: uma para o túmulo de minha mãe, outra para o guarda-roupa que ele habitava.

Gravata

A PRIMEIRA VEZ que a viu foi rapidamente, entre um tropeço e uma corrida para não perder o ônibus. Mesmo assim, teve certeza de que havia sido feita apenas para ele. No ônibus, não houve tempo para pensá-la mais detidamente, mas, no dia seguinte, saindo mais cedo do trabalho, parou em frente à vitrine para observá-la. Era nada menos que perfeita na sua cor vagamente indefinível, entremeada de pequenas formas coloridas, em seu jeito alongado, na consistência que pressentia lisa e mansa ao toque. Disfarçado, observou o preço e, em seguida, retomou o caminho. Cara demais, pensou, e enquanto pensava decidiu não pensar mais no assunto.

Quase conseguiu — até o dia seguinte quando, voltando pela mesma rua, tornou a defrontar-se com ela, no mesmo lugar, sobre um suporte de veludo vermelho, escuro, pesado. Um suporte digno de tanta dignidade, pensou. E imediatamente soube que já não poderia esquecê-la. No ônibus, observou impiedoso as gravatas dos outros homens, todas levemente desbotadas e vulgares em suas colorações precisas, sem a menor magia. Pelo vidro da janela analisou sua própria gravata, e decepcionou-se constatando-a igual a todas as outras. Em casa, atarefado na cozinha, dispondo pratos, panelas e talheres para o próprio jantar, conseguiu por alguns momentos não pensar — mas um pouco mais tarde, jornal aberto sobre os joelhos, olhar perdido num comercial de televisão, surpreendeu-se a fazer contas, forçando pequenas economias que permitissem possuí-la. Na verdade, era mais fácil do que supunha. Alguns cigarros a menos, algumas fomes a mais. Deitado, a cama pareceu menos vazia que de costume. Na manhã seguinte, tomou a decisão: dentro de um mês, ela seria sua. Passou na loja, mandou reservá-la, quase envergonhado por fazê-la esperar tanto. Que ela, sabia, também ansiava por ele.

Trinta dias depois ela estava em suas mãos. Apalpou-a sôfrego, enquanto sentia vontade de usar adjetivos pomposos e cintilantes, de recriar toda a linguagem para comunicar-se com ela — o trivial não seria suficientemente expressivo, nem mesmo o meramente correto seria capaz de atingi-la: metafísicas, budismos, antropologias. Permaneceu deitado durante muito tempo, a observá-la sobre a colcha azul. Dos mais variados ângulos, ela continuava a mesma, terrivelmente bela, vaga e inatingível — mesmo ali, sobre a cama dele, mesmo com a nota de compra e o talão de cheques um pouco mais magro ao lado. Olhava os sapatos, as meias, a calça, a camisa — e não conseguia evitar uma espécie de sentimento de inferioridade: nada era digno dela. Um pouco mais tarde abriu o guarda-roupa e então deixou que um soluço comprimisse subitamente seu peito de coração ardente, como duas mãos que apertassem para depois libertá-lo em algumas lágrimas desiludidas. Não era possível. Não podia obrigá-la, tão nobre, a servir de companhia àqueles ternos, sapatos e camisas antigos, gastos, vulgares, cinzentos. Foi depois de olhar perdido para o assoalho que teve como um repente de lucidez. Então encarou agressivo a impassibilidade da gravata e disse:

— Você é minha. Você não passa de um objeto. Não importa que tenha vindo de longe para pousar entre coisas caras na vitrine de uma loja rica. Eu comprei você. Posso usá-la à hora que quiser. Como e onde quiser. Você não vai sentir nada, porque não passa de um pedaço de pano estampado. Você é uma coisa morta. Você é uma coisa sem alma. Você...

Não conseguiu ir adiante. A voz dele estremeceu e falhou bem no meio de uma palavra dura, exatamente como se estivesse blasfemando e Deus o houvesse castigado. Um Deus de plástico, talvez de acrílico ou néon. Olhou desamparado para o sábado acontecendo por trás das janelas entreabertas e, sem cessar, para a colcha azul sobre a cama, logo abaixo da janela e, mais uma vez, para a gravata exposta em seu suporte de veludo pesado, vermelho.

Ele enxugou os olhos, encaminhou-se para a estante. Abriu um dicionário. Leu em voz alta: *Gravata S.f.: lenço, manta ou fita que os homens, em trajes não caseiros, põem à roda do pescoço e por cima do colarinho da camisa, atando-a adiante com um nó ou laço. Golpe no pescoço, em algumas lutas esportivas. Golpe sufocante, aplicado com o braço no pescoço da vítima, enquanto um comparsa lhe saqueia as algibeiras.*

Suspirou, tranquilizado. Não havia mistério. Colocou o dicionário de volta na estante e voltou-se para encará-la novamente. E tremeu. Alguma coisa como um pressentimento fez com que suas mãos se chocassem de repente num entrelaçar de dedos. E suspeitou: por mais que tentasse racionalizá-la ou enquadrá-la, ela sempre ficaria muito além de qualquer tentativa de racionalização ou enquadramento. Mas não era medo, embora já não tivesse certeza de até que ponto o olhar dele mesmo revelava uma verdade óbvia ou uma outra dimensão de coisas, inatingível se não a amasse tanto. Essa dúvida fez com que oscilasse, de tal maneira precário que novamente precisou falar:

— Você não passa de um substantivo feminino — disse, e quase sem sentir acrescentou — ... mas eu te amo tanto, tanto.

Recompôs-se, brusco. Não, melhor não falar nada. Admitia que não conseguisse controlar seus pensamentos, mas admitir que não conseguisse controlar também o que dizia lançava-o perigosamente próximo daquela zona que alguns haviam convencionado chamar *loucura*. E essa era a primeira vez que se descobria assim, tão perto dessas coisas incompreensíveis que sempre julgara acontecerem aos outros — àqueles outros distanciados, melancólicos e enigmáticos, que costumava chamar de *os-sensíveis* —, jamais a ele. Pois se sempre fora tão objetivo. Suportava apenas as superfícies onde o ar era plenamente respirável, e principalmente onde os sentidos todos sentiam apenas o que era corriqueiro e normal sentir. Subitamente pensava e sentia e dizia coisas que nunca tinham sido suas.

Então, admitiu o medo. E admitindo o medo permitia-se uma grande liberdade: sim, podia fazer qualquer coisa, o próximo gesto teria o medo dentro dele e portanto seria um gesto inseguro, não precisava temer, pois antes de fazê-lo já se sabia temendo-o, já se sabia perdendo-se dentro dele — finalmente, podia partir para qualquer coisa, porque de qualquer maneira estaria perdido dentro dela.

Todo enleado nesse pensamento, tomou-a entre os dedos de pontas arredondadas e colocou-a em volta do pescoço. Os dez dedos esmeraram-se em laçadas: segurou as duas pontas com extremo cuidado, cruzou a ponta esquerda com a direita, passou a direita por cima e introduziu a ponta entre um lado esquerdo e um lado direito. Abriu a porta do guarda-roupa, onde havia o espelho grande, olhou-se de corpo inteiro, as duas mãos atarefadas em meio às pontas de pano. Sentia-se aliviado. Já não era tão cedo nem era mais sábado, mas se se apressasse podia ainda quem sabe viver intensamente a madrugada de domingo. *Vou viver uma madrugada de domingo* — disse para dentro, num sussurro. — *Basta apertar*. Mas antes de apertar uma coisa qualquer começou a acontecer independente de seus movimentos. Sentiu o pescoço sendo lentamente esmagado, introduziu os dedos entre os dois pedaços de pano de cor vagamente indefinível, entremeado por pequenas formas coloridas, mas eles queimavam feito fogo. Levou os dedos à boca, lambeu-os devagar, mas seu ritmo lento opunha-se ao ritmo acelerado da gravata, apertando cada vez mais. Ainda tentou desvencilhar-se duas, três, quatro vezes, dizendo-se baixinho do impossível de tudo aquilo, o pescoço queimava e inchava, os olhos inundados de sangue, quase saltando das órbitas. Quando tentou gritar é que ergueu os olhos para o espelho e, antes de rodar sobre si mesmo para cair sobre o assoalho, ainda teve tempo de ver um homem de olhos esbugalhados, boca aberta revelando algumas obturações e falhas nos dentes, inúmeras rugas na testa, escassos cabelos despenteados, duas pontas de seda estrangeira movimentando-se feito cobras sobre o peito, uma das mãos cerradas com força e a outra estendida em direção ao espelho — como se pedisse socorro a qualquer coisa muito próxima, mas inteiramente desconhecida.

Oásis

Para
José Cláudio Abreu,
Luiz Carlos Moura
e o negrinho Jorge.

A BRINCADEIRA NÃO ERA DIFÍCIL: bastava que nos concentrássemos o suficiente para conseguirmos transformar tudo que havia em volta. E treinados como estávamos nas imaginações mais delirantes, era relativamente fácil avistar um deserto na rua comprida e um oásis no arco branco do portão do quartel, lá no fundo. Algumas vezes tentamos iniciar um ou outro guri da nossa idade, mas eles não conseguiam nunca chegar até o fim. Os mais persistentes alcançavam a metade do caminho, mas era mais comum rirem de saída e irem cuidar de outra coisa. Talvez porque, ao contrário de nós três, nunca houvessem visto o quartel por dentro, com seus lagos, cavalos, alamedas calçadas, eucaliptos, cinamomos, soldados.

Acho mesmo que foi naquela tarde em que visitamos o quartel pela primeira vez que a brincadeira nasceu. Absolutamente fascinados, sentimos necessidade de vê-lo mais e mais vezes, principalmente ficamos surpresos por não termos jamais imaginado quantas maravilhas se escondiam atrás daquele portão branco, e tão tangíveis, ali, no fim da rua de nossa casa. Não sei de quem partiu a ideia mas, seja de quem foi, ele foi muito sutil ao propô-la, disfarçando a coisa de tal jeito que não suspeitamos tratar-se de apenas um pretexto para visitar mais vezes o quartel. Claro que não confessaríamos claramente nosso fascínio, tão empenhados andávamos em, constantemente, simular um fastio em relação a todas as coisas. Fastio esse que, para nós, era sinônimo de superioridade.

Era preciso bastante sol para brincar — fazíamos questão de ficar empapados de suor e de sentirmos sobre as cabeças aquela massa amarela quase esmagando os miolos. Era preciso também que não houvesse chovido nos dias anteriores, pois por mais hábeis que fôssemos para distorcer pequenos ou grandes detalhes, não o éramos a ponto de aceitar um deserto lamacento. Quando todas essas coisas se combinavam, a proposta partia de qualquer um de nós.

Brincar de oásis era a senha, e imediatamente caíamos no chão, ainda desacordados com o choque produzido pela queda do avião onde viajávamos, depois lentamente abríamos os olhos e tateávamos em volta, no meio da rua, tocando as pedras escaldantes da hora de sesta. Quase sempre Jorge voltava a fechar os olhos, dizendo que preferia morrer ali mesmo do que ficar dias e dias se cansando à toa pelo deserto. E quase sempre eu apontava para o arco no fim da rua, dizendo que se tratava de um oásis, que meu avião já havia caído lá uma vez e que, enfim, tinha experiência de caminhadas no deserto. Em seguida Luiz investigava os bolsos e apresentava algum biscoito velho, acrescentando que tínhamos víveres suficientes para chegar lá. Convencido Jorge, tudo se passava normalmente. Aos poucos nossas posturas iam decaindo: no fim da primeira quadra, tínhamos os ombros baixos, as pernas moles — na altura do colégio das freiras começávamos a tropeçar e, para não cair, nos segurávamos no muro de tijolos musguentos.

A partir do colégio as casas rareavam, e além de algumas pensões de putas não havia senão campo, cercas de arame farpado e a poeira solta e vermelha do meio da rua. Então, sem nenhum pudor, andávamos nos arrastando enquanto algumas daquelas mulheres espantosamente loiras nos observavam das janelas por baixo das pálpebras azuis e verdes, pintando as unhas e tomando chimarrão embaixo das parreiras carregadas. Tudo se desenvolvia por etapas que eram vencidas sem nenhuma palavra, sem sequer um olhar. Raramente alguém esquecia alguma coisa. Apenas uma vez Jorge não resistiu e, interrompendo por um momento a caminhada, pediu um copo d'água para uma daquelas mulheres. Eu e Luiz nos entreolhamos sem falar, escandalizados com o que julgávamos uma imperdoável traição. Mas a tal ponto nos comunicávamos que, mal voltou, a água ainda pingando do queixo, Jorge justificou-se com um sorriso deslavado:

— Foi uma miragem.

A partir de então as miragens se multiplicaram: vacas que atravessavam a rua, pitangueiras no meio do campo, alguma pedrada num passarinho mais distraído. Chegávamos no portão e ficávamos olhando para dentro, sem coragem de entrar, com medo dos dois soldados de guarda. Lá dentro: o paraíso. Mas era como se tivéssemos entrado: voltávamos novamente eretos, bem-dispostos, com as peças para consertar o avião caído e que, sem a menor explicação, tínhamos encontrado entre duas palmeiras.

Houve um verão de seca tão intensa, sol, poeira, sede e crepúsculos esbraseados, que brincávamos quase todos os dias. Acabamos fazendo amizade com um soldado que ficava de guarda às segundas, quartas e sextas. Aos poucos, então, começamos a suborná-lo, usando os métodos mais sedutores, adestrando-nos em cinismos. Começamos por mostrar a ele figurinhas de álbum, depois levando revistas velhas, biscoitos, rapaduras, pedaços de galinha assada do almoço de domingo, garrafas vazias e, finalmente, até mesmo alguma camisa que misteriosamente desaparecia do varal de casa. Mas a vitória só foi consumada quando Dejanira, a empregada, entrou em cena. Com muito tato, conseguimos interessar o soldado numa misteriosa mulata que espiava todos os dias a sua passagem para o quartel, de manhã cedinho, escondida atrás da janela da sala. Era uma mulata tímida e lânguida, que fazia versos às escondidas e pensava vagamente em suicídio nas noites de lua cheia. Dejanira parecia um nome muito vulgar para uma criatura de tais qualidades, então tornamos a batizá-la de Dejanira Valéria e, pouco a pouco, fomos acrescentando mais e mais detalhes, até conseguir enredar o soldado a um ponto que ele chegava a nos convidar para entrar no quartel. Antes do avião cair nos esmerávamos em forjar bilhetes cheios de solecismos e compor versos de pé quebrado em folhas de caderno, sensualmente assinados por *docemente tua, Dejanira Valéria*, numa caligrafia que Luiz caprichadamente enchia de meneios barrocos altamente sedutores. E na hora do banho Dejanira não entendia por que a tratávamos com tanto respeito, chamando-a candidamente de *doce Valéria*, até que nos enchia de cascudos e palavrões. Mas a confiança do soldado estava ganha: já agora se empenhava em nos agradar, atraindo-nos para dentro do quartel e permitindo que ficássemos horas zanzando pelo pátio calçado, as árvores pintadas de branco até a metade, os cavalos de cheiro forte e crina cortada, apitos, continências, bater de pés e outras senhas absolutamente incompreensíveis e deslumbrantes em seu mistério. Coisas estranhas se passavam ali, e tínhamos certeza de estarmos lentamente ingressando numa espécie de sociedade mágica e secreta.

Foi quando, uma tarde, tudo se passando exatamente como das outras vezes, nos encontramos os três parados à frente de um portão sem guarda. Não conseguimos compreender, mas estávamos tão habituados a entrar e a passar despercebidos que, como das outras vezes, entramos. Havia um movimento incomum lá dentro: carroças se chocavam, armas passavam de um lado para outro, soldados corriam e gritavam palavrões, o chão estava sujo de esterco, os cavalos todos enfileirados. Conseguimos passar mais ou menos incógnitos pelo meio da babilônia, até chegarmos numa sala onde nunca estivéramos antes. Examinamos as paredes vazias, depois descobrimos num canto, sobre uma mesa, um estranho aparelho cheio de fios. Jorge descobriu um microfone e, por algum tempo, ficamos ali parados, sem compreender exatamente o que era aquilo, mas certos de que se tratava de uma peça importantíssima para o funcionamento de toda a organização.

Estávamos tão entretidos na descoberta que não percebemos quando entraram dois soldados com fardas diferentes das dos outros, com penduricalhos coloridos nos ombros. Fui o primeiro a vê-los, mas não foi possível avisar os outros: os soldados já avançavam sobre nós, vermelhos, segurando-nos pelos ombros e nos sacudindo até que Jorge começasse a chorar e a chamar pela mãe. Falavam os dois ao mesmo tempo, aos berros. Depois, com mais alguns trancos, nos jogaram num canto. Um deles, de enorme bigode preto, avançou para nós e, com uma voz que me pareceu completamente hedionda, disse que ficaríamos presos até aprendermos a não nos meter onde não era da nossa conta. Ainda discutiu um pouco com o outro, que parecia estar do nosso lado, pelo menos torcemos para que fosse assim. Mas não adiantou nada: o de bigode enorme disse que era só um susto, e saiu nos empurrando até a prisão.

Era um quartinho ainda menor que o de Dejanira, infinitamente mais sujo e frio, apesar de todo o calor que fazia lá fora, com uma janelinha gradeada na altura do teto. Ficamos ali durante muito tempo, incapazes de dizer qualquer palavra, num temor tão espesso que não era preciso evidenciá-lo através de um grito. Jorge chorava, eu e Luiz nos encolhíamos contra as paredes. Pensamentos terríveis cruzavam a minha cabeça, pelotões, fuzilamentos, enquanto uma dor de barriga se tornava cada vez mais insuportável, até escorregar pelas pernas numa massa visguenta.

Já era noite quando vimos com alívio a porta se abrir para dar passagem ao soldado nosso conhecido. Sem falar nada, fomos levados para casa num jipe militar. Mamãe estava descabelada, as vizinhas todas em volta, as luzes acesas: entramos na sala pela mão do soldado, que falou rapidamente coisas que não conseguimos entender, enquanto todo mundo nos envolvia em beijos e abraços, logo contidos quando perceberam meu estado lastimável. Mamãe disse que a culpada era Dejanira, que não cuidava de nós; papai disse que a culpada era mamãe, que nos entregava a Dejanira; Dejanira disse que os culpados éramos nós, uns demônios capazes de enlouquecer qualquer vivente; mamãe disse que Dejanira era uma china desaforada, e que demônios eram os da laia dela, e que o culpado era papai, que achava que em criança não se bate; Dejanira disse que não ficava mais nem um minuto naquela casa de doidos; papai disse que mamãe não nos dava a mínima; mamãe disse que era uma verdadeira escrava e que os homens só queriam mesmo as mulheres para *aquilo*; papai disse que não podia dar atenção a seus faniquitos na hora em que o país atravessava uma crise tão grave. E acabaram os três gritando tão alto quanto os dois soldados de farda diferente, com penduricalhos coloridos nos ombros.

Depois do banho assistimos à partida de uma Dejanira nem um pouco Valéria e muito menos lânguida: jogava as roupas na mala e resmungava desaforos em voz baixa. Doía vê-la ir embora, mas as chineladas e a vara de marmelo doeram muito mais. Fomos postos na cama sem jantar. Ficamos muito tempo acordados no escuro, ouvindo o som do rádio que vinha da sala e os passos apressados na rua. Antes de dormir ainda ouvi a voz de Jorge perguntando a Luiz o que era uma revolução, e um pouco mais tarde a voz de Luiz, apagada e hesitante, dizer que achava que revolução era assim como uma guerra pequena. Mais tarde, não sei se sonhei ou se pensei realmente que os aviões não caíam no meio das ruas, e que as ruas não eram desertos, e que portões brancos de quartéis não eram oásis. E que mesmo que portões brancos de quartéis fossem oásis e cinamomos pintados de branco até a metade fossem palmeiras, não se encontraria nunca uma peça de avião no meio de duas palmeiras. E por todas essas coisas, creio, soube que nunca mais voltaríamos a brincar de encontrar oásis no fim das ruas. Embora fosse muito fácil, naquele tempo.

Visita

> Era perfectamente natural que te acordaras de él a la hora de las nostalgias, cuando uno se deja corromper por esas ausencias que llamamos recuerdos y hay que remendar con palabras y con imágenes tanto hueco insaciable.
>
> JULIO CORTÁZAR, *FINAL DEL JUEGO*

EU GOSTARIA DE FICAR para sempre ali, parado naqueles degraus gastos, sentindo as sombras se adensarem no jardim que ficava logo após aqueles degraus onde eu pisava agora, estendidos até o portãozinho enferrujado que há pouco eu abrira, ouvindo os rumores da rua coados pela espessa folhagem, olhando seu rosto envelhecido e doce, com os cabelos presos na nuca e um velho camafeu sobre a gola de renda, tudo um pouco antigo, como se ela gostasse de tocar piano quando entardecia, bebericando qualquer coisa leve como um chá de jasmins, enquanto as sombras na escada ficavam mais e mais densas, até que os ruídos das crianças fossem amortecendo nas calçadas e de repente ela percebesse ter ficado completamente no escuro, apesar das luzes da rua refletidas com um brilho frio nos cristais empoeirados do armário, e então.

Então ela me olhava com seus olhos gentis acostumados à sombra e talvez não distinguisse bem meus contornos contra a rua ainda batida de sol, mas não fiz um movimento antes de perceber que seus lábios abriam-se amáveis, como num sorriso, um sorriso antigo, desses dirigidos a um fotógrafo de aniversário, e para não perturbá-la disse apenas que queria ver o quarto dele, e achei difícil dizer qualquer coisa, e não consigo lembrar se realmente disse ou apenas meti a mão no bolso para mostrar um amassado recorte de jornal, sem dizer nada, e então o seu sorriso se alargasse mais, compreendendo, mas ainda assim discreto, e ela afastasse lentamente o corpo como dizendo que estava às ordens e depois me conduzisse pelo corredor silencioso e atapetado e eu visse os retratos dos velhos parentes mortos dispostos pela parede e juntando ao acaso os olhos claros de um, o vinco no canto da boca de outro, a mecha rebelde no cabelo de um terceiro, o ar solitário de um quarto — e antes que ela se detivesse aos pés da escada, os dedos da mão esquerda postos sobre o corrimão branco, um pouco espantada com a minha demora —, mas antes disso eu já tivesse tido tempo suficiente para recompor o rosto dele, traço por traço de seus velhos parentes mortos, e como uma garra áspera me apertasse então a memória e para não sufocar eu olhasse rapidamente a salinha com móveis de madeira e palha e visse a um canto o piano entreaberto com a xícara de chá de jasmins e um fino fio de fumaça ainda subindo e depois.

E depois sorrisse para ela, também amavelmente, e subisse devagar a escada, acompanhando o ritmo de seus passos, e visse seus sapatos de saltos grossos, e desviasse o olhar para minha própria mão, tão branca quanto o corrimão da escada, e voltasse a mesma garra áspera na minha garganta e pensasse, então, pensei nos dedos dele, todos os dias, fazia tanto tempo, desbravando o mesmo caminho pelo corrimão empoeirado, sentindo o vago cheiro de mofo se desprender de todos os cantos e novamente parasse, opresso, e novamente ela me acudisse, à porta do quarto, dizendo em voz baixa, tão baixa que tento lembrar se ela realmente chegou a dizer alguma coisa como: era aqui que ele morava: e abrisse a porta com seus gestos lentos e acendesse a luz e então.

Então julguei ver nos olhos dela um brilho fugitivo de lágrima muitas vezes contida, e antes de entrar pensei ainda, quase ferozmente, que bastava voltar as costas e descer correndo as mesmas escadas, sem tocar no corrimão, passar pela porta entreaberta da sala sem olhar para o piano, atravessar o corredor sem erguer os olhos para a galeria de retratos e alcançar a porta carcomida e novamente o jardim e novamente abrir o portãozinho enferrujado e sair para a rua quente de sol e de vida, mas.

Mas sem fazer nenhuma dessas coisas, desviar-me de seu corpo frágil e penetrar no quarto e saber, então, que já não poderei dar meia-volta para ir embora e.

E dentro do quarto, olhar para os livros desarrumados nas prateleiras, a cama com os lençóis ainda fora do lugar, como se há pouco alguém tivesse se erguido dali, e uma reprodução qualquer na parede, talvez uma figura disforme de Bosch que mais tarde eu olharia com atenção, tocando talvez, talvez tocasse no papel amarelado e sorrisse pensando em todos os monstros que ele carregava consigo sem jamais mostrá-los a ela, que dizia não ter tocado em nada, toda de preto, apenas aquele camafeu de marfim no pescoço, e eu pensasse em prendê-la um momento mais até que ela tocasse com os dedos da cor do camafeu nos veios duros da porta e não dissesse nada, como se tudo em volta se obscurecesse e de repente apenas aquele movimento dos dedos sobre os veios duros da madeira da porta tivesse vida, embora fosse morte, e também essa coisa que chamamos saudade e que é preciso alimentar com pequenos rituais para que a memória não se desfaça como uma velha tapeçaria exposta ao vento. Ela já não sorri. Apenas diz que é melhor que eu fique sozinho, e fecha a porta, e se vai, depois, deixando-me enredado num movimento que preciso escolher, porque não é possível permanecer para sempre estático no meio do quarto, atento apenas ao rápido e confuso desenrolar da memória. Mas nada faço. Permaneço em pé no meio do quarto e a porta se fecha sobre mim. E vejo os telhados onde jogávamos migalhas de pão para os passarinhos, escondidos para não assustá-los, até que eles viessem, mas não vinham nunca, era difícil seduzir os que têm asas, já sabíamos, mas ainda assim continuávamos jogando migalhas que a chuva dissolvia, intocadas. Não era difícil vê-lo ali, e ouvir seus passos longos subindo de dois em dois os degraus para abrir a porta e ficar me olhando sem dizer nada, até que nos abraçássemos e eu sentisse, como antigamente, a mecha rebelde de seu cabelo roçar-me a face como uma garra áspera e então soubesse nada ver, nada ouvir, e movimentasse meu corpo parado no meio do quarto para a cama sob a janela e mergulhando a cabeça nos lençóis desarrumados procurasse uma espécie de calor, imune ao tempo, às traças e à poeira, e procurasse o cheiro dele pelos cantos do quarto, e o chamasse com dor pelo nome, o nome que teve, antigamente, e nada encontrasse, porque tudo se perde e os ventos sopram levando as folhas de papel para longe, para além das janelas entreabertas sobre o telhado onde não restam mais migalhas para os pássaros que não vieram nunca. Mas não choro, mesmo que de repente me perceba no chão, buscando uma marca de sapato, um fio de linha ou de cabelo, os cabelos dele caíam sempre, ele os jogava sobre os telhados pelas tardes, repetindo nunca mais, nunca mais, e acreditávamos que um dia seríamos grandes, embora aos poucos fossem nos bastando miúdas alegrias cotidianas que não repartíamos, medrosos que um ridicularizasse a modéstia do outro, pois queríamos ser épicos heroicos românticos descabelados suicidas, porque era duro lá fora fingir que éramos pessoas como as outras, mas nos cantos daquele quarto tínhamos força sangue esperma, talvez febre, feito tivéssemos malária e delirássemos juntos navegando na mesma alucinação que a matéria fria da guarda da cama não traz de volta, porque tudo passou e é inútil continuar aqui, procurando o que não vou achar, entre livros que não me atrevo a abrir para não encontrar seu nome, o nome que teve, e certificar-me de que a vida é exatamente esta, a minha, e que não a troquei por nenhuma outra, de sonho, de invento, de fantasia, embora ainda o escute a dizer que compreende que alguns outros devem ter sentido a mesma dor, e a suportaram, mas que esta dor é a dele, e não a suportaria, e saber que tudo isso se perdeu como o calor do chá de jasmins esquecido sobre o piano, e então.

    E então tornar-me duro e pensar que tudo não passou de uma vertigem, e recusar o testemunho dolorido da memória e a mesma luz roxa de entardecer atravessando os verdes e os vidros para projetar sombras disformes na parede branca, e sacudir os ombros como se fosse real toda a poeira que existe sobre eles, e quase poder ver os pequenos átomos brilhantes dançando um pouco no ar antes de se depositarem sobre o tapete, os livros, a cama desfeita, e depois.

               Depois apagar a luz e descer outra vez pelos degraus, mas não olhar para os dedos quase confundidos com o branco da escada, e passar pela sala e falar com ela sem que me veja e atravessar o corredor e vê-la junto ao piano e atravessar a porta e sair para os degraus e ultrapassar o jardim como se pudesse esquecer tudo que não vi, mas um momento antes de abrir o portão olhar para trás e fosse, então, como se a visse tão diluída que não soubesse se está realmente ali e perguntasse a ela qualquer coisa, em voz tão alta que as pessoas na rua parassem para olhar e eu tivesse certeza de que ela me escuta, que não está sentada junto ao piano, com o chá esfriando na sala escura e roxa, tão alto que a obrigue a voltar-se e encarar-me e dizer duramente que sim, que não, que tudo isso não é verdade, que todos nós, eu, ela, ele, todos os degraus e todas as sombras e todos os retratos fazemos parte de um sonho sonhado por qualquer outra pessoa que não ela, que não ele, que não eu.

Ascensão e queda de Robhéa, manequim & robô

Para
Elke Maravilha, ex-Bell, ex-Evremidis

I

NÃO FOI DIFÍCIL CONTÊ-LOS. No sétimo dia morriam pelas esquinas em estilhaços metálicos e ruídos de ferragens. A epidemia se alastrara de tal modo que se tornara muito fácil surpreendê-los. Os policiais nem mais se preocupavam em armar ciladas, disfarçando-se de civis para poderem acompanhar e prevenir a evolução da peste. Os *contaminados* — assim haviam sido chamados pelo Poder — não suportavam o processo por mais de uma semana. Findo esse prazo, tombavam pelas praças e ruas, os olhos de vidro explodindo em pedacinhos coloridos, as engrenagens enferrujadas não obedecendo às ordens dos cérebros enfraquecidos. Alguns tomavam doses enormes de estimulantes para que o cérebro, funcionando em sua quase totalidade, enviasse ordens cada vez mais violentas aos membros entorpecidos. Mas os nervos tornados frágeis pela modificação súbita não resistiam muito tempo — e o primeiro sintoma da derrocada era a explosão dos olhos.

Milhares de olhos espatifados enchiam as avenidas. Os mais práticos procuravam as oficinas: mecânicos azeitavam rótulas e, no terceiro dia, todas as oficinas haviam se transformado em hospitais. Sabendo disso, e da possibilidade de, a cada dia, os contaminados descobrirem mais e mais formas de sobrevivência, o Poder retirou das farmácias todo o estoque de estimulantes e ordenou o fechamento de todas as oficinas. Legiões fugiam em direção ao campo, corriam boatos de que era a proximidade com as máquinas o que provocava as mutações. Mas sabendo também da possibilidade de se formarem grandes comunidades rurais, o Poder fechou todas as saídas das cidades. Então eles morriam feito ratos, sem que fosse necessário sequer procurá-los. Seus pedaços eram recolhidos tediosamente pelos caminhões de limpeza e encaminhados aos ferros-velhos, onde seriam vendidos como sucata.

Esperava-se também que, em breve, a epidemia fosse completamente esquecida pela faixa dita *normal* da população, e futuramente braços e pernas e seios e pescoços pudessem ser utilizados como objetos decorativos. Esperava-se ainda industrializar estilhaços de olhos para transformá-los em contas coloridas que seriam utilizadas na confecção de colares cheios de *axé*, para serem vendidos a turistas ávidos de exotismo. Esperava-se enfim conseguir a união entre as classes média e alta com as camadas sociais mais baixas pois, com todos utilizando objetos de origem ex-humana como decoração ou indumentária, estariam mais ou menos nivelados. Assim, tão logo começou a derrocada, o Poder divulgou comunicado aos órgãos de imprensa dizendo de seu interesse em aproveitar da melhor maneira possível os restos mortais dos contaminados. Houve grande entusiasmo por parte das indústrias, lojas de decoração, butiques e confecções — e imediatamente os ferros-velhos começaram a ser frequentados por senhoras ricas e extravagantes. A crise parecia vencida. O Poder aumentou seu prestígio junto ao povo por ter sabido, uma vez mais, superar tudo de maneira tão eficiente e criativa.

II

A epidemia já era coisa do passado quando, em artigos publicados semanalmente, um jornalista começou a investigar as possíveis causas do fenômeno. A princípio a população irritou-se e o jornal baixou assustadoramente as vendas: era o preço que pagava por remexer em assunto tão superado. Mas, não se sabe como nem por quê, o jornalista continuou a publicar seus artigos. Comentou-se que seria amante da duquesa proprietária do jornal, segundo alguns, ou amante do marido da duquesa proprietária do jornal, segundo outros, ou ainda amante de ambos, em bacanais verdadeiramente dionisíacas, segundo terceiros. Contradizendo esses rumores, ventilou-se também que o jornalista seria um impotente sexual assalariado por uma poderosíssima organização estrangeira, especialmente para minar o prestígio do Poder.

Talvez devido a esses boatos, ou mesmo porque o povo não havia realmente esquecido a *Peste Tecnológica* — como fora chamada para efeitos sociológicos —, ou ainda porque algumas das hipóteses aventadas pelo jornalista, e que não vêm ao caso, fossem bastante viáveis, o fato é que uns quinze dias mais tarde o jornal dobrou sua tiragem e o assunto passou a ser comentado nos bares da moda. Os costureiros lançaram a *linha-robô*, com roupas inteiramente de aço e maquiagem metálica, os oculistas criaram novas lentes de contato acrílicas, especialmente para dar aos olhos o efeito do vidro. Surgiram novos manequins, de movimentos endurecidos e olhos vidrados. Tornou-se extremamente chique frequentar oficinas mecânicas em vez de saunas, academias de dança ou institutos de beleza. E o jornalista começou a sair na capa das revistas mais famosas, sucediam-se entrevistas e debates e depoimentos em programas de televisão, até mesmo um curta-metragem financiado pelo Poder e dirigido por um rebelde premiado no estrangeiro foi feito especialmente para mostrar a residência do novo mito das comunicações. Um chalezinho em chumbo, totalmente mecanizado, com plataformas no banheiro para lavagens parciais e totais.

Mais tarde, o jornalista cedeu seu nome e imagem para a publicidade de determinado óleo de determinada firma. Tornou-se tão conhecido como os mais conhecidos ídolos de futebol e da televisão. Aos poucos, as mulheres descobriam encantos secretos em seus ombros magros, seus olhinhos míopes e sua calva luzidia. Uma famosa atriz de telenovelas apaixonou-se por ele, abandonando sem hesitar o marido fiel e dois filhos em idade pré-escolar para cortar os pulsos e ingerir uma dose excessiva de barbitúricos, sendo providencialmente socorrida pelo mecânico que lhe fazia massagens às segundas, quartas e sextas. Amainado o escândalo, ambos concederam sóbria entrevista, afirmando serem apenas bons amigos e, um mês mais tarde, oficializaram seus divórcios casando-se num pequeno país vizinho. Tornaram-se o símbolo da nova mentalidade, e sua casa passou a ser frequentada por escritores inéditos, atores em ascensão, manequins promissoras, costureiros inovadores, jornalistas em evidência, marchands sensibilíssimos, diretores de cinema alternativo e todos, afinal, que de uma ou outra forma procuravam contribuir para a evolução da cultura ocidental.

O Movimento Tecnológico — que a essa altura já influenciava seriamente a música, a literatura, as artes plásticas, a moda e demais formas de expressão — ultrapassou as limitadas fronteiras do país para atingir o mundo inteiro. O índice de exportações aumentou incrivelmente, o país viu crescer suas divisas, artistas estrangeiros e turistas animados invadiam as cidades e as praias. E um tempo de prosperidade começava.

III

Enquanto isso, em porões de um beco escuro, reproduziam-se como coelhos os remanescentes da epidemia. Quatro deles haviam-se isolado de rumores e máquinas, levando consigo uma grande quantidade de latas de óleo e estimulantes para sua manutenção e, como não fossem descobertos, organizaram aos poucos outro sistema de vida. Já eram mais de meia centena apertados em meio às paredes sujas de graxa, fazendo amor em ranger de metais e cintilações dos olhos de vidro. Dispunham-se a sair à superfície para tomarem o Poder quando foram inexplicavelmente descobertos e denunciados.

A rua suspeita foi cercada, os policiais derrubaram as portas com metralhadoras e encurralaram os contaminados contra uma parede úmida onde, com fortes jatos d'água, conseguiram enferrujar lentamente suas articulações. Morreram todos, da mesma maneira que seus precursores — à exceção de uma jovem inteiramente mecanizada, com grandes olhos em vidro rosa e magníficas pernas de aço. Foi imediatamente recolhida à prisão para ser encaminhada a um especialista em computadores, e seu nome e foto saíram em todas as páginas policiais. Seu fim teria sido desgraçadamente o mesmo de seus companheiros, se um famoso costureiro não tivesse se interessado por ela. Foi visitá-la na prisão e, por meio de vários e demorados contatos com figuras influentes, conseguiu libertá-la para mais tarde lançá-la como principal manequim de sua coleção de outono.

A jovem, conhecida artisticamente como Robhéa, alcançou um espantoso sucesso. Galgou todos os degraus da fama em pouquíssimo tempo, acabando por filmar com os cineastas mais em voga no momento, ganhando prêmios e mais prêmios em festivais internacionais e sendo eleita Rainha das Atrizes durante cinco carnavais seguidos. Foi no último carnaval que, sem dar explicações, ela fugiu abruptamente do baile, espatifando a fantasia e repetindo em inglês que queria ficar sozinha. Retirou-se para uma ilha deserta e inacessível, onde viveu até o fim de seus dias. Comentou-se que seria homossexual, e fora obrigada pelos empresários a esconder esse terrível fato do grande público. Uma jovem que fora sua camareira publicou um diário chamado *Minha vida com Robhéa*, best-seller durante dez anos seguidos, com edições revistas pela autora, adaptações para rádio, televisão, cinema e fotonovela, proporcionando à ex-camareira a candidatura, ao mesmo tempo, aos prêmios Nobel da Paz e da Literatura. Excursões e expedições foram organizadas por legiões de fãs em desespero para chegarem até a ilha, guardada por animais selvagens, najas venenosíssimas e plantas carnívoras. Tudo inútil.

Muitos anos depois, os jornais publicaram uma pequena nota comunicando que Robhéa, ex-manequim, ex-atriz de cinema e robô de sucesso em passadas décadas, suicidara-se em sua ilha deserta e inacessível tomando um fatal banho de chuveiro. Seus restos enferrujados e mumificados foram colocados na praça da Matriz no planalto central e, desde então, foram publicados fascículos com sua vida completa e fotos inéditas, os travestis passaram a imitá-la em seus shows e, quando as discussões versavam sobre as grandes cafonas do passado, seu nome era sempre o primeiro a ser lembrado.

Retratos

SÁBADO:

NUNCA HAVIA REPARADO nele antes. Na verdade não tem nada que o diferencie dos demais. As mesmas roupas coloridas, os mesmos cabelos enormes, o mesmo ar sujo e drogado. Nunca os vira de perto como hoje. Da janela do apartamento eles pareciam formar uma única massa ao mesmo tempo colorida e incolor. Isso não me interessava. Nem me irritava. Mesmo assim cheguei a assinar uma circular dos moradores do prédio pedindo que eles se retirassem dali. Mas não aconteceu nada. Falaram-me no elevador que alguém muito importante deve protegê-los. Achei engraçado: parecem tão desprotegidos.

Creio que foi isso que me levou a descer até à praça hoje à tarde. Sim, deve ter sido. Não achei nada de estranho neles, nada daquilo que a circular dizia. Só estavam ali, de um jeito que não me ofendia. Um deles sorriu e me fez o retrato. Era como os outros, exatamente como os outros, a única coisa um pouco diferente era aquele colar com uma caveira. Todos usam colares, mas nenhum tem caveira. Uma pequena caveira. O retrato está bom. Não entendo nada de retratos, mas acho que está bom. Vou mandar colocar uma moldura e pregar no corredor de entrada.

DOMINGO:

Saí para comprar o jornal e encontrei com ele. Perguntou se eu queria fazer outro retrato. Eu disse: *já tenho um, para que outro?* Ele sorriu com uns dentes claros: *faça um por dia, assim o senhor saberá como é seu rosto durante toda a semana.* Achei engraçado. *Você fará sete, então* — eu disse. Ele disse: *sete é um número mágico, farei sete.* Pediu que eu sentasse no banco de cimento e começou a riscar. Observei-o enquanto desenhava. Na verdade, ele não se parece com os outros: está sempre sozinho e tem uma expressão concentrada. De vez em quando erguia os olhos e sorria para mim. Achei estranho porque nunca ninguém sorriu para mim — nunca ninguém sorriu para mim daquele jeito, quero dizer. A mão dele é muito fina, meio azulada. Quando desenha, tem uns movimentos rápidos.

Quando não desenha fica parada. Às vezes chega a ficar parada no ar. É tão estranho. Nunca vi ninguém ficar durante tanto tempo com a mão parada no ar.

Enquanto ele desenhava, eu sentia vergonha — estava de terno, aquele terno velho que uso aos domingos, e gravata. Também não tinha feito a barba. A garrafa de leite pesava na minha mão, o jornal começava a manchar as calças de tinta. Por um momento senti vontade de sentar no chão, como eles. Creio que achariam ridículo. Me contive até que terminasse. Quando estendeu a folha eu não pude me conter e disse que tinha gostado mais do de ontem. Ele riu: *sinal que no sábado seu rosto é melhor que no domingo.* Paguei e vim embora. O de hoje está ao lado do de ontem. Pareço mais velho, mais preocupado, embora os traços sejam os mesmos. Amanhã perguntarei seu nome.

SEGUNDA-FEIRA:

Tinha me esquecido dele até a hora de voltar para casa. Trabalhei muito o dia inteiro. Voltei cansado, com vontade de tomar banho e dormir. Ele me encontrou na porta do edifício. *O nosso trato*, disse. Eu disse *ah, sim*, e acompanhei-o até a praça. Ele caminha devagar, não parece perigoso como os outros. Não sei exatamente o que, mas existe nele qualquer coisa muito diferente. Às vezes penso que vai ter uma tontura e cair. É quando fecha os olhos comprimindo uma das mãos contra a cabeça. Acho que sente fome. Pensei em convidá-lo para comer comigo, mas desisti. Os vizinhos não gostariam. Nem o porteiro. Além disso o apartamento é muito pequeno e está sempre desarrumado porque a empregada só vem uma vez por semana. Anda sempre descalço, tem os pés finos como as mãos. Parece pisar sobre folhas, não sei explicar, não existem folhas na praça. Não agora, só no outono. As unhas são transparentes. E limpas.

Quando estava terminando de desenhar, perguntei o seu nome. *O meu nome não são letras nem sons* — ele disse —, *o meu nome é tudo o que eu sou.* Quis perguntar que nome era, mas não houve tempo, ele já me estendia a folha de papel. Paguei e não olhei. Só vim olhar aqui em cima. Fiquei perturbado: não estou mais moço como ontem e anteontem. A cara que ele desenhou é a mesma que vejo naquele espelho da portaria que sempre achei que deforma as pessoas. Coloquei o papel em cima da mesa, ao lado dos outros. Depois achei melhor pregar na parede do quarto, em frente à cama. Espiei pela janela, mas não consegui distingui-lo no meio dos outros.

TERÇA-FEIRA:

Quando saí, pela manhã, procurei por ele. Queria convidá-lo para tomar a média comigo no bar da esquina. Mas não o vi. Ontem à noite fez frio. Ouvi dizer que eles dormem na praia. De madrugada fiquei pensando nele, estendido na areia sobre aquele casaco militar puído que ele tem. Senti muita pena e não consegui dormir. Foi difícil trabalhar hoje. Percebi que a secretária tem as pernas peludas e o chefe está muito gordo. Sei que isso não tem importância, mas não consegui esquecer o tempo todo. De tardezinha, ele me esperou na esquina. Disse: *hoje é o quarto. Faltam três*, eu respondi. E senti um aperto por dentro. Tem uns olhos escuros que ficam fixos, parados num ponto, do mesmo jeito que as mãos no ar. A calça está rasgada no joelho. Nunca o vi falar com ninguém. Os outros ficam sempre em grupo, falando baixinho, olhando com desprezo para os de terno e gravata como eu. Ele está sempre sozinho. E não me olha com desprezo.

    Terminou de desenhar e me ofereceu uma margarida junto com o papel. Eu nem tinha reparado que havia margaridas na praça. Para falar a verdade, acho que nunca tinha visto uma margarida bem de perto. Ela é redonda. Não exatamente redonda, quero dizer, o centro é redondo e as pétalas são compridas. O centro é amarelo, cheio de grãos. As pétalas são brancas. Coloquei num copo com água e um comprimido dissolvido dentro, disseram que faz a flor durar mais. O retrato é muito feio. Não que seja malfeito, mas é muito velho, tem uma expressão triste, cinzenta. Fiquei surpreso. Cheguei a sentir medo de me olhar no espelho. Depois olhei. Vi que é a minha cara mesmo. Acho que ele caprichou mais no primeiro porque não me conhecia: agora que sou freguês pode me retratar como realmente sou. Percebi que as vizinhas me observavam quando eu falava com ele.

QUARTA-FEIRA:

O dia custou a passar. São todos tão pesados no escritório que o tempo parece custar mais a passar. Logo que os ponteiros alcançaram as seis horas, apanhei o casaco e desci correndo as escadas. Esbarrei com o chefe no caminho. Percebi que ele caminha mal por causa dos pés inchados. Fiquei olhando para os pés dele: não parece pisar folhas. Na rua, vi uma vitrine cheia de colares, pensei que ele gostaria de um. Achei que seria bobagem, o mês está no fim, o dinheiro anda curto. Mas não me contive. Voltei e entrei na loja. A moça me olhou com uma cara estranha. *É para minha filha*, menti. Trouxe o embrulho pesado no bolso, com medo que ele não estivesse na esquina. Estava. De longe o vi, muito magro e alto.

Baixei a cabeça fingindo preocupação. Ia passando por ele, mas me segurou pelo braço. Segurou devagar. Mesmo assim senti a pressão de seus dedos. Fazia frio. Perguntei a ele se não sentia frio. Disse: *não esse mesmo frio que o senhor sente*. Não entendi.

O desenho ficou muito feio. Coloquei-o na parede, ao lado dos outros. Pareço cada dia mais velho. Acho que é porque não tenho dormido direito. Tenho olheiras escuras, a pele amarelada, as entradas afundam o cabelo. Apertei a mão dele. É muito fria. Faltam só dois. Descobri hoje que seus olhos não são completamente escuros. Tem pequenos pontos dourados nas pupilas. Como se fossem verdes. As vizinhas me observavam pelas janelas e falavam baixinho entre si. Pela primeira vez deixei de cumprimentá-las.

QUINTA-FEIRA:

Novamente não consegui dormir. Fiquei olhando os retratos na parede branca. É horrível a diferença entre eles, envelheço cada vez mais. Senti muito medo quando pensei no sétimo retrato. E fechei os olhos. Quando fechei os olhos julguei sentir na testa o mesmo contato frio de sua mão na minha, ontem à tarde. Um toque frio e ao mesmo tempo quente, ao mesmo tempo forte e ao mesmo tempo leve. De repente lembrei do que ele disse no dia em que me deu a margarida. *Flor e abismo*. Ou seria: *flor é abismo*? Não lembro. Sei que era isso. Não sei como tinha esquecido. Levantei para olhar a margarida. Continuava amarela e branca, redonda e longa.

O dia no escritório foi desesperador. Errei várias vezes nos cálculos. Fui grosseiro com a secretária quando ela me chamou a atenção. Ela ficou ofendida, foi fazer queixa ao chefe. Temi que ele me chamasse em sua sala, mas isso não aconteceu. Pretextei uma dor de cabeça para sair mais cedo. Sentei num bar e tomei duas cervejas. Quando botei a mão no bolso senti o peso do colar que não tive coragem de dar a ele. A cidade estava toda cinzenta, embora houvesse sol. As pessoas tinham medo no rosto. Dez para as seis, me levantei. Ele estava no mesmo lugar. Precisei me conter para não correr até ele. Tratei-o com frieza. Mas quando ele disse que o dia estava bonito hoje, não pude me segurar mais e sorri. Estava realmente um bonito dia, as pessoas todas alegres. Não olhei para ele, não quero que pense que sinto inveja ou qualquer coisa assim.

Trouxe o retrato embrulhado. Pela primeira vez, o ascensorista não me cumprimentou nem abriu a porta do elevador. Pareço um cadáver no retrato. Não, é exagero. Estou mesmo muito abatido. Mas não tenho aquela pele esverdinhada. Continua fazendo frio. Amanhã comprarei uma cama, quero convidá-lo para dormir aqui nestas noites frias. Direi que a cama é de minha irmã que está viajando. Não tive coragem de dar a ele o colar, poderia pensar coisas, não sei. Amanhã não comprarei cigarros para poder pagar o último retrato.

SEXTA-FEIRA:

Trabalhei só pela manhã, hoje. Ao meio-dia senti que não suportava mais aquele ambiente, aquelas pessoas pesadas como elefantes esmagando os tapetes, aquelas máquinas batendo. Disse ao chefe que me sentia mal. Ele foi compreensivo. Disse que notou que ando meio abatido. Tirei um vale, menti que era para comprar remédio. Entrei num cinema, assisti a duas sessões seguidas esperando as seis horas. No filme tinha um moço de motocicleta parecido com ele, só parecido, descobri que não existe ninguém igual a ele. Lembrei da minha infância, não sei por quê, e chorei. Fazia muito tempo que eu não chorava. Às seis horas, fui até a praça. Mas ele não estava. Subi para tomar banho. Daqui a pouco vou descer de novo. Não sei por quê, mas estou chorando outra vez.

MAIS TARDE:

Aconteceu uma coisa horrível. É muito tarde e ele não veio. Não consigo compreender. Talvez tenha ficado doente, talvez tenha sofrido um acidente ou qualquer coisa assim. É insuportável pensar que esteja sozinho, com suas mãos paradas no ar, ferido, talvez morto. Chorei muitas vezes olhando a margarida que ele me deu. Logo hoje que ia desenhar o último retrato, que eu ia dar a ele o colar, convidá-lo para dormir aqui, para comer comigo. Acabei de tomar três comprimidos para dormir, estou me sentindo amortecido. Amanhã talvez ele venha.

SÁBADO:

Acordei muito cedo e fui para a praça. Mas não consegui encontrá-lo. Tomei coragem, aproximei-me dos outros e perguntei onde ele andava. Alguns nem responderam. Outros ficaram irritados, perguntaram *o nome? mas o senhor não sabe nem o nome dele?* Eu fiquei com vergonha de repetir o que ele tinha dito. Não fica bem para um homem da minha idade dizer essas coisas. Ninguém sabia. Descrevi seu jeito, seu rosto, sua calça azul furada no joelho, suas mãos, aos poucos fui perdendo a vergonha e falei no seu caminhar sobre folhas, das suas mãos paradas no ar, seus olhos fixos. Ninguém sabia. Perguntei às vizinhas. Três delas me bateram com a porta na cara, resmungando coisas que não entendi. Outras duas disseram que tinham quartos para alugar, o que também não entendi. Saí a caminhar pela cidade, gastei o resto do dinheiro em cerveja, não consegui encontrá-lo. Telefonei para todas as delegacias e hospitais, fui ao necrotério. Não estava. Voltei para casa todo molhado de chuva, tossindo e espirrando. Caí na cama e dormi.

DOMINGO:

Passei o dia na praça. Ele não apareceu. Levei os retratos comigo. Olhei-os, atentamente. São seis. O último parece um cadáver. Eles me olhavam com desprezo, os retratos. Levei a margarida. Fez calor o dia inteiro. Suei. Esqueci de fazer a barba. À tarde, a secretária passou com o namorado e me viu deitado na grama. Não me cumprimentou e cochichou qualquer coisa com o namorado. Quando já era muito tarde percebi que ele não viria. Nunca mais. Voltei devagar para casa, mas o porteiro não me deixou entrar. Mostrou-me uma circular feita pelas vizinhas dizendo coisas que não li. Vim para o bar onde estou escrevendo. Chove. Talvez ele tenha ido embora, talvez volte, talvez tenha morrido. Não sei. A minha cabeça estala. Eu não suporto mais. Espalhei os retratos em cima da mesa. Fiquei olhando. Despetalei devagar a margarida até não restar mais que o miolo granuloso. O sexto retrato é um cadáver. Acho que sei por que ele não veio. O barulho da chuva é o mesmo de seus passos esmagando folhas que não existiam.
Flor é abismo, repeti.
Flor e abismo. E de repente descobri que estou morto.

beta

Estive doente
doente dos olhos, doente da boca, dos nervos até.
Dos olhos que viram mulheres formosas
da boca que disse poemas em brasa
dos nervos manchados de fumo e café.
Estive doente
estou em repouso, não posso escrever.
Eu quero um punhado de estrelas maduras
eu quero a doçura do verbo viver.

DE UM LOUCO ANÔNIMO, TRANSCRITO POR CACO BARCELOS NA REPORTAGEM "CRIME E LOUCURA", PUBLICADA NA EXTINTA FOLHA DA MANHÃ, PORTO ALEGRE, RS

Uma veste provavelmente azul

EU ESTAVA ALI sem nenhum plano imediato quando vi os dois homenzinhos verdes correndo sobre o tapete. Um deles retirou do bolso um minúsculo lenço e passou-o na testa. Pensei então que o lenço era feito de finíssimos fios e que eles deviam ser hábeis tecelões. Ao mesmo tempo, lembrei também que necessitava de uma longa veste: uma muito longa veste provavelmente azul. Não foi difícil subjugá-los e obrigá-los a tecerem para mim. Trouxeram suas famílias e levaram milênios nesse trabalho. Catástrofes incríveis: emaranhavam-se nos fios, sufocavam no meio do pano, as agulhas os apunhalavam. Inúmeras gerações se sucederam. Nascendo, tecendo e morrendo. Enquanto isso, minha mão direita pousava ameaçadora sobre suas cabeças.

Eles

O QUE ELES DEIXARAM foram estes três postulados: importante é a luz, mesmo quando consome; a cinza é mais digna que a matéria intacta e a salvação pertence apenas àqueles que aceitarem a loucura escorrendo em suas veias. Nem foram notados a princípio, por isso ninguém sabe dizer a data exata de sua chegada. É provável que desde o começo tivessem se estabelecido no bosque, afinal você sabe que por aqui não há outro lugar onde pessoas como eles pudessem passar assim despercebidas como eles passaram, a princípio. Aqui todos se conhecem, tudo é pequeno e sem mistério, ou era, antes, há apenas esse bosque sobre a colina, e talvez por medo de penetrarem no impenetrável de um mistério qualquer, ou mesmo por preguiça de se movimentarem de seus lugares, os moradores daqui nunca vão ao bosque, ou nunca iam, não sei mais. Apenas alguns namorados, mas muito raramente, porque ao voltarem todos sabiam que tinham ido e as mulheres daqui, as mulheres mais velhas, não perdoam jamais. Por isso, às vezes, eu penso que talvez eles estivessem aqui desde sempre, desde um começo que não se sabe quando começou. E ninguém saberia jamais se aquele menino não tivesse ido lá.

Aqui as pessoas dormiam muito, você sabe, não há sequer lenhadores porque existe o mar do outro lado, e é sempre mais fácil pescar do que derrubar árvores. Naquele tempo, as pessoas dormiam, pescavam, à noite colocavam suas cadeiras na frente das casas e ficavam olhando o céu. Às vezes apareciam luzes estranhas no céu, luzes estranhas fazendo estranhos percursos, mas nem isso os interessava, antes. Eu? Eu não tenho importância, não procure saber nada sobre mim porque ninguém saberá dizer, nem eu próprio, estou apenas contando esta história que não é minha e a que assisti como todos os outros habitantes da vila assistiram, talvez com um pouco mais de lucidez, eu, mas de qualquer forma, embora a bomba esteja nas minhas mãos, estamos todos no mesmo barco, no mesmo beco.

Se você quer ouvir, ouça. Mas não pergunte nada além do que eu direi, porque eu não saberia dizer, ou talvez não devesse, ou talvez mesmo eu chegue a dizer — por que não? Se você não quiser ou achar que estou mentindo ou que a história é desinteressante, diga logo, você não precisa ouvir, ninguém precisa ouvir: eu só queria que vocês soubessem que eles estão aqui, no meio de vocês, ainda que vocês não queiram ou não saibam.

Mas como eu ia dizendo, se aquele menino não tivesse ido lá ninguém saberia jamais, porque não creio que um outro menino ou qualquer outra pessoa se atrevesse a ir, inventavam coisas, cobras, plantas, animais estranhos, medos — e não se atreviam. Aquele menino, não. Aquele menino trazia na testa a marca inconfundível: pertencia àquela espécie de gente que mergulha nas coisas às vezes sem saber por quê, não sei se na esperança de decifrá-las ou se apenas pelo prazer de mergulhar. Essas são as escolhidas — as que vão ao fundo, ainda que fiquem por lá. Como aquele menino. Ele não voltou. Quero dizer, ele voltou, mas já não era o mesmo, e quando se foi em definitivo não era mais o mesmo menino que tinha ido ao bosque um dia.

Não sei se você sabe que muitas pessoas trazem a mesma marca daquele menino. Algumas, a maioria delas, passam a vida inteira sem saber disso, outras descobrem cedo, outras tarde, algumas tarde demais, algumas nunca. Sei que se o menino não tivesse ido lá, não teria descoberto, seria no máximo um desses pescadores que olham o mar com olhar profundo. Você deve ter notado que há os que olham o mar com olhar profundo e os que olham o mar com ar torvo. Não só o mar. Os que trazem a marca, mesmo que não saibam dela, esses olham as coisas com olhar de sangue. Os que sabem da marca ganham uma luz estranha e uma lentidão e um jeito de quem sabe todas as coisas. Os outros todos olham todas as coisas com um olhar torvo. Os outros são escuros, estúpidos, pobres. Os outros não sabem. Quando aquele menino foi lá pela primeira vez, tinha apenas um olhar de sangue — mas quando foi pela última vez, o seu olhar já era de luz, era todo lentidão, complacência, compreensão, todo ele amor e sol.

Ele não era um menino comum, isso eu soube desde que o vi. Ainda que andasse vestido da mesma maneira que os outros, tivesse as mesmas conversas e as mesmas brincadeiras, eu sempre pressenti nele aquele sangue que não corria nos outros. Às vezes, fazia perguntas que assustavam. E ficava horas sentado num lugar olhando qualquer coisa sem importância, uma pedra, um inseto, um grão de areia. Ninguém compreendia. Andava sozinho por lugares desconhecidos e voltava com o sangue dos olhos quase em luz. Eu pressentia que ele acabaria descobrindo, porque só ele poderia descobrir. Não, eu não sabia deles, talvez eu soubesse sempre, mas no fundo, ou na superfície, não sei, eu não sabia, não me pergunte agora, em algum lugar de mim eu não sabia, embora em outros soubesse, não tem importância que você não compreenda isso, porque estou acostumado com a incompreensão alheia, com a minha própria incompreensão, mais do que tudo.

Da minha janela eu via quando o menino voltava, todas as tardes, e foi numa dessas tardes que eu o vi descendo lento o caminho do bosque. Vinha mais lento do que de costume, e desde o momento em que sua silhueta apareceu na curva do morro, desde esse momento eu soube.

Não que houvesse algo especial, além daquela lentidão não havia nada — mas é preciso estar com as sete portas abertas para saber quando as coisas se modificam. As coisas começaram a se modificar quando o menino apareceu lento na curva que levava ao bosque.

Foi quando eu senti, mais uma vez, que amar não tem remédio.

Acho que ele soube que eu sabia, porque baixou a cabeça quando me viu. Nunca tínhamos conversado, nunca conversei com ninguém daqui, desde que cheguei, e faz muito tempo, mas havia uma espécie de *clima*, eles tinham um certo respeito por mim, os habitantes da vila, e assim o menino. Por isso não me surpreendi quando a mãe dele me procurou, no dia seguinte. Chegou acanhada, sentou num canto, fez comentários sobre o tempo, olhou espantada para esses livros e esses quadros, e depois de várias palavras sem importância disse que estava muito preocupada com o filho. Então contou: ele havia visto três seres estranhos no bosque. Não sabia dizer se homens ou mulheres, eram altos, claros, tinham grandes olhos azuis e gestos compassados, cabelos compridos até os ombros, movimentavam-se mansos dentro de vestes brancas com amuletos sobre o peito. Falavam uma língua estranha e sorriam fazendo círculos em torno do menino e tocando-o de leve às vezes nos ombros, no peito, na testa. Agora ele tinha febre e delirava. Ela me pediu que eu fosse ao bosque, e eu disse que esperaria o menino melhorar para irmos juntos. Ela achou que eu tinha medo e disse que não queria que o menino voltasse lá. Mas eu disse que não iria sozinho, que o bosque era muito grande e apenas o menino poderia mostrar-me onde estavam as criaturas. Ela concordou, e quando o menino melhorou, poucos dias depois, uma tarde subimos ao bosque.

Nem eu nem ele falamos nada enquanto subíamos a montanha. Não era preciso. Quando entramos no bosque, senti que ele se modificava e seu olhar ganhava aquela espécie de luz de que falei a você. Foi então que eu o senti maior do que eu — maior porque sendo apenas um menino se atrevera a penetrar no que me assustava, embora soubesse do irreversível do que o menino vira. Porque você não pode voltar atrás no que vê. Você pode se recusar a ver, o tempo que quiser: até o fim de sua maldita vida, você pode recusar, sem necessidade de rever seus mitos ou movimentar-se de seu lugarzinho confortável. Mas a partir do momento em que você vê, mesmo involuntariamente, você está perdido: as coisas não voltarão a ser mais as mesmas e você próprio já não será o mesmo. O que vem depois, não se sabe. Há aquele olhar de que lhe falei, e aquelas outras coisas, mas nada sei de você por dentro, depois de ver.

Por isso eu não compreendia mais aquele menino a partir do momento em que penetramos no bosque. Não compreendia seu ato de coragem e seu despojamento em enfrentar o que eu desconhecia, e sua disponibilidade em se modificar penetrando em regiões talvez escuras e perigosas. Aquele menino era um homem mais velho e mais corajoso do que eu quando entramos no bosque. Não foi difícil encontrá-los. Acho que vieram logo ao sentir a presença do menino. Chegaram devagar, do meio das árvores, com suas vestes brancas e seus enormes olhos de luz.

Não sei explicá-los. Sei que eram espantosos. Pareciam não pisar sobre o chão, pareciam não ter peso nenhum: eram inteiros leveza, amor, bondade, embora houvesse na lentidão de seus gestos qualquer coisa de definitivo. Ainda que fossem belos e bons e mansos, qualquer coisa no seu gesto pressagiava o terrível de sua condição. Eram fortes. Cercaram o menino como velhos amigos, talvez irmãos, pois o menino se parecia com eles no jeito e no olhar. Emitiam sons estranhos e fragmentados, andavam à volta do menino numa ciranda, tocavam-no no ponto central da testa, e então seus olhos se faziam ainda mais claros, tocavam-no no plexo, e eu senti que o coração do menino batia com mais força, renovando um sangue que fluía nas veias feito fogo.

A mim? quase não deram atenção. Lembro apenas que em certo momento um deles tentou tocar-me, da mesma maneira como tocavam o menino, mas os outros dois detiveram seu gesto. Confabularam um instante entre si, depois sorriram como a desculpar-se por não poderem iniciar-me, por enquanto, pelo menos. Mas não fiquei humilhado. Sabia que meu papel era outro, sabia que eu ficaria, assim como o menino também sabia o que lhe estava destinado.

Apoiado numa árvore, deixei-me ficar durante muito tempo olhando aquela espécie de dança, e acho que de repente adormeci, um pouco porque anoitecia, mas principalmente porque talvez a minha ausência talvez fosse importante naquela hora. Quando acordei, estava tudo escuro e em silêncio. Não consegui encontrá-los, nem ao menino. Lembrei então que me espreitavam, antes que eu dormisse, e que colavam seus pulsos aos pulsos do menino e comunicavam qualquer coisa como ordens, e ele parecia entender, concordar. Um pressentimento me veio. Soube apenas que precisava voltar o quanto antes à vila. Era difícil me movimentar no meio dos galhos e das folhas e das raízes sem enxergar absolutamente nada, formas se enredavam em meus pés, coisas geladas tocavam meus braços, arranhavam meu rosto. Não sei quantas horas fiquei por ali, tentando sair, andando em círculos, aquele pressentimento negro me oprimindo o peito.

Acho que já era muito tarde quando consegui alcançar a estrada. E lá de cima vi o fogo. A vila ardia. Desci a montanha correndo, estava muito cansado mas havia alguma coisa que precisava ser salva antes que fosse demasiado tarde, embora eu soubesse que não conseguiria salvar nada, e que tanto o menino como aqueles três seres haviam escolhido o mais fundo que a simples salvação. Quando cheguei, a vila era um inferno. As casas queimavam e as pessoas corriam desesperadas tentando apagar o fogo. Fui perguntando como aquilo acontecera, disseram-me que tudo havia começado na casa do prefeito e se alastrara depois pelas casas dos outros líderes e que ninguém sabia ao certo como tudo começara: haviam apenas visto aquele menino olhando fixamente do meio da praça para a casa do prefeito, e depois o fogo, e que o menino não se movera do meio da praça, e repetira que o mais importante é a luz, mesmo quando consome, isso lhe dissera o primeiro ser, e que a cinza é mais digna que a matéria intacta, isso lhe dissera o segundo ser, e que se salvariam apenas aqueles que aceitassem a loucura escorrendo em suas veias. Com o olhar, ateava fogo às casas dos líderes, um a um. Chamaram sua mãe para que o detivesse, e foi ela quem falou dos estranhos seres. Dividiram a população em dois grupos: um deles tentava apagar o fogo enquanto o outro partia armado de tochas em direção à montanha.

Fiquei um instante sem saber o que fazer, procurei o menino no meio da praça, dos escombros e da cinza, mas não consegui encontrá-lo. Saí então para a montanha, tentei chegar na frente do grupo, mas eles estavam enfurecidos, os olhos torvos, as bocas cheias de espuma, ódio, incompreensão e noite. Eles estavam os três na entrada do bosque, como se esperassem. Exatamente como se esperassem. Não reagiram quando as pessoas caíram sobre eles, espancando-os até que uma substância clara e perfumada começasse a escorrer das feridas. Ao aspirarem essa substância as pessoas caíam ao chão, os olhos desmesurados, os movimentos descontrolados, fazendo e dizendo coisas sem nexo, como se tivessem tomado alguma droga. Pareciam embriagadas, loucas e felizes com o sangue dos três seres alucinando suas mentes. Não teriam conseguido subjugá-los se alguns dos habitantes não tivessem arrancado as camisas para taparem as narinas, evitando aspirar aquele perfume enlouquecedor.

A mim, não aconteceu quase nada: pouco mais que uma vertigem e algumas cores nunca suspeitadas e extremamente nítidas. Os homens com os narizes tapados pelas camisas amarraram e amordaçaram os três seres, depois carregaram-nos a pontapés pela montanha abaixo. Levei algum tempo para despertar da tontura e daquela loucura de cores e formas que envolviam meus sentidos. Quando consegui movimentar-me desci correndo a montanha. Ao chegar à vila era madrugada, o fogo fora dominado, embora as casas estivessem calcinadas e a cinza cobrisse as ruas. Havia apenas um grande fogo no meio da praça. Caminhei até lá, na esperança de salvá-los. Mas já não era possível. Estavam os três sobre uma fogueira que começava a lamber-lhes os pés. Afastei as pessoas que jogavam pedras e gritavam insultos — alguma coisa me dizia que precisava tocá-los. Quando consegui me aproximar, os três deixaram seu olhar cair sobre mim, seus olhos de luz deslizaram por sobre todo meu corpo até se deterem nos pulsos.

Então, lentamente, senti a carne queimar e abrir numa ferida — depois, voltaram os próprios olhos para os próprios pulsos, abrindo as mesmas feridas que libertaram uma substância clara —, depois, um de cada vez, colaram seus pulsos escorrendo substância clara contra meus pulsos escorrendo sangue. Senti que o meu sangue se dissolvia em contato com o sangue deles — e em breve sentia escorrer dentro de minhas veias aquele mesmo líquido ardente de loucura e alegria. O fogo já atingia seus joelhos quando, entontecido, comecei a me afastar. As cores se chocavam contra minhas retinas. E tudo era: belo não: não belo tudo: as coisas: elas próprias: as coisas verdadeiras: e profundas belas como: pode ser belo: também o terrível eu: me afastava entre céu e inferno tentando ver: beleza no fogo carbonizando: suas carnes claras o líquido: escorria farto e as: pessoas correndo enlouquecidas: vastas e miúdas: ruas. Fui afundando aos poucos numa vertigem em direção sem direção às cores multifacetadas multifacientes as faces e as formas e depois os roxos do amor e do nojo sobre um branco silêncio em branco como contra um muro nem fundo sem fim.

Quando acordei, só restavam cinzas. Três pequenos montículos de cinza clara boiando na substância estagnada — loucura coagulada. A população enlouquecida se estraçalhava pelas ruas. E de repente vi outra vez o menino: saía da vila em direção ao bosque. Corri atrás dele quis detê-lo para que me explicasse alguma coisa, mas quando voltou-se tive certeza de que não conseguiria mais atingi-lo: não era mais aquele menino. Era um *deles*, com os mesmos olhos azuis em luz, sem sexo, lento e decidido. Voltou-se e disse a única coisa que ouvi de sua voz. Uma coisa assim: — *Deixa que a loucura escorra em tuas veias. E quando te ferirem, deixa que o sangue jorre enlouquecendo também os que te feriram.* Depois se foi. Nunca mais o vi. Mas sei que existem outros como ele, isso eu queria dizer a você: eles estão aqui.

Os habitantes da vila levaram muitos dias para voltarem ao normal — depois dos homens terem provado do sexo de outros homens, e também dos peitos das mães e das irmãs, e de terem bebido dos pais o mesmo líquido de que foram feitos, e de terem cruzado com animais e se submetido à luxúria dos cães e dos cavalos e dos touros, e de terem possuído a terra e a palha como se fossem mulheres ou o reverso de homens iguais a eles —, mas não voltaram. Agora os dias não são mais de pesca, sono, sesta, cadeiras sem procuras na frente das casas. Todos buscam com olhos desvairados luzes estranhas no céu, alfa, beta, gama, delta, sinas, signos, cumprem esquisitos rituais de devoção e perdição. Nada sabem. Nem sequer lembram dos três seres e do menino: foram apenas despertos para o oculto. Mas não sabem o que fazer do desconhecido — do imensamente permitido — revelado. E não podem voltar atrás.

Eu disse a você que ver era irreversível. Eles viram. Às vezes penso se eles não sabem que eu sei, e desta substância clara correndo dentro de minhas veias. Às vezes escuto murmúrios indistintos e agressivos quando saio às ruas. Mais cedo ou mais tarde, alguma coisa vai acontecer. Talvez me firam, mas, quando isso acontecer, das minhas veias vai escorrer tanta loucura que eles não voltarão nunca do inferno onde serão jogados por meu sangue. Ainda não os odeio o suficiente. Mas esse ódio cresce dia a dia: eles mataram a claridade. Não souberam entender que haviam sido escolhidos. Os seres não voltarão jamais. A vingança foi perfeita. Eles ficarão perdidos na treva da insatisfação até o fim de seus dias. E mesmo que aquele menino que eu amava porque era como eu não me atrevi a ser ou os outros como ele que existem por aí consigam que a luz se faça em outros pontos do mundo, aqui não chegará um raio.

Por isso meu ódio cresce. Quando atingir um nível insuportável, não será difícil: basta uma lâmina contra o pulso. Nem isso. Uma simples picada de alfinete. Menos até. Um arranhão. Talvez aquele menino volte, talvez eu esteja mesmo sozinho, talvez você ache que sou louco. Queria que você entendesse que apenas contei o que realmente aconteceu, e se isso que aconteceu é loucura, quem enlouqueceu foi o real, não eu, ainda que você não acredite. Não tem importância. A história é essa, talvez eu tenha falado mais do que devia, mas tenho uma certeza dura de que nem você nem os outros todos perdem por esperar. Cuidado: eles estão aqui: à nossa volta: entre nós: ao seu lado: dentro de você.

Sarau

ESTOU CERTO de que se não tivesse ido à cozinha aquela noite não os teria encontrado. Apenas não era possível ficar sem fazer nada enquanto meus pais jogavam cartas na sala. Tinham-me perguntado duas ou três vezes se eu não queria jogar — e duas ou três vezes respondi que não. Talvez houvesse falado secamente, porque eles baixaram a cabeça como se estivessem sendo agredidos e, espantosamente, continuaram a jogar. Digo *espantosamente* porque era quase inacreditável a lentidão com que movimentavam os braços para depositar cartas sobre a toalha de plástico. Às vezes os movimentos se espaçavam a tal ponto que, suspenso, eu esperava o momento em que um deles dissesse não suportar mais. Mas embora os espaços aumentassem, ninguém dizia nada. A impressão que eu tinha era de que o jogo ganhava a forma de enormes intervalos de silêncio, cada vez mais vazios, interligados por uma ou outra carta. Desde sempre jogavam assim, ninguém ganhava, ninguém ganharia nunca — dizia-me lentamente enquanto olhava para suas cabeças falsamente absortas. Olhei em volta, mas também ali não acontecia nada. Algumas folhas batiam na vidraça, e nada mais que isso.

Foi então que surpreendi os dois olhando para mim como se esperassem. Mas não havia nada para dar a eles.

Rapidamente, então, imaginei uma cimitarra e, sem parar de pensar, dotei-a de uma infinidade de movimentos circulares — como se dançasse. Só que não havia nenhuma mão a sustentá-la. Eles continuavam me olhando enquanto o som do relógio crescia, espalhado quase insuportável por entre as cartas e os espaços vazios. E foi ainda então que houve a necessidade de um gesto meu. Levantei-me e enveredei em direção à cozinha. Debrucei a cabeça sobre a mesa limpa como se chorasse. Apenas como. Não havia porquê, e eu sempre pensava que devia haver uma motivação a orientar qualquer gesto meu. Rocei a face contra a superfície da madeira. Ela me feriu de leve com suas aparas quase imperceptíveis.

Fechei os olhos e julguei descobrir alguma coisa no fundo das pupilas: criavam-se certos movimentos verticais, tão imprecisos quanto bruscos, e apertando mais os olhos eles se alargavam, ganhando alguns toques dourados. Esse era um dos meus divertimentos favoritos nos últimos tempos: acreditava sentir em mim remotas forças reveladas e expressas naquelas sombras que moravam no fundo de meus olhos. Não sabia que espécie de forças, afinal de contas sempre fui um desconhecido para mim mesmo — sabia porém que eram violentas essas forças, diria mesmo *fortes forças*, não fosse sem sentido. Mas essas forças, ou o que quer que fossem aqueles movimentos escuros e verticais, nunca chegavam além das pálpebras. Foi pensando nisso que abri os olhos e encontrei a cimitarra. Ela avançava para mim com seus movimentos circulares, como se desejasse cortar-me. Como não me surpreendi, ela parou no meio do caminho.

Saí da cozinha e desci velozmente as escadas sem parar na sala. À porta do edifício detive brusco os passos e olhei para trás, a ver se ela me seguia. Não consegui enxergar nada na escuridão: abri a porta e saí para a noite. Sentei num dos bancos do jardim do edifício e fiquei ali, perdido entre as hortênsias meio murchas, até que um contato frio no ombro esquerdo obrigou minha cabeça a voltar-se. Independente de meu comando, ela voltou-se e viu a cimitarra. Não posso negar que seus movimentos eram doces, e não foi por outro motivo que obriguei meus olhos a encararem-na sérios, talvez excessivamente sérios, porque seus movimentos começaram a intensificar-se de tal maneira que fui obrigado a suspirar, exausto.

A verdade é que ela me cansava um pouco com seus movimentos sempre iguais, e principalmente com aqueles vulgares reflexos da lua em sua lâmina polida. Mas não podia negar também que era bela, tão bela quanto pode ser uma cimitarra, apesar de um tanto acadêmica. Bocejei, tentando fechar novamente os olhos para voltar à minha brincadeira. Mas não foi possível descobrir no fundo das pupilas os mesmos objetos imprecisos, contraindo-se vertical e horizontalmente, como numa dança hindu. Agora eram duas cimitarras de lâminas cintilantes que, nítidas, oscilavam por entre as pálpebras. Dentro e fora de meus olhos, a paisagem era a mesma. Resolvi, portanto, abri-los, o que fiz com certo cuidado, temeroso de que um gesto brusco pudesse provocar o desabamento de qualquer coisa que eu não conseguia precisar o que fosse.

Olhei primeiro as hortênsias, depois a luz, depois espalmei a mão sobre o cimento do banco, certifiquei-me de que não havia estrelas, constatei a frieza do cimento, tentei sentir um pouco de frio — mas finalmente fui obrigado a admitir o impossível: a cimitarra havia-se multiplicado em cinco. Essas cinco cimitarras agora estavam paradas à minha volta, poderia mesmo dizer que: *expectantes*. Não fiz nenhuma pergunta: limitei-me apenas a observá-las com mais cuidado que antes. Mas não havia nada de extraordinário nelas.

Pensei ficar mais tranquilo com essa descoberta, mas aos poucos fui distinguindo alguns contornos bastante esmaecidos por trás delas. Forcei a vista e, à medida que me empenhava em ver cada vez melhor, mais esmaecidas se faziam as formas. Depois de alguns minutos, desisti. No momento em que julguei ter desistido, as sombras se tornaram mais acentuadas e, sem nenhum esforço de minha parte, transformaram-se em cinco seres desconhecidos. Tinham a mesma aparência — todos baixos, musculosos, de cabeças raspadas, narinas largas e olhos inteiramente verdes, sem pupila, íris ou esclerótica, seus lábios eram grossos e traziam argolas nas orelhas.

"Mas eu nunca os imaginei" — tentei dizer-lhes, ao mesmo tempo em que, sem saber exatamente a razão, achava-os parecidos com uma tapeçaria que vira em algum antiquário no mercado persa da cidade. Ao mesmo tempo em que abri a boca, senti contra os lábios o contato da madeira. Isso era impossível, porque eu estava sentado num banco de cimento. Sem me mover, percebi que meus olhos estavam fechados, e erguendo uma das mãos apalpei a superfície onde estava debruçado. Parecia uma mesa, a mesma da cozinha de nossa casa. Deve ser um sonho — pensei sem originalidade. Vim até a cozinha e dormi. Mas ao abrir olhos verifiquei que, embora realmente estivesse na mesa da cozinha, os seres continuavam presentes.

Não movi um músculo, com a intenção de não fazer absolutamente nada enquanto não fosse usada a violência. Mas lentamente alguma coisa em meu cérebro começou a pulsar. Julguei que fosse uma célula, embora não soubesse ao certo o que seria uma célula. Pulsava do lado esquerdo de minha fronte, exatamente como pulsaria uma veia. Levando as mãos à testa, porém, percebi que a veia continuava imóvel, no mesmo lugar de sempre, e por entre as gotas de suor continuei sentindo o pulsar invisível da coisa, cada vez mais intenso. Já quase dilacerava meu cérebro, me impedindo de pensar, ensurdecedora, absurda — quando tive a sensação que gritava.

Os cinco seres tiveram um quase imperceptível movimento de alegria quando fiz menção de levantar. Havia-se formado entre nós uma espécie de corrente telepática: olhando a extensão inteiramente verde de seus olhos percebi que sorriam e me incitavam a ir adiante no que começara. Tentei dizer que não começara coisa alguma, mas imediatamente senti quase como um soco a extraordinária beleza daqueles cinco seres e suas cimitarras. Enquanto avançava na compreensão do que eles me ditavam, ia descobrindo com mais precisão o sentido de tudo aquilo.

Não hesitei quando um deles me empurrou em direção à porta. Entrando na sala, percebi com surpresa que o ponteiro dos minutos do relógio quase não se movera desde a última vez que eu o olhara. E, no entanto, a minha sensação era de que tinham se passado horas. Curvados sobre a mesa, os meus pais continuavam seu espaçado jogo. Cruzei os braços e me recostei à janela, abrindo-a para que entrasse um pouco de ar.

Quando senti que tudo estava preparado, fiz um sinal em direção aos dois velhos e esperei. Os cinco seres deixaram-se cair sobre eles. Dois seguraram meu pai enquanto outros dois seguravam minha mãe e o quinto cortava-os rapidamente com golpes de cimitarra. Cortaram-nos em inúmeros pedaços que caíram espalhados pelo chão, sem sangue nem gritos. Em seguida reuniram-se em torno da carne e banquetearam-se fartamente, sem deixar vestígios. Antes de terminarem, um deles me ofereceu um pedaço das costas de meu pai, mas preferi ir até a geladeira e beber um copo de leite.

O afogado

Para Augusto Rigo

> *Sim, nada é mais difícil e delicado, até mesmo sagrado, quanto o ser humano. Nada pode igualar o poder voraz desses misteriosos elementos que, sem grandeza ou finalidade, nascem entre desconhecidos para acorrentá-los pouco a pouco com elos terríveis.*
>
> WITOLD GOMBROWICZ, BAKAKAI

I

— HÁ UM MORTO jogado na praia!

De repente ele interrompeu tudo que fazia para prestar atenção no grito. Despiu o avental enxugando as mãos úmidas de suor, deu dois passos sem direção no meio da sala pesada de mormaço — e só depois de um tempo relativamente longo é que se deu conta de que alguém gritara no meio da praça. Então abriu a janela e ficou olhando o burburinho lento que se armava, as pessoas mal despertas da sesta movimentando-se molemente em direção ao menino que fazia sinais desesperados sob a estátua do general. Palavras soltas chegavam a seus ouvidos, algumas janelas se abriam, os vidros faiscando bruscos para depois chocarem-se contra as paredes caiadas de branco, passos na escada, aqui e ali algum cão espantado, as moscas esvoaçando tontas — e pouco a pouco intensificava-se o movimento em torno do menino de pés descalços, abrigado nas sombras escassas da praça sem árvores. O chão de terra crestada.

Aconteceu alguma coisa, pensou entediado, como se aquilo se repetisse há muito tempo, e como se qualquer curiosidade ou acontecimento fossem antigos e conhecidos, embora inesperados. Como se não houvesse mais nada a surpreender — pensou lentamente que alguma coisa havia acontecido. No mesmo momento ouviu que batiam — há quanto tempo? — à porta do quarto, e uma voz gorda de mulher repetia:

— Doutor, aconteceu alguma coisa na praia.

Abriu a porta e desceu as escadas contando degraus, a mão amparada pelo corrimão de madeira descascada, sem a menor pressa. Porque na realidade — dizia-se, e estava tão acostumado a esse diálogo consigo mesmo que movia os lábios como se falasse, embora sem produzir nenhum som —, porque na realidade jamais acontecera alguma coisa naquele lugar. Alguma estrela cadente durante as noites comprimidas entre o cheiro vagamente apodrecido da maresia e o calor viscoso que vinha das montanhas — e nada mais que isso. As cadeiras dispostas em desordem sobre as calçadas, um sem-número de olhares de repente acompanhando o roteiro daquela chispa brilhante que cessava de existir e, ao mesmo tempo em que morria, permitia-lhes fazerem três pedidos, remotas superstições, velhos mitos: três desejos. Como se fosse possível desejar alguma coisa naquele lugar, suspirou antes de transpor a soleira da porta para ganhar a rua cheia de passos e gritos. Quase cambaleou com o sol pesando súbito no topo da cabeça, precisou apoiar o braço contra os tijolos de uma parede sem reboco e, abrindo lento os olhos, divisou por entre lágrimas ofuscadas o brilho da calça branca do menino. Aproximou-se impaciente, os braços afastando pessoas que se esquivavam respeitosas, chamando-o *doutor* e dizendo coisas sobre o que o menino dizia:

— Um morto... um morto na praia...

Frente a frente com o menino, tomou-o pelo ombro sentindo a pele queimada em contraste com seus dedos muito brancos — e de repente viu no menino todo um desesperançado crescimento no meio daquelas duas dúzias de casas. Então, com súbita delicadeza, perguntou:

— O que foi que você viu?

O menino encarou-o com olhos verdes ainda capazes de algum espanto:

— Um morto... lá na praia... jogado na areia...

— Me leve até lá — pediu. E tomou da mão do menino como se fosse capaz de salvá-lo daquelas duas dúzias de casas, algumas caiadas de branco — as mais ricas —, a maioria simplesmente sem reboco, o barro aparecendo endurecido entre os tijolos escuros. As outras pessoas acompanharam-no em silêncio, para vencerem sem pressa a extremidade da praça, as últimas casas, o caminho circundado de pedras que conduzia ao mar, às primeiras dunas e, logo após, a uma baixada onde o menino parou, apontando qualquer coisa na faixa de areia molhada:

— Lá.

Todos os olhares convergiram para a mesma direção. Sem conseguir evitar, novamente o médico pensou nas estrelas cadentes e nas prováveis cismas daquelas cabeças queimadas, quase uniformes em seus olhos esverdeados de sol, suas roupas esfarrapadas, seus gestos precisos e poucos, embora marcados pela lentidão do cansaço — o cansaço dos que esperavam por um acontecimento indefinido, capaz de fazê-los movimentarem-se subitamente com mais vontade, talvez com medo. Precisavam do temor como quem precisa de um sentido. Uma voz rouca cortou o pensamento:

— Como é que você sabe que ele está morto?

— Cheguei perto.
— Muito perto?
— Não. Fiquei com medo. Só sei que não se mexe. Fiquei muito tempo olhando e ele não se mexeu nem uma vez.

Alguns pescadores começaram a descer a encosta, os pés afundados na areia quente, dois ou três meninos os seguiram — mas um gesto do médico os deteve:

— Esperem — disse, e quase num sussurro sinistro, para amedrontá-los: — Pode ser a peste.

A peste. Os mais velhos encolheram-se atemorizados e vivos, lembrando aquele tempo de portas fechadas com trancas, todo dia alguns cadáveres alimentando a terra e ampliando a pequena extensão do cemitério sobre a colina. Rodearam-no, esperando uma decisão. Sem dizer nada, ele e o menino começaram a caminhar em direção ao corpo, enquanto os outros entreolhavam-se indecisos entre segui-los ou permanecer no alto das dunas. Avançou trôpego pela areia, desdobrada à sua frente a sombra de um homem alto e magro, os cabelos esvoaçando ao vento. Mordeu os lábios salgados. A água verde do mar. Algumas gaivotas em círculos estonteados sobre a água verde do mar. Um mergulho súbito: a água partia-se em borbulhas cintilantes, gotas de vidro e luz, soltas no ar.

Aos poucos, os contornos foram ficando mais nítidos: qualquer coisa escura como cabelos destacados sobre a areia, depois a extensão de um tronco de onde saíam dois braços abertos em cruz, duas pernas unidas e molhadas pelo movimento repetido das ondas. Julgou enxergar algumas algas envolvendo o corpo, mas depois de alguns passos percebeu não serem mais que placas de areia, coladas à carne nua e branca. A vastidão despida de uma carne branca ao sol pesado das três horas da tarde. Antes de curvar-se para tocá-lo, voltou-se e viu os homens formando uma massa imóvel no alto das dunas. Apenas o menino olhava-o com olhos enormemente verdes, subitamente sérios, como se esperasse. *Esperas uma solução para esses teus olhos que não nasceram assim verdes e que dia a dia se farão mais claros até que não consigas mais olhar o mar sem pensares que de certa forma essa cor te foi dada por ele e até não saberes mais distinguir outra coisa que não seja verde e até que essa claridade deixe um dia de te cegar para que mergulhes no escuro irremediável da morte?* Abanou a cabeça, afastando uma mosca, e curvou-se. Estendeu a mão para tocar muito de leve no corpo, mas antes de completar o gesto percebeu um ruído feito um sopro, uma respiração. O menino esperava. Os homens esperavam. O corpo esperava, de bruços. Rapidamente voltou-o sobre si mesmo e, sem fixar o rosto, colou o ouvido no peito do homem.

— Está vivo — disse, e podia sentir contra a aspereza da barba não feita as batidas tênues dentro do peito do outro.

O menino começou a fazer sinais agitados para os pescadores, que desceram em bandos sôfregos pelas encostas das dunas. Então o médico ergueu os olhos e viu o rosto do afogado. E o rosto de homem não era ainda um rosto de homem: uma adolescência indefinida, permanente e talvez cruel guardada nas sobrancelhas espessas, escuras, nos maxilares fortes, nariz curto, reto, a boca entreaberta com lábios partidos, ressecados pelo sal, o queixo levemente vincado, os cabelos crespos pesados de areia. A testa queimava. Subitamente o médico apertou-o com força, e enquanto pressentimentos sombrios se desenrolavam no espaço que separava seu peito do peito do afogado, manteve-o junto de si, como a protegê-lo dos homens que continuavam a correr pela praia, aproximando-se. Como a protegê-lo do sol, do mar, do menino que dava voltas em torno deles, exigindo uma participação naquilo que descobrira. Tirou a camisa para cobrir o rosto dele, depois ergueu-o suavemente pelos ombros e ficou esperando que alguém o ajudasse.

II

Sentou com cuidado ao lado da cama, para não despertá-lo. Era quase dezembro. Aproximou o lampião e examinou mais detido o rosto agora limpo, mas ainda marcado pela febre. *Quem te trouxe dessa quase morte para um lugar que é a própria antecipação da morte tu que pareces para sempre imobilizado nessa postura que não é tua porque não te imagino assim abandonado entre lençóis mas em constante movimento tu que fazes dessa ausência de movimentos de agora a tua enorme e falsa fragilidade?* Estalou os dedos, inquieto. Sentia necessidade de algum terror, mas não se apressava porque sabia que ele viria, breve e denso. Suspendeu os óculos deixando-os em repouso sobre a cabeça, depois pousou-os devagar na mesa. Andou até a janela e ficou a ver os homens e as mulheres largados nas cadeiras, as brasas dos cigarros, pontos vivos na escuridão, alguns curiosos postados sob a janela da pensão, sem ousarem fazer perguntas.

O céu muito escuro: naquela noite, não haveria estrelas cadentes. Passou as mãos pelos braços. Não conseguia aterrorizar-se, e há muito tempo não sentia frio. Fizera seu aprendizado de solidão enquanto as coisas sentidas a cada dia tornavam-se mais e mais semelhantes, para finalmente permanecerem numa massa informe a escorrer monótona por dentro dele, alterando-se apenas em insignificantes cintilações cotidianas. Apenas reagia. Tudo ali estaria para sempre excessivamente silencioso para que se pudesse soltar um grito ou chorar sozinho no escuro, como nos primeiros tempos. E ainda que gritasse: o silêncio seria maior e mais desesperado que qualquer grito, porque todos gritavam e agiam da mesma forma, calada e idêntica. Mesmo o respeito com que o cercavam não chegava a ser exatamente o reconhecimento de uma superioridade: não passava de um frio constatar do ser do outro. Encarar sem emoção a perdição alheia e a própria perdição, porque não havia distinções nem individualidades: eram todos o mesmo grande e triste monstro humano, uma única cabeça, tronco, membros. Numa noite de quase dezembro, a alma deserta. A estátua do general no meio da praça e um desconhecido no quarto. Voltou-se e encontrou dois olhos fixos nas suas mãos. Foi-se aproximando enquanto falava:

— Há dois dias que estavas desacordado.

Esperou algum tempo. Os dois olhos percorriam o quarto, inventariando a pobreza dos móveis poucos e arrebentados, as paredes gretadas, a bacia de louça num canto. As mãos se moviam: dez dedos torcidos sobre o lençol de tecido áspero.

— Quer alguma coisa?

Os lábios ressecados se abriram com dificuldade — a percepção dessa dificuldade fez com que os dedos se crispassem lentamente, aos poucos criando tramas estranhas no tecido grosso do lençol. A cabeça oscilou em direção à mesa, os olhos piscaram algumas vezes, e finalmente qualquer coisa como uma voz entremeada de sal e algas murmurou:

— Água.

Estendeu-lhe o copo e, sem nenhum pensamento na cabeça um pouco dolorida, ficou observando a avidez do outro. Tornou a servi-lo, e mais uma vez, e ainda outra, até que o desconhecido levasse dois dedos à boca, como a pedir silêncio, mas evidenciando uma saciedade que, por sua nitidez, quase assustou o médico. Ele então recuou para trás do lampião, onde sabia-se protegido pela sombra. Isento, e praticamente ausente, sondou-o mais uma vez. Ausente o outro, também — havia uma insólita ausência naquele rosto.

Devia ter uns vinte anos, decidiu. E com o cuidado extremo de quem sabe que começa a penetrar no conhecimento de alguma região muito frágil, permitiu que seu próprio olhar fosse descendo do rosto para o pescoço e o peito coberto de pelos claros, ensolarados, até onde o lençol permitia a visão. E de repente um impulso que não chegou a compreender exigiu que falasse, como se falando conseguisse evitar uma reação indesejada, talvez dura, do outro. Mas teve uma consciência tão grande da própria necessidade de apenas preencher um momento perigoso que, mal abriu a boca, sentiu-se extremamente falso. Mesmo assim, perguntou com uma espécie de carinho seco:

— Sente-se bem?

O outro acenou afirmativamente. A sombra na parede acenou afirmativamente. O médico tornou a perguntar:

— Quer alguma coisa?

O outro não respondeu. Havia uma dissimulada ferocidade no jeito como cerrava os maxilares, uma contida agressividade nos dedos fortes esmagando o lençol, uma sede além daquela água que bebera: certa vibração que exigia, intimidava e penalizava, abandonada. Entrelaçou os dedos. Queria paz. E deixou a cabeça apoiar-se no encosto da cadeira. Muito tempo depois acordou com batidas na porta. Ainda tonto, abriu-a e deparou com a mulher gorda espiando para dentro:

— Ele acordou faz pouco — explicou, perguntando-se há quanto tempo teria acontecido aquilo que chamava, cuidadoso, de *o despertar*. — Bebeu muita água, depois dormiu novamente. Está fora de perigo. Não tem nenhum ferimento. A febre também baixou. Talvez amanhã já esteja em condições de levantar — objetivo, acumulava informações no desejo não revelado de ficar a sós com o que incompreendia.

— Mas o senhor não perguntou quem era, de onde vinha, como veio dar na praia? Deus me livre, pode ser algum criminoso, a gente nunca sabe.

— Não, não perguntei nada — disse secamente. E acrescentou: — Ele não está em condições de falar.

A mulher sacudiu os ombros:

— Está bem, mas não me responsabilizo por nada. O senhor é que sabe — deu alguns passos em direção à escada, subitamente voltou-se e encarou-o com ar de dúvida. — Sabe o que dizem na vila? Que o senhor já conhecia ele, quero dizer, que o senhor cuidou bem demais dele para um desconhecido. Que o senhor não deixou ninguém ver o rosto dele.

Não respondeu. Fez um rápido sinal com a cabeça, como se a despedisse ou concordasse, e fechou a porta. Encostou a cabeça na madeira, e por um momento temeu que o descobrissem. Mas não tenho nada a esconder, espantou-se. Partia-se todo em pedaços incompreensíveis: o terror voltava. A espessa camada: quebrando-se, cascas finas. Acendeu um cigarro e tornou a sentar-se na beira da cama do outro.

III

As noites passadas na cadeira doíam nas costas. Esticou o corpo, o sol já alto da manhã estendendo um feixe de luz por sobre a mesa e o piso riscado. E imediatamente envolveu-se em ocupações matinais, a bacia de louça num dos cantos, a água fresca nas têmporas devolvendo, lentamente, uma espécie de lucidez. Do canto, olhou para a cama: pela janela aberta, o feixe de luz do sol clareava ainda mais os lençóis. O corpo adormecido, pesado, os cabelos crespos espalhados sobre o travesseiro. A poeira dourada suspensa no ar. Evitou aproximar-se. Caminhou até a porta e, antes de dar duas voltas na chave, virou-se ainda mais uma vez para dentro. E só depois de pensar com desgosto em outro dia repleto de queixas e feridas, o cheiro de álcool, o nojo contido, só depois de lembrar da cara endurecida das mulheres, a pele gretada dos homens — só depois é que ele fechou a porta e desceu as escadas. Comeu o pão em silêncio enquanto a mulher observava-o da porta, o ar vagamente agressivo. Percebia nela o curso tenso das dúvidas, em contraponto com uma curiosidade quase obscena, embora calada. Não havia necessidade de palavras para expressar o que brilhava com suficiente intensidade nos braços cruzados em expectativa. Falou apenas quando ele começou a preparar café, pão e algumas bananas numa bandeja — simulava uma doçura de mulher gorda, pronta a assumir seu ofício de servir:

— O senhor não precisa se preocupar. Pode deixar que eu mesma levo o café dele. Qualquer jeito, tenho mesmo que arrumar as camas e varrer os quartos.

— Não é preciso — disse seco, e mal havia falado arrependeu-se.

Ele pressentia: se não fizesse nenhuma concessão à mulher, se continuasse a negar-lhe qualquer possibilidade de contato com o desconhecido, a cada dia ela se faria mais e mais ávida, tornando-se talvez perigosa. Já se referia ao outro em termos velados, chamando-o de *ele*, em voz baixa, como nomearia qualquer coisa que não lhe fosse permitido conhecer. *Ele* era aquele homem lá em cima — toda a distância de outras terras, paisagens feitas não só de mar e montanhas, mas de outros elementos que ela não conseguia sequer supor, a não ser por velhas histórias, tão esgarçadas quanto inverossímeis. *Ele* era o inverossímil. *Ele* era a possibilidade negada de ampliar a visão.

O médico pesou o rosto astuto da mulher, os cabelos repartidos ao meio e presos atrás, desnudando uma testa estreita sobre dois olhos miúdos, vivos e verdes: até que ponto ela seria capaz de avançar? Hesitou por momentos em conceder — e portanto quebrar o início de um clima que se anunciava insuportável — e negar, e portanto jogar-se numa rede a se fazer cada vez mais sutil: as tramas cresceriam entrelaçadas como folhagens, até que ele não pudesse mais controlá-las? A sala calma e contida. Decidiu:

— Eu mesmo levo.

Subiu as escadas, a bandeja na mão. Depois depositou-a leve na mesinha de pernas tortas, ao lado da cama. Curvou-se para tocar a testa do afogado: era fresca e lisa, sobre a fisionomia repousada. Evitou qualquer pensamento. Tomou da pequena maleta e saiu para a rua.

Fora: o sol começando a pesar, acentuado ainda mais por um vento morno que vinha do norte, as pessoas cumprimentando dissimuladas, sem perguntas, mínimas quebras de suspeita nos gestos. Visitou algumas casas, os doentes escassos, nunca houvera muito a fazer por ali, tratava-os com uma seca cordialidade que, para todos, era a marca de um homem bom, embora incógnito. Não se permitia excentricidades, e por *excentricidades* abrangia uma série infindável de atitudes, desde dividir a cachaça do entardecer no bar dos pescadores, mostrar a si mesmo ou evidenciar carências. Alguns, talvez, o julgassem orgulhoso. Era. Carregava com alguma dificuldade uma aceitação tão grande e silenciosa, tão absurda no seu quase mutismo e absoluta desnecessidade de comunicá-la ou demonstrá-la, sobretudo tão óbvia, lhe parecia, que parecia também que nenhuma daquelas pessoas seria capaz de compreendê-lo, da mesma forma como não compreenderiam a sua própria e pesada, intransferível, indivisível carga. Passava com sua roupa branca, todos os dias — e não era nem mais nem menos assustador que qualquer outro dos homens, ou qualquer das casas. Ninguém se indagaria em profundidade, e vistos superficialmente eram todos iguais. Apenas aceitavam — ele, como todos —, e aceitar era uma forma de compreender.

Foi no meio da praça que encontrou com o padre. Cumprimentou-o, disposto a passar adiante, quando percebeu um movimento diverso do costumeiro a se fazer num gesto nascendo da batina negra. Ainda assim tentou continuar, mas a voz obrigou-o a deter os passos e olhar fixamente para a calva lustrosa ao sol de quase meio-dia.

— Precisava falar com o senhor.
— Pois não.
— Trata-se... bem, trata-se do homem encontrado na praia.
— Sim?
— Bem, o senhor sabe, o povo está curioso, quer saber quem é o homem, se houve algum naufrágio. Os paroquianos estão todos um pouco... como direi?... bem, o senhor sabe... é perfeitamente natural essa curiosidade... Afinal, a vila é tão pequena, todos sabem ao mesmo tempo de tudo que acontece, ontem mesmo todos ficaram sabendo que o desconhecido está fora de perigo. Eu mesmo...

Atalhou-o, ríspido. Detestava aquela preparação, as justificativas dissimuladas e rodeios tontos para chegar a um único ponto.

— O que é que o senhor quer saber?

O padre pareceu notar as farpas atrás das palavras. Imediatamente empertigou-se, passou o lenço sobre a calva encharcada de suor e respondeu no mesmo tom:

— Quero saber quem é esse homem, de onde veio, o que quer aqui.
— Ele não quer nada aqui. Ele nem sequer sabe que está aqui.
— O que quer dizer com isso?
— Não quero dizer nada. Estou apenas cuidando de um doente.
— Mas pode ser uma criatura de maus costumes. O senhor sabe que a nossa comunidade, graças a Deus e aos meus modestos mas desvelados esforços, a nossa comunidade prima pela decência, pelos bons costumes e a moral elevada.
— Não acredito que um desconhecido seja capaz de abalar a sua decência, os seus bons costumes e a sua moral elevada.

— O senhor não acreditar é uma coisa. Do que ele é capaz ninguém sabe. Falo em nome de Deus — apontou para a estátua do general — e em nome do nosso mais ilustre antepassado. Esse homem pode ser um criminoso.

— Não acredito que seja.

— Mas o senhor tem que me prometer que falará com ele, tão logo seja possível. E que me comunicará de qualquer perigo.

— Não prometo nada.

— Mas ele pode ser um criminoso! Devo zelar pela segurança dos meus paroquianos! O senhor está assumindo uma responsabilidade muito grande.

Com um aceno breve da cabeça, o médico saiu caminhando sob o sol escaldante. O padre ofegava, o rosto avermelhado pela cólera. Nas casas em volta da praça, o médico observou, portas e janelas se abriam para mostrar rostos curiosos. Pequenos grupos se formavam pelas esquinas. Uma tensão ainda mais nítida que o calor sufocante ampliava-se por toda a vila, como uma corrente elétrica. Ainda ouvia a frase do padre: — "Mas ele pode ser um criminoso!". Um criminoso. Criminoso.

Inúmeras suspeitas atravessaram-lhe súbitas a mente: ele mesmo não chegava a compreender por que agia daquela maneira. Sabia apenas, cegamente, que precisava protegê-lo. Ao atravessar a rua mediu bem o passo para que não percebessem alguma alteração. Era preciso ser natural. Surpreendia-se precisando construir uma naturalidade, quando nada seria mais natural do que essa naturalidade — e no entanto precisava aplicadamente construí-la em cada passo, em cada movimento de braço, cada respiração, cada olhar. Uma agulha fina penetrou na têmpora esquerda, lentamente varando carne, músculos, ossos, para comprimir um recôndito ponto. Que doía. Depois de muito tempo. Um ponto doía, inacessível. Quando entrou no quarto, o desconhecido esperava. Estava em pé, ao lado da bacia de louça, a mão esquerda levantada na altura do rosto.

IV

— Alfa é meu nome — disse.

 E ele perguntou:

— Esse é teu nome de guerra?

 E ele respondeu:

— Não. Esse é meu nome de paz.

V

— mas o que chamas de paz se pressinto em ti essa coisa mansa que se faz nos outros e em cada momento que te olho inúmeras coisas escuras escorrem dentro de mim pois se a paz não é uma coisa escura pois senão não continuarei não te farei nenhuma pergunta embora precisasse não para te definir ou para te compreender não preciso saber de onde vens assim como para me definires ou me compreenderes não precisas de nenhum dado concreto mas eu não te defino nem te compreendo apenas sei que chegaste e que esta tua chegada modificará em mim todas as coisas que se tornaram suaves todas as cordialidades ou amenidades que construí nesse tempo de absoluta sede ansiava por ti como quem anseia pela salvação ou pela perdição porque qualquer coisa poderia me salvar desta imobilidade que me devasta por dentro te direi apenas para sobreviver mas já não quero sobreviver já não quero apenas ir adiante é preciso que qualquer coisa abata esta letargia porque já não admiro precariedades porque não sei o que digo nem o que sinto mas persistirei no que pressinto ainda que tudo isso seja um lento processo de morte um enveredar em direção ao mais terrível vejo em ti o meu roteiro de agonia além disso nada sei mas não fujo foram muito poucas as coisas que vivi percebo que não cheguei a existir exatamente mas não sou forte apenas construí de minhas fraquezas essa coisa que talvez chamasses força há muito

— antes que tentes aviso já te disse tudo não sou nada além de meu nome meu nome é minha essência mais profunda assim como a tua tal vez seja a que vivas no momento tal vez nada sejas além destas paredes descascadas destes móveis poucos esta bacia de louça naquele canto mas não te julgo pelo que vejo em ti externamente não julgo a ninguém nem a mim mesmo vim duma coisa que ainda não conheces vim duma coisa enorme da escuridão e de luz mais absolutas que possas imaginar a um só tempo vim duma coisa sem medo mas não sabes que trago em mim o princípio e o fim de todas as coisas sabes porventura que te farei meu cúmplice e despertarei teu ódio esse ódio calado que consome as vísceras por que de todos és o único que sabes da absoluta inutilidade de todas as coisas e sabes dessa vontade incontida de ser maior que todas essas coisas sabes dessa vontade amarga no peito de cada um e esquecida durante a trivialidade sabes de tudo isso e por saberes é que te escolhi te digo que o acaso não existe e que aconteci no momento exato em que não suportavas mais embora não soubesses da tua exaustão é preciso que as coisas se intercalem exatamente como está sendo feito esses momentos de luz aparentemente banais é preciso essa linearidade para que subterraneamente escorra um fluxo intenso e te digo que subitamente os homens enlouquecerão e perpetrarão o que jamais seriam capazes de perpetrar te digo tempo eu permanecia esquecido de mim mesmo foi preciso que chegasses para eu perceber que somente destruindo se pode construir agora eu quero a destruição que me propões mas não propões nada deixas que eu enverede sozinho é assim sei que não me deixarás sozinho sei que te recusas a te definires em palavras não por que eu me atemorizasse mas porque as palavras não te dizem temos muito pouco tempo nesse pouco tempo é preciso que todos percebam em ti o que nunca viram e somente no último momento possam ver a tua face essa face terrível que todos suspeitam terrível mas eu reivindico a posse desse terrível por que me sei capaz de suportá-lo não falta muito tempo agradeço por me teres dado a consciência da minha inutilidade mas eu de nada sei nada conheço do que falo mesmo assim estou pronto embora sem compreender inteiramente sim semearemos a fome e a discórdia semearemos o que eles não seriam capazes de viver se não chegasses não me esquivarei vejo a tua mão estendida em direção a mim e estendo a minha própria mão e minha mão e tua mão se tocam e a minha espera e a tua conduz sim preparo-me para o grande mergulho no desconhecido:

dessa loucura tão próxima te digo da proximidade de tua própria destruição e sei que não temes porque eu não te escolheria se não soubesse embora saiba que temerás no momento exato e que mais tarde julgarás que foste fraco mas eu te digo ainda que todas as coisas estão sendo feitas e que não podes fugir delas porque a partir do momento em que alguém é escolhido faz-se necessário assumir essa escolha os temores não serão infundados nem mesmo esses obscuros pressentimentos que te assaltam é preciso que alguém faça periclitar a ordem das coisas porque essa ordem permaneceria inabalável se não houvesse a minha chegada pois quem provou do ódio desejará provar coisas cada vez mais intensas e o mais intenso que o ódio só pode ser essa região sombria à qual os homens deram um nome mas esses de nada sabem mesmo tu de nada sabes eu vim dessa região para semear a fome e a discórdia e não preciso te convencer de nada quero apenas que te deixes conduzir toma a minha mão e vê como ela é leve toma da minha mão e pensa nos lugares para onde te levarei nesta noite de quase dezembro e agora prepara-te para o grande mergulho no desconhecido:

VI

Por volta das duas da tarde uma aglomeração se fez no meio da praça. Era o sétimo dia. Rumores diluídos de vozes humanas misturadas ao barulho do vento norte que varria a vila há vários dias, levando para longe o cheiro dos animais apodrecidos, latas velhas chocavam-se contra paredes, árvores libertavam folhas que ficavam soltas no ar, frutos caíam pesados no chão, janelas batiam com força espatifando vidros. A princípio não chegou a compreender o que se passava: parecia impossível que alguém ou alguma coisa voluntariamente quebrasse o silêncio estabelecido tácito e imutável, perdurando sempre do meio-dia às quatro da tarde. Com esforço, afastou da testa os cabelos empastados de suor e aproximou-se da janela.

Então distinguiu os homens amontoados sob a estátua do general, em torno do padre, cuja batina esvoaçava estranhamente leve com o vento. Tão logo sua presença foi notada, um brusco silêncio se armou: voltaram-se todos para observá-lo, os pescadores com os chapéus nas mãos, as mulheres com os filhos dependurados na cintura, mesmo os cães cessaram os movimentos e, atentos ao que se preparava, olhavam-no imóveis. Sentiu medo. Aquilo que se desenrolava há tempos, tão de leve que não conseguira ainda nomeá-lo, de repente se concretizou, estampado em sua fisionomia. Não o recusou: descobria no mesmo instante que o medo era matéria de sobrevivência, como o eram todas as coisas, mesmo as esperas frustradas e as inúmeras sedes e os espantos e pequenas descobertas que em si nada significam mas que juntas formavam lentamente camadas superpostas e densas demais, sim, as densidades insuspeitadas e as estrelas cadentes e a queda de estrelas e a cadência dos passos todas as manhãs a aspirar a maresia e atravessar a praça e muitas coisas e todas as coisas — e finalmente o estar ali parado na janela olhando fixamente a massa que exigia, não permitindo que alguém se individualizasse ou protegesse um mistério qualquer — pois que era fundamental para a sobrevivência de todos que as vidas fossem identicamente claras — tão claras que o sol pudesse vará-las como varava as janelas constantemente abertas — finalmente comprimir os dedos contra o parapeito empoeirado da janela, enfrentando o que ele próprio construíra, as costas molhadas de suor, os olhos ofuscados pela luz intensa, os pés descalços sobre a madeira — cara a cara com o seu invento.

Mas não é verdade que nunca tivesses suspeitado desta tarde e desta fome: não é verdade que por um momento sequer tivesses tentado fugir à tua trágica determinação: não é verdade que alguma vez tivesses sequer pensado numa possibilidade de salvação: sabias desde o começo da consistência ácida do que tecias, e no entanto persistias nela, como quem penetra num beco sem saída, caminhando pela estreita dimensão que sabias desde sempre intransponível: sim, tu sabias deste momento a construir-se desde o começo, e não fizeste nenhuma tentativa de evitá-lo: agora é necessário que enfrentes: embora talvez não soubesses do depois deste momento que se faz agora e portanto não possas estar preparado para o próximo momento: mas deste sabes: tudo se encaminhou para ele, e já não podes fazer mais nada, a não ser enfrentá-lo: tens ainda no peito a chama que te consumia nessas noites paradas de verão: tens ainda o que convencionaste chamar força: tens ainda todas as partículas de tua determinação: tens ainda a tua integridade, embora saibas que ela pode te destruir: pois então toma dessa fibra que a si mesma se construiu em solidão sob teu olhar espantado e impassível: toma dessa fibra feita de algo tão denso quanto o ódio: toma do teu ódio: e agora enfrenta.*

Suspirou exausto. Conservou as duas mãos crispadas no parapeito da janela, enquanto o padre se aproximava: sentiu o contato da outra mão em seu ombro, como a ampará-lo. E disse:

— Volta para dentro. Espera. Eles não podem te ver.

Fora do círculo formado pelos pescadores, destacava-se o padre, avançando. Ouviu:

— Queremos que o senhor desça.

E já não era um pedido, já não eram mais aquelas tímidas aproximações cheias de justificativas, não era sequer um convite, nem mesmo uma ordem — mas um fato irreversível.

— Não tenho nada a dizer.

— Não queremos que o senhor diga alguma coisa. Queremos ver o desconhecido. O senhor não nos pode explicar. Queremos que ele nos diga por que depois de sua chegada os pescadores não trouxeram mais peixes, por que o leite coalhou todas as manhãs, por que morreram as crianças nos ventres das mulheres prenhes, por que todas as donzelas perderam a pureza, por que sopra esse vento desde a sua chegada, por que não caíram mais estrelas, por que todas as plantações secaram e os animais morrem de sede pelas ruas, por que esta sede. Esse homem traz a destruição e o demônio dentro de si. O senhor protege esse homem. O senhor é cúmplice da destruição. Um hálito de morte percorre a vila. E o senhor é o culpado disso. Por que não o deixou morrer? Por que não nos deixa ver a face dele? Por que ele não sai às ruas se já está recuperado? Por que o senhor deixou de visitar seus doentes? Por que o senhor está encaminhando estes homens pacíficos para a violência? Queremos saber dos estranhos poderes desse desconhecido.

— Não sei do que o senhor fala. Todas as coisas são as mesmas há muito tempo.

Um murmúrio cresceu na praça. O padre tornou a falar:

— Não queremos usar a força. É melhor que o senhor desça.

Voltou-se para dentro, escrutou-o detidamente, mas sem conseguir perceber nenhum sinal.

— Não tenha medo — disse. — Eu te protegerei.

— Não tenho medo. E não preciso de tua proteção.
— O que há em ti que não compreendo?
— O que há em mim e não compreendes é o mesmo que há em ti, e tampouco compreendes.

Sorriu. Os dentes muito claros. Os olhos azuis. Punhalada de luz.
— Eles são capazes de tudo.
— Eu sei. Também eu sou capaz de tudo.
— Preciso descer. Não quero que morras.
— Também eu não quero que morras. Mas morreremos.

O médico encaminhou-se para a porta. Os ombros curvos. Hesitava entre sair e permanecer no quarto. Então voltou-se e disse:
— Foge pelos fundos enquanto falo com eles — e acrescentou apressadamente, como se precisasse dar forma a uma ideia inesperada antes que ela se desfizesse: — Sim, foge pelos fundos e me espera na praia, no mesmo lugar onde te encontrei, mais tarde irei encontrar contigo, então...
— Então fugiremos?
— Sim, sim. Fugiremos.
— Mas não vês que é impossível?
— Não, não é impossível. Fugiremos para qualquer lugar, não importa onde, não importa qual.
— Havias falado que daqui ninguém foge.
— Não tem importância, não sei mais. Agora vai. Preciso descer.

Desceram juntos a escada, no final separaram-se. O médico abriu a porta e encarou o padre.
— Podem subir — disse. — Ele foi embora. Não há ninguém lá em cima.

Os pescadores entreolharam-se surpresos, subitamente desarmados. Pareceram não saber para onde ir ou o que fazer, até que o padre fez um sinal com a cabeça, encaminhando-se para a porta aberta. O médico recuou, esperando que todos entrassem. De baixo, viu-os subirem rapidamente as escadas, os pés empoeirados marcando os degraus. Depois ouviu o barulho da porta aberta com violência, exclamações de espanto, rumor de móveis despedaçados, gritos. De repente um silêncio e a voz da mulher sobrepujando ruídos, nítida:
— Não é verdade. Ele enganou vocês. O homem está na praia.

Permaneceu estático por um momento, o vento batendo nos cabelos, os olhos voltados para cima. Depois saiu correndo em direção ao mar.

VII

Do alto das dunas, viu-o no mesmo lugar onde o encontrara pela primeira vez. Os cabelos esvoaçavam ao vento: parecia um menino assim, de longe, um menino qualquer construindo castelos na areia. Correu para ele, os braços abertos, seu corpo oscilava precário, para depois enristar-se feito uma seta, as agulhas finas penetrando as têmporas — seu corpo inteiro: uma agulha fina em direção à pequena mancha. Os pés afundavam e queimavam na areia.

— Eles nos descobriram — gritou.

O desconhecido abanou a cabeça. E novamente o médico pensou em que estranhas marcas, sem serem propriamente marcas, pois não deixavam traços, havia naquele rosto queimado e ainda em preparo, na introdução de alguma coisa que não viria a ser.

— É muito tarde.

— Não. Ainda é tempo. Podemos fugir.

Tentou tomar da mão dele, mas o outro se esquivou num movimento perfeitamente definido, embora suave. Ficaram a encarar-se durante um tempo que o médico julgou longo demais, incompreensível demais — como tudo. Não conseguiu compreender exatamente o que se passava: sabia apenas que precisavam fugir. Embora desde o começo tudo estivesse previsto, não conseguira perceber essa obstinada negação que se faria. Insistiu ainda. E outra vez. Até que ouviu vozes sobre as dunas. Não precisou voltar-se para saber que eram os pescadores: o padre, a mulher e o menino à frente, conduzindo a massa que descia rápida, armada de paus e pedras. Gritavam.

— Não quero ir sozinho — disse. — Vem comigo.

— Mas não irás sozinho, embora eu não vá contigo.

Sem saber exatamente o que fazia, começou a correr pela praia, sem saber também para onde. O sol cegava-o. Pequenos vermes se movimentavam na areia úmida, esmagada sob seus pés. Correu durante muito tempo, depois deixou-se cair exausto sobre os próprios joelhos. Então voltou-se e viu-o, no meio da multidão enfurecida, os braços baixavam e abatiam-se sobre sua cabeça repetidas vezes. Podia ver o sangue escorrendo, misturando seu vermelho com a brancura da areia. Mas não havia gritos. Tudo estava muito quieto.

Esperou que todos se afastassem e voltou. Escurecia aos poucos. Quando alcançou o corpo, uma chuva fina começou a cair. O vento tinha cessado. A chuva pouco a pouco adensada: tomou entre as mãos a cabeça destroçada e ficou olhando durante muito tempo para dois olhos azuis escancarados. O sangue ainda escorria. Quente. Quando a noite baixou, arrumou cuidadoso o cadáver, lavou as manchas de sangue do rosto, depois foi entrando lentamente no mar. Antes de mergulhar olhou para cima e, embora chovesse, inúmeras estrelas cadentes riscavam o céu de ponta a ponta.

Para uma avenca partindo

— OLHA, ANTES DO ÔNIBUS partir eu tenho uma porção de coisas pra te dizer, dessas coisas assim que não se dizem costumeiramente, sabe, dessas coisas tão difíceis de serem ditas que geralmente ficam caladas, porque nunca se sabe nem como serão ditas nem como serão ouvidas, compreende? olha, falta muito pouco tempo, e se eu não te disser agora talvez não diga nunca mais, porque tanto eu como você sentiremos uma falta enorme de todas essas coisas, e se elas não chegarem a ser ditas nem eu nem você nos sentiremos satisfeitos com tudo que existimos, porque elas não foram existidas completamente, entende, porque as vivemos apenas naquela dimensão em que é permitido viver, não, não é isso que eu quero dizer, não existe uma dimensão permitida e uma outra proibida, indevassável, não me entenda mal, mas é que a gente tem tanto medo de penetrar naquilo que não sabe se terá coragem de viver, no mais fundo, eu quero dizer, é isso mesmo, você está acompanhando o meu raciocínio? falava do mais fundo, desse que existe em você, em mim, em todos esses outros com suas malas, suas bolsas, suas maçãs, não, não sei por que todo mundo compra maçãs antes de viajar, nunca tinha pensando nisso, por favor, não me interrompa, realmente não sei, existem coisas que a gente ainda não pensou, que a gente talvez nunca pense, eu, por exemplo, nunca pensei que houvesse alguma coisa a dizer além de tudo o que já foi dito, ou melhor, pensei sim, não, pensar propriamente não, mas eu sabia, é verdade que eu sabia, que havia uma outra coisa atrás e além de nossas mãos dadas, dos nossos corpos nus, eu dentro de você, e mesmo atrás dos silêncios, aqueles silêncios saciados, quando a gente descobria alguma coisa pequena para observar, um fio de luz coado pela janela, um latido de cão no meio da noite, você sabe que eu não falaria dessas coisas se não tivesse a certeza de que você sentia o mesmo que eu a respeito dos fios de luz, dos latidos de cães, é, eu não falaria, uma vez eu disse que a nossa diferença fundamental é que você era capaz apenas de viver as superfícies, enquanto eu era capaz de ir ao mais fundo, de não sentir medo desse mais fundo, você riu porque eu dizia que não era cantando desvairadamente até ficar rouca que você ia conseguir saber alguma coisa a respeito de si própria, mas sabe, você tinha razão em rir daquele jeito porque eu também não tinha me dado conta de que enquanto ia dizendo aquelas coisas eu também cantava desvairadamente até ficar rouco, o que quero dizer é que nós dois cantamos desvairadamente até agora sem nos darmos contas, é por isso que estou tão rouco assim, não, não é dessa coisa da garganta que falo, é de uma outra, de dentro, entende? por favor, não ria dessa maneira nem fique consultando o relógio o tempo todo, não é preciso, deixa eu te dizer antes que o ônibus parta que você cresceu em mim dum jeito completamente insuspeitado, assim como se você fosse apenas uma semente e eu plantasse você esperando ver nascer uma plantinha qualquer, pequena, rala, uma avenca, talvez samambaia, no máximo uma roseira, é, não estou sendo agressivo não, esperava de você apenas coisas assim, avenca, samambaia, roseira, mas nunca, em nenhum momento essa coisa enorme que me obrigou a abrir todas as janelas, e depois as portas, e pouco a pouco derrubar todas as paredes e arrancar o telhado para que você crescesse livremente, você não cresceria se eu a mantivesse presa num pequeno vaso, eu compreendi a tempo que você precisava de muito espaço, claro, claro que eu compro uma revista pra você, eu sei, é bom ler durante a viagem, embora eu prefira ficar olhando pela janela e pensando coisas, estas mesmas coisas que estou tentando dizer a você sem conseguir, por favor, me ajuda, senão vai ser muito tarde, daqui a pouco não vai ser mais possível, e se eu não disser tudo não poderei nem dizer nem fazer mais nada, é preciso que a gente tente de todas as maneiras, é o que estou fazendo, sim, esta é minha última tentativa, olha, é bom você pegar sua passagem, porque você sempre perde tudo nessa sua bolsa, não sei como é que você consegue, é bom você ficar com ela na mão para evitar qualquer atraso, sim, é bom evitar os atrasos, mas agora escuta: eu queria te dizer uma porção de coisas, de uma porção de noites, ou tardes, ou manhãs, não importa a cor, é, a cor, o tempo é só uma questão de cor, não é? pois isso não importa, eu queria era te dizer dessas vezes em que eu te deixava e depois saía sozinho, pensando numa porção de coisas que queria te dizer depois, pensando também nas coisas que eu não ia te dizer, porque existem coisas terríveis que precisam ser ditas, não faça essa cara de espanto, elas são realmente terríveis, eu me perguntava se você era capaz de ouvir, se você teria, não sei, disponibilidade suficiente para ouvir, sim, era preciso estar disponível para ouvi-las, disponível em relação a quê? não sei, não me interrompa agora que estou quase conseguindo, disponível só, não é uma palavra bonita? sabe, eu me perguntava até que ponto você era aquilo que eu via em você ou apenas aquilo que eu queria ver em você, eu queria saber até que ponto você não era apenas uma projeção daquilo que eu sentia, e se era assim, até quando eu conseguiria ver em você todas essas coisas que me fascinavam e que no fundo, sempre no fundo, talvez nem fossem suas, mas minhas, e pensava que amar era só conseguir ver, e desamar era não mais conseguir ver, entende? dolorido-colorido, estou repetindo devagar para que você possa compreender, melhor, claro que dou um cigarro pra você, não, ainda não, faltam uns cinco minutos, eu sei que não devia fumar tanto, é, eu sei que os meus dentes estão ficando escuros, e essa tosse intolerável, você acha mesmo a minha tosse intolerável? eu estava dizendo, o que é mesmo que eu estava dizendo? ah: sabe, entre duas pessoas essas coisas sempre devem ser ditas, o fato de você achar minha tosse intolerável, por exemplo, eu poderia me aprofundar nisso e concluir que você não gosta de mim o suficiente, porque se você gostasse, gostaria também da minha tosse, dos meus dentes escuros, mas não aprofundando não concluo nada, fico só querendo te dizer de como eu te esperava quando a gente marcava qualquer coisa, de como eu olhava o relógio e andava de lá pra cá sem pensar definidamente em nada, mas não, não é isso, eu ainda queria chegar mais perto daquilo que está lá no centro e que um dia destes eu descobri existindo, porque eu nem supunha que existisse, acho que foi o fato de você partir que me fez descobrir tantas coisas, espera um pouco, eu vou te dizer de todas essas coisas, é por isso que estou falando, fecha a revista, por favor, olha, se você não prestar muita atenção você não vai conseguir entender nada, sei, sei, eu também gosto muito do Peter Fonda, mas isso agora não tem nenhuma importância, é fundamental que você escute todas as palavras, todas, e não fique tentando descobrir sentidos ocultos por trás do que estou dizendo, sim, eu reconheço que muitas vezes falei por metáforas, e que é chatíssimo falar por metáforas, pelo menos para quem ouve, e depois, você sabe, eu sempre tive essa preocupação idiota de dizer apenas coisas que não ferissem, está bem, eu espero aqui do lado da janela, é melhor mesmo você subir, continuamos conversando enquanto o ônibus não sai, espera, as maçãs ficam comigo, é muito importante, vou dizer tudo numa só frase, você vai..

.... sim, sei, eu vou escrever, não, eu não vou escrever, mas é bom você botar um casaco, está esfriando tanto, depois, na estrada, olha, antes do ônibus partir eu quero te dizer uma porção de coisas, será que vai dar tempo? escuta, não fecha a janela, está tudo definido aqui dentro, é só uma coisa, espera um pouco mais, depois você arruma as malas e as bolsas, fica tranquila, esse velho não vai incomodar você, olha, eu ainda não disse tudo, e a culpa é única e exclusivamente sua, por que você fica sempre me interrompendo e me fazendo suspeitar que você não passa mesmo duma simples avenca? eu preciso de muito silêncio e de muita concentração para dizer todas as coisas que eu tinha pra te dizer, olha, antes de você ir embora eu quero te dizer que.

Iniciação

Para
Paulo César Paraná

I

FOI NUMA DESSAS MANHÃS sem sol que percebi o quanto já estava dentro do que não suspeitava. E a tal ponto que tive a certeza súbita que não conseguiria mais sair. Não sabia até que ponto isso seria bom ou mau — mas de qualquer forma não conseguia definir o que se fez quando comecei a perceber as lembranças espatifadas pelo quarto. Não que houvesse fotografias ou qualquer coisa de muito concreto — certamente havia o concreto em algumas roupas, uma escova de dentes, alguns discos, um livro: as miudezas se amontoavam pelos cantos. Mas o que marcava e pesava mais era o intangível.

    Lembro que naquela manhã abri os olhos de repente para um teto claro e minha mão tocou um espaço vazio a meu lado sobre a cama, e não encontrando procurou um cigarro no maço sobre a mesa e virou o despertador de frente para a parede e depois buscou um fósforo e uma chama e fumei fumei fumei: os olhos fixos naquele teto claro. Chovia e os jornais alardeavam enchentes. Os carros eram carregados pelas águas, os ônibus caíam das pontes e nas praias o mar explodia alto respingando pessoas amedrontadas. A minha mão direita conduzia espaçadamente um cigarro até minha boca: minha boca sugava uma fumaça áspera para dentro dos pulmões escurecidos: meus pulmões escurecidos lançavam pela boca e pelas narinas um fio de fumaça em direção ao teto claro onde meus olhos permaneciam fixos. E minha mão esquerda tocava uma ausência sobre a cama.

    Tudo isso me perturbava porque eu pensara até então que, de certa forma, toda minha evolução conduzira lentamente a uma espécie de não-precisar-de-ninguém. Até então aceitara todas as ausências e dizia muitas vezes para os outros que me sentia um pouco como um álbum de retratos. Carregava centenas de fotografias amarelecidas em páginas que folheava detidamente durante a insônia e dentro dos ônibus olhando pelas janelas e nos elevadores de edifícios altos e em todos os lugares onde de repente ficava sozinho comigo mesmo. Virava as páginas lentamente, há muito tempo antes, e não me surpreendia nem me atemorizava pensar que muito tempo depois estaria da mesma forma de mãos dadas com um outro eu amortecido — da mesma forma — revendo antigas fotografias. Mas o que me doía, agora, era um passado próximo.

Não conseguia compreender como conseguira penetrar naquilo sem ter consciência e sem o menor policiamento: eu, que confiava nos meus processos, e que dizia sempre saber de tudo quanto fazia ou dizia. A vida era lenta e eu podia comandá-la. Essa crença fácil tinha me alimentado até o momento em que, deitado ali, no meio da manhã sem sol, olhos fixos no teto claro, suportava um cigarro na mão direita e uma ausência na mão esquerda. Seria sem sentido chorar, então chorei enquanto a chuva caía porque estava tão sozinho que o melhor a ser feito era qualquer coisa sem sentido. Durante algum tempo fiz coisas antigas como chorar e sentir saudade da maneira mais humana possível: fiz coisas antigas e humanas como se elas me solucionassem. Não solucionaram. Então fui penetrando de leve numa região esverdeada em direção a qualquer coisa como uma lembrança depois da qual não haveria depois. Era talvez uma coisa tão antiga e tão humana quanto qualquer outra, mas não tentei defini-la. Deixei que o verde se espalhasse e os olhos quase fechados e os ouvidos separassem do som dos pingos da chuva batendo sobre os telhados de zinco uma voz que crescia numa história contada devagar como se eu ainda fosse menino e ainda houvesse tias solteironas pelos corredores contando histórias em dias de chuva e sonhos fritos em açúcar e canela e manteiga.

II

Ele tinha medo porque não sabia onde se encontrava. Ainda não havíamos falado: eu estava sentado no meio do circo e, deitado sobre a plataforma, envolto em renda vermelha, ele me dizia devagar que estava perdido. Para tranquilizá-lo, ou para tranquilizar a mim mesmo, fui dizendo no mesmo ritmo que era talvez um templo dos tempos futuros, onde cada um faria o que bem entendesse.

Ave templo dos escolhidos — ele disse sorrindo. E eu sorri também, um sorriso idiota, como pedindo desculpas por não ter ousado dar o nome que ele dava. Ele sorriu novamente, desta vez como se compreendesse e avisasse que aqueles eram os últimos instantes antes da perdição. Tive medo de compreender, e acrescentei rapidamente que talvez estivéssemos sendo raptados por um disco voador: ele ficou sério. Sem sentir eu penetrava no mesmo e doce pânico. Procurei ver seu corpo, coberto por renda vermelha, naquele momento exato o importante era distinguir seu sexo, a idade, a cor dos cabelos, dos olhos, a conformação da boca, a consistência da pele, os ossos da bacia — naquele momento tentei percebê-lo concreto e absoluto, e se tivesse conseguido sei que a salvação teria começado no mesmo momento em que a perdição se armava, sem se interligarem num único caminho — como mais tarde aconteceu. Mas um grupo de pessoas colocou-se entre nós e eu o perdi de vista. Só depois de muito tempo é que se afastaram e consegui olhar para ele. Mas nada vi. A renda vermelha libertava apenas dois pés assexuados, anônimos, incógnitos, sozinhos. Esperei.

E não mais ouvi seu medo porque depois as luzes apagaram, nasceu uma claridade roxa dos cantos e, enquanto movimentos estremeciam os corpos deitados ao lado dele, suspeitei que o ritual começara: a missa ou a decolagem em direção a Alfa Centauro. A missa celebrando a loucura divina: o sumo sacerdote suspendendo um lindo sonho dourado em suas mãos pálidas. Alfa Centauro — a meta. Apertei as duas mãos contra a poltrona e tentei voltar às folhas amarelecidas de meu álbum. Ah como quis de repente estar outra vez debruçado na janela aberta para os jasmins da ruazinha estreita. Como quis de repente aquela crença antiga e aquele cavalo jovem galopando no meu corpo. Como quis os jasmins enquanto abria as portas para cruzar sete passagens tão amedrontado como se não me julgasse feito e consumado e consumido. Não tinha sequer uma memória quando ele começou a despir suas vestes vermelhas.

III

Não sei se alguém mais percebeu. De qualquer maneira, eu estava tão sozinho dentro daquilo que tudo que percebesse seria somente meu. O detalhe. Não aquelas centenas de pessoas nuas correndo pelas plataformas, nem o som estridente das guitarras elétricas, nem o vermelho das paredes ou o metal das cadeiras, a lona do teto, o todo, o tudo. Separei-o cuidadoso e voluntário dos outros. E vi.

A renda escorregou aos poucos revelando um corpo talvez masculino, o sexo oculto por um pequeno retalho preto. A conformação suave dos ombros, uma fragilidade inesperada no plexo liso equilibrado sobre uma bacia de ossos salientes como facas e pernas fortes nascendo e pés de longos dedos magros e pobres com suas unhas rentes, brancas, limpas. Depois escorregou o capuz e desvendou súbito um emaranhado de cabelos crespos civilizados por gestos bruscos que os afastavam para trás libertando uma testa lisa de enormes olhos claros desenhados e um sorriso de mil anos atrás da estrutura mansa de uma boca feita em dentes brancos e língua terna. Não consegui acompanhar seus movimentos descontrolados, até o momento em que comecei a perceber qualquer coisa como um adolescente habitando aquele corpo. Afundei num espanto pesado. E olhei. Durante muito tempo olhei sem ver o que via, com medo do terrível entrincheirado dentro do adolescente nu. Mas não gritei.

Aos poucos, um todo começou a se formar à sua volta. Aos poucos, ele começou a se tornar o centro daquele todo. Aos poucos, ele se desdobrou em faces e formas para cada um dos que o viam. E não eram muitos. Mas desses escolhidos ele escolheria o que ousasse para assassiná-lo pouco a pouco em dentadas estraçalhantes: o sangue jorraria de todas as veias abertas para regar uma semente plantada por seus gestos luzidios como o fio de uma navalha. Equilibrava-se em sua própria lâmina e morria em cada movimento, explodindo escuro e colorido no meio da plataforma. Aceitei.

IV

Depois de muito tempo, percebi que procurava sempre um ponto de onde pudesse ser visto por mim, e percebi que quando a luz violeta batia em seus olhos claros eles estavam fixos em mim, e quando havia luz sobre minha cabeça ele olhava e sorria e triturava palavras incompreensíveis entre os dentes brancos. E quando tudo se aproximava do fim ele assumiu ainda outras formas, como se me convidasse a escolher a que mais me convinha, sem saber que eu aceitaria qualquer forma e qualquer face, sem saber absolutamente nada de mim. Quando tudo terminava, ele morreu e explodiu mais vezes sobre a plataforma roxa à minha frente. Sem sentir, comecei a aplaudi-lo em pé e a sorrir-lhe como se houvesse um pacto entre nós, e a olhá-lo de maneira tão funda e tão oblíqua quanto a que ele me olhava. E de repente estávamos nós dois sozinhos dentro do circo.

Não houve necessidade de palavras. Avancei entre as cadeiras de metal, vencendo corredores vazios, aos poucos caminhando em direção a ele, que me esperava com sua túnica branca sobre o corpo molhado de suor. Estendi os braços em sua direção e depois de algum tempo as pontas de meus dedos tocaram as pontas de seus dedos e descargas elétricas e fluxos e raios e nervos se interpenetraram enlouquecidos até que minhas mãos conseguissem atingir seus ombros e suas mãos atingissem meus ombros e seu peito ficasse colado ao meu e seus cabelos roçassem com força contra meu rosto e seus olhos de imensas pupilas dilatadas se afastassem depois de um tempo que me pareceu interminável e se unissem à voz rouca para dizer alguma coisa que não consegui entender mas que soou como um aviso um perigo não entre não entre no definitivo mas eu não conseguia entender enquanto seus olhos fixos desprendiam raios e sua voz libertava avisos seculares medos de lugares desconhecidos eu já não conseguia voltar atrás havia rompido com todas as mitologias para penetrar num escasso ou amplo espaço de onde não sabia se sairia vivo ou morto ou renovado sentia ao mesmo tempo no contato das mãos e dos raios todos os jasmins das ruazinhas fechadas e fotografias antigas manhãs e a janela aberta mostrando uma brecha entre as nuvens e o sol lavando o outro lado da baía e as caminhadas e os canteiros e toda a chuva afogando sem distinção os becos e as avenidas da cidade onde habitava desamparado e heroico dentro do meu medo e da minha incompreensão eu não queria mas abrira sem sentir a porta de um poço sem fundo e sem volta.

V

Um tempo depois, contou-me histórias sob este mesmo teto claro, seu corpo dúbio preenchendo a ausência onde agora minha mão esquerda grita. Mostrou-me com dedos longos a pequena mancha escura no centro da testa, e sem que dissesse mais nada eu imediatamente soube que vinha dali a sua força. Mas não tive medo. Aos poucos, eu também conseguiria formar essa pequena mancha para que nos transformássemos em profetas do mesmo apocalipse. Disse-me depois — e nesse dia chovia como agora — que vinha de um mundo paralelo, e traçou com dedos cruzados estranhos signos no espaço que separava sua boca da minha. Falou-me de sua revolta e de seu cérebro e dos cérebros de seus compatriotas: feitos de fios e microtransistores programados e ligados e desligados à vontade de um Poder Central Incógnito. Falou-me de seu corpo humano e de sua mente elaborada pacientemente por cientistas altamente especializados. Falou-me das extensas legiões de robôs em seu mundo árido, e de sua marginalidade: revoltara-se contra o Poder e voluntariamente conseguira desprogramar-se para programar-se outra vez segundo sua própria vontade. Teve alguns companheiros segregados a vales e cavernas insuspeitados naquele mundo de vidro. Pretendiam uma revolta para que todos aos poucos conseguissem condições para desprogramar-se, programando-se segundo suas vontades individuais e segundo um mínimo de exigência do grupo, visando à ordem dentro da desordem absoluta e primitivismo consciente e sobretudo amor de mãos dadas. Todos concordavam. Surgiam novos adeptos. Aos poucos conseguiam programar-se segundo as ordens do Poder apenas nas horas de trabalho, para programarem-se segundo eles próprios nas horas de descanso. Essa dupla vida não os deixava mais desligarem-se, e seus corpos humanos ficaram com as peles marcadas por uma profunda palidez, olheiras esverdeadas surgiam sob os olhos de pupilas imensas, suas mãos tremiam e suas bocas ressecadas libertavam palavras lúcidas e cósmicas: apreendiam o universo e transmitiam-no pelos vales a discípulos espantados e ávidos. As iniciações seguiam um ritual ao mesmo tempo requintado e bárbaro: curtos-circuitos terríveis carbonizavam os fios, os microtransistores explodiam — e em breve formavam uma seita tão vasta que não mais se preocupavam em programar-se segundo o Poder. Na testa de cada um nasceu uma pequena mancha escura: ampliavam-se dia a dia, reproduzindo-se e imprimindo-se nos demais de tal forma que quase não podiam ser distinguidos uns dos outros. Mesmo assim, eram ainda uma minoria. E foram denunciados, sem que soubessem como nem por quem. O Poder Central Incógnito capturou-os um a um: os que ainda não haviam aderido foram programados para dar caça a qualquer membro da seita. Os insurretos escondiam-se pelos vales e cavernas, mas o mundo de vidro revelava-os em sua transparência e aos poucos iam sendo executados em cadeiras elétricas dispostas no meio da praça principal. Três deles, os líderes, haviam evoluído tanto em sua autoprogramação que conseguiram programar-se de acordo com um mundo paralelo ao seu — o nosso — e transportaram-se para cá, dispondo-se em pontos estratégicos sobre a Terra. Não perdera o contato com os outros dois, mas pouco quis falar sobre eles. Disse apenas que mantinham um constante triálogo para poderem cumprir sua missão: colocavam obscuros e misteriosos avisos em teatros, cinemas, bares, metrôs, farmácias, muros. Esperavam aos poucos reunir uma nova seita que pudesse retornar ao mundo de vidro para destruir o Poder.

Disse-me ainda que o primeiro sinal para os escolhidos seria uma pequena mancha escura nascida no meio da testa, idêntica à sua. E que todos os que conseguissem formar essa marca seriam iniciados e teriam seus cérebros libertados para que pudessem se autoprogramar segundo sua própria mitologia e crença. E que de toda essa legião partiriam profetas para todos os lados e, dentro de um tempo impreciso, os que sobrevivessem e fossem suficientemente fortes para aceitar todas as novas mensagens e proposições — esses teriam uma vida total, e poderiam morrer de amor, se quisessem, ou não morrer.

Calou e sorriu. E calando e sorrindo pouco depois de falar em amor, ganhou uma inesperada doçura: suas palavras deixaram de ser frias, e dispôs sinais estranhos sobre minha fronte, e pela última vez penetramos um no outro através dos dedos e dos raios emitidos pelos dedos e a mesma luz roxa se fez novamente e novamente me senti caminhando em direção à sua túnica branca — mas desta vez meu cérebro estava suficientemente livre para que eu não temesse. E mesmo sabendo que aquele poço não tinha fundo nem volta deixei que suas paredes translúcidas envolvessem meus membros e sua cintilante escuridão repleta de pontos fosforescentes penetrasse e perpetrasse em minha carne e em minha mente a semente plantada daquilo que eu não suspeitava e que cresceria escondida em suas folhas verdes até que uma chuva inesperada e terrível afogasse a cidade em suas águas e fizesse essa semente explodir numa manhã sem sol em que com a mão esquerda eu acariciaria a ausência do que me trouxe para esta fronteira e com a mão direita conduziria um cigarro até meus lábios secos sob um teto de madeiras claras e a semente banhada pela chuva tropical explodisse dentro de mim em galhos verdes e pequenas sementes e ramagens e folhas até que dessa árvore nascesse um fruto miúdo e escuro: um miúdo fruto escuro na parte superior da árvore confirmaria minha escolha e minha desgraça.

VI

Percebi que voltava quando meus dedos contraíram-se em contato com a brasa do cigarro. O verde se desfez aos poucos, abandonando o externo para se avolumar dentro de mim. Os ouvidos se abriram novamente para a chuva cessando sobre os telhados de zinco e os olhos divisaram aos poucos as madeiras muito claras do teto. Desdobrei os olhos pelos cantos do quarto, mas os sinais concretos de sua passagem tinham desaparecido. Pensei em procurá-los, mas imediatamente soube da inutilidade da procura, e percebi que ele havia tomado diversas formas para chegar até mim, das mais cotidianas às mais insólitas.

Saí da janela e, enquanto um sol rompia devagar as nuvens do outro lado da baía, curvei-me para o cheiro limpo da terra molhada, o verde renascido de todas as plantas. Então compreendi todos os avisos e os estranhos acontecimentos e os inexplicáveis encontros e desencontros e o processo de seleção e aquelas pessoas pálidas de pupilas enormes encontradas pelas esquinas antes dele, e ele próprio. Observei o que antes chamara de ausência sobre a cama, e percebi que meu corpo ainda humano sentia na carne a falta das descargas elétricas de seus dedos, mas que em meu cérebro estranhos circuitos geravam suas próprias imagens e sua memória e sua mitologia e que eu dispunha de mim como se fosse meu próprio dono e que se meu corpo ainda humano sofria fomes e ausências esse cérebro guardava todas as coisas não mais como um álbum de retratos mas como partes integrantes e integradas de mim mesmo. Não sentia mais sua ausência porque eu também era ausência. Não me sentia sozinho nem desorientado porque sabia que se não era ao mesmo tempo todas as outras pessoas e todas as coisas havia pelo menos alguns que haviam sido também escolhidos e que nos encontraríamos e que talvez já nos tivéssemos encontrado e que nosso caminho a princípio escuro era o mesmo. Soube para sempre que ele não voltaria. E que não tinha me abandonado.

Na frente do espelho, toquei meu tronco nodoso e forte e estendi meus galhos em direção às janelas e a chuva cessou e o sol acabou de romper as nuvens espalhado nítido em raios sobre o verde intenso de meu corpo. Então qualquer coisa como dedos delicados tocou suave e firmemente um pequeno fruto escuro recém-nascido no centro de minha testa. A marca.

Cavalo branco no escuro

LÁ FORA ALGUÉM CAMINHA no escuro. Posso ouvir nitidamente seus passos esmagando devagar o cascalho fino do jardim. Como se tomasse cuidado para não me acordar. Como se eu dormisse. Às vezes se detém, e julgo ouvir sua respiração espessa de animal atravessando as vidraças abaixadas para chocar-se contra as paredes, e depois tombar sobre mim sufocando minha própria respiração. É então que sinto medo. Deixo de sentir o contato gorduroso dos lençóis contra minha pele, e fico todo concentrado nessa coisa: o medo. Não dele, nem de seus passos, nem de que possa de repente espatifar as vidraças para entrar no quarto — também não tenho medo de sua possível violência, de suas prováveis garras. O que me assusta é justamente essa respiração de animal. Essa coisa grossa, azeda, estranhamente flácida e morna, da mesma consistência dos lençóis sujos.

Para evitar esse medo que sufoca o cheiro dos lençóis e de meu próprio corpo, penso no jardim. E quando, por segundos, o cascalho para de estalar sob seus pés, penso que é porque se aproximou do canteiro de margaridas. E recomponho na memória essas margaridas amontoadas no canteiro de tijolos, com seus talos verdes e rígidos, suas longas pétalas brancas e o miolo amarelo, granuloso, sem nenhum cheiro. Quando o medo é maior, penso nas hortênsias. Eram azuis, as hortênsias. Ficavam distantes da janela, próximas do poço e da parreira, quase no quintal. Eram azuis e sólidas, as hortênsias. Também não tinham cheiro, como as margaridas, nem gosto. Uma vez experimentei mastigar algumas pétalas, e tive a sensação exata de ter entre os dentes algo tão fino e frágil como uma asa de borboleta. Eram azuis e sólidas, e às vezes eu cobria os cabelos com elas, prendendo-as atrás das orelhas para depois olhar-me no espelho grande do corredor e achar-me parecido com uma daquelas gravuras japonesas do livro de História de minha mãe — as gueixas, as hortênsias. Essas eram elas.

Quando o medo é quase absurdo, e principalmente quando o cheiro daquela respiração ameaça tornar-se insuportável, recorro aos jasmins. Só então recorro aos jasmins. Deixo-os por último, quando estou à beira de dar um grito ou fazer algum movimento brusco para libertar-me — mesmo sabendo que estou demasiado enfraquecido para dar gritos ou fazer gestos bruscos. Talvez a impossibilidade de fazer essas coisas é que me obrigue a recorrer aos jasmins. Porque eu sempre soube que eles eram o último recurso, última porta, última chave. Eles, os jasmins: última varanda antes da fronteira que me separa do que não conheço. Vejo-os crescer nas sombras para se abrirem em corolas fartas e pálidas: eu me debruço na janela, eu sou muito jovem, eu acredito, eu sou quase um menino que se debruça na janela e olha para esses jasmins pálidos e frios e entontece aos poucos com o perfume doce e olha para a lua, porque havia uma lua quase sempre cheia naquele tempo, e pergunta em espanto o que vai ser dele, que durezas ou doçuras lhe trará essa coisa que ainda não tocou com suas próprias mãos e que chamam de *vida*, eles, os outros, os que dormem além da porta sem saberem desse menino e desse espanto e dessa lua e sobretudo desses jasmins gelados no jardim. Esse quase menino que sou eu, esse menino suspeita e sente que quase pode viajar na esteira do perfume dos jasmins que voa por cima do muro de tijolos, ultrapassa a sarjeta para misturar-se à terra vermelha da rua e perder-se nas unhas-de-gato do terreno ao lado e no valo da calçada oposta e na casa branca de madeira sobre a elevação de terra — esse menino não chora e não diz nada. Tem olhos enormes para o que ainda não chegou e talvez não chegue nunca.

Tudo isso é doloroso para mim, porque sei que o jardim não é esse, sei mesmo que talvez nem exista um jardim, sei que os jasmins se perderam, e recorro à casa, e penetro cada um de seus aposentos, e desvendo a casa, e recorro à rua, ao arco branco no fim da rua, e à cidade de ruazinhas estreitas e tortas e vizinhos na janela e estradas de terra batida e poeirenta. Mas sei: sempre sei que tudo isso não está mais do lado de fora: sei que já não bastaria abrir a janela: sei que não bastaria a janela. Como se minhas unhas crescessem e eu as cravasse no meu próprio peito. Digo para mim mesmo que não é preciso assassinar o que já está morto, mas enquanto dura a respiração dele, preciso continuar enterrando as unhas devagar na carne, afastando músculos e veias e ossos, como se escavasse a terra em busca de uma semente. Preciso revirar o punhal com dedos seguros, até conseguir extrair algumas gotas de sangue da carne morta. Não consigo. Sei que não consigo no momento em que a respiração cessa e os passos voltam a esmagar o cascalho.

De vez em quando um movimento mais brusco faz com que brote um ruído de folhagens esmagadas. Imagino-o pisando nas margaridas, rasgando as hortênsias, esmagando os jasmins entre os dentes escuros, nas mãos de dedos curtos e juntas grossas, sob as patas de cascos partidos, o corpo áspero de pelos espojando-se sobre os verdes que minha mãe esquecia de regar e que cresciam apenas por teimosia. A teimosia e a chuva enredando seus membros sobre o muro, sob a terra. Sei que o sangue já não corre: sei que nenhuma semente veio à tona: sei que de nada adianta espreitar dia após dia o seu crescimento, porque não crescerão: sei que é inútil afastar as pedras e os parasitas, tentando distinguir uma pequenina folha verde. Sei que as chuvas não caem mais como antigamente. Então me encolho entre os lençóis e fico ouvindo o cascalho rangendo sob seus pés.

Quando o ruído cessa e penso que ele se afastou por alguns momentos, fixo os olhos no teto ou na parede e tento distinguir apenas cores e formas. Mas não sei mais se o que vejo é o que vejo ou apenas o que penso ver. Dizem que quando se fica muito tempo sem comer acontecem alucinações, da mesma forma como quando se toma drogas. Não sei se são alucinações causadas pela fome, e já não tomo nenhuma droga desde que resolvi deixar que tudo secasse para que viesse à tona apenas o que quisesse vir, sem que eu o chamasse. Seja como for, eu o via. Não esse, o que caminha no escuro, porque não sei de seu corpo nem de sua face, mas um outro, talvez o mesmo, não sei.

Ele estava na parede. A parede é azul. No começo, foi só o que vi: a parede azul. Depois notei que o azul se movia e aquilo que eu julgava fazer parte da matéria da parede destacava-se e ganhava a forma de um corpo, um corpo vestido de azul. Esse corpo vestido de azul destacou-se da parede e veio sentar-se a meu lado, na beira da cama. Foi quando colocou uma das mãos na minha testa que tive vontade de sorrir para ele. Fazia muito tempo que eu não tinha vontade de sorrir para nada nem para ninguém, então era extraordinário que ele conseguisse perturbar assim os cantos de meus lábios, fazendo com que eles se movimentassem duramente, numa tentativa de se abrirem. Mas não sorri. Sabia de meus dentes sujos, sabia da escuridão de minha boca. E não queria assustá-lo, sobretudo isso: não queria assustá-lo porque poderia retirar a mão de minha testa e levantar-se daquele lugar. Há muito tempo ninguém me tocava. Acho que ele sentiu o meu sorriso preso e a minha confusão, porque perguntou devagar alguma coisa, exatamente como se tentasse quebrar um momento de embaraço. Não sei que coisa foi, também não sei o que respondi. Sei que depois de ouvir minha resposta, afastou-se abanando a cabeça e dizendo que não era possível, que não ia dar certo, que ele sabia que não tinha jeito. Abriu os braços e voltou a confundir-se com a parede.

Foi depois disso que começou essa coisa dos passos, a respiração, o medo, as margaridas, as hortênsias, os jasmins. Ou antes, não lembro. Você é bonito, quis dizer a ele. Mas não foi possível. Foi tudo demasiado rápido. Agora já é muito tarde e eu simplesmente me recuso. Quando resolvi fugir daquelas coisas torpes lá de fora não pensei que fosse tão fácil: na verdade foi tudo muito natural, como se um dia isso tivesse mesmo que acontecer, e exatamente dessa forma. Não precisei fazer esforço algum. Só deitar e esperar. A princípio ainda classificava lembranças e memórias, tinha consciência de um antes, um durante, um depois, de um real e um irreal, um tangível e um intangível, um humano e um divino: separava minha memória e meus conhecimentos em partes cuidadosamente distintas. Depois que ele começou a rondar minha janela, ou antes, não sei, tudo se confundiu num só bloco, e fiquei assim: esta massa compacta toda à superfície de si mesma. Não lembro de ninguém assim tão à flor de si mesmo: raiz, caule, folhas e frutos. Talvez seja bonita uma coisa assim, uma pessoa assim. Ou horrível, não sei. Talvez eu esteja sendo gerado, também não sei. Sei que falta pouco. Eu queria que não fosse assim, que não tivesse sido assim. Mas não consegui evitar. A semente recusava-se a vir à tona, eu nem sempre tinha tempo ou vontade de regá-la, e não chovia mais — foi isso o que aconteceu.

Pressinto que vai ser agora. Tenho mesmo certeza de que vai ser agora. Os passos se aproximam. Faço um grande esforço e consigo aprumar um pouco meu corpo sobre a cama. O cascalho estala. Distendo meus braços e pernas, e nesse movimento há como uma dor brotando de um fundo muito escondido. A janela começa a ceder. Fixo a atenção na minha própria cabeça, até deixá-la ereta. Ouço o barulho dos vidros caindo sobre o chão. Todos esses movimentos fazem com que um cheiro desagradável de coisa apodrecida se desprenda dos lençóis e de meu corpo e quando sinto as garras tocando-me devagar nos dedos dos pés já não sei distinguir se esse cheiro que violenta minhas narinas vem dos lençóis ou de meu corpo ou de sua respiração ofegante pesada viscosa grossa repulsiva e morna subindo por minhas pernas até atingir meus joelhos misturada a uma baba viscosa e não sinto nojo apenas uma vaga curiosidade e pergunto a mim mesmo se tudo isso pertencerá mesmo a um animal ou a um homem ou a qualquer outra coisa e passa-me pela cabeça um rápido pensamento assim: não será a trepadeira que caía da janela? e digo que não e digo que sim e é quando sinto uma coisa escura como uma boca abater-se sobre meu sexo que começo a pensar nas margaridas e digo assim *agora que a tua linha paralela à minha vai ficar ainda mais distante não vou ter ninguém mais pra me dar uma margarida de repente pra não dizer nada pra me encontrar no fim da rua** mas tudo isso está morto então volto às hortênsias e vejo as encostas cobertas de borboletas azuis amarelas cor-de-rosa no meio do trigo da serra no sul e quase esqueço de meus dentes sujos para mostrá-los num sorriso mas esse visgo mas essa gosma essa náusea avança por meu peito até quase minha boca e olho para os jasmins abertos sob um céu de lua cheia e vejo um menino espantado numa janela aberta um menino nu e espantado da parede azul ele me sorri e estende os braços como se me esperasse você é tão bonito eu tenho vontade de dizer esse perfume me entontece e sinto que vomito e que sua língua preta suga a matéria espessa de meu vômito

* [Maria Lídia] Magliani. (N. A.)

mas é muito tarde ouço o galope de um cavalo que pressinto branco varando o escuro em busca da madrugada e vibro inteiro como se tivesse sangue como se a semente brotasse você é tão bonito tenho vontade de dizer mas há um poço tapando a minha boca e então toco o rendilhado de um voo em direção à casa oposta em direção ao arco branco no fim da rua e não digo nada eu não digo nada eu só quero olhar de olhos abertos para esse azul engastado na parede e pensar como você é bonito mas duas garras atingem meus olhos e enquanto grito de dor e de prazer as minhas órbitas perfuradas libertam estrelas marinhas e medusas e sereias e algas verdes que oscilam lentamente empurradas pelas ondas para a areia branca onde um dia meus pés deixaram lagos tão breves que não houve tempo da lua refletir-se neles.

gama

> Curioso es que la gente crea que tender una cama
> es exactamente lo mismo que tender una cama, que dar la mano
> es siempre lo mismo que dar la mano, que abrir una lata de
> sardinas es abrir al infinito la misma lata de sardinas.
>
> JULIO CORTÁZAR, *LAS ARMAS SECRETAS*

Harriett

Para
Luzia Peltier, que soube dela

> *No fundo do peito, esse fruto*
> *apodrecendo a cada dentada.*
> MACALÉ & DUDA MACHADO, "HOTEL DAS ESTRELAS"

CHAMAVA-SE HARRIETT, mas não era loura. As pessoas sempre esperavam dela coisas como longas tranças, olhos azuis e voz mansa. Espantavam-se com os ombros largos, a cabeleira meio áspera, o rosto marcado e duro, os olhos escurecidos. Harriett não brincava com os outros quando a gente era criança. Harriett ficava sozinha o tempo todo. Mesmo assim, as pessoas gostavam dela.

Quase todo mundo foi na estação quando eles foram embora para a capital. Ela estava debruçada na janela, com os cabelos ásperos em torno das maçãs salientes. Eu fiquei olhando para Harriett sem conseguir imaginá-la no meio dos edifícios e dos automóveis. Acho que senti pena — e acho que ela sentiu que eu sentia pena dela, porque de repente fez uma coisa completamente inesperada. Harriett desceu do trem e me deu um beijo no rosto. Um beijo duro e seco. Qualquer coisa como uma vergonha de gostar.

Essa foi a primeira vez que eu vi os pés dela. Estavam descalços e um pouco sujos. Os pés dela eram os pés que a gente esperava de uma Harriett. Pequenos e brancos, de unhas azuladas como de criança. Eu queria muito ficar olhando para seus pés porque achei que só tinha descoberto Harriett na hora dela ir embora. Mas o trem se foi. E ela não olhou pela janela.

Um tempo depois a gente viu uma fotografia dela numa revista, com um vestido de baile. Harriett era manequim na capital. Todo mundo falou e comprou a revista. Quase todos os dias a gente via a foto dela nos jornais. Harriett era famosa. A cidade adorava ela, mas ela nunca escreveu uma carta para ninguém.

Muito tempo depois, eu a vi outra vez. Eu estava trabalhando num jornal e tinha que fazer uma entrevista com ela. Harriett estava sozinha e não ficou feliz em me ver. Continuava grande e consumida e tinha nos olhos uma sombra cheia de dor. Fumava. Falei da cidade, das pessoas, das ruas — mas ela pareceu não lembrar. Contou-me de seus filmes, seus desfiles, suas viagens — contou tudo com uma voz lenta e rouca. Depois, sem que eu entendesse por quê, mostrou-me uma coisa que ela tinha escrito. Uma coisa triste parecida com uma carta. Tinha um pedaço que nunca mais consegui esquecer, e que falava assim:

> sabe que o meu gostar por você chegou a ser amor pois se eu me comovia vendo você pois se eu acordava no meio da noite só pra ver você dormindo meu deus como você me doía vezenquando eu vou ficar esperando você numa tarde cinzenta de inverno bem no meio duma praça então os meus braços não vão ser suficientes para abraçar você e a minha voz vai querer dizer tanta mas tanta coisa que eu vou ficar calada um tempo enorme só olhando você sem dizer nada só olhando olhando e pensando meu deus ah meu deus como você me dói vezenquando

Quando terminei de ler, tinha vontade de chorar e fiquei uma porção de tempo olhando para os pés dela. E pensei que ela parecia ter escrito aquilo com seus pés de criança, não com as mãos ossudas. Eu disse para Harriett que era lindo, mas ela me olhou com aquela cara dura que a gente não esperava de uma Harriett e disse que não adiantava nada ser lindo. Tive vontade de fazer alguma coisa por ela. Mas eu só tinha uma vaga numa pensão ordinária e um número de telefone sempre estragado. Eu não podia fazer nada. E se pudesse, ela também não deixaria. Fui embora com a impressão de que ela queria dizer alguma coisa.

Três dias depois a gente soube que ela tinha tomado um monte de comprimidos para dormir, cortou os pulsos e enfiou a cabeça no forno do fogão a gás. Foi muita gente no enterro e ficaram inventando histórias sujas e tristes. Mas ninguém soube. Ninguém soube nunca dos pés de Harriett. Só eu. Um desses invernos eu vou encontrar com ela no meio duma praça cinzenta e vou ficar uma porção de tempo sem dizer nada só olhando e pensando: que pena — que pena, Harriett, você não ter sido loura. Vezenquando, pelo menos.

O dia de ontem

Para
Vera Lopes, que gostava dos meus contos

AINDA ONTEM À NOITE eu te disse que era preciso tecer. Ontem à noite disseste que não era difícil, disseste um pouco irônica que bastava começar, que no começo era só fingir e logo depois, não muito depois, o fingimento passava a ser verdade, então a gente ia até o fundo do fundo. Eu te disse que estava cansado de cerzir aquela matéria gasta no fundo de mim, exausto de recobri-la às vezes de veludo, outras de cetim, purpurina ou seda — mas sabendo sempre que no fundo permanecia aquela pobre estopa desgastada.

Perguntaste se o que me doía era a consciência. Eu te disse que o que me doía era não conseguir aceitar minha pobreza. E que eu não sabia até quando conseguiria disfarçar com outros panos aquele outro, puído e desbotado, e que eu precisava tecer todos os dias os meus dias inteiros e inventar meus encontros e minhas alegrias e forjar esperas e me cercar de bruxos anjos profetas e que naquele momento eu achava que não conseguiria mais continuar tecendo inventos. Perguntei se achavas que minha fantasia me doía, e se me doendo também te doía. E não disseste nada. Embora estivéssemos no escuro, consegui distinguir tua mão arroxeada pela luz de mercúrio da rua apontando em silêncio o telefone calado ao lado de minha cama. O telefone em silêncio no silêncio.

Então eu te disse que me doíam essas esperas, esses chamados que não vinham e quando vinham sempre e nunca traziam nem a palavra e às vezes nem a pessoa exatas. E que eu me recriminava por estar sempre esperando que nada fosse como eu esperava, ainda que soubesse. Disseste de repente que precisavas ter os pés na terra, porque se começasses a voar como eu todas as coisas estariam perdidas. A droga corria em meus adentros abrindo sete portas entorpecendo o corpo e fazendo cintilar a mancha escura no centro de minha testa. Mas eu te ouvia dizer que sabias ser necessário optar entre mim e ela, e que optarias por ela por comodidade, para não te mexeres daquele canto um pouco escuro e um pouco estreito, mas teu — e que optarias por ficar comigo porque a minha loucura te encantaria e te distrairia, embora precisasses te agitar e negar e ouvir e sobretudo compreender novamente tudo todos os dias. E disseste que optavas por mim. Eu já sabia. Por isso não te disse que comigo seria mais difícil do que com ela. Porque sabias também que em todos os de-repentes eu estaria abrindo as asas sobre um desconhecido talvez intangível para ti. Não dissemos, mas concordamos no silêncio cheio de livros e jornais entre nossas duas camas, que querias a salvação e eu a perdição — ainda que nos salvássemos ou nos perdêssemos por qualquer coisa que certamente não valeria a pena. Nem era preciso dizer que não era preciso dizer: eu era o teu lado esquerdo e tu eras o meu lado direito: nos encontrávamos todas as noites no espaço exíguo de nosso quarto.

Eu viajava no meio de pinheiros brancos quando disseste que a única coisa que havias desejado o dia inteiro era chorar sem salvação, num canto qualquer, sem motivo, sem dor, até mesmo sem vontade, de mágoa, de saudade, de vontade de voltar. Não haviam permitido, inclusive eu. Mas percebes tanto: quando eu me dobrava em remorso pediste para que eu cantasse cantigas de ninar, que cantei com a voz rouca de cigarros e drogas. E enquanto adormecias, lembrei da tarde.

Era feriado na manhã, na tarde e na noite de ontem à noite. Eu lembrava da tarde e pedia para bichos-papões saírem de cima do telhado: nós comíamos lentamente bolachas com requeijão e leite — e lembro tão bem que ainda que não tivesse sido ontem, continuaria sendo ontem na memória — quando comecei a cantar um samba antigo, que nem lembrava mais porque acordava em mim uma coisa que eu não seria outra vez. Foi então que começaste a chorar e eu sentei a teu lado e não compreendendo te disse que não, te disse inúmeras vezes que não, que não era bom, que não era justo, que não era preciso — mas choravas e dizias que era tão bonito quando ele tocava violão cantando aquela música e que fazia tanto tempo e que o filho dele se chamava Caetano e tinha morrido de repente aí uma vida tão curtinha mas tão bonita sem que ninguém entendesse e que havias falado com ele pelo telefone e que o tempo todo aquele samba antigo dizendo que era melhor ser alegre que ser triste ficava te machucando no fundo de tudo o que dizias e pensavas em relação a ele e que querias chorar um três cinco sete dias sem parar sentindo vontade mansa de voltar.

Mais tarde, bem mais tarde, diríamos rindo que afinal não havíamos passado noites inteiras indo e vindo num trem da Central, sem ter onde dormir, dormindo nas areias do Leme, em todos os bancos de todas as praças, fazendo passeatas, sentindo fome, tentando suicídio, criando filosofias, desencontrando, procurando emprego, apartamento, amparo, amor — que não havíamos feito tudo isso para desistir agora, sem mais nem menos, no meio dum feriado qualquer, e que agora a gente só tinha mesmo que continuar porque a casca tinha endurecido — e riríamos muito, mais tarde, cheios de vitalidade e vontade de abrir janelas — mas por enquanto choravas com a cabeça escondida no travesseiro, e eu não compreendia. Talvez estivesse entrando numa compreensão, talvez voltasse ao meu livro e te deixasse em paz com tua vontade de afundar se os outros não tivessem chegado. Instalaram-se no nosso mundo como astronautas pisando no insólito sem-cerimônia, fecharam seus cigarros devagar, então ela chegou e pediste que ficasse perto, e senti medo e ciúme e de repente achei que optarias por ela, que te divertia e te mostrava as manchas roxas de chupadas pelo corpo e eu ria também porque te queria rindo e porque também gostava dela apesar da dureza de seus maxilares de pedra: gostava dela porque às vezes era criança e principalmente porque agora te fazia afastar a cabeça do travesseiro para observar nossos movimentos concentrados de quem começa a decolagem.

Decolamos em breve, nós três no meu planeta, vocês duas no teu: quando percebi, começara a chover. Chovia lá fora e eu estava parado no meio do quarto. Estava parado no meio do quarto e olhava para fora. Olhava para fora e repetia: nunca esquecerei daquela tarde de chuva em Botafogo, quando pensei de repente que nunca esqueceria daquela tarde de chuva em Botafogo. Tive vontade de dizer da minha suspeita, porque me sabias assim desde sempre sabendo anteriormente do que ainda não se fizeram. Assustavam-me essas certezas súbitas, tão súbitas que eu nada podia fazer senão aceitá-las, como todas as outras. Os próximos passos me eram dados sem que eu pedisse, e sem aqueles entreatos vazios, sala de espera, quando os outros propunham jogos da verdade e nós ríamos da sofreguidão deles em segurar com mãos limosas o que sequer se toca.

Te mostrei então o livro aberto, e a dedicatória para aquele remoto e provavelmente doce Paco — nos encontramos no espaço cósmico entre nossos dois planetas, e de repente disseste que precisavas sair para tomar um pico e eu disse que precisava sair contigo e comecei a pular em cima da cama e achei bom que fôssemos passear com chuva e eu não ficasse esperando o telefonema que não viria e a campainha que não tocaria e os astronautas que não voltariam a seu módulo sem nos esgotar inteiramente e a batalha que nos recusávamos a travar com eles e unimos nossas duas órbitas e deixamos os outros habitantes e visitantes espantados com a nossa retirada e nossa decisão e nossa contagem sete seis cinco quatro três dois um

— decolamos em direção à sala, alcançamos o patamar, a escada, a porta, a estratosfera. Viajamos pela rua sem direção e quando percebemos estávamos dentro do cemitério e eu cantava para uma sepultura vazia e misturávamos Hamlet com pornografia e João Cabral de Melo Neto e as pessoas nos olhavam ofendidas e gritávamos os deuses vivos Bethânia Caetano para a cova rendilhada de cimento e não compreendíamos além do irreversível daquele poço limitado por cimento ser o nosso único e certo limite limitado por cimento. Passeávamos devagar entre as sepulturas. Eu cantava incelenças e disseste que eu era inteligentinho porque te mostrara a dedicatória de Cortázar na hora em que precisavas de humildade porque fôramos como as ervas mas não nos arrancariam ainda que eu não fosse humilde até então eu não era humilde e recobria minha estopa matéria gasta perfurada com a vontade de te fazer explodir colorida e simultânea. A chuva fria varava nossas roupas, mas não chegava até a pele: nossa pele quente recobria nossos corpos vivos e passeávamos entre túmulos e eu dizia que no meu túmulo queria um anjo desmunhecado e não dizias nada e eu cantava e de repente olhaste uma flor sobre uma sepultura e disseste que gostavas tanto de amarelo e eu disse que amarelo era tão vida e sorriste compreendendo e eu sorri conseguindo e vimos uma margarida e nem sequer era primavera e disseste que margarida era amarelo e branco e eu disse que branco era paz e disseste que amarelo era desespero e dissemos quase juntos que margarida era então desespero cercado de paz por todos os lados.

Era o dia de ontem e era também feriado: sentamos sobre um túmulo e inventamos historinhas e nos deitamos de costas sobre o mármore do túmulo branco e lemos os nomes das três pessoas enterradas e eu pensei que estávamos recebendo os fluidos talvez últimos das três pessoas enterradas e fiquei aterrorizado porque não soube precisar se eram positivos ou negativos e chovia chovia chovia e a alameda de ciprestes ensombrecia as aleias vazias e subi no túmulo e imitei Carmen Miranda e disseste que ela estava enterrada naquele cemitério e pensamos: se um raio rompesse agora o cimento do túmulo e ela saísse linda e tropical com o turbante cheio de bananas peras uvas maçãs abacaxis laranjas limões & goiabas dizendo que não voltara americanizada com trejeitos brejeiros e transluciferinos e de repente entrou um enterro de pessoas cabisbaixas e dissemos que a visão ocidental da morte era demais trágica mesmo para ex-suicidas como nós e que já era já era já era e eu repeti aos gritos que queria um anjo bem bicha desmunhecando em cima do meu túmulo sobre o cadáver do que eu fui ontem.

Mas de repente o medo que os portões fechassem porque anoitecia. O cemitério no meio do vale: o Cristo, montanhas, favelas, edifícios, ruas, automóveis, pontes, mortes. Foi na saída que houve um entreato: paramos sobre uma poça d'água e eu te convidei para ver o nosso amigo árabe que a gente amava tanto porque ria em posições estranhas e tinha um irmão que viera do Piauí e não conhecia sorvete e disseste que precisavas ver teus tios que tinham vindo do sul para te ver e que querias ver o Juízo Final. E que ou víamos nosso amigo árabe e bruxo ou íamos aos teus tios e ao Juízo. Eu não soube escolher. Pedi que não me fizesses tomar decisões ontem hoje ou amanhã quaisquer que fossem — porque também sabíamos ambos que queríamos alguma coisa acontecendo nítida depois do cemitério. Foi então que aquele carro parou e perguntou sobre uma rua de Copacabana e informamos e lembramos que teus tios estavam em Copacabana e fomos de carona até Copacabana que, desta vez, não nos enganaria. Dentro do carro repeti o que acabavam de me dizer: espera que o inesperado dê o sinal.

Vermelho-verde-verde-vermelho.

Entrei com medo da recusa que sempre sentia nos olhos e nos gestos de todos que possuíam coisas e perguntaste se não seria melhor eu desamarrar o cabelo mas eu disse que não porque ia ficar enorme e eu não queria assustar nem agredir naquela hora exata eu não queria afastar nem amedrontar. A empregada abriu a porta para nós. E de repente aquela mulher começou a olhar para nós e a falar de seus transportes e viagens astrais. Alfa Centauro. Luz. Era espantoso uma mulher de vestido estampado fumando com piteira sobre tapetes quase tapeçarias e ar condicionado dizer que era filha de Oxum e que via no espelho rostos que não eram o seu e que uma vez voara suspensa sobre o próprio corpo gelado sem poder voltar. Era espantoso que tu a conhecesses há anos e nunca tivesses suspeitado daquela face oculta e louca e mágica atrás da máscara marcada mascarada mascar a máscara de nácar da aquariana.

Ontem, nós estávamos muito loucos. Voltamos de ônibus para comer atum e vermos o Juízo, e fizemos tudo rapidamente, e rapidamente encontramos um argentino que veio em nossa direção e viu o livro aberto de Cortázar e disse que era Peixes e eu disse Virgem e disseste Leão e dividimos com ele nosso atum e nossas bolachas roubadas de supermercados e convidamos ele para sair com a gente e gostamos dele e ele gostou de nós dum jeito tão direto e não me importou que meu amigo não tivesse telefonado e nenhuma carta tivesse chegado ainda que eu estivesse distraído. Quisemos que nosso novo amigo que escrevia e estudava arquiteturas há muito corrompidas bem antes e há tanto tempo fosse até o fim do dia de ontem conosco. Mas nos perdemos na porta do julgamento.

Depois eu chamei Baby de menina suja e gritei para ela: come chocolates, come chocolates, menina suja, e ela ria e explodia mais e nós ouvíamos sacudindo os cabelos repetindo juntos que éramos todos amor da cabeça ao pés. Depois nos esperavam a avenida deserta no Leblon e a Mona Lisa tomando suco de laranja. Já não era feriado, já não era ontem e nós apodrecíamos em tempoespaçoagora. Descemos do ônibus pisando em poças de lama, subimos devagar as escadas e foste conversar com nossa amiga loura e dura, às vezes criança, e lembrei que precisava achar um lugar para morar dentro de nove dias, agora oito, e que não tínhamos dinheiro nenhum, e que eu tinha medo, e que eu estava cansado de ser pago para guardar minha loucura no bolso oito horas por dia, e deitei, e olhei pela janela aberta, e fumei na piteira de marfim quebrado para economizar o cigarro, não por requinte, entende, éramos tão pobres, e quis não pensar, e abri Cortázar e li, e não li, e quis morrer, e lembrei que não conseguiria, e senti a insônia chegando, e soube que não resistiria, e lembrei que havias pedido que eu lesse Cortázar para ti, pausadamente, e soube que não conseguiria, e lembrei do amanhã sem feriado e da minha janela aberta sobre o aterro onde longe, no mar, vejo navios que vêm e vão à Europa, ao Oriente, a Madagáscar, e enquanto conversavas com nossa amiga loura e dura e raras vezes criança, eu ficava sozinho no nosso quarto, e quis te dizer de como era bom que a gente tivesse se encontrado, assim, sem pedir, sem esperar, e soube que não saberia, e precisei tomar os comprimidos amarelos para não afundar e sentir o telefone calado gritando em silêncio na cabeceira, e soube que nem o nosso nem outro qualquer encontro solucionava ou consolava exconsolatrix, e de repente percebi que os papéis tinham rasgado, o veludo esgarçado, as sedas desbotadas, e o que ficava era aquela estopa puída velha gasta: a pobreza indisfarçável de ser o que eu não tinha. Um tempo depois, seria mau contigo.

    Então voltaste. E eu te disse que além do que não tínhamos, não nos restava nada. Disseste depois que o dia inteiro só querias chorar, e que eu aceitasse. Eu disse que achava bonito e difícil ser um tecelão de inventos cotidianos. E acho que não nos dissemos mais nada, e dissemos outra vez tudo aquilo que já havíamos dito e diríamos outras e outras vezes, e de repente percebemos com dureza e alívio que já não era mais o dia de ontem — mas que conseguíramos sentir que quem não nascer de novo já era no Reino dos Céus. Não sei se não ouviste, mas ele não veio e a noite inteira o telefone permaneceu em silêncio. Foi só hoje de manhã que ele tocou e ouvi tua voz perguntando lenta se eu ia continuar tecendo. Olhei para tua cama vazia, e para os livros sobre o caixote branco, e para as roupas no chão, e para a chuva que continuava caindo além das janelas, e para a pulseira de cobre que meu amigo me deu, e para a ausência do amigo queimando o pulso direito, mas perguntaste novamente se eu estava disposto a continuar tecendo — e então eu disse que sim, que estava disposto, que eu teceria. Que eu teço.

Uns sábados, uns agostos

ELES VINHAM aos sábados, sem telefonar. Não lembro desde quando criou-se o hábito de virem aos sábados, sem telefonar — e de vez em quando isso me irritava, pensando que se quisesse sair para, por exemplo, passear pelo parque ou tomar uma dessas lanchas de turismo que fazem excursões pelas ilhas, não poderia porque eles bateriam com as caras na porta fechada e ficariam ofendidos (eles eram sensíveis) e talvez não voltassem nunca mais. E como, aos sábados, eu jamais faria coisas como ir ao parque ou andar nessas tais lanchas que fazem excursões pelas ilhas, era obrigado a esperá-los, trancado em casa. Certamente os odiava um pouco enquanto não chegavam: um ódio de ter meus sábados totalmente dependentes deles, que não eram eu, e que não viveriam a minha vida por mim — embora eu nunca tivesse conseguido aprender como se vive aos sábados, se é que existe uma maneira específica de atravessá-los.

Disse-lhes isso, certa vez. Creio que se sentiram lisonjeados, como se debaixo daquilo que eu dizia friamente, como quem comunica, por exemplo, ter tomado um banho, nas entrelinhas eu dissesse, pudico e reservado, que simplesmente não saberia o que fazer de meus sábados, se não viessem sempre. Tremi quando cheguei a perceber o equívoco, pois era como uma declaração de amor velada e, de certa forma, criava entre nós um compromisso extremamente sério. Quase como se, mentalmente, assinássemos um contrato estabelecendo que: a) a partir daquele momento, eu me comprometia a jamais sair aos sábados; b) a partir daquele momento, eles se comprometiam a jamais deixar de me visitar aos sábados. Desde então, tudo ficou mais definido. Ou, melhor dizendo, mais *oficializado*. E afinal, chovesse ou fizesse sol, sagradamente lá estavam eles, aos sábados. Naturalmente *chovesse-ou-fizesse-sol* é apenas isso que se convencionou chamar força de expressão, já que há muito tempo não fazia sol, talvez por ser agosto — mas de certa forma é sempre agosto nesta cidade, principalmente aos sábados.

Não é que fossem chatos. Na verdade, eu nunca soube que critérios de julgamento se pode usar para julgar alguém definitivamente chato, irremediavelmente burro ou irrecuperavelmente desinteressante. Sempre tive uma dificuldade absurda para arrumar prateleiras. Acontece que não tínhamos nada em comum, não que isso tenha importância, mas nossas famílias não se conheciam, então não podíamos falar sobre os meus pais ou os avós deles, sobre os meus tios ou os seus sobrinhos ou qualquer outra dessas combinações genealógicas. Também não sabia que tipo de trabalho faziam, se é que faziam alguma coisa, nem sequer se liam, se estudavam, iam ao cinema, assistiam à televisão ou com que se ocupavam, enfim, além de me visitar aos sábados.

Então era natural que nossos encontros fossem um tanto estéreis, já que nunca ninguém tinha nada a dizer. Procurávamos compensar os enormes silêncios que invariavelmente se instalavam feito furos nos nossos esfarrapados diálogos, sobretudo eu, pois sempre achei que quem recebe deve se esmerar para evitar silêncios ou ruídos excessivos, embora não seja exatamente o que se possa chamar de *um anfitrião* mas, em todo caso, me esforçava. Assim, corria a fazer chá ou distribuir cinzeiros, abrir ou fechar janelas, colocar algum disco na vitrola e regular o volume de acordo com o gosto deles, tarefa essa em que gastava, no mínimo, uns trinta minutos. E ainda assim criavam-se furos em que os chás haviam acabado, e ninguém queria mais, as janelas estavam fechadas, e ninguém queria abri-las, os cinzeiros estavam vazios, mas ninguém queria fumar, o toca-discos em silêncio, mas ninguém queria ouvir música. Tudo assim como que perfeito, e não existe nada mais esterilizante do que a perfeição de não se querer nada além do que está à nossa volta. O furo se tornava tão espesso que, quando alguém falava, a voz soava áspera e brusca, como se tirasse uma lasca do silêncio. E atribuo a seu senso estético (ao meu também) o fato de, então, preferirmos ficar mesmo calados, por mais embaraçoso ou insuportável que fosse. Evidente que, quando eles saíam, os meus nervos estavam simplesmente aos pedaços, e acredito que também os deles não andassem em muito bom estado, embora sorrissem sempre e procurassem manter-se simpaticamente compreensivos para com a minha absoluta falta de habilidade em lidar com as pessoas.

Sei que fica um-pouco-não-sei-como falar sobre tudo isso sem detalhar nada, falar deles assim, em termos tão gerais — mas eu ficava tão submerso na tarefa de me sentir sendo visitado que sobrava pouco tempo para fazer qualquer coisa além de abrir ou fechar janelas etc. etc. Mesmo assim, havia brechas inesperadas na minha capacidade de observação, e lembro que num dos últimos sábados fiquei profundamente espantado ao perceber que um deles usava sapatos de pano. Tentando situar na memória o exato momento em que se deu essa percepção: creio que consigo situá-lo num daqueles instantes de perfeição, quando inconscientemente eu procurava algo destoante, pois só poderia falar sobre algo assim. Mas seria tão indelicado referir-me a seus sapatos de pano como uma imperfeição dentro de um daqueles sábados, sobretudo depois daquele nosso contrato, que achei bem mais educado calar-me, e nem sequer tentar subir os olhos procurando encaixar aqueles sapatos num par de meias, calças ou talvez saias e, quem sabe, uma cabeça.

Para eliminar, portanto, essa desagradável impressão de generalidade, posso dizer a meu favor isto: que um deles usava — ou usou, certa vez, e disso estou absolutamente certo — um par de sapatos de pano, e mais exatamente, pano marrom, e é bem possível ainda que houvesse junto ao salto e ao bico algumas partículas de lama endurecida, já que chovia tanto naqueles agostos, e já que lembro também de, mais tarde, quase madrugada, ter apanhado uma vassoura para varrer do tapete alguns fios de linha, cinzas, pontas de cigarro e — justamente — umas placas de lama endurecida, que não poderiam ter vindo de outro lugar senão de sapatos, embora não necessariamente de pano, e menos necessariamente ainda de pano marrom.

Uma dessas outras lembranças indiscutíveis foram umas flores amarelas que me trouxeram certa vez, embora não possa dizer se foram exatamente para mim. Quero dizer: compradas ou colhidas com a intenção específica de dá-las justamente a mim, pois reconheço friamente que minha aparência não convida muito a dar flores, e creio que eles eram desses que dão às pessoas coisas que a aparência dessas pessoas dê margem a suposições do gênero: gostará mais de cravos ou de rosas? em se tratando de rosas, amarelas, brancas ou vermelhas? se forem vermelhas, com ou sem espinhos? Mas tudo isso é inútil, porque as flores que me trouxeram — ou, mais verdadeiramente, como estou tentando dizer, as flores com que entraram no meu quarto e que deixaram sobre a mesa ao sair —, essas flores não eram rosas. Também não consegui saber o que eram, apesar de amarelas e um tanto moles, quase gordas, com as pétalas manchadas por uma matéria escura que parecia, a princípio, cinza — mas que soprada permanecia perfeitamente imóvel, como se fizesse parte mesmo das pétalas, um pigmento ou qualquer dessas coisas científicas que os vegetais costumam ter.

Como durante vários dias me esqueci dessas flores, elas perderam lentamente as pétalas, que precisei juntar uma a uma para jogar no corredor, depois varrê-las e colocá-las no lixo. Mas sobre isso, creio que poderá informar melhor algum vizinho ou mesmo o lixeiro: nesses agostos não é comum ver flores amarelas, mesmo murchas, esquecidas pelas latas de lixo. E isso, quero dizer, o lixeiro ou algum vizinho, será no mínimo mais uma testemunha das visitas deles. Se é que a estas alturas alguém ainda tem dúvidas a respeito de sua existência. Eu nunca duvidei, parece que isso está bastante óbvio — contudo reconheço não ser a minha linguagem exatamente aquilo que se possa chamar de clara ou/e objetiva.

Não me peça para descrevê-los ou dizer pelo menos quantos eram, eu não saberia. Não saberia dizer também a partir de quando deixaram de vir. Certamente que, na primeira vez em que violaram nosso contrato, devo ter ficado ansioso, pois nada fazia aos sábados a não ser recebê-los, e certamente devo ter corrido várias vezes do relógio para a janela, como é de praxe nessas situações. Embora não os amasse, em absoluto, disso tenho a maior e talvez única certeza. Às vezes chego a pensar que nem sequer os suportava. Apenas, os sábados eram tão longos e aquele agosto não terminava nunca mais, havia sempre o frio e a chuva, e se eles não viessem provavelmente eu ficaria enrolado neste cobertor ainda mais tempo do que fico agora, ouvindo os velhos discos e de vez em quando espiando sobre o telhado que há embaixo da minha janela. Com as chuvas frequentes, começaram a nascer algumas plantinhas sobre esse telhado, mas as crianças não brincam mais no quintal do edifício vizinho.

    Creio que se eles voltassem outra vez, eu lhes falaria dessas coisas, como quem prepara um chá ou vira um disco. Mas não virão mais, e não sei se isso me alivia. Me pergunto às vezes se eu mesmo não os teria expulsado com palavras duras num sábado qualquer, especialmente monótono. Não que os odiasse, isto é, odiava-os sim, mas só às vezes: o que me desagradava neles era principalmente serem um atestado tão veemente da minha profunda falta de assunto, do meu absoluto não ter aonde ir aos sábados e em todos os outros dias. Mas era bom sentir a tarde dobrando o meio-dia e depois ouvir o portão batendo e o barulho de seus passos no cimento da entrada e logo após o som da campainha: então eu me interrompia no que não estava fazendo e me preparava para a visita, como quem espera que algo aconteça. Embora nada chegasse a acontecer realmente: eles pertenciam a essa raça simpática e um pouco amorfa que, por delicadeza, nunca provoca acontecimentos que poderiam degenerar em situações embaraçosas, na opinião deles, pois na minha nada podia haver de mais embaraçoso do que permanecer dentro de um daqueles furos. E, então, mesmo abrir a janela era uma lasca.

    Mas desde que não vieram mais, meus sábados inteiros são feitos de duras lascas que vou arrancando com movimentos desajeitados pelas salas e escadas desta casa vazia, à espera de que um daqueles ruídos antigos e inúteis como o portão batendo ou os passos deles no cimento ou a campainha tocando me puxe do centro deste agosto que não acaba. Ainda que fosse para tirar mais lascas ou permanecer em silêncio. Fico pensando se, com o tempo, não acabaríamos por nos desinibir, e talvez então até me convidassem para passear no parque ou numa dessas lanchas de turismo que fazem excursões pelas ilhas. Nem era preciso tanto: bastava que eu me tornasse capaz de perceber detalhes mesmo insignificantes, como um anel no dedo de um deles, ou mesmo um botão, um sorriso ou ainda apenas uma face. Qualquer coisa como aqueles sapatos de pano marrom. Mas nem sequer tenho telefone para que possam me avisar de uma improvável volta.

Noções de Irene

LEVOU ALGUM TEMPO para abrir a porta, a campainha soando sem resposta até que ele terminasse de ajeitar cuidadosamente as duas poltronas, uma em frente à outra. Depois entreabriu a pequena janelinha e simulou uma espécie de espanto:

— Ah, é você — e abriu a porta para que o outro entrasse. — Você foi pontual — acrescentou, apontando para uma das poltronas. — Sente-se, por favor. Estava com medo que você não viesse.

— Medo?

— É, não exatamente medo. Você compreende, praticamente não me conhecia. Deve ter ficado surpreso com o convite.

O outro sacudiu ligeiramente a cabeça. Parecia mesmo espantado, as mãos um pouco tensas sobre os joelhos dos jeans desbotados. Ele encaminhou-se para a mesinha e mostrou a garrafa de uísque.

— Muito ou pouco gelo?

— Puro, por favor.

Espantou-se também, um pouco. Mas imediatamente conteve-se: era preciso que tudo fosse feito com muito cuidado, e que todas as palavras ou movimentos se encaminhassem para um único fim. Enquanto enchia o copo, examinou-o disfarçadamente. *Tão jovem*, pensou com uma sombra que chamaria amargura, não estivesse tão empenhado em delicadezas. Voltou com os dois copos e, sentando, não soube por onde começar. Hesitava entre falar diretamente ou esperar que um clima de cordialidade — *certa* cordialidade, pelo menos, concedeu — se estabelecesse enquanto os copos eram esvaziados. Então percebeu que o outro olhava para os discos.

— Gosta de música?

— Muito.

Claro, claro — pensou. — *Todos eles gostam de música.* Fez um movimento como se fosse levantar.

— Quer ouvir alguma coisa? — Sorriu. — *Curtir um som...* não é assim que vocês dizem?

O outro também sorriu:

— Sim.

— Bem, acho que não tenho exatamente aquilo que vocês gostam de ouvir. Irene sempre se queixa disso — estremeceu. Mas não havia nenhu-

ma premeditação. O nome dela saíra naturalmente, assim como se não tivesse importância. Caminhou até a vitrola e perguntou: — Rock?
— Bach.

Escolheu rapidamente e voltou a sentar. Surpreso. Porque, afinal, não era como esperava. Talvez tivesse sido demasiado apressado em julgar, catalogar gostos, rotular expressões, como se nenhum *deles* fosse capaz de alguma individualidade. Afundou na poltrona. Os olhos muito claros do outro. Ou, quem sabe, estava apenas representando, justamente para confundi-lo.

— Não queria que fosse como um jogo.
— Como?
— O quê?
— Desculpe, não entendi direito o que você disse.

Cruzou as pernas, contrafeito:

— Falei sem pensar, desculpe. Ou melhor, pensei em voz alta. Disse que não queria que fosse como um jogo. — Ouviu a própria voz, um pouco rouca. Estava se comportando como um idiota. Mas subitamente resolveu dizer: — Bem, suponho que sabe por que pedi que viesse aqui.

— Sei. Suponho que sei.

Já havia começado. Não poderia mais voltar atrás: ele olhou para cima da mesa e viu o porta-retratos voltado para baixo. Estendeu o prato com biscoitos. O outro serviu-se devagar.

— Estes biscoitos têm gosto de flor, não é?

O outro tornou a sorrir, os dentes aparecendo súbitos entre os fios de barba manchados de sol e fumo, os cabelos enormes. Ele levou o copo até a boca e ficou sentindo as pedras de gelo baterem contra os lábios. Arrancou um fio invisível da perna da calça.

— Quero dizer, se você sabe, ou se acha que sabe por que o convidei, bem, creio que não há necessidade de ficarmos... Bem, de ficarmos falando sobre outras coisas. Afinal, somos homens civilizados, não é?

O outro concordou sem falar, contraindo imperceptivelmente as sobrancelhas. Ele julgou perceber ironia no movimento, e por um instante odiou: todo concentrado em odiar profundamente. Falou rápido:

— Sou só um pouco mais velho que vocês. Uns dez anos. — Lembrou da outra vez que o vira, dizendo convicto: *todo homem com mais de trinta anos é um canalha.* Voltou a odiar um ódio compacto e breve: — Talvez daqui a vinte anos isso seja uma diferença insignificante. Mas por enquanto é terrível, quase um abismo. — Levantou-se brusco, não suportando o olhar muito claro do outro e suas mãos magras sobre os jeans desbotados. Afastou as cortinas e ficou olhando para fora: — O que quero dizer é que...

Deteve-se. No lado oposto da rua a pequena loja de flores fechava suas portas. Era quase noite. Sem sentir, fez uma longa pausa, praticamente esquecido do outro. Depois completou:

— Não me surpreende que ela vá embora.

Olhou-o. E de repente a música começou a ter importância: as notas subiam e baixavam, davam voltas concêntricas sobre um ponto desconhecido, subitamente se espatifavam para voltarem a recompor-se, cheias de pequenos movimentos internos, mas sem perderem a continuidade, escorrendo, fluidas. O outro, na esquina, os dedos formando um V, os dentes entre os fios manchados de barba, os cabelos crespos, enormes: — *Grande lance, bicho.* — Sentou-se com um suspiro:

— Quero dizer que não pretendo colocar a mínima dificuldade. Entendo perfeitamente tudo. E depois, mesmo que não entendesse, não adiantaria nada. Ela sempre fez o que quis. Mas não com... com agressividade, entende? Quero dizer, ela está sempre tão dentro dela mesma que qualquer coisa que faça não é nem certa nem errada, é simplesmente o que ela podia fazer. — Parou por um momento, talvez estivesse sendo subjetivo demais, quase literário. Não queria parecer ridículo, nem demasiado velho. *Mesmo porque não sou velho. Nem ridículo.* Tornou a levantar-se.

— Quer mais uísque?

O outro disse que não.

Encheu um copo e trouxe a garrafa para perto da poltrona. De repente perguntou, quase alegre:

— Sabia que Irene é um nome de origem grega?

O outro perguntou: — O quê?

— Quer dizer *Mensageira da Paz* — continuou, sem dar atenção. — Gozado, não é? Uma vez eu disse isso a ela, ela riu, disse que era besteira. Mas outro dia eu fiquei pensando e achei que tudo foi realmente muito calmo. Mesmo agora, não está sendo difícil. — Ergueu o copo. — Sabe, nunca houve assim... grandes cenas, choros ou desesperos, tentativas de suicídio ou sequer ameaças. Nenhuma dessas coisas. Ela tem horror de tragédia. — Sentou-se, o copo na mão. E repetiu: — Ela tem horror de tragédia. Às vezes, na hora do jantar, a televisão ficava ligada e a gente via umas novelas. Sabe, eu chorava potes com aquelas coisas, separações lancinantes, amores impossíveis. Ela ria o tempo todo e dizia que eu era uma besta. Ou então aqueles concursos de empregada mais desvelada, eu precisava sair da sala para que ela não me chamasse de besta. — A voz dele ficou um pouco mais baixa, quase inaudível. — Mas uma vez eu voltei de repente e surpreendi ela com uma lágrima escorrendo pela face. Desculpou-se e disse que às vezes era mesmo meio cafona. E mais baixo ainda: — Faz tanto tempo.

Estremeceu. Como se, de repente, percebesse que enveredava por um caminho perigoso. Sacudiu os ombros e reaprumou-se na poltrona. Riu alto e meio desafinado, enquanto tornava a encher o copo:

— A gente está falando dela como se estivesse morta. Mas está tão viva, não é?

Levantou-se para virar o disco. Depois voltou-se e perguntou:

— Você leu *Cleo e Daniel*?

Não prestou atenção na resposta. Apoiou a mão no encosto da cadeira:

— A primeira vez que vi vocês juntos, foi o que lembrei. Cleo e Daniel. Tudo era parecido, até aquela quantidade incrível de bolinhas brancas que você tirava do vidro enquanto ela formava figuras sobre a toalha. Ficava assim tão... tão *doce*, depois. Ou então falava horas. Às vezes sentava no chão e ficava enrolando aqueles cigarros fininhos, que eu achava com um fedor horrível. Dizia que eu estava por fora, me chamava de careta e ficava horas fazendo uns desenhos malucos.

Interrompeu-se para olhá-lo fixamente:

— Você é pintor, não é? Lembro que ela falou que uma vez você tinha feito uma exposição na praça, e que a polícia chegou e rasgou todos os quadros, menos os dois que ela tinha comprado. — E sem mudar de tom: — Talvez eu seja mesmo um chato. — Dobrou-se sobre a poltrona: — Você acha que eu sou um chato?

Olhou longamente para o outro, para as pernas cruzadas sobre a poltrona, como um iogue. Mas não ouviu a resposta.

— Lembra daquela cena, quando ela está deitada e passa alguém na rua cantando? Lembra aquela cena?

— De *Cleo e Daniel*?

— Não, não. Um livro não tem cenas, tem trechos. — Olhou para o próprio dedo, parado no ar. — Às vezes eu fico meio didático, não dê importância. — Acrescentou: — Quem tem cenas é um filme.

— Qual era o filme?

— Filme?

— É, quando ela estava deitada e passava alguém na rua, cantando.

— Ah, você lembra, então? — Sorriu largo. — Sempre soube que você tinha visto aquele filme. Lembra da música?

— O quê?

— A música. A música que alguém passava cantando. Era assim. *Io che non vivo più di un'ora senza te...* Não lembro o resto. Faz tanto tempo. Acho que foi o primeiro filme que vimos juntos. Ela chorou o tempo inteiro.

Deslizou para a poltrona, tornou a encher o copo e virou-o de uma só vez:

— Talvez eu esteja falando demais: logo, isto não é um diálogo, é um monólogo. — Repetiu: — Às vezes eu fico meio didático. Mas fale alguma coisa, você não disse quase nada. Pode crer que nada me choca. Não que eu espere ouvir somente coisas chocantes de você, não é isso. Mas acho que vocês pensam que me chocam o tempo todo. Vocês não acham mesmo que sou muito velho e muito careta? Afinal, já tenho alguns anos de canalhice.

O outro disse que absolutamente. Então ele disse que achava que aquela música já estava enchendo, mas o outro não disse nada, então ele permaneceu durante muito tempo na mesma posição, acompanhando com a cabeça o som do cravo. Só parou para encher mais uma vez o copo. Subitamente falou em voz muito baixa:

— Sabe, não é verdade que eu entenda tudo.

— Não?

— Não, não é verdade. Não entendo, por exemplo, como é que ela pode trocar a segurança de ficar comigo pela insegurança de ficar com você. Vocês são todos tão... tão... — Interrompeu-se, procurando a palavra. — *Tran-si-tó-ri-os*, é isso. Vocês são muito transitórios, entende? Tão instáveis, hoje aqui, amanhã ali. Eu sei, também já fui assim. Só que chega um ponto que a gente cansa, que não quer mais saber de aventuras ou de procuras, entende? Acho que é isso que vocês não são capazes de compreender, que a gente, um dia, possa não querer mais do que tem. É isso que ela não compreendia. Acho que é por isso que ela foi embora. Talvez as coisas comigo fossem muito chatas, muito arrumadas. Acordar todos os dias à mesma hora para encontrar a mesma cara. É engraçado. Ela dizia sempre que morreria qualquer dia, *de susto, de bala ou vício*. Acho que citava algum verso de um desses cantores que vocês tanto gostam, desses que morrem por excesso de drogas.

Levantou-se, o passo precário. Deu algumas voltas sem direção, depois tornou a encarar o outro:

— Sabe, acho que ela vai se destruir com você.

Virou mais uma vez o disco. Sabia que estava saindo tudo errado. Não era aquilo o que planejara, detalhado, meticuloso, arrumando as duas poltronas, uma em frente à outra, a mesinha com uísque, o balde de gelo. Talvez até chorasse agora, admitiu. A sala inteira girava quando ele se encaminhou para a janela. Espiou pelas dobras da cortina. Havia anoitecido. A loja de flores estava fechada, as latas de lixo transbordavam cravos, palmas, crisântemos. Deixou-se cair sobre os joelhos e não fez o menor esforço para levantar-se, as costas apoiadas contra a superfície fria da parede. O outro levantou-se e perguntou se não achava que estava bebendo demais. Ele disse que não, que não achava. E perguntou mais uma vez se não era mesmo um chato. O outro fez que não com a cabeça. Que de maneira alguma. Então ele disse que precisavam ainda conversar muitas coisas, com muita calma, com muito tato, como homens civilizados.

— Não é verdade que somos homens civilizados?

O outro disse que sim, disse muitas vezes que sim — e subitamente apertou o ombro dele com aquelas mãos magras e nervosas, como se compreendesse. Vistos de perto, os olhos eram ainda maiores e mais claros, um brilho seco nas pupilas dilatadas. A barba crescida, manchada de sol e fumo. Depois saiu devagar, fechou a porta atrás de si. Então ele encostou a cabeça na parede e ficou ouvindo aquelas notas subindo e baixando, dando voltas concêntricas sobre um pequeno ponto desconhecido, mas sem perderem a continuidade. De certa forma, disse baixinho, de certa forma Irene era assim.

A margarida enlatada

I

FOI DE REPENTE. Nesse de repente, ele ia indo pelo meio do aterro quando viu um canteiro de margaridas. Margarida era um negócio comum: ele via sempre margaridas quando ia para sua indústria, todas as manhãs. Margaridas não o comoviam, porque não o comoviam levezas. Mas exatamente de repente, ele mandou o chofer estacionar e ficou um pouco irritado com a confusão de carros às suas costas. O motorista precisou parar um pouco adiante, e ele teve que caminhar um bom pedaço de asfalto para chegar perto do canteiro. Estavam ali, independentes dele ou de qualquer outra pessoa que gostasse ou não delas: aquelas coisas vagamente redondas, de pétalas compridas e brancas agrupadas em torno dum centro amarelo, granuloso. Margaridas. Apanhou uma e colocou-a no bolso do paletó.

Diga-se em seu favor que, até esse momento, não premeditara absolutamente nada. Levou a margarida no bolso, esqueceu dela, subiu pelo elevador, cumprimentou as secretárias, trancou-se em sua sala. Como todos os dias, tentou fazer todas as coisas que todos os dias fazia. Não conseguiu. Tomou café, acendeu dois cigarros, esqueceu um no cinzeiro do lado direito, outro no cinzeiro do lado esquerdo, acendeu um terceiro, despediu três funcionários e passou uma descompostura na secretária. Foi só ao meio-dia que lembrou da margarida, no bolso do paletó. Estava meio informe e desfolhada, mas era ainda uma margarida. Sem saber exatamente por que, ficou pensando em algumas notícias que havia lido dias antes: o índice de suicídios nos países superdesenvolvidos, o asfalto invadindo as áreas verdes, a solidão, a dor, a poluição, a loucura e aquelas coisas sujas, perigosas e coloridas a que chamavam jovens. De repente, a luz. Brotou. Deu um grito:

— É isso!

Chamou imediatamente um dos redatores para bolar um slogan e esqueceu de almoçar e telefonou para suas plantações e mandou que preparassem a terra para novo plantio e ordenou a um de seus braços-direitos que comprasse todos os pacotes de sementes encontráveis no mercado depois achou melhor importá-las dos mais variados tamanhos cores e feitios depois voltou atrás e achou melhor especializar-se justamente na mais banal de todas aquela vagamente redonda de pétalas brancas e miolo granuloso e conseguiu organizar em poucos minutos toda uma equipe altamente especializada e contratou novos funcionários e demitiu outros e precisou tomar uma bolinha para suportar o tempo todo o tempo todo tinha consciência da importância do jogo exaustou afundou noite adentro sem atender aos telefonemas da mulher ao lado da equipe batalhando não podia perder tempo quase à meia-noite tudo estava resolvido e a campanha seria lançada no dia seguinte não podia perder tempo comprou duas ou três gráficas para imprimir os cartazes e mandou as fábricas de latas acelerar sua produção precisava de milhões de unidades dentro de quinze dias prazo máximo porque não podia perder tempo e tudo pronto voltou pelo meio do aterro as margaridas fantasmagóricas reluzindo em branco entre o verde do aterro a cabeça quase estourando de prazer e a sensação nítida clara definida de não ter perdido tempo. Dormiu.

II

No dia seguinte, acordou mais cedo do que de costume e mandou o chofer rodar pela cidade. Os cartazes. As ruas cheias de cartazes, as pessoas meio espantadas, desceu, misturou-se com o povo, ouviu os comentários, olhou, olhou. Os cartazes. O fundo negro com uma margarida branca, redonda e amarela, destacada, nítida. Na parte inferior, o slogan:

Ponha uma margarida na sua fossa.

Sorriu. Ninguém entendia direito. Dúvidas. Suposições: um filme underground, uma campanha antitóxicos, um livro de denúncia. Ninguém entendia direito. Mas ele e sua equipe sabiam. Os jornais e revistas das duas semanas seguintes traziam textos, fotos, chamadas:

O índice de poluição dos rios é alarmante.
Não entre nessa.
Ponha uma margarida na sua fossa.

Ou

O asfalto ameaça o homem e as flores.
Cuidado.
Use uma margarida na sua fossa.

Ou

A alegria não é difícil.
Fique atento no seu canto.
Basta uma margarida na sua fossa.

Jingles. Programas de televisão. Horário nobre. Ibope. Procura desvairada de margaridas pelas praças e jardins. Não eram encontradas. Tinham desaparecido misteriosamente dos parques, lojas de flores, jardins particulares. Todos queriam margaridas. E não havia margaridas. As fossas aumentaram consideravelmente. O índice de alcoolismo subiu. A procura de drogas também. As chamadas continuavam.

O índice de suicídios no país aumentou em 50%.
Mantenha distância.
Há uma margarida na porta principal.

Contratos. Compositores. Cibernéticos. Informáticos. Escritores. Artistas plásticos. Comunicadores de massa. Cineastas. Rios de dinheiro corriam pelas folhas de pagamento. Ele sorria. Indo ou vindo pelo meio do aterro, mandava o motorista ligar o rádio e ficava ouvindo notícias sobre o surto de margaridite que assolava o país. Todos continuavam sem entender nada. Mas quinze dias depois: a explosão.

As prateleiras dos supermercados amanheceram repletas do novo produto. As pessoas faziam filas na caixa, nas portas, nas ruas. Compravam, compravam. As aulas foram suspensas. As repartições fecharam. O comércio fechou. Apenas os supermercados funcionavam sem parar. Consumiam. Consumavam. O novo produto: margaridas cuidadosamente acondicionadas em latas, delicadas latas acrílicas. Margaridas gordas, saudáveis, coradas em sua profunda palidez. Mil utilidades: decoração, alimentação, vestuário, erotismo. Sucesso absoluto. Ele sorria. A barriga aumentava. Indo e vindo pelo aterro, mergulhado em verde, manhã e noite — ele sorria. Sociólogos do mundo inteiro vieram examinar de perto o fenômeno. Líderes feministas. Teóricos marxistas. Porcos chauvinistas. Artistas arrivistas. Milionários em férias. A margarida nacional foi aclamada como a melhor do mundo: mais uma vez a Europa se curvou ante o Brasil.

Em seguida começaram as negociações para exportação: a indústria expandiu-se de maneira incrível. Todos queriam trabalhar com margaridas enlatadas. Ele pontificava. Desquitou-se da mulher para ter casos rumorosos com atrizes em evidência. Conferências. Debates. Entrevistas. Tornou-se uma espécie de guru tropical. Comentava-se em rodinhas esotéricas que seus guias seriam remotos mercadores fenícios. Ele havia tornado feliz o seu país. Ele se sentia bom e útil e declarou uma vez na televisão que se julgava um homem realizado por poder dar amor aos outros. Declarou textualmente que o amor era o seu país. Comentou-se que estaria na sexta ou sétima grandeza. Místicos célebres escreviam ensaios onde o chamavam de mutante, iniciado, profeta da Era de Aquarius. Ele sorria. Indo e vindo. Até que um dia, abrindo uma revista, viu o anúncio:

Margarida já era, amizade.
Saca esta transa:
O barato é avenca.

III

Não demorou muito para que tudo desmoronasse. A margarida foi desmoralizada. Tripudiada. Desprestigiada. Não houve grandes problemas. Para ele, pelo menos. Mesmo os empregados, tiveram apenas o trabalho de mudar de firma, passando-se para a concorrente. O quente era a avenca. Ele já havia assegurado o seu futuro — comprara sítios, apartamentos, fazendas, tinha gordos depósitos bancários na Suíça. Arrasou com napalm as plantações deficitárias e precisou liquidar todo o estoque do produto a preços baixíssimos. Como ninguém comprasse, retirou-o de circulação e incinerou-o.

Só depois da incineração total é que lembrou que havia comprado todas as sementes de todas as margaridas. E que margarida era uma flor extinta. Foi no mesmo dia que pegou a mania de caminhar a pé pelo aterro, as mãos cruzadas atrás, rugas na testa. Uma manhã, bem de repente, uma manhã bem cedo, tão de repente quanto aquela outra, divisou um vulto em meio ao verde. O vulto veio se aproximando. Quando chegou bem perto, ele reconheceu sua ex-esposa.

Ele perguntou:
— Procura margaridas?
Ela respondeu:
— Já era.
Ele perguntou:
— Avencas?
Ela respondeu:
— Falou.

Do outro lado da tarde

Para
Maria Zali Folly

SIM, DEVE TER HAVIDO uma primeira vez, embora eu não lembre dela, assim como não lembro das outras vezes, também primeiras, logo depois dessa em que nos encontramos completamente despreparados para esse encontro. E digo despreparados porque sei que você não me esperava, da mesma forma como eu não esperava você. Certamente houve, porque tenho a vaga lembrança — e todas as lembranças são vagas, agora —, houve um tempo em que não nos conhecíamos, e esse tempo em que passávamos desconhecidos e insuspeitados um pelo outro, esse tempo sem você eu lembro. Depois, aquela primeira vez e logo após outras e mais outras, tudo nos conduzindo apenas para aquele momento.

Às vezes me espanto e me pergunto como pudemos a tal ponto mergulhar naquilo que estava acontecendo, sem a menor tentativa de resistência. Não porque aquilo fosse terrível, ou porque nos marcasse profundamente ou nos dilacerasse — e talvez tenha sido terrível, sim, é possível, talvez tenha nos marcado profundamente ou nos dilacerado — a verdade é que ainda hesito em dar um nome àquilo que ficou, depois de tudo. Porque alguma coisa ficou. E foi essa coisa que me levou há pouco até a janela onde percebi que chovia e, difusamente, através das gotas de chuva, fiquei vendo uma roda-gigante. Absurdamente. Uma roda-gigante. Porque não se vive mais em lugares onde existam rodas-gigantes. Porque também as rodas-gigantes talvez nem existam mais. Mas foram essas duas coisas — a chuva e a roda-gigante —, foram essas duas coisas que de repente fizeram com que algum mecanismo se desarticulasse dentro de mim para que eu não conseguisse ultrapassar aquele momento.

De repente, eu não consegui ir adiante. E precisava: sempre se precisa ir além de qualquer palavra ou de qualquer gesto. Mas de repente não havia depois: eu estava parado à beira da janela enquanto lembranças obscuras começavam a se desenrolar. Era dessas lembranças que eu queria te dizer. Tentei organizá-las, imaginando que construindo uma organização conseguisse, de certa forma, amenizar o que acontecia, e que eu não sabia se terminaria amargamente — tentei organizá-las para evitar o amargo, digamos assim. Então tentei dar uma ordem cronológica aos fatos: primeiro, quando e como nos conhecemos — logo a seguir, a maneira como esse conhecimento se desenrolou até chegar no ponto em que eu queria, e que era o fim, embora até hoje eu me pergunte se foi realmente um fim. Mas não consegui. Não era possível organizar aqueles fatos, assim como não era possível evitar por mais tempo uma onda que crescia, barrando todos os outros gestos e todos os outros pensamentos.

Durante todo o tempo em que pensei, sabia apenas que você vinha todas as tardes, antes. Era tão natural você vir que eu nem sequer esperava ou construía pequenas surpresas para te receber. Não construía nada — sabia o tempo todo disso —, assim como sabia que você vinha completamente em branco para qualquer palavra que fosse dita ou qualquer ato que fosse feito. E muitas vezes, nada era dito ou feito, e nós não nos frustrávamos porque não esperávamos mesmo, realmente, nada. Disso eu sabia o tempo todo.

E era sempre de tarde quando nos encontrávamos. Até aquela vez que fomos ao parque de diversões, e também disso eu lembro difusamente. O pensamento só começa a tornar-se claro quando subimos na roda-gigante: desde a infância que não andávamos de roda-gigante. Tanto tempo, suponho, que chegamos a comprar pipocas ou coisas assim. Éramos só nós dois na roda-gigante. Você tinha medo: quando chegávamos lá em cima, você tinha um medo engraçado e subitamente agarrava meu braço como se eu não estivesse tão desamparado quanto você. Conversávamos pouco, ou não conversávamos nada — pelo menos antes disso nenhuma frase minha ou sua ficou: bastavam coisas assim como o seu medo ou o meu medo, o meu braço ou o seu braço. Coisas assim.

Foi então que, bem lá em cima, a roda-gigante parou. Havia uma porção de luzes que de repente se apagaram — e a roda-gigante parou. Ouvimos lá de baixo uma voz dizer que as luzes tinham apagado. Esperamos. Acho que comemos pipocas enquanto esperamos. Mas de repente começou a chover: lembro que seu cabelo ficou todo molhado, e as gotas escorriam pelo seu rosto exatamente como se você chorasse. Você jogou fora as pipocas e ficamos lá em cima: o seu cabelo molhado, a chuva fina, as luzes apagadas.

Não sei se chegamos a nos abraçar, mas sei que falamos. Não havia nada para fazer lá em cima, a não ser falar. E nós tínhamos tão pouca experiência disso que falamos e falamos durante muito e muito tempo, e entre inúmeras coisas sem importância você disse que me amava, ou eu disse que te amava — ou talvez os dois tivéssemos dito, da mesma forma como falamos da chuva e de outras coisas pequenas, bobas, insignificantes. Porque nada modificaria os nossos roteiros. Talvez você tenha me chamado de fatalista, porque eu disse todas as coisas, assim como acredito que você tenha dito todas as coisas — ou pelo menos as que tínhamos no momento.

Depois de não sei quanto tempo, as luzes se acenderam, a roda-gigante concluiu a volta e um homem abriu um portãozinho de ferro para que saíssemos. Lembro tão bem, e é tão fácil lembrar: a mão do homem abrindo o portãozinho de ferro para que nós saíssemos. Depois eu vi o seu cabelo molhado, e ao mesmo tempo você viu o meu cabelo molhado, e ao mesmo tempo ainda dissemos um para o outro que precisávamos ter muito cuidado com cabelos molhados, e pensamos vagamente em secá-los, mas continuava a chover. Estávamos tão molhados que era absurdo pensar em sairmos da chuva. Às vezes, penso se não cheguei a estender uma das mãos para afastar o cabelo molhado da sua testa, mas depois acho que não cheguei a fazer nenhum movimento, embora talvez tenha pensado.

Não consigo ver mais que isso: essa é a lembrança. Além dela, nós conversamos durante muito tempo na chuva, até que ela parasse, e quando ela parou, você foi embora. Além disso, não consigo lembrar mais nada, embora tente desesperadamente acrescentar mais um detalhe, mas sei perfeitamente quando uma lembrança começa a deixar de ser uma lembrança para se tornar uma imaginação. Talvez se eu contasse a alguém acrescentasse ou valorizasse algum detalhe, assim como quem escreve uma história e procura ser interessante — seria bonito dizer, por exemplo, que eu sequei lentamente os seus cabelos. Ou que as ruas e as árvores ficaram novas, lavadas depois da chuva. Mas não direi nada a ninguém. E quando penso, não consigo pensar construidamente, acho que ninguém consegue. Mas nada disso tem nenhuma importância, o que eu queria te dizer é que chegando na janela, há pouco, vi a chuva caindo e, atrás da chuva, difusamente, uma roda-gigante. E que então pensei numas tardes em que você sempre vinha, e numa tarde em especial, não sei quanto tempo faz, e que depois de pensar nessa tarde e nessa chuva e nessa roda-gigante, uma frase ficou rodando nítida e quase dura no meu pensamento. Qualquer coisa assim: depois daquela nossa conversa — depois daquela nossa conversa na chuva, você nunca mais me procurou.

O ovo apunhalado

(*Para ler ao som de "Lucy in the Sky with Diamonds", de Lennon & McCartney.*)

Ao ovo dedico a nação chinesa.
CLARICE LISPECTOR, A LEGIÃO ESTRANGEIRA

ELE SAIU DA MOLDURA e veio caminhando em minha direção. Olhei para outro lado, mordi o lábio inferior, mas nada aconteceu: os carros passavam por cima da minha imagem refletida nas vidraças, os carros corriam e a minha imagem mordia o lábio inferior. Quando tornei a me voltar, ele continuava ali, a casca branca, as linhas mansas de seu contorno: um ovo. Disse-lhe isso — mas ele não parou —, você não vê que não tem a menor originalidade — e ele não parou —, todos já disseram tudo sobre você, qualquer cozinheira conhece o seu segredo.

Foi então que ele se voltou meio de lado, sobre a base mais larga, num movimento suave e um pouco cômico, como uma dessas mulheres de ombros caídos, seios pequenos, quadris fartos e pernas grossas. Eu comecei a rir e disse que tinha tido uma namorada assim, e como se não bastasse, ainda por cima se chamava Marizeti, veja só: Vera Marizeti. Mas ele não interrompeu o movimento. Continuou a voltar-se, até que eu pudesse ver o punhal cravado em seu dorso branco. Não gritei, não um desses gritos de voz, mas alguma região dentro de mim estremeceu num terror e numa náusea tão violentos que a dona da galeria voltou-se e me encarou de repente, com um ar pálido.

Que foi, ela disse. Eu disse: é um bonito ovo, não é um ovo como os outros. Ela aproximou-se sorrindo, parou ao lado dele e estendeu um braço por cima de sua casca, tão desenvolta como se nunca em sua vida tivesse feito outra coisa senão apoiar-se em ovos apunhalados. Não é mesmo? disse. Tão liso, tão oval, veja como sua superfície é mansa, veja como minha mão desliza por ela, sinta como ele vibra quando eu o toco, agora veja como ele incha todo e parece aumentar de tamanho, veja como meu corpo se encosta ao dele, veja como minha boca se abre e minha língua freme, ouça esse gemido saindo de minha garganta, toque meus olhos fechados, acompanhe os movimentos de meu corpo contra o dele, observe como minha carne morena se confunde com sua casca branca e como eu enterro as unhas na sua superfície macia, e como eu o atraio para mim e como nos confundimos, até que eu me torne numa coisa entre ovo e mulher, ovomulher, enquanto ele se torna numa coisa entre mulher e ovo, mulherovo, e como rolamos juntos pelo tapete, prove a espuma roxa que escorre da minha boca, não tenha medo: venha, veja, toque, sinta, seja.

Como se atreve, como se atreve? eu gritei, eu gritei então um grito de voz, de garganta, de estômago, de víscera. Mas eles não ouviram. Rolavam pelo tapete verde, sem se importarem com os encontrões que davam nas esculturas. Algumas pessoas se aglomeravam na porta, e foi com dificuldade que consegui abrir caminho entre elas, afastando braços, pernas, sacolas recheadas de tomates maduros que escorregavam pelas bordas, achatando-se contra o chão de cimento. Esbarrei num guarda e parei em frente a um cinema. Fiquei olhando os cartazes sem ver os cartazes, ouvindo sem ouvir uma música que vinha da casa ao lado. Levei o braço até a cabeça para ajeitar uma mecha de cabelo que o guarda havia desarrumado, mas detive o gesto no momento em que percebi a esteira colorida que meu braço ia deixando no ar. Então houve um momento em que os cartazes se tornaram apenas cartazes, a música apenas música, e o meu braço não ia além de um braço parado no ar, em meio a um gesto interrompido.

Por favor, eu disse para ninguém — e comecei a contar para mim mesmo uma história que só eu conhecia. Uma história assim: ao lado da minha casa, moram uns meninos que passam o dia inteiro ouvindo música. A música é quase sempre esta: *you may say I'm a dreamer but I'm not the only one imagine there's no countries nothing to kill or die for all the people living in peace.*[*] É bonita, a música. Os meninos também. Bonitos, eles são bonitos, quero dizer. Claro, nunca falei com eles. Acho mesmo que nunca prestei bem atenção na cara de algum deles, mas eu sei que são muito bonitos. Uma tarde eu coloquei uma cadeira de balanço no pátio de minha casa e fiquei ouvindo essa música. Tinha umas roupas brancas corando no varal, um sol forte batendo bem na minha cara, eu comecei a suar, mas não tinha importância: eu queria ficar ali, no meio das roupas brancas, sentindo o sol quente bater na minha cabeça, balançando a cadeira e ouvindo aquela música. Quando o sol estava se tornando insuportável — porque sempre chega um momento em que até o bom se torna insuportável —, quando chegou esse momento eu olhei para a janela deles e vi uma menina me olhando atrás das grades. Quando ela viu que eu olhava, começou a erguer devagar a blusa, uma blusa curta, cheia de listras coloridas, e me mostrou os seios. Entre os seios recém-nascidos, havia um ovo com um punhal cravado no centro de onde escorria um fio de sangue que descia pelo umbigo da menina, escorregava por cima do fecho da calça e pingava devagar bem no meio da clareira de sol onde eu estava.

---

[*] John Lennon, "Imagine". (N. A.)

— Meu nome é Lúcia — ela disse. — Eu estou no céu com os diamantes.
A minha cabeça gira. Não. A minha cabeça não gira. A minha cabeça cresce e se derrama pela rua e eu fico vendo as pessoas caminharem por entre meus cabelos. No começo elas têm alguma dificuldade, mas sorriem e vão afastando pacientemente os fios, mas os fios aumentam e se tornam cada vez mais espessos, mais intransponíveis. Então as pessoas se enfurecem, apanham foices, tesouras, facas, agulhas, e voltam com ódio saindo pelos olhos, e enquanto eu me deito sobre o asfalto elas vão cortando e furando meus cabelos que não param de crescer sobre a cidade de pessoas enfurecidas.

É difícil chegar até a beira da calçada, fazer sinal para o táxi, ouvi-lo frear, correr, abrir a porta, sentar, dar o endereço ao motorista e pedir que ande depressa porque as pessoas armadas batem contra as vidraças do carro, e eu digo ao motorista que corra, que corra. Então ele corre e eu jogo meu corpo contra o assento, e abaixo a cabeça no momento em que um tomate maduro vem esborrachar-se contra o plástico vermelho. O vermelho do plástico suga o vermelho do tomate: estou sentado sobre tomates esborrachados, mas não quero pensar nisso, é preciso que o motorista não perceba.

Então, para disfarçar, digo ao motorista que me sinto sozinho. Mas ele não ouve, e eu entendo que desse jeito não irei muito longe. Então pergunto a ele se já leu Goethe, se já leu *Werther*. Ele pergunta o quê, mas faço que não entendo — retiro do bolso uma edição portuguesa de 1916 e digo que ele deveria ler, que ele não sabe o que está perdendo, e abro à toa e leio um trecho assim: *Ella não vê, não sente que está preparando um veneno que será mortal para ambos nós. E eu... bebo com avidez, com soffreguidão, a taça fatal que ella me apresenta. O que significa o meigo olhar com que muitas vezes me contempla?* Ela se chama Lúcia, esclareço, mora ao lado da minha casa e costuma estar no céu com os diamantes. Mas julgo perceber um brilho assassino nos olhos que me espreitam pelo espelho retrovisor. Fecho o livro, sorrio um sorriso compreensivo, bem-educado, discreto, tolerante — é, eu sou assim quase o tempo todo, compreensivo, bem-educado, discreto, tolerante. Cruzo as pernas e os braços, sei que é preciso tentar novamente, prendo no bolso o tentáculo que insiste em escapar de minha cintura e digo que Cleópatra era apenas uma prostituta, bem como dois e dois são cinco, também como a soma do quadrado dos catetos, o próprio binômio de Newton que, dizem, é mais bonito que a Vênus de Milo, apesar de Angela Davis ter sido a melhor aluna de Marcuse, para ser bem claro, exatamente como aquele umbu no pátio da casa de minha avó e, concluindo, para dizer a verdade, bem, não costumo ser assim o tempo todo...

O carro para e o motorista me olha: sua cara é um ovo macio, redondo, liso e branco, com um punhal fincado no centro. Sorrio para ele, bato-lhe devagar no ombro, querendo dizer que compreendo, que não tenho preconceitos. Pago e desço e entro em minha casa e corro para o pátio, sento na cadeira de balanço e fico ouvindo a música. Mas não há música. O varal está vazio e não há mais sol. O sol acabou de se pôr. A casa ao lado está vazia. Olho para a janela. A janela tem grades. Olho para trás das grades, onde estava a menina de seios nus. Ela se chama Lúcia e, naquela tarde, estava no céu com os diamantes. Mas não há nada lá. Sobre o muro está sentado um ovo de pernas cruzadas.

Sorrio para ele e digo: olá, Humpty-Dumpty, como vai Alice? Mas ele descruza as pernas e arma o salto. Pressinto que vai cair sobre mim e corro para a cozinha. Atravesso a cozinha, a sala, o corredor, olho por cima dos ombros e vejo que ele não me segue, talvez porque minhas vibrações coloridas tomem toda a passagem atrás de mim. A cozinha, a sala e o corredor estão cheios de eus azuis, vermelhos, amarelos, roxos, eus brilhantes que deslizam e flutuam e se fundem uns com os outros, e depois se desdobram em vários outros eus ainda mais coloridos e mais brilhantes que deslizam e flutuam. Gostaria de ficar olhando para eles, mas lembro do ovo, empurro a porta do banheiro, encosto meu corpo em sua superfície quando ela se fecha sobre mim: agora a câmara se aproximaria em zoom e daria um close nas minhas narinas ofegantes, meus olhos esgazeados, uma gota de suor escorrendo da testa, depois baixaria até as mãos e ficaria fixa durante algum tempo, as minhas mãos crispadas contra a madeira da porta. Acho tão bonito que quero ver meu rosto espavorido no espelho. Olho meu rosto espavorido no espelho: a gota de suor não é uma gota de suor, é uma gota de sangue. As minhas narinas ofegantes não são narinas ofegantes, são o cabo de bronze de um punhal. E meu rosto espavorido não é um rosto espavorido. É um ovo.

Ele saiu do espelho e veio caminhando em minha direção. Olhei para outro lado, mordi o lábio. Quis brincar com ele, cheguei a sorrir, perguntei se queria ouvir uma história, movimentei meu braço, veja como são bonitos esses outros braços coloridos que ele vai deixando atrás de si, veja como são evanescentes, não é linda essa palavra? e-va-nes-cen--tes, veja como sei fazer caras engraçadas, veja os meus eus coloridos escorregando por baixo da porta, ouça minha voz dizendo todas essas coisas, sinta como ela ressoa cristalina pelos azulejos azuis do banheiro, não é interessante? cristalina crista cristal sua casca também é de cristal cristalina Krishnamurti, veja que relações loucas eu faço, veja como eu vibro, como eu vivo, como eu vejo: veja.

Mas ele não se move. Está parado à minha frente e volta-se devagar para que eu fique cara a cara com o punhal cravado em suas costas. É quando julgo perceber nele uma espécie de súplica: socorra-me, poupe--me, abrevie-me. Agora é um ovo delicado, tenro, humilde, e não tenho medo, e sinto pena dele, quase ternura. Então estendo os meus muitos braços coloridos e toco no cabo de bronze do punhal. A sua casca está manchada pelo fio de sangue coagulado. Hesito um pouco, mas fecho os olhos no mesmo momento em que meus dedos se cerram em torno do punhal. Meus olhos são janelas, minhas pálpebras grades, minhas mãos tentáculos, meus dedos ferro. Uma breve hesitação, depois empurro lento, firme. E sinto uma lâmina penetrando fundo em minhas costas, até o pesado cabo de bronze onde dedos comprimem com força, perdidos entre as espáduas. Lúcia grita, mas é tarde demais. Vejo minha casca clara partir-se inteira em cacos brilhantes que ficam cintilando pelo chão do banheiro. O sangue escorre e eu, agora, também estou no céu com os diamantes.

PEDRAS DE CALCUTÁ

(1977)

*Hoje me acordei pensando em uma pedra numa rua de Calcutá.
Numa determinada pedra em certa rua de Calcutá.
Solta. Sozinha. Quem repara nela?
Só eu, que nunca fui lá.
Só eu, deste lado do mundo, te mando agora este pensamento...
Minha pedra de Calcutá!*

MARIO QUINTANA, TRECHO DE *DIÁRIO*

parte I

Tudo é divisão.
Esquizofrenia. Drama.
LUIZ CARLOS MACIEL

Mergulho I

O PRIMEIRO AVISO foi um barulhinho, de manhã bem cedo, quando ele se curvava para cuspir água e pasta de dentes na pia. Pensou que fosse o jato de água da torneira aberta e não ligou muito: sempre esquecia portas, janelas e torneiras abertas pelas casas e banheiros por onde andava.

Então fechou a torneira para ouvir, como todos os dias, o silêncio meio azulado das manhãs, com os periquitos cantando na varanda e os rumores diluídos dos automóveis, poucos ainda. Mas o barulhinho continuava. Fonte escorrendo: água clara de cântaros, bilhas, grutas e ele achou bonito e lembrou (um pouco só, porque não havia tempo) remotos passeios, infâncias, encantos, namoradas.

Quando se curvou para amarrar o cordão do sapato é que percebeu que o barulhinho vinha do chão e, mais atentamente curvado, exatamente de dentro do próprio pé esquerdo. Tornou a não ligar muito; achou até bonito poder sacudir de quando em vez o pé para ouvir o barulhinho trazendo marés, memórias. Quando foi amarrar o cordão do sapato do pé direito, voltou a ouvir o mesmo barulhinho e sorriu para as obturações refletidas no espelho: dois pés, duas fontes, duas alegrias.

Ao abotoar as calças, sentiu o umbigo saltar exatamente como uma concha empurrada por uma onda mais forte e, logo após, o mesmo barulhinho, agora mais nítido, mais alto. Sentou na privada e acendeu um cigarro, pensando na feijoada do dia anterior. Antes de dar a primeira tragada, passou a mão pelo pescoço, prevenindo a áspera barba a ser feita, e o pomo de adão deu um salto, umbigo, concha, como se engolisse ar em seco, e não engolia nada, apenas esperava, o cigarro parado no ar.

Ergueu-se para olhar a própria cara no espelho, as calças caídas sobre os sapatos desamarrados, e abriu a boca libertando uma espécie de arroto.

Foi então que a água começou a jorrar boca afora. Primeiro em gotas, depois em fluxos mais fortes, ondas, marés, até que um quase maremoto o arrastou para fora do banheiro. Espantado, tentou segurar-se no corrimão da escada, chegou a estender os dedos, mas não havia dedos, só água se derramando degraus abaixo, atravessando o corredor, o escritório, a pequena sala de samambaias desmaiadas. Antes de atingir o patamar de entrada ele ainda pensou que seria bom, agora, não ser mais regato, nem fonte, nem lago, mas rio farto, caminhando em direção à rua, talvez ao mar.

Mas quando as ondas mais fortes rebentaram a porta de entrada para inundar o jardim, ele se contraiu, se distendeu e cessou, inteiro e vazio. Não passava de uma gota na imensa massa de água, que descia das outras casas inundando as ruas.

Holocausto

HAVIA SOL NAQUELE tempo e apenas um dente doía. No começo, apenas um. Eu conseguia localizar a dor e orientava três de meus dedos, indicador, médio, polegar, as extremidades unidas, até aquele ponto latejante. Eu inspirava fundo. E quando expirava, alguns raios saíam das extremidades dos dedos e atravessavam a pele dos maxilares e a carne das gengivas para ir ao encontro do ponto exato. Depois de alguns minutos eu suspirava, os músculos se soltavam, as pernas e os braços se distendiam e minha cabeça afundava na grama, o rosto voltado para o sol. Agora ficou escuro e todos os dentes doem ao mesmo tempo. Como se um enorme animal ferido passeasse, sangrando e gemendo, dentro de minha boca. Levo as duas mãos ao rosto, continuamente. Inspiro, expiro. Mas nada mais acontece.

Antes, antes ainda, foram os piolhos. Eu sentia alguns movimentos estranhos entre meus cabelos. Mas naquele tempo eram tantos pensamentos novos e incontroláveis dentro da minha cabeça que eu não sabia mais distingui-los daqueles outros movimentos, externos, escuros. Até o dia em que alguém tocou nos meus cabelos eu julguei que apenas dentro havia aquelas súbitas corridas, aquele fervilhar. Ainda havia sol, então, e esse alguém puxou para fora, entre as pontas unidas de três dedos, aquela pequena coisa branca, mole, redonda, que ficou se contorcendo ao sol. Desde então, alertado, passei a separar a sua ebulição daquela outra, a de dentro. E por vezes eles desciam por meu pescoço, procurando os pelos do peito, dos braços, do sexo. Quando não me doíam os dentes e quando havia sol, às vezes eu os comprimia devagar entre as unhas para depois jogá-los pela janela, sobre a rua, a grama. Alguns eram levados pelo vento. Os outros se reproduziam ferozmente, sem que eu nada pudesse fazer para detê-los.

Um pouco antes, não sei, ou mesmo durante ou depois, não importa — o certo é que um dia houve também as bolhas. Apareciam primeiro entre os dedos das mãos, pequenas, rosadas. Comichavam um pouco e, quando eu as apertava entre as unhas, libertavam um líquido grosso que escorria abundante entre os dedos, até pingar no chão. Daqueles vales no meio das falanges, elas escalaram os braços e atingiram o pescoço, onde se bifurcaram em dois caminhos: algumas subiram pelo rosto, outras desceram pelas pernas, alcançaram os joelhos e os pés, onde se detiveram, na impossibilidade de furar a terra. À medida que avançavam, tornavam-

-se maiores e comichavam ainda com mais intensidade. Minhas unhas crescidas dilaceravam a frágil pele rosada que escamava, transformando-se em feridas úmidas e lilases. A princípio o sol fazia com que secassem e cicatrizassem. Mas depois ele se foi. E agora nada mais as detém.

 É preciso falar também nos outros. E na casa. Eu estava tão absorvido pelo que acontecia em meu próprio corpo que nada em volta me parecia suficientemente real. A casa, os outros. Quando percebi que eles existiam — e eram muitos, doze, treze comigo —, já meu corpo estava completamente tomado. E temi que me expulsassem. Não tínhamos luz elétrica, o sol tinha-se ido havia algum tempo, os dias eram curtos e escuros, dormíamos muito e, quando acendíamos aquelas longas velas que costumávamos roubar das igrejas, a chama não era suficiente para que pudéssemos ver uns aos outros. E também havia muito tempo não nos olhávamos nos olhos.

 Somente há uma semana — como fazia muito frio e precisássemos de lenha para a lareira — fomos obrigados a queimar os móveis do andar de cima. As chamas enormes duraram algumas horas. Creio que movido pela esperança de que a luz e o calor pudessem amenizar a dor e secar as feridas, aproximei-me lentamente do fogo. Estendi as mãos e, quando olhei em volta, havia mais doze pares de mãos estendidas ao lado das minhas. Os doze pares de mãos estavam cheios de feridas úmidas e violáceas. Todos viram ao mesmo tempo, mas ninguém gritou. Eu gostaria de ter conseguido olhá-los no fundo dos olhos, de ter visto neles qualquer coisa como compaixão, paciência, tolerância, ou mesmo amizade, quem sabe amor. Não tenho certeza de ter conseguido. Na verdade não sei se não estarei cego. Há feridas em torno de meus olhos, as sobrancelhas e os cílios fervilham de piolhos. Os dentes fizeram meu rosto inchar tanto que os olhos se estreitaram e recuaram até se tornarem quase invisíveis. Suponho que os olhos de todos eles também estejam assim. Suponho também que seus pensamentos tenham sido iguais aos meus, porque quando a última madeira estalou no fogo e se consumiu aos poucos, fazendo voltar o frio e a escuridão, aproximamo-nos lentamente uns dos outros e dormimos todos assim, aconchegados, confundidos. Pela noite julguei ter escutado alguns gemidos. E fiquei pensando se era mesmo verdade que ainda sofríamos.

 Na noite seguinte queimamos todos os móveis do andar de baixo. Nas noites posteriores queimamos os móveis deste único andar que resta. Como o frio não terminou, queimamos depois as paredes, as escadas, os tapetes, os objetos do banheiro, da cozinha, os quadros, as portas e as janelas. Chegou um momento em que precisamos queimar também os livros e as nossas roupas. Consegui localizar um movimento interno em mim no momento em que queimei aquela fita azul. Eu a guardava fazia muito tempo. Foi uma menina de cabelos vermelhos que a jogou para mim, um dia, no parque, como quem joga um osso a um cão faminto. A minha mão estremeceu quando a lancei ao fogo. Tive vontade de gritar e tentei segurar a mão mais próxima. Mas ela recuou como se tivesse nojo, então segurei minha própria mão e fiquei sentindo entre os dedos a umidade das feridas.

Hoje é o dia em que não temos mais nada para queimar. Havia ainda algumas cartas antigas, e são elas que estão queimando agora. Estamos olhando as chamas e pensando que cada uma pode ser a última. Há bem pouco um pensamento cruzou minha mente, talvez a mente de todos: creio que quando esta última chama apagar um de nós terá de jogar--se ao fogo. Quando pensei nisso, minha primeira reação foi o medo. Depois achei que seria bom. Os piolhos morreriam queimados, as bolhas rebentariam com o calor, o fogo cicatrizaria todas as feridas. Os dentes não doeriam mais. Não nos falaremos, não nos olharemos dentro dos olhos. Apenas um de nós treze fará o primeiro movimento, se jogará ao fogo, aquecerá os outros por alguns momentos, depois se tornará cinza, e depois mais um, e outro mais. Como um ritual. Uma ciranda, daquelas em que uma criança entra dentro dessa roda, diz um verso bem bonito, diz adeus e vai embora. Apenas já não somos crianças e desaprendemos a cantar. As cartas continuam queimando. Eu tentei pensar em Deus. Mas Deus morreu faz muito tempo. Talvez se tenha ido junto com o sol, com o calor. Pensei que talvez o sol, o calor e Deus pudessem voltar de repente, no momento exato em que a última chama se desfizer e alguém esboçar o primeiro gesto. Mas eles não voltarão. Seria bonito, e as coisas bonitas já não acontecem mais.

Apertei minhas fontes com aqueles três dedos unidos. Então tentei pensar que não estava mais aqui. E disse para mim mesmo: estive lá, faz algum tempo. Como se já tivesse passado. Mas não passou. Ainda estou aqui. Talvez daqui a pouco eu chore, ou grite, ou saia correndo no escuro. Nossos corpos estão muito próximos. Trocamos nossos piolhos, nossas bolhas. Se nos beijássemos trocaríamos também os grandes animais sangrentos das nossas bocas. Talvez eu não chore nem saia correndo. Talvez apenas afaste esses braços e pernas que enredam meus movimentos e faça o primeiro gesto em direção ao fogo. Daqui a pouco.

Joãozinho & Mariazinha

QUANDO TEVE CONSCIÊNCIA do que fazia, seus dedos já haviam apertado o botão do porteiro eletrônico. Não conhecia aquele prédio nem ninguém que morasse ali. Também não conhecia a rua e se acontecesse algo, como um policial perguntar o-que-fazia-ali-àquela-hora, não saberia responder. Sabia que era noite, que era domingo, e não estava sequer um pouco bêbado. Sabia também que não sentia nada especial, nem mesmo uma vaga vontade de aventura. Mas soube disso tudo muito tarde, pois seus dedos (uns dedos um tanto grossos e meio avermelhados que, vistos agora, pareciam estranhamente independentes) já haviam apertado o botão, e sua voz (uma voz também estranhamente independente, também grossa e como que avermelhada pelo frio) perguntava:

— A Maria está?

— É ela mesma — ouviu a voz feminina e sorridente saindo distorcida pelos orifícios do aparelho.

Foi só no elevador, apertando o botão do sétimo andar, que lhe ocorreu que não conhecia nenhuma Maria (conhecia muitas Marias, mas nenhuma em especial), que poderia não ter entrado, não ter aberto a porta do elevador, não ter apertado o botão. Mas novamente era muito tarde. O elevador subia, a fórmica amarela doendo um pouco nos olhos. Quando abriu a porta, uma réstia de luz no corredor orientou-o até o apartamento. E, ainda então, poderia ter voltado. Da mesma forma que os dedos e a voz, agora eram suas pernas, independentes, carregando-o para a porta e para a mulher que o cumprimentava sorrindo:

— Boa noite — ele disse. E antes de poder conter-se: — Eu sou amigo do Paulo.

— Paulo? — (Mas ele também não conhecia nenhum Paulo, ou conhecia vários, como todo mundo, nenhum em especial.) — Claro, o Paulo. E como vai ele?

A mulher se afastou para que entrasse. Havia um abajur aceso a um canto, um sofá de plástico avermelhado imitando couro, duas poltronas iguais, uma mesinha com cinzeiros e nenhum quadro nas paredes.

— Vai bem, vai muito bem. — A voz continuava dizendo coisas que ele não pretendia dizer. — Passou no exame, está muito contente. — Viu as cortinas um pouco encardidas e, além delas, o bloco de edifícios tapando a visão. Acrescentou: — Está até pensando em trocar o carro por um mais novo, deste ano.

— Que ótimo — a mulher sorriu novamente. — Não quer sentar?

Ele sentou numa das poltronas. O plástico frio. Agora controlava os gestos, cruzando as pernas devagar e olhando a mulher pela primeira vez. Devia ter um pouco mais de trinta anos. Talvez seja uma espécie de puta de classe, pensou, acostumada a receber visitas a esta hora. Tirou com cuidado o maço de cigarros do bolso do casaco.

— Fuma?

Ela apanhou um cigarro. Ele remexeu nos bolsos à procura de fósforos. Não encontrou. Ela apanhou sorrindo (sorria muito) um enorme isqueiro de acrílico roxo transparente de cima da mesinha e acendeu os dois cigarros, primeiro o dele.

— Acho que é muito tarde — ele disse.

— Você tem horas?

— Não.

Ela tornou a sorrir, olhando os próprios pulsos.

— Eu também não. Faz uns cinco anos que deixei de usar. Achava neurotizante demais, nunca conseguia ficar num lugar muito tempo, sempre querendo saber se era muito tarde.

Ele fez um movimento para a frente com o tronco, estendeu o braço para bater a cinza do cigarro. Ela se adiantou e empurrou o cinzeiro. Depois sentou-se à frente dele.

— Agora peguei uma certa prática — continuou. — Esteja onde estiver, seja que hora for, sou sempre capaz de adivinhar. Quer ver?

Ele fez que sim com a cabeça, querendo achar divertido. Grave, ela fechou os olhos, fingindo concentração.

— Meia-noite e vinte.

— Pode ser — ele disse. — Não tem como confirmar?

— Só ligando o rádio.

Ele pensou que ela fosse levantar para apanhar o rádio (devia haver um, provavelmente de pilhas). Mas ela não se moveu.

— Eu tinha vontade de ter um daqueles rádios com relógio junto, você conhece?

Ele fez que não com a cabeça.

— É assim: você coloca o despertador para uma determinada hora e escolhe uma rádio. Aí, na hora que você escolheu, em vez de o despertador fazer trrrrrriiiiiimmmm!, o rádio liga automaticamente e começa a tocar música.

— Deve ser bom.

— É maravilhoso. Mas pode coincidir justamente com uma propaganda, aí não é tão bom assim. Mas acho que tem umas rádios que só tocam música, não é?

— Não sei. Nunca ouço rádio.

— Eu também não. Queria um desses — repetiu. — Mas é tão caro. Acho que é coisa importada. Japonesa, americana. Aqui não tem disso. — Suspirou. — Bebe alguma coisa?

— O quê?

— Perguntei se você bebe alguma coisa.

— Pensei que você ainda estivesse falando do rádio.

— Não estou falando mais disso — ela tornou a sorrir, distraída. — Agora estou falando de bebidas. Tenho conhaque, uísque e cachaça. Devia ter vinho, com esse frio. Você não acha que eu devia ter vinho?

— Não sei. Talvez.

— Pois é, mas não tenho. — De repente a voz soou meio seca. — O que você prefere?

— Conhaque — ele disse. E ficou olhando enquanto ela se levantava para ir à cozinha. Tinha movimentos mansos, o cabelo escuro um pouco desalinhado, usava um vestido comprido, de uma fazenda que ele imaginou quente e macia. Olhou em volta, rápido, como se não quisesse ser apanhado de surpresa. Não havia quase nada para olhar. O sofá, as poltronas, a mesinha (tampo branco de fórmica, pernas de madeira), as cortinas, a porta para a cozinha, a porta para o corredor e a porta para dentro. Quando voltou a cabeça, ela estava novamente à sua frente, com os dois copos de conhaque. Ele bebeu.

— Está ótimo — disse.

— Esquenta um pouco, não é?

— Esquenta.

— Você está com frio? — Ele ia dizer que não, que já não estava, mas ela não prestou atenção. — Estava olhando pela janela antes de você chegar e imaginando o frio que deve estar lá fora. As ruas estão vazias, não estão?

— Estão.

— E deve haver uma pequena camada de gelo em cima dos automóveis estacionados, não é?

— Acho que sim, não prestei muita atenção.

— E quando a gente fala, deve sair uma fumacinha pela boca, assim, veja. — Ela tragou o cigarro, depois o apagou e soprou a fumaça devagar, para cima. — Só que lá fora é ar condensado, não fumaça. — Riu. — Aprendi no colégio.

— É assim mesmo — ele concordou. E apagou o cigarro.

Ela parou de falar. Ou louca, ele pensou. Ou puta ou louca. Mas ela era discreta e mansa, os cabelos caindo em mechas desalinhadas sobre a testa, o rosto um pouco gasto, as sobrancelhas depiladas e arrumadas em arco. As unhas sem pintura, roídas — observou, enquanto ela levava novamente o copo à boca, depois tornava a sorrir, os dentes irregulares, mas claros e parecendo naturais. Moveu-se incômodo na poltrona. Se ela não dissesse nada no próximo momento, não saberia como agir. Ela pareceu adivinhar. Pousou o copo sobre a mesa e perguntou:

— Como é mesmo o seu nome?

— João — mentiu, a voz brotando antes de qualquer pensamento.

— É um nome *simpático*. Meio antigo, você não acha? Ninguém mais se chama João, hoje em dia. Os meninos costumam se chamar Marcelo, Alexandre, Fabiano, essas coisas. As meninas são Simone, Jacqueline, Vanessa. Leio sempre aquelas participações de nascimento no jornal, é o que mais gosto de ler.

Ele não disse nada.

— Há cada vez menos Marias — ela continuou. — E cada vez menos Joões e Paulos. Exceto nós, claro. Quer mais um conhaque?

Foi então que ele começou a sentir como um perigo rondando. Ela avançara o busto em direção a ele. De repente teve certeza: ela também estava mentindo. Pensou em perguntar, mas a certeza foi tanta que não era preciso. Além disso, a desconfiança de que uma pergunta assim fizesse desabar — o quê? Levantou-se.

— Acho que vou andando.

Ela não disse nada.

— É muito tarde.

Ela continuou sem dizer nada.

— Tenho que trabalhar amanhã cedo.

Ela ajeitou uma das mechas do cabelo. Ele encaminhou-se para a porta. Estendeu a mão para abrir. Mas ela foi mais rápida. Antes que ele pudesse completar o gesto ela estava do seu lado, e muito próxima. Tão próxima que sentiu contra o pescoço um bafo morno de cigarro e conhaque. As costas de sua mão esquerda roçaram a fazenda do vestido comprido. Quente, macia. Bastava menos que um gesto. Mas ela já abria a porta:

— Dizem que se o visitante abre ele mesmo a porta, não volta nunca mais.

Ele saiu. O corredor de mosaicos gelados.

— Volte quando quiser — ela sorriu.

Ele deu alguns passos em direção ao elevador. Ela continuava na porta. Antes de entrar no elevador ainda se voltou para encará-la mais uma vez. E não conseguiu conter-se.

— Não conheço nenhum Paulo — disse.

— Eu também não — ela sorriu. Ela sorria sempre.

Ele apertou o botão do térreo. Conseguiu segurar a porta um momento antes que se fechasse, para gritar:

— Eu não me chamo João.

— Eu também não me chamo Maria — julgou ouvir.

Mas não tinha certeza. Difícil separar a voz sorridente do barulho de ferros do elevador. Rangendo, puxando para baixo.

Na porta do edifício, tornou a apertar o botão do porteiro eletrônico:
— Escuta — perguntou —, você não tem um rádio-despertador?
— Claro que sim. Na minha cabeceira.
O riso chegou distorcido através dos pequenos orifícios do aparelho.
— E tenho também uma garrafa de vinho. Mas agora é muito tarde.

Até oito, a minha polpa macia

SOBE, DESCE ESCADAS; fecha, abre janelas; as escadas acabam na porta do quarto, as janelas se abrem sobre a parede cinza do edifício em frente. Qualquer dia entra janela adentro, ninguém pode fazer coisa alguma. Jogada na cama, dedilha o tédio abaixo do umbigo: inspirar contando até oito, segurar a respiração contando até oito, expirar contando até oito, segurar a respiração contando até oito. Mais uma vez, outra mais. Sete vezes. Con-cen-tra-ção. Hare Krishna. Krishna Hare. (Lulu casou com Jaime, lua de mel em Foz do Iguaçu. Betinha ganha três milhões por mês, secretária executiva. Norminha se forma psicóloga este ano.) Seis--sete-oito. *Honeymoon.* Até a moça gorda da farmácia, empregadosa, você pode discar pra mim? Tenho horror de telefone. Alô? É da Rádio Itaí? Aqui é a Dorvalina do Menino Deus, queria oferecer pro Jorge do 9º Batalhão "Daria tudo pra você estar aqui", com Wanderley Cardoso. Tudo. Tudinho. Ah. Até o espelho, meu Deus, o cabelo já não tem o mesmo brilho, e essas marquinhas nos cantos dos olhos quando sorri? fora o que não aparece, os seios, meu Deus, os seios despencando, gordurinhas nas dobras da cintura, tenho vinte e nove anos, e mais, e mais: as outras marcas, as de dentro. Devia começar a usar óculos, prender o cabelo, cores mais discretas, marrom, cinza, gelo. Brigitte Bardot tem quarenta anos, eu adoro vermelho. Mas. Abre portas, a sacada sobre o gramado, pelo menos essa grama verde batida de sol, na casa ao lado alguém ouve música italiana: *sapore di sale sapore di mare roberta ascoltami mio cuore,* tanto tempo, meu Deus como a gente se trai nessas memórias. Mas a margarida. Desce para o jardim, o vento norte, a casa quieta, sábado de tarde, abriu! é a primeira desta primavera, pólen solto no ar. Observa bem de perto. A margarida não é igual às outras margaridas. A margarida tem uma pétala encravada no centro, por que você não abriu para fora como as outras? ficar aí nesse centro amarelo: a margarida atrofiada, a margarida aleijada. O vento norte joga os cabelos na cara, os homens da construção ao lado, assim pode observá-los melhor entre os fios, melhor, ninguém suspeita. Novembro novembro. O calção branco, as coxas fortes, os pelos da barriga afundando no volume dentro do calção branco: Densidades Inimagináveis. O pensamento espástico. Sabe o que é espástico? É o que tem uma deficiência nervosa qualquer, eu também não sei direito: o espástico joga pernas & braços em todas as direções, sem o menor controle. Ah. Menina, o que foi que aconteceu com você? O que foi que fizeram com você? Eu não sei, eu não entendo. Roubaram a minha alegria, Tiamelinha quando foi pra clínica só dizia isso: roubaram a minha alegria, é tudo uma farsa, aquele olho desmaiado, é tudo uma farsa, roubaram a minha alegria. A primavera, o vento, esperei tanto por essa margarida, e veja só. Atrofiada. Aleijada. As pedras frias do chão da cozinha, rolar nua neste chão, qualquer dia faço uma loucura, faz nada, você está nessa marcação faz mais de dez anos. Mais de dez anos. A gente se entrega nas menores coisas. O cabelo enorme de Luzinha, você tá marcando, garota. (Jaime Jaime Jaime, como é que você foi casar com a Lulu, com aqueles dentões? Vai ser horrível, não vai dar certo.) Um chá, um chá às vezes resolve, funcho, capim-cidró, macela. Deve ter lua cheia hoje, fico meio enlouquecida. Inspirar, expirar, contando até oito. Papai, eu estou louca pirada que nem Tiamelinha, acho tudo uma farsa, roubaram a minha alegria, papai. Durmo durmo durmo batem na porta mas nunca é ninguém, aconteceu alguma coisa comigo, eu não era assim, esses calores, quem sabe alguns trabalhos caseiros? cozinhar costurar bordar tricotar, essas coisas. Você não quer voltar a estudar? era tão inteligente, parecia até que tinha uma certa queda para história. Joana Angélica, Maria Quitéria, Anita Garibaldi, essas machonas todas. Papai, meu pai, quero lamber o suor do meio das coxas daquele moço de calção branco da construção aí da frente. Desculpe, é o meu pensamento espástico, a lua cheia, não sou dessas, papai. Agora já não dá mais, Luzinha, *troppo* tarde, se continuo assim vou parar numa clínica ou tento o suicídio. Tenta nada, você não tem coragem, e tentar pra quê? pra chamar a atenção dos outros? pra dizer como-sou-infeliz-ninguém-me-entende? Bobeira, garota, você quer, arrumo umas pancas aí numas bocas e você sai dando. Tem tudo que quer e fica aí se queixando, parece uma tia velha solteirona, queria ver você dar duro, trabalhar oito horas por dia, sustentar mãe-entrevada-&-pai-alcoólatra, trabalhar, quem sabe? Você não sabe datilografia estenografia inglês correspondência? Secretária executiva, nas férias você vai pro Rio, Montevidéu, Buenos Aires, com o tempo pode ir até a Paris fazer compras. Socorro. Um tiro no ouvido. Pior, pior ainda: envelhecer devagarinho, secar feito passa sem que ninguém tenha cravado os dentes na minha polpa macia. Poesia, quem sabe escrever sonetos soluciona? À tardinha a sombra dos mamoeiros se reflete na parede cinza do edifício em frente. Mas isso não dá um poema. À tardinha. Inspirar, expirar. Hare Rama. Rama Krishna. Rubras cascatas no céu, Luzinha é quem tem razão, sair dando por aí, mas Tiamelinha foi pra clínica de puro desgosto, Luzinha toma droga, pega qualquer macho. Bem que ela faz. Cala a boca, menina, quer matar seu pai do coração? A escada serve para subir e descer, a janela para abrir e fechar: o corpo serve só para doer, dolorir, vinte e nove anos, quase trinta, que horror, eu não resistirei, depois trinta e um, aí as cores discretas, aí os trabalhos caseiros, e eu que adoro vermelho. (Jaime Jaime Jaime, você não devia ter feito isso comigo), tomar banho e ficar na sacada sem olhar os pelos molhados de suor do peito do moço da construção em frente, esperando o quê? esperando quem? Aqui-e-agora, Luzinha me empresta cada livro, aqui-e-agora, esses pássaros idiotas sobrevoando essa ilha de loucos, aqui-e-agora, não consigo mais ler essa porcaria, espástica, es-pás-ti-ca, proparoxítona é que tem acento na antepenúltima? o pôster de Burt Reynolds, que vontade, Densidades Inimagináveis, nem lembro mais, venha comigo, aqui-e-agora, cinco-seis-sete-oito: por favor, por favor POR FAVOR: crave seus dentes na minha polpa maciaaaaaaaaaaaah.

Rubrica

FAZIA HORAS que ela rondava por ali. Horas não digo, mas uns bons quinze minutos, porque eu já tinha fumado um cigarro inteiro e lido todo um jornal. Todo não, só as manchetes. Mas já tinha *folheado* um jornal inteiro. Acho que fiquei de saco meio cheio de continuar fingindo que não estava vendo ela, e dei uma olhada. Ela foi se chegando. Eu tornei a baixar os olhos para o jornal. *América-Latina-dominada-pelo-militarismo*. Eu tinha um ar muito ocupado. Mas ela ficou ali bem pertinho e daí eu olhei bem pra ela, como quem diz tá certo, admito que você tá mesmo aqui — e daí? Ela remanchou um pouco, fez umas bocas mascando mais o chiclete, puxou uns fios do cabelo louro, e eu olhando duro pra ela. Agora você *tem* que dizer alguma coisa, eu pensei. E senti que ela entendeu perfeitamente, porque depois de algum tempo perguntou com muito cuidado:

— Sabia que o meu pai era artista?

Eu continuei olhando pra ela, sem dizer nada. Ela completou:

— Ele nasceu na Alemanha...

Eu acendi outro cigarro — o negrinho do carro de pipocas ficou todo assanhado e levantou o polegar direito pra mim. Eu também levantei o polegar direito pra ele, depois fiquei meio puto porque quando ele me pedia as vinte assim eu não conseguia fumar direito. Fumar *atentamente*, quero dizer. E o cimento do degrau tava me esfriando a bunda.

— Como é o teu nome? — perguntei, e fiquei ainda mais puto porque agora ela não ia mais largar do meu pé. Mas já tinha perguntado. Era muito tarde. Ela disse:

— Adriana.

Eu traguei bem forte e joguei a fumaça assim meio na cara dela, de pura sacanagem. Ela nem piscou:

— Adriana com *a*. Na minha aula tem uma guria que é Adriane com *e*.

Eu não pude me conter:

— Então o teu nome vem primeiro na chamada.

Ela arregalou os olhos:

— Como é que tu sabe?

Ácido-arsênico-caiu-no-mar-próximo-ao-Japão, eu li pela décima vez no jornal aberto. O negrinho tornou a levantar o dedo. Me dava um ódio. Cheguei a meio que me engasgar com a fumaça. Ela perguntou:

— Hein?
Eu rosnei:
— Hein o quê?
Ela recuou:
— Nada, ué.
Foi então que resolvi ser bem *objetivo*:
— Adriana, é o seguinte...
Ela esperou, meio suspensa. Mascou mais o chiclete. No canto da boca apareceu uma coisa rosada que eu não sabia se era língua ou chiclete gosmento de tanto mascar.
— Você quer parar de mascar *tanto* esse chiclete?
Ela parou, mas ficou com a boca bem aberta. E não era muito *agradável* ver aquela massa rosada e viscosa no meio da saliva. Eu suspirei. *Ainda--falta-redemocratizar-o-país*, eu li. Achei melhor continuar sendo objetivo:
— Escuta, tu não quer ir ali naquela carrocinha de cachorro-quente e me trazer uma coca-cola?
Ela demorou um pouco, me olhando bem antes de perguntar, na maior inocência:
— O quê?
Eu falei:
— Tá legal. Esquece.
Torturado-até-a-morte-o-professor-de-sociologia, foi aí que eu me dei conta de que ela já tinha sentado no degrau bem embaixo do meu. Fiquei com vontade de me putear por ter permitido que a situação chegasse àquele ponto. Ela estava cheia de intimidades. Intimidade que *eu* tinha dado a ela. Eu, com estes olhos que a terra há de comer. Ia jogar o cigarro no chão e apagar com o calcanhar do tênis, mas me lembrei do negrinho na hora exata. Só que ele já tava do meu lado. Olha aqui, eu pensei dizer, me enche *demais* o saco que tu fique tirando a sustância do meu cigarro desse jeito. Mas não disse nada. *Imposto-sobre-combustí-vel-vai-atingir-outra-vez-o-consumidor*, o vento virava as páginas do jornal. O vizinho de cima passou e eu tive que me arredar um pouco. Enquanto eu me dava conta de que a bunda já tava meio dormente, ele me olhava como se eu fosse um tarado total por estar ali de prosa com uma guriazinha. Ela disse:
— Eu também já fui artista.
Esperou um pouco. *Confissão-não-foi-suficiente-para-esclarecer-homicídio*, pisquei. Ela continuou:
— Sabe aquelas bicicletas de uma perna só?
— Perna não, roda. Quem tem perna é cavalo.
Mordeu a unha do indicador:
— Pois é. Roda. Sabe?
— Sei — eu disse, mais para colaborar com ela. Ela se entusiasmou

tanto que chegou a levantar um pouco no degrau sujo. Aí eu aproveitei e insisti:

— Tem mesmo *certeza* de que você não quer buscar uma coca-cola?

Ela fez que não ouviu.

— Eu andava nas costas do meu irmão.

— Que barato — eu disse.

Ela ficou entusiasmadíssima com o meu comentário:

— Eu fazia assim com as mãos, ó.

Fez uns bailados com as mãos no ar, depois ficou olhando pra mim e esperando o que eu ia dizer. *Apunhalou-sete-vezes-a-mulher-ao-surpreendê-la--nua-com-a-vizinha*.

— Era da minha tia.

— O quê? — eu resolvi perguntar, senão ela não ia acabar nunca com aquela história. Ela resmungou:

— O circo, ora. A minha mãe falou que eu não devia ficar de valde enquanto ela trabalhava.

Eu ia perguntar o que a mãe dela fazia, tinha que ter um jeito de apressar aquilo. Ela parece que percebeu, porque foi dizendo bem em cima do meu pensamento:

— Ela se amarrava no trapézio pelo cabelo e fazia também assim, ó, com as mãos. Foi ela quem me ensinou a fazer igual. Tem um cabelo triforte.

Eu ia acender outro cigarro, mas daí me lembrei do negrinho. Tinha umas cinco pessoas na carrocinha e ele tava triocupado. Se eu acendesse agora e ficasse fumando meio mocozeado ele não ia sacar nada. Só se visse a fumaça, mas já tava quase escuro. Demorei muito pensando nisso, e quando fui acender ele já tava desocupado de novo. Eu recém tinha tirado o maço do bolso e ele já tinha levantado o polegar direito. *Epidemia--de-raiva-e-meningite-no-interior*. Tornei a guardar o maço. Tava cercado de demônios. Já tinha acendido a luz no poste da esquina e eu continuava seco por uma coca-cola.

— Escuta aqui, Adriane — eu disse, carregando no *e*.

Ela corrigiu, muito séria:

— AdrianA. Com *a*.

— Tá bem — eu falei. — Olha, se...

Mas ela parecia possuída. Ou possessa, não sei a diferença. Baixou a cabeça:

— Daí "eles" queimaram tudo e levaram meu pai.

— "Eles" quem, ora? E levaram pra onde?

Ela furou a terra com a ponta do sapato:

— Não sei. Ninguém sabe.

— Mas o que ele fazia? — eu insisti.

— Não sei. Acho que nada. Só lia uns livros lá.

— Bem feito — eu disse.

Ela fez uma enorme bola de chiclete. Mas não parecia prestar atenção, nem quando a bola explodiu e ficou toda grudada em volta da boca e na ponta do nariz.

— E os bichos? — eu perguntei. — Não tinha nem bicho nesse circo fajuto?

Me olhou com desprezo:

— Não era fajuto.

Eu ri:

— Mas e os bichos?

— Claro que tinha, né. Era um baita circo.

Pensei que ela ia falar mais, mas parou de repente. Esfregou o chão com o bico do sapato. Um sapato branco, velho, com uma presilha rebentada em cima. *Quadrilha-rouba-questões-e-vende-ao-Supletivo*, eu li acho que pela última vez, porque já tava quase muito escuro. Ela disse:

— O elefante a gente deu pro jardim zoológico.

— Deu ou vendeu? — eu perguntei bem em cima.

Ela não respondeu.

— Escuta — eu disse.

— A tia ficou com o ouriço.

— O quê?

Ela esclareceu:

— Era um ouriço ensinado, o nome dele era Paulinho. Eu fiquei com os macacos, o Chico e a Chica. Mas a mãe deu eles porque eram muito bagaceiros e ela achava que podiam dar mau exempro.

— Exemplo — eu ia corrigindo. Mas foi aí que a mãe dela saiu de dentro da carrocinha de cachorro-quente. Acho que era a mãe dela, porque tinha cabelos muito fortes. Pelo menos de longe e meio no escuro parecia. Eu tava sentado no degrau e a carrocinha tava do outro lado da rua. E já tinha escurecido. A mãe dela botou uma mão na cintura, levantou a outra no ar e gritou Adriana, vem tomar banho. Ou vem jantar, Adriana. Eu não conseguia ouvir direito. Ela levantou. Eu olhei de novo pro jornal, mas já não conseguia ler mais nada. Tava escuro pra caralho. Ela disse:

— Então tiau.

Eu não respondi. Ela saiu correndo na direção da carrocinha. Eu dei um tapa num mosquito xaropento, essa hora eles começam a chegar, mortos de fome. Ou sede, sei lá. Olhei de novo pro negrinho. Ele tava meio encolhido de frio, mas triantenado nas minhas vinte. O degrau tinha gelado completamente a minha bunda. Acho que vou subir, me pelar todo, olhar o pôster da Sandra Bréa e bater uma boa punheta, pensei. Mas não consegui ficar de pau duro. Resolvi acender outro cigarro de qualquer jeito. Levei a mão no bolso pra apanhar o maço. Mas o negrinho não levantou o polegar direito. Acho que aquele papo tinha me brochado completamente. Merda, eu disse. Ou só pensei em dizer.

Divagações de uma marquesa

A MARQUESA TOMOU seu chá às cinco horas. Depois, como de hábito, colocou a xícara sobre a mesa e ficou olhando pela janela. Pela janela a marquesa não via muita coisa: o cimento do viaduto invadindo o bloco de edifícios no lado oposto da rua cobria quase toda a visão. Restavam pequenas frestas entre as paredes de cimento, cinco ou dez centímetros de rio, mas tão longe que era impossível sentir seu cheiro, o cheiro podre do rio. Por cima a marquesa via o céu, um céu quase sempre rosado de sujeira, algumas estrelas à noite, poucas, vesgas; por baixo a rua, os carros que passavam, mas era desinteressante ver carros passando e pessoas tão pequenas que a marquesa não podia desvendar seus rostos, atribuir-lhes passados, desgraças e futuros, como antigamente. A marquesa gostava de pessoas? Achava que sim, quando estava sozinha achava ardentemente que sim, mesmo aquelas do bloco de edifícios na calçada oposta, que espiavam a sua vida por entre as frestas das persianas, como se ela andasse sempre nua. A marquesa também espiava a vida das pessoas do outro lado, mas espiava sem curiosidade de ver, um que outro rapaz saindo do banho, cabeça molhada, um homem beijando uma mulher, nunca ninguém se masturbando ou fazendo amor ou injetando algo na veia ou tentando o suicídio com navalha. Então a marquesa olhava desinteressada, procurava um resto de chá no fundo do bule ou se perdia em pequenas ações, como acender outro cigarro ou escovar cem vezes os cabelos ou lixar cuidadosamente as unhas. Depois, ou mesmo durante, mas nunca antes: a marquesa pensava na espuma dos rios.

Imaginava-a roxa. No máximo verde. Ou roxa e verde ao mesmo tempo. (Roxos tinham sido os panos cobrindo estátuas na Semana Santa; verde era o podre avançando nos cadáveres.) Roxa, verde, a espuma crescia sobre os rios, depois o vento soprava amontoando-a em grandes blocos que levava pelas ruas. A espuma chocava-se contra portas fechadas, depositava-se sobre vidraças, a madeira e o cimento, corroía-os lentamente. A espuma avançava enquanto as pessoas buscavam o fundo de suas próprias casas, até ficarem encurraladas contra a última parede. Então a espuma tocava macia suas peles, aos poucos roía em roxo e verde a carne, os músculos, os próprios ossos. E nada restava daquelas pessoas. Nem mesmo poeira que o vento soprasse.

Quando chegava nesse ponto, os músculos das espáduas da marquesa se enrijeciam, e pensava então no seu passeio pelas ruas, sábado à tarde, que seu repertório não era muito. Mas pensar no passeio levava-a à Cidade Baixa, e, na esquina de uma das ruas da Cidade Baixa, à farmácia. E na farmácia (a marquesa caminhava devagar na rua. Havia poucos automóveis. Aos sábados era fácil atravessar as ruas sem olhar muito para os lados nem sentir dor nos ouvidos. A marquesa caminhava descuidada. Às vezes chegava a comprar flores e até mesmo uma maçã, a mais vermelha que conseguisse encontrar. E ia assim, as flores apertadas junto ao peito, esfregando a maçã contra o vestido, lentamente, porque alguém lhe dissera que as maçãs — não somente as maçãs, mas também as goiabas, as peras e os pêssegos, mas deixara de comprar pêssegos desde que soubera do veneno por trás da casca veludosa — mas enfim, embora, as maçãs, as frutas: alguém dissera que só gostavam de ser comidas assim, num ritual. A marquesa caminhava. Prepararia o ritual ao chegar em casa, colocando as flores no vaso de louça, acendendo velas e dizendo sorridente à maçã: "Um dia meu corpo servirá de adubo para muitas macieiras crescerem". A marquesa. Tão distraída vinha que não chegava a perceber quando começava a acontecer a cena da farmácia. Assim: quando tomava consciência de si e do que a cercava, já estava dentro do que acontecia. E o que acontecia, dentro da farmácia)... era um homem com uma arma na mão e um crioulo forte, vestido de branco. Percebia mais o crioulo como uma mancha escura dentro de outra mancha, clara. Rapidamente: aquelas manchas escura e clara que eram o crioulo recuavam, móveis, enquanto o homem apontava a arma e disparava. O crioulo caía primeiro para trás, contra uma prateleira de remédios, depois ele e os remédios caíam juntos sobre o balcão e de algum lugar entre aquelas manchas nascia uma outra, vermelha, que escorria em direção aos pés da marquesa enquanto muita gente corria e a empurrava e gritava muito alto e segurava o homem com a arma que tornava a disparar e uma coisa quente passava zunindo junto a seus cabelos. Perdia-se depois entre o barulho das motocicletas, a poeira seca das ruas e as vibrações coloridas dos televisores atrás das persianas abaixadas. Um tempo depois, não sabia quanto, de mãos vazias, a marquesa estava novamente em casa.

A marquesa suspirava, esmagada pelo difícil de pensar em si mesma sem maçã nem flores, e tornava a olhar pela janela e ratos. (Eram ratos na rua, no ônibus, na praça, ratos trocadores correndo de toca em toca com seus objetos presos entre os dentes arreganhados. A marquesa lembrava: alguém dissera, talvez aquele mesmo do ritual, que outro alguém colocara alguns casais de ratos a se reproduzirem num determinado espaço. Depois de algum tempo os ratos tornavam-se agressivos, entredevoravam-se, enlouqueciam, comiam os próprios filhos, mantinham relações homossexuais, alguém dissera, os ratos. E os saguis.) Era uma vez dois saguis presos numa gaiola. Até que um dia um começou a roer a cauda do outro. Então o dono dos saguis retirou da gaiola o de cauda semidevorada e no dia seguinte o sagui antropófago tinha começado a devorar a própria cauda. Não sabia como terminava a história, talvez acabasse aí mesmo com reticências. Mas a marquesa não conseguia segurar o pensamento, e em breve tinha dentro da sala uma gaiola com os ossos de um sagui devorado por si mesmo. Talvez restassem os olhos, arriscava, fosforescência, dentes saciados, um pequeno estômago repleto de si mesmo.

A marquesa fascinava-se de horror e ia até a quitinete encher o bule para fazer mais chá. Mas a água sempre acabava nas torneiras e ela precisava sair à rua para buscar água mineral, chegava a colocar a chave no bolso e os dedos no trinco da porta. Quando os dedos se fechavam em torno do trinco para iniciar o movimento de baixá-lo, a marquesa pensava rapidamente, e por ordem: 1) na espuma; 2) na farmácia; 3) nos ratos; 4) nos saguis. E recuava, a marquesa ia recuando contra a janela de vidro. Poderia imaginar também bolhas ou ratos escorregando por baixo da porta, mas preferia sentar na cadeira junto à janela e comprimir o rosto contra o vidro, olhando para além da grade. Mas fora, fora só havia caixas e caixas de cimento, latas transbordantes de lixo, automóveis zunindo, espuma sobre os rios, tiros nas farmácias, saguis entredevorados. Bebericava com nojo dois dedos de água açucarada e fria no fundo da xícara. A xícara bonita, com alguns pastores e florzinhas azuis — admirava sem emoção, indicador e polegar segurando firmes a asa, dedo mínimo suspenso no ar. "Se eu fosse uma personagem de romance antigo", pensava, "agora jogaria a xícara, ou melhor, a taça ao chão." O autor certamente saberia tirar algum efeito: a) dos cacos espalhados pelo assoalho, talvez um último raio de sol brincando na coroa de flores da pastora; b) ou então faria com que ela olhasse fixamente para um quadro na parede: em algum lugar, numa praia deserta e distante, uma onda batia forte contra um rochedo, espalhando espuma em todas as direções; c) ou faria com que o marquês, devia haver um marquês qualquer naquela ou nesta história, entrasse de repente para possuí-la sobre tapetes persas, jogando as inúmeras saias sobre a baixela de prata; d) ou que enchesse sôfrega a seringa, procurando a veia, enquanto um rock tocasse na vitrola; e) ou apenas gritasse muito alto, durante muito tempo, até ficar rouca e muda, sem ninguém ouvir. Qualquer coisa, a marquesa pediu, encolhendo-se contra a última parede da gaiola, qualquer coisa aqui, agora — antes do ponto final.

O inimigo secreto

Para Mario Bertoni

I

O ENVELOPE NÃO tinha nada de especial. Branco, retangular, seu nome e endereço datilografados corretamente do lado esquerdo, sem remetente. Guardou-o no bolso até a hora de dormir, quando, vestindo o pijama (azul, bolinhas brancas), lembrou. Abriu, então. E leu: "Seu porco, talvez você pense que engana muita gente. Mas a mim você nunca enganou. Faz muito tempo que acompanho suas cachorradas. Hoje é só um primeiro contato. Para avisá-lo que estou de olho em você. Cordialmente, seu Inimigo Secreto".

A esposa ao lado notou a palidez. E ele sufocou um grito, como nos romances. Mas não era nada, disse, nada, talvez a carne de porco do jantar. Foi à cozinha tomar sal de frutas. Leu de novo e quebrou o copo sem querer. Voltou para o quarto, apagou a luz e, no escuro, fumou quatro cigarros antes de conseguir dormir.

II

Dois dias depois veio o segundo. Examinando a correspondência do dia localizou o envelope branco, retangular, nome e endereço datilografados no lado esquerdo, sem remetente. Pediu um café à secretária, acendeu um cigarro e leu: "Tenho pensado muito em sua mãe. Não sei se você está lembrado: quando ela teve o terceiro enfarte e ficou inutilizada você não hesitou em mandá-la para aquele asilo. Ela não podia falar direito, mas conseguiu pedir que não a enviasse para lá. Queria morrer em casa. Mas você não suporta a doença e a morte a seu lado (embora elas estejam dentro de você). Então mandou-a para o asilo e ela morreu uma semana depois. Por sua culpa. Cordialmente, seu Inimigo Secreto".

Abriu a terceira gaveta da escrivaninha e colocou-o junto com o primeiro. Pediu outro café, acendeu outro cigarro. Suspendeu a reunião daquele dia. Parado na janela, fumando sem parar, olhava a cidade e pensava coisas assim: "Mas era um asilo ótimo, mandei construir um túmulo todo de mármore, teve mais de dez coroas de flores, ela já estava mesmo muito velha".

III

Alguns dias depois, outro. Com o tempo, começou a se estabelecer um ritmo. Chegavam às terças e quintas, invariavelmente. O terceiro, que ele abriu com dedos trêmulos, dizia: "Você lembra da Clélia? Tinha só dezesseis anos quando você a empregou como secretária. Cabelo claro, fino, olhos assustados. Logo vieram as caronas até a casa em Sarandi, os jantares à luz de velas, depois os hoteizinhos em Ipanema, um pequeno apartamento no centro e a gravidez. Ela era corajosa, queria ter a criança, não se importava de ser mãe solteira. Você teve medo, não podia se comprometer. Semana que vem faz dois anos que ela morreu na mesa de aborto".

IV

Fumava cada vez mais, sobretudo às terças e quintas. As cartas se acumulavam na terceira gaveta da escrivaninha:

"E o Hélio? Lembra do Hélio, seu ex-sócio? Desde que você conseguiu a maior parte das ações com aquele golpe sujo e o reduziu a nada dentro da companhia, ele começou a beber, tentou o suicídio e esteve internado três vezes numa clínica psiquiátrica."

E:

"Então você se sentiu orgulhoso de si mesmo no jantar que os funcionários lhe ofereceram no sábado passado? Talvez não se sentisse tanto se pudesse ver no espelho a sua barriga gorda e os seus olhinhos de cobra no decote de d. Leda. Depois que você se foi, ela riu durante meia hora e foi para a cama com o Jorginho do departamento de compras."

E:

"E o fracasso sexual com sua mulher no domingo? Será que minhas cartas o têm perturbado tanto? Ou será apenas que você está ficando velho e brocha?"

V

Com cuidado, a mulher insinuou que devia procurar um psiquiatra. Ele desconversou, falou no tempo e convidou-a para ir ao cinema. A terceira gaveta transbordava. Além das terças e quintas, depois de um mês as cartas passaram a vir também aos sábados. E, depois de dois meses, todos os dias. Tentava controlar-se, pensou em não abrir mais os envelopes. Chegou a rasgar um deles e jogar os pedaços no cesto de papéis. Depois viu-se de quatro, juntando pedacinhos como num quebra-cabeça, para decifrar: "Você tem observado seu filho Luís Carlos? Já reparou na maneira de ele cruzar as pernas? E o que me diz do jeito como penteia o cabelo? Não é exatamente o que se poderia chamar *um tipo viril*. Parece que faz questão de cada vez mais parecer-se com sua mulher. Talvez tenha nojo de parecer-se com você".

VI

"Há quanto tempo você não tem um bom orgasmo?"

"E aquele seu pesadelo, tem voltado? Você está completamente nu sobre uma plataforma no meio da praça. A multidão em volta ri das suas banhas, da sua bunda mole, obrigam-no a dançar com um colar de flores no pescoço e jogam-lhe ovos e tomates podres."

"Uma farsa, essa sua vida. O seu casamento, a sua casa em Torres, a sua profissão — uma farsa. E o pior é que você já não consegue nem fingir que acredita nela."

"Pergunte à sua mulher sobre um certo Antônio Carlos. E, se ela lhe disser que a mancha roxa no seio foi uma batida, não acredite."

"Quando criança você não queria ser marinheiro?"

VII

Suportou seis meses. Uma tarde, pediu à secretária um envelope branco, colocou papel na máquina e escreveu: "Seu verme, ao receber esta carta amanhã, reconhecerá que venci. Ao chegar em casa, apanhará o revólver na mesinha de cabeceira e disparará um tiro contra o céu da boca". Acendeu um cigarro. Depois bateu devagar, letra por letra: "Cordialmente, seu Inimigo Secreto". Datilografou o próprio nome e endereço na parte esquerda do envelope, sem remetente. Chamou a secretária e pediu que colocasse no correio. Como vinha fazendo nos últimos seis meses.

Paris não é uma festa

FICOU MEIO IRRITADA quando bateram à porta e olhou com desânimo para o monte de papéis e livros esparramados sobre a mesa. Eu tinha pedido que ninguém incomodasse, pensou. Olhou pela janela, indecisa. Mas quando bateram pela segunda vez ela suspirou fundo e disse numa voz seca:
— Entre.
À primeira vista quase não o reconheceu. Tinha deixado a barba crescer e usava uns enormes óculos escuros. As roupas também eram diferentes. Coloridas, estrangeiras. E o cabelo mais comprido. Hesitou entre beijá-lo, estender a mão ou apenas sorrir. Afinal, havia tanto tempo. Como ele não fazia nenhum movimento, limitou-se a sorrir e a permanecer onde estava, atrás da grande mesa cheia de papéis e livros em desordem.
— Então é você mesmo — disse. — *Welcome*, não é assim que se diz? — Indicou a poltrona em frente à mesa. — Deve ter coisas sensacionais para contar. — Esperou que ele sentasse, acomodando lentamente as longas pernas. — Um cafezinho, quer um cafezinho autenticamente brasileiro? — Riu alto, fingindo ironia. — Garanto que por lá não tinha essas coisas. — Apertou o botão do telefone interno. — Ana, por favor, traga dois cafés. — Voltou-se para ele. — Ou você prefere chá? Ouvi dizer que os ingleses tomam chá o tempo todo. Você deve estar acostumado...
— Café — ele disse. — Sem açúcar.
— Ana, dois cafés. Um sem açúcar.
Soltou o botão e ficou olhando para ele. Mas ele não dizia nada. Remexeu alguns papéis sem muita vontade. O silêncio estava ficando incômodo. Tornou a olhar pela janela. Vai chover, pensou sem emoção, vendo o céu escurecer lá fora. Ele tinha acendido um cigarro e fumava devagar, as pernas cruzadas. O silêncio pesou um pouco mais. Se alguém não disser qualquer coisa agora, ela pensou, vai ficar tudo muito difícil. E abriu a boca para falar. Mas nesse momento a porta abriu-se para a moça com os dois cafés, um sem açúcar.
— Obrigada, Ana.
Esperou que ela saísse. Depois mexeu o líquido escuro com a colherinha de prata. Algumas gotas pingaram no pires.

— Então — disse —, tenho tanta coisa para perguntar que nem sei por onde começo. Fale-me de lá...
Ele não disse nada. Estava começando a ficar nervosa.
— Paris, por exemplo, fale-me de Paris.
— Paris não é uma festa — ele disse baixo e sem nenhuma entonação.
— É mesmo? — ela conteve a surpresa. — E que mais? Conte...
Ele terminou o café, estendeu a xícara até a mesa e cruzou as mãos.
— Mais? Bem, tem a Torre Eiffel...
Ela sorriu, afetando interesse.
— Sim?
— ... tem Montmartre, tem o Quartier Latin, tem o Boulevard Saint-Michel, tem o Café de Flore, tem árabes, tem...
— Isso eu sei — ela interrompeu delicadamente. E, quase sem sentir:
— E Londres?
— Londres tem Piccadilly Circus, tem Trafalgar Square, tem o Tâmisa, tem Portobello Road, tem...
— A Torre de Londres, o Big Ben, o Central Park — ela completou brusca.
— Não — ele explicou devagar. — O Central Park é em Nova York. Em Londres é o Hyde Park. Tem bombas, também. O tempo todo. Ah, e árabes.
— Pois é — ela amassou uma folha de papel. Depois desamassou-a, preocupada. Seria algo importante? Não era. Acendeu um cigarro. — E Veneza tem canais, Roma tem a Via Veneto, Florença tem...
— Eu não fui à Itália — ele interrompeu.
— Ah, você não foi à Itália. — Ela bateu o cigarro nervosamente, três vezes. — Mas à Holanda você foi, não? Lembro que mandou um cartão de lá. E o que tem lá? Tulipas, tamancos e moinhos?
— Tulipas, tamancos e moinhos — ele confirmou. — E árabes também.
— (Mas afinal o que está havendo?) — E putas na vitrine.
— O quê?
— É. Em Amsterdam. Elas ficam numa espécie de vitrine, as putas.
— Interessante.
— Interessantíssimo.
Ela ficou um pouco perturbada, levantou-se de repente e foi até a janela. As nuvens estavam mais escuras. Vai mesmo chover. Olhou-o por cima do ombro. Afinal, esse cara fica dois anos fora e volta dizendo essas coisas. Pra saber disso posso ler qualquer guia turístico.
— O quê?
— Disse que pra saber disso posso ler qualquer guia turístico.
— É verdade. Você pode.
Odiava aquelas nuvens escurecendo aos poucos. Na rua as pessoas apressavam o passo, algumas olhavam para cima, outras faziam sinais para os táxis. Voltou-se para ele, que examinava os papéis e livros em cima da mesa.

— Eu tenho muito trabalho — ela disse. E arrependeu-se logo. Ele podia pensar que ela estava insinuando que estava muito ocupada, que não tinha tempo para ele, que...

— Eu já vou indo — ele disse, erguendo-se da poltrona.

— Espere — a voz dela saiu um pouco trêmula —, eu não quis dizer...

— Claro que você não quis dizer. — Ele tornou a sentar.

Ela voltou à mesa. Ficou de pé ao lado dele. Mas era como se não o conhecesse mais. Acendeu outro cigarro.

— Está quase na hora de sair. Se você esperar mais um pouco, posso te dar uma carona.

— Você tem carro agora?

— É. Eu tenho carro agora... — E se você fizer qualquer comentário irônico, pensou, se você *ousar* fazer qualquer...

— Você subiu na vida — ele disse.

Ela concordou em silêncio. Cruzou os braços. Começava a sentir frio. Ou era aquele ar carregado de eletricidade? Pensou em vestir o casaco no encosto da cadeira. Mas não se moveu. O silêncio tinha crescido de novo entre as paredes. Podiam ouvir o barulho das máquinas de escrever na sala ao lado. E alguém perguntando as horas numa voz estridente. E um telefone tocando.

— Escute — ela disse de repente. — Nós temos muito interesse em publicar o seu livro.

Ele não se moveu.

— É um livro... muito forte. — Acendeu outro cigarro. — Mas a nossa programação para este ano já está completa — acrescentou rapidamente. — Além disso, há a crise do papel, você sabe, tudo subiu muito, as vendas caíram, tivemos também um corte de verba, eles estão mais interessados em publicar livros didáticos ou então autores que já tenham um público certo, ou...

Teve a impressão de que ele não estava ouvindo. Descruzou os braços, endireitou o corpo. O frio tinha passado. Perguntou: — Você deve ter trazido muito material novo, não?

— Não — ele disse. E olhou em volta como se tivesse acabado de chegar.

— É legal aqui. Dá pra ver o rio, as ilhas. Você deve gostar de ficar aqui.

— É, eu gosto, mas...

Ele tinha levantado e dava alguns passos pela sala, detendo-se para olhar os quadros e os livros.

— Daqui a pouco vai começar a chover — ela observou.

Ele olhou pela janela sem interesse.

— Quer mais um café?

Ele não respondeu.

— Se você quiser eu posso chamar a Ana, está pronto, na garrafa térmica, é só chamar, eu... — Acendeu outro cigarro.

— Você está fumando demais — ele disse. — E muito café estraga os nervos.

— Você acha? É que às vezes fico meio louca com esse monte de trabalho e não tenho bem certeza se...

Pensou em queixar-se um pouco. Mas ele parecia não ouvi-la. Continuava a andar de um lado para outro entre os livros, os quadros, as poltronas. Às vezes estendia a mão mas, como se mudasse de ideia no meio do gesto, continuava a andar sem tocar em nada. Dava-lhe a impressão de que ele estava andando havia horas. Sentiu uma pontada na cabeça. Deve ser o cigarro. Ou o café. E tornou a olhar pela janela. As nuvens tinham escurecido completamente. Agora, ela pensou apertando as mãos, agora vem uma ventania, um trovão, um raio, depois começa a chover. Fechou os olhos para depois abri-los lentamente. Mas não tinha acontecido nada. E ele continuava a andar de um lado para outro.

— Você está muito nervoso — ela disse sem pensar.

Ele parou em frente à janela e tirou os óculos. Os olhos, ela viu, os olhos tinham mudado. Estavam parados, com uma coisa no fundo que parecia paz. Ou desencanto.

— Eu estou muito calmo — ele disse.

Mas não eram só os olhos e o rosto sem barba, não eram só aquelas roupas bizarras, estrangeiras, nem as duas pulseiras e o anel de pedra roxa, não era só o cabelo mais comprido...

— Você mudou — ela disse.

— Tudo mudou.

Ele tornou a colocar os óculos. Ela pensou em pedir-lhe para fechar a janela. Mas não disse nada. Amassou de novo aquele papel, não tinha importância, não tinha mesmo importância alguma. Os pingos grossos molhavam os livros e os papéis em desordem. Por trás dele tinha começado a chover.

Sim, ele deve ter um ascendente em Peixes

AQUELA NOITE, à hora de costume, ao voltar para casa Ele virou várias vezes a chave na fechadura e não conseguiu abrir a porta. Fazia frio, Ele estava com dor de barriga: não tinha agasalho e, por razões que o psiquiatra ainda não descobrira, só conseguia frequentar seu próprio banheiro. Ele morava sozinho e só tinha aquela chave. Ele deu algumas voltas na calçada, olhou para cima como se acreditasse em Deus, e tentou novamente. Ele tentou mais de dez vezes, mas não conseguiu abrir a porta. Afastou-se um pouco para pensar e, olhando bem para a casa, concluiu que talvez não fosse aquela. Mas. Ele não se enganava: nunca. E tentou reorganizar os detalhes na memória: o gramado seco que fora jardim um dia entre o muro baixo e descascado e a porta de madeira escura. E o muro não era tão baixo nem tão descascado nem a grama tão seca nem tão escura a madeira da porta.

Ele ficou um pouco confuso e voltou até a parada de ônibus para refazer o itinerário, embora morasse naquela zona havia mais de quinze anos e nunca tivesse errado o caminho, mesmo aos sábados, quando bebia duas — no máximo três — doses de uísque nacional. Na parada de ônibus estava o mesmo negro alto que ali ficava todas as noites. (Ele ouvira os vizinhos comentarem que o negro era passador de fumo.) Mas ficou aliviado ao ver que a parada continuava a mesma, com o poste de luz amarela e a placa meio torta para o lado esquerdo, sem falar no negro alto encostado no poste, os olhos empapuçados. Mas, olhando bem, a luz era um pouco mais forte, embora o poste fosse mais alto, e a placa continuava despencada, mas para o lado direito — e o negro. O negro não era tão alto, nem estava encostado no poste, nem tinha os olhos empapuçados. Ele pensou que talvez não tivesse prestado bem atenção no negro e que o poste, a luz e a placa podiam ter sido modificados por um-daqueles-serviços-públicos-sempre-tão-deficientes, e o negro, o negro podia ser outro, ou ter sido sempre aquele, afinal, prestava *bem* atenção nas coisas apenas uma vez, a primeira, depois passava adiante, a memória confirmando (quinze anos). E nunca tinha se enganado, nunca. Então chegou perto do negro e olhou-o de cima a baixo sem dizer nada, até o negro perguntar devagar-e-muito-gentil se queria alguma coisa. Ele disse que não, que muito obrigado, que não fumava, mas não conseguiu parar de olhar para o negro que continuava olhando gentilmente para ele e agora começava a sorrir com uns-dentes-claros-muito-bons. Um pouco desorientado, Ele bateu com dois dedos no chapéu de feltro e foi andando pelo itinerário que devia ser o mesmo.

Quase na esquina da rua que devia ser a sua começou a ouvir uns passos atrás dos seus, e olhou, e era o negro que vinha vindo lentamente, as mãos nos bolsos e aquele sorriso gentil nos lábios grossos. Ele pensou rapidamente em coisas como assaltos, assassinatos, banditismos os mais variados, mas bastava chegar à esquina, dobrar à esquerda e mais dois passos: estaria chegando em sua casa de muro-baixo-meio-descascado-separado-da--madeira-escura-da-porta-pela-grama-áspera-quase-morta. Para certificar-se, olhou para cima, para a placa da rua, uma placa velha, de letras brancas sobre um fundo azul-marinho: e estava lá: rua das Hortênsias. Suspirou aliviado, um segundo, depois ficou pensando quase com certeza que a rua era das Rosas, não das Hortênsias. Foi aí que o negro chegou bem perto dele e parou. Ele perguntou por favor, onde ficava a rua das Rosas? e o negro sorriu sacana dizendo que não tinha fósforos. Sem outra saída, Ele virou à esquerda, embora a rua não fosse a das Rosas, e apressou o passo, e o negro também apressou o passo, e só se ouvia o som de quatro pés batendo rápidos na rua de casas antigas, sem rosas nem hortênsias.

Na frente da casa que devia ser a sua, Ele parou para enxugar o suor que escorria da testa, embora fizesse frio, ainda há pouco, e lembrou com pavor que na esquina o negro apertara qualquer coisa no bolso, uma coisa longa, provavelmente uma faca, e tremeu, e pensou em correr, mas o negro tinha chegado perto e não havia jeito de fugir sem mostrar que estava com medo. Ele sorriu nervoso apontando a casa e disse que não era a sua, que a chave não servia. O negro não disse nada. Ele ficou olhando a ponta dos sapatos e lembrou de perguntar que bairro era aquele, e perguntou. Mas o negro sorriu daquele jeito sacana outra vez e apertou no bolso a coisa longa — certamente uma faca — e disse que também não sabia, nem que cidade, quanto mais o bairro, nem que país, e riu, e foi chegando muito perto. Ele olhou em volta, tentando reconhecer a rua de casas velhas, como quinze anos antes, quando olhara pela primeira vez, a memória confirmando todos os dias: as casas velhas, os paralelepípedos meio desfalcados, uma árvore na esquina, não lembrava bem se um salgueiro, um plátano ou uma casuarina, algumas hortênsias, ou rosas, ou petúnias. Mas isso não importava mais: não havia salgueiros nem plátanos nem casuarinas em nenhuma das quatro esquinas, e as casas eram novas, e os paralelepípedos corretos, sem falhas nem buracos, e nem hortênsias nem rosas nem petúnias. Mesmo assim resolveu abrir o portão e entrar, quase obrigado, porque o negro estava muito perto, com a coisa longa prestes a sair do bolso para entrar no seu peito, como nos jornais. E entrando rapidamente pelo jardim bem cuidado, Ele foi dizendo sem olhar para trás que desculpasse, que não tinha dinheiro, que era fim de mês, que dentro de uma semana quem sabe, no máximo duas. O negro sorria muito próximo repetindo que não tinha importância não, não tinha, prazer era prazer, e Ele já estava quase encurralado contra a porta, uma chave inútil nas mãos. Colocou-a novamente na fechadura e foi virando várias vezes, sem resultado, o rosto contra a madeira clara da porta e a pressão aguda da certamente uma faca do negro contra as suas nádegas.

Foi então que Ele decidiu perder mesmo a calma, a barriga doía muito e o frio estava apertando, e bateu disposto a gritar se fosse preciso. O negro recuou um pouco, mas Ele sorriu tranquilizador, não podia mostrar medo, e o negro voltou a aproximar-se enquanto Ele batia batia batia. Até que uma luz acendeu dentro de casa e Ele ouviu o barulho de uma chave útil dando voltas na fechadura para abrir a porta que mostrou uma cabeça despenteada de mulher loura. Ele pensou em explicar que não sabia como: a casa não era sua, nem a parada do ônibus, nem a rua, hortênsias, rosas, petúnias, salgueiros, plátanos, casuarinas, talvez nem o bairro ou a cidade — ou o mundo, até, não era aquele. Embora Ele não se enganasse, nunca. Mas a mulher não pedia nenhuma explicação: sorria da mesma forma do negro e escancarava a porta sem dizer nada. Ele enxergou a escada no fundo do corredor e começou a correr para lá. Ao fim do primeiro lance, ouviu os passos do negro e da mulher correndo atrás dele. A escada escura não terminava nunca, a mão ia tocando a poeira pelo corrimão, a barriga doía e seus ouvidos ouviam seis pés, inclusive os dele, batendo contra os degraus, cada vez mais rapidamente. A escada escura: a escada escura não terminava nunca. Ele sentia mãos estendidas atrás dele, quase a tocá-lo, como num complô, pensou em voltar-se e sorrir para tranquilizá-los, mas estava escuro, de nada adiantaria, o chapéu caiu numa curva, a escada era cheia de curvas, e Ele ouviu o som fofo do feltro pisado por quatro pés, um após o outro, e alguns palavrões, mas depois viu uma pequena luz no fim de um longo corredor. E foi correndo cada vez mais velozmente em direção à luz, até chegar bem perto e ver que era uma vidraça e, feito um automóvel desgovernado, não pôde deter os passos e então sentiu a carne varando os vidros, a barriga solta, o frio um pouco mais intenso, depois, um segundo antes de cair sobre a grama ressecada e áspera do jardim, olhou bem para uma porta de madeira escura, e um muro baixo, meio descascado, e as casas velhas em torno, e os paralelepípedos no meio da rua, com algumas hortênsias, e uma árvore qualquer na esquina, não sabia bem se salgueiro, plátano ou casuarina, mas não tinha importância, a chave servia, Eu, pensou antes da dor da faca entrando em sua nuca despenteada: Eu sempre disse que nunca me enganei.

Zoológico blues

Para Juarez Fonseca

> *Eu sou o menino*
> *que abriu a porta das feras*
> *no dia em que todas as famílias*
> *visitam o zoo.*
>
> GILBERTO GIL, "ZOILÓGICO"

HONTI NÓIS FUMOZ *no sológico. Foi um bunito paçeio. Eu goztei muntu du sológico. Nóis demo aminduim pru elephanti. Mais du qui eu maiz qoztei foi da sebra qui é alistadinha qui nem u pijama du meu vô Noé.*

    Apenas não sabiam exatamente por que tinham ido parar no jardim zoológico. Pois se tinham existido os campos, um pouco antes, a encosta cheia de vacas olhando para eles com grandes olhos castanhos, o lago lá embaixo, a superfície do lago com suas manchas móveis, azuis e verdes, os quero-queros que não os deixavam aproximar-se demasiado, com voos rasantes sobre suas cabeças nuas. Como em *Os pássaros*, alguém lembrou sem muito propósito, porque os quero-queros de maneira alguma pareciam ameaçadores. Nada ameaçava ninguém naquela encosta, um deles disse que gostaria de ficar para sempre ali, entre o cheiro de terra, bosta de vaca, capim, esmagando ervinhas com o corpo, o verde novinho de outubro rebentando em brotos macios. Sim, sim, sim — a encosta, o campo, o lago, os cheiros, um pouco antes. Poderiam ter permanecido lá o tempo que quisessem, mas agora estavam numa fila de carros e precisavam pagar e pagaram e o cobrador não tinha perguntado se eram estudantes e estudante tinha desconto mas agora o cobrador já tinha preenchido um talão e alguém quis reclamar mas outro disse que não, coitado do moço, devia preencher mais de mil talões por dia e tudo continuava bem embora estivessem chegando de campos inteiramente gratuitos, sem talões, sem cobrador, coitado, com aquela calça Lee tão esfarrapadinha, sem filas de carros, sem.

    O automóvel movia-se lento, os seis pesando dentro. O automóvel movia-se entre dezenas de outros automóveis. O automóvel movia-se quase imóvel. Tanto que eles eram obrigados a ver, a não ser que fechassem os olhos. Mas fazia calor, fechar os olhos trazia uma cegueira úmida, cheia de felpas. Eram forçados a abri-los para ver. E o que viam.

Alguém tentou brincar dizendo que o estampado da zebra era extremamente artístico, vejam só, uma precursora da *op art*, e todos riram, os olhos parados da zebra, meio nervosamente, o camelo era um momento pouco inspirado de Deus, havia uma amiga deles parecida com o camelo, os cascos rachados, e depois as corças, não sabiam bem se corças ou cervos ou veados ou mesmo gazelas, mas *corças* era tão bonito que repetiam encantados, as corças! as corças!, e um lhama, você já foi ao Peru?, e búfalos, e mais carros, a poeira da estrada, as pessoas oferecendo coca-cola, amendoim, pipoca para os javalis, o elefante introduzia a tromba no tanque de água vazio e jogava terra seca sobre a casca grossa, o elefante não tinha presas, o elefante quase cego e surdo, como todos os elefantes, mas aquele especialmente cego, especialmente surdo, sem um cemitério onde pudesse morrer discreto, recolhido, obrigado a morrer sordidamente na presença das mocinhas de pantalonas e colantes e joias de plástico que riam jogando coisas secas para o elefante sedento.

Rodaram estonteados por alguns minutos, depois a moça conseguiu estacionar o carro e desceram rápidos, como se não suportassem ficar juntos por mais um segundo sequer, então procuraram procuraram. Cimento, arame farpado: uma cerca alta cortou seus passos. Voltaram-se para o outro lado, mas as pessoas, as pessoas em mesas de madeira cortando nacos de carne sangrenta com facas afiadas, podiam sentir a carne fibrosa espirrando sangue quando os dentes se fechavam em torno dela, o cheiro de carne queimada que o vento espalhava entre os pinheiros, o voo rasante dos quero-queros, latas vazias, pontas de cigarro, papéis engordurados, crianças nuas, senhoras gordas balançando-se em redes, adolescentes mastigando olhos castanhos de vaca torrados na brasa, homens sem camisa, os músculos do peito movendo-se atrás dos pelos no gesto de cortar galhos para suas fogueiras, garrafas de cerveja, sacolas de plástico & arrotos sobre a grama.

Deram volta, os seis, à esquerda havia um campo quase como aquele de antes, onde não tinham ousado ficar porque era liberdade demais? e não suportariam? mais um campo de vacas e quero-queros? E outra cerca. Uma placa proibindo a entrada. Desorganizaram-se e de repente um não sabia mais onde estava o outro, levaram alguns segundos para localizar-se outra vez, os olhos de cada um lendo no rosto do outro o que ainda não tinham decifrado no próprio olho, contaram-se: cinco. O rapaz com a pedrinha da Mauritânia no pescoço tinha desaparecido (era uma pedrinha estampada, diziam que na Mauritânia havia rochas e rochas inteiras assim, estampadas, coloridas — mas eles nunca tinham estado lá, da Mauritânia, além de lendas, só conheciam a pedrinha que o rapaz desaparecido trazia). Um outro enveredou às cegas por um caminho de gravatás e lá no fundo descobriu, com alívio, no fundo do caminho estava o desaparecido, de pernas cruzadas, como se meditasse. Aproximou-se devagar, controlando o estalo dos gravetos sob a sola dos tênis, pensou em cobrir-lhe os olhos com as mãos em concha, como quando eram crianças, nunca tinham sido crianças juntos, mas não tinha importância, aproximou-se devagar e viu o movimento dos ombros do outro, que se ergueu brusco, chorando, as faces congestionadas. No mesmo momento abraçaram-se, e o rapaz que não estava perdido, sem que fosse nem um pouco necessário, atropelou perguntas como o-que-foi-que-calma-te-aconteceu-respira-fundo-calma-por-que-você-calma-está-chorando-assim-calma-está-calma-tudo-calma-bem. Depois desabraçaram-se, afastaram-se, a pedrinha da Mauritânia, ele viu, e um pouco acima a boca do rapaz que chorava perguntou:

— O que fizeram de nós?

Tentou apontar as cercas, talvez as jaulas, o lixo cobrindo a grama. Mas não conseguiu. Apenas soluçava e repetia:

— Eu tenho ódio. Eu tenho muito ódio.

E rapidamente os outros quatro estavam também ali com eles. O rapaz sentou-se chorando num tronco coberto de musgo, as unhas rasgavam o musgo verde-escuro enterrando-se na madeira, os dentes cerrados, os pés afundados entre os espinhos dos gravatás. Existiam cercas, souberam de repente, ou não de repente, mais uma vez, e quietamente souberam como nunca tinham sabido antes os seis: existiam cercas, concreto, arame farpado, existiam cercas segregando animais e verde.

— As cercas — ele disse. — Já não somos humanos.

Que não suportaria ver de novo, mas era preciso que se movessem, como se o lugar tivesse ficado impregnado do ódio que o rapaz descarregara e se fechasse, cheio de arestas, sobre suas cabeças confusamente lúcidas. Aos tropeções rastejaram até um pequeno gramado onde permaneceram cegos, surdos, mudos, de mãos vazias sem coragem de olhar-se nos olhos, as pessoas em volta hesitando entre jogar-lhes pipocas ou procurar animais mais interessantes. Caminharam lentos, as cabeças baixas, uma escassa manada, por uma escada de madeira até o bosque de eucaliptos, e foram entrando sem olhar para trás. No meio da clareira as folhas secas estalaram sob seus pés. Sem saber, tiveram certeza e deixaram que os troncos das árvores e o chão aos poucos sustentassem o cansaço das costas de cada um.

Passou-se algum tempo — como se o que acontecesse aqui, agora, fosse uma história qualquer contada por qualquer um deles e não o que acontecia ali, então. Algum tempo de mãos cruzadas na nuca e olhos postos na copa dos eucaliptos, passou-se. Depois apareceu uma borboleta negra, laranja e azul esvoaçando sem rumo e alguém disse que elas viviam apenas vinte e quatro horas, que não precisavam trabalhar nem montar um lar, o lar eram as flores onde iam pousando descuidadas, depositando seus ovos, e os filhos que se virassem sozinhos. Mas antes alguém lembrou, ou ninguém, talvez todos tenham pensado sem dizer, antes foram crisálida, larva lenta, feia, cascuda, escura, fechada sobre si mesma, elaborando em silêncio e desbeleza as asas de mais tarde. Suspiraram e riram e fizeram coisas como observar uma fileira de formigas tirando pacientes mínimos montículos do interior da terra para depositá-los longe, de maneira a não atrapalhá-las em suas entradas e saídas, e um outro disse que o estalo na ponta do chicote era a barreira do som sendo quebrada, e todos riram outra vez, o verde vibrante de uma mosca-varejeira, joia viva parada no ar.

Então estavam outra vez dentro do automóvel e vinham voltando por entre as fábricas. O ar cheirava mal, a fuligem das chaminés depositava-se nas dobras da roupa, um dia, disseram, um dia talvez consigam acarpetar toda a terra de asfalto. Mas restarão os mares, um outro quis reclamar, veemente, mas lembrou-se de que os mares seriam grandes extensões de lodo e lixo. E no meio da estrada um rapaz espancava um cavalo, o chicote inúmeras vezes quebrando a barreira do som sobre as ancas do animal. Filho da puta, gritaram com as sobras do ódio, vai chicotear tua mãe, mas o rapaz botou a mão no pau escancarando as pernas e os dentes afiados, carnívoros, depois as pontes, o sangue dos caminhões e o muro separando a cidade do rio como a parede de um túnel fechando-se sobre eles nos últimos andares dos edifícios — como se escorregassem pela garganta de um enorme animal metálico, como se caíssem sem fundo nem volta, sugados por um estômago que os digeriria faminto, massa visguenta, em direção às inúmeras voltas de um intestino de concreto para defecá-los numa vala podre.

A sinaleira mandou que seguissem em frente. Eles seguiram. Alguém acendeu um cigarro. Outro rebuscou um biscoito no fundo do pacote. A moça ligou o rádio. A moça esperava um bebê. O rádio tocou um blues. Os blues costumam ser lentos, doloridos. Aquele também. Eles acompanharam o lento e o dolorido com os dedos tamborilando nos vidros sujos.

parte II

E tudo é proibido. Então, falamos.
CARLOS DRUMMOND DE ANDRADE, "CERTAS PALAVRAS"

Mergulho II

NA PRIMEIRA NOITE, ele sonhou que o navio começara a afundar. As pessoas corriam desorientadas de um lado para outro no tombadilho, sem lhe dar atenção. Finalmente conseguiu segurar o braço de um marinheiro e disse que não sabia nadar. O marinheiro olhou bem para ele antes de responder, sacudindo os ombros: "Ou você aprende ou morre". Acordou quando a água chegava a seus tornozelos.

Na segunda noite, ele sonhou que o navio continuava afundando. As pessoas corriam de outro para um lado, e depois o braço, e depois o olhar, o marinheiro repetindo que ou ele aprendia a nadar ou morria. Quando a água alcançava quase a sua cintura, ele pensou que talvez pudesse aprender a nadar. Mas acordou antes de descobrir.

Na terceira noite, o navio afundou.

Caçada

VIU PRIMEIRO A MEDALHA, corrente dourada confundida entre os pelos do peito, camisa laranja janela desvendando a selva onde se perderia, viu depois, antes de descer os olhos pela linha vertical dos pequenos botões brilhantes, ultrapassar o cinturão de couro para deter-se no volume realçado pela calça branca muito justa esticada contra coxas que imaginou espessas como o peito (denso matagal úmido) para onde novamente subia os olhos (rijos mamilos atrás do pano), o móvel pomo de adão, o azulado da barba e miúdos olhos vivos (verdes?) sob grossas sobrancelhas negras unidas sobre um brusco nariz, e então um brilho de dentes, riso/convite, por trás dos beiços vermelhos. Três passos, mediu, entupido de álcool, fumo, decibéis e corpos, tem fogo, pode me dizer as horas, qualquer coisa assim, mas o mulatinho cortou o impulso, saiote pregueado, camiseta do flamengo, a bola de futebol numa das mãos, a outra na cintura, deslocando cheiros, gim, suor, esmegma, lux, patchuli, inesperada barreira entre o alvo e a mira. No centro da pista, sobre o praticável azulado pela luz do spot, a voz dublada da cantora como se saísse da própria e delicada garganta da bichinha, gogó saliente mal disfarçado pela fita de veludo, procurou novamente o brilho de dentes, seca cintilação da alça do pivô no canino esquerdo, cabeças despenteadas, bundas aperfeiçoadas pelas calças justas quase sempre brancas, aparecer na luz negra, né, meu bem, agudos cotovelos contra seu ventre faminto repleto de uísque e cerveja e gases: sob o spot, o travesti: nós-gostamos-de-você: todo mundo agora: nós-gostamos-de-você: olhar fundo nos olhos de qualquer macho, brejeira a boca no abrir/fechar mastigando promessas insondáveis, insinuar de delícias, fechadura revelando nudez: nós-gostamos-de-você. Uma tontura crescendo como ou junto com qualquer coisa como um nojo, quase tombar, não houvesse o anteparo de corpos, bebi demais, um arroto, lábios venenosos junto a seu ouvido, queridinha, não vai entrar numa de fazer porquinho aqui em cima da boneca vai, banheiro ao fundo, primeira à direita, como de costume. A pista novamente cheia, esbarrou sem querer na bichinha esfogueteada, colhendo glórias frenesi de aplausos, você esteve ótima, meu bem, maior barato, batida sincrônica de percussão guitarras *yeah yeah* e de repente seu nariz quase dentro do espesso matagal (aspirar o cheiro, senti-lo enrijecer o meio das pernas oscilantes) e outra vez, ríctus, convite, contração nervosa, alça metálica: oi, quanta animação: pessoal fica endiabrado no sábado: como? endiabrado, sábado, ah: escuta, no banheiro e já volto: OK espero aqui.

Inundado de mijo, a loura travestida masturbando o negro alto de âncora dourada no blazer, presságio de viagem, recompôs meticuloso enquanto a náusea rolava garganta abaixo para cair fundo no estômago, âncora dourada, a bainha das calças mergulhada no mijo cobrindo o sujo dos mosaicos, olhou desamparado o cano subindo da privada à caixa, os dedos das mãos de unhas esmaltadas e um anel desses de diploma aumentando o descascado da parede verde gosma, verde visgo, a palma úmida da mão enterrada na gosma verde viva da parede. E novamente a secura, esfarelou a tinta e como um tropel contraiu a garganta para depois expandi-la num jato espesso de pequenos amargos fragmentos cavalos derramados dos lábios, e outra vez, partículas entre os dentes, e outra mais, espuma, lâmina, âncora dourada, e outra ainda. Soluçou seco, o lenço chupando o molhado frio da testa, e novamente a âncora dourada do blazer, dedos hábeis, passou mal, meu bem, delimitada fronteira com o turbilhão, mergulhou nas vagas em braçadas hesitantes até a coluna onde antes de localizar a cintilância da (c)alça e arribar exausto náufrago julgou ver duas sombras se afastando em cochichos disfarçados e como uma suspeita, mas o cheiro de mata, lavanda e suor, trópico ardido, cebola crua, o fio dourado são Jorge ou são Cristóvão é o do menino nas costas? enredar-se em cipós, a língua atenta à possibilidade de visitar regiões imponderáveis, afundar em poças lamacentas até quase afogar-se em gozo de unhas farpadas, a espessura cálida palpitante brasa sob o céu estrelado da boca, arfou agora já: vamos sair?

Ultrapassaram os táxis estacionados, a malícia contida dos motoristas e uma quase madrugada querendo brotar por trás da cartolina dos edifícios, as duas filas de coqueiros onde lixou as palmas das mãos, e depois a rua verde-vermelho e depois o parque e depois a grama molhada verde sobrenatural do mercúrio (umidade através das solas dos sapatos), acender dois cigarros, estender a mão jogando fora o fósforo para colher devagar o rijo fruto, aqui não, nego, muito claro (a voz mais rouca), esgar no canto da boca fumaça alça metálica, conheço um lugarzinho especial, recanto chinês. Avançaram pelo escuro cada vez mais denso até o pequeno templo, missa, ritual, liturgia secreta, ariscas silhuetas entre as folhagens, irmãos de maldição tão solitários que mesmo nos iguais há sempre um inimigo, contraponto de grilos, gemidos e suspiros leves como folhas pisadas numa dança, dentro não, muita bandeira, aqui no canto. Ajoelhar-se entre as pernas abertas, o ruído do fecho, narinas escancaradas para o cheiro acre das virilhas, mijo seco, talco, sebo, esperma dormido, salivas alheias, tremor dos dedos trazendo à tona finalmente o fruto, palma da mão feito bandeja expondo o banquete à sede que a língua ávida procura saciar como um cão inábil e dedos que devassam vorazes saliências reentrâncias bruscos músculos cabelos até os mamilos onde se detêm, carícia e ódio, e de repente as silhuetas destacadas da massa de folhagens e de repente o cerco e de repente o golpe, suspeita confirmada. Mas antes de a pedra fechada na mão baixar com força contra seu queixo espatifando os dentes e o rosto afundar as folhas apodrecidas sobre a poça de lama da chuva da tarde, âncora dourada, teve tempo de ver, presságio de viagem, e antes de o sangue gotejar sobre a blusa branca, um pouco antes ainda de os estilhaços de imagens e vozes e faces cruzarem seu cérebro em todas as direções, cometa espatifado, chuva sangrenta de estrelas, teve tempo de pensar, ridiculamente, e sabia que era assim, que só queria, como uma dor ainda mais aguda, e tanto que chegou a gemer, pelo que estava pensando, não pelo punho fechado muitas vezes contra a barriga, só queria, desesperadamente, um pouco de. Ou: qualquer coisa assim.

Aconteceu na praça Quinze

COMO UMA PERSONAGEM de Tânia Faillace: os restos da escassa dignidade do dia apodreciam entre o cheiro de pastéis, os encontrões e os ônibus da praça Quinze. Não era uma personagem de ninguém, embora às vezes, mais por comodismo ou para não sentir-se desamparado como obra de autor anônimo, quisesse achar que sim. Mas à tardinha as dores doíam e o suor cheirava mal embaixo dos braços. À tardinha não tinha a quem recorrer e precisava controlar a vontade de dizer para qualquer alguém, olha, venci mais um. Quando a irritação não era muita, conseguia olhar para os lados pensando que dentro das corridas, dos gritos e dos cheiros havia como olhos que não precisavam se olhar para que uma silenciosa voz coletiva repetisse, olha, venci mais um; e, quando além da não irritação havia também um pouco de bom humor, conseguia até mesmo sorrir e falar qualquer coisa sobre o tempo com alguém da fila. Mas havia os dias molhados, quando as pessoas com capas e guarda-chuvas andavam por baixo das marquises espetando os olhos ou deixando ao desabrigo os sem capa nem guarda-chuva, como ele; mas havia aquelas pessoas que nos ônibus superlotados não sentavam imediatamente no lugar deixado vago, até que duas ou três paradas depois, tão discretamente quanto podia, ignorando grávidas, velhinhos e aleijados, ele se atrevesse a conquistar o banco (lavava muitas vezes as mãos depois de chegar em casa, canos viscosos — estafilococos, miasmas, meningites), embora soubesse que tudo ou nada disso tinha importância; mas havia as latas transbordantes de lixo e os cães sarnentos e os pivetes pedindo um-cruzeirinho-pra-minha-mãe-entrevada, mãos crispadas nas bolsas. O dia se reduzindo à sua exiguidade de ônibus tomados e máquinas batendo telefones cafezinhos pequenas paranoias visitas demoradas ao banheiro para que o tempo passasse mais depressa e o deixasse livre para. Para subir rápido a rua da Praia, atravessar a Borges, descer a galeria Chaves e plantar-se ali, entre o cheiro dos pastéis, gasolina, e o ardido-suor-dos-trabalhadores-do-Brasil, tentava inutilmente dar uma outra orientação ao cansaço despolitizado e à dor seca nas costas, alguém compreenderia? E para que tudo não doesse demais quando não era capaz de, apenas esperando, evitar o insuportável, fazia a si próprio perguntas como: se a vida é um circo, serei eu o palhaço? Às vezes também o domador que coloca a cabeça dentro da boca escancarada do leão, às vezes o equilibrista do arame suspenso no abismo, a bailarina sobre o pônei, e também o engolidor de espadas, e mais a mulher serrada ao meio — e ainda, o quê?

Inesperadamente, ela chegou por trás e afundou os dedos no seu cabelo, coçando-lhe a cabeça como fazia antigamente. Ele voltou-se e afundou os dedos no seu cabelo, coçando-lhe a cabeça como fazia antigamente. Depois os dois se abraçaram e se deram beijos nas duas faces e como duas pessoas que não se veem há muito tempo atropelaram perguntas como: por onde é que tu anda, criatura, ou exclamações como: mas tu não mudou nada, ou reticências tão demoradas que as filas chegavam a deter-se um pouco, as pessoas reclamando e uma hesitação entre mergulhar nas gentes entre um beijo e um me telefona qualquer dia e ficar ali e convidar para qualquer coisa, mas um medo que doesse remexer naquilo, e tão mais fácil simplesmente escapar que chegou a dar dois passos. Ou três. Mas de repente estavam sentados no Chalé com dois chopes um em frente ao outro, e ela dizia que as nuvens pareciam o saiote de uma bailarina de Degas e tinha um céu laranja atrás dos edifícios e uma estrela muito brilhante que ela apontou dizendo que era Vênus e riu quando ele mexeu com ela e disse que podia nascer uma verruga na ponta de seu dedo, e teriam ficado nesse clima por mais tempo se de repente ela não perguntasse se ele não se lembrava de um determinado bar e ele disse que sim e ela risse continuando, sabe que a garçonete nos conhecia tanto que outro dia me perguntou ué, tu não ia casar com aquele moço, e ela dissera que não, que eram apenas amigos. Então ele pediu outro chope e com um ar dramático disse que só se casaria com ela se ela tivesse um bom dote, duas vacas leiteiras, por exemplo, mas ela respondeu rindo que vacas leiteiras não tinha não, mas se servia uma coleção completa de Gênios da Pintura, e ele perguntou se tinha Bosch e Klimt, e ela disse claro, dois fascículos inteiros, e ele disse ah, vou considerar a sua proposta, e ela disse mas não pense que vou me jogar nessa *empreitada* (ele achou engraçado, mas foi assim mesmo que ela disse, acentuando tanto a palavra que ele percebeu que o jeito dela falar não tinha mudado nada, sempre ironizando um pouco o próprio vocabulário e carregando de intenções o que a ela mesma parecia meio ridículo), assim no mais, ela continuou, só caso contigo se tu também tiver um dote *ponderável*. Ele acendeu um cigarro e ela outro e ele viu que ela havia mudado para Continental com filtro e que antigamente era Minister, Minister, gola rolê preta, olheiras e festivais de filmes *nouvelle vague* no Rex ou no Ópera, e ela *odiava* Godard, só gostava do trecho onde Pierrot le fou sentava numa pedra e Ana Karina vinha caminhando pela praia gritando que se há de fazer, não há nada a fazer, *rien à faire* e assim por diante, até chegar em primeiro plano, e então ele lembrou e disse que tinha as obras completas de Sartre, Simone e Camus, e ela fez hmmmmmm, é uma boa oferta, e se ela lembrava que tinha sido posta para fora da aula de introdução à metafísica depois de dizer que estava mergulhada na fissura ôntica, o nome científico da fossa, e ela lembrava sim. E logo em seguida ele quis falar duma passeata em que tinha apanhado dentro da catedral, e já fazia tanto tempo, todos gritando o-povo-organizado-derruba-a-ditadura--mais-pão-menos-canhão, braços dados, mas não chegou a dizer nada porque ela estava contando que fizera vinte e oito anos semana passada e que tinha ficado completamente louca o dia inteiro, ainda por cima um domingo, e que sentira vontade de escrever um conto que começasse assim, aos vinte e oito anos ela enlouqueceu completamente e de súbito abriu a janela do quarto e pôs-se a dançar nua sobre o telhado gritando muito alto que precisava de espaço, e pediu também um segundo chope enquanto ele achava que era-um-bom-começo-se-ela-soubesse-desenvolver-bem-a-trama, mas ela apagou o cigarro e resmungou que trama, cara, eu não sei desenvolver bosta nenhuma, tenho preguiça de imaginar o que vem depois, uma clínica, por exemplo, e se ele achava possível que um conto fosse só aquilo, uma frase, e ele quis dizer ué, por que não, Mário de Andrade, por exemplo, mas começou a soprar um vento frio e ela falou que tinha também um casaco de peles *imensurável* comprado na Suécia e um vidrinho de patchuli pela metade, ele disse ah, então era esse o cheiro, e ela explicou que era um pouco *audacioso* usar porque quando boto um pouquinho os magrinhos todos na rua vêm perguntar como é que é, tá na mão, magra, tá nas ideia, bicho, eu digo, e riram um pouco até ele dizer que tinha também um pôster de Marilyn Monroe tão amarelado mas tão bonito que um amigo o fizera jurar que deixaria para ele no testamento, então não podia dispor completamente, e sem saber por que lembrou duma charge e falou, mas não se usa mais dizer assim, é *antediluviano*, diz *cartum*, nego, senão tu passa por desatualizado, e ele riu e continuou, um *cartum*, então, onde tinha um palhaço ajoelhado no confessionário aos prantos enquanto o padre atrás da parede de madeira furadinha morria de rir. Foi então que ela perguntou se ele *ainda* continuava com a análise e ele fez que sim com a cabeça, quase dois anos, mas falando em palhaço lembrou a história do circo e quis saber o que ela achava, ela disse que se sentia mais como um *peludo*, e ele achou engraçadíssimo porque fazia uns dez anos que não escutava aquela palavra, chegou a ouvir bem nítido na memória um coro de vozes gritando tá-na-hora-peludo, lonas furadas, daqueles que montam e desmontam o barracão e carregam as garrafas de madeira dos malabaristas e as jaulas das feras e apanham no ar a sombrinha que a bailarina do pônei joga longe antes de equilibrar-se num pé só, e ele pediu outro chope e foi ao banheiro mijar e quando voltou ela estava com um gato no colo sentada numa mesa de dentro, porque lá fora tinha esfriado muito e começava a chover, e ele pensou que se fosse cinema agora poderia haver um flashback que mostrasse os dois na chuva recitando Clarice Lispector, *para te morder e para soprar a fim de que eu não te doa demais, meu amor, já que tenho que te doer*, meu Deus, tu decorou até hoje, e o teu cabelo tá caindo, ela falou quando ele se abaixou para apanhar o maço de cigarros e acendeu um, já tem como uma *tonsura*, e ele suspirou sem dizer nada até ela emendar que ficava até legal, dava um ar meio místico, mas ele cortou talvez um pouco bruscamente dizendo pode ser; mas atualmente ando mais pra Freud do que pra Buda ou pra são Francisco de Assis, pois é, nada de sair por aí dando a roupa aos pobres, mas eu tenho também um Atlas celeste e ela acrescentou que no verão sabia reconhecer Órion e Escorpião, e que Escorpião levantava quando Órion já estava deitando na linha do horizonte, e que, *segundo o mito*, Escorpião estava sempre querendo picar o calcanhar do guerreiro, e ele contou que uma vez havia feito um círculo de fogo em torno dum escorpião, mas ele não tinha se suicidado, o sacana, ficou esperando até o fogo apagar e ele achatá-lo com o pé, e que tinha se passado muito tempo, mas por que falar de escorpiões agora, os dois acenderam cigarros, e ela falou que era *inverossímil* pensar que a distância, quer dizer, o tempo que a separava dos dezoito anos era exatamente o mesmo que a separava dos trinta e oito, e tenho também uma luneta, só que quebrada, ele cortou novamente, ah eu estava me esquecendo do disco da Sylvinha Telles que também tenho, ela sorriu, como é mesmo o nome? aquele assim *todos acham que eu falo demais, e que ando bebendo demais*, cantarolou, a voz grave, e outro flashback, uma madrugada qualquer, cuba-libre e Maysa, *que eu não largo o cigarro*, tá todo riscado, então não interessa, ele afetou um ar de desprezo, logo a melhor faixa, e ela falou tu viu que horror fizeram na pracinha da ponta do Gasômetro, e mais um flashback, os dois sem dinheiro para assistir ao Arqui-Samba no Cine Cacique e Nara Leão dizendo *é a parte que te cabe neste latifúndio,* deitados na grama e o barulho do rio limpo, naquele tempo, corta, outro dia fui lá e tinha uma coisa *chocante*, uma porção de gente morando dentro duns canos e eu me senti tão mal olhando aquilo e de repente me pareceu que, ela olhou bem para ele, mas os dois baixaram a cabeça quase ao mesmo tempo e, começando a despedaçar a caixa de fósforos, ele disse que era incrível assistir como as ruas iam se modificando e de repente uma casa que existia aqui de repente não ocupava mais lugar no espaço, mas apenas na memória, e assim uma porção de coisas, ela completou, e que era como ir perdendo uma memória objetiva e não encontrar fora de si nenhum referencial mais e que. Aí ela olhou o relógio e falou que precisava mesmo ir andando antes que a chuva apertasse e as ruas ficassem alagadas, não sei se tomo um táxi ou uma *gôndola*, e ele chegou a abrir a boca para dizer qualquer coisa e ela perguntou o que foi, perfeitamente calma, a bolsa de couro a tiracolo e nenhuma pintura, como sempre, a fissura ôntica? e ele disse que não era nada, só ia tomar outro chope enquanto os ônibus esvaziavam um pouco mais. Então, por trás, inesperadamente, ela afundou os dedos no seu cabelo, coçando-lhe a cabeça como fazia antigamente, depois saiu depressa enquanto ele acendia outro cigarro e continuava a despedaçar a caixa de fósforos pensando coisas como: ou então o mágico que tira coelhos da cartola, ou ainda o motociclista do Globo da Morte, ou quem sabe estava nos bastidores ou na plateia ao invés de no picadeiro, como se fosse apenas um leitor e não uma personagem nem de Tânia Faillace nem de ninguém.

Gerânios

Para Ivo Bender

NÃO, NÃO TEM A MENOR importância, sacode a cabeça e ajeita os gerânios no vaso com movimentos rápidos, longe de mim essa ideia, apenas você sabe como Ruth é nervosa, e depois de tudo o que passou realmente não é de admirar. Apanha algumas pétalas caídas sobre a madeira e tritura-as entre os dedos sem parar de falar, espera qualquer coisa como um sumo grosso entre as unhas, esperma quente de homem: as pétalas partem-se secas em poeira, gotejam lentamente sobre o assoalho encerado na manhã anterior. Manhã ainda, os cristais retinem sob os raios de sol, mas você sabe, a ideia foi dela, Ruth casar-se com esse armênio gerânio Ascânio é nome de motorista de caminhão, se eu usasse longas saias varreria o chão com a espessa barra bordada, tão original sempre, Ruth, disse-lhe uma vez que parecia uma égua no cio, talvez estivesse enganada, talvez tenha estado sempre enganada, mas aquela pele morena cheirando a sal, os olhos meio verdes de tanta luz, e o cheiro, não sei se você chegou alguma vez a reparar no cheiro dela. Era verdadeiramente obsceno, Roberto dizia sempre, tão sensível, Roberto, às vezes chegava a refugiar-se no banheiro quando Ruth passava feito um bazar oriental, e vomitava, chegava a vomitar, não que tivesse nojo; não sei se você alguma vez chegou a reparar nisso, também não era nojo, Roberto tinha uma incapacidade total para adaptar-se a coisas assim animais, como Ruth, portanto não me surpreendeu o rompimento, a fuga com Ariel, era realmente inevitável, é verdade que sofri um pouco, sobretudo depois que a surpreendi com o armênio no sofá da sala, e isso conto apenas para você. Fico tão cansada às vezes, e digo para mim mesma que está errado, que não é assim, que não é este o tempo, que não é este o lugar, que não é esta a vida. E fumo, então, fico horas fumando sem pensar absolutamente nada: disseram-me uma vez que os discos voadores costumam aparecer ao crepúsculo, mas nunca consegui ver um, me pergunto se eles só se mostram para quem de certa forma está preparado, os tais *escolhidos*, e confesso que fico um pouco ofendida ao supor que não seja uma das escolhidas, você me entende? Claro, é preciso julgar a si próprio com o máximo de rigidez, mas não sei se você concorda, as coisas por natureza já são tão duras para mim que não me acho no direito de endurecê-las ainda mais. Ruth havia desabotoado as calças do armênio e estava debruçada sobre ele, não me peça detalhes, naturalmente não chego aos extremos de delicadeza de Roberto, se você insistisse em saber eu não vomitaria, mas me custa contar, apenas isso, me dilacera, é uma questão de respeito próprio, você não acha? Mamãe também ficava furiosa na hora do jantar, não dizia nada, claro, com a educação que teve mamãe jamais-jamais desceria a ponto de fazer qualquer comentário agressivo sobre aquela situação profundamente desagradável, mas retirava-se para seu quarto e Roberto e eu íamos colocar lenços embebidos em água-de-colônia sobre suas têmporas enquanto o armênio comia na mesa da sala, a camisa sempre desabotoada, as gotas de suor pingando dos pelos sobre o arroz, a salada, a carne, como um sal, um sol. Pobre mamãe: sentava-se na sua poltrona favorita e cruzava as pernas muito digna, uma vez a surpreendi esfregando as pernas até deitar a cabeça no espaldar da poltrona, os olhos fechados, suspirando. Ficara muito solitária depois da morte de papai, Roberto e eu compreendíamos perfeitamente essas coisas, embora não falássemos sobre elas, e nada fazíamos, apenas Ruth ironizava, não ironizava propriamente, você a conhece bem, mas fazia aquelas caras, aquelas bocas, dizia aquelas frasezinhas, depois saía a correr de conversível com o armênio. Afasta os cabelos da testa ampla com ambas as mãos e fixa os olhos na porta, vazios, medrosos, uma princesa no deserto, exilada de sua tribo, depois traça riscos nervosos nos braços da poltrona, descabelada, uma mulher das cavernas: escuta ávida o rumor da máquina decepando a grama além das janelas. Foi Roberto, coitado, quem precisou tomar conta de todos os negócios depois da morte de papai. Ruth? Não. Antes do armênio houve o grego Dmitri, entregador de gelo, antes do grego um colega de escola, Helmut, filho de alemães, eu também não entendo bem, sempre essa mania de estrangeiros, deve ser uma forma de escapismo, Roberto ficava ofendido com isso e a chamava de judia, chamava muitas vezes de judia, até que a palavra perdesse o sentido e nem mais ele se sentisse ofendendo-a nem mais ela se sentisse ofendida, mesmo porque ela não era judia, nenhum de nós, você sabe, mamãe sempre teve uma preocupação incrível com isso, chegou a pagar um advogado para rever toda a nossa árvore genealógica. Não dou importância a essas coisas, mas havia barões, uma dama de companhia de Isabel, a Redentora, Ruth dizia também que uma escrava nagô, qualquer coisa assim, ela era meio negra, meio puta, com aquele cheiro, aquela mania de se esfregar em todos os homens, tão deprimente, até em Ariel, coitadinho, tão indefeso com aquele olho desbotado, o melhor amigo de Roberto, foi ele quem teceu aquele xale azul--marinho de que mamãe gostava tanto, um talento, um doce, Ariel, o armênio, um dia, tenho até vergonha de contar, você me perdoe, coisas assim tão íntimas, mas você é praticamente da família, não tem importância, acho, meu Deus. Mostra, o gesto largo, e entre dois suspiros, a mão no seio, alguma coisa se passou comigo desde aquela vez, não fui mais capaz de acreditar nos homens, uma vez provei da boca de Ruth, você talvez não creia, mas tinha mesmo gosto de sal, passei devagar a língua no meio de seus beiços, ela acordou e ficou me olhando, só depois de muito tempo é que fui perceber que ela estava ali acordada, me olhando, e eu não senti nada, veja a complexidade da alma humana, como dizia Roberto, nesse tempo eu andava assim observando as minhas sensações, Roberto tinha me aconselhado, então eu não sentia nada, podia fazer as coisas mais audaciosas sem sentir nada, bastava estar atenta como estes gerânios, você acha que um gerânio sente alguma coisa? quero dizer, um gerânio está sempre tão ocupado em ser um gerânio e deve ter tanta certeza de ser um gerânio que não lhe sobra tempo para nenhuma outra dúvida, era horrível, eu sentia o cheiro do armênio o dia todo, pela casa inteira, um cheiro grosso de macho, um cheiro quase de animal, na minha pele, no meu quarto, nos meus lençóis, nos meus cabelos, na minha alma, na boca de Ruth. Roberto trazia sempre incenso junto com os cigarros, havia uns de sândalo, outros de benjoim, almíscar, alfazema, rosamusgosadaíndia, mas nada atenuava o cheiro do armênio na cozinha, nas panelas, no banheiro, nas paredes, nas mãos de Ariel, nos seios de Ruth: Ruth despia-se na minha frente e mostrava as manchas roxas dos dentes e das unhas do armênio, mamãe encontrava os pelos do peito do armênio boiando na sopa, aquele olho verdeazulado, em todos os cantos, na fumaça dos cigarros: Roberto e eu ficávamos de olhos inchados e não conseguíamos mais rir nem inventar historinhas como antes: em todas as visões estavam Ruth e o armênio, a nudez morena, suarenta, de Ruth, e o armênio entre os sacos de arroz e açúcar no armazém de papai. Mas longe, muito longe de mim essa ideia de matá-los, embora já não tivéssemos paz dentro desta casa e mesmo no campo, para onde fugíamos nos fins de semana, Roberto e Ariel rolavam no meio da grama enquanto eu fumava olhando para os dois e sabendo do terrível que era Roberto procurar com náusea o corpo áspero do armênio no corpo branco de Ariel que procurava o cheiro do armênio no cheiro de pinho do peito de Roberto. Mamãe não resistiu muito tempo, ai, fico esperando a volta de umas tardes sem pirâmides, sem triângulos, sem cabalas, de umas noites sem signos nem pentagramas, de uns crepúsculos sem discos voadores, e vou procurando pelas manhãs de cortinas ao vento apenas coisas como cortinas ao vento e o dia caminhando ao encontro de si mesmo no outro lado do mundo, mas já não encontro paz desde que mamãe morreu e após o enterro Roberto e Ariel fugiram para o Oriente, deixando-me sozinha com os dois, tenho medo do ranger de meus dentes e desta solidão nas entranhas, não sei por que lhe digo tudo isto, por favor, fique mais um pouco, desdobra-se agora e parece quase verdadeira embalando seus fantasmas parada no meio da sala, não sei sequer seu nome, e pouco importa, fico à espera de que abram a porta do quarto: no sétimo dia de siroco a casa estará cheia de gerânios e dessas flores morenas e esguias como beduínos, com cheiro de deserto, deixarei preparadas as facas, os sacrários, Ariel mandou-me amuletos do Nepal, tomaremos chá, embalarei Ruth nos meus braços e depois terei muito cuidado ao depositá-la entre os sacos de açúcar para libertar a mão direita, estendê-la em direção ao armênio e tocá-lo tão fundo que por um instante ele se dissolva e fique oscilando ao vento exatamente como estes gerânios — você está vendo?

Recuerdos de Ypacaraí

Para Lucienne Samôr

EU TAVA ATORMENTANDO as formigas com uma varinha embaixo da goiabeira quando a Malu veio me dizer que o Bituca ia fugir com o circo. Eu fingi que não acreditei. Disse que o Bituca só falava aquilo pra incomodar ela, que ela vivia andando atrás dele que nem carrapato e ele não via um jeito de se ver livre. E menti que o Bituca tinha me dito que se ela contasse aquilo pra qualquer pessoa ele ficava de mal com ela pra toda a vida. O Bituca era meu amigo, eu sabia tudo o que ele pensava e fazia. A Malu saiu correndo meio chorando, e de repente me deu cansaço de estar ali, a tarde toda, atormentando aquelas formigas tontas com a varinha. Eu tinha que falar com o Bituca.

A tarde tava muito quente, eu acho que era janeiro, e eu fui caminhando pela sombra até a casa dele. Só que quase não tinha sombra, era pouco depois do meio-dia e o chão tava tão quente que eu precisava caminhar me equilibrando no garrão. Quando cheguei na casa do Bituca a mãe dele me disse que ele não tava. Eu perguntei se ela não sabia onde ele andava e ela disse que não, mas se eu encontrasse com ele era para dizer pra ele ir já para casa tomar banho e que se a calça nova tivesse esbragalada ele ia levar uma tunda de laço. Eu disse que tava bem, e fui saindo, quando eu já tava quase no portão me deu vontade de perguntar se ela sabia que ele ia fugir com o Grande Circo Robatini, cheguei a ficar de boca aberta, daí eu pensei bem depressa e achei que não devia perguntar aquilo, seria como se eu traísse o Bituca. E ele era meu amigo. Aí eu disse que era sede, que o sol tava muito quente, e a d. Laurita foi muito boazinha, falou que ia buscar um copo de água gelada. Eu tava mesmo com muita sede, mas quando ela voltou com o copo eu já tinha corrido até a esquina. É que eu não aguentaria não dizer nada enquanto ela ficava ali, encostada na porta, me olhando de dentro daquele vestido de florzinha azul. Eu sabia que a d. Laurita não ia gostar de saber que o filho dela ia fugir, mas ela tava sendo tão boazinha comigo que eu até ficava com vontade de ser bom também. Só que se eu fosse bonzinho com ela eu estaria traindo o Bituca, e essas coisas todas faziam uma baita bagunça na minha cabeça, então eu saí correndo pra ir até o circo. Fazia tanto calor que eu tive vontade de dizer *Kimota!*, me transformar no Jack Marvel Jr. e ir voando até lá. Eu sabia que não adiantava, mas disse assim mesmo — *Kimota! Shazam!* —, não aconteceu nada e eu tive que ir caminhando naquele baita sol.

Eles tavam desmontando tudo quando cheguei lá, eles iam embora aquela noite. Tinha uma porção de cordas e caixotes e ferros e umas coisas que eu não me lembro. Uns homens sem camisa já tinham baixado a lona e bem no meio tinha ficado um círculo sem capim, tava cheio de garrafa, ponta de cigarro, papel de chocolate, pacotinho de pipoca vazio, um monte de porcaria. Tinha cheiro de bosta de cavalo e só fazia sombra do outro lado das carrocinhas onde moravam os borlantins. Aquele solaço tava me doendo na cabeça e aquele cheiro de bosta quente e suor de cavalo, catinga de macaco, de leão e de gente grande me dava vontade de vomitar. Tinha uma porção de homens mexendo naqueles troços todos e uns piás espiando e fui me chegando sem coragem de perguntar pelo Bituca. Aí de repente eu vi ele na sombra duma carrocinha, ao lado da palmeira, conversando com Rúbia, a trapezista. O Bituca já era grande, mas a tal de Rúbia tava dando sorvete na boca dele, que nem um bebezinho. Eu cheguei e disse sem respirar:

— Bituca, a tua mãe disse pra tu ir já pra casa tomar banho e que se tu esbragalar a calça nova ela te dá uma tunda de laço.

Acho que ele não ficou muito contente de me ver, porque me olhou daquele jeito enviesado que ele só olhava quando não tava gostando de alguma coisa, vezenquando ficava até meio vesgo. Aí a Rúbia foi e perguntou se eu não queria um pedacinho de sorvete e falou que eu não devia andar descalço e sem chapéu naquela mormaceira. Eu olhei bem pra ela e disse que não, que muito obrigado, que não carecia. Foi difícil olhar bem pra ela porque ela era muito bonita, toda loirosa e perfumada, e eu ficava sempre pensando como ela conseguia fazer aquele rebuceteio com as mãos quando estava lá em cima, antes de se jogar no ar, com o maiô de lantejoulas brilhantes. As mãos dela eram muito brancas e tinham umas unhonas vermelhas, as mais compridas que eu já tinha visto. Ela falou que eu era muito educado, e foi amassando o copinho de sorvete com aquelas unhonas vermelhas, e fez um barulhinho assim: *crrráááác!* — e nessa hora eu senti ainda mais sede e mais calor e fiquei com um ódio da Malu ter me dito aquele troço, e até pareceu que tava bom lá, na sombra, embaixo da goiabeira, mexendo com as formigas. Aí a Rúbia pegou uma *Cinelândia* com a Ava Gardner na capa e começou a folhear, fazendo aquele rebuceteio com as mãos antes de virar cada página. Ela era ainda mais bonita que a Ava, mesmo sem o furinho no queixo. Eu fiquei por ali, estralando as juntas dos dedos como o Bituca tinha me ensinado, e a Rúbia foi e pegou um maço de Hudson com ponta do bolso e deu um pro Bituca, pegou outro e me ofereceu, eu disse que não, obrigado, e ela perguntou se eu tinha fogo, e eu disse que não, e quase ia dizendo obrigado de novo quando o Bituca falou que ia buscar uma coisa e já voltava e me pegou com força pelo braço e foi me puxando pra perto da jaula do leão.

— Bituca — eu disse —, a Malu me contou que tu vai fugir com o circo.

Ele disse que ia mesmo e pediu o fogo pra um homem sem camisa que vinha passando. Eu nunca tinha visto o Bituca fumar antes. Vinha uma catinga forte da jaula do leão e eu ainda tava sentindo aquele perfume forte que a Rúbia usava, a catinga era nojenta, o perfume até que era gostoso, mas os dois juntos mais a fumaça do cigarro que o Bituca jogava na minha cara tavam me enjoando ainda mais o estômago.

— Bituca, a d. Laurita vai sentir a tua falta.

— Que me importa — ele falou, e jogou mais fumaça na minha cara. — Agora vou ser borlantim e ninguém tem nada com a minha vida.

— Não joga fumaça na minha cara — eu pedi. — Eu também vou sentir a tua falta.

— Por que tu não vem junto?

— Tu tá falando sério?

— Claro que tô.

Eu não sei se era aquele monte de cheiros misturados na minha barriga ou o convite do Bituca — mas naquela hora eu cheguei a ter uma tonturinha e quase me encostei na jaula catinguenta.

— Eu não posso.

— Como não pode? Tu não é diferente de mim. A gente tem a mesma idade, tá na mesma aula. Como é que eu posso e tu não? Tu tem medo?

— Eu não tenho medo de nada. Mas eu não posso.

— Pode sim. Eu falo com a Rúbia, ela deixa tu ir no carrinho dela. Já falei com ela. Vamos nós três.

— Nós três quem?

— Eu, a Rúbia e o Saul. Naquele carrinho rosa lá.

Eu olhei pro lado do carrinho. A Rúbia tinha acendido o Hudson e tava de prosa com um sujeito musculoso, de barriga cabeluda e cabeça raspada, meio parecido com o Lothar, encostado na palmeira. Ela usava um short vermelho bem curtinho, que nem o da Nyoka, a Rainha das Selvas, e de longe parecia ainda mais bonita que na parte onde a mocinha morre, em *O céu uniu dois corações*, que a d. Laurita chorou e disse que ela podia ser uma desfrutável e andar retocando com todo o regimento, mas que era tão boa atriz quanto a Loretta Young. E a d. Laurita entendia de artistas. A Rúbia se abanava com a *Cinelândia* e apontava pra nós, eu e o Bituca.

— Me dá o cigarro — pedi.

Dei uma tragada forte e fiquei olhando pro Bituca, soltando fumaça pelas ventas. A calça nova dele tava toda esbragalada e xexelenta. Puxa, ele era meu amigo e eu acreditava nele. O Bituca era bacana, nunca tinha me dito uma mentira. Eu tive vontade de ficar ali com ele, de ir embora no carrinho rosa, com Rúbia, Bituca e o domador parecido com o Lothar. Mas a tragada que dei no cigarro terminou de me esculhambar o estômago. Eu disse pra ele que tinha de ir embora. Ele segurou de novo no meu braço.

— Mas tu jura que não vai contar nada pra ninguém?

Eu pensei na d. Laurita, com aquele vestido de florzinha azul, depois pensei na Malu, com a perna fina e o carpim sempre escorregando, e pensei também em mim mesmo, atormentando as formigas. Eu só fazia essas besteiras — cravava espinho de bergamoteira no bumbum delas, matava passarinho com bodoque, jogava sal em lesma, fazia círculo de fogo em volta de escorpião e lacraia — quando o Bituca não tava comigo. Quando a gente andava junto ele inventava teatrinho de caixa de sapato, subia em árvore, fugia pra brincar no rio, me emprestava gibi, me dava figurinha do *Ídolos da tela* e tudo. Eu ia sentir uma baita falta dele. Mas eu disse que não, eu disse depressa que não, porque a minha barriga tava toda remexida e eu não queria vomitar ali mesmo, na frente de todos os borlantins, da Nyoka e do Lothar, lá na sombra da palmeira, olhando pra gente, eles iam me achar nojento. Ele me fez jurar que não ia contar nada pra ninguém e eu jurei três vezes, por esta luz que me alumia. Daí ele me estendeu a mão e falou que quando o Grande Circo Robatini voltasse de novo à cidade eu fosse falar com ele, que me arrumava entrada de graça e eu ia poder sentar lá na frente, nas cadeiras acolchoadas e não nos poleiros onde a gente sempre ficava com a d. Laurita e a Malu. Quando ele falou isso tive certeza de que o Bituca era mesmo meu amigo e tive vontade de abraçar ele, mas precisei sair correndo pra não vomitar ali mesmo, na frente do domador com a cabeça raspada e da Rúbia com aquela *Cinelândia* e aquele Hudson nas mãos de unhonas vermelhas.

Só fui vomitar lá adiante, quase no portão da minha casa, embaixo das unhas-de-gato. Aí quando eu entrei na cozinha a minha mãe viu que eu tava muito branco e perguntou o que eu tinha. Eu disse que não era nada, mas ela viu que a minha camisa tava toda respingada de vômito e a minha boca fedendo que nem a jaula do leão. E quando eu pensava nisso mais me dava vontade de vomitar, e eu vomitei, me lembrando do perfume da Rúbia, da cabeça do Lothar, do Hudson com ponta, do cheiro de bosta quente de cavalo. A mãe me botou na cama, chamou o médico e o meu pai e ficaram os três fazendo uma porção de perguntas. Mas eu não traí o Bituca. Menti que tinha comido pitanga verde e ficado no sol quente, eles podiam me matar que eu não ia dizer nada nunca. Não consegui dormir direito, e no dia seguinte eles não me deixaram sair da cama e eu fiquei o dia inteiro lendo gibi, tomando guaraná com bolachinha champanhe e pensando num jeito de perguntar pelo Bituca sem que eles desconfiassem. Mas de tardezinha bateram na porta do quarto e o Bituca entrou com uma porção de gibis embaixo do braço.

— Me disseram que tu tava doente e eu trouxe isso daí pra tu ler — ele disse, jogando os gibis em cima da cama.

— Ué, tu não ia fugir com o circo?

Ele não respondeu, perguntou se podia beber um pouco de guaraná e comer bolachinha champanhe. Eu disse que podia, vi que ele não queria falar e não insisti, fiquei fingindo que tava muito interessado nos gibis que ele tinha trazido, mas eu já tinha lido quase todos, menos um *Mandrake* e um *Durango Kid*, que eu nem gostava muito, só correria e tiroteio. Aí de repente ele disse furioso:

— Aquela vaca!

— Quem? A Malu? Ela falou alguma coisa?

— A Malu não falou nada. Vaca é a Rúbia, que ficou o tempo todo dizendo que ia me levar junto, passando a mão na minha cabeça, me dando cigarro e sorvete, falando que ia me ensinar a pular do trapézio, a andar com um pé só naqueles cavalinhos. Depois, na hora agá, tirou o corpo fora, falou que o Saul não queria que eu fosse, que eu era menor.

— Menor do que ele?

— Não, bocó. Menor de idade. — Tirou um Hudson do bolso e acendeu com raiva.

— Cuidado — eu avisei. — Se a minha mãe entrar de repente não vai gostar de te ver fumando.

— Que me importa — ele falou. E ficou fumando e tomando guaraná. — Agora é muito tarde. Eu já tô viciado pra sempre. E tô desiludido da vida, posso fumar quanto quiser.

Ele parecia muito triste, dum jeito que eu nunca tinha visto. O tempo todo me olhava com aquele olho enviesado, meio vesgo. Eu deixei ele ir bebendo o guaraná e comer mais da metade do pacote de bolachinha. Depois mostrei pra ele o almanaque novo do Superman que o meu pai tinha trazido, perguntei se ele já tinha lido e ele falou que não gostava do Superman. Eu falei que no dia seguinte, quando eu melhorasse, a gente podia ir tomar banho no Uruguai. Ele disse que achava que amanhã ia chover. Eu disse que não fazia mal, que se chovesse mesmo, e não tava com jeito, a gente podia chamar a Malu e brincar de teatro no porão a tarde inteira, ela sabia *A ré misteriosa* de cor e salteado. Ele disse que já tava cheio de teatro, que tinha rato no porão, que a Malu era uma chata de perna fina, que *A ré misteriosa* era muito besta. Eu suspirei e disse que tinha conseguido a June Allyson, a Debbie Reynolds e a Fada Santoro pro álbum de *Ídolos da tela* dele. Ele disse que não tava mais colecionando figurinha e daí a gente ficou calado uma porção de tempo. Era quase de noitezinha, e a essa hora a radiola do circo começava a tocar "Recuerdos de Ypacaraí", que era sempre a primeira música e vez enquando a Rúbia cantava no Big Show de domingo. Mas agora o circo tinha ido embora e o silêncio era muito grande. Ele devia estar pensando o mesmo que eu, porque de repente apagou o cigarro, jogou a ponta pela janela, acendeu outro e ficou abanando a fumaça com o almanaque do Superman. Eu pensei que se ele não gostava mais mesmo daqueles brinquedos todos eu ia ter que passar o resto da minha vida atormentando formigas embaixo da goiabeira. E quase fiquei doente de novo, só de pensar. O Bituca era bacana, era meu amigo — e eu precisava consolar ele de qualquer jeito. Então eu disse:

— Não fica assim, Bituca. O Robatini não é o único circo do mundo. Ano que vem chega outro e daí tu foge com ele. Pode ser até que dessa vez eu tome coragem e vá junto contigo.

— O ano que vem — ele resmungou, olhando enviesado e soltando a maldita fumaça do maldito Hudson bem na minha cara —, o ano que vem. Falta muito pro ano que vem. Eu devia era ter fugido com o Robatini mesmo. Mas agora é muito tarde.

— Mas vem outro — eu insisti. — E aí eu vou junto contigo.

— Não. É muito tarde. E não é só o circo. Aquela vaca da Rúbia. Mulher nefasta, me apunhalando covardemente pelas espáduas (ele vezenquando falava que nem nas peças — acho que era influência da Rúbia e do Saul). Tu é muito jovem pra entender minha desdita.

Ele tomou o último gole de guaraná. Depois apagou e jogou o outro Hudson pela janela e disse que ia dar uma volta. Antes que ele fosse embora eu ainda tentei dizer mais alguma coisa. Acho que ia falar na Rúbia. Mas ele me olhou torto e antes de bater a porta repetiu que era muito tarde, que agora era tarde demais. Eu abri o almanaque do Superman, tentei ler mas não consegui. Naquela tarde eu tava achando a Míriam Lane, o Perry White e o Jimmy Olsen bestas demais por não descobrirem nunca que o Clark Kent é o Super-Homem.

Garopaba mon amour

(Ao som de "Sympathy for the Devil")

> *Em Garopaba o céu azul é muito forte. Não
> troveja quando o Gruta é colocado na cruz.*
> EMANUEL MEDEIROS VIEIRA, "GAROPABA MEU AMOR"

FORAM OS PRIMEIROS A CHEGAR. Durante a noite, o vento sacudindo a lona da barraca, podiam ouvir os gritos dos outros, as estacas de metal violando a terra. O chão amanheceu juncado de latas de cerveja copos de plástico papéis amassados pontas de cigarro seringas manchadas de sangue latas de conserva ampolas vazias vidros de óleo de bronzear bagas bolsas de couro fotonovelas tamancos ortopédicos. Pela manhã sentaram sobre a rocha mais alta, cruzaram as pernas, respiraram sete vezes, profundamente, e pediram nada para o mar batendo na areia.
— Conta.
— Não sei.
(Tapa no ouvido direito.)
— Conta.
— Não sei.
(Tapa no ouvido esquerdo.)
— Conta.
— Não sei.
(Soco no estômago.)
Os homens estavam parados no topo da colina. O mais baixo tirou do bolso alguma coisa metálica, o sol arrancou um reflexo cego. Quando começaram a descer, percebeu que era um revólver. Soube então que procuravam por ele. E não se moveu. Mais tarde não entenderia se masoquismo ou lentidão de reflexos, ou ainda uma obscura crença no inevitável das coisas, conjunções astrais, fatalidade. Por enquanto não. Estava ali no meio das barracas desarmadas e os homens vinham descendo a colina em direção a ele. Havia o mar atrás, algumas rochas. E baías e matas cheias de gatos selvagens e clareiras com raízes arrancando da terra escuras substâncias para transmutá-las através do tronco em flores vermelhas, escancaradas feito feridas sangrentas na extremidade dos galhos. Talvez não houvesse mais tarde agora, pensou ali parado enquan-

to os homens continuavam descendo a colina em direção a ele e o silêncio dos outros à sua volta gritava que estava perdido.

O vento sacode tanto a barraca que poderia arrancá-la do chão, soprá-la sobre a baía e nos levar pelos ares além das ruínas de Atlântida, continente perdido de Mu, ilha da Madeira, costas da África, ultrapassar o Marrocos, Tunísia, Pérsia, Turquia... (*Mar, o mundo é tão vasto, você consegue imaginar o Afeganistão? de manhã cedo acordar e pensar olhando o teto: estas tábuas deste teto deste quarto foram retiradas duma árvore plantada aqui, nunca pensei que um dia dormiria embaixo dos pedaços de uma árvore afeganistanesa. Até o Nepal, Mar, o vento nos levaria para depositar-nos na praça mais central de Katmandu.*)

— Se eu seguir em frente, seu veado, você pode descansar. Se eu dobrar à direita, seu filho da puta, você pode começar a rezar. Pra onde você acha que eu vou, seu maconheiro de merda?

— Pra onde o senhor quiser. Eu não sei. Não me importa mais.

Em volta há ruídos de pandeiros com fitas coloridas, assobios de flautas, violas e tambores. O vinho corre, os cigarros passam de mão em mão. Nos olhamos dentro dos olhos esverdeados de mar, nos achamos ciganos, suspiramos fundo e damos graças por este ano que se vai e nos encontra vivos e livres e belos e ainda (não sabemos como) fora das grades de um presídio ou de um hospício. Por quanto tempo? Não há mais ruídos de pandeiros, nem fitas coloridas esvoaçam ao vento, nem sopros de flautas se perdem em direção à costa invisível da África. Não corre mais o vinho por nossas bocas secas, nossos dedos de unhas roídas até a carne seguram o medo enquanto os homens revistam as barracas. Nos misturamos confusos, sem nos olhar nos olhos. Evitamos nos encarar — por que sentimos vergonha ou piedade ou uma compreensão sangrenta do que somos e do que tudo é? —, mas, quando os olhos de um esbarram nos olhos do outro, são de criança assustada esses olhos. Cão batido, rabo entre as pernas. Mastigamos em silêncio as chicotadas sobre nossas costas. E os corações de vidro pintado estalam ainda mais alto que as ondas quebrando contra as pedras.

— Conta.

— Não sei.

(Bofetada na face esquerda.)

— Conta.

— Não sei.

(Bofetada na face direita.)

— Conta.

— Não sei.

(Pontapé nas costas.)

Mar veio correndo pelo calçamento antigo na frente da igreja, os braços estendidos em direção a ele. Os morros, os barracos dos pescadores, a casa onde dormiu d. Pedro, o calçamento na frente da igreja. Recusava-se a pisar nos paralelepípedos, os pés nus acomodavam-se melhor ao redondo quente das pedras antigas, absorvendo vibrações perdidas, rodas de carruagem, barra rendada das saias de sinhás-moças, solas cascudas dos pés dos escravos. Mar veio correndo sobre as carruagens, as sinhás-moças, os pés cascudos e pretos. Nos chocaremos agora, no próximo segundo, nossos rostos afundados nos ombros um do outro não dirão nada, e não será preciso: neste próximo abraço deste próximo segundo para onde corro também, os braços abertos, nestas pedras de um tempo morto e mais limpo. Aqui, agora. Quando os olhos de um localizaram os olhos (metal azul) do outro, a mão do homem fechou-se sobre seu ombro — e tudo estava perdido outra vez.

Pouca-vergonha, o dente de ouro e o cabo do revólver cintilando à luz do sol, tenho pena de você. Pouca-vergonha é fome, é doença, é miséria, é a sujeira deste lugar, pouca-vergonha é falta de liberdade e a estupidez de vocês. Pena tenho eu de você, que precisa se sujeitar a esse emprego imundo: eu sou um ser humano decente e você é um verme. Revoltadinha a bicha. Veja como se defende bem. Isso, esconde o saco com cuidado. Se você se descuidar, boneca, faço uma omelete das suas bolas. Se me entregar direitinho o serviço, você está livre agora mesmo. Entregar o quê? Entregar quem? Os nomes, quero os nomes. Confessa. O anel pesado marca a testa, como um sinete. Cabelos compridos emaranhados entre as mãos dos homens. A cadeira quase quebra com a bofetada. Quem sabe uns choquezinhos pra avivar a memória?

> *Just as every cop is a criminal*
> *And all the sinners saints*
> *As heads are tails just call me Lucifer*
> *Cause I'm in need of some restraint*
> *So if you meet me have some courtesy*
> *Have some simpathy and some taste*
> *Use all your well-learned politesse*
> *Or I'll lay your soul to waste*

Mar, ainda não te falei de ontem. Talvez não haja mais tempo. Não sei se sairei vivo. Ontem lavamos na fonte os cabelos um do outro. Depositamos a vela acesa sobre o muro. Pedir o quê, agora, Mar? Se para sempre teremos medo. Da dor física, tapa na cara, fio no nervo exposto do dente. Meu corpo vai ficar marcado pelo roxo das pancadas, não pelo roxo dos teus dentes em minha carne.

— Repete comigo: eu sou um veado imundo.
— Não.
(Tapa no ouvido direito.)

— Repete comigo: eu sou um maconheiro sujo.
— Não.
(Tapa no ouvido esquerdo.)
— Repete comigo: eu sou um filho da puta.
— Não.
(Soco no estômago.)

Luís delira com malária no quarto. Minerva decepa com gestos precisos a cabeça e a cauda dos peixes. Os gatos rondam. Jair está no mar pescando. Ou na putaria, ela diz. O sono dentro dos barcos, a boia dura machucando a anca (*não te tocar, não pedir um abraço, não pedir ajuda, não dizer que estou ferido, que quase morri, não dizer nada, fechar os olhos, ouvir o barulho do mar, fingindo dormir, que tudo está bem, os hematomas no plexo solar, o coração rasgado, tudo bem*). Os montes verdes do Siriú do outro lado da baía. Estar outra vez tão perto das pessoas que não ser si-mesmo e sim o ser dos outros, sal do mar roendo as pedras, espinhos cravados na carne macia do tornozelo. Curvo-me para o punhado de algas verdes na palma de tua mão. E respiro.

Paredes caiadas de um branco sujo. O chão de cimento com restos de vômito, merda e mijo. O homem caminha para o fio com a bandeira do Brasil dependurada. Não quero entender. Isso deveria ser apenas uma metáfora, não essa bandeira real, verde-amarela que o homem joga para um canto ao mesmo tempo que seus dedos desencapam com cuidado o fio. Depois caminha suavemente para mim, olhos postos nos meus, um sorriso doce no canto da boca de dentes podres. Da parede, um general me olha imperturbável.

Sleeping-bags, tênis e jeans estendidos sobre a grama. Os livros: Huxley, Graciliano, Castañeda, Artaud, Rubem Fonseca, Galeano, Lucienne Samôr. O morro de bananeiras e samambaias gigantescas. À noite os gatos selvagens saem do mato e vêm procurar restos de peixe na praia. Tua mão roçou de leve meu ombro quando os microfones anunciaram Marly, a mulher dos cabelos de aço e sua demonstração de força capilar. A Roda da Fortuna gira muito depressa: quando estamos em cima os demônios se soltam e afiam suas garras para nos esperar embaixo. A plateia aplaude e espera mais uma acrobacia. (Gilda arremessa no ar a outra barra presa pelo arame.) Os dentes arreganhados do horror depois de cada alegria. Colhemos cogumelos pelos montes e sabemos que o mundo não vale a nossa lucidez. Depois da grande guerra nuclear, um vento soprando as cinzas radioativas sobre os escombros de Sodoma e Gomorra e a voz de Mick Jagger esvoaçando pelos desertos.

Pleased to meet you
Hope you guess my name

> *Is the nature of my game*
> *But what's puzzlin' you*
> *Is the nature of my game*

    Clama por Deus, pelo demônio. As luzes do mar são barcos pescando, não discos voadores. Com Deus me deito com Deus me levanto com a graça de Deus e do Espírito Santo se a morte me perseguir os anjos hão de me proteger, amém. Invoca seus mortos. Os que o câncer levou, os que os ferros retorcidos dos automóveis dilaceraram, os que as lâminas cortaram, os que o excesso de barbitúricos adormeceu para sempre, os que cerraram com força nós em torno de suas gargantas em banheiros fechados dos boqueirões & praças de Munique. E vai entendendo por que os ladrões roubam e por que os assassinos matam e por que alguns empunham armas e mais além vai entendendo também as bombas e também o caos a guerra a loucura e a morte.
    Cruza a pequena ponte de madeira até a praia. A igreja. A casa onde dormira d. Pedro. A colina. Não há mais ninguém no topo da colina. O vento espalha o lixo deixado pelas barracas. Tenta respirar. As costelas doem. Meu pai, precisava te dizer tanto. E não direi nada. Melhor que morras acreditando na justiça e na lei suja dos homens. Mar adentro: dias mais tarde encontrariam suas órbitas de olhos comidos pelos peixes transbordando algas e corais. (*Sentimos coisas incontroláveis, Mar: amor narcótico, amor veneno matando para sempre células nervosas, amor vizinho da loucura, maldito amor de mis entrañas: viva la muerte.*) Os olhos secos. Não encontraria Mar. Não choraria. Vai entendendo cada vez mais. Chega bem perto agora. É um ser de espuma nos cantos da boca. Olhos em brasa. Quase toca os cascos rachados. Eu estou satisfeito por encontrar você, sussurra. Enterra os dedos na areia. As unhas cheias de ódio.

Uma história de borboletas

*Porque quando se é branco como a
fênix branca e os outros são pretos,
os inimigos não faltam.*
ANTONIN ARTAUD, CITADO POR ANAÏS NIN,
EM *JE SUIS LE PLUS MALADE DES SURRÉALISTES*

ANDRÉ ENLOUQUECEU ONTEM à tarde. Devo dizer que também acho um pouco arrogante de minha parte dizer isso assim — *enlouqueceu* —, como se estivesse perfeitamente seguro não só da minha própria sanidade mas também da minha capacidade de julgar a sanidade alheia. Como dizer, então? Talvez: *André começou a comportar-se de maneira estranha*, por exemplo? ou: *André estava um tanto desorganizado*; ou ainda: *André parecia muito necessitado de repouso*. Seja como for, depois de algum tempo, e aos poucos, tão lentamente que apenas ontem à tarde resolvi tomar essa providência, André — desculpem a minha audácia ou arrogância ou empáfia ou como queiram chamá-la, enfim: André enlouqueceu completamente.

Pensei em levá-lo para uma clínica, lembrava vagamente de ter visto no cinema ou na televisão um lugar cheio de verde e pessoas muito calmas, distantes e um pouco pálidas, com o olhar fora do mundo, lendo ou recortando figurinhas, cercadas por enfermeiras simpáticas, prestativas. Achei que André seria feliz lá. E devo dizer ainda que gostaria de vê-lo feliz, apesar de tudo o que me fez sofrer nos últimos tempos. Mas bastou uma olhada no talão de cheques para concluir que não seria possível.

Então optei pelo hospício. Sei, parece um pouco duro dizer isso assim, desta maneira tão seca: então-optei-pelo-hospício. As palavras são muito traiçoeiras. Para dizer a verdade, não optei propriamente. Apenas: 1º) eu tinha pouquíssimo dinheiro e André menos ainda, isto é, nada, pois deixara de trabalhar desde que as borboletas começaram a nascer entre seus cabelos; 2º) uma clínica custa dinheiro e um hospício é de graça. Além disso, esses lugares como aquele que vi no cinema ou na televisão ficam muito retirados — na Suíça, acho —, e eu não poderia visitá-lo com tanta frequência como gostaria. O hospício fica aqui perto. Então, depois desses esclarecimentos, repito: optei pelo hospício.

André não opôs resistência nenhuma. Às vezes chego a pensar que ele sempre soube que, de uma forma ou outra, fatalmente acabaria assim. Portanto, coloquei-o num táxi, depois desembarcamos, atravessamos o pátio e, na portaria, o médico de plantão nem sequer fez muitas perguntas. Apenas nome, endereço, idade, se já tinha estado lá antes, essas coisas — ele não dizia nada e eu precisei ir respondendo, como se o louco fosse eu e não ele. Ah: nem por um minuto o médico duvidou da minha palavra. Pensei até que, se André não estivesse realmente louco e eu dissesse que sim, bastaria isso para que ficasse por lá durante muito tempo. Mas a cara dele não enganava ninguém — sem se mover, sem dizer nada, aqueles olhos parados, o cabelo todo em desordem.

Quando dois enfermeiros iam levá-lo para dentro eu quis dizer mais alguma coisa, mas não consegui. Ele ficou ali na minha frente, me olhando. Não me olhando propriamente, havia muito tempo não olhava mais para nada — seus olhos pareciam voltados para dentro, ou então era como se transpassassem as pessoas ou os objetos para ver, lá no fundo deles, uma coisa que nem eles próprios sabiam de si mesmos. Eu me sentia mal com esse olhar, porque era um olhar muito... muito *sábio*, para ser franco. Completamente insano, mas extremamente sábio. E não é nada agradável ter em cima de você, o tempo todo, na sua própria casa, um olhar desses, assim trans-in-lúcido. Mas de repente seus olhos pareceram piscar, mas não devem ter piscado — devo esclarecer que, para mim, piscar é uma espécie de vírgula que os olhos fazem quando querem mudar de assunto. Sem piscar, então, os olhos dele piscaram por um momento e voltaram daquele mundo para onde André se havia mudado sem deixar endereço. E me olharam os olhos dele. Não para uma coisa minha que nem eu mesmo via, nem através de mim, mas para mim mesmo *fisicamente*, quero dizer: para este par de órgãos gelatinosos situados entre a testa e o nariz — meus olhos, para ser mais objetivo.

André olhou bem nos meus olhos, como havia muito não fazia, e fiquei surpreso e tive vontade de dizer ao médico de plantão que era tudo um engano, que André estava muito bem, pois se até me olhava nos olhos como se me visse, pois se recuperara aquela expressão atenta e quase amiga do André que eu conhecia e que morava comigo, como se me compreendesse e tivesse qualquer coisa assim como uma vontade de que tudo desse certo para mim, sem nenhuma mágoa de que eu o tivesse levado para lá. Como se me perdoasse, porque a culpa não era minha, que estava lúcido, nem tampouco dele, que enlouquecera. Quis levá-lo de volta comigo para casa, despi-lo e lambê-lo como fazia antigamente, mas havia aquele monte de papéis assinados e cheios de *x* nos quadradinhos onde estava escrito *solteiro*, *masculino*, *branco*, coisas assim, os enfermeiros esperando ali do lado, já meio impacientes — tudo isso me passou pela cabeça enquanto o olhar de André pousava sobre mim e sua voz dizia:

— Só se pode encher um vaso até a borda. Nem uma gota a mais.*

Então vim embora. Os enfermeiros seguraram seus braços e o levaram para dentro. Havia alguns outros loucos espiando pela janela. Eram feios, sujos, alguns desdentados, as roupas listradinhas encardidas, fedendo — e eu tive medo de um dia voltar para encontrar André assim como eles: feio, sujo, desdentado, a roupa listradinha encardida e fedendo. Pensei que o médico ia colocar a mão no meu ombro para depois dizer *coragem, meu velho*, como tenho visto no cinema. Mas ele não fez nada disso. Baixou a cabeça sobre o monte de papéis como se eu já não estivesse ali, dei meia-volta sem dizer nada do que eu queria dizer — que cuidassem bem dele, que não o deixassem subir no telhado, recortar figurinhas de papel o dia inteiro ou retirar borboletas do meio dos cabelos como costumava fazer. Atravessei devagar o pátio cheio de loucos tristes, hesitei no portão de ferro, depois resolvi voltar a pé para casa.

Era de tardezinha, estava horrível na rua, com todos aqueles automóveis, aquelas pessoas desvairadas, as calçadas cheias de merda e lixo, eu me sentia mal e muito culpado. Quis conversar com alguém, mas me afastara tanto de todos depois que André enlouquecera, e aquele olhar dele estava me rasgando por dentro, eu tinha a impressão de que o meu próprio olhar tinha se tornado como o dele, e de repente já não era apenas uma impressão. Quando percebi, estava olhando para as pessoas como se soubesse alguma coisa delas que nem elas mesmas sabiam. Ou então como se as transpassasse. Eram bichos brancos e sujos. Quando as transpassava, via o que tinha sido antes delas — e o que tinha sido antes delas era uma coisa sem cor nem forma, eu podia deixar meus olhos descansarem lá porque eles não precisavam preocupar-se em dar nome ou cor ou jeito a nenhuma coisa — era um branco liso e calmo. Mas esse branco liso e calmo me assustava e, quando tentava voltar atrás, começava a ver nas pessoas o que elas não sabiam de si mesmas, e isso era ainda mais terrível. O que elas não sabiam de si era tão assustador que me sentia como se tivesse violado uma sepultura fechada havia vários séculos. A maldição cairia sobre mim: ninguém me perdoaria jamais se soubesse que eu ousara.

Mas alguma coisa em mim era mais forte que eu, e não conseguia evitar ver e sentir atrás e além dos sujos bichos brancos, então soube que todos eles na rua e na cidade e no país e no mundo inteiro sabiam que eu estava vendo exatamente daquela maneira, e de repente também já não era mais possível fingir nem fugir nem pedir perdão ou tentar voltar ao olhar anterior — e tive certeza de que eles queriam vingança, e no momen-

---

* Lao-tsé, *Tao te ching*. (N. A.)

to em que tive certeza disso, comecei a caminhar mais depressa para escapar, e Deus, Deus estava do meu lado: na esquina havia um ponto de táxi, subi num, mandei tocar em frente, me joguei contra o banco, fechei os olhos, respirei fundo, enxuguei na camisa as palmas visguentas das mãos. Depois abri os olhos para observar o motorista (prudentemente, é claro). Ele me vigiava pelo espelho retrovisor. Quando percebeu que eu percebia, desviou os olhos e ligou o rádio. No rádio, uma voz disse assim: *Senhoras e senhores, são seis horas da tarde. Apertem os cintos de segurança e preparem suas mentes para a decolagem. Partiremos em breve para uma longa viagem sem volta. Atenção, vamos começar a contagem regressiva: dez-nove-oito-sete-seis-cinco...* Antes que dissesse *quatro*, soube que o motorista era um deles. Mandei-o parar, paguei e desci. Não sei como, mas estava justamente em frente à minha casa. Entrei, acendi a luz da sala, sentei no sofá.

 A casa quieta sem André. Mesmo com ele ali dentro, nos últimos tempos a casa era sempre quieta: permanecia em seu quarto, recortando figurinhas de papel ou encostado na parede, os olhos olhando daquele jeito, ou então em frente ao espelho, procurando as borboletas que nasciam entre seus cabelos. Primeiro remexia neles, afastava as mechas, depois localizava a borboleta, exatamente como um piolho. Num gesto delicado, apanhava-a pelas asas, entre o polegar e o indicador, e jogava-a pela janela. *Essa era das azuis* — costumava dizer; ou *essa era das amarelas* ou qualquer outra cor. Em seguida saía para o telhado e ficava repetindo uma porção de coisas que eu não entendia. De vez em quando aparecia uma borboleta negra. Então tinha violentas crises, assustava-se, chorava, quebrava coisas, acusava-me. Foi na última borboleta negra que resolvi levá-lo para o tal lugar verde e, mais tarde, para o hospício mesmo. Ele quebrou todos os móveis do quarto, depois tentou morder-me, dizendo que a culpa era minha, que era eu quem colocava as borboletas negras entre seus cabelos, enquanto dormia. Não era verdade. Enquanto dormia, eu às vezes me aproximava para observá-lo. Gostava de vê-lo assim, esquecido, os pelos claros do peito subindo e descendo sobre o coração. Era quase como o André que eu conhecera antes, aquele que mordia meu pescoço com fúria nas noites suadas de antigamente. Uma vez cheguei a passar os dedos nos seus cabelos. Ele despertou bruscamente e me olhou horrorizado, segurou meu pulso com força e disse que agora eu não poderia mais fingir que não era eu, que tinha me surpreendido no momento exato da traição. Era assim, havia muito tempo, eu estava fatigado e não compreendia mais.

 Mas agora a casa estava sem André. Fui até o banheiro atulhado de roupas sujas, a torneira pingando, a cozinha com a pia transbordando pratos e panelas de muitas semanas, a janela de cortinas empoeiradas e o cheiro adocicado do lixo pelos cantos, depois resolvi tomar coragem e ir até o quarto dele. André não estava lá, claro. Apenas as revistas espalhadas pelo chão, a tesoura, as figurinhas entre os cacos dos móveis quebrados. Apanhei a tesoura e comecei a recortar algumas figurinhas. Inventava histórias enquanto recortava, dava-lhes profissões, passados, presentes, futuros era mais difícil, mas dava-lhes também dores e alguns sonhos. Foi então que senti qualquer coisa como uma comichão entre os cabelos, como se algo brotasse de dentro do meu cérebro e furasse as paredes do crânio para misturar-se com os cabelos. Aproximei-me do espelho, procurei. Era uma borboleta. Das azuis, verifiquei com alegria. Segurei-a entre o polegar e o indicador e soltei-a pela janela. Esvoaçou por alguns segundos, numa hesitação perfeitamente natural, já que nunca antes em sua vida estivera sobre um telhado. Quando percebi isso, subi na janela e alcancei as telhas para aconselhá-la:

— É assim mesmo — eu disse. — O mundo fora de minha cabeça tem janelas, telhados, nuvens, e aqueles bichos brancos lá embaixo. Sobre eles, não te detenhas demasiado, pois correrás o risco de transpassá-los com o olhar ou ver neles o que eles próprios não veem, e isso seria tão perigoso para ti quanto para mim violar sepulcros seculares, mas, sendo uma borboleta, não será muito difícil evitá-lo: bastará esvoaçar sobre as cabeças, nunca pousar nelas, pois pousando correrás o risco de ser novamente envolvida pelos cabelos e reabsorvida pelos cérebros pantanosos e, se isso for inevitável, por descuido ou aventura, não deverás te torturar demasiado, de nada adiantaria, procura acalmar-te e deslizar para dentro dos tais cérebros o mais suavemente possível, para não seres triturada pelas arestas dos pensamentos, e tudo é natural, basta não teres medos excessivos — trata-se apenas de preservar o azul das tuas asas.

Pareceu tranquilizada com meus conselhos, tomou impulso e partiu em direção ao crepúsculo. Quando me preparava para dar volta e entrar novamente no quarto, percebi que os vizinhos me observavam. Não dei importância a isso, voltei às figurinhas. E novamente começou a acontecer a mesma coisa: algo como um borbulhar, o espelho, a borboleta (essa era das roxas), depois a janela, o telhado, os conselhos. E os vizinhos e as figurinhas outra vez. Assim durante muito tempo.

Já não era mais de tardezinha quando apareceu a primeira borboleta negra. No mesmo momento em que meu indicador e polegar tocaram suas asinhas viscosas, meu estômago contraiu-se violentamente, gritei e quebrei o objeto mais próximo. Não sei exatamente o quê, sei apenas do ruído de cacos que fez, o que me deixa supor que se tratasse de um vaso de louça ou algo assim (creio que foi nesse momento que lembrei daquele som das noites de antes: as franjas do xale na parede caindo sobre as cordas do violão de André quando rolávamos da cama para o chão). Pretendia quebrar mais coisas, gritar ainda mais alto, chorar também, se conseguisse, porque tinha nojo e nunca mais — quando ouvi um rumor de passos no corredor e diversas pessoas invadiram o quarto. Acho que meu primeiro olhar para elas foi aquele que tive antigamente, cheguei a reconhecer alguns dos vizinhos que nos observavam sempre, o homem do bar da esquina, o jardineiro da casa em frente, o motorista do táxi, o síndico do edifício ao lado, a puta do chalé branco. Mas em seguida tudo se alargou e não consegui evitar vê-las daqueles outros jeitos, embora não quisesse, e meu jeito de evitar isso era fechar os olhos, mas quando fechava os olhos ficava olhando para dentro de meu próprio cérebro — e só encontrava nele uma infinidade de borboletas negras agitando nervosamente as asinhas pegajosas, atropelando-se para brotar logo entre os cabelos. Lutei por algum tempo. Tinha alguma esperança, embora fossem muitas mãos a segurar-me.

Ao amanhecer do dia de hoje fui dominado. Chamaram um táxi e trouxeram-me para cá. Antes de entrar no táxi tentei sugerir, quem sabe aquele lugar de muito verde, pessoas amáveis e prestativas, todas distantes, um tanto pálidas, alguns lendo livros, outros cortando figurinhas. Mas eu sabia que eles não admitiriam: quem havia visto o que eu vira não merecia perdão. Além disso, eu tinha desaprendido completamente a sua linguagem, a linguagem que também tive antes, e, embora com algum esforço conseguisse talvez recuperá-la, não valia a pena, era tão mentirosa, tão cheia de equívocos, cada palavra querendo dizer várias coisas em várias outras dimensões. Eu agora já não conseguia permanecer apenas numa dimensão como eles, cada palavra se alargava e invadia tantos e tantos reinos que, para não me perder, preferia ficar calado, atento apenas ao borbulhar de borboletas dentro do meu cérebro. Quando foram embora, depois de preencherem uma porção de papéis, olhei para um deles daquele mesmo jeito que André me olhara. E disse-lhe:

— Só se pode encher um vaso até a borda. Nem uma gota a mais.

Ele pareceu entender. Vi como se perturbava e tentava dizer, sem conseguir, alguma coisa para o médico de plantão, observei que baixava os olhos sobre o monte de papéis e a maneira indecisa como atravessava o pátio para depois deter-se em frente ao portão de ferro, olhando para os lados, e então se foi, a pé. Em seguida os homens trouxeram-me para dentro e enfiaram uma agulha no meu braço. Tentei reagir, mas eram muito fortes. Um deles ficou de joelhos no meu peito enquanto o outro enfiava a agulha na veia. Afundei num fundo poço acolchoado de branco.

Quando acordei, André me olhava dum jeito totalmente novo. Quase como o jeito antigo, mas muito mais intenso e calmo. Como se agora partilhássemos o mesmo reino. André sorriu. Depois estendeu a mão direita em direção aos meus cabelos, uniu o polegar ao indicador e, gentilmente, apanhou uma borboleta. Era das verdes. Depois baixou a cabeça, eu estendi os dedos para seus cabelos e apanhei outra borboleta. Era das amarelas. Como não havia telhados próximos, esvoaçavam pelo pátio enquanto falávamos juntos aquelas mesmas coisas — eu para as borboletas dele, ele para as minhas. Ficamos assim por muito tempo até que, sem querer, apanhei uma das negras e começamos a brigar. Mordi-o muitas vezes, tirando sangue da carne, enquanto ele cravava as unhas no meu rosto. Então vieram os homens, quatro desta vez. Dois deles puseram os joelhos sobre os nossos peitos, enquanto os outros dois enfiavam agulhas em nossas veias. Antes de cairmos outra vez no poço acolchoado de branco, ainda conseguimos sorrir um para o outro, estender os dedos para nossos cabelos e, com os indicadores e polegares unidos, ao mesmo tempo, com muito cuidado, apanhar cada um uma borboleta. Essa era tão vermelha que parecia sangrar.

O poço

> *Amor é quando é concedido participar um pouco mais.*
> *Poucos querem o amor, porque o amor é a grande*
> *desilusão de tudo o mais.*
> CLARICE LISPECTOR, A LEGIÃO ESTRANGEIRA

TOCO DE LEVE NUM joelho e lembro: eu estava na esquina da rua X quando vi os carros se aproximarem. Mas não sabia qual sua função exata; todas as vezes que perguntara sobre isso, observei que as pessoas evitavam responder. Percebia apenas que sentiam medo. Supunha que em determinados círculos pudessem explicar-me para que serviam aqueles enormes carros vermelhos, chamados carros-recolhedores, mas chegara havia pouco do interior e ainda não tivera acesso a nenhum círculo, exceto o da pensão onde morava, composto exclusivamente de velhos, viúvas e solteironas. Minha reação mais natural foi, portanto, sentir medo como eles. Como todos. Encolhi-me na entrada de um edifício onde, devido às sombras da noite e da iluminação escassa, julgava que eles não poderiam me ver. À parte o medo, achei bonito o carro. Quando o vi surgindo no começo da rua, varando a névoa, todo vermelho e luminoso, não pude deixar de pensar que se tratava de uma das coisas mais belas que já havia visto. Quase não havia ruído: a sua chegada era anunciada pela iluminação excessiva — além de dois grandes faróis dianteiros, havia uma série de luzes fortíssimas na parte superior e posterior do carro. Eu não podia ver os condutores, as portas não se abriam nunca e o brilho das luzes não permitia ver seus rostos. Adivinhei, porém, que usavam os uniformes do comando-geral. E encolhi-me ainda mais, indeciso entre o medo, o fascínio e a curiosidade. De onde estava, podia vê-los aproximar-se lentamente, os faróis giravam devassando os cantos escuros da rua, e surpreendi-me ao perceber que ela não estava deserta como eu supunha. Em cada canto revelado pelos faróis havia um grupo de pessoas, silenciosas e sem movimentos. Todas elas usavam as roupas brancas dos descontentes. As luzes batiam em seus rostos tornando-as sobrenaturais, apenas o rosto pálido e a veste branca recortados contra a escuridão. Eram belas, tão belas quanto o carro-recolhedor.

Uma guinada súbita faz com que o joelho onde estou apoiado se esquive num movimento brusco. Os solavancos não permitem que eu o encontre novamente. Estendo as mãos para o vazio à minha frente e procuro — até encontrar dois ombros sobre os quais me debruço. Os ombros não se movem. Não se escuta nenhum som: alguma coisa foi feita para que o silêncio se estabelecesse assim absoluto aqui dentro. Também não há janelas nem luzes. Da esquina onde estava, olhei as pessoas brancas subitamente desnudadas. O carro parou e um feixe mais intenso de luz projetou-se sobre elas. No momento em que essa luz incidiu sobre seus corpos, pareceram paralisadas. Em seguida duas comportas abriram-se nos lados do carro expelindo uma espécie de vento que sugava as pessoas. Observei que elas não lutavam nem gritavam, embora suas bocas se abrissem e seus braços ensaiassem alguns movimentos descontrolados. Flutuavam por um instante no ar gelado da noite, perdidas naquela estranha dança, agarradas umas às outras, até penetrarem pelas comportas escancaradas como bocas. As comportas fechavam-se e o carro voltava a andar, parando mais adiante, quando os faróis tornavam a repetir os mesmos movimentos. Da minha esquina, julguei compreender uma porção de coisas. Quase todas as coisas: as lágrimas de minha mãe quando decidi vir embora para a capital e os olhos assustados das pessoas que eu inquiria sobre os carros-recolhedores. Compreendi mais, e tão subitamente que se tornou impossível transformá-lo em palavras: apenas as imagens atravessavam meu cérebro como flechas superpostas, confundidas. E eu não sabia distinguir o fim de uma descoberta do começo de outra, tão interligadas estavam todas. Deixei de sentir medo e saí de meu esconderijo. No mesmo instante, o farol-mestre analisou meu corpo. Eu vestia roupas comuns, calças e camisa escuras, não brancas. Percebendo isso, o farol imediatamente se voltou para outro lado. Lentamente, abandonei a esquina. Um ar gelado bateu no meu rosto. Dei alguns passos tontos, olhei para cima e vi o edifício de vidro estendido em direção ao céu. À minha frente desdobrava-se a rua que havia pouco eu julgara deserta. Não entendia bem por quê, mas tive certeza de que tinha-me tornado, também, um descontente.

    Meu corpo oscila tocando outros corpos. Nenhum se esquiva. Todos me sustentam como se me apertassem a mão. Na noite seguinte, vesti-me de branco como eles e parei na mesma esquina da rua X. À mesma hora tornei a ver a luminosidade crescendo aos poucos até expandir-se por toda a rua. Saí de meu lugar escondido e parei sob o poste. Como na noite anterior, um facho de luz nasceu do carro-recolhedor projetando-se sobre mim. Investigou-me devagar, enquanto eu apertava os olhos, ofuscado pelo brilho. Pouco depois, vi as comportas abrirem-se: o mesmo vento de ontem envolveu aos poucos meu corpo. Senti-me flutuando no ar, gritei, mas nenhum som saiu de minha boca. Tentei segurar-me no poste, mas o vento cada vez mais forte me obrigava a abrir os dedos e, cada vez mais, a flutuar. Então penetrei pela comporta aberta. Quando meu corpo transpôs as aberturas de metal, houve ainda algum tempo em que flutuei no escuro, sugado pelo vento que diminuía lentamente. Até que meus pés tocaram alguma coisa macia, que mais tarde percebi ser um outro corpo. Acomodei-me ao lado dele, toquei-o com os dedos, de leve. Era uma jovem, creio, a julgar pelos cabelos compridos e a pele muito lisa, sem indícios de barba. Tentei falar, perguntar quem era, para onde estavam nos levando — mas, embora abrisse a boca e sentisse a garganta vibrando para dar passagem à voz, nenhum som se ouviu. Pelos movimentos de seus ombros, percebi que ela chorava. Abracei-a, então, e permanecemos juntos até que as comportas tornaram a se abrir e novos corpos caíram sobre nós. Eram muitos. Várias vezes o carro-recolhedor parou, e de cada vez novos e novos corpos entravam. Já não conseguíamos mais nos movimentar. Perdi-me da jovem, tentei estabelecer ligação com uma outra pessoa ao meu lado, mas os frequentes solavancos nos afastam uns dos outros, nos emaranham como fios de uma teia soprada pelo vento. Mal posso distinguir a mim mesmo dos outros. Faz muito tempo que estamos aqui: meus membros dormentes se confundem com os membros dos demais. Como se fôssemos um único organismo, composto de inúmeros braços, pernas e cabeças, harmonizados por um pensamento comum.

Agora o carro para. Minhas unhas raspam o metal do fundo. Dentro do silêncio, um silêncio maior se faz. Alguém passa a mão no meu rosto, como se quisesse despedir-se. As comportas se abrem dando passagem a uma luz acinzentada. Vejo os rostos pálidos dos meus companheiros. Parecem crianças. Não: parecem seres de um outro mundo, um mundo futuro. Ou um mundo que não foi possível. Eles temem. Eu também temo. Abaixo de nós vejo o poço cheio de lanças pontiagudas onde se entrelaçam serpentes. Do poço até as comportas, uma rampa inclinada. Um vento começa a sugar-nos para o poço. Tento segurar-me no chão do carro, minhas unhas se estraçalham contra a aspereza do metal, meus dedos estão ensanguentados, meu corpo exausto. Outras carnes roçam a minha, bocas, seios, braços, olhos. Guardo nos dedos um punhado de cabelos que não são meus. Não resisto mais. Ao passar, alguém se agarra em mim, carregando-me junto. Vamos abraçados, nossas costas roçando doloridamente pela superfície escorregadia da rampa. Por cima de nós, um céu cinzento. Lá embaixo, as cobras e as lanças. Venenosas, agudas. Abraço com força o meu camarada e fecho os olhos como se gritasse. Como se pudesse gritar.

A verdadeira
☐ Estória de Sally Can Dance (and The Kids)
☐ História

EPIGRAPHE:
Os discos voadores (óvnis) existem e são pilotados por serem procedentes de outros planetas, esta a conclusão a que chegou o governo dos EUA, o qual lançará uma campanha com a finalidade de preparar o mundo para aceitar os visitantes extraterrestres.
FROM *ALMANAQUE DO CORREIO DO POVO* 1975, P. 21

INTRODUCTION TO HELL

LA MADRECITA EMPEZÓ a hablar machucado, q nem se podia sequer tentar conversar naquele hogar, q estavam todos locos, no começo Sally até deu força, pero la madrecita empezó a hablar cada vez más machucado y con más frecuencia, então Sally deu um pontapé no cuzco (era un perrito de estimação, peruano autêntico) q costumava se roçar en sus legs y gritou q cachorro tinha q ser tratado na porrada, senão vira bicha, sacou, madrecita? La madrecita dijo q não entendia cockney y q cada vez ficava más difícil, y diga-se a favor de Sally q nessa época ela tentou de muitos ways, cuando la barra pesava mucho apanhava o café ou o prato de comida (as peleias eram always na hora das refeições) y subia para su habitación, donde se quedava ouvindo Bob Dylan (sobretudo "Hurrycane") y fumando horrores, hasta q la madrecita rides again: q Sally estava mui magra, q essa mania de não comer carne, não q eu tenha nada contra, pero mira: yo comi carne más de cinquenta anos y aqui estoy guapa.

Sally encarava dura a violência carnívora da madrecita emputecida, mas preferia always não ser agressiva, mas dizer o q pensava REALMENTE com maiúsculas (era tão pretensioso pensar q pudesse um day dizer REALMENTE tudo q pensava com maiúsculas) — enfim, Sally calava. Só q nos últimos tempos, vinha observando sem tomar nenhuma decisão about that, mas nos últimos tiempos vinha calando demás.

One day Sally enlouqueceu y sem querer falou para her brother-sister q era apenas uma sombra y the brother-sister of Sally foi correndo contar todo para la madrecita y una hermosa mañana when Sally was posta em repouso entre sus almohadas indianas ouvindo justamente "Here comes the sun" (little darling), inequívoco sinal de su baja voltagem moral necessitada de brilhos ou some thing up cuando la madre adentró abruptamente en su habitación y con la fala mazia mazia y una tisana de bergamoteira q Sally até curtiu because tinha lido q bergamoteira bajava a pressão botava down-down y cuando estava in the better of the party traduzindo para la madrecita la segunda parte da letra de "Eleanor Rigby" eis senão q dois homens (zarrões) puseram la puerta abajo enfiaram Sally numa T-shirt de fuerza y carregaram-na para una clínica psiquiátrica es decir para un hospício já que Sally não trabalhava y portanto não descontava INPS além disso era maior de idade y su madre una pobre viúva ai ai coitada de mim ai de mim ai de mim no hospício após una terapiazita rápida à base de eletrochoques neozine artani & insulina, Sally finalmente retornou aos braços da sociedade q a gerara inteiramente recuperada y hoy es un elemento útil à coletividade trabajando oito horas por dia no BNH donde já conseguiu financiamento para una quitinete y provendo satisfatoriamente segundo relatório da assistente social las modestas necessidades de su perra madrecita.

THE END
(exit)

INTERMEZZO

§ 1. Sally não declarou to her brother-sister ser apenas una sombra.

§ 2. La madrecita no se adentró en su habitación.

§ 3. Sally não degustou a tisana de bergamoteira (onde havia sido colocado forte soporífero).

§ 4. Nem tampouco todo o resto, inclusive hospício, BNH, quitinete etc. etc. Mas é preciso então q se diga qual foi

A VERDADEIRA
☐ ESTÓRIA DE SALLY CAN DANCE (AND THE KIDS)
☐ HISTÓRIA

Obs. a) Se você achar q é invenção, assinale com um x o primeiro ☐. Se você achar q é real, assinale com um x o segundo ☐.

Obs. b) Assinalar este ou aquele ☐ não modificará coisa nenhuma no desenrolar dos phatos, mas achamos q, em se tratando esta de uma obra aberta e essencialmente comunicativa, o leitor deveria participar nem q seja modestamente de sua confecção. Then, let's go there:

KATHYU'S APRIL ENTERPRISES PRESENTS:
THE TRUTH ABOUT SALLY CAN DANCE (AND THE KIDS)

with:
Sally Can Dance
The Kids: Mike Pocket-Knife
          Joe Golden-Vain
          Peter Syringe
          Bill Puzzled-Mind

and:
La madrecita
The brother-sister
Dois homens (zarrões)
Juliana de Oloxá
Valdomiro Jorge
Uma jaguatirica
Don Juan (copyright Carlos Castañeda)
Trapezista Gilda (copyright Jane Araújo)

special guest star:
Selma Jaguaraçu

music by:
Lou Reed
Bob Dylan
Beatles
Ney Matogrosso
Rolling Stones and
Rádio Continental

our thankfulnesses to:
Jornalista Jaime Gargioni
Martin Scorsese
Esquina maldita (Alaska, Marius, Copa-70, Universitário)
12ª Delegacia de Polícia
Samantha Jones
Fugitiva Maria da Graça Medeiros
Frota de táxis Mahatma Gandhi
Psicanalista R. D. Laing
Cia. Jornalística Caldas Júnior
Editoras Vozes e do Brasil S.A.
(q nos forneceram preciosíssimos elementos)

BEGIN THE BEGINNER

No princípio era o verbo. Isto é: Sally falava muito. Isso no princípio. Después veio aquele negócio da madrecita empezando a hablar machucado y Sally, q no fundo sempre foi apenas una lovely teenager, seguindo os conselhos de sua amiga Gilda, adestrava-se em equilibrismos a ponto de, antes de optar definitivamente pelo silêncio y portanto tornar-se una sombra, conseguir manter duas discussões simultâneas com la madrecita y the brother-sister, sustentando pontos de vista absolutamente contraditórios, sem q nenhum de los dos percebesse. Acabavam todos gritando muy alto y quebrando a primeira coisa quebrável q estivesse à mão, hasta el vecino de abajo reclamar, first, logo após, por ordem: o da esquerda, o da direita y el de arriba, q não reclamou porque o apartamento de Sally and the family, sem ser de cobertura — q la madrecita (como já foi dito) no tenía recursos —, ficava no último andar. Veio o síndico, porteiro, polícia, y foi então q Sally, sem pensar nisso, um dia, lendo *A política da experiência*, de R. D. Laing, encontrou este trecho: "A sanidade parece repousar amplamente, hoje, na capacidade para adaptar-se ao mundo exterior — o mundo interpessoal e o reino das coletividades humanas. Como esse mundo exterior humano está quase completamente separado do interior, toda percepção pessoal já apresenta graves riscos. Mas desde que a sociedade, sem saber, encontra-se esfaimada pelo que há de interior, as exigências para se evocar a sua presença de maneira 'segura', de modo que não seja preciso ser levada a sério etc. são tremendas, e a ambivalência igualmente intensa. Não admira que seja tão grande o número de artistas que naufragaram nesses rochedos nos últimos 150 anos — Hölderlin, John Clare, Rimbaud, Van Gogh, Nietzsche, Antonin Artaud. Os que sobreviveram possuem qualidades excepcionais — capacidade para o segredo, o disfarce, a astúcia".

Nesse momento, presa de estranha emoção, opressa sob o sentimento de algo q desconhecia, qual asa negra acariciando suas espáduas juvenis, Sally cerrou abruptamente o volume finamente encadernado em percaline. Nervosamente, suas mãos buscaram um cigarro à cabeceira. Com dedos trêmulos, acendeu, tragou (sugere-se aqui uma tomada bem lenta: a atriz deve passar inteiramente para o público a sua ansiedade, através de gestos como, por exemplo, roer as unhas ao mesmo tempo em q fuma, mordendo os lábios e piscando inúmeras vezes). Releu, atônita: "capacidade para o segredo? o disfarce? a astúcia?". Com um felino impulso, pôs-se em pé e esgueirou-se sorrateira hasta la habitación de sua perra madrecita y experimentou la peruca verde (q te quiero idem). I can get no satisfaction, resmungou, descalçando os tênis para envergar as sandálias douradas de altíssimas plataformas y o longo de cetim púrpura. Lixou cuidadosamente, poliu y pintou as uñas, colocando um pouco de purpurina antes ("Se você quiser um esmalte diferente, jogue dentro do vidrinho purpurina e duas bolinhas de ferro — para misturarem bem. Agite antes de usar." From "Dicas que facilitam a vida", *Capricho* nº 381, 18 de junho de 1975, p. 73), e olhou-se no espelho.

FLASHBACK (SALLY MEETS THE KIDS)

Sally vem caminhando por uma avenida deserta. Está amanhecendo. Não há automóveis, nem ninguém mais, exceto Sally. Ela vem devagar, jeans arremangados até os joelhos, cabelo em rabo de cavalo, camisa ajedrez, descalça, um tamanco em cada mão. Detém-se para observar melhor algo dentro de uma lata de lixo. Nesse momento, por trás da mesma lata de lixo, aparece a cara de um cachorro buldogue. Sally recua. O buldogue encara-a fixamente. Sally não faz nenhum movimento brusco. Seus olhos se esgazeiam, seus lábios fremem nos cantos. O buldogue continua saindo de trás da lata de lixo. Depois do pescoço, seu corpo vai-se estreitando e ganhando escamas, até revelar-se uma serpente inquieta, com a cauda terminando em ferrão. Sally recua ainda mais. O buldogue retira a máscara. É Mike Pocket-Knife, signo Scorpio, líder dos Kids, q gosta de usar fantasias cuando a barra pesa. — S. i. m. p. — ele saúda (Sociedade Itinerante Meio Pirada, ou abreviatura de "Simpathy for the Devil", segundo os arquivos da Underground Press).

— S. i. m. p. — responde Sally. E deixa cair o tamanco esquerdo. Com estrondo. Acaba de conhecer The Kids.

TERCIOPELO DE MI VIDA

Peruca verde, longo de cetim púrpura, unhas cintilantes, sandálias douradas de altíssimas plataformas, Sally miró at herself in the glass. Passou lentamente las manos pelos quadris, o vestido realçando um pouco o busto quase inexistente. Agora, pensou excitada, agora sim deveriam entrar os dois homens (zarrões). Depois lembrou q essa história dos homens (zarrões) tinha sido deixada pra lá. Then mudou de assunto y walked to su habitación. Empty hogar. The brother-sister of Sally ainda não chegara do ipv (Instituto Pré-Vestibular), onde fazia cursinho para economês, embora suas aptidões fossem mais para a área humanística, q ele(a) rejeitava violentamente por recear ser tachado(a) de homossexual (bicha ou sapatão) pelo Corner's Club, entidade da qual era sócio(a) benemérito(a). La madrecita tinha ido levar sete velas negras, sete charutos, sete cocadas, uma garrafa de pinga (Três Fazendas), uma folha de papel celofane e um cordeiro para mãe Juliana de Oloxá, deus dos lagos

("Obatalá, o Céu, uniu-se a Odudua, a Terra, e dessa união nasceram Aganju e Iemanjá, respectivamente Fogo e Água. Iemanjá desposou seu irmão Aganju, de quem teve um filho, Orungan. Apaixonou-se este por sua mãe Iemanjá, nascendo então os seguintes filhos, todos divindades: Dada, deus dos vegetais; Xangô, deus do trovão; Ogun, deus do ferro e da guerra; Olokun, deus do mar; Oloxá, deus dos lagos; Oyá, deusa do rio Níger; Oxun, deusa do rio Oxun e mãe da cantora Clara Nunes; Obá, deusa do rio Obá; Orixá Okô, deus dos caçadores; Oké, deus dos montes; Ajê Xaluga, deus da riqueza; Xapanan (Shankpanna), deus da varíola; Orun, o Sol; Oxu, a Lua" — from *Almanaque do Correio do Povo 1975*, p. 137). Ainda sobre esse assunto diga-se, sob pena de não revelar toda a áspera verdade: a) Sally vezenquando admirava em silêncio as rivelinianas coxas of her brother-sister, depois crispava a mão direita sobre a testa e exclamava: — Ai de mim! Não somos deuses!; b) mais informações sobre a mitologia iorubá tinham-lhe sido fornecidas por su mejor friendship, Selma Jaguaraçu. Y acá, infelizmente para a disponibilidade de tempo do(a) caro(a) leitor(a), mas perfeitamente de acordo com nossa intenção de esclarecer definitivamente *toda* a verdade about Sally (and The Kids), devemos fazer um parágrafo para a

INTRODUÇÃO A SELMA (FLASHBACK Nº 2)

Sally meet Selma no primeiro FICNA (Festival de Cinema Nacional de Altamira). Quando abriu as janelas de sua suíte, um pouco aborrecida com a voracidade dos mosquitos, q não a deixaram repousar más q três míseras horas, o calor viscoso da selva grudando o tule da camisola contra el cuerpo, viu primeiro a jaguatirica de estimação do boy afastando-se da piscina com água azul importada de Amaralina (era-lhe permitido — à jaguatirica — desfrutar de um banho antes do despertar dos hóspedes) y, logo a seguir, sem tener tiempo para pensar, on the grass: uma esplêndida mulata de enormes cabelos desgrenhados enfeitados por uma selvagem flor vermelha. Era Selma, soube ao primeiro olhar. Selma olhou para ela. "Devo estar medonha", pensou Sally sorrindo com a boca fechada para ocultar o aparelho nos dentes. Tão logo a viu, com gestos bruscos, Selma jogou longe a parte superior do maiô tigrado, colocou-se subitamente em pé, apanhou o primeiro cipó y desapareceu na selva com um rugido estarrecedor.

Sally desceu as stairs, tomó de la parte superior do maiô y comprimiu-a ardentemente contra o ventre. Selma, Selma Jaguaraçu, the queen of the jungle, estava here/now; em carne (farta) y ossos (poucos), tinha visto com sus próprios ojos, pensou ajeitando os óculos de lentes um y meio no esquerdo y três y un cuarto no direito. A la noche, cuando tentava dormir, después de ter assistido à pré-estreia de *Quem muito dá um dia se escracha,* ainda intrigada com a lúcida colocação sócio-político-existencial, se bem que um tanto niilista, do jovem diretor Valdomiro Jorge, com quem tomara gin-fizz no grill-room do Altamira's Palace Hotel até as três da matina, tentando provar-lhe exatamente o contrário da proposição da controvertida obra, ou seja: que seria perfeitamente posible dar ainda muitíssimo mais (caso houvesse demanda) sem chegar contudo never a escrachar-se, hipótese contra a qual o rebelde Valdomiro Jorge, na ânsia kierkegaardiana de organizar o Kaos, não poderia jamais concordar, caso contrário precisaria abdicar de todas as suas concepções cinematógrafo-sócio-político-existenciais — enfim: tentava dormir, por la noche, cuando um rumor violento fez que soerguesse o busto no leito. As narinas frementes, ali estava a voluptuosa Selma Jaguaraçu:

SELMA (*com um rugido agreste*): Vim buscar a parte superior do meu maiô tigrado.

SALLY (*desabotoando lentamente a camisola de tule*): Está em meu corpo. (*Sussurrando*) It's in my body. (*Gemendo*) Está en mi cuerpo.

SELMA (*rosnando e cingindo a cintura da donzela num feroz amplexo*): S. i. m. p.!

Obs.: (Nesta altura, para evitar — embora inevitáveis — futuros problemas com a conhecida firma distribuidora dos afamados Cintos de Castidade Mental S.S., a câmera pode (deve) desviar-se dos corpos suados para el reloj de cabeceira e fixá-lo durante o tempo necessário. A trilha sonora deve manter; em contraponto, suspiros y gemidos very hots com o tiquetaque cibernético del reloj — se possível, digital, y se possível, ainda, sugere-se que desperte com a interpretação de Ney Matogrosso para "Trepa no coqueiro", finalizando então a tomada).

Después desse curioso phato, tornaram-se amigas inseparáveis, univitelinas, embora por vezes tivessem alguns choques ideológicos. Profundamente latina, sometimes Selma criticava acerbamente o vocabulário y los maneirismos anglo-saxões de Sally, citando como argumento as seguintes palavras de Rui Barbosa: "Uma raça cujo espírito não defende o seu solo e o seu idioma entrega a alma ao estrangeiro, antes de ser por ele absorvida", y llegando mismo a lamentá-la como vítima-símbolo da violação de nossa cultura y do escapismo da juventude; ao passo que Sally, embora admirasse a Selma más q a su própio ego, obtemperava ser essa atitude, a essa altura do campeonato, inteiramente utópica & reacionária, citando Mick Jagger (*it's only rock and roll, but I like it*) y chamando-a de vestal de um deus morto, festiva, careta y otros adjetivos menos publicáveis. Como não eram dogmáticas, concluíam q, embora estivessem no mesmo barco, as maneiras de remar podiam perfeitamente ser diferentes. Além do q, acrescentavam em coro, acariciando os mútuos seios, o barco estava inapelavelmente furado. Y todo bien. Or not. Separaram-se con los ojos marejados de lágrimas amargas: Selma ofereceu sua casinha palafita às margens do Maicuru, margem esquerda do Amazonas, y Sally su departamento na av. João Pessoa, Porto Alegre, 90 000.

DECISÃO FATAL

Ahora, in front of the glass, peruca verde etc. etc., Sally pensava justamente em Selma. Não tinha mais nobody-nadie a quem recorrer. Localizou o Comando Geográfico em su mind, discou o código da América do Sul e, rapidamente, traçou o roteiro. Do Maicuru poderia, fácil e clandestinamente, atingir o Suriname; do Suriname alcançaria Trinidad, passando por Tobago, Granada, St. Vincent, Barbados, Martinica, Dominica, Guadalupe, Antígua y Barbuda, hasta Puerto Rico, República Dominicana, Haiti, Cuba — Cuba não ("este passaporte não é válido para Cuba", lembrou), melhor desviar pelas Bahamas, hasta Nassau y la Florida, onde poderia vender algum artesanato aos veranistas y llegar finalmente a El Paso, onde Don a esperaria com uma cesta de flores de peyote ainda frescas, como de costume.

Selma naturalmente não a acompanharia, fiel a su luxuriante y úmido amazonic dream. Sally não se atrevia a partir sozinha. Roeu algumas unhas antes de a luz fazer-se em su cabeza y recordar-se — *of course!* — dos Kids. Como pudera olvidá-los? Ligou imediatamente para o IAPI, pediu para falar com Mike Pocket-Knife. Ele atendeu prontamente, dizendo q estava à espera (havia uma insólita relação telepática entre os dois). Ela perguntou se seu passaporte mais o dos outros Kids estavam em ordem. Ele disse q não, mas podia conseguir alguns no mercado negro em questão de quarenta minutos. Ela perguntou se estariam a fim de acompanhá-la numa pequena trip. Expôs-lhe o tra(pro)jeto. Sem manifestar nenhum entusiasmo, ele disse secamente q sim. Providenciaria os papéis para todos, daria uma revisada nas motos, compraria um novo blusão de coiro y la aguardaria dentro de dos horas na saída da freeway próxima à Rodoviária. Sally desligou. Conhecia-o sobejamente bem para saber q não blefava.

EPILOGUS

Os dados estavam lançados. Arrancou nervosamente a peruca verde, verteu solvente nas unhas, espatifou o longo de cetim púrpura y as sandálias-douradas-de-altíssimas-plataformas, tomou da mochila no guarda-roupa y jogou inside: 1 par de jeans boca justa outro boca larga (não sabia como estava a moda no Caribe); 1 pandeiro com fitas; la foto de Mercedes Sosa (presente para Selma); la seringa nova (presente para Mike); 1 pôster de Mick Jagger; la fita magnética com o último LP de Rita Lee; 1 recorte de uma entrevista com Denise Bandeira; la túnica indiana; 1 vidrinho de patchuli, pela metade; 1 exemplar de *Be Here Now*; 1 par de tênis e 1 bustier de lamê prateado q comprara no verão passado em Buenos Aires. Rodou por alguns segundos pelo quarto, antes de atinar com o sleeping-bag y a barraca Priscilla detrás de la puerta. Después, foi até o banheiro, apanhou o batom ciclâmen e riscou fuerte no espelho: "Sally doesn't live here anymore". Cheirou duas ou três carreiras e, antes de sair, ainda teve tempo de jogar contra os ladrilhos a velha seringa manchada de sangue.

No elevador, cruzou com la madrecita.

— It's all right, man — disse batendo a porta. — I'm only bleeding.

— Já te disse mais de mil vezes que não entendo inglês, Maria Suely — resmungou la madre.

THE END

(exit)

CONSIDERAÇÕES FINAIS

§ 1. About Selma: sabe-se q atualmente percorre a bacia amazônica colhendo grandes aplausos da crítica especializada, sob o pseudônimo de Jacira, a Fera Equatorial, engajada como trapezista no Gran Circus Life Circus Est, de propriedade da trapezista Gilda, com quem, comenta-se, mantém conturbado envolvimento sáphico.

§ 2. About the brother-sister: foi aprovado(a) em décimo quarto lugar no vestibular para o Curso Superior de Economês da Unisinos. Tanto ele(a) como la madrecita concordam q assim foi mejor para todos.

§ 3. About Sally (and The Kids): recentemente foram vistos fazendo auto-stop on the road between Tucson y Dallas. Mike Pocket-Knife usava uma fantasia de Besta do Apocalipse, com o número 666 aplicado sobre o sexo volumoso; Pete Syringe trazia o braço direito na tipoia e Sally usava um penteado mula-manca, sapatos salto-agulha e saia godê-ponche. Nada mais se soube.

MORAIS OPTATIVAS

(Assinale com um *x* a sua preferida ou acrescente na linha pontilhada a sua sugestão)
- ☐ Bevette più latte.
- ☐ La dicha es una arma caliente.
- ☐ Quem não dormiu no sleeping-bag, nem sequer sonhou.
- ☐ Brazilian are, before anything, a strong people.
- ☐ Je suis comme je suis.
- ☐ The dream is really over.
- ☐ Não é nada disso.

....

Pedras de Calcutá

À SUA FRENTE: uma senhora gorda com duas meninas pela mão, a do lado direito de vestido azul e carpins brancos, a do lado esquerdo de vestido rosa e carpins laranja; às suas costas: um pedreiro sem camisa, o tronco reluzente de suor, empurrando um carrinho de mão cheio de cal contra sua bunda, pedindo-lhe que se apressasse; do lado direito: como uma cerca de ferro com um cartaz desses que dizem "homens em obra" ou coisa assim; do lado esquerdo: um outdoor que visto de muito perto, por sobre o ombro, limitava-se a grânulos muito salientes, talvez um par de lábios vermelhos entreabertos; por cima: o sol como um ovo frito sem clara num céu lavado de janeiro; por baixo: os buracos da calçada; em volta, além ou longe ou mesmo perto: o rumor dos automóveis, escapamentos abertos, motocicletas, caminhões.

E a grande merda escondida atrás de tudo, quando fechava a porta do apartamento sobre as costas das visitas, e então olhava os pratos sujos e a geladeira vazia, os cinzeiros cheios, os restos de presenças pelos cantos, e tinha pensado em pedir para qualquer um, um pouco mais, uma conversa qualquer, as pequenas estocadas rechaçando aproximações: os olhos circundados pela carne um tanto flácida, um tanto escura, que via no espelho depois. Da porta, olhava. E lavava pratos como quem suspira, verificava a água das plantas tocando nas pequenas folhas, enveredava pelo pouco espaço disponível ainda com a tontura de alguns goles a mais levando a mente para lugares inesperados. E a grande mentira das janelas escancaradas sobre os paredões, ou a televisão ligada e um olho após o outro escorregando para uma espécie de sono, e o visgo, então, ou um cigarro — havia *es* demais na sua vida, como se uma ação gerasse outra ou desse continuidade às anteriores, num ciclo sem fim, como uma passarela lisa onde escorregava amável, ao ritmo dos vivaldis que escolhia especialmente para os vinhos brancos. Tinha vontade de vomitar, e não vomitava. Vontade de gritar e não gritava. Gentil, amável, tolerante e sem sexo, os patins dominando a lisa passarela, em gestos graciosos como os de um trapezista após o salto, mas nunca mortal a ponto de qualquer queda não ser prevista ou amparada por uma sólida rede de amenidades, e a grande merda, e o indisfarçável medo emboscado nas paredes do apartamento, e os inúteis cuidados, e a cama vazia no fundo do quarto, os dedos ansiosos, o ruído dos carros filtrado pelas paredes, a campainha em silêncio, algum livro e depois o poço viscoso. Algum cigarro, nenhum ombro, alguma insônia, nenhum toque, um último acorde de violino, e depois o sono, e depois.

À sua frente: a senhora gorda olhou para trás sem dizer nada, enquanto a menina de vestido azul e carpins brancos dizia que iam chegar atrasadas e a menina de vestido rosa e carpins laranja repetia que estava cansada; às suas costas: o tronco reluzente do pedreiro deixou escapar uma gota de suor que escorregou por entre os mamilos escuros para acompanhar o fio de pelos da barriga, ultrapassar o umbigo para despencar calça adentro, pedindo-lhe que se apressasse; do lado direito: a cerca de ferro, a cerca de ferro, a cerca de ferro e a placa que não conseguia ler porque o movimento não permitia que se detivesse; do lado esquerdo: talvez lábios entreabertos, talvez um par de nádegas, talvez o interior rosado de pernas escancaradas, talvez o canto de um olho, retículas graúdas e um roxo ao fundo que o ombro lentamente ia deixando para trás; por cima e por baixo: o sol, o chão e pés inchados pelo calor e em volta os ruídos, a luz demasiado clara ferindo a retina, o chão irregular contra a sola dos sapatos, nem além nem longe mas demasiado perto em cheiros e tonturas de formas em movimento passando passando passando.

Não entendia direito, mas era tão bonito que acompanhava com o dedo, palavra por palavra, enquanto a chuva caía — *he is always intoxicated with the madness of ecstatic love*, um pensamento maligno em direção às visitas fugitivas, bem feito, a chuva desmancharia penteados e mancharia panos — *he is always intoxicated...* — quem sabe um chá? mas voltava às folhas para encontrar a gôndola dourada e sempre aquela figura com o colar de flores brancas, a estranha luz em volta da cabeça, como era mesmo? áurea, diziam e ria, superior, aura, corrigia mentalmente, e mais atrás a vegetação, algumas palmeiras e plantas inidentificáveis, mas sempre tão verdes, uma torre ao fundo, os mantos brancos e alaranjados, e de repente o prego cravado entre os olhos, tão nitidamente que piscava, num outro lugar, de um outro jeito, onde pudesse soltar um gemido ao invés de um sorriso amável, os dedos ganhando vida própria em direção ao segredo adormecido, mas as vegetações, ou virar o disco, ou despejar o cinzeiro na privada, puxar a descarga, voltar-se para o espelho e beijá-lo com dentes e unhas, como era mesmo — *he is always intoxicated with the madness...* —, o cortejo avançava em direção contrária a seus passos, era mentira: virar a página como quem puxa a descarga, mas o prego, como se a privada resolvesse agir de modo contrário, ao invés de tragar, devolvendo a merda sobre a louça verde até o corredor, até a porta do quarto e a beira da cama, onde encolhia os pés, sem proteção — sem proteção alguma encolhia os pés enquanto a merda subia e podia distinguir os grãos de milho de ontem, os nacos duros de cenoura de hoje, um violino, um poço, um dedo de unha roída e um despertador amarelo marcando sempre a mesma hora.

À sua frente: a senhora gorda parou, enxugando a testa, sem dar atenção (viscosa, atingia os tornozelos) à menina de vestido azul e carpins brancos repetindo que iam chegar atrasadas e a menina de vestido rosa e carpins laranja estourava uma enorme bola de chiclete; às suas costas: o pedreiro chegou tão perto (envolvia os joelhos, macia) que pôde sentir o cheiro de carne suada; do lado direito: conseguia ler, agora, assim "Proibido Ultrapassar (feito mãos de palmas molhadas, circundando o sexo) a Cerca"; do lado esquerdo: talvez um horizonte, talvez o interior de um cravo (chegava ao umbigo, grânulos miúdos depositando-se no orifício), talvez uma funda garganta aberta; por baixo: o sol arrancando reflexos de um escarro esverdeado, uma lata vazia (atingia o peito, acariciava os mamilos) de cerveja e um prego enferrujado; em volta: sombras velozes, bolsas, cores, cotovelos, testas contraídas (suavemente, subia devagar pelo pescoço alcançando o queixo), pernas e bundas; por cima: ergueu a cabeça com sede, como o último impulso de um afogado, e antes de a massa marrom cobrir seus olhos ainda pôde ver a longa esteira branca de um avião a jato cortando o céu. O cheiro era insuportável mas, com as narinas apertadas, sem saber por quê, com alívio, teve certeza absoluta de que aquele avião estava indo para Calcutá.

MORANGOS MOFADOS

(1982)

À memória de
John Lennon
Elis Regina
Henrique do Valle
Rômulo Coutinho de Azevedo
e todos meus amigos mortos

A Caetano Veloso.
E para
Maria Clara Jorge (Cacaia)
Sonia Maria Barbosa (Sonia de Oxum Apará)
e todos meus amigos vivos

Quanto a escrever, mais vale um cachorro vivo.
CLARICE LISPECTOR, *A HORA DA ESTRELA*

Achava belo, a essa época, ouvir um poeta dizer que escrevia pela mesma razão por que uma árvore dá frutos. Só bem mais tarde viera a descobrir ser um embuste aquela afetação: que o homem, por força, distinguia-se das árvores, e tinha de saber a razão de seus frutos, cabendo-lhe escolher os que haveria de dar, além de investigar a quem se destinavam, nem sempre oferecendo-os maduros, e sim podres, e até envenenados.
OSMAN LINS, *GUERRA SEM TESTEMUNHAS*

Nota do autor

POR SABER QUE TEXTOS, como as pessoas, são vivos e sempre podem melhorar na sua contínua transformação, submeti *Morangos mofados* a uma severa revisão de forma. Nada em seu conteúdo ou estrutura foi modificado, mas a pontuação foi retrabalhada, novos parágrafos foram abertos ou eliminados etc. O resultado me parece mais limpo, menos literário no mau sentido, mais claro e quem sabe definitivo. Trabalhando pelo menos doze anos distanciado da emoção cega da criação (a primeira edição foi de 1982), depurar estes morangos foi como voar sobre uma rede de segurança. Só espero não ter errado o salto.

Caio Fernando Abreu
Porto Alegre, 1995

o mofo

Dejadme en este campo llorando.
FEDERICO GARCÍA LORCA, "¡AY!"

*O monstro de fogo e fumaça
roubou minha roupa branca.
O ar é sujo
e o tempo é outro.*
HENRIQUE DO VALLE, "MONSTRO DE FUMAÇA"

Diálogo

Para Luiz Arthur Nunes

A: Você é meu companheiro.
B: Hein?
A: Você é meu companheiro, eu disse.
B: O quê?
A: Eu disse que você é meu companheiro.
B: O que é que você quer dizer com isso?
A: Eu quero dizer que você é meu companheiro. Só isso.
B: Tem alguma coisa atrás, eu sinto.
A: Não. Não tem nada. Deixa de ser paranoico.
B: Não é disso que estou falando.
A: Você está falando do quê, então?
B: Eu estou falando disso que você falou agora.
A: Ah, sei. Que eu sou teu companheiro.
B: Não, não foi assim: que eu sou teu companheiro.
A: Você também sente?
B: O quê?
A: Que você é meu companheiro?
B: Não me confunda. Tem alguma coisa atrás, eu sei.
A: Atrás do companheiro?
B: É.
A: Não.
B: Você não sente?
A: Que você é meu companheiro? Sinto, sim. Claro que eu sinto. E você, não?
B: Não. Não é isso. Não é assim.
A: Você não quer que seja isso assim?
B: Não é que eu não queira: é que não é.
A: Não me confunda, por favor, não me confunda. No começo era claro.
B: Agora não?
A: Agora sim. Você quer?
B: O quê?
A: Ser meu companheiro.
B: Ser teu companheiro?
A: É.

B: Companheiro?
A: Sim.
B: Eu não sei. Por favor, não me confunda. No começo era claro. Tem alguma coisa atrás, você não vê?
A: Eu vejo. Eu quero.
B: O quê?
A: Que você seja meu companheiro.
B: Hein?
A: Eu quero que você seja meu companheiro, eu disse.
B: O quê?
A: Eu disse que eu quero que você seja meu companheiro.
B: Você disse?
A: Eu disse?
B: Não. Não foi assim: eu disse.
A: O quê?
B: Você é meu companheiro.
A: Hein?

(ad infinitum)

Os sobreviventes

(*Para ler ao som de Angela Ro Ro*)

Para Jane Araújo, a Magra

SRI LANKA, QUEM SABE? ela me pergunta, morena e ferina, e eu respondo por que não? mas inabalável ela continua: você pode pelo menos mandar cartões-postais de lá, para que as pessoas pensem nossa, como é que ele foi parar em Sri Lanka, que cara louco esse, hein, e morram de saudade, não é isso que te importa? Uma certa saudade, e você em Sri Lanka, bancando o Rimbaud, que nem foi tão longe, para que todos lamentem ai como ele era bonzinho e nós não lhe demos a dose suficiente de atenção para que ficasse aqui entre nós, palmeiras & abacaxis. Sem parar, abana-se com a capa do disco de Angela enquanto fuma sem parar e bebe sem parar sua vodca nacional sem gelo nem limão. Quanto a mim, a voz tão rouca, fico por aqui mesmo comparecendo a atos públicos, pichando muros contra usinas nucleares, em plena ressaca, um dia de monja, um dia de puta, um dia de Joplin, um dia de Teresa de Calcutá, um dia de merda enquanto seguro aquele maldito emprego de oito horas diárias para poder pagar essa poltrona de couro autêntico onde neste exato momento vossa reverendíssima assenta sua preciosa bunda e essa exótica mesinha de centro em junco indiano que apoia nossos fatigados pés descalços ao fim de mais outra semana de batalhas inúteis, fantasias escapistas, maus orgasmos e crediários atrasados. Mas tentamos tudo, eu digo, e ela diz que sim, claaaaaaro, tentamos tudo, inclusive trepar, porque tantos livros emprestados, tantos filmes vistos juntos, tantos pontos de vista sociopolíticos existenciais e bababá em comum só podiam era dar mesmo nisso: cama. Realmente tentamos, mas foi uma bosta. Que foi que aconteceu, que foi meu deus que aconteceu, eu pensava depois acendendo um cigarro no outro e não queria lembrar, mas não me saía da cabeça o teu pau murcho e os bicos dos meus seios que nem sequer ficaram duros, pela primeira vez na vida, você disse, e eu acreditei, pela primeira vez na vida, eu disse, e não sei se você acreditou. Eu quero dizer que sim, que acreditei, mas ela não para, tanto tesão mental espiritual moral existencial e nenhum físico, eu não queria aceitar que fosse isso: éramos diferentes, éramos melhores, éramos superiores, éramos escolhidos, éramos mais, éramos vagamente sagrados, mas no final das contas os bicos dos meus peitos não endureceram e o teu pau não levantou. Cultura demais mata o corpo da gente, cara, filmes demais, livros demais, palavras demais, só consegui te possuir me masturbando, tinha a biblioteca de Alexandria separando nossos corpos, eu enfiava fundo o dedo na boceta noite após noite e pedia mete fundo, coração, explode junto comigo, me fode, depois virava de bruços e chorava no travesseiro, naquele tempo ainda tinha culpa nojo vergonha, mas agora tudo bem, o *Relatório Hite* liberou a punheta. Não que fosse amor de menos, você dizia depois, ao contrário, era amor demais, você acreditava mesmo nisso? naquele bar infecto onde costumávamos afogar nossas impotências em baldes de lirismo juvenil, imbecil, e eu disse não, meu bem, o que acontece é que como bons-intelectuais-pequeno-burgueses o teu negócio é homem e o meu é mulher, podíamos até formar um casal incrível, tipo aquela amante de Virginia Woolf, como era mesmo o nome da fanchona? Vita, isso, Vita Sackville-West e o veado do marido dela, ora não se erice, queridinho, não tenho nada contra veados não, me passa a vodca, o quê? e eu lá tenho grana para comprar wyborowas? não, não tenho nada contra lésbicas, não tenho nada contra decadentes em geral, não tenho nada contra qualquer coisa que soe a: uma tentativa. Eu peço um cigarro e ela me atira o maço na cara como quem joga um tijolo, ando angustiada demais, meu amigo, palavrinha antiga essa, a velha *angst*, saco, mas ando, ando, mais de duas décadas de convívio cotidiano, tenho uma coisa apertada aqui no meu peito, um sufoco, uma sede, um peso, ah não me venha com essas histórias de atraiçoamos-todos-os-nossos-ideais, eu nunca tive porra de ideal nenhum, eu só queria era salvar a minha, veja só que coisa mais individualista elitista capitalista, eu só queria era ser feliz, cara, gorda, burra, alienada e completamente feliz. Podia ter dado certo entre a gente, ou não, eu nem sei o que é dar certo, mas naquele tempo você ainda não tinha se decidido a dar o rabo nem eu a lamber boceta, ai que gracinha nossos livrinhos de Marx, depois Marcuse, depois Reich, depois Castañeda, depois Laing embaixo do braço, aqueles sonhos tolos colonizados nas cabecinhas idiotas, bolsas na Sorbonne, chás com Simone e Jean-Paul nos 50 em Paris, 60 em Londres ouvindo *here comes the sun here comes the sun little darling*, 70 em Nova York dançando *disco music* no Studio 54, 80 a gente aqui mastigando esta coisa porca sem conseguir engolir nem cuspir fora nem esquecer esse azedo na boca. Já li tudo, cara, já tentei macrobiótica psicanálise drogas acupuntura suicídio ioga dança natação cooper astrologia patins marxismo candomblé boate gay ecologia, sobrou só esse nó no peito, agora faço o quê? não é plágio do Pessoa não, mas em cada canto do meu quarto tenho uma imagem de Buda, uma de mãe Oxum, outra de Jesusinho, um pôster de Freud, às vezes acendo vela, faço reza, queimo incenso, tomo banho de arruda, jogo sal grosso nos cantos, não te peço solução nenhuma, você vai curtir os seus nativos em Sri Lanka depois me manda um cartão-postal contando qualquer coisa como ontem à noite, na beira do rio, deve haver uma porra de rio por lá, um rio lodoso, cheio de juncos sombrios, mas ontem na beira do rio, sem planejar nada, de repente, sabe, por acaso, encontrei um rapaz de tez azeitonada e olhos oblíquos que. Hein? claro que deve haver alguma espécie de dignidade nisso tudo, a questão é onde, não nesta cidade escura, não neste planeta podre e pobre, dentro de mim? ora não me venhas com autoconhecimentos-redentores, já sei tudo de mim, tomei mais de cinquenta ácidos, fiz seis anos de análise, já pirei de clínica, lembra? você me levava maçãs argentinas e fotonovelas italianas, Rossana Galli, Franco Andrei, Michela Roc, Sandro Moretti, eu te olhava entupida de mandrix e babava soluçando perdi minha alegria, anoiteci, roubaram minha esperança, enquanto você, solidário & positivo, apertava meu ombro com sua mão apesar de tudo viril repetindo reage, *companheira*, reage, a causa precisa dessa tua cabecinha privilegiada, teu potencial criativo, tua lucidez libertária e bababá bababá. As pessoas se transformavam em cadáveres decompostos à minha frente, minha pele era triste e suja, as noites não terminavam nunca, ninguém me tocava, mas eu reagi, despirei, voltei a isso que dizem que é o normal, e cadê a causa, meu, cadê a luta, cadê o po-ten-ci-al criativo? Mato, não mato, atordoo minha sede com sapatinhas do Ferro's Bar ou encho a cara sozinha aos sábados esperando o telefone tocar, e nunca toca, neste apartamento que pago com o suor do po-ten-ci-al criativo da bunda que dou oito horas diárias para aquela multinacional fodida. Mas, eu quero dizer, e ela me corta mansa, claro que você não tem culpa, coração, caímos exatamente na mesma ratoeira, a única diferença é que você pensa que pode escapar, e eu quero chafurdar na dor deste ferro enfiado fundo na minha garganta seca que só umedece com vodca, me passa o cigarro, não, não estou desesperada, não mais do que sempre estive, *nothing special, baby*, não estou louca nem bêbada, estou é lúcida pra caralho e sei claramente que não tenho nenhuma saída, ah não se preocupe, meu bem, depois que você sair tomo banho frio, leite quente com mel de eucalipto, ginseng e lexotan, depois deito, depois durmo, depois acordo e passo uma semana a banchá e arroz integral, absolutamente santa, absolutamente pura, absolutamente limpa, depois tomo outro porre, cheiro cinco gramas, bato o carro numa esquina ou ligo para o cvv às quatro da madrugada e alugo a cabeça dum panaca qualquer choramingando coisas tipo pre-ciso-tanto-de-uma-razão-para-viver--e-sei-que-essa-razão-só-está-den-tro-de-mim-bababá-bababá e me lamurio até o sol pintar atrás daqueles edifícios sinistros, mas não se preocupe, não vou tomar nenhuma medida drástica, a não ser continuar, tem coisa mais autodestrutiva do que insistir sem fé nenhuma? Ah, passa devagar a tua mão na minha cabeça, toca meu coração com teus dedos frios, eu tive tanto amor um dia, ela para e pede, preciso tanto tanto tanto, cara, eles não me permitiram ser a coisa boa que eu era, eu então estendo o braço e ela fica subitamente pequenina apertada contra meu peito, perguntando se está mesmo muito feia e meio puta e velha demais e completamente bêbada, eu não tinha estas marcas em volta dos olhos, eu não tinha estes vincos em torno da boca, eu não tinha este jeito de sapatão cansado, e eu repito que não, que nada, que ela está linda assim, desgrenhada e viva, ela pede que eu coloque uma música e escolho ao acaso o "Noturno nº 2 em mi bemol" de Chopin, eu quero deixá-la assim, dormindo no escuro sobre este sofá amarelo, ao lado das papoulas quase murchas, embalada pelo piano remoto como uma canção de ninar, mas ela se contrai violenta e pede que eu ponha Angela outra vez, e eu viro o disco, amor meu grande amor, caminhamos tontos até o banheiro onde sustento sua cabeça para que vomite, e sem querer vomito junto, ao mesmo tempo, os dois abraçados, fragmentos azedos sobre as línguas misturadas, mas ela puxa a descarga e vai me empurrando para a sala, para a porta, pedindo que me vá, e me expulsa para o corredor repetindo não se esqueça então de me mandar aquele cartão de Sri Lanka, aquele rio lodoso, aquela tez azeitonada, que aconteça alguma coisa bem bonita com você, ela diz, te desejo uma fé enorme, em qualquer coisa, não importa o quê, como aquela fé que a gente teve um dia, me deseja também uma coisa bem bonita, uma coisa qualquer maravilhosa, que me faça acreditar em tudo de novo, que nos faça acreditar em tudo outra vez, que leve para longe da minha boca este gosto podre de fracasso, este travo de derrota sem nobreza, não tem jeito, companheiro, nos perdemos no meio da estrada e nunca tivemos mapa algum, ninguém dá mais carona e a noite já vem chegando. A chave gira na porta. Preciso me apoiar contra a parede para não cair. Por trás da madeira, misturada ao piano e à voz rouca de Ângela, nem que eu rastejasse até o Leblon, consigo ouvi-la repetindo e repetindo que tudo vai bem, tudo continua bem, tudo muito bem, tudo bem. Axé, axé, axé! eu digo e insisto até que o elevador chegue axé, axé, axé, odara!

O dia em que Urano entrou em Escorpião

(*Velha história colorida*)

Para Zé e Lygia Sávio Teixeira
e para Lucrécia (Luc Ziz ou Cesar Esposito)

ESTAVAM TODOS mais ou menos em paz quando o rapaz de blusa vermelha entrou agitado e disse que Urano estava entrando em Escorpião. Os outros três interromperam o que estavam fazendo e ficaram olhando para ele sem dizer nada. Talvez não tivessem entendido direito, ou não quisessem entender. Ou não estivessem dispostos a interromper a leitura, sair da janela nem parar de comer a perna de galinha para prestar atenção em qualquer outra coisa, principalmente se essa coisa fosse Urano entrando em Escorpião, Júpiter saindo de Aquário ou a Lua fora de curso.

Era sábado à noite, quase verão, pela cidade havia tantos shows e peças teatrais e bares repletos e festas e pré-estreias em sessões da meia-noite e gente se encontrando e motos correndo e tão difícil renunciar a tudo isso para permanecer no apartamento lendo, espiando pela janela a alegria alheia ou tentando descobrir alguma lasca de carne nas sobras frias da galinha de meio-dia. Uma vez renunciado ao sábado, os três ali ouvindo um velho Pink Floyd baixinho para que, como da outra vez, os vizinhos não reclamassem e viessem a polícia e o síndico ameaçando aos berros acabar com aquele *antro* (eles não gostavam da expressão, mas era assim mesmo que os vizinhos, o síndico e a polícia gritavam, jogando livros de segunda mão e almofadas indianas para todos os lados, como se esperassem encontrar alguma coisa proibida) — renunciando pois ao sábado, e tacitamente estabelecida a paz com o baixo volume do som e a quase nenhuma curiosidade em relação uns aos outros, já que se conheciam há muito tempo, eles não queriam ser sacudidos no seu sossego sábia e modestamente conquistado, desde que a noite anterior revelara carteiras e bolsos vazios. Então olharam vagamente para o rapaz de camisa vermelha parado no meio da sala. E não disseram nada.

Aquele que tinha saído da janela fez assim como se estivesse prestando muita atenção na música, e falou que gostava demais daquele trechinho com órgão e violinos, que parecia uma *cavalgada medieval*. O rapaz de camisa vermelha percebeu que ele estava tentando mudar de assunto e perguntou se por acaso ele já tinha visto alguma vez na vida alguma cavalgada medieval. Ele disse que não, mas que com o órgão e todos aqueles violinos ao fundo ficava imaginando um guerreiro de armadura montado num cavalo branco, correndo contra o vento, assim tipo Távola

Redonda, a silhueta de um castelo no alto da colina ao fundo — e o guerreiro era *medieval*, acentuou, disso tinha certeza. Ia continuar descrevendo a cena, pensou em acrescentar pinheiros, um crepúsculo, talvez um quarto crescente mourisco, quem sabe um lago até, quando a moça com o livro nas mãos tornou a baixar os óculos que erguera para a testa no momento em que o rapaz de camisa vermelha entrou, e leu um trecho assim:

> Os homens são tão necessariamente loucos que não ser louco seria uma outra forma de loucura. *Necessariamente* porque o dualismo existencial torna sua situação impossível, um dilema torturante. *Louco* porque tudo o que o homem faz em seu mundo simbólico é procurar negar e superar sua sorte grotesca. Literalmente entrega-se a um esquecimento cego através de jogos sociais, truques psicológicos, preocupações pessoais tão distantes da realidade de sua condição que são formas de loucura — loucura assumida, loucura compartilhada, loucura disfarçada e dignificada, mas de qualquer maneira loucura.[*]

Quando ela parou de ler e olhou radiante para os outros, o que tinha saído da janela voltara para a janela, o rapaz de camisa vermelha continuava parado e meio ofegante no meio da sala enquanto o outro olhava para o osso descarnado da perna de galinha. Disse então que não gostava muito de perna, preferia pescoço, e isso era engraçado porque passara por três fases distintas: na infância, só gostava de perna, na casa dele aconteciam brigas medonhas porque eram quatro irmãos e todos gostavam de perna, menos a Valéria, que tinha nojo de galinha; depois, na adolescência, preferia o peito, passara uns cinco ou seis anos comendo só peito e agora adorava pescoço. Os outros pareceram um tanto escandalizados, e ele explicou que o pescoço tinha delícias ocultas, assim mesmo, bem devagar, *de-lí-ci-as-o-cul-tas*, e nesse momento o disco acabou e as palavras ficaram ressoando meio libidinosas no ar enquanto ele olhava para o osso seco.

O rapaz de camisa vermelha aproveitou o silêncio para gritar bem alto que Urano estava entrando em Escorpião. Os outros pareceram perturbados, menos com a informação e mais com o barulho, e pediram psiu, para ele falar baixo, se não lembrava do que tinha acontecido a última vez. Ele disse que a última vez não interessava, que *agora* Urano estava entrando em Escorpião, *hoje*, falou lentamente, olhos brilhando. Ele estava lá há uns cinco anos, acrescentou, e os outros perguntaram ao mesmo tempo *ele-quem-estava-onde*? Urano, o rapaz de camisa vermelha explicou, na minha Casa oito, a da Morte, vocês não sabem que eu podia morrer? e pareceria aliviado, não

---

[*] Ernest Becker, *A negação da morte*. (N. A.)

fosse toda aquela agitação. Os outros entreolharam-se e a moça com o livro nas mãos começou a contar uma história muito comprida e meio confusa sobre um garoto esquizofrênico que tinha começado *bem* assim, ela disse a curtir coisas como alquimia, astrologia, quiromancia, numerologia, que tinha lido não sabia onde (ela lia muito, e quando contava uma história nunca sabia ao certo onde a teria lido, às vezes não sabia sequer se a tinha vivido e não lido). Acabou no Pinel, contou, é assim que começam muitos processos esquizoides. Olhou bem para ele ao dizer *processos esquizoides*, os outros dois pareceram muito impressionados e tudo, não se sabia bem se porque respeitavam a moça e a consideravam superculta ou apenas porque queriam atemorizar o rapaz de camisa vermelha. De qualquer forma, ficou um silêncio cheio de becos até que um dos outros se moveu da janela para virar o disco. E quando as bolhas de som começaram a estourar no meio da sala todos pareceram mais aliviados, quase contentes outra vez.

Foi então que o rapaz de camisa vermelha tirou da bolsa um livro que parecia encadernado por ele mesmo e perguntou se eles entendiam francês. Um dos rapazes jogou o osso de galinha no cinzeiro, como se quisesse dizer violentamente que não, olhando para o que estava na janela, e que já não estava mais na janela, mas sobre o tapete, remexendo nos discos. Parou de repente e olhou para a moça, que hesitou um pouco antes de dizer que entendia mais ou menos, e todos ficaram meio decepcionados. O rapaz de camisa vermelha falou baixinho que não tinha importância, e começou a ler um negócio assim:

> La position de cet astre en secteur situe le lieu ou l'être dégage au maximum son individualité dans une voie de supersonnalisation, à la faveur d'un développement d'énergie ou d'une croissance exagerée qui est moins une abondance de force de vie qu'une tension particulière d'énergie. Ici, l'être tend à affirmer une volonté lucide d'indépendance qui peut le conduire à une expression supérieure et originale de sa personnalité. Dans la dissonance, son exigence conduit à l'insensibilité, à la dureté, à l'excessif, à l'extremisme, au jusqu'au boutisme, à l'aventure, aux bouleversements.*

Parou de ler e olhou para os outros três devagar, um por um, mas só a moça sorriu, dizendo que não sabia o que era *bouleversements*. Um dos rapazes lembrou que *boulevard* era rua, e que portanto devia ser qualquer coisa que tinha a ver com rua, com andar muito na rua. Ficaram dando palpites, um deles começou a procurar um dicionário, o rapaz de blusa vermelha olhava de um para outro sem dizer nada. Depois que

---

* André Barbault, *Astrologie*. (N. A.)

todos os livros foram remexidos e o dicionário não apareceu e o outro lado do disco também terminou, ele repetiu separando bem as sílabas e com uma pronúncia que os outros, sem dizer nada, acharam ótima:

> L'être tend à affirmer une volonté lucide d'indépendance qui peut le conduire à une expression supérieure et originale de sa personalité.

Então perguntou se os outros entendiam, eles disseram que sim, era parecidinho com português, *lucide*, por exemplo, e *originale*, era superfácil. Mas não pareciam entender. Aí os olhos dele ficaram muito brilhantes outra vez, parecia que ia começar a chorar quando de repente, sem que ninguém esperasse, deu um salto em direção à janela gritando que ia se jogar, que ninguém o compreendia, que nada valia mais a pena, que estava de saco cheio e não apostava um puto na merda de futuro.

O rapaz de camisa vermelha chegou a colocar uma das pernas sobre o peitoril, abrindo os braços, mas os outros dois o agarraram a tempo e o levaram para o quarto, perguntando muito suavemente o que era aquilo, repetindo que ele estava demais nervoso, e que estava tudo bem, tudo bem. A moça de óculos ficou segurando a mão dele e passando os dedos no seu cabelo enquanto ele chorava, um dos rapazes disse que ia até a cozinha fazer um chá de artemísia ou camomila, a moça falou que cidró é que era bom pra essas coisas, o outro falou que ia colocar aquele disco de música indiana que ele gostava tanto, embora todo mundo achasse chatíssimo, só que precisou botar bem alto para que pudessem ouvir do quarto. O chá veio logo, quente e bom, apareceu um baseado que eles ficaram fumando juntos, um de cada vez, e tudo foi ficando muito harmonioso e calmo até que alguém começou a bater na porta tão forte que pareciam pontapés, não batidas.

Era o síndico, pedindo aos berros para baixar o som e falando aquelas coisas desagradáveis de sempre. A moça de óculos disse que sentia muito, mas infelizmente naquela noite não podia baixar o volume do som, não era uma noite como as outras, era muito especial, sentia muito.

Tirou os óculos e perguntou se o síndico não sabia que Urano estava entrando em Escorpião.

Lá no quarto, o rapaz de blusa vermelha ouviu e deu um sorriso largo antes de adormecer com os outros segurando nas suas mãos. Então sonhou que deslizava suavemente, como se usasse patins, sobre uma superfície dourada e luminosa. Não sabia ao certo se um dos anéis de Saturno ou uma das luas de Júpiter. Talvez Titã.

Pela passagem de uma grande dor

(*Ao som de Erik Satie*)

Para Paula Dip

A PRIMEIRA VEZ que o telefone tocou ele não se moveu. Continuou sentado sobre a velha almofada amarela, cheia de pastoras desbotadas com coroas de flores nas mãos. As vibrações coloridas da televisão sem som faziam a sala tremer e flutuar, empalidecida pelo bordô mortiço da cor de luxe de um filme antigo qualquer. Quando o telefone tocou pela segunda vez ele estava tentando lembrar se o nome daquela melodia meio arranhada e lentíssima que vinha da outra sala seria mesmo "Desespero agradável" ou "Por um desespero agradável". De qualquer forma, pensou, desespero. E agradável.

    A luz de mercúrio da rua varava os orifícios das cortinas de renda misturando-se, azulada, à cor meio decomposta do filme. Pouco antes do telefone tocar pela terceira vez ele resolveu levantar-se — conferir o nome da música, disse para si mesmo, e caminhou para dentro atravessando o pequeno corredor onde, como sempre, a perna da calça roçou contra a folha rajada de uma planta. Preciso trocá-la de lugar, lembrou, como sempre. E um pouco antes ainda de estender a mão para pegar o telefone na estante, inclinou-se sobre as capas de discos espalhadas pelo chão, entre um cinzeiro cheio e um caneco de cerâmica crua quase vazio, a não ser por uns restos no fundo, que vistos assim de cima formavam uma massa verde, úmida e compacta. "Désespoir agréable", confirmou. Ainda em pé, colocou a capa branca do disco sobre a mesa enquanto repetia mentalmente: de qualquer forma, desespero. E agradável.

    — Lui? — A voz conhecida. — Alô? É você, Lui?

    — Eu — ele disse.

    — O que é que você está fazendo?

    Ele sentou-se. Depois estendeu o braço em frente ao rosto e olhou a palma aberta da própria mão. As pequenas áreas descascadas, ácido úrico, diziam, corroendo lento a pele.

    — Alô? Você está me ouvindo?

    — Oi — ele disse.

    — Perguntei o que é que você estava fazendo.

    — Fazendo? Nada. Por aí, ouvindo música, vendo tevê. — Fechou a mão. — Agora ia fazer um café. E dormir.

    — Hein? Fala mais alto.

— Mas não sei se tem pó.
— O quê?
— Nada, bobagem. E você?

Do outro lado da linha, ela suspirou sem dizer nada. Então houve um silêncio curto e em seguida um clique seco e uma espécie de sopro. Deve ter acendido um cigarro, ele pensou. Dobrou mecanicamente o corpo para a esquerda até trazer o cinzeiro cheio de pontas para o lado do telefone.

— Que que houve? — perguntou lento, olhando em volta à procura de um maço de cigarros.

— Escuta, você não quer dar uma saída?

— Estou cansado. Não tenho cabeça. E amanhã preciso acordar muito cedo.

Mas eu passo aí com o carro. Depois deixo você de novo. A gente não demora nada. Podia ir a um bar, a um cinema, a um.

— Já passa das dez — ele disse.

A voz dela ficou um pouco mais aguda.

— E vir aqui, quem sabe. Também você não quer, não é? Tenho uma vodca ótima. Daquelas. Você adora, nem abri ainda. Só não tenho limão, você traz? — A voz ficou subitamente tão aguda que ele afastou um pouco o fone do ouvido. Por um momento ficou ouvindo a melodia distante, lenta e arranhada do piano. Através dos vidros da porta, com a luz acesa nos fundos, conseguia ver a copa verde das plantas no jardim, algumas folhas amareladas caídas no chão de cimento. Sem querer, quase estremeceu de frio. Ou uma espécie de medo. Esfregou a palma seca da mão esquerda contra a coxa. A voz dela ficou mais baixa quando perguntou: — E se eu fosse até aí?

Os dedos dele tocaram o maço de cigarros no bolso da calça. Ele contraiu o ombro direito, equilibrando o fone contra o rosto, e puxou devagar o maço.

— Sabe o que é — disse.

— Lui?

Com os dentes, ele prendeu o filtro de um dos cigarros. Mordeu-o, levemente.

— Alô, Lui? Você está aí?

Ele contraiu mais o ombro para acender o cigarro. O fone quase se desequilibrou. Tragou fundo. Tornou a pegar o fone com a mão e soltou pouco a pouco o ombro dolorido soprando a fumaça.

— Eu já estava quase dormindo.

— Que música é essa aí no fundo? — ela perguntou de repente. Ele puxou o cinzeiro para perto. Virou a capa do disco nas mãos.

— Chama-se "Por um desespero agradável" — mentiu.

— Você gosta?

— Não sei. Acho que dá um pouco de sono. Quem é?

Ele bateu o cigarro três vezes na borda do cinzeiro, mas não caiu nenhuma cinza.
— Um cara aí. Um doido.
— Como ele se chama?
— Erik Satie — ele disse bem baixo. Ela não ouviu.
— Lui? Alô, Lui?
— Digue.
— Estou te enchendo o saco? — Outra vez ele escutou o silêncio curto, o clique seco e o sopro leve. Deve ter acendido outro cigarro, pensou. E soprou a fumaça.
— Não — disse.
— Estou te enchendo? Fala. Eu sei que estou.
— Tudo bem, eu não estava mesmo fazendo nada.
— Não consigo dormir — ela disse muito baixo.
— Você está deitada?
— É, lendo. Aí me deu vontade de falar com você.
Ele tragou fundo. Enquanto soprava a fumaça, curvou outra vez o corpo para apanhar o caneco de cerâmica. Enfiou o indicador até o fundo, depois mordiscou as folhas miúdas com os incisivos e perguntou:
— O que é que você estava lendo?
— Nada, não. Uma matéria aí numa revista. Um negócio sobre monoculturas e sprays.
— *What about*?
— Hein?
— O que você estava lendo.
Ela tossiu. Depois pareceu se animar.
— Umas coisas assim, ecologias, sabe? Dizque se você só planta uma espécie de coisa na terra por muitos anos, ela acaba morrendo. A terra, não a coisa plantada, entende? Soja, por exemplo. Dizque acaba a camada de húmus. Parece que eucalipto também. Depois aos poucos vira deserto. Vão ficando uns pontos assim. Vazios, entende? Desérticos. Espalhados por toda a terra.
O disco acabou, ele não se mexeu. Depois, recomeçou.
— Assim como se você pingasse uma porção de gotas de tinta num mata-borrão — ela continuou. — Eles vão se espalhando cada vez mais. Acabam se encontrando uns com os outros um dia, entende? O deserto fica maior. Fica cada vez maior. Os desertos não param nunca de crescer, sabia?
— Sabia — ele disse.
— Horrível, não?
— E os sprays?
— O quê?
— Os sprays. O que é que tem os sprays?

— Ah, pois é. Foi na mesma revista. Dizque cada apertada que você dá assim num tubo de desodorante. Não precisa ser desodorante, qualquer tubo, entende? Faz assim ah, como é que eu vou dizer? Um furo, sabe? Um rombo, um buraco na camada de como é mesmo que se diz?

— Ozônio — ele disse.

— Pois é, ozônio. O ar que a gente respira, entende? A biosfera.

— Já deve estar toda furadinha então — ele disse.

— O quê?

— Deve estar toda furada — ele repetiu bem devagar. — A camada. A biosfera. O ozônio.

— Já pensou que horror? Você sabia disso, Lui?

Ele não respondeu.

— Alô, Lui? Você ainda está aí?

— Estou.

— Acho que fiquei meio horrorizada. E com medo. Você não tem medo, Lui?

— Estou cansado.

Do outro lado da linha, ela riu. Pelo som, ele adivinhou que ela ria sem abrir a boca, apenas os ombros sacudindo, movendo a cabeça para os lados, alguns fios de cabelo caídos nos olhos.

— Não estou te alugando? — ela perguntou. — Você sempre dizque eu te alugo. Como se você fosse um imóvel, uma casa. Eu, se fosse uma casa, queria uma piscina nos fundos. Um jardim enorme. E ar-condicionado. Que tipo de casa você queria ser, Lui?

— Eu não queria ser casa.

— Como?

— Queria ser um apartamento.

— Sei, mas que tipo?

Ele suspirou:

— Uma quitinete. Sem telefone.

— O quê? Alô, Lui? Você não ia mesmo fazer nada?

— Um chá, eu ia fazer um chá.

— Não era café? Me lembro que você falou que ia fazer café.

— Não tem mais pó. — Ele lambeu a ponta do indicador, depois umedeceu o nariz por dentro. Então sacudiu o cinzeiro cheio de pontas queimadas e cinza. Algumas partículas voaram, caindo sobre a capa branca do disco, com um desenho abstrato no centro. Com cuidado, juntou-as num montinho sobre o canto roxo da figura central. — Nem coador de papel. E acabei de me lembrar que tenho um chá incrível. Tem até uma bula louquíssima, quer ver? Guardei aqui dentro. — Ele equilibrou o fone com o ombro e abriu a cadernetinha preta de endereços.

— Chá não tem bula — ela resmungou. Parecia aborrecida, meio infantil. — Bula é de remédio.

— Tem sim, esse chá tem. Quer ver só? — Entre duas fotos Polaroid desbotadas, na contracapa da caderneta, encontrou o retângulo de papel amarelo dobrado em quatro.

— Lui? Você não quer mesmo vir até aqui? Sabe — ela tornou a rir, e desta vez ele imaginou que quase escancarava a boca, passando devagar a língua pelos lábios ressecados de cigarro —, eu acho que fiquei meio impressionada com essa história dos desertos, dos buracos, do ozônio. Lui, você acha que o mundo está mesmo no fim?

Ele desdobrou sobre a mesa o papel amarelo, ao lado das duas fotos tão desbotadas quanto as manchas redondas de xícaras quentes na madeira escura. Uma das fotos era de uma mulher quase bonita, cabelos presos e brincos de ouro em forma de rosas miudinhas. A outra era de um rapaz com blusa preta de gola em V, o rosto apoiado numa das mãos, leve estrabismo nos olhos escuros.

— Sem falar nas usinas nucleares — ele disse. E com a ponta dos dedos, do canto roxo do desenho na capa do disco, foi empurrando o montículo de cinzas por cima das formas torcidas, marrom, amarelo, verde, até o espaço branco e, por fim, exatamente sobre o rosto do rapaz da foto.

— Lui? — ela chamou inquieta. — Encontrou o negócio do tal chá?

— Encontrei.

— Você está esquisito. O que é que há?

— Nada. Estou cansado, só isso. Quer ver o que diz a bula? É inglês, você entende um pouco, não é? — Ela não respondeu. Então ele leu, dramático: — *... is excellent for all types of nervous disorders, paranoia, schizophrenia, drugs effects, digestive problems, hormonal diseases and other disorders...* — Começou a rir baixinho, divertido: — Entendeu?

— Entendi — ela disse. — É um inglês fácil, qualquer um entende. Porreta esse chá, hein? É inglês?

Ele continuou rindo:

— Chinês. Aqui embaixo diz *produced in China.* — Com a cinza, cobriu todo o olho estrábico do rapaz. — *Drugs effects* é ótimo, não é?

— Maravilhoso — ela falou. — O disco tá tocando de novo, já ouvi esse pedaço.

— É que ele parece assim todo igual. Que nem chuva.

— Acho que vou ligar o rádio.

— Isso. Procura uma música bem sonífera. — Espalhou as cinzas sobre o nariz do rapaz, onde as sobrancelhas se uniam cerradas em V, como a gola da blusa preta. — Aí você vai apagando, apagando, apagando. Então dorme. Quase sem sentir. — E sem sentir, repetiu: — Sem sentir.

— Tá bom — ela disse.

— Tá bom — ele repetiu. E pensou que quando começavam a falar desse jeito sempre era um sinal tácito para algum desligar. Mas não quis ser o primeiro.

— Vou tirar amanhã — ela falou de repente.
— Hein?
— Nada. Vai fazer teu chá.
— Tá bom. Aqui diz também que tem vitamina E. — Abriu a mão e olhou as manchas branquicentas na palma. — Não é essa que é boa para a pele?
— Acho que aquela é a A. Não entendo muito de vitaminas.
— Nem eu. A C eu sei que é a da gripe, todo mundo sabe. Qual será a que cura os tais *drugs effects*? Cheirei todas hoje. Estou com aquele... vazio intenso, sabe como?
— Não sei. — De repente ela parecia apressada. — Vou desligar.
— Você ligou o rádio?
— Ainda não. Como é mesmo o nome dessa música?
— "Por um desespero agradável" — ele mentiu outra vez, depois corrigiu: — Não. É só "Desespero agradável".
— Agradável?
— É, agradável. Por que não?
— Engraçado. Desespero nunca é agradável.
— Às vezes sim. Cocaína, por exemplo.
— Você só pensa nisso?
— Não, penso em fazer um chá também.
— Hein?
— Mas essa que tá tocando agora é outra, ouça. — Ele ergueu um momento o fone no ar em direção às caixas de som e ficou um momento assim, parado. — São todas muito parecidas. Só piano, mais nada. — A cinza cobria o rosto inteiro do rapaz na foto. — Essa agora chama-se "À l'Occasion d'une grande peine".
— Sei.
— É francês.
— Sei.
— Pena, dor. Não pena de galinha. Uma grande dor. *Occasion* acho que é ocasião mesmo. Mas podia ser passagem. Melhor, você não acha? *Passagem* parece que já vai embora, que já vai passar. O que é que você acha?
— Vou ver se durmo. — Ela bocejou. — Francês, inglês, chá chinês. Você hoje está internacional demais para o meu gabarito.
— Escapismo — ele disse. E acendeu outro cigarro.
— Uma pena que você não queira mesmo sair. — A voz dela parecia mais longe. — Estou pensando em abrir mesmo aquela garrafa de vodca.
— Antes de dormir? — ele falou. — Toma leite morno, dá sono. Põe bastante canela. E mel, açúcar faz mal.
— Mal? Logo quem falando...
— Faça o que eu digo, não faça o que eu.
A cinza descia pelo pescoço, quase confundida com o preto da gola. A voz dela soava um tanto irônica, quase ferina.

— Ué, agora você resolveu cuidar de mim, é?
— Vou fazer meu chá — ele disse.
— Como é mesmo que se pronuncia? *Esquizôfrenia*?
— Não, é *squizofrênia*. Tem acento nesse e aí. E se escreve com esse, cê, agá. Depois tem também um pê e outro agá. Tem dois agás.
— E nenhum ipsilone? Nenhum dábliu? — ela perguntou como se estivesse exausta. E amarga. — Adoro ipsilones, dáblius e cás. Tão chique.
— *D'accord* — ele disse. — Mas não tem nenhum.
— Tá bom — ela riu sem vontade. Em seguida disse tchau, até mais, boa noite, um beijo, e desligou.

Ele abriu a boca, mas antes de repetir as mesmas coisas ouviu o clique do fone sendo colocado no gancho do outro lado da cidade. O disco chegara novamente ao fim, mas antes que recomeçasse ele curvou-se e desligou o som. Em pé, ao lado da mesa, amarfanhou o papel amarelo e jogou-o no cinzeiro. Depois soprou as cinzas do rosto do rapaz. Algumas partículas caíram sobre a foto da mulher. Andou então até o pequeno corredor, curvou-se sobre a planta e com a brasa do cigarro fez um furo redondo na folha. Respirou fundo sem sentir cheiro algum. A sala continuava mergulhada naquela penumbra bordô, baça, moribunda, a almofada fosforescendo estranhamente esverdeada à luz azul de mercúrio. Ele fez um movimento em direção ao telefone. Chegou a avançar um pouco, como se fosse voltar. Mas não se moveu. Imóvel assim no meio da casa, o som desligado e nenhum outro ruído, era possível ouvir o vento soprando solto pelos telhados.

Além do ponto

Para Lívio Amaral

CHOVIA, CHOVIA, CHOVIA e eu ia indo por dentro da chuva ao encontro dele, sem guarda-chuva nem nada, eu sempre perdia todos pelos bares, só levava uma garrafa de conhaque barato apertada contra o peito, parece falso dito desse jeito, mas bem assim eu ia pelo meio da chuva, uma garrafa de conhaque na mão e um maço de cigarros molhados no bolso. Teve uma hora que eu podia ter tomado um táxi, mas não era muito longe, e se eu tomasse o táxi não poderia comprar cigarros nem conhaque, e eu pensei com força então que seria melhor chegar molhado da chuva, porque aí beberíamos o conhaque, fazia frio, nem tanto frio, mais umidade entrando pelo pano das roupas, pela sola fina esburacada dos sapatos, e fumaríamos beberíamos sem medidas, haveria música, sempre aquelas vozes roucas, aquele sax gemido e o olho dele posto em cima de mim, ducha morna distendendo meus músculos. Mas chovia ainda, meus olhos ardiam de frio, o nariz começava a escorrer, eu limpava com as costas das mãos e o líquido do nariz endurecia logo sobre os pelos, eu enfiava as mãos avermelhadas no fundo dos bolsos e ia indo, eu ia indo e pulando as poças d'água com as pernas geladas. Tão geladas as pernas e os braços e a cara que pensei em abrir a garrafa para beber um gole, mas não queria chegar na casa dele meio bêbado, hálito fedendo, não queria que ele pensasse que eu andava bebendo, e eu andava, todo dia um bom pretexto, e fui pensando também que ele ia pensar que eu andava sem dinheiro, chegando a pé naquela chuva toda, e eu andava, estômago dolorido de fome, e eu não queria que ele pensasse que eu andava insone, e eu andava, roxas olheiras, teria que ter cuidado com o lábio inferior ao sorrir, se sorrisse, e quase certamente sim, quando o encontrasse, para que não visse o dente quebrado e pensasse que eu andava relaxando, sem ir ao dentista, e eu andava, e tudo que eu andava fazendo e sendo eu não queria que ele visse nem soubesse, mas depois de pensar isso me deu um desgosto porque fui percebendo, por dentro da chuva, que talvez eu não quisesse que ele soubesse que eu era eu, e eu era. Começou a acontecer uma coisa confusa na minha cabeça, essa história de não querer que ele soubesse que eu era eu, encharcado naquela chuva toda que caía, caía, caía e tive vontade de voltar para algum lugar seco e quente, se houvesse, e não lembrava de nenhum, ou parar para sempre ali mesmo naquela esquina cinzenta que eu tentava atravessar sem conseguir, os carros me jogando água e lama ao passar, mas eu não podia, ou podia mas não devia, ou podia mas não queria ou não sabia mais como se parava ou voltava atrás, eu tinha que continuar indo ao encontro dele, que me abriria a porta, o sax gemido ao fundo e quem sabe uma lareira, pinhões, vinho quente com cravo e canela, essas coisas do inverno, e mais ainda, eu precisava deter a vontade de voltar atrás ou ficar parado, pois tem um ponto, eu descobria, em que você perde o comando das próprias pernas, não é bem assim, descoberta tortuosa que o frio e a chuva não me deixavam mastigar direito, eu apenas começava a saber que tem um ponto, e eu dividido querendo ver o depois do ponto e também aquele agradável dele me esperando quente e pronto. Um carro passou mais perto e me molhou inteiro, sairia um rio das minhas roupas se conseguisse torcê-las, então decidi na minha cabeça que depois de abrir a porta ele diria qualquer coisa tipo mas como você está molhado, sem nenhum espanto, porque ele me esperava, ele me chamava, eu só ia indo porque ele me chamava, eu me atrevia, eu ia além daquele ponto de estar parado, agora pelo caminho de árvores sem folhas e a rua interrompida que eu revia daquele jeito estranho de já ter estado lá sem nunca ter, hesitava mas ia indo, no meio da cidade como um invisível fio saindo da cabeça dele até a minha, quem me via assim molhado não via nosso segredo, via apenas um sujeito molhado sem capa nem guarda-chuva, só uma garrafa de conhaque barato apertada contra o peito. Era a mim que ele chamava, pelo meio da cidade, puxando o fio desde a minha cabeça até a dele, por dentro da chuva, era para mim que ele abriria sua porta, chegando muito perto agora, tão perto que uma quentura me subia para o rosto, como se tivesse bebido o conhaque todo, trocaria minha roupa molhada por outra mais seca e tomaria lentamente minhas mãos entre as suas, acariciando-as devagar para aquecê-las, espantando o roxo da pele fria, começava a escurecer, era cedo ainda, mas ia escurecendo cedo, mais cedo que de costume, e nem era inverno, ele arrumaria uma cama larga com muitos cobertores, e foi então que escorreguei e caí e tudo tão de repente, para proteger a garrafa apertei-a mais contra o peito e ela bateu numa pedra, e além da água da chuva e da lama dos carros a minha roupa agora também estava encharcada de conhaque, como um bêbado, fedendo, não beberíamos então, tentei sorrir, com cuidado, o lábio inferior quase imóvel, escondendo o caco do dente, e pensei na lama que ele limparia terno, porque era a mim que ele chamava, porque era a mim que ele escolhia, porque era para mim e só para mim que ele abriria a sua porta. Chovia sempre e eu custei para conseguir me levantar daquela poça de lama, chegava num ponto, eu voltava ao ponto, em que era necessário um esforço muito grande, era preciso um esforço tão terrível que precisei sorrir mais sozinho e inventar mais um pouco, aquecendo meu segredo, e dei alguns passos, mas como se faz? me perguntei, como se faz isso de colocar um pé após o outro, equilibrando a cabeça sobre os ombros, mantendo ereta a coluna vertebral, desaprendia, não era quase nada, eu, mantido apenas por aquele fio invisível ligado à minha cabeça, agora tão próximo que se quisesse eu poderia imaginar alguma coisa como um zumbido eletrônico saindo da cabeça dele até chegar na minha, mas como se faz? Eu reaprendia e inventava sempre, sempre em direção a ele, para chegar inteiro, os pedaços de mim todos misturados que ele disporia sem pressa, como quem brinca com um quebra-cabeça para formar que castelo, que bosque, que verme ou deus, eu não sabia, mas ia indo pela chuva porque esse era meu único sentido, meu único destino: bater naquela porta escura onde eu batia agora. E bati, e bati outra vez, e tornei a bater, e continuei batendo sem me importar que as pessoas na rua parassem para olhar, eu quis chamá-lo, mas tinha esquecido seu nome, se é que alguma vez o soube, se é que ele o teve um dia, talvez eu tivesse febre, tudo ficara muito confuso, ideias misturadas, tremores, água de chuva e lama e conhaque no meu corpo sujo gasto exausto batendo feito louco naquela porta que não abria, era tudo um engano, eu continuava batendo e continuava chovendo sem parar, mas eu não ia mais indo por dentro da chuva, pelo meio da cidade, eu só estava parado naquela porta fazia muito tempo, depois do ponto, tão escuro agora que eu não conseguiria nunca mais encontrar o caminho de volta, nem tentar outra coisa, outra ação, outro gesto além de continuar batendo batendo batendo batendo batendo batendo batendo batendo batendo batendo batendo batendo nesta porta que não abre nunca.

Os companheiros

(*Uma história embaçada*)

Para Eduardo San Martin

PODERIA TAMBÉM começá-la assim — pi-gar-re-ou & disse: diríamos que Ele apresentava-se ou revelava-se ou expressava-se (entregava-se, quem sabe?) ou fosse lá o que fosse, naquele momento específico, por uma predileção, tendência, símbolo, sintoma ou como queiram chamá-lo, senhores, senhoras, aos cafés amargos, aos tabacos fortes, aos blues lentos, embora a redundância deste último. E os morcegos esvoaçavam ao redor da casa. Esse o início.

Os morcegos esvoaçavam ao redor da casa e o De Camisa Xadrez, que fora amado e ferira de faca a quem o amara, ainda amarrava os cabelos na nuca. O De Camisa Xadrez ainda tinha cabelos suficientes para amarrar na nuca. Então era desse jeito: o De Camisa Xadrez amarrando os cabelos na nuca enquanto os morcegos esvoaçavam ao redor da casa e, como numa orgia, como num vício, como numa tara, como num inconfessável ritual sadomasoquista, Ele entregava-se aos blues amargos, cafés fortes, tabacos lentos. Só não tinha ainda identificado a moça porque era tão moreninha & brejeira que abriu logo o papo trans-cen-den-tal, ela embarcando, Peixes, logo vi, regente Netuno, ah Netuno, cuidado com as ilusões, mocinha, profundas e enganosas feito o mar que é teu elemento. E assim passaram-se anos.

Cruel citar grafites tipo homem, mate a mãe que existe dentro de você, a minha mãe já está morrendo objetivamente, no plano real-objetivo, feliz ou infelizmente ela existe fora de mim (e esse era um fato que não alterava e, repito, *fato* — porque tudo são fatos, só eles existem, mas isso é outra história — como ia dizendo, não se esquive do fato de haver uma história em suspenso aqui, não digamos assim, pois uma história jamais fica suspensa: ela se consuma no que se interrompe, ela é cheia de pontos finais internos, o que a gente imagina que poderia ser talvez uma continuação às vezes não passa de um novo capítulo, eventualmente conservando as mesmas personagens do anterior, mas seguindo uma ordem cujas regras nos são ilusoriamente às vezes familiares? ou inteiramente aleatórias? Isso eu não sei, mas a verdade é que chega-se sempre longe demais quando não se quer Ir Direto Aos Fatos, e o problema de Ir Direto Aos Fatos é que não há cir-cun-ló-quios então, e na maioria das vezes a graça reside justamente nesses Vazios Volteios Virtuosos, digamos assim: que não haja beleza nos fatos desde que se vá direto a eles? ou que não exista mistério, que seja insuportavelmente dispensável gostar dos tais circunlóquios. Ultrapasse-os, ordeno. Acontece que. Não, nada acontece) — mas, por favor, não falemos disso agora.

O cruel vinha de que o silêncio também seria inábil e farposo, contudo educado, então feria, e não pense que vou esclarecer quem, facilitando as coisas por cegueira, pressa ou tontura: o cruel era a palavra verbalizada, e o verbo era o mal? mas o silêncio idem, e voltando um pouco atrás, se o verbo era o mal, no princípio seria o Mal e não o Bem como queremos supor? Oh. Apenas na estradinha de terra batida que subia o morro, entre o rio e o mar, foi que começaram a divertir-se um pouco, identificando-se sestrosos. A Médica Curandeira tinha crespos cabelos negros que acentuavam seu dramatismo, aliados a Certo Ar Sofrido De Mulher Com Mais De Trinta Anos Que Já Passou Por Muitas Barras. E até que era simpática, descobria prosaico o Jornalista Cartomante entre dois goles de vinho, duas tragadas do tabaco amargo velho conhecido. O Ator Bufão cumpria com eficácia paradoxal suas funções de pano de fundo frequentemente estridente demais, mas inofensivo como costumam ser os bufões, mesmo quando se metem a contundentezinhos.

Era nesse pé que as coisas estavam quando. E quase não havia nada a acrescentar, porque nada acontecia entre eles, a não ser, utilizando certa nor-ma-ti-vi-da-de e não necessariamente nessa ordem: *a*) Climas Indefiníveis; *b*) Sutilezas Indizíveis; *c*) Nobrezas Horríveis. Nomeava assim. Horríveis com maiúscula, porque mesmo não tendo que justificar-se, enfim e ao cabo: nobreza em excesso roía por dentro, isso era como a consequência de uma aprendizagem instalada agora dentro do quarto. Como se por baixo do longo cano de uma luva branca imaculada, por trás do rendilhado dos canutilhos houvesse garras torcidas, esguias feito torres góticas, arranhando vidraças fechadas na treva.

Mas assim era. Caminhava na rua sem tocar na rua, conseguia. Movimentava-se entre espelhos. Caminhar na rua: jogo de infinitos. O de agora remetendo ao de antes, que refletia o depois, que era algo bem próximo do agora, e assim por diante ad infinitum circular. Tudo refletia-se. Cada reflexo o devolvia a algo que não a rua propriamente dita. Essa, por onde caminhava. Poder-se-ia argumentar contra Ele que isso não passava de mais um meio de não se comprometer demasiado. Uma daquelas Horríveis Nobrezas, porque concluir ou reconhecer uma aprendizagem não significava necessariamente passar a agir de maneira diferente. Mas queria dizer que, naquele momento, naquele fato suspenso em que nada acontecia, de repente e sem nenhum motivo, a Médica Curandeira (de passado guerrilheiro), o Ator Bufão (egresso de um seminário) e o Jornalista Cartomante (com raízes contraculturais) não estavam preocupados ou diminuídos pelo fato de serem Caricaturalmente Representativos De Uma Geração, fosse qual fosse. A bem da verdade, revele-se em alto e bom som, embora por escrito: eles foram intensamente felizes enquanto nada acontecia. Pelo menos até que se ouvissem novamente os morcegos lá fora. Claro que não sabiam disso — da felicidade, não dos morcegos sinistramente audíveis — nem talvez saberão um dia; exatamente por isso é preciso que se diga, para que ninguém entenda, mas pelo menos fique registrado, em benefício de nada nem ninguém. Sendo completamente o que eram, inspiravam estufados de humaneza sem culpa.

E tudo isso ia acontecendo sem acontecer propriamente, enquanto a Moreninha Brejeira, se olhada mais atentamente, o que era difícil, guardava alguma fundura por trás da brejeirice e, olhando bem, nem parecia tão moreninha assim. Era exaustivo, mesmo sem muitas palavras entre eles, não aqui, onde é o único jeito de tentar contá-los. Era incompreensível também, para quem nunca esteve dentro de algo semelhante. Mas reconfortante, mesmo que não bebessem chá. Como costumam ser os reencontros, afinal. Ou como deveriam costumar ser, que o mais das vezes são é mesmo puro desconforto, mesmo com chá.

Só que os morcegos, porra, não paravam de rondar, embora fosse verão e a casa tivesse sido branca um dia e o gramadinho até mesmo guardasse recuerdos fagueiros de tardes ensolaradas com bolas dessas de grandes gomos coloridos e doguezinhos saltitantes ao pé de raparigas um tanto antigas e naturalmente em flor nos seus modelinhos rendados com meias soquetes desabando sobre sapatinhos de verniz, bambolês & bilboquês abandonados nos degraus de pedra gasta. Tinha um gosto remoto disso tudo, a casa. Mas Ele não acreditava o suficiente a ponto de justificar a presença dos morcegos, ou não seria mais que uma suspeita? pois sequer, falha imperdoável nesta história, a casa comportava sótãos poeirentos, porões sinistros, bananeiras nos quintais. Pensando melhor, continuavam sem saber, fazia muitos anos, se a realidade seria mesmo meio mágica ou apenas levemente paranoica, dependendo da disposição de cada um para escarafunchar a ferida.

Preferia então, Ele, observá-la ao espelho, como quando caminhava na rua. Isso o remetia a outras feridas mais antigas, nem mais nem menos dolorosas, porque a memória da dor da feridantiga amenizou-se, compreende? Menos pela cicatriz deixada, uma feridantiga mede-se mais exatamente pela dor que provocou, e para sempre perdeu-se no momento em que cessou de doer, embora lateje louca nos dias de chuva. O que provavelmente deve ser muito sadio. A Moreninha Brejeira jamais poderia supô-lo imerso em tais inutilidades cerebrinas, e já não restava uma gota de cumplicidade entre o De Camisa Xadrez e o Jornalista Cartomante, posto que isso implicaria uma espécie de homoerotismo sublimado, se é que me faço entender nesse meandro. Como uma cópula moral, uma foda ética ou etílica, sabe-se lá a que requintados níveis de abstração, perversidade ou subterfúgio podem chegar certas trepadas. Considerava feridas, enfim, totalmente mergulhado nos lentos blues, nos tabacos fortes, nos cafés amargos vezenquando substituídos por conhaques (densos) ou vinhos (secos). Entre duas palavras quaisquer, era capaz de deter-se para tomar providências objetivas, tipo esvaziar cinzeiros trocar discos servir bebidas abrir janelas para fechá-las em seguida, rápido, para que os morcegos não entrassem.

Quanto à Médica Curandeira, era ainda capaz de exibir na pele torturada as marcas dos cigarros acesos, principalmente nos seios e nas coxas, numa espécie de sedução pelo avesso, pelo ideológico, não pelo estético, mas isso só na intimidade mais absoluta, quando estivesse descartada qualquer possibilidade de ser enquadrada em algum tipo de exibicionismo leninista-trotskista. Se bem que, como rugas e perdas, cicatrizes também fossem troféus. Grandes fracassos, tipo Napoleão em Waterloo, deveriam ser condecorados, afinal por que essa discriminação maniqueísta? cobrava o Ator Bufão, vezenquando tomando as rédeas para jogar no ar palavras que, como bufão que era — e dos bons, diga-se a seu favor –, transformavam-se em várias bolas ao mesmo tempo jogadas para o alto. Seria capaz de (des)ordená-las nas mais infinitas sequências combinatórias, tipo duas vermelhas no ar sobre a cabeça uma roxa na mão esquerda uma azul na mão direita e aquela amarela passando por baixo da perna direita ou esquerda, não importa, e no ar também, neste exato momento, aquela verde-musgo. O problema maior do Ator Bufão era que todos os seus talentos não valiam um vintém, visto que nos dias de hoje já não existe mais muita gente interessada em bizarras combinações no ma-la-ba-ris-mo com bolas coloridas.

Ele baixou os olhos. Feridas, cicatrizes, desejos — mastigou, mastigaram. Contra a janela fechada (para que não entrassem morcegos), a Moreninha Brejeira junto à Médica Curandeira parecia uma Capitu levemente amadurecida pedindo conselhos àquela Catherine dos ventos uivantes. Só não sabia de si, nem de parâmetros, o De Camisa Xadrez — aquele que muito fora amado e ferira fundo de faca a quem o amou: permanecia mudo parado suspenso entre várias coisas que já não eram e outras tantas que poderiam vir a ser, ou não. Enquanto nada se decidia, amarrava os cabelos na nuca, posto que ainda tinha cabelos, embora a década fosse outra, e outros os delírios. Amarrava-os assim e agora, tão nítido, porque essa era quem sabe sua vitória tácita, sua implícita vantagem naquele momento em que, além de nenhum avanço, todos os demais tinham cortado ou perdido os cabelos. Haviam chegado a um ponto em que verbalizar morcegos poderia arruinar tudo, mesmo que nada houvesse a ser arruinado. Mesmo que sequer houvesse morcegos.

Pois diga-se ainda que, apesar do ruído côncavo de asas, daqueles miúdos guinchos cruzados no ar, das garras viscosas sem luvas nem canutilhos arranhando as vidraças, mesmo olhando-se vezenquando nos olhos há anos empapuçados de álcool e drogas, não se atreviam a verbalizar morcegos. Ou não é que não se atrevessem: os morcegos talvez fossem incomunicáveis, pois em não sendo verbalizados, e portanto compartilhados, cada um suspeitava que fossem estritamente pessoais & intransferíveis, compreende? O que quero finalmente dizer é que não verbalizando os morcegos, os morcegos não existiam, passando a ser o que não eram: uma metáfora de si mesmos. Sendo assim (tudo tão lógico), nem sequer obscuras tensões pairavam sobre o De Camisa Xadrez, a Moreninha Brejeira, o Ator Bufão, a Médica Curandeira e o Jornalista Cartomante, todos sem pretexto algum para estarem ali agora assim, sentados sobre o tapete no quarto do Marinheiro Frustrado, que andava ausente, embora deixasse em seus devidos lugares as âncoras polidas e as luzidias maquetes de transatlânticos, alguns dentro de garrafas. Ausente também o Marido Ideal, já que sua função na vida sempre fora mesmo ausentar-se estratégico sem deixar vestígios, o que tinha sua dose de melancolia, mas também de alívio, convenhamos. Como as estantes de madeira escura suportando o peso das obras completas de Karl May, Michel Zevaco e Edgar Rice Burroughs.

Dentro do pleno verão, pela escada soprou inesperadamente um vento frio.

Nesses momentos, quando os blues tornavam-se ainda mais lentos, é que se ouviam os morcegos lá fora. Nesses momentos é que contemplavam os mútuos tênis espatifados, mesmo que estivessem descalços, considerando fatos incontornáveis como a pilha de pratos sujos na pia da cozinha. Ir Direto Aos Fatos agora seria por exemplo correr sem vírgulas para a pia armado da mais higiênica das intenções & um bom detergente biodegradável. Ou virar o disco para libertar um blues ainda mais agônico, quase insuportável de tão dolorido, que cada nota emitida pelo sax durasse pelo menos o tempo do Gênesis. Até que a Moreninha Brejeira estalasse os dentes contra uma maçã imaginária para, de certa forma, expulsá-los do paraíso. E produzir-se-iam abrolhos e urzes e espinhos e nutrir-se-iam com as ervas dos campos e comeriam o pão temperado com o suor da própria fronte — pois são assim os ciclos, comentaria didático, mas um tanto fatigado e já sem graça, o Ator Bufão. Os demais, não se sabe, calariam. Ou não fariam gesto algum, o que é sempre uma maneira ainda mais muda de calar.

Ao mesmo tempo, para todos, era extremamente cômodo e perfeitamente insuportável permanecer assim, no meio do parado, suspeitando voos de morcegos por trás das janelas fechadas daquele quarto onde, quem sabe, apenas as âncoras ancoradas nas paredes poderiam indicar qualquer coisa como — um rumo? E finalmente, por uma longa série de razões vagas fundas baças tolas ou ainda mais confusas, esse tipo de coisa era praticamente tudo que se poderia dizer sobre eles. Assim lentos, assim amargos, assim surdos, assim fortes até. Sobrevivendo à morte de todos os presságios.

Terça-feira gorda

Para Luiz Carlos Góes

DE REPENTE ELE começou a sambar bonito e veio vindo para mim. Me olhava nos olhos quase sorrindo, uma ruga tensa entre as sobrancelhas, pedindo confirmação. Confirmei, quase sorrindo também, a boca gosmenta de tanta cerveja morna, vodca com coca-cola, uísque nacional, gostos que eu nem identificava mais, passando de mão em mão dentro dos copos de plástico. Usava uma tanga vermelha e branca, Xangô, pensei, Iansã com purpurina na cara, Oxaguiã segurando a espada no braço levantado, Ogum Beira-Mar sambando bonito e bandido. Um movimento que descia feito onda dos quadris pelas coxas, até os pés, ondulado, então olhava para baixo e o movimento subia outra vez, onda ao contrário, voltando pela cintura até os ombros. Era então que sacudia a cabeça olhando para mim, cada vez mais perto.

Eu estava todo suado. Todos estavam suados, mas eu não via mais ninguém além dele. Eu já o tinha visto antes, não ali. Fazia tempo, não sabia onde. Eu tinha andado por muitos lugares. Ele tinha um jeito de quem também tinha andado por muitos lugares. Num desses lugares, quem sabe. Aqui, ali. Mas não lembraríamos antes de falar, talvez também nem depois. Só que não havia palavras. Havia o movimento, a dança, o suor, os corpos meu e dele se aproximando mornos, sem querer mais nada além daquele chegar cada vez mais perto.

Na minha frente, ficamos nos olhando. Eu também dançava agora, acompanhando o movimento dele. Assim: quadris, coxas, pés, onda que desce, olhar para baixo, voltando pela cintura até os ombros, onda que sobe, então sacudir os cabelos molhados, levantar a cabeça e encarar sorrindo. Ele encostou o peito suado no meu. Tínhamos pelos, os dois. Os pelos molhados se misturavam. Ele estendeu a mão aberta, passou no meu rosto, falou qualquer coisa. O quê, perguntei. Você é gostoso, ele disse. E não parecia bicha nem nada: apenas um corpo que por acaso era de homem gostando de outro corpo, o meu, que por acaso era de homem também. Eu estendi a mão aberta, passei no rosto dele, falei qualquer coisa. O quê, perguntou. Você é gostoso, eu disse. Eu era apenas um corpo que por acaso era de homem gostando de outro corpo, o dele, que por acaso era de homem também.

Eu queria aquele corpo de homem sambando suado bonito ali na minha frente. Quero você, ele disse. Eu disse quero você também. Mas quero agora já neste instante imediato, ele disse e eu repeti quase ao mesmo tempo também, também eu quero. Sorriu mais largo, uns dentes claros. Passou a mão pela minha barriga. Passei a mão pela barriga dele. Apertou, apertamos. As nossas carnes duras tinham pelos na superfície e músculos sob as peles morenas de sol. Ai-ai, alguém falou em falsete, olha as loucas, e foi embora. Em volta, olhavam.

    Entreaberta, a boca dele veio se aproximando da minha. Parecia um figo maduro quando a gente faz com a ponta da faca uma cruz na extremidade mais redonda e rasga devagar a polpa, revelando o interior rosado cheio de grãos. Você sabia, eu falei, que o figo não é uma fruta mas uma flor que abre para dentro. O quê, ele gritou. O figo, repeti, o figo é uma flor. Mas não tinha importância. Ele enfiou a mão dentro da sunga, tirou duas bolinhas num envelope metálico. Tomou uma e me estendeu a outra. Não, eu disse, eu quero minha lucidez de qualquer jeito. Mas estava completamente louco. E queria, como queria aquela bolinha química quente vinda direto do meio dos pentelhos dele.

    Estendi a língua, engoli. Nos empurravam em volta, tentei protegê-lo com meu corpo, mas ai-ai repetiam empurrando, olha as loucas, vamos embora daqui, ele disse. E fomos saindo colados pelo meio do salão, a purpurina da cara dele cintilando no meio dos gritos.

    Veados, a gente ainda ouviu, recebendo na cara o vento frio do mar. A música era só um tumtumtum de pés e tambores batendo. Eu olhei para cima e mostrei olha lá as Plêiades, só o que eu sabia ver, que nem raquete de tênis suspensa no céu. Você vai pegar um resfriado, ele falou com a mão no meu ombro. Foi então que percebi que não usávamos máscara. Lembrei que tinha lido em algum lugar que a dor é a única emoção que não usa máscara. Não sentíamos dor, mas aquela emoção daquela hora ali sobre nós, e eu nem sei se era alegria, também não usava máscara. Então pensei devagar que era proibido ou perigoso não usar máscara, ainda mais no Carnaval.

    A mão dele apertou meu ombro. Minha mão apertou a cintura dele. Sentado na areia, ele tirou da sunga mágica um pequeno envelope, um espelho redondo, uma gilete. Bateu quatro carreiras, cheirou duas, me estendeu a nota enroladinha de cem. Cheirei fundo, uma em cada narina. Lambeu o vidro, molhei as gengivas. Joga o espelho pra Iemanjá, me disse. O espelho brilhou rodando no ar, e enquanto acompanhava o voo fiquei com medo de olhar outra vez para ele. Porque se você pisca, quando torna a abrir os olhos o lindo pode ficar feio. Ou vice-versa. Olha pra mim, ele pediu. E eu olhei.

    Brilhávamos, os dois, nos olhando sobre a areia. Te conheço de algum lugar, cara, ele disse, mas acho que é da minha cabeça mesmo. Não tem importância, eu falei. Ele falou não fale, depois me abraçou forte. Bem de perto, olhei a cara dele, que olhada assim não era bonita nem feia: de poros e pelos, uma cara de verdade olhando bem de perto a cara de verdade que era a minha. A língua dele lambeu meu pescoço, minha língua entrou na orelha dele, depois se misturaram molhadas. Feito dois figos maduros apertados um contra o outro, as sementes vermelhas chocando-se com um ruído de dente contra dente.

Tiramos as roupas um do outro, depois rolamos na areia. Não vou perguntar teu nome, nem tua idade, teu telefone teu signo ou endereço, ele disse. O mamilo duro dele na minha boca, a cabeça dura do meu pau dentro da mão dele. O que você mentir eu acredito, eu disse, que nem marcha antiga de Carnaval. A gente foi rolando até onde as ondas quebravam para que a água lavasse e levasse o suor e a areia e a purpurina dos nossos corpos. A gente se apertou um contra o outro. A gente queria ficar apertado assim porque nos completávamos desse jeito, o corpo de um sendo a metade perdida do corpo do outro. Tão simples, tão clássico. A gente se afastou um pouco, só para ver melhor como eram bonitos nossos corpos nus de homens estendidos um ao lado do outro, iluminados pela fosforescência das ondas do mar. Plâncton, ele disse, é um bicho que brilha quando faz amor. E brilhamos.

Mas vieram vindo, então, e eram muitos. Foge, gritei, estendendo o braço. Minha mão agarrou um espaço vazio. O pontapé nas costas fez com que me levantasse. Ele ficou no chão. Estavam todos em volta. Ai-ai, gritavam, olha as loucas. Olhando para baixo, vi os olhos dele muito abertos e sem nenhuma culpa entre as outras caras dos homens. A boca molhada afundando no meio duma massa escura, o brilho de um dente caído na areia. Quis tomá-lo pela mão, protegê-lo com meu corpo, mas sem querer estava sozinho e nu correndo pela areia molhada, os outros todos em volta, muito próximos.

Fechando os olhos então, como um filme contra as pálpebras, eu conseguia ver três imagens se sobrepondo. Primeiro o corpo suado dele, sambando, vindo em minha direção. Depois as Plêiades, feito uma raquete de tênis suspensa no céu lá em cima. E finalmente a queda lenta de um figo muito maduro, até esborrachar-se contra o chão em mil pedaços sangrentos.

Eu, tu, ele

Para Raquel Salgado

TATEIO, TATEIAS, TATEIA. Ou tateamos, eu e tu, enquanto ele se movimenta sem dificuldade entre as coisas? Sei pouco de ti, apenas suspeito da tua existência desde quando descobri que nem eu nem ele éramos os donos de certas palavras. Como se tivesse percebido um espaço em branco entre ele e eu e assim — por exclusão, por intuição, por invenção — te adivinhasse dono desse espaço entre a luz dele e o escuro de mim. Tateias, também? De ti, quase não sei. Mas equilibras o que entre ele e eu é pura sombra.

Estou me afastando, estou indo embora e preciso que me entendas antes que eu vá, crucificado na parte externa do vagão de um trem em alta velocidade. Tento devagar, mais claro: ele não se afasta. Dia após dia, eu noto, torna-se mais simpático, mais eficiente, mais solícito — para utilizar palavras que não sei bem o que significam, mas imagino sempre alguém sorrindo muito, fazendo reverências, curvando constantemente a cabeça, como uma gueixa. Gueixa, ele, a grande puta, com seu silêncio de passinhos miúdos e pés amarrados. Preciso tentar certa ordem no que digo, e dizer de novo, vê se me entendes: ele não se afasta, mas é dentro dele que eu me afasto. Dentro dele, eu espio o de fora de nós. E não me atrevo.

O que vejo nos outros, com seus grandes poros abertos, são caras demasiado vivas. As caras de fora se debruçam sobre ele e eu tenho medo, eu nunca poderia olhar de frente para todos aqueles olhos boiando na superfície branco-gelatinosa, raiada de veiazinhas vermelhas, e eu sinto nojo. Não dos olhos, mas do interior das caras que transparece nas veiazinhas. Também não são as bocas, mas os gosmosos vermelhuscos de dentro, quando se abrem demasiado. Os inúmeros pontinhos pretos dos narizes, às vezes subindo para a testa, entre as sobrancelhas, o interior rosado dos narizes, as goelas abertas com suas umidades móveis ao fundo, cheias de pequenos espasmos, miúdas convulsões. Quando as grandes caras vivas se debruçam, sinto que transpareço nas veiazinhas dos olhos deles, e tenho medo que apenas um piscar me lance para fora, entre as coisas pontudas. E quando ele abre sua boca movediça para escarrar palavras, gotas de saliva e mau hálito, tenho medo de ele ser essa palavra, essa gota, esse hálito. O mesmo de quando esfrega as palmas das mãos e solta no ar os feixes de energia, como se fosse uma vibração, não um ser.

Sempre posso parar, olhar além da janela. Mas do interior do trem, nunca é fixa a paisagem. Os pés de ipê coloridos misturam-se às paredes de concreto e as paredes de concreto às ruazinhas de casas desbotadas e as ruazinhas de casas desbotadas às caras das lavadeiras na beira do rio, e desta distância essas caras não são móveis nem vivas, mas sem feições, esculpidas em barro sob as trouxas brancas de roupa suja, e outra vez o roxo e o amarelo dos ipês e o marrom da terra e o bordô das buganvílias e o verde de uma farda militar atravessando os trilhos. Há um excesso de cores e de formas pelo mundo. E tudo vibra pulsátil, fremindo.

Daquela última tarde de luz, o que me ficou na memória foi o visgo frio do suor nas palmas das mãos, os inúmeros pontos luminosos vibrantes dos automóveis, minhas frontes estalando com o barulho. Os automóveis eram faíscas coloridas metálicas voando sobre o cimento. Eu apertava minha tontura com as palmas molhadas das mãos, sem saber se ia, se voltava ou permanecia parado quieto entre aqueles pontos alucinados de luz girando em volta de mim. Devo ter começado a gritar, porque ele cerrou a boca com força, não me deixando escapar por sua garganta fechada.

Mas era a ti, a ele ou a mim que o homem visitava às vezes? De quem seria a língua sem nojo que explorava o mais fundo de todos os buracos do corpo dele? Da janela eu observava as mãos abrindo apressadas o fecho das calças, os dedos hábeis afastando panos, as narinas sugando o cheiro secreto das virilhas. O grande corpo vivo e móvel do homem, atrás das grades eu queria minhas aquelas mãos que o tocavam e também meus aqueles dedos e minhas ainda aquelas narinas e aquela língua lambendo o membro rijo dele até deixá-lo empinado o suficiente para, com muito cuidado, entrar rasgando de prazer e dor. Eras tu, era eu ou era ele quem torcia lentamente o corpo até desabar de costas na cama, e contornando com as coxas abertas o tronco e a bunda do homem pudesse assim senti-lo dentro de mim, de ti ou dele, como a fêmea deve sentir seu macho, cara a cara, jamais como um homem recebe a outro homem, o rosto contra a nuca, nesse amor feito de esperma e pelos, de suor e merda? Atrás da janela dele, eu olhava sem me permitir. Mas nosso orgasmo era o mesmo, e éramos então um só os três, cavalgados por esse homem que esgotávamos com a sede das nossas línguas. Nesses momentos, eu conhecia a tua face tão detalhadamente quanto a dele e a minha. E não me assustavam os poros demasiado abertos, nem me enojava aquele gosmoso de dentro dos buracos.

Quanto a ti, já reparaste como o mundo parece feito de pontas e arestas? Já chamei tua atenção para a escassez de contornos mansos nas coisas? Tudo é duro e fere. Observo, observas como ele se move sem choques por entre os gumes. Te parece dócil, assim sinuoso, evitando toques que possam machucá-lo? Pois a mim parece falso, conheço bem suas tramas e sei de todas as vezes que concedeu para que o de fora não o ferisse. Olha, ouve e repara: essas sinuosidades são de cobra, não de ave.

Só às vezes julgo compreender. Então tenho vontade de abrir todas as janelas da casa para que o sol possa entrar. É isso que me ocorre pelas manhãs, sempre à mesma hora, depois de ouvir os ruídos que ele faz antes de sair. Fico atento à água escorrendo da torneira, ao rascar da escova contra os dentes, à água da privada levando para os esgotos os detritos recusados pelos intestinos, à água limpando os resíduos de sono no canto dos olhos, à água fria do chuveiro despertando os músculos, à água aquecida para o café, fico atento a tudo. E água, água, água e água, eu repito todas as manhãs, e mesmo que continue o dia inteiro entre lençóis, a mão inventando prazeres escondidos entre as pernas, há sempre uma parte de mim que o acompanha pelas ruas, no seu trajeto sujo entre as faíscas metálicas dos automóveis, distribuindo os primeiros sorrisos falsos do dia, e pelo dia adentro afora, cumprindo sem hesitações o seu bem traçado roteiro. Sabe tudo o que quer, ele, o grande porco. E sabe exatamente como consegui-lo. Pelo dia afora, adentro, essa parte de mim que vai com ele tenta extravasar-se pelos seus olhos, pela sua boca, para alertar as grandes caras móveis que o observam com simpatia. A cada tentativa, ele me pressente e me rechaça, ele me empurra para o fundo de si para que eu não o desmascare. E me rouba a voz, e me leva o gesto, fazendo com que me cale e me imobilize impotente entre as pontas duras das quais ele se desvia, porco bailarino capaz de todas as baixezas pelo solo principal. É sem testemunhas que eu o desmascaro todas as manhãs, enquanto escuto escorrer a água com que supõe lavar toda a sua sujeira. Mas te investigo, te busco, te suspeito cúmplice de mim, não dele, porque a tua ajuda é a única que posso esperar, então insisto sempre se me entendes, e volto a perguntar então, me entendes? assim, me entendes, tu? agora, me entendes, ou nunca?

Era agradável quando a moça vinha com suas tabelas, seus gráficos e compassos para falar do movimento dos astros sobre as nossas cabeças, sábia e distraída, desenhando pirâmides, triângulos, esferas e losangos nos papéis quadriculados. Foi numa das primeiras vezes que ele tentou afastá-la, rindo grosso, como as pessoas costumam rir dessas coisas, preferindo sempre os porcos às aves. Foste tu quem me ajudou daquela vez, a fechar violento a boca dele até seus dentes se cerrarem a ponto de quebrar? Pois não era apenas meu aquele esforço, eu soube, e essa quem sabe tenha sido a primeira vez que te descobri existindo paralelo a mim e a ele. Ou não importam cronologias, se coexistias mesmo anterior à minha consciência de ti. Quanto à moça, continuava a vir, dizia sempre que quando a Lua transitasse por Aquário. Mas eu nunca soube de constelações: limitava-me a recebê-la, e parecia uma menina cheia de fé em tudo aquilo que suspeitava real, embora invisível.

Meus dias são sempre como uma véspera de partida. Movimento-me entre as pontas como quem sabe que daqui a pouco já não vai estar presente. As malas estão prontas, as despedidas foram feitas. Caminhando de um lado para outro na plataforma da estação, só me resta olhar as coisas lerdo e torvo, sem nenhuma emoção, nenhuma vontade de ficar. As janelas abrem para fora, os bancos parecem-se aos bancos e os vasos foram feitos para se colocar flores em seu oco. As coisas todas se parecem a si próprias. Nada modificará o estar das coisas no mundo, e a minha partida ontem, hoje ou amanhã, não mudará coisa alguma. Cada coisa se parece exatamente com cada coisa que ela é. Assim eu próprio, me parecendo a mim mesmo, de um lado para outro, entre cigarros sem sabor, jornais sangrentos e a certeza de que o único fato que poderia deter minha partida seria a tua aceitação deste convite: não queres me ajudar a matá-lo?

Houve um dia em que o homem não veio mais. E sem saber se teria sido eu, tu ou ele quem o afastara, nesse mesmo dia escrevi qualquer coisa como uma oração que me pareceu ridícula. Mas revisitando papéis antigos agora, ela pulsa como se tivesse sido apunhalada e, percebo, como se tivesse sido escrita também para ti, para ele e para mim. Assim:

> eu não estou esperando por esse homem que não é só esse mas todos e nenhum como uma sede do que nunca bebi sem forma de águas apenas na estreiteza do aquiagora eu espero por ele desde que nasci e desde sempre soube que na hora da minha morte misturando memórias e delírios e antevisões um pouco antes a última coisa que perguntarei seria um mas onde está mas onde esteve esse tempo todo que me lanhei sem ti e para me alegrar depois quem sabe talvez enfim desista ou sorria lindo sem dentes sorria luminoso na escuridão da minha boca sorria vasto como nunca foi possível e cuspa qualquer coisa como então você esteve sempre aí uma vida de procuras sem te achar e silêncio para então morrer de morte morrida sem volta de vida gasta marcada de muitas cicatrizes de vida retalhada por muitos cortes mas nunca mortais a ponto de impedir este ridículo até na hora de minha morte amém.

Mas esta cara de mim, recém-desperta, revigorou-se aos poucos e sem suspiros, porque não há o que lamentar, e pensa crua, a cara descarada: pois não nos separamos, os três. Quando me julgo fora, estou dentro. E quando me suponho dentro, estou fora. De ti ou dele, de mim em mim, tríplice engastado, embora pareça confuso assim formulo, e me parece quase claro enquanto ruge a cidade longe e debruço este corpo de nós sobre os sete viadutos: tríplice engastado, tríplice entranhado, tríplice enlaçado. Tríplice inseparado para sempre, a morte de um é a morte de três, não quero que me ajudes a matá-lo porque mataria a ti e também a mim. E me recomponho, e te recomponho, e recomponho a ele, que é também eu e também tu.

A moça disse que a Lua passava por Escorpião, e contou: sem dentes, rasgado, fragmentos de vômito endurecido grudados nos pelos do peito, o homem a perseguia. Antes que a tocasse, ela encontrou o animalzinho branco, de focinho rosado, e apanhando um pedaço de pau bateu, bateu e bateu até que o bicho se tornasse um mingau de sangue e ossos partidos e pelos claros onde boiava um par de olhos abertos que não morriam. Eu contei: pelo tronco da árvore, de um lado a outro do precipício, eu atravessava. Foi quando parei, com medo do abismo. Não voltaria, nem iria em frente. Então olhei a parede do precipício e vi os cachos verdes de uvas e meu medo começou a passar porque eu não sentiria fome nem morreria pois logo viria a vindima, o tempo maduro das uvas. Oníricos, trocávamos sonhos os dois, os três, os quatro. E a fêmea emboscada no corpo da moça chamava por mim, por ti, por ele, sem se importar que fôssemos três. De nós três, ela sabia e queria. Antes de partir, ainda escreveu no papel cheio de gráficos, olhando para nós de um em um, guarda isso: o outro também se busca cego, o outro também e sempre é três.

Tempos depois — agora, para ser preciso percebo: é pelos corredores escuros do labirinto que caminhamos tateando, os três, à procura do vértice. Sei que não entendes, sei que ele também não entende. Do teu dia, quase não sei, mas sei do teu labirinto em ti, como sei do labirinto dele em mim, do meu labirinto em ti. E também não entendo.

Preciso parar. Estou cansado. Pela cabeça, essa luz que não sei se é compreensão ou loucura. É de mim, de ti ou dele que sai essa voz contando o sonho de ontem? Como se fosses tu, assim entras no teatro e te chamam dentro do sonho e te chamam para fazer o papel do sonho de alguém que não veio, e dizes que nunca viste a peça e nunca leste o texto e nada sabes de marcações intenções interiorizações e te dizem que não importa porque é só um sonho e um sonho não precisa ensaio, e já não sabes se começas a rir ou a gritar, então foges para encontrar o outro, mas o rosto da moça tem os olhos do homem e a boca da moça, os seios da moça são os seios da moça, aqueles mesmos, cujos bicos duros roçavam tua barba malfeita quando os beijavas, mas o sexo da moça é o sexo do homem, aquele mesmo que te inundava de esperma quente, e não sentes medo nem nojo, mas te afastas confuso e caminhas caminhas em busca do teatro para entrar em cena e desempenhar tão bem quanto possas o teu papel de sonho do sonho de outro, depois procuras procuras dentro do teatro, em pirâmides de estreitos corredores, e continuas procurando o palco, o vértice, a câmara real, a tua deixa, a tua marca, e antes de acordar não pensas, ou pensas, sim, eu não sei, ele não sabe, tu não sabes nem ninguém se de repente não estarás perdido nem não sabes o papel de cor, pois o palco é a procura do palco e o teu papel é não saber o papel e tudo está certo e a aparente desordem se ordena súbita e a grande ordem de todas as coisas é o caos girando desordenado assim como deve girar o caos, e assim mergulho eu e assim mergulhas tu e assim mergulha ele: a tontura de nossos seis passos equilibra-se instável e precisa sobre o fio da navalha. Mas — sei, sabes, sabemos — as uvas talvez custem demais a amadurecer. E quase não temos tempo.

Luz e sombra

À memória de Juan Carlos Chacón

DEVE HAVER ALGUMA espécie de sentido ou o que virá depois? — são coisas assim as que penso pelas tardes, parado aqui nesta janela, em frente aos intermináveis telhados de zinco onde às vezes pousam pombas, e dito desse jeito você logo imagina poéticas pombinhas esvoaçantes, arrulhantes. São cinzentas, as pombas, e o ruído que fazem é sinistro como o de asas de morcego. Conheço bem os morcegos, seus gritinhos agudos, estridentes. Mas não quero me apressar. Penso que se conseguir dar algum tipo de ordem nisto que vou dizendo haverá em consequência também algum tipo de sentido. E penso junto, ou logo depois, não sei ao certo, que após essa ordem e esse sentido deve vir alguma coisa.

O que virá depois? — pergunto então para a tarde suja atrás dos vidros, e me sinto reconfortado como se houvesse qualquer coisa feito um futuro à minha espera. Assim como se depois do chá fumasse lentamente um cigarro mentolado, olhando para longe, aquecido pelo chá, tranquilizado pelo cigarro, enlevado pelo longe e principalmente atento ao que virá depois deste momento. Faz tempo não tomo chá, e controlo tanto os cigarros que, cada vez que acendo um, a sensação é de culpa, não de prazer, você me entende?

Não, você não me entende. Sei que você não me entende porque não estou conseguindo ser suficientemente claro, e por não ser suficientemente claro, além de você não me entender, não conseguirei dar ordem a nada disso. Portanto não haverá sentido, portanto não haverá depois. Antes que me faça entender, se é que conseguirei, queria pelo menos que você compreendesse antes, antes de qualquer palavra, apague tudo, faz de conta que começamos agora, neste segundo e nesta próxima frase que direi. Assim: é um terrível esforço para mim. Se permanecer aqui, parado nesta janela, estou certo que acontecerá alguma coisa grave — e quando digo *grave* quero dizer *morte, loucura*, que parecem leves assim ditas. Preciso de algo que me tire desta janela e logo após, ainda, do depois. Querer um sentido me leva a querer um depois, os dois vêm juntos, se é que você me entende.

Falava da janela. Poderia começar por ela, então.

É uma janela grande, de vidro. Do teto até o chão, vidro que não abre, compacto. A sala é muito pequena, não há nada nela a não ser um carpete verde-musgo, que me enjoa até o vômito. E agora me ocorre algo novo: creio que foi para não vomitar tanto e tão frequentemente que passei a olhar pela janela, dando as costas ao carpete.

Então, os telhados.

Não me pergunte como nem por quê, mas a janela não dá para uma rua, como a maioria das janelas costuma dar. A janela dá para aqueles intermináveis telhados de zinco dos quais já falei. Sim, sim, tentei me interessar pelas manchas do zinco, seus pequenos sulcos, as ondulações e todas essas coisas. E realmente me interessei, durante algum tempo. Mas os telhados são intermináveis, você sabe. Não, você não sabe, você não sabe como tentei me interessar pelo desinteressantíssimo. Então começou novamente aquela sensação de enjoo: os telhados estendem-se até o horizonte, como um enorme carpete verde. Antes de começar a vomitar olhando os telhados, felizmente vieram as pombas. Mas como eu já disse: são cinzentas, o ruído que fazem é como o de asas de morcego. Seus bicos batem frequentemente contra o vidro da janela. Não houvesse vidro, tocariam meu rosto. Para não vomitar, tento olhar para além dos telhados que se fundem ao infinito. Não vejo nada, só o cinza pesado do céu e a fuligem que se deposita aos poucos nas beiradas da janela. Ao entardecer a fuligem ganha uns tons rosados, e logo depois, quando baixa o escuro, chega o momento de me encolher sobre o carpete para finalmente dormir.

Pela manhã, todo dia, alguém enfiou um pedaço de pão pela fresta da porta, uma lata com água, como se eu fosse um cão, e um maço de cigarros. Não sei quem é. Escuto que constantemente range os dentes, o que talvez seja apenas um jeito de sorrir. Acho que no começo fumava muito, pelo menos o quarto está cheio de cinzas, de pontas de cigarros, já que não existem cinzeiros e é impossível abrir a janela, você está me ouvindo?

Não importa. Em dias muito quentes, costumo ter uma visão. Não sei se uma memória ou uma visão. De qualquer forma, em dias muito quentes, vejo claramente alguma coisa.

São três horas de uma tarde de janeiro. Estou sentado num degrau de cimento. Há três degraus do chão batido com algumas ervas daninhas, talvez urtigas, até a soleira de uma velha porta muito alta, com a pintura marrom semidescascada. Estou sentado no segundo degrau dessa porta. Sei que são três horas da tarde porque as sombras são curtas e a luz do sol muito clara. Sei que é janeiro porque faz muito calor. Não há nenhuma nuvem no céu. A rua está deserta. A rua é coberta por uma camada de terra solta, vermelha. Do outro lado da rua há um muro de pedras. Nada acontece.

Posso ver as copas de alguns cinamomos do outro lado da rua, mas estão imóveis. Não há vento. Sei que além do muro de pedras, mais abaixo, existe um rio. A tarde está tão quente e clara que eu gostaria de ir até o rio. Para isso precisaria levantar deste degrau. Há uma sombra leve sobre a minha cabeça, suficiente para que o sol não a aqueça demasiado. Estou descalço. Não sei que idade tenho, mas não devo ter chegado sequer à adolescência, pois minhas pernas nuas não têm pelos ainda. Por estar descalço, talvez, não me atrevo a pisar a terra solta e vermelha do meio da rua.

Há cacos de vidro também, cacos verdes de vidro no meio da terra da rua, dos quais o sol arranca reflexos que doem nos meus olhos. Às vezes eu os protejo com a mão em aba na testa. Estou bem, assim. Há tanta luz que preciso contrair um pouco as pálpebras para olhar as coisas de frente. O calor de janeiro aquece meu corpo. Cruzo as mãos sobre os joelhos. Isso me parece bom. Quase tenho certeza que, do outro lado da porta marrom, alguém prepara qualquer coisa como um banho fresco ou um café novo. E embora a rua esteja deserta, não me sinto só aqui neste degrau, nesta tarde.

Nas noites quentes desses dias quentes, costumo ter outra visão. Já não estou no degrau, mas atrás daquela mesma porta, dentro da casa. Talvez tenham se passado anos, talvez seja apenas a noite daquele mesmo dia. Não há luz. O piso é muito frio. Imagino que seja um quarto, há mosquiteiros suspensos do teto. Não tenho certeza se são mosquiteiros porque não me movimento. Penso também que podem ser teias de aranha, mas prefiro não estender a mão e tocá-los — os tules, as teias — para certificar-me. Prefiro não me certificar de nada. Através de alguma persiana aberta entra no quarto um fino fio de luz azulada. Há vozes lá fora. Imagino que existam pessoas sentadas em frente à casa, na noite quente de verão. De vez em quando, suponho, cai alguma estrela. Estou bem assim, tão bem quanto no degrau.

Não sei quanto tempo dura, nem como tudo começa. Aos poucos meus ouvidos vão separando das vozes lá de fora os guinchos agudos cada vez mais fortes, e logo depois sinto um roçar de asas no meu rosto. Vindo não sei de onde, os morcegos invadem o quarto. Sem querer, penso no teto. Não consigo vê-lo no escuro, mas de alguma forma sei que é feito de travessas finas de madeira, sustentando tijolos caiados de branco. Os morcegos esvoaçam em volta, eu não me movo. Alguns chocam-se contra as paredes, depois caem ao chão gritando estridente, fininho. Então sou eu quem começa a gritar. Sem me mover, olhos fechados, grito grito e grito até que tudo passe, e novamente me encontro encolhido sobre o carpete verde, rosto colado na janela, olhando os telhados intermináveis através do vidro.

A essa hora, quase sempre a fuligem do céu tem aqueles tons rosados. Está amanhecendo. Na porta, o pão, a lata com água, o maço de cigarros. Para apanhá-los, mesmo que olhe em frente ou para cima, o verde do carpete me invade os olhos e sempre vomito. Nem sempre sou ágil o suficiente para, com um movimento de cintura, evitar que o vômito caia sobre o pão, a água, os cigarros. E quando vomito sobre eles, sempre escuto o ranger de dentes atrás da porta. Nesses dias não como, não bebo, não fumo. Apenas caminho até a janela e, desde o momento em que o rosa se desfaz e o cinza baixa outra vez, as pombas bicando meu rosto protegido pelo vidro, repito sempre assim — deve haver alguma espécie de sentido ou o que virá depois?

Não choro mais. Na verdade, nem sequer entendo por que digo *mais*, se não estou certo se alguma vez chorei. Acho que sim, um dia. Quando havia dor. Agora só resta uma coisa seca. Dentro, fora.

Por vezes fecho os olhos e tenho a impressão que esses telhados intermináveis são a única coisa que existe dentro de mim, você me entende agora? O quê? Sim, tenho vontade de me jogar pela janela, mas nunca foi possível abri-la. Não, não sei o que gostaria que você me dissesse. *Dorme*, quem sabe, ou *está tudo bem*, ou mesmo *esquece, esquece*. Não consigo. Quando vomito sobre o pão, não consigo comer nem vomitar depois. Gosto de vomitar, é um pouco como se conseguisse chorar. Quem sabe você conseguiria pelo menos me ensinar um jeito de vomitar sem precisar comer? Apesar das minhas unhas crescidas, ainda não estão longas nem afiadas o suficiente para que possa cravá-las em minha própria garganta. Sim, devo ter lido isso em algum livro. Mesmo dito assim, talvez seja essa a única saída. Gostaria de evitá-la.

Dentro de mim, não consigo deixar de pensar que há alguma espécie de sentido. E um depois. Quando penso nisso, é então como se alguém dançasse sobre esses intermináveis telhados de dentro de mim. Sobre os telhados cinzentos alguém vestido inteiro de amarelo. Não sei por que exatamente amarelo, mas brilha. O vento faria esvoaçar seus panos e cabelos. Num grande salto aberto, esse alguém que dança alcançaria a janela abrindo-a com um leve toque das pontas dos dedos. Quase sempre tenho certeza que deve ser você.

Não, não diga nada. Prefiro não saber que não. Nem que sim. Você me despreza por estar aqui assim parado? E outra vez, não diga nada.

Não consigo ver claro seu rosto que os panos e os cabelos cobrem por inteiro, soprados pelo vento. Sei também que, após o salto, você me tomaria pela mão para que eu finalmente levantasse daquele segundo degrau, atravessando a rua de terra solta quente vermelha para, quem sabe, mergulharmos juntos na água fresca do rio. Sei ainda que você me tiraria daquele quarto escuro, entre véus e teias, e mataria um a um os morcegos, para que sentássemos à frente da casa, sem os outros, espiando a queda vertical das estrelas na noite quente de janeiro.

Queria pensar que é esse o sentido, que será esse o depois. Não sei se posso. Há dias, como hoje, em que por mais que minta sequer consigo ver você, seus membros longos que o vento rouba dos panos. Só escuto os dentes rangendo e os ruídos internos do meu próprio corpo. Tudo isso me cega. Leva-me daqui, eu peço. E cruzo as duas mãos sobre o peito, como se sentisse frio ou afastasse demônios. Aperto o rosto contra o vidro. Duas pombas, cada uma delas bica um de meus olhos. Talvez um dia consigam quebrar o vidro. Sem querer, lembro de uma antiga história de fadas: duas pombas furavam os olhos de duas irmãs más, você lembra? Havia fadas, naquela história. Não há ninguém dançando sobre os telhados. Nunca houve. Para não ver o cinza que se transforma em verde, olho para além deles.

O dia está muito quente. Quando a tarde avançar, sei que me encontrará sentado no degrau. E depois que o cinza tiver se transformado em rosa e em violeta e em azul profundo e por fim em negro, sei que estarei parado no centro daquele quarto, ouvindo os guinchos estridentes e o bater de asas dos morcegos. Gritarei, então. Muito alto, com todas as minhas forças, durante muito tempo. Não sei se foi esta a ordem, se será assim o depois. Mas sei com certeza que nem você nem ninguém vai me ouvir.

os morangos

Dá-me mais vinho, porque a vida é nada.
FERNANDO PESSOA, *CANCIONEIRO*

Quem conhece Deus
sente as coisas internas
e é amigo dos morangos
que nunca morrem.
HENRIQUE DO VALLE, "OS MORANGOS SÃO ETERNOS"

Transformações

(*Uma fábula*)

Para Domingos Lalaina Jr.

FEITO FEBRE, baixava às vezes nele aquela sensação de que nada daria jamais certo, que todos os esforços seriam para sempre inúteis, e coisa nenhuma de alguma forma se modificaria. Mais que sensação, densa certeza viscosa impedindo qualquer movimento em direção à luz. E além da certeza, a premonição de um futuro onde não haveria o menor esboço de uma espécie qualquer não sabia se de esperança, fé, alegria, mas certamente qualquer coisa assim.

Eram dias parados, aqueles. Por mais que se movimentasse em gestos cotidianos — acordar, comer, caminhar, dormir —, dentro dele algo permanecia imóvel. Como se seu corpo fosse apenas a moldura do desenho de um rosto apoiado sobre uma das mãos, olhos fixos na distância. Ausentou-se, diriam ao vê-lo, se o vissem. E não seria verdade. Nesses dias, estava presente como nunca, tão pleno e perto que estava dentro do que chamaria — tivesse palavras, mas não as tinha ou não queria tê-las — vaga e precisamente de: A Grande Falta.

Era translúcida e gelada. Tivesse olhos, seriam certamente verdes, com remotas pupilas. À beira da praia certa vez encontrara um caco de garrafa tão burilado pelas ondas, areias e ventos que cintilava ao sol, pequena joia vadia. Apertou-o entre os dedos, sentindo um frio anestésico que o impedia de perceber as gotas de sangue brotando mornas da palma da mão. Era assim A Grande Falta. Pudessem vê-lo, pudesse ver-se, veriam também o sangue, ele e os outros. Acontece que tornava-se invisível nesses dias. Olhando-se ao espelho, sabia de imediato que estava dentro Dela. No vidro, além dele mesmo, localizava apenas um claro reflexo esverdeado.

Ela estava tão dentro dele quanto ele dentro Dela. Intrincados, a ponto de um tornar-se ao mesmo tempo fundo e superfície do outro. Amenizava-se às vezes no decorrer do dia, nuvens que se dissipam, turvo de água clareando até o cair da noite surpreendê-lo nítido, passado a limpo, passado a ferro. Então sorria, dava telefonemas, cantava ou ia ao cinema. Mas em outras vezes adensava-se feito céu cada vez mais escuro, turvo agitado subindo do fundo, vidro bafejado. Sem dormir, fosforescia entre os lençóis ouvindo os ruídos da madrugada chegarem como abafados por uma grossa camada de algodão. Dissipava-se ou concentrava-se na manhã seguinte e, concentrando-se, não era uma manhã seguinte, mas apenas uma fluida e mansa continuação sem solavancos.

    Seu maior medo era o destemor que sentia. Íntegro, sem mágoas nem carências ou expectativas. Inteiro, sem memórias nem fantasias. Mesmo o não medo sequer sentia, pois não-dar-certo era o natural das coisas serem, imodificáveis, irredutíveis a qualquer tipo de esforço. Fosse íntimo das águas ou dos ares, teria quem sabe parâmetros para compreender esse quieto deslizar de peixe, ave. Criatura da terra, seu temor era quem sabe perder o apoio dos pés. E criatura do fogo, A Grande Falta crepitava em chamas dentro dele.

    Sua invisibilidade no entanto não o invisibilizava: encadernava-o meticulosa em um determinado corpo e uma voz particular e uns gestos habituais e alguns trejeitos pessoais que, aparentemente, eram ele mesmo. Por isso não é verdade que não o veriam. Veriam e viam, sim, aquela casca reproduzindo com perfeição o externo dele. Tão perfeito que nem ao menos provocava suspeitas aumentando as pausas entre as palavras, demorando o olhar, ralentando o passo daquele falso corpo.

    Atrás da casca, porém, o cristal incandescia. Debaixo da terra, fogo-fátuo soterrado tão profundamente que a pele nem reluzia.

    Alguma coisa que jamais teria, e tão consciente estava dessa para sempre ausência que, por paradoxal que pareça, era completo nesse estado de carência plena. Isso acontecia apenas quando dentro Dela, pois ao desembarcar, em vez de sorrir ou fazer coisas, frequentemente limitava-se a chorar penoso como se apenas a dor fosse capaz de devolvê-lo ao estágio anterior. A dor desconsolada e inconsolável, em soluços que o sacudiam cada vez mais fortemente, a cada um deles partindo-se a casca, quebrando-se a moldura, rachando-se o vidro, apagando-se o fogo.

    Como uma outra espécie de felicidade, esse desembaraçar-se de uma também felicidade. Emerso, chafurdava em emoções: tinha desejos violentos, pequenas gulas, urgências perigosas, enternecimentos melados, ódios virulentos, tesões insaciáveis. Ouvia canções lamurientas, bebia para despertar fantasmas distraídos, relia ou escrevia cartas apaixonadas, transbordantes de rosas e abismos. Exausto, então, afogava-se num sono por vezes sem sonhos, por vezes — quando o ensaio geral das emoções artificialmente provocadas (mas que um dia, em outro plano, aquele da terra onde, supunha, gostava de pisar, aconteceriam realmente) não era suficiente — povoado com répteis frios, a tentar enlaçá-lo com tentáculos pegajosos e verdes olhos de pupilas verticais.

    Não saberia dizer com certeza como nem quando aconteceu. Mas um dia — um certo dia, um dia qualquer, um dia banal — deu-se conta que. Não, realmente não saberia dizer ao menos do que dera-se conta. Mas foi assim: olhando-se ao espelho, pela manhã, percebeu o claro reflexo esverdeado. Está de volta, pensou. E no mesmo instante, tão imediatamente seguinte que confundiu-se com o anterior, cantava, novamente ele mesmo. No segundo verso, pequena contração, tinha novamente entre os dedos o caco de vidro luminoso. Mas antes que a mão sangrasse, havia preparado um drinque, embora fosse de manhã, e bebia lento, todo intenso. Antes de engolir o líquido, seu corpo ganhou vértices súbitos, emoldurando o desenho de um rosto apoiado sobre uma das mãos abertas, olhos fixos na distância.

Foi um dia movimentado, aquele. Sua casca partia-se e refazia-se, entardecer sombrio e meio-dia cegante intercalados. Fumou demais, sem terminar nenhum cigarro. Bebeu muitos cafés, deixando restos no fundo das xícaras. Exaltou-se, ausentou-se. No intervalo da ausência, distraía-se em chamá-la também, entre susto e fascínio, de A Grande Indiferença, ou A Grande Ausência, ou A Grande Partida, ou A Grande, ou A, ou. Na tentativa ou esperança, quem saberia, de conseguindo nomeá-la conseguir também controlá-la.

Não conseguiu. Desimportou-se com aquilo. Tomado a intervalos pelo anônimo, atravessou a tarde, varou a noite, entrou madrugada adentro para encontrar a manhã seguinte, e outra tarde, e outra noite ainda, e nova madrugada, e assim por diante. Durante anos. Até as têmporas ficarem grisalhas, até afundarem os sulcos em torno dos lábios. Houvesse uma pausa, teria pedido ajuda, embora não soubesse ao certo a quem nem como. Não houve. Mas porque as coisas são mesmo assim, talvez por certa magia, predestinações, sinais ou simplesmente acaso, quem saberá, ou ainda por ser natural que assim fosse, e menos que natural, inevitável, fatalidade, trágicos encantos — enfim, houve um dia, marco, em que o tocaram de leve no ombro.

Ele olhou para o lado. Ao lado havia Outra Pessoa. A Outra Pessoa olhava-o com cuidadosos olhos castanhos. Os cuidadosos olhos castanhos eram mornos, levemente preocupados, um pouco expectantes. As transformações tinham se tornado tão aceleradas que, no primeiro momento, não soube dizer se a Outra Pessoa via a ele ou a Ela, se se dirigia à moldura, à casca, ao cristal ou ao desenho, ao corpo original, às gotas de sangue. Isso num primeiro momento. Num segundo, teve certeza absoluta que se tinha desinvisibilizado. A Outra Pessoa olhava para uma coisa que não era uma coisa, era ele mesmo. Ele mesmo olhava para uma coisa que não era uma coisa, era Outra Pessoa. O coração dele batia e batia, cheio de sangue. Pousada sobre seu ombro, a mão da Outra Pessoa tinha veias cheias de sangue, latejando suaves.

Alguma coisa explodiu, partida em cacos. A partir de então, tudo ficou ainda mais complicado. E mais real.

Sargento Garcia

À memória de Luiza Felpuda

I

— HERMES. — O rebenque estalou contra a madeira gasta da mesa. Ele repetiu mais alto, quase gritando, quase com raiva: — Eu chamei Hermes. Quem é essa lorpa?
Avancei do fundo da sala.
— Sou eu.
— Sou eu, meu sargento. Repita.
Os outros olhavam, nus como eu. Só se ouvia o ruído das pás do ventilador girando enferrujadas no teto, mas eu sabia que riam baixinho, cutucando-se excitados. Atrás dele, a parede de reboco descascado, a janela pintada de azul-marinho aberta sobre um pátio cheio de cinamomos caiados de branco até a metade do tronco. Nenhum vento nas copas imóveis. E moscas amolecidas pelo calor, tão tontas que se chocavam no ar, entre o cheiro da bosta quente de cavalo e corpos sujos de machos. De repente, mais nu que os outros, eu: no centro da sala. O suor escorria pelos sovacos.
— Ficou surdo, idiota?
— Não. Não, seu sargento.
— *Meu* sargento.
— Meu sargento.
— Por que não respondeu quando eu chamei?
— Não ouvi. Desculpe, eu...
— Não ouvi, meu sargento. Repita.
— Não ouvi. Meu sargento.
Parecia divertido, o olho verde frio de cobra quase oculto sob as sobrancelhas unidas em ângulo agudo sobre o nariz. Começava a odiar aquele bigode grosso como um manduruvá cabeludo rastejando em volta da boca, cortina de veludo negro entreaberta sobre os lábios molhados.
— Tem cera nos ouvidos, pamonha?
Olhou em volta, pedindo aprovação, dando licença. Um alívio percorreu a sala. Os homens riam livremente agora. Podia ver, à minha direita, o alemão de costela quebrada, a ponta quase furando a barriga sacudida por um riso banguela. E o saco murcho do crioulo parrudo.

— Não, meu sargento.

— E no rabo?

Surpreso e suspenso, o coro de risos. As pás do ventilador voltaram a arranhar o silêncio, feito filme de mocinho, um segundo antes do tiro. Ele olhou os homens, um por um. O riso recomeçou, estridente. A ponta da costela vibrava no ar, *um acidente no roça com minha ermón*. Imóveis, as folhas bem de cima dos cinamomos. O saco murcho, como se não houvesse nada dentro, *sou faixa preta, morou?* Uma mosca esvoaçou perto do meu olho. Pisquei.

— Esquece. E não pisca, bocó. Só quando eu mandar.

Levantou-se e veio vindo na minha direção. A camiseta branca com grandes manchas de suor embaixo dos braços peludos, cruzados sobre o peito, a ponta do rebenque curto de montaria, ereto e tenso, batendo ritmado nos cabelos quase raspados, duros de brilhantina, colados ao crânio. Num salto, o rebenque enveredou em direção à minha cara, desviou-se a menos de um palmo, zunindo, para estalar com força nas botas. Estremeci. Era ridícula a sensação de minha bunda exposta, branca e provavelmente trêmula, na frente daquela meia dúzia de homens pelados. O manduruvá contraiu-se, lesma respingada de sal, a cortina afastou-se para um lado. Um brilho de ouro dançou sobre o canino esquerdo.

— Está com medo, moloide?

— Não, meu sargento. É que.

O rebenque estalou outra vez na bota. Couro contra couro. Seco. A sala inteira pareceu estremecer comigo. Na parede, o retrato do marechal Castelo Branco oscilou. Os risos cessaram. Mas junto com o zumbido do sangue quente na minha cabeça, as pás ferrugentas do ventilador e o voo gordo das moscas, eu localizava também um ofegar seboso, nojento. Os outros esperavam. Eu esperava. Seria assim um cristão na arena? pensei sem querer. O leão brincando com a vítima, patas vadias no ar, antes de desferir o golpe mortal.

— Quem fala aqui sou eu, correto?

— Correto, sargento. Meu sargento.

— Limite-se a dizer *sim, meu sargento* ou *não, meu sargento*. Correto?

— Sim, meu sargento.

Muito perto, cheiro de suor de gente e cavalo, bosta quente, alfafa, cigarro e brilhantina. Sem mover a cabeça, senti seus olhos de cobra percorrendo meu corpo inteiro vagarosamente. Leão entediado, general espartano, tão minucioso que podia descobrir a cicatriz de arame farpado escondida na minha coxa direita, os três pontos de uma pedrada entre os cabelos, e pequenas marcas, manchas, mesmo as que eu desconhecia, todas as verrugas e os sinais mais secretos da minha pele. Moveu o cigarro com os dentes. A brasa quente passou raspando junto à minha face. O mamilo do peito saliente roçou meu ombro. Voltei a estremecer.

— Mocinho delicado, hein? É daqueles bem-educados, é? Pois se te pego num cortado bravo, tu vai ver o que é bom pra tosse, perobão.

Os homens remexiam-se, inquietos. Romanos, queriam sangue. O rebenque, a bota, o estalo.

— Sen-tido!

Estiquei a coluna. O pescoço doía, retesado. As mãos pareciam feitas apenas de ossos crispados, sem carne, pele nem músculos. Pisou o cigarro com o salto da bota. Cuspiu de lado.

— Descan-sar!

Girou rápido sobre os calcanhares, voltando para a mesa. Cruzei as mãos nas costas, tentando inutilmente esconder a bunda nua. Além da copa dos cinamomos, o céu azul não tinha nenhuma nuvem. Mas lá embaixo, na banda do rio, o horizonte começava a ficar avermelhado. Com um tapa, alguém esmagou uma mosca.

— Silêncio, patetas!

Olhou para o meu peito. E baixou os olhos um pouco mais.

— Então tu é que é o tal de Hermes?

— Sim, meu sargento.

— Tem certeza?

— Sim, meu sargento.

— Mas de onde foi que tu tirou esse nome?

— Não sei, meu sargento.

Sorriu. Eu pressenti o ataque. E quase admirei sua capacidade de comandar as reações daquela manada bruta da qual, para ele, eu devia fazer parte. Presa suculenta, carne indefesa e fraca. Como um idiota, pensei em Deborah Kerr no meio dos leões em cinemascope, cor de luxe, túnica branca, rosas nas mãos, um quadro antigo na casa de minha avó, Cecília entre os leões, ou seria Jean Simmons? figura de catecismo, os-cristãos-eram-obrigados-a-negar-sua-fé-sob-pena-de-morte, o padre Lima fugiu com a filha do barbeiro, que deve ter virado mula sem cabeça, a filha, não o padre, nem o barbeiro.

O silêncio crescendo. Um cavalo esmolambado cruzou o espaço vazio da janela, palco, tela, minha cabeça galopava, Steve Reeves ou Victor Macture, sozinho na arena, peitos suados, o mártir, estrangulando o leão, os cantos da boca, não era assim, as-comissuras-dos-lábios-voltadas--para-baixo-num-esforço-hercúleo, o trigo venceu a ferocidade do monstro de guampas. A mosca pousou bem na ponta do meu nariz.

— Por acaso tu é filho das macegas?

Minha cara incendiava. Ele apagou o cigarro dentro do pequeno capacete militar invertido, sustentado por três espingardas cruzadas. E me olhou de frente, pela primeira vez, firme, sobrancelhas agudas sobre o nariz, fundo, um falcão atento à presa, forte. A mosca levantou voo da ponta do meu nariz.

Não me fira, pensei com força, tenho dezessete anos, quase dezoito, gosto de desenhar, meu quarto tem um Anjo da Guarda com a moldura quebrada, a janela dá para um jasmineiro, no verão eu fico tonto, meu sargento, me dá assim como um nojo doce, a noite inteira, todas as noites, todo o verão, vezenquando saio nu na janela com uma coisa que não entendo direito acontecendo pelas minhas veias, depois abro *As mil e uma noites* e tento ler, meu sargento, *sois um bom dervixe, habituado a uma vida tranquila, distante dos cuidados do mundo*, na manhã seguinte minha mãe diz sempre que tenho olheiras, e bate na porta quando vou ao banheiro e repete repete que aquele disco da Nara Leão é muito chato, que eu devia parar de desenhar tanto, porque já tenho dezessete anos, quase dezoito, e nenhuma vergonha na cara, meu sargento, nenhum amigo, só esta tontura seca de estar começando a viver, um monte de coisas que eu não entendo, todas as manhãs, meu sargento, para todo o sempre, amém.

Feito cometas, faíscas cruzaram na frente dos meus olhos. Tive medo de cair. Mas as folhas mais altas dos cinamomos começaram a se mover. O sol quase caindo no Guaíba. E não sei se pelo olhar dele, se pelo nariz livre da mosca, se pela minha história, pela brisa vinda do rio ou puro cansaço, parei de odiá-lo naquele exato momento. Como quem muda uma estação de rádio. Esta, sentia impreciso, sem interferências.

— Pois, seu Hermes, então tu é o tal que tem pé chato, taquicardia e pressão baixa? O médico me disse. Arrimo de família, também?

— Sim, meu sargento — menti apressado, aquele médico amigo de meu pai. Uma suspeita cruzou minha cabeça, e se ele descobrisse? Mas tive certeza: ele já sabia. O tempo todo. Desde o começo. Movimentei os ombros, mais leves. Olhei fundo no fundo frio do olho dele.

— Trabalha?

— Sim, meu sargento — menti outra vez.

— Onde?

— Num escritório, meu sargento.

— Estuda?

— Sim, meu sargento.

— O quê?

— Pré-vestibular, meu sargento.

— E vai fazer o quê? Engenharia, direito, medicina?

— Não, meu sargento.

— Odontologia? Agronomia? Veterinária?

— Filosofia, meu sargento.

Uma corrente elétrica percorreu os outros. Esperei que atacasse novamente. Ou risse. Tornou a me examinar lento. Respeito, aquilo, ou pena? O olhar se deteve, abaixo do meu umbigo. Acendeu outro cigarro, Continental sem filtro, eu podia ver, com o isqueiro em forma de bala. Espiou pela janela. Devia ter visto o céu avermelhado sobre o rio, o laranja do céu, o quase roxo das nuvens amontoadas no horizonte das ilhas. Voltou os olhos para mim. Pupilas tão contraídas que o verde parecia vidro liso, fácil de quebrar.

— Pois, seu filósofo, o senhor está dispensado de servir à pátria. Seu certificado fica pronto daqui a três meses. Pode se vestir. — Olhou em volta, o alemão, o crioulo, os outros machos. — E vocês, seus analfabetos, deviam era criar vergonha nessa cara porca e se mirar no exemplo aí do moço. Como se não bastasse ser arrimo de família, um dia ainda vai sair filosofando por aí, enquanto vocês vão continuar pastando que nem gado até a morte.

Caminhei para a porta, tão vitorioso que meu passo era uma folha vadia, dançando na brisa da tardezinha. Abriram caminho para que eu passasse. Lerdos, vencidos. Antes de entrar na outra sala, ouvi o rebenque estalando contra a bota negra.

— Sen-tido! Estão pensando que isso aqui é o cu da mãe joana?

II

Parado no portão de ferro, olhei direto para o sol. Meu truque antigo: o em-volta tão claro que virava seu oposto e se tornava escuro, enchendo-se de sombras e reflexos que se uniam aos poucos, organizando-se em forma de objetos ou apenas dançando soltos no espaço à minha frente, sem formar coisa alguma. Eram esses os que me interessavam, os que dançavam vadios no ar, sem fazer parte das nuvens, das árvores nem das casas. Eu não sabia para onde iriam, depois que meus olhos novamente acostumados à luz colocavam cada coisa em seu lugar, assim: casa — paredes, janelas e portas; árvores — tronco, galhos e folhas; nuvens — fiapos estirados ou embolados, vezenquando brancos, vezenquando coloridos. Cada coisa era cada coisa e inteira, na união de todas as suas infinitas partes. Mas e as sombras e os reflexos, esses que não se integravam em forma alguma, onde ficavam guardados? Para onde ia a parte das coisas que não cabia na própria coisa? Para o fundo do meu olho, esperando o ofuscamento para vir à tona outra vez? ou entre as próprias coisas-coisas, no espaço vazio entre o fim de uma parte e o começo de outra pequena parte da coisa inteira? Como um por trás do real, feito espírito de sombra ou luz, claro-escuro escondido no mais de-dentro de um tronco de árvore ou no espaço entre um tijolo e outro ou no meio de dois fiapos de nuvem, onde? As cigarras chiavam no pátio de cinamomos caiados.

Respirei fundo, erguendo um pouco os ombros para engolir mais ar. Meu corpo inteiro nunca tinha me parecido tão novo. Comecei a descer o morro, o quartel ficando para trás. Bola de fogo suspensa, o sol caía no rio. Sacudi um pé de manacá, a chuva adocicada despencou na minha cabeça. Na primeira curva, o Chevrolet antigo parou a meu lado. Como um grande morcego cinza.

— Vai pra cidade?

Como se estivesse surpreso, espiei para dentro. Ele estava debruçado na janela, o sol iluminando o meio sorriso, fazendo brilhar o remendo dourado do canino esquerdo.

— Quer carona?

— Vou tomar o bonde logo ali na Azenha.

— Te deixo lá — disse. E abriu a porta do carro.

Entrei. O cigarro moveu-se de um lado para outro na boca, enquanto a mão engatava a primeira. Um vento entrando pela janela fazia meu cabelo voar. Ele segurou o cigarro, Continental sem filtro, eu tinha visto, entre o polegar e o indicador amarelados, cuspiu pela janela, depois me olhou.

— Ficou com medo de mim?

Não parecia mais um leão, nem general espartano. A voz macia, era um homem comum sentado na direção de seu carro. Tirei do bolso a caixinha de chicletes, abri devagar sem oferecer. Mastiguei. A camada de açúcar partiu-se, um sopro gelado abriu minha garganta. Engoli o vento para que ficasse ainda mais gelada.

— Não sei. — E quase acrescentei *meu sargento*. Sorri por dentro. — Bom, no começo fiquei um pouco. Depois vi que o senhor estava do meu lado.

— Senhor, não: Garcia, a bagualada toda me chama de Garcia. Luiz Garcia de Souza. Sargento Garcia. — Simulou uma continência, tornou a cuspir, tirando antes o cigarro da boca. — Quer dizer então que tu achou que eu estava do teu lado. — Eu quis dizer qualquer coisa, mas ele não deixou. O carro chegava no fim do morro. — É que logo vi que tu era diferente do resto. — Olhou para mim. Sem frio nem medo, me encolhi no banco. — Tenho que lidar com gente grossa o dia inteiro. Nem te conto. Aí quando aparece um moço mais fino, assim que nem tu, a gente logo vê. — Passou os dedos no bigode. — Então quer dizer que tu vai ser filósofo, é? Mas me conta, qual é a tua filosofia de vida?

— De vida? — Eu mordi o chiclete mais forte, mas o açúcar tinha ido embora. — Não sei, outro dia andei lendo um cara aí. Leibniz, aquele das mônadas, conhece?

— Das o quê?

— As mônadas. É um cara aí, ele dizia que tudo no universo são. Assim que nem janelas fechadas, como caixas. Mônadas, entende? Separadas umas das outras. — Ele franziu a testa, interessado. Ou sem entender nada. Continuei: — Incomunicáveis, entende? Umas coisas assim meio sem ter nada a ver umas com as outras.

— Tudo?

— É, tudo, eu acho. As casas, as pessoas, cada uma delas. Os animais, as plantas, tudo. Cada um, uma mônada. Fechada.

Pisou no freio. Estendi as mãos para a frente.

— Mas tu acredita mesmo nisso?

— Eu acho que.

— Pois pra te falar a verdade, eu aqui não entendo desses troços. Passo o dia inteiro naquele quartel, com aquela bagualada mais grossa que dedo destroncado. E com eles a gente tem é que tratar assim mesmo, no braço, trazer ali no cabresto, de rédea curta, senão te montam pelo cangote e a vida vira um inferno. Não tenho tempo pra perder pensando nessas coisas aí de universo. Mas acho bacana. — A voz amaciou, depois tornou a endurecer. — Minha filosofia de vida é simples: pisa nos outros antes que te pisem. Não tem essas mônicas daí. Mas tu tem muita estrada pela frente, guri. Sabe que idade eu tenho? — Examinou meu rosto. Eu não disse nada. — Pois tenho trinta e três. Do teu tamanho andava por aí meio desnorteado, matando contrabandista na fronteira. O quartel é que me pôs nos eixos, senão tinha virado bandido. A vida me ensinou a ser um cara aberto, admito tudo. Só não aguento comunista. Mas graças a Deus a revolução já deu um jeito nesse putedo todo. Aprendi a me virar, seu filósofo. A me defender no braço e no grito. — Jogou fora o cigarro. A voz macia outra vez. — Mas contigo é diferente.

Mastiguei o chiclete com mais força. Agora não passava de uma borracha sem gosto.

— Diferente como?

Ele olhava direto para mim. Embora o vento entrasse pela janela aberta, uma coisa morna tinha se instalado dentro do carro, naquele ar enfumaçado entre ele e eu. Podia haver pontes entre as mônadas, pensei. E mordi a ponta da língua.

— Assim, um moço fino, educado. Bonito. — Fez uma curva mais rápida. O pneu guinchou. — Escuta, tu tem mesmo que ir embora já?

— Agora já, já, não. Mas se eu chegar em casa muito tarde minha mãe fica uma fúria.

Mais duas quadras e chegaríamos no ponto do bonde, em frente ao cinema Castelo. Bem depressa, eu tinha que dizer ou fazer alguma coisa, só não sabia o quê, meu coração galopava esquisito, as palmas das mãos molhadas. Olhei para ele. Continuava olhando para mim. As casas baixas da Azenha passavam amontoadas, meio caídas umas sobre as outras, uma parede rosa, uma janela azul, uma porta verde, um gato preto numa janela branca, uma mulher de lenço amarelo na cabeça, chamando alguém, a lomba do cemitério, uma menina pulando corda, os ciprestes ficando para trás. Estendeu a mão. Achei que ia fazer uma mudança, mas os dedos desviaram-se da alavanca para pousar sobre a minha coxa.

— Escuta, tu não tá a fim de dar uma chegada comigo num lugar aí?
— Que lugar? — Temi que a voz desafinasse. Mas saiu firme.
Aranha lenta, a mão subiu mais, deslizou pela parte interna da coxa. E apertou, quente.
— Um lugar aí. Coisa fina. A gente pode ficar mais à vontade, sabe como é. Ninguém incomoda. Quer?

Tínhamos ultrapassado o ponto do bonde. Bem no fundo, lá onde o riacho encontrava com o Guaíba, só a parte superior do sol estava fora d'água. Devia estar amanhecendo no Japão — antípodas, mônadas —, nessas horas eu sempre pensava assim. Me vinha a sensação de que o mundo era enorme, cheio de coisas desconhecidas. Boas nem más. Coisas soltas feito aqueles reflexos e sombras metidos no meio de outras coisas, como se nem existissem, esperando só a hora da gente ficar ofuscado para sair flutuando no meio do que se podia tocar. Assim: dentro do que se podia tocar, escondido, vivia também o que só era visível quando o olho ficava tão inundado de luz que enxergava esse invisível no meio do tocável. Eu não sabia.

— Me dá um cigarro — pedi. Ele acendeu. Tossi. Meu pai com o cinturão dobrado, agora tu vai me fumar todo esse maço, desgraçado, parece filho de bagaceira. A mão quente subiu mais, afastou a camisa, um dedo entrou no meu umbigo, apertou, juntou-se aos outros, aranha peluda, tornou a baixar, caminhando entre as minhas pernas.

— Claro que quer. Estou vendo que tu não quer outra coisa, guri.

Pegou na minha mão. Conduziu-a até o meio das pernas dele. Meus dedos se abriram um pouco. Duro, tenso, rijo. Quase estourando a calça verde. Moveu-se, quando toquei, e inchou mais. Cavidades-porosas-que-se-enchem-de-sangue-quando-excitadas. Meu primo gritou na minha cara: maricão, mariquinha, quiáquiáquiá. O vento descabelava o verde da Redenção, os coqueiros da João Pessoa. Mariquinha, maricão, quiáquiáquiá. E não, eu não sabia.

— Nunca fiz isso.

Ele parecia contente.

— Mas não me diga. Nunca? Nem quando era piá? Uma sacanagenzinha ali, na beira da sanga? Nem com mulher? Com china de zona? Não acredito. Nem nunca barranqueou égua? Tamanho homem.

— É verdade.

Diminuiu a marcha. Curvou-se sobre mim.

— Pois eu te ensino. Quer?

Traguei fundo. Uma tontura me subiu pela cabeça. De dentro das casas, das árvores e das nuvens, as sombras e os reflexos guardados espiavam, esperando que eu olhasse outra vez direto para o sol. Mas ele já tinha caído no rio. Durante a noite os pontos de luz dormiam quietos, escondidos, guardados no meio das coisas. Ninguém sabia. Nem eu.

— Quero — eu disse.

III

Vontade de parar, eu tinha, mas o andar era incontrolável, a cabeça em várias direções, subindo a ladeira atrás dele, tu sabe como é, tem sempre gente espiando a vida alheia, melhor eu ir na frente, fica no portão azul, vem vindo devagar, como se tu não me conhecesse, como se nunca tivesse me visto em toda a tua vida. Como se nunca o tivesse visto em toda a minha vida, seguia aquela mancha verde, mãos nos bolsos, cigarro aceso, de repente sumindo portão adentro com um rápido olhar para trás, gancho que me fisgava. Mergulhei na sombra atrás dele. Subi os degraus de cimento, empurrei a porta entreaberta, madeira velha, vidro rachado, penetrei na sala escura com cheiro de mofo e cigarro velho, flores murchas boiando em água viscosa.

— O de sempre, então? — ela perguntava, e quase imediatamente corrigi, dentro da minha própria cabeça, olhando melhor e mais atento, ele, dentro de um robe colorido desses meio estofadinhos, cheio de manchas vermelhas de tomate, batom, esmalte ou sangue. — O senhor, hein, sargento? — piscou íntimo, íntima, para o sargento e para mim.

— Esta é a sua vítima?
— Conhece a Isadora?

A mão molhada, cheia de anéis, as longas unhas vermelhas, meio descascadas, como a porta. Apertei. Ela riu.

— Isadora, queridinho. Nunca ouviu falar? Isadora Duncan, a bailarina. Uma mulher finíssima, maravilhosa, a minha ídola, eu adoro tanto que adotei o nome. Já pensou se eu usasse o Valdemir que minha mãezinha me deu? Coitadinha, tão bem-intencionada. Mas o nome, ai, o nome. Coisa mais cafona. Aí mudei. Se Deus quiser, um dia ainda vou morrer estrangulada pela minha própria echarpe. Tem coisa mais chique?

— Bacana — eu disse.

O sargento ria, esfregando as mãos.

— Não repare, Isadora. Ele está meio encabulado. Dizque é a primeira vez.

— Nossa. Taludinho assim. E nunca fez, é, meu bem? Nunquinha, jura pra tia? — A mão no meu ombro, pedra de anel arranhando leve meu pescoço. Revirou os olhos. — Conta a verdade pra tua Isadora, toda a verdade, nada mais que a verdade. Tu nunca fez, guri? — Tentei sorrir. O canto da minha boca tremeu. Ele falava sem parar, olhinhos meio estrábicos, sombreados de azul. — Mas olha, relaxa que vai dar tudo certinho. Sempre tem uma primeira vez na vida, é um momento histórico, queridinho. Merece até uma comemoração. Uma cachacinha, sargento? Tem aí daquela divina que o senhor gosta.

— O moço tá com pressa.

Isadora piscou maliciosa, os cílios duros de tinta respingando pequenos pontinhos pretos nas faces.

— Pressa, eu, hein? Sei. Não é todo dia que a gente tem carne fresquinha na mesa. De primeira, não é, sargento? — Ele riu. Ela rodou a chave nas mãos e, por um instante, pensei numa baliza na frente de um desfile de Sete de Setembro, jogando para o alto o bastão cheio de fitas coloridas. — Tá bem, tá bem. Vou levar os pombinhos para a suíte nupcial. Que tal o quarto 7? Número da sorte, não? Afinal, a primeira vez é uma só na vida. — Passou por mim, enfiando-se no corredor escuro. — Tenho certeza que o mocinho vai a-do-rar, ficar freguês de caderno. Ninguém esquece uma mulher como Isadora.

O sargento me empurrou. Entre a farda verde e o robe cheio de manchas, o cheiro de suor e perfume adocicado, imprensado no corredor estreito, eu. Isadora cantava *que queres tu de mim que fazes junto a mim se tudo está perdido amor*? Um ruído seco, ferro contra ferro. A cama com lençóis encardidos, um rolo de papel higiênico cor-de-rosa sobre o caixote que servia de mesinha de cabeceira. Isadora enfiou a cabeça despenteada pelo vão da porta.

— Divirtam-se, crianças. Só não gritem muito, senão os vizinhos ficam umas feras.

A cabeça desapareceu. A porta fechou. Sentei na cama, as mãos nos bolsos. Ele foi chegando muito perto. O volume esticando a calça, bem perto do meu rosto. O cheiro: cigarro, suor, bosta de cavalo. Ele enfiou a mão pela gola da minha camisa, deslizou os dedos, beliscou o mamilo. Estremeci. Gozo, nojo ou medo, não saberia. Os olhos dele se contraíram.

— Tira a roupa.

Joguei as peças, uma por uma, sobre o assoalho sujo. Deitei de costas. Fechei os olhos. Ardiam, como se tivesse acordado de manhã muito cedo. Então um corpo pesado caiu sobre o meu e uma boca molhada, uma boca funda feito poço, uma língua ágil lambeu meu pescoço, entrou no ouvido, enfiou-se pela minha boca, um choque seco de dentes, ferro contra ferro, enquanto dedos hábeis desciam por minhas virilhas inventando um caminho novo. *Então que culpa tenho eu se até o pranto que chorei se foi por ti não sei* — a voz de Isadora vinha de longe, como se saísse de dentro de um aquário, Isadora afogada, a maquiagem derretida cobrindo a água, a voz aguda misturada aos gemidos, metendo-se entre aquele bafo morno, cigarro, suor, bosta de cavalo, que agora comandava meus movimentos, virando-me de bruços sobre a cama.

O cheiro azedo dos lençóis, senti, quantos corpos teriam passado por ali, e de quem, pensei. Tranquei a respiração. Os olhos abertos, a trama grossa do tecido. Com os joelhos, lento, firme, ele abria caminho entre as minhas coxas, procurando passagem. Punhal em brasa, farpa, lança afiada. Quis gritar, mas as duas mãos se fecharam sobre a minha boca.

Ele empurrou, gemendo. Sem querer, imaginei uma lanterna rasgando a escuridão de uma caverna escondida, há muitos anos, uma caverna secreta. Mordeu minha nuca. Com um movimento brusco do corpo, procurei jogá-lo para fora de mim.

— Seu puto — ele gemeu. — Veadinho sujo. Bichinha-louca.

Agarrei o travesseiro com as duas mãos, e num arranco consegui deitar novamente de costas. Minha cara roçou contra a barba dele. Tornei a ouvir a voz de Isadora *que mais me podes dar que mais me tens a dar a marca de uma nova dor.* Molhada, nervosa, a língua voltou a entrar no meu ouvido. As mãos agarraram minha cintura. Comprimiu o corpo inteiro contra o meu. Eu podia sentir os pelos molhados do peito dele melando a minha pele. Quis empurrá-lo outra vez, mas entre o pensamento e o gesto ele juntou-se ainda mais a mim, e depois um gemido mais fundo, e depois um estremecimento no corpo inteiro, e depois um líquido grosso morno viscoso espalhou-se pela minha barriga. Ele soltou o corpo. Como um saco de areia úmida jogado sobre mim.

A madeira amarela do teto, eu vi. O fio comprido, o bico de luz na ponta. Suspenso, apagado. Aquele cheiro adocicado boiando na penumbra cinza do quarto.

Quando ele estendeu a mão para o rolo de papel higiênico, consegui deslizar o corpo pela beirada da cama, e de repente estava no meio do quarto enfiando a roupa, abrindo a porta, olhando para trás ainda a tempo de vê-lo passar um pedaço de papel sobre a própria barriga, uma farda verde em cima da cadeira, ao lado das botas negras brilhantes, e antes que erguesse os olhos afundei no túnel escuro do corredor, a sala deserta com suas flores podres, a voz de Isadora ainda mais remota, *se até o pranto que chorei se foi por ti não sei,* barulho de copos na cozinha, o vidro rachado, a madeira descascada da porta, os quatro degraus de cimento, o portão azul, alguém gritando alguma coisa, mas longe, tão longe como se eu estivesse na janela de um trem em movimento, tentando apanhar um farrapo de voz na plataforma da estação cada vez mais recuada, sem conseguir juntar os sons em palavras, como uma língua estrangeira, como uma língua molhada nervosa entrando rápida pelo mais secreto de mim para acordar alguma coisa que não devia acordar nunca, que não devia abrir os olhos nem sentir cheiros nem gostos nem tatos, uma coisa que deveria permanecer para sempre surda cega muda naquele mais de dentro de mim, como os reflexos escondidos, que nenhum ofuscamento se fizesse outra vez, porque devia ficar enjaulada amordaçada ali no fundo pantanoso de mim, feito bicho numa jaula fedida, entre grades e ferrugens quieta domada fera esquecida da própria ferocidade, para sempre e sempre assim.

Embora eu soubesse que, uma vez desperta, não voltaria a dormir.

Dobrei a esquina, passei na frente do colégio, sentei na praça onde as luzes recém começavam a acender. A bunda nua da estátua de pedra. Zeus, Zeus ou Júpiter, repeti. Enumerei: Palas Atena ou Minerva, Posêidon ou Netuno, Hades ou Plutão, Afrodite ou Vênus, Hermes ou Mercúrio. Hermes, repeti, o mensageiro dos deuses, ladrão e andrógino. Nada doía. Eu não sentia nada. Tocando o pulso com os dedos podia perceber as batidas do coração. O ar entrava e saía, lavando os pulmões. Por cima das árvores do parque ainda era possível ver algumas nuvens avermelhadas, o rosa virando roxo, depois cinza, até o azul mais escuro e o negro da noite. Vai chover amanhã, pensei, vai cair tanta e tanta chuva que será como se a cidade toda tomasse banho. As sarjetas, os bueiros, os esgotos levariam para o rio todo o pó, toda a lama, toda a merda de todas as ruas.

Queria dançar sobre os canteiros, cheio de uma alegria tão maldita que os passantes jamais compreenderiam. Mas não sentia nada. Era assim, então. E ninguém me conhecia.

Subi correndo no primeiro bonde, sem esperar que parasse, sem saber para onde ia. Meu caminho, pensei confuso, meu caminho não cabe nos trilhos de um bonde. Pedi passagem, sentei, estiquei as pernas. Porque ninguém esquece uma mulher como Isadora, repeti sem entender, debruçado na janela aberta, olhando as casas e os verdes do Bonfim. Eu não o conhecia. Eu nunca o tinha visto em toda a minha vida. Uma vez desperta não voltará a dormir.

O bonde guinchou na curva. Amanhã, decidi, amanhã sem falta começo a fumar.

Fotografias

Para Maria Adelaide Amaral

> Desejo uma fotografia
> como esta — o senhor vê? — como esta: [...]
> Não... neste espaço que ainda resta
> ponha uma cadeira vazia.
>
> CECÍLIA MEIRELES, "ENCOMENDA"

18 × 24: GLADYS

Sou uma loura trintona e gostosa, dezoito por vinte e quatro, como se dizia antigamente, mas só repito essas expressões comigo mesma, aprendi que a gente entrega o tempo em lembranças assim, por isso sempre contenho o susto que me afoga o peito quando por acaso escuto Anísio Silva, Gregório Barrios, Lucho Gatica, porque além de trintona e gostosa sou também moderna e extrovertida. Daquelas louras que permanecem até o fim e o depois de qualquer coquetel, e há tantos coquetéis e tantos principalmente *depois* de coquetéis na minha vida, sempre repito ao espelho passando as bem tratadas mãos de longuíssimas unhas ciclamens pelas fartas curvas perigosas da opulenta carne que Deus me deu, e só ele sabe a quantas duras e caras penas mantenho firme e fresca. Sou uma loura coquete que adora coquetéis, onde costumo degustar dulcíssimos martínis com cerejas, jamais com azeitonas, detesto o amargo, minha boca de insuspeitadas próteses foi feita apenas para saborear doçuras e todo dia, com as impecáveis unhas ciclamens, bato veloz nas teclas de minha IBM de secretária eficientíssima, a coluna muito ereta, realçando o arrogante relevo do busto que, em idos tempos, já mereceu a disputada faixa de Miss Suéter, acentuado ainda mais pelas malhas justas nem sempre decotadas, pois aos poucos a vida foi me ensinando que a luxúria reside menos na exibição integral do que naquela breve nesga de carne mal e mal entrevista entre a luva e a manga, e tenho meus sutis pudores: cruzo as pernas ardilosa, para que esse instante fugaz em que minha intimidade quase se revela por inteiro seja feito mais de ardentes expectativas do que de cruéis certezas. Não fui jamais uma loura óbvia demais, embora tenha estado sempre e por assim dizer à tona de mim mesma, em meu longo conhecimento dos homens descobri astuciosa que, no primeiro roçar de pupilas, é preciso prometer absolutamente tudo mas, no prosseguimento desses furtivos rituais, sei esmerar-me em caprichos lânguidos e débeis negativas, de forma que, quanto mais me esquivo, mais prometo, e mais abundante, se é que me entendem — cada *não* saído de meus cristalinos dentes equivale a dois, dez, duzentos *sins, but not now*; te daria já uma turmalina, mas te darei mais tarde uma urna de diamantes. Sou uma loura facílima, e por isso mesmo extremamente difícil, minhas obviedades possuem mapas complexos, os inúmeros *x* apontando o local exato do tesouro são quase todos falsos, eivados de selvas emaranhadas, lagos barrentos infestados de piranhas, crocodilos famintos, pigmeus vorazes, caçadores de cabeça, tigres enfurecidos, ninhos de serpentes, pestes tropicais, febres malignas, curares e tisanas. Mas para o bom caçador, e aprendi também a importância de deixar o caçador supor-se caçador quando na verdade é o caçado, eu, pantera astuciosa de garras afiadas, andar felino, ferocidades invisíveis, mas como ia dizendo — sou também uma loura labiríntica em suas próprias tramas, tão densas que frequentemente surpreendo-me atingindo o ponto oposto ao de minha rota anterior, um bom caçador-caçado sempre sabe como chegar direto ao próprio *x* que nem sempre é remoto, mas só os mais astutos percebem que o *x*, em vez de perdido entre incontáveis perigos, pode estar à beira do mais manso dos regatos, à sombra da mais florida cerejeira, no mais fresco desvão do mais fértil dos vales. Para estes, cedo, para estes, quase sem hesitar, escancaro minhas coxas de cetim e sou guia experiente em todos os passos que conduzem aos segredos de minha licorosa caverna, para estes acendo as luzes dos meus adentros, faço com que as sombras deixem de ser ameaçadoras para tornarem-se macias penumbras, veludosas alfombras distendidas com cuidados extremos para secar o suor e matar a sede dos bravos viajantes, extenuados pelo esforço de manterem eretas suas rijas armas de fogo nos roteiros por minhas intrincadas entranhas. É verdade que por vezes me perturbo tentando localizar entre esses o Grande Descobridor, qual América em sua nativa solidão virginal, impaciente pelo Colombo que a revele de vez para o mundo, explorando-a até o derradeiro veio de ouro para torná-la escrava cativa, serva humilhada dos mais brutais colonialismos, e para esse me preparo, para esse me burilo e me lapido esmerada — e sei que virá. Há duas semanas uma cigana localizou dois sinais, dois amores entre a minha linha do coração e o solitário sintético do anular esquerdo, um já vivido, afirmou, e logo lembrei daquele inábil escoteiro que em tempos imemoriais, inconfessáveis sob pena de revelar um coração já marcado pelas intempéries da existência, deixei que ensaiasse em minha exuberante geografia seus hesitantes primeiros passos, e após trinta e seis meses de proveitosa aprendizagem permiti que partisse, disseminando por outras paragens toda a sabedoria que, com trágica paciência e dilacerada alegria, concedi que extirpasse de mim, pois sempre soube ser eu, loura febril, nada mais que a primeira, jamais a derradeira, jamais a única entronizada em santa e mãe de filhos, a escolhida de seu esplêndido e insaciável ventre juvenil. Chafurdando em abissal melancolia na crise que se sucedeu, mergulhada em fugas barbitúricas, oceanos de gim, telefonemas noturnos em desespero, perambulações sedentas por todas as vielas pecaminosas do prazer, jurei solene aos pés de Oxum jamais voltar a ser como que progenitora de meus protegidos, preparando-os para a existência e, após, quedando em frenético abandono. Mas o segundo, a unha da cigana riscou forte a linha junto à base de meu dedo mínimo, o segundo chegará nos próximos meses e será sim ele, adivinhei, o Grande Descobridor, o tão sabido que nada terei a ensinar-lhe, e tão sabida eu mesma em todas as lições que já prestei que nada terei a aprender de si. Seremos, ele e eu, infatigável troca de prazeres, tilintar de cintilantes cristais em brindes com champanhe fervilhante de luxúria, línguas divididas na volúpia, corpos ensandecidos na selvageria dos gestos mais furiosos e mais amenos, entre suores, gemidos e secreções de líquidos pujantes feito cachoeiras tropicais, sete quedas, sete orgasmos terei eu de cada vez que me engolfe náufraga em sua ejaculação amazônica. Por ele espero, monja voraz, e desde que a cigana me desvairou assim investigo os volumes, os cheiros, os pelos de todos os homens que ousam aproximar-se do covil desta pantera, receando então que uma excessiva ansiedade no fundo das castanhas luas gêmeas de meus olhos possam evidenciar uma sede demasiada para suas viris misoginias. Pelos inúmeros coquetéis por onde tenho desfilado meus ardis, observo em desprazer e apreensão meus desbragamentos cada vez mais frequentes nos dulcíssimos martínis, e triturando a polpa das incontáveis cerejas temo explodir os limites de meus dezoito por vinte e quatro para transformar-me súbita em outdoor coloridíssimo, tão escandaloso e desesperadamente imenso que jamais caberia em quarto ou membro algum de qualquer homem. E quando despida e solitária em minha rendada furna investigo fatigada as novas marcas que o dia passado lavrou inclemente em meu rosto, tenho tido frêmitos próximos da dor, e quando me lanço sobre os lençóis acetinados do leito inutilmente perfumado, sinto que minhas ardências ameaçam arrebentar o negro négligé, e quando por malícia ou enfado cedo a algum caçador menor, suas estocadas já não despertam meu distraído prazer, perdido x inlocalizável até para mim mesma que o dispus no mapa, meu corpo enregelado agora abriga outros delírios, enquanto sob meus louros cabelos de raízes implacável e semanalmente descoloridas desfilam inconfessáveis fantasias com esse Grande Descobridor, cuja proximidade adivinho num eriçamento tal que nunca sei se será pressentimento ou puro engano. Por vezes raras, num misto de temor e júbilo, julgo escutar o ruído dos ramos secos sob a janela esmagados por suas negras botas reluzentes, enquanto se aproxima entre folhagens, e pelas madrugadas ardidas me engano supondo divisar nas sombras a massa escura e áspera da barba que lanhará meus seios intumescidos de desejo. É quando odeio a cigana por ter me enlouquecido assim, e custo a dormir, enredada em ódio, os dedos arquitetando delícias imaginárias nos lábios mais recônditos, mas na manhã seguinte não deixo de considerar o noturno coquetel de cada dia e então escovando cem vezes meus louros cabelos, sempre penso que pode ser Hoje. Escolho com cuidado os tules, as pedras, os organdis, os brilhos e brincos, e é tão luminosa e devastadora que enfrento o dia nascente que, apesar das sombras da madrugada, a cada nova manhã os que me veem passar soberba e apocalíptica, pisando ereta no topo dos saltos, devem pensar qualquer coisa assim: lá vai uma loura trintona e gostosa, ao certeiro encontro de seu Grande Descobridor.

3 × 4: LIÉGE

Sou morena e magrinha, mas não como qualquer polinésia, como queria Cecília, e também nada tenho de Oriente: sou mais britânica na minha morenez, sou mais Brontë, qualquer das três. Meu pequeno coração foi gestado numa áspera charneca, gasto os invernos tentando descobrir infrutífera um caminho qualquer sobre a neve capaz de transformar todos os caminhos num único descaminho gelado e sem porto, tivesse nascido cem anos atrás me fanaria em brancas rendas e hemoptises escarlates, menos por doença que por delicadeza, insuportáveis que são para meus olhos os escarpados penedos das tardes ou a luz clara do meio-dia, envolta em penumbras que amenizassem o duro contorno das coisas viventes, assim me fanaria, com a magra mão translúcida estendida para o aro metálico dos óculos pousados sobre a capa de couro de um romance antigo, cheio de paixões impossíveis. Frente ao espelho, é com recato que tranço meus longos cabelos, enquanto a ponta de meus frágeis dedos de unhas curtas, às vezes roídas, acaricia o roxo das olheiras, herança de solitárias insônias. Depois busco um lugar junto à janela, pouso o rosto sobre uma das mãos e com a outra vou traçando riscos tristes pelas vidraças sempre embaçadas, por vezes grafo nomes de lugares e gentes que nunca conhecerei, sóis fanados atrás de nuvens débeis, flores doentias, estrelas opacas, talos quebradiços, plátanos desfolhados, olhos profundos, rostos apoiados em mãos magras como as minhas, identifico enquanto meus dedos riscam e riscam e riscam sem parar o inefável. De mancebos e malícias pouco sei, meu precário aprendizado da carne limita-se àquela gosma gelada que um Estudante certo dia depositou entre minhas coxas virginais, contra um muro descascado e cheio de brutais palavrões gravados a prego, numa sépia tarde outoniça. Até a chegada das regras seguintes, temi que houvesse plantado sua áspera semente dentro de mim, e de cada vez que cerrava as pálpebras tornava a sentir seu bafo de fera no cio contra meu colo pálido, as pedras do muro ferindo minhas espáduas, a vergonhosa corrida com as meias soquete desabando sobre os sapatos de verniz, os inúmeros banhos e todos os perfumes, todas as colônias, sabonetes, essências que passei pelo corpo para arrancar de minha pele aquele cheiro descarado de animal. Prefiro os cheiros fanados, as rosas quase murchas, e nos transes mais dolorosos sempre fui eu a banhar os cadáveres familiares, cortando-lhes os cabelos e as unhas com infinito carinho, de certa forma meus mortos todos foram também meus filhos quando os polia esmerada para que são Pedro não lhes pusesse defeito ao baterem às portas celestes, que nada teriam contra mim no Reino dos Céus até minha partida que, rogo constantemente, há de ser breve. Mas até hoje persiste o cheiro, embora na chegada do fluxo tenha me embriagado feito demente naquele sangue que assegurava a permanência de minha pureza, deixei-me sangrar durante várias horas, empapando lençóis e roupas íntimas, até estar segura de que nem a mais ínfima gota do líquido vital daquele selvagem havia maculado minhas entranhas: eu as reivindico brancas como o linho das fronhas, como o cretone dos lençóis, como a renda destas cortinas que o vento sopra contra as violetas nessas tardes em que o sol demora a partir e o céu inteiro tinge-se de lilás. Não, não ofereço perigo algum: sou quieta como folha de outono esquecida entre as páginas de um livro, definida e clara como o jarro com a bacia de ágata no canto do quarto — se tomada com cuidado, verto água límpida sobre as mãos para que se possa refrescar o rosto, mas se tocada por dedos bruscos num segundo me estilhaço em cacos, me esfarelo em poeira dourada. Tenho pensado se não guardarei indisfarçáveis remendos das muitas quedas, dos muitos toques, embora sempre os tenha evitado aprendi que minhas delicadezas nem sempre são suficientes para despertar a suavidade alheia, e mesmo assim insisto — meus gestos e palavras são magrinhos como eu, e tão morenos que, esboçados à sombra, mal se destacam do escuro, quase imperceptível me movo, meus passos são inaudíveis feito pisasse sempre sobre tapetes, impressentida, mãos tão leves que uma carícia minha, se porventura a fizesse, seria mais branda que a brisa da tardezinha. Para beber, além do chá com *une larme de lait*, raramente admito um cálice de vinho, mas que seja branco para não me entontecer, e que seja seco para não esbrasear em excesso minha garganta em ardores que, temo, poderiam descontrolar-se além do limite imposto pela pudicícia, e para vestir, além do branco absoluto, admito apenas o cinza e o bege, raramente o preto, demasiado dramático para quem busca integrar-se ao fundo, não destacar-se, poucas vezes ouso o bordô, contudo me agrade o sangue coagulado de seus tons, lembrando dores para sempre pacificadas na sua estagnação, e nunca me atrevi aos azuis, iluminados demais para minha severidade. Nas folhas que datilografo como secretária, os chefes jamais detectaram uma rasura sequer, uma violação de margem, um toque mais nítido ou esmaecido, sou sempre precisa, caracteres negros sobre o branco impecável, e isso é tudo. Recebo modesta os elogios, vou duas vezes ao banheiro cada dia, ao chegar e ao partir, quando não tenho serviço cruzo os braços sobre o busto escasso e simplesmente permaneço, existo mais profundamente assim, quando silente, ou abro discreta certo livro de poemas líricos para saborear algum verso enquanto contemplo as alamedas estendidas atrás das janelas. Mas desde que, há duas semanas, uma cigana desvendou as fracas linhas da palma de minha mão, pouco sossego encontro até em meu próprio sossego: dois amores, ela apontou, um já passado, e com amargura localizei na memória aquele sôfrego Estudante, e outro em breve por chegar. Desde então, me desconheço. Abreviaram-se-me as idas ao banheiro para molhar os pulsos e os lóbulos das orelhas, animando a circulação que se me estanca nas veias, por vezes olvido a torneira aberta e surpreendo-me a odiar minhas próprias tranças, as manchas roxas sob os olhos e tudo que me torna assim, fugaz. Mal posso conter um susto investigando o porte de cada homem que se aproxima, em cada esquina que dobro, em cada ônibus que tomo para ir e vir, sinto que busco o prometido e me detesto por essa inquietação febril, pelo amor que desconheço e mal consigo supor, tão parca é minha vida de memórias ou medidas. Esforço-me por dar-lhe pinceladas tênues, não me atrevo aos óleos nem aos acrílicos, é nos guaches e sobretudo nas aquarelas que procuro o verde esmaecido de sua tez, mas por vezes alguma coisa se alvoroça e me surpreendo alucinada, incontrolável, a chafurdar em tintas fortes, berrantes cores primárias, formas toscas, símbolos sensuais, e é então que mergulho em banhos gelados no meio da noite para apaziguar a carne incompreensível, fremente qual Teresa d'Ávila, afogada entre lençóis, as palavras da cigana me embalando feito uma berceuse, imagino se não será o próprio Senhor este que se aproxima, e não conheço. Em cada junho, sei que não suportarei o próximo agosto, me debato elaborando aquela futura tarde gris para encontrá-lo — não aqui, entre torpezas, mas numa outra dimensão de luz maior, além de meu próprio corpo, irmão-burro aprisionado pelos instintos, num espaço discreto e contido como eu mesma venho sendo através destas quase três décadas que, álgida, sobrepujei. Sobrevivo a cada manhã quando, cruzando as portas e corredores que me conduzem às ruas intermináveis, imagino sempre que sou invisível para cada um dos que passam. Ninguém suspeita de meu segredo, caminho severa pelas calçadas, olhos baixos para que minha sede não transpareça: ah sou tão morena e magrinha que ninguém me adivinha assim como tenho andado — castamente cinzelada no topo deste morro onde os ventos não cessam jamais de uivar, tendo entre as mãos, como quem segura lírios maduros dos campos, uma espera tão reluzente que já é certeza.

Pera, uva ou maçã?

Para Celso Curi

RÓI AS UNHAS no momento em que abro a porta, a bolsa comprimida contra os seios. Como sempre, penso, ao deixá-la passar, cabeça baixa, para sentar-se no mesmo lugar, segundas e quintas, dezessete horas: como sempre. Fecho a porta, caminho até a poltrona à sua frente, sento, cruzo as pernas, tendo antes o cuidado de suspender as calças para que não se formem aquelas desagradáveis bolsas nos joelhos. Espero algum tempo. Ela não diz nada. Parece olhar fixamente as minhas meias. Tiro devagar os cigarros do bolso esquerdo do paletó, apanho um com a ponta dos dedos, sem tirar o maço do bolso, e fico batendo o filtro no braço da poltrona enquanto procuro o isqueiro no bolso pequeno da calça. Antes de acendê-lo, penso mais uma vez que não deveria usar esses isqueiros plásticos descartáveis. Alguém me disse que não-são-degradáveis-e-que-eu--deveria-ter-uma-atitude-um-pouco-mais-ecológica. Não consigo lembrar quem, quando, nem onde ou por quê. Rodo o isqueiro maligno entre os dedos, depois acendo o cigarro. Então ela diz:

— Desculpe, mas acho que você está com as meias trocadas.

Geralmente um cigarro dura entre cinco e dez minutos. Como eu, para tranquilizá-la, tento gastar o máximo de tempo possível fazendo coisas como fechar a porta, puxar as calças, pensar em isqueiros e ecologias, quase sempre ela fala somente quando termino o primeiro cigarro. Quase sempre depois que pergunto, com extremo cuidado, no que está pensando. Só então ela suspira, ergue os olhos, me olha de frente. Desta vez, porém, não suspira ao falar nas meias. Penso em dizer que acordei um pouco tarde demais, razoavelmente atrasado, e que. Mas prefiro perguntar lento:

— E isso te incomoda?

Ela contrai os ombros, de maneira que sobem até quase a altura das orelhas. Depois solta-os devagar, curvando-os para trás, convexos, como se fizesse uma massagem em si mesma:

— Não é que incomode, só que. Olha, para falar a verdade eu não me importo nem um pouco com as suas meias.

Solta a última frase rápido demais, como se estivesse querendo se ver logo livre dela, e fica à espera para ver o que digo. Mas eu não digo coisa alguma. Limito-me a dar outra tragada no cigarro, batendo a cinza no cinzeiro italiano trazido de Milão. Arrumo os óculos sobre o nariz, estes aros estilo *nouvelle vague* precisam ser ajustados, sempre escorregando. Alguma cinza cai sobre minhas calças. Molho o indicador e o polegar para apanhá-la sem que se esfarele, jogo-a no cinzeiro. Ela espera. Olho fixamente para ela. Ela olha fixamente para mim, depois baixa os olhos enquanto seus ombros também tornam a subir e novamente a baixar. Quando chegam ao lugar normal, ela torna a erguer os olhos. Eu continuo esperando. Resolvo ajudá-la, pausado:

— Quer dizer então que você não se importa nem um pouco com as minhas meias?

Ela abre a boca sem falar.

— Não foi o que você disse?

Ela suspira. Estica as pernas, cruza os braços impaciente:

— Foi, foi. Mas o que eu quero mesmo dizer é que hoje não estou disposta a gastar. Gastar não, passar. Não se sinta agredido, não é isso. O que acontece é que. Eu não estou disposta a passar. Eu, eu aposto nas ameixas.

Sem entender, espero. Ela também tira um cigarro da bolsa. Remexe algum tempo, procurando fogo. Chego a estender meu isqueiro não degradável, mas ela já encontrou uma caixa de fósforos. Acende, sacode a chama no ar decidida:

— Escuta, hoje eu não estou disposta a *passar* aqui uma dessas suas horas de quarenta e cinco minutos discutindo as razões sub ou inconscientes de por que eu disse que você está com as meias trocadas, certo?

Eu bato o cigarro no cinzeiro.

— É que aconteceu uma coisa.

Eu descruzo as pernas.

— Uma coisa *muito* importante.

Eu olho o relógio suíço, passaram-se quinze minutos. Volto a encará-la, esperando que continue a falar. Não continua, mas olha fixo para mim, as faces coradas, olhar brilhante como se tivesse um pouco de febre. Espero um pouco mais. Agora que estou com as pernas descruzadas, basta estendê-las para ver a cor das meias. Chego a ficar tão curioso que faço um pequeno movimento para a frente. Talvez a bordô com friso branco, e a xadrez de preto e vermelho? A cinza do cigarro torna a cair sobre as calças, mas desta vez não é necessário molhar o indicador e o polegar para levá-la ao cinzeiro. Basta uma leve sacudidela para que caia sobre o tapete. Quando torno a olhar para ela seus olhos brilham tanto que, mais uma vez, tento ajudá-la. Calmo:

— Mas que coisa tão importante assim foi essa que te aconteceu?

Ela baixa a cabeça, murmura alguma coisa para si mesma em voz tão baixa que não consigo ouvir uma palavra.

— Como foi que você disse?

Ela apaga o cigarro, tensa:

— Quando vinha vindo para cá tropecei num caixão de defunto.

Se eu trouxesse muito lentamente uma das pernas até o lado direito da poltrona, dobrando um pouco o joelho, conseguiria ver a cor pelo menos de uma das meias. Mas ela continua:

— Quando dobrei a rua, daquele sobrado amarelo da esquina ia saindo um enterro. — Tira outro cigarro da bolsa. — Não, não foi assim. Antes, eu tinha comprado um quilo de ameixas. — Por um momento fica com dois cigarros nas mãos, um aceso, outro apagado. Depois acende um no outro. — Também não foi assim. Antes, ontem, eu dormi até quase as três horas da tarde de hoje. Então minha mãe me chamou para vir aqui.

Para de falar, faz uma careta. Fico sem entender, até que ela apague o cigarro.

— Acendi o filtro, que merda.

Ela nunca disse um palavrão antes, penso.

— Escute.

Talvez a verde-musgo com losangos cinzentos? E no outro pé a cinza com debruns vermelhos?

— Eu vinha vindo para cá. Eu vinha vindo meio tonta, como sempre fico, assim meio tonta, meio aérea quando durmo tanto. E nem durmo, é mais uma coisa que parece assim. Que nem, sei lá. Foi numa dessas barraquinhas de frutas que eu vi. Eu vinha de cabeça baixa, umas ameixas tão vermelhas. Eu vinha pensando numa porção de coisas quando.

— Que coisas?

— Que coisas o quê?

— As que você vinha pensando.

— Ah.

Ela acende outro cigarro. Do lado certo. E fala soltando a fumaça:

— Sei lá, que eu ando. Muito triste. Uma merda, tudo isso. Mas não importa, não me interrompa agora. Deixa eu falar, por favor, deixa eu falar. Tem uma coisa dentro de mim que continua dormindo quando eu acordo, lá longe de mim. — Traga fundo. E solta a fumaça quase sem respirar. — Foi então que vi aquelas ameixas e achei tão bonitas e tão vermelhas que pedi um quilo e era minha última grana certo porque meus pais não me dão nada e daí eu pensei assim se comprar essas ameixas agora vou ter que voltar a pé para casa mas que importa volto a pé mesmo pode ser até que acorde um pouco e aquela coisa lá longe volte pra perto de mim e então eu vinha caminhando devagarinho as ameixas eu não conseguia parar de comer sabe já tinha comido acho que umas seis estava toda melada quando dobrei a esquina aqui da rua e ia saindo um caixão de defunto do sobrado amarelo na esquina certo acho que era um caixão cheio quer dizer com defunto dentro porque ia saindo e não entrando certo e foi bem na hora que eu dobrei não deu tempo de parar nem de desviar daí então eu tropecei no caixão e as ameixas todas caíram assim paf! na calçada e foi aí que eu reparei naquelas pessoas todas de preto e óculos escuros e lenços no nariz e uma porrada de coroas de flores devia ser um defunto muito rico certo e aquele carro fúnebre ali parado e só aí eu entendi que era um velório. Quer dizer, um enterro. O velório é antes, certo?

— É — confirmo. — O velório é antes.

— Ficou todo mundo parado, me olhando. Eu me abaixei e comecei a catar as ameixas na sarjeta. Eu não estava me importando que fosse um enterro e que tudo tivesse parado só por minha causa, certo? Apanhei uma por uma. Só depois que tinha guardado todas de volta no pacote é que as coisas começaram a se mexer de novo. Eu continuei vindo para cá, as pessoas continuaram carregando o caixão para o carro fúnebre. Mas primeiro ficou assim um minuto tudo parado, como uma fotografia, como quando você congela a cena no vídeo. Eu juntando as ameixas e aquelas pessoas todas ali paradas me olhando. Você está prestando atenção? Aquelas pessoas todas paradas me olhando e eu ali juntando as ameixas.

Ela para de falar, fica olhando para mim. Depois repete:

— Me olhando, as pessoas. Eu, juntando as ameixas.

Ela apaga o cigarro. Olho o relógio, faltam quinze minutos. Acendo outro cigarro. Através da fumaça percebo que ela toca com cuidado alguma coisa dentro da bolsa, sem abri-la, por sobre o couro. Imagino que vá tirar mais um cigarro, mas ela nem chega a abrir a bolsa. Apenas toca nesse objeto no interior, distraída, com as pontas dos dedos de unhas roídas. Tão distante que preciso trazê-la de volta, firme:

— No que é que você está pensando?

Ela ri. Ela nunca riu antes, penso.

— Numa brincadeira besta que a gente tinha quando eu era mais guria. Aquela coisa de reunião dançante, cuba-libre, você sabe. — Tira o objeto de dentro da bolsa, mas permanece com ele fechado dentro da mão. — Faz tanto tempo que eu não bebo, tanto tempo que eu não danço. Tanto tempo, meu Deus, que eu não brinco. Será que ainda existe reunião dançante? E cuba-libre, será que existe? E aquela brincadeira, será que alguém ainda brinca? — Olha para mim. Imagino que o objeto em suas mãos deva ser uma caixa de fósforos. — Era meio sacana, mas uma sacanagem boba, meio juvenil, era assim. Uma pessoa tapa os olhos da gente com um lenço, depois aponta para outra pessoa e pergunta se você quer pera, uva ou maçã. Pera é um aperto de mão. Uva, um abraço. Maçã é um beijo na boca. — Ri de novo. E me olha envíesada. — Só que a gente dá um jeitinho de falar com a pessoa que pergunta e daí, quando ela aponta alguém que a gente tá a fim, dá um puxão disfarçado no lenço. Então a gente pede: maçã. — Enquanto fala, percebo que esfrega suave-

mente aquele objeto contra a blusa, sobre os seios. Sorri mais ao dizer:
— Foi a primeira vez que eu beijei de língua.

Agora seus ombros estão um tanto baixos demais, quase curvos, côncavos. Os olhos brilham menos, começam a ficar meio enevoados. Acho que vai chorar, procuro com os olhos a caixa de lenços de papel. E que mais, penso em perguntar. Então ela endireita o corpo:

— Quanto tempo ainda falta?

Olho o relógio:

— Cinco minutos.

— *Faltam cinco minutos, já não existem mais palavras* — ela cantarola desafinada, com uma entonação que me parece irônica. — Tem uma música assim, não tem? Ou acabei de inventar, sei lá.

Continua a esfregar aquele objeto contra a blusa. O que será, penso sem interesse. Ela torna a olhar para as minhas meias. Talvez uma inteiramente branca, outra azul, listradinha de preto?

— Olha, antes de ir embora eu quero dizer a você que aposto nas ameixas. Foi isso que me veio na cabeça depois que saí caminhando. E quando entrei aqui no edifício, de costas para o enterro, o tempo todo, sem olhar para trás, no elevador, na sala de espera, quando entrei e sentei aqui, o tempo todo. — Os olhos brilham mais. Nunca ela me olhou tanto tempo de frente, antes. — Eu quero, certo? Eu preciso continuar apostando nas ameixas. Não sei se devo, também não sei se posso, se é. Permitido? Sei lá, acho que também não sei o que é *dever* ou *poder*, mas agora estou sabendo de um jeito muito claro o que é *precisar*, certo? E quando a gente precisa, não importa que seja proibido. Querer? — Interrompe-se como se eu tivesse feito uma pergunta. Mas eu não disse nada. — Querer a gente inventa.

Eu apago o cigarro. E bocejo sem querer.

— Ou não — ela diz levantando-se. Ela nunca levantou sem que eu dissesse *bem-por-hoje-é-só*, antes.

Eu levanto também, sem ter planejado. Isso nunca me aconteceu antes. Ela continua esfregando o objeto contra a blusa. Só quando interrompe o gesto, a mão estendida para mim, é que percebo. Trata-se de uma ameixa. Madura, cor de vinho tinto. De sangue, talvez. Ela caminha até a mesa, coloca-a sobre a agenda ao lado do telefone.

— Isto é para você.

— Obrigado — eu digo sem querer.

Ela arruma os cabelos com os dedos antes de sair.

— Feliz Ano-Novo — diz, batendo a porta. Os olhos cintilam.

Mas estamos recém em setembro, penso em dizer. Apenas penso, ela já fechou a porta atrás de si. Torno a abri-la, mas não há mais ninguém na sala de espera além da secretária lixando as unhas. Fecho a porta outra vez e há um momento em que fico parado, ouvindo o barulho do relógio em contraponto com o ar-condicionado. Depois caminho até minha mesa. Toco a ameixa. A cor de sangue, de vinho, parece refletir-se na superfície polida das minhas unhas. É tão lustrosa que brilha, a casca estufada quase arrebentando pela pressão interna da polpa madura, que imagino amarela, sumarenta, estalando contra os dentes. Deixo a ameixa de lado e pego a agenda embaixo dela. Resolvo telefonar para seus pais, aconselhando que a internem novamente. Mas antes preciso ver a cor das minhas meias. Quem sabe a lilás, com pespontos azul-marinho? Os óculos tornam a escorregar para a ponta do nariz. Talvez a amarelinha de listras brancas? Não há tempo. A secretária começa a bater na porta, chegou o próximo cliente.

Natureza viva

À memória de Orlando Bernardes

COMO VOCÊ SABE, dirás feito um cego tateando, e dizer assim, supondo um conhecimento prévio, faria quem sabe o coração do outro adoçar um pouco até prosseguires, mas sem planejar, embora planejes há tanto tempo, farás coisas como acender o abajur do canto depois de apagar a luz mais forte no alto, criando um clima assim mais íntimo, mais acolhedor, que não haja tensão alguma no ar, mesmo que previamente saibas do inevitável das palmas molhadas de tuas mãos, do excesso de cigarros e qualquer coisa como um leve tremor que, esperas, não transparecerá em tua voz. Mas dirás assim, por exemplo, como você sabe, a gente, as pessoas infelizmente têm, temos, essa coisa, as emoções, mas te deténs, infelizmente? o outro talvez perguntaria por que *infelizmente*? então dirás rápido, para não te desviares demasiado do que estabeleceste, qualquer coisa como seria tão bom se pudéssemos nos relacionar sem que nenhum dos dois esperasse absolutamente nada, mas *infelizmente*, insistirás, infelizmente nós, a gente, as pessoas, têm, temos — emoções. Meditarias: as pessoas falam coisas, e por trás do que falam há o que sentem, e por trás do que sentem há o que são e nem sempre se mostra. Há os níveis não formulados, camadas imperceptíveis, fantasias que nem sempre controlamos, expectativas que quase nunca se cumprem e sobretudo, como dizias, emoções. Que nem se mostram. Por tudo isso, infelizmente, repetirás, insistirás completamente desesperado, e teu único apoio será a mão estendida que, passo a passo, raciocinas com penosa lucidez, através de cada palavra estarás quem sabe afastando para sempre. Mas já não sou capaz de me calar, talvez dirás então, descontrolado e um pouco mais dramático, porque meu silêncio já não é uma omissão, mas uma mentira. O outro te olhará com olhos vazios, não entendendo que teu ritmo acompanharia o desenrolar de uma paisagem interna absolutamente não verbalizável, desenhada traço a traço em cada minuto dos vários dias e tantas noites de todos aqueles meses anteriores, recuando até a data maldita ou bendita, ainda não ousaste definir, em que pela primeira vez o círculo magnético da existência de um, por acaso banal ou pura magia, interceptou o círculo do outro.

No silêncio que se faria, pensas, precisarás fazer alguma coisa como colocar um disco ou ensaiar um gesto, mas talvez não faças nada, pois ele continuará te olhando com seus olhos vazios no fundo dos quais procuras, mergulhador submarino, o indício mínimo de algum tesouro escondido para que possas voltar à tona com um sorriso nos lábios e as mãos repletas de pedras preciosas. Mas nesse silêncio que certamente se fará talvez acendas mais um cigarro, e com a seca boca cerrada sem nenhum sorriso, evitarias o mergulho para não correres o risco de encontrar uma fera adormecida. Teu coração baterá com força, sem que ninguém escute, e por um momento talvez imagines que poderias soltar os membros e simplesmente tocá-lo, como se assim conseguisses produzir uma espécie qualquer de encantamento que de repente iluminaria esta sala com aquela luz que tentas em vão descobrir também nele, enquanto dentro de ti ela se faz quase tangível de tão clara. Nítida luz que ele não vê, esse outro sentado a teu lado na sala levemente escurecida, onde os sons externos mal penetram, como se estivessem os dois presos numa bolha de ar, de tempo, de espaço, e novamente encherás o cálice com um pouco mais de vinho para que o líquido descendo por tua garganta trêmula vá ao encontro dessa claridade que tentas, precário, transformar em palavras luminosas para oferecer a ele. Que nada diz, e nada dirás, e sem saber por quê imaginas um extenso corredor escuro onde tateias feito cego, as mãos estendidas para o vazio, pressentindo o nada que tu mesmo prepararias agora, suicida meticuloso, através de silêncios mal tecidos e palavras inábeis, pobre coisa sedente, te feres, exigindo o poço alheio para saciar tua sede indivisível.

Anjos e demônios esvoaçariam coloridos pela sala, mas o caçador de borboletas permanece parado, olhando para a frente, um cigarro aceso na mão direita, um cálice de vinho na mão esquerda. A presença do outro latejaria a teu lado quase sangrando, como se o tivesses apunhalado com tua emoção não dita. Tuas mãos apoiadas em bengalas mentirosas não conseguiriam desvencilhar o gesto para romper essa espessa e invisível camada que te separa dele. Por um momento desejarás então acender a luz, dar uma gargalhada ridícula, acabar de vez com tudo isso, fácil fingir que tudo estaria bem, que nunca houve emoções, que não desejas tocá-lo, que o aceitas assim latejando amigo belo remoto, completamente independente de tua vontade e de todos esses teus informulados sentimentos. No momento seguinte, tão imediato que nascerá, gêmeo tardio, quase ao mesmo tempo que o anterior, desejarás depositar o cálice, apagar o cigarro e estender duas mãos limpas em direção a esse rosto que sequer te olha, absorvido na contemplação de sua própria paisagem interna. Mas indiferente à distância dele, quase violento, de repente queres violar com tua boca ardida de álcool e fumo essa outra boca a teu lado. Desejarás desvendar palmo a palmo esse corpo que há tanto tempo supões, com essa linguagem mesmo de história erótica para moças, até que tua língua tenha rompido todas as barreiras do medo e do nojo, subliterário e impudico continuas, até que tua boca voraz tenha bebido todos os líquidos, tuas narinas sugado todos os cheiros e, alquímico, os tenhas transmutado num só, o teu e o dele, juntos — luz apagada, clichê cinematográfico, peças brancas de roupa cintilando jogadas ao chão.

 E desejá-lo assim, com todos os lugares-comuns do desejo, a esse outro tão íntimo que às vezes julgas desnecessário dizer alguma coisa, porque enganado supões que tu e ele vezenquando sejam um só, te encherá o corpo de uma força nova, como se uma poderosa energia brotasse de algum centro longínquo, há muito adormecido, todas as princesas de todos os contos de fada desfilam por tua cabeça, quem sabe dessa luz oculta, e é então que sentes claramente que ele não é tu e que tu não serás ele, esse ser, o outro, que mágico ou demoníaco, deliberado ou casual te inflama assim de tolos ardores juvenis, alucinando tua alma, que o delírio é tanto que até supões ter uma. Queres pedir a ele que simplesmente sendo, te mantenha nesse atormentado estado brilhante para que possas iluminá-lo também com teu toque, tua língua terna, a rija vara de condão de teu desejo. Mas ele nada sabe, nem saberá se permaneceres assim, temeroso de que uma palavra ou gesto desastrados seriam capazes de rasgar em pedaços essa trama onde te enleias cada vez mais sem remédio, emaranhado em ti e tuas ciladas, em tua viva emoção sintética a ponto de parecer real, emaranhado no desconhecido de dentro dele, o outro — que no lado oposto do sofá cruza as mãos sobre os joelhos, quase inocente, esperando atento e educado que de alguma forma termines o que começaste.

 Muito mais que com amor ou qualquer outra forma tortuosa da paixão, será surpreso que o olharás agora, porque ele nada sabe de seu poder sobre ti, e neste exato momento poderias escolher entre torná-lo ciente de que dependes dele para que te ilumines ou escureças assim, intensamente, ou quem sabe orgulhoso negar-lhe o conhecimento desse estranho poder, para que não te estraçalhe entre as unhas agora calmamente postas em sossego, cruzadas nas pontas dos dedos sobre os joelhos.

> Ah, fumarás demais, beberás em excesso, aborrecerás todos os amigos com tuas histórias desesperadas, noites e noites a fio permanecerás insone, a fantasia desenfreada e o sexo em brasa, dormirás dias adentro, noites afora, faltarás ao trabalho, escreverás cartas que não serão nunca enviadas, consultarás búzios, números, cartas e astros, pensarás em fugas e suicídios em cada minuto de cada novo dia, chorarás desamparado atravessando madrugadas em tua cama vazia, não conseguirás sorrir nem caminhar alheio pelas ruas sem descobrires em algum jeito alheio o jeito exato dele, em algum cheiro estranho o cheiro preciso dele.

Que não suspeitará da tua perdição, mergulhado como agora, a teu lado, na contemplação dessa paisagem interna onde não sabes sequer que lugar ocupas, e nem mesmo se estás nela. Na frente do espelho, nessas manhãs maldormidas, acompanharás com a ponta dos dedos o nascimento de novos fios brancos nas tuas têmporas, o percurso áspero e cada vez mais fundo dos negros vales lavrados sob teus olhos profundamente desencantados. Sabes de tudo sobre esse possível amargo futuro, sabes também que já não poderias voltar atrás, que estás inteiramente subjugado e as tuas palavras, sejam quais forem, não serão jamais sábias o suficiente para determinar que essa porta a ser aberta agora, logo após teres dito tudo, te conduza ao céu ou ao inferno. Mas sabes principalmente, com uma certa misericórdia doce por ti, por todos, que tudo passará um dia, quem sabe tão de repente quanto veio, ou lentamente, não importa. Por trás de todos os artifícios, só não saberás nunca que nesse exato momento tens a beleza insuportável da coisa inteiramente viva. Como um trapezista que só repara na ausência da rede após o salto lançado, acendes o abajur no canto da sala depois de apagar a luz mais forte no alto. E finalmente começas a falar.

Caixinha de música

À memória de Rachel Rosemberg

COMO SE ESTIVESSE com a cabeça inteira dentro d'água e alguém começasse a tocar realejo na beira do rio. Pequenas bolhas de som explodiam sem choque contra seus ouvidos, nota após nota, até formar-se também por dentro aquela melodia tão remota e lenta que parecia vir não mais da margem, mas do fundo. Onde haveria quem sabe pedras verdes de limo, peixes coloridos, conchas, estranhos vegetais entrelaçados. Movimentando cada membro ao som de cada nota, ela tentou mergulhar em direção à areia clara do fundo. Sabia a origem de cada gesto: brotava de um centro como que desperto pela nota musical e assim, musicado, o movimento irradiava-se através dos músculos, espalhando-se sem pressa na superfície da pele até atingir as pontas dos dedos que agora movia, abrindo e afastando leve a água para mergulhar. Mas em vez de afundar, peixe, de repente foi içada para cima, para fora, para uma penumbra cheia de contornos onde divisava vagamente qualquer coisa como as costas de um homem grande sentado.

À beira da cama, à tona, no escuro, ele girava lentamente a manivela da caixinha de música.

Ela não disse nada, observando-o sem pensamentos girar muitas vezes a manivela, às vezes acelerando, outras diminuindo, fazendo a melodia correr mais rápida, notas subitamente amontoadas, ou esgarçar-se feito nuvem soprada pelo vento. Fiapos coloridos varavam em todas as direções a penumbra cada vez mais nítida do quarto. Perdidos pelos cantos, brilhavam fracos antes de apagar tão lentos e leves que, se quisesse, ela poderia fechar os olhos para afundar novamente. Talvez sereias, liquens, corais, grutas de nácar. Com esforço, esfregou as pálpebras. E suavemente, só depois que ele tinha repetido e repetido a música da caixinha, como para não quebrar um encanto difícil, foi que ela apoiou o busto contra a guarda da cama e perguntou em voz baixa o que tinha acontecido.

Era um homem grande, um homem quieto e sem camisa sentado à beira da cama. Costas curvas, cabeça baixa. Nas mãos, uma caixa tão pequena que ela não conseguia ver. Parecia para sempre, pensou, aquele homem de repente desconhecido, parado como um quadro, um enorme manequim, uma estátua de sal ou gesso, tão brancas eram suas largas costas quase cintilando no escuro do quarto. Ele parou de tocar. Menos que pelo movimento do braço, ela soube disso através do silêncio aumentando entre duas notas. Vermelhos, os números do relógio digital brilhavam a seu lado, tão próximos que bastaria virar a cabeça para saber as horas. Não queria saber, não se moveu. Quase estendeu a mão para tocá-lo, mas conteve-se a tempo, recolhendo os dedos no ar. Não havia hora, repetiu para dentro sem entender, não havia tempo, não havia barulho, não havia gesto. Como se estivesse do lado de fora e espiasse pela janela do próprio quarto, viu um homem sentado à beira da cama e uma mulher deitada, cabeça ereta, tensa, imóvel, para sempre à espera de algo que não acontecia.

— Foi um pesadelo? — perguntou então, mas súbita demais, percebeu, a voz áspera, rouca de sono. E como para consertar estendeu mecanicamente a mão para a mesinha de cabeceira, apanhou o maço de cigarros. — Quer fumar? — ofereceu, mas sabia que era como se dissesse qualquer coisa feito "não se dilacere sem necessidade, meu bem, é madrugada alta, fuma e relaxa, estou aqui, pode falar", estabelecendo as regras de um jogo onde não haveria vencedor nem vencido, apenas um gentil fracasso final compactuado e compartilhado amável por ambas as partes. Absolutamente secretos no meio do quarto, no meio do edifício, no meio da cidade, no meio do país, no meio do continente, do hemisfério, do planeta. No centro da imensa noite do universo. Eternamente, ela arrepiou-se.

Ele continuava sem dizer nada. Quase com raiva, ela acendeu o cigarro com um clique seco do isqueiro de plástico que jogou, junto com o maço, ao lado dele. E sabia que ao tragar dizia ainda qualquer coisa como "está bem, se você não quer ajuda fique aí sozinho, meu bem, vou fumar o meu cigarrinho e esperar que ou você ou eu cansemos, e se você cansar primeiro, você fala, e se eu cansar primeiro, durmo outra vez e amanhã acordamos e tomamos café como todas as manhãs, meu bem, e não se fala mais nisso, está o.k. assim?". Apanhou o cinzeiro sobre o rádio e bateu com força a cinza. Agora, além dos números vermelhos, havia a ponta também vermelha do cigarro brilhando no escuro. Ainda que nada dissesse, era sempre como se dissesse alguma coisa. E parecia tão tarde que ruído algum de automóvel perfurava o silêncio. Por favor, quase pediu, por favor, recomece a tocar. Calada, começou a girar o cigarro no escuro até que a brasa viva no final do círculo vermelho tornasse a encontrar o início. Quando parou, percebeu: ele mudara de posição e olhava fixo para ela.

— A árvore — ele disse.
— Hein?
— Uma árvore, eu vi uma árvore.
— Você sonhou — ela se debruçou um pouco, como para alcançá-lo ou, de alguma forma, demonstrar com o corpo que estava atenta. Mas isso

parecia não ter importância para ele. Falava sem vê-la, olhando através dela para qualquer coisa além da guarda da cama, da parede, do espaço vazio de um décimo segundo ou terceiro andar.

— Que importa? — Ele colocou a caixinha de música ao lado do maço de cigarros e do isqueiro. A manivela roçou o plástico soltando uma nota brusca que ficou ressoando no ar. — Que importa se sonhei, se vi, se foi hoje ou amanhã? Se nem sequer vi, só imaginei, que importa? Acordei pensando nessa árvore.

Falava devagar, sem irritação. Mas levantou a mão decidido quando ela avançou mais o corpo, como a interrompê-la antes mesmo que ela falasse. Ainda assim, ela perguntou, esmagando o cigarro:

— Que árvore era essa?

— Não era uma, eram duas. Espera, eu conto. Você quer ouvir?

Apressada, ela fez que sim com a cabeça. Sem ver direito o rosto dele, percebeu que sorria talvez irônico. Ou amargo, ou triste, ou apenas distante, compreendeu melhor, encolhendo-se contra a guarda da cama. E aquilo de repente pareceu talvez respeito, submissão ou interesse, porque ele começou a falar:

— No começo, achei que era uma árvore só. Eu a vi de longe, eu vinha caminhando e lá estava ela, enorme, toda florida, assim com pencas de flores de todas as cores, mas acho que principalmente roxas e amarelas, despencando até o chão. Não parecia de verdade, parecia uma coisa desenhada, assim meio de quadro, de ilustração de história infantil, filme de Walt Disney. Sabe *Branca de Neve*? — Ela sorriu também, cruzando os braços sobre os seios tranquilizada. Ele não percebeu. — Uma árvore assim, de fantasia. A mais bonita que eu já tinha visto em toda a minha vida. Aí eu parei e fiquei olhando. Tinha uma coisa forte ali me chamando e eu não conseguia ir em frente, eu devo ter hesitado muito tempo antes de chegar cada vez mais perto, e de repente eu estava dentro dela. Não, espera, não foi assim. Entre os ramos cobertos de flores havia uma espécie de vão, uma fresta, uma porta, e eu fui entrando por ela até ficar dentro daquela coisa colorida. Era escuro lá dentro. Era cheio de galhos trançados e torturados, e muito escuro, e muito úmido, parecia assim ter feito uma grande dor ali cravada naquele centro cheio de folhas apodrecidas e flores murchas no chão. Pelo vão, pela fresta, pela porta eu conseguia ver o sol lá fora. Mas aquele lugar era longe do sol. Era uma coisa, uma coisa assim desesperada e medonha, você me entende? Então pensei em sair lá de dentro imediatamente, sem olhar para trás, mas ao mesmo tempo que queria ir embora, queria também ficar para sempre lá, e se me descuidasse, se alguma coisa mínima em mim perdesse o controle eu me encolheria ali naquele chão frio, olhando os galhos tão emaranhados que não passava nunca um fio daquela luz do sol lá de fora. Eu fui embora, eu não queria olhar para trás, mas sem querer olhei e lá estava ela de novo como eu a tinha visto da primeira vez. Uma árvore encantada, dessas que você pode fazer pedidos e talvez entrar num estado especial embaixo dela e ver, como se chamam, como é mesmo? os devas, isso, os devas, as ninfas, os faunos. Vista de fora, de onde eu estava, era uma árvore assim, com um lindo deva que eu quase via, roxo e amarelo como as flores, meio que dançando, quem sabe tocando flauta em volta dela. Então lembrei do escuro e achei que entendia e sem querer formulei com dificuldade uma coisa mais ou menos assim: é daquele emaranhado cheio de dor e angústia fria e solidão escura que ela arranca essa beleza que joga para fora. — Ele parecia muito cansado quando parou de falar e perguntou: —Você entende?

— Foi lá? — ela perguntou bruta. Ele não respondeu. Ela estendeu a mão para o maço de cigarros, acendeu outro que tragou quase com fúria. Passou-o para a mão esquerda e estendeu a direita para ele, cravando as unhas em seu braço. — Foi lá? — repetiu. — Eu preciso saber. Me diga, foi lá, naquele lugar? Meu Deus, você ainda não esqueceu aquele maldito lugar?

Como se não tivesse escutado, ele tocou de manso as unhas cravadas em seu braço com a mão também grande e quieta.

— Você entende?

Ela relaxou a pressão.

— Entendo, claro que entendo. — Recolheu a mão, baixou a voz. — É uma história bonita. E tão... tão *simbólica,* não é? — Suspirou, exausta. — É assim que você se sente? Eu entendo, claro que eu entendo muito bem, melhor do que você possa imaginar. Muito melhor, meu bem. — Passou devagar os dedos sobre os pelos crespos do peito dele. Se houvesse mais luz, agora poderia ver os pelos se adensando grisalhos em direção ao umbigo, e quem sabe até mesmo sentir então o que sentia sempre: aquela espécie de piedade comovida, semelhante a algo que tinham dito, certa vez, chamar-se *carinho, ternura, amor* ou qualquer outra coisa dessas. Mas no escuro, apenas sentindo os pelos macios e frágeis cedendo sob a pressão das pontas de seus dedos, assim, agora: não sentia nada. Uma secura como a do cigarro que tragou novamente, queimando com raiva a garganta. Tossiu.

— Mas não acabou — ele disse.

— O quê?

— Não acabou, a história ainda não acabou.

Ela percebeu que ele ria. Mas já não havia tristeza nem ironia no riso. Qualquer coisa mais densa, localizou. E retirou a mão do peito dele ao descobrir. Era um riso silencioso e mau, um riso de canto de boca, dentes cerrados que não se mostram. Ele estava próximo agora, inteiramente ali, entre o corpo dela e a porta do quarto dando para corredores e salas subitamente tão desertos que ninguém os ouviria se gritassem. Mas não gritariam, ela acalmou-se, que era tanto tempo, tanta coisa vivida juntos, não, não gritariam. Ele continuou a falar:

— Voltei lá no dia seguinte. Eu estava frio, eu não sentia coisa alguma, eu não tinha mais aquele horror de estar dentro da árvore nem aquele encantamento de estar fora dela, entende? Então fiquei andando em volta dela e olhando bem, até perceber que eram duas árvores. Sabe uma dessas árvores que dá na beira dos rios? Essa caída, de galhos até o chão, uma árvore grande que parece sempre cansada e triste.

— Um chorão — ela falou. — Um salgueiro. — E soltou os ombros, quase leve.

— Isso. Um salgueiro, um chorão. A outra, aquela cheia de flores, era uma primavera. Eu lembrei então de uns versos que você gostava de dizer, faz muito tempo. Como eram mesmo aqueles versos que falavam em primaveras, em morrer, em nascer de novo? Como eram, você lembra? — ele perguntou subitamente ansioso e meio infantil, puxando-a pelo pé como fazia às vezes nas manhãs de domingo, quando ela demorava a acordar e ele insistia cantando cantigas inventadas num ritmo de caixinha de música: *Venha ver o sol oh meu amor/ vista sua saia, vamos para a praia/ o dia está tão lindo oh meu amor/ hoje é domingo lindo de sol.*

Uma onda quente feito uma alegria subiu desde o pé onde ele tocava até o rosto dela, fazendo os seios arfarem um pouco ao dizer:

— Cecília Meireles, era Cecília Meireles, era um poema assim que eu dizia: "Levai-me por onde quiserdes/ aprendi com as primaveras a deixar-me cortar/ e a voltar sempre inteira".

Ele apagou o cigarro. Depois bateu palmas como uma criança:

— Que bonito, que bonito. Como é mesmo? — E recitaram juntos, como uma professora séria e um pouco velha e paciente e vagamente apaixonada por um aluno rebelde: "Levai-me por onde quiserdes/ aprendi com as primaveras a deixar-me cortar/ e a voltar sempre inteira".

De repente ele deu um salto sobre a cama e ficou em cima dela, rindo enquanto enfiava a língua morna nas suas orelhas. Sobre a camisola, ela podia sentir os músculos duros das coxas dele apertadas contra as suas.

— Era um caso de amor — ele disse baixinho no ouvido dela. — O salgueiro e a primavera, era um lindo caso de amor entre duas árvores.

Ela trançou as mãos nas costas dele, aquelas costas largas de homem grande, aquele cheiro bom de bicho limpo que ela conhecia fundo, há tanto tempo. E enquanto ele roçava lento uma boca móvel e molhada pelo seu pescoço, ela abriu suave as pernas, rodando a bacia como numa dança oriental, até sentir o volume do sexo dele enrijecendo aos poucos sobre seu ventre. Desceu a mão pela cintura dele, para enfiá-la sob o tecido fino do pijama, acariciando a bunda que se movia sobre ela. E lambeu aquelas orelhas grandes de homem tão profundamente e há tanto tempo seu, intensificando os movimentos até o membro dele ficar tão rígido que escapou de dentro do pijama para roçar, quente, a barriga dela.

— Vem — pediu. — Meu menino louco.

Mas ele levantou-se tão brusco que a súbita ausência de peso fez com que ela sentisse uma espécie de tontura.

— Não — ele disse. E recuou outra vez até a ponta da cama. — A história ainda não terminou.

— Ai, Deus, a maldita árvore de novo?

— A maldita árvore — ele repetiu lentamente.

— Mas ainda? — ela tentou rir, mas ele estava distante outra vez. De repente alguma coisa tinha se transformado em outra, e percebendo a transformação só depois de falar como se nada tivesse se transformado, ela sabia apenas se comportar de acordo com um momento antigo, não com este novo, desconhecido. — Então conta — pediu, sabendo de maneira obscura que não era assim, que não era mais assim, que de alguma forma nunca mais seria assim. Cruzou os braços como quem fala com uma criança. — Mas conta rápido.

— Bem rápido, não se preocupe. No outro dia, o terceiro dia, eu voltei lá. Foi a última vez que voltei. Não foi preciso voltar mais. E dessa última vez, eu vi tudo. Eu descobri.

A claridade cinza do dia nascendo varava as frestas da persiana.

— Então? — ela perguntou. — E aí?

O homem pegou a caixinha de música e ficou com ela entre as mãos, como se fosse tocar. Com a luz mortiça da manhã iluminando o rosto dele, ela agora podia ver os olhos muito abertos, fixos em algo que ela não via, a barba por fazer, a mão parada no ar e o grisalho dos pelos no peito. E continuava sem sentir nada, a não ser um calor fugindo entre as coxas.

Ele não dizia nada.

— O que foi que você descobriu?

Ele sorriu sem mover músculo algum do rosto. Apenas os cantos da boca ergueram-se rápidos, como se alguém apertasse um botão ou puxasse um fio oculto. Girou nas mãos a caixinha.

— Descobri que não era um caso de amor. O salgueiro estava seco, morto. A primavera tinha assassinado ele. Não era um caso de amor. Ela estrangulou, vampirizou, assassinou ele. Aquela escuridão de dentro era a fraqueza dele, o fracasso dele, a morte dele. Você está me entendendo? Eu vou falar bem devagar para que você compreenda: aquela loucura de flores e cores do lado de fora era a vitória dela. A vitória da vaidade dela às custas da vida dele. Uma vitória louca, você está ouvindo?

Como se tivesse frio, ela encolheu-se violentamente. Sem querer, olhou para o lado e viu o relógio. Eram cinco e quinze da manhã. Ele repetiu:

— Uma vitória louca, uma vitória doente. Não era amor. Aquilo era solidão e loucura, podridão e morte. Não era um caso de amor. Amor não tem nada a ver com isso. Ela era uma parasita. Ela o matou porque era uma parasita. Porque não conseguia viver sozinha. Ela o sugou como um vampiro, até a última gota, para que pudesse exibir ao mundo aquelas flores roxas e amarelas. Aquelas flores imundas. Aquelas flores nojentas. Amor não mata. Não destrói, não é assim. Aquilo era outra coisa. Aquilo é ódio.

Muito calma e um tanto casual, acendendo outro cigarro, afastando uma mecha de cabelos da testa um pouco fria, um pouco suada, mas nada de grave, a mulher ergueu levemente a sobrancelha esquerda, num gesto muito seu, um gesto cotidiano, habitual e sem novidades, que usava muito ao fazer compras, indagando preços, ao estender uma xícara de chá, ao dar ordens à empregada, ao girar o botão ligando o televisor, e perguntou absolutamente tranquila, absolutamente controlada, absolutamente segura de si:

— Você está querendo dizer que acha que eu o destruí?

Depositando com extremo cuidado a caixinha de música, ele disse alguma coisa em voz tão baixa que ela não chegou a entender.

— Como?

Não ouviu a resposta. As duas mãos grandes e fortes do homem fecharam-se rápidas e precisas em volta da garganta dela. A mulher estendeu a perna como se chutasse algo no ar, derrubando a caixinha no chão. O dia estava quase claro quando uma nota de corda arrebentada ficou ressoando aguda no ar. Entre o som e a luz, ela ainda conseguiu ver o sorriso iluminado do homem, e se pudesse falar diria então que era exatamente como se estivesse com a cabeça inteira dentro d'água e alguém começasse a tocar realejo na beira do rio.

O dia que Júpiter encontrou Saturno

(*Nova história colorida*)

*Para Valdir Zwetsch
e Maria Rosa Fonseca*

> *Gente, espelho de estrelas, reflexo do esplendor.*
> CAETANO VELOSO, "GENTE"

FOI A PRIMEIRA PESSOA que viu quando entrou. Tão bonito que ela baixou os olhos, sem querer querendo que ele também a tivesse visto. Deram-lhe um copo de plástico com vodca, gelo e uma casquinha de limão. Ela triturou a casquinha entre os dentes, mexendo o gelo com a ponta do indicador, sem beber. Com a movimentação dos outros, levantando o tempo todo para dançar rocks barulhentos ou afundar nos quartos onde rolavam carreiras e baseados, devagarinho conquistou a cadeira de junco junto à janela. A noite clara lá fora estendida sobre a Henrique Schaumann, a avenida poncho & conga, riu sozinha. Ria sozinha quase o tempo todo, uma moça magra querendo controlar a própria loucura, discretamente infeliz. Molhou os lábios na vodca tomando coragem de olhar para ele, um moço queimado de sol e calças brancas com a barra descosturada. Baixou outra vez os olhos, embora morena também, e suspirou soltando os ombros, coluna amoldando-se tensa ao junco da cadeira. Só porque era sábado e não ficaria, desta vez não, parada entre o som, a televisão e o livro, atenta ao telefone silencioso. Sorriu olhando em volta, muito bem, parabéns, aqui estamos.

Não que estivesse triste, só não sentia mais nada.

Levemente, para não chamar a atenção de ninguém, girou o busto sobre a cintura, apoiando o cotovelo direito no peitoril da janela. Debruçou o rosto na palma da mão, os cabelos lisos caíram sobre o rosto. Para afastá-los, ela levantou a cabeça, e então viu o céu. Um céu tão claro que não era o céu normal de Sampa, com uma lua quase cheia e Júpiter e Saturno muito próximos. Vista assim parecia não uma moça vivendo, mas pintada em aquarela, estatizada feito estivesse muito calma, e até estava, só não sentia mais nada, fazia tempo. Quem sabe porque não evidenciava nenhum risco parada assim, meio remota, o moço das calças brancas veio se aproximando sem que ela percebesse. Parado ao lado dela, vistos de dentro, os dois pintados em aquarela — mas vistos de fora, das janelas dos carros procurando bares na avenida, sombras chinesas recortadas contra a luz vermelha. E de repente o rock barulhento parou e a voz de John Lennon cantou *every day, every way is getting better and better*. Na cabeça dela soaram cinco tiros. Os olhos subitamente endurecidos da moça voltaram-se para dentro, esbarrando nos olhos subitamente endurecidos do moço. As memórias que cada um guardava, e eram tantas, transpareceram tão nitidamente nos olhos que ela imediatamente entendeu quando ele a tocou no ombro.

— Você gosta de estrelas?
— Gosto. Você também?
— Também. Você está olhando a lua?
— Quase cheia. Em Virgem.
— Amanhã faz conjunção com Júpiter.
— Com Saturno também.
— Isso é bom?
— Eu não sei. Deve ser.
— É sim. Bom encontrar você.
— Também acho.

(*Silêncio*)

— Você gosta de Júpiter?
— Gosto. Na verdade "desejaria viver em Júpiter onde as almas são puras e a transa é outra".*
— Que é isso?
— Um poema de um menino que vai morrer.
— Como é que você sabe?
— Em fevereiro, ele vai se matar em fevereiro.
— Hein?

(*Silêncio*)

— Você tem um cigarro?
— Estou tentando parar de fumar.
— Eu também. Mas queria uma coisa nas mãos agora.
— Você tem uma coisa nas mãos agora.
— Eu?
— Eu.

(*Silêncio*)

---

* Henrique do Valle, "Vazio na carne". (N. A.)

— Como é que você sabe?
— O quê?
— Que o menino vai se matar.
— Sei muitas coisas. Algumas nem aconteceram ainda.
— Eu não sei nada.
— Te ensino a saber, não a sentir. Não sinto nada, já faz tempo.
— Eu só sinto, mas não sei o que sinto. Quando sei, não compreendo.
— Ninguém compreende.
— Às vezes sim. Eu te ensino.
— Difícil, morri em dezembro. Com cinco tiros nas costas. Você também.
— Também, depois saí do corpo. Você já saiu do corpo?

(*Silêncio*)

— Você tomou alguma coisa?
— O quê?
— Cocaína, morfina, codeína, mescalina, heroína, estenamina, psilocibina, metedrina.
— Não tomei nada. Não tomo mais nada.
— Nem eu. Já tomei tudo.
— Tudo?
— Cogumelos têm parte com o diabo.
— O ópio aperfeiçoa o real.
— Agora quero ficar limpa. De corpo, de alma. Não quero sair do corpo.

(*Silêncio*)

— Acho que estou voltando. Usava saias coloridas, flores nos cabelos.
— Minha trança chegava até a cintura. As pulseiras cobriam os braços.
— Alguma coisa se perdeu.
— Aonde fomos? Onde ficamos?
— Alguma coisa se encontrou.
— E aqueles guizos?
— E aquelas fitas?
— O sol já foi embora.
— A estrada escureceu. Mas navegamos.
— Sim. Onde está o Norte?
— Localiza o Cruzeiro do Sul. Depois caminha na direção oposta.

(*Silêncio*)

— Você é de Virgem?
— Sou. E você, de Capricórnio?
— Sou. Eu sabia.
— Eu sabia também.
— Combinamos: terra.
— Sim. Combinamos.

(*Silêncio*)

— Amanhã vou embora pra Paris.
— Amanhã vou embora pra Natal.
— Eu te mando um cartão de lá.
— Eu te mando um cartão de lá.
— No meu cartão vai ter uma pedra suspensa sobre o mar.
— No meu não vai ter pedra, só mar. E uma palmeira debruçada.

(*Silêncio*)

— Vou tomar chá de ayahuasca e ver você egípcia. Parada ao meu lado, olhando de perfil.
— Vou tomar chá de datura e ver você tuaregue. Perdido no deserto, ofuscado pelo sol.
— Vamos nos ver?
— No teu chá. No meu chá.

(*Silêncio*)

— Quando a noite chegar cedo e a neve cobrir as ruas, ficarei o dia inteiro na cama pensando em dormir com você.
— Quando estiver muito quente, me dará uma moleza de balançar devagarinho na rede pensando em dormir com você.
— Vou te escrever carta e não mandar.
— Vou tentar recompor teu rosto sem conseguir.
— Vou ver Júpiter e me lembrar de você.
— Vou ver Saturno e me lembrar de você.
— Daqui a vinte anos voltarão a se encontrar.
— O tempo não existe.
— O tempo existe, sim, e devora.
— Vou procurar teu cheiro no corpo de outra mulher. Sem encontrar, porque terei esquecido. Alfazema?

— Alecrim. Quando eu olhar a noite enorme do Equador, pensarei se tudo isso foi um encontro ou uma despedida.
— E que uma palavra ou um gesto, seu ou meu, seria suficiente para modificar nossos roteiros.

(*Silêncio*)

— Mas não seria natural.
— Natural é as pessoas se encontrarem e se perderem.
— Natural é encontrar. Natural é perder.
— Linhas paralelas se encontram no infinito.
— O infinito não acaba. O infinito é nunca.
— Ou sempre.

(*Silêncio*)

— Tudo isso é muito abstrato. Está tocando "Kiss, kiss, kiss". Por que você não me convida para dormirmos juntos?
— Você quer dormir comigo?
— Não.
— Por que não é preciso?
— Porque não é preciso.

(*Silêncio*)

— Me beija.
— Te beijo.

Foi a última pessoa que viu ao sair. Tão bonita que ele baixou os olhos, sem saber sabendo que ela também o tinha visto. Desceu pelo elevador, a chave do carro na mão. Rodou a chave entre os dedos, depois mordeu leve a ponta metálica, amarga. Os olhos fixos nos andares que passavam, sem prestar atenção nos outros que assoavam narizes ou pingavam colírios. Devagarinho, conquistou o espaço junto à porta. Os ruídos coados de festas e comandos da madrugada nos outros apartamentos, festas pelas frestas, riu sozinho. Ria sozinho quase sempre, um moço queimado de sol, com a barra branca das calças descosturada, querendo controlar a própria loucura, discretamente infeliz. Mordeu a unha junto com a chave, lembrando dela, uma moça magra de cabelos lisos junto à janela. Baixou outra vez os olhos, embora magro também. E suspirou soltando os ombros, pés inseguros comprimindo o piso instável do elevador. Só porque era sábado, porque estava indo embora, porque as malas restavam sem fazer e o telefone tocava sem parar. Sorriu olhando em volta.

Não que estivesse triste, só não compreendia o que estava sentindo.

Levemente, para não chamar a atenção de ninguém, apertou os dedos da mão direita na porta aberta do elevador e atravessou o saguão gelado, saindo para a rua. Apoiou-se no poste da esquina, o vento esvoaçando os cabelos, e para evitá-lo ele então levantou a cabeça e viu o céu. Um céu tão claro que não era o céu normal de Sampa, com uma lua quase cheia e Júpiter e Saturno muito próximos. Visto assim parecia não um moço vivendo, mas pintado num óleo de Gregório Gruber, tão nítido estava ressaltado contra o fundo da avenida, e assim estava, mas sem compreender, fazia tempo. Quem sabe porque não evidenciava nenhum risco, a moça debruçou-se na janela lá em cima e gritou alguma coisa que ele não chegou a ouvir. Parado longe dela, a moça visível apenas da cintura para cima parecia um fantoche de luva, manipulado por alguém escondido, o moço no poste agitando a cabeça, uma marionete de fios, manipulada por alguém escondido.

De repente um carro freou atrás dele, o rádio gritando "se Deus quiser, um dia acabo voando". Na cabeça dele soaram cinco tiros. De onde estava, não conseguiria ver os olhos da moça. De onde estava, a moça não conseguiria ver os olhos dele. Mas as memórias de cada um eram tantas que ela imediatamente entendeu e aceitou, desaparecendo da janela no exato instante em que ele atravessou a avenida sem olhar para trás.

Aqueles dois

(*História de aparente mediocridade e repressão*)

Em memória de Rofran Fernandes

> *I announce adhesiveness, I say it shall be limitless, unloosen'd*
> *I say you shall yet find the friend you were looking for.*
> WALT WHITMAN, "SO LONG!"

I

A VERDADE É QUE não havia mais ninguém em volta. Meses depois, não no começo, quando não havia ainda intimidade para isso, um deles diria que a repartição era como "um deserto de almas". O outro concordou sorrindo, orgulhoso, sabendo-se excluído. E longamente então, entre cervejas, trocaram ácidos comentários sobre as mulheres mal-amadas e vorazes, os papos de futebol, amigo secreto, lista de presente, bookmaker, bicho, endereço de cartomante, clipes no relógio de ponto, vezenquando salgadinhos no fim do expediente, champanhe nacional em copo de plástico. Num deserto de almas também desertas, uma alma especial reconhece de imediato a outra — talvez por isso, quem sabe? Mas nenhum deles se perguntou.

Não chegaram a usar palavras como *especial*, *diferente* ou qualquer outra assim. Apesar de, sem efusões, terem se reconhecido no primeiro segundo do primeiro minuto. Acontece porém que não tinham preparo algum para dar nome às emoções, nem mesmo para tentar entendê-las. Não que fossem muito jovens, incultos demais ou mesmo um pouco burros. Raul tinha um ano mais que trinta; Saul, um a menos. Mas as diferenças entre eles não se limitavam a esse tempo, a essas letras. Raul vinha de um casamento fracassado, três anos e nenhum filho. Saul, de um noivado tão interminável que terminara um dia, e um curso frustrado de arquitetura. Talvez por isso, desenhava. Só rostos, com enormes olhos sem íris nem pupilas. Raul ouvia música e, às vezes, de porre, pegava o violão e cantava, principalmente velhos boleros em espanhol. E cinema, os dois gostavam.

Passaram no mesmo concurso para a mesma firma, mas não se encontraram durante os exames. Foram apresentados no primeiro dia de trabalho de cada um. Disseram prazer, Raul, prazer, Saul, depois como é mesmo o seu nome? sorrindo divertidos da coincidência. Mas discretos, porque eram novos na firma e a gente, afinal, nunca sabe onde está pisando. Tentaram afastar-se quase imediatamente, deliberando limitarem-se a um cotidiano oi, tudo bem ou no máximo, às sextas, um cordial bom-fim-de-semana-então. Mas desde o princípio alguma coisa — fados, astros, sinas, quem saberá? — conspirava contra (ou a favor, por que não?) aqueles dois.

Suas mesas ficavam lado a lado. Nove horas diárias, com intervalo de uma para o almoço. E perdidos no meio daquilo que Raul (ou teria sido Saul?) meses depois chamaria de "um deserto de almas", para não sentirem tanto frio, tanta sede, ou simplesmente por serem humanos, sem querer justificá-los — ou, ao contrário, justificando-os plena e profundamente, enfim: que mais restava àqueles dois senão, pouco a pouco, se aproximarem, se conhecerem, se misturarem? Pois foi o que aconteceu. Mas tão lentamente que eles mesmos mal perceberam.

II

Eram dois moços sozinhos. Raul viera do Norte, Saul do Sul. Naquela cidade todos vinham do Norte, do Sul, do Centro, do Leste — e com isso quero dizer que esse detalhe não os tornaria especialmente diferentes. Mas no deserto em volta, todos os outros tinham referenciais — uma mulher, um tio, uma mãe, um amante. Eles não tinham ninguém naquela cidade — de certa forma, também em nenhuma outra — a não ser a si próprios. Poderia dizer também que não tinham nada, mas não seria inteiramente verdadeiro.

Além do violão, Raul tinha um telefone alugado, um toca-discos com rádio e um sabiá na gaiola, chamado Carlos Gardel. Saul, uma televisão colorida com imagem fantasma, cadernos de desenho, vidros de tinta nanquim e um livro com reproduções de Van Gogh. Na parede do quarto, uma outra reprodução também de Van Gogh: aquele quarto com a cadeira de palhinha parecendo torta, a cama estreita, as tábuas manchadas do assoalho. Deitado, Saul tinha às vezes a impressão de que o quadro era um espelho refletindo quase fotograficamente o próprio quarto, ausente apenas ele mesmo. Quase sempre, era nessas ocasiões que desenhava.

Eram dois moços bonitos, todos achavam. As mulheres da repartição, casadas, solteiras, ficaram nervosas quando eles surgiram, tão altos e altivos, comentou de olhos arregalados uma secretária. Ao contrário dos outros homens, alguns até mais jovens, nenhum deles tinha barriga ou aquela postura desalentada de quem carimba ou datilografa papéis oito horas por dia.

Moreno de barba forte azulando o rosto, Raul era um pouco mais definido, com sua voz de baixo profundo, tão adequada aos boleros amargos que gostava de cantar. Tinham a mesma altura, o mesmo porte, mas Saul parecia um pouco menor e mais frágil, talvez pelos cabelos claros, cheios de caracóis miúdos, olhos assustadiços, azul desmaiado. Eram bonitos juntos, diziam as moças, um doce de olhar. Sem terem exatamente consciência disso, quando juntos os dois aprumavam ainda mais o porte e, por assim dizer, quase cintilavam, o bonito de dentro de um estimulando o bonito de fora do outro e vice-versa. Como se houvesse, entre aqueles dois, uma estranha e secreta harmonia.

III

Cruzavam-se silenciosos, mas cordiais, junto à garrafa térmica do cafezinho, comentando o tempo ou a chatice do trabalho, depois voltavam às suas mesas. Muito de vez em quando um pedia fogo ou um cigarro ao outro, e quase sempre trocavam frases como tanta vontade de parar, mas nunca tentei, ou já tentei tanto, agora desisti. Durou tempo, aquilo. E teria durado muito mais, porque serem assim fechados, quase remotos, era um jeito que traziam de longe. Do Norte, do Sul, de dentro talvez.

Até um dia em que Saul chegou atrasado e respondendo a um vago que-que-houve contou que tinha ficado até tarde assistindo a um velho filme na televisão. Por educação, ou cumprindo um ritual, ou apenas para que o outro não se sentisse mal chegando quase às onze, apressado, barba por fazer, Raul deteve os dedos sobre o teclado da máquina e perguntou: que filme? *Infâmia.** Saul contou baixo, Audrey Hepburn, Shirley MacLaine, um filme muito antigo, ninguém conhece. Raul olhou-o devagar, e mais atento, como ninguém conhece? eu conheço e gosto muito, não é aquela história das duas professoras que. Abalado, convidou Saul para um café, e no que restava daquela manhã muito fria de junho, o prédio feio mais do que nunca parecendo uma prisão ou clínica psiquiátrica, falaram sem parar sobre o filme.

Outros filmes viriam nos dias seguintes, e tão naturalmente como se alguma forma fosse inevitável, também vieram histórias pessoais, passados, alguns sonhos, pequenas esperanças e sobretudo queixas. Daquela firma, daquela vida, daquele nó, confessaram uma tarde cinza de sexta, apertado no fundo do peito. Durante aquele fim de semana obscuramente desejaram, pela primeira vez, um em sua quitinete, outro no quarto de pensão, que o sábado e o domingo caminhassem depressa para dobrar a curva da meia-noite e novamente desaguar na manhã de

---

* William Wyler, *The Children's Hour*. Adaptação da peça de Lilian Hellman. (N. A.)

segunda-feira, quando outra vez se encontrariam para: um café. Assim foi, e contaram um que tinha bebido além da conta, outro que dormira quase o tempo todo. De muitas coisas falaram aqueles dois nessa manhã, menos da falta um do outro que sequer sabiam claramente ter sentido.

    Atentas, as moças em volta providenciavam esticadas aos bares depois do expediente, gafieiras, discotecas, festinhas na casa de uma, na casa de outra. A princípio esquivos, acabaram cedendo, mas quase sempre enfiavam-se pelos cantos e sacadas para trocar suas histórias intermináveis. Uma noite, Raul pegou o violão e cantou "Tu me acostumbraste". Nessa mesma festa, Saul bebeu demais e vomitou no banheiro. No caminho até os táxis separados, Raul falou pela primeira vez no casamento desfeito. Passo incerto, Saul contou do noivado antigo. E concordaram, bêbados, que estavam ambos cansados de todas as mulheres do mundo, suas tramas complicadas, suas exigências mesquinhas. Que gostavam de estar assim, agora, sós, donos de suas próprias vidas. Embora, isso não disseram, não soubessem o que fazer com elas.

    Dia seguinte, de ressaca, Saul não foi trabalhar nem telefonou. Inquieto, Raul vagou o dia inteiro pelos corredores subitamente desertos, gelados, cantando baixinho "Tu me acostumbraste", entre inúmeros cafés e meio maço de cigarros a mais que o habitual.

IV

Os fins de semana foram se tornando tão longos que um dia, no meio de um papo qualquer, Raul deu a Saul o número de seu telefone, alguma coisa que você precisar, se ficar doente, a gente nunca sabe. Domingo depois do almoço, Saul ligou só para saber o que o outro estava fazendo, e visitou-o, e jantaram juntos a comidinha mineira que a empregada deixara pronta no sábado. Foi dessa vez que, ácidos e unidos, falaram no tal deserto, nas tais almas.

    Há quase seis meses se conheciam. Saul deu-se bem com Carlos Gardel, que ensaiou um canto tímido ao cair da noite. Mas quem cantou foi Raul: "Perfidia", "La barca", "Contigo en la distancia" e, a pedido de Saul, outra vez, duas vezes, "Tu me acostumbraste". Saul gostava principalmente daquele pedacinho assim *sutil llegaste a mí como una tentación llenando de inquietud mi corazón*. Jogaram algumas partidas de buraco e, por volta das nove, Saul se foi.

    Na segunda-feira não trocaram uma palavra sobre o dia anterior. Mas falaram mais que nunca, e muitas vezes foram ao café. As moças em volta espiavam, às vezes cochichavam sem que eles percebessem. Nessa semana, pela primeira vez almoçaram juntos na pensão de Saul, que quis subir ao quarto para mostrar os desenhos, visitas proibidas à noite, mas faltavam cinco para as duas e o relógio de ponto era implacável. Pouco tempo depois, com o pretexto de assistir a *Vagas estrelas da Ursa* na televisão de Saul, Raul entrou escondido na pensão, uma garrafa de conhaque no bolso interno do paletó. Sentados no chão, costas apoiadas na cama estreita, quase não prestaram atenção no filme. Não paravam de falar. Cantarolando "Io che non vivo" Raul viu os desenhos, olhando longamente a reprodução de Van Gogh, depois perguntou como Saul conseguia viver naquele quartinho tão pequeno. Parecia sinceramente preocupado. Não é triste? perguntou. Você não se sente só? Saul sorriu forte: a gente acostuma.

Aos domingos, agora, Saul sempre telefonava. E vinha. Almoçavam ou jantavam, bebiam, fumavam, jogavam cartas, falavam o tempo todo. Enquanto Raul cantava — vezenquando "El día que me quieras", vezenquando "Noche de ronda" —, Saul fazia carinhos lentos na cabecinha de Carlos Gardel pousado no seu dedo indicador. Às vezes olhavam-se. E sempre sorriam. Uma noite, porque chovia, Saul acabou dormindo no sofá. Dia seguinte, chegaram juntos à repartição, cabelos molhados do chuveiro. Nesse dia as moças não falaram com eles. Os funcionários barrigudos e desalentados trocaram alguns olhares que os dois não saberiam compreender, se percebessem. Mas nada perceberam, nem os olhares nem duas ou três piadas enigmáticas. Quando faltavam dez para as seis saíram juntos, altos e altivos, para assistir ao último filme de Jane Fonda.

V

Quando começava a primavera, Saul fez aniversário. Porque achava seu amigo muito solitário ou por outra razão assim, Raul deu a ele a gaiola com Carlos Gardel. No começo do verão, foi a vez de Raul fazer aniversário. E porque estava sem dinheiro, porque seu amigo não tinha nada nas paredes da quitinete, Saul deu a ele a reprodução de Van Gogh. Mas entre esses dois aniversários, aconteceu alguma coisa.

No Norte, quando começava dezembro, a mãe de Raul morreu e ele precisou passar uma semana fora. Desorientado, Saul vagava pelos corredores da firma esperando um telefonema que não vinha, tentando em vão concentrar-se nos despachos, processos, protocolos. À noite, em seu quarto, ligava a televisão gastando tempo em novelas vadias ou desenhando olhos cada vez mais enormes, enquanto acariciava Carlos Gardel. Bebeu bastante nessa semana. E teve um sonho: caminhava entre as pessoas da repartição, todas de preto, acusadoras. À exceção de Raul, todo de branco, abrindo os braços para ele. Abraçados fortemente, e tão próximos que um podia sentir o cheiro do outro. Acordou pensando estranho, ele é que devia estar de luto.

Raul voltou sem luto. Numa sexta-feira de tardezinha, telefonou para a repartição pedindo a Saul que fosse vê-lo. A voz de baixo profundo parecia ainda mais baixa e mais profunda. Saul foi. Raul tinha deixado a barba crescer. Estranhamente, em vez de parecer mais velho ou mais sério, tinha um rosto quase de menino. Beberam muito nessa noite. Raul falou longamente da mãe — eu podia ter sido mais legal com ela, coitada, disse, e não cantou. Quando Saul estava indo embora, começou a chorar. Sem saber ao certo o que fazia, Saul estendeu a mão, e quando percebeu seus dedos tinham tocado a barba crescida de Raul. Sem tempo para compreenderem, abraçaram-se fortemente. E tão próximos ficaram que um podia sentir o cheiro do outro: o de Raul, flor murcha, gaveta fechada; o de Saul, colônia de barba, talco. Durou muito tempo. A mão de Saul tocava a barba de Raul, que passava os dedos pelos caracóis miúdos do cabelo do outro. Não diziam nada. No silêncio era possível ouvir uma torneira pingando longe. Tanto tempo durou aquilo que, quando Saul levou a mão ao cinzeiro, o cigarro era apenas uma longa cinza que ele esmagou sem compreender.

Afastaram-se, então. Raul disse qualquer coisa como eu não tenho mais ninguém no mundo, e Saul outra coisa como você tem a mim agora, e para sempre. Usavam palavras grandes — ninguém, mundo, sempre — e apertavam-se as duas mãos ao mesmo tempo, olhando-se nos olhos injetados de fumo e choro e álcool. Embora fosse sexta e não precisassem ir à repartição na manhã seguinte, Saul despediu-se. Caminhou durante horas pelas ruas desertas, cheias apenas de gatos e putas. Em casa, acariciou Carlos Gardel até que os dois dormissem. Mas um pouco antes, sem saber por quê, começou a chorar sentindo-se só e pobre e feio e infeliz e confuso e abandonado e bêbado e triste, triste, triste. Pensou em ligar para Raul, mas não tinha fichas e era muito tarde.

VI

Depois chegou o Natal, o Ano-Novo que passaram juntos, recusando convites dos colegas de repartição. Raul deu a Saul uma reprodução do *Nascimento de Vênus*, de Botticelli, que ele colocou na parede exatamente onde estivera o quadro de Van Gogh. Saul deu a Raul um disco chamado *Os grandes sucessos de Dalva de Oliveira*. A faixa que mais ouviram foi "Nossas vidas", prestando atenção naquele trechinho que dizia "até nossos beijos parecem beijos de quem nunca amou".

Foi na noite de 31, aberto o champanhe na quitinete de Raul, que Saul ergueu a taça e brindou à nossa amizade que nunca vai terminar. Beberam até quase cair. Na hora de deitar, trocando a roupa no banheiro, muito bêbado, Saul falou que ia dormir nu. Raul olhou para ele e disse você tem um corpo bonito. Você também, disse Saul, e baixou os olhos. Deitaram ambos nus, um na cama atrás do guarda-roupa, outro no sofá. Quase a noite inteira, um podia ver a brasa acesa do cigarro do outro, furando o escuro feito um demônio de olhos incendiados. Pela manhã Saul foi embora sem se despedir, para que Raul não percebesse suas fundas olheiras.

Quando janeiro começou, quase na época de tirarem férias — e tinham planejado juntos quem sabe Parati, Ouro Preto, Porto Seguro —, ficaram surpresos naquela manhã em que o chefe de seção os chamou, perto do meio-dia. Fazia muito calor. Suarento, o chefe foi direto ao assunto: tinha recebido algumas cartas anônimas. Recusou-se a mostrá-las. Pálidos, os dois ouviram expressões como "relação anormal e ostensiva", "desavergonhada aberração", "comportamento doentio", "psicologia deformada", sempre assinadas por Um Atento Guardião da Moral. Saul baixou os olhos desmaiados, mas Raul levantou de um salto. Parecia muito alto quando, com uma das mãos apoiadas no ombro do amigo e a outra erguendo-se atrevida no ar, conseguiu ainda dizer a palavra nunca, antes que o chefe, depois de coisas como a-reputação-de-nossa--firma ou tenho-que-zelar-pela-moral-dos-meus-funcionários, declarasse frio: os senhores estão despedidos.

Esvaziaram lentamente cada um a sua gaveta, a sala vazia na hora do almoço, sem se olharem nos olhos. O sol de verão escaldava o tampo de metal das mesas. Raul guardou no grande envelope pardo um par de enormes olhos sem íris nem pupilas, presente de Saul, que guardou no seu grande envelope pardo a letra de "Tu me acostumbraste", escrita por Raul numa tarde qualquer de agosto e com algumas manchas de café. Desceram juntos pelo elevador, em silêncio.

Mas quando saíram pela porta daquele prédio grande e antigo, parecido com uma clínica psiquiátrica ou uma penitenciária, vistos de cima pelos colegas todos nas janelas, a camisa branca de um e a azul do outro, estavam ainda mais altos e mais altivos. Demoraram alguns minutos na frente do edifício. Depois apanharam o mesmo táxi, Raul abrindo a porta para que Saul entrasse. *Ai-ai!* alguém gritou da janela. Mas eles não ouviram. O táxi já tinha dobrado a esquina.

Pelas tardes poeirentas daquele resto de janeiro, quando o sol parecia a gema de um enorme ovo frito no azul sem nuvens do céu, ninguém mais conseguiu trabalhar em paz na repartição. Quase todos ali dentro tinham a nítida sensação de que seriam infelizes para sempre. E foram.

morangos mofados

Para José Márcio Penido

Let me take you down
'cause I'm going to strawberry fields
nothing is real, and nothing to get hung about
strawberry fields forever
      LENNON & MCCARTNEY, "STRAWBERRY FIELDS FOREVER"

PRELÚDIO

No entanto (até *no-entanto* dizia agora) estava ali e era assim que se movia. Era dentro disso que precisava mover-se sob o risco de. Não sobreviver, por exemplo — e queria? Enumerava frases como é-assim-que-as-coisas-são ou que-se-há-de-fazer-que-se-há-de-fazer ou apenas mas-afinal-que-importa. E a cada dia ampliava-se na boca aquele gosto de morangos mofando, verde doentio guardado no fundo escuro de alguma gaveta.

ALLEGRO AGITATO

Pois o senhor está em excelente forma, a voz elegante do médico, têmporas grisalhas como um coadjuvante de filme americano, vestido de bege, tom *sur* tom dos sapatos polidos à gravata frouxa, na medida justa entre o desalinho e a descontração. Não há nada errado com o seu coração nem com o seu corpo, muito menos com o seu cérebro. Caro senhor. Acendeu outro cigarro, desses que você fuma o dobro para evitar a metade do veneno, mas não é no cérebro que acho que tenho o câncer, doutor, é na alma, e isso não aparece em check-up algum.

Mal do nosso tempo, sei, pensou, sei, agora vai desandar a tecer considerações sociopolítico-psicanalíticas sobre O Espantoso Aumento da Hipocondria Motivada Pela Paranoia dos Grandes Centros Urbanos, cara bem-barbeada, boca de próteses perfeitas, uma puta certa vez disse que os médicos são os maiores tarados (talvez pela intimidade constante com a carne humana, considerou), e este? Rápido, analisou: no máximo chupar uma boceta, praticar-sexo-oral, como diria depois, escovando meticuloso suas próteses perfeitas, naturalmente que se o senhor pudesse diminuir o cigarro sempre é bom, muito leite, fervido, é claro, para evitar os cloriformes, ar puro, um pouco de exercício, cooper, quem sabe, mais pensando no futuro do que em termos imediatos, claro. Mas se o futuro, doutor, é um inevitável finalmente alguém apertou o botão e o cogumelo metálico arrancando nossas peles vivas, bateu com cuidado o cigarro no cinzeiro, um cinzeiro de metal, odiava objetos de metal, e tudo no consultório era metal cromado, fórmica, acrílico, antisséptico, im-po-lu-to, assim o próprio médico, não ousando além do bege. Na parede a natureza-morta com secas uvas brancas, peras pálidas, macilentas maçãs verdes. Nenhuma melancia escancarada, nenhuma pitanga madura, nenhuma manga molhada, nenhum morango sangrento. Um morango mofado — e este gosto, senhor, sempre presente em minha boca?

Azia, má digestão, sorriso complacente de dentes no mínimo trinta por cento autênticos (e o que fazer, afinal? dançar um tango argentino, ou seria cantar? cantarolou calado assim *quiero emborrachar mi corazón para olvidar un loco amor que más que amor fue una traición*, tinha versos à espreita, adequados a qualquer situação, essa uma vantagem secreta sobre os outros, mas tão secreta que era também uma desvantagem, entende? nem eu, versos emboscados da nossa mais fina lira, tangos argentinos e rocks dilacerantes, com ênfase nos solos de guitarra). Um tranquilizante levinho levinho aí umas cinco miligramas, que o senhor tome três por dia, ao acordar, após o almoço, ao deitar-se, olhos vidrados, mente quieta, coração tranquilo, sístole, pausa, diástole, pausa, sístole, pausa, diástole, sem vãs taquicardias, freio químico nas emoções. Assim passaria a movimentar-se lépido entre malinhas 007, paletós cardin, etiquetas fiorucci, suavemente drogado, demônios suficientemente adormecidos para não incomodar os outros. Proibido sentimentos, passear sentimentos, passear sentimentos desesperados de cabeça para baixo, proibido emoções cálidas, angústias fúteis, fantasias mórbidas e memórias inúteis, um nirvana da bayer e se é bayer. Suspirou, suspirava muito ultimamente, apanhou a receita, assinou um cheque com fundos, naturalmente, e saiu antes de ouvir um delicado porque, afinal, o senhor ainda é tão jovem.

ADAGIO SOSTENUTO

Quando acordou, o sol já não batia no terraço, o que trocado em miúdos significava algo assim como mais-de-duas-da-tarde. Tinha tomado três comprimidos, um pela manhã, outro pelo almoço, outro antes de dormir, só que juntos — e o gosto persistia na boca. *Strawberry*, pensou, e quis então como antigamente ouvir outra vez os Beatles, mas ainda na cama teve preguiça de dar dois passos até o toca-discos, e onde andariam agora, perdidos entre tantas simones e donnas summers, tanto mas tanto tempo, nem gostava mais de maconha. Acariciou o pau murcho, com vontade longe, querendo mandar parar aquele silêncio horrível de apartamento de homem solteiro, a empregada não viria, ele não tinha colocado gasolina no carro, nem descontado cheque, nem batalhado uma trepadinha de fim de semana, nem tomado nenhuma dessas pré-lúdicas providências-de-sexta-feira-após-o-almoço, e precisava. Precisava inventar um dia inteiro ou dois, porque amanhã é domingo e segunda-feira ninguém sabe o quê.

 Acendeu um cigarro, assim em jejum lembrando úlceras, enfisemas, cirroses, camadas fibrosas recobrindo o fígado, mas o fígado continuaria existindo sob as tais fibras ou seria substituído por? Ninguém saberia explicar, cuecas sintéticas dessas que dão pruridos & impotência jogadas sobre o tapete, uma grana, imitação perfeita de persa. O telefone então tocou, como costuma às vezes tocar nessas horas, salvando a página em branco após a vírgula, ele estendeu a mão, tinha dedos até bonitos ele, juntas nodosas revelando angústia & sensibilidade, como diria Alice, mas Alice foi embora faz tempo, a cadela que eu até comia direitinho, estimulando o clitóris *comme il faut*, não é assim que se diz que se faz que se. O telefone tocou uma vez mais, e como se diz nesses casos, mais uma e mais outra e outra mais, enquanto com uma das mãos ele ligava o rádio libertando uma onda desgrenhada de violinos, Wagner, supôs, que tinha sua cultura, sua leitura, valquírias, nazismos, dachaus, judeus, e com a outra acariciava o pau começando a vibrar estimulado talvez pelos violinos, judeus, davis.

 O telefone parou, o telefone não fazia nenhum som especial ao parar, mas deveria arfar, gemer quando entrasse fundo, duro e quente, judeuzinho de merda, deve estar metido naquele kibutz no meio da areia plantando trigo, não, trigo acho que não, é muito seco, azeitonas quem sabe, milho talvez, a cabeça quente do pau vibrava na palma da mão, foi no que deu ficar trocando livrinho de Camus por Anna Seghers, pervitin por pambenil, tesão se resolve é na cama, não emprestando livro nem apresentando droga, anote, aprenda, mas agora è *troppo* tarde, tudo já passou e minha vida não passa de um ontem não resolvido, bom isso. E idiota. E inútil.

 Levantou de repente. Foi então que veio a náusea, só o tempo de caminhar até o banheiro e vomitar aos roncos e arquejos, onde estão todos vocês, caralho, onde as comunidades rurais, os nirvanas sem pedágio, o ácido em todas as caixas-d'água de todas as cidades, o azul dos azulejos começando a brilhar, maya, samsara, que às vezes voltava. De súbito lisérgico no meio de uma frase tonta, de um gesto pouco, de um ato porco como esse de vomitar agora os quinze miligramas leves leves. Alice abria as coxas onde a penugem se adensava em pelos ruivos, depois gemia gostoso, calor molhado lá dentro. Neurônios arrebentados, tem um certo número sobrando, depois vão morrendo, não se recompõem nunca mais, quantos me restarão, meu deus e a mão de pelos escuros de Davi acariciando as minhas veias até incharem, quase obscenas, latejando azul-claro sob a pele. Sabe, cara, quando te aplico assim com a agulha lá no fundo, às vezes chego a pensar que. Noites sem dormir e a luz do dia esverdeando as caras pálidas e as peles secas desidratadas e as vozes roucas de tanto falar e fumar e falar e fumar. Vomitou mais. Nojo, saudade. Sou um publicitário bem-sucedido, macio, rodando nas nuvens, o Carvalho me disse que rodando-nas-nuvens é do caralho, que achado, cara, você é um poeta, enquanto olho pra ele e não digo nada como eu mesmo já rodei nas nuvens um dia, agora tou aqui, atolado nesta bosta colorida, fodida & bem-paga. *Strawberry fields*: no meio do vômito podia distinguir aqui e ali alguns pedaços de morangos boiando, esverdeados pelo mofo.

ANDANTE OSTINATO

Nem ontem nem amanhã, só existe agora, repetia Jack Nicholson antes de ser morto a pauladas, enquanto ele espiava Davi jogado no fundo do poço tão profundo que precisaria de uma escada para descer até lá, evitando os escombros da cidadezinha que era ao mesmo tempo Köln após a guerra e o Passo da Guanxuma, com aquele lago no centro de onde sem parar partiam ou chegavam barcos, nunca saberia, e não importa, Alice corria entre os ciprestes do cemitério sem túmulos enquanto ele gritava Alice, Alice, minha filha, quando é que você vai se convencer que não está mais do outro lado do espelho, até encontrar Billie Holiday em pé na escada entre paredes demolidas, aqueles degraus subindo para o nada, com Billie no topo decepada, solta no espaço de escombros repetindo e repetindo *you've changed, baby oh baby, you've changed so much*, estendeu a mão para socorrer John Lennon mas quando abriu a boca sangrenta, feito um vento preso numa caixa fugiu aquele horrível cheiro de morangos guardados há muito tempo, como um vento vindo do mar, um mar anterior, um mar quase infinito onde nenhuma gota é passado, nenhuma gota é futuro, tudo presente imóvel e em ação contínua, o cheiro de maresia era o mesmo do hálito da pantera biônica de cabelos dourados. Ah tantos anos de análise freudiana kleiniana junguiana reichiana rankiana rogeriana gestáltica. E mofo de morangos.

Gritaria. Mas acordou com o plim-plim eletrônico antes sequer de abrir a boca. O vento fresco da madrugada embalava as cortinas brancas feito velas de um barco encalhado, uma nau com todas as velas pandas, não adianta chorar, Alice, já falei que é loucura, para de bater essas malditas carreiras, teu nariz vai acabar furando, melhor ser monja budista em Vitória do Espírito Santo ou carmelita descalça em Calcutá ou a mais puta das putas na putaquepariu, não me olhe assim do fundo do poço, não me encham o saco com esse plim-plim hipnótico, eu fico aqui, meu bem, entre escombros.

Desligou a televisão, saiu para o terraço de plantas empoeiradas, devia cuidar melhor delas, não fosse essa presença viva dentro de mim corroendo carcomendo a célula pirada na alma fermentando o gosto nojento na língua. O cheiro daquele único jasmim espalhado sobre os sete viadutos da avenida mais central. Bastava um leve impulso, debruçou-se no parapeito, entrevado, morto da cintura para baixo, da cintura para cima, da cintura para fora, da cintura para dentro — que diferença faz? Oficializar o já acontecido: perdi um pedaço, tem tempo. E nem morri.

MINUETO E RONDÓ

Amanhecia. Não havia ninguém na rua.

Não, foi assim: debruçado no terraço, ele olhou primeiro para cima — e viu que o azul do céu quase preto aqui e ali se fazia cinza cada vez mais claro em direção ao horizonte, se houvesse horizonte, em todo caso atrás dos últimos edifícios que eram, digamos, um sucedâneo de horizontes. E amanhecia, concluiu então. Debruçado no terraço, ele olhou segundo para baixo — e viu que na longa rua não havia rumores nem carros nem pessoas, só os sete viadutos também desertos. Não havia ninguém na rua, concluiu ainda.

Debruçado no terraço, amanhecia.

Ao mesmo tempo, em seguida, um de-dentro pensou: e se alguém realmente e finalmente apertou o botão? e se aquele cinza-claro no sucedâneo de horizonte for o clarão metálico? e se eu estava dormindo quando tudo aconteceu? e se fiquei sozinho na cidade, no país, no continente, no planeta? Sabia que não. E um outro de-dentro pensava também, se sobrepujando mais claro, quase organizado, não totalmente porque para dizer a verdade não era um pensamento nem uma emoção, mas algo assim como o cinza-claro brotando natural por sobre o horizonte, se houvesse horizonte, ou como o vento fresco batendo nas cortinas, ou ainda como se uma onda nascesse daquele imóvel mar ativo, ali onde começa a luz, onde começa o vento, onde começa a onda, desse lugar qualquer que eu não sei, nem você, nem ele sabia agora: brotou qualquer coisa como — não quero ser piegas, mas talvez não tenha outro jeito — uma luz, um vento, uma onda. Exatamente. Uma onda calma ou arquejante, um vento minuano ou siroco, uma luz mortiça ou luminosa, repito que brotou, repetiu incrédulo.

Ele teve certeza. Ou claras suspeitas. Que talvez não houvesse lesões, no sentido de perder, mas acúmulos no sentido de somar? Sim sim. Transmutações e não perdas irreparáveis, alices-davis que o tempo levara, mas substituições oportunas, como se fossem mágicas, tão a seu tempo viriam, alices-davis que um tempo novo traria? Não era uma sensação química. Ele não tinha a boca seca nem as pupilas dilatadas. Estava exatamente como era, sem aditivos.

Vou-me embora, pensou: a estrada é longa.

Tocou então o próprio corpo. Uma glória interior, foi assim que batizou solene, infinitamente delicado, quando ela brotou. Arpejo, foi o que lhe ocorreu, ridículo complacente, cor-nu-có-pia soletrou, quero um instante assim barroco, desejou. Mas vestido de amarelo como estava, visto de costas contra o céu, supondo que uma câmera cinematográfica colocada aqui na porta desta sala o enquadrasse agora pareceria quase bizantino, ouro sobre azul, magreza mística, que tinha sua cultura, sua leitura. E culpa alguma. Gótico, gemeu torcido, unindo as duas mãos no sexo, no ventre, no peito, no rosto e elevando-as acima da cabeça.

O sol estava nascendo.

Poderia talvez ser internado no próximo minuto, mas era realmente um pouco assim como se ouvisse as notas iniciais de *A sagração da primavera*. O gosto mofado de morangos tinha desaparecido. Como uma dor de cabeça, de repente. Tinha cinco anos mais que trinta. Estava na metade, supondo que setenta fosse sua conta. Mas era um homem recém-nascido quando voltou-se devagar, num giro de cento e oitenta graus sobre os próprios pés, para deslizar as costas pela sacada até ficar de joelhos sobre os ladrilhos escuros, as mãos postas sobre o sexo.

Abriu os dedos. Absolutamente calmo, absolutamente claro, absolutamente só enquanto considerava atento, observando os canteiros de cimento: será possível plantar morangos aqui? Ou se não aqui, procurar algum lugar em outro lugar? Frescos morangos vivos vermelhos.

Achava que sim.

Que sim.

Sim.

OS DRAGÕES NÃO CONHECEM O PARAÍSO

(1988)

À memória de:
Ana Cristina Cesar,
Carlinhos Hartlieb,
Lygia Averbuck,
Julio Barroso,
Fernando Zimpeck,
Luiz Roberto Galizia,
Carlos Carvalho,
Ana Maria Scaraboto Assaf,
Josué Guimarães,
Alex Vallauri,
Rachel Rosemberg,
Ronaldo Vicentini,
Alexandre Bressan,
Darcy Penteado,
Luís Antônio Martinez Corrêa,
Cacaso,
Guilherme Leite Costa.

À
Vida,
anyway.

*a vida é tão bonita,
basta um beijo
e a delicada engrenagem movimenta-se,
uma necessidade cósmica nos protege.*
                    ADÉLIA PRADO, *O PELICANO*

Nota do autor

SE O LEITOR QUISER, este pode ser um livro de contos. Um livro com treze histórias independentes, girando sempre em torno de um mesmo tema: amor. Amor e sexo, amor e morte, amor e abandono, amor e alegria, amor e memória, amor e medo, amor e loucura. Mas se o leitor também quiser, este pode ser uma espécie de *romance-móbile*. Um romance desmontável, onde essas treze peças talvez possam completar-se, esclarecer-se, ampliar-se ou remeter-se de muitas maneiras umas às outras, para formarem uma espécie de todo. Aparentemente fragmentado, mas de algum modo — suponho — completo.

Linda, uma história horrível

Para Sergio Keuchguerian

> *Você nunca ouviu falar em maldição*
> *nunca viu um milagre*
> *nunca chorou sozinha num banheiro sujo*
> *nem nunca quis ver a face de Deus.*
> CAZUZA, "SÓ AS MÃES SÃO FELIZES"

SÓ DEPOIS DE APERTAR muitas vezes a campainha foi que escutou o rumor de passos descendo a escada. E reviu o tapete gasto, antigamente púrpura, depois apenas vermelho, mais tarde rosa cada vez mais claro — agora, que cor? —, e ouviu o latido desafinado de um cão, uma tosse noturna, ruídos secos, então sentiu a luz acesa do interior da casa filtrada pelo vidro cair sobre sua cara de barba por fazer, três dias. Meteu as mãos nos bolsos, procurou um cigarro ou um chaveiro para rodar entre os dedos, antes que se abrisse a janelinha no alto da porta.

Enquadrado pelo retângulo, o rosto dela apertava os olhos para vê-lo melhor. Mediram-se um pouco assim — de fora, de dentro da casa —, até ela afastar o rosto, sem nenhuma surpresa. Estava mais velha, viu ao entrar. E mais amarga, percebeu depois.

— Tu não avisou que vinha — ela resmungou no seu velho jeito azedo, que antigamente ele não compreendia. Mas agora, tantos anos depois, aprendera a traduzir como que-saudade, seja-bem-vindo, que-bom-ver-você ou qualquer coisa assim. Mais carinhosa, embora inábil.

Abraçou-a, desajeitado. Não era um hábito, contatos, afagos. Afundou tonto, rápido, naquele cheiro conhecido — cigarro, cebola, cachorro, sabonete, creme de beleza e carne velha, sozinha há anos. Segurando-o pelas duas orelhas, como de costume, ela o beijou na testa. Depois foi puxando-o pela mão, para dentro.

— A senhora não tem telefone — explicou. — Resolvi fazer uma surpresa.

Acendendo luzes, certa ânsia, ela o puxava cada vez mais para dentro. Mal podia rever a escada, a estante, a cristaleira, os porta-retratos empoeirados. A cadela se enrolou nas pernas dele, ganindo baixinho.

— Sai, Linda — ela gritou, ameaçando um pontapé. A cadela pulou de lado, ela riu. — Só ameaço ela respeita. Coitada, quase cega. Uma inútil, sarnenta. Só sabe dormir, comer e cagar, esperando a morte.

— Que idade ela tem? — ele perguntou. Que esse era o melhor jeito de chegar ao fundo: pelos caminhos transversos, pelas perguntas banais. Por trás do jeito azedo, das flores roxas do robe.

— Sei lá, uns quinze. — A voz tão rouca. — Dizque idade de cachorro a gente multiplica por sete.

Ele forçou um pouco a cabeça, esse era o jeito:

— Uns noventa e cinco, então.

Ela colocou a mala dele em cima de uma cadeira da sala. Depois apertou novamente os olhos. E espiou em volta, como se acabasse de acordar:

— O quê?

— A Linda. Se fosse gente, estaria com noventa e cinco anos.

Ela riu:

— Mais velha que eu, imagina. Velha que dá medo. — Fechou o robe sobre o peito, apertou a gola com as mãos. Cheias de manchas escuras, ele viu, como sardas (*ce-ra-to-se*, repetiu mentalmente), pintura alguma nas unhas rentes dos dedos amarelos de cigarros. — Quer um café?

— Se não der trabalho — ele sabia que esse continuava sendo o jeito exato, enquanto ela adentrava soberana a cozinha, seu reino. Mãos nos bolsos, olhou em volta, encostado na porta.

As costas dela, tão curvas. Parecia mais lenta, embora guardasse o mesmo jeito antigo de abrir e fechar sem parar as portas dos armários, dispor xícaras, colheres, guardanapos, fazendo muito ruído e forçando-o a sentar — enquanto ele via. Manchadas de gordura, as paredes da cozinha. A pequena janela basculante, vidro quebrado. No furo do vidro, ela colocara uma folha de jornal. *País mergulha no caos, na doença e na miséria* — ele leu. E sentou na cadeira de plástico rasgado.

— Tá fresquinho — ela serviu o café. — Agora só consigo dormir depois de tomar café.

— A senhora não devia. Café tira o sono.

Ela sacudiu os ombros:

— Dane-se. Comigo sempre foi tudo ao contrário.

A xícara amarela tinha uma nódoa escura no fundo, bordas lascadas. Ele mexeu o café, sem vontade. De repente, então, enquanto nem ele nem ela diziam nada, quis fugir. Como se volta a fita num videocassete, de costas, apanhar a mala, atravessar a sala, o corredor de entrada, ultrapassar o caminho de pedras do jardim, sair novamente para a ruazinha de casas quase todas brancas. Até algum táxi, o aeroporto, para outra cidade, longe do Passo da Guanxuma, até a outra vida de onde vinha. Anônima, sem laços nem passado. Para sempre, para nunca mais. Até a morte de qualquer um dos dois, teve medo. E desejou. Alívio, vergonha.

— Vá dormir — pediu. — É muito tarde. Eu não devia ter vindo assim, sem avisar. Mas a senhora não tem telefone.

Ela sentou à frente dele, o robe abriu-se. Por entre as flores roxas, ele viu as inúmeras linhas da pele, papel de seda amassado. Ela apertou os olhos, espiando a cara dele enquanto tomava um gole de café.

— Que que foi? — perguntou, lenta. E esse era o tom que indicava a abertura para um novo jeito. Mas ele tossiu, baixou os olhos para a estamparia de losangos da toalha. Vermelho, verde. Plástico frio, velhos morangos.

— Nada, mãe. Não foi nada. Deu saudade, só isso. De repente, me deu tanta saudade. Da senhora, de tudo.

Ela tirou um maço de cigarros do bolso do robe:

— Me dá o fogo.

Estendeu o isqueiro. Ela tocou na mão dele, toque áspero das mãos manchadas de ceratose nas mãos muito brancas dele. Carícia torta:

— Bonito, o isqueiro.

— É francês.

— Que é isso que tem dentro?

— Sei lá, fluido. Essa coisa que os isqueiros têm. Só que este é transparente, nos outros a gente não vê.

Ela ergueu o isqueiro contra a luz. Reflexos de ouro, o líquido verde brilhou. A cadela entrou por baixo da mesa, ganindo baixinho. Ela pareceu não notar, encantada com o por trás do verde, líquido dourado.

— Parece o mar — sorriu. Bateu o cigarro na borda da xícara, estendeu o isqueiro de volta para ele. — Então quer dizer que o senhor veio me visitar? Muito bem.

Ele fechou o isqueiro na palma da mão. Quente da mão manchada dela.

— Vim, mãe. Deu saudade.

Riso rouco:

— Saudade? Sabe que a Elzinha não aparece aqui faz mais de mês? Eu podia morrer aqui dentro. Sozinha. Deus me livre. Ela nem ia ficar sabendo, só se fosse pelo jornal. Se desse no jornal. Quem se importa com um caco velho?

Ele acendeu um cigarro. Tossiu forte na primeira tragada:

— Também moro só, mãe. Se morresse, ninguém ia ficar sabendo. E não ia dar no jornal.

Ela tragou fundo. Soltou a fumaça, círculos. Mas não acompanhou com os olhos. Na ponta da unha, tirava uma lasca da borda da xícara.

— É sina — disse. — Tua avó morreu só. Teu avô morreu só. Teu pai morreu só, lembra? Naquele fim de semana que eu fui pra praia. Ele tinha horror do mar. Uma coisa tão grande que mete medo na gente, ele dizia. — Jogou longe a bolinha com a pintura da xícara. — E nem um neto, morreu sem um neto nem nada. O que mais ele queria.

— Já faz tempo, mãe. Esquece — ele endireitou as costas, doíam. Não, decidiu: naquele poço, não. O cheiro, uma semana, vizinhos telefonando. Passou as pontas dos dedos pelos losangos desbotados da toalha. — Não sei como a senhora consegue continuar morando aqui sozinha. Esta casa é grande demais pra uma pessoa só. Por que não vai morar com a Elzinha?

Ela fingiu cuspir de lado, meio cínica. Aquele cinismo de telenovela não combinava com o robe desbotado de flores roxas, cabelos quase inteiramente brancos, mãos de manchas marrons segurando o cigarro quase no fim.

— E aguentar o Pedro, com aquela mania de grandeza? Pelo amor de Deus, só se eu fosse, sei lá. Iam ter que me esconder no dia das visitas, Deus me livre. A velha, a louca, a bruxa. A megera socada no quartinho de empregada, feito uma negra. — Bateu o cigarro. — E como se não bastasse, tu acha que iam me deixar levar a Linda junto?

Embaixo da mesa, ao ouvir o próprio nome, a cadela ganiu mais forte.

— Também não é assim, não é, mãe? A Elzinha tem a faculdade. E o Pedro no fundo é boa gente. Só que.

Ela remexeu nos bolsos do robe. Tirou uns óculos de hastes remendadas com esparadrapo, lente rachada.

— Deixa eu te ver melhor — pediu.

Ajeitou os óculos. Ele baixou os olhos. No silêncio, ficou ouvindo o tique-taque do relógio da sala. Uma barata miúda riscou o branco dos azulejos atrás dela.

— Tu está mais magro — ela observou. Parecia preocupada. — Muito mais magro.

— É o cabelo — ele disse. Passou a mão pela cabeça quase raspada. — E a barba, três dias.

— Perdeu cabelo, meu filho.

— É a idade. Quase quarenta anos. — Apagou o cigarro. Tossiu.

— E essa tosse de cachorro?

— Cigarro, mãe. Poluição.

Levantou os olhos, pela primeira vez olhou direto nos olhos dela. Ela também olhava direto nos olhos dele. Verde desmaiado por trás das lentes dos óculos, subitamente muito atentos. Ele pensou: *é agora, nesta contramão.*[*] Quase falou. Mas ela piscou primeiro. Desviou os olhos para baixo da mesa, segurou com cuidado a cadela sarnenta e a trouxe até o colo.

— Mas vai tudo bem?

— Tudo, mãe.

— Trabalho?

---

[*] Ana Cristina Cesar, *A teus pés*. (N. A.)

Ele fez que sim. Ela acariciou as orelhas sem pelo da cadela. Depois olhou outra vez direto para ele:

— Saúde? Dizque tem umas doenças novas aí, vi na tevê. Umas pestes.

— Graças a Deus — ele cortou. Acendeu outro cigarro, as mãos tremiam um pouco. — E a d. Alzira, firme?

A ponta apagada do cigarro entre os dedos amarelos, ela estava recostada na cadeira. Olhos apertados, como se visse por trás dele. No tempo, não no espaço. A cadela apoiara a cabeça na mesa, os olhos branquicentos fechados. Ela suspirou, sacudiu os ombros:

— Coitada. Mais esclerosada do que eu.

— A senhora não está esclerosada.

— Tu que pensa. Tem vezes que me pego falando sozinha pelos cantos. Outro dia, sabe quem eu chamava o dia inteiro? — Esperou um pouco, ele não disse nada. — A Cândida, lembra dela? Ô negrinha boa, aquela. Até parecia branca. Fiquei chamando, chamando o dia inteiro. Cândida, ô Cândida. Onde é que tu te meteu, criatura? Aí me dei conta.

— A Cândida morreu, mãe.

Ela tornou a passar a mão pela cabeça da cadela. Mais devagar, agora. Fechou os olhos, como se as duas dormissem.

— Pois é, esfaqueada. Que nem um porco, lembra? — Abriu os olhos. — Quer comer alguma coisa, meu filho?

— Comi no avião.

Ela fingiu cuspir de lado, outra vez.

— Cruz-credo. Comida congelada, Deus me livre. Parece plástico. Lembra daquela vez que eu fui? — Ele sacudiu a cabeça, ela não notou. Olhava para cima, para a fumaça do cigarro perdida contra o teto manchado de umidade, de mofo, de tempo, de solidão. — Fui toda chique, parecia uma granfa. De avião e tudo, uma madame. Frasqueira, ray-ban. Contando, ninguém acredita. — Molhou um pedaço de pão no café frio, colocou-o na boca quase sem dentes da cadela. Ela engoliu de um golpe. — Sabe que eu gostei mais do avião do que da cidade? Coisa de louco, aquela barulheira. Nem parece coisa de gente, como é que tu aguenta?

— A gente acostuma, mãe. Acaba gostando.

— E o Beto? — ela perguntou de repente. E foi baixando os olhos até encaixarem, outra vez, direto nos olhos dele.

Se eu me debruçasse? — ele pensou. Se, então, assim. Mas olhou para os azulejos na parede atrás dela. A barata tinha desaparecido.

— Tá lá, mãe. Vivendo a vida dele.

Ela voltou a olhar o teto:

— Tão atencioso, o Beto. Me levou pra jantar, abriu a porta do carro pra mim. Parecia coisa de cinema. Puxou a cadeira do restaurante pra mim sentar. Nunca ninguém tinha feito isso. — Apertou os olhos. — Como era mesmo o nome do restaurante? Um nome de gringo.

— Casserole, mãe. La Casserole. — Quase sorriu, ele tinha uns olhos de menino, lembrou. — Foi boa aquela noite, não foi?

— Foi — ela concordou. — Tão boa, parecia filme. — Estendeu a mão por sobre a mesa, quase tocou na mão dele. Ele abriu os dedos, certa ânsia. Saudade, saudade. Então ela recuou, afundou os dedos na cabeça pelada da cadela.

— O Beto gostou da senhora. Gostou tanto — ele fechou os dedos. Assim fechados, passou-os pelos pelos do próprio braço. Umas memórias, distância. — Ele disse que a senhora era muito chique.

— Chique, eu? Uma velha grossa, esclerosada. — Ela riu, vaidosa, mão manchada no cabelo branco. Suspirou. — Tão bonito. Um moço tão fino, aquilo é que é moço fino. Eu falei pra Elzinha, bem na cara do Pedro. Pra ele tomar como indireta mesmo, eu disse bem alto, bem assim. Quem não tem berço a gente vê logo na cara. Não adianta ostentar, tá escrito. Que nem o Beto, aquela calça rasgadinha. Quem ia dizer que era um moço assim tão fino, de tênis? — Voltou a olhar dentro dos olhos dele. — Isso é que é amigo, meu filho. Até meio parecido contigo, eu fiquei pensando. Parecem irmãos. Mesma altura, mesmo jeito, mesmo.

— A gente não se vê faz algum tempo, mãe.

Ela debruçou um pouco, apertando a cabeça da cadela contra a mesa. Linda abriu os olhos esbranquiçados. Embora cega, também parecia olhar para ele. Ficaram se olhando assim. Um tempo quase insuportável, entre a fumaça dos cigarros, cinzeiros cheios, xícaras vazias — os três, ele, a mãe e Linda.

— E por quê?

— Mãe — ele começou. A voz tremia. — Mãe, é tão difícil — repetiu. E não disse mais nada.

Foi então que ela levantou. De repente, jogando a cadela ao chão como um pano sujo. Começou a recolher xícaras, colheres, cinzeiros, jogando tudo dentro da pia. Depois de amontoar a louça, derramar o detergente e abrir as torneiras, andando de um lado para outro enquanto ele ficava ali sentado, olhando para ela, tão curva, um pouco mais velha, cabelos quase inteiramente brancos, voz ainda mais rouca, dedos cada vez mais amarelados pelo fumo, guardou os óculos no bolso do robe, fechou a gola, olhou para ele e — como quem quer mudar de assunto, e esse também era um sinal para um outro jeito que, desta vez sim, seria o certo — disse:

— Teu quarto continua igual, lá em cima. Vou dormir que amanhã cedo tem feira. Tem lençol limpo no armário do banheiro.

Então fez uma coisa que não faria, antigamente. Segurou-o pelas duas orelhas para beijá-lo não na testa, mas nas duas faces. Quase demorada. Aquele cheiro — cigarro, cebola, cachorro, sabonete, cansaço, velhice. Mais qualquer coisa úmida que parecia piedade, fadiga de ver. Ou amor. Uma espécie de amor.

— Amanhã a gente fala melhor, mãe. Tem tempo, dorme bem.

Debruçado na mesa, acendeu mais um cigarro enquanto ouvia os passos dela subindo pesados pela escada até o andar superior. Quando ouviu a porta do quarto bater, levantou e saiu da cozinha.

Deu alguns passos tontos pela sala. A mesa enorme, madeira escura. Oito lugares, todos vazios. Parou em frente ao retrato do avô — rosto levemente inclinado, olhos verdes aguados que eram os mesmos da mãe e também os dele, heranças. No meio do campo, pensou, morreu só com um revólver e sua sina. Levou a mão até o bolso interno do casaco, tirou a pequena garrafa estrangeira e bebeu. Quando a afastou, gotas de uísque rolaram pelos cantos da boca, pescoço, camisa, até o chão. A cadela lambeu o tapete gasto, olhos quase cegos, língua tateando para encontrar o líquido.

Ele abriu os olhos. Como depois de uma vertigem, percebeu-se a olhar fixamente para o grande espelho da sala. No fundo do espelho na parede da sala de uma casa antiga, numa cidade provinciana, localizou a sombra de um homem magro demais, cabelos quase raspados, olhos assustados feito os de uma criança. Colocou a garrafa sobre a mesa, tirou o casaco.

Suava muito. Jogou o casaco na guarda de uma cadeira. E começou a desabotoar a camisa manchada de suor e uísque.

Um por um, foi abrindo os botões. Acendeu a luz do abajur, para que a sala ficasse mais clara quando, sem camisa, começou a acariciar as manchas púrpura, da cor antiga do tapete na escada — agora, que cor? —, espalhadas embaixo dos pelos do peito. Na ponta dos dedos, tocou o pescoço. Do lado direito, inclinando a cabeça, como se apalpasse uma semente no escuro. Depois foi dobrando os joelhos até o chão. Deus, pensou, antes de estender a outra mão para tocar no pelo da cadela quase cega, cheio de manchas rosadas. Iguais às do tapete gasto da escada, iguais às da pele do seu peito, embaixo dos pelos. Crespos, escuros, macios.

— Linda — sussurrou. — Linda, você é tão linda, Linda.

O destino desfolhou

Em memória de
Tânia Beatriz Pacheco Pinto.
E para
Fanny Abramovich,
que me fez lembrar.

> *Aqui é dor, aqui é amor, aqui é amor e dor:*
> *onde um homem projeta seu perfil e pergunta atônito:*
> *em que direção se vai?*
>
> ADÉLIA PRADO, O CORAÇÃO DISPARADO

VÊNUS

HÁ SEIS ANOS, ele estava apaixonado por ela. Perdidamente. O problema — um dos problemas, porque havia outros, bem mais graves —, o problema inicial, pelo menos, é que era cedo demais. Quando se tem vinte ou trinta anos, seis anos de paixão pode ser muito (ou pouco, vai saber) tempo. Mas acontece que ele só tinha doze anos. Ela, um a mais. Estavam ambos naquela faixa intermediária em que ficou cedo demais para algumas coisas, e demasiado tarde para a maioria das outras.

Ela chamava-se Beatriz. Ele chamava-se — não vem ao caso. Mas não era Dante, ainda não. Anos mais tarde, tentaria lembrar-se de Como Tudo Começou. E não conseguia. Não conseguiria, claramente. Voltavam sempre cenas confusas na memória. Misturavam-se, sem cronologia, sem que ele conseguisse determinar o que teria vindo antes ou depois daquele momento em que, tão perdidamente, apaixonou-se por Beatriz.

Voltavam principalmente duas cenas. A primeira, num aniversário, não saberia dizer de quem. Dessas festas de verão, janelas da casa todas abertas, deixando entrar uma luz bem clara que depois empalideceria aos poucos, tingindo o céu de vermelho, porque entardecia. Ele lembrava de um copo de guaraná, da saia de veludo da mãe — sempre ficava enroscado na mãe, nas festas, espiando de longe os outros, os da idade dele. Lembrava do copo de guaraná, da saia de veludo (seria verde-musgo?) e do balão de gás que segurava. Então a mãe perguntou, de repente, qual a menina da festa que ele achava mais bonita. Sem precisar pensar, respondeu:

— Beatriz.

A mãe riu, jogou para trás os cabelos — uns cabelos dourados, que nem o guaraná e a luz de verão — e disse assim:

— Credo, aquele estrelete?

Anos mais tarde, não encontraria no dicionário o significado da palavra *estrelete*. Mas naquele momento, ali com o balão numa das mãos, o guaraná na outra, cotovelos fincados no veludo (seria azul-marinho?) da saia da mãe, pensou primeiro em estrela. Talvez por causa do movimento dos cabelos da mãe, quando tudo brilhou, ele pensou em estrela. Uma pequena estrela. Uma estrela magrinha, meio nervosa. Beatriz tinha um pescoço longo de bailarina que a fazia mais alta que as outras meninas, e um jeito lindo de brilhar quando movia as costas muito retas, olhando adulta em volta.

Estrelete estrelete estrelete estrelete — repetiu e repetiu até que a palavra perdesse o sentido e, reduzida a faíscas, saísse voando junto com o balão que ele soltou, escondido atrás do taquareiro. Bem na hora em que o sol sumia e uma primeira estrela apareceu. Estrela-d'alva, Vésper, Vênus, diziam. Diziam muitas coisas que ele ainda não entendia.

CENAS

A outra cena acontecia num dos festivais de fim de ano do Grupo Escolar, no Cine Cruzeiro do Sul.

Ele estava na plateia, porque não sabia cantar nem dançar nem declamar, nem nada que os outros pudessem sentar e aplaudir — como ele sentava e aplaudia agora. Então Beatriz entrava no palco com um vestido branco repolhudo, sentava numa cadeira e a professora-apresentadora colocava um acordeom nos braços dela. Embora alta demais para a idade, Beatriz quase desaparecia no palco do cinema, atrás daquele enorme acordeom. Dava só para ver o rosto pálido, sério, a franja lisa acima do instrumento, as pernas compridas abaixo, tão finas que os carpins de renda desabavam sobre os sapatos de verniz preto e presilha. As duas mãos de unhas roídas, nas teclas.

Então, acontecia. Na memória, anos depois, tinha a impressão de que havia um silêncio pouco antes dela começar. Um silêncio precedendo o brilho. Talvez não, só fantasias.

De repente, logo após esse silêncio incerto, os dedos de unhas roídas de Beatriz começavam a mover-se sobre as teclas. Do acordeom e da voz dela, uma voz fina de vidro, agulha, espinho, brotava aos poucos uma valsinha chamada "O destino desfolhou". O-nosso-amor-traduzia-felicidade-e-afeição, ele lembraria, suprema-glória-que-um-dia-tive-ao-alcance-da-mão. O coração bateu mais forte. Como quando soltara o balão, de tardezinha, atrás do taquaral. E alguma coisa brilhou no ar entre vermelho e roxo do entardecer, no meio das paredes descascadas do Cine Cruzeiro do Sul. Era tudo: cenas.

Depois dessa, havia outras.

Cenas mais comuns, com ele sentado quase sempre atrás ou ao lado dela, na primeira, segunda, terceira, quarta e quinta séries primárias. Colava de Beatriz, em aritmética. Ela colava dele, em linguagem. Tiravam notas boas. Mas em comportamento, todo mês ganhavam o mínimo, porque não paravam de conversar. Todas as manhãs, menos sábado e domingo.

Sábado não tinha Beatriz. Mas domingo, vezenquando, na missa das dez, novamente ela aparecia, ao lado da mãe. D. Lucy não usava saias de veludo nem tinha cabelos dourados: era viúva, vestia preto, cabelos presos num coque, rosário na mão. Ao lado dela, o brilho de Beatriz desaparecia, ofuscado por uma dor que ela ou ele só seriam capazes de compreender mais tarde, se houvesse tempo. E não havia.

A SEPARAÇÃO

De repente — ou não de repente, mas tão aos pouquinhos, e tão igual todo dia que era como se fosse assim, num piscar de olhos, num virar de página — passou-se muito tempo. E quando começaram o ginásio houve: A Separação. Ele foi para o colégio estadual, ela para o colégio das Freiras. Depois das férias grandes, pelas manhãs, num fim de verão, não havia mais Beatriz.

Aos domingos, sim, tinha Beatriz na matinê das quatro. Sem d. Lucy. Havia agora Betinha, Aureluce, Tanara e outras amigas barulhentas em volta, uma fila inteira delas no Cine Cruzeiro do Sul. Com blusinhas de *ban lon* e risadinhas, pipocas e barulho de papel de bala amassado justo na hora em que Johnny Weissmuller ia cair nas mãos dos pigmeus canibais. Areias movediças, caçadores de cabeça, dardos fatais. Odiava todas as gurias: gasguitas gasguitas. Menos ela. Quando retardava ou apressava o passo para cruzá-la na saída, ruborizava um pouco, dizia *ó-h!* cumprimentando — e apressava o passo de novo, para afastar-se logo e levá-la por dentro, perdoando tudo.

Ela crescia. Crescia não como as outras, para os lados, para a frente e para trás. Beatriz crescia principalmente para cima. Pescoço cada vez mais longo, rabo de cavalo preto liso escorrido batendo nas costas, abaixo dos ombros. Ele, não. Ele não crescia para lado nenhum. Só para dentro, parecia. Tinha horror de uma coisa densa, meio suja, entupindo ele por dentro. Descoordenava os movimentos, descontrolava a voz. Umas espinhas, uns pelos apareciam em lugares imprevistos. Sentia-se pesado, lerdo, desconfortável como se não coubesse dentro do próprio corpo, suspenso entre ter perdido um jeito antigo de comandá-lo e ainda não ter encontrado o jeito novo. Que devia haver um.

Nessa época, começaram os boatos. A filha da Lucy, diziam, mas mudavam logo de assunto quando ele se aproximava. Que horror, ainda conseguia ouvir, que tragédia. Primeiro o marido, agora a filha. Coitadinha, nem quinze anos. Aprendeu a maneira de ouvir sem ser visto. Na sombra, atrás da porta.

Até surpreender, um dia, a palavra nova: *leucemia*. No dicionário, encontrou. Mas não conseguiu entender direito. Glóbulos, era bonito, redondo. Parecia pétala, sânscrito, dádiva: gló-bu-los. Brancos, excesso. Mata?, perguntou no colégio. Disseram que sim. Em pouco tempo.

A URGÊNCIA

Então baixou a pressa.

Não tinha mais um dia a perder, pois embora fosse muito cedo, começou a suspeitar que era também desesperadamente tarde demais. Procurou Betinha, bilhete pronto, escrito com Parker 51 em folha de arquivo. *Quero falar contigo amanhã sem falta, na praça, depois da aula.*

— Tu sabes? — perguntou Betinha, olho no olho.

Ele disse que sim.

De tardezinha, veio a resposta: Beatriz concordava. Amanhã na praça, sem falta.

— Mas tu sabes mesmo? — Betinha perguntou novamente.

Outra vez, disse que sim. Perguntou se era verdade.

Betinha sacudiu a cabeça, que era. Antes de ir embora, ainda falou:

— Olha bem para o pescoço dela. Tem uns caroços aqui, assim, inchados. Aquilo é a doença.

Ele olhou bem, quase meio-dia da manhã seguinte, sentados num banco do centro da praça. Enquanto pedia, trêmulo de amor:

— Beatriz, quero namorar contigo.

Ela apertou contra o peito um livro de história do Brasil:

— Tu é muito criança — disse.

Quase não conseguia olhar para ela. Olhava o chão de pastilhas coloridas no centro da praça. Formavam círculos, quadrados, estrelas grandes e pequenas. Menores ainda, estreletes.

— Mas se eu sou criança — foi dizendo devagar, convincente —, se eu sou criança tu também é, porque só tens doze anos.

— Treze — ela corrigiu. E ergueu o rosto para o sol no meio do céu. Os gânglios inchados quase desapareciam assim. *Gân-gli-os*, repetiu mentalmente, essa palavra que quase não conhecia.

Espantado, percebeu que Beatriz usava batom. Batom clarinho, mal se notava. Parecia tão divertida e distante que aquela coisa densa, meio suja, dentro dele começou a se contorcer feito quisesse sair para fora.

Cobra armando o bote, vômito armado na garganta. Ainda tentava controlá-la, quando insistiu:

— Eu gosto de ti, Beatriz. Eu gosto muito de ti. Eu gosto tanto de ti.

— Pois eu não — ela abaixou os olhos, procurando os dele. Quando encontrou, falou quase sorrindo, como quem dá uma coisa doce, não como quem enfia uma faca afiada: — Gosto só como amigo.

— Como amigo, não me interessa — gemeu.

Devia ser março, porque o sol era tão quente que fazia gotas de suor escorrerem entre as espinhas da cara dele até o lábio superior, onde aqueles pelos escuros começavam a se adensar. Sua cara de macho em preparação devia estar nojenta como a de um bicho. Mais tarde, bem mais tarde, se lhe perguntassem, mas ninguém saberia, poderia explicar que não tinha tido culpa. Foi aquela coisa suja de dentro que subiu descontrolada garganta acima, para atravessar a língua e os dentes até arredondar-se de repente na pergunta cruel que jogou no ar morno de meio-dia (e Sol na X, era o destino):

— Beatriz, tu sabe que vai morrer?

Ela levantou. Nem pálida, nem lágrimas nos olhos. Remota, fatídica. Ele levantou também. Só então percebeu que, além do batom, ela usava sapatos de saltinho que a faziam quase dois palmos mais alta que ele. Por trás dela, podia ver a torre da igreja. Talvez uma ou duas palmeiras. A caixa-d'água ao longe, muito alta. O sino começou a bater. Beatriz virou as costas e saiu caminhando, pescoço erguido, o livro de história apertado contra os seios tão empinados que, num último golpe, percebeu: além do batom e dos saltinhos, Beatriz também usava sutiã.

Beatriz era uma mulher. E ia morrer.

A PARTIDA

Volta, quis dizer, parado no meio da praça.

Mas agora, tantos anos depois, não saberia se teve mesmo vontade de chamar ali, ao meio-dia de uma tarde de Peixes, ou se repetiria depois baixinho, à noite, sozinho na cama, no mesmo quarto com o irmão mais velho, nessa noite ou em todas as outras depois dessa, à medida que o verão fosse indo embora e as noites todas se tornassem mais e mais frias, junho, julho, agosto adentro, enrolado em cobertores, vida afora repetindo volta, Beatriz, volta que eu cuido de ti e dou um jeito qualquer de tu ficares boa e então nós podemos ir embora para a África ou Oceania ou Eurásia ou qualquer outro lugar onde tu possas ficar completamente boa do meu lado e para sempre, volta que eu te cuido e não te deixo morrer nunca.

Não disse nada. Pisando lenta, olhando o sol, Beatriz foi embora para sempre dos doze anos de vida dele.

AH, DINDI...

O tempo passou, depois disso, mais um pouco. Um, dois anos em que, além de para dentro, ele começou a crescer igual aos outros: em todas as direções. Aqueles pelos finos engrossaram sobre o lábio superior, outros surgiram, escureceram curvas, reentrâncias. As espinhas desapareceram, a voz definiu-se. Aquela coisa densa de dentro transformou-se numa espécie de leite espesso que descobriu o jeito de puxar para fora, com movimentos da mão e estremecimentos do corpo. Na cama ao lado, Toninho repetia:

— Vai criar cabelo na palma da mão. Vai ficar tuberculoso desse jeito. Se quiser, um dia me fala, te levo na zona. Ou vai sozinho, chega na Morocha e diz que é meu irmão, ela já sabe.

Foram esses os anos em que Beatriz foi embora. Para a capital, para se tratar, diziam.

Isso depois de uma fase em que ela trocou aquele batom rosa-clarinho por outro vermelho, muito forte, aqueles saltos baixos por outros altíssimos, e decotes fundos, costas de fora, saias curtas, pernas cruzadas no clube, risadas estridentes na rua, cigarros e rosas de ruge na face cada vez mais branca. De mão em mão, Beatriz passou. Pelas mãos de Cacá, que na aula de educação física abaixava o calção para mostrar o pau, o maior do colégio, a quem quisesse ver. Ou pegar, alguns pegavam. Pelas mãos de Mauro, que tinha cabelo no peito e encestava bola no basquete como ninguém. E Luizão e Pancho e Caramujo e Bira e tantos outros que nem lembrava direito o nome, a cara, divulgando pelas esquinas, pela sinuca, pela praça ou matinê: ela faz de tudo, só chegar e meter a mão, dá pra qualquer um — uma percanha.

Com ele, quase nada aconteceu, além de uma tentativa desastrada de namorar Betinha, depois que Beatriz se foi. Mas só perguntava por ela, até que um dia Betinha encheu, foi namorar Luizão, que tinha uma lambreta. Quase nada além daquele corpo crescendo em direções imprevistas, de um *B* gótico desenhado em segredo e carinho nas folhas finais dos cadernos, principalmente os de geografia, quando tentava decorar as capitais — Suíça, capital Berna; Polônia, capital Varsóvia; Honduras, capital Te-gu-ci-gal-pa — e a cada nome estranho repetia e repetia, morto de saudade: para lá, então, para lá, Beatriz, quem sabe — vamos?

Aprendeu a dirigir o Simca Chambord branco forrado de vermelho do pai. Mas Passo da Guanxuma acabava logo: só restavam quatro estradas de terra vermelha poeirenta batida, perdidas até o horizonte. Precisou de professor particular de matemática. Ficou para segunda época em latim, não conseguia passar da primeira declinação, *terra, terrae, terram*. Escreveu sonetos de pé quebrado, sem parar ouviu Silvinha Telles num compacto cantando ah-Dindi-se-soubesses-o-bem-que-eu-te-quero-o-mundo-seria-Dindi-lindo-Dindi...

Até aquele dia.

MARTE

Era sempre verão quando alguma coisa acontecia. Talvez porque no verão as pessoas tiravam cadeiras para fora de casa e, pelas calçadas, olhando estrelas, falavam de tudo que não costumavam falar durante o dia. Ele tinha aprendido o jeito de se confundir com as sombras, sem que o notassem. Tinha-se tornado uma sombra à espreita do que nunca era dito claramente, à beira do momento em que não haveria mais nenhum segredo a descobrir e a vida, então, se tornasse crua e visível, por tê-la tocado ele mesmo, não por ouvir dizer.

Frase após frase, ficou ouvindo:

— E a filha da Lucy, tu já soube?

— Quem, a Beatriz?

— E a Lucy tinha outra filha, criatura?

— Perguntei por perguntar. Que aconteceu?

— Pois dizque morreu, em Porto Alegre.

— Mas não me conta, criatura. Quando?

— Ontem, tresantontem. Não sei direito. Vão enterrar lá mesmo.

— Que barbaridade. Tão novinha.

— Pois é. Mais uma perdida. Não tinha nem dezesseis anos.

— Uma guria bonitinha. Meio espevitada, mas jeitosinha.

— Dizque morreu grávida.

— Pelo amor de Deus, não me conta.

— Que sabia que ia morrer. Aí deu um desgosto, emputeceu de repente.

— Mas quem era o pai?

— Deus é que sabe. Só aqui no Paço, retouçou com todos. O Cacá da Zulma, o Luizão da Lia, o Bira do Otaviano. Fora os de lá, que ninguém sabe.

— Que coisa de louco.

— Dizque a cabeça rachou toda antes de morrer.

— Como, rachou?

— Pois rachou, ué. Que nem porongo no sol. A tal da doença.

— Mas a pobre da Lucy. Primeiro o marido, depois a filha.

— Cada vivente com a sua sina.

— A pobre da Beatriz.

— Que Deus a tenha.

— Escuta, teu filho não tinha um rabicho por ela?

Tinha? (Tanto tempo hoje, a garrafa de vinho quase vazia e a voz travada de Marianne Faithfull cantando "As tears goes by", tantas dores novas, e tão inesperadas, tivesse visto de lá, naquele tempo, com aqueles olhos que nunca mais teria.) Tinha tido mesmo — tão grosseiro, como se diz? — um *rabicho* por Beatriz? Não sabia responder direito.

Deve ter olhado para cima e visto a estrela vermelha (seria Marte?) que naquele verão costumava brilhar justamente sobre a casa da Morocha. Teve um impulso, coice no peito, suor na testa. Mas esperou que o assunto mudasse, virando página após página de *O Cruzeiro*, jogado no sofá-cama da sala. David Nasser, disco voador, Márcia e Maristela, candangos, Odete Lara, coisas assim. Só depois de ter remanchado horas pela casa — outra vez então aquela coisa grossa, aquela coisa porca, aquela coisa furiosa dando voltas dentro dele — resolveu emergir devagarinho das sombras para a luz do poste sobre as pessoas sentadas na calçada.

E visto assim, à luz do poste, dos cigarros, vaga-lumes e estrelas, camisa aberta ao peito, as duas mãos enfiadas fundo nos bolsos, parecia tão seguro e decidido que ninguém teria coragem de negar absolutamente nada quando pediu:

— Pai, me empresta o auto?

POEIRA

Deu a partida e enveredou pelos barrancos em direção à casa da Morocha. Alto do chão.

— *El hermano de Tonico?* — ela perguntou, oferecendo a cuia de mate novo, dente de ouro na frente. — *Entonces, eres tu? Bien que él me tenía hablado, muy guapo.*

Os anéis cintilaram quando ela abriu a porta para que ele penetrasse no interior enfumaçado. Já estavam lá, ou chegariam depois, não lembrava, o Caramujo, o Pancho, o Bira e talvez um ou outro daqueles bagaceiras todos que tinham tocado em Beatriz. Não falou com ninguém. Sentou sozinho numa mesa, pediu um maço de Hudson com ponta, uma cerveja. Antes que pedisse a segunda, uma loira meio velha, olhos verdes e falha num dente, pediu licença para sentar com ele. Usava saia justa de veludo de cor viva, de que nunca mais conseguiu lembrar a cor exata, embora tivesse certeza de que não era verde-musgo nem azul-marinho.

Na manhã seguinte, quando Toninho aos berros finalmente conseguiu acordá-lo, lembrava apenas de ter pedido para ouvir "O destino desfolhou", depois de uma vomitada espetacular bem no meio da sala. Mais que tudo, das pernas escancaradas de uma loira meio velha numa cama de lençóis com cheiro estranho. O resto, névoa opaca, gosto de palha na boca.

Hoje — tantos anos depois, neurônios arrebentados de álcool, drogas, insônia, rejeições, e a memória trapaceia, mesmo com a atenção voltada inteira para o centro seco daquilo que era denso e foi-se dispersando aos poucos, como se perdem o tempo e as emoções, poeira varrida, por mais esforços que faça, plena madrugada, sede familiar, telefone mudo — não consegue lembrar de quase mais nada além disto tudo que tentou ser dito sobre Beatriz ou ele mesmo ou aquilo que agora chama, com carinho e amargura, de: *Aquele tempo.*

Tempo, faz tanto tempo, repetem — esquece. Continuam a dizer coisas que ele não entende.

À beira do mar aberto

....
.... e de
novo me vens e me contas do mar aberto das costas de tua terra, do vento gelado soprando desde o polo, nos invernos, sem nenhuma baía, nenhuma gaivota ou albatroz sobrevoando rasante o cinza das águas para mergulhar, como certa vez, em algum lugar, rápido iscando um peixe no bico agudo, mas essas outras águas que lembro eram claras verdes, havia sol e acho que também um reflexo de prata no bico da ave no momento justo do mergulho, nessas águas de que me falas quando me tomas assim e me levas para histórias ou caminhadas sem fim não há verde nem é claro, o sol não transpõe as nuvens, e te imagino então parado sozinho sobre a faixa interminável de areia, o vento que bate em teu rosto, as mãos com os dedos roxos de frio enfiadas até o fundo dos bolsos, o vento e novamente o vento que bate em teu rosto, esse mesmo que me olha agora, raramente, teu olho bate em mim e logo se desvia, como se em minhas pupilas houvesse uma faca, uma pedra, um gume, teu rosto mais nu que sempre, à beira-mar, com esse vento a bater e a revolver teus cabelos e pensamentos, e eu sem saber o que me revolve agora quando teu olho outra vez escorrega para fora e longe do meu, entre tua testa larga de onde às vezes costumas afastar os cabelos com ambas as mãos, numa mistura de preguiça e sensualidade expostas, e quando teu olho se afasta assim, não sei para onde, talvez para esse mesmo lugar onde te encontravas ontem, à beira do mar aberto, onde não penetro, como não te penetro agora, mas é quando a pedra ou faca no fundo do meu olho afasta o teu é que te olho detalhado, e nunca saberás quanto e como já conheço cada milímetro da tua pele, esses vincos cada vez mais fundos circundando as sobrancelhas que se erguem súbitas para depois diluírem-se em pelos cada vez mais ralos, até a região onde os raspas quase sempre mal, e conheço também esses tocos de pelos duros e secretos, escondidos sob teu lábio inferior, levemente partido ao meio, e tão dissimulado te espio que nunca me percebes assim, te devassando como se através de cada fiapo, de cada poro, pudesse chegar a esse mais de dentro que me escondes sutil, obstinado, através de histórias como essa, do mar, das velhas tias, das iniciações, dos exílios, das pri-

sões, das cicatrizes, e em tudo que me contas pensando, suponho, que é teu jeito de dar-se a mim, percebo farpado que te escondes ainda mais, como se te contando a mim negasses quase deliberado a possibilidade de te descobrir atrás e além de tudo que me dizes, é por isso que me escondo dessas tuas histórias que me enredam cada vez mais no que não és tu, mas o que foste, tento fugir para longe e a cada noite, como uma criança temendo pecados, punições de anjos vingadores com espadas flamejantes, prometo a mim mesmo nunca mais ouvir, nunca mais ter a ti tão mentirosamente próximo, e escapo brusco para que percebas que mal suporto a tua presença, veneno veneno, às vezes digo coisas ácidas e de alguma forma quero te fazer compreender que não é assim, que tenho um medo cada vez maior do que vou sentindo em todos esses meses, e não se soluciona, mas volto e volto sempre, então me invades outra vez com o mesmo jogo e embora supondo conhecer as regras, me deixo tomar inteiro por tuas estranhas liturgias, a compactuar com teus medos que não decifro, a aceitá-los como um cão faminto aceita um osso descarnado, essas migalhas que me vais jogando entre as palavras e os pratos vazios, torno sempre a voltar, talvez penalizado do teu olho que não se debruça sobre nenhum outro assim como sobre o meu, temendo a faca, a pedra, o gume das tuas histórias longas, das tuas memórias tristes, cheias de corredores mofados, donzelas velhas trancadas em seus quartos, balcões abertos sobre ruazinhas onde moças solteiras secam o cabelo, exibindo os peitos, tornarei sempre a voltar porque preciso desse osso, dos farelos que me têm alimentado ao longo deste tempo, e choro sempre quando os dias terminam porque sei que não nos procuraremos pelas noites, quando o meu perigo aumenta e sem me conter te assaltaria feito um vampiro faminto para te sangrar e te deixar mudo, sem nenhuma história a te esconder de mim, enquanto meus dentes penetrando nas veias da tua garganta arrancassem do fundo essa vida que me negas delicadamente, de cada vez que me procuras e me tomas, contudo me enveneno mais quando não vens e ninguém então me sabe parado feito velho num resto de sol de agosto, escurecido pela tua ausência, e me anoiteço ainda mais e me entrevo tanto quando estás presente e novamente me tomas e me arrancas de mim me desguiando por esses caminhos conhecidos onde atrás de cada palavra tento desesperado encontrar um sentido, um código, uma senha qualquer que me permita esperar por um atalho onde não desvies tão súbito os olhos, onde teu dedo não roce tão passageiro no meu braço, onde te detenhas mais demorado sobre isso que sou e penses quem sabe que se aceito tuas tramas, e vomitas sobre mim, depois puxas a descarga e te vais, me deixando repleto dos restos amargos do que não digeriste, mas mesmo assim penses que poderias aceitar também meus jogos, esses que não proponho, ah detritos, mas tudo isso é inútil e bem sei de como tenho tentado me alimentar dessa casca suja que chamamos com fome e pena de pequenas-esperanças, enquanto definho feito um animal alimentado apenas com água, uma água rala e pouca, não essa densa espessa turva do mar de que me falaste no começo da tarde que agora vai-se indo devagar atrás das minhas costas, e parado aqui ao teu lado, sem que me vejas, lentamente afio as pedras e as facas do fundo das minhas pupilas, para que a noite não me encontre outra vez insone, recompondo sozinho um por um dos teus traços, dos teus pelos, para que quando esses teus olhos escuros e parados como as águas do mar de inverno na praia onde talvez caminhes ainda, enquanto me adestro em gumes, resvalarem outra vez pelos meus, que seu fio esteja tão aguçado que possa rasgar-te até o fundo, para que te arrastes nesse chão que juncamos todos os dias de papéis rabiscados e pontas de cigarro, sangrando e gemendo, a implorar de mim aquele mesmo gesto que nunca fizeste, e nem mesmo sei exatamente qual seria, mas que nos arrancasse brusco e definitivo dessa mentira gentil onde não sei se deliberados ou casuais afundamos pouco a pouco, bêbados como moscas sobre açúcar, melados de nossa própria cínica doçura acovardada, contaminados por nossa falsa pureza, encharcados de palavras e literatura, e depois nos jogasse completamente nus, sem nenhuma história, sem nenhuma palavra, nessa mesma beira de mar das costas da tua terra, e de novo então me vens e me chegas e me invades e me tomas e me pedes e me perdes e te derramas sobre mim com teus olhos sempre fugitivos e abres a boca para libertar novas histórias e outra vez me completo assim, sem urgências, e me concentro inteiro nas coisas que me contas, e assim calado, e assim submisso, te mastigo dentro de mim enquanto me apunhalas com lenta delicadeza deixando claro em cada promessa que jamais será cumprida, que nada devo esperar além dessa máscara colorida, que me queres assim porque é assim que és e unicamente assim é que me queres e me utilizas todos os dias, e nos usamos honestamente assim, eu digerindo faminto o que o teu corpo rejeita, bebendo teu mágico veneno porco que me ilumina e anoitece a cada dia, e passo a passo afundo nesse charco que não sei se é o grande conhecimento de nós ou o imenso engano de ti e de mim, nos afastamos depois cautelosos ao entardecer, e na solidão de cada um sei que tecemos lentos nossa próxima mentira, tão bem urdida que na manhã seguinte será como verdade pura e sorriremos amenos, desviando os olhos, corriqueiros, à medida que o dia avança estruturando milímetro a milímetro uma harmonia que só desabará levemente em cada roçar temeroso de olhos ou de peles, os gelos, os vermes roendo os porões que insistimos em manter indevassáveis, até que o não feito acumulado durante todo esse tempo cresça feito célula cancerosa para quem sabe explodir em feridas visíveis indisfarçáveis, flores de um louco vermelho na superfície da pele que recusamos tocar por nojo ou covar-

dia ou paixão tão endemoninhada que não suportaria a água benta de seu próprio batismo, e enquanto falas e me enredas e me envolves e me fascinas com tua voz monocórdia e sempre baixa, de estranho acento estrangeiro, penso sempre que o mar não é esse denso escuro que me contas, sem palmeiras nem ilhas nem baías nem gaivotas, mas um outro mais claro e verde, num lugar qualquer onde é sempre verão e as emoções limpas como as areias que pisamos, não sabes desse meu mar porque nada digo, e temo que seja outra vez aquela coisa piedosa, faminta, as pequenas-esperanças, mas quando desvio meu olho do teu, dentro de mim guardo sempre teu rosto e sei que por escolha ou fatalidade, não importa, estamos tão enredados que seria impossível recuar para não ir até o fim e o fundo disso que nunca vivi antes e talvez tenha inventado apenas para me distrair nesses dias onde aparentemente nada acontece e tenha inventado quem sabe em ti um brinquedo semelhante ao meu para que não passem tão desertas as manhãs e as tardes buscando motivos para os sustos e as insônias e as inúteis esperas ardentes e loucas invenções noturnas, e lentamente falas, e lentamente calo, e lentamente aceito, e lentamente quebro, e lentamente falho, e lentamente caio cada vez mais fundo e já não consigo voltar à tona porque a mão que me estendes ao invés de me emergir me afunda mais e mais enquanto dizes e contas e repetes essas histórias longas, essas histórias tristes, essas histórias loucas como esta que acabaria aqui, agora, assim, se outra vez não viesses e me cegasses e me afogasses nesse mar aberto que nós sabemos que não acaba nem assim nem agora nem aqui...
....
....

Sem Ana, blues

Para Dante Pignatari

QUANDO ANA ME DEIXOU — essa frase ficou na minha cabeça, de dois jeitos — e depois que Ana me deixou. Sei que não é exatamente uma frase, só um começo de frase, mas foi o que ficou na minha cabeça. Eu pensava assim: *quando Ana me deixou* — e essa não continuação era a única espécie de continuação que vinha. Entre aquele *quando* e aquele *depois*, não havia nada mais na minha cabeça nem na minha vida além do espaço em branco deixado pela ausência de Ana, embora eu pudesse preenchê-lo — esse espaço branco sem Ana — de muitas formas, tantas quantas quisesse, com palavras ou ações. Ou não palavras e não ações, porque o silêncio e a imobilidade foram dois dos jeitos menos dolorosos que encontrei, naquele tempo, para ocupar meus dias, meu apartamento, minha cama, meus passeios, meus jantares, meus pensamentos, minhas trepadas e todas essas outras coisas que formam uma vida com ou sem alguém como Ana dentro dela.

Quando Ana me deixou, eu fiquei muito tempo parado na sala do apartamento, cerca de oito horas da noite, com o bilhete dela nas mãos. No horário de verão, pela janela aberta da sala, à luz das oito horas da noite podiam-se ainda ver uns restos de dourado e vermelho deixados pelo sol atrás dos edifícios, nos lados de Pinheiros. Eu fiquei muito tempo parado no meio da sala do apartamento, o último bilhete de Ana nas mãos, olhando pela janela os vermelhos e os dourados do céu. E lembro que pensei agora o telefone vai tocar, e o telefone não tocou, e depois de algum tempo em que o telefone não tocou, e podia ser Lucinha da agência ou Paulo do cineclube ou Nelson de Paris ou minha mãe do Sul, convidando para jantar, para cheirar pó, para ver Nastassja Kinski nua, perguntando que tempo fazia ou qualquer coisa assim, então pensei agora a campainha vai tocar. Podia ser o porteiro entregando alguma correspondência, a vizinha de cima à procura da gata persa que costumava fugir pela escada, ou mesmo alguma dessas criancinhas meio monstros de edifício, que adoram apertar as campainhas alheias, depois sair correndo. Ou simples engano, podia ser. Mas a campainha também não tocou, e eu continuei por muito tempo sem salvação parado ali no centro da sala que começava a ficar azulada pela noite, feito o interior de um aquário, o bilhete de Ana nas mãos, sem fazer absolutamente nada além de respirar.

Depois que Ana me deixou — não naquele momento exato em que estou ali parado, porque aquele momento exato é o momento-quando, não o momento-depois, e no momento-quando não acontece nada dentro dele, somente a ausência de Ana, igual a uma bolha de sabão redonda, luminosa, suspensa no ar, bem no centro da sala do apartamento, e dentro dessa bolha é que estou parado também, suspenso também, mas não luminoso, ao contrário, opaco, fosco, sem brilho e ainda vestido com um dos ternos que uso para trabalhar, apenas o nó da gravata levemente afrouxado, porque é começo de verão e o suor que escorre pelo meu corpo começa a molhar as mãos e a dissolver a tinta das letras no bilhete de Ana — depois que Ana me deixou, como eu ia dizendo, dei para beber, como é de praxe.

De todos aqueles dias seguintes, só guardei três gostos na boca — de vodca, de lágrima e de café. O de vodca, sem água nem limão ou suco de laranja, vodca pura, transparente, meio viscosa, durante as noites em que chegava em casa e, sem Ana, sentava no sofá para beber no último copo de cristal que sobrara de uma briga. O gosto de lágrima chegava nas madrugadas, quando conseguia me arrastar da sala para o quarto e me jogava na cama grande, sem Ana, cujos lençóis não troquei durante muito tempo porque ainda guardavam o cheiro dela, e então me batia e gemia arranhando as paredes com as unhas, abraçava os travesseiros como se fossem o corpo dela, e chorava e chorava e chorava até dormir sonos de pedra sem sonhos. O gosto de café sem açúcar acompanhava manhãs de ressaca e tardes na agência, entre textos de publicidade e sustos a cada vez que o telefone tocava. Porque no meio dos restos dos gostos de vodca, lágrima e café, entre as pontadas na cabeça, o nojo na boca do estômago e os olhos inchados, principalmente às sextas-feiras, pouco antes de desabarem sobre mim aqueles sábados e domingos nunca mais com Ana, vinha a certeza de que, de repente, bem normal, alguém diria telefone-para-você e do outro lado da linha aquela voz conhecida diria sinto-falta-quero-voltar. Isso nunca aconteceu.

O que começou a acontecer, no meio daquele ciclo do gosto de vodca, lágrima e café, foi também o gosto de vômito na minha boca. Porque no meio daquele momento entre a vodca e a lágrima, em que me arrastava da sala para o quarto, acontecia às vezes de o pequeno corredor do apartamento parecer enorme como o de um transatlântico em plena tempestade. Entre a sala e o quarto, em plena tempestade, oscilando no interior do transatlântico, eu não conseguia evitar de parar à porta do banheiro, no pequeno corredor que parecia enorme. Eu me ajoelhava com cuidado no chão, me abraçava na privada de louça amarela com muito cuidado, com tanto cuidado como se abraçasse o corpo ainda presente de Ana, guardava prudente no bolso os óculos redondos de armação vermelhinha, enfiava devagar a ponta do dedo indicador cada vez mais fundo na garganta, até que quase toda a vodca, junto com uns restos dos sanduíches que comera durante o dia, porque não conseguia engolir quase mais nada, naqueles dias, e o gosto dos muitos cigarros se derramassem misturados pela boca dentro do vaso de louça amarela que não era o corpo de Ana. Vomitava e vomitava de madrugada, abandonado no meio do deserto como um santo que Deus largou em plena penitência — e só sabia perguntar por que, por que, por que, meu Deus, me abandonaste? Nunca ouvi a resposta.

Um pouco depois desses dias que não consigo recordar direito — nem como foram, nem quantos foram, porque deles só ficou aquele gosto de vodca, lágrima, café e às vezes também de vômito, misturados, no final daquela fase, ao gosto das pizzas que costumava pedir por telefone, principalmente nos fins de semana, e que amanheciam abandonadas na mesa da sala aos sábados, domingos e segundas, entre cinzeiros cheios e guardanapos onde eu não conseguia decifrar as frases que escrevera na noite anterior, e provavelmente diziam banalidades como volta-para-mim-Ana ou eu-não-consigo-viver-sem-você, palavras meio derretidas pelas manchas do vinho, pela gordura das pizzas —, depois daqueles dias começou o tempo em que eu queria matar Ana dentro de tudo aquilo que era eu, e que incluía aquela cama, aquele quarto, aquela sala, aquela mesa, aquele apartamento, aquela vida que tinha se tornado a minha depois que Ana me deixou.

Mandei para a lavanderia os lençóis verde-clarinhos que ainda guardavam o cheiro de Ana — e seria cruel demais para mim lembrar agora que cheiro era esse, aquele, bem na curva onde o pescoço se transforma em ombro, um lugar onde o cheiro de nenhuma pessoa é igual ao cheiro de outra pessoa —, mudei os móveis de lugar, comprei um Kutka e um Gregório, um forno micro-ondas, fitas virgens de vídeo, duas dúzias de copos de cristal, e comecei a trazer outras mulheres para casa. Mulheres que não eram Ana, mulheres que jamais poderiam ser Ana, mulheres que não tinham nem teriam nada a ver com Ana. Se Ana tinha os seios pequenos e duros, eu as escolhia pelos seios grandes e moles, se Ana tinha os cabelos quase louros, eu as trazia de cabelos pretos, se Ana tinha a voz rouca, eu as selecionava pelas vozes estridentes que gemiam coisas vulgares quando estávamos trepando, bem diversas das que Ana dizia ou não dizia, ela nunca dizia nada além de amor-amor ou meu-menino-querido, passando os dedos da mão direita na minha nuca e os dedos da mão esquerda pelas minhas costas. Vieram Gina, a das calcinhas pretas, e Lilian, a dos olhos verdes frios, e Beth, das coxas grossas e pés gelados, e Marilene, que fumava demais e tinha um filho, e Mariko, a nissei que queria ser loura, e também Marta, Luiza, Creuza, Júlia, Deborah, Vivian, Paula, Teresa, Luciana, Solange, Maristela, Adriana, Vera, Silvia, Neusa, Denise, Karina, Cristina, Márcia, Nadir, Aline e mais de quinze Marias, e uma por uma das garotas ousadas da rua Augusta, com suas botinhas brancas e minissaias de couro, e dessas moças que anunciam especialidades nos jornais. Eu acho que já vim aqui uma vez, alguma dizia, e eu falava não lembro, pode ser, esperando que tirasse a roupa enquanto eu bebia um pouco mais para depois tentar entrar nela, mas meu pau quase nunca obedecia, então eu afundava a cabeça nos seus peitos e choramingava babando, sabe, depois que Ana me deixou eu nunca mais, e mesmo quando meu pau finalmente obedecia, depois que eu conseguia gozar seco ardido dentro dela, me enxugar com alguma toalha e expulsá-la com um cheque cinco estrelas, sem cruzar — então eu me jogava de bruços na cama e pedia perdão a Ana por traí-la assim, com aquelas vagabundas. Trair Ana, que me abandonara, doía mais que ela ter me abandonado, sem se importar que eu naufragasse toda noite no enorme corredor de transatlântico daquele apartamento em plena tempestade, sem salva-vidas.

Depois que Ana me deixou, muitos meses depois, veio o ciclo das anunciações, do *I ching*, dos búzios, cartas de Tarot, pêndulos, vidências, números e axés — ela volta, garantiam, mas ela não voltava —, e veio então o ciclo das terapias de grupo, dos psicodramas, sonhos junguianos, workshops transacionais, e veio ainda o ciclo da humildade, com promessas a santo Antônio, velas de sete dias, novenas de santa Rita, donativos para as pobres criancinhas & velhinhos desamparados, e veio depois o ciclo do novo corte de cabelos, da outra armação para os óculos, guarda-roupa mais jovem, Zoomp, Mr. Wonderful, musculação, alongamento, ioga, natação, tai chi, halteres, cooper, e fui ficando tão bonito e renovado e superado e liberado e esquecido dos tempos em que Ana ainda não tinha me deixado que permiti, então, que viesse também o ciclo dos fins de semana em Búzios, Guarujá ou Monte Verde e de repente quem sabe Carla, mulher de Vicente, tão compreensiva & madura, e inesperadamente Mariana, irmã de Vicente, tão disponível & natural em seu fio dental metálico e, por que não, afinal, o próprio Vicente, tão solícito na maneira como colocava pedras de gelo no meu escocês ou batia outra generosa carreira sobre a pedra de ágata, encostando levemente sua musculosa coxa queimada de sol & *windsurf* na minha musculosa coxa também queimada de sol & *windsurf*. Passou-se tanto tempo depois que Ana me deixou, e eu sobrevivi, que o mundo foi-se tornando aos poucos um enorme leque escancarado de mil possibilidades além de Ana. Ah esse mundo de agora, assim tão cheio de mulheres e homens lindos e sedutores e interessantes e interessados em mim, que aprendi o jeito de também ser lindo, depois de todos os exercícios para esquecer Ana, e também posso ser sedutor com aquele charme todo especial de homem-quase-maduro-que-já-foi-marcado-por-um-grande-amor-perdido, embora tenha a delicadeza de jamais tocar no assunto. Porque nunca contei a ninguém de Ana. Nunca ninguém soube de Ana em minha vida. Nunca dividi Ana com ninguém. Nunca ninguém jamais soube de tudo isso ou aquilo que aconteceu quando e depois que Ana me deixou.

Por todas essas coisas, talvez, é que nestas noites de hoje, tanto tempo depois, quando chego do trabalho por volta das oito horas da noite e, no horário de verão, pela janela da sala do apartamento ainda é possível ver uns restos de dourado e vermelho por trás dos edifícios de Pinheiros, enquanto recolho os inúmeros recados, convites e propostas da secretária eletrônica, sempre tenho a estranha sensação, embora tudo tenha mudado e eu esteja muito bem agora, de que este dia ainda continua o mesmo, como um relógio enguiçado preso no mesmo momento — aquele. Como se quando Ana me deixou não houvesse depois, e eu permanecesse até hoje aqui parado no meio da sala do apartamento que era o nosso, com o último bilhete dela nas mãos. A gravata levemente afrouxada no pescoço, fazia e faz tanto calor que sinto o suor escorrer pelo corpo todo, descer pelo peito, pelos braços, até chegar aos pulsos e escorregar pela palma das mãos que seguram o último bilhete de Ana, dissolvendo a tinta das letras com que ela compôs palavras que se apagam aos poucos, lavadas pelo suor, mas que não consigo esquecer, por mais que o tempo passe e eu, de qualquer jeito e sem Ana, vá em frente. Palavras que dizem coisas duras, secas, simples, irrevogáveis. Que Ana me deixou, que não vai voltar nunca, que é inútil tentar encontrá-la e finalmente, por mais que eu me debata, que isso é para sempre. E para sempre então, agora, me sinto uma bolha opaca de sabão, suspensa ali no centro da sala do apartamento, à espera de que entre um vento súbito pela janela aberta para levá-la dali, essa bolha estúpida, ou que alguém espete nela um alfinete, para que de repente estoure nesse ar azulado que mais parece o interior de um aquário, e desapareça sem deixar marcas.

Saudade de Audrey Hepburn

(*Nova história embaçada*)

> como Billie Holiday
> *I'm alone in the desolate dark*
> RICARDO REDISCH, QUEM SE DEBATE É AFOGADO

PERDEU-SE DELE LOGO após encontrá-lo, numa véspera de São João. Não sabia que ia perdê-lo, não sabia sequer que iria encontrá-lo. Não sabia também da véspera — junho, São João. Mas foi assim que aconteceu. Não estava um pouco bêbado, nem tinha fumado ou cheirado absolutamente nada — o que talvez justificasse, tantas negações, encontrá-lo assim, de repente e também perdido entre a Pantera Loura Disposta A Tudo Por Um Status Mais Elevado, a Lésbica Publicamente Assumida e o Patriarca Meio Sórdido Fugido Das Páginas De Satyricon. Perdidos, perderam-se, perdeu-se — e foi pelos viadutos que se perdeu. Um livro nas mãos, debatendo-se para não ser afogado, indeciso entre voltar e seguir em frente, porque havia fogueiras pela noite, embora ainda não soubesse delas. Consultando efemérides mais tarde, descobriria que a Lua, às vésperas do minguante, transitava por Peixes — o que explicaria, mas só em parte, nubladas espiritualidades, presságios ilusórios, embaçamentos. Ilusão, Netuno.

Era quarta-feira, usava uma guia de Xangô, vermelha e branca. A mesma que tempos depois arrebentaria num estalo inesperado, ao tirar a última peça de roupa para deitar-se ao lado de um outro qualquer. Sem medo da morte, porque esta quase história pertence àquele tempo em que amor não matava. Sabia do clima de bolero desse Um Outro Qualquer, mas foi assim que foi. Nu, apoiado no cotovelo, o Outro Qualquer esperou sem entender, citando Marx e falando em baixo-espiritismo, até que ele juntasse uma a uma as contas vermelhas e brancas espalhadas pelo chão para colocá-las sobre a mesa, repetindo *um dia eu jogo no mar, na água corrente da chuva*. Estavam no meio do campo, a lenha da fogueira crepitando como num romance inglês já tinha queimado toda, e precisavam esquentar os corpos com línguas e dedos para fingir que matavam a sede, o frio e o engano.

O indicador de unha suja de tinta de máquina de escrever percorre os trinta dias do mês de junho no *Almanaque do Pensamento*, procurando assim: 20, Sábado — Ciríaco, Florentina; 21, Domingo — Luís Gonzaga, Márcia; 22, Segunda — Tomás, Joana; 23, Terça — José, Agripina; 24, Quarta — São João Batista, Faustino. Pelo viaduto, lembrou do assalto, um ano atrás, navalha sevilhana — clac, a grana, cara. Talvez por isso ele agora se interrompe para ir até o banheiro, onde olha a cara no espelho sem ver precisamente nada, fora os dois vincos cada vez mais fundos ao lado da boca, marcas de Ogum, então lava devagar as mãos com sabonete alma de flores, passa água de alfazema, respira, esperando que o telefone toque para salvá-lo pelo menos momentaneamente desse momento que não decifra nem adjetiva. O telefone não toca e, sem garantias, ele continua a lembrar. Tão perigoso, mesmo passado.

Um halo luminoso, mentiria se dissesse agora qualquer coisa do tipo, a tentação é forte: havia como um halo luminoso sobre o viaduto onde, perdido, caminhava sem poder escolher o lugar para onde ia. Porque os viadutos, você sabe, conduzem a um só lugar, independente de você querer ou não ir para lá. Faz algum tempo, não lembrava de halos nem de luzes. Lembra realmente só que voltou atrás, em busca de um café, um bar, um cigarro, talvez um conhaque para ajudar a compreender o que acontecia. Mas nada acontecia. Só restava tomar um táxi, dar o endereço, um livro nas mãos, comentar o tempo, a crise, espiar putas, michês, travestis pelas esquinas, vontade bandida que mal se esboça, depois a avenida reta, com luminoso de coca-cola, melitta e galaxy, dobrar à esquerda, dobrar à direita, *always in front of*: reclamar, pagar, descer.

(Anotaria mais tarde, na mesma noite, antes de dormir, talvez enganado, e totalmente óbvio: a vida é dinâmica.)

Foi então que viu a fogueira de véspera de São João. Ao lado da fogueira, dois rapazes acendiam um enorme balão vermelho e branco. De Xangô, reconheceu. No carrinho de pipocas, o homem do realejo tocava uma musiquinha de caixinha de música. Mas não havia papagaio nem macaco com caneco na mão nem periquito tirando sortes — encontrarás-teu-amor-numa-tarde-de-domingo-do-signo-de-Libra. Deve ter piscado, porque além de dinâmica, folclórica e levemente frenética, naquele momento a vida lhe pareceu também excessivamente colorida, com tanta gente se mexendo e dizendo coisas como que bom que você pintou o astral tá ótimo bebe alguma coisa, cara. Beijou a Psicanalista Conflituada Com O Elitismo Da Própria Profissão, mas só apertou a mão, sem mais envolvimentos, do Estudante De Pós-Graduação Indeciso Em Assumir Sua Evidente Homossexualidade, trocou duas ou três palavras, bastante amáveis, com o Escritor Que Conseguiu Mais Sucesso Na Itália Que No Brasil. Depois ficou por ali, aceitando tudo que passasse nas bandejas opíparas — pinhões, quentões, curaus, pamonhas. Tudo de junho que você puder imaginar, haja.

Agora ele esvazia lento o cinzeiro no cestinho indígena, enquanto observa a expressão da mulher frente ao cálice de absinto na reprodução ordinária de Degas, e pensa que pensa ou deveria pensar ou é como se pensasse qualquer coisa assim: porque é desse jeito mesmo que as pessoas se comportam quando não decifram nos olhos do outro nenhuma promessa ou convite. Melhor: como nada no olho ou no gesto ou no campo vibratório dele denunciasse/revelasse que estava à procura de alguém para dividir a cama nas próximas horas da noite quase fria, portanto propícia a esses lances, era automaticamente deixado em paz. Pior: de lado. Deixado de lado, junto à fogueira, um livro que leria depois, para encontrar versos como *uma conversa que esquenta até os ossos sem dizer precisamente nada*,* não agora, enquanto ele era pouco mais que uma câmera registrando silenciosa, impessoal, todos aqueles urbanos excessos juninos.

FLASHBACK:
Escreviam nomes em pedacinhos de papel umedecido, que colavam nas bordas da bacia de ágata. Então um barquinho de papel acabava por aportar lentamente num dos nomes: Naira, Roselene, Juçara, Ilone, Dulcinha, Valéria, Marília, Vera. Naquele tempo, já sabia? Paulo Antônio tinha uma sobrancelha fora de linha, invadindo a testa em direção ao cabelo. Nelson falava chiado, sardas, bunda arrebitada. Pingaria 21 pingos de vela acesa na água da bacia, até formar-se uma letra, a inicial: M, de Marcos ou Maria; C, de Clara ou Celso; R, de Ricardo ou Regina. Pularia a fogueira num pé só, pisasse nas brasas mijaria na cama. Meia-noite em ponto, debruçaria no poço, uma vela acesa na mão, para ver o futuro. Caixão de defunto: morte certa. Vestido de noiva: casamento breve. Uma rosa: amor novinho. À meia-noite, olhou. Não viu nada. Só o fundo escuro do poço com reflexos vadios, estrelas, fogueiras, o pulo de alguns sapos, tchuááááá, círculos concêntricos, cheiro de limo. Era assim, o futuro. Depois estradas, bandeiras, prisões, exílios, porradas, viadutos, portas fechadas, revelações, divãs, pântanos, arco-íris. Tantos, muitas — e ninguém. A arraia pariu sete filhinhos com ferrõezinhos aguçados prontos para ferrar na hora que o anzol a arrancou do fundo do rio Uruguai para jogá-la no fundo da chalana. Manchar os panos em dégradé de laranja, então prendê-lo nas oito madeirinhas claras, com pregos miúdos e linha amarela. Do Flipperama ao lado do Jeca à esquina da praça da República: mil possibilidades, todas furtivas. Agora, talvez mortais. Jogarei seis vezes as moedas do I ching para encontrar Fogo sobre Fogo, o Esplendor. Tudo confirmará. Mas nada acontecerá. Ah: conheço essas rimas em á. E depois delas, passaram-se anos. Aqueles, em que se perderam, sem terem chegado a se encontrar.

---

* Ricardo Redisch, *Quem se debate é afogado.* (N. A.)

Apertou o livro entre dedos subitamente frios, depois colocou-o no colo para ajoelhar-se e estender as mãos em direção ao fogo. Eu parado na porta às quatro da manhã. Você indo embora. Eu me perdendo então desamparado entre cinzeiros cheios e garrafas vazias. Você indo embora. Eu indeciso entre beber um pouco mais ou procurar uma beata em plena devastação ou lavar copos bater sofás guardar discos mastigar algum verso adoçando o inevitável amargo despertar para depois deitar partir morrer dormir sonhar quem sabe. Você indo embora. Acordar na manhã seguinte com gosto de corrimão de escada na boca: mais frustração que ressaca, desgosto generalizado que aspirina alguma cura. Tocaria, o telefone? Você indo embora, fotograma repetido. Na montagem, intercalar. Você indo embora você indo embora.

Crepitava, a lenha cre-pi-ta-va como num romance inglês. Um halo luminoso. Na fogueira, quem sabe dentro dela, memórias manchadas de adrenalina, que tudo vinha num excesso de cafés e agostos. Já que não tentaria o suicídio pela quinta vez — nem sequer con-se-cu-ti-va, enumerou —, já que fora dispensado após tantos anos de análise, já que a crise permanente parecia ser a forma mais estável de sobreviver, já que ninguém lembrara de assassiná-lo nem pedi-lo em casamento, já que podia olhar em volta e em menos de um minuto escolher alguém para conversar dizendo coisas como você anda sumido(a), e ai, conta mais, diga lá, toma outra — em nome disso, prosseguia, embora sem saco.

Ai São João, Xangô menino/ na fogueira de São João/ quero ser sempre o menino, Xangô/ na fogueira e na razão —* cantarolou em silêncio. E o balão foi subindo, sem garoa caindo, vermelho e branco, enquanto todos aplaudiam com caras de loucos fatigados da própria loucura iluminada pelas chamas da fogueira. Aplaudiu também, axé! Foi então que a moça ao lado falou que precisava ir embora, dois filmes na tevê com Audrey Hepburn. (*Flashback*: Nara Claudina dizia *Puber*, Carlos Renato corrigia: *Ré-p-bãrnnn*. Numa tarde tão verde de Aquário, quantos anos antes de enforcar-se no banheiro? Certamente muitos, pois se naquele tempo, naquela tarde, até os vestidos, além de plissados, tinham bolinhas e alcinhas.) Maxilares agudos, Audrey, olhos enormes, constantemente arregalados, uma gazela de pescoço longo, pés muito finos e compridos, delicadamente calçados em sapatinhos Chanel, e tailleur, sempre tailleur bege-clarinho, verde-água, mãos de dedos sem fim, unhas sem pintura. Anastásia, a princesa esquecida. Nas matinês do cinema Imperial.

Belga, afirmou, tenho certeza: era belga. Bélgica, capital Bruxelas, onde fomos presos — e tão louco agora qualquer coisa lembrar outra coisa, cada vez mais, enquanto o tempo avança — por nossos cabelos

---

* Caetano Veloso e Gilberto Gil, "São João, Xangô menino". (N. A.)

compridos, nossas roupas coloridas, uma cidade de ternos cinzentos e sapatos pretos bico fino de verniz, sem lugar para a nossa loucura. Tudo faz muito tempo: agora você me manda cartões do interior da Noruega enquanto enfrento cotidianos demônios tropicais com sal grosso, guias, axés, varinhas de incenso, alecrim, arruda, manjericão, rosas de Oxum: ora-yê-yê-ô! Estou certo de que não foi lá, mas na Holanda, que atravessamos a pé entre tulipas tão reluzentes que pareciam sintéticas. E — céus! — talvez o fossem. Havia uma ponte, depois um trem atrasado, também um sol de agosto sobre nossas cabeças. Não haveria espaço para Audrey lá, entre tantas torres, tantas praças, tantas pontes, eu vi. Mas se te torturas tanto a cada manhã, desligando sem sentir o despertador para que não te jogue bruscamente no centro de mais um dia a ser preenchido unicamente pelo que conseguires inventar, por que não participar então de um curso qualquer de inverno? Algo como "Mandalas alquímicas e a arquitetura das catedrais góticas", "Prefixos sânscritos na obra de Guimarães Rosa", ou ainda "Premonições pós-modernas no cinema de J. B. Tanko". Ah descer a rua Augusta a cento e vinte por hora, altas botas, argola de calipso no convés da caravela, jaqueta de couro negro, madrugadas, temporais nas descargas abertas das motocicletas. Ninguém ouvirá o ruído seco de teus saltos batendo no cimento das calçadas sujas. E nem sequer é Gervaise, a Flor do Lodo, inculta e bela...

Quando a moça levantou para ir embora, ele finalmente tomou coragem, bebeu outro gole de quentão e perguntou:

— Você sabe o que realmente aconteceu quando a rainha da Transilvânia tomou de leve o queixo dela na mão cheia de anéis e disse: "*Charming, very charming*"?

Modesta, a moça baixou os olhos.

— Foi isso mesmo o que Audrey fez — esclareceu. E foi embora antes dela: *no sex, baby*. Caído na esquina, o balão incendiava lento. Amanhã, dois meses atrás ou doze, dependendo do ponto de vista, conferiu: exatamente 25, quinta-feira, dia de Oxóssi, Guilherme e Lúcia.

Mas só muito mais tarde, como um estranho *flashback* premonitório, no meio duma noite de possessões incompreensíveis, procurando sem achar uma peça de Charlie Parker pela casa repleta de feitiços ineficientes, recomporia passo a passo aquela véspera de São João em que tinha sido permitido tê-lo inteiramente entre um blues amargo e um poema de vanguarda. Ou um doce blues iluminado e um soneto antigo. De qualquer forma, poderia tê-lo amado muito. E amar muito, quando é permitido, deveria modificar uma vida — reconheceu, compenetrado. Como uma ideologia, como uma geografia: palmilhar cada vez mais fundo todos os milímetros de outro corpo, e no território conquistado hastear uma bandeira. Como quando, olhando para baixo, a deusa se compadece e verte uma fugidia gota do néctar de sua ânfora sobre nossas cabeças. Mesmo que depois venha o tempo do sal, não do mel.

Não havia ânforas, não havia néctar. Desilusão ainda mais cruel, embora provisória, no tempo de sal: não havia deusas. Mas depois de cravar fundo na própria superfície escura a ponta da agulha de diamantes, para libertar o Longo Solo Gemido de Sax, enfim, sempre podia ir até a cozinha e, preparando caseiro qualquer coisa como um modesto chá de boldo, repetir e repetir e repetir feito um disco arranhado, tão distraído que não choraria sequer uma lágrima pela noite — e que bonita foi aquela noite — em que se encontraram e se perderam para sempre, repetir, e ninguém compreenderia, eu avisei, repetir num suspiro molhado de lembranças em que ninguém dá jeito: ah quantas, mas quantas, muitas, tantas saudades daquela moça magra chamada Audrey Hepburn.

O rapaz mais triste do mundo

Para Ronaldo Pamplona da Costa

São aqueles que vêm do nada e partem para lugar nenhum. Alguém que aparece de repente, que ninguém sabe de onde veio nem para onde vai. A man out of nowhere.
NELSON BRISSAC PEIXOTO, CENÁRIOS EM RUÍNAS

UM AQUÁRIO DE ÁGUAS SUJAS, a noite e a névoa da noite onde eles navegam sem me ver, peixes cegos ignorantes de seu caminho inevitável em direção um ao outro e a mim. Pleno inverno gelado, agosto e madrugada na esquina da loja funerária, eles navegam entre punks, mendigos, neons, prostitutas e gemidos de sintetizador eletrônico — sons, algas, águas — soltos no espaço que separa o bar maldito das trevas do parque, na cidade que não é nem será mais a de um deles. Porque as cidades, como as pessoas ocasionais e os apartamentos alugados, foram feitas para serem abandonadas — reflete, enquanto navega.

Ele: esse homem de quase quarenta anos, começando a beber um pouco demais, não muito, só o suficiente para acender a emoção cansada, e a perder cabelo no alto da cabeça, não muito, mas o suficiente para algumas piadas patéticas. Sobre esse espaço vazio de cabelos no alto da cabeça caem as gotas de sereno, cristais de névoa, e por baixo dele acontecem certos pensamentos altos de noite, algum álcool e muita solidão. Ele acende um cigarro molhado, ele ergue a gola do impermeável cinza até as orelhas. Nesse gesto, a mão que segura o cigarro roça áspera na barba de três dias. Ele suspira, então, gelado.

Há muitas outras coisas que se poderia dizer sobre esse homem nesta noite turva, neste bar onde agora entra, na cidade que um dia foi a dele. Mas parado aqui, no fundo do mesmo bar em que ele entra, sem passado, porque não têm passado os homens de quase quarenta anos que caminham sozinhos pelas madrugadas — todas essas coisas um tanto vagas, um tanto tolas, são tudo o que posso dizer sobre ele. Assim magro, molhado, meio curvo de magreza, frio e estranhamento. O estranhamento típico dos homens de quase quarenta anos vagando pelas noites de cidades que, por terem deixado de ser as deles, tornaram-se ainda mais desconhecidas que qualquer outra.

O bar é igual a um longo corredor polonês. As paredes demarcadas — à direita de quem entra, mas à esquerda de onde contemplo — pelo balcão comprido e, do lado oposto, pela fila indiana de mesinhas ordinárias, fórmica imitando mármore. Nessa linha, estendida horizontal da porta de entrada até o jukebox do fundo onde estou e espio, ele se movimenta — magro, curvo, molhado — entre as pessoas enoveladas. Vestido de escuro, massa negra, monstro vomitado pelas ondas noturnas na areia suja do bar. Entre essas pessoas, embora vestido de cinza, ele parece todo branco.

O homem pede uma cerveja no balcão, depois se perde outra vez no meio das gentes. Alongando o pescoço, mal consigo acompanhar o topo da sua cabeça de homem alto, meio calvo, até que ele descubra a cadeira vazia na mesa onde está sentado aquele rapaz. E daqui onde estou, ao lado da máquina de música próxima ao corredor que afunda na luz mortiça dos banheiros imundos, posso vê-los e ouvi-los perfeitamente através do bafo de cerveja, desodorante sanitário e mijo que chegam juntos às nossas narinas.

Na máquina de música, para embalar esse encontro que eles ainda não perceberam que estão tendo, para ajudá-los a navegar melhor nisso que por enquanto não tem nome e poderiam sequer ver, se eu não ajudasse escolherei lentos blues, solos sofridos de sax, pianos lentíssimos, à beira do êxtase, clarinetas ofegantes e vozes graves, negras vozes roucas ásperas de cigarros, mas aveludadas por goles de bourbon ou conhaque, para que tudo escorra dourado como a bebida de outras águas, não estas, tão turvas, de onde emergiram dois pobres peixes cegos da noite, para sempre ignorantes da minha presença aqui, junto à máquina de música, ao lado do corredor que leva aos banheiros imundos, a criar claridades impossíveis e a ninar com canções malditas esse encontro inesperado, tanto por eles, que navegam cegos, quanto por mim, pescador sem anzol debruçado sobre a água do espaço que me separa deles.

Aquele, aquele mesmo para onde meu olhar se dirige agora, aquele rapaz em frente ao qual o homem de impermeável cinza senta com sua cerveja. Exatamente esse: um rapaz de quase vinte anos, bebendo um pouco demais, não muito, como costumam beber esses rapazes de quase vinte anos que ainda desconhecem os limites e os perigos do jogo, com algumas espinhas, não muitas, sobras de adolescência espalhadas pelo rosto muito branco, entre fios dispersos da barba que ainda não encontrou aquela justa forma definitiva já arquitetada na cara dos homens de quase quarenta anos, como esse que está à frente dele. Por trás das espinhas, entre os fios da barba informe, acontecem certos pensamentos — densos de névoa, algum álcool e muita solidão. Aquele rapaz acende um cigarro molhado, aquele rapaz desce a gola do casaco preto, aquele rapaz afasta da lapela puída umas cinzas, uns fios de cabelo, poeiras, gotas, grilos. Depois suspira, gelado. Olha em volta como se não visse nada, ninguém. Nem sequer esse homem sentado à sua frente, que aparentemente também não o vê.

Há muitas outras coisas que se poderia dizer sobre aquele rapaz nesta noite sombria, na cidade que sempre foi a dele, neste bar onde agora está sentado à frente de um homem inteiramente desconhecido. Mas parado aqui no fundo do mesmo bar onde ele agora está sentado, com seu pequeno passado provavelmente melancólico e nenhum futuro, porque é sempre obscuro, quase invisível, o futuro dos rapazes de menos de vinte anos — todas essas coisas um tanto vagas, um tanto tolas, são tudo o que posso dizer sobre ele. Assim magro, molhado, meio curvo de magreza e frio. Com esse estranhamento típico dos rapazes que ainda não aprenderam nem os perigos nem os prazeres do jogo. Se é que se trata de um jogo.

Pudesse eu ser o grande Zeus Olimpo e destruiria a cidade com raios flamejantes só para viver o momento da luz elétrica do raio —* ele dirá, aquele rapaz, correspondendo à previsível arrogância de sua idade. Não agora. Por enquanto, não diz nada. Nem ele nem o homem de quase quarenta anos, sentados frente a frente na mesa à esquerda de onde estrategicamente espiono, junto à máquina de música, à direita de quem entra, surgidos do fundo do aquário de águas sujas da noite e da névoa na noite lá fora em que navegavam cegos e tontos, antes de entrarem neste bar. Antes que eu os sugasse com meus olhos ávidos dos encontros alheios, para dar-lhes vida, mesmo esta precária, de papel, onde Zeus Olimpo Oxalá Tupã também exercem seu poder sobre predestinados simulacros.

Não, não dizem nada. Há ruído suficiente em volta para poupar-lhes as palavras, quem sabe amargas. Talvez também, pelo avesso, leite intolerável para a garganta ardida de quem ronda as noites feito eles, feito eu, feito nós. Adiáveis as palavras deles. Não as minhas.

Por enquanto, olham em volta. Deliberadamente, não se encaram. Embora sejam os dois magros, meio curvos de tanta magreza, molhados da névoa lá de fora, embora um vista cinza e outro, preto, como mandam os tempos, para não serem rejeitados, embora ambos bebam cervejas um tanto mornas, mas pouco importa neste bar o que se bebe, desde que se beba, e fumem cigarros igualmente amassados, viciosos cigarros tristes desses que só homens solitários e noturnos rebuscam nas madrugadas pelo fundo dos bolsos dos casacos, tenham eles vinte ou quarenta anos. Ou mais, ou menos — homens solitários não têm idade. Embora gelados, tontos de álcool, hirtos de frio, lúcidos dessa solidão que persegue feito

---

* Um verso inédito de Antonio Augusto Caldasso Couto. (N. A.)

sina os homens sem passado nem futuro, nem mulher ou amigo, família nem bens — eles não se olham.

Eles se ignoram. Porque pressentem que — eu invento, sou Senhor de meu invento absurdo e estupidamente real, porque o vou vivendo nas veias agora, enquanto invento — se cederem à solidão um do outro, não sobrará mais espaço algum para fugas como alguma trepada bêbada com alguém de quem não se lembrará o rosto dois dias depois, o pó cheirado na curva da esquina, a mijada sacana ao lado do garçom ausente de conflitos, mas compreensivo com qualquer tipo de porre alheio, um baseado sôfrego na lama do parque. Coisas assim, você sabe? Eu, sim: amar o mesmo de si no outro às vezes acorrenta, mas quando os corpos se tocam as mentes conseguem voar para bem mais longe que o horizonte, que não se vê nunca daqui. No entanto, é claro lá: quando os corpos se tocam depois de amar o mesmo de si no outro.

Portanto, não se olham. E não sou eu quem decide, são eles. Não se deve olhar quando olhar significaria debruçar-se sobre um espelho talvez rachado. Que pode ferir, com seus cacos deformantes. Por isso mesmo hesito, então, entre jogar minha ficha em Bessie Smith ou Louis Armstrong (tudo é imaginário nesta noite, neste bar, nesta máquina de música repleta de outras facilidades mais em voga), para facilitar o fluxo, desimpedir o trânsito, para adoçar ou amargar as coisas, mesmo temendo que rapazes de menos de vinte anos não sejam ainda capazes de compreender tais abismos colonizados, negros requintes noturnos de vozes roucas contra o veludo azul a recobrir paredes de outro lugar que não este corredor polonês numa cidade provinciana cujo nome esqueci, esquecemos. Sofisticação, pose: fadiga e luvas de cano longo.

Minha, deles. Porque somos três e um. O que vê de fora, o que vê de longe, o que vê muito cedo. Este, antevisão. Os três, o mesmo susto. Vendo de dentro, emaranhados. Agora quatro?

Porque então começa. Mas começa tão banal — como é seu nome, qual o seu signo, quer outra cerveja, me dá um cigarro, não tenho grana, eu pago, pode deixar, fazendo o quê, por aí, vendo o que pinta, vem sempre aqui, faz tanto frio   que quase aperto o botão de outros sons que não aqueles que imagino, tão roucos, para que no grito tenso de um baixo elétrico possam chafurdar na estridência de cada noite. Mas subitamente os dois se compõem — esse homem de impermeável cinza, aquele rapaz de casaco preto, juntos na mesma mesa — e sem que eu esteja prevenido, embora estivesse, porque fui quem armou esta cilada, de repente eles se olham bem dentro e fundo dos olhos um do outro. Ao lado da massa negra, monstro marinho, no meio do cheiro de mijo e cerveja, por entre os azulejos brancos das paredes do bar, como um enorme banheiro cravado no centro da noite onde estão perdidos — eles se encontram e se olham.

Eles se reconhecem, finalmente eles aceitam se reconhecer. Eles acendem os cigarros amarrotados um do outro com segurança e certa ternura, ainda tímida. Eles dividem delicadamente uma cerveja em comum. Eles se contemplam com distância, precisão, método, ordem, disciplina. Sem surpresa nem desejo, porque esse rapaz de casaco preto, barba irregular e algumas espinhas não seria o homem que aquele homem de espaço vazio no alto da cabeça desejaria, se desejasse outros homens, e talvez deseje. Nem o oposto: aquele rapaz, mesmo sendo quem sabe capaz de tais ousadias, não desejaria esse homem através da palma da mão inventando loucuras no silêncio de seu quarto, certamente cheio de flâmulas, super-heróis, adesivos e todos esses vestígios do tempo que mal acabou de passar, quando é cedo demais para saber se se deseja, fatalmente, outro igual. Quem sabe sim. Mas este homem, aquele rapaz — não. É de outra forma que tudo acontece.

Eles se contemplam sem desejo. Eles se contemplam doces, desarmados, cúmplices, abandonados, pungentes, severos, companheiros. Apiedados. Eles armam palavras que chegam até mim em fragmentos partidos pelo ar que nos separa, em forma de interrogações mansas, hesitantes, perguntas que cercam com cautela e encantamento um reconhecimento que deixou de ser noturno para transformar-se em qualquer outra coisa a que ainda não dei nome, e não sei se darei, tão luminosa que ameaça cegar a mim também. Contenho o verbo, enquanto eles agora veem o que mal começa a se desenhar, e eu acho belo.

O rapaz olha os próprios braços e diz: eu sou tão magro, vê? Quando abraço uma *mina* — ele fala assim mesmo, *mina*, e o homem pisca ligeiramente, discreto, para não sublinhar o abismo de quase vinte anos — fico olhando para os meus braços frágeis incapazes de abraçar com força uma mulher, e fico então imaginando músculos que não tenho, fico inventando forças, porque eu sou tão fraco, porque eu sou tão magro, porque eu sou tão novo. O rapaz olha em volta seco, nenhuma sombra de paixão em seu rosto muito branco, e diz ainda: eu quero me matar, eu não entendo estar vivo, eu não tenho pai, minha mãe me sacode todo dia e grita acorda, levanta, vadio, vai trabalhar. Eu quero ler poesia, eu nunca tive um amigo, eu nunca recebi uma carta. Fico caminhando à noite pelos bares, eu tenho medo de dormir, eu tenho medo de acordar, acabo jogando sinuca a madrugada toda e indo dormir quando o sol já está acordando e eu completamente bêbado. Eu nasci neste tempo em que tudo acabou, eu não tenho futuro, eu não acredito em nada — isso ele não diz, mas eu escuto, e o homem em frente dele também, e o bar inteiro também. Então o homem responde, com essa sabedoria meio composta que os homens de quase quarenta anos inevitavelmente conseguiram.

Ele, o homem, passa a palma da mão pelos cabelos ralos, como se acariciasse o tempo passado, e diz, o homem diz: não tenha medo, vai passar.

Não tenha medo, menino. Você vai encontrar um jeito certo, embora não exista o jeito certo. Mas você vai encontrar o seu jeito, e é ele que importa. Se você souber segurar, pode até ser bonito. O homem tira a carteira do bolso, pede outra cerveja e um maço de cigarros novinhos, depois olha com olhos molhados para o rapaz e diz assim. Não, ele não diz nada. Ele olha com olhos molhados para o rapaz. Durante muito tempo, um homem de quase quarenta anos olha com olhos molhados para um rapaz de quase vinte anos, que ele nunca tinha visto antes, no meio de um bar no meio desta cidade que já não é mais a dele. Enquanto esse olhar acontece, e é demorado, o homem descobre o que eu também descubro, no mesmo momento.

Aquele rapaz de casaco preto, algumas espinhas, barba irregular e pele branca demais — este é o rapaz mais triste do mundo.

E para tornar todas essas coisas ainda mais ridículas, ou pelo menos improváveis, o amanhã que já é hoje será Dia dos Pais. Atordoado por datas que nada significam para os que nada têm, sem nenhum filho, mais para reforçar o lado da solidão, o homem de quase quarenta anos começa a contar que veio de outra cidade para ver seu pai. E vai revelando então, naquele mesmo tom desolado do rapaz que agora e para sempre tornou-se o rapaz mais triste do mundo, igual ao que ele foi, mas não voltará a ser, embora jamais deixará de sê-lo, ele diz assim: eles não olham para mim, eles ficam lá naquela segurança armada de família que não admite nada nem ninguém capaz de perturbar o seu sossego falso, e não me olham, não me veem, não me sabem. Me diluem, me invisibilizam, me limitam àquele limite insuportável do que eles escolheram suportar, e eu não suporto — você me entende?

O rapaz de menos de vinte anos quase não entende. Mas estende a mão por cima da mesa para tocar a mão do homem de quase quarenta anos. Os dedos da mão desse homem se fecham dentro e entre os dedos da mão daquele rapaz. Há tanta sede entre eles, entre nós.

Passou-se muito tempo. Vai amanhecer. O frio aumentou. O bar está meio vazio, quase fechando. Debruçado na caixa, o dono dorme. Gastei quase todas as minhas fichas: tudo é blues, azul e dor mansinha. Só me resta uma, que vou jogar certeiro em Tom Waits. Me preparo. Então — enquanto os garçons amontoam cadeiras em cima das mesas vazias, um pouco irritados comigo, que a tudo invento e alimento, e com esses dois caras estranhos, parecem dois veados de mãos dadas, perdidamente apaixonados por alguém que não é o outro, mas poderia ser, se ousassem tanto e não tivessem que partir — o homem segura com mais força nas duas mãos do rapaz mais triste do mundo. As quatro mãos se apertam, se aquecem, se misturam, se confortam. Não negro monstro marinho viscoso, vômito na manhã. Mas sim branca estrela-do-mar. Pentáculo, madrepérola. Ostra entreaberta exibindo a negra pérola arrancada da noite e da doença, puro blues. E diz, o homem diz:

— Você não existe. Eu não existo. Mas estou tão poderoso na minha sede que inventei você para matar a minha sede imensa. Você está tão forte na sua fragilidade que inventou a mim para matar a sua sede exata. Nós nos inventamos um ao outro porque éramos tudo o que precisávamos para continuar vivendo. E porque nos inventamos, eu te confiro poder sobre o meu destino e você me confere poder sobre o teu destino. Você me dá seu futuro, eu te ofereço meu passado. Então e assim, somos presente, passado e futuro. Tempo infinito num só, esse é o eterno.

No bar de cadeiras amontoadas, resta apenas aquela mesa onde os dois permanecem sentados, alheios às ruínas do cenário. Do meu canto, espio. Deve haver alguma puta caída num canto, alguma bichinha masturbando um negro no banheiro. Eu não os vejo. Por enquanto e agora, não. Do meu canto, vejo somente esses homens diversos e iguais, as quatro mãos dadas sobre a mesinha ordinária, fórmica imitando mármore.

E é então que o rapaz conta que entregou flores o dia inteiro, que juntou algum dinheiro, batalhou cem paus, qualquer mixaria assim, essas coisas de rapazes com menos de vinte anos — e faz questão, magnífico, de pagar a última cerveja. Tudo é último agora. Não há mais bares abertos na cidade. Uma luz vítrea começa a varar a névoa da noite onde eles ainda estão mergulhados junto comigo, com você, peixes míopes apertando os olhos para se verem de perto, em close, e conseguem. Lindos, assustadores: as guelras fremem. O homem puxa outra vez sua carteira cheia de notas e cheques e cartões, dessas carteiras recheadas que só os homens de quase quarenta anos conseguiram conquistar, mas não significam nada em momentos assim. O rapaz insiste, o homem cede, guarda a carteira. O último garçom traz a última cerveja. Eu jogo minha última ficha na máquina de música, no último blues. Ninguém vê, ninguém ouve mais nada na manhã que chega para adormecer loucuras. Amanhã, você lembrará?

Ternos, pálidos, reais: eles se olham. Eles se acariciam mutuamente as mãos, depois os braços, os ombros, o pescoço, o rosto, os traços do rosto, os cabelos. Com essa doçura nascida entre dois homens sozinhos no meio de uma noite gelada, meio bêbados e sem nenhum outro recurso a não ser se amarem assim, mais apaixonadamente do que se amariam se estivessem à caça de outro corpo, igual ou diverso do deles — pouco importa, tudo é sede. De onde estou, vejo a alma dos dois brilhar. Amarelinho, violeta-claro: dança sobre o lixo. Eles choram enquanto se acariciam. Um homem de quase quarenta anos e um rapaz de menos de vinte, sem idade os dois.

Eu sou os dois, eu sou os três, eu sou nós quatro. Esses dois que se encontram, esse três que espia e conta, esse quarto que escuta. Nós somos um — esse que procura sem encontrar e, quando encontra, não costuma suportar o encontro que desmente sua suposta sina. É preciso que não exista o que procura, caso contrário o roteiro teria que ser refeito para introduzir Tui, a Alegria. E a alegria é o lago, não o aquário turvo, névoa, palavras baças: Netuno, sinastrias. E talvez exista, sim, pelo menos para suprir a sede do tempo que se foi, do tempo que não veio, do tempo que se imagina, se inventa ou se calcula. Do tempo, enfim.

Esse estranho poder demiúrgico me deixa ainda mais tonto que eles, quando levantam e se abraçam demoradamente à porta do bar, depois de pagarem a conta. Amantes, parentes, iguais: estranhos.

Então o rapaz se vai, porque tem outros caminhos. O homem fica, porque tem outros caminhos. Ele acompanha o vulto do rapaz que se vai, exatamente com o mesmo olhar com que acompanho o vulto desse homem parado por um instante à porta do bar. E não ficará, porque esta cidade não é mais a dele. O rapaz sim, ficará, porque é nesta mesma cidade que deve escolher essa coisa vaga — um caminho, um destino, uma história com agá —, se é que se escolhe alguma coisa, para depois matá-la, essa coisa vaga futura, quando for passado, se é que se mata alguma coisa. A voz rouca de Tom Waits repete e repete e repete que este é o tempo, e que haverá tempo, como num poema de T.S. Eliot, e sim, deve haver, certamente, enquanto o último garçom toca suave no ombro desse homem de impermeável cinza, cabelos rareando no alto da cabeça, quase quarenta anos, parado à porta do bar. Delicado, amigável, apontando o vulto do rapaz mais triste do mundo que se afasta para tomar o primeiro ônibus, o garçom pergunta:

— Ele é seu filho?

De onde estou, ao lado da máquina de música que emudece, sinto um inexplicável perfume de rosas frescas. Como se tivesse amanhecido e uma súbita primavera se instaurasse no parque em frente — nada contra as facilidades dos finais. Antes que o homem se vá, consigo vê-lo sorrir de manso e então mentir ao garçom dizendo sim, dizendo não, quem sabe. E o que disser, como eu, será verdade. Aqui de onde resto, sei que continuamos sendo três e quatro. Eu pai deles, eu filho deles, eu eles próprios, mais você: nós quatro, um único homem perdido na noite, afundado nesse aquário de águas sujas refletindo o brilho de neon. Peixe cego ignorante de meu caminho inevitável em direção ao outro que contemplo de longe, olhos molhados, sem coragem de tocá-lo. Alto de noite, certa loucura, algum álcool e muita solidão.

Quero mais um uísque, outra carreira. Tudo aos poucos vira dia e a vida — ah, a vida — pode ser medo e mel quando você se entrega e vê, mesmo de longe.

Não, não quero nem preciso nada se você me tocar. Estendo a mão.

Depois suspiro, gelado. E te abandono.

Os sapatinhos vermelhos

Para Silvia Simas

> — Dançarás — disse o anjo. — Dançarás com teus sapatos vermelhos...
> Dançarás de porta em porta... Dançarás, dançarás sempre.
>
> ANDERSEN, "OS SAPATINHOS VERMELHOS"

I

TINHA TERMINADO, então. Porque a gente, alguma coisa dentro da gente, sempre sabe exatamente quando termina — ela repetiu olhando-se bem nos olhos, em frente ao espelho. Ou quando começa: certo susto na boca do estômago. Como o carrinho da montanha-russa, naquele momento lá no alto, justo antes de despencar em direção. Em direção a quê? Depois de subidas e descidas, em direção àquele insuportável ponto seco de agora.

Restava acender outro cigarro, e foi o que fez. No momento de dar a primeira tragada, apoiou a face nas mãos e, sem querer, esticou a pele sob o olho direito. Melhor assim, muito melhor. Sem aquele ar desabado de cansaço indisfarçável de mulher sozinha com quase quarenta anos, mastigou sem pausa nem piedade. Com os dedos da mão esquerda, esticou também a pele debaixo do outro olho. Não, nem tanto, que assim parecia uma japonesa. Uma japa, uma gueixa, isso é que fui. A putinha submissa a coreografar jantares à luz de velas — Glenn Miller ou Charles Aznavour? —, vertendo trêfega os sais — camomila ou alfazema? — na água da banheira, preparando uísques — uma ou duas pedras hoje, meu bem?

Nenhuma pedra, decidiu. E virou a garrafa outra vez no copo. Aprendera com ele, nem gostava antes. Tempo perdido, pura perda de tempo. E não me venha dizer mas teve bons momentos, não teve não? A cabeça dele abandonada em seus joelhos, você deslizando devagar os dedos entre os cabelos daquele homem. Pudesse ver seu próprio rosto: nesses momentos você ganhava luz e sorria sem sorrir, olhos fechados, toda plena. Isso não valeu, Adelina?

Bebeu outro gole, um pouco sôfrega. Precisava apressar-se, antes que a quinta virasse Sexta-Feira Santa e os pecados começassem a pulular na memória feito macacos engaiolados: não beba, não cante, não fale nome feio, não use vermelho, o diabo está solto, leva sua alma para o inferno. Ela já está lá, no meio das chamas, pobre alminha, nem dez da noite, só filmes sacros na tevê, mantos sagrados, aquelas coisas, Sexta-Feira da Paixão e nem sexo, nem ao menos sexo, isso de meter, morder, gemer, gozar, dormir. Aquela coisa frouxa, aquela coisa gorda, aquela coisa sob lençóis, aquela coisa no escuro, roçar molhado de pelos, baba e gemidos depois de quantos mesmo? — cinco, cinco anos. Cinco anos são alguma coisa quando se tem quase quarenta, e nem apartamento próprio, nem marido, filhos, herança: nada. Ponto seco, ponto morto.

Ué, você não *escolheu*? Ele ficou então parado à frente dela, muito digno e tão comportadamente um-senhor-de-família-da-Vila-Mariana dentro do terno suavemente cinza, gravata pouco mais clara, no tom exato das meias, sapatos ligeiramente mais escuros. Absolutamente controlado. Nem um fio de cabelo fora do lugar enquanto repetia pausado, didático, convincente — mas Adelina, você sabe tão bem quanto eu, talvez até melhor, a que ponto de desgaste nosso relacionamento chegou. Devia falar desse jeito mesmo com os alunos, impossível que você não perceba como é doloroso para mim mesmo encarar este rompimento. Afinal, a afeição que nutro por você é um fato.

Teria mesmo chegado ao ponto de dizer *nutro*? Teria, teria sim, teria dito nutro & relacionamento & rompimento & afeto, teria dito também estima & consideração & mais alto apreço e toda essa merda educada que as pessoas costumam dizer para colorir a indiferença quando o coração ficou inteiramente gelado. Uma estalactite — estalactite ou estalagmite? merda, umas caíam de cima, outras subiam de baixo, mas que importa: aquela lança fininha de gelo afiado — cravada com extrema cordialidade no fundo do peito dela. Vampira, envelheceria séculos lentamente até desfazer-se em pó aos pés impassíveis dele. Mas ao contrário, tão desamparada e descalça, quase nua, sem maquilagem nem anjo de guarda, dentro de uma camisola velha de pelúcia, às vésperas da Sexta-Feira Santa, sozinha no apartamento e no planeta Terra.

Esmagou o cigarro, baixou a cabeça como quem vai chorar. Mas não choraria mais uma gota sequer, decidiu brava, e contemplou os próprios pés nus. Uns pés pequenos, quase de criança, unhas sem pintura, afundados no tapetinho amarelo em frente à penteadeira. Foi então que lembrou dos sapatos. Na segunda-feira, tentando reunir os fragmentos, não saberia dizer se teria mesmo precisado acender outro cigarro ou beber mais um gole de uísque para ajudar a ideia vaga a tomar forma. Talvez sim, pouco antes de começar a escancarar portas e gavetas de todos os armários e cômodas, à procura dos sapatos. Que tinham sido presente dele, meio embriagado e mais ardente depois de um daqueles fins de semana idiotas no Guarujá ou Campos do Jordão, tanto tempo atrás. Viu-se no espelho de má qualidade, meio deformada à distância, uma mulher descabelada jogando caixas e roupas para os lados até encontrar, na terceira gaveta do armário, o embrulho em papel de seda azul-clarinho.

Desembrulhou, cuidadosa. Uma súbita calma. Quase bailarina em gestos precisos, medidos, elegantes. O silêncio completo do apartamento vazio quebrado apenas pelo leve farfalhar do papel de seda desdobrado sem pressa alguma. E eram lindos, mais lindos do que podia lembrar. Mais lindos do que tinha tentado expressar quando protestou, comedida e comovida — mas são tão... tão ousados, meu bem, não têm nada a ver comigo. Que evitava cores, saltos, pinturas, decotes, dourados ou qualquer outro detalhe capaz sequer de sugerir sua secreta identidade de mulher-solteira-e-independente-que-tem-um-amante-casado.

Vermelhos — mais que vermelhos: rubros, escarlates, sanguíneos —, com finos saltos altíssimos, uma pulseira estreita na altura do tornozelo. Resplandeciam nas suas mãos. Quase cedeu ao impulso de calçá-los imediatamente, mas sabia instintiva que teria primeiro de cumprir o ritual. De alguma forma, tinha decorado aquele texto há tanto tempo que apenas o supunha esquecido. Como uma estreia adiada, anos. Bastavam as primeiras palavras, os primeiros movimentos, para que todas as marcas e inflexões se recompusessem em requintes de detalhes na memória. O que faria a seguir seria perfeito, como se encenado e aplaudido milhares de vezes.

Perfeitamente: Adelina colocou um disco — nem Charles Aznavour, nem Glenn Miller, mas uma úmida Billie Holiday, *I'm glad, you're bad*, tomando o cuidado de acionar o botão para que a agulha voltasse e tornasse a voltar sempre, *don't explain*, depois deixou a banheira encher aos poucos de suave água morna, salpicou os sais antes de mergulhar, com Billie gemendo rouca ao fundo, *lover man*, e lavou todos os orifícios, e também os cabelos, todos os cabelos, enfrentou o chuveiro frio, secou o corpo e cabelos enquanto esmaltava as unhas dos pés, das mãos, no mesmo tom de vermelho dos sapatos, mais tarde desenhou melhor a boca, já dentro do vestido preto justo, drapeado de crepe, preso ao ombro por um pequeno broche de brilhantes, escorregando pelo colo para revelar o início dos seios, acentuou com o lápis o sinal na face direita, igualzinho ao de Liz Taylor, todos diziam, sublinhou os olhos de negro, escureceu os cílios, espalhou perfume no rego dos seios, nos pulsos, na jugular, atrás das orelhas, para exalar quando você arfar, minha filha, então as meias de seda negra transparente, costura atrás, tigresa *noir*, Lauren Bacall, e só depois de guardar na carteira talão de cheques, documentos, chave do carro, cigarros e o isqueiro de prata que tirou da caixinha de veludo grená, presente dos trinta e sete, só mesmo quando estava pronta dos pés à cabeça e desligara o toca-discos, porque eles exigiam silêncio — foi que sentou outra vez na penteadeira para calçar os sapatinhos vermelhos.

Apagou a luz do quarto, olhou-se no espelho de corpo inteiro do corredor. Gostou do que viu. Bebeu o último gole de uísque e, antes de sair, jogou na gota dourada do fundo do copo o filtro branco manchado de batom.

II

Eram três, estavam juntos, mas o negro foi o primeiro a pedir licença para sentar. A única mulher sozinha na boate. Tinha traços finos, o negro, afilados como os de um branco, embora os lábios mais polpudos, meio molhados. Músculos que estalavam dentro da camiseta justa, dos jeans apertados. Leve cheiro de bicho limpo, bicho lavado, mas indisfarçavelmente bicho atrás do sabonete.

— E aí, passeando? — ele perguntou, ajeitando-se na cadeira à frente dela.

Curvou-se para que ele acendesse seu cigarro. A mão grande, quadrada, preta e forte não se moveu sobre a mesa. Ela mesma acendeu, com o isqueiro de prata. Depois jogou a cabeça para trás — a marcação era perfeita —, tragou fundo e, entre a fumaça, soltou as palavras sobre os patéticos pratinhos de plástico com amendoim e pipocas:

— Você sabe, feriado. A cidade fica deserta, essas coisas. Precisa aproveitar, não?

Por baixo da mesa, o negro avançou o joelho entre as coxas dela. Cedeu um pouco, pelo menos até sentir o calor aumentando. Mas preferiu cruzar as pernas, estudada. Que não assim, tão fácil, só porque sozinha. E quase quarentona, carne de segunda, coroa. Sorriu para o outro, encostado no balcão, o moço dourado com jeito de tenista. Não que fosse louro, mas tinha aquele dourado do pêssego quando mal começa a amadurecer espalhado na pele, nos cabelos, provavelmente nos olhos que ela não conseguia ver sem óculos, à distância. O negro acompanhou seu olhar, virando a cabeça sobre o próprio ombro. De perfil — ela notou —, o queixo era brusco, feito a machado. Mesmo recém-feita, a barba rascaria quando se passasse a mão. Antes que dissesse qualquer coisa, ela avançou, voz muito rouca:

— Por que não convida seus amigos para sentar com a gente? — Ele rodou um amendoim entre os dedos. Ela tomou o amendoim dos dedos dele. O crepe escorregou do ombro para revelar o vinco entre os dois seios: — Acho que você não precisa disso.

O negro franziu a testa. Depois riu. Passou o indicador nas costas da mão dela, pressionando:

— Pode crer que não.

Soprou a fumaça na cara dele:

— Será?

— Garanto a você.

Descruzou as pernas. O joelho dele tornou a apertar o interior de suas coxas. Quero te jogar no solo, a música dizia.

— Então chame seus amigos.

— Você não prefere que a gente fique só nós dois?

Tão escuro ali dentro que mal podia ver o outro, ao lado do tenista dourado. Um pouco mais baixo, talvez. Mas os ombros largos. Qualquer coisa no porte, embora virado de costas para ela, de frente para o balcão, curvado sobre o copo de bebida, qualquer coisa na bunda firme desenhada pelo pano da calça — qualquer coisa ali prometia. Remexeu as pedras de gelo do uísque na ponta das unhas vermelhas.

— Uns rapazes simpáticos. Assim, sozinhos. Não são seus amigos?

— Do peito — ele confirmou. E apertou mais o joelho. A calcinha dela ficou úmida. — Tudo gente boa.

— Gente boa é sempre bem-vinda — falava como a dublagem de um filme. Uma mulher movia o corpo e a boca: ela falava. Um filme em preto e branco, bem contrastado, um filme que não tinha visto, embora conhecesse bem a história. Porque alguém contara, em hora de cafezinho, porque vira os cartazes ou lera qualquer coisa numa daquelas revistas femininas que tinha aos montes em casa. As mais recentes, na parte de baixo da mesinha de vidro da sala. As outras, acumuladas no banheiro de empregada, emboloradas por um eterno vazamento no chuveiro, que a diarista depois levava. Para vender, dizia. E ela odiava contida a ideia das páginas coloridas das revistas dela embrulhando peixe na feira ou expostas naquelas bancas vagabundas do centro da cidade.

— Se você quer mesmo — o negro disse. E esperou que ela dissesse alguma coisa, antes de erguer a mão chamando os outros dois.

— Não quero outra coisa — sussurrou.

E meio de repente — porque depois do quarto ou quinto uísque tudo acontece sempre assim, sem que se possa determinar o ponto exato de transição, quando uma situação passa a ser outra situação —, quase de repente, o tenista-dourado estava ao lado direito dela, e o rapaz mais baixo à sua esquerda. Na cadeira em frente, o negro olhava tudo com atentos olhos suspeitosos. Perguntou o que bebiam, eles disseram juntos e previsíveis: cerveja. Ela falou nossa, bebam algum drinque mais estimulante, vocês vão precisar, rapazes, um ar de Mae West. Todos três explicaram que estavam duros, a crise, você sabe, mas de jeitos diferentes. O tenista-dourado chegou a puxar o forro do bolso para fora e mostrou, pegando a mão dela, veja, veja só, pegue aqui, mas ela retirou a mão pouco antes de tocar. Tão próximo, calor latejante na beira dos dedos. Problema nenhum, ofereceu pródiga: eu pago. A fita da garrafa pela metade, serviu do uísque dela ao negro e ao tenista-dourado. Não ao mais baixo, que preferia vodca, natasha mesmo serve. Ela então atentou nele pela primeira vez. Todo pequeno e forte, cabelos muito crespos contrastando com a pele branca, lábios vermelhos, barba de dois, três dias, quase emendada nos cabelos do peito fugidos da gola da camisa, mãos cruzadas um tanto tensas, unhas roídas, sobre o xadrez da toalha. Cabeça baixa, concentrado em sua pequenez repleta da vitalidade que, certeira, ela adivinhava mesmo antes de provar.

Pacientes, divertidos, excitados: cumpriram os rituais necessários até chegar no ponto. Que o negro era Áries, jogador de futebol, mês que vem passo ao primeiro escalão, ganhando uma grana. Sérgio ou Sílvio, qualquer coisa assim. O tenista-dourado, Ricardo, Roberto, ou seria Rogério? um bancário sagitariano, fazia musculação e os peitos que pediu que tocasse eram salientes e pétreos como os de um halterofilista, sonhava ser modelo, fiz até umas fotos, quiser um dia te mostro, peladinho, e ela pensou: vai acabar michê de veado rico. Do mais baixo só conseguiu arrancar o signo, Leão, isso mesmo porque adivinhou, não revelou nome nem disse o que fazia, estava por aí, vendo qual era, e não tinha saco de fazer social.

Eu? Gilda, ela mentiu retocando o batom. Mas mentia só em parte, contou para o espelhinho, porque de certa forma sempre fui inteiramente Gilda, Escorpião, e nisso dizia a verdade, atriz, e novamente mentia, só de certa forma, porque toda a minha vida.

Então dançaram, um de cada vez. O negro apoiou a mão pesada na cintura dela e, puxando-a para si, encaixou o ventre dos dois, quase como se a penetrasse assim, ao som de um Roberto Carlos daqueles de motel, o côncavo, o convexo, tão apertado e rijo que ela temeu que molhasse a calça. Mas de volta à mesa, ao acariciar disfarçada o volume, tranquilizou-se antes de sair puxada pela mão dourada do tenista-dourado. Que a fez encostar a cabeça entre os dois peitos dele, cheiro de colônia, desodorante, suor limpo de homem embaixo da camisa polo amarelinha, lambeu a orelha dela, mordiscou a curva do pescoço ao som duma dessas trilhas românticas em inglês de telenovela, até que ela gemesse, toda molhada, implorando que parasse. O mais baixo não quis dançar. Quero foder você, rosnou: pra que essa frescura toda?

Foi quando ela levantou a perna, apoiando o pé na borda da cadeira, que todos viram o sapato vermelho. Depois dos comentários exaltados, as meticulosas preparações estavam encerradas, a boate quase vazia, sexta-feira instalada, e era da Paixão, cinza cru de amanhecer urbano entrando pelas frestas, o único garçom impaciente, cadeiras sobre as mesas. Tinham chegado ao ponto. O ponto vivo, o ponto quente.

— Pra onde? — perguntou o tenista-dourado.

— Meu apartamento, onde mais? — ela disse, terminando de assinar o cheque, três estrelas, caneta importada.

— Mas afinal, com quem você quer ir? — o negro quis saber.

Ela acariciou o rosto do mais baixo:

— Com os três, ora.

Apesar do uísque, saiu pisando firme nos sapatos vermelhos, os três atrás. Lá fora, na luz da manhã, antes de entrarem no carro que o manobrista trouxe e o tenista-dourado fez questão de dirigir, os sapatos vermelhos eram a única coisa colorida daquela rua.

III

Que tirasse tudo, menos os sapatos — os três imploraram no quarto em desordem. Garrafa de uísque na penteadeira, Fafá de Belém antiga no toca-discos (escolha do tenista-dourado, o negro queria Alcione), cinzeiro transbordante na mesinha de cabeceira. Tirou tudo, jogando para os lados. Menos as meias de seda negra, com costura atrás, e os sapatos vermelhos. Nua, jogou-se na colcha de chenile rosa, as pernas abertas. Eles a cercaram lentos, jogando as zorbas sobre o crepe negro.

O negro veio por trás, que gostava assim, tão apertadinho. Ela nunca tinha feito, mas ele jurou no ouvido que seria cuidadoso, depois mordeu-a nos ombros, enquanto a virava de perfil, muito suavemente, molhando-a de saliva com o dedo, para que o mais baixo pudesse continuar a lambê-la entre as coxas, enquanto o tenista-dourado, de joelhos, esfregava o pau pelo rosto dela, até encontrar a boca. Tinha certo gosto também de pêssego, mas verde demais, quase amargo, e passando as mãos pelas costas dele confirmou aquela suspeita anterior de uma penugem macia num triângulo pouco acima da bunda, igual ao do peito, acinzentado pelo amanhecer varando persianas, mas certamente dourado à luz do sol. Foi quando o negro penetrou mais fundo que ela desvencilhou-se do tenista-dourado para puxar o mais baixo sobre si. Ele a preencheu toda, enquanto ela tinha a sensação estranha de que, ponto remoto dentro dela, dos dois lados de uma película roxa de plástico transparente, como num livro que lera, os membros dos dois se tocavam, cabeça contra cabeça. E ela primeiro gemeu, depois debateu-se, procurou a boca dourada do tenista-dourado e quase, quase chegou lá. Mas preferia servir mais uísque, fumar outro cigarro, sem pressa alguma, porque pedia mais, e eles davam, generosos, e absolutamente não se espantar quando então invertiam-se as posições, e o tenista-dourado vinha por trás ao mesmo tempo que o mais baixo introduzia-se em sua boca, e o negro metido dentro dela conseguia transformar os gemidos em gritos cada vez mais altos, fodam-se os vizinhos, depois cada vez mais baixos novamente, rosnados, grunhidos, até não passarem de soluços miudinhos, sete galáxias atravessadas, o sol de Vega no décimo quarto grau de Capricórnio e a cara afundada nos cabelos pretos encaracolados do negro peito largo dele. De outros jeitos, de todos os jeitos: quatro, cinco vezes. Em pé, no banheiro, tentando aplacar-se embaixo da água fria do chuveiro. Na sala, de quatro nas almofadas de cetim, sobre o sofá, depois no chão. Na cozinha, procurando engov e passando café, debruçada na pia. Em frente ao espelho de corpo inteiro do corredor, sem se chocar que o mais baixo de repente viesse também por trás do tenista-dourado dentro dela, que acariciava o pau do negro até que espirrasse em jatos sobre os sapatos vermelhos dela, que abraçava os três, e não era mais Gilda, nem Adelina nem nada. Era um corpo sem nome, varado de prazer, coberto de marcas de dentes e unhas, lanhado dos tocos das barbas amanhecidas, lambuzada do leite sem dono dos machos das ruas. Completamente satisfeita. E vingada.

Quando finalmente se foram, bem depois do meio-dia, antes de jogar-se na cama limpou devagar os sapatos com uma toalha de rosto que jogou no cesto de roupa suja. Foi o neon, repetiu andando pelo quarto, aquelas luzes verdes, violeta e vermelhas piscando em frente à boate, foi o neon maligno da Sexta-Feira Santa, quando o diabo se solta porque Cristo está morto, pregado na cruz. Quando apagou a luz, teve tempo de ver-se no espelho da penteadeira, maquilagem escorrida pelo rosto todo, mas um ar de triunfo escapando do meio dos cabelos soltos.

Acordou no Sábado de Aleluia, manhã cedo, campainha furando a cabeça dolorida. Ele estava parado no corredor, dúzia de rosas vermelhas e um ovo de Páscoa nas mãos, sorriso nos lábios pálidos. Não era preciso dizer nada. Só sorrir também. Mas ela não sorria quando disse:

— Vai embora. Acabou.

Ele ainda tentou dizer alguma coisa, aquele ridículo terno cinza. Chegou mesmo a entrar um pouco na sala antes que ela o empurrasse aos gritos para fora, quase inteiramente nua, a não ser pelas meias de seda e os sapatos vermelhos de saltos altíssimos. Havia um cheiro de cigarro e bebida e gozo entranhado pelos cantos do apartamento, a cara de ressaca dela, manchas-roxas de chupões no colo. Pela primeira, única e última vez ele a chamou muitas vezes de puta, puta vadia, puta escrota depravada pervertida. Jogou o ovo e as rosas vermelhas na cara dela e foi embora para sempre.

Só então ela sentou para tirar os sapatos. Na carne dos tornozelos inchados, as pulseiras tinham deixado lanhos fundos. Havia ferimentos espalhados sobre os dedos. Tomou banho muito quente, arrumou a casa toda antes de deitar-se outra vez — o broche de brilhantes tinha desaparecido, mas que importava: era falso —, tomar dois comprimidos para dormir o resto do sábado e o domingo de Páscoa inteiros, acordando para comer pedaços de chocolate de ovo espatifado na sala.

Segunda-feira no escritório, quando a viram caminhando com dificuldade, cabelos presos, vestida de marrom, gola fechada, e quiseram saber o que era — um sapato novo, ela explicou muito simples, apertado demais, não é nada. Voltavam a doer, os ferimentos, quando ameaçava chuva. E ao abrir a terceira gaveta do armário para ver o papel de seda azul-clarinho guardando os sapatos, sentia um leve estremecimento.

Tentava — tentava mesmo? — não ceder. Mas quase sempre o impulso de calçá-los era mais forte. Porque afinal, dizia-se, como num conto de Sonia Coutinho, há tantas sextas-feiras, tantos luminosos de neon, tantos rapazes solitários e gostosos perdidos nesta cidade suja... Só pensou em jogá-los fora quando as varizes começaram a engrossar, escalando as coxas, e o médico então apalpou-a nas virilhas e depois avisou quê.

Uma praiazinha de areia bem clara, ali, na beira da sanga

Para
Antonio Maschio e
Wladimir Soares

> *Each man kills the things he loves.*
> OSCAR WILDE, CITADO POR FASSBINDER EM *QUERELLE*

I

HOJE FAZ EXATAMENTE sete anos que fugi para sempre do Passo da Guanxuma, Dudu. É setembro, mês do teu aniversário, mas não lembro o dia certo.

Lembrei disso agora há pouco, olhando minha cara no espelho enquanto decidia se faço ou não a barba. Continua dura e cerrada, a barba, você conhece. Se faço todos os dias, a cara vai ficando meio lanhada, uns fios encravados, uns vermelhões. Se não faço, fica parecendo suja, a cara. Não decidi nada. Mas foi quando olhei para o espelho que vi o calendário ao lado e aí me veio esse peso no coração, essa lembrança do Passo, de setembro e de você. Quando pensei setembro, pensei também numas coisas meio babacas, tipo borboletinhas esvoaçando, florzinhas arrebentando a terra, ventanias, céu azul como se fosse pintado a mão. Tanta besteirada tinha naquela cidade, meu Deus. Ainda terá?

Agora olhei pela janela. A janela do meu quarto dá para os fundos de outro edifício, fica sempre um ar cinzento preso naquele espaço. Um ar grosso, engordurado. Se você estivesse aqui e olhasse para a frente, veria uma porção de janelinhas de banheiro, tão pequenas que nem dá para espiar o monte de sacanagens que devem acontecer por trás delas. Se você olhasse para baixo, veria aquelas latas de lixo todas amontoadas no térreo. Só quando olhasse para cima, poderia ver um pedacinho do céu — e quando escrevi pedacinho de céu lembrei daquela música antiga que você gostava tanto, era mesmo um chorinho? Sempre olho para cima, para ver o ar cinzento entre a minha janela e o paredão do outro edifício que se encomprida até misturar com o céu. Feito uma capa grossa de fuligem jogada sobre esta cidade tão longe aí do Passo e de tudo que é claro, mesmo meio babaca.

Quando penso desse jeito, nesta cidade daqui, Dudu, você nem sabe como me dá uma vontade doida, doida de voltar. Mas não vou voltar. Mais do que ninguém, você sabe perfeitamente que eu nunca mais posso voltar. Pensei isso com tanta certeza que cheguei a ficar meio tonto, a mão escorregou e fez esse borrão aí do lado, desculpe. Eu apertei as duas mãos contra a folha de papel, *como se quisesse me segurar nela. Como se não houvesse nada embaixo dos meus pés.*

Você não sabe, mas acontece assim quando você sai de uma cidadezinha que já deixou de ser sua e vai morar noutra cidade, que ainda não começou a ser sua. Você sempre fica meio tonto quando pensa que não quer ficar, e que também não quer — ou não pode — voltar. Você fica igualzinho a um daqueles caras de circo que andam no arame e de repente o arame plac! ó, arrebenta, daí você fica lá, suspenso no ar, o vazio embaixo dos pés. Sem nenhum lugar no mundo, dá para entender?

Ando tão só, Dudu. Ando tão triste que às vezes me jogo na cama, meto a cara fundo no travesseiro e tento chorar. Claro que não consigo. Solto uns arquejos, roncos, soluços, barulhos de bicho, uns grunhidos de porco ferido de faca no coração. Sempre lembro de você nessas horas. Hoje, preferi te escrever. Também, os lençóis estão imundos. A dona que me aluga este quarto só troca de duas em duas semanas, e já deve andar pelo fim da segunda. Peguei ainda a mania de comprar comida na rua, naqueles pratinhos de papel metálico, fico comendo entre os lençóis, volta e meia acaba caindo algum pedaço no meio deles. Arroz, omelete, maionese, pizza — essas comidas de plástico que a gente come aqui, nada de costela gorda com farinha, como aí no Passo.

Fora isso, que é bastante porco, continuo um cara bem limpinho, Dudu. E se você ainda consegue lembrar daqueles banhos que a gente tomava pelados na sanga Caraguatatá — porque eu, eu não esqueço um segundo nestes sete anos —, mais do que ninguém, você sabe como isso é verdade.

II

Tenho trinta e três anos e sou um cara muito limpo. Tomo no mínimo um banho por dia, escarafuncho bem as orelhas com cotonetes, desses que, dizem, têm um dourado no meio, daí você ganha um prêmio se encontrar, mas eu nunca encontrei. As unhas não corto, não é preciso, desde criança roo até o sabugo.

Não sou um cara feio, acho que não. Verdade que podia ser mais alto um pouco, embora não seja nenhum pônei. E um pouco menos peludo, também podia. De vez em quando tiro toda a roupa e fico me olhando nu na porta de espelho do guarda-roupa. Tem pelo por todo lado, quando faço a barba tenho que começar a raspar ali onde termina o peito e começa o pescoço. Fica parecendo uma blusa dessas sem gola, uma camiseta escura. Se não raspasse, emendava tudo. Tem pelos também nos ombros, um pouco nas costas, depois rareia, só começa de novo pouco abaixo da cintura, antes da bunda. Pelos pretos, crespos. Nos lugares onde não tem pelos a pele é muito branca.

Não era assim, lá no Passo. Quero dizer, não que eu não fosse peludo — isso começou com uns treze, catorze anos, e não parou até hoje. Pelo é o tipo de coisa que não para nunca de crescer no corpo de um cara. Mas a pele, isso que eu quero dizer, a pele não era branca. No Passo tinha sol quase todo dia, e uma praiazinha de areia bem clara, na beira da sanga. Eu ficava ali deitado na areia, completamente nu, quase sempre sozinho. Eu nadava e nadava e nadava naquela água limpa. Deve ser por isso que, embaixo desses pelos todos, os músculos são muito duros.

Ou eram. Tenho ficado tanto tempo deitado que eles estão amolecendo. Esse é só um dos sintomas, ficar muito tempo deitado. Tem outros, físicos. Uma fraqueza por dentro, assim feito dor nos ossos, principalmente nas pernas, na altura dos joelhos. Outro sintoma é uma coisa que chamo de *pálpebras ardentes*: fecho os olhos e é como se houvesse duas brasas no lugar das pálpebras. Há também essa dor que sobe do olho esquerdo pela fronte, pega um pedaço da testa, em cima da sobrancelha, depois se estende pela cabeça toda e vai se desfazendo aos poucos enquanto caminha em direção ao pescoço. E um nojo constante na boca do estômago, isso eu também tenho. Não tomo nada, nenhum remédio. Não adianta, sei que essa doença não é do corpo.

Quando apalpo meu corpo e sinto ele ficando mole, levanto de um salto e saio a caminhar pelo quarto. Faço cinquenta flexões, até meus peitos e braços ficarem duros de novo. Isso durante o dia, porque não suporto o barulho das buzinas na rua. À noite saio, dou umas voltas. Gosto de ver as putas, os travestis, os michês pelas esquinas. Gosto tanto que às vezes até pago um, ou uma, para dormir comigo. Foi assim que acabei conhecendo o Bar. Mas não quero falar disso agora.

Para não falar disso agora, levanto a cabeça, desvio os olhos do espelho para não ver a cara barbada que parece suja e, devagarinho, começo a soltar as mãos das bordas da pia enquanto olho fixo dentro do meu olho no espelho. Imagino aquele cara, o do arame no circo, mas o contato do arame com a pele da sola dos pés deve ser gelado e cortante tipo fio de faca. O da pia também é frio, mas redondo, redondo feito peito ou bunda de mulher. Embaixo dos meus pés descalços continua a não ter nada. Então contraio bem os dedos, que nem macaco querendo segurar alguma coisa. Depois solto os dedos dos pés do assoalho de tábuas lixadas. Solto os dedos das mãos da pia e caminho até a porta para ver se chegou carta.

Assim todos os dias, várias vezes por dia, depois das duas da tarde. A dona que me aluga este quarto costuma colocar as cartas em cima da mesinha no corredor. Abro muitas vezes a porta, espio, nunca tem nada. Nem podia, claro, depois de tudo. Não tenho ninguém mais lá no Passo. Só o Dudu. Que agora, depois de sete anos, já nem sei direito se tenho para sempre ou, ao contrário, não terei nunca mais.

Não queria pensar no Dudu agora, mas quando abri a porta e vi a mesinha do corredor vazia — vazia de cartas, quero dizer, porque tem sempre aquele elefante rosa com flor de plástico do lado — sem querer, fiquei pensando bem assim: como seria bom se tivesse uma carta do Dudu agora. Aí eu pegava a carta, me sentava, lia devagar, devia ter notícia do Passo, devia falar naquela praiazinha, em setembro, numas tardes quase quentes outra vez, já dava para começar a tomar sol de novo, eu e ele, porque além de mim ele era o único cara que conhecia aquele lugar. Mas então eu acendia um cigarro e lia, depois pegava papel e caneta, pensava um pouco e começava a responder. Depois da data, tinha que escrever alguma coisa, aí embatucava, em dúvida se seria melhor *meu-prezado-Dudu* ou *caro-Dudu*, *amigo Dudu* ou só *Dudu*, ou quem sabe *meu-amigo*. Ficaria um monte de tempo assim pensando, roendo a tampa da caneta, até começar a escurecer. Talvez resolvesse começar a escrever sem data nem nada, para não contar tudo. Talvez deixasse a carta assim mesmo, só uma data num papel em branco, e tomaria um banho, faria de vez a barba, depois me vestiria lento até chegar a hora de sair para o Bar, decidindo que não era preciso carta alguma, porque desta vez.

    Só que essas eram o tipo de coisa que eu não queria de jeito nenhum pensar no meio daquela tarde, quase noite. No Passo, no Bar, no Dudu. Tudo isso me faz tanto mal.

    Fechei a porta, encostei a parte de cima da cabeça contra ela. Só nos filmes as pessoas fazem isso, nunca vi ninguém fazer de verdade. Comecei a fazer para ver se sentia o que as pessoas sentem nos filmes — pessoas sempre sentem coisas nos filmes, nos bares, nas esquinas, nas músicas, nas histórias. Nas vidas acho que também, só que não se dão conta. Depois percebi que aquela dor que sobe ali do olho esquerdo pela testa diminuía um pouco assim, então fui me virando até apertar o lado esquerdo da cabeça, justamente onde doía, contra a porta fechada. A dor doía menos assim, embora não fosse exatamente uma dor. Mais um peso, um calafrio. Uma memória, uma vergonha, uma culpa, um arrependimento em que não se pode dar jeito.

    Eu estava de costas contra a porta quando olhei pela janela aberta do outro lado do quarto. Então pensei que bastaria uma corrida rápida da porta até a janela, depois um impulso mínimo para jogar meu corpo por ela e plac! ó, pronto, acabou: moro no décimo andar. Não foi a primeira vez que isso me passou pela cabeça. O que me segurou desta vez, como me segurava em todas as outras, foi pensar naquele monte de latas de lixo lá no térreo. Meu pequeno corpo, cheio de pelos e músculos duros, cairia exatamente sobre elas. Imaginei uns restos de macarrão enrolados nos anéis do meu cabelo crespo, uma garrafa vazia de pinga vagabunda no meio das minhas pernas, um modess usado na ponta do meu nariz. E continuei parado. Tenho horror à ideia de ficar sujo, mesmo depois de morto.

III

Só que desta vez, Dudu, por mais nojeiras que imaginasse sobre meu corpo caído lá embaixo, não sei por quê, a vontade de saltar continua. Mas eu resisto. Não que alguém fosse sentir muita falta minha ou se achar, sei lá, sacaneado com a minha morte. Nem Teresângela, aquela putinha que veio me chupar o pau umas quatro ou cinco vezes, acho que te contei, nem Marilene, mulher do Índio, aí do Passo (um beijo nela), que gostava de mim, faz tanto tempo, nem os donos do Bar, o gordinho que sorri e às vezes abana de longe, ou o de bigode e chapeuzinho preto redondo de Carlitos. Nem você, que nunca me escreveu. Ninguém, Dudu. Eu comecei a enumerar nos dedos quem poderia sentir a minha falta: sobraram dedos. Todos estes que estou olhando agora.

Eu ando muito infeliz, Dudu, este é um segredo que conto só para você: eu tenho achado, devagarinho, cá dentro de mim, em silêncio, escondido, que nem gosto mais muito de viver, sabia?

Não é falta de grana, não. Aqui a gente se vira. Um dia vendo livros, no outro faço pesquisa. Sei lá, sempre pinta. Nunca precisei de muito, você sabe. Meu único luxo têm sido os discos de Dulce Veiga que fico catando nas lojas, já tenho quase todos, você ia gostar de ouvir, outro dia encontrei até o Dulce também diz não, *autografado e tudo. Nem falta de amor, que te falei da Teresângela, e tem também o Carlão ali da praça Roosevelt, quando bebo demais, fumo maconha, tomo bola, mesqueço de mim e fico meio mulher, mais a Noélia, uma gatona repórter da revista* Bonita, *que conheci no Bar uma noite que ela perguntou o meu signo no horóscopo chinês, e eu sou Tigre e você, lembrei, Dragão.*

Amor picadinho, claro, amor bêbado, amor de fim de noite, amor de esquina, amor com grana, amor com fissura, chato nos pentelhos e doença, nas madrugadas de sábado desta cidade que você não conhece nem vai conhecer. De qualquer jeito, amor, Dudu, embora não mate a sede da gente. Amor aos montes, por todos os cantos, banheiros e esquinas. Não é isso, nem a falta disso. Me roendo por dentro, é outra coisa que só você poderia saber o que é, mas nem você mesmo soube naquele tempo, e agora nem eu sei se saberia explicar a você ou a qualquer outro.

Mas o que quero te contar, e só sei meio vagamente porque justo hoje, é um negócio tão louco que nem sei como começar. Quem sabe assim — subiu que uma noite eu vi você? Não ria, não duvide de mim, não pense que foi assim como quando você sente saudade demais de uma pessoa, então começa a vê-la nas outras, em todos os lugares, de costas, por um jeito de andar, de sorrir ou virar a cabeça de lado. Foi outra coisa. E não era apenas uma vontade de ver você que te trazia de volta, era você mesmo, Dudu. Você exato, como você é ou foi, sete anos atrás. Como uma pessoa, mesmo por engano, nunca pode ser outra pessoa.

Foi no Bar, a primeira vez que fui ao Bar, e foi por sua causa que fui lá, faz uns três, quatro anos. Eu vinha descendo a rua Augusta quando vi você dobrar aquela esquina da banca de frutas, sorrir para mim, acenar com a mão, mascando chiclete (de hortelã, eu sabia) como sempre, depois entrar num portão de ferro desses altos, antigos. Eu fui atrás, eu nem sabia que aquilo era um bar. Me perdi numas salas cheias de fumaça e gente estranha, gente falando muito e muito alto, atravessei umas portas, uns arcos, desci escadas, tornei a subir, fui parar numa janela grande aberta para a rua. Então olhei para o outro lado e lá estava você, na calçada oposta, embaixo de um outdoor de carro, calcinha ou dentes, não lembro ao certo.

Você não era uma visão do outro lado da rua, Dudu. Você nem sequer estava de branco, você vestia aquele jeans todo desbotado, meio rasgadinho na bunda e no joelho direito, com uma camiseta branca, como as que você usava, mascando aquele chiclete que de longe eu sabia que era hortelã. Era você exato, Dudu. Eu atravessei as salas, a fumaça dos cigarros, os sons estridentes de todas as palavras que aquelas pessoas jogavam feito bolas no ar, passei pelo balcão, atravessei aquele corredorzinho de entrada, afastei umas gentes amontoadas no portão enquanto você esperava por mim do outro lado. Então precisei parar e dar passagem a um desses ônibus elétricos que o tempo todo sobem e descem a Augusta. Quando o ônibus passou, você tinha desaparecido outra vez.

Loucura, não é, Dudu?

Fiquei dando umas voltas por ali, sem acreditar, até ir parar na praça Roosevelt. Foi nessa noite que encontrei o Carlão pela primeira vez, parado na frente do cinema Bijou, onde passava, lembro tão bem, A história de Adèle H, o tipo de filme que você gostava. De longe, as mãos nos bolsos, cigarro na boca, mascando chiclete ao mesmo tempo, parecia você. Essa foi só a primeira vez que te vi.

Desde aquela noite, peguei a mania de ir ao Bar, pensando assim que era um lugar onde você costumava ir, feito íamos no Agenor da Boca, lá no Passo, encontrar a Marilene fugida do Índio, com dois poemas na bolsa. Te vi outras noites, Dudu, sempre no Bar. Acontece de repente, tão rápido que nunca consigo dizer nada. Às vezes estou numa mesa, quase sempre com a Noélia, e você desce as escadas, como se fosse em direção à sala grande da frente. Você sempre sorri, me abana. Depois desaparece.

Nunca falei sobre você a ninguém. Nem vou falar. Não falaria de você nem a você mesmo, se hoje não tivesse percebido que, além de fazer sete anos que saí para sempre do Passo da Guanxuma, é um dia próximo do teu aniversário. Por isso estou te escrevendo, depois de tanto tempo. Também para deter aquela vontade de saltar pela janela e acabar de vez com esta saudade do Passo, onde não vou voltar, com essa mania louca de procurar você no Bar quase todas as noites, sem te encontrar. Eu sinto tanta falta, Dudu.

Penso às vezes que, quando eu estiver pronto, embora não tenha a menor ideia de como possa ser estar-pronto, um dia, um dia comum, um dia qualquer, um dia igual hoje, vou encontrar você claro e calmo sentado no Bar, à minha espera. Na mesa à sua frente, um copo de vinho que você vai erguer no ar feito uma saudação, até que eu me aproxime sem que você desapareça, para que eu possa então te abraçar dando um soco leve no ombro, sem te machucar, como antigamente, e sentar junto para contar todas as coisas que aconteceram comigo nestes sete anos.

Desde aquela tarde quase quente de setembro, quando nos estendemos nus sobre a areia clara das margens da sanga Caraguatatá, um dia perto do teu aniversário, o céu azul feito alguém tivesse pintado ele, essas ventanias de primavera secando rápido nossos cabelos molhados, enquanto uma borboletinha amarela esvoaçava entre nós para escapar depressa no momento exato em que, ali do meu lado, você se debruçou na areia para olhar bem fundo dentro dos meus olhos, depois estendeu o braço lentamente, como se quisesse me tocar num lugar tão escondido e perigoso que eu não podia permitir o seu olho nos pelos crespos do meu corpo, a sua mão na minha pele que naquele tempo não era branca assim, o seu hálito de hortelã quase dentro da minha boca. Foi então que peguei uma daquelas pedras frias da beira d'água e plac! ó, bati de uma só vez na tua cabeça, com toda a força dos meus músculos duros — para que você morresse enfim, e só depois de te matar, Dudu, eu pudesse fugir para sempre de você, de mim, daquele maldito Passo da Guanxuma que eu não consigo esquecer, por mais histórias que invente.

Dama da noite

Para Márcia Denser

> E sonho esse sonho
> que se estende
> em rua, em rua
> em rua
> em vão.
>
> LUCIA VILLARES, PAPOS DE ANJO

COMO SE EU ESTIVESSE por fora do movimento da vida. A vida rolando por aí feito roda-gigante, com todo mundo dentro, e eu aqui parada, pateta, sentada no bar. Sem fazer nada, como se tivesse desaprendido a linguagem dos outros. A linguagem que eles usam para se comunicar quando rodam assim e assim por diante nessa roda-gigante. Você tem um passe para a roda-gigante, uma senha, um código, sei lá. Você fala qualquer coisa tipo *bá*, por exemplo, então o cara deixa você entrar, sentar e rodar junto com os outros. Mas eu fico sempre do lado de fora. Aqui parada, sem saber a palavra certa, sem conseguir adivinhar. Olhando de fora, a cara cheia, louca de vontade de estar lá, rodando junto com eles nessa roda idiota — tá me entendendo, garotão?

Nada, você não entende nada. Dama da noite, todos me chamam e nem sabem que durmo o dia inteiro. Não suporto luz, também nunca tenho nada pra fazer — o quê? Umas rendas aí. É, macetes. Não dou detalhe, adianta insistir. Mutreta, trambique, muamba. Já falei: não adianta insistir, boy. Aprendi que, se eu der detalhe, você vai sacar que tenho grana, e se eu tenho grana você vai querer foder comigo só porque eu tenho grana. E acontece que eu ainda sou babaca, pateta e ridícula o suficiente para estar procurando O Verdadeiro Amor. Para de rir, senão te jogo já este copo na cara. Pago o copo, a bebida. Pago o estrago e até o bar, se ficar a fim de quebrar tudo. Se eu tô tesuda e você anda duro e eu precisar de cacete, compro o teu, pago o teu. Quanto custa? Me diz que eu pago. Pago bebida, comida, dormida. E pago foda também, se for preciso.

Pego, claro que eu pego. Pego sim, pego depois. É grande? Gosto de grande, bem grosso. Agora não. Agora quero falar na roda. Essa roda, você não vê, garotão? Está por aí, rodando aqui mesmo. Olha em volta, cara. Bem do teu lado. Naquela mina ali, de preto, a de cabelo arrepiadinho. Tá bom, eu sei: pelo menos dois terços do bar vestem preto e têm cabelo arrepiadinho, inclusive nós. Sabe que, se há uns dez anos eu pensasse em mim agora aqui sentada com você, eu não ia acreditar? Preto absorve vibração negativa, eu pensava. O contrário de branco, branco reflete. Mas acho que essa moçada tá mais a fim mesmo é de absorver, chupar até o fundo do mal — hein? Depois, até posso. Tem problema, não. Mas não é disso que estou falando agora, meu bem.

Você não gosta? Ah, não me diga, garotinho. Mas se eu pago a bebida, eu digo o que eu quiser, entendeu? Eu digo *meu-bem* assim desse jeito, do jeito que eu bem entender. Digo e repito: meu-bem-meu-bem-meu-bem. Pego no seu queixo a hora que eu quiser também, enquanto digo e repito e redigo meu-bem-meu-bem. Queixo furadinho, hein? Já observei que homem de queixo furadinho gosta mesmo é de dar o rabo. Você já deu o seu? Pelo amor de Deus, não me venha com aquela história tipo sabe, uma noite, na casa de um pessoal em Boiçucanga, tive que dormir na mesma cama com um carinha que. Todo machinho da sua idade tem loucura por dar o rabo, *meu bem*. Ascendente Câncer, eu sei: cara de lua, bunda gordinha e cu aceso. Não é vergonha nenhuma: tá nos astros, boy. Ou então é veado mesmo, e tudo bem.

Levanta não, te pago outra vodca, quer? Só pra deixar eu falar mais na roda. Você é muito garoto, não entende dessas coisas. Deixa a vida te lavrar a cara, antes, então a gente. Bicho, esquisito: eu ia dizer *alma*, sabia? Quer que eu diga? Tá bom, se você faz tanta questão, posso dizer. Será que ainda consigo, como é que era mesmo? Assim: deixa a vida te lavrar a alma, antes, então a gente conversa. Deixa você passar dos trinta, trinta e cinco, ir chegando nos quarenta e não casar e nem ter esses monstros que eles chamam de *filhos*, casa própria nem porra nenhuma. Acordar no meio da tarde, de ressaca, olhar sua cara arrebentada no espelho. Sozinho em casa, sozinho na cidade, sozinho no mundo. Vai doer tanto, menino. Ai como eu queria tanto agora ter uma alma portuguesa para te aconchegar ao meu seio e te poupar essas futuras dores diluceradas. Como queria tanto saber poder te avisar: vai pelo caminho da esquerda, boy, que pelo da direita tem lobo mau e solidão medonha.

A roda? Não sei se é você que escolhe, não. Olha bem pra mim — tenho cara de quem escolheu alguma coisa na vida? Quando dei por mim, todo mundo já tinha decorado a tal palavrinha-chave e tava a mil, seu lugarzinho seguro, rodando na roda. Menos eu, menos eu. Quem roda na roda fica contente. Quem não roda se fode. Que nem eu, você acha que eu pareço muito fodida? Um pouco eu sei que sim, mas fala a verdade: *muito*? Falso, eu tenho uns amigos, sim. Fodidos que nem eu. Prefiro não andar com eles, me fazem mal. Gente da minha idade, mesmo tipo de. Ia dizer *problema*, puro hábito: não tem problema. Você sabe, um saco. Que nem espelho: eu olho pra cara fodida deles e tá lá escrita escarrada a minha própria cara fodida também, igualzinha à cara deles. Alguns rodam na roda, mas rodam fodidamente. Não rodam que nem você. Você é tão inocente, tão idiotinha com essa camisinha Mr. Wonderful. Inocente porque nem sabe que é inocente. Nem eles, meus amigos fodidos, sabem que não são mais. Tem umas coisas que a gente vai deixando, vai deixando, vai deixando de ser e nem percebe. Quando viu, babau, já não é mais. Mocidade é isso aí, sabia? Sabe nada: você roda na roda também, quer uma prova? Todo esse pessoal de preto e cabelo arrepiadinho sorri pra você porque você é igual a eles. Se pintar uma festa, te dão um toque, mesmo sem te conhecer. Isso é rodar na roda, meu bem.

Pra mim, não. Nenhum sorriso. Cumplicidade zero. Eu não sou igual a eles, eles sabem disso. Dama da noite, eles falam, eu sei. Quando não falam coisa mais escrota, porque dama da noite é até bonito, eu acho. Aquela flor de cheiro enjoativo que só cheira de noite, sabe qual? Sabe porra: você nasceu dentro de um apartamento, vendo tevê. Não sabe nada, fora essas coisas de vídeo, performance, high-tech, punk, dark, computador, heavy metal e o caralho. Sabia que eu até vezenquando tenho mais pena de você e desses arrepiadinhos de preto do que de mim e daqueles meus amigos fodidos? A gente teve uma hora que parecia que ia dar certo. Ia dar, ia dar, sabe quando vai dar? Pra vocês, nem isso. A gente teve a ilusão, mas vocês chegaram depois que mataram a ilusão da gente. Tava tudo morto quando você nasceu, boy, e eu já era puta velha. Então eu tenho pena. Acho que sou melhor, só porque peguei a coisa viva. Tá bom, desculpa, gatinho. Melhor, melhor não. Eu tive mais sorte, foi isso? Eu cheguei antes. E até me pergunto se não é sorte também estar do lado de fora dessa roda besta que roda sem fim, sem mim. No fundo, tenho nojo dela — você?

Você não viu nada, você nem viu o amor. Que idade você tem, vinte? Tem cara de doze. Já nasceu de camisinha em punho, morrendo de medo de pegar aids. Vírus que mata, neguinho, vírus do amor. Deu a bundinha, comeu cuzinho, pronto: paranoia total. Semana seguinte, nasce uma espinha na cara e salve-se quem puder: baixou Emílio Ribas. Caganeira, tosse seca, gânglios generalizados. Ô boy, que grande merda fizeram com a tua cabecinha, hein? Você nem beija na boca sem morrer de cagaço. Transmite pela saliva, você leu em algum lugar. Você nem passa a mão em peito molhado sem ficar de cu na mão. Transmite pelo suor, você leu em algum lugar. Supondo que você lê, claro. Conta pra tia: você lê, meu bem? Nada, você não lê nada. Você vê pela tevê, eu sei. Mas na tevê também dá, o tempo todo: amor mata amor mata amor mata. Pega até de ficar do lado, beber do mesmo copo. Já pensou se eu tivesse? Eu, que já dei pra meia cidade e ainda por cima adoro veado.

Eu sou a dama da noite que vai te contaminar com seu perfume venenoso e mortal. Eu sou a flor carnívora e noturna que vai te entontecer e te arrastar para o fundo de seu jardim pestilento. Eu sou a dama maldita que, sem nenhuma piedade, vai te poluir com todos os líquidos, contaminar teu sangue com todos os vírus. Cuidado comigo: eu sou a dama que mata, boy. Já chupou boceta de mulher? Claro que não, eu sei: pode matar. Nem caralho de homem: pode matar. Já sentiu aquele cheiro molhado que as pessoas têm nas virilhas quando tiram a roupa? Está escrito na sua cara, tudo que você não viu nem fez está escrito nessa sua cara que já nasceu de máscara pregada. Você já nasceu proibido de tocar no corpo do outro. Punheta pode, eu sei, mas essa sede de outro corpo é que nos deixa loucos e vai matando a gente aos pouquinhos. Você não conhece esse gosto que é o gosto que faz com que a gente fique fora da roda que roda e roda e que se foda rodando sem parar, porque o rodar dela é o rodar de quem consegue fingir que não viu o que viu. Ô boy, esse mundo sujo todo pesando em cima de você, muito mais do que de mim — e eu ainda nem comecei a falar na morte...

Já viu gente morta, boy? É feio, boy. A morte é muito feia, muito suja, muito triste. Queria eu tanto ser assim delicada e poderosa, para te conceder a vida eterna. Queria ser uma dama nobre e rica para te encerrar na torre do meu castelo e poupar você desse encontro inevitável com a morte. Cara a cara com ela, você já esteve? Eu, sim, tantas vezes. Eu sou curtida, meu bem. A gente lê na sua cara que nunca. Esse furinho de veado no queixo, esse olhinho verde me olhando assim que nem eu fosse a Isabella Rossellini levando porrada e gostando e pedindo *eat me eat me*, escrota e deslumbrante. Essa tontura que você está sentindo não é porre, não. É vertigem do pecado, meu bem, tontura do veneno. O que que você vai contar amanhã na escola, hein? Sim, porque você ainda deve ir à escola, de lancheira e tudo. Já sei: conheci uma mina meio coroa, porra-louca demais. Cretino, cretino, pobre anjo cretino do fim de todas as coisas. Esse caralhinho gostoso aí, escondido no meio das asas, é só isso que você tem por enquanto. Um caralhinho gostoso, sem marca nenhuma. Todo rosadinho. E burro. Porque nem brochar você deve ter brochado ainda. Acorda de pau duro, uma tábua, tem tesão por tudo, até por fechadura. Quantas por dia? Muito bem, parabéns: você tá na idade. Mas anota aí pro teu futuro cair na real: essa sede, ninguém mata. Sexo é na cabeça: você não consegue nunca. Sexo é só na imaginação. Você goza com aquilo que imagina que te dá o gozo, não com uma pessoa real, entendeu? Você goza sempre com o que tá na sua cabeça, não com quem tá na cama. Sexo é mentira, sexo é loucura, sexo é sozinho, boy.

Eu, cansei. Já não estou mais na idade. Quantos? Ah, você não vai acreditar, esquece. O que importa é que você entra por um ouvido meu e sai pelo outro, sabia? Você não fica, você não marca. Eu sei que fico em você, eu sei que marco você. Marco fundo. Eu sei que, daqui a um tempo, quando você estiver rodando na roda, vai lembrar que, uma noite, sentou ao lado de uma mina louca que te disse coisas, que te falou no sexo, na solidão, na morte. Feia, tão feia a morte, boy. A pessoa fica meio verde, sabe? Da cor quase assim desse molho de espinafre frio. Mais clarinho um pouco, mas isso nem é o pior. Tem uma coisa que já não está mais ali, isso é o mais triste. Você olha, olha e olha e o corpo fica assim que nem uma cadeira. Uma mesa, um cinzeiro, um prato vazio. Uma coisa sem nada dentro. Que nem casca de amendoim jogada na areia, é assim que a gente fica quando morre, viu, boy? E você, já descobriu que um dia também vai morrer?

Dou, claro. Ficou nervosinho, quer cigarro? Mas nem fumar você fuma, o quê? Compreendo, compreendo sim, eu compreendo sempre, sou uma mulher muito compreensiva. Sou tão maravilhosamente compreensiva e tudo que, se levar você pra minha cama agora e amanhã de manhã você tiver me roubado toda a grana, não pense que vou achar você um filho da puta. Não é o máximo da compreensão? Eu vou achar que você tá na sua, um garotinho roubando uma mulher meio pirada, meio coroa, que mexeu com sua cabecinha de anjo cretino desse nojento fim de todas as coisas. Tá tudo bem, é assim que as coisas são: ca-pi-ta-lis-tas, em letras góticas de neon. Mulher pirada e meio coroa que nem eu tem mais é que ser roubada por um garotinho imbecil e tesudinho como você. Só pra deixar de ser burra caindo outra vez nessa armadilha de sexo.

Fissura, estou ficando tonta. Essa roda girando girando sem parar. Olha bem: quem roda nela? As mocinhas que querem casar, os mocinhos a fim de grana pra comprar um carro, os executivozinhos a fim de poder e dólares, os casais de saco cheio um do outro, mas segurando umas. Estar fora da roda é não segurar nenhuma, não querer nada. Feito eu: não seguro picas, não quero ninguém. Nem você. Quero não, boy. Se eu quiser, posso ter. Afinal, trata-se apenas de um cheque a menos no talão, mais barato que um par de sapatos. Mas eu quero mais é aquilo que não posso comprar. Nem é você que eu espero, já te falei. Aquele um vai entrar um dia talvez por essa mesma porta, sem avisar. Diferente dessa gente toda vestida de preto, com cabelo arrepiadinho. Se quiser eu piro, e imagino ele de capa de gabardine, chapéu molhado, barba de dois dias, cigarro no canto da boca, bem *noir*. Mas isso é filme, ele não. Ele é de um jeito que ainda não sei, porque nem vi. Vai olhar direto para mim. Ele vai sentar na minha mesa, me olhar no olho, pegar na minha mão, encostar seu joelho quente na minha coxa fria e dizer: vem comigo. É por ele que eu venho aqui, boy, quase toda noite. Não por você, por outros como você. Pra ele, me guardo. Ria de mim, mas estou aqui parada, bêbada, pateta e ridícula, só porque no meio desse lixo todo procuro O Verdadeiro Amor. Cuidado comigo: um dia encontro.

Só por ele, por esse que ainda não veio, te deixo essa grana agora, precisa troco não, pego a minha bolsa e dou o fora já. Está quase amanhecendo, boy. As damas da noite recolhem seu perfume com a luz do dia. Na sombra, sozinhas, envenenam a si próprias com loucas fantasias. Divida essa sua juventude estúpida com a gatinha ali do lado, meu bem. Eu vou embora sozinha. Eu tenho um sonho, eu tenho um destino, e se bater o carro e arrebentar a cara toda saindo daqui, continua tudo certo. Fora da roda, montada na minha loucura. Parada pateta ridícula porra--louca solitária venenosa. Pós-tudo, sabe como? Darkérrima, modernésima, puro simulacro. Dá minha jaqueta, boy, que faz um puta frio lá fora e quando chega essa hora da noite eu me desencanto. Viro outra vez aquilo que sou todo dia, fechada sozinha perdida no meu quarto, longe da roda e de tudo: uma criança assustada.

Mel & girassóis

(*Ao som de Nara Leão*)

Para Nelson Brissac Peixoto

I

COMO NAQUELE CONTO de Cortázar — encontraram-se no sétimo ou oitavo dia de bronzeado. Sétimo ou oitavo porque era mágico e justo encontrarem-se, Libra, Escorpião, exatamente nesse ponto, quando o eu vê o outro. Encontraram-se, enfim, naquele dia em que o branco da pele urbana começa a ceder território ao dourado, o vermelho diluiu-se aos poucos no ouro, então dentes e olhos, verdes de tanto olharem o sem-fim do mar, cintilam feito os de felinos espiando entre moitas. Entre moitas, olharam-se. Naquele momento em que a pele entranhada de sal começa a desejar sedas claras, algodões crus, linhos brancos, e a contemplação do próprio corpo nu revela espaços sombrios de pelos onde o sol não penetrou. Brilham no escuro esses espaços, fosforescentes, desejando outros espaços iguais em outras peles no mesmo ponto de mutação. E lá pelo sétimo, oitavo dia de bronzeado, passar as mãos nessas superfícies de ouro moreno provoca certo prazer solitário, até perverso, não fosse tão manso, de achar a própria carne esplêndida.

Olharam-se entre palmeiras — carnívoros, mas saciados, portanto serenos — pela primeira vez. Quase animais no meio das moitas sombrias em que de repente tornou-se o céu azul redondo, de cetim, o mar verde, pedra semipreciosa, quando se olharam. Ela boiava além da arrebentação, onde a espuma das ondas não atrapalha mais quem tem vontade de contemplar os próprios pés confundidos com a areia branca do fundo do mar. Olhos fechados, deitada de costas na água, maiô preto, cabelos espalhados em volta, mãos abertas, pernas abertas, como se trepasse com o sol. Apenas a boca cerrada revelava alguma dureza, mas essa boca se abriu assustada quando ele veio nadando desde a praia, cabeça afundada na água — e sem querer esbarrou nela.

Foi assim: ela boiava toda aberta, viajando mais longe que aqueles navios cruzando de tardezinha o horizonte, ninguém sabia em direção a onde. Então ele veio, braço após braço, meio tosco, meio selvagem, e de repente num braço estendido à frente do outro a mão desse braço tocou sem querer, por isso mesmo meio bruscamente, a coxa dela. A moça contraiu-se, esponja ferida, projetou o busto e abriu uns olhos meio injetados de sal, de mar, de luz. A mão dele também contraiu-se, e ficaram os dois se olhando, completamente molhados, direto nos olhos, quase meio-dia de sol abrasador, verão a mil. Você sabe, susto de onça, leopardo, nesse olhar que, além dele ou dela, só abarcava um mar imenso. Até que ele falou:

— Desculpe.

Ela disse:

— Não foi nada.

Como se não tivessem levado um susto. Hipócritas, sociais, duas pessoas passando quinze dias de férias numa praia qualquer do Havaí ou Itaparica, sorriram amavelmente um para o outro, embaixo dos cabelos encharcados, fingiram que estava tudo bem. E estava, sério. Ele nadou para longe. Ela continuou boiando. Indiferentes. Nadando para longe, em direção àqueles veleiros que não eram reais, mas uma paisagem desenhada e até meio cafona, exatamente do gênero desta que traço agora — ele olhou para trás e a viu assim como ela estava antes, só que artificialmente agora, depois que ele a vira: olhos fechados, braços e pernas abertos, entregue como se trepasse com o sol. Enquanto ele nadava para longe, meio tosco, meio selvagem, braço após braço, cara afundada na água, ela também abriu um dos olhos. E espiou. Ele nadava para longe dela, uma pedra no meio do caminho, ela pensou, que tinha algumas leituras, sim. Mas uma pedra, supôs, que afastaria com a ponta do sapato, não estivesse de pés nus, afundados na água. Ela agitou os pés nus dentro da água morna afundados. Lugar-comum, sonho tropical: não é excitante viver?

II

Encontraram-se novamente na mesma noite. Desta vez foi diferente. Ele demorou-se um pouco mais na frente do espelho, tramando sobre o corpo de banho tomado a camisa branca, a calça azul-clarinha, bem largas as duas. Mas de maneira alguma pensou nela nem em ninguém mais, enquanto se olhava, garanto. Então foi jantar no restaurante do hotel, aquela coisa de bananas & abacaxis decorando saladas, araras & tucanos empoleirados sobre suflês, como um filme meio B, até mesmo meio C, e de repente houvesse um número rápido com Carmen Miranda nas escadarias, não espantaria. Ela não se demorou. Urbana fiel ao preto, jogou a seda de uma blusa sobre o velho jeans meio arrebatado, e só entregou certa expectativa — naquele momento, honestamente, nem ela saberia de quê — quando acrescentou um pequeno fio de pérolas, quase invisível. E jogou o cabelo comprido para o lado, num gesto rápido de mulher, tão de mulher que é desses preferidos pelos travestis.

Então desceram. Só uma forma de dizer, porque não, não havia escadarias. Também, não cheguemos a tanto. Eram como bangalôs dispostos lado a lado, e para chegar ao restaurante você vinha por uma espécie de corredor-varanda coberto de tralhas artesanais, redes penduradas entre colunas em arco. Se você quer saber, havia sim cestos de palha, peixes empalhados pendurados nas paredes caiadas de branco, além de grandes vasos de cerâmica — que, inevitável, faziam lembrar de Morgiana e Ali Babá — estrategicamente espalhados no percurso. Morenos de calças brancas e peito nu tocando violão jogados em redes, também havia. E moças morenas de cabelos soltos, vestidos estampados de flores miudinhas, caminhando tão naturais entre as cerâmicas que tudo aquilo parecia de verdade. Aquela coisa rústica: todos morenos, ardentes, arfantes, ecológicos, contratados pelo hotel. Vieram caminhando por esse corredor, ele de branco, ela de preto, até entrarem no que chamavam, certa pompa só medianamente convincente, de O Grande Salão.

Não se encontraram de imediato. Ela ficou numa mesa do lado esquerdo, com a Professora Secundária Recuperando-Se Do Amargo Desquite, a Secretária Executiva Louca Por Uma Transa Com Aqueles Garotões Gostosos e a Velha Tia Solteirona Cansada De Cuidar Dos Sobrinhos. Ele sentou numa mesa à extrema direita — nada ideológico — junto do Casal Em Plena Segunda Lua De Mel Arduamente Conquistada e o Jogador De Basquete Em Busca De Uma Vida Mais Natural. Conversando, durante o suflê de camarão e o ponche de champanha, que era um hotel cinco estrelas, com certo sucesso ela citou Ruth Escobar, Regina Duarte, uma matéria da revista *Nova* e arriscou Susan Sontag, mas ninguém entendeu. Enquanto ele amassava o segundo maço de Marlboro e tinha um pouco de preguiça de defender Paulo Francis, mas concordou que os ministérios, tanto para a cultura quanto para o esporte ou a educação, não eram lá essas coisas. Além do mais, tinha saudade, sim, dos Aero Willys.

Encararam-se mesmo foi na hora do doce de coco em lascas com banana amassada. Desta vez, foi ela quem esbarrou nele. Então ele olhou-a com aqueles olhos meio fatigados de quem está suportando uma noite extremamente chata, para ver uma moça que já tinha visto antes. Cabelos presos na nuca, blusa de seda preta, jeans arrebentados, uma moça com olhos de quem está suportando, na boa, uma noite extremamente chata, e só lembrou vagamente que a conhecia de algum lugar. Mas ela localizou naquele homem moreno, nariz descascando um pouco na ponta, exatamente o cara que tinha esbarrado nela na praia, só que de cabelos secos, vestido. Ela sorriu, porque tinha esses lances assim, meio provocantes, e disse:

— Agora estamos quites.

Meio pateta, como costumam ser os homens, em férias ou não, ele rosnou:

— Hã?

E quando ela pediu com-licença e ele se afastou um pouco foi que,

vendo-a pelas costas, eretas demais, um tanto tensas, reconheceu a-moça-da-boia e falou:
— Tudo bem?
Ela disse:
— Joia.
Depois serviram-se, comeram, entediaram-se pelo resto da noite, que não era muito longa — a não ser que você quisesse chafurdar em pântanos de daiquiri para depois chamar, também podia, por telefone, um daqueles rapazes de calças brancas, sem o violão, naturalmente, ou uma daquelas moças de vestido estampado. Então inventar qualquer história que resultaria num cheque a menos no talão e, quem sabe, alguma espécie de prazer suarento e, esperava-se, totalmente — ou pelo menos um pouco — selvagem. Eles não queriam isso. Nessa noite, nessa altura, nesta história decididamente: não. De longe, olharam-se distraídos, tomaram seus cafés, fumaram seus cigarros, pediram licença, debruçaram-se um pouco pelas varandas ao som de é-doce-morrer-no-mar ou minha-jangada-vai-sair-pro-mar. Depois, delicadamente foram dormir. Sozinhos.

III

Antes de dormir, ele fumou três Marlboro. Ela tomou meio Dienpax. Ele folheou uma biografia de Dashiell Hammett, tão fodido, coitado, pensou, e Lilian Hellman seria mesmo uma naja? e apagou a luz, virou pro outro lado, tentou ficar de pau duro entre os lençóis cheirando pensou que a algas, mas alga não tem cheiro, qualquer coisa verde, enfim, então dormiu no meio de uma punheta sem objeto, mera mania. Ela abriu Margaret Atwood, mas que coisa mais lenta toda aquela história de mulheres vestidas de vermelho, depois Doris Lessing, mas era meio porco aquele negócio da velha morando num *basement*, então apagou a luz e sem querer pensou em Carlos, mas não vinha mais nem um sinal de emoção, aí dormiu aconchegada na própria pele queimada de sol. Tão maravilhoso & repousante, os dois pensaram pouco antes de dormir.

Manhã seguinte, estendendo a toalha, nota gigante felpuda de um dólar, ela espiou por baixo dos ray-bans gatinho em todas as direções, não que procurasse alguém, até localizá-lo, sem planejar, a poucos metros. Um homem, verdade, com certa barriga, nada de grave, mas ombros largos, pernas fortes, mãos na cintura, atrevidamente solitário. Ele olhava para ela, pura coincidência. Ela sorriu, pavloviana. Ele levantou a mão. Ela também levantou a mão. Paradas assim no ar, por um momento as mãos dele e dela diziam qualquer coisa como oi, você aí. Qualquer coisa assim, nada a ver. Meticulosa, pós-naturalista, ela passou o urucum na pele, depois deitou-se de costas ao sol. Enquanto ele, sem creme nem óleo, deitava-se de bruços na areia pura (e tantos parasitas, micoses, meu Deus), que os homens são assim, ela pensou, tão rudes. E teve um arrepio. Foi nesse arrepio que soube.

Ele soube quando, deitado de bruços, por baixo do fio sintético do calção preto, o pau ficou mais duro. Ele mexeu devagar a bunda, sem ninguém perceber, num movimento de entra e sai, você sabe, de alguma coisa úmida. Enquanto isso, olhavam-se. Ela, por trás dos ray-bans gatinho; ele, das sobrancelhas franzidas, das pálpebras apertadas por causa do sol cada vez mais forte. Oblíquos, cada um à sua maneira, começavam a saber.

Passou um negrão vendendo coisas. Ele tomou uma latinha de cerveja, ela achou brega. Ela tomou um suco de limão, ele achou chique, mesmo em copo de plástico. Então ela quase começou a dormir no sol mais e mais quente, umas memórias misturavam-se às fantasias, e ia até resistir ao sono quando viu a Secretária Executiva aproximando-se com uma Estonteante Tanga Tigrada, e preferiu afundar de vez naquela bobeira suada que lhe trazia de volta um nome de homem, certas amarguras, espantos, flashbacks, ela de saia pregueada azul-marinho, uma professora de nariz enorme dizendo você vai longe, menina. Ela ia longe, sim — para Madagascar ou Bali, onde escreveria um livro definitivo sobre A Sabedoria Que As Mulheres Ocidentais Conquistaram Depois Da Grande Desilusão De Tudo Inclusive Dos Homens.

De repente, porque algo acontecera no seu campo de visão, abriu os olhos. Coberta de suor, atordoada como uma menina de saia pregueada azul-marinho, livros apertados contra os pequenos seios. Por entre duas coxas masculinas, peludas, musculosas, ela viu primeiro a crista do mar e um surfista cavalgando ondas, mas como se estivesse enquadrado por aquele limite que, só depois de algum tempo, passando a mão na testa, percebeu que eram duas coxas masculinas. Ela olhou para ele: hein?

Ele estava parado ao lado dela. Mão esquerda na cintura, direita sobre os olhos para proteger-se do sol, ele olhava para ela. Aquela mulher não muito jovem, estendida de costas sobre uma toalha branca, encarando de frente o sol. Era a segunda vez que ele a via assim, encarando de frente o sol. Quando ele percebeu que ela olhava para ele, flexionou as coxas e foi-se apoiando aos poucos nos próprios pés dobrados, até ficar quase ao nível dela, deitada na areia. Meio sem jeito, meio óbvio demais, mas tudo era verão, meio sem assunto e sem saber direito por quê, ele perguntou assim:

— Como vai?

Ela disse:

— Legal. E você?

IV

Conversaram, no oitavo ou nono dia. Nadaram juntos na praia, primeiro. Depois ela sentiu sede, ele pagou outro suco de limão, tomou outra cerveja. Deitados na areia, lado a lado, falaram. Se você quer que eu conte, repito, mas não é nada original, garanto. Ela era qualquer coisa como uma Psicóloga Que Sonhava Escrever Um Livro; ele, qualquer coisa como um Alto Executivo Bancário A Fim de Largar Tudo Para Morar Num Barco Como O Amyr Klink. Ela, que quase não fumava, aceitou um cigarro. E disse que gostava de Fellini. Ele concordou: demais. Para surpresa dela, ele falou em Fassbinder. Ela foi mais além, rebateu com Wim Wenders. Ele então teve um pouco de medo, recuou e contemporaneizou em Bergman. Ela disse ah, mas avançou ainda mais e radicalizou em Philip Glass. Ele disse não vi o show, e começou a discorrer sobre minimalismo: um a zero para ele. Ela aproveitou para fazer uma extensa, um tanto tensa, digressão sobre qualquer coisa como Identidades Da Estética Minimalista Com O Feeling Da Bossa Nova. Ele ouviu, espantado: um a zero para ela.

Empatados, encontraram-se em João Gilberto, que ouviam sozinhos em seus pequenos mas bem-decorados apartamentos urbanos, quando queriam abrir o gás, jogar-se pela janela ou cortar os pulsos, e não tinham ninguém na madrugada. Encontraram-se tanto que, mais de meio-dia, ela aceitou também uma cerveja. Meio idiotas, mas tão felizes, ficaram cantando "O pato", enquanto todos aqueles Atletas Dispostos A Tudo Por Um Corpo Mais Perfeito, Gays Fugindo Da Paranoia Urbana Da Aids, Senhoras Idosas Porém Com Tudo Em Cima, e por aí vai, retiravam-se em busca do almoço. O sol queimava queimava. Então ele viu um barquinho a deslizar, no macio azul do mar, mostrou para ela, que viu também, e apontaram, e riram, e o sol não parecia tão ardente — era o oitavo ou nono dia de bronzeado. Aquele, quando o moreno já dominou a pele e você pode, sem susto, tirar os ray-bans, como ela tirou, para encarar a ele ou a qualquer um outro, direto nos olhos. Que sorriam. Tudo era tão tropical, estavam de férias, morreram de rir, falaram a gente se vê, sem pressa, ao se despedirem na porta dos bangalôs, o dela era o número 19, ele marcou na cabeça. E foram cada um tomar seu banho de água doce.

Descobriram à noite, dançando "Love Is a Many Splendored Thing". No começo afastados, depois cada vez mais próximos, à medida que o maestro do conjuntinho enveredava por ciladas como Beatles, Caetano ou Roberto Carlos. Cantaram juntos "Eleanor Rigby", tinham os dois mais de trinta, e ela de repente ficou toda arrepiada com vou-cavalgar--por-toda-a-noite, encostou a cabeça no ombro dele. Ele apertou mais forte a cintura dela. E foram assim, rodando meio tontos, às vezes sentando para falar de Pessoa, Maísa ou Clarice. Aos poucos descobrindo, localizando, sitiando.

Ele tentava esquecer uma mulher chamada Rita. Conforme o uísque diminuía na garrafa, Rita misturava-se aos poucos com outra chamada Helena, ele repetia como-amei-aquela-mulher-nunca-mais-nunca-mais, enquanto ela sentia algum ódio, mas não dizia nada, toda madura repetindo isso-passa-questão-de-tempo-tudo-bem. Para espanto dele, ela falou o nome daquele homem de antes, de outros também, Alexandre, Lauro, Marcos, Ricardo — ah os Ricardos: nenhum presta —, e ele também sentiu certo ódio, nada de grave, normal, tempos modernos, mero confronto de descornos. Falaram então sobre as paixões, os enganos, as carências e todas essas coisas que acontecem no coração da gente e tudo, e nada. Dançaram de novo. Ele achava tão bom debruçar o rosto naquela curva do pescoço dela. Ela achava um pouco *forte* estar-se exibindo assim com um homem afinal desconhecido debruçado desse jeito no pescoço dela, mas encostava mais e mais a bacia na bacia dele — a pelve, a pelve, repetia, mentalmente ensaiando passos de dança e-um-e-dois-e-três —, um homem tão abandonado e limpinho cheirando não sabia ainda se a Paco Rabanne ou Eau Sauvage, seria Phebo? cheiro de homem direito decente e porra caralho: afinal, estavam de férias. E livres, mas esse maldito vírus impõe prudência. Ela deixou que a mão dele descesse até abaixo da cintura dela. E numa batida mais forte da percussão, num rodopio, girando juntos, ela pediu:

— Deixa eu cuidar de você.

Ele disse:

— Deixo.

V

Assim foram pelos dias, que não eram muitos mais. Quatro, cinco, nem uma semana. Caminhavam descalços na areia, à noite, à beira-mar — juro. Devagar, as mãos se tocavam: a tua é tão longa, a tua tão quadrada. Ele não queria entrar noutra história, porque doía. Ela não queria entrar noutra história, porque doía. Ela tinha assumido seu destino de Mulher Totalmente Liberada Porém Profundamente Incompreendida E Aceitava A Solidão Inevitável. Ele estava absolutamente seguro de sua escolha de Homem Independente Que Não Necessita Mais Dessas Bobagens De Amor. Caminhavam assim, lembrando juntos letras de bossa nova. Ela imitava Nara Leão: se-alguém-perguntar-por-mim. Ele, Dick Farney: pelas-manhãs-tu-és-a-vida-a-cantar. Nada sabiam de punks, darks, neons, cults, noirs. Eram tão antigos caminhando de mãos dadas naquela areia luminosa, macia de pisar quando os pés afundam nela lentamente. Carne de lagosta, creme, neve. Tão bom encontrar você, um cantinho, um violão.

Beijavam-se depois com certa ardência excessiva na porta do bangalô dela. Ou dele, quando ele bebia demais e não segurava, mas isso era tolerável, embora frequente. Na boca, só umas três vezes. A lua era tão cheia, eles tão tímidos. De língua, uma única. Meio contraídos — ele tinha uma ponte fixa do lado esquerdo superior; ela, um pino segurando um pré-molar do lado direito inferior. Ele a achava tão digna & superior, ela o achava tão elegante & respeitador. E pensavam: isto é uma historinha de férias, não leva a nada, passatempo. Se ele tivesse amigos por ali, diriam come essa mina logo, cê tá marcando, cara. Se ela tivesse amigas ali, brincariam de bruxas de Eastwick, discutiriam cheiros, volumes, investigariam saldos no talão de cheques. Sem ninguém, na real: ele a deixava ou ela o deixava. Era só, depois iam dormir. Então sonhavam um com o outro no escuro cinco estrelas de seus bangalôs com antena parabólica.

Ela deita de costas na cama, ele pensava, só de calcinhas. Ela tem seios pequenos que ele fecharia dentro das duas mãos, como quem segura duas maçãs daquelas verdinhas. Eu deito por cima dela, afundo a cabeça no seu ombro. Ela passa a mão direita por trás das minhas costas, me lambe na orelha, passa a mão nas minhas costas, vai descendo, arranha sem machucar, ela tem as unhas curtas, até em cima da minha bunda, então começa a descer a minha cueca, eu fico sentindo meu peito apertado contra os seios miúdos dela, enquanto ela continua a descer devagarinho a minha cueca e eu começo a sentir também a pressão de meu pau contra seu umbigo, até a cueca chegar aos joelhos e eu comprimo meu pau contra sua barriga, então ela diz gracinha-gracinha, e quando a cueca chega nos meus tornozelos eu a expulso para o meio do quarto com um pontapé e fico inteiro nu contra ela que está quase inteiramente nua também, porque vou descendo sua calcinha devagar enquanto digo: minha mãe, irmã, esposa, amiga, puta, namorada — te quero.

Ele vem por cima de mim, ela pensava, enquanto o espero deitada na cama. Ele afunda em cima de mim como um bebê que quisesse mamar no meu seio que então empino, oferecendo o bico duro a ele. Ele passa a mão por trás das minhas costas que arqueio um pouco, para que ele possa me apertar pela cintura, enquanto me afundo mais no corpo dele, e desço suas cuecas devagar até que ele as jogue com um pontapé no meio do quarto ao mesmo tempo que sua mão na minha cintura desceu minhas calcinhas até jogá-las no meio do quarto. Então nos apertamos inteiramente nus um contra o outro, enquanto ele entra em mim, tão macio, e ele me diz você é a mulher que eu sempre procurei na minha vida, e eu digo você é o homem que eu sempre procurei na minha vida, e nos afogamos um no outro, e nos babamos e lambuzamos da baba da boca e dos líquidos dos sexos um do outro enquanto digo: meu pai, irmão, marido, amigo, macho, príncipe encantado — te quero.

VI

No final dos quinze dias, estavam inteiramente dourados. Nadaram: ela falou, entre braçadas, que estava com saudade da avenida Paulista, pique, buzina, relógio digital. Comeram camarão: ele falou que estava com saudade do Rodeio, picanha fatiada, salada de agrião, dry martini. Correram juntos pela praia sem falar nada. Mas tudo em qualquer movimento dizia que pena, baby, o verão acabou, postal colorido, click: já era. Fumaram cigarros meio secos sobre a areia, olhando o horizonte, falando forçados do Livro Que Ela Ia Escrever e do Barco Onde Ele Ia Morar, porque afinal não eram animais, respeitavam o in-te-lec-to um do outro. Mais de trinta anos, quase dez de análise, nenhum laço, alguma segurança, pura liberdade. Todo aquele simulacro de Havaí em volta: maduros, prontos. À espera.

Ele ofereceu outro Marlboro, ela aceitou. Ela passou Coppertone nas costas dele, ele deixou. Ela falou que bom encontrar você no meio de gente tão medíocre, ele sorriu envaidecido. Ele disse nunca pensei encontrar uma mulher como você num lugar como este (mas não é nenhum puteiro, ela desconfiou), ela sorriu lisonjeada. Ele esticou a perna, o pé dele ficou bem ao lado do pé dela. O pé dela era branco, arqueado pelos muitos anos de dança. O pé dele era moreno, joanete saliente, unhas machucadas, pé de executivo. Como por acaso, o pé dele debruçou sobre o pé dela. Ela deixou — último dia, não havia mais tempo. Manhã seguinte, acabou: *the end* — sem *happy*? Ela sentiu-se um pouco tonta naquele sol todo, ele perguntou se queria uma água. Ela suspeitou que ele a achava uma coroa meio chata porque afinal, nesses dias todos, nem tinha tentado qualquer coisa mais. Ele suspeitou que ela o achava um cara inteiramente careta porque, nesses dias todos, nem tinha tentado qualquer coisa mais.

Eles se olharam com tanta suspeita e compreensão, mais de meio-dia na praia escaldante. Os olhos dele lacrimejavam de tanta luz. Ela emprestou a ele os ray-bans gatinho, depois riu enquanto ele colocava e fazia uma pose meio de bicha. Será, ela suspeitou. E olhou para as garotas que jogavam vôlei de uma maneira tão decidida que será, ele suspeitou. Tempos modernos, vai saber. O sol continuava a descer, tomaram três latinhas de cerveja cada um, lembraram da letra inteira de tá-fazendo--um-ano-e-meio-amor-que-o-nosso-lar-desmoronou, ela pensou com desgosto no Fiat verde avançando pelo Minhocão, oito da manhã, ele pensou com desgosto nos três telefones à sua mesa, e os dois pensaram com tanto desgosto nessas coisas todas que tomaram mais uma cerveja, o sol continuava descendo. Não tinha mais ninguém na praia quando viram o sol, bola vermelha, mergulhar no mar em direção ao Japão. Enquanto amanhece lá, anoitece aqui, ele disse. Combinaram vagamente um sushi na Liberdade. Mas era o último dia, puro verão, e não estavam nem um pouco a fim um do outro, que pena.

VII

Comeram lagosta, à noite. Ela toda de branco, cabelos soltos, dourados de sol, meio queimados de sal. Ele todo de preto, camisa aberta ao peito, pele novinha em folha na ponta do nariz comprido. Depois dançaram, sempre dançavam. Quase não disseram nada. Soprava uma brisa morna do mar, bem assim, agitando a copa das palmeiras. Eu sou uma mulher tão sozinha, ela disse de repente. Eu sou um homem tão sozinho, ele disse de repente. Foi quando o conjuntinho começou a tocar "Lygia", de Tom Jobim, que eles falaram juntos: o João um dia devia gravar essa, já gravou? não me lembro: e-quando-eu-me-apaixonei-não-passou-de-ilusão. Apertaram-se tanto um contra o outro, sem nenhuma intenção, só enlevo mesmo, que não perceberam a pista esvaziando, e de repente eram três, quase quatro da madrugada. O ônibus até o aeroporto saía às oito, o dela, às nove, o dele, e continuavam os dois no meio da pista, sem conseguir parar de dançar coisas como "Moonlight Serenade", ou "As Time Goes By", músicos cúmplices. Eles eram tão colonizados, tão caretas e carentes, eles estavam tão perdidos no meio daquela fantasia sub-havaiana que já ia acabar. Ela era só uma moça querendo escrever um livro e ele era só um moço querendo morar num barco, mas se realimentando um do outro para. Para quê? Eles pareciam não ter a menor ideia.

O cheiro dele era tão bom nas mãos dela quando ela ia deitar, sem ele. O cheiro dela era tão bom nas mãos dele quando ele ia deitar, sem ela. O corpo dela se amoldava tão bem ao dele, quando dançavam. Ele gostava quando ela passava óleo nas suas costas. Ela gostava quando, depois de muito tempo calada, ele pegava no seu queixo perguntando — o que foi, guria? Ele gostava quando ela dizia sabe, nunca tive um papo com outro cara assim que nem tenho com você. Ela gostava quando ele dizia gozado, você parece uma pessoa que eu conheço há muito tempo. E de quando ele falava calma, você tá tensa, vem cá, e a abraçava e a fazia deitar a cabeça no ombro dele para olhar longe, no horizonte do mar, até que tudo passasse, e tudo passava assim desse jeito. Ele gostava tanto quando ela passava as mãos nos cabelos da nuca dele, aqueles meio crespos, e dizia bobo, você não passa de um menino bobo.

Como nas outras noites, ele a deixou na porta do bangalô 19, quase cinco da manhã, pela última vez. Mas diferente das outras noites, ela o convidou para entrar. Ele entrou. Tão áspero lá dentro, embora cinco estrelas, igual ao dele. Ele não sabia o que fazer, então ficou parado perto da porta enquanto ela abria a janela para que entrasse aquela brisa morna do mar. Ela parecia de repente muito segura. Ela apertou um botão e, de um gravador, começou a sair a voz de Nara Leão cantando "These Foolishing Things": coisas-assim-me-lembram-você. Ela veio meio balançando ao som do violão e convidou-o para dançar, um pouco mais.

Ele aceitou, só um pouquinho. Ele fechou os olhos, ela fechou os olhos. Ficaram rodando, olhos fechados. Muito tempo, rodando ali sem parar.

Ele disse:

— Eu não vou me esquecer de você.

Ela disse:

— Nem eu.

Ele afastou-a um pouco, para vê-la melhor. Ela sacudiu os cabelos, olhou bem nos olhos dele. Uma espécie de embriaguez. Não só espécie, tanta vodca com abacaxi. Eles pararam de dançar. Nara Leão continuava cantando. A luz da lua entrava pela janela. Aquela brisa morna, que não teriam mais no dia seguinte. Ele a viu melhor, então: uma mulher um pouco magra demais, um tanto tensa, cheia de ideias, não muito nova — mas tão doce. As duas mãos apoiadas nos ombros dele, assim afastando os cabelos, no mesmo momento ela o viu melhor: um homem não muito alto, ar confuso, certa barriga, não muito novo — mas tão doce. Que grande cilada, pensaram. Ficaram se olhando assim, quase de manhã.

Ela não suportou olhar tanto tempo. Virou de costas, debruçou-se na janela, feito filme: Doris Day, casta porém ousada. Então ele veio por trás: Cary Grant, grandalhão porém mansinho. Tocou-a devagar no ombro nu moreno-dourado sob o vestido decotado, e disse:

— Sabe, eu pensei tanto. Eu acho que.

Ela se voltou de repente. E disse:

— Eu também. Eu acho que.

Ficaram se olhando. Completamente dourados, olhos úmidos. Seria a brisa? Verão pleno solto lá fora.

Bem perto dela, ele perguntou:

— O quê?

Ela disse:

— Sim.

Puxou-o pela cintura, ainda mais perto.

Ele disse:

— Você parece mel.

Ela disse:

— E você, um girassol.

Estenderam as mãos um para o outro. No gesto exato de quem vai colher um fruto completamente maduro.

A outra voz

Para Ivan Mattos

ERAM CINCO E QUINZE da tarde. Sabia mesmo sem olhar o relógio, mesmo que nesse dia nem houvesse sol, para poder acompanhar a mancha clara de luz reduzindo-se cada vez mais na parede em frente à janela aberta, enquanto a noite chegava. E eles viessem, com a noite. Mas tinha medo de pensar nisso, então supunha que sabia por uma espécie de vibração no ar, assim como se as coisas, aquelas coisas de fora, tivessem um movimento especial, feito um leve arfar, todos os dias, passados quinze minutos das cinco horas, à tarde. Só que as coisas não se moviam. Talvez quem sabe na superfície ou dentro de seu corpo, contrair de vísceras, dilatação da pupila, um palpitar mais acelerado no coração, miúdas gotas de suor na palma das mãos — breve susto na alma.

De qualquer forma, sabia — de onde quer que viesse o aviso. Sabia tanto que, igual às outras vezes, colocou a mão sobre o telefone um pouco antes que tocasse. E antes ainda sequer de começar a esperar, porque eram cinco e quinze, ele estremeceu ao ouvir o toque, quase sorrindo para dentro, para si, porque de alguma forma era como se o toque fosse produzido apenas pela vibração de seus dedos suspensos sobre o aparelho. Tivesse o poder de, à distância, magnetizar a mão de outra pessoa, induzindo o dedo indicador naquela mão daquela outra pessoa a discar seus seis ou sete números para chamá-lo. Mas já não tinha poder algum, se é que tivera um dia. E achava que não, além desse de agora: manter as pontes pelo tempo necessário e impreciso.

Só atendeu depois do telefone tocar três vezes.

Luminosa e viva, a outra voz, cheia de cristais agudos. Pedrinhas moídas de gelo batendo nas bordas de vidro de um copo. Tão reluzentes que piscou os olhos sem querer, ofuscado. Olhava pela janela, a sombra na parede oposta. Precisava de tempo, nessa transição entre as trevas do interior da caverna e o campo eletrizado de luz. Zona de penumbra, embora soubesse, acostumando retinas viciadas, perguntou lento:

— Quem está falando? — e repetiu duas, três vezes, até que a voz parasse de falar sobre qualquer coisa que ele não entendia direito, qualquer coisa daquelas lá de fora, inteligíveis somente para quem estava lá, no meio do vivo, sem começo nem fim, nem dirigida especialmente a ele, interferência numa linha cruzada.

— Não está me reconhecendo? Sou sempre eu.

Afastou um pouco o fone do ouvido — tão alta, a outra voz. Não que fosse desagradável, nem estridente demais. Ao contrário: fugindo assim pelos furinhos do fone, o som parecia espalhar-se por todos os cantos do quarto estreito. Batia nas paredes, eco refletido, derramada sobre todos os objetos, envolvendo-os em finos tecidos sonoros, dissolvia o mofo, coloria a sombra, ensolarada. Asa de cigarra, manhã de janeiro. O quarto escuro brilhou, esmaltado pela voz de ouro. Por favor, quis pedir, me leva daqui, preciso de ajuda antes que seja tarde demais. Mas não era permitido. Rígidos rituais solenes, escondidos atrás das fórmulas de cortesia, às cinco e quinze da tarde. E a dor feito buraco de traça disfarçado sob castiçais. Tornou a aproximar o fone do ouvido, com carinho e cuidado.

— O que é que houve? Você não está bem?

— Estou — disse devagar. Impossível dizer "tenho medo" ou alguma coisa dessas — pessoal, assustadora. Levou a mão livre ao coração. Suspirou, entre duas batidas. — Não houve nada. Estou bem.

— Tive a impressão que você não estava ouvindo.

A voz de rio, água deslizando entre pedras lisas, clarinhas, alguma flor amarela, respingos na corola, repetiu, o tronco áspero que arranhava a garganta dele mesmo, pedindo passagem — e o fio do telefone ligando as duas vozes sobre a cidade, às cinco e quinze de cada tarde.

— É preciso tempo.

— O quê?

— Tempo. Preciso sempre de um certo tempo, desde o momento em que você começa a falar até.

A voz riu. Levemente cúmplice, quase terna, visitante habitual e complacente das escadarias dentro dele, poeiras, sótãos, teias de aranha visguentas dificultando o caminho, e de repente a queda brusca no meio de um corredor conhecido, embora ele não tivesse terminado de falar.

— Até poder falar. É a minha voz. Fica assim como se eu não tivesse controle nenhum sobre ela. Eu me desacostumo de falar. Parece depois que vem de longe, que não é minha. Nunca aconteceu isso com você?

— Sempre se pode cantar. Ou ler um livro em voz alta. Você não tem nenhum livro aí?

— Você sabe que não — começou a dizer. Mas um ruído de avião ou automóvel do outro lado do fio interrompeu por um momento o som. Uma nuvem cobria o sol. Havia ruídos lá, e movimentos, trepidâncias, pulsações: podia senti-los a atravessar a linha, irrequietos, quase vivos, para saírem do fone, junto com a voz, retorcendo-se pelos cantos do quarto. Nenhum interesse além das grades da janela, das quais se afastariam com nojo. Esse nojo curioso, apiedado, por um bicho numa jaula.

— Quero que você fique bom logo — a outra voz disse. E parecia verdade. Só de ouvi-la, tinha vontade de debruçar-se à janela para cumprimentar alguém que estendesse roupas lá embaixo, sem medo dos dentes arreganhados. Não havia varais. Do outro lado da janela, apenas o muro de cimento, alto como uma parede, a aridez do pátio coberto de lajes, sem plantas. E as grades, antes, para barrar previamente o salto que ainda não dera. (*Do lado de lá, a moça sorriu mais com os olhos azuis atrás de óculos redondos do que com a boca pequena, lábios polpudos, bem desenhados. Como costumava sorrir. Esboçou no ar um movimento para ampará-la — vacilava tanto nos últimos tempos, desde que desaprendera a ficar em pé, ou desinteressara-se disso, concentrada na aprendizagem de outros equilíbrios mais delicados. Ela esquivou-se suave, mas firme, como a dizer que agora já não importava, qualquer ajuda é inútil depois da travessia decidida: te estreito, te estreito e me precipito.*)* Quis repetir isso ao telefone, para avisar à voz, mansa chantagem. Só conseguiu dizer:

— Obrigado.

Por trás da palma da mão contra o peito, por trás do pano da camisa, entre massas de carne entremeadas de músculos, nervos, gorduras, veias, ossos, o coração batia disparado. *Você vai me abandonar* — repetiu sem som, a boca movendo-se muito perto do fone — *e eu nada posso fazer para impedir. Você é meu único laço, cordão umbilical, ponte entre o aqui de dentro e o lá de fora. Te vejo perdendo-se todos os dias entre essas coisas vivas onde não estou. Tenho medo de, dia após dia, cada vez mais não estar no que você vê. E tanto tempo terá passado, depois, que tudo se tornará cotidiano e a minha ausência não terá nenhuma importância. Serei apenas memória, alívio, enquanto agora sou uma planta carnívora exigindo a cada dia uma gota de sangue para manter-se viva. Você rasga devagar seu pulso com as unhas para que eu possa beber. Mas um dia será demasiado esforço, excessiva dor, e você esquecerá como se esquece um compromisso sem muita importância. Uma fruta mordida apodrecendo em silêncio no prato.*

— Hein?

— Nada. Não disse nada.

— Tive a impressão de ter ouvido você falar. Muito baixo. Pensei que fosse com eles.

— Quem?

— Você sabe. Como é que você os chama?

— Ana, Carlos. Eles não estão aqui, agora.

— Eles têm voltado?

— Todas as noites.

(*Paciente, determinado, o rapaz esperava a festa acabar. Tão determinado que, se alguém o olhasse mais atento, certamente perceberia alguma forma mais precisa nos movimentos, agora sem hesitação nenhuma, talvez na voz mais dura,*

---

* Ana Cristina Cesar, *Inéditos e dispersos*. (N. A.)

um brilho estranho nos olhos. As contas, afinal, estavam feitas: não restara saldo. Um por um, esperava que todos se fossem. Limparia cinzeiros, depois, na casa vazia, recolheria migalhas da festa pelos cantos da sala para jogá-las no lixo. Talvez espiasse a noite de verão, parado à porta, sozinho com sua escolha, e respirasse muito fundo, ainda uma vez, deixando o cheiro denso do mar entontecer um pouco mais a cabeça cansada de tantos cansaços de tantos anos. Tão miúdos que nem percebera o peso. Era pequenino e manso de movimento e fala, como se temesse de alguma forma perturbar o campo vibratório das outras pessoas. Olharia as coisas uma última vez, coisas comuns: sofá, cadeira, mesa. Talvez não: estaria completamente cego no momento de tirar uma por uma as peças de roupa. Teria os olhos voltados para o outro lado, como quem sobe uma colina e, quase no topo, já consegue divisar algumas formas, uma moita, cumes de formigueiros, umas roxuras de flores rasteiras espalhadas no caminho de descida. Lento, lento. A lenta nudez, depois os dedos preparando o nó. Então o gesto de enfiá-lo pela cabeça, feito uma coroa — a coroa de louros que não teve ou desistiu de esperar — um tanto ridícula, excessivamente larga, que a corda descesse arranhando leve a ponta do nariz, o queixo. Ajustaria delicadamente o laço no pescoço, preparando a gravata para a festa — seria uma festa? — do outro lado. Não diria nada, embora na noite, às vezes, quando vinha, revelasse certas palavras fragmentadas, incompletas, no código baço dos que se foram, que se perdiam para sempre no mundo dos sonhos esquecidos, enquanto ele tentava inutilmente recompô-las na manhã seguinte. Mas não, não diria nada. Não se diz mais uma palavra quando, de muitas formas nunca claras o suficiente para que os outros entendam, tudo já foi dito. Então um impulso com o corpo, como quem vai voar, suspenso na forca. Depois, os dias quentes demais, o vento do mar espalhando o cheiro de podridão, misturado ao próprio cheiro, uma forte maresia soprava seu fedor de morte e fuga entre as curvas das areias nas dunas da praia remota.)
— Hein?
— As árvores, eu disse. Os cinamomos, você sabe. Já começaram a soltar aquele cheiro adocicado?
— Não reparei.
— Repara, então. Repara por mim. Depois me conta.
— Mas não se conta um cheiro.
— Explica, então. Você explica?
— Explico, conto. Mas livre-se deles. Livrar-se, você me ensina o jeito?
(Chegava com a noite, ela também, a moça loura e magra, cabelos finos como os de uma inglesa. À medida que o escuro se insinuava para dentro do quarto, o branco da roupa dela tornava-se mais nítido, quase fosforescente, sempre no canto esquerdo, rondando janelas. Nunca vinham juntos. E não sabia se o espantava mais a lentidão dele ou a pressa dela. Em qualquer dos dois, o ato já estava pronto. Executá-lo não seria mais do que colocar em prática marcações longamente ensaiadas na cabeça. Com ela, havia três momentos bem destacados, mas tão rápidos que poderiam parecer um só, se a cada noite ela não os repetisse, câmara

lenta, um por um. Primeiro, a porta fechada. Em seguida, a gilete no pulso. Quando o sangue começava a escorrer, e percebia-se um fio longo esticando-se vermelho pela roupa branca — parecia uma menina assim, de relance, assustada com a primeira menstruação. Entre esse momento e o outro havia aquele, muito pequeno, em que ela parava à janela, olhando fixo. E como nele, o outro que também vinha, não saberia nunca se contemplava as coisas pela última vez — os automóveis, o cimento das ruas com suas cintilações de calor, algumas poças de luz, miragens, as cabeças escuras das pessoas sobre roupas coloridas e pares de pernas embaixo delas, indo e vindo de lugares aos quais ela nunca mais iria — ou se voltava os olhos para o lado de lá de todas as coisas, onde talvez pudesse distinguir vagamente, difuso como um rosto atrás de vidraças em dia de chuva, um par de olhos conhecidos, algum sorriso. Não: nenhum sorriso. Lábios e olhos duros. O ato de colocar-se em pé no parapeito, um segundo antes sempre pareciam à beira do voo. Te estreito — ela repetia —, te estreito e me precipito. Em seguida, o salto, a queda, barulho de ossos partidos, os gritos, a sirene e a correria das gentes pelas calçadas sujas de Copacabana.) Pediu:

— Venha me ver qualquer dia.

— Você sabe que é proibido. — De água, de sol, a voz parecia agora nublada por qualquer sombra como um cansaço. Pensou primeiro, e depois, mais duramente: uma impaciência, uma distância, uma fadiga de repetir sempre as mesmas coisas, às cinco e quinze da tarde. Prometeu:

— Eu vou ficar bem.

— Claro que vai.

— Um dia eu volto.

— Claro que volta. Venha ver os cinamomos.

— Eu não tenho culpa.

— Claro que não.

— Eles estão ficando cada vez mais vagos. Como uma dessas neblinas na serra. Numa manhã de inverno, quando o sol começa a furar as nuvens. — Tinha começado a mentir, tão intensamente que talvez falasse a verdade. Quase conseguia vê-los, os corpos mais e mais esgarçados enquanto falava. — Estão ficando ralos, meio transparentes. As vozes cada vez mais fracas. Quase nem consigo entender o que dizem. Mal completam os movimentos, são como desenhos a tinta num papel molhado. Se apagando, mas tão lentos: não sei até quando resisto.

— Até quando for preciso. Estarei aqui.

— Talvez dependa de mim.

— Tudo tem seu tempo. Há o tempo deles, também. Eu sou a ponte para você, você é a ponte para eles.

— Tenho medo que você falhe. Porque, se você falhar, eu falho também. E eu não posso.

— Eu não vou falhar. Não porque não posso, mas porque não quero.

— É como um pacto?

— Se você quiser.

Precisava acreditar na outra voz: era só o que tinha. Mas não conseguia impedir-se de ver alguém lá de fora puxando-a apressado pelo braço — bares, cinemas, encontros, esquinas — para mergulharem juntos naquela vertigem de caras vivas, palavras dispersas, talvez meio vadias, mas sempre envolventes, sorrateiras, a afastá-lo — a ele, a ela, à outra voz — cada vez mais de si mesmo. Um dia seria para sempre: e eu só tenho esse centro talvez escuro de mim, onde me agarro. Nesse outro dia, não haveria nada ao redor, exceto as grades. Quis alertá-lo para a necessidade de resistirem juntos nessa ponte frágil. Até um dia qualquer de sol, se você me esperar lá fora.

De repente, agora, como antes, pressentindo o toque do telefone, alguma coisa começava a contorcer-se por dentro dele, no aviso da partida. Quis retê-la ainda, à outra voz, com alguma história. Os chineses, lembrou, os chineses mentiam aos gritos sobre a qualidade da colheita, para enganar e afugentar os deuses maus. Mas nunca achava que tivesse o direito de atraí-la, à outra voz, para o escuro onde estava. Percebeu mais claro que se afastava quando tentou recompor o rosto a quem pertencia a outra voz, sem conseguir. Debatia-se no lago, afundando cada vez que tentava voltar à tona. O rosto aproximava-se e afastava-se, cortado pelo movimento sinuoso dos peixes que faziam seus contornos oscilarem junto com as ondas, por um momento feito de água também. Guiava-se pela voz, um cego. Quis gritar por socorro, mas a água entrava-lhe boca adentro. Engolia as palavras proibidas, com gosto de algas secas.

Antes que desligasse, a outra voz teve tempo de dizer:

— Amanhã eu volto a ligar.

Passou os dedos devagar sobre o telefone mudo. Estava frio. Já não havia sonoridades vivas fugindo pelos furinhos do fone para aquecer e colorir o quarto. Todo o resto ia-se embora com a outra voz, o mundo inteiro que habitava dentro dele. Esse era o momento mais difícil: entre o abandono da voz e a espera deles. Ana, Carlos. Era breve. Anoitecia cedo naqueles dias de começo de inverno. Podia ver o escuro espalhando-se lento na parede oposta à janela aberta, tão lentamente que talvez pudesse, as mãos nas grades, espantá-lo com um grito.

Mas sabia que o escuro, ao contrário dos deuses chineses, não tem medo de gritos. Nem se deixa enganar.

Ao invés de deixar as costas escorregarem pela parede, igual a todos os dias, até sentar-se ao chão, os braços em torno dos joelhos, para depois balançar-se suavemente, muitas vezes, preferiu caminhar até a janela. Um sino tocou longe, quase às seis da tarde. Cerrou os dentes, voltou-se para dentro, disposto a enfrentá-los quando viessem novamente, trazidos pela noite. Fechou os olhos. Enquanto esperava, contra o fundo infinito das pálpebras, com muito esforço, entre formas e fantasmas, conseguiu divisar, cada vez mais nítido, qualquer coisa como os dedos abertos de uma mão estendida em direção a ele.

Não me abandone, pediu para dentro, para o fundo, para longe, para cima, para fora, para todas as direções. E curvou a cabeça como quem reza. Para que a mão pudesse tocá-lo, inaugurando finalmente a luz. Mesmo dentro do escuro, alguma espécie de luz. Talvez como aquela que habitava a outra voz, tão viva e cada vez mais remota. Todos os dias, por volta das cinco e quinze da tarde. Porque queria — e queria porque queria — a luz da outra voz, não a escuridão deles: escolheu.

Pequeno monstro

Para
Grace Giannoukas e
Marcos Breda

I

NAQUELE VERÃO, quando a Mãe avisou que o primo Alex vinha passar o fim de semana conosco na casa da praia alugada, eu não gostei nem um pouco. Não por causa dele, que eu mal lembrava a cara direito, podia até ser qualquer outro primo, tio, avô. Mais por minha causa mesmo, que tinha começado a crescer para todos os lados, de um jeito assim meio louco. Pernas e braços demais, pelos nos lugares errados, uma voz que desafinava igual de pato, eu queria me esconder de todos. Só tardezinha saía de casa, na hora que as empregadas domésticas — as *dosas*, o Pai dizia — estavam voltando da praia. Então caminhava quilômetros na beira do mar, me rolava na areia, vezenquando chorava e repetia: pequeno monstro, pequeno monstro, ninguém te quer. Não suportava ninguém por perto. Uma Mãe insistindo o tempo inteiro pra tu ires à praia na mesma hora que todo mundo *normal* vai e um Pai que te olha como se tu fosses a criatura mais nojenta do mundo e só pensa em te botar no quartel pra aprender o que é bom — isso já é dose suficiente para um verão. Como se não bastasse a minha desgraça, agora ia ter que dividir *meu* quarto com o tal de primo Alex. E não queria que ninguém ouvisse minha voz de pato grasnando, visse meus braços compridos demais, minhas pernas de avestruz, meus pelos todos errados.

Fiz cara feia, a Mãe nem ligou. Falou que ele vinha e pronto, que tinha estudado muito o ano todo, passado no vestibular não sei de quê e precisava descansar e tal e tudo e que ela devia aquela obrigação à tia Dulcinha coitada tão só e que além do mais o Alex era um bom rapaz tão esforçado o pobre. Isso eu odiava mais que tudo: aqueles bons rapazes tão esforçados e de óculos sempre saindo com sacolas de lona na hora do almoço para comprar cervejas e coca-colas e cigarros pra todo mundo, ajudando a lavar pratos e jogando aquelas chatíssimas canastras sobre o cobertor verde na ponta da mesa. Empurrei a compota de pêssego argentino, a calda virou na toalha, armei a tromba. Esse era meu jeito de dizer: não careço nem ver a cara dele para ter certeza que é um coió.

Quase dormindo, mais tarde, naquela mesma noite que a Mãe avisou que o primo Alex vinha, eu tentava lembrar a cara dele e não conseguia. Na verdade, não conseguia lembrar a cara de ninguém desde uns dois anos atrás, desde que eu tinha começado a ficar meio monstro e os parentes se cutucavam quando eu passava, davam risadinhas, falavam coisas baixinho, olhando disfarçado pra mim. Eu tinha horror deles, que achavam que sabiam tudo sobre mim. Sabiam nada, sabiam bosta do meu ódio enorme por um por um de cada um deles, aquelas barrigonas, aqueles peitos suados, pés cheios de calos. Eu nunca ia ser igual a eles — pequeno monstro, seria sempre diferente de todos. Era assim mesmo que ia me comportar com o primo Alex, decidi: pequeno monstro cada vez mais monstro, até ele não aguentar mais um minuto e dar o fora pra sempre. Fiquei olhando com força pro colchão sem lençol da cama ao lado onde ele ia dormir, até encher o colchão com todo o meu ódio, pra ele se sentir mal e ir embora no mesmo dia.

II

No dia que era o dia que ele vinha — e eu sabia porque a Mãe não falava outra coisa, arrumou lençóis limpos na cama ao lado, mandou eu empilhar os gibis, guardar no guarda-roupa a roupa da guarda da cadeira —, saí de casa um pouco mais cedo e fiquei caminhando *séculos* na praia. Eu gostava de ir até aquele farol no caminho de Cidreira, onde tinha umas dunas e era bom ficar deitado na areia, olhando o mar sem fim. Vezenquando passava um navio, eu perguntava pra onde vai? pra onde vai? Bem besta mesmo, não pensava o lugar, só perguntava assim: pra onde vai, sem pensar o nome nem nada. Depois pensava também se eu saísse agora reto daqui e entrasse no mar e que nem Jesus Cristo fosse capaz de pisar sobre as águas e fosse andando sempre em frente sem parar — ia dar onde? Achava que na África, na Índia, sei lá. Em algum lugar ia dar. Longe dali, de Tramandaí. Aí começou a sair do mar uma lua cheia bem redonda, e eu primeiro fiquei tentando ver nela são Jorge e o dragão, depois lembrei que era besteira, coisa de criança, e pensei crateras, desertos, quase via, Mar da Serenidade. Ou era Fertilidade? Fui olhando as coisas, me atrolhando por ali, até que de repente tinha anoitecido total, e eu tinha que voltar pra merda daquela casa com aquele Pai e aquela Mãe. Ainda por cima, fui lembrando no caminho, cada vez mais puto, e por causa disso caminhava mais devagar ainda e ficava cada vez mais noite, agora com aquele tal de primo Alex lá, enfiado no *meu* quarto.

    Passaram uns bagaceiras com violão e uma garrafa de cinzano, abraçados, cantando uma música de parque. Desviei deles, fui enfiando os pés na água morna do mar, de cabeça baixa pra não mexerem comigo. Vezenquando olhava pra trás e só ouvia aquelas vozes bem de bagaceiras mesmo, cada vez mais longe, cantando *a noite tá tão escura/ a lua fez feriado/ estou sofrendo a tortura/ de não sentir-te ao meu lado.* Bestas, pensei, porque a lua não tinha feito feriado coisa nenhuma, feriado era lua nova, não aquela luona enorme, redonda, amarela, bem ali em cima do mar e da cabeça da gente. Quando eu já tinha caminhado um pouco em direção ao norte, e os bagaceiras tinham sumido, olhando por cima do ombro direito pensei quem sabe agora, saindo reto aqui eu dou justo ali, no sulzinho da África, cabo das Tormentas. Ou era o da Boa Esperança? Aí de repente despencou uma baita estrela cadente, quase do tamanho da lua, tão grande que cheguei a parar pra ouvir o *tchuááááááááááááááá* da estrela caindo dentro do mar. Não aconteceu nada, então falei bem alto, imitando aquela vozinha de taquara rachada da d. Irineide, professora de geografia: bó-li-dos, isso que o *populacho* chama de estrelas cadentes na verdade são bó-li-dos. Me senti muito culto e tudo, mas meio sem graça, daí lembrei que podia fazer um pedido, ou três, não sei bem, a gente podia. Então peguei e fiz. Que já que o primo Alex tinha mesmo que estar lá naquela merda de casa — e era impossível pedir que não viesse, porque já tinha vindo — que pelo menos ele fosse legal e não me enchesse o saco.

Bem devagarinho, fui me distraindo com essas coisas pelo caminho. Daí me atrasei tanto que, quando cheguei em casa, estava armado um começo de alvoroço. O Pai já estava de chinelo e pijama, me chamou de desgranido e disse que ia me proibir de ir à praia a essa hora de louco e eu respondi que se me proibisse de ir nessa hora eu ia ficar no quarto trancado e não ia em hora nenhuma *nunca* mais, e a Mãe falou baixo, mas eu escutei, é a idade não liga, não implica com o guri, criatura, e me deu uma janta meio fria com milho duro e eu cheguei a abrir a boca pra falar que não era cavalo quando ela disse que o primo Alex já tinha chegado e estava dormindo, podre da viagem. Nem precisava dizer nada: sentado na ponta da mesa, eu já tinha visto aquela campeira xadrez pendurada numa guarda de cadeira. Mesmo que não pudesse ver nada, farejava um cheiro no ar. Nem bom nem mau, cheiro de gente estranha recém-chegada de viagem. Polvadeira, bodum, sei lá. Quase não consegui comer, de tanto ódio. O Pai foi dormir azedo, falando que no quartel eu ia ver. A Mãe ficou mexendo no rádio, mas só dava descarga no meio dumas rádios castelhanas, *êle-êrre-uno-êle-êrre-dôs*. Nada de Elvis, que eu gostava e ela fingia que não, só Gardel, que ela gostava e eu tinha certeza que não. Falei que ia dormir também, a Mãe botou a mão no meu ombro e muito séria pediu pra mim prometer que ia ser educado com o primo Alex coitado que o pai dele tinha morrido e a tia Dulcinha passava muito trabalho e coisa e tal. Até prometi, não custava nada. Mas fiquei torcendo os dedos, rezando prela não repetir que ele era um bom rapaz tão esforçado o pobre, senão meu ódio voltava. Ela acabou falando, bem na hora que Gardel cantava *sabía que nel mundo no cabía toda la humilde ale-*

gría de mi pobre corazón, e eu fui dormir com muito ódio. Dela, do Pai, do primo Alex, da tia Dulcinha, dos bagaceiras da praia, do Gardel, de tudo.

III

Tirei a areia dos pés no bidê, lavei a cara e fiquei parado na frente do espelho. Pequeno monstro, falei. Mais de uma vez, três, doze, vinte, eu repetia sempre, me olhando no espelho antes de dormir: pequeno, pequeno monstro, ninguém, ninguém te quer. Mijei, escovei os dentes, gargarejei. Me deu vontade de vomitar, sempre me dava. Mas não vomitei, nunca vomitava. Tive vontade de me encolher ali mesmo, embaixo da pia, feito cusco escorraçado, e dormir até a manhã seguinte, para que todos vissem como eu era desgraçado. Meu quarto agora não era mais só meu, não podia ficar lendo até tarde nem nada, luz acesa até altas: a droga do primo Alex estava lá, e eu tinha prometido ser bem-educado com ele, coitado.

Aquele quarto que agora não era mais meu, mas meu e do tal de primo Alex, ficava na parte de trás da casa de tábuas, numa espécie de puxado, ao lado de um banheiro que antes dele chegar também era só meu, mas agora era meu e dele, que nojo. Apaguei a luz, parei na porta do banheiro e fiquei remanchando um pouco por ali, parado no corredor escuro, antes de entrar. Eu tinha que estar preparado para enfrentar aquele tapume de óculos, que certamente — eu conhecia bem essa gente — tinha deixado seus óculos sebentos na *minha* mesinha de cabeceira, e aqueles vulcabrás nojentos com umas meias duras no garrão saindo pra fora e um fedor de chulé no ar, escarrapachado na cama, roncando e peidando feito um porco. Que ódio, que ódio eu sentia parado naquele biricuete escuro entre o banheiro e o quarto que não eram mais meus.

Abri a porta devagarinho. A janela-guilhotina estava levantada, a luz apagada. Não tinha nenhum fedor no ar. A luz da lua entrando pela janela era tão clara que eu fui me guiando pelo escuro até a minha cama, sem precisar estender a mão nem nada. Sentei, levei a mão até a mesinha de cabeceira e apalpei: não tinha nenhum óculos em cima dela. Só meu livro *Tarzan, o Invencível* da coleção Terramarear. Pelo menos isso, pensei: a trolha não usa óculos. Fiquei de cueca, camiseta, me deitei. Não tinha nenhum barulho de ronco, nenhum cheiro de peido no ar, só aquele perfume meio enjoativo do jasmineiro ali no pátio ao lado. Os meus olhos foram se acostumando mais no escuro, e eu comecei a olhar para a cama onde o primo Alex estava deitado, do outro lado do quarto.

A luz da lua batia direto nele. Ele estava deitado por cima do lençol, completamente pelado. Meus olhos se acostumavam cada vez mais, e eu podia ver o primo Alex virado sobre o lado direito, as duas mãos juntas fechadas no meio das pernas meio dobradas. Ele parecia muito grande, tinha que encolher um pouco as pernas, senão os pés batiam lá na guarda do fim da cama-patente. Ele tinha muitos pelos no corpo, a luz da lua batendo assim neles fazia brilhar as pontas dos pelos. Ele tinha a cara virada de lado, afundada no travesseiro, eu não podia ver. Via aqueles pelos brilhando — uns pelos nos lugares certos, não errados, que nem os meus — descendo para baixo do pescoço, pelo peito, pela barriga, escondidos e mais cerrados naquele lugar onde ele enfiava as mãos, depois espalhados pelas pernas, até os pés. Os pés encolhidos do primo Alex eram muito brancos, o pai dele tinha morrido, ele tinha estudado o ano inteiro e passado no vestibular não sei de quê, lembrei. E não fazia barulho nenhum quando dormia, coitado.

Fiquei deitado na minha cama, olhando para ele. Depois de um tempo, comecei a ouvir a respiração dele e fui prestando atenção na minha própria respiração, até conseguir que ela ficasse igual à dele. Eu respirava, ele respirava. Eu cruzei as mãos no peito e encostei a cabeça na guarda da cama para poder olhar melhor. Ele tinha cruzado as mãos no meio das pernas decerto para dormir melhor, o pobre, podre da viagem. Fiquei olhando pra ele, respirando devagar, no mesmo ritmo. Bem devagar, para não acordá-lo. Não sei por quê, mas de repente todo o meu ódio passou. Ali deitado, olhando pro primo Alex dormindo inteiramente pelado, embaixo daquela lua enorme, o cheiro enjoativo dos jasmins entrando pela janela aberta, me dava uma coisa assim que eu não entendia direito se era tontura, sono, nojo ou quem sabe aquele ódio se transformando devagarzinho em outra coisa que eu ainda não sabia o que era.

IV

De manhã, fiquei na cama até quase meio-dia. Escutei uns barulhos de gente acordando, mas não me mexi nem olhei, virado pra parede. Aí vieram outros barulhos, descarga de privada, torneira aberta, colher batendo em xícara na cozinha, a voz da Mãe dizendo que eu era assim mesmo, dormia até o cu fazer bico, e uma voz mais grossa, que não era a do Pai, falando outra coisa que não consegui ouvir. Depois uns barulhos de porta batendo, e silêncio. Eu sabia que eles tinham ido todos pra praia, e pensei em me levantar pra mexer um pouco nas tralhas do primo Alex, ninguém ia ver. Mas comecei a cair naquela coisa que eu chamava de *entressono*, porque não era bem um sono. Meu pau ficava tão duro que chegava a doer, toda manhã, então eu apertava ele contra o lençol, parecia que tinha uma coisa dentro que ia explodir, mas não explodia, tudo começava a ficar quente dentro e fora de mim, enquanto eu pensava numas coisas meio nojentas. Não sabia direito se eram mesmo meio nojentas — um peito da negra Dina que eu vi uma vez na beira do tanque, uns gemidos de gente e rangidos de cama no quarto do Pai e da Mãe. Eu não sabia quase nada dessas coisas. Mas era justo nelas que ficava pensando sempre no entressono, o pau apertado contra o colchão, até tudo ficar mais sono do que entre. Daí eu caía fundo no poço sem me lembrar de mais nada.

Só saí da cama quando a Mãe bateu na porta e falou que estava quase na mesa. Olhei pra cama do primo Alex, toda desarrumada, e pensei que o idiota devia estar na sala, sentado como se a casa fosse dele, tomando cerveja com o Pai. Enfiei a bermuda, lavei a cara no banheiro e remanchei o mais que pude, pra não ver a cara de ninguém nem ninguém ver a minha. Mas quando saí e fui entrando pela casa, só tinha a Mãe remexendo na cozinha e o Pai sentado no degrau da varanda, lendo *O Correio do Povo*. Olhei em volta, não tinha nenhum sinal do primo Alex além da campeira xadrez desde a noite passada ali naquela guarda de cadeira. Não perguntei nada, fiquei sentado na ponta da mesa, riscando a toalha com a ponta da faca. Até que a Mãe disse:

— O Alex se encantou com a praia. O pobre nunca tinha visto o mar. Precisava ver, parecia uma criança. Ficou lá, não teve jeito de querer voltar.

Bem feito, pensei, vai ficar vermelho que nem um camarão. E de noite vai ter que passar talco nas costas e pasta de dente no nariz e ficar se rebolcando na cama sem conseguir dormir, porque quando a gente tá assim queimado até lençol dói na pele. Vai gemer e encher o saco a noite inteira e amanhã ou depois vai começar a descascar feito cobra trocando de pele até queimar tudo de novo e a pele ficar grossa que nem couro e ele começar a se sentir o máximo, de mocassim, calça branca e camisa *banlon* vermelha, todo queimado e idiota idiota idiota. Fui pensando nessas coisas enquanto a Mãe servia a comida e o Pai nem olhava direito pra mim, só lia o jornal, sacudia a cabeça e dizia barbaridade-mas-que-barbaridade, e eu nem conseguia comer direito nem sentir muito ódio. Que era mais um exercício de ruindade minha pensar aquelas coisas, precisava treinar todo dia pra não perder o jeito de ser pequeno monstro. Tomei quase um litro de quissuco de groselha, puro açúcar, me deu um asco na boca do estômago, empurrei o prato, sem fome. Disse que não estava me sentindo muito bem, e o Pai falou também pudera, o lorde, dormindo feito um condenado, vai acabar tuberculoso, a Mãe falou deixa o guri, também que implicância, ele falou que era por isso mesmo que eu estava assim baseado, que ela parecia uma escrava minha, ela disse que tinha alugado aquela casa na praia pra ver se descansava um pouco, não pra ele infernizar ainda mais a vida dela, que já era um martírio — e os dois estavam começando a gritar cada vez mais alto quando eu aproveitei e peguei e fugi pro quarto sem ninguém ver.

O quarto virava um forno depois do almoço. O sol batia no telhado de zinco, ficava tudo fervendo. Pensei que se eu ficasse ali todo aquele maldito quissuco ia começar a ferver na minha barriga, até sair uma espuma vermelha pela boca e cair no chão babujando e me batendo pelas paredes. Podia ser que pelo menos assim alguém no mundo prestasse atenção em mim. Peguei o livro de Tarzan, passei pela cozinha, onde eles continuavam berrando, fui deitar na rede embaixo dos cinamomos onde batia uma fresca. Mas mesmo ali, na sombra boa, não conseguia parar de pensar que a minha vida era um inferno. E que se um dia eu saísse mesmo caminhando reto por cima do mar, mesmo que não pisasse sobre a bosta das águas que nem Jesus Cristo, ia ser ótimo pra todo mundo se eu afundasse de uma vez e ninguém me encontrasse nunca mais afogado para sempre no fundo do mar igual ao *Titanic*. Tentei ler, mas aquela lenga-lenga dos sacerdotes nas cavernas de Opar estava me enchendo um pouco o saco.

V

Uma cara morena, de cabelo preto, me espiava por cima da rede. Uma cara morena muito próxima, um cheiro forte de suor e de mar. Quase gritei, porque logo que abri os olhos e dei com aquela cara e aquele cheiro não lembrei que tinha deitado ali na rede, depois do almoço. Acho que estava sonhando com Jad-bal-ja, o leão de ouro, e foi nisso que pensei quando vi aquela cara morena me espiando por cima da rede. Mas toda morena, meio de cigano, não era cara de leão — era a cara do primo Alex, de sobrancelhas pretas bem cerradas grudadas em cima do nariz. Ele sorriu pra mim, mas a cara estava perto demais, não consegui sorrir de volta nem nada, por educação que fosse. Desviei os olhos para o livro de Tarzan no meu colo, depois franzi as sobrancelhas pra ver se ele se tocava. Mas parece que não se tocou. Empurrou a rede, se afastou um pouco e ficou me olhando enquanto eu balançava feito um idiota, com ele me olhando de braços cruzados e pernas abertas.

— A tia disse que tem um chuveiro aqui fora — ele falou com uma voz meio rouca, mais grossa que a do Pai, e muito educada. — Pra mim tirar a areia antes de entrar em casa. Onde que é?

— Ali, ó — eu apontei o fundo da casa. Ele me olhou mais um pouco, os braços cruzados. Eu só podia ver a cara dele com os cabelos duros de sal e areia e uns pedaços de corpo que subiam e desciam, com o balanço da rede, as pernas abertas. Pelo menos não usa calção-saia, pensei, aqueles calções de náilon todos largões que estava na cara que uma pessoa que usava um calção desses nunca tinha ido à praia na vida, calção de baiquara. Mas o dele era preto, bem decente até.

— Tu não gosta de ir à praia? — ele perguntou. — A tia disse.

— Não — eu falei. E já sabia: a Mãe tinha dito que eu não gostava de ir à praia, que não falava com ninguém, que dormia até a hora do almoço, que ficava trancado no quarto, que dava pontapés na porta e tudo, tudo ela decerto já tinha contado pra ele: que eu era um monstro. Depois achei que ele não tinha culpa, coitado, ela é que ficava falando sem parar, e tentei ser mais educado: — Só gosto de tardezinha, na hora do pôr do sol.

— Ah — ele disse. E achei bacana ele não dizer mais nada, que eu devia acordar mais cedo, aproveitar o sol e todas aquelas besteiras. Eu não conseguia olhar direito pra ele, aí estendi uma perna, finquei os dedos do pé na grama e fiz a rede parar de balançar. Então olhei. Ele tornou a rir, uns dentes muito brancos — ou só pareciam muito brancos porque ele estava supermoreno. Não tinha ficado nem um pouco vermelho do sol. Passou as mãos pelo peito, pela barriga, pelas pernas, a areia caiu no chão. A voz da Mãe gritou lá de dentro pra ele ir almoçar. Eu abri o livro, fiz que ia começar a ler, aí ele riu de novo e foi caminhando devagar pro chuveiro. Parecia um leão, mesmo moreno, pensei, andando daquele jeito, meio de lado. Eu comecei a ler.

Seus musculosos dedos de aço firmaram-se no centro de uma das barras. De costas para mim, embaixo do chuveiro, as costas dele eram retas, largas, com um pequeno triângulo de pelos crespos e pretos mais largos onde subiam para a cintura, mais estreitos quando desciam em direção à bunda. Ele abriu o chuveiro, soltou um grito quando a água gelada começou a cair. *Com a mão esquerda segurou na outra e, apoiando um dos joelhos de encontro à porta, vagarosamente dobrou o cotovelo direito.* Cada braço dele era assim quase da grossura da minha coxa. A água começou a levar embora a areia da praia, e agora eu podia ver melhor o corpo dele, escondido embaixo da camada de areia. Eu não conseguia parar de olhar. *Ondulando como aço plástico, os músculos de seu antebraço e os bíceps cresceram até que gradualmente a barra arqueou na sua direção.* Ele virou de frente, com as duas mãos afastou o calção e avançou um pouco o corpo, para a água bater na barriga e descer por dentro do calção. Enfiou as mãos por dentro do calção, depois olhou pra mim, entre as gotas do chuveiro, e virou a cabeça, cuspindo água. *O homem-macaco sorriu, enquanto agarrava de novo na barra de ferro.* Quando ele fechou o chuveiro, sacudindo os cabelos molhados, quando as gotas do cabelo dele respingaram na minha cara e a Mãe tornou a chamar lá de dentro de repente e sem querer eu fechei com força o livro, pulei pra fora da rede e saí correndo em direção à porta da casa.

VI

Pelo resto daquele dia, não consegui fazer mais nada. Até parece que nos outros dias eu fazia alguma coisa mais, além de me atrolhar pelos cantos, morto de calor, dormir ou caminhar vadio pela praia. Pois nem isso consegui. Me deu assim um disparo no coração, feito susto que não era bem susto, porque não tinha medo de nada. Ou tinha: medo de uma coisa sem cara nem nome, porque não vinha de fora, mas de dentro de mim. Uns frios, mesmo parado embaixo do sol de rachar, olhando minha sombra achatada igual à de um marciano monstro verde, e uns calorões, mesmo atrás da casa onde até lesma tinha, de tão úmido. Eu só sabia que por nada desse mundo queria ficar perto do primo Alex.

Escondido, vi quando ele entrou no quarto e encostou a persiana da janela, porque decerto ia tirar uma sesta. *Todos* tiravam sesta no mundo, menos eu, pequeno monstro. Fiquei acompanhando com a ponta do dedo um rastro prateado de lesma, naquele lugar frio atrás da casa, até passar um tempo. E, quando saí no sol outra vez, vi que o tempo tinha passado, porque a minha sombra já não estava tão achatada nem tão monstra. Então cheguei bem devagarinho perto da janela do quarto e, sem barulho nenhum, empurrei a persiana. De leve, como se fosse um vento. Ele estava nu, de costas para a janela. Um pouco mais abaixo daquele triângulo de pelos crespos e pretos na cintura, o calção tinha deixado uma marca branca, que parecia mais branca ainda, agora que o vermelho do sol começava a acender. Ele estava deitado em cima do braço esquerdo. O braço direito dele, que eu só podia ver até a metade, estava dobrado na cintura, desaparecia na frente do corpo. E se mexia. Todo parado o primo Alex, só mexia o braço direito que eu não via inteiro, porque ele estava de costas para mim. Cada vez mais depressa, eu tranquei a respiração, o queixo apoiado na janela, e cada vez mais depressa, até que ele primeiro gemeu baixinho, depois mais alto, suspirou, o corpo inteiro tremendo, virou de bruços na cama e afundou a cara no travesseiro. O braço direito caiu ao lado da cama. Da ponta dos dedos dele, que quase tocavam o chão, escorria uma gosma meio branca, meio prateada, que foi deixando no piso um rastro igual ao das lesmas nos fundos da casa.

Ainda era muito cedo, mas fui caminhar na praia. Saí correndo pela areia em direção ao farol, e quando vi que não tinha mais ninguém por perto comecei a gritar: Sumatra Tantor Zanzibar Bukula Mensahib Ni-kima Jad-bal-ja. Umas coisas assim, que nem música. Podia até cantar, e cantei. Cada vez que um dos pés batia na areia eu gritava Sumatra ou Bukula ou Nikima, parecia louco de hospício. Não conseguia parar. Só parei quando o coração disparou demais, e minha cara ficou lavada de suor, bem na frente do farol. Então olhei em volta, vi que não tinha ninguém, e fiz uma coisa que *nunca* tinha feito antes. Tirei a bermuda e a camisa, larguei na areia e fui entrando na água completamente pelado.

Abri as duas pernas, os dois braços, me joguei no meio da espuma. Dei de bunda na areia do fundo do mar, mas não doeu. Aí me virei de bruços e comecei a esfregar meu pau completamente duro na areia molhada molinha. Ficava cada vez mais duro, parecia que tinha uma coisa que queria sair de dentro dele, um fio prateado brilhante. Mas não saía nada, a areia ardia, o sal queimava. Aí eu peguei e abri a minha bunda com as duas mãos bem no lugar onde as ondas arrebentavam, e fiquei assim, deixando as ondas arrebentarem e a espuma morna do fim da tarde entrar pela minha bunda aberta. Foi me dando uma tontura, eu sem querer pensei no braço direito do primo Alex, cada vez mais depressa, parecia assim que ia explodir alguma coisa. Não explodiu nada, eu cravei as unhas no braço, falei quinze vezes pequeno-monstro-pequeno-monstro-ninguém-te--quer e não sabia mais o que fazer da vida, daquele medo ou coisa que queria porque queria sair de dentro de mim sem encontrar o jeito.

Meu coração batia batia quando cheguei em casa. A Mãe já estava botando a mesa da janta. Vai lavar as mãos, o Pai falou sem me olhar, ele nunca me olhava. Deixei a água correr sem me olhar no espelho. Quando voltei, o primo Alex já estava sentado, riscando o xadrez da toalha com a ponta serrilhada da faca. Eu não olhei pra ele, mas mesmo sem olhar dava pra ver que ele tinha vestido uma camisa branca de *ban-lon* bem alvinha e penteado o cabelo. Eu não queria olhar pra ele. Mas aí a Mãe foi colocar o ovo e o bife no meu prato e o Pai falou tira as aspas do prato, guri, também que coisa, parece um bugre. Eu fiquei vermelho de vergonha dele falar assim daquele jeito comigo na frente do primo Alex, e sem querer ergui a cabeça, levantei os olhos. Ele apertou aquelas sobrancelhas pretas grudadas em cima do nariz e piscou pra mim. Como se a gente tivesse um segredo. Fiquei ali feito besta olhando de vez em quando pra ele. Ele sempre olhava de novo pra mim por cima da jarra de quissuco, que na janta era de laranja, não de groselha. Vezenquando piscava, vezenquando ria, sem ninguém ver. Como se tivesse uma coisa que só acontecia entre ele e eu. Uma coisa que era um pouco essa vontade minha de ficar olhando sem parar pra ele? Podia ser essa vontade, misturada com aquele medo, aquele braço se mexendo cada vez mais depressa, aquele fio prateado de gosma brilhante estendido no chão. Parecido com a calda da compota de pêssego que outra vez eu virei na toalha quando a Mãe parou um pouco de falar e, antes que o Pai me chamasse de porco, perguntou assim:

— Tu não quer convidar o Alex pra dar uma volta na praça e tomar um chope no centro?

Ficaram os três me olhando. Passei o dedo na calda do pêssego, e lambi bem devagar quando olhei pro primo Alex e convidei:

— Vamos?

Ele sustentou o olhar. E disse que sim.

VII

Azul, mas não era bem bem azul. Isso eu só vi na metade da primeira cerveja. Azul-escuro que clareava aos poucos, meio esbranquiçada nas partes em que encostava no corpo. Nos joelhos, na bunda, na frente onde roçava no volume do pau, atrás do fecho. Tinha fecho ecler que nem saia de mulher, em vez de botão igual à minha. Já tinha visto umas assim, mais em filme de mocinho, e só umas poucas nuns caras meio metidos ali na praia mesmo. Dava um jeito especial na pessoa. Um jeito bonito, um jeito moderno. Eu não tinha falado quase nada, mas depois daquele gole de cerveja tomei coragem e disse:

— Bacana a tua calça.
— É Lee — ele disse. — Americana, importada.
— Onde a gente compra?
— Só de contrabando. Quer que te consiga uma?

Perguntei se era difícil, ele disse que tinha jeito, conhecia um faixa em Porto. Depois falou que novinha não era tão legal, mas a gente podia desbotar com queboa no tanque. Melhor desbotar sozinha mesmo, só que levava tempo. Perguntei se a dele era desbotada de queboa ou de tempo. Ele estava distraído, não ouviu. Tirou o maço de Minister do bolso, perguntou se eu queria um. Falei que não, se o Pai soubesse. Ele acendeu, jogou a fumaça pra cima, erguendo um pouco a cabeça. De novo, eu pensei no leão de ouro. Acho que eu estava ficando meio borracho com aquela cerveja toda, porque de repente fiquei outra vez olhando sem conseguir parar o primo Alex sentado ali ao meu lado na mesinha da calçada do bar. Ele parecia enorme, ele parecia brilhante, ele parecia bonito. Sem fazer nenhum esforço pra parecer nada, ele não era exibido. Acho que ele nem sabia direito o jeito que ele mesmo era. Ficava ali sentado do meu lado como se fosse um cara comum, fumando, bebendo cerveja e rindo de vez em quando pra mim. Achei que todo mundo que passava e nas outras mesas ficava olhando pra ele e pensando mas quem será esse moço. De repente me deu assim como uma vaidade daquelas pessoas todas estarem me vendo ali, ao lado dele, e aí aconteceu uma coisa maluca. Por um segundo, parei de me sentir monstro.

Olhei para o meu braço na mesa. Meu braço um pouco fino demais, moreno de sol. Mas parecia bonito também. Eu olhei a minha mão morena, quase sem pelos, depois levei ela até o cabelo e pensei que podia deixar ele crescer um pouco, que nem o do primo Alex. E quando levei a mão desse jeito na cabeça, percebi que as minhas costas estavam muito curvadas para a frente, como se eu quisesse sempre defender do mundo alguma coisa funda escondida no meu peito. Então forcei os ombros para trás, e não estava me sentindo nem um pouco monstro quando olhei de novo para o primo Alex e vi a lua cheia subindo por trás da cabeça dele e do telhado da Taberna do Willy.

O garçom chamou ele de *senhor* quando perguntou se queria outra cerveja. Ele tinha um jeito de quem sabe sentar num bar, aquele jeito que eu ia ter um dia. Ele perguntou se eu também queria, eu disse que sim, apesar de estar meio borracho. Ele encheu o meu copo até transbordar. Enquanto eu passava o dedo na espuma, ele falou assim:

— A tia me contou que anda preocupada contigo. — Eu pensei que saco, ela já andou enchendo os ouvidos dele, agora vai ficar dando opinião, conselho e tudo. Mas ele não deixou eu dizer nada. Só falou: — Ela diz que acha que tu anda muito sozinho. Que tu não tem nenhum amigo.

Foi o que bastou. Quando ele falou isso — como num Shazam! ao contrário, que ao invés do cara virar super, ficava ainda mais coió —, eu comecei a me sentir monstro de novo. Coitado coitado coitado de mim, pensei, o meu olho ficou cheio de lágrima de pura pena de mim mesmo, todo troncho. Estava meio enjoado daquela cervejada toda, tive vontade de me levantar e dizer que ia embora já pra casa. Aí o primo Alex disse:

— Falei pra ela que é da idade. Que passa. Que eu mesmo era assim que nem tu, meio arisco. Mas passa, tu vai ver que passa.

Eu quase disse que tinha certeza que, comigo, não ia passar nunca. Que ia ficar para sempre e até o fim do mundo assim pequeno, pequeno monstro nojento, diferente de todas as outras pessoas, todo mundo rindo baixinho, falando coisas quando eu passava. Mas ele disse:

— Eu sou teu amigo.

Parei outra vez de me sentir monstro. Nunca ninguém tinha me dito isso antes. Foi aí que as coisas começaram a acontecer muito depressa, me deu vontade de rir, comecei a falar sem parar, ele começou a falar sem parar também no curso dele de medicina, nas coisas todas que ia estudar, umas coisas da cabeça das pessoas, de nome complicado, psico não sei o quê, nuns livros duns caras de nome complicado também, duns discos, duns filmes, e disse que ia me dar umas coisas pra mim ler, pra mim ouvir, pra mim gostar, e eu fiquei pensando que não ia dar porque eu ficava o ano todo lá naquele cafundó do Passo da Guanxuma e ele em Porto Alegre e perigava então, até a gente não se ver nunca mais, e comecei a ficar triste, aí ele contou que a Mãe tinha falado que andava pensando em me mandar estudar em Porto Alegre, e primeiro me deu um baita cagaço, depois foi me vindo uma coragem boa e uma alegria no coração, ia ser que nem filme, andar de bonde sozinho do centro até o tal de Partenon, onde ele falou que morava, e eu ia lá todo domingo de tardezinha, ficava no quarto dele ouvindo na eletrola aqueles discos que ele disse que ia me mostrar, eu com a minha calça Lee igualzinha à dele, no começo desbotada de queboa mesmo, depois desbotada do tempo, do sol, da chuva, e todo mundo olhava quando a gente entrava junto no cinema e falavam baixinho de um jeito diferente, porque eu não era mais monstro, só porque a gente era bonito junto, só por isso falavam e apontavam, eu e o primo Alex, caminhando de tardezinha por uma praça ou numa calçada mesmo ali daquele lugar onde eu nunca tinha ido chamado Partenon, e Partenon era quase tão bonito e longe quanto Sumatra, Zanzibar, Uganda, e eu criei coragem e falei pra ele que queria ser músico, fazer rock que nem o do Elvis, que eu sabia de cor uns pedacinhos dumas músicas em inglês mesmo e ele cantou rindo "It's Now or Never", só um pedaço, depois passou a mão no meu cabelo e disse que eu tinha que deixar um topete crescer pra cair na testa quando eu fizesse *yeah* remexendo as cadeiras, e só de sarro eu fiz *yeah yeah yeah*, e ele morreu de rir e eu morri de rir também, e ele pediu outra cerveja e eu acendi um cigarro e tossi tossi e ele bateu nas minhas costas, as pessoas em volta olhavam, e ele começou a contar que depois de formado ia viajar muito de navio pelo mundo inteiro, e eu perguntei se Zanzibar também e ele morreu de rir de novo e falou que sim, se eu queria ir junto com ele pra Zanzibar, lógico eu disse e fiquei imaginando tudo enquanto ele contava que ia ser um grande médico desses modernos que curam a cabeça dos outros pra deixar todo mundo feliz o tempo todo pra sempre sem nenhuma culpa, ele disse, ele era tão bonito, todo mundo em volta olhava, eu ria, ele ria, e a gente estava ficando cada vez mais bêbado quando eu tentei levantar pra ir ao banheiro e quase caí em cima da mesa. Então ele me segurou pelo braço, e rindo sem parar falou que tava na hora de ir embora senão o Pai e a Mãe iam ficar umas feras.

VIII

A gente só parou de rir no caminho da porta de casa até o quarto, pro Pai e a Mãe não acordarem. Passado de meia-noite, Alex viu no pulso. Ele acendeu a luz, se jogou na cama e continuou rindo. Eu fechei a porta, me joguei na cama e continuei rindo. Vezenquando a gente olhava um pro outro e ria mais ainda. Um tempão assim, feito dois mangolões. A barriga doía de tanto rir, eu falei que ia no banheiro mijar e já voltava. Demorei um pouco, parecia que tinha bebido um açude inteiro. Quando voltei, ele tinha tirado toda a roupa e estava deitado de costas na cama. Tu vai te gripar, pensei em dizer. Só pensei, em seguida vi que não tinha vento nem nada. E fui andando pra minha cama enquanto olhava pra calça Lee, a camisa *banlon*, o mocassim e a cueca dele jogados no chão, sem saber direito o que fazer com a janela aberta, a lua cheia e o primo Alex completamente pelado na cama ao lado. Tentei não olhar pra ele. Mas ele olhava bem pra mim quando falou estranho, como se o que quisesse dizer não fosse o que estava dizendo:

— Tá muito quente, tu não acha?

— É — eu disse. E aí não consegui mais parar de olhar pra ele. Fui ficando meio descarado e comecei a olhar mesmo, porque tinha vontade e era bom de olhar. Desci os olhos pelo peito dele, acompanhando aqueles pelos que se amontoavam lá em cima, pouco embaixo do pescoço, em volta das mamiquinhas cor-de-rosa, depois se estreitavam enquanto desciam pela barriga e ficavam assim um fiozinho crespo, até começarem a encrespar mais e a aumentar de novo, no meio das pernas. Ele estava com a mão no meio das pernas, lá onde os pelos encrespavam mais.

— Eu te espiei dormindo hoje de tarde — contei.

— Eu vi — ele disse. — Eu não estava dormindo, eu estava batendo punheta.

Me deu um vermelhão. Desviei os olhos para o livro de *Tarzan, o Invencível*, na cabeceira. Em cima duma árvore, Tarzan apontava uma flecha para um *bwana* falando com dois negros pigmeus na frente de uma barraca. E se ele disparar a flecha? pensei.

— Tu já esporrou? — ele perguntou.

— Não — eu disse. — Nunca, nem sei como é que se faz.

— Quer que eu te ensine? — Estava rindo outra vez. Aquela cabeça de leão de ouro, dentes muito brancos.

— Quero — eu disse.

Ele tirou a mão do meio das pernas, bateu na cama ao lado dele e chamou:

— Senta aqui, eu te mostro como é. Tira a roupa e senta do meu lado.

Tirei, joguei no chão, em cima da roupa dele. Depois sentei na cama dele, só de cueca. Uma cueca feia, toda esbragalada, não era que nem a dele. Ele suava um pouco. O cheiro de suor misturava com o de um perfume que acho que era colônia de barba, mais o do jasmineiro entrando pela janela aberta. Eu podia ouvir o tum-tum do meu coração no peito. Ele estava bem perto de mim. Eu cruzei as pernas, de costas para ele, de frente para a janela.

— Vira pra cá — ele pediu.

Estendeu a mão, tocou no meu joelho. Fui virando, até ficar de frente pra ele. Ele sentou na cama, ficou de frente pra mim, cruzou as pernas também. Ele encostou uma das mãos na minha coxa, depois foi subindo e puxou devagarinho a minha cueca. Estendi a perna para que ele pudesse tirar e jogar no chão, em cima das roupas dele e das minhas. Agora eu também estava completamente nu, de pau tão duro quanto o dele, eu tinha visto. Ele não escondia, não era feio. Quase fiquei com vergonha, mas ele segurava os olhos dele bem dentro dos meus, sem sorrir nem piscar. Ele levou a mão direita até o seu pau duro, enquanto com a mão esquerda pegava a minha mão direita e levava até o meu pau duro. Ele segurou meu braço, mexendo devagar para que eu movimentasse para cima e para baixo, que nem ele fazia. Ele era tão bonito. Ele se torceu e gemeu um pouco. Fechei os olhos: se sair reto daqui sempre em frente vou dar na África, pensei idiota. Aquela coisa querendo explodir vinha subindo de novo. Eu abri mais as pernas, joguei o corpo para a frente. Ele chegou mais perto. Então pegou outra vez no meu braço, cuspiu na palma da minha mão e levou até o pau dele. Ele cuspiu na palma da mão dele e levou até o meu pau. Quente molhado rijo macio. A cama rangia. Eu cheguei ainda mais perto. Aquela coisa crescia dentro de mim feito louca de atar, como se o meu corpo fosse arrebentar e de dentro dele saíssem balões, bandeirinhas coloridas de Santo Antônio, penduricalhos dourados de árvore de Natal, confete e serpentina de Carnaval, sei lá que mais. Mais depressa, ele disse. Mais depressa, vem junto. Parecia que a gente estava sozinho só os dois num barco solto no mar no meio duma tempestade. Sumatra Tantor Bukula Nikima, eu ia gritar alto quando aquela coisa começou a se juntar dentro de mim feito uma onda que vai se armando longe da praia enquanto a gente espera que ela venha ali na beira, sem me importar nem um pouco que o Pai e a Mãe ouvissem e a vizinhança toda e a cidade inteira acordassem. Ele chegou ainda mais perto. Eu colei meu peito no peito dele. Ele afundou a boca na minha enquanto eu sentia a palma da minha mão aos poucos ficar molhada daquele fio de prata brilhante que saía de dentro dele e sabia que de dentro de mim saía também um fio de prata molhado brilhante igual ao que saía de dentro dele.

— Vem comigo — ele chamou. E eu fui.

Ele passou as mãos molhadas nas minhas costas. Eu passei as mãos molhadas nas costas dele. Ele afastou a boca da minha, depois deitou a cabeça no meu ombro. Meu coração batia batia, ele podia ouvir. O suor da gente se misturava. O coração dele batia batia, escutei quando deitei a cabeça no seu ombro. Eu fiquei passando as mãos nas costas dele. Elas ficaram todas meladas da água de prata que ele tinha me ensinado a tirar de dentro de mim. Ele não se importava de ficar melado da água de mim. Eu também não me importava de ficar melado da água dele. Nojo nenhum, eu sentia. Ele passou a língua na curva do meu pescoço. Eu enrolei os dedos naquele triângulo de pelos crespos na cintura dele. Não sei quanto tempo durou. Sei que de repente a gente se afastou e, olhando um pro outro, começamos a rir feito loucos outra vez.

IX

Bem cedo, na manhã seguinte, fomos à praia juntos. Ele me ensinou a mergulhar e a boiar, eu apontei o horizonte e mostrei o caminho da África, das Índias. Depois do almoço, no forno quente do quarto coberto de zinco, ele me ensinou outros caminhos. Na hora de ir embora, de tardezinha, ajudei ele a arrumar suas roupas. Mas não fui até a rodoviária. Espiei da esquina, escondido. Depois corri pela calçada atrás do ônibus, até que ele saísse na janela e gritasse alguma coisa que não entendi direito. Parecia Zanzibar, Partenon, qualquer coisa assim. Ele ficou abanando até o ônibus fazer a curva, na polvadeira vermelha da estrada de Osório.

À noite, fiquei procurando umas músicas no rádio. Nem Gardel nem Elvis: encontrei Maísa, que o Pai disse que eu não tinha idade pra ouvir. Depravada, falou, e eu não sabia o que isso queria dizer. Na hora de dormir, a Mãe olhou bem pra mim e disse baixinho:

— Parece que tu está sentindo muita falta do Alex.

Eu falei que não. E não estava mentindo. Eu sabia que ele tinha ficado para sempre comigo. Ela foi dormir, apaguei o rádio. Sozinho na sala, em silêncio, eu não era mais monstro. Fiquei olhando minha mão magra morena, quase sem pelos. Eu sabia que o primo Alex tinha ficado para sempre comigo. Guardado bem aqui, na palma da minha mão.

Os dragões não conhecem o paraíso

Para
Marion Frank,
lembrando os dragões de
Alex Flemming

> *Por ver com muita clareza as causas e os efeitos, ele completa, no tempo certo, as seis etapas e sobe no momento adequado rumo aos céus, como que conduzido por seis dragões.*
>
> CH'IEN, O CRIATIVO, *I CHING, O LIVRO DAS MUTAÇÕES*

TENHO UM DRAGÃO que mora comigo.

Não, isso não é verdade.

Não tenho nenhum dragão. E, ainda que tivesse, ele não moraria comigo nem com ninguém. Para os dragões, nada mais inconcebível que dividir seu espaço — seja com outro dragão, seja com uma pessoa banal feito eu. Ou invulgar, como imagino que os outros devam ser. Eles são solitários, os dragões. Quase tão solitários quanto eu me encontrei, sozinho neste apartamento, depois de sua partida. Digo *quase* porque, durante aquele tempo em que ele esteve comigo, alimentei a ilusão de que meu isolamento para sempre tinha acabado. E digo ilusão porque, outro dia, numa dessas manhãs áridas da ausência dele, felizmente cada vez menos frequentes (a aridez, não a ausência), pensei assim: *Os homens precisam da ilusão do amor da mesma forma como precisam da ilusão de Deus. Da ilusão do amor, para não afundarem no poço horrível da solidão absoluta; da ilusão de Deus, para não se perderem no caos da desordem sem nexo.*

Isso me pareceu grandiloquente e sábio como uma ideia que não fosse minha, tão estúpidos costumam ser meus pensamentos. E tomei nota rapidamente no guardanapo do bar onde estava. Escrevi também mais alguma coisa que ficou manchada pelo café. Até hoje não consigo decifrá-la. Ou tenho medo da minha — felizmente indecifrável — lucidez daquele dia.

Estou me confundindo, estou me dispersando.

O guardanapo, a frase, a mancha, o medo — isso deve vir mais tarde. Todas essas coisas de que falo agora — as particularidades dos dragões, a banalidade das pessoas como eu — só descobri depois. Aos poucos, na ausência dele, enquanto tentava compreendê-lo. Cada vez menos para que minha compreensão fosse sedutora a ponto de convencê-lo a voltar, e cada vez mais para que essa compreensão ajudasse a mim mesmo *a*. Não sei dizer. Quando penso desse jeito, enumero proposições como: *a* ser uma pessoa menos banal, *a* ser mais forte, mais seguro, mais sereno, mais feliz, *a* navegar com um mínimo de dor. Essas coisas todas que decidimos fazer ou nos tornar quando algo que supúnhamos grande acaba, e não há nada a ser feito a não ser continuar vivendo.

Então, que seja doce. Repito todas as manhãs, ao abrir as janelas para deixar entrar o sol ou o cinza dos dias, bem assim: que seja doce. Quando há sol, e esse sol bate na minha cara amassada do sono ou da insônia, contemplando as partículas de poeira soltas no ar, feito um pequeno universo, repito sete vezes para dar sorte: que seja doce que seja doce que seja doce e assim por diante. Mas se alguém me perguntasse o que deverá ser doce, talvez não saiba responder. *Tudo* é tão vago como se fosse nada.

Ninguém perguntará coisa alguma, penso. Depois continuo a contar para mim mesmo, como se fosse ao mesmo tempo o velho que conta e a criança que escuta, sentada no colo de mim. Foi essa a imagem que me veio hoje pela manhã quando, ao abrir a janela, decidi que não suportaria passar mais um dia sem contar esta história de dragões. Consegui evitá-la até o meio da tarde. Dói, um pouco. Não mais uma ferida recente, apenas um pequeno espinho de rosa, coisa assim, que você tenta arrancar da palma da mão com a ponta de uma agulha. Mas, se você não consegue extirpá-lo, o pequeno espinho pode deixar de ser uma pequena dor para transformar-se numa grande chaga.

Assim, agora, estou aqui. Ponta fina de agulha equilibrada entre os dedos da mão direita, pairando sobre a palma aberta da mão esquerda. Algumas anotações em volta, tomadas há muito tempo, o guardanapo de papel do bar, com aquelas palavras sábias que não parecem minhas e aquelas outras, manchadas, que não consigo ou não quero ou finjo não poder decifrar.

Ainda não comecei.

Queria tanto saber dizer *Era uma vez*. Ainda não consigo.

Mas preciso começar de alguma forma. E esta, enfim, sem começar propriamente, assim confuso, disperso, monocórdio, me parece um jeito tão bom ou mau quanto qualquer outro de começar uma história. Principalmente se for uma história de dragões.

Gosto de dizer *tenho um dragão que mora comigo*, embora não seja verdade. Como eu dizia, um dragão jamais pertence a nem mora com alguém. Seja uma pessoa banal igual a mim, seja unicórnio, salamandra, harpia, elfo, hamadríade, sereia ou ogro. Duvido que um dragão conviva melhor com esses seres mitológicos, mais semelhantes à natureza dele, do que com um ser humano. Não que sejam insociáveis. Pelo contrário, às vezes um dragão sabe ser gentil e submisso como uma gueixa. Apenas, eles não dividem seus hábitos.

Ninguém é capaz de compreender um dragão. Eles jamais revelam o que sentem. Quem poderia compreender, por exemplo, que logo ao despertar (e isso pode acontecer em qualquer horário, às três da tarde ou às onze da noite, já que o dia e a noite deles acontecem para dentro, mas é mais previsível entre sete e nove da manhã, pois essa é a hora dos dragões) sempre batem a cauda três vezes, como se estivessem furiosos, soltando fogo pelas ventas e carbonizando qualquer coisa próxima num raio de mais de cinco metros? Hoje, pondero: talvez seja essa a sua maneira desajeitada de dizer, como costumo dizer agora, ao despertar — que seja doce.

Mas no tempo em que vivia comigo, eu tentava — digamos — adaptá-lo às circunstâncias. Dizia por favor, tente compreender, querido, os vizinhos banais do andar de baixo já reclamaram da sua cauda batendo no chão ontem às quatro da madrugada. O bebê acordou, disseram, não deixou ninguém mais dormir. Além disso, quando você desperta na sala, as plantas ficam todas queimadas pelo seu fogo. E, quando você desperta no quarto, aquela pilha de livros vira cinzas na minha cabeceira.

Ele não prometia corrigir-se. E eu sei muito bem como tudo isso parece ridículo. Um dragão nunca acha que está errado. Na verdade, jamais está. Tudo que faz, e que pode parecer perigoso, excêntrico ou no mínimo mal-educado para um humano igual a mim, é apenas parte dessa estranha natureza dos dragões. Na manhã, na tarde ou na noite seguintes, quando ele despertasse outra vez, novamente os vizinhos reclamariam e as prímulas amarelas e as begônias roxas e verdes, e Kafka, Salinger, Pessoa, Clarice e Borges a cada dia ficariam mais esturricados. Até que, naquele apartamento, restássemos eu e ele entre as cinzas. Cinzas são como seda para um dragão, nunca para um humano, porque a nós lembram destruição e morte, não prazer. Eles trafegam impunes, deliciados, no limiar entre essa zona oculta e a mais mundana. O que não podemos compreender, ou pelo menos aceitar.

Além de tudo: eu não o via. Os dragões são invisíveis, você sabe. Sabe? Eu não sabia. Isso é tão lento, tão delicado de contar — você ainda tem paciência? Certo, muito lógico você querer saber como, afinal, eu tinha tanta certeza da existência dele, se afirmo que não o via. Caso você dissesse isso, ele riria. Se, como os homens e as hienas, os dragões tivessem o dom ambíguo do riso. Você o acharia talvez irônico, mas ele estaria impassível quando perguntasse assim: mas então você só acredita naquilo que vê? Se você dissesse sim, ele falaria em unicórnios, salamandras, harpias, hamadríades, sereias e ogros. Talvez em fadas também, orixás quem sabe? Ou átomos, buracos negros, anãs brancas, quasares e protozoários. E diria, com aquele ar levemente pedante: *"Quem só acredita no* visível tem um mundo muito pequeno. Os dragões não cabem nesses pequenos mundos de paredes invioláveis para o que não é visível".

Ele gostava tanto dessas palavras começadas por *in* — invisível, inviolável, incompreensível —, que querem dizer o contrário do que deveriam. Ele próprio era inteiro o oposto do que deveria ser. A tal ponto que, quando o percebia intratável, para usar uma palavra que ele gostaria, suspeitava-o ao contrário: molhado de carinho. Pensava às vezes em tratá-lo dessa forma, pelo avesso, para que fôssemos mais felizes juntos. Nunca me atrevi. E, agora que se foi, é tarde demais para tentar requintadas harmonias.

Ele cheirava a hortelã, a alecrim. Eu acreditava na sua existência por esse cheiro verde de ervas esmagadas dentro das duas palmas das mãos. Havia outros sinais, outros augúrios. Mas quero me deter um pouco nestes, nos cheiros, antes de continuar. Não acredite se alguém, mesmo alguém que não tenha um mundo pequeno, disser que os dragões cheiram a cavalos depois de uma corrida, ou a cachorros das ruas depois da chuva. A quartos fechados, mofo, frutas podres, peixe morto e maresia — nunca foi esse o cheiro dos dragões.

A hortelã e alecrim, eles cheiram. Quando chegava, o apartamento inteiro ficava impregnado desse perfume. Até os vizinhos, aqueles do andar de baixo, perguntavam se eu andava usando incenso ou defumação. Bem, a mulher perguntava. Ela tinha uns olhos azuis inocentes. O marido não dizia nada, sequer me cumprimentava. Acho que pensava que era uma dessas ervas de índio que as pessoas costumam fumar quando moram em apartamentos, ouvindo música muito alto. A mulher dizia que o bebê dormia melhor quando esse cheiro começava a descer pelas escadas, mais forte de tardezinha, e que o bebê sorria, parecendo sonhar. Sem dizer nada, eu sabia que o bebê devia sonhar com dragões, unicórnios ou salamandras, esse era um jeito do seu mundo ir-se tornando aos poucos mais largo. Mas os bebês costumam esquecer dessas coisas quando deixam de ser bebês, embora possuam a estranha facilidade de ver dragões — coisa que só os mundos muito largos conseguem.

Eu aprendi o jeito de perceber quando o dragão estava a meu lado. Certa vez, descemos juntos pelo elevador com aquela mulher de olhos-azuis-inocentes e seu bebê, que também tinha olhos-azuis-inocentes. O bebê olhou o tempo todo para mim. Depois estendeu as mãos para o meu lado esquerdo, onde estava o dragão. Os dragões param sempre do lado esquerdo das pessoas, para conversar direto com o coração. O ar a meu lado ficou leve, de uma coloração vagamente púrpura. Sinal que ele estava feliz. Ele, o dragão, e também o bebê, e eu, e a mulher, e a japonesa que subiu no sexto andar, e um rapaz de barba no terceiro. Sorríamos suaves, meio tolos, descendo juntos pelo elevador numa tarde que lembro de abril — esse é o mês dos dragões — dentro daquele clima de eternidade fluida que apenas os dragões, mas só às vezes, sabem transmitir.

Por situações como essa, eu o amava. E o amo ainda, quem sabe mesmo agora, quem sabe mesmo sem saber direito o significado exato dessa palavra seca — *amor*. Se não o tempo todo, pelo menos quando lembro de momentos assim. Infelizmente, raros. A aspereza e o avesso parecem ser mais constantes na natureza dos dragões do que a leveza e o direito. Mas queria falar de antes do cheiro. Havia outros sinais, já disse. Vagos, todos eles.

Nos dias que antecediam a sua chegada, eu acordava no meio da noite, o coração disparado. As palmas das mãos suavam frio. Sem saber por que, nas manhãs seguintes, compulsivamente eu começava a comprar flores, limpar a casa, ir ao supermercado e à feira para encher o apartamento de rosas e palmas e morangos daqueles bem gordos e cachos de uvas reluzentes e berinjelas luzidias (os dragões, descobri depois, adoram contemplar berinjelas) que eu mesmo não conseguia comer. Arrumava em pratos, pelos cantos, com flores e velas e fitas, para que o espaço ficasse mais bonito.

Como uma fome, me dava. Mas uma fome de ver, não de comer. Sentava na sala toda arrumada, tapete escovado, cortinas lavadas, cestas de frutas, vasos de flores — acendia um cigarro e ficava mastigando com os olhos a beleza das coisas limpas, ordenadas, sem conseguir comer nada com a boca, faminto de ver. À medida que a casa ficava mais bonita, eu me tornava cada vez mais feio, mais magro, olheiras fundas, faces encovadas. Porque não conseguia dormir nem comer, à espera dele. Agora, agora vou ser feliz, pensava o tempo todo numa certeza histérica. Até que aquele cheiro de alecrim, de hortelã, começasse a ficar mais forte, para então, um dia, escorregar que nem brisa por baixo da porta e se instalar devagarinho no corredor de entrada, no sofá da sala, no banheiro, na minha cama. Ele tinha chegado.

Esses ritmos, só descobri aos poucos. Mesmo o cheiro de hortelã e alecrim, descobri que era exatamente esse quando encontrei certas ervas numa barraca de feira. Meu coração disparou, imaginei que ele estivesse por perto. Fui seguindo o cheiro, até me curvar sobre o tabuleiro para perceber: eram dois maços verdes, a hortelã de folhinhas miúdas, o alecrim de hastes compridas com folhas que pareciam espinhos, mas não feriam. Perguntei o nome, o homem disse, eu não esqueci. Por pura vertigem, nos dias seguintes repetia quando sentia saudade: alecrim hortelã alecrim hortelã alecrim.

Antes, antes ainda, o pressentimento de sua visita trazia unicamente ansiedade, taquicardias, aflição, unhas roídas. Não era bom. Eu não conseguia trabalhar, ir ao cinema, ler ou afundar em qualquer outra dessas ocupações banais que as pessoas como eu têm quando vivem. Só conseguia pensar em coisas bonitas para a casa, e em ficar bonito eu mesmo para encontrá-lo. A ansiedade era tanta que eu enfeava, à medida que os dias passavam. E, quando ele enfim chegava, eu nunca tinha estado tão feio. Os dragões não perdoam a feiura. Menos ainda a daqueles que honram com sua rara visita.

Depois que ele vinha, o bonito da casa contrastando com o feio do meu corpo, tudo aos poucos começava a desabar. Feito dor, não alegria. Agora agora agora vou ser feliz, eu repetia: agora agora agora. E forçava os olhos pelos cantos para ver se encontrava pelo menos o reflexo de suas escamas de prata esverdeadas, luz fugidia, a ponta em seta de sua cauda pela fresta de alguma porta ou a fumaça de suas narinas, cujas cores mudavam conforme seu humor. Que era quase sempre mau, e a fumaça, negra. Naqueles dias, enlouquecia cada vez mais, querendo agora já urgente ser feliz. Percebendo minha ânsia, ele tornava-se cada vez mais remoto. Ausentava-se, retirava-se, fingia partir. Rarefazia seu cheiro de ervas até que não passasse de uma suspeita verde no ar. Eu respirava mais fundo, perdia o fôlego no esforço de percebê-lo, dia após dia, enquanto flores e frutas apodreciam nos vasos, nos cestos, nos cantos. Aquelas mosquinhas negras miúdas esvoaçavam em volta delas, agourentas.

Tudo apodrecia mais e mais, sem que eu percebesse, doído do impossível que era tê-lo. Atento somente à minha dor, que apodrecia também, cheirava mal. Então algum dos vizinhos batia à porta para saber se eu tinha morrido e sim, eu queria dizer, estou apodrecendo lentamente, cheirando mal como as pessoas banais ou não cheiram quando morrem, à espera de uma felicidade que não chega nunca. Eles não compreenderiam, ninguém compreenderia. Eu não compreendia, naqueles dias — você compreende?

Os dragões, já disse, não suportam a feiura. Ele partia quando aquele cheiro de frutas e flores e, pior que tudo, de emoções apodrecidas tornava-se insuportável. Igual e confundido ao cheiro da minha felicidade que, desta e mais uma vez, ele não trouxera. Dormindo ou acordado, eu recebia sua partida como um súbito soco no peito. Então olhava para cima, para os lados, à procura de Deus ou qualquer coisa assim — hamadríades, arcanjos, nuvens radioativas, demônios que fossem. Nunca os via. Nunca via nada além das paredes de repente tão vazias sem ele.

Só quem já teve um dragão em casa pode saber como essa casa parece deserta depois que ele parte. Dunas, geleiras, estepes. Nunca mais reflexos esverdeados pelos cantos, nem perfume de ervas pelo ar, nunca mais fumaças coloridas ou formas como serpentes espreitando pelas frestas de portas entreabertas. Mais triste: nunca mais nenhuma vontade de ser feliz dentro da gente, mesmo que essa felicidade nos deixe com o coração disparado, mãos úmidas, olhos brilhantes e aquela fome incapaz de engolir qualquer coisa. A não ser o belo, que é de ver, não de mastigar, e por isso mesmo também uma forma de desconforto. No turvo seco de uma casa esvaziada da presença de um dragão, mesmo voltando a comer e a dormir normalmente, como fazem as pessoas banais, você não sabe mais se não seria preferível aquele pantanal de antes, cheio de possibilidades — que não aconteciam, mas que importa? — a esta secura de agora. Quando tudo, sem ele, é nada.

Hoje, acho que sei. Um dragão vem e parte para que seu mundo cresça? Pergunto — porque não estou certo — coisas talvez um tanto primárias, como: um dragão vem e parte para que você aprenda a dor de não tê-lo, depois de ter alimentado a ilusão de possuí-lo? E para, quem sabe, que os humanos aprendam a forma de retê-lo, se ele um dia voltar?

Não, não é assim. Isso não é verdade.

Os dragões não permanecem. Os dragões são apenas a anunciação de si próprios. Eles se ensaiam eternamente, jamais estreiam. As cortinas não chegam a se abrir para que entrem em cena. Eles se esboçam e se esfumam no ar, não se definem. O aplauso seria insuportável para eles: a confirmação de que sua inadequação é compreendida e aceita e admirada, e portanto — pelo avesso, igual ao direito — incompreendida, rejeitada, desprezada. Os dragões não querem ser aceitos. Eles fogem do paraíso, esse paraíso que nós, as pessoas banais, inventamos — como eu inventava uma beleza de artifícios para esperá-lo e prendê-lo para sempre junto a mim. Os dragões não conhecem o paraíso, onde tudo acontece perfeito e nada dói nem cintila ou ofega, numa eterna monotonia de pacífica falsidade. Seu paraíso é o conflito, nunca a harmonia.

Quando volto a pensar nele, nestas noites em que dei para me debruçar à janela procurando luzes móveis pelo céu, gosto de imaginá-lo voando com suas grandes asas douradas, solto no espaço, em direção a todos os lugares que é lugar nenhum. Essa é sua natureza mais sutil, avessa às prisões paradisíacas que idiotamente eu preparava com armadilhas de flores e frutas e fitas, quando ele vinha. Paraísos artificiais que apodreciam aos poucos, paraíso de eu mesmo — tão banal e sedento — a tolerar todas as suas extravagâncias, o que devia lhe soar ridículo, patético e mesquinho. Agora apenas deslizo, sem excessivas aflições de ser feliz.

As manhãs são boas para acordar dentro delas, beber café, espiar o tempo. Os objetos são bons de olhar para eles, sem muitos sustos, porque são o que são e também nos olham, com olhos que nada pensam. Desde que o mandei embora, para que eu pudesse enfim aprender a grande desilusão do paraíso, é assim que sinto: quase sem sentir.

Resta esta história que conto, você ainda está me ouvindo? Anotações soltas sobre a mesa, cinzeiros cheios, copos vazios e este guardanapo de papel onde anotei frases aparentemente sábias sobre o amor e Deus, com uma frase que tenho medo de decifrar e talvez, afinal, diga apenas qualquer coisa simples feito: nada disso existe. E esse nada incluiria o amor e Deus, e também os dragões e todo o resto, visível ou invisível.

Nada, nada disso existe.

Então quase vomito e choro e sangro quando penso assim. Mas respiro fundo, esfrego as palmas das mãos, gero energia de mim. Para manter-me vivo, saio à procura de ilusões como o cheiro das ervas ou reflexos esverdeados de escamas pelo apartamento e, ao encontrá-los, mesmo apenas na mente, tornar-me então outra vez capaz de afirmar, como num vício inofensivo: tenho um dragão que mora comigo. E, desse jeito, começar uma nova história que, desta vez sim, seria totalmente verdadeira, mesmo sendo completamente mentira. Fico cansado do amor que sinto, e num enorme esforço que aos poucos se transforma numa espécie de modesta alegria, tarde da noite, sozinho neste apartamento no meio de uma cidade escassa de dragões, repito e repito este meu confuso aprendizado para a criança-eu-mesmo sentada aflita e com frio nos joelhos do sereno velho-eu-mesmo:

— Dorme, só existe o sonho. Dorme, meu filho. Que seja doce.

Não, isso também não é verdade.

OVELHAS NEGRAS

(1995)

Para
Lygia Fagundes Telles
fada madrinha

E para
Gil Veloso,
anjo da guarda

Por que publicar o que não presta? Porque o que presta também não presta. Além do mais, o que obviamente não presta sempre me interessou muito. Gosto do modo carinhoso do inacabado, daquilo que desajeitadamente tenta um pequeno voo e cai sem graça no chão.

CLARICE LISPECTOR, *A LEGIÃO ESTRANGEIRA*

Introdução

NUNCA PERTENCI àquele tipo histérico de escritor que rasga e joga fora. Ao contrário, guardo sempre as várias versões de um texto, da frase em guardanapo de bar à impressão no computador. Será falta de rigor? Pouco me importa. Graças a essa obsessão foi que nasceu *Ovelhas negras*, livro que se fez por si durante trinta e três anos. De 1962 até 1995, dos catorze aos quarenta e seis anos, da fronteira com a Argentina à Europa.

Não consigo senti-lo — embora talvez venha a ser acusado disso, pois escritores brasileiros geralmente são *acusados*, não *criticados* — como reles *fundo-de-gaveta,* mas sim como uma espécie de autobiografia ficcional, uma seleta de textos que acabaram ficando fora de livros individuais. Alguns, proibidos pela censura militarista; outros, por mim mesmo, que os condenei por obscenos, cruéis, jovens, herméticos etc.; outros ainda simplesmente não se enquadram na unidade temática ou/e formal que sempre ambicionei em meus livros de contos. Eram e são textos marginais, bastardos, deserdados. Ervas daninhas, talvez, que foi aliás um dos títulos que imaginei.

Foram às vezes publicados em antologias, revistas, jornais, edições alternativas. Mas grande parte é de inéditos relegados a empoeiradas pastas dispersas por várias cidades, e que só agora — como pastor eficiente que me pretendo — consegui reunir. Cada conto tem seu "o conto do conto", frequentemente mais maluco que o próprio, e essas histórias também entram em forma de miniprefácios. A ordem é quase cronológica, mas não rigorosa: alguns tinham a mesma alma, embora de tempos diversos, e foram agrupados na mesma, digamos, enfermaria.

Eram cerca de seiscentas páginas e cem textos, material para uns três rebanhos... O que ficou foi o que me pareceu "melhor", mas esse "melhor" por vezes é o "pior" — como a arqueológica novela *A maldição dos Saint-Marie,* melodrama escrito aos quatorze anos. Claro: há autocomplacências, vanguardismos, juvenílias, delírios lisérgicos, peças-de-museu. Mas jamais o assumiria se, como às minhas outras ovelhas brancas publicadas, não fosse eu capaz de defendê-lo com unhas e dentes contra os lobos maus do bom-gostismo instituído e estéril.

Remexendo, e com alergia a pó, as dezenas de pastas em frangalhos, nunca tive tão clara certeza de que criar é literalmente arrancar com esforço bruto algo informe do Kaos. Confesso que ambos me seduzem, o Kaos e o *in* ou *dis*-forme. Afinal, como Rita Lee, sempre dediquei um carinho todo especial pelas mais negras das ovelhas.

O Autor-Pastor
1995

I
ch'ien

Aparece uma revoada de dragões sem cabeça.
　　　　　　　　　　　I CHING, O LIVRO DAS MUTAÇÕES

A maldição dos Saint-Marie

No ginásio, em Santiago, tive a sorte de ter um professor de português muito bom — José Cavalcanti Jr. Certa vez ele realizou um concurso de romances, e este meu foi o vencedor. Foi em 1962, eu tinha treze ou catorze anos. O sucesso foi enorme: as meninas faziam fila para ler (só havia uma cópia, escrita em caderno Avante com caneta Parker 51). É evidente que a história cheia de clichês, influenciada por radionovelas, fotonovelas e melodramas mambembes do Circo-Teatro Serelepe, não presta, mas talvez possa render algumas risadas. Anos mais tarde, foi a base para Luiz Arthur Nunes e eu escrevermos a peça teatral A maldição do Vale Negro. Não mudei absolutamente nada do original: a graça aqui, creio, está justamente no tosco e no tolo.

Para Ilone Madalena Dri Almeida, minha primeira leitora

I

ADRIANA ESTAVA sentada em uma poltrona, folheando um livro sem muito interesse. Suas roupas eram modestas, mas não pobres, tinha longos cabelos negros que nunca prendia e seus olhos também eram negros, dando-lhe uma expressão triste que jamais se apagava, nem mesmo quando ela sorria.

Subitamente, uma batida à porta. Adriana assustou-se, mas logo levantou correndo para abrir, não sem antes arrumar os cabelos com as delicadas mãos.

— Boa noite, Adriana — disse o homem a quem a jovem atendeu.

— Oh, Fernando! — falou ela, com sua voz quente e vibrante. — Fernando, tenho tanta coisa para contar...

O homem entrou. Estava ricamente vestido, mas seu rosto era vulgar. Tinha a testa muito larga, contrastando com os olhos miúdos e vivos que examinavam a moça com avidez.

Adriana fê-lo sentar e, tomando as mãos dele entre as suas, levou-as à boca, roçando-as suavemente com os lábios.

— Querido — ela disse comovida —, há mais uma estrela no céu, há mais um anjinho aos pés da Virgem Maria...

— Que significa isso, Adriana? — perguntou Fernando, com o largo sobrecenho franzido.

A moça, surpreendida com a reação, não conseguiu falar e fez um quase imperceptível aceno com a cabeça. Por fim conseguiu balbuciar timidamente algumas palavras.

— S-sim, Fernando... Agora poderemos nos casar e... então nós iremos viver no seu castelo, Fernando... no castelo de Saint-Marie... nós e nosso filhinho...

Fernando, furioso, deu-lhe um empurrão gritando:

— Idiota! Você pensava que eu, o sr. de Saint-Marie, iria casar-me com você? Com você, uma *zinha qualquer*? Mulheres iguais a você, Adriana, encontram-se aos montes em qualquer lugar, mulheres que com um gesto oferecem-se a qualquer homem!

Adriana estava em pé. Sua aparência tão doce transformara-se em uma máscara onde se estampavam simultaneamente o ódio, o desespero e o desprezo. Levantando a cabeça, ela olhou fixamente para Fernando e em voz rouca, entrecortada pelas lágrimas, gritou-lhe:

— E homens iguais a você, Fernando de Saint-Marie, não se encontram todos os dias. Homens que em sua suja alma não têm um pingo de moral, uma gota de honra nem de dignidade. Homens que não pensam nas mulheres puras e honradas que sacrificam-lhes toda a sua pureza para que eles satisfaçam os seus desejos sexuais, desejos de bestas. E depois de saciados não hesitam em abandonar uma pessoa que sofreu todos os seus sofrimentos, deixando também o sangue de seu sangue, a carne de sua carne que germinou no ventre de quem o amou. Você, Fernando, estava num alto pedestal. Por você eu abandonei tudo, mas agora o pedestal caiu e o ídolo caiu ao chão esfacelando-se.

Cinicamente, o homem contemplava Adriana. Por fim levantou-se, furioso com as últimas palavras da jovem e, dando-lhe uma violenta bofetada, atirou-a ao chão.

— Prostituta! — gritou. — Prostituta é a palavra que serve para você, Adriana!

Em seguida tirou algumas notas da carteira e atirou-as no rosto de Adriana, lavado em sangue e lágrimas.

— Infeliz! — gritou a moça. — Hei de vingar-me, e minha vingança será terrível, Fernando de Saint-Marie. Hei de ving...

Com um gemido, Adriana perdeu os sentidos. Fernando apanhou o chapéu e o sobretudo e saiu assobiando.

Pouco depois, a moça voltou a si do desmaio e arrastando-se penosamente pelo tapete manchado de sangue conseguiu chegar a uma mesinha, sobre a qual estava uma imagem da Virgem com Jesus ao colo. Erguendo o belo rosto para a imagem, Adriana juntou as mãos pálidas e rogou:

— Virgem Santíssima, o que mais quero na vida é que meu filho nasça. Por favor, Senhora, deixe-o nascer... deixe-o nascer...

E proferindo essas palavras caiu novamente desmaiada.

II

Ali, nas montanhosas escarpas dos Pirineus, erguia-se o imponente castelo Saint-Marie, nome que também designava a família possuidora do castelo. À frente do casarão havia uma alameda que, descendo as escarpas dos Pirineus, encontrava a estrada que levava até um pequeno povoado. Dos lados e atrás do castelo existiam terríveis precipícios e, alguns quilômetros depois, um regatozinho onde as lavadeiras trabalhavam.

Vamos encontrar Fernando de Saint-Marie, o futuro proprietário do castelo, subindo pela alameda que conduzia à morada. Neste instante ele batia à porta com a pesada e severa aldrava em forma de cabeça de leão.

Uma criadinha apressou-se a abrir. Fernando entregou-lhe o sobretudo, o chapéu, e entrou na imponente mansão. Logo à frente da porta havia uma escadaria que, mais acima, dividia-se em duas. O futuro sr. de Saint-Marie subiu essas escadas com passadas fortes, que retumbavam no silêncio do castelo. Tomou a escada da direita e subiu até um amplo living onde se encontravam cinco pessoas.

Uma delas era a sra. Ilsa de Saint-Marie, mulher de sessenta anos, de fisionomia bondosa e acolhedora. A outra era Eleonora, parente longínqua da família e que há quatro anos vivia ali, desde que completara quinze anos. Era uma jovem magra, assustada, mas não era feia. Tinha cabelos louros presos num coque e dois olhos enormes e azuis. A outra pessoa na sala, além do avô de Fernando e do mordomo Jacques, era a governanta Amália, uma mulher orgulhosa e vaidosa e que, apesar de ter mais de quarenta anos, nunca se casara, por isso tornando-se amarga e triste. Foi ela quem criou Fernando desde que este nasceu.

D. Ilsa de Saint-Marie virou-se para o filho com a fisionomia alegre. Com dificuldade levantou-se da poltrona para beijar Fernando:

— E então — perguntou —, como foi seu passeio? — Mas sem dar tempo ao moço de responder, continuou: — Não sei por que esses passeios noturnos, nunca gostei deles. Você sabe, meu filho, que não somos vistos com bons olhos na vila...

— Deixe o rapaz sossegado, d. Ilsa! — exclamou Amália. — Ele já é um homem, sabe o que faz!

Fernando estava alheio a essas conversas. Lembrava das palavras de Adriana ao sair da casa dela.

Eleonora, noiva de Fernando, amava-o muito, mas ao mesmo tempo sentia certo medo dele. Agora estava triste, pois o rapaz não lhe dirigira um olhar sequer desde que chegara. Adiantou-se intimidada, tomou a mão da sra. Ilsa e levou-a aos lábios.

— Até logo, titia — disse. — Vou para meus aposentos, se me permite.

A velha sra. de Saint-Marie tinha um sorriso malicioso nos lábios quando perguntou:

— Já, Eleonora? Não vai conversar um pouco com seu noivo? Ou será que vocês estão brigados?

A tímida jovem murmurou um trêmulo *não* e saiu quase correndo da sala.

— E você, Amália — continuou d. Ilsa —, já encontrou a moça que precisava para ajudá-la no serviço?

— Não — foi a seca resposta da governanta. — Mas mandei avisar no povoado.

Fernando avançou e, dando um beijo na enrugada face da mãe, disse:

— Vou seguir o exemplo de Eleonora, mãe. Também vou deitar-me. Estou muito cansado.

Fernando retirou-se. E Amália fez o mesmo, seguida pela sra. Ilsa e pelo mordomo que empurrava a cadeira de rodas do sr. de Saint-Marie.

O silêncio caiu sobre o castelo de Saint-Marie.

III

Em seus aposentos, Fernando tinha os pensamentos voltados para Adriana:

"O que pensará ela fazer? Qual será a sua vingança? Ah, mas eu não deveria estar receando alguma coisa da parte de uma mulherzinha vulgar e inculta, apesar de muito bela... Mais bela que minha noiva Eleonora..."

Esse último pensamento de Fernando ocorreu-lhe sem que o quisesse. Mas, na verdade, não se podia comparar a beleza de Adriana à de Eleonora. Uma era ardente, sensual, um verdadeiro vulcão prestes a explodir; a outra, tímida, frágil e delicada. Duas mulheres totalmente opostas uma da outra.

"E se ela contar à minha mãe que eu, o futuro sr. de Saint-Marie, sou o pai de seu filho?"

Perto dali, Eleonora tinha seus pensamentos voltados para Fernando. Abraçada ao macio travesseiro, imaginava por que motivo o jovem não retribuía seu amor:

"Será que ele ama outra, meu Deus? Mas quem, quem poderia ser? Fernando quase não sai do castelo, passa os dias trancado no escritório. E quando sai" — pensava ela com amargura — "... quando sai não se digna a lançar-me um olhar, um gesto, um nada. E eu... eu o amo tanto, tanto... Daria a minha vida para vê-lo feliz..."

E enterrando a loura cabeça no travesseiro, ela começou a soluçar baixinho, deixando as lágrimas correrem livremente. Por fim, receando que a cruel Amália a ouvisse, silenciou e adormeceu.

Lá embaixo, no povoado, Adriana tinha pensamentos muito diferentes dos da doce Eleonora:

"Fernando odeia-me... e eu também o odeio. Não sei como pude entregar minha virgindade a um homem mau que só tem pensamentos voltados para o dinheiro. Preciso vingar-me, preciso fazê-lo sofrer tudo o que estou sofrendo... Sei que Amália, a governanta do castelo, andou pela vila anunciando que necessitava de uma ajudante. Pois bem, eu me empregarei no castelo até que meu filho nasça e então me vingarei de você, Fernando de Saint-Marie. Você há de pagar bem caro o que me fez!"

E Adriana cerrou com ódio os punhos. Quando os abriu, tinha as mãos crispadas e no rosto uma expressão de fúria. Foi com dificuldade que conseguiu acalmar-se para poder dormir.

Mas voltemos ao castelo de Saint-Marie, justamente no momento em que um grito horrendo feriu os ares.

Passos ressoaram pelos corredores. Era Amália dirigindo-se ao quarto de Eleonora, de onde partira o grito. Entrou e deparou com a moça sentada na cama, com uma expressão de horror no rosto.

— Que aconteceu? — perguntou a governanta.

— Foram eles — respondeu Eleonora com uma expressão de loucura — ... foram os fantasmas... eu os vi... ali, na janela... vultos brancos movimentando-se no ar...

— Essa é a maldição que pesa sobre nós, os Saint-Marie — disse a voz da sra. Ilsa, que acabara de entrar.

Eleonora rompeu a chorar e, enquanto d. Ilsa a consolava, Amália falou com desprezo:

— Maldição, fantasmas... Fantasmas não existem, minha cara Eleonora. Você sonhou. Ou então...

Notando a pausa feita pela governanta, a sra. Ilsa procurou completar, perguntando friamente:

— ... ou então o quê, Amália?

— Ou então Eleonora está enlouquecendo — concluiu Amália, saindo do aposento.

Eleonora levantou a cabeça e disse quase gritando:

— Eu sei que não sou louca! Eu os vi... Ali, ali... Eram brancos... sim, muito brancos... e dançavam...

D. Ilsa encostou a mão na testa da jovem. Estava quente, sim, muito quente. Mas a bondosa senhora não se assustou, e ali permaneceu embalando a pobre moça até que ela dormisse e então, na ponta dos pés, apagou a luz e retirou-se para seus aposentos.

E a noite cheia de mistérios e segredos envolveu o castelo até o romper de um novo dia.

IV

A manhã já chegou àquela região da França. O dia amanheceu tão bonito que parecia quase impossível existirem ódios naquela linda região. No povoado, as donas de casa já andavam pelas ruas carregando sacolas, todas cumprimentando-se alegremente. Longe da vila, na fonte, as lavadeiras trabalhavam enquanto cantarolavam canções regionais. Quase todos estavam contentes. Somente no imponente castelo dos Saint-Marie é que parecia não haver uma janela ou porta abertas que pudessem permitir a entrada da felicidade.

No castelo, todos já estavam em pé, à exceção do idoso sr. Danilo de Saint-Marie, que era paralítico e não se encontrava disposto a levantar-se.

No saguão da morada, a orgulhosa governanta Amália conversava com uma jovem totalmente vestida de preto. Era Adriana.

— Então? — perguntou a governanta. — Você sabe o que tem a fazer aqui?

— Não, senhora — respondeu Adriana. — Apenas sei que desejava uma ajudante, não sei o que tenho a fazer.

— Não é muita cousa. Apenas fiscalizar o trabalho das criadas e servir o café da sra. Ilsa, do sr. Danilo, de Eleonora e de Fernando.

Adriana não se mostrou nervosa nem mesmo quando ouviu Amália dizer o nome de Fernando. Ela imaginava o que faria o rapaz quando a visse.

— E então? Aceita? Além de seu salário, terá casa e comida.

— Oh, sim, senhora. Permita que eu me retire para ir ao povoado buscar minhas roupas?

A governanta fez um gesto indiferente, e Adriana retirou-se. Amália não simpatizara com a moça, e não procurou esconder isso. Pouco depois a sra. Ilsa entrou no recinto acompanhada de Eleonora. Seu rosto estava alegre e, sacudindo no ar um envelope, disse à governanta:

— Amália, imagine o que diz aqui! George acabou seus estudos e vem morar conosco, não é maravilhoso?

Amália não concordava, ela nunca gostara de George, o outro filho de d. Ilsa. Sempre mostrara clara preferência por Fernando.

Eleonora ainda não conhecia George, por isso mostrava-se animada. Sua palidez habitual quase a abandonara. Mas fingindo mostrar-se interessada, Amália indagou:

— E quando ele chega?

— Hoje mesmo, Amália — respondeu a sra. Ilsa. — Após o meio-dia. Não esqueça de arrumar o quarto dele. A propósito, já conseguiu a ajudante?

— Sim. É jovem ainda e muito bonita, por isso creio que não goste de trabalhar.

A sra. Ilsa ergueu uma sobrancelha, ela conhecia Amália há quase vinte anos e notou que esta não simpatizara com Adriana. Sabia que teria que suportar intrigas e mentiras da parte da governanta para que se zangasse com a moça.

Eleonora pensava em seu noivo. Sabia que ele estava trancado no escritório, como sempre, de onde só sairia para o almoço, mas mesmo assim perguntou, timidamente:

— E... Fernando?

— Ora — foi a resposta impertinente de Amália —, está no escritório. Onde mais poderia estar, minha cara Eleonora?

A jovem corou, baixando os olhos, e a governanta deu um sorriso maldoso. Ela considerava Fernando quase como propriedade sua, e não admitia que lhe tomassem seu afeto. Ficou alguns instantes parada e depois, pedindo licença, saiu dali.

A sra. Ilsa e Eleonora também se retiraram para o jardim e o saguão ficou vazio.

Em seu escritório, no meio de uma papelada, Fernando escrevia nervosamente. Ele procurava concentrar-se no trabalho sem conseguir, seu pensamento fugia para Adriana. Levantou-se e passeou de um lado para outro fumando, fumando incessantemente, depois chegou à janela e ficou a olhar para fora. Assim permaneceu algum tempo, até que um carro parou no jardim e prendeu-lhe a atenção. De dentro do carro desceu uma moça morena, vestida de preto.

Os olhos de Fernando não conseguiam acreditar no que viam, mas era verdade, a terrível verdade. Aquela moça é Adriana! Fernando sentiu-se cambalear e precisou sentar. Passou a mão pela testa e sentiu o suor escorrendo-lhe pelo rosto.

V

Adriana caminhava rapidamente pelos longos corredores do castelo, nas mãos uma pequena valise onde estavam guardadas suas poucas roupas. Neste momento, ela passava justamente pelo escritório de Fernando quando a porta se abriu.

— Adriana — disse Fernando, agarrando a jovem pelo braço. — Adriana, o que é que você está fazendo aqui?

A moça assustou-se, mas recobrou a calma e fitou friamente aquele homem. Deu um safanão no braço e disse:

— Estou empregada aqui, Fernando, e aqui ficarei até o meu filho nascer.

Adriana deu uma entonação especial às três últimas palavras, e gozou com o desespero de Fernando.

— Mas você... você não vai... — gaguejou ele.

— Não, Fernando. Não vou contar nada à sua mãe. Por enquanto, não. E agora largue-me, tenho o que fazer.

E a moça, com um gesto de desprezo, retirou-se caminhando de cabeça erguida.

As horas passaram-se. No grande salão, todos, menos o sr. Danilo de Saint-Marie, estavam reunidos para o almoço. Adriana servia a mesa. A sra. Ilsa mostrava-se muito excitada, pois George poderia chegar a qualquer momento. Subitamente uma batida na porta fez a senhora levantar-se.

— É George, eu sei! Meu coração diz que é ele!

D. Ilsa fez questão de abrir ela mesma a porta.

Ali estava parado um jovem moreno, alto, vestido com cuidado, e seus olhos inteligentes tinham um tom esverdeado. D. Ilsa abriu a pesada porta e o rapaz atirou-se nos seus braços.

Depois ele cumprimentou Amália, Fernando, Eleonora e... Adriana. Nestas duas últimas, o seu olhar parou, ele não as conhecia. Eleonora estendeu-lhe a mão e disse:

— Eu sou Eleonora, George.

O jovem beijou-lhe a mão, mas seus olhos não se desviaram de Adriana.

— Quem é essa moça? — perguntou.

— Oh — Amália apontou Adriana —, é a minha nova ajudante. Começou a trabalhar hoje.

George sorriu para Adriana, simpatizara com ela. A moça retribuiu-lhe o gesto, sorrindo timidamente.

E ficariam ali a fitar-se se d. Ilsa não os interrompesse.

— Venha, George — disse ela —, você deve estar cansado. Vamos até o seu quarto.

Adriana ficou parada, seu coração batendo descompassadamente. Sentia algo que não podia definir, como uma vontade louca de correr, de olhar o céu, o sol, as flores. Mas a fria Amália interrompeu os seus pensamentos perguntando:

— Adriana, você não vai servir Fernando?

A moça estremeceu e pegou uma vasilha. Fernando notara como ela ficou impressionada com o seu irmão, e uma onda de ciúme, de ódio, de rancor invadiu-lhe o coração. Sim, ele não conseguia esconder seus sentimentos: Fernando amava Adriana.

***

A tarde passou sem novidades até a hora do jantar, quando todos voltaram a reunir-se em volta da mesa.
— E George? — perguntou Amália.
— George está muito cansado — respondeu a sra. Ilsa. — Ele ficou em seus aposentos. Adriana vai levar-lhe o jantar.
Adriana estremeceu, mas pegou uma bandeja e, subindo as escadas, bateu à porta do quarto do rapaz.
— Entre — disse ele.
Adriana entrou. O rapaz estava deitado lendo um livro, mas, ao vê-la, passou a mão pelos cabelos e colocou o livro sobre a mesinha de cabeceira.
— Vim trazer-lhe a janta, sr. George.
A moça colocou a bandeja sobre a mesa. Ao fazer isso, seus olhos encontraram-se com os de George. Este, sentando-se na cama, perguntou:
— Por que está tremendo, Adriana?
— Por nada — disse ela nervosamente. — Sou uma tola.
— Sabe que é muito bonita?
Adriana corou, mas nada respondeu e, abrindo a porta, saiu do quarto. Seu coração voltara a florir: Adriana sentia que encontrara o seu verdadeiro amor e estava feliz. Ela amava George como nunca tinha amado ninguém. Era um sentimento puro, calmo, belo, muito diferente da violenta paixão que sentira por Fernando.

VI

Amanheceu mais um dia na França. Lá no alto, no castelo dos Saint-Marie, a vida de intrigas, ciúmes e desconfianças continuava. Ainda não eram nove horas e todos continuavam em seus aposentos, à exceção da governanta Amália, que dava ordens na cozinha, e de Adriana. Adriana já levou o lanche a todos, menos a Eleonora e a George, e o de Fernando, Amália fez questão de levar.
Neste momento Adriana subiu para servir George. A bandeja tremia em suas mãos e o seu coração batia nervosamente. Ela contou lentamente os degraus até chegar lá em cima e bateu à porta, depois entrou sem esperar resposta.
— Bom dia, sr. George.
— Bom dia, Adriana. Sabe que esta noite sonhei com você? Ora, não precisa ficar vermelha assim...
Adriana baixou a cabeça e murmurou:
— Sr. George, eu... eu sou apenas uma criada, nada mais que isso.

George a olhou sorrindo, mas não se conteve e disse:
— Adriana, sabe que a amo?
A moça ergueu o rosto muito pálido e ficou a olhar o másculo rosto do rapaz. Mas eis que surgiu como um turbilhão e, sem que ela pudesse explicar como, seus lábios encontraram-se com os de George e um doce beijo os uniu.
— Adriana, desde que a vi senti que minha vida ia mudar. Eu a amo muito... muito...
Enlevada, Adriana repetiu as últimas palavras do rapaz:
— Eu o amo muito... muito...
Mas subitamente lembrou-se que já pertencera a outro, e afastou-se bruscamente, saindo do quarto a correr. Chegando às escadas, começou a chorar, mas secou as lágrimas com as mãos e desceu.
Enquanto isso, na cozinha, uma mão segura um pequeno frasco e despeja um pó branco no café destinado à Eleonora.

A manhã passou tranquilamente. No almoço, Adriana procurou evitar que seu olhar se encontrasse com o de George, mas ficou tão nervosa que derramou um prato de sopa, levando uma repreensão da dura Amália. Findo o almoço, a sra. Ilsa propôs um passeio pelos campos, mas somente Eleonora e George animaram-se com a ideia. E os três convidaram Adriana para acompanhá-los.
Saíram a caminhar. Adriana acompanhava a sra. Ilsa; mais à frente George caminhava com Eleonora, olhando de vez em quando, furtivamente, para trás.
— Adriana — disse a sra. Ilsa arquejando —, acho que não posso mais, vamos sentar um pouco?
A jovem sorriu e procurava ajudar d. Ilsa quando tudo escureceu, e ela precisou segurar na mão da velha senhora para não cair.
— O que houve, Adriana? — perguntou d. Ilsa. — Está se sentindo mal?
— Oh, não — respondeu a moça, passando a mão pela testa —, foi apenas uma tontura... Já passou...
D. Ilsa notou a palidez da jovem e procurou dar à voz um tom normal quando disse:
— Minha filha, sou velha e experiente, não procure esconder nada de mim. Eu sei o que há. Você... você vai ter um filho, não é isso?
Adriana não respondeu, desejaria estar muito longe dali, desejaria não ter que contar sua amarga história à bondosa sra. Ilsa. Pensando nisso, começou a chorar convulsivamente.
— Chore, minha filha, chore que isso só lhe fará bem. Mas não se preocupe, não a mandarei embora. O seu filho terá um lar.
A moça levantou os olhos cheios de gratidão e abraçou d. Ilsa. Nesse

momento, Fernando assomou à janela do castelo e ficou intrigado ao ver aquela inesperada cena.

Vendo aquilo, George e Eleonora também voltaram-se, e o rapaz perguntou, trêmulo:

— O que houve com Adriana, mamãe?

— Houve que... que Adriana vai ser mãe...

— ... vai ser mãe?! — repetiram Eleonora e George juntos.

A sra. Ilsa acenou com a cabeça e, abraçada a Adriana, voltou-se e começou a caminhar de volta ao castelo dos Saint-Marie.

VII

Mais uma noite cobriu a França e todo o Ocidente. Os cães e lobos começaram a entoar sua costumeira canção à lua que, naquele dia, nega-se a aparecer e com ela, também as estrelas. O céu estava sem nuvens, negro, totalmente negro, e a angústia parecia pairar sobre o mundo, principalmente na velha mansão da tradicional família dos Saint-Marie, onde um manto de desgraça envolvia tudo. Aos lados e atrás do castelo, os ameaçadores precipícios dos Pirineus aumentavam a tristeza do cenário.

A refeição noturna estava sendo servida. Ao redor da mesa agrupa-se toda a família, até mesmo o sr. Danilo, que se sentia melhor. Amália, a fria governanta, também está à mesa, pois é quase uma Saint-Marie. Adriana servia os pratos, ajudada por uma criada macilenta que parecia estar sempre receando uma repreensão.

— Toda a família reunida, hein? — disse George, tentando alegrar o ambiente.

Amália teve vontade de dar uma de suas costumeiras respostas. Chegou a abrir a boca para falar, mas a sra. Ilsa, como que prevendo o que ela diria, lançou-lhe um olhar e o silêncio se restabeleceu.

A suave Eleonora olhava Fernando que, calado como sempre, não lhe prestava atenção. A jovem reprimiu um soluço e levou o garfo aos lábios, mas uma garra de ferro pareceu comprimir-lhe a garganta. Ela soltou um gemido que se transformou num grito lancinante e depois tombou.

— Eleonora! — gritou d. Ilsa, levantando-se.

— Eleonora, o que houve? — falou George, auxiliando a jovem a levantar-se. E voltando-se para Adriana, pediu: — Adriana, pegue um copo d'água, depressa, por favor!

Todos estavam nervosos e falavam ao mesmo tempo, apressadamente. Amália esquivou-se e subiu as escadarias quase correndo. O terror e a alegria estampavam-se ao mesmo tempo em seu rosto perverso.

— Outra vez — gemeu Eleonora —, outra vez...

— Mas por Deus — gritou George borrifando-lhe as faces com água —, o que aconteceu?

— Confie em nós, minha filhinha — pediu a sra. Ilsa. — Diga-nos o que aconteceu.

Até mesmo Fernando aproximou-se e tomou a mão da moça. Eleonora sorriu, dizendo depois:

— Foi só um mal-estar... Não se preocupem, já estou bem...

O velho sr. Danilo de Saint-Marie aproximou-se em sua cadeira de rodas e falou tremulamente:

— Minha filha, ouça um conselho ditado por um homem velho e experiente. O que você tem sempre aconteceu com as noivas dos Saint--Marie, algumas chegaram a morrer antes de casar e...

Com lágrimas nos olhos azuis, Eleonora gritou:

— E... Continue, por favor, diga que estou enlouquecendo!

O velho sorriu mostrando as gengivas murchas e descoradas:

— Não, Eleonora, não é isso... É a maldição dos Saint-Marie! Por causa dela estamos todos refugiados neste castelo, reduzidos a este mísero grupo. Nós... que já dominamos quase toda a França!

— Então é isso — gritou Eleonora. — É a maldição de que nunca quiseram falar!

D. Ilsa procurava acalmar a jovem acariciando-lhe as louras mechas do cabelo. Fernando aproximou-se do velho senhor e perguntou:

— E o que o senhor aconselha?

O velho deu um sorriso enigmático e disse:

— Casar-se, casar-se o quanto antes... Antes que sua noiva seja levada pela morte!

E afastou-se rindo alto. Enquanto isso, Amália regressou fingindo um nervosismo que estava longe de sentir. A sra. Ilsa ergueu-se, tinha o ar solene, o ar que adotava nos momentos importantes.

— Pois o casamento deve realizar-se o quanto antes — disse. — No máximo, dentro de um mês.

Fernando fez um gesto de pouco caso, que feriu Eleonora, feliz com a realização de seu sonho.

A um canto, Adriana sentia-se mais do que nunca como uma simples criada, como uma mulher ultrajada que procura vingar-se. Sem querer, olhou ternamente para George e, para sua surpresa, o rapaz lhe devolveu o olhar. Olhar esse que não passou despercebido. Amália o notou.

A família ainda ficou reunida mais algum tempo a conversar, a fazer planos para o casamento de Fernando e Eleonora. Mas logo recolheram--se, e todas as luzes se apagaram.

VIII

Adriana caminhava pelos longos corredores do castelo. A escuridão a assustava, e só ao lembrar-se que tem que subir ao último andar, onde fica seu quarto, tem um arrepio de medo. Agora ela passava pelo quarto da sra. Ilsa Saint-Marie, logo além ficavam os aposentos de George. Mas de repente parou, e foi com espanto na voz que perguntou:

— George! O que está fazendo aqui?

— Adriana — disse o rapaz num sussurro —, não posso mais... Eu a amo muito, temos que nos casar!

Espantadíssima, Adriana só conseguiu gaguejar:

— E-eu t-também... amo você, George... mas v-você sabe que... q-que eu...

— Sim, eu sei que você vai ter um filho, Adriana. Mas creia, eu a amo muito e isso não faz diferença. Sei que você ainda conserva a pureza da alma e se cometeu alguma... alguma loucura... foi num momento de embriaguez, num momento de paixão.

O rapaz falava ansiosamente, olhando bem dentro dos negros e tristes olhos da infeliz Adriana. Esta sussurrou:

— George, nosso amor é puro, sim, mas nunca seria feliz. Sempre haverá aquela sombra em meu passado... e você não sabe quem é o pai de meu filho...

— Adriana, não me torture... Nós poderemos esquecer isso, e o pai de seu filho, o canalha que a maculou, não se interporá jamais entre nós. Quando a criança nascer nós já estaremos casados!

Adriana pensou na felicidade de que poderia usufruir. O futuro estava em suas mãos, e por um instante ela quase esqueceu por que estava ali.

— Não, George, eu o amo também... mas tenho outro objetivo em mente. Só poderemos casar quando eu já o tiver alcançado, e isso será muito breve, creia-me.

George espantou-se com o tom em que eram ditas aquelas palavras, e mais estupefato ficou quando Adriana saiu a correr, sem lhe dar explicações. Mas ele conseguiu alcançá-la.

— Adriana, não sei que objetivo será esse. Mas quero que me prometa o seguinte: dentro de um mês, no casamento de meu irmão, anunciaremos o nosso noivado, está bem?

A jovem concordou com a cabeça. Sim, que melhor vingança poderia desejar? O despeito e o ciúme de Fernando ao saber que ela, Adriana, seria uma Saint-Marie, e que o seu filho poderia ser o senhor de tudo um dia. Mas não apenas por isso casaria com George, não: ela também o amava.

Com um beijo rápido, despediu-se de George e foi para seu quarto.

O resto da noite passou com o horror de costume. Isto é, os fantasmas apareceram novamente para Eleonora, que outra vez gritou, pedindo socorro. Todos acudiram a seus gritos, e a sra. Ilsa, olhando pelo janelão, nada conseguiu ver, embora desejasse estar enganada. A sra. Ilsa julgava, assim como todos os outros, que a pobre moça estava mesmo ficando louca.

E as horas, os dias, as semanas passaram rapidamente. Agora faltam apenas dois dias para o enlace de Eleonora e Fernando, e também para o noivado de George e Adriana. Cerca de vinte empregados movimentavam-se pelo castelo arrumando, limpando, enfeitando. Apesar dos protestos de Amália, a sra. Ilsa fazia questão de que fosse realizada uma festa de arromba.

Passou-se mais um dia. À noite, Eleonora teve novamente suas visões, e no dia seguinte, à hora do almoço, recusou o alimento. A sra. Ilsa, Adriana e George mostravam-se preocupados com a jovem, que definhava a olhos vistos.

Mas o tempo é inexorável, e o sol descambou mais uma vez.

IX

Finalmente chegou o esperado dia. Desde cedo Adriana estava em pé, e não só ela, Amália, George, a sra. Ilsa, Fernando e até o sr. Danilo de Saint-Marie fizeram questão de madrugar. Eleonora, por insistência de d. Ilsa, permanecia em seus aposentos.

Deitada em seu leito, Eleonora pensava:

"Afinal chegou o dia, o grande dia de meu casamento. Eu devia estar feliz, mas não sei por que não estou. Sinto algo... algo que me diz que Fernando não é como eu penso... Oh, mas como sou tola, pensando sempre em coisas tristes."

E tentou mudar seus pensamentos, mas não o conseguiu. Permaneceu então deitada até que uma batida à porta a sobressaltasse.

Era Adriana, com uma cestinha de onde retirou uma escova e um pente.

— Bom dia, Eleonora, vim prepará-la para a cerimônia.

Eleonora olhou para o vestido de noiva sobre uma poltrona. Era lindo, sim, lindíssimo e muito antigo: fora usado pela primeira Saint-Marie e seria usado pela última, rezava a tradição da família. A moça tentou levantar-se, mas estava muito fraca e quase não conseguia sair da cama.

Adriana ajudou a moça a vestir-se e começou a passar-lhe o pente pelos louros cabelos, enquanto conversava alegremente. De súbito, Eleonora perguntou-lhe:

— Adriana, por que você está sempre vestida de preto? Morreu alguém de sua família?

Adriana teve um sobressalto, e foi com a voz repassada de tristeza que respondeu:

— Não, minha amiga, não morreu ninguém de minha família, pois já não a tenho. O que não existe mais é... um ídolo ou um homem que do mais alto degrau passou para o mais baixo... e acabou esfacelando-se e misturando com a poeira do chão...

Eleonora não entendeu mas, percebendo que o assunto entristecia Adriana, calou-se.

As horas passaram. A sra. Ilsa veio bater à porta do quarto de Eleonora.

— Eleonora, minha filha, apresse-se! Só estamos esperando por você.

Adriana abriu a porta e a noiva saiu do recinto, belíssima, parecendo um anjo caído há pouco do céu. A sra. Ilsa extasiou-se com a beleza da jovem e George, que passava por ali, soltou um assobio de entusiasmo.

— Você está lindíssima, prima! E você, Adriana, não vai se arrumar também?

A moça fez um aceno com a cabeça e saiu em direção a seu quarto. D. Ilsa e George acompanharam a frágil Eleonora até a capela dos Saint-Marie, onde já estavam os convidados. A aparição da noiva fez um murmúrio de admiração erguer-se no ar.

George estava impaciente e, quando viu Adriana entrar, puxou-a para o altar e disse:

— Senhores, em breve outro casamento realizar-se-á aqui. Tenho o prazer de comunicar-vos que estou noivo da srta. Adriana Legrange!

Um murmúrio ergueu-se novamente. Todos estavam espantados com George de Saint-Marie casar-se com uma pobretona, além de tudo no estado em que se encontrava. Mas d. Ilsa mostrou-se feliz, e não se cansava de beijar e abraçar a noiva. Todos da família aprovavam o casamento, apenas Fernando parecia descontente e Amália mordia os lábios de despeito.

A cerimônia começou. Transcorreu tudo normalmente e, depois de realizado o casamento, todos dirigiram-se para o castelo, onde um lauto almoço será servido aos convidados. Adriana já não era mais uma criada, mas a noiva de George.

Todos pareciam tranquilos e felizes, mas eis que um horrendo grito interrompeu a tagarelice das mulheres.

— Vejam! — gritou um convidado, apontando um vulto branco que despencava no precipício.

Uma mão invisível pareceu tapar a boca de todos. Um silêncio mortal envolveu o castelo de Saint Marie. O vulto branco era Eleonora.

— Eleonora! — gritou a sra. Ilsa. — Eleonora, minha filha querida!

E fez menção de jogar-se também no precipício. Fernando conseguiu segurá-la a tempo. Entre lágrimas, George balbuciou:

— Ela era um anjo, e os anjos não pertencem à Terra.

X

Após o frustrado casamento de Fernando, uma profunda mudança ocorreu em Saint-Marie. A sra. Ilsa tornou-se uma mulher triste e calada, a maior parte do dia rezando na pequena capela ou no túmulo de Eleonora. Amália tornou-se ainda mais fria e insensível, parecendo intimamente muito satisfeita. Adriana agora já não era apenas uma criada, não mais servia à mesa ou tirava o pó dos móveis, e ocupava seu tempo a fazer roupas para o filho. George continuava a ser aquele rapagão alegre, mas sua alegria às vezes parecia forçada. Fernando não mudou: a morte de Eleonora não o comoveu absolutamente. Mas tomemos uma noite da mansão e vejamos o que acontece.

Adriana não conseguia dormir, revirando-se na cama. Subitamente olhou para a janela e viu vultos brancos esvoaçando. "Fantasmas", pensou ela, e de sua garganta saiu um grito aterrorizado.

Quase imediatamente surgiram a sra. Ilsa, Amália e George.

— Ali... — disse ela, trêmula — ... ali na janela... os fantasmas... — E rompeu num choro convulsivo.

— É a maldição — disse soturnamente Amália. — Ela está noiva de um Saint-Marie e...

D. Ilsa interrompeu a governanta para consolar Adriana.

— Não chore, filhinha — disse ternamente —, isso não é bom no seu estado, não se preocupe.

George também consolava Adriana:

— Querida, acalme-se, pense em nosso filho.

A moça ficou satisfeita ao ouvir o *nosso,* e acalmou-se, adormecendo novamente.

Como Amália estava sozinha para atender toda a mansão, uma nova criada substituiu Adriana. No seu primeiro dia, levou o café da manhã para a moça.

— Bom dia — disse Adriana —, vejo que é nova aqui. Como se chama?

— Lili, madama — respondeu a figurinha magra e irrequieta. — Mas se quiser pode me chamar de Noeli, que é meu verdadeiro nome, eu porém prefiro...

— Sei, sei — respondeu Adriana, rindo da maneira truncada da mocinha falar. — Dê-me o café, Lili.

A empregadinha, sempre rindo muito, perguntou:

— E o seu nome, madama? Não é a d. Driana?
— Adriana — corrigiu a moça —, mas dê-me logo o café e deixemos de tagarelar.
— Sim senhora, olha, eu trouxe até um pão com *mantêga* pra madama tão bonita.
— Manteiga, Lili, manteiga.
Adriana tomou seu café, depois entregou a bandeja a Lili, que saiu do quarto muito espevitada.
O dia estava lindo. A sra. Ilsa levantou-se muito cedo e foi fazer sua visita matinal ao túmulo de Eleonora. Adriana saiu a passeio com George, só voltando ao meio-dia. Ao sentar-se à mesa, Amália fitou-a com olhos estranhos. Subitamente a moça soltou um grito e caiu ao chão desfalecida.
— Adriana! — gritou George desesperado. — Oh, não! Está acontecendo com ela o mesmo que com Eleonora!
— Minha querida — disse d. Ilsa maternalmente —, tome este copo d'água e logo ficará boa.
Fernando retirou-se bruscamente da sala. Amália disse, vitoriosa:
— É a maldição! Dela ninguém escapa, ninguém!
O sr. Danilo de Saint-Marie aconselhou:
— Vocês têm que casar-se logo, antes que o precipício chame Adriana, como fez com Eleonora.
O velho senhor era muito respeitado, sua sugestão era a única aconselhável. Ficou decidido então que a cerimônia seria logo realizada, um casamento simples, quase em segredo.

No dia seguinte George foi ao povoado arrumar os papéis necessários para o casamento. Adriana ficou no castelo, tricotando e conversando com Lili, a criadinha, com quem fez grande amizade.
Amália caminhava sozinha pelos corredores. Suas passadas retumbavam no silêncio, ela parecia preocupada com alguma cousa.
Ao anoitecer, George voltou ao castelo, cansado, mas feliz. Dentro de uma semana será realizado o casamento.

XI

Passaram-se cinco dias de tensão em Saint-Marie. Adriana tinha visões e desmaios cada vez mais frequentes. Certa noite ouviu-se um grito louco no castelo, mas não vinha dos aposentos de Adriana, e sim do quarto de Amália.
Todos correram para lá. A peça estava cheia de fumaça negra, uma língua de fogo lambia o teto.

— Tia Amália! — gritou Fernando penetrando no aposento. — Tia Amália, onde está a senhora?

Nesse momento ouviu-se um estrondo na parte norte da mansão, aquela parte do castelo acabara de ruir.

Subitamente uma horrenda gargalhada assustou a todos. Amália, correndo pelos corredores com um toco de vela na mão, parecia totalmente louca. Com uma expressão de fúria, ela gritou:

— Eleonora morreu! E Adriana morrerá também! Os Saint-Marie morrerão todos! Eu os matarei um a um! Sempre fui tratada como uma criada, mas me vingarei! Hei de matar a todos, todos!

George agarrou a infame governanta e puxou-a para fora da mansão. Adriana, a sra. Ilsa e Danilo de Saint-Marie, com sua cadeira de rodas empurrada pelo mordomo Jacques, seguiram atrás. Lili já se encontrava lá fora.

— Jacques — pediu George —, segure Amália enquanto vou buscar Fernando.

E entrou novamente no castelo envolto em nuvens de fumaça. Adriana gritou por ele, mas o corajoso rapaz não a atendeu.

— George — chorava d. Ilsa —, George, não... Perdi minha querida Eleonora, Fernando e agora George. Não, meu Deus, é demais para mim.

— Acalme-se, filha — disse o idoso sr. Danilo. — George voltará e trará Fernando também.

D. Ilsa chorava desconsoladamente. Adriana não sabia o que fazer. Amália acalmou-se, e lágrimas caiam-lhe dos olhos enquanto pronunciava palavras desconexas.

— Veneno, veneno... meu amor... Eleonora... Fernando... eu me vingarei... o pó... sim, o pó está lá dentro... deixem-me buscar o pó... os lençóis... os fantasmas... a maldição... ninguém escapa da maldição...

E sacudia a cabeça desgrenhada violentamente.

Nesse momento um formidável estrondo retumbou no silêncio da noite. O castelo de Saint-Marie já não existia. E... George?

— George! — gritou Adriana. — George, querido, onde está você?

Um grito respondeu ao chamado de Adriana: era George, curvado sobre o corpo inanimado de Fernando. Adriana correu para lá. Ao ver a moça Fernando sussurrou:

— Adriana... você... você me perdoa?

Adriana limpou com o lenço o sangue que escorria do peito de Fernando, acenando com a cabeça. "Sim", murmurou, mas o homem já nada escutava. Fernando de Saint-Marie estava morto.

A sra. Ilsa chorava mansamente enquanto acariciava os cabelos do rapaz.

— O que é que você perdoa, Adriana?

— Fernando era o pai de meu filho — murmurou Adriana.

E ante os olhos estupefatos dos outros a moça desfiou a sua longa e triste história. D. Ilsa a abraçou, dizendo entre lágrimas:

— Você é uma Saint-Marie, Adriana. — E virando para Amália, perguntou friamente: — E você, o que tem a dizer?

Amália não oferecia mais resistência, e respondeu:

— Eu amava Fernando e odiava todos os Saint-Marie. Por isso suspendia lençóis à janela do quarto de Eleonora, e depois de Adriana. Uma negra velha da aldeia deu-me um pó branco que eu colocava nos alimentos de Eleonora e de Adriana, daí provinham os desmaios e tonturas.

— Terminou? — perguntou George, espantado com a revelação.

— Sim, terminei.

Lili comentou:

— Puxa, que mulher ruim!

Jacques, o mordomo, levou Amália ao povoado para deixá-la na delegacia.

— Perdi Eleonora — lamentava-se d. Ilsa —, e agora perdi também Fernando...

— Não chore, mamãe — disse George. — A senhora ganhou uma filha.

D. Ilsa levantou os olhos cheios de lágrimas para Adriana, procurando sorrir.

— Está feliz? — perguntou George a Adriana.

— Oh, George! — soluçou a moça. — Como posso estar feliz? Não mereço o seu amor. O meu coração estava cheio de ódio por Fernando, eu só pensava em vingança. Você me perdoa?

Como resposta, o rapaz abraçou-a e deu-lhe um leve beijo nos lábios. Talvez agora eles possam ser felizes, a pérfida Amália não fará mal a mais ninguém.

A aurora já põe os dedos cor-de-rosa no puro azul do firmamento. Contra o horizonte destaca-se a outrora mansão dos Saint-Marie, agora transformada em ruínas. Mais atrás vê-se a silhueta de dois jovens abraçados, parecendo uma promessa de esperança e fé no futuro.

O príncipe Sapo

Numa tarde de novembro de 1966 eu estava em meu quarto no IPA, internato em Porto Alegre, lendo Graciliano Ramos, quando vieram trazer um envelope grande chegado de São Paulo. Era um exemplar da revista Cláudia com este conto publicado e uma carta de Carmen da Silva. Há quase um ano, eu enviara o texto a ela pedindo apreciação, e não recebera resposta. A carta explicava: Carmen queria me proporcionar a surpresa da publicação, a primeira. Foi naquele momento que me tornei definitivamente escritor. Exceto por algumas palavras e parágrafos, não mudei mais nada nesta história. Tentar "melhorá-la" seria atraiçoar a inocência dos dezoito anos que eu tive.

À memória de Carmen da Silva

BONITA MESMO ela nunca foi, sobre isso todos sempre estiveram de acordo. Ainda mais agora, já quarentona, os cabelos muito finos e lisos eternamente presos num coque sem graça, os olhos parados numa expressão estranha, misto de ironia e tristeza. Mas não se pode negar que tinha algo diferente — alguma coisa assim que transcendia o corpo e ficava pairando ao seu redor como... como uma névoa vaga de manhã de outono. (Ia dizer *auréola*, mas essa palavra lembra santa e isso eu garanto que ela nunca foi.) O fato é que ela possuía uma graça especial, talvez o modo como se debruçava à janela, ou mesmo o jeito oblíquo de sorrir apertando os lábios, como se temesse revelar no sorriso todo o seu mundo interior.

Teresa era seu nome. Nome comum que não lembra nada nem ninguém — a não ser as duas santas, a Teresinha de Jesus na música infantil e a Teresa Cristina imperatriz, com as quais aliás nem um pouco ela se parecia. Pois Teresa vinha de uma família muito numerosa. Onze irmãs. Todas com T de inicial no nome também. Teresa, sorte dela, foi das mais velhas, pois a décima segunda, esgotado o reservatório de nomes, foi batizada como Telêmaca. Mesmo essa conseguiu casar. Todas as outras conseguiram, menos Teresa. Foram-se indo aos poucos todos aqueles tês, como a água numa banheira vai sumindo, sumindo, de repente a gente depara com a banheira vazia e pergunta: "Ué, cadê a água?". Foi isso que aconteceu com Teresa. Madrinha, testemunha ou aia de todos os casamentos. Sempre sorridente, feliz com a felicidade das outras, escondendo uma ponta, só uma pontinha, de inveja boa. Os parentes já se olhando de esguelha, trocando sorrisos maliciosos, fazendo apostas ferinas: "Será que esta encalha?". As irmãs casando e Teresa sobrando, o corpo fanando, a carteira e as luvas puindo de tanto casamento. E um misto de amargura e expectativa se acumulando num fundo de alma.

"Minha vez também há de chegar", pensava, comparando-se às dez irmãs. E tirava, honestamente, um saldo a seu favor: era mais inteligente, mais desembaraçada, mais elegante. Mas ia sobrando. E a esperança — a esperança ameaçando tornar-se real no primo Gonçalo, de olhos verdes, verdes, tocador exímio de violão, seresteiro incorrigível, partido visado pelas moçoilas românticas e temido pelos papais, aquela esperança apequenando mais e mais no coração de Teresa. Foi-se de vez no nono casamento: Tanira e Gonçalo confirmam. Teresa, madrinha mais uma vez. Sorriso desta vez como pintado no rosto onde os olhos mostraram, pela primeira vez, aquele misto de ironia e tristeza. Depois a festa, os doces, as danças, os pares rodopiando, o violão, os olhos — meu Deus, tão doidamente verdes! — de Gonçalo postos nos olhos sem graça da irmã. Teresa enfiada num canto, falando de pontos de crochê para d. Anaurelina, buço cerrado, seios fartos, mãe de Gonçalo rodopiando na valsa e olhos (ainda, Deus meu!) postos nos olhos de Tanira.

À noite, sozinha na cama, amargura, culpa, choro envergonhado, desejos inconfessáveis, pensamento em Gonçalo. Olhos nos olhos de Tanira, tão desvairadamente verdes. Os noivos na cama longe dali decerto abraçados, colados, fundidos. Olhos nos olhos mesmo no escuro. A cor dos olhos dele devia brilhar no escuro, como os dos gatos, dos tigres. Um gato no cio miou lá fora, e ela revirando-se, mãos buscando água na mesinha de cabeceira, sono pesado, pesadelo verde, cheio de olhos e gatos, valsas e tigres. Na manhã seguinte, a vergonha de si mesma, das coisas que pensara durante a noite — seria doida? O medo de retratar-se em cada gesto, em cada palavra, a fazia cerrar-se áspera à menor tentativa de aproximação dos pais e das irmãs restantes. E à noite, outra vez, o corpo ardia no desejo impossível do corpo do primo. Os dias atordoados, as noites longas, suores, frustração. O tempo, remédio pra tudo, diziam, passando. As irmãs casando sem parar. Teresa ressecando. Os pais morrendo.

Quando eles morreram, o pai menos de ano depois da mãe, ela não chorou. Já havia esgotado, pensava, sua capacidade de sofrer. Mas pensando na relativamente boa situação financeira em que ficara após a morte deles, a única solteira e desamparada, não podia deixar de lembrá-los com gratidão.

Teresa de luto fechado, sozinha em casa com o gato. Às segundas, visita de Têmis; às terças, visita de Tania; às quartas, de Telma; às quintas, de Tatiana; às sextas, de Tília, que as outras moravam em outras cidades. Os sábados livres para igreja, cemitério. Domingos: banho, vestido bem passado, talco, perfume, coque, janela. Olhos gulosos nos homens que passavam. Olhos úmidos ao ouvir as crianças de mãos dadas cantando *Se eu roubei, se eu roubei teu coração, tu roubaste, tu roubaste o meu também*. Novelas no rádio e leituras para matar o tempo. No começo, desde almanaques de farmácia até livros de colégio, depois dedicou-se somente às histórias infantis. Domingo à tarde, debruçada na moldura verde da janela, em segredo punha nos vizinhos apelidos tirados dos livros. Branca de Neve era a moça branca e anêmica, diziam que tuberculosa, filha de s. Libório açougueiro que, por sua vez, era o gigante de João e o Pé de Feijão. As irmãs Rosa Branca e Rosa Vermelha, as duas metidas filhas do médico, e a Moura Torta, a portuguesa da venda, coitada, tão boazinha apesar do narigão e da corcunda.

E foi assim que apareceu o príncipe Sapo.

Teresa adorava aquela história, já lera mais de dez vezes. "Ai como sou besta e sem fundamento", pensava, "tamanha mulher lendo e ainda por cima gostando dessas bobagens para crianças." Pensava vagamente em procurar um médico para curar a mania, ouvira falar de psicólogos, médicos de cabeça, que curam coisas assim. Mas não fazia nada. Fugia a toda hora para aquele mundo feito de casas de doce, castelos, fadas, maçãs mágicas. Sonhava com o príncipe Sapo. Negava o real, enojava-se da lembrança de Gonçalo, braços cabeludos, peito cabeludo, suado, cheiro de homem, cigarro e cerveja, banhas incipientes com o casamento. Tinha nojo, sim. Comparava-o ao príncipe Sapo — louro, delicado, perfumado, olhos azuis — não verdes, verdes não! —, tocando piano com aquelas mãos tão alvas. Gonçalo tocava violão. Teresa odiava violão, amava violão. Odiava Gonçalo, amava Gonçalo. De manhã, no espelho, chamava-se em voz alta de besta, besta, besta. Estava ficando louca e velha e feia e quase quarentona e ressecada e cínica, até cínica, meu Deus. Chorava. Recompunha Gonçalo na memória traço por traço, depois apagava tudo com as imagens dos príncipes das histórias infantis.

Resolveu então encontrar o príncipe Sapo. Durante três domingos procurou-o inutilmente em todos os homens que passaram sob a janela. No quarto, debruçada na janela verde, cabelos presos no coque, talco, banho recente, corpo apaziguado — pois no quarto domingo achou. Não, não era louro nem delicado, nem tinha os olhos azuis. Resumindo: em nada se parecia à gravura do livro. Em compensação, lembrava tanto um sapo que ela não pôde deixar de olhá-lo atenta.

E lá vinha ele descendo a rua, baixinho, cheio de tiques, os olhos saltados saltando para os lados. Um terno surrado dançando no corpo franzino, uma pasta embaixo do braço, caminhando como se fosse aos saltos. Um sapo perfeito.

Ela riu alto e ele quase parou, espantado com aquele riso tão claro na garganta da solteirona da janela verde. Depois se foi, baixinho, nervoso. Teresa ficou olhando até que desaparecesse na curva da rua. À noite sonhou com ele. Não mais com a figura do livro, mas com ele mesmo, o sapo. Sonhou coisas que a fizeram corar no dia seguinte, olhando-se ao espelho e chamando-se baixinho de cínica, cínica, cínica.

Indagou pela vizinhança, até descobrir. Era professor de piano, pobre, solteiro, morava na pensão da esquina. O nome: Francisco, todos chamavam de Chico. Nada lembrava príncipe, nem sapo. Professor de piano, isso gostava. Resolveu comprar um piano. Comprou. Tomásia, Tônia, Tatiana, demais tês e respectivos maridos censuraram-na por jogar fora assim a herança dos pais, coitados, tão bons, falecidos há tão pouco tempo, e ela já querendo gastar dinheiro, assanhada, ingrata, e num piano, logo num piano, coisa preta, grande e quase sem utilidade, a não ser tocar, coisa que aliás ela não sabia, profanadora do luto, arriscando-se a levar castigo divino, nem parecia que respeitava a memória deles, nem parecia que era católica apostólica rom...

— Chega! — berrou Teresa, replicando que já tinha quase quarenta anos, o dinheiro era seu, fazia o que bem entendesse dele, não seria por isso que deixaria de amar os pais, coitados, tão bons, falecidos há tão pouco tempo. — E além disso — continuou frenética —, vocês têm seus maridos e filhos para se distrair, e eu, que que eu tenho? Me digam, o que que eu tenho nesta casa vazia?

Escândalo. As irmãs saindo uma a uma, trombudas, chamando-a de cínica, cínica, cínica. Relações cortadas.

Mas o piano veio. Grande, rabudo, pretíssimo. Dedos cansados acariciando teclas à toa. Sons difusos, dissonantes, espalhando-se pela casa grande e deserta, entrando no coração amargurado de Teresa, ferindo-o de leve. Leve como o toque de seus dedos nas teclas frias, frias como as lágrimas pingando no assoalho escuro, escuro como a madeira envernizada do piano na qual ela passava a mão como se fosse uma pele de gente.

Não perdeu tempo. Em seguida, as aulas. O príncipe Sapo batendo tímido na porta. Olhos baixos, pés esfregados no capacho. E escalas, escalas e mais escalas. Notas, sustenidos, bemóis, cachorro vai, dó-ré-mi, claves, mi-dó-ré, pauta, compasso, cachorro vem, ré-mi-dó. Teresa deslumbrada, como se tivesse em suas mãos a chave do cofre onde o mundo esconde seus tesouros. Quase esqueceu-se do verdadeiro motivo pelo qual comprara o piano, tanto gostava de música. A solidão nem mais pesava. Havia agora um amanhã, um ontem, um hoje. Havia o piano, as lições, os exercícios. Esqueceu o gato, a janela no domingo, os livros infantis, as novelas. Havia o piano. E havia também o príncipe, o Sapo.

No começo tinha nojo dele. O homenzinho apagado demais, humilde demais, sempre quieto, como consciente do desprezo que provocava, e por isso mesmo mais desprezível. Mas ao cair de uma tarde, Teresa surpreendeu-se a olhá-lo com pena, depois com compreensão, depois com simpatia, depois... Bem, noutro dia suas mãos tocaram-se rápidas sobre o teclado. Afastaram-se logo. A dele trêmula, nervosa; a dela hesitante; ambas, encabuladas. No dia seguinte buscaram-se discretamente, tocando-se como que por acaso, as quatro mãos. Uma semana mais tarde olharam-se nos olhos. Olhos fatigados, de gente quase velha, quase sem ilusões.

O piano cantava cada vez com mais alegria, os rumores na rua cresciam, todo mundo comentando a pouca vergonha. Mas Teresa feliz, feliz, feliz. Uma página inteira feliz. Um livro inteiro feliz. Um mundo inteiro, Teresa feliz.

Até que Gonçalo, sempre o cunhado mais decidido, veio falar com ela. Tranquila, Teresa ouviu...

— Olha, não temos nada com a sua vida, nem eu nem sua irmã, mas achamos que devemos... — pigarreou, tossiu, meio engasgado com as palavras difíceis ensaiadas antes — ... devemos zelar pelo bom nome da família, tão representativa na sociedade local. Afinal de contas, seus pais...

— ... coitados, tão bons, falecidos há tão pouco tempo — interrompeu Teresa distraída.

Gonçalo parou, surpreso. Ela sorriu com o canto da boca. Ironia, ele desconfiou. Mas prosseguiu:

— Pois é, isso. Eles não haviam de gostar.

— Mas gostar de quê?

— Desses rumores.

— Quais *rumores*, Gonçalo?

Ele começou a perder a paciência. Os olhos antigamente tão incrivelmente verdes! ela pensou com pena — ganharam um brilho frio e mau e opaco de vidro sujo, fundo de garrafa.

— Ora, Teresa, não se faça de inocente. Você já não é mais nenhuma criança, já tem trinta e cinco anos e...

— Trinta e oito.

— Pois é, isso. Não é mais idade de andar namoricando com esse tal de professor que não tem nem onde cair morto, e deve estar de olho mesmo é no seu dinheiro, esse...

— Príncipe Sapo.
— Hein?
— Príncipe Sapo, ora.

Gonçalo olhou melhor para ela. E adoçou a voz como quem fala com uma criança — ou uma louca —, os olhos retomando por segundos aquele verde bom de antigamente.

— Que príncipe, Teresa?

— Sapo, já disse. Que coisa, parece surdo. Aquele que pegou a bola de ouro da princesa e pediu para ir com ela, comerem juntos, dormirem juntos, você sabe.

Gonçalo desviou os olhos e deslizou-os pela sala, o piano enorme e o retrato de Chico Francisco príncipe Sapo sobre ele. Teresa acompanhou seus olhos pensando — "Gonçalo, eu amei você. Seus olhos verdes, seu violão. Amei a serenata que você nunca me fez". Depois foi falando devagar, sílaba por sílaba, como se o que dissesse fosse algo muito frágil:

— Eu vou me casar com o Chico — "Francisco príncipe Sapo", completou mentalmente. E mentiu, deixando-se embalar pelas próprias palavras: — Já mandei até ver o vestido, branco, comprido, com uma cauda deste tamanho. Vou casar de noiva, dos pés à cabeça.

Gonçalo suspirou. Já ouvira falar de muitos casos assim, essas moças passadonas, solitárias. Podia ficar ainda mais grave com o passar do tempo. Não tinha cura. Pediu licença, levantou e se foi, levando para sempre seu olhar já nem tão verde e a serenata frustrada.

Pausa de uma lição. Sobre o guardanapo branco do piano, chá e bolinhos. Zumbido de mosca voando, entontecida pelo calor. Teresa com os dedos que há pouco ensaiaram no teclado, sem erro, a primeira parte de "Pour Élise" descansados no regaço. Feliz, feliz, feliz.

— Chico — disse de repente —, nós vamos nos casar.

Silêncio. Teresa envolveu com olhar terno aquele homem pequenino demais, humilde demais — mas tão seu, o único que a vida lhe dera. A mosca zumbia mais, o calor aumentava, cinco da tarde de janeiro. Então ele olhou bem fundo nos olhos dela. Tinha uns olhos pardos, salientes, caídos, infinitamente tristes.

— Eu não posso, Teresa. Não posso casar com você. Nem com ninguém.

E foi explicando aos trancos, a voz ainda mais baixa, mais cansada.

— Foi no quartel, há muitos anos. Uma granada, você sabe, explosão, um acidente, estilhaços. Não sou homem inteiro. Só meio homem, entende, Teresa? Não me obrigue a falar nisso!

Teresa endureceu o rosto, imóvel na cadeira. Antes que ela falasse, o príncipe Sapo foi saindo exatamente como entrara: cabeça baixa, meio tropeçando no capacho. Na porta ainda parou e olhou para trás. E achou-a tão bonita ali sentada na sala clara, ao lado do piano, aquele olhar triste e irônico, os cabelos finos e lisos presos no eterno coque, as mãos cruzadas no regaço, tão bonita que não pôde deixar de sorrir.

Foi esse sorriso que doeu em Teresa. Doeu pelo resto da vida.

Ah, pobre Teresa, irmã de mil outras teresas do mundo inteiro. Piano vendido num leilão. Domingo à tarde, cabelos num coque, banho recém-tomado lavando mágoas e suores. Teresa na janela verde. Teresa olhar irônico e triste. Teresa olhar guloso em todos os homens que passam. Teresa de olhos úmidos ouvindo as crianças a esganiçar *Rua da Solidão*. Fogueira no corpo ainda virgem de quase quarenta anos, fogueira no fundo do pátio incendiando livros e sonhos, bruxas e príncipes. Vontade de gritar, gritar bem alto e bem forte, sozinha à beira do fogo. O vento bate e salva do fogo uma página colorida e sopra-a pela rua afora. Ah, outra vez essa vontade de gritar um grito alto e triste que dobre lá longe, junto com a folha colorida em chamas, na mesma esquina onde dobrou para sempre Francisco Chico príncipe Sapo última esperança.

A visita

Este é meu tributo à moda do realismo-mágico latino-americano. Escrita em 1969, na Casa do Sol de Hilda Hilst, entre Campinas e Jaú, onde eu estava escondido do Dops, "A visita" nasceu das leituras que fazíamos de Carlos Fuentes, Juan Rulfo e principalmente García Márquez. Foi publicada duas vezes: primeiro no Suplemento Literário de O Estado de S. Paulo, *por artes e prestígio de Hilda; depois no Caderno de Sábado do* Correio do Povo.

Para Dante Casarini

> *Irreconhecível*
> *Me procuro lenta*
> *Nos teus escuros.*
> *Como te chamas, breu?*
> *Tempo.*
>
> HILDA HILST, DA MORTE, ODES MÍNIMAS

I

ELE CHEGOU DEVAGAR e sentou-se na varanda coberta de begônias empoeiradas, sem uma palavra. Ninguém perguntou de onde vinha. Naquela casa cheia de gentes e barulhos cotidianos, um inesperado silêncio respeitou sua chegada. As crianças o olharam com curiosidade — a mesma curiosidade que os adultos continham brotava nelas, espontânea, e cercavam o homem sem medo, achando apenas estranha aquela figura esfarrapada, mas muito limpa, de pés descalços semelhantes a raízes. O homem parecia não reparar nelas, nem nos outros. Olhava para longe sem se mover, olhava para longe com alguma coisa determinada e fatal guardada nos olhos. Alguns suspeitaram nesse olhar sabedorias trazidas dos lugares por onde andara, compreensões maiores, aprendizados tão amplos que voz nem gesto expressariam. "O que mais sabe é o que mais cala", sussurravam numa aceitação de seu silêncio. E passavam como se não o vissem, sequer comentando entre si a chegada dele, estabelecendo tácitos que ele ali estava, e nada modificaria essa situação. Os mais antigos olhavam o retrato pendurado na sala, investigando semelhanças: o retrato amarelado pelo tempo, o homem amarelado pela vida. Mas embora os traços fossem os mesmos — a curva no nariz adunco, o vinco duro e fundo no canto da boca, o rosto encovado e longo —, embora mais castigados pelos anos, havia no homem da varanda uma claridade que o retrato não tinha. Havia no homem como uma aura quase insuportável de lucidez e ausência. Então eles todos, menos as crianças, sentiam-se toscos e evitavam passar perto. Sabiam que não se atreveriam jamais a chegar perto daquele homem.

Aceitaram-no pelo dia afora, a casa aos poucos se enchendo de tensões pelos cantos. Elas se amavam, as pessoas daquela grande família, embora fosse um amor cotidiano, distraído, não de palavras e gestos mas de lençóis trocados em dias certos, refeições nas horas exatas, roupa lavada, delicadezas um pouco mecânicas. Mas com o dia avançando, as sombras ampliavam a presença do homem pela casa inteira. Essa sombra se infiltrando devagar em cada quarto jogava no rosto de cada um tudo aquilo que não haviam sido, que não haviam feito, tudo aquilo que tinham apenas ameaçado ser, intensos e cheios de sangue, para depois se amoldarem num dia a dia feito de automatismos. Quieta, remota, a presença do homem era uma afronta.

À hora do jantar, comeram em silêncio, trocando os pratos sem gentileza, os tinidos do metal na louça substituindo o afeto entre as paredes caiadas. E pela primeira vez, Valentina não riu. Distribuía os pratos rápida, ordenada, a boca endurecida depois de anos de riso aberto.

II

As crianças foram postas mais cedo na cama, conscientes apenas de que havia um desconhecido sentado na varanda. Os outros permaneceram na sala. Valentina tricotava enquanto as mulheres remexiam na cozinha e os homens fumavam cigarro após cigarro, todos em silêncio. Não se atreviam a formular as perguntas soltas no ar — viera para ficar, o homem? seria preciso arrumar uma cama para ele? e no quarto de quem? o que queria, depois de tanto tempo? Esqueceram de levar o chá para a avó inválida, esquecida na cama. E às dez horas, respeitando as batidas do velho relógio, recolheram-se a seus quartos em passos medidos e boas-noites medrosos.

Apenas Valentina ficou na sala, as agulhas trabalhando numa enorme trama azul-marinho, quase negra, que já escorregava de seus joelhos para atingir o chão, encaminhando-se como uma serpente lenta para a porta da varanda. Por duas horas ainda trabalhou, até que toda a sala estivesse coberta por aquele tapete, ou rede, ninguém saberia dar nome. À meia-noite levantou-se e espiou.

O homem continuava lá, na mesma posição desde que chegara. Como um faraó na cadeira dura, as duas mãos pousadas sobre as coxas, as palmas voltadas para baixo, os olhos fixos além de tudo. Escondida atrás das cortinas, Valentina viu que seus pés descalços pareciam raízes grossas ameaçando entrar pelo chão de tijolos, viu que suas unhas eram longas, ovaladas e quase verdes, feito folhas, e que seu rosto pétreo parecia um fruto sendo aos poucos esculpido, ainda verde, mas cheio de sementes que transpareciam no olhar. Desejou aproximar-se, tocá-lo, saber até que ponto aquela carne que tinha sido sua e lhe plantara filhos de carne também dentro de sua própria carne continuaria quente ao toque. Até que ponto continuavam mornas aquelas mãos que haviam despertado regiões desconhecidas de seu corpo, até que ponto continuava vivo aquele membro que fizera germinar cinco filhos em seu ventre. Não se atreveu. Chegou a ensaiar alguns passos na fronteira da varanda, pensando em ternuras, solidões há muitos anos caladas. Mas em torno do homem, como um ímã às avessas, alguma coisa repelia qualquer tentativa de aproximação.

Lenta, então, Valentina voltou para o próprio quarto e, embora não fosse o dia, escolheu os lençóis mais brancos e os travesseiros mais macios para fazer cama nova. Sacudindo panos, a janela aberta, fez com que o cheiro de alfazema se desprendesse para avançar até a varanda de begônias empoeiradas. Abriu a porta do quarto para que o homem percebesse o convite, trouxe da cozinha um caldo quente e colocou-o sobre a cômoda, dobrou uma toalha limpa e colocou-a dobrada sobre a cama com um sabonete de benjoim. Depois de tudo pronto, abriu leve a porta dos quartos dos filhos e noras, dos netos, da mãe, viu que dormiam em paz e voltou para o próprio quarto. Então olhou sua própria sombra projetada na parede: um pouco curva, os seios murchos, caídos, as mãos cheias de rugas, as articulações nodosas, e aquele riso permanente durante os quase trinta anos que ele se fora, aquele riso que de mero dissímulo passara a ser verdade, aquele riso agora pesava, pesava, pesava.

III

No dia seguinte, os filhos no trabalho, as noras espalhadas, os netos na escola, espreitou o quarto, a cama, o caldo, a toalha, o sabonete. Permaneciam intocados, e o homem na varanda na mesma posição do dia anterior. Estaria morto? perguntou-se sem susto, quase tranquilizada. Morto o homem, a casa voltaria a ser como antes e ela teria seu riso de volta. Mas, mesmo visto de longe, embora imóvel, o homem transpirava e pulsava na manhã escaldante de janeiro. Procurou então a mãe, no quarto. Abriu as cortinas enquanto um cheiro de mofo e dois olhos brilhantes saltavam do fundo da cama.

— Mãe, ele voltou.
— É tempo — disse a velha.
— Mãe, o que faço?

— Você está velha.
— Mãe, o que faço?
— Você está feia, Valentina.
— Mas o que faço, mãe? Ele está lá fora, na varanda. Ele está lá, no meio das begônias. Desde ontem, ele está lá, mãe.

A velha levantou o braço e mostrou o espelho amplo, de parede inteira. E num susto Valentina viu sua própria pele cor de terra, seu vestido desbotado, sua boca de riso morto parecendo costurada, as mãos como dois pergaminhos crispados, uma teia de rugas espalhada por toda a pele.

Naquele dia, esqueceu do almoço, da limpeza da casa, do pó sobre os móveis, de tudo que fazia todas as manhãs. Debruçada na janela olhava com olhos parados a rua enchendo-se de cores e movimento, sem responder aos cumprimentos dos vizinhos. Quando os outros voltaram de suas ocupações, jogou um pedaço de carne sangrenta numa panela com água e não arrumou a mesa nua. Sentada à cabeceira, olhava e agradecia. Os filhos eram bons. Mesmo o filho viúvo era alegre e bom e trabalhador, nunca o vira lidar com mulheres, bebida, jogatina. Quis sorrir para todos eles e para suas mulheres e para suas crianças, mas a boca costurada não obedecia. Então Valentina chorou. Todos compreenderam seu choro, e não perguntaram nada, nem tentaram consolá-la. Os traços de seu rosto pareciam desfazer-se com as lágrimas, caindo líquidos na madeira marcada. Mas os ombros não tremiam, e não havia nenhuma contração em sua boca, nenhum som em sua garganta. Sem revolta, ela aceitava. E chorava pela perdição de aceitar o que não pode ser modificado.

IV

Na varanda, o homem continuava. Dois dias se passaram, uma semana, um mês, muitos meses. E o homem lá, em meio às begônias cada vez mais emaranhadas, sem comer nem falar. O homem já esquecido pelas crianças, indiferente a todos os chamados que Valentina inventava. O tricô azul, quase negro, agora cobria a casa inteira — tapete, cortina, toalha de fios grossos onde todos se enredavam sem compreender, sem perguntar.

Certa noite Valentina ouviu risos no quarto do filho viúvo. Suspendeu o trabalho das agulhas e, pelo buraco da fechadura, espiou. Estavam lá, todos os filhos, mais duas mulheres e dois homens desconhecidos, todos nus, entre garrafas vazias, cartas de baralho manchadas de vinho, camas desfeitas. Alguns dos homens abraçavam as mulheres, outros abraçavam os homens, e todos juntos se abraçavam e beijavam e rolavam e gemiam feito animais.

A madrugada vinha chegando. Ela saiu para o pátio e embaixo do umbu de tronco apodrecido observou a casa. O reboco caía em placas, a pintura das janelas descascava, teias de aranha pendiam do teto, morcegos esvoaçavam, ervas daninhas tramavam-se na terra. Num dos quartos, a velha mãe apodrecia morta e esquecida sobre a cama, as cinzas transbordavam do fogão até a porta da cozinha, as crianças comiam terra junto com os porcos. Olhou para si mesma, e sentiu o cheiro de suor antigo de seu próprio corpo, viu o vestido sem cor, as unhas enormes, os cabelos soltos despencando duros e sujos ao lado do rosto. O sol recém-nascido agora crestava as plantas, a terra se abria em rachas secas, um vapor fétido se evolava das coisas e milhares de moscas voavam tontas sobre os montes de lixo.

Valentina cruzou os braços sobre o peito, procurando dentro de si algum recanto úmido capaz de amenizar aquela secura das coisas. Mas dentro dela havia o mesmo deserto, as mesmas gretas, os mesmos vapores e moscas. Espiou a rua por entre os cacos de vidro do muro, e além dos portões de ferro o mundo inteiro era também vazio, árido, seco. Nos quartos os homens riam cada vez mais alto, mulheres nuas pintavam unhas de vermelho na cozinha, os pés apoiados sobre a mesa, e passeavam todos nus pela casa sem se importar que ela os visse com as mulheres, com os outros homens, com os animais, com as crianças, com eles mesmos, enredando-se bêbados nas tramas azuis muito escuras do tricô que cobria tudo.

Endurecida, Valentina olhava sem choque nem nojo. E de repente, como uma salvação possível, lembrou-se do homem que permanecia esquecido na varanda de begônias empoeiradas. No homem havia umidade quando estava seco, havia calor quando estava frio, no homem havia tudo o que precisava e um dia tivera e o que se fora para sempre e o que não voltaria nunca mais a ser. Correu para a varanda, atravessando seu próprio quarto onde o cheiro forte da alfazema antiga dava tonturas, tropeçando nos pratos espalhados pelo chão, enredando-se nas malhas que ela mesma tecera. Falaria, falaria agora, falaria enfim — dizia para si mesma, rindo outra vez, os lábios descosturados outra vez.

Ao atingir a soleira da porta, percebeu que o círculo de repulsão em torno do homem já não existia. Avançou, estendeu a mão. Tocou de leve no tronco da figueira que crescera arrebentando os tijolos do chão, esmagou entre os dedos um dos frutos verdes que deixou na sua pele um sumo pegajoso, adocicado, ardido. Bebeu daquele líquido, água, esperma, leite. Depois deixou a cabeça pender entre as samambaias e avencas tramadas nas begônias, os cabelos confundiram-se na poeira das plantas, o corpo foi rodando lento e oscilou precário até encontrar o frescor do chão de tijolos. Deixou que tudo acontecesse sem um grito, sem espanto. E quando finalmente sentiu-se protegida e úmida, e limpa e sorridente outra vez, e confortável e em paz, deixou que seus movimentos se espaçassem, suspirou e morreu.

Introdução ao Passo da Guanxuma

A primeira vez que a cidade imaginária Passo da Guanxuma apareceu num conto meu foi em "Uma praiazinha de areia bem clara, ali, na beira da sanga", escrito em 1984 e incluído no livro Os dragões não conhecem o paraíso. *Naquele conto é narrado o assassinato de Dudu Pereira, que volta a aparecer aqui. Em outras histórias, voltou a aparecer o Passo, até que assumi a cidade, um pouco como a Santa María de Juan Carlos Onetti. Este texto, de 1990, pretendia ser o primeiro capítulo de um romance inteiro sobre o Passo, tão ambicioso e caudaloso que talvez eu jamais venha a escrevê-lo. De qualquer forma, acho que tem vida própria, com o estabelecimento de uma geografia e esses fragmentos de histórias quase sempre terríveis respingados aqui e ali como gotas de sangue entre as palavras.*

À memória de Erico Verissimo, que acreditava em mim

POR QUATRO PONTOS pode-se entrar ou sair do Passo da Guanxuma. Vista de cima, se alguém a fotografasse — de preferência numa daquelas manhãs transparentes de inverno, quando o céu azul de louça não tem nenhuma nuvem e a luz claríssima do sol parece aguçar em vez de atenuar a navalha do frio solto pelas ruas, com o aglomerado das casas quase todas brancas no centro, em torno da praça, e as quatro estradas simétricas alongando suas patas sobre as pontas da Rosa dos Ventos — e ao revelar o filme esse fotógrafo carregasse nas sombras e disfarçasse os verdes, a cidade se pareceria exatamente com uma aranha na qual algum colecionador tivesse espetado um alfinete bem no meio, como se faz com as borboletas, no ponto exato em que as quatro estradas se cruzariam, se continuassem cidade adentro, e onde se ergue a igreja. A torre aguda da igreja seria a cabeça desse alfinete prendendo no espaço a aranha de corpo irregular, talvez disforme, mas não aleijada nem monstruosa — uma pequena aranha inofensiva, embora louca, com suas quatro patas completamente diferentes umas das outras.

LESTE: OS PLÁTANOS

Os românticos e sonhadores, esses que imaginam vidas vagamente inglesas, de paixões contidas, silêncios demorados e gestos escassos mas repletos de significados, preferem a estrada do leste. Ela vai subindo da cidade em tantas curvas que as pessoas são obrigadas a diminuir a velocidade, tanto faz que andem a pé, a cavalo, de automóvel ou bicicleta, até chegarem ofegantes na alameda de plátanos. Lá, onde já não existem casas, fora um ou outro rancho perdido no campo entre capões de eucaliptos, a estrada começa seu caminho em direção a Porto Alegre. Os plátanos são muito altos, dos dois lados da estrada, e as folhas superiores, de ambos os lados, quase chegam a se misturar, formando uma espécie de túnel — que mesmo antes do filme com Doris Day, grande sucesso do Cine Cruzeiro do Sul, ganhou o nome de Túnel do Amor. No final de maio, a luz do sol deitando no horizonte oposto bate oblíqua nas folhas douradas e vermelhas caídas no chão e nas que ainda restam nos galhos cada vez mais descarnados para revestir inteiro de ouro o Túnel do Amor. Forra-se de prata também, nas noites de lua cheia, principalmente as de Câncer, Leão ou Virgem, em pleno verão, quando as árvores já recuperaram as folhas e, no auge do verdor, preparam-se para perdê-las outra vez. Novamente entrelaçadas nas copas altas, dispondo sombras, noite alta elas conspiram a favor daqueles namoros considerados *fortes* e de certas amizades estranhas, como aquela que durante anos uniu a Tarragô filha do vice-prefeito à alemoa Gudrun da revistaria.

Mesmo que nada mais existisse lá, só o Túnel seria suficiente para que os apaixonados do Passo preferissem essa estrada a qualquer outra das três, mas há outras razões. Tomando-se uma picada de terra batida à direita de quem vem da cidade, pouco antes da alameda, chega-se à casa de Madame Zaly, cartomante, vidente e curandeira respeitada por todo Estado e, dizem mas ninguém prova, a aborteira mais hábil da cidade, com seus devastadores chás de arruda e outras tisanas. Madame Zaly, cega de um olho coberto por venda preta e estranho sotaque — alguns juram que peruano, outros francês, indiano os mais delirantes, mas para os heréticos mera língua presa —, também planta girassóis e se alguém lhe perguntasse por quê, certamente explicaria, sacudindo as muitas pulseiras de ouro, que é nativa-do-signo-de-Leão-e-os-leoninos--precisam-do-sol-em-todas-as-suas-formas. Nas tardes de verão, quando os girassóis escancaram as pétalas amarelas em volta da casa de tábuas também amarelas de Madame Zaly, de dentro do Túnel do Amor pode-se ver aquele exagero de ouro respingado em gotas sobre o verde do campo. E quando, de dezembro a março, alguma moça volta ao Passo com um girassol dos grandes nas mãos, ou dos pequenos nos cabelos, todo mundo fica logo sabendo que ela foi ou ver o futuro ou matar uma criança. Foi assim que Dulce Veiga certa vez entrou na cidade de tardezinha, pouco antes de ir embora para sempre, um girassol dos pequenos entre os cabelos naquele tempo ainda castanhos, lisos, caídos abaixo da cintura, tantos anos atrás, quase ninguém lembra sequer que ela era de lá.

NORTE: AS SANGAS

Menos romântica e mais erótica, porque no Passo amor e sexo correm tão separados que até as estradas refletem isso, é a pata estendida em direção ao norte. Do vale onde fica a cidade ela sobe áspera, em linha reta até o topo da coxilha da zona do meretrício. Aqui, assim como Madame Zaly reina a leste com seus estranhos poderes sobre as plantas e os destinos, quem brilha soberana sobre a carne e os prazeres é La Morocha, uma paraguaia meio índia de olhos verdes estreitos de cobra e cuia de mate novo sempre entre os dedos cheios de anéis. O mais vistoso deles, dizem, uma serpente de prata com olhos de rubi autêntico, mas dizem tanta coisa no Passo sobre as vidas alheias, teria sido presente do próprio lendário prefeito Tito Cavalcanti, quase trinta anos no poder, que a teria trazido ainda petiça lá dos lados de Encarnación. Passada a meia dúzia de casas dos domínios de La Morocha, só a dela de material, com parreira nos fundos e hibiscos vermelhos na frente, à esquerda e à direita do outro vale em que a estrada do norte afunda num pontilhão de madeira, estendem-se os lajeados e a sanga Caraguatatá. De águas fresquíssimas no verão e gélidas nas manhãs de inverno, cobertas por uma camada de geada tão fina que dá a impressão de que bastaria soprar leve na superfície para rachá-la em cacos e ver os lambaris do fundo.

Essa, claro, é a estrada preferida da bagaceirada do Passo. Nas noites de verão dizem que a soldadesca, os rapazes e até senhores de família, médicos e vereadores costumam arrebanhar o chinaredo das pensões de La Morocha para indescritíveis bacanais na beira dos lajeados, com muita costela gorda, coração de galinha no espeto, cachaça, violão e cervejinha em caixa de isopor. Depois dessas noitadas a areia branca da pequena praia da sanga Caraguatatá amanhece atulhada de brasas dormidas, pontas de cigarro, restos de carne mastigada, algum coração de galinha mais fibroso, camisas-de-vênus úmidas, tampinhas de garrafa, restos de papel higiênico com placas duras e, contam em voz baixa para as crianças não ouvirem, às vezes algum sutiã ou calcinha de cor escandalosa, dessas de china rampeira, alguma cueca manchada ou sandália barata de loja de turco com a tira arrebentada.

Ao cair da tarde, principalmente em janeiro quando as famílias direitas buscam o frescor da sanga, a tradição manda os maridos irem na frente para limparem discretamente as areias, enquanto as senhoras se fingem de distraídas e diminuem o passo, sacudindo as toalhas sobre as quais vão sentar, que Deus me livre pegar doença de rapariga, comentam baixinho entre si, mas algum guri metido sempre acha alguma coisa nas macegas. Os lajeados são muitos, a sanga Caraguatatá desdobra-se secreta e lenta entre pedras, algumas tão altas que podem ser usadas como trampolim, e para quem tiver coragem de entrar pelo mato cerrado onde, dizem, até onça tem, revela praias de águas cada vez mais cristalinas, que pouca gente viu. Numa delas, certa manhã de setembro, Dudu Pereira foi encontrado morto e nu, a cabeça espatifada por uma pedra jogada ao lado, ainda com fios de cabelo grudados, lascas de ossos e gotas cinzas de cérebro.

SUL: O ARCO

Em direção ao pampa e ao Uruguai, além do pobrerio da Senzala espalhado em malocas de telhado de latão, há o quartel do Passo com a Vila Militar Rondon ao lado, sempre com alguns cariocas de fala chiada e meio sem modos, todo mundo acha. Tinha que ser mesmo perto das malocas, costuma dizer com desprezo d. Verbena Marques de Amorim, quase todo ano segunda colocada na lista das dez mais elegantes do Passo, perdendo sempre para alguma carioca rebolativa, exagerada nas pinturas e balangandãs, afinal carioca não pode viver longe da favela. Mas a Senzala não tem lata d'água na cabeça, samba ou tamborim. Nos baixos úmidos até em tempo de seca, a piazada barriguda cata agrião e girinos pelos banhados e, dizem, até mesmo algum sapão rajado para feitiço de Madame Zaly, um pila cada, enquanto negrinhas adolescentes pulam cercas de arame farpado, de preferência em noite de lua nova, trouxa nas costas, para atravessar a cidade a pé e cair de boca na vida do lado oposto, nas pensões de La Morocha. Algumas se regeneram antes de pegar doença incurável de macho e vão se empregar com senhoras de sociedade, feito a Lisaura Sonia de Souza, que depois foi primeira e única Miss Mulata Passo da Guanxuma, casou com coronel reformado e hoje até bingo canta aos sábados no Círculo Militar, mas não passa nem da porta dos fundos do Clube Comercial.

Viveiro de domésticas, pedreiros, jardineiros, benzedeiras e mandaletes para a cariocada da Vila Militar Rondon, ninguém sabe bem como, a cada agosto, a Senzala sobrevive aos surtos de tifo, meningite e tudo que é peste ruim. Mais do que pela vontade de Deus, todo mundo acha que é mesmo por artes santas da Gorete dos Lírios, estuprada e degolada aos nove anos de idade, a cabeça sem corpo, de olhos abertos e sorrindo afogada entre tufos de copos-de-leite no banhado, em ano que ninguém lembra quando e nem mesmo se realmente houve. Padroeira de todos os maloqueiros, basta acender vela branca em noite de lua cheia ao lado de açúcar branco, que toda criança adora, mais nove copos-de-leite, a idade da santinha, colhidos de fresco — e todas as preces são atendidas. O padre nega, mas dizem de fonte segura que corre beatificação no Vaticano, até bispo já andou fazendo rol de milagre.

No alto da coxilha, com a Vila Militar dentro, o quartel parece um pequeno castelo medieval, principalmente por causa do arco branco na entrada, que pode ser visto desde a praça central, longe dali. Acontece cada coisa, dizem, entre os oficiais de fora e a soldadesca do Passo, tudo rapaziada farrista e sem vergonha, mas nunca esclarecem que coisas, só dizem Deus-me-livre revirando os olhos se alguém insiste um pouco. Logo após o arco suavizado em muros caiados de branco em torno do quartel e da vila, a estrada se desagrega nuns descampados de cupins, unhas-de-gato, pitangueiras magrinhas, ásperos gravatás e pedras branquicentas, entre as quais rastejam mortais cruzeiras, que só mesmo a soldadesca fazendo manobras se atreve a enfrentar. Diz que passatempo preferido de milico com mira boa é apontar justo onde, na testa da cobra, os dois braços da cruz se cruzam, quem acerta vira lenda, como virou Biratã Paraguaçu, morenão que depois foi pro Rio viver em Copacabana com padrinho capitão.

O arco branco é o ponto mais alto daquele horizonte. Para quem vem das bandas do Uruguai, de certa curva na estrada, a primeira imagem do Passo é exatamente a torre da igreja bem no centro desse arco, atravessando-o feito seta apontada para o céu. Além de aranha, dizem pois, o Passo da Guanxuma é também o corpo de um guerreiro tapuia enterrado entre vales e coxilhas, tão valente que nem mesmo embaixo da terra conseguiram arrancar-lhe das mãos o arco e a seta.

OESTE: O DESERTO

Para a fronteira com a Argentina estende-se a última pata da aranha. O deserto, apenas o deserto, um ondulado deserto de areia avermelhada que o vento sopra fazendo e desfazendo as dunas que ameaçam a única coisa que ainda resta por lá: cercado por cinamomos cada vez mais raquíticos, distante da estrada mas nem tanto que não possa ser visto, com sua piscina — a única do Passo — em forma de cuia de mate, ergue-se o que ainda resta do palacete de Nenê Tabajara, o estancieiro responsável, dizem, por todo aquele areal dos infernos que em dia nem muito longe até açude teve. Veneno demais na plantação, monoculturas, coisas assim, todas do mal, e como Deus castiga, agora que perdeu quase tudo em dívida de jogo e hipoteca, o deserto avança sobre seu último refúgio sem que ele tenha para onde fugir. Sozinho no casarão roído pelos ventos, a piscina seca há anos, Zezé passa o dia inteiro olhando as fotos da filha Eliana, a mais linda das sete que teve, e as outras seis, espalhadas pelo mundo, não querem saber dele — sem chorar, de joelhos, os olhos secos vermelhos da areia que entra pelas frestas, não de lágrima. Numa madrugada roxa de outubro, uivando feito gata no cio, cabelos ruivos desgrenhados até a cintura, Eliana Tabajara, a mais linda moça que o Passo já viu, foi vista vagando inteiramente nua, as coxas tingidas pelo vermelho do próprio sangue, falando sozinha no meio do deserto, inteiramente louca. Dizem que até hoje vive, sem dentes, a cabeça raspada, pele e osso, num hospício em Buenos Aires, outros que já morreu, e aquele vulto branco gemendo pelas areias nas madrugadas é seu espírito sem paz, deflorada pelo próprio pai, dizem também, mas ninguém prova nada.

Isso é o que se conta, o que se diz, o que se vê e não se vê, mas se imagina do Passo. De tudo, o mais real, salpicadas entre as quatro patas da aranha — no meio dos girassóis do leste, à beira dos lajeados ao sul, pelos descampados do norte e até mesmo entre os vãos mais sombrios das areias a oeste —, o que mais tem em qualquer tempo de seca ou aguaceiro, calorão ou friagem, são touceiras espessas de guanxuma. Por mais que o tempo passe e o asfalto recubra a polvadeira vermelha das estradas, transformando tudo em lenda e passado, por mais sujas e secretas as histórias sussurradas pelos bolichos, entre rolos de fumo preto e sacos de feijão, por mais que por vezes o tempo pareça não andar, ou andar depressa demais, quando as antenas de tevê e as parabólicas começam a interferir entre o arco e a torre, exatamente por causa da planta, de dois males jamais sofreu, sofre ou sofrerá o Passo. De distúrbios estomacais, que chá de guanxuma é tiro e queda, nem de pó acumulado, que os ramos servem para fazer vassouras capazes de assentar até mesmo a poeira daquele deserto próximo que sopra e sopra noite e dia sem parar e, dizem, dizem tanto, ai como dizem nesse Passo, nunca para de crescer.

Loucura, chiclete & som

Escrito em 1975, pouco depois da publicação de O ovo apunhalado, *este texto marca com decisão a ruptura com o sonho hippie. Poderia ter entrado em algum outro livro (tem algo a ver com "Os sobreviventes", de* Morangos mofados), *mas acho que isso não aconteceu porque, embora goste de sua estrutura, simulacro de roteiro cinematográfico, antipatizo com o personagem. E a forma mais eficiente de punir um personagem non grato é sem dúvida condená-lo à gaveta.*

Para Leonildo Torres (Leo de Oxalá)

INTERIOR/DIA

Sequência 1

ESTENDE A MÃO PARA O RELÓGIO, já ouviu o barulho do aspirador, a campainha duas vezes, pratos e talheres lá embaixo, o vento, freadas, criança gritando ao longe, porta batendo, a última vez que olhou eram onze, pouco mais, só um pouco mais e de qualquer jeito não tem mesmo nada para fazer o dia inteiro, baixar as cuecas até os joelhos, ficar sentindo o pau inchar apertado entre os pelos da barriga e os lençóis que a velha trocou ontem. Traz o metal frio da pulseira do relógio até perto dos olhos, espia, duas e vinte. Em pé na cama empurra as persianas sem ver a cor do dia, a luz crua revelando a poeira sobre os móveis, vestir os jeans, os tênis, a camiseta, repetir merda bem alto três vezes, como uma espécie de bom-dia.

Sequência 2

Olhar a cara branca no espelho do banheiro sem sentir nada, olhos inchados de tanto dormir um terço de sono, outro de álcool e maconha, outro de entressono, cataléptico na cama, o pau quente, coceiras, sombras passando na cabeça, esse porão mofado onde caminha sem bússola no escuro, os cabelos continuam caindo, cravos na ponta do nariz, escovar os dentes, comprar uma escova nova, tek dura, manchas de cigarro, ir ao dentista, como se chama mesmo? coroa, me bota aí uma coroa no primeiro pré-molar superior direito, a velha disse que paga, quebrei naquela trip de anfeta já faz tempo, o dentista fez uma arrumação porca e perguntou assim e-aí-continua-muito-louco-bicho? ele faz o enturmado, o puto, vezenquando tem essas intimidades, o diabo é que ninguém mais usa essas gírias, todos, todos caretas. Mija, sempre antes do mijo sai uma gotinha de porra ou pus, não tem certeza, provavelmente porra, nunca teve gonorreia e gonorreia dói, dizem, lava a cara, o sabonete estica a pele branca, fazer-não-fazer a barba? não fazer, decide. Tosse, cospe as bolinhas pretas viscosas de nicotina no meio da saliva e da pasta de dentes, depois fica olhando o fundo da pia cor-de-rosa como se fosse um poço.

Sequência 3

Desce as escadas devagar, sempre um pouco tonto, fecha os olhos, uma porção de faíscas dando voltas pela cabeça, gostaria de cair mas não cai, e continua descendo, o cachorro vem fazer festa tentando balançar o rabo cortado, cão eles reprimem no rabo, controle suas emoções, querido, o cachorro olha para ele com doces olhinhos remelentos, o único nesta casa que me olha. Limpa a remela do cão com a barra da camiseta, atravessa a sala vazia, pega o jornal, pratos e talheres na mesa da cozinha, toalha azul de plástico, abre a geladeira, o forno, pedaços de carne, milho, mandioca boiando em fria gordura branca, o estômago se contrai, quase um soco, espia o bule de café, requenta e bebe, meia xícara preta muito forte sem açúcar. Acende o primeiro cigarro, traga fundo, a fumaça arranha a garganta, tosse seco, uma tuberculose, um edema, uma pneumonia, um enfisema, o cachorro se enrola em suas pernas enquanto o pai abre a porta e passa reto sem olhar nem cumprimentar. Ele também não olha nem diz nada, daqui a pouco chegam mãe irmaos irmas e também não dirão nada, nem olharão, assim é, foi, será, dói aqui nas costas de tanto dormir e noutro lugar também, mais forte ainda, nem sei bem onde.

EXTERIOR/DIA

Sequência única

Apanhar o jornal, atravessar outra vez a sala vazia, abrir a porta da rua, sentar nos degraus do jardim, grama crescida, merda de cachorro, gatos noturnos, matagal de marias-sem-vergonha, muro branco, portão de ferro, rua, mormaço frio. Abre o jornal, o de sempre, o Líbano, cessar-fogo, quinze mortos na Argentina, sequestro da atriz pornô, o leite, a gasolina, o rio podre, Marte, sondas — nenhum conhecido hoje na crônica policial, todo mundo dançando, tudo bem. Acende outro cigarro e tosse e cospe, bolinhas pretas viscosas na palma da mão, sem cheiro, o.k. os pulmões resistem, eu resisto, o planeta resiste, tudo resiste. O pai passa até o portão, olha em volta sem dizer nada, não existimos, duas realidades paralelas, dois ectoplasmas de sessões diferentes, fuma fuma fuma, joga a ponta acesa no canteiro, a brasa cai sobre uma folha, imagina que a planta sente dor, *A vida secreta das plantas*, essas coisas, diz que pois é, os vegetais, vai saber. Olhar a brasa acesa incendiando a folha até o rombo, depois o sol, uma nuvem se afasta e o sol bate claro, duro na sua cara branca, nos seus cabelos caindo, nos seus olhos inchados. Tira os tênis, as meias, estende os pés para o sol, as coceiras no corpo, a pele seca, o frio, este inverno que não termina nunca, ninguém passa cantando na rua, a velha do outro lado espia, o carteiro passa sem deixar nada e o cachorro late para o carteiro negro, racista esse cão, o retratinho do dono, pensa olhando o pai, não, nenhuma carta, mas de quem, se todos foram embora para Londres, Paris, Nova York, Salvador ou Machu-Picchu. Fechar o jornal, acender o cigarro, tossir, abrir o jornal, cuspir, apagar o cigarro. O sol bate direto na sua cara branca e ele nem pisca.

INTERIOR/NOITE

Sequência 1

Chama o cara aí, outra brahma, meu, teve um tempo que não era assim, brahma, vishnu & shiva, sente só o desrespeito ocidental, mais uma shiva, moço, mas não, não era assim, em casa um bode mas você saía e via as pessoas e daí esquecia, todo mundo numa boa, agora em casa é um bode, na rua é outro bode, na casa do teu amigo é mais um bode, um pirou, outro morreu de overdose, outro em cana, não é nada disso, olha só quem acaba de entrar, porra, essa mina já deu pra todo o bar, um túnel, como atravessar um túnel sem saber se tem fim, deixou a porta aberta, a piranha, como é que é? vai fechar ou não? te toca, friend, tu tás é de porre, Virgem ascendente Peixes, que bode, um o oposto do outro, tu entende disso é? conflitos terríveis, *the dream is really over*, não me vem com esses papos de depois das duas da matina, porra, um dia alguém devia quebrar a bosta deste bar em vez de só pedir outra brahma (ou vishnu, ou shiva), me dá um câncer aí, mas era mesmo diferente no duro ou a gente é que tá envelhecendo, cara? puta, essa mina só sabe filar cigarro, quanto tempo, é, por aí, você sabe, julho, agosto, quem, a Beth? ah, tá legal, vai ficar mesmo em Floripa com aquele surfista debiloide, diz que mudou tudo, com quem que tá o brilho? a classe média, cara, eles querem é foder a classe média, semana passada os ratos baixaram e levaram todo mundo sem nem ver documento, tu acha mesmo que ela tá fim? tô te falando, olha só a cara dela, já deve estar toda molhadinha, já se foi essa brahma, uma saideira? vamos nessa, fiquei chapado o dia inteiro, dá uma sede, a casa de quem? pode ser, maior barato, mas nem conheço o cara, ah, vem todo mundo, olha não tô nessa de túnel, onde foi mesmo que eu li uma coisa que começava assim "metade do meu cérebro já foi destruído pelo álcool", mas nunca acontece nada aos sábados na bosta desta cidade?

Sequência 2

A mão dele roça lenta o seio dela. Ela ri, faz que não vê, tem bons dentes a piranha, fazendo gênero Sonia Braga com o cabelão desgrenhado. Black Sabbath? ah, não, tô entupido de rock, pega um jazz, até uma MPB serve, escolhe aí, porra. Fica quente assim, um grudado no outro, e por que não, cadê o Gilson? no banheiro, cara, deve estar chupando o peru do loiro ou cheirando pó, nem apresenta, ninguém apresenta mais nada, se quiser tem que ir à luta, ah, esquece, dá muito trabalho, apagando a luz, distribuindo cobertores, fechar mais uma, a saideira, não tô mais a fim, fumo anda me deixando paranoico, sabe como é, a paranoia só vem à tona se já existe dentro de você, cara, chega mais, isso aí, a boca, as línguas, a mão entre as coxas. Leva a mão dela até o fecho das calças dele, levanta a blusa devagar, acabou o som, mas logo agora? põe uma pilha aí, tango, valsa, fox, qualquer coisa. Mole, úmido, morno, os dedos afundam, parece sempre uma ostra, geme no meu ouvido, ajuda um pouco, pô, lambe os peitos, bicos duros, meio reta, pouco peito, gosto mais quando tem onde pegar, sabe como é, agora con-cen-tra-ção, apoiar as palmas das mãos contra o cobertor, cheiro de porra velha, deixar só a cabecinha roçando, dentro mas quase saindo, assim-as-sim-ah-sim, porra, lá vem o Gilson de novo com a mão na minha bunda, se facilito me enraba, dá o fora, bichona. E ela geme, e você geme também — imaginar, imaginar, que nem a Sonia Braga — e os seus olhos deslizam pelo tapete até uma peça qualquer de roupa jogada, depois para uma das pernas da mesa e mais adiante, subindo sempre, para o jornal aberto e a garrafa virada pingando, pingando sobre essa peça qualquer de roupa branca. A mão procura o cigarro no escuro e não encontra, claridade cinza entre as frestas da persiana metálica abaixada. Levanta-se, começa a remexer sobre a mesa, entre os discos, as roupas, os copos, os corpos. Seus dedos só encontram quinas, seus olhos só veem a claridade cinza da madrugada por trás das persianas. Olha em volta, e para baixo, e verifica primeiro que está completamente nu, depois que há uma mulher morena também nua e adormecida, os cabelos desgrenhados espalhados sobre as almofadas indianas embaixo da janela.

Sequência 3

Abrir a porta sem ruído, cuidado para que o metal da chave no metal da fechadura não grite agudo acordando os outros. Tira os sapatos, o corpo vacila, arrota, a mão vai roçando pela parede fria até o corrimão: dezenove degraus, anos de aprendizagem. Dentro do escuro, o retângulo mais claro da porta do banheiro. Acende a luz, mas não é necessário, luz cinza forte que vara as frestas. No espelho cabelos caindo, olhos inchados na cara branca, a culpa é deles que deixaram tudo torto assim ou é a gente mesmo que está envelhecendo sem achar outra coisa, hein, cara? Abrir o chuveiro, a água pinga gotas geladas contra os mosaicos do piso, harmonizando primeiro com as batidas do coração, depois com as contrações do estômago. Levanta a tampa cor-de-rosa da privada, num salto o estômago sobe até a garganta escura ardida de cigarros, de palavras, de cervejas. Apenas curva a parte superior do corpo, e vai caindo devagar, os braços enlaçando a louça colorida como se fosse o corpo de Sonia Braga, cabeça enfiada no vaso, dedo na garganta. Bem fundo — imaginar, imaginar —, bem fundo. Então vomita vomita vomita vomita vomita vomita vomita. Sete vezes, feito um ritual.

Amanhã tem mais.

Sagrados laços

É um texto escrito no Rio de Janeiro em 1984. Deveria ter sido incluído em Os dragões não conhecem o paraíso, *mas acabou não havendo lugar para ele. Gosto de seu jeito de pincelada, ou de foto Polaroid, mas até hoje não sei se não será breve demais e portanto, de certa forma, incompleto.*

PONTADA FINA no peito. Como um vampiro que abrisse os olhos raiados de sangue no segundo exato em que alguém desfere o golpe enterrando no fundo do coração a ponta mais aguda da estaca de carvalho bento. Ou seria bétula? Carvalho ou bétula, embora o sangue não jorrasse do buraco no peito, ele morria num estertor de porco para depois envelhecer séculos e séculos, todos os séculos de treva que atravessara até o cabelo embranquecer e cair fio por fio, a pele vincar-se em teia emaranhada de rugas, os músculos apodrecerem descolados dos ossos finalmente luzidios e nus e o vento então soprasse o pó que restaria de sua carne por todas as possibilidades dos quatro pontos cardeais, retroativa agonia.

Dentro do corpo contudo vivo, o sangue latejava nas veias das têmporas do homem, suor gelado viscoso escorrendo da testa pelo pescoço e braços até as palmas das mãos apertadas no volante, pelas costas da camisa fresca de verão grudadas no plástico do assento do automóvel. E porque escolhia ainda mais fundo a dor daquela madeira santa mortal cravada no peito, levantou os olhos e tornou a ver.

Na porta do hotel, a mulher beijava suave a boca do outro homem, sem se importar com as pessoas nas calçadas atravancadas de entardecer. Todos se desviavam baixando discretos o olhar, escândalo nenhum. Pois o terrível, o mais terrível daquilo, repetiu o homem sozinho dentro do carro parado, e ainda uma terceira vez enquanto procurava a palavra exata, mesmo em desespero ele era meticuloso, e encontrou então e formulou em frangalhos dentro do automóvel, impotentes os dois no engarrafamento de sexta-feira — o mais terrível daquela mulher e daquele outro homem beijando-se à frente do hotel dentro daquela espécie de campânula de vidro ao redor de sua intimidade, o mais terrível, gemeu, era que pareciam perfeitamente *lícitos*. Um homem e uma mulher desses que há tempos escolheram ficar juntos e sentem certa dificuldade ao separar-se, mesmo por pouco tempo, quase noite à frente de um hotel cinco estrelas no centro da cidade. Talvez viajantes, pensariam as pessoas passando, pensou, e certamente amantes.

Mas ela, a imoral, ela deveria usar vestido vermelho justo, continuou pensando, ele gostava de ler histórias policiais baratas, e negros ray-bans apesar do crepúsculo, saltos altíssimos, lenço na cabeça amarrado sob o queixo. Pecado, ação escondida, vileza. Tra-i-ça-o, soletrou enquanto os carros atrás buzinavam para que andasse, porra, e acelerou lento para olhar mais atento o outro homem. Oh, deus gemeu sem maiúscula nem exclamação, o outro homem sequer parecia um cafajeste em seu sóbrio blazer azul-marinho, certa barriga, gravata cinza, vagamente calvo. Nem suíças ciganas, bigode latino, brinco na orelha, camisa aberta ao peito, corrente ou dente de ouro rebrilhando ao último sol da sexta-feira. Respeitabilíssimos, os dois canalhas, ela parada na esquina, via pelo espelho retrovisor, acenando mais uma vez para o outro homem como se procurasse memorizar-lhe os traços antes da separação. Antes da separação, repetiu incrédulo.

Os dois mais ele, ele como se fosse ele o ilícito, espiando sem ser visto pelo espelho retrovisor à sorrelfa, à socapa, gostava dessas palavras que dormem esquecidas pelos dicionários, nos vértices das palavras-cruzadas, e o outro homem sereno agora girando no vidro da porta-giratória do hotel, e a mulher com seu tailleur pérola e pérolas no pescoço, o sol oblíquo do entardecer atravessando os cabelos caídos em duas pontas lisas escovadas sobre os maxilares. Tão duros, ele notou, o dourado dos raios de sol, o dourado dos fios de cabelo, o dourado da superfície do rio no fim da transversal lá embaixo. A bolsa quadrada de verniz que ela agora erguia decidida no ar para chamar um táxi e ir para casa. A casa dele, do homem ilícito ao volante do carro parado no trânsito infernal, e dela, a lícita mulher das pérolas: cinco anos em maio próximo, já planejados jantar japonês, depois dançar *cheek to cheek*. Champanhe, caviar, veneno, buzinou frenético sem fôlego nem ordem: cinco meu deus puta anos escrota.

Bodas de papel? tentou lembrar enquanto o sinal abria, ou seriam de ametista? rubi talvez? esmeralda, jaspe quem sabe? cristal ou nácar? continuou pensando ao dobrar a esquina, oh, deus topázio? como era mesmo aquela lista dos almanaques que os noivos folheavam juntos no sofá das salas de antigamente? ágata? lápis-lazúli? água-marinha?

Cascalho, repetiu sem ponto de interrogação, acelerando mais: puro cascalho sujo. E como não tinha um revólver no porta-luvas, ligou o toca-fitas com um click seco assim pá-pum! pronto, acabou.

Por uma tarde de junho

Pertence a uma fase furiosamente experimental, em que o que se tentava contar era quase sufocado pela metalinguagem. O resultado era um hermetismo pedante, quase incompreensível. Foi escrito em 1976 em Porto Alegre, e publicado no ano seguinte pela extinta revista gaúcha Cultura Contemporânea.

— **ERA PRECISO QUE FOSSE UM MOMENTO** absolutamente perfeito — ele foi dizendo, uma tarde afinal de junho, e o que se poderia dizer afinal sobre tardes afinal de junho senão coisas majestosas como um allegro barroco, ele sorvia o conhaque e vezenquando atiçava as brasas da lareira com o atiçador de bronze? cobre? ferro? prata? com muito cuidado para que o que chovia lá fora miúdo e o crepitar das brasas e o estalar da madeira e os movimentos que fazia distendendo, contraindo a coluna para atiçar o fogo e o crepitar e o estalar e o miúdo e ainda o que ia dizendo, com cuidado para que o ritmo não sofresse alterações, imperfeições, tempo sem jaça, que fosse, agitando de leve no ar o líquido dourado no cálice aquecido:
— Eu, fazia tanto tempo que — um tanto brutal hesitar agora, mancha de vinho na renda, mas reformulava, pequenas interrupções, ai pequenas interrupções, a luz dourando o cabelo dela sentada à sua frente, mas reformulava tentando de outro jeito:
— Já não era mais possível continuar ocultando? fingindo? negando? mentindo? que — optou pelos quatro, sem interrogações, ficava bem esse tom hesitante, mas uma porta batia ao longe, na rua um carro tentava inutilmente dar a partida, o motor raspava areia, zinco, se fosse possível um silêncio absoluto para finalmente dizer:
— Eu tenho feito fantasias loucas com você — ela tão irreal no sofá antigo, as samambaias caindo por trás, tropical, oriental, colonial, tudo ao mesmo tempo, um rubi na testa e também uma tiara de pitangas (bonito isso, aprovou contente), mais uma touca rendada de sinhazinha, os três simultâneos, e retomando de outro jeito:
— Tanto medo, você me entende? — como passos furtivos, cascalho pisado de madrugada, a descarga da privada literalmente cagando no entremeio do retinir de cristais (aprovou outra vez: sonoro), mas ela não sorria nem movia músculo algum no rosto, de certa forma era como se fizesse uma ginástica de relaxamento facial, mas tão-tão-dizer-isso-assim, malares pétreos, talvez melhor, um abscôndito langor, melhor ainda, entusiasmou-se levemente ansioso, apenas o tempo da cinza cair? pingar? gotejar? poluir quem sabe? a calça de veludo? alpaca? flanela? casimira? continuando pois:

— Quase três anos, é muito tempo calado. Hoje finalmente eu — passou a língua contra os dentes por dentro, algumas superfícies ásperas, senzalas? sibérias? sertões? saaras? e foi então que sentiu e chegou a pensar num parágrafo especial, mas contra todas as expectativas não havia drama, um primeiro pré-molar superior esquerdo, seria exatamente isso? como um chiclete, não, mais consistente, um amendoim duro, um milho de pipoca desses que não arrebentam, uma bala de hortelã, envolveu-o com a língua para trazê-lo até bem perto dos incisivos e disfarçado levou a mão à boca, como se tossisse suave? contido? discreto? melancólico? fatigado? os dedos seguraram confirmando: sim, um primeiro pré-molar superior esquerdo, inteiro, irregular, sofrido de muitas meias-solas, rodou-o entre o indicador e o polegar, abstraído, até os óculos de aro frouxo escorregarem para a ponta do nariz recolocou-o na boca, ela esperava, ele ajeitou os óculos, ele esfregou as mãos para gerar energia, ela esperava, ele respirou sete vezes, profundamente, alargando primeiro o ventre, depois afastando as costelas e finalmente elevando os omoplatas, pulmões estufados, e assoprou de uma só vez, num tranco, ela esperava, ai como ela esperava, a coisa escura plantada súbita na sala fez com que, como quem vira a página, ele decidisse assim como redizer o que não tinha dito:

— Escuta, foi um engano. Eu não estava absolutamente levando a sério o que dizia — o sofá tinha molas arrebentadas, as samambaias eram algumas de plástico, outras raquíticas, amareladas, olhar pela janela então e nada nem ninguém para ajudar, contou para si mesmo devagarmente punitivo: Era uma vez um homem sentado numa cadeira dura rodando dentro da boca um primeiro pré-molar superior esquerdo recém-perdido, numa sala vazia. Atrás da janela de vidros baços de umidade e sujeira podia-se ver uma tarde molhada talvez de junho ao fundo de árvores secas de galhos-garras eriçados contra um céu de estopa — fora uma vez, e ela não esperava mais, restara uma pitanga madura sobre a mancha de porra envelhecida de alguma punheta no assento do sofá, ou nem ao menos isso, aceitou concluindo:

— Eu não consigo entender nada do que se passa — meu amor secreto, meu amor calado, não acrescentou, talvez agora desse um suspiro mas não morresse, ou engolisse o dente para rasgar as tripas ou quem sabe cuspi-lo longe convulsivo como numa hemoptise, e sobre o chão vomitar a tarde? a história? a perda? a morte? o medo? a solidão? quem sabe o nojo antigo sedimentado e sem remédio.

E acabava assim, de repente, ainda que não fosse absolutamente perfeito nem redondo, chovera demais nos últimos dias e havia tantos sapos pelos quintais semiabandonados, os charcos, os poços, as minhocas retorcidas nas lamas, os plurais e a língua singular apertando tão violenta o dente contra o lábio que talvez escorresse um filete de sangue maduro sobre o branco da camisa, mas antes disso, sem efeitos, secamente, acabava assim, era uma pena, todos sentimos muitíssimo, mas que se há de fazer se acaba mesmo assim?

De várias cores, retalhos

Escrito em 1975, este conto faz parte de uma alegre fase pop, totalmente inédita (exceto por "A verdadeira estória/ história de Sally Can Dance", de Pedras de Calcutá). Acontece que na época, além da censura oficial, havia uma espécie de anticensura, tão castradora quanto, as famosas "patrulhas ideológicas" — e o resultado é que não havia espaço algum para uma história como esta. De todas as selecionadas para este livro, foi talvez a que menos me deu trabalho. Juvenil e talvez um tanto tola, mas pronta.

Para Antonio Bivar

> de várias cores, retalhos
> nas cores laranja rosa azul-turquesa
> uma calça lee desbotada
>
> ANTONIO BIVAR

LOGO DE MANHÃ bem cedo, a mãe parou espantada na porta do quarto do filho. Um rolinho chegou a desprender-se do cabelo, deslizar ombro abaixo e escorregar pela escada, pinguepongueando. Chamou o pai, que veio sonolento, coçando a barriga, o ar de quem tinha tido pesadelos negros. Ficaram os dois olhando a porta do quarto do filho. A porta do quarto do filho estava fechada pelo lado de dentro. No lado de fora, para onde o pai e a mãe olhavam espantados, certamente o próprio filho, pois não havia ninguém mais na casa capaz de tais absurdos, grafitara em letras grandes, tortas, coloridas:

VOCÊS NÃO TAO COM NADA.

O *tao* estava escrito assim mesmo, sem til, e o pai, professor de português, ficou escandalizado. "Além de desaforado, burro", comentou.

Mas a mãe lembrou que o filho vivia às voltas com um livro cheio de letras chinesas na capa chamado justamente *Tao*, e lembrou ao pai que podia ser uma referência ao livro, não ao verbo *estar*. Um livro estranho — ela ficou pensando enquanto o pai não respondia —, parecia coisa meio religiosa, umbanda talvez, aqueles exotismos do filho, mania de não comer carne, panos nas paredes, sininhos, baralhos com figuras esquisitas, posters de discos voadores e Raul Seixas pelo quarto, aquela mistura de bazar persa com acampamento cigano mais uma pitada de terreiro.

O pai e mãe bateram na porta delicadamente, depois menos delicadamente, depois nem um pouco delicadamente. O pai tentou abrir por fora, mas não conseguiu. Empurrou com o ombro, mas parecia que tinha uma coisa pesada prendendo por dentro. A mãe teve certeza que o filho empurrara a estante contra a porta. E os dois sempre se sentiam tão cansados pela manhã, e tinham tantos pesadelos à noite, tanto barulho dos carros lá fora, tantas dívidas, tantos perigos no futuro incerto, enfim: eles não tinham energia para sequer tentar derrubar aquela porta.

Então a mãe foi chamar o outro filho, que jogava basquete e tinha ombros largos, músculos fortes e uma cara rosada de universitário americano anos 50, só que moreno. O outro filho veio sem muito saco, empurrou a porta devagar com um daqueles ombros enormes, depois coçou a cabeça e sugeriu que dessem a volta na casa para tentar abrir a janela. Tinha jogo à noite, não podia correr o risco de uma distensão, ainda mais por causa daquele babaca.

O pai, a mãe e o outro filho deram a volta na casa e tentaram a tal janela. Mas a janela também estava trancada — parecia ter ferros, correntes, cadeados, grilhões. A mãe ficou indecisa entre desmaiar, ter um ataque de choro ou fazer um café bem forte. O pai só balançava a cabeça e coçava a barriga, repetindo meu-deus-o-que-foi-que-esse-rapaz-aprontou? O outro filho bocejava, fazendo alguns exercícios para desenvolver as coxas. Até que de repente, tocou a campainha, o telefone, o cachorro começou a latir, chegou o jornal, a diarista, tudo ao mesmo tempo — e não se sabe bem como, em menos de quinze minuto a casa estava cheia de vizinhos, parentes e curiosos subindo, descendo escadas, fechando, abrindo gavetas, contando anedotas, fazendo chás e cafés. Como se fosse uma festa. Ou um velório.

A mãe soluçava no ombro de uma vizinha, lembrando um por um de todos os atos do dia anterior, e gemia o-que-foi-que-eu-fiz-de-errado-para-merecer-isso-sempre-fui-a-melhor-das-mães. Alguém mais prático achou que não podiam ficar nisso o dia inteiro, ainda mais agora que havia chegado a televisão, fotógrafos e uns vinte repórteres pedindo cafezinho. Outro insinuou que o filho podia estar morto, suicidado, enforcado, pulsos cortados — mas não havia sangue no corredor —, uma dose excessiva de barbitúricos, esses jovens, nunca se sabe do que são capazes, acalentamos uma víbora em nosso seio, ânimo, querida, esquizofrênico, paranoico, nem falar falava, nunca — nunca se sabe.

E já que eram tantos, e que a suposta estante sustentando a porta por dentro não seria mais forte que a força de todos eles juntos — reuniram-se e começaram a fazer força. Não foi difícil. A porta logo abriu-se, cinematográfica, enquanto os mais dramáticos desmaiavam, flashes estouravam e as luzes quentíssimas da tevê acenderam-se, revelando o interior vazio. Quer dizer, vazio de gente, pois tudo estava nos lugares, surpreendentemente limpo, a cama — milagre! — feita, plantas — as descaradas, ele até conversava com elas —, livros, roupas nos armários. Só faltava a flauta doce, o pôster de Raul Seixas e aquele tal livro do Tao. Ah, e o filho, naturalmente.

Depois de alguns ohs! e ahs! em catatonia coletiva, encontraram um bilhete na cabeceira. Dizia assim: *"Quanto mais conheço minha família, mais entendo Franz Kafka"*. O pai e a mãe não entenderam direito, quem era mesmo esse tal Franz? mas um jornalista de segundo caderno lembrou que o misterioso rapaz poderia ter-se transformado num inseto, uma barata, por exemplo, esses jovens sempre tão imprevisíveis, são capazes de tudo só para chocar os outros. Jogaram todas as almofadas para cima, tiraram todos os discos das capas, os livros das estantes, as roupas do guarda-roupa — mas nenhum inseto digno de nota foi encontrado, também porque a casa fora dedetizada não fazia nem dez dias, lembrou o irmão.

Só depois que todos se foram, pois não havia nada a fazer além de registrar queixa de desaparecimento, e a casa ficou em silêncio, e era quase meio-dia, a mãe veio abrir a janela pensando em debruçar-se pensativa para que os vizinhos a vissem assim, "uma mulher acabada", diriam — e então viu as penas. No peitoril, do lado de dentro, uma porção de penas, dessas mesmo de ave, não de espanador. De uma ave que ela não conhecia. Penas grandes, de muitas cores e formas, desenhos coloridos como nunca vira, nem em desenho nem em bicho vivo. Algumas estavam manchadas de sangue. Era como se um grande pássaro tivesse se debatido horas entre as paredes daquele quarto, até fugir. A mãe só não entendia como, porque a janela ficara fechada até que ela a abrisse, agora, cinco minutos atrás.

Ela suspirou, a mão no peito. Então um ventinho entrou pela janela aberta, arrepiou algumas penas caídas e fez tilintar os sete sininhos dourados suspensos por um fio. O filho dizia sempre que tinham sido enviados do Tibet por alguém muito especial. E que eram mágicos.

II
k'an

*Amarrado com cordas e cabos,
aprisionado entre as muralhas de uma prisão,
cercado de arbustos espinhosos.*

I CHING, O LIVRO DAS MUTAÇÕES

Lixo e purpurina

De vários fragmentos escritos em Londres em 1974 nasceu este diário, em parte verdadeiro, em parte ficção. Hesitei muito em publicá-lo — não parece "pronto", há dentro dele várias linhas que se cruzam sem continuidade, como se fosse feito de bolhas. De qualquer forma, talvez consiga documentar aquele tempo com alguma intensidade, e isso quem sabe pode ser uma espécie de qualidade?

Para
Sandra Laporta
e Homero Paim Filho

27 DE JANEIRO
Encontrei este caderno numa *squatter-house* em Victoria, ontem à noite. Foi enviado da Índia para Mr. John Schwyer Gummer, estava ainda dentro do envelope, mas o endereço na Índia manchou de umidade e mofo, só dá para ler "Calcutá". Será um aviso? Sylvia diz que "a Índia está chamando". Encontramos também um cara chamado Jack, especializado em *squatters*: e trambiques tipo instalações ilegais de luz, água e gás, que vai nos ajudar a descolar casa. Zé apelidou-o de "Jack, o Esquarteador". Fala um *cockney* quase incompreensível. Espero que consiga mesmo a casa, a polícia nos deu um prazo até amanhã ao meio-dia para sairmos da Bravington Road.

Mas gostei do caderno. Reproduzo o desenho que Angie mandou da prisão. Fica sendo a epígrafe.

28 DE JANEIRO
Hoje é dia de mudar de casa, de rua, de vida. As malas sufocam os corredores. Pelo chão restam plumas amassadas, restos de purpurina, frangalhos de echarpes indianas roubadas, pontas de cigarro (Players Number Six, o mais barato). Chico toca violão e canta *London, London: no, nowhere to go*. Poucos ainda sorriem e olham nos olhos.

Hoje é dia, mais uma vez, de mudar de casa e de vida. Os olhos buscam signos, avisos, o coração resiste (até quando?) e o rosto se banha de estrelas dormidas de ontem, estrelas vagabundas encontradas pelas latas de lixo abundantes de London, London, Babylon City. Alguém pergunta: "O que é que se diz quando se está precisando morrer?". Eu não digo nada, é a minha resposta. Sento no chão e contemplo os escombros de Sodoma e Gomorra: brava Bravington Road, *bye, bye*.

Amanhã é dia de nascer de novo. Para outra morte. Hoje é dia de esperar que o verde deste quase fim de inverno aqueça os parques gelados, as ruas vazias, as mentes exaustas de *bad trips*. Hoje é dia de não tentar compreender absolutamente nada, não lançar âncoras para o futuro. Estamos encalhados sobre estas malas e tapetes com nossos vinte anos de amor desperdiçado, longe do país que não nos quis. Mas amanhã será quem sabe o acerto de contas e Jesuzinho nos pagará todas as dívidas? Só que já não sei se ainda acredito nele.

Tão completamente sento e espero que quase acredito ir além deste estar sentado no meio de escombros, *here and now* esperando Zé chegar com a notícia de que conseguiu a casa graças aos poderes de Jack na região de Victoria, Pimlico. Só espero, não penso nada. Tento me concentrar numa daquelas sensações antigas como alegria ou fé ou esperança. Mas só fico aqui parado, sem sentir nada, sem pedir nada, sem querer nada.

As crianças sujas e ranhentas da casa ao lado vêm perguntar se somos ciganos: *are you gipsies?* Sylvia mente que sim — *from Yugoslavia*, diz, agita no ar o pandeirinho com fitas e finge dançar e ler as linhas das mãos das crianças. Gosto tanto desse jeito que Sylvia tem de aliviar as coisas.

Meu coração vai batendo devagar como uma borboleta suja sobre este jardim de trapos esgarçados em cujas malhas se prendem e se perdem os restos coloridos da vida que se leva. Vida? Bem, seja lá o que for isto que temos...

30 DE JANEIRO

Metade dos moradores da Bravington Road nos traiu. Já haviam conseguido outra casa ali perto, em Ladbroke Grove, sem nos dizer nada. Felizmente a amizade de Zé com Jack, o Esquarteador, rendeu esta casa em Victoria. São cinco andares, contando o sótão onde fiquei, mas não há aquecimento e luz só no *basement*. Mas se não tivéssemos conseguido esta, ficaríamos na rua. Que amigos. E acompanharam todo nosso sofrimento, com as malas na calçada, na chuva, com medo da polícia.

Disseram que Angie sai amanhã da prisão. E que irá para a casa de Ladbroke Grove, viver com Deborah.

31 DE JANEIRO
(CARTA DO ESPAÇO SIDERAL PARA NÃO SER ENVIADA A ANGIE)
"Vem, que eu quero te mostrar o papel cheio de rosas nas paredes do meu novo quarto, no último andar, de onde se pode ver pela pequena janela a torre de uma igreja. Quero te conduzir pela mão pelas escadas dos quatro andares com uma vela roxa iluminando o caminho para te mostrar as plumas roubadas no vaso de cerâmica, até abrir a janela para que entre o vento frio e sempre um pouco sujo desta cidade. Vem, para subirmos no telhado e, lá do alto, nosso olhar consiga ultrapassar a torre da igreja para encontrar os horizontes que nunca se veem, nesta cidade onde estamos presos e livres, soltos e amarrados. Quero controlar nervoso o relógio, mil vezes por minuto, antes de ouvir o ranger dos teus sapatos amarelos sobre a madeira dos degraus e então levantar brusco para abrir a porta, construindo no rosto um ar natural e vagamente ocupado, como se tivesse sido interrompido em meio a qualquer coisa não muito importante, mas que você me sentisse um pouco distante e tivesse pressa em me chamar outra vez para perto, para baixo ou para cima, não sei, e então você ensaiasse um gesto feito um toque para chegar mais perto, apenas para chegar mais perto, um pouco mais perto de mim. Então quero que você venha para deitar comigo no meu quarto novo, para ver minha paisagem além da janela, que agora é outra, quero inaugurar meu novo estar-dentro-de-mim ao teu lado, aqui, sob este teto curvo e quebrado, entre estas paredes cobertas de guirlandas de rosas desbotadas. Vem para que eu possa acender incenso do Nepal, velas da Suécia na beirada da janela, fechar charos de haxixe marroquino, abrir armários, mostrar fotografias, contar dos meus muitos ou poucos passados, futuros possíveis ou presentes impossíveis, dos meus muitos ou nenhuns eus. Vem para que eu possa recuperar sorrisos, pintar teu olho escuro com *kol*, salpicar tua cara com purpurina dourada, rezar, gritar, cantar, fazer qualquer coisa, desde que você venha, para que meu coração não permaneça esse poço frio sem lua refletida. Porque nada mais sou além de chamar você agora, porque tenho medo e estou sozinho, porque não tenho medo e não estou sozinho, porque não, porque sim, vem e me leva outra vez para aquele país distante onde as coisas eram tão reais e um pouco assustadoras dentro da sua ameaça constante, mas onde existe um verde imaginado, encantado, perdido. Vem, então, e me leva de volta para o lado de lá do oceano de onde viemos os dois."

4 DE FEVEREIRO
Há tendas árabes pelos quartos, velas acesas nas escadas e a loucura arreganhando seus dentes de jade em cada canto da casa. Para não fazer parte disso, eu quis morrer, quis ir embora, quis perder para sempre a

memória, estas memórias de sangue e rosas, drogas e arame farpado, príncipes e panos indianos, roubos e fadas, lixo e purpurina.

5 DE FEVEREIRO

Eu estava no alto da escada quando bateram à porta da rua. Comecei a descer enrolado no xale roxo das *bad trips*, não há aquecimento, faz muito frio fora dos quartos. Antes que eu descesse, empurraram a porta e entraram, estava aberta. Era um grupo grande, na frente deles Angie e Deborah, de mãos dadas. Eu continuei parado, eles vieram vindo pelo corredor. Mas talvez pelo ácido de ontem, ainda, ou pelo choque, não sei, quem sabe até pela fome — eu tinha a impressão de que quanto mais se aproximavam, mais se afastavam. Como se a cada passo que dessem o corredor aumentasse um pouco.

Sem Angie, pensei, sem Angie não irei mais à Espanha. E não há nenhum sentido em estar aqui.

8 DE FEVEREIRO

Chorei três horas, depois dormi dois dias.

Parece incrível ainda estar vivo quando já não se acredita em mais nada. Olhar, quando já não se acredita no que se vê. E não sentir dor nem medo porque atingiram seu limite. E não ter nada além deste amplo vazio que poderei preencher como quiser ou deixá-lo assim, sozinho em si mesmo, completo, total. Até a próxima morte, que qualquer nascimento pressagia.

11 DE FEVEREIRO

Segunda-feira, vida nova. Sylvia me acordou às quatro da manhã para irmos com Zé até Earl's Court tentar conseguir trabalho na fábrica. Ninguém tinha dinheiro para café nem nada. Faz muito frio, os automóveis têm uma camada de gelo em cima. Compramos o ticket do metrô, essa hora é perigoso andar sem pagar, tem muita fiscalização. Eles passaram a roleta e me chamaram. Eu ia enfiar o ticket na máquina, mas foi então que percebi que não suportava mais. As pessoas me empurravam querendo passar, o trem chegou, Sylvia e Zé perguntavam do outro lado: "Você não vem? Você não vem?".

Sem pensar, gritei: "Não, eu vou voltar para o Brasil". Não planejei dizer aquilo, não planejei decidir nada. Quando vi, já tinha dito, já tinha decidido.

No caminho de volta apanhei uma garrafa de leite numa porta. Um carro da polícia parou do lado. Meu passaporte está preso no Home Office, só tenho uma carta deles, toda rasgada. Quiseram saber mais, eu disse que era *squatter*, ficaram excitadíssimos. Falei que era *Brazilian* e foi pior. O rato deu uma cuspida e rosnou: "*Oh, Brazilian, South America? I know that kind of people...*". Mandou que eu tirasse os tênis, as meias, me deixou completamente descalço no cimento gelado, me revistou inteiro. Fiquei puto e perguntei se ele não queria vir até aqui, disse que tínhamos montes de drogas, armas e bombas. Ligou um radinho, falou não sei com quem. Queria saber onde eu tinha comprado a garrafa de leite. Lembrei de um supermercado em Earl's Court que fica aberto a noite toda, menti que tinha sido lá. Ele disse que àquela hora estava fechado. Garanti que não, sabia que não fecha nunca, no Natal costumávamos ir lá toda noite roubar macarrão. Ele pediu a nota de compra. Falei que tinha jogado fora.

A humilhação durou quase uma hora. Enfim me soltou e mandou que saísse do país: "*Off! You're not welcome here!*". Eu disse que estava justamente vindo para casa escrever uma carta pedindo passagem de volta. Era verdade.

13 DE FEVEREIRO
Chico me deu uma chaleira daquelas que apitam quando a água está prestes a ferver, com um coador de metal dentro para o chá. É muito engraçada, redonda e solene, nós a batizamos de Rudolpha Elizabeth, the First. Tínhamos apanhado alguns móveis numa casa vizinha que parecia abandonada, a chaleira estava na cozinha. Estávamos tomando o primeiro Earl Grey preparado em Rudolpha quando chegaram o dono da tal casa, furioso, a polícia pedindo passaporte, cães pastores farejando tudo. Devolvemos os móveis, Rudolpha não.

A polícia e os cães se foram, o homem não, parecia muito curioso com tudo. Tirou do bolso uma garrafinha de scotch e ficou bebendo e pedindo para que cantássemos "*Blue Moon*". Cantamos várias vezes, ele cantava junto e sempre queria mais.

14 DE FEVEREIRO
Acho que foi efeito do homem que gostava de "*Blue Moon*". Cantamos na rua em Piccadilly e Trafalgar Square. Deu vinte libras. Nosso maior sucesso é "*La bamba*", depois "*Preta, pretinha*", dos Novos Baianos. Toco maracas, Zé violão, Chico bongô e Sylvia o pandeirinho de fitas. La Baja dança e canta.

16 DE FEVEREIRO
Apareceu ópio, não sei de onde. Fumamos, alguns vomitaram. Fiquei deitado, imóvel. Tudo parecia perfeito. Mas qualquer movimento mais brus-

co ameaçava a perfeição, era preciso mover-se muito devagar. Acho que peguei o jeito, devo ter vocação para opiômano. Sem me mover, as mãos cruzadas no peito, havia às vezes como umas ondas de cetim envolvendo tudo, arabescos orientais no teto, nas paredes. Não era bom nem mau: era apenas perfeito, sem pensamentos nem aflições, eu poderia ficar para sempre ali naquela espécie não exatamente de morte, mas de vida suspensa.

Mas depois inventaram de cheirar heroína e, claro, não resisti, cheirei também. Acabou a perfeição do ópio, veio a náusea. Vomitei loucamente e só, sem sentir nada além de mal-estar.

20 DE FEVEREIRO

Zé recebeu a indenização da fábrica, de quando tinha cortado a mão, pegou todo o dinheiro e, sem contar para ninguém, comprou uma passagem para o Brasil. Volta hoje, todo mundo está triste. De certa forma, era o melhor de nós. Sem Zé, não teremos mais fotos nem pão quente roubado de manhã cedo.

22 DE FEVEREIRO

Mona também se foi para Paris, vai tentar arrumar trabalho por lá. "Enchi desse miserê", disse. Ficamos todos meio ofendidos.

A casa inteira resfriada. O dinheiro vindo do Brasil dançou quase todo, ainda bem que eu tinha comprado bastante arroz integral. Com os palitos de madeira, mastigo trinta vezes cada porção. Dá para parar de pensar.

Cacá me expulsou do quarto no sótão, Sylvia disse que posso ficar num canto do quarto dela, que é muito grande. Helô diz que Cacá anda transando com o demônio, fazendo trabalhos com espelhos. Jogou um Tarot para confirmar, mas não deu nada.

23 DE FEVEREIRO

Com tanta gente indo embora, ficou um quarto vazio em cima. Pensei em mudar para lá, mas me dou bem com Sylvia e vieram morar uns franceses heroinômanos, amigos não sei de quem. Andam sempre de preto, só saem à noite e não dá para saber ao certo quantos são. Não falam com ninguém, não fazem nenhum barulho, nunca. Parecem sombras.

25 DE FEVEREIRO

Essa morte constante das coisas é o que mais dói.

Não quero ser a carpideira do meu tempo. Mesmo encontrando todos os dias pelas escadas os devotos de Morfeu, com suas caras verdes, suas veias machucadas. Amanhã alguém nos cantará. Um rock de horror?

Depois de todas as tempestades e naufrágios, o que fica de mim em mim é cada vez mais essencial e verdadeiro.

Inverno aqui se escreve com F. E a gente entende por que todas aquelas histórias góticas, Frankenstein, Drácula, nasceram aqui. Na esquina, a igreja com o cemitério ao lado, cheio de lápides corroídas, é o perfeito cenário de um filme de horror. Roubamos do altar velas longas, amareladas, lindas.

SEM DATA
Deborah e Angie, me disseram, estão juntando dinheiro para ir para a Grécia.

SEM DATA
Grafitado num muro em St. Johns Wood: *"Flower-power is died!"*.

SEM DATA
Escuta aqui, cara, tua dor não me importa. Estou cagando montes pras tuas memórias, pras tuas culpas, pras tuas saudades. As pessoas estão enlouquecendo, sendo presas, indo para o exílio, morrendo de overdose e você fica aí pelos cantos choramingando o seu amor perdido. Foda-se o seu amor perdido. Foda-se esse rei-ego absoluto. Foda-se a sua dor pessoal, esse seu ovo mesquinho e fechado.

SEM DATA
Claro, o dia de amanhã cuidará do dia de amanhã e tudo chegará no tempo exato. Mas e o dia de hoje?

Só quero ir indo junto com as coisas, ir sendo junto com elas, ao mesmo tempo, até um lugar que não sei onde fica, e que você até pode chamar de morte, mas eu chamo apenas de porto.

2 DE MARÇO
Chorar por tudo que se perdeu, por tudo que apenas ameaçou e não chegou a ser, pelo que perdi de mim, pelo ontem morto, pelo hoje sujo, pelo amanhã que não existe, pelo muito que amei e não me amaram, pelo que tentei ser correto e não foram comigo. Meu coração sangra com uma dor que não consigo comunicar a ninguém, recuso todos os toques e ignoro todas as tentativas de aproximação. Tenho vontade de gritar que esta dor é só minha, de pedir que me deixem em paz e só com ela, como um cão com seu osso.

A única magia que existe é estarmos vivos e não entendermos nada disso. A única magia que existe é a nossa incompreensão.

11 DE MARÇO
Louco de *speed, hash* e solidão. Mudar, partir, ficar. Fomos despejados novamente, nos deram três dias de prazo. Vontade de ler Carlos Drummond de Andrade:

> *Tudo somado, devias*
> *precipitar-te — de vez — nas águas.*
> *Estás nu na areia, no vento...*
> *Dorme, meu filho.*

A casa agonizante. As pessoas andando pelo escuro, velas nas mãos, como fantasmas. Ou como crianças perdidas. Vontade de fugir para não ver esses — quantos? vinte, trinta? — olhos assustados pelas escadas, essas vozes baixas, esses sons ingleses, espanhóis, portugueses, franceses. Não ver, não ouvir, não tocar, não sentir.

O frio entra pelas frestas das portas e janelas. Tirados os panos das paredes e todos os disfarces, tudo fica feio, miserável. Alguém cagou dentro da banheira. Há montes de lixo pelas escadas e corredores. Fomos expulsos, não vale a pena arrumar mais nada, limpar mais nada. Esse lixo espalhado pela casa são os nossos sonhos usados, gastos, perdidos.

Sinto ódio, não sei exatamente de quem ou de quê. O estômago vazio há mais de trinta horas, os cigarros filados aqui e ali, o dente quebrado em plena *bad trip*. Quero outra vez um quarto todo branco e um par de asas. Mesmo de papelão.

13 DE MARÇO
Segundo dia na escola de belas-artes. Estou exausto. *Keep still yourself —*

still like that — can you move your face? — turn left, please. Gentis e distantes, sou pouco mais que um objeto até o *take a rest* que recebo com alívio. Mr. Graham pediu que posasse das 18h às 21h, já tinha posado das 9h às 18h.

Mas aceito, à noite pagam melhor. Precisávamos ir ver umas *squatter--houses* em Paddington, não vou aparecer nem tem telefone para avisar. Temos que mudar até amanhã. Tudo vai mal. Até arrumar este trabalho, Sylvia me pagou alguma comida. Só penso em voltar, lá não há liberdade, mas tem sol. E comida.

14 DE MARÇO

A sensação é de estar afundando na areia movediça. No lodo.

O professor de desenho me vê com um livro de reproduções de Magritte na hora do almoço e diz que Magritte pintava sonhos, e que é impossível ter sonhos às seis da manhã numa estação de metrô. Me surpreendo arranjando energia para contestar. E digo no meu inglês péssimo que se a realidade nos alimenta com lixo, a mente pode nos alimentar com flores. Talvez porque eu mesmo tome metrô todo dia às seis da manhã para fazer todas as conexões e chegar a Aldgate, com Magritte embaixo do braço.

Estamos sem casa. Saio daqui às quatro e encontro com Hermes na porta da casa velha de Victoria para irmos — onde?

Minha aparência é péssima, a mente e o corpo exaustos. Mas existe uma tranquilidade estranha. Não tenho mais nada a perder. Não sabia que o mundo era assim duro, assim sujo. Agora sei. Tenho apenas essa consciência, que só a loucura ou uma lavagem cerebral poderiam turvar. Sobrevivo todos os dias à morte de mim mesmo. Sinto como uma virilidade correndo no sangue.

15 DE MARÇO

Sonhei. Há muito não sonhava.

Havia uma festa. Era um lugar agradável, ao ar livre, um parque ou um jardim. Quando eu vinha embora Pablo pediu que esperasse por ele, mas eu estava interessado em outras coisas e não dei muita atenção. Era noite, eu vestia a capa preta marroquina. Na rua, um homem tentava voar numa máquina com asas, como aquelas engenhocas de Leonardo da Vinci. Havia um incêndio numa casa próxima, muitas pessoas corriam. Eu não estava interessado. Encontrei Deborah, empurrando um carrinho de bebê com um adulto dentro. Ela disse: "Vou embora para o Brasil. Angie vai ficar. Eu vou escrever de lá". Eu continuei andando, preocupado com Pablo, se estaria me esperando ou não. Segurei as pontas da capa marroquina e comecei a correr como se quisesse voar. Era bom. As pessoas apontavam e diziam: *"Look at him: he's tryng to fly!"*. De repente um policial me segurou pelo capuz e perguntou por que eu estava correndo. Respondi agressivo: *"Just because I like it!"*. Ele sorriu e me soltou. Continuei correndo, tentando voar. No começo de uma colina parei e olhei para o céu. E vi a lua, em quarto crescente, bem ao lado de Saturno. Era muito bonito. Fiquei maravilhado e pensei que coisas extraordinárias deveriam estar acontecendo com aquela conjunção. Nesse momento uma estrela caiu. Pensei em fazer um pedido, mas a estrela já sumira, e eu sabia que o pedido só valia enquanto ela estivesse visível. Mesmo assim, pedi: que Pablo ainda estivesse me esperando. Comecei a subir os degraus que levavam à nossa casa de Victoria, que estava no alto da colina. Os degraus de pedra eram irregulares e muito gastos, sobre eles havia várias velas, algumas acesas. Apanhei uma delas e entrei na casa. A sala estava cheia de móveis antigos, com aquela luz azulada da lua e de Saturno entrando pelas vidraças. De um andar superior vinha música, acho que era *"Angie"*, com Mick Jagger. Subi as escadas e encontrei um desconhecido sentado, lendo. Falei a ele sobre a lua e Saturno, mas não pareceu interessado. Então tomei-o pelo braço e levei-o até o terraço. Apontei o céu. Nesse momento algumas nuvens cobriram a lua, e ele não viu nada. Sacudiu os ombros, voltou a entrar, a sentar e a ler. Fiquei irritado, chamei-o *de your fucking bastard!* várias vezes, mas ele não me deu atenção. Não havia mais ninguém em casa. Pensei em Pablo, queria muito que estivesse me esperando para mostrar-lhe a lua e Saturno. Comecei a subir para meu quarto, procurando por ele. Acordei.

15 DE MARÇO
Estou sozinho num flat recém-invadido. Um homem com uma arma queria nos mandar embora. Não fomos. São vários flats num prédio grande, há uma organização *underground* de *squatters* tentando invadi-los. Estão armados com pedaços de paus e pedras. Harrow Road, Westbourne Park, uma zona velha e pobre, terrivelmente úmida. Atrás do flat há um canal de águas poluídas, vezenquando passam barcos.

Chico saiu para comer, Hermes batalhar entrada para assistir Chick Corea no Rainbow, Cotrim foi lavar seus pratos no restaurante, Flávio desapareceu, Pablo e Sarah, também. Sylvia vai para um outro flat aqui no mesmo prédio. Rô, Helô e Little Sô foram parar numa *squatter* em Sutherland Avenue, aqui perto. Uma barra. Junkies pesados, heroína, morfina, polícia rondando, paredes quebradas, sujeira, miséria. E as três idiotas fascinadas com o horror, falando sem parar em Janis Joplin, Jimi Hendrix, Jim Morrison.

Reconstituí o dente quebrado num dentista de Earl's Court, passei na Biba depois, não roubei nada e vim "para casa". Comprei maçãs, tenho algum dinheiro da escola. Acho que vou ao cinema. A partir das oito, no Classic de Nothing Hill Gate tem uma sessão quádrupla sensacional: *Performance, Five Easy Pieces, Easy Rider* e *Drive, He Said*. Acho que o dinheiro dá até para comer um sanduíche no intervalo. Luxo!

Aqui é muito feio. Nem aquecimento nem luz, como sempre, mas parece que é possível fazer uma ligação elétrica clandestina. Há uns irlandeses ótimos na parte do prédio onde está Sylvia, sabem fazer todas essas coisas. Hermes diz que devem ser terroristas do IRA, possivelmente são mesmo. Tem uma banheira na cozinha, está imunda. Estou sujo, barbudo, cansado. Sonho com banheiras limpas, shampoos, sabonetes, toalhas felpudas, lençóis brancos, café. Mais nada. Aqueles junkies de Sutherland não me saem da cabeça. As peles, meu Deus, as peles gastas. Estarei assim?

19 DE MARÇO
"Querida mãe:

A vida aqui anda agitada. Precisamos mudar de novo. Agora estou dividindo um apartamento com Hermes (acho que a senhora lembra dele, era o meu amigo professor de inglês do Yázigi). Fica numa zona antiga de Londres, tem uma igrejinha do século XVI perto e um riozinho que corre atrás do bloco de apartamentos. Não mando o endereço porque ainda não é certo que fiquemos aqui por muito tempo. Se ficarmos, talvez em seguida a gente possa mandar instalar um telefone, até poderíamos bater um papo, quem sabe?

Continua fazendo frio, mas agora tem um pouco mais de sol e a primavera começa depois de amanhã. Semana passada nevou um pouco. Foi lindo. Estou realmente bem. Não sei por que suas cartas vêm sempre tão cheias de medos e suspeitas. Hoje está soprando um vento, não lembro o nome, que os ingleses dizem vir do País de Gales. Todo mundo escancara portas e janelas para que o vento leve embora os maus-espíritos do inverno. É um vento mágico, dizem. Beijos para o pai e para todos."

20 DE MARÇO
Na Sir John Cass School of Art, posando desde nove da manhã. Hora do almoço, estou com muita fome e não tenho um maldito *shilling*. Preciso ficar até as 18h, é a hora que eles me pagam. Caminhei um pouco na rua para ver se esquecia a fome, mas faz muito frio e o gelo entra pelo pano dos tênis. Enfastiada, Mrs. Pountney come uma maçã ao meu lado, tem um sanduíche no colo. Sorri, não oferece nada. Sorrio também. Minha vingança é que é uma péssima pintora.

25 DE MARÇO
Depois de muito tempo, encontro Angie em Portobello no sábado. Nada a dizer entre nós. Está gasto, aparência suja e cansada. Sacaneou várias pessoas — pegou grana para comprar *hash,* não comprou nada nem devolveu a grana, inventou várias histórias, sujou com todos. Quando chega, saem de perto. Não consegui ver mais nele aquele menino recém-chegado de Firenze, que apareceu na nossa antiga casa de Olympia com uns olhos grandes e limpos, parecido com Rita Hayworth. As prisões, os roubos, as *bad trips,* os trabalhos duros, as humilhações e as fomes mataram aquele menino. Sobrou o trambiqueiro, o transador. Vapor barato. Há muitos assim. E ainda falam de paz-&-amor, boas-vibrações & alto-astral...

5 DE ABRIL
Pablo foi embora para Barcelona. Não conseguiu o passaporte falso, vai ter mesmo que enfrentar o serviço militar. Dei a ele a pulseira marroquina, provavelmente não vamos nos ver nunca mais. Mas não vou esquecê-lo, repetindo horas cada vez que tomava ácido *"No es verdad... No es posible... No lo puedo creer...".*

10 DE ABRIL
Duas cartas ao mesmo tempo, escritas quase no mesmo dia. Uma de Anita, a garota sueca que vendia sorvete ano passado no quiosque em Estocolmo, perguntando se não vou trabalhar lá este verão. A outra é de Clara, no Rio, dizendo que sim, que eu vá, que continua sempre a minha espera.
 E se eu mudasse meu destino num passe de mágica? Voltar a Estocolmo, casar com Anita, ganhar passaporte sueco, auxílio desemprego do governo, viajar para a Índia, Goa, Nepal, Katmandu. Não sei se conseguiria. Estranho, mas é sempre como se houvesse por trás do livre-arbítrio um roteiro fixo, predeterminado, que não pode ser violado. Um roteiro interno que nos diz exatamente o que devemos ou não fazer, e obedecemos sempre, mesmo que nos empurre para aquilo que será aparentemente o pior. O "pior" às vezes é justamente o que deveria ser feito?

16 DE ABRIL
Quatro *freaks* no Holland Park, ao entardecer, embaixo de uma árvore toda vermelha, tocando flauta e cítara. Parecem uma pintura. Sentamos embaixo de outra árvore em frente, Hermes e eu, e ficamos olhando como se fôssemos nós mesmos num espelho, passados a limpo. Pareciam eternos. Sorriram para nós, mas de repente tive consciência do saco de papel todo amassado do supermercado de Earl's Court nas minhas mãos

suadas, me voltou a dor nas costas de posar imóvel para escultura. Levantamos, atravessamos o parque e de repente estávamos em Nothing Hill Gate e a cidade era confusa e suja e barulhenta.

20 DE ABRIL
Fui rever *Midnight Cowboy* depois da escola. Já havia visto no Brasil, mas naquela época era pura ficção. Agora não, parecia minha própria vida, só um pouco piorada. Fumei um e fiquei dando voltas no Hyde Park sem ter a menor ideia de onde estava, em que cidade, que país, só sabia que era num planeta sujo.

29 DE ABRIL
Na estação de Charing Cross um desconhecido todo vestido de couro negro me diz que quando o viajante interplanetário se aproxima de Saturno imediatamente sente a mudança das vibrações. Que a forma dos habitantes de Saturno darem boas-vindas é fazer amor com os visitantes. Disse que vinha de Saturno e me convidou a fazer amor com ele. Perguntou: "Posso atravessar as portas de seu templo?". Tá querendo me enrabar, traduzi. E caí fora. A loucura brilhava nos olhos dele. Bem, de qualquer forma foi a cantada mais cósmica que já recebi em toda a minha vida.

7 DE MAIO
Pelo menos estou vivo. Em movimento, andando por aí, perdendo ou ganhando, levando porrada, passando fome, tentando amar. "De cada luta ou repouso me levantarei forte como um cavalo jovem", onde foi que li isso? Sei: Clarice Lispector, meu Deus, foi em *Perto do coração selvagem*.

8 DE MAIO
Daniel, o espanhol anarquista e escultor da Barrow Hill Studio, onde comecei a posar também, fala muito no poeta León Felipe. *"Tenía cojones"*, repete. Hoje me emprestou a *Antología rota* e copiei:

> *El mundo es una slot-machine*
> *con una ranura en la frente del cielo,*
> *sobre la cabecera del mar.*
> *(Se ha parado la máquina*
> *se ha parado la cuerda.)*
> *El mundo es algo que funciona*

> *como el piano mecánico de un bar*
> *(Se ha acabado la cuerda*
> *se ha parado la máquina.)*
> *Marinero,*
> *tú tienes una estrella en el bolsillo...*
> *¡Drop a star!*
> *Enciende con tu mano la nueva música del mundo,*
> *la canción marinera de mañana,*
> *el himno venidero de los hombres...*
> *¡Drop a star!*
> *Echa a andar otra vez en este barco vazio, marinero.*
> *Tu tienes una estrella en el bolsillo...*
> *Una estrella nueva, de paladio, de fósforo, de imán.*

13 DE MAIO

Tentei durante quase uma semana, não consegui trabalho na fábrica. Isso quer dizer que voltarei ao Brasil sem dinheiro. Talvez nem possa passar no Rio para ver Clara. O flat está uma bagunça. Hermes e quase todos os outros vão para Estocolmo trabalhar durante o verão, ninguém mais se importa com nada. Sábado vamos para Swiss Cottage, para a casa de Charles, de lá parto para o Brasil.

16 DE MAIO

Passamos a noite na delegacia de Earl's Court. Motivo: Hermes e eu fomos presos roubando uma biografia recém-lançada de Virginia Woolf escrita por Quentin Bell, o filho de Vanessa. Ficamos rondando, eram dois volumes cheios de fotos, eu estava com a capa marroquina, Hermes com um casaco enorme. Enfim apanhamos um volume cada um e saímos para a High Street Kensington. Já estávamos quase no parque quando o cara da livraria veio correndo atrás. Chamaram a polícia, Hermes nervosíssimo, achando que seríamos deportados. Brinquei, dizendo que de agora em diante Virginia Woolf seria nossa padroeira, nossa fada-madrinha. E que *anyway* era um roubo muito digno. Dormimos cada um em uma cela e de manhã cedo, sem café nem nada, nos levaram num carro cheio de pequenas celas individuais para Shepherd's Bush, para apanhar mais presos. Conversei um pouco com um suíço ladrão de joias, elegantíssimo, bigodes louros retorcidos para cima, a cara de Helmut Berger. Havia mais duas indianas pegas roubando roupas íntimas na Biba e um *freak* holandês com uma mala enorme cheia de tijolos de haxixe. Todos odeiam a Inglaterra. Roubaram o mundo inteiro, diz uma das indianas, e agora não querem ser roubados?

Fomos julgados na corte de Hammersmith, o mesmo lugar onde julgaram Angie das outras vezes. O juiz era uma mulher, cara muito fechada. Dissemos que éramos estudantes de literatura e não tínhamos grana para comprar livros. Não adiantou nada: trinta libras de multa para cada um. Merda, todo o dinheiro que eu pretendia levar para o Brasil.

Hermes foi trabalhar arrasado. Vim para casa, deitei no meio do kaos com aquele xale roxo de fazer *bad trip* e fiquei esperando visitas. Essas notícias correm depressa, todo mundo já sabia, e também todo mundo já foi preso. Chico trouxe o violão e cantou, Helô jogou um Tarot para mim, mas sempre sai a Torre Fulminada pairando, ela fica insistindo que pode ter um bom significado, mas sei que é sempre péssimo. Sylvia trouxe um bolo e um maço de Players Number Six, vai depois de amanhã para Estocolmo. Suavíssimos, todos. Imagine se eu ia perder uma oportunidade rara dessas de ser bem-tratado.

22 DE MAIO
Eu me fui, eu me sou, eu me serei em cada um dos girassóis do reino a ser feito. E as coisas terão que ser claras. Releio o que escrevi neste caderno, desde janeiro, revejo o que vivi. Tudo me conduziu para este *here and now*. Tudo terá que ser claro. *How can I tell you?*

25 DE MAIO
Cartão de Estocolmo, Sylvia diz: *"India is the way"*. No fim do verão, há sempre caronas saindo de Amsterdam. Vai-se pelo Nepal, pela Armênia. O caminho terrestre para as Índias. *Todo mundo* está indo para lá, Sylvia garante. Vacilo, fico pensando: e se eu mudasse tudo e fosse também? Primeiro Estocolmo — *tak, tak, inte pratte svenska, venta po mei* —, um quarto em Kungshambra ou Freskati. Depois Katmandu em vez de Copacabana, budismo tibetano em vez de escola de samba.

26 DE MAIO
Hermes me dá os poemas de Sylvia Plath. São febris, obsessivos, mórbidos, mas não consigo parar de ler. Fico tentando traduzir "Fever 103", mas é difícil, já nos três primeiros versos tenho um problema:

> Pure? What does it mean?
> The tongues of hell
> Are dull, dull as the triple [...]

Os dois primeiros versos, tudo bem. E "labaredas" acho que fica melhor que "línguas", é evidente que ela está se referindo ao fogo dos infernos. Mas como traduzir *dull*? Opacas, sujas, gordurosas?

Sylvia Plath é sempre um mal-estar.

27 DE MAIO

Hermes também partiu para Estocolmo, me deixou alguns *cleanings*. Com Charles, vim para um fim de semana em Chichester, na casa de Billy e Mike. É bonito aqui. A cozinha branca, o bule vermelho sobre a mesa de madeira, a janela aberta para o jardim cheio de rosas e trepadeiras, um dia de primavera nítido. As vozes de Charles, Billy e Mike lá fora, combinando assistirem Diana Dors no festival de teatro, à noite ela faz *Seis personagens em busca de um autor* de Pirandello. Quando criança, eu colecionava fotos dela, de Jayne Mansfield e Mamie van Doren, todas as imitadoras de Marilyn Monroe. Agora, ela é uma senhora de idade, virou artista séria, a dois passos daqui. A vida é mesmo doida.

Talvez eu já não esteja completamente aqui. Nem lá, seja onde for. Antes de viajar, fico pairando. Talvez a alma parta antes, e não saiba direito para onde ir sem o corpo. Na morte deve ser parecido.

Billy pergunta de Angie. Foi deportado, digo — é verdade, alguém me contou há alguns dias, não lembro quem. Sei que Deborah ficou em Londres, me disseram que estava trabalhando como *scort-girl*. Charles seca a Henna dos cabelos ao sol. Há tanto sol hoje, quase tanto quanto no Brasil todos os dias. Me revisito no inverno, subindo as escadas sujas no escuro, uma vela acesa na mão, sentindo fome, o dente quebrado. Quero esquecer completamente. E sei que nunca esquecerei.

28 DE MAIO

Fui fazer meu último *cleaning*. Diálogo com Mrs. Simmons:

— *What about my fears?*

— *Well, I never pay fears to Hermes.*

— *Sorry, but I'm not Hermes. I came from Chichester today only to clean your house.*

Fui ao banheiro lavar as mãos. Tinha que me dar dez pences. Uma inglesona redonda, rosada, busto enorme, corada, aquele ar de gentileza excessiva que esconde sempre o desprezo. Que povo. Quando saio do banheiro, ela me espera na escada com uma moeda de *cinco* pences na pata gorducha.

— *That's your money.*

Fiquei puto, berrei:

— *I don't want it! I don't need your fucking money! I hate all the English ladies!*

Fui saindo. Ela atrás, imperturbável, monstruosa:
— *Please, could you take the rabbish to the basement?*
— *No! I can not! I'm going to my country!*

29 DE MAIO
(no avião)
Problemas em Heathrow na hora de pesar a bagagem. Teria que pagar umas trinta libras de excesso, e eu só tinha cinco. Enfiei uns jeans dentro das mangas de um casaco, distribuí outras coisas pelos bolsos, mas tive que deixar muita coisa com Charles. Ficaram todos os panos indianos, os livros de Tarot, Macrobiótica, Alquimia, Astrologia, o vaso chinês, as duas bonecas, a bailarina e a camponesa, a chaleira Rudolpha Elizabeth. E os diários todos da Espanha, França, Suécia, Holanda, os primeiros tempos de Londres. Fiquei pensando se não terei deixado o essencial — e o essencial eram as coisas que coloriram a minha vida nesses dois anos sem cor.

Vejo a Inglaterra de cima. Não sinto nada. Vazio. Agora tudo é passado. Meu presente é este voo onde nada acontecerá. E o futuro branco. Londres fica para trás. Ainda está claro, dá para ver o canal da Mancha, a ilha de Wight ao longe. Fome. Vontade de conversar com alguém, mas perto só há uns italianos de ternos escuros falando muito rápido, parecem mafiosos. E devem ser.

Canapés e coca-cola. A aeromoça da Aerolineas Argentinas fala espanhol com os outros e inglês comigo. Deve ser o brinco na orelha esquerda, roubado do antiquário de Chichester, a bolsa indiana roubada na Biba, os óculos roubados em Portobello. É tudo roubado, *cariño, puedes hablar español.*

Orly. Afinal, não voltei a Paris. Mas haverá tempo. Um crescente enorme no céu. Faço as contas, deve estar em Virgem. Reorganizar tudo no Brasil? Sobe um time inteiro de futebol ou algo assim, franceses. Cutucam-se, me olham, me filmam. Minha aparência destoa completamente de todo o resto. Começo a desconfiar que London, London, Babylon City é um lugar *very, very special.*

Peço à aeromoça algumas revistas ou jornais brasileiros. Ela me traz uma *Manchete*. Misses, futebol, parece horrível. Então sinto medo. Por trás do cartão-postal imaginado, sol e palmeiras, há um jeito brasileiro que me aterroriza. O deboche, a grossura, o preconceito.

Saímos de Madri, Barajas. Dei uma voltinha pelo aeroporto. Uma caretice absolutamente inacreditável, é como se tivesse entrado numa máquina do tempo. Devo ter ficado tão acostumado às roupas e ao *feeling* londrino que simplesmente esqueci que, além da ilha, existem outras coisas. A memória é sempre muito sacana.

De dentro do caderno cai uma folha dobrada. É um poema que Clara encontrou, copiou e mandou do Rio, sobre Ícaro. Diz que é de Darwin, acho estranho. Mas leio outra vez e copio para não pensar:

> *... com a cera derretendo e o fio solto*
> *caiu o desgraçado Ícaro, sob inertes asas;*
> *direto através do céu medonho,*
> *com os membros torcidos e os cabelos em desalinho,*
> *sua plumagem espalhada dançou sobre a onda*
> *e, chorando-o, as nereidas ornaram sua sepultura aquática.*
> *Sobre seu pálido corpo deitaram suas flores de pérolas marinhas*
> *e espalharam musgo vermelho no seu leito de mármore*
> *e em suas torres de coral repicaram os sinos*
> *que ressoaram sobre o vasto oceano esse dobre.*

Sobrevoamos o Atlântico, a grande asa sob minha janela. Escrevo, escrevo. O ronco dos motores, as narinas cheias de casquinhas de sangue endurecido. Penso em Sylvia, em Estocolmo, irá mesmo para a Índia? E eu não fui, agora é tarde. Tenho medo, desde Londres as palmas de minhas mãos estão encharcadas de suor.

Meu Deus, não sou muito forte, não tenho muito além de uma certa fé — não sei se em mim, se numa coisa que chamaria de justiça-cósmica ou a-coerência-final-de-todas-as-coisas. Preciso agora da tua mão sobre a minha cabeça. Que eu não perca a capacidade de amar, de ver, de sentir. Que eu continue alerta. Que, se necessário, eu possa ter novamente o impulso do voo no momento exato. Que eu não me perca, que eu não me fira, que não me firam, que eu não fira ninguém. Livra-me dos poços e dos becos de mim, Senhor. Que meus olhos saibam continuar se alargando sempre. Sinto uma dor enorme de não ser dois e não poder assim um ter partido, outro ter ficado com todas aquelas pessoas.

Volta a pergunta maldita: terei realmente escolhido certo? E o que é o "certo"? Digo que todo caminho é caminho, porque nenhum caminho é caminho. Que aqui ou lá — London, London, Estocolmo, Índia — eu continuaria sempre perguntando. Minhas mãos transpiram, transpiram. O nariz seco por dentro. Não quero escrever mais nada hoje. Um casal transa em pé no corredor, sobre o Atlântico. O italiano a meu lado dorme com a mão no pau o tempo todo, será um costume latino?

A lua já se foi. As Plêiades, como dizia Safo, já foram se deitar. E eu vim-me embora, meu Deus, eu vim-me embora.

Creme de alface

O que me aterroriza neste conto de 1975 é a sua atualidade. Com a censura da época, seria impossível publicá-lo. Depois, cada vez que o relia, acabava por respeitá-lo com um arrepio de repulsa pela sua absoluta violência. Assim, durante vinte anos, escondi até de mim mesmo a personagem dessa mulher-monstro fabricada pelas grandes cidades. Não é exatamente uma boa sensação, hoje, perceber que as cidades ficaram ainda piores, e pessoas assim ainda mais comuns.

Para Vania Toledo

ENFIM, ENUMEROU na esquina, Raul se enforcara no banheiro, cinco anos exatos amanhã, e este maldito velho com passinho de tartaruga bem na minha frente, eu tenho pressa, quero gritar que tenho muita pressa, Lucinda quebrou as duas pernas atropelada por um corcel azul três dias depois da Martinha confessar que estava grávida de três meses, e não quer casar, a putinha, desculpe, mas o senhor não quer deixar eu passar? tenho pressa, meu senhor, o telegrama, a putinha, crispou as mãos de unhas vermelhas pintadas na alça da bolsa, pivetes imundos, tinham que matar todos, venha urgente, ir como com aquele desconto de trinta por cento no salário e todos os crediários, papai muito mal pt, apoiou-se, não, não se apoiou, não havia onde se apoiar, apenas pensou no apoio de alguma coisa sólida que não estava ali, havia só os corpos, centenas deles indo e vindo pela avenida, ela roçando contra as carnes suadas, sujas, as gosmas nas lentes dos óculos, como se não bastasse a tia Luiza agora que nem criancinha, mijando nas calças, brincando de boneca, dá licença, minha senhora, tenho seis crediários para pagar ainda hoje sem falta, aqueles jornais cheios de horrores, aqueles negrinhos gritando loterias, porcarias, aquele barulho das britadeiras furando o concreto, naquele dia, a fumaça negra dos ônibus e eu de blusa branca, a idiota, introduzindo devagar a chave na porta do apartamento de Arthur, buquê de crisântemos na outra mão, uma hora tão inesperada, e tão inesperados os crisântemos, a senhora não vai andar mesmo? o sinal já abriu faz horas, só uma cretina seria capaz de trazer duas crianças ao centro da cidade a esta hora, ele jamais poderia imaginar, o ruído leve da chave abrindo a porta, animal, por que não olha onde pisa? atravessar a sala na ponta dos pés, abrir a porta do quarto e de repente a bunda nua de Arthur subindo e descendo sobre o par de coxas escancaradas da empregadinha, meu deus, mulatinha ordinária, se pelo menos fosse uma profissional, eu podia entender, eu não podia entender, vomitou no elevador sobre os crisântemos amarelos, não, não sei onde é a Casa Oriente, pergunte para o guarda, agora ele vai morrer, será castigo? câncer no baço, nunca mais seu cheiro de cavalo limpo, nunca mais o peso e os pelos de seu peito sobre meus seios quase murchos, a putinha, a mulatinha vadia, por isso me olhava com aquele ar superior, ainda por cima esse calor absurdo em pleno inverno, o eixo da Terra, dizem, a estufa, o ozônio, tudo um horror, em dez anos estaremos todos surdos, cegos, envenenados, as lãs do começo do dia vertendo suores entre as pernas, como é que uma gorda dessas pode sair à rua ao lado de outra gorda ainda mais larga? fazem de tudo para atravancar o movimento alheio, se pelo menos tivessem avisado a gente, você não vai me vencer, ouviu bem sua vida de merda? eu vou ganhar de você no braço, na raça e quem se meter no meu caminho eu mato, sem falar no Marquinhos o tempo todo enfiando aquelas coisas nas veias, roubando coisas pra comprar a droga, e sou eu sozinha quem carrega todo esse peso nas costas, isso ninguém percebe, ninguém valoriza, não, eu não nasci para viver neste tempo, sensível demais, no colégio já diziam, certo talento pra dança, eu tinha, e a Lia Augusta agora querendo ser modelo, fortunas naquelas fotos, não tenho nada com isso mas falei assim pra Iolanda, bem na cara dela: é tudo puta, o senhor por favor poderia fazer o obséquio de tirar o cotovelo da minha barriga? porque precisa ser super-humana, vocês estão me entendendo, seus porcos, boiada, manada, desviou com nojo do velho, a pústula exposta, vai pedir dinheiro na Secretaria da Fazenda, já cansei de dizer que mendigo é problema social, não pessoal, a cadela da Rosemari bebendo cada vez mais, meio litro de uísque até o meio-dia, depressão, ela diz, no meu tempo isso tinha outro nome, pouca-vergonha era como se chamava, este fio fino de arame atravessado na minha testa, de têmpora a têmpora, vibrando sem parar, é preciso sim ser biônica atômica supersônica eletrônica, vocês pensam que eu sou de ferro?

Quando ia começar a rir alto parada na esquina, viu a bilheteria do cinema, a franja de Jane Fonda, imaginou a temperatura amena, o escuro macio na medida exata entre o seco e o úmido e pelo menos, decidiu olhando o relógio, ainda dá tempo, os crediários podem esperar, pelo menos duas horas santas limpas boas de uma outra vida que não a minha, a tua, a dela, a nossa, uma vida em que tudo termina bem.

Foi então que a menina segurou seu braço pedindo um troquinho pelo amor de deus pro meu irmãozinho que tá no hospital desenganado, pra minha mãezinha que tá na cama entrevada, tia. Ela disse não tenho, crispando as unhas vermelhas na alça da bolsa enquanto puxava a entrada do outro lado do vidro da bilheteria. A menina insistia só um troquinho pro meu irmãozinho e pra minha mãezinha, moça bonita, tão perfumada. Ela repetiu não tenho e de novo não tenho, mas a menina olhava o troco pedindo cinquenta centavinhos, uma tia tão bonita, eu tô com tanta fome e o meu irmãozinho desenganado no hospital e a minha mãezinha entrevada em casa, eu que cuido. Ela gritou não tenho porra, e foi tentando andar em direção à porta do cinema, não me enche o saco, caralho, em volta os outros olhavam, e não me chama de tia, mas a menina não largava seu braço. Assim: ela segurando com força a alça da bolsa fechada enquanto tentava andar, e sem querer arrastando a menina que não parava de pedir. Ela sacudiu com força o braço como quem quer se livrar de um bicho, uma coisa suja grudada, enleada, e foi então que a menina cravou fundo as unhas no seu braço e gritou bem alto, todo mundo ouvindo apesar do barulho dos carros, dos ônibus, dos camelôs, das britadeiras, a menina gritou: sua puta sua vaca sua rica fudida lazarenta vai morrer toda podre.

Tão exato, subitamente. Inesperado, perfeito. Mais contração que gesto. Mais reflexo que movimento. Como um passo de dança ensaiado, repetido, estudado. E executado agora, em plenitude.

Ela ergueu a perna direita e, com o joelho, pelo estômago, jogou a menina contra a parede. A menina escorregou gritando cadela filha da puta rica nojenta vai morrer toda podre. Mas tantos carros passando e tanto barulho mas tanto tanto, justificaria depois, à noite, na mesa do jantar, bem natural, servindo a sopa ainda não decidira se de ervilhas ou aspargos, sabem, hoje me aconteceu uma coisa que, tudo vibrando tanto, tudo se movendo tanto, tudo girando tanto, esse arame atravessado na minha testa, uma coroa de espinhos. Certeira, com a ponta fina da bota acertou várias vezes as pernas da menina caída. Alonga e contrai e bate e volta e alonga e contrai e bate e volta: exatamente como numa dança, certo talento, todos diziam.

Mas não esperou pelo sangue. Afastou as pessoas em volta com os cotovelos, só o tempo de comprar um pacote de pipocas, para afundar naquele escuro exato, nem úmido nem seco, em tempo ainda de ver no espelho da sala-de-espera uma cara de mulher quase moça, cabelos empastados de suor, roxas olheiras fundas e mãos de unhas vermelhas pintadas crispadas com força na alça da bolsa.

Quase uma assassina, não pensou, meu deus, quase uma criminosa, espalhando-se sem horror na poltrona no momento em que as luzes começavam a diminuir. Apertou a bolsa no colo, puxou com as unhas, para baixo, a gola alta arranhando o pescoço, cheiro de bicho, sentiu, cheiro meu de bicho eu brotando do meio dos meus seios quase murchos, seis crediários e esse dinheiro por um filme que nem sei direito, Arthur deve estar morrendo mais um pouco agora, os cabelos finos e frágeis da quimioterapia. Ah, se enforcar feito Raul, se deixar atropelar igual Lucinda, regredir como tia Luiza, emprenhar que nem Martinha, trair como Arthur, se drogar igual Marquinhos, beber feito Rosemari, virar puta que nem Lia Augusta: biônica atômica supersônica eletrônica — catatônica o dia inteiro no canto do pátio, enrolando no dedo um fio de cabelo ensebado, os outros mijando e cagando em cima dela, a pia cheia de louça de três meses, lesmas, musgos, visgos, deixar apodrecer a vida como a vida deixou apodrecer o coração, não, não nasci para este mundo, a bunda num subindo e descendo sobre um par de coxas alheias, ainda por cima mulatas, nunca mais e eu de blusa branca e com crisântemos amarelos, puta fudida, cadela escrota, ai que vou morrer toda podre por dentro, por fora.

O bico da bota ardia querendo mais, cinco anos no fundo de uma cama, e de repente o contato do joelho quente de uma perna estendendo-se da poltrona ao lado, tentou prestar atenção nas imagens, a silhueta das cabeças, meu deus, que boca tem a Jane Fonda, pensou em mudar de lugar, mas tão cansada, um oceano de paz, e antes de decidir arriscou um olho para o nariz poderoso do macho ao lado desenhado no escuro a seu lado, e suspirou mole, por que não, ninguém vai saber, cadela gorda no cio afundada cada vez mais na poltrona, a boca cheia de pipocas.

Pouco antes de abrir as pernas deixando os dedos dele subirem pelas coxas, bem devagar, para não assustá-lo, ainda esfregou as palmas secas das mãos uma contra a outra, tão ásperas, o espelho da sala de espera, uma lixa, que pele meu deus tem a Jane Fonda, o lixo das ruas e o roxo das olheiras tão fundas, mas tão fundas pensou acariciando o rosto enquanto um dedo dele entrava mais fundo, tão fundas que resolveu, eu mereço, danem-se os crediários, custe o que custar saindo daqui vou comprar imediatamente um bom creme de alface.

Mas apenas e antigamente guirlandas sobre o poço

É um dos contos mais estranhos que escrevi, em 1970 ou 71, mas não lembro onde ou por quê. Sua gênese é mistério absoluto para mim. Publicado uma única vez no Caderno de Sábado do Correio do Povo, com direito a belíssima ilustração de Nelson Boeira Faedrich, foi depois incluído em O ovo apunhalado e retirado do livro pela censura interna do IEL (leia-se Paulo Amorim). Tem alguns vanguardismos gratuitos e pirotecnias de pontuação (não há nenhuma vírgula, por exemplo), mas de alguma forma irracional me horroriza tanto quanto fascina, talvez justamente por não saber de onde veio tanta violência e sombra.

> *Yes I am that worm soul under
> the hell of the daemon horses*
> ALLEN GINSBERG, PLANET NEWS

DE CERTA FORMA era o meu rosto. Apenas de certa forma: acentuo. Mas isso já não tem importância. *Antes:* afastamos as grades de ferro do elevador e descemos para o corredor cinzento. E não era sequer um corredor estranho. Talvez o prédio fosse um pouco velho demais para a rua. Mas ainda assim justificável. Ou compreensível. Também as miúdas farpas de cimento engastadas nas paredes — o piso de ladrilhos escuros — a luz amarelada na distância do teto. Tudo isso *antes*. E.

Ouvimos a campainha soar muitas vezes no interior do apartamento e sem querer visualizei o som agudo desvendando adentros que eu não conhecia e que também não me importavam até então porque nada sabia dele e também porque estava imerso numa espécie de escolha assim como um lago escuro de fundo e superfície iguais onde nunca outra vez as pedras ou as folhas caídas no outono formariam círculos concêntricos. Mas eu ouvia. Várias vezes depois da campainha soar ela disse que ele não estava e ainda *antes* acrescentou que era pena ele não estar porque eu gostaria de conhecê-lo. Não disse se também ele gostaria de me conhecer mas não teve importância: ainda que fosse dito nada acrescentaria ao que eu já desesperava. Também não me lembro dela nem seu rosto porque até o momento seguinte tudo seria esquecido. Todo esse *antes* que assim rotulo e desenrola-se em espirais na memória entrelaçada de turvos afundados em fundo e superfície daquele mesmo lago que não refletiria o céu outra vez: todo esse *antes* e tudo isso antes eu já sabia. Só não sabia dele. De quando voltamos pelo mesmo corredor enquanto eu passava a palma das minhas mãos pelas farpas de cimento e a luz do teto amarelava nossas sombras no cinza dos ladrilhos. Não lamentei. Sei que não lamentei porque inesperava que alguém ou alguma coisa voltasse a perfurar o endurecido que fora se sedimentando ano após ano no de dentro do meu eu por dentro. E nem sequer estava sozinho. As grades do elevador se abriam quando ele nos chamou na porta do apartamento: *durante*.

Repito exatamente: *durante*. A partir de então não consegui voltar nem à superfície nem ao fundo: manifestava-se o interstício entre sono e vigília — branco e preto — bem e mal. Ponto de transição. Ela voltou-se. Eu voltei-me. E foi então que o lobo veio à tona. Encolheu-se encolhendo as unhas feito gavinhas de planta carnívora aconchegada à própria ferocidade. Ah. Não era fácil mas tinha o áspero gosto do escuro vertiginoso. Sei que olhei a face dele. E de certa forma a sua face era a minha face. Não a minha face inexpressiva que — *durante* — o encarava perplexa do meio do corredor enquanto ele estendia a mão para tocar-me. Não. Apenas de certa forma a sua face era a face que eu deveria ter tido antes de sabê-lo com aquela face que deveria ter sido a minha. Eu olhei a sua face. Ele olhou a minha face. E enquanto dizia coisas à mulher eu soube que pensava a respeito da minha face coisas semelhantes às que eu pensava a respeito da sua porque me olhou com olhos enormes e os enormes olhos esverdeados que eu não tive e qualquer coisa vaga como um peixe colorido e lento cortou de leve o fundo das pupilas dele. Não nos falamos.

O apartamento era feito de estreitos labirintos metálicos no meio dos quais ele se movimentava com desenvoltura mostrando entradas e portas mas nunca saídas nem janelas. Não havia nada de extraordinário: esse era o jeito dele morar. A partir de então não lembro da mulher. Sei que falava: minha memória auditiva registrou uma espécie de fita em rotação alterada rapidamente sobrepondo palavras desimportantes. Minha memória visual nada registrou. Talvez porque ela não devesse ser vista mas ouvida. Talvez porque ouvida atormentasse menos do que vista e ainda assim insuportável. Era. Enfim: uma mulher interferindo como outra qualquer no momento do encontro entre dois homens. Os olhos esverdeados que não eram meus detalhavam minha face: os olhos parados que eram os meus detalhavam sua face. Percebi no seu pulso direito a mesma cicatriz que marcava meu pulso esquerdo. Mas percebi nos seus ombros uma desenvoltura que os meus não tinham. Seus dedos mais longos que os meus e sua boca mais livre que a minha e seus gestos debruçavam-se no ar em direção ao que desejava tocar: eu. Enveredava em direção à minha ferocidade de lobo. Sozinho em meu covil e vindo à tona e talvez pisando cuidadoso outras latitudes além da que me era mostrada. Temia. E o que queria ver: via jamais.

Quem sabe no fundo do lago alguma gruta.
Quem sabe no fundo da gruta alguma planta.
Quem sabe no fundo da planta alguma flor.
Quem sabe no fundo da flor alguma sede.
Quem sabe no fundo da sede algum lago.

Cerquei-o sedento porque não me dessedentavam os encontros. Porque a sua nitidez eu conquistaria palmo a palmo assim como nele fora natural feito um dom de fada madrinha em mim seria disputada em ranger de dentes e navalha contra veias em direção ao debruçar-me sobre o gesto — sobre o outro — sobre o tudo — mas em dor. Ele me tocava. Tudo tocava com seus dedos claros. O pescoço definido nascendo de um peito múltiplo. O cheiro das papoulas entorpecia o ar. As suas pupilas dentro das minhas. Um lago parado de águas apodrecidas e talvez mas apenas e antigamente guirlandas sobre o poço refletido num lago simplesmente limpo. Ou não. Toda a sua escuridão se diluíra ao adensar-se como se a concentração nas coisas transformasse essa coisa numa outra que fosse seu próprio oposto. Baixei os olhos: tudo que em mim se anunciava rude nele se mostrava doce. A mulher falava e falava e falava e falava ainda emitindo sons orgânicos guinchos distorcidos eletrônicos e uterinos porém eu não sabia o que viria depois. Se lhe pedir amor — porque o daria; se lhe pedir papoulas — porque as havia em quantidade pela sala; se lhe pedir um toque — porque o faria. Não lhe pediria nada. Senti que o ritmo se acelerava pressagiando o depois em breve. Não decidi porque já não decido meus rumos: minha única preocupação é manter a fronte ereta e o porte altivo exatamente como se cantasse um hino

ainda que dentro de mim as águas apodreçam e se encham de lama e ventos ocasionais depositem peixes mortos pelas margens e todos os avisos se façam presentes nas asas das borboletas e nas folhas dos plátanos que devem estar perdendo as folhas lá bem ao sul e ainda que você me sacuda e diga que me ama e que precisa de mim: ainda assim não sentirei o cheiro podre das águas e meus pés não se sujarão na lama e meus olhos não verão as carcaças entreabertas em vermes nas margens ainda assim eu matarei as borboletas e cuspirei nas folhas amareladas dos plátanos e afastarei você com o gesto mais duro que conseguir e direi duramente que seu amor não me toca nem comove e que sua precisão de mim não passa de fome e que você me devoraria como eu devoraria você ah se ousássemos.

Ele me olhava triste. Eu não suportava seu olhar triste a lembrar-me das vezes todas que o tinha procurado inutilmente pelas ruas sem encontrá-lo. Agora que o encontrava já não o procurava. E um encontro sem procura era tão inútil quanto uma procura sem encontro. Detalhei meus movimentos para que não o atemorizassem. E novamente o olhei. Ah se conseguisse. Mas sempre será preciso o pão desta agonia. E disse:

— Não farei um movimento para afastar os cadáveres que juncam as águas do lago não farei um movimento para conduzir o barco em direção ao sul pois sei que existem ventos e que os ventos sopram sei que se uma folha bater de leve no meu rosto eu a esmagarei feito mosca e sei que se houver cirandas pelas margens eu matarei as crianças sei do meu ser de faca sei do meu aprendizado de torpezas sei do que há no fundo desse lago e sei que você não o tocará porque a superfície não o revela e será mais fácil para o teu gesto afastar os cadáveres que juncam as águas de teu próprio lago e movimentar o barco a favor do vento e acolher as folhas que baterem em teu rosto e ouvir as cirandas e sorrir para as crianças paradas nos beirais sei da tua forma de chegar à morte sei da minha forma de chegar à vida e sei que não te tocarei no campo de trigo atrás de tua face e sei que não tocarás na ponta de faca atrás da minha face e sei do nosso mútuo assassinato e sei de nossa insaciável fome de carne humana porém te digo que este meu ser inaparente que este meu ser é de faca e não de flor.

Não foi difícil. A mulher calou-se repentinamente espantada. E tenho certeza que a matei naquele instante porque um pouco mais tarde ouvimos o sangue gotejar pelas escadas. Mas eu não queria o mal. Apenas não encontraria outra vez o mesmo pôr do sol na mesma tarde assim como a minha face não seria jamais a dele.

Esse era o *depois*: tudo se turvou. Digo: qualquer coisa que eu não fui. Ele. Qualquer coisa que eu poderia ter sido. Qualquer coisa um pouco mais dura e menos preocupada em entretecer ternuras. As minhas possibilidades esfaqueadas. Desde que tudo se turvou. Como o amava — e tanto — quis dizer-lhe que tivesse cuidado. E que se curvasse ao me ver baixando a mão até o cinto para retirar o punhal e depois e lentamente cravá-lo inúmeras vezes no seu peito múltiplo e que detivesse meu braço no momento exato em que eu começasse a fincar as agulhas no fundo verde dos olhos que eu não tive e distribuí-las pelo corpo inteiro em laborioso cuidado porque eu o amava — e muito — e suavemente distender os dois braços como quem faz um exercício e na ponta dos braços abrir as mãos que não foram magras como as dele e dedos nem tão longos como eu desejaria mas fortes o suficiente para armarem uma trama em torno de sua garganta e depois apertarem com destreza e encantamento até que seu rosto igual ao meu se contorça em ânsia e se congestione e descambe leve para o lado esquerdo e seus olhos contenham um espanto no intervalo entre o sempre e o nunca e sua mão direita ainda esboce no ar um gesto qualquer de quem segura alguma coisa redonda e viva feito uma papoula.

Depois: abandonar os dois cadáveres e ultrapassar os labirintos metálicos para atingir o corredor de farpas engastadas e ver minha sombra única projetada nos ladrilhos escuros e comprimir o botão do elevador e abrir as grades e fechar as grades e descer e abrir as portas para ir além de um átrio iluminado pelo sol que não verei e recusar os toques e finalmente sair para a rua nova cheia de cores que não as minhas e sentir o lobo contrair-se voltando a ser inaparente e só então me deter. Deter-me para lembrar com saudade daquele rosto que matei e que de certa forma era o meu. Apenas de certa forma. Porque tanto e muito repito que eu o amava. Exatamente como quem mata.

Antípodas

Este diálogo sem narrador foi publicado em dezembro de 1977, na Folha da Manhã, *onde por algum tempo, graças à confiança de Walter Galvani, mantive uma página semanal para publicar "o que quisesse", sempre com belas ilustrações de Magliani. Originalmente, era um capítulo do romance* Os girassóis do reino, *que venho tentando escrever há uns vinte anos, mas acabou virando, creio, um conto com vida própria.*

Para Natália Lage

— O SOL ESTÁ SE PONDO, você viu? A parte de baixo dele já começou a desaparecer no horizonte.
— Então a esta hora deve estar amanhecendo no Japão.
— Onde?
— No Japão. Do outro lado do mundo.
— Ah, os antípodas.
— Pois é, os antípodas.
— *An-tí-po-da* é uma palavra horrível, não?
— Melhor que *artrópodes*.
— Hein?
(*silêncio*)
— Eu quero me matar.
(*silêncio*)
— Eu estou apaixonada.
— Você quer se matar porque está apaixonada?
— Acho que sim.
— Mas você só tem dezesseis anos.
— E o que que tem? Não sei quem foi que disse que a gente devia se matar na adolescência, quando as coisas ainda são bonitas.
— As coisas não são bonitas?
— Não. Odeio cada pedra desta cidade. Cada porta. Cada casa. Cada cara que passa por mim na rua. Odeio, odeio.
— Mas não se mate.
(*silêncio*)
— Por favor.
— Por favor o quê?
— Não se mate.
— Ah, esquece. O sol está indo embora. Só falta um terço dele.

— Ninguém se mata por amor.
— Agora só tem uma lasquinha dele, bem vermelha.
— *Olha, uma vez eu li um cara, um escritor chamado Cesare Pavese, que dizia assim: "Ninguém se suicida por amor. Suicida-se porque o amor, não importa qual seja, nos revela na nossa nudez, na nossa miséria, no nosso estado desarmado, no nosso nada".*
— E o que aconteceu com ele, esse tal Cesare?
— Se matou.
(*silêncio*)
— Pronto. Foi-se. O que era mesmo que você estava dizendo?
— Não importa.
(*silêncio*)
— Agora o ventinho.
— *Hein?*
— *O ventinho, você nunca reparou? Logo depois que o sol se põe sopra sempre um ventinho da banda do rio.*
— *Nunca notei.*
— *Olha só: está vindo. Sinta. Veja as folhas daquela acácia ali, as bem de cima, como se movem.*
(*silêncio*)
— Um dia até pensei em perguntar ao professor por que sempre vem esse ventinho. Depois eu não sabia se perguntava pro professor de Física ou de Geografia. Achei melhor não perguntar nada. Você sabe?
— Bom, acho que tem que ser alguém que entenda de Meteorologia.
— Não, não: você sabe por que vem esse ventinho?
— Sei lá, acho que deve ser o ar que esfria e se desloca, produzindo o vento. Alguma coisa assim.
— Ia ser *irreparável...*
— O quê?
— Dar uma bandeira dessas, cara. Imagina só, perguntar sobre ventinhos para um monstro daqueles.
(*silêncio*)
— Como foi que você disse?
— Eu disse alguma coisa?
— Disse sim. Sobre um tal ar frio.
— Ah, é. Ele se desloca e aí produz o vento.
— Legal. Que professor era aquele que você acha que entende disso?
— Meteorologia?
— Mas não tem aula disso.
— Então não tenho ideia.
(*silêncio*)
— A essa hora alguém deve estar indo dormir de porre no Japão.
(*silêncio*)

— Deve ser engraçado japonês bêbado, com aqueles olhinhos. Devem ficar menores ainda, e tão apertadinhos que nem dá pra ver que estão vermelhos. O que é que você acha que japonês bebe?

— Acho que saquê.

— Saquê não é chinês?

— Então uísque, gim, vodca, cerveja, vinho, essas coisas que todo mundo bebe.

(*silêncio*)

— Coisa mais besta.

— O quê?

— Beber essas coisas. Porre de japonês devia ser diferente.

— Porre é porre. Diferente como?

— Ah, sei lá. Antípoda, por exemplo. Um porre antípoda.

(*silêncio*)

— Deve ter alguém acordando também.

— Hã?

— No Japão, deve ter alguém acordando lá. O que é que você acha que japonês faz quando acorda de manhã?

— Não sei. Lava a cara, acho. Depois escova os dentes, toma café.

— Café não. Toma chá.

(*silêncio*)

— E deve também ter alguém com insônia. Bem agora, na hora que os passarinhos começaram a cantar, deve ter um japonês com insônia olhando o dia nascer. Embaixo da minha janela tem um bem-te-vi que canta sempre lá pelas cinco da manhã. Será que no Japão tem bem-te-vi?

— Deve ter.

— Rouxinol eu sei que tem. Não tinha uma história de um imperador e um rouxinol?

— Não me lembro bem, mas acho que aquele imperador era chinês.

— Ah, mas tudo que tem na China deve ter no Japão.

— É, pode ser.

— Arara eu sei que não tem. Nem na China nem no Japão.

(*silêncio*)

— Quero pintar a minha janela daquela cor lá em cima.

— Qual, a rosa?

— Não, não. Aquela um pouco mais pra direita da última janela à esquerda no alto daquele prédio grandão aqui em direção ao meu dedo indicador. Está vendo?

— Acho que sim. Mas não sei se é a mesma que eu estou pensando.

— Aquela, entre o rosa e o azul-escuro.

— Roxo, você quer dizer.

— Não, não é assim tão-tão. É mais uma entrecor, fica no meio do roxo e do azul-escuro. Mas muito mais pro lado do azul do que do roxo. Olha bem: você vê que até tem um pouco de rosa, mas tem uns dois ou três poucos mais de azul, entende?

— Índigo?

— Ah, eu gosto desse som: ín-di-go. Que nem ar-tró-po-de. An-tí-po-da.

(*silêncio*)

— Você gosta de palavras? Eu também, mas gosto mais de cores. Como é mesmo essa que você falou?

— Acho que é assim tipo um azul-anil.

— O que é anil?

— Uma coisa que usavam antigamente para lavar roupa, acho que nem existe mais.

— Mas existe?

— O anil? Claro que existe. Existia, pelo menos.

— Não, não. Que coisa também, às vezes você parece que não entende o que a gente diz. A tal cor, o índigo.

— Ah, claro que existe. Aquela que você quer é que não existe. Só no céu.

(*silêncio*)

— Quer dizer que o que está no céu não existe?

— Não, não é isso. O que eu quero dizer é que aquela cor lá você não vai encontrar numa lata para pintar uma parede.

— Janela.

— O quê?

— É janela que eu quero pintar, não parede. E agora nem adianta mais, já mudou tudo. Cor de céu é coisa que muda depressa demais. Foi ficando tão escuro, você reparou? Quase tudo azul, depois preto. O preto vem vindo devagar do outro lado, de onde fica o Japão, toda noite.

(*silêncio*)

— Está anoitecendo. Vamos embora.

— Não quero ir embora. Eu vou dormir aqui.

— Não pode, é perigoso.

— Perigoso por quê?

— Você só tem dezesseis anos.

— E isso é perigoso?

— Perigosíssimo.

— Pouco me importa. Eu vou ficar aqui até anoitecer completamente no Japão amanhã de manhã. Não é assim? Amanhece aqui, anoitece lá. Anoitece lá, amanhece aqui.

(*silêncio*)

— Vamos, então? O motorista está esperando.

— Já disse que não. Vou dormir aqui.

— Então vou chamar o motorista, vou ligar para o seu pai.

— Pode ir. E quando você for, eu vou entrando no rio enquanto amanhece no Japão.

— Pra quê?
— Eu quero me matar enquanto amanhece no Japão.
(*silêncio*)
— É só você dar as costas e eu entro nágua. Duvida?
(*silêncio*)
— E todo mundo vai achar que a culpa é sua.
(*silêncio*)
— Ué, você não vai? Tá fazendo o que parado aí?
(*silêncio*)
— Não adianta nada meu pai pagar você só pra ficar me controlando. Porque se não for hoje, vai ser amanhã ou qualquer outro dia. Vou me matar bem na hora em que estiver amanhecendo no Japão.
(*silêncio*)
— Ninguém vai me impedir.
(*silêncio*)
— Estranho.
(*silêncio*)
— De repente eu tive a impressão que você não estava aqui.
(*silêncio*)
— Que você estava lá.
(*silêncio*)
— No Japão. No outro lado do mundo.
(*silêncio*)
— Eu vou dizer que você tentou me estuprar.
(*silêncio*)
— Todo mundo vai acreditar.
(*silêncio*)
— Deve estar bonito lá, amanhecendo.
(*silêncio*)
— Eu vou começar a gritar.
(*silêncio*)

Noites de Santa Tereza

Foi escrito em 1983, no Rio de Janeiro, entre as novelas de Triângulo das águas, *e nunca publicado, creio, por ser às vezes francamente pornográfico. Sua linguagem ao mesmo tempo afetada e chula, cheia de referências literárias, tem uma influência deliberada de Ana Cristina Cesar, na época minha grande interlocutora, amiga e cúmplice.*

Para Ledusha

> *Out of the ash*
> *I rise with my red hair*
> *And I eat men like air.*
> SYLVIA PLATH, "LADY LAZARUS"

ME PENETRAS por trás como a uma cadela, a grande cabeça roxa da tua piça encharcada pela minha saliva. Só fico de quatro, como gostas, depois de hastear tua bandeira no mínimo a meio pau, batendo acima do umbigo rendido de eletricista. Carpinteiros, ergam bem alto o pau da cumeeira! grito rindo arreganhada enquanto molho lençóis e mordo fronhas e teu leite grosso escapa de dentro de mim para melar coxas e pentelhos. Enxugamos os gozos em papel higiênico cor-de-rosa e voltas a me chamar de senhora, sem ouvir Claudia Chawchat que bate portas no quarto ao lado, escandalizada com meus gritos. Puta, não diz, mas ai! traumatismos, reumatismos, solecismos. Estou ficando velha e louca aqui no alto deste morro velho, bem na curva da mangueira e das tormentas.

No porto inseguro lá embaixo vão e voltam navios de e para Surabaya, Johnny, tira esse cachimbo da boca, seu rato! À hora da partida, acarício culhões de estivadores pelo cais, mas acordo às quatro da manhã para chupar outra vez o guarda noturno, depois às seis me faço enrabar em pé pelo negrão jardineiro pedindo que me chame de Zelda para que eu goze como numa valsa. Zilda, ele geme, Zildinha, então desisto temporariamente de sexo e pela manhã compro rosas na feira onde não há um que eu não tenha, sabes? Tipo Clarissa Dalloway compareço à pérgola do hotel em modelinho vaporoso, entre sedas e musselinas me estendo na relva folheando diários da Mansfield e suavemente tusso, tusso, *très* Bertha Young. Mas não apago o cigarro, é com ele em punho que à tarde troto ladeira abaixo em chita estampada e havaianas, hibisco no jubão, bem Sonia Braga. Lambo com os olhos do rabo o cobrador e desço antes do Flamengo deixando telefone embrulhadinho junto com o dinheiro da passagem. Mais tardar sábado tem mulatão de Madureira em meu dossel.

Te busco por telefone, telegrama e telepatia na cidade antiga onde vendo móveis, viro punk a tesouradas, cinco furos na orelha esquerda, jogo um Volpi no lixo, cometo escrotidões indizíveis rasgando noites que não estas de agora, mais tropicais e tão ordinárias quanto. Enfim parto em lágrimas da cidade iluminada espatifando corações de gás néon, tudo em vão naquelas madrugadas em que choro bêbada cheirada malfodida metade no ombro de Patricia, metade no ombro de Luiz Carlos, e repito repito meu amor você não precisa mentir, você só precisa me dizer por quê, Camille Claudel perde. Deixo recado definitivo na secretária eletrônica alta madrugada e parto, definitiva também, pasta de originais inéditos na sacola relíquia Biba de franjas e espelhinhos na gare da Estação da Luz: Janet Frame abandona a Nova Zelândia.

Agora sou o último quarto no fim de corredor, à esquerda de quem vai, não de quem vem, compreende? antes da queda brusca do caminho nos trilhos do bondinho. Ligo a TV sem som, espalho devagar nívea hidratante entre as coxas, pelas róseas pregas do cuzinho que eles gostam de arrombar, objetos brutais e necessários. E de novo te espero em desespero, outra paisagem, outros sabores, quem sabe o porteiro da noite batendo à porta dizendo ser você interurbano urgente na portaria e eu nem atenda abrindo de joelhos com os dentes manchados de batom o zíper do garotão. *Anyway,* amanhã vou e volto tentar te ver, talvez ponte aérea, trem só se me sentir demasiado Karen Blixen, o que é raro. Trarei Rimbaud da Abissínia — alma gangrenada, a minha; dele a perna, naturalmente — para abnegada cuidá-lo até o fim. Recados para Isabelle, exigirei direitos totais sobre a obra, que não há de ser *par délicatesse* que perderei minha vida.

Entre os galhos da mangueira carregada espio a lua minguante sobre a Guanabara, lobiswoman esfaimada na curva das tormentas. Fumo além da conta, tenho umas febres suspeitas, certos suores à noite, muito além deste verão sem fim. Uns gânglios, umas fraquezas, sapinhos na boca toda, será? Tenho lido coisas por aí, dizem, sei lá. Não duro muito, acho.

Triângulo em cravo e flauta doce

Escrito no Rio, em 1971, este conto originalmente faria parte de O ovo apunhalado. *Mas com mais dois textos foi censurado pela direção do Instituto Estadual do Livro-RS, que publicou* O ovo *em 1975, num convênio com a editora Globo. Em 1978, graças a Cícero Sandroni, saiu na brava revista* Ficção.

ELA DISSE QUE não tinha certeza de nada, que podia mesmo ser uma alucinação, um pesadelo, uma projeção subconsciente ou qualquer outra coisa assim. Enumerou suposições, os olhos preocupados evitando os meus, e disse também que preferia não contar, que sabia que eu ficaria preocupado e iria falar com ele, que talvez fosse agressivo e negasse tudo, ainda que o que ela havia visto e escutado fosse verdade.

Acrescentou que apesar de tudo nada tinha a ver com a vida dele, nem com a minha, e falou ainda em voz baixa que talvez também não tivesse nada a ver com sua própria vida.

Foi então que seus olhos se apertaram um pouco e por um momento pareceram cheios de lágrimas. Achei que fosse ilusão minha e não falei nada, até que ela começou a roer as unhas e afundou a cabeça na mesa.

Afastei o copo e a garrafa de vinho para tocar sua cabeça, mas interrompi o gesto no meio e fiquei com a mão suspensa sobre seus cabelos. Ela pareceu perceber, pois ergueu os olhos assustada, sem fazer nenhum outro movimento. Cheguei a pensar então em não insistir mais, disse para mim mesmo repetidas vezes que talvez fosse melhor para nós três que eu saísse imediatamente dali para não voltar nunca mais. Mas qualquer coisa me obrigava a permanecer.

Esperei sem dizer nada até que ela recomeçasse a falar. Depois de algum tempo olhando as mãos, disse que meu irmão não dormia há várias semanas, passava a noite inteira fumando, levantando da cama para ir à cozinha, ao banheiro, ou então à sala, onde colocava sempre aquela mesma música medieval em cravo e flauta doce, enquanto escrevia até de madrugada. Ela não chegou a dizer mas percebi que não suportava mais aquela melodia nem aqueles cigarros nem o barulho da máquina nem aquele escuro roendo o corpo e a mente dele. Andava magro, disse, nervoso, tinha olheiras fundas, às vezes ficava muito pálido e apoiava-se no primeiro objeto à vista como se fosse cair. Fiquei ouvindo, mas soube que não era só isso. E não insisti, apenas continuei olhando para ela enquanto falava.

Então ela disse devagar que estava grávida, e que contara a ele. Passou sem sentir os dedos de unhas roídas sobre o ventre ainda raso, depois disse que ele jurara matá-la se não tirasse a criança.

Perguntei se essa seria a causa do desespero dele, daquela música, das noites em branco, dos cigarros, das tonturas. Evitando me encarar, ela disse apressada que não, mas pouco depois tocou no copo cheio de vinho e disse que sim, pelo menos, acrescentou, pelo menos antes de saber aquilo ele andava mais calmo. Ficou calada de repente para depois dizer com esforço que sim, que tinha certeza que sim, que compreendia que fosse dessa maneira, que ela própria às vezes se horrorizava e pensava no ponto a que tinha chegado. O ponto terrível, ela repetiu, terrível.

Ela falou muitas coisas, e fiquei lembrando das suas tranças, antigamente, das suas meias sempre escorregando pelas pernas finas, da mania de subir nas árvores mais altas e ficar lá em cima até que alguém a obrigasse a descer para jantar ou tomar banho. Tinha sempre os cabelos finos caídos sobre os olhos numa franja rala, um ar obstinado de animal selvagem, as unhas roídas até a carne. E os olhos devorados por qualquer coisa incompreensível. Despertei com o toque de seus dedos no meu pulso, dizendo que não suportava mais. Perguntei se queria que eu falasse com ele, mas pareceu não ouvir. Disse que não suportava olhar para os braços dele e ver as manchas roxas endurecidas sobre as veias e saber da droga escorrendo por dentro, pelo sangue, enormizando as pupilas, desnudando os ossos, empalidecendo a pele.

Perguntei lento se tinha certeza, ela disse que sim, encontrava sempre seringas e ampolas e pedaços de borracha jogados pela casa, e tinha medo, perto dele tudo parecia fazer parte de um pesadelo, ela disse.

Ficou repetindo tudo isso enquanto eu pensava nele, brincando sozinho, voltado sempre para o sombrio, seus livros no porão, sua criação de aranhas, os mesmos cabelos finos dela, o mesmo ar obstinado, as suas vozes roucas, o seu medo.

De repente ela disse que talvez fosse melhor eu não falar nada, ele achava que ninguém sabia, talvez se voltasse contra ela, tinha medo.

Tentei acalmá-la dizendo que não era tão terrível assim, e fui repetindo como se fosse coisa decorada que: nas-pequenas-aldeias-gregas-isso-era-comum-e-que-em-alguns-países-da-Europa-e-mesmo-no-interior--do-Brasil-era-prática-normal-não-era-assim-tão-assustador. Sentindo-me vagamente ridículo, e também um tanto cruel, repeti que: vivíamos--um-tempo-de-confusão-e-que-todas-as-normas-vigentes-estavam-caindo--que-aos-poucos-também-todas-as-pessoas-aceitariam-todas-as-coisas-e--que-talvez-nós-fôssemos-alguns-dos-precursores-dessa-aceitação. Falei dessas coisas até cansar, enumerei nomes, contei lendas, lembrei mitos, mas não consegui evitar seu olhar de fera provocando tremores e abismos no fundo de minha voz.

Ficamos durante muito tempo olhando o copo de vinho cheio e a garrafa vazia. Até que senti uma presença às minhas costas. Voltei-me devagar, procurando não encará-lo, mas ao subir o olhar pelo seu corpo percebi as manchas nas veias ressaltadas pela magreza dos braços. Suas mãos tremiam segurando um cigarro. Abraçou-me com um carinho desesperado, acariciou-me os cabelos e as faces chamando-me lentamente de *mano, meu mano*, perguntou por que eu ficava tanto tempo sem aparecer, disse que eu precisava ler seus últimos poemas, olhou para ela e disse que ela estava espantada de como ele estava finalmente conseguindo uma linguagem própria, e disse ainda que eu precisava mesmo ler, e empurrou-me suave para a sala repetindo que eu precisava escutar alguns trechos dos poemas novos ao som de uma melodia medieval que descobrira há pouco tempo.

Sentei na poltrona e esperei de olhos fechados. Depois fiquei sentindo a sua mão sobre a minha e ouvindo a sua voz rouca lendo coisas estranhas, mágicas e tristes ao som de um cravo e uma flauta doce. Sem sentir fui sendo penetrado por um reino de escuridão, teias, náusea, dor, maldição e luz. Quis voltar, mas era muito tarde. A música crescia numa lentidão exasperante e a sua voz repetia enlouquecida coisas doces, difíceis, doentes. Pensei absurdamente numa tia antiga fazendo doce de abóbora com cal num tacho preto, nós três em volta, e num esforço enorme consegui abrir os olhos. E enquanto a boca dele se aproximava da minha, muito aberta, vi nossa irmã atravessar o corredor de luzes apagadas, os olhos baixos, os dedos da mão esquerda pousados de leve sobre o ventre onde cresce meu filho.

Red roses for a blue lady

Escrito em 1969, é completamente inédito. O título veio de uma música americana chata que, na época, não parava de tocar no rádio. Sofreu vagamente alguma influência do realismo-mágico latino-americano, misturado à linguagem "descontraída" de J. D. Salinger — e talvez justamente por essa mistura e certa gratuidade geral, nunca quis publicá-lo. Ao encontrá-lo perdido numa pasta em uma única versão datilografada e toda rasurada à mão, nem me lembrava de tê-lo escrito um dia.

Para Gilberto Gawronski

É VERDADE, SIM, que recebi o diário dela. Não é natural que nesses casos a polícia sempre mande os pertences da vítima para o parente mais próximo? Sim, eu tenho vinte e cinco anos e sou, quer dizer, era filho dela. Único filho. O que não sei é se é certo ficarem chamando ela de *vítima*, e também nem sei se posso chamar de *pertences* aquelas tralhas da sacola de plástico. É que é muito pouca coisa — apenas o diário, um regador e uma tesoura. Acho que ela estava com uns sessenta anos, mas isso não tem importância nem acrescenta nada, afinal ter sessenta anos não justifica que se tenha como *pertences* um diário, um regador e uma tesoura. Andar sempre vestida de azul também não justifica nada, e ela andava, quero dizer, ela andava sempre vestida de azul, vocês compreendem? Detesto ficar repetindo essas coisas, mas acontece que eu não sei pensar antes de falar, como a maioria das pessoas, então eu vou falando e só penso depois e às vezes eu só me dou conta que falei alguma coisa que não devia depois de já ter falado, compreendem?

Como, não interessa? Se sou eu que estou falando só posso falar do jeito que eu falo, e quando eu estou falando o que não interessa tem que interessar porque só depois de falar o que não interessa é que posso falar o que interessa. Assim mesmo, quando me dou conta já estou só no que interessa e que, como eu já disse, às vezes não interessa *para mim*, mas para os outros sim. Estou sempre tomando na bunda com essa mania, que nem é mania, mas um jeito de ser, o quê? Tá bom, respondo, podem perguntar.

Sou despachante, sim. Pego papéis, carteiras de identidade, títulos de eleitor, certificados, fotografia 3 x 4, a maioria agora é 5 x 7, os senhores sabem, essas coisas, e encaminho passaportes, erregês, essas coisas. Têm dias que eu fico muito cansado de fila, guichê, carimbo, protocolo, têm dias que chega numa hora que parece que os pés não cabem dentro das meias e dos sapatos e que meus braços estão engordando dentro do paletó, as pernas dentro das calças, das cuecas, o tronco dentro da camiseta, porque eu ando sempre de cueca e camiseta e meias, mesmo no verão, mas troco todo dia. De camisa e gravata eu também ando, e tem horas também que o meu pescoço parece que fica maior que a camisa e que tudo que cobre meu corpo, meu corpo fica maior do que tudo que cobre ele, os senhores entendem?

Aí nessas horas eu pego e sento numa praça, desabotoo tudo, tiro os sapatos, as meias e fico ali sentado, um tempo. As coisas que acontecem numa praça — não precisa nem a gente prestar atenção nelas, elas só vão acontecendo em volta, não importa que ninguém se importe. Uma vez me ofereceram erva, os senhores sabem o que é, não? Pois é, eu não quis, nem sei por quê, tem um amigo meu que diz que tudo é bom como experiência, mas tem umas experiências que eu não quero mesmo ter porque acho que tudo vai ficar muito difícil e eu não vou conseguir mais ficar dentro de mim mesmo. Se eu não conseguir mais ficar dentro de mim mesmo eu vou ficar muito sozinho, porque não estou acostumado a ficar fora de mim mesmo, isso eu não sei se os senhores compreendem, porque nem eu compreendo direito. Tem uma história que talvez explique melhor essa coisa de ficar dentro, ficar fora.

Outro dia numa dessas praças já era quase noite e não havia mais ninguém, um cara pediu para me chupar o pau. Ele pediu dum jeito muito educado e tudo, era um cara bem-vestido, de barba, com um turbante colorido na cabeça, parecia um indiano. Bom, eu pensei, se ele quer tanto chupar o meu pau eu vou mesmo deixar, porque isso não me tira pedaço nenhum e eu posso continuar dentro de mim mesmo sem nem prestar muita atenção no que ele está fazendo. Eu não ia foder com ele nem nada, ia só deixar ele chupar meu pau, e isso de chupar pau nem precisa que você se mexa, os senhores entendem é só deixar o cara fazer e pronto, é só ficar quieto e o cara faz tudo. Por mim a gente tinha feito ali mesmo, mas ele preferiu o banheiro da praça, acho que porque o turbante chamava muita atenção.

Tinha uma mancha amarela nos azulejos da parede e eu fiquei olhando, olhando, até que a mancha amarela deixou de ser uma mancha amarela e começou a parecer uma escada que tinha na minha casa, uma escada toda de madeira, cheia daqueles bichinhos, como é mesmo o nome? ah, cupim, isso, uma escada de madeira cheia de cupim que tinha numa casa que era a minha quando eu era criança. Lembro que eu descia pelo corrimão, escorregando, os buracos da madeira e as felpas raspavam nos fundilhos das calças e os fundilhos sempre puíam, puíam até furar, aí a minha mãe cerzia e todas as minhas calças tinham os fundilhos cerzidos porque por mais que a minha mãe reclamasse eu nunca deixava de descer escorregando pelo corrimão. Ela reclamava sem ficar brava, dizia que era coisa de criança, me pegava no colo e não deixava meu pai me bater. Era sempre assim naquela casa com a escada, o meu pai querendo bater em mim e a minha mãe não deixando. Eu não gostava dele, mas não era só porque ele queria bater em mim, é que ele também batia na minha mãe e fazia outras coisas que não achava certas, mesmo quando não sabia direito o que eram.

Que coisas? Bom, uma noite eu desci bem devagar pela escada porque estava com sede e ia até a cozinha quando vi no tapete da sala meu pai e minha tia fazendo uma coisa que eu nunca tinha visto antes. Sentei no degrau e fiquei olhando, eles estavam sem roupa, ele era grande e peludo, com uma coisa dura no meio das pernas e a minha tia dava uns gemidos que parecia que estavam machucando ela, e eu não entendia por que ela ria e virava a cabeça para os lados se parecia sentir tanta dor. Numa dessas vezes que ela virou a cabeça, ela me viu sentado no degrau. Eu saí correndo e me tranquei no quarto por dentro mas não adiantou porque eu sempre sonhava que o meu pai estava me obrigando a chupar aquela coisa dura. Mas nunca nenhum deles falou daquilo comigo, e daí passou um tempo e um dia eu me olhei no espelho e vi que tinha ficado grande e peludo e com aquela coisa dura no meio das pernas, igual meu pai. Foi aí que eu saí de casa e arrumei esse trabalho de despachante e fui morar noutro lugar, porque ela não ia mais gostar de mim se visse que eu tinha ficado parecido com o meu pai, eu podia até querer começar a bater nela também.

Eu já disse que ela andava sempre vestida de azul, não é? Pois é, ela andava sim, e eu achava até bonito ela andar assim, ela dizia que era porque gostava de céu sem nuvens em dia bem claro. O meu pai? Ah, logo depois que eu fui embora, ele foi embora também, junto com aquela tia. Não, não sei pra onde, nem quero saber e tenho raiva de quem. Mas naquele tempo que eu morava lá não tinha esse regador nem a tesoura, nem o diário. No jardim só tinha rosas, e as rosas tinham morrido todas com uma geada brava de julho e aí ela deu o regador e a tesoura porque não serviam mais pra nada.

Namorada? Não, não tenho não. Tinha umas mulheres que moravam todas juntas numa casa perto da minha, da outra casa sem escada, para onde eu mudei depois que descobri que tinha ficado grande e peludo. Às vezes elas vinham me visitar e queriam fazer aquilo que meu pai fazia com minha tia no tapete. Quer dizer, elas queriam fazer na cama, tinha uma que queria fazer em pé na pia da cozinha, quem queria sempre fazer no tapete era eu. Elas só achavam esquisito e riam, elas riam muito e eu fazia com uma, duas, três, às vezes eu fazia até com as quatro, elas eram quatro. Eu era muito forte naquele tempo, só me sentia fraco quando lembrava que a geada de julho tinha matado todas as rosas no jardim de minha mãe, me enfraquecia tanto lembrar que minha mãe não tinha mais rosas para cuidar, e se ainda tivesse quem sabe de vez em quando ela se vestiria de vermelho, só para combinar, não é?

Aí aquele cara que estava me chupando o pau no banheiro da praça me perguntou por que é que eu estava olhando tanto a mancha amarela, eu falei das rosas e ele perguntou "mas eram rosas amarelas?" e eu disse "não, não, eram vermelhas, ela só gosta de rosas vermelhas". Então ele disse que tinha gostado muito de mim e que ia ajudar minha mãe, coitada, o dia inteiro vestida de azul, sozinha naquela casa, sem rosa nenhuma pra cuidar. Eu fiquei tão forte de novo que deixei ele me chupar outra vez ali no banheiro da praça, ele gostou mais ainda e os olhos dele brilhavam como os de gato no escuro, tinha as mãos muito finas e os movimentos leves como se estivesse embaralhando cartas, não sei se os senhores compreendem, e tinha também aquele turbante colorido na cabeça e uma barba fina, dentes muito brancos, mais brancos ainda contra aquela pele cor de azeitona e uma tatuagem no pulso em forma de cobra, assim dando a volta no pulso e mordendo a própria cauda. Eu disse que tinha horror de cobra e ele riu com aqueles dentes que pareciam ainda mais brancos naquela pele quase esverdeada e disse "mas não precisa ter medo, não é uma cobra de verdade".

Foi nesse momento que eu comecei a achar que ele era um sujeito muito inteligente, pois se a cobra não era de verdade eu não precisava ter medo dela, e se eu não precisava ter medo dela também não precisava ter medo dele, certo? Falei isso pra ele e aí ele tirou do bolso de dentro do casaco uma muda de roseira muito pequena e disse assim "toma, leva de presente para a tua mãe". Isso foi na segunda-feira passada, eu saí dali e levei imediatamente para a minha mãe, depois fui para a minha outra casa e não voltei mais lá.

O que eu quero dizer, mas acho que os senhores não compreendem mesmo, é que não tenho culpa nenhuma. A única coisa que fiz foi dar aquela muda de presente para a minha mãe, como ele disse, porque achei que ela ficaria feliz, e ficou, e eu também fiquei quando vi que ela ficou. Ele parecia um sujeito decente, bem-vestido, educado, parecia estrangeiro, talvez indiano com aquele turbante colorido. Como é que eu podia saber que aquelas rosas eram carnívoras?

O escolhido

Esta história foi escrita sob encomenda para o Jornal do Brasil, *às vésperas do segundo turno das eleições para presidente em 1989. Com base em material de arquivo sobre a infância dos dois candidatos, a ideia era publicar um conto de Márcio Souza sobre Lula da Silva, outro meu sobre Fernando Collor. No dia marcado, os textos não saíram. Liguei para o* jb *e o editor informou: a direção do jornal considerava o texto altamente ofensivo. Meses depois foi publicado no bravo e breve jornal alternativo* Verve. *Uma curiosidade: ao procurá-lo para inclusão neste volume, foi o único que não consegui encontrar. Até que, em São Paulo, Gil Veloso achou-o no dia exato da morte de d. Leda Collor de Mello.*

À memória de d. Leda Collor de Mello

VEIO NUM SONHO. Que não era vago como costumam ser os sonhos, mas tão nítido que parecia real. Como nos sonhos, ele ao mesmo tempo estava fora e dentro de si. Não mais menino, mas um homem alto, moreno claro, forte, olhos penetrantes. Esse homem que agora era o menino que ele fora estava no alto de algo feito uma plataforma de madeira suspensa no espaço. Sabia que estava no alto porque olhando para baixo — a perder de vista, até o horizonte — podia ver milhões de cabeças humanas com os rostos voltados para ele, rostos atentos de olhos hipnotizados por suas palavras. E para todos aqueles olhos, rostos e cabeças, ele dizia palavras que saíam de sua boca como pedras de ouro — ouro falso, ele sabia, e por isso mesmo ainda mais brilhante. Mas o falso ouro parecia verdadeiro quando voava sobre todas aquelas cabeças transformando-se em líquido para chover sobre os olhos hipnotizados, dentro das bocas secas escancaradas. Então as vozes juntas de todas aquelas cabeças que pertenciam a milhões de corpos gritavam muitas vezes, muito alto, o nome dele.

Às vezes com sol, às vezes com lua, ele falava e suava. Abria a camisa encharcada, exibia o peito nu para aquela gente, erguia os braços com o punho cerrado traçando gestos também de ouro no ar daquela primavera ventosa, quase verão. Rei, príncipe, profeta, espadachim, cavaleiro andante, flautista capaz de encantar serpentes, mulheres e homens. O suor descia pelo corpo todo até concentrar-se — denso, viscoso — entre as coxas. Então, sem ninguém perceber, abria as pernas devagar para que o líquido fluísse entre os pelos. Subia dos testículos direto pela barriga, pelo peito à mostra na camisa aberta, pelo pescoço de veias estufadas no esforço de produzir palavras, pelo rosto avermelhado por aquele calor que o ligava ao alto, num esticado fio vertical entre os pés e a cabeça. O teso fio que dourava suas palavras. "Para isso fui o escolhido", pensou. E não lembrava de ter sentido tanta felicidade — *seria felicidade* esse vigor, esse gozo? — em toda a sua vida.

Foi quando o menino ruivo ao lado dele estendeu para o céu a ponta do indicador de unha comprida. Indicou primeiro Marte, o planeta vermelho, de onde vinham o poder e a força, depois traçou uma linha de exatos noventa graus ligando Marte a outro planeta rosa, embaçado, cheio de nuvens. Netuno, acreditou ouvir quando baixou os olhos para o menino, de onde vem a inspiração, os loucos e os sonhos. E o viu desenhar treze círculos em volta dele, mancando um pouco, os olhos inteiramente verdes, sem íris nem pupilas, para com outros gestos tocá-lo em sete pontos e setenta e sete vezes sete torná-lo ainda mais poderoso, ainda mais dourado, ainda mais divino.

Acordou com d. Leda chamando, hora da escola, Fernando. Quis contar, não valia a pena. Ninguém entenderia. Além disso não havia tempo para mais nada além do banho, comer o pão, beber o café, pegar livros, recusar carona, vou a pé mesmo, me deixa em paz, não sou mais criança, que saco. Como em vários outros dias, todos iguais, tomou o caminho entre as palmeiras altas da rua Paissandu. Hesitou na esquina da praia. Mas o ônibus azul e amarelo era sempre mais forte.

Pela janela aberta as palmeiras corriam feito filme tropical, Pelmex, Xavier Cugat, Maria Felix, altas o suficiente para quase esconder o Pão de Açúcar que passava em frestas e fatias entre ramos, entre postes. "Para isso fui o escolhido", pensou. E sem que ninguém em volta percebesse — aquelas negras, aqueles nordestinos que um dia beberiam suas palavras de ouro falso como o mais puro vinho — outra vez suspendia-se majestoso, irresistível. Para que gritassem seu nome, e assim ele ganhasse a forma de uma pedra também de ouro que subiria ao céu para engastar-se bem no centro do Cruzeiro do Sul. Brilhava por um segundo eterno, depois pulverizava-se em mil cores a um golpe de espada do velho que devorava os próprios filhos. Sou Kronos, o velho dizia, prazer em conhecê-lo, Fernando. Ele riu, pois um dia, pensou olhando em volta, do cobrador ao maneta vendendo bilhetes de loteria, um dia todos vocês saberão. Num salto, desceu em Copacabana e caminhou até a praia.

Tirou os vulcabrás, amarrou os cadarços, pendurou-os no ombro, as meias dentro. Afundou os pés na areia ainda fresca da noite, quase dezembro, menos de nove horas. Arregaçou as calças, foi caminhando em direção ao Forte. Ergueu a cabeça, projetou o peito, evitando apenas alguns banhistas quando, nos espaços desertos da praia, gritou palavras grandes para o ar da manhã. Pátria, Destino, Honra, Dignidade, Justiça, Futuro. O sol mais forte, abriu a camisa, enveredou pelas ruas sem que ninguém se importasse com seus pés descalços, a pasta nas mãos. Era só um menino de quase dez anos fingindo que ia para a escola. No Arpoador, sentou nas pedras e olhou o mar. Fixo, sem piscar. Para aquela linha movediça onde o mar encontrava o céu, formando estranhas figuras. Sereias, harpias, súcubos, gnomos do mal. Como signos da linguagem secreta das trevas.

De repente, ao olhar para o lado, ele estava ali, o menino ruivo. Reconheceu-o imediatamente, e apenas para confirmar, mas estava certo, desceu os olhos pelas mãos magras dele até encontrar as unhas afiadas que conheciam os astros. E não tinha mais nenhuma dúvida quando ele deu alguns passos para quase tocá-lo, mancando um pouco, discretamente, mal se notava, como se usasse sapatos apertados demais. Seus próprios olhos escuros detiveram-se nos olhos inteiramente verdes do outro. Ele sorriu. O menino ruivo sorriu também. E disse, a voz rouca, quase adulta:

— Fernando, você teve um sonho.

Ele sacudiu os ombros, afetando pouco caso:

— Todo mundo tem, ora. E como é que você sabe meu nome?

O menino olhava fundo nele. Não para seus olhos, mas para qualquer outra coisa que não estava na cara dele. Por trás, por dentro e também para a frente, o menino olhava. Para a cara que ele teria um dia, e para todas as outras que estavam por trás e por dentro de uma por uma de todas as outras caras que ele teria. Até chegar naquela cara futura do homem do sonho — para essa cara que por enquanto ainda não viera, o menino ruivo e manco olhava agora com seus estranhos olhos verdes sem íris nem pupilas.

— Eu sei de muitas coisas. Sei do seu sonho, Fernando.

— Sabe nada. Se sabe, então conta, quero ver.

Mancando, o outro sentou a seu lado. E do corpo dele — seria dele ou do mar? — vinha um cheiro de ervas esmagadas, de fruta quase começando a apodrecer, de lixo doce demais. Não de todo repulsivo, mas tão penetrante que Fernando precisou respirar fundo para controlar a vertigem. Também, repetiu a voz da mãe, mal engole um pouco de café e sai por aí feito louco, estômago vazio. Sem tirar os olhos do mar ouviu atentamente, e por inteiro, seu próprio sonho contado pela voz inesperadamente adulta do menino ruivo. Quando o outro calou-se, perguntou:

— Como é que você sabe?

— Você sabe muito bem como eu sei, Fernando. Eu estava lá. E se você quiser, de agora em diante estarei sempre com você.

Ficaram em silêncio. Olhando para o mar, Fernando sabia que o menino ruivo olhava para ele. Sem piscar, nem um nem outro. Uma gaivota mergulhou súbita nas ondas para erguer um peixe no ar. O sol bateu nas escamas, arrancou um reflexo de prata.

— Ouro — o menino sussurrou. — Ouro e poder, você quer?

Ele não disse nada.

— Não só um apartamento ou uma simples casa — o menino sussurrou ainda mais baixo, mais perto. — Um país inteiro, você quer?

Ele não disse nada.

— Todas as montanhas, todos os rios. Todas as borboletas e pássaros e animais, todas as cachoeiras de cada uma das matas. As pedras de ouro verdadeiro, os diamantes mais puros do fundo das minas. Uma por uma das gotas de todos os poços de petróleo, você quer?

Ele não disse nada.

— Todas as cabeças, os corpos também. Dos velhos tão velhos que precisam apoiar-se em bengalas para caminhar, dos bebês recém-nascidos que ganharão o seu nome, em sua homenagem. As índias morenas de seios balançando, os adolescentes de carne macia e lisa, onde os pelos mal passam de uma sombra. Os homens que caminham apressados com pastas cheias de dinheiro pelas avenidas das grandes cidades, todos os caboclos de pés descalços arando a terra e tirando bichos-de-pé à noite, quando descansam. As meninas de cintura fina desta e de outras praias, os rapazes de coxas fortes, peitos cabeludos, músculos salientes. As grã-finas bêbadas de champanha, as estrelas de tv, as garotas das capas de revista, os estivadores, joalheiros, motoristas de caminhão, empregadas domésticas, estudantes. Homem, mulher, velho, criança, pobres, ricos. Todos, sem faltar nenhuma raça, você quer?

Ele não disse nada.

— Para possuir todos, você foi o escolhido — o menino disse. E curvando-se mais: — Pense bem, Fernando. Vou perguntar pela última vez. Tudo isso, você quer?

Ele voltou a cabeça até mergulhar os olhos no verde sem limites dos olhos do outro. E aceitou:

— Quero.

Então as magras, longas mãos do menino ruivo e manco deslizaram pelo espaço entre os dois para afastar o algodão branco de sua camisa. Tocaram seu peito, desceram muito devagar pelos mamilos endurecidos até a região escondida onde, no sonho, concentrava-se aquele líquido morno, aquele caldo espesso. Não havia ninguém por perto. Em volta deles as pedras altas bloqueavam a visão de quem estava na praia. E dos barcos ao longe os pescadores veriam apenas duas manchas claras, confundidas, talvez o reflexo do sol nuns cabelos ruivos. Abriu as pernas. As mãos geladas do outro desceram suas calças para puxá-las pelos pés nus, cobertos de areia, dobrá-las e estendê-las delicadamente sob seu corpo. Como sobre uma almofada, deitou de bruços. E não sentiu nenhuma dor quando aquele menino correu as unhas por suas costas enquanto a voz rouca, estranhamente adulta, jurava em sua nuca:

— Está assinado. Para sempre.

Ele jogou a cabeça para trás. A fria língua pontuda em seu ouvido:

— Você é o escolhido, Fernando.
Dentes agudos picaram seu pescoço.
— Mais fundo — pediu.
— Daqui a trinta anos, meu bem-amado — o menino ruivo gemeu. E num movimento mais brusco explodiu dentro dele, enchendo-o de ouro líquido. Aquele mesmo que, trinta anos mais tarde, sairia por sua boca escolhida para chover sobre as cabeças e corpos de todos aqueles homens e mulheres que o aplaudiriam como a cavaleiro andante, um príncipe, um rei. Um deus coroado pelo lado mais negro de todas as coisas. Molhou as pedras num jato prolongado de prazer — o primeiro.
— Como é seu nome? — perguntou então.
Astaroth, imaginou ouvir. Só imaginou. O menino ruivo tinha desaparecido ao sol do meio-dia em ponto, quase dezembro de uma segunda-feira, dia de Exu, nas pedras escaldantes do Arpoador.

III
kên

Mantendo imóveis as mandíbulas.
As palavras estão em ordem.
I CHING, O LIVRO DAS MUTAÇÕES

Venha comigo para o reino das ondinas

É um conto de 1976. Deveria ter sido incluído em Pedras de Calcutá, *e só não foi talvez porque quebrava o clima urbano pretendido. Por isso mesmo também não entrou nos livros seguintes. Houve pouca coisa a revisar porque o principal — a atmosfera — já estava lá.*

Para Luciano Alabarse

ELE VEIO VINDO pela beira do mar, as luzes da cidade longe às suas costas. Às vezes escorregava tentando segurar-se em alguma coisa, mas na praia deserta não havia mais nada para segurar-se além das ondas que fugiam sempre. A areia molhada umedecia as calças pretas do smoking, salpicava as fraldas soltas da camisa, respingava o cravo vermelho pendendo da lapela.

Viu-a de longe, e parecia linda com os cabelos longos soltos naquela brisa com cheiro de mulher, algas e sal.

— Betinha — chamou, tropeçando outra vez nos sapatos de verniz.

Ela continuou a correr pela praia como se não ouvisse, como se não o visse. Descalça, braços erguidos acima da cabeça, saltava alto, redondo, depois deixava-se cair como num desmaio, e, quando o coração dele começava a bater mais forte pensando em ajudá-la, tornava a levantar-se leve feito essas pandorgas que os meninos empinam pelas tardes e mantinha-se no ar por alguns segundos, projetada para a frente. Folha, pluma branca, ave.

— Betinha — ele chamou de novo, mais perto. Então ela olhou e sorriu. Não era Betinha.

— Olá — a voz dela era tão clara que o fez pensar que a maioria das pessoas não devia falar à beira-mar. A voz humana sempre parecia tosca demais entre o rumor das ondas, mas a dela, a voz da moça descalça, de branco, era sonora e limpa e de certa forma verde como as próprias ondas. Fundia-se com elas, e como elas também parecia crescer aos poucos, explodir num tom mais alto, depois fugir outra vez.

— Está procurando alguém?

— Betinha — repetiu. — Onde está Betinha?

Ela riu alto sem responder. Estendeu o braço para tocá-la, mas aconteceu alguma coisa no momento em que seus dedos alongaram-se em direção ao vestido branco transparente. Ele estava bêbado, estava sem óculos e muito bêbado, portanto não saberia dizer se aquilo chegara mesmo a acontecer. A impressão — a impressão era de que seus dedos tinham atravessado o corpo dela. Não só o tecido leve do vestido, mas o próprio corpo de carne, como se atravessa uma névoa sem ver a névoa quando se está dentro dela.

— Você viu a lua? — ela perguntou.

Só então ele olhou para cima, para a lua cheia no céu de dezembro. Ficou olhando quase esquecido dela, entendendo devagar por que fosforesciam a areia, a crista das ondas, o vestido, a pele, os cabelos da moça. Tornou a olhá-la, ela já não estava onde pensou que estaria.

Continuava a dançar mais longe dele, como se cumprisse algum ritual profano para o mar e a lua. Deve estar drogada, pensou, chegando bem perto. Nos olhos dela as pupilas eram remotas ilhas no horizonte e alguma coisa, alguma coisa ele não entendia.

— Quer um gole? — perguntou tirando a pequena garrafa do bolso interno do paletó. Ela sacudiu a cabeça e ele bebeu sozinho, o líquido escorreu pelo queixo, pelo peito rendado da camisa até gotejar na areia formando poças miúdas que começaram também a fosforescer. Só depois de enxugar a boca nas costas das mãos estendeu a garrafa para ela. Com suas mãos claras de unhas curtas sem pintura, a moça apanhou-a e jogou-a ao mar.

— Veja, ela voa — ela gritou enquanto a garrafa brilhava no ar. E quando caiu nas ondas, riu mais alto, começando a correr.

Começou a persegui-la pela praia, mas estava tão completamente bêbado e ainda, como se não bastasse, sem óculos, e sempre acontecia outra vez aquela sensação de névoa, o corpo dela como que atravessando seus dedos para depois projetar-se mais longe no espaço. Ele caiu muitas vezes, placas de areia grudavam na roupa, e quando um fio de saliva escorregou do canto da boca, lembrou-se de repente de um desenho em algum livro de mitologia, o sátiro perseguindo uma ninfa. Só não tinha flauta, nem pés de bode, verificou, tirando as meias, depois os sapatos, o paletó, camisa e gravata. Molhado de suor, puxou as calças até os joelhos e ficou jogado de costas na areia enquanto ela dançava sem parar à sua volta.

— Você consegue vê-las? — ela apontou o mar.

— Hein? — ele disse, sem acompanhar o gesto.

Ela repetiu, olhando fixo para onde as ondas quebravam, mas já não parecia uma pergunta:

— Você consegue vê-las.

— As ondas? — ele esticou o pescoço, apoiando-se no topo da cabeça para olhar o mar lá atrás, e ficou ainda mais tonto.

Foi assim, oblíqua, que a viu aproximar-se das ondas, curvando-se para tocar na superfície das águas. Estranho, pensou, estranho como ele a via de longe, desse ângulo — as ondas cercavam-na sem molhar seus pés, circundavam os tornozelos como guirlandas até explodirem em espuma no ar em torno do corpo, feito uma aura de gotas. Ela colheu essa espuma ainda mais brilhante nas palmas das mãos e estendeu-as abertas para ele. Parecia uma oferenda.

— Não, não as ondas. As ondas todo mundo vê. Essas moças todas, vestidas de espuma branca. São tantas, você não vê? Aproveite agora, as ondinas só aparecem no apogeu da lua cheia. Você não consegue mesmo vê-las?

— Eu não consigo — ele disse. Via apenas o balanço das ondas, para baixo, como se estivesse no convés de um navio, para cima, muitas vezes, para baixo, sem parar, para cima. Deixou a cabeça tombar para a frente: — Acho que vou vomitar.

Ela ajoelhou-se ao lado dele, as mãos de dedos abertos em torno da sua cabeça tonta, sem tocá-la. Tão rápida, pensou, lá no meio das ondas e de repente aqui ao meu lado outra vez.

— Você não devia beber tanto — os dedos frescos dela passavam a um milímetro da testa suada. Nesse milímetro entre a pele dele e a dela estava o frescor, feito um sopro. — Desse jeito você nunca conseguirá vê-las.

Ela uniu os indicadores e os polegares em triângulo, apontando o vértice para o centro exato da testa dele, naquele ponto justo, centro da cruz entre o horizontal das duas têmporas e o vertical dos pelos unidos das sobrancelhas no alto do nariz até o início dos cabelos.

Então uma coisa amarga contraiu-se no estômago dele, depois derramou-se morna sobre as calças, as pernas, a areia. Antes, antes de novo, pareceram atravessar o vestido dela sem sequer respingá-lo.

— O seu vestido — começou a dizer.

— Não tem importância — ela puxou o vestido para cima, despiu-o, rodou-o no ar e jogou-o nas águas. Olhou-a mais uma vez, e ela não usava mesmo nada por baixo, inteiramente nua, inteiramente branca, sem marca alguma no corpo liso, seios de adolescente.

— Você nunca toma sol? — perguntou.

— Eu sou filha da lua — a moça disse.

Ele não ouviu. Cabeça baixa, vomitava concentrado sobre os próprios pés. Depois deitou-se na areia e olhou para a lua cheia ao lado da estrela brilhante, Vênus talvez, ficou pensando enquanto ela desabotoava suas calças, puxava-a pelos pés melados depois amontoava rindo numa trouxa com as cuecas roxas, o paletó, sapatos, camisa, meias, e jogava tudo no mar. Ele também ficou inteiramente nu, mas só a pele branca em torno do sexo fosforescia à luz da lua, o resto era tão moreno de sol que quase não via a si mesmo assim, fundido ao escuro.

— Quem é você? — perguntou.

Ela ergueu-se num único impulso e caminhou novamente para o mar. Os anúncios luminosos da cidade longe refletiam-se nos seios, as ondas cavalgavam o ventre raso para explodirem primeiro no sexo liso de pelos, depois nos bicos dos seios à medida que entrava mar adentro.

— Quem é você? — tornou a perguntar, tentando levantar-se.

— Venha — ela gritou do meio das ondas, as águas cobriam metade do corpo. — Venha logo, venha comigo para o reino das ondinas.

Ele tentou e tornou outra vez a tentar levantar-se enquanto via o mar arrastar suas roupas cada vez mais para longe. Preciso pegá-las, pensou, as chaves do carro, a carteira, e com grande esforço conseguiu parar em pé. Entrou na água, as ondas envolveram os tornozelos, lamberam as coxas. Curvou-se, molhou as pontas dos dedos, passou-as na altura do coração, como a mãe ensinara naquela remota primeira vez em que viu o mar. Quando a água chegou ao pescoço, mergulhou de repente para encontrá-la no fundo, as pupilas guardando pérolas negras, navios submersos, grutas de coral. Ao emergir, a cabeça dele estava lúcida como se tivesse bebido apenas daquela água salgada que cuspia em volta.

— Olha — ela brotou do meio das águas apontando o céu. Dezenas de estrelas cadentes cruzavam-se em todas as direções sobre suas cabeças.

Numa vertigem, ele baixou os olhos, e foi quando pela primeira vez deu-se conta que eram um homem e uma mulher inteiramente nus naquela praia deserta. Plena madrugada, quase verão. Avançou, os dois braços estendidos e a voz tosca de quem não sabe estar junto ao mar, percebia. Mesmo assim, insistiu:

— Como é mesmo o seu nome, gatinha?

— Ondina — ela disse. Ou qualquer coisa assim, ele jamais teria certeza. Suspirou fundo, parecia triste, e acrescentou antes de desaparecer:
— Que pena, você não está preparado.

Os ouvidos dele estavam cheios d'água, as ondas explodiam barulhentas. Tornou a mergulhar procurando, mas não havia nada nas águas frias. Ao voltar à tona olhou para cima e já não havia também estrelas cadentes, nem sequer estrelas no baço céu de lua álgida. Só o cinza das águas, o visgo de formas vivas enleadas em suas pernas. Nada mais fosforescia.

Saiu tremendo do mar, jogou-se de bruços na areia e outra vez olhou para o céu. A nuvem negra cobria a lua cheia. Na praia deserta ele estava nu e bêbado, o estômago voltou a contrair-se, alguém gritou ao longe, no lado das luzes da cidade, parecia seu nome, Betinha, lembrou, procurando as roupas, a carteira, as chaves, encontrou apenas um sapato de verniz preto todo enlameado e um cravo vermelho murcho. Foi-se dobrando sobre os joelhos lembrando daquela primeira vez, a mãe, o mar, tanto tempo, Vênus talvez, bem perto da lua cheia, tinha frio, o sapato numa das mãos, restos do cravo na outra, a vontade de vomitar que voltava. Que porre infernal, ele gemeu arquejando sobre a areia opaca, nunca vão acreditar.

— Ondina — pediu para ninguém, sozinho na praia, nu no meio da noite. — Ondina, por favor, me ajuda.

Anotações sobre um amor urbano

Entre 1977, quando foi escrito, e 1987, este texto passou por várias versões. Três delas chegaram a ser publicadas (na extinta revista mineira Inéditos; no caderno Cultura, de Zero Hora, e no suplemento literário de A Tribuna da Imprensa). Alguns trechos também foram utilizados por Luciano Alabarse num espetáculo teatral. Mas nunca consegui senti-lo "pronto", e por isso mesmo também nunca o incluí em livro. Continuo tendo a mesma sensação. Mas talvez o jeito meio sem jeito destes pedaços mais parecidos com fragmentos de cartas ou diário íntimo afinal seja a sua própria forma informe e inacabada.

À memória de Paulo Yutaka

> *Te amo como as begônias tarântulas amam seus congêneres; como as serpentes se amam enroscadas lentas algumas muito verdes outras escuras, a cruz na testa lerdas prenhes, dessa agudez que me rodeia, te amo ainda que isso te fulmine ou que um soco na minha cara me faça menos osso e mais verdade.*
>
> HILDA HILST, "LUCAS, NAIM"

DESCULPA, DIGO, mas se eu não tocar você agora vou perder toda a naturalidade, não conseguirei dizer mais nada, não tenho culpa, estou apenas sentindo sem controle, não me entenda mal, não me entenda bem, é só esta vontade quase simples de estender o braço para tocar você, faz tempo demais que estamos aqui parados conversando nesta janela, já dissemos tudo que pode ser dito entre duas pessoas que estão tentando se conhecer, tenho a sensação impressão ilusão de que nos compreendemos, agora só preciso estender o braço e, com a ponta dos meus dedos, tocar você, natural que seja assim: o toque, depois da compreensão que conseguimos, e agora.

Não diz nada, você não diz nada. Apenas olha para mim, sorri. Quanto tempo dura? Faz pouco despencou uma estrela e fizemos, ao mesmo tempo e em silêncio, um pedido, dois pedidos. Pedi para saber tocá-lo. Você não me conta seus desejos. Sorri com os olhos, com a mesma boca que mais tarde, um dia, depois daqui, poderá me dizer: não. Há uma espécie de heroísmo então quando estendo o braço, alongo as mãos, abro os dedos e brota. Toco. Perto da minha a boca se entreabre lenta, úmida, cigarro, chiclete, conhaque, vermelha, os dentes se chocam, leve ruído, as línguas se misturam. Naufrago em tua boca, esqueço, mastigo tua saliva, afundo. Escuridão e umidade, calor rijo do teu corpo contra a minha coxa, calor rijo do meu corpo contra a tua coxa. Amanhã não sei, não sabemos.

Pensei em você. Eram exatamente três da tarde quando pensei em você. Sei porque sacudi a cabeça como se você fosse uma tontura dentro dela e olhei o digital no meio da avenida.

Corre, corre. O número do telefone dissolvendo-se em tinta na palma da mão suada. Ah, no fim destes dias crispados de início de primavera, entre os engarrafamentos de trânsito, as pessoas enlouquecidas e a paranoia à solta pela cidade, no fim destes dias encontrar você que me sorri, que me abre os braços, que me abençoa e passa a mão na minha cara marcada, no que resta de cabelos na minha cabeça confusa, que me olha no olho e me permite mergulhar no fundo quente da curva do teu ombro. Mergulho no cheiro que não defino, você me embala dentro dos seus braços, você cobre com a boca meus ouvidos entupidos de buzinas, versos interrompidos, escapamentos abertos, tilintar de telefones, máquinas de escrever, ruídos eletrônicos, britadeiras de concreto, e você me beija e você me aperta e você me leva para Creta, Mikonos, Rodes, Patmos, Delos, e você me aquieta repetindo que está tudo bem, tudo, tudo bem. O telefone toca três vezes. Isto é uma gravação deixe seu nome e telefone depois do bip que eu ligo assim que puder, o.k.?

O cheiro do teu corpo persiste no meu durante dias. Não tomo banho. Guardo, preservo, cheiro o cheiro do teu cheiro grudado no meu. E basta fechar os olhos para naufragar outra vez e cada vez mais fundo na tua boca. Abismos marinhos, sargaços. Minhas mãos escorrem pelo teu peito. Gramados batidos de sol, poços claros. Alguma coisa então para, todas as coisas param. Os automóveis nas ruas, os relógios nas paredes, as pessoas nas casas, as estrelas que não conseguimos ver aqui do fundo da cidade escura. Olho no poço do teu olho escuro, meia-noite em ponto. Quero fazer um feitiço para que nada mais volte a andar. Quero ficar assim, no parado. Sei com medo que o que trouxe você aqui foi esse meu jeito de ir vivendo como quem pula poças de lama, sem cair nelas, mas sei que agora esse jeito se despedaça. Torre fulminada, o inabalável vacila quando começa a brotar de mim isso que não está completo sem o outro. Você assopra na minha testa. Sou só poeira, me espalho em grãos invisíveis pelos quatro cantos do quarto. Fico noite, fico dia. Fico farpa, sede, garra, prego. Fico tosco e você se assusta com minha boca faminta voraz desdentada de moleque mendigo pedindo esmola neste cruzamento onde viemos dar.

A cidade está louca, você sabe. A cidade está doente, você sabe. A cidade está podre, você sabe. Como posso gostar limpo de você no meio desse doente podre louco? Urbanoides cortam sempre meu caminho à procura de cigarros, fósforos, sexo, dinheiro, palavras e necessidades obscuras que não chego a decifrar em seus olhos semafóricos. Tenho pressa, não podemos perder tempo. Como chamar agora a essa meia dúzia de toques aterrorizados pela possibilidade da peste? (Amor, amor certamente não.) Como evitaremos que nosso encontro se decomponha, corrompa e apodreça junto com o louco, o doente, o podre? Não evitaremos. Pois a cidade está podre, você sabe. Mas a cidade está louca, você sabe. Sim, a cidade está doente, você sabe. E o vírus caminha em nossas veias, companheiro.

Fala fala fala. Estou muito cansado. Já não identifico nenhuma palavra no que diz. Apenas me deixo embalar pelo ritmo de sua voz, dentro dessa melodia monótona angustiada perplexa repetitiva. Quase três da manhã. Não temos aonde ir, nunca tivemos aonde ir. Um nojo, vezenquando me dá um asco — nojo é culpa, nojo é moral — você se sente sórdido, baby? — eu tenho medo, não quero correr riscos — mas agora só existe um jeito e esse jeito é correr o risco — não é mais possível — vamos parar por aqui — quero acordar cedo, fazer cooper no parque, parar de beber, parar de fumar, parar de sentir — estou muito cansado — não faz assim, não diz assim — é muito pouco — não vai dar certo — anormal, eu tenho medo — medo é culpa, medo é moral — não vê que é isso que eles querem que você sinta? medo, culpa, vergonha — eu aceito, eu me contento com pouco   eu não aceito nada nem me contento com pouco — eu quero muito, eu quero mais, eu quero tudo.

Eu quero o risco, não digo. Nem que seja a morte.

Cachorro sem dono, contaminação. Sagui no ombro, sarna. Até quando esses remendos inventados resistirão à peste que se infiltra pelos rombos do nosso encontro? Como se lutássemos — só nós dois, sós os dois, sóis os dois — contra dois mil anos amontoados de mentiras e misérias, assassinatos e proibições. Dois mil anos de lama, meu amigo. Esse lixo atapetando as ruas que suportam nossos passos que nunca tiveram aonde ir.

Chega em mim sem medo, toca no meu ombro, olha nos meus olhos, como nas canções do rádio. Depois me diz: — "Vamos embora para um lugar limpo. Deixe tudo como está. Feche as portas, não pague as contas nem conte a ninguém. Nada mais importa. Agora você me tem, agora eu tenho você. Nada mais importa. O resto? Ah, o resto são os restos. E não importam". Mas seus livros, seus discos, quero perguntar, seus versos de rima rica? Mas meus livros, meus discos, meus versos de rima pobre? Não importa, não importa. Largue tudo. Venha comigo para qualquer outro lugar. Triunfo, Tenerife, Paramaribo, Yokohama. Agora, já. Peço e peço e não digo nada mas peço e peço diga, diga já, diga agora, diga assim. Você não diz nada. Você não me vê por trás do meu olho que vê. Você não me escuta por trás da minha boca que pede sem dizer, e eu bem sei. Você planeja partir para um país distante, sem mim, de onde muitos anos depois receberei a carta de um desconhecido com nome impronunciável anunciando a sua morte. Foi em abril, dirá, abril ou maio. Ou setembro, outubro. Os mais cruéis dos meses. Tanto faz, já não importará depois de tanto tempo, numa cidade remota.

Pelas escadarias da avenida deserta, lata de coca-cola largada na porta da igreja, aqui parece que o tempo não passou, quero te mostrar um vitral, esta sacada, aquele balcão como os de Lorca, entremeado de rosas, quero dividir meu olhar, desaprendi de ver sozinho e agora que tudo perdeu a magia, se magia houve, e havia, e não consigo mais ver nenhum anjo em você, pastor, mago, cigano, herói intergaláctico, argonauta, replicante, e agora que vejo apenas um rapaz dentro do qual a morte caminha inexorável, só não sabemos quando o golpe final, mas virá, cabelos tão negros, rosto quase quadrado, quase largo, quase pálido, onde já começou a devastação, olhos perdidos, boca de naufrágio vermelho pesado sobre o escuro da barba malfeita, olho tudo isso que vejo e não tem outra magia além dessa, a de ser real, e vou dizendo lento, como quem tem medo de quebrar a rija perfeição das coisas, e vou dizendo leve, então, no teu ouvido duro, na tua alma fria, e vou dizendo louco, e vou dizendo longo sem pausa — gosto muito de você gosto muito de você gosto muito de você.

Tantas mortes, não existem mais dedos nas mãos e nos pés para contar os que se foram. Viver agora, tarefa dura. De cada dia arrancar das coisas, com as unhas, uma modesta alegria; em cada noite descobrir um motivo razoável para acordar amanhã. Mas o poço não tem fundo, persiste sempre por trás, as cobras no fundo enleadas nas lanças. Por favor, não me empurre de volta ao sem volta de mim, há muito tempo estava acostumado a apenas consumir pessoas como se consome cigarros, a gente fuma, esmaga a ponta no cinzeiro, depois vira na privada, puxa a descarga, pronto, acabou. Desculpe, mas foi só mais um engano? e quantos mais ainda restam na palma da minha mão? Ah, me socorre que hoje não quero fechar a porta com esta fome na boca, beber um copo de leite, molhar plantas, jogar fora jornais, tirar o pó de livros, arrumar discos, olhar paredes, ligar-desligar a tevê, ouvir Mozart para não gritar e procurar teu cheiro outra vez no mais escondido do meu corpo, acender velas, saliva tua de ontem guardada na minha boca, trocar lençóis, fazer a cama, procurar a mancha da esperma tua nos lençóis usados, agora está feito e foda-se, nada vale a pena, puxar as cobertas, cobrir a cabeça, tudo vale a pena se a alma, você sabe, mas alma existe mesmo? e quem garante? e quem se importa? apagar a luz e mergulhar de olhos fechados no quente fundo da curva do teu ombro, tanto frio, naufragar outra vez em tua boca, reinventar no escuro teu corpo moço de homem apertado contra meu corpo de homem moço também, apalpar as virilhas, o pescoço, sem entender, sem conseguir chorar, abandonado, apavorado, mastigando maldições, dúbios indícios, sinistros augúrios, e amanhã não desisto: te procuro em outro corpo, juro que um dia eu encontro.

Não temos culpa, tentei. Tentamos.

A hora do aço

Este é literalmente um sonho que tive. Não conseguia tirá-lo da cabeça, então contei para meu psicanalista, que disse: "Escreva". Escrevi, absolutamente fiel ao sonho, o que não o tornou menos misterioso. Até hoje me causa certo mal-estar. O original é de 1986.

Para Reinaldo Pamplona da Costa

ERAM DOIS, depois três, depois um, depois nenhum.
   Mas isso eu só saberia um pouco mais tarde. Pouco depois de captar o brilho das facas na noite escura. E pouco antes ainda, feito estrelas cadentes, apenas o brilho do aço rasgando a noite, sem saber que eram facas. Antes do frio, antes do corte. Vejo tudo tão de longe agora, como de cima, como do alto, que não conseguiria mais dizer ao certo o que veio antes ou depois, e sei que deve ser inteiramente inútil esta preocupação.
   Mas é assim que eu sou.
   Ou era assim que eu era, antes do aço, enquanto dobrava a esquina daquele beco para encontrar os dois homens metidos na luta de facas dentro da noite morna. Eu vinha descalço, já não lembro de onde, os dois homens tinham os peitos nus cobertos de suor. Eu podia sentir o cheiro de suor deles como um vapor no meio da noite espessa, adocicado pela mistura dos cheiros nas latas de lixo pelo beco com as damas-da-noite atrás de algum muro próximo, como um vapor espesso dentro da noite morna que eu furava com meu corpo vindo nem sabia mais de onde, navio na névoa.
   De cima, de longe, do alto: tudo nublado.
   Mas naquele segundo em que dobrei a esquina do beco, tonto pelos cheiros e ofuscado pelo brilho, mesmo antes de compreender o que via, devo ter gritado para que parassem. Embora não os conhecesse, e sabia disso sem precisar ver suas caras cheias de ódio brilhando tanto quanto as facas no escuro. E embora não os conhecesse mesmo, eram ao mesmo tempo familiares e obscuros como passageiros de um ônibus superlotado nos quais você não chegou a prestar atenção, embora tenha convivido horas com eles, aqueles dois homens de peitos nus cheirando a suor e lixo e flor naquela luta de facas dentro da noite.
   De dentro, de perto — ali, tudo nítido.
   Sem saber nada de mim nem deles, sabia claro feito o clarão das facas que não queria que se matassem. Porque de alguma forma infor-

me, sem saber nada de mim nem de onde vinha, sabia fundo que a noite morna de espessos vapores anunciava o final de um outro tempo gelado. E aquele sim, teria sido de morte e ódio — não este, navio na névoa, que informemente se desenhava, tentando definir-se através do cheiro misturado das flores com o suor e o lixo para chegar ao novo porto. Ou seria o contrário, e eu mal adivinhava? Nem poderia, por enquanto ali dentro e assim tão perto daquela luta de facas e de noite.

Decidido então, cheguei mais perto.

À beira do sangue, os dois homens dançavam. E não interromperam sua dança quando, para adiar o sangue e impedir a morte, fui entrando devagar no meio deles em busca do mesmo ritmo. Sobre nossas cabeças o aço das facas erguidas refletia a luz do néon das ruas além do beco. Éramos três homens agora, dois armados de peito nu e esse outro que era ainda eu desarmado, descalço entre eles. Movíamos pernas e braços numa capoeira tão veloz que antes de encontrar o ritmo da dança e antes que o cheiro de meu próprio suor se misturasse ao deles, antes ainda deste estar longe e acima de tudo, bem no centro do ódio dos homens e dos vapores da noite uma das facas cintilou então mais forte e feriu fundo a planta nua de meu pé direito estendido no ar à procura de uma dança improvável.

Não houve dor, eu não gritei na hora do aço.

Enquanto caía percebi o cheiro novo que era do meu próprio sangue misturando-se ao suor deles e aos restos de comida, preservativos usados, roupas velhas, abortos e papéis podres das latas de lixo, mais o das damas-da-noite derramadas sobre algum muro remoto, doce demais, enjoativo demais. Sem náusea nem dor, pois não doía, não doía absolutamente nada, fui caindo furando navio na névoa os vapores da noite morna que agora começava a esfriar dentro e fora de meu quarto, de meu corpo, de meu beco. Vermelho lindo aquele sangue escorrendo grosso do talho aberto em meu pé, mas quem sabe agora então conseguiria decifrar as faces deles, dos dois homens que jogavam longe as facas de néon e estrelas para se curvarem sobre o corpo do que ainda era eu. Seus rostos ficaram muito próximos, mas meus olhos começavam a escurecer. Na neblina tinta de meu sangue sobre os olhos meus também, tossi e cuspi e consegui dizer aos arquejos, mas sem dor nenhuma, que havia sangue solto louco dentro de mim. Depois, sem pedir nada e sem nenhuma revolta, sem nada parecido a um espinho dentro de mim, no meio do sangue aquilo que ainda era eu mesmo sem saber de onde vinha nem para onde ia, disse que estava morrendo.

De dentro, de perto, do fundo.

Um dos homens falou que ia pedir ajuda. Eu tentei detê-lo dizendo que era inútil, tarde demais ou coisa assim, mas ele se afastou correndo e eu pedi ao outro, cujo rosto não via, que por favor segurasse a minha mão até eu morrer. Meu sangue era vermelho e limpo sobre o chão sujo do beco, saindo de mim aos jorros, aos borbotões, às golfadas como em torneira aberta que você tapa com a mão, depois destapa de repente, assim era meu sangue jorrando. E na mão morna como a noite do homem que ficou ao meu lado, os dedos deles cruzaram-se aos meus num gesto que parecia amor antigo.

Não, não: em nenhum momento, nenhuma dor.

Eu ia embora de mim como quem dorme, quando os músculos todos se soltam e os pensamentos se esgarçam esfiapados para mergulharem em outro espaço, outro tempo desconhecido — seria esse quem sabe o tempo novo anunciado claro no ar, que eu tinha lido antes? Não sabia, eu não sabia nunca. Apenas segurava a mão do homem que ficara comigo sem sentir mais nenhum cheiro nem ver mais coisa alguma, cada vez mais longe. Eu ia embora de mim: isso era tudo. Eu ia embora de mim sem saber de onde vinha nem para onde iria, navio em outra névoa de vapor espesso cada vez mais próximos, a névoa e o navio. Sabia só que enquanto partia assim, indo para sempre embora de mim e de tudo, a única coisa que queria sentir — que podia sentir, e que sentia enfim, agora que já não havia cheiros nem formas nem gostos nem ruídos — era o contato morno da mão daquele homem que ficara comigo enquanto eu partia e tornava a partir sem volta e para sempre de mim.

Foi se apagando, certa luz.

Até que meus dedos finalmente mortos e rígidos se desprendessem dos dedos vivos dele, e sem a mão e mais ninguém dentro da minha eu fosse chegando aos poucos mais perto, quase dentro deste outro lado, deste outro espaço, deste outro tempo onde estou agora. E não me reconheço, sem facas nem becos. Já não éramos três, nem dois, homens nem corpos. Eu era um só, depois eu era um eu sem eu.

Eu era nenhum: navio no ar, depois do aço.

Uma história confusa

Uma primeira versão desta história foi publicada em 1974, na revista ZH, de Zero Hora, e escrita provavelmente no mesmo ano, em Porto Alegre. Esta versão, a definitiva, foi totalmente reescrita. Creio que ganhou, embora pareça paradoxal, mais ambiguidade e mais clareza.

ERA QUINTA-FEIRA. Como nas últimas quintas, ele estava muito nervoso e trazia um envelope na mão. Jogou o envelope em cima da mesa, ficou andando pelo quarto.
— Outra carta? — perguntei.
Não respondeu. Só fez um movimento impaciente com os ombros, que podia significar muitas coisas. Mas não disse nada. Eu então abri e li as palavras datilografadas com cuidado:
Te vi por trás das rosas e havia nos teus olhos uma ânsia muda. Algo assim como se quisesses falar comigo. Juro que na saída tentei me aproximar. Mas tive medo. Sei que ainda vamos ser amigos. Não quero forçar nada. Hoje é domingo pouco antes do almoço. A casa está vazia. Eu gostaria de ter escrito logo depois daquela noite. É incrível, mas há duas décadas, nesse mesmo dia da semana, nessa mesma hora, eu estava nascendo.
— É bonito — eu arrisquei. — Um pouco juvenil, talvez. Mas bonito. Afinal, a adolescência é sempre bonita.
— Ele tem vinte anos.
— Ele? Como é que você sabe que é ele e não ela?
— Eu acho, eu sinto. Uma mulher não escreveria essas coisas. Não sei, o jeito de escrever, alguma coisa.
— Pode ser — eu disse.
— E tinha uma outra carta, acho que não mostrei a você. Ele dizia que estava cansado, isso mesmo, cansado e *não* cansada.
— Não lembro — menti. — E ele pode estar mentindo. Essa data, por exemplo, essa data pode ser inventada.
Ele evitou meus olhos ao contar:
— Fui consultar um astrólogo. Ele nasceu a 22 de setembro de 1954. Entre mais ou menos dez e meio-dia. É de Virgem, o astrólogo disse, do último dia de Virgem. Pelos cálculos, o ascendente deve ser Escorpião.
— Ascendente?
— É o signo que. — Ele levantou os olhos, irritado. — Escuta, você não vai querer agora que eu te dê uma aula de astrologia, vai?

— Não, não. Só queria saber o que quer dizer isso.

— Quer dizer que ele deve ser inteligente. Muito inteligente. E secreto, misterioso, intenso. Só pelas cartas qualquer um percebe que ele tem certa... certa estrutura. As cartas são bem escritas, a gramática é sempre correta.

— É verdade — eu disse. — Corretíssima.

Ele sentou na beira da cama. E afundou no travesseiro:

— Não aguento mais. Isso tem quase dois meses. Preciso saber quem é essa pessoa.

Sentado aos pés da cama, eu não sabia o que dizer.

— Ele sabe tudo sobre mim, os meus horários, tudo. Às vezes fala de pessoas que conheço, de lugares onde vou. Deve estar sempre por perto, deve conhecer muita gente que eu conheço.

— Você está muito agitado.

— Claro. Como é que você queria que eu estivesse? Cada vez que recebo uma carta dessas fico assim. Me dá uma sensação estranha, saio na rua com a impressão que estou sendo observado. Alguém que eu não sei quem é acompanha todos os meus passos.

— Com amor — eu disse.

Ele acendeu um cigarro e ficou seguindo a fumaça até o teto:

— Amor? Não sei. É meio paranoico. Parece uma coisa para enlouquecer a gente devagar.

— Ou para fazer que você se interesse por ele.

Levantou-se de repente e debruçou-se na mesa. De costas, eu só podia ver seus ombros curvos e as duas mãos abertas segurando a cabeça desgrenhada.

— Fico imaginando as histórias mais incríveis. Às vezes acho que é alguém querendo divertir-se comigo.

— Não. — E eu disse pela segunda vez: — Isso é amor.

— Será? Tem coisas, tem coisas que ele escreve que parecem. Não sei, parecem verdade, entende? Ele me toca, mexe comigo. Talvez eu esteja assim todo *lisonjeado* porque alguém parece prestar tanta atenção em mim.

— Isso é amor — eu repeti pela terceira vez.

Ele caminhou até a janela. Percebi que olhava as folhas das palmeiras no meio da rua, remexidas pelo vento norte.

— Às vezes tenho vontade de bancar o detetive. Mas as pistas são muito tênues. Selos comuns, envelope comum, cada dia um carimbo de uma agência diferente. E esse tipo de máquina é o mais comum que existe.

— Lettera 22.

Ele jogou a ponta do cigarro pela janela, voltou-se de repente e me olhou nos olhos:

— Como é que você sabe?

— Bom, qualquer um que lida com máquina de escrever reconhece logo. É inconfundível — eu afirmei. E mudei de assunto: — Mas não deixa de ser bonito.

— Bonito e infernal.

— E antigo.

— Cartas anônimas. Parece coisa de romance do século passado. Romance epistolar. Platônico. — Suspirou fundo. — Mas eu preciso saber logo quem é esse rapaz. Nunca ninguém se interessou tanto por mim.

Tornou a sentar na mesa, acendeu outro cigarro. Estendi o cinzeiro para ele:

— Você sempre fuma demais nas quintas-feiras.

Ele riu:

— Agora nas quartas também. Fico pensando se no dia seguinte vai chegar outra carta. — Tragou fundo, olhos fechados. E acrescentou, soltando a fumaça: — Também tenho escrito para ele.

— O quê?

— Tenho escrito para ele, escondido.

— Você não contou nada para Martha?

— Está louco? Você sabe como ela é ciumenta, contei só para você. Eu tenho que me esconder para escrever. Trancado no escritório, fico pensando que deve haver uma espécie assim de *espírito* do que eu estou escrevendo que sai pela janela, eu deixo sempre a janela aberta quando escrevo para ele, depois voa sobre os telhados e atravessa as ruas da cidade e as paredes para chegar até onde ele está, percebe?

— E o que você faz com as cartas que escreve?

— Guardo. A sete chaves. Um dia talvez possa entregá-las pessoalmente.

Eu também acendi um cigarro:

— E... o que você diz nessas cartas?

— Eu peço socorro. Eu digo que o meu casamento é um horror, já três anos desse horror que não acaba. Sabe que agora a Martha deu pra me chamar de *fofo*? Tem coisa mais odiosa? No domingo me pede uma parte do jornal e fica dizendo *"olha só, fofo, precisamos aproveitar essa liquidação aqui, fofo, vai só até o dia 15, fofo".*

— Mas a Martha era uma mulher tão... *especial.*

— Antes de casar. Depois que casa, toda mulher vira débil mental. Bem fez você que não entrou nessa.

Eu apaguei o cigarro:

— E o que mais você diz nessas cartas?

Ele curvou-se outra vez sobre a mesa, uma das mãos apoiava a cabeça, a outra passava lenta no tampo de madeira. Como uma carícia:

— Digo que às vezes eu tenho vontade de ter outra vez um amigo como aqueles que a gente tinha na adolescência. Aqueles pra quem você contava tudo, absolutamente tudo. E que no fim você nem sabe mais se é amigo ou irmão.

— Ou amante.

— Ou amante — ele repetiu. Depois jogou-se outra vez na cama, tirou uma folha amassada do bolso e leu: — Eu digo que estou disposto a qualquer coisa, eu *digo assim: "Chegue bem perto de mim. Me olhe, me toque, me diga qualquer coisa. Ou não diga nada, mas chegue mais perto. Não seja idiota, não deixe isso se perder, virar poeira, virar nada. Daqui há pouco você vai crescer e achar tudo isso ridículo. Antes que tudo se perca, enquanto ainda posso dizer sim, por favor chegue mais perto".*

Dobrou a folha e tornou a enfiá-la no bolso, ainda mais amassada.

Ficamos nos olhando. Eu não sabia o que dizer. Ele afundou novamente na cama, virou-se para a parede. Fiquei ouvindo:

— Falo para você um pouco como se fosse para ele. Se você pudesse me ajudar, se ele pudesse me ajudar. É tão complicado. Saio na rua e fico olhando todos os meninos de vinte anos, como se cada um pudesse ser ele. Ando sentindo umas coisas que não entendo direito. Não gosto de não entender o que sinto. Não gosto de lidar com o que não conheço. Eu nunca vivi nada assim.

Um vento mais forte abriu a janela, fazendo voar as cinzas do cinzeiro sobre a mesa. Ele parecia menor, encolhido sobre a cama. Eu continuei ouvindo:

— Já tenho trinta e quatro anos, não posso sentir as coisas como se tivesse quinze. Você sabe, nós temos quase a mesma idade. Quanto você tem agora?

— Trinta e três — eu disse.

— Pois é, você sabe bem. A gente não tem mais idade pra ficar com esses delírios.

— Você acha que não? — eu perguntei. Mas ele continuou a falar sem ouvir.

— É tão estranho de repente saber que tem alguém pensando em mim o tempo todo. Alguém que eu não conheço. E que tem vinte anos. Fico pensando umas coisas loucas, não consigo parar.

— Que coisas — eu perguntei em voz baixa —, que coisas você pensa?

Ele passou a mão pela parede branca:

— Deitar do lado dele. Sem roupa. Abraçá-lo com força. Beijá-lo. Na boca. — Crispou a mão na parede e puxou-a para junto do corpo, para o meio das pernas. — Deve ser o vento norte, esse excesso de luz, a primavera chegando, a lua quase cheia. Não sei, desculpe. Eu estou muito confuso.

Ficou calado de repente. Olhava pela janela como se estivesse vendo algo, além das palmeiras, que eu não conseguia ver. Eu continuava sem saber o que dizer. Cheguei a chegar mais perto para estender a mão e tocar nos seus cabelos desgrenhados. E se ele não tivesse só vinte anos, esse rapaz, pensei em perguntar, você continuaria a gostar dele? Mas achei melhor não dizer nada. Parei minha mão no ar, depois puxei-a de volta para pegar outro cigarro. Mas continuei perto dele. Mais perto, bem perto. Era outra quinta-feira, esta de setembro, e desde o início de agosto nós andávamos os dois muito confusos.

Sob o céu de Saigon

Esta é talvez a história mais paulistana que escrevi, em 1989. Trata-se mais talvez de um exercício de enfoque, com um narrador imaginário no alto do Conjunto Nacional, onde se cruzam a rua Augusta e a avenida Paulista. Foi publicada no extinto jornal O Continente.

Para Regina Valladares

ELE ERA UM DESSES rapazes que, aos sábados, com a barba por fazer, sobem ou descem a rua Augusta. Aos sábados quase sempre à tarde, pois pelos óculos muito escuros e o rosto um tanto amassado por baixo da barba crescida, quem olhasse para um deles mais detidamente, mas poucos o fazem, perceberia que dormiu mal ou demais, bebeu na noite anterior, acabou de chorar ou qualquer coisa assim. Costumam usar jeans desbotados, esses rapazes, tênis gastos, camisetas e, quando mais frio, alguma jaqueta ou suéter geralmente puídos nos cotovelos. Quase sempre levam as mãos nos bolsos, o que torna impossível a qualquer um que passa ver melhor suas unhas roídas, seus dedos indicador e médio da mão direita, ou da esquerda, se forem canhotos, amarelados pelo excesso de fumo. Eles olham para baixo, não como se tivessem medo de tropeçar nos solavancos frequentes das calçadas da Augusta, pois raramente usam sapatos, e as solas de borracha dos tênis amoldam-se com certa suavidade às irregularidades do cimento; olham para baixo, e isso seria visível se se pudesse localizar o brilho nos seus olhos de pupilas um tanto dilatadas por trás das lentes escuríssimas dos óculos, como se procurassem tesouros perdidos, bilhetes secretos, alguma joia ou objeto que, mais que valor, guardasse também uma história imaginária ou real, que importa? Mas às vezes olham também para cima, e quando o céu está claro, o que é raro na cidade, pode-se imaginar que suas peles brancas procuram desesperadas e quase automaticamente pela luz do sol. E quando o céu está escuro, o que é bem mais comum, sobretudo nesses sábados em que rapazes assim costumam subir ou descer a rua Augusta, pode-se imaginar que procurem balões juninos, objetos voadores não identificados, paraquedistas, helicópteros camuflados, zepelins ou qualquer outra dessas coisas pouco prováveis de serem encontradas sobrevoando ruas como a Augusta num sábado à tarde. Ou horizontes, talvez busquem horizontes entre o emaranhado de edifícios refletidos nas lentes negras dos óculos que escondem o brilho ou a intenção do fundo dos olhos no momento em que um desses rapazes para na esquina, como se tanto fizesse dobrar à esquerda ou à direita, seguir em frente ou voltar atrás. Por serem como são, seguem sempre em frente, subindo ou descendo a rua Augusta. E por serem tão iguais, quem prestar atenção em algum deles, mas poucas vezes ou nunca alguém o faz, jamais saberá se se trata de muitos ou apenas um. Um único rapaz: este, com a barba por fazer e mãos enfiadas no fundo dos bolsos, que agora, logo depois de cruzar o topo da avenida Paulista, começa a descer a rua Augusta em direção aos Jardins no sábado à tarde.

Ela era uma dessas moças que, aos sábados, com uma bolsa pendurada no ombro, sobem ou descem a rua Augusta. Aos sábados quase sempre à tarde, pois pelos óculos muito escuros e o rosto um tanto amassado que a ausência total de maquiagem nem pensou em disfarçar, quem olhar para uma delas mais detidamente, e alguns até o fazem, pedindo telefone ou dizendo gracinhas sem graça, às vezes grossas, porque elas caminham devagar, olhando as coisas, não as pessoas, mas quem olhar com atenção perceberá que dormiu mal ou demais, bebeu na noite anterior, acabou de chorar ou qualquer coisa assim, sem muita importância. Costumam, elas também, usar jeans desbotados, sapatos de salto baixo, às vezes tênis gastos, camisetas ou alguma blusa de musselina, seda, crepe ou outro tecido assim fino, que um rápido olhar mais arguto perceberia de imediato não se tratar de uma prostituta ou empregada doméstica. Pois têm certa nobreza, essas moças, não se sabe se pela maneira altiva como fingem não ouvir as gracinhas que alguns dizem, se pelo jeito firme de segurar a alça da bolsa com seus dedos de unhas sem pintura, conscientes de que são fêmeas e estão na selva. Num súbito encontrão, que não seria impossível, menos aos sábados, é verdade, do que nas sextas-feiras ao meio-dia ou de tardezinha, se alguém arrebatasse a bolsa a uma dessas moças para depois rasgá-la num terreno baldio, ficaria decepcionado com o dinheiro escasso, o talão de cheques sem saldo, uma agenda de poucos compromissos, tickets de metrô, algum livro de poesia, esoterismo ou psicologia, uma foto de criança, raramente de homem, quem sabe um cartão de crédito vencido e entradas para teatro ou show, já usadas. Essas moças não olham para baixo nem para cima: com passo decidido, olham direto para a frente, como se visualizassem além do horizonte um ponto escondido para esses outros que passam quase sempre sem vê-las, para onde se dirigem com seus jeans gastos, suas bolsas velhas, suas peles de nenhum artifício. Dessa nitidez no passo, dessa atrevida falta de artifícios no rosto é que brota quem sabe aquela impressão de nobreza transmitida tão fortemente quando passam, mesmo aos que não as olham nem mexem com elas. Podem parar para folhear revistas estrangeiras em alguma banca, sem jamais comprar nada, deter-se para conferir os preços estampados nas portas dos restaurantes, olhar maçãs ou morangos, tocar rosas ou antúrios, mas geralmente apenas seguem em frente, subindo ou descendo a rua Augusta. Talvez sejam tantas e, se realmente o são, tão parecidas que, se alguém do alto de uma janela no Conjunto Nacional olhasse para baixo e as visse agora, poderia pensar mesmo que são uma só. Uma única moça: esta, com a bolsa velha pendurada no ombro, que depois de cruzar o topo da avenida Paulista começa a descer a rua Augusta em direção aos Jardins no sábado à tarde.

E porque o mundo, apesar de redondo, tem muitas esquinas, encontram-se esses dois, esses vários, em frente ao mesmo cinema e olham o mesmo cartaz. *Love kills, love kills*, ele repete baixinho, sem perceber a moça a seu lado. *And this is my way*, ela cantarola em pensamento, na versão de Frank Sinatra, não de Sid Vicious, sem perceber o rapaz a seu lado. Outros entram e saem, sem vê-los nem ver-se, remanescentes punks, pregos nas jaquetas, botas pretas, intelectuais de óculos, aros coloridos, paletó xadrez, adolescentes japonesas, casais apertadinhos, elas comendo pipocas, senhoras de saia justa, gente assim, de todo tipo.

E talvez porque rapazes e moças como ele e ela aos sábados à tarde raramente ou nunca se enfiam pelos cinemas, preferindo subir ou descer a rua Augusta olhando as coisas, não as pessoas, os dois se encaminham para as entradas em arco do cinema. Então param e olham para cima, suspirando em suave desespero, um céu tão cinza, como se fosse chover, oh céu tão triste de Sampa.

E então como se um anjo de asas de ouro filigranado rompesse de repente as nuvens chumbo e com seu saxofone de jade cravejado de ametistas anunciasse aos homens daquela rua e daquele sábado à tarde naquela cidade a irreversibilidade e a fatalidade da redondeza das esquinas do mundo — ele olhou para ela e ela olhou para ele.

Ele sorriu para ela, sem ter o que dizer. Ela também sorriu para ele. Mas disse, a moça disse:

— Parece Saigon, não?

— O quê? — ele perguntou sem entender.

Ela apontou para cima:

— O céu. O céu parece Saigon.

Surpreso, e meio bobo, ele perguntou:

— E você já esteve em Saigon?

— Nunca — ela sorriu outra vez. — Mas não é preciso. Deve ser bem assim, você não acha?

— O quê? — ele, que era meio lento, tornou a perguntar.

— O céu — ela suspirou. — Parece o céu de Saigon.

Ele sorriu também outra vez. E concordou:

— Sim, é verdade. Parece o céu de Saigon.

Nesse momento — dizem que cabe aos homens esse gesto, e eles eram mesmo meio antigos — talvez ele tenha pensado em oferecer um cigarro a ela, em perguntar se já tinha visto aquele filme, se queria tomar um café no Ritz, até mesmo como ela se chamava ou alguma outra dessas coisas meio bestas, meio inocentes ou terrivelmente urgentes que se costuma dizer quando um desses rapazes e uma dessas moças ou qualquer outro tipo de pessoa, e são tantos quantas pessoas existem no mundo, encontram-se de repente e por alguma razão, sexual ou não, pouco importa se por alguns minutos ou para sempre, tanto faz, por alguma razão essas pessoas não querem se separar. Mas como ele era mesmo sempre um tanto lento, não perguntou coisa alguma, não fez convite nenhum. Nem ela. Que lenta não era, mas apenas distraída. Ela então sorriu pela terceira vez, e já de costas abanou de leve a mão abrindo os dedos, como Sally Bowles em *Cabaret,* e continuou a descer a rua Augusta. Ele também sorriu pela terceira vez meio sem jeito como era seu jeito, enfiou as mãos ainda mais fundo nos bolsos, como Tony Perkins em vários filmes, coçou a barba por fazer e resolveu subir novamente a rua Augusta.

Uns cem metros além, ela pela alameda Tietê, ele pela Santos, esse rapaz e essa moça, ou talvez os dois, ou quem sabe até mesmo nenhum, mas de qualquer forma ao mesmo tempo, pensam vagos e sem rancor mas estes sábados sempre tão chatos, porra, nunca acontece nada. Por associação de ideias nem tão estranha assim, ele ou ela, ou nenhum dos dois, talvez olhem ou não para trás procurando quem sabe algum vestígio, um resto qualquer um do outro pela rua Augusta deserta do sábado à tarde.

Mas rapazes e moças assim não costumam deixar rastros, e ambos já tinham sumido em suas esquinas de ladeiras súbitas e calçadas maltratadas. Acima deles, nuvens cada vez mais densas escondem súbitas o anjo. O céu de chumbo, onde não seria surpresa se no próximo segundo explodisse um cogumelo atômico, caísse uma chuva radioativa ou desabasse uma rajada de napalm, parecia mesmo o céu de Saigon, quem sabe pensaram. Embora, de certa forma, eles nunca tivessem estado lá.

Onírico

Escrito em 1991, este conto originalmente pretendia ser uma reescritura de "A pequena sereia", de Andersen. Com "Os sapatinhos vermelhos" (de Os dragões não conhecem o paraíso), *mais outras histórias até agora apenas em projeto, formaria um livro chamado* Malditas fadas, *só com versões de Andersen "para adultos". Com este mesmo título e pequenas modificações, foi publicado no jornal* Nicolau.

> *Viu os frutos do pomar amadurecerem e serem colhidos, viu a neve derreter-se nas montanhas. Mas nunca mais viu o príncipe.*
> ANDERSEN, A PEQUENA SEREIA

VEIO NUM SONHO, certa noite. Ela o amava. Ele a amava também. E ainda que essa coisa, o amor, fosse complicada demais para compreender e detalhar nas maneiras tortuosas como acontece, naquele momento em que acontecia dentro do sonho, era simples. Boa, fácil, assim era. Ela gostava de estar com ele, ele gostava de estar com ela. Isso era tudo.

Dormiam juntos, no sonho, porque era bom para um e para outro estarem assim juntos, naquele outro espaço. Não vinha nada de fora, nem ninguém. Deitada nua no ombro também nu dele, não havia fatos. Dormiam juntos, apenas. Isso era limpo e nítido no sonho que ela sonhou aquela noite.

Deitada no ombro dele, ela via seu rosto muito próximo. Esse era o sonho, nada mais. E isso, mais tarde saberia, era o único *fato* do sonho inteiro: via o rosto dele muito próximo. Como um astronauta prestes a desembarcar veria a face da lua, mal reconhecendo o Mar da Serenidade perdido em poeira cinza, assim ela o via naquela proximidade excessiva, quase inumana de tão próxima. Fechasse os olhos — mas não os fecharia, pois já estava dormindo — guardaria contra as pálpebras cerradas um por um dos traços dele. Crateras miúdas com negros fios de barba despontando duros de dentro delas, molhadas gretas polpudas além das quais brilhava o branco duro dos dentes.

Coisas assim, ela via. E de olhos abertos, embora fechados, pois sonhava, protegia-o, protegiam-se no meio da noite. Tão simples, tão claro. E de alguma forma inequívoca, para sempre.

Talvez ele tivesse passado um dos braços em torno da cintura dela, quem sabe ela houvesse deitado uma das mãos sobre o ombro dele, erguendo os dedos até que tocassem no lóbulo de sua orelha. Em todos os dias que se seguiram à noite daquele sonho, e foram muitos, honestamente não saberia localizar outros detalhes. Pois enquanto dormia, naquela noite, tudo era só e apenasmente isso: dormiam juntos.

No centro da noite, no meio do sonho, no outro espaço.

Quase meio-dia da manhã seguinte, e ela não teria sequer a quem telefonar contando. Contando o quê, perguntou-se, se nem havia o que contar propriamente? Lavou pratos e copos da noite anterior, folheou jornais, tanta miséria remota, e bocejou então andando pelo apartamento de solteira, metade do corpo ainda dentro do sonho onde ele também habitara. Despistou dois, três telefonemas, desmarcou alguma coisa pela tarde, outra pela noite. Queria ficar dentro de si, e nem importava quem exatamente era ela agora, assim vadia e meio à mercê, pensando só nele. No homem, no sonho. Morta de saudade, quase três da tarde deitou-se na cama ainda meio morna, e fumando na penumbra cortada pelas cintilações da curva da tarde, sentiu falta. Não de alguém morto ou perdido para sempre em viagem, em rompimento definitivo, não essa falta. Outra, nem falta nem saudade, mas coisa parecida e oca, o que ela sentia às três da tarde, fumando no quarto escuro. E sabia que de alguma forma ele continuava ali. Miúdas crateras, gretas polpudas. Em algum ponto da cama, do quarto, da mente, do espaço.

Embalada pelos ruídos da rua, dormiu até quase sete entre sonhos onde ele não surgia, perambulando por histórias que não o traziam de volta. Lavou o rosto, esquentou o frango no micro-ondas, passou café, acendeu um cigarro espiando chatices na tevê — e tornou a dormir.

Custou um pouco. Foi quando, caindo em tentação, tentou quase desesperada lembrar-se — daquela vez, naquela noite — se ele teria mesmo passado um dos braços pela sua cintura, e se esse braço teria pelos densos, mas macios de tocar, e se a mão dele realmente fechara-se exata e solidária e carinhosa naquele ponto secreto onde, constrangida, ela admitia ter mesmo algumas gordurinhas, e se a mão dela estaria assim meio pousada nos pelos do peito dele, distendendo dois, três dedos até tocar no lóbulo da orelha. Colado ao rosto, alguém dissera, muita espiritualidade. Ou o contrário? Budas, Cristos, Oxalás, invocou no escuro que ainda guardava certo cheiro do sono anterior onde, nu e homem, ele habitara ao lado dela. Mas sabia que tudo isso — as invenções recentes sobre o outro espaço — era puro artifício.

Sem artifícios, acordou na manhã seguinte. Vazias, ela e a manhã. E procurou o telefone para contar às amigas. "Premonição", disse uma, "você vai encontrar alguém"; "transporte astral", disse outra, "você deve tê-lo realmente encontrado numa outra dimensão"; "ah, mera projeção de carências atávicas", disse mais uma, "no fundo pura falta de sexo". Algum dia, ela desesperançava, em algum lugar, planejou em seguida, noutro espaço, por trás de tudo, num mundo paralelo, quem sabe: ah, sim, que certamente tornaria a encontrá-lo numa interfrequência de rádio ou televisão, num reflexo do espelho. E às quatro da manhã a surpreenderam com um prato de macarrão frio sobre os joelhos, os olhos postos vesgos nos riscos magnéticos horizontais da tela da tevê. Ele não estava lá. Nos dias seguintes, mesmo aceitando todos os jantares e cedendo a todos os cinemas e shoppings e pizzarias, pois ele poderia também estar no real — ele também não estava lá. Nem aqui. Em nenhum lugar onde fosse, de fora ou de dentro, nos dias seguintes ao dia em que estivera deitada no ombro dele tão proximamente nu também, no fundo de um sonho, conseguia reencontrá-lo.

Pois havia outros detalhes, semanas depois ainda tentava lembrar. Havia um cheiro, por exemplo. Tênue, quase perverso. Intimidade úmida, limpa, nas dobras da carne suada, preservada na própria pele. Feito égua no escuro do quarto, escancarava narinas farejando o macho que a cavalgaria. Deu para pesquisar colônias masculinas, aspirar camisas entreabertas dos homens pelos ônibus, nas filas de bancos e correios, elevadores, essência entre os pelos, primeiro suor após o banho, reconheceria quando o encontrasse. O cheiro cru, original. Não encontrou. Dilatava as narinas em lugares públicos cheios de homens suados — mas nenhum cheiro era o dele.

Rememorava, meticulosa: de baixo para cima, rosto pousado no peito dela, assim o vira naquela única vez. E embora o ângulo distorcido, porque era tudo o que tinha, tentava recompô-lo meses — e distorções — depois. Miúdas crateras, fios negros duros de barba despontando — apegava-se à certeza do *negros* como se fincasse bandeira em território conquistado — e depois as gretas polpudas de um lábio inferior atrás do qual brilhavam alvos dentes brancos. Alvos, repetia. Revistou revistas procurando semelhanças, Gibsons, Hanks, Lamberts, e esforçando o olhar para além dos ícones imaginava identificar um sobrecílio, um pômulo, mas se passara tanto tempo desde aquela vez, a original, a única, que não saberia mais se isso seria ainda uma memória ou sua Primeira Invenção Desesperada. Insistia: cílios longos macios. Sem vírgulas longos macios os cílios do homem que a amava e que ela amava também naquela noite e para sempre no meio de um sonho ficando antigo demais e meio disperso.

Invenções Desesperadas, pois, passou a fazer, Íntimas Orgias Imaginárias. Fossas nasais abertas onde ela passava a ponta da língua localizando certo remoto gosto salgado, e a outra mão dela, não aquela pousada no peito dele, mas esta uma que descia à toa pelos pelos, enroscando-se até a cintura e então o umbigo súbito em certa barriga perdoada, porque ela o amava, e penetrava no umbigo com a ponta da unha vermelha, antes de mergulhar na mata mais abaixo, aquele homem que não era sequer perfeito e por isso mesmo belo, porque a amava e ela a ele, e isso era para sempre apesar do fugaz.

Passaram-se meses, ela não o esquecia.

Toda noite, acompanhada ou não — pois ao fim e ao cabo achava, digamos, *saudável* manter uma vida real-objetiva enquanto ele continuava a acontecer dentro de si, no outro espaço, sem que ninguém soubesse —, abria-se só para ele. E quando os outros reais, objetivos, debruçavam-se sobre ela, virava-os de costas na cama — *boca arriba,* repetia, como se fora argentina, *boca arriba* — e encostando o rosto em seus peitos tentava retomar aquele mesmo ângulo entrevisto à beira do pescoço úmido, íntimo, único. Mas nunca outros homens foram, eram nem seriam aquele, e ela sabia que de maneira alguma poderiam ser, ainda que fingisse com o máximo de empenho. Pois, por trás do sonho, resistia o chamado real-impiedoso.

Porra caralho boceta, repetia sozinha. Bruta, vulgar. Afinal, não era essa a forma de procurá-lo, jamais no chamado real-impiedoso.

Então voltava a deitar em horas absurdas e a dormir para tentar encontrá-lo no país onde habitava, e nem sabia que reino mais, tão diverso do dela. Todas as noites, um segundo antes de afundar, pensava — onde quer que você esteja, meu príncipe, em qualquer região da minha mente, no mínimo interstício, na fímbria do pensamento, frincha da memória, dobra da fantasia, faixa vibratória passada presente futura, aqui vou eu ao seu encontro, meu bem-amado. E nada. Mesmo que alimentasse o hábito de materializar anjos e fadas sentados à beira de sua cama a perguntarem gentis o que desejava mais profunda e loucamente entre todas as coisas da vida inteira, o que mais queria de tudo que existe no universo infinito — e respondesse sempre, singela e sincera: tornar a encontrá-lo —, nunca mais voltou a vê-lo. Nem no sonho, nem na vida.

Inúteis cartomantes, trânsitos, runas, ebós. O Valete de Copas traria carta de amor assim que Netuno abandonasse a oposição de Vênus na casa do karma, Peorth anunciaria o reencontro das coisas perdidas se Oxum aceitasse as rosas amarelas jogadas na cachoeira. Nessa região movediça da qual não desacreditava de todo, pois, afinal, fora onde o conhecera — ele também não estava. Delirava insone: quando eu voltar princesa e você gladiador entre feras, quem sabe na arena; quando emergir do fundo das águas para espiar teu reino terrestre e verde, à superfície, quando eu talvez sereia, mulher-maravilha, pastora e astronauta navegando em abismos — quem, quem sabe quando?

Por enquanto, arduamente, era só um cheiro de homem nu flutuando no escuro do quarto, quentura de bicho vivo pulsando junto à quentura de bicho vivo dela. Outra coisa, noutro lugar. Que não ficava aqui, nem lá. Talvez se morresse. O problema é que a vida era agora e era aqui.

E além de não estar nem no aqui nem no agora, ele não partia.

Não se matou. Não seria capaz, resistia sempre à ilusão de encontrá-lo um dia.

Por isso mesmo houve outros, claro. Algumas iluminações, encontros quase agradáveis até. O engenheiro divorciado, um professor de olhos verdes. Mas aprendeu a ir dormir sempre o mais cedo que pode, pois é nessa faixa que ele habita, ela sabe, a contemplá-la mesmo de olhos fechados. E de tudo que foi restando nesses anos todos, continua sabendo que sabe que fica lá o lugar onde poderia encontrá-lo outra vez. Do outro lado, onde com os olhos abertos ela vê com os olhos fechados e inteiramente nua, encostada ao ombro dele, que dorme inteiramente nu também, mas a vê-la dentro do sono.

Arfam levemente os dois. Ela dorme segura protegida no ombro dele que a protege seguro. Mesmo dormindo, mesmo do lado de cá. E isso é para sempre, por mais que o tempo passe e a afaste cada vez mais dele, que continua eterno naquele segundo em que o viu. E isso ninguém roubará, repete-se, mesmo levando em conta todos aqueles meses de enganos vis que continuam e continuarão a vir depois daquele sonho.

Eu te amo, repete sozinha para o escuro toda noite, pouco antes de seu corpo dissolver-se na espuma do sono, eu te amo. E se pudessem saber, os outros, todos saberiam que isso não deixa de ser uma vitória. Certa espécie de vitória. Mas tão dúbia que parece também uma completa derrota.

Metâmeros

Desde que li em algum livro de biologia que "metâmero é cada um dos anéis do corpo de um verme, e que cada um desses metâmeros pode formar um verme novo", fiquei fascinado pela ideia de textos que seriam assim como embriões de si mesmos. Se desenvolvidos, poderiam resultar em contos ou até mesmo novelas ou romances. Das dezenas que escrevi, estes dois me parecem os melhores.

Para Déa Martins

I. A PERDA

Quando passo às vezes por aquela esquina, espio sempre a outra rua por trás da igreja. E mesmo sem querer, sem perceber claro o que sinto, lembro daquela tarde em que fui visitá-lo pela última vez, depois voltei caminhando pela rua cheia de árvores tão altas que suas copas se encontram e se misturam no alto, como num túnel redondo, irregular, a pensar coisas que nem lembro mais.

Quando passo por lá assim rapidamente, numa tarde como a de ontem ou outras iguais destes tantos meses passados, penso se não deveria retomá-la — essa rua, essa caminhada, mas sem ele agora — uma tarde, noite ou manhã quaisquer para refazer o percurso inverso até a casa dele, onde nem mora mais. E parado naquela esquina feito espião, contemplar a sacada daquele décimo andar onde costumávamos nos debruçar abraçados para olhar aquela rua lá embaixo sendo aos poucos coberta pelas sombras da tarde furando a copa-túnel das árvores. As sombras que crescem devagar sobre o asfalto quente do verão passado. As sombras, enfim.

(1985)

II. SOBRE O VULCÃO

No se puede vivir sin amor.
MALCOLM LOWRY, UNDER THE VOLCANO

Naquele tempo, minha única ocupação diária era tentar não morrer. Talvez pareça excessivamente dramático dito assim, mas assim era. Nem sinistra ou espantosa, apenas cotidiana feito xícara de café, janela aberta ou fechada sobre esse espaço vago que chamam de *o depois,* dentro e fora de mim, a morte estava sempre presente.

Naqueles dias uterinos, gordurosos, naqueles dias amnióticos quando eu não conseguia sequer sair da cama, trinta horas em posição fetal sem dormir nem viver, numa espécie de ensaio geral da treva definitiva deflagrada pela hospitalização de Daniel, pouco mais de quarenta quilos e nódulos púrpuras espalhados pelo novo corpo quase de criança onde, do antigo, restavam apenas os enormes olhos verdes, e também pelo suicídio de Julia, pulsos cortados e a cabeça enfiada no forno do fogão a gás, vestida de bailarina com tutu de gaze azul e sapatilhas, depois de ter grafitado em spray rosa-choque no lado de fora da porta da cozinha alguma coisa em espanhol, alguma coisa amarga, alguma coisa assim: *no se puede vivir sin amor.*

Daquele tempo nem tão distante, daqueles dias que até hoje duram às vezes duas, às vezes duzentas horas, restou esta sensação de que, como eles, também me vou tombando rápido dentro da boca de um vulcão aberto sem fôlego nem tempo para repetir como numa justificativa, ou oração, ou mantra, enquanto caio sem salvação no fogo que é verdade, que si, que no, que nadie puede mismo vivir sin amor.

(1989)

Depois de agosto

(*Uma história positiva, para ser lida ao som de "Contigo en la distancia"*)

Foi escrita em fevereiro de 1995, entre Rio de Janeiro, Fortaleza e Porto Alegre. Há pouco a dizer sobre ela, ainda está muito próxima para eu tratá-la com frieza e distanciamento. Talvez seja um tanto cifrada, mas para um bom leitor certo mistério nunca impede a compreensão.

Porque o Eterno, teu Deus, te há abençoado em toda a obra das tuas mãos; soube da tua longa caminhada por este grande deserto; há já quarenta anos que o Eterno, teu Deus, está contigo e nada te tem faltado.
DEUTERONÔMIO 2,7

LÁZARO

Naquela manhã de agosto, era tarde demais. Foi a primeira coisa que ele pensou ao cruzar os portões do hospital apoiado náufrago nos ombros dos dois amigos. Anjos da guarda, um de cada lado. Enumerou: tarde demais para a alegria, tarde demais para o amor, para a saúde, para a própria vida, repetia e repetia para dentro sem dizer nada, tentando não olhar os reflexos do sol cinza nos túmulos do outro lado da avenida Dr. Arnaldo. Tentando não ver os túmulos, mas sim a vida louca dos túneis e viadutos desaguando na Paulista, experimentava um riso novo. Pé ante pé, um pouco para não assustar os amigos, um pouco porque não deixava de ser engraçado estar de volta à vertigem metálica daquela cidade à qual, há mais de mês, deixara de pertencer.

Vamos comer sushi num japonês que você gosta, disse a moça do lado esquerdo. E ele riu. Depois vamos ao cinema ver o Tom Hanks que você adora, disse o rapaz do lado direito. E ele tornou a rir. Riram os três, um tanto sem graça, porque a partir daquela manhã de agosto, embora os três e todos os outros que já sabiam ou viriam a saber, pois ele tinha o orgulho de nada esconder, tentassem suaves disfarçar, todos sabiam que ele sabia que tinha ficado tarde demais. Para a alegria, repetia, a saúde, a própria vida. Sobretudo para o amor, suspirava. Discreto, pudico, conformado. Nunca-mais o amor era o que mais doía, e de todas as tantas dores, essa a única que jamais confessaria.

PRIMAVERA

Mas quase nem doeu, meses seguintes. Pois veio a primavera e trouxe tantos roxos e amarelos para a copa dos jacarandás, tantos reflexos azuis e prata e ouro na superfície das águas do rio, tanto movimento nas caras das pessoas do Outro Lado com suas deliciosas histórias de vivas desimportâncias, e formas pelas nuvens — um dia, um anjo –, nas sombras do jardim pela tardinha — outro dia, duas borboletas fazendo amor pousadas na sua coxa. Coxa's Motel, ele riu.

Nem sempre ria. Pois havia também horários rígidos, drogas pesadas, náuseas, vertigens, palavras fugindo, suspeitas no céu da boca, terror suado estrangulando as noites e olhos baixos no espelho a cada manhã, para não ver Caim estampado na própria cara. Mas havia ainda as doçuras alheias feito uma saudade prévia, pois todos sabiam que era tarde demais, e golpes de fé irracional em algum milagre de *science fiction*, por vezes avisos mágicos nas minúsculas plumas coloridas caídas pelos cantos da casa. E principalmente, manhãs. Que já não eram de agosto, mas de setembro e depois outubro e assim por diante até o janeiro do novo ano que, em agosto, nem se atrevera a supor.

Estou forte, descobriu certo dia, verão pleno na cidade ao sul para onde mudara, deserta e crestada pelo sol e branca e ardente como uma vila mediterrânea de Theos Angelopoulos. E decidiu: vou viajar. Porque não morri, porque é verão, porque é tarde demais e eu quero ver, rever, transver, milver tudo que não vi e ainda mais do que já vi, como um danado, quero ver feito Pessoa, que também morreu sem encontrar. Maldito e solitário, decidiu ousado: vou viajar.

JADE

Para a costa, perto do mar, onde as águas verdes pareciam jade cintilando no horizonte, como se fizesse parte de um cartão-postal kitsch, à sombra de uma palmeira ele bebia água de coco sob o chapéu de palha ao sol das sete da manhã, catando conchas coloridas no debrum da espuma das ondas. Ao pôr do sol atrevia-se às vezes a uma cerveja, olhando rapazes para sempre inatingíveis jogando futebol na areia.

Tarde demais, nunca esquecia. E respirava lento, medido, economizando sua quota kármica de prana ao estufar estômago-costelas-pulmões, nessa ordem, erguendo suave os ombros para depois expirar sorrindo, mini-samadhi. Devocional, búdico. Pois se ficara mesmo tarde demais para todas as coisas dos Viventes Inconscientes, como passara a chamar às Pessoas do Outro Lado — apenas para si mesmo, não queria parecer arrogante –, pois se ficara mesmo assim tragicamente tarde, acendia um cigarro culpado e, fodam-se, com toda a arrogância constatava: se era tarde demais, poderia também ser cedo demais, você não acha? Perguntava sem fôlego para ninguém.

Navios deslizavam na linha verde do horizonte. Ele filosofava: se tarde demais era *depois* da hora exata, cedo demais seria *antes* dessa mesma hora. Estava portanto cravado nessa hora, a exata, entre antes-depois, noite-dia, morte-vida e isso era tudo e em sendo tudo não era boa nem má aquela hora, mas exata e justa apenas tudo que tinha. Entre este lado e o outro, isto e aquilo, um coco na mão esquerda e um cigarro na direita, sorria. Apoiado em coisas fugazes e ferozes, anjos e cães de guarda.

Nada mau para um ressuscitado, considerou. E logo depois, insensato: estou feliz. Era verdade. Ou quase, pois:

ANUNCIAÇÃO

Então chegou o outro.

Primeiro por telefone, que era amigo-de-um-amigo-que-estava-viajando-e-recomendara-que-olhasse-por-ele. Se precisava de alguma coisa, se estava mesmo bem entre aspas. Tão irritante ser lembrado da própria fragilidade no ventre do janeiro tropical, quase expulso do Paraíso que a duras penas conquistara desde sua temporada particular no Inferno, teve o impulso bruto de ser farpado com o outro. A voz do outro. A invasão do outro. A gentil crueldade do outro, que certamente faria parte do Outro Lado. Daquela falange dos Cúmplices Complacentes, vezenquando mais odiosa que os Sórdidos Preconceituosos, compreende?

Mas havia algo — um matiz? — nessa voz desse outro que o fazia ter nostalgia boa de gargalhar rouco jogando conversa fora com outras pessoas de qualquer lado — que não havia lados, mas lagos, desconfiava vago —, como desde antes daquele agosto desaprendera de fazer. Ah, sentar na mesa de um bar para beber nem que fosse água brahma light cerpa sem álcool (e tão chegado fora aos conhaques) falando bem ou mal de qualquer filme, qualquer livro, qualquer ser, enquanto navios pespontavam a bainha verde do horizonte e rapazes morenos musculosos jogassem eternamente futebol na areia da praia com suas sungas coloridas protegendo crespos pentelhos suados, peludas bolas salgadas. Respirou fundo, lento, sete vezes perdoando o outro. E marcou um encontro.

ORIENTE

Soube no segundo em que o viu. Quem sabe a pele morena, talvez os olhos chineses? Curioso, certo ar cigano, seria esse nariz persa?

Talvez tanta coisa quem sabe *maybe peut-être magari* enquanto rodavam de carro ouvindo fitas nervosas mas você tem esta eu não consigo acreditar que outra criatura além de mim na galáxia: você é louco, garoto, juro que nunca pensei.

As janelas abertas para a brisa de quase fevereiro faziam esvoaçar os cabelos de um só, que os dele tinham ficado ralos desde agosto. Pelos dos braços que se eriçavam — maresia, magnetismos — e pelas coxas nuas nas bermudas brancas músculos tremiam em câimbras arfantes aos toques ocasionais de um, de outro. Um tanto por acaso, assim as mãos tateando possíveis rejeições, depois mais seguras, cobras enleadas, choque de pupilas com duração de *big boom* em um suspiro — e de repente meu santo antônio um beijo de língua morna molhado na boca até o céu e quase a garganta alagados pelos joelhos na chuva tropical de Botafogo.

Mas se o outro, cuernos, se o outro, como todos, sabia perfeitamente de sua situação: como se atrevia? por que te atreves, se não podemos ser amigos simplesmente, cantarolou distraído. Piedade, suicídio, sedução, *hot voodoo,* melodrama. Pois se desde agosto tornar-se o tão impuro que sequer os leprosos de Cartago ousariam tocá-lo, ele, o mais sarnento de todos os cães do beco mais sujo de Nova Délhi. Ay! gemeu sedento e andaluz no deserto rosso da cidade do centro.

SONETO

Acordou em estado de encantamento. Noutra cidade, ainda mais ao norte, para onde fugira depois daquele beijo. Só que quase não conseguia mais olhar para fora. Como antigamente, como quando fazia parte da roda, como quando estava realmente vivo — mas se porra ainda não morri caralho, quase gritava. E talvez não fosse tarde demais, afinal, pois começou desesperadamente outra vez a ter essa coisa sôfrega: a esperança. Como se não bastasse, veio também o desejo. Desejo sangrento de bicho vivo pela carne de outro bicho vivo também. Sossega, dizia insone, abusando de lexotans, duchas mornas, shiatsus. Esquece, renuncia, baby: esses quindins já não são para o teu bico, meu pimpolho...

Meio fingindo que não, pela primeira vez desde agosto olhou-se disfarçado no espelho do hall do hotel. As marcas tinham desaparecido. Um tanto magro, *biên-sure,* considerou, mas *pas grave, mon chér.* Twiggy, afinal, Iggy Pop, Verushka (onde andaria?), Tony Perkins — não, Tony Perkins melhor não — enumerou, ele era meio *sixties.* Enfim, quem não soubesse jamais diria, você não acha, meu bem? Mas o outro sabia. E por dentro do encantamento, da esperança e do desejo, entremeado começou a ter pena do outro, mas isso não era justo, e tentou o ódio. Ódio experimental, claro, pois embora do bem, ele tinha Ogum de lança em riste na frente.

Aos berros no chuveiro: se você sabe seu veado o que pretende afinal com tanta sedução? Sai de mim, me deixa em paz, você arruinou a minha vida. Começou a cantar uma velha canção de Nara Leão que sempre o fazia chorar, desta vez mais que sempre, por que desceste ao meu porão sombrio, por que me descobriste no abandono, por que não me deixaste adormecido? Mas faltava água na cidade de lá, e ensaboado e seco ele parou de cantar.

FUGA

Porque não suportava mais todas aquelas coisas por dentro e ainda por cima o quase-amor e a confusão e o medo puro, ele voltou à cidade do centro. Marcou a passagem de volta para a sua cidade ao sul em uma semana. Continuava verão, quase não havia lugares e todo mundo se movia sem parar dos mares para as montanhas, do norte para o sul e o contrário o tempo todo. Fatídica, pois, a volta. Em sete dias. Só no terceiro, o das árvores que dão frutos, telefonou.

O outro, outra vez. A voz do outro, a respiração do outro, a saudade do outro, o silêncio do outro. Por mais três dias então, cada um em uma ponta da cidade, arquitetaram fugas inverossímeis. O trânsito, a chuva, o calor, o sono, o cansaço. O medo, não. O medo não diziam. Deixavam-se recados truncados pelas máquinas, ao reconhecer a voz um do outro atendiam súbitos em pleno bip ou deixavam o telefone tocar e tocar sem atender, as vozes se perdendo nos primeiros graus de Aquário.

Sim, afligia muito querer e não ter. Ou não querer e ter. Ou não querer e não ter. Ou querer e ter. Ou qualquer outra enfim dessas combinações entre os quereres e os teres de cada um, afligia tanto.

SONHO

Teve um sonho, então. O primeiro que conseguia lembrar desde agosto.

Chegava num bar com mesas na calçada. Ele morava num apartamento em cima daquele bar, no mesmo prédio. Estava aflito, esperava um recado, carta, bilhete ou qualquer presença urgente do outro. Sorrindo na porta do bar, um rapaz o cumprimentou. Não o conhecia, mas cumprimentou de volta, mais apressado que intrigado. Subia escadas correndo, ofegante abria a porta. Nenhum bilhete no chão.

Na secretária, nenhum recado na fita. Olhou o relógio, tarde demais e não viera. Mas de repente lembrou que aquele rapaz que o cumprimentara sorrindo na porta do bar lá embaixo, que aquele rapaz moreno que ele não reconhecera — aquele rapaz era o outro.

Não vejo o amor, descobriu acordando: desvio dele e caio de boca na rejeição.

CAPITULAÇÃO

Como não era mais possível adiar, sob risco de parecerem no mínimo mal-educados — e eram, ambos, de fino trato —, na véspera da partida ele acendeu uma vela para Jung, outra para Oxum. E foi.

Feito donzela, tremia ao descer do táxi, mas umas adrenalinas viris corriam nos músculos e umas endorfinas doidas no cérebro avisavam: voltara, o desejo que tanto latejara antes e tão loucamente que, por causa dele, ficara assim. Nosferatu, desde agosto, aquela espada suspensa, pescoço na guilhotina, um homem-bomba cujo lacre ninguém se atrevia a quebrar.

ESPELHO

Na sala clara e limpa, começou a falar sem parar sobre a outra cidade mais ao norte, o jade do mar de lá, e daquela outra mais ao sul, o túnel roxo dos jacarandás. De tudo que não estava ali na sala clara e limpa no centro da qual, parado, o outro o olhava, e de tudo que fora antes e o que seria depois daquele momento, ele falou. Mas em nenhum momento daquele momento, hora exata, em que ele e o outro se olhavam frente a frente.

— Amanhã é dia de Iemanjá — ele disse por fim exausto.
O outro convidou:
— Senta aqui do meu lado.
Ele sentou. O outro perguntou:
— Nosso amigo te contou?
— O quê?
O outro pegou na mão dele. A palma era lisa, fina, leve, fresca.
— Que eu também.
Ele não entendia.
— Que eu também — o outro repetiu.
O ruído dos carros nas curvas de Ipanema, a lua nova sobre a lagoa. E feito um choque elétrico, raio de Iansã, de repente entendeu. Tudo.
— Você também — disse, branco.
— Sim — o outro disse sim.

VALSA

Seminus viraram noite espalhando histórias desde a infância sobre a cama, entre leques, cascas de amendoim, latas de gatorade, mapas astrais e arcanos do Tarot, ouvindo Ney Matogrosso gemer uma história fatigada e triste sobre um viajante por alguma casa, pássaros de asas renovadas, reis destronados da imensa covardia. Eu era gordo, contou um. Eu era feio, disse outro. Morei em Paris, contou um. Vivi em Nova York, disse outro. Adoro manga, odeio cebola. Coisas assim, eles falaram até as cinco.

Às vezes aconteciam coisas malucas, como a ponta do pé de um escorregar para tão dentro e fundo da manga da camiseta do outro que um dedo alerta roçava súbito um mamilo duro, ou a cabeça de um descansava suada por um segundo na curva do ombro do outro, farejando almíscar. Que o outro quase morrera, antes mesmo dele, num agosto anterior talvez de abril, e desde então pensava que: era tarde demais para a alegria, para a saúde, para a própria vida e, sobretudo, ai, para o amor. Dividia-se entre natações, vitaminas, trabalho, sono e punhetas loucas para não enlouquecer de tesão e de terror. Os pulmões, falaram, o coração. Retrovírus, Plutão em Sagitário, alcaçuz, zidovudina e Rá!

Quando saíram para jantar juntos ao ar livre, não se importaram que os outros olhassem de vários pontos de vista, de vários lados de lá — para as suas quatro mãos por vezes dadas sobre a toalha xadrez azul e branco. Belos, inacessíveis como dois príncipes amaldiçoados e por isso mesmo ainda mais nobres.

FINAIS

Quase amanhecia quando trocaram um abraço demorado dentro do carro que só faltava ser Simca. Tão *fifties,* riram. Na manhã de Iemanjá, ele jogou rosas brancas na sétima onda, depois partiu sozinho. Não fizeram planos.

Talvez um voltasse, talvez o outro fosse. Talvez um viajasse, talvez outro fugisse. Talvez trocassem cartas, telefonemas noturnos, dominicais, cristais e contas por sedex, que ambos eram meio bruxos, meio ciganos, assim meio babalaôs. Talvez ficassem curados, ao mesmo tempo ou não. Talvez algum partisse, outro ficasse. Talvez um perdesse peso, o outro ficasse cego. Talvez não se vissem nunca mais, com olhos daqui pelo menos, talvez enlouquecessem de amor e mudassem um para a cidade do outro, ou viajassem juntos para Paris, por exemplo, Praga, Pittsburg ou Creta. Talvez um se matasse, o outro negativasse. Sequestrados por um OVNI, mortos por bala perdida, quem sabe.

Talvez tudo, talvez nada. Porque era cedo demais e nunca tarde. Era recém no início da não morte dos dois.

BOLERO

Mas combinaram:

Quatro noites antes, quatro depois do plenilúnio, cada um em sua cidade, em hora determinada, abrem as janelas de seus quartos de solteiros, apagam as luzes e abraçados em si mesmos, sozinhos no escuro, dançam boleros tão apertados que seus suores se misturam, seus cheiros se confundem, suas febres se somam em quase noventa graus, latejando duro entre as coxas um do outro.

Lentos boleros que mais parecem mantras. Mais Índia do que Caribe. Pérsia, quem sabe, budismo hebraico em celta e iorubá. Ou meramente Acapulco, girando num embrujo de maraca y bongô.

Desde então, mesmo quando chove ou o céu tem nuvens, sabem sempre quando a lua é cheia. E quando mingua e some, sabem que se renova e cresce e torna a ser cheia outra vez e assim por todos os séculos e séculos porque é assim que é e sempre foi e será, se Deus quiser e os anjos disserem Amém.

E dizem, vão dizer, estão dizendo, já disseram.

*Que importa restarem cinzas
se a chama foi bela e alta?
Em meio aos toros que desabam
cantemos a canção das chamas!*

MARIO QUINTANA

OUTROS CONTOS

anos 1970

A modificação

A Francisco Bittencourt

VIERAM BUSCÁ-LO AO AMANHECER. A luz clara e dura bateu contra seu rosto enquanto a mulher se debruçava na janela para vê-lo ir embora. Olhou quase com ódio para a mulher saciada depois daquela noite que suspeitavam a última. Mas ao ódio sucedeu a compreensão: ela não podia fazer nada. Entendendo que ela nada pudesse fazer além de olhá-lo desaparecer no fim da rua, sorriu e disse:
— Eu não vou voltar.
— Nunca mais? — perguntou a mulher.
— Nunca mais.
Ele sacudiu a cabeça repetidas vezes, irremediável. Não, nunca mais. Julgou ver um movimento qualquer de desamparo no canto da boca da mulher e novamente sorriu. Mas ela se manteve imóvel até que os guardas irritados o empurrassem com a ponta das espingardas. Ele sacudiu os ombros e saiu andando. A mulher ficou na janela observando as silhuetas que um sol recém-nascido espichava no calçamento de pedras irregulares. Depois fechou devagar os postigos, sentou-se na sala escurecida e sem compreender começou a chorar.
Mas ele voltou, um mês depois. Magro, cansado, faminto. Veio devagar pela mesma rua em que se fora, na mesma hora — e desta vez pisava a própria sombra, sem raiva, apenas voltando. A tentativa de outros lhe imprimirem um pensar e um agir crivava-lhe o rosto de pequenas rugas confusas. Entretanto, falou à mulher que o recebeu sem espanto. Engolia com voracidade o café e falava, falava de cárceres, torturas, medos, pisos frios, fomes, grades, muitas grades onde comprimira as mãos magras e depois o cimento gelado, o sono difícil, a boca seca, o coração vazio de outra coisa que não fosse ódio e recusa. Nas primeiras semanas arquitetava torpezas, vinganças: contraído e escuro cuspia contra imagens, quebrava altares, receios. Mas aos poucos foi entrando numa região sem arestas onde apenas flutuava, alheio ao que poderia ser, ao que teria sido. Um limite de sofrimento calcara-lhe no rosto uma máscara fria. Pelas órbitas dessa máscara é que espiavam dois olhos muito velhos e muito cansados, que de seus mesmo não tinham sequer a cor. Foi com esses olhos que olhou a mulher tirando lenta os panos e os pratos. Como se esperasse a exigência de uma pergunta, ela apressou-se em falar:

— Quer dizer que você aceitou?

Ele não respondeu. Segurou-a pelo braço, puxou-a até o quarto e fechou a porta. Despiu-a sem pressa e adormeceu sobre ela. Lá fora, uma aldeia de lobos começara. Os dentes arreganhados, eles passeavam nas ruas desertas onde homens assustados escondiam-se para evitar seu hálito de peste. Buscavam mulheres, comida; buscavam tudo aquilo que as alcateias esgotadas não mais lhes davam. E os cidadãos, aos poucos, cediam. Havia guardas que lentamente forçavam uma aceitação. Uma noite maior e mais escura baixava enquanto os dois se satisfaziam na cama. Ouvindo os rugidos, e mais que os rugidos, o silêncio feroz que se fazia, ela levantou-se para entreabrir a cortina. Espiou a rua onde um vento começava a soprar, as portas fechadas, oblíquos vultos por entre as sombras, uma maçã perdida no meio do calçamento. Compreendera.

— Começou — disse.

O homem não se moveu. Cercou-o repetindo: "começou, começou, começou". E ele não se movia. Sacudiu-o leve, quase carinhosa, depois com violência, quase com ternura. Arrancou os lençóis deixando-o nu sobre o colchão. Repetia, repetia sempre. Mas no rosto imóvel do homem não havia nenhum sinal. Tocou-o, receosa de um endurecimento; atenta, detalhada, investigou-lhe o rosto, os braços, as pernas, sobretudo os dentes, o cabelo, o hálito. Não havia nenhum sinal. Não satisfeita, espalmou as mãos sobre o peito nu do homem e tornou a perguntar:

— Você aceitou?

O homem sorriu um sorriso de dentes humanos e tornou a puxá-la para si. Ela cedeu. Compôs um alívio na face preocupada e desdobrou-se em fêmea para o homem que a buscava. A vida se restabeleceu serena entre os dois, armaram tácitos um cotidiano feito mais de silêncio do que de palavras: caminharam descansados nessa zona elaborada em aceitação e entendimento recíprocos. Ela não tornou a perguntar. Tinham ainda alguma comida em casa, o que lhes permitia evitar sair à rua. Não sabiam por quanto tempo poderiam ainda sobreviver de portas cerradas e sem o auxílio dos homens, mas isso parecia não lhes importar. No momento em que precisassem se encarar e perguntar "e agora?", se encarariam e perguntariam — não por enquanto. Haviam aprendido a viver o que tinham, sem depois.

Mas a cidade se ampliava em lobos. Aos poucos a população toda ia sendo transformada, as casas eram derrubadas, surgiam imundos covis entre os escombros, as ruas se enchiam de fezes, cresciam os dentes dos homens, nasciam outros seios nas mulheres, e lentamente o corpo começava a pesar, pesar demais, insuportável de ser sustentado em apenas duas pernas. Então tombavam de quatro, os cabelos cresciam esparramados pelo corpo inteiro. E uma vida escondida tomava sua forma, vinha à tona e se impunha na própria carne, inevitável. Eles não eram felizes nem infelizes: eram apenas ferozes em seu novo ser traiçoeiro, esquivo e solitário. Os remanescentes eram levados aos quartéis — e quando libertos, em breve se juntavam aos demais. Um tempo de voracidade espalhava-se sobre aquele amontoado de casas perdido no meio de montanhas verdes e altas, e ninguém saberia. Ninguém saberia jamais daquela aldeia de lobos e de fomes.

A mulher observava seu homem. Pelas frestas da janela entreaberta acompanhava toda a modificação, enquanto ele dormia. Depois espiava temerosa o riso distraído do homem, suspeitando de que em breve dentes mais agudos que aqueles se fariam e uma pele mais grossa cobriria a carne feita de suave penugem. Recusava qualquer coisa que viesse da aldeia. O tempo era de chuva — ela espalhava suas vasilhas no quintal recolhendo água para beberem. Andavam nus: as roupas haviam-se desgastado ao ponto de virarem farrapos impossíveis de serem vestidos. As tesouras e as facas haviam perdido o fio: andavam, ela com o cabelo comprido até a cintura, o homem com a barba confundida nos cabelos do peito. Comiam com as mãos. Mas na hora de deitarem juntos, a boca se abria para ternuras e compreensões. Ela se tornava doce como se fosse limpa: cantava velhas cirandas para que o homem adormecesse, abraçava-o leve e pedia-lhe um filho. Seriam, então, três a lutar contra o resto. Mas o sêmen viajava estéril por dentro de si. Seu ventre de pedra não gerava. Ela se fazia mais e mais doce, elaborava carícias, inventava prazeres insólitos até o homem se surpreender e rir com os dentes ainda irregulares, ainda escuros, ainda humanos. Ria, também. Seus risos confusos, confundidos, varavam o hermetismo das portas e das janelas até espantar os lobos lá fora. Silenciosos, eles ouviam. Risos. Cantigas. E gemidos. Um vento frio difundia os rumores levando-os até às montanhas. Os lobos odiavam.

O tempo desaparecera. Sempre mais lúcida, a mulher buscou um espelho, investigou rugas que marcassem uma passagem. Nada viu. Mesmo afastando os cabelos ásperos com as mãos de unhas enormes; mesmo entreabrindo a janela para que uma luz a iluminasse melhor. Era noite. Ela escorregou para o chão e ficou ouvindo os passos cautelosos dos lobos na calçada. Distendeu a mão na parede, observou-a. Sentia frio. Um obscuro pressentimento fazia estalar sua cabeça como se estivesse com febre. Pensamentos sombrios a tornaram ainda mais magra. Caminhou lenta, quieta, até o quarto. Espiou pela porta e viu o homem. Estava sentado na cama, uma das pernas apoiadas na mesa, o rosto levemente voltado para ela, embora não a visse. Uma lua cheia começava a nascer, espalhada em luz pelo corpo desimpedido do homem. Então ela teve certeza. Por amor, talvez, por medo, seu primeiro impulso foi recusar a certeza que se embrenhava dura e fria como uma lâmina. Ficaria sozinha, pensou de repente. Seria muito difícil, acrescentou. E acumulou temores, rápida, desesperada, o pensamento caminhando mais depressa que seus passos, encaminhando-a para a cozinha vazia. Torceu a chave, isolando-se, e durante toda a noite escutou a modificação se iniciar, espalhar e consumar. Na manhã seguinte ergueu-se com dificuldade do piso de ladrilhos gelados, abriu a janela e olhou os lobos. Havia mais um entre eles, mas eram todos iguais. Caminhou pela casa esvaziada da presença do homem. Ele também, ele também — repetia. A porta aberta, os móveis destruídos, aquele hálito de vileza e solidão presente em cada canto. Tinha medo. Tinha muito medo. As palmas geladas das mãos comprimiam o rosto, apalpavam os braços, o peito, como se buscassem amparo, salvação. Mas todos os pedaços de seu corpo tinham o mesmo medo. Estou só, pensou. E com mais força: estou só. Deixou-se cair no assoalho e chorou.

Ao meio-dia uma decisão feriu seu corpo. Levantou-se. Os cabelos enormes. A porta ainda aberta, mostrando a rua, os estranhos seres que aguardavam seu momento. Apoiada à parede, os olhos desacostumados à luz direta contraíram as pupilas: encarou ofuscada um deserto de casas, as montanhas ao longe, inalcançáveis, as montanhas. Não esperava complacência. Pagaria o preço de sua obstinação. Cerrou os dentes e deu o primeiro passo. E não gritou quando duas mandíbulas agudas se fecharam sobre seu seio.

Aniversário

HAVIA ESPERADO durante todo o dia. O quê? nem ele próprio saberia dizer. Acordara já com a fatalidade da espera colocando um brilho triste nos olhos. E o projetara sobre a mãe, primeira pessoa a abraçá-lo, que recuou um pouco ofendida. O mesmo recuo sentira estender-se às outras pessoas, à medida em que o abraçavam e felicitavam. Examinara-se ansioso ao espelho, tentando descobrir se o ano a mais também lhe colocara uma ferocidade a mais ou um novo espanto no rosto. Mas não. Nada. Lá estavam as mesmas feições um pouco vagas, o ar exato de quem espera alguma coisa. E contudo, nesse dia, ele esperava mesmo. A espera abstrata cedera lugar à outra — concreta. Ajeitara o rosto da melhor maneira possível, como se o sentimento novo (e no entanto tão antigo) fosse algo a esconder. Porque ele não queria surpreender nem chocar nem ferir. Pertencia àquela estranha espécie de pessoas que flutuam pelo mundo, sutis, evitando esbarrar em qualquer coisa. Não se sabia se procedia assim por simples delicadeza ou para defender-se. O fato é que era assim. E, portanto, desagradava-lhe aquele jeito de espera gritando alto no corpo inteiro.

Com alguma sofreguidão libertou-se dos abraços, beijos e presentes de pai, mãe, irmãos e empregados — e partiu para a aula. Tomou o ônibus mais tranquilizado. As pessoas, ali, não sabiam que estava de aniversário. Examinavam-no rápidas, reunindo no olhar as características para definir um estudante e passavam adiante, aliviadas por não precisarem deter-se. O alívio delas fundia-se com o alívio dele — e o ônibus arfava, num suspiro uníssono.

Na aula cantaram o parabéns pra você nesta data querida etc. e ele agradeceu com um esbarrão na cadeira da frente e uma pisada no pé do colega ao lado. Para cúmulo da desgraça, era dia de aula de inglês, e ele teve que suportar o *happy birthday to you* etc. Novo esbarrão, nova pisada. Esquivou-se a manhã toda, adivinhando um abraço em cada braço que se aproximava, felicitações em cada boca entreaberta. E não era pudor, não era timidez, não era sequer o seu antigo receio de chamar a atenção — era o desejo de não esperar porque ele sabia que não viria, fosse lá o que fosse. Então, amargo, ele preferia cortar de início qualquer possibilidade de concretização da espera — porque ele sabia, com a lucidez insone dos que apenas pressentem, a possibilidade jamais se concretizaria. Mesmo assim, sucediam-se braços e abraços, bocas e palavras. Mas os corpos que os proferiam, os mais inteligentes, logo esbarravam com aquela frieza e se afastavam com a dignidade tardia dos recusados. Os mais burros insistiam, fazendo perguntas, protestos de amizade que somente conseguiam aumentar o espaço em branco que se instalara dentro dele.

E nesse espaço em branco ele colocara uma praça, um pôr do sol no Guaíba, uma rosa amarela, um canteiro de margaridas e uma fuga de Bach. Mas nem ele sabia. Colocara lentamente, nos dezenove anos em que fora vivendo, sem ligar muita importância a isso. Eram todas coisas leves, mas agora pesavam e o faziam transpirar, acendendo um cigarro e pensando que precisava abandonar o vício de fumar. Mas é provável que ele soubesse não estar o desconforto ligado ao fumo, e apenas dissimulado afastasse a perspectiva de sofrimento. Porque se ele pensasse, sofreria. E como qualquer ser humano que não é masoquista, ele não queria sofrer.

Voltou para casa e suportou o quadragésimo nono parabéns pra você, à hora do almoço. Se houvesse um quinquagésimo ele daria um grito, talvez solucionando tudo, então. Mas não houve. Os vagos parentes e os inexistentes amigos que apareceram à tarde mantiveram-se discretos no aperto de mão.

E já dormindo, à noite, ele acordou. Por um instante permaneceu suspenso naquele segundo, como se estivesse tudo tão escuro que ele não pudesse distinguir a si próprio do resto da noite. Aos poucos foi tomando consciência da extensão do corpo, do travesseiro embaixo da cabeça, do livro em cima da mesa, do irmão roncando na cama ao lado. Deteve-se nele, espantando-se com sua falta de sutileza. O irmão era gordo, roncava e brigava, impondo-se sem o menor senso de decoro. Deus havia sido drástico em cada um deles, concluiu. Pois que ele era leve demais, esse o seu mal. Nesse instante invadiu-o uma enorme ternura por si mesmo. Estava fazendo dezenove anos e esperara o dia inteiro por uma coisa que não sabia o que era. Olhou pela janela e viu a lua presa dentro da noite enorme. E sentiu-se preso, também. Vontade de abandonar o corpo ali mesmo, no meio dos lençóis desfeitos, e sair correndo para outra esfera mais ampla. Esfera — espera, tão parecidos, pensou. E enlaçou os joelhos numa carícia, levantando meio corpo na cama. Procurou um rótulo para pacificar o sentimento, mas não o encontrou. Solidão, melancolia, angústia, fossa, depressão — tudo ficava infinitamente inferior àquela espera enorme. Inventariou a espera, descobrindo então aquela série de coisas dentro dela. Mas era ainda incompleta. Havia coisas mais no tempo, no vento, na noite — nele próprio. Levantou pisando devagar o chão de parquê. Caminhou até a cozinha e acendeu a luz. Sobre o armário, o relógio mostrava cinco minutos para a meia-noite. Abriu o refrigerador, retirou a torta que a mãe mandara fazer e que jazia, incompleta, sobre um prato novo. Cortou um pedaço grande, encheu um copo de guaraná. Mas fez isso em tão lentos gestos que quando ia começar a comer olhou o relógio e viu que já passara da meia-noite. Que não estava mais de aniversário. Então espiou para fora e, vendo a lua, descobriu que era a mesma que vira da janela do quarto. Apenas um pouco mais alta no céu.

Carta para além do muro

No fundo do peito esse fruto apodrecendo a cada dentada.
MACALÉ E DUDA, "HOTEL DAS ESTRELAS"

OLHA, ESTOU ESCREVENDO só pra dizer que se você tivesse telefonado hoje eu ia dizer tanta, mas tanta coisa. Talvez mesmo conseguisse dizer tudo aquilo que escondo desde o começo, um pouco por timidez, por vergonha, por falta de oportunidade, mas principalmente porque todos me dizem sempre que sou demais precipitado, que coloco em palavras todo meu processo mental (*processo mental*: é exatamente assim que eles dizem, e eu acho engraçado) e que isso assusta as pessoas, e que é preciso disfarçar, jogar, esconder, mentir. Eu não queria que fosse assim. Eu queria que tudo fosse muito mais limpo e muito mais claro, mas eles não me deixam, você não me deixa. Hoje eu achei que ia conseguir, que ia conseguir dizer, quero dizer, dizer tudo aquilo que escondo desde a primeira vez que vi você, não me lembro quando, não lembro onde. Hoje havia calma, entende? Eu acho que as coisas que ficam fora da gente, essas coisas como o tempo e o lugar, essas coisas influem muito no que a gente vai dizer, entende? Pois por fora, hoje, havia chuva e um pouco de frio: essa chuva e esse frio parece que empurram a gente mais para dentro da gente mesmo, então as pessoas ficam mais lentas, mais verdadeiras, mais bonitas. Hoje eu estava assim: mais lento, mais verdadeiro, mais bonito até. Hoje eu diria qualquer coisa se você telefonasse. Por dentro também eu estava preparado para dizer, um pouco porque eu não aguento mais ficar esperando toda hora você telefonar ou aparecer, e quando você telefona ou aparece com aquelas maçãs eu preciso me cuidar para não assustar você e quando você pergunta como estou, mordo devagar uma das maçãs que você me traz e cuido meus olhos para não me traírem e não te assustarem e não ficarem querendo entrar demais no de dentro dos teus olhos, então eu cuido devagar tudo que digo e todo movimento, porque eu quero que você venha outras vezes e eles dizem que se eu me mostrar como realmente sou você vai ficar apavorado e nunca mais vai aparecer nem telefonar — eu não aguento mais não me mostrar como sou. Hoje de manhã acordei bem cedo, e depois de conversar com eles consegui permissão para caminhar sozinho no jardim, eu disfarcei muito conversando com eles porque queria muito caminhar sozinho no jardim. Àquela hora ainda não estava chovendo, ou estava, não me lembro, ou havia chovido ontem à noite, não, acho que não estava chovendo não, porque eu lembro que as folhas estavam limpas e molhadas e a terra tinha um cheiro de terra molhada: eu comecei a lembrar, lembrar, lembrar e o meu pensamento parecia um parafuso sem fim, afundando na memória, eu não suportava mais lembrar de tudo o que se perdeu, tudo o que perdi, não fui e não fiz, mas não conseguia parar. Então comecei a gritar no meio do jardim molhado com as duas mãos segurando a cabeça para que não estourasse. Aí eles vieram e disseram que não tinha jeito e que estavam arrependidos de terem me deixado sair sozinho e que aquela era a última vez e que eu disfarçava muito bem mas não conseguiria mais enganá-los. Eu disse que não tinha culpa do meu pensamento disparar daquele jeito, mas acho que eles não acreditaram, eles não acreditam que eu não consigo controlar pensamento. Então me deram uma daquelas injeções e eu afundei num sono pesado e sem saída como este espaço dentro desses quatro muros brancos. Foi depois que acordei, não sei se hoje ou amanhã ou ontem, eu te escrevo dizendo *hoje* só para tornar as coisas mais fáceis, foi depois que acordei que perguntei se você não tinha vindo nem telefonado, e eles disseram que você não viera nem telefonara. É provável que estivessem mentindo, eles dizem que eu preciso aceitar mais a realidade das coisas, a dureza das coisas, e às vezes penso que tornam de propósito as coisas mais duras do que realmente são, só pra ver se eu reajo, se eu enfrento. Mas não reajo nem enfrento. A cada dia viver me esmaga com mais força. Não sei se eles escondem de mim a sua visita, se não me chamam quando você telefona, se dizem que já fui embora, que já estou curado, não sei se você não vem mesmo e não telefona mais, não sei nada de ninguém que viva atrás daqueles muros brancos, você era a única pessoa lá de fora que entrava aqui dentro de vez em quando. É verdade que eles todos moram lá fora, mas é diferente, eles vivem tanto aqui dentro que não consigo acreditar que sejam iguais aos lá de fora, como você. Você, sim, era completamente lá de fora. Digo *era* porque faz muito tempo que você não vem, sei do tempo que você não vem porque guardei no meio das minhas roupas um pedaço daquela maçã que você me trouxe da última vez, e aquele pedaço escureceu, ficou com cheiro ruim, encheu de bichos, até que eles me obrigaram a jogar fora. Acho que os pedaços da maçã só se enchem de bichos depois de muito tempo, não sei. Parei um pouco de escrever, roí as unhas, preciso roer as unhas porque eles não me deixam fumar, reli o começo da carta, mas não consegui entender direito o que eu pretendia dizer, sei que pretendia dizer

alguma coisa muito especial a você, alguma coisa que faria você largar tudo e vir correndo me ver ou telefonar e, se fosse preciso, trazer a polícia aqui para obrigá-los a deixarem você me ver. Eu sei que você quer me ver. Eu sei que você fica os dias inteiros caminhando atrás daqueles muros brancos esperando eu aparecer. Eles não deixam, acho que você sabe que eles não deixam. Não vão deixar nem esta carta chegar às suas mãos, ou vão escrever outra dizendo que eu não gosto de você, que eu não preciso de você. Mas é mentira, você tem que saber que é mentira, acho que era isso que eu queria dizer preciso escrever depressa antes que eu me esqueça do que eu queria dizer era isso eu preciso muito muito de você eu quero muito muito você aqui de vez em quando nem que seja muito de vez em quando você nem precisa trazer maçãs nem perguntar se estou melhor você não precisa trazer nada só você mesmo você nem precisa dizer alguma coisa no telefone basta ligar e eu fico ouvindo o seu silêncio juro como não peço mais que o seu silêncio do outro lado da linha ou do outro lado da porta ou do outro lado do muro ou do outro lado ....
.... Parei um pouco de escrever para olhar pela janela e principalmente para ver se eu conseguia deter o parafuso entrando no pensamento. Acho que consegui. Porque quando começo assim não consigo mais parar, e não quero que eles me deem aquela injeção, não quero ouvir eles dizendo que não tem remédio, que eu não tenho cura, que você não existe. Eu acho graça e penso em como você também acharia graça se soubesse como eles repetem que você não existe. Depois eu paro de achar graça e fico olhando a porta por onde não entra o telefone por onde você não fala e me lembro do pedaço apodrecido daquela maçã e então penso que talvez eles tenham razão, que talvez você não venha mais, e com dificuldade consigo até pensar que talvez você não exista mesmo. Mas não é possível, eu sei que não é possível: se estou escrevendo para você é porque você existe. Tenho certeza que você existe porque escrevo para você, mesmo que o telefone não toque nunca mais, mesmo que a porta não abra, mesmo que nunca mais você me traga maçãs e sem as suas maçãs eu me perca no tempo, mesmo que eu me perca. Vou terminar por aqui, só queria pedir uma coisa, acho que não é difícil, é só isso, uma coisa bem simples: quando você voltar outra vez veja se você me traz uma maçã bem verde, a mais verde que você encontrar, uma maçã que leve tanto tempo para apodrecer que quando você voltar outra vez ela ainda nem tenha amadurecido direito.

Porta-retrato

TINHA SECADO: esse era talvez o ponto. Não a palavra exata, que já não tinha essas pretensões, mas a mais próxima. Sabia pouco a respeito de árvores, ou sabia de um jeito não científico, desses de tocar, cheirar e ver, mas imaginava que o processo interno de ressecamento começasse bem antes da morte aparecer no verde brilhante das folhas, na polpa dos frutos ou na casca do tronco. Não era evidente nem externo ou explícito o que padecia. E padecia? perguntava-se detalhando os traços com as pontas dos dedos, nada que revelasse na umidade da boca ou num contorno de nariz — uma dor? Não era assim. Gostaria de voltar atrás, com sentimentos curtos e claros feito frases sem orações intercaladas, iluminar aos poucos, um mineiro, uma lanterna, o poço fundo, uma linguagem? A unha batia contra o dente. Contatos assim: uma coisa definida chocando-se com outra definida também. E não só contatos, emoções, linguagens. Quase analfabeto de si mesmo, sem vocabulário suficiente para explicar-se sequer a um espelho. Não queria assim, esses turvos. Não queria assim, esses vagos. Sem nenhum humor. Sem nada que pulsasse mais forte que o frio cuidado com que desordenava-se, um gole disciplinado de vodca quando alguma corda do violino rebentava em plena sinfonia e, no meio do palco, impossível deter o acorde. Unicamente imagens assim lhe ocorriam, essa coisa das árvores, das gramáticas, das minas, dos concertos. Elegantemente, sempre. As luvas brancas, as longas pinças esterilizadas com que tocava sem tocar o todo, o tudo e o si. Um vício que lhe vinha quem sabe da mania de ouvir música erudita, mesmo enquanto apenas vivia, antes os fones nos ouvidos que os gritos na vizinhança. E por mais que afetasse um ar de quem lentamente cruza as pernas em público, puxando com cuidado as calças para que não amarrotassem, saberia sempre de sua própria farsa. Tão conscientemente falsa que sua inverdade era o que de mais real havia, e isso nem sequer era apenas um jogo de palavras. A grande mentira que ele era, era verdade. Ou: a mentira nele nunca fora fraude, mas essência. Seu segredo mais fundo e mais raso, daí quem sabe a surpresa branca de quando ouvira um quase amigo dizer que não passava de uma personagem. Prometera-se sentimentos sem intercalados, mas sentia agora uma necessidade de explicar ao ninguém que superlotava sua constante plateia, com ele sempre fora assim: quase amigos, nada de intimidades. Mas voltando atrás no ir adiante: uma surpresa quê. Não, não uma surpresa quê. Uma não surpresa surpreendida, pois como e por que se fizera visível e dizível naquele momento o que nem sequer alguma vez escondera? Perdia-se, não eram teias. Nem labirintos. Fazia questão de esclarecer que sua maneira torcida não se tratava de estilo, mas uma profunda dificuldade de expressão. Por esse lado, quem sabe? As emoções e os pensamentos e as sensações e as memórias e tudo isso enfim que se contorce no mais de-dentro de uma pessoa — tinham ângulos? Havia lados mais como direi? Fragmentava-se: era os pedaços descosturados de uma colcha de retalhos. Pedia atenção aqui, por favor, mais por gestos, entonações ou simplesmente clima, e regirava: era os retalhos, um por um, não a colcha, ele. Desde o xadrez vermelho ao cetim roxo sem estampa, e assim por diante, todos. Quase parava de aborrecer-se então, como quem troca súbito uma peça para violino e cravo por um atabaque de candomblé. O leve tédio suspenso como poeira espanada logo voltava a desabar. O bocejo era a compreensão mais amarga que conseguia de si mesmo. E posto isso, cabia a seguir qualquer atitude desesperada como casar, tentar o suicídio, fazer psicoterapia ou um concurso para o Banco do Brasil. Localizava-se, mais fácil assim, dando nome às coisas. Um entusiasmo tênue como o gosto de uma alface. Isso, estar, ser. Uma vontade de interromper-se aqui, paladar estragado pelo excesso de cigarros tentando inutilmente dar um nome ao gosto que fugia entre os dentes. Em algum quarto, há muito não sabia de línguas no seu corpo, ou tão sabidas tinham se tornado que. Vacilava entre a certeza quase absoluta de estar alcançando qualquer coisa próxima de uma sabedoria inabalável, alta como um minarete, gelada com um iceberg — melhor assim: uma montanha de compreensão sem dor de todas as coisas. Ou, talvez o ponto, nem icebergs, nem minaretes — mas árvore. Inventava com os olhos no ar vazio à sua frente um verde copado de sumarentos frutos, como se diria num outro tempo, se é que alguma vez se disse, dizia sim, dizia agora, desavergonhado e frio. Verde copado de sumarentos frutos. Folhagem de seda lustrosa. Tronco pétreo ancestral. O seco invisível como verme instalado no de-dentro. Impressentível, sob a casca, caminhando lento, questão de tempo, apenas, e semente contendo o galho crispado, mão de bruxa, roendo. Tinha dois olhos duros. Dois olhos grandes de quem vê muito, e não acha nada. Tinha secado, era certamente esse o ponto. Nunca a palavra exata, esclarecera de início. Já não tinha mais essas pretensões.

Caio Fernando Abreu
São Paulo, 1978

anos 1990

Ao simulacro da imagerie

Lo que importa es la no-ilusión. La mañana nace.
FRIDA KAHLO, DIÁRIOS

O CÉU TÃO AZUL LÁ FORA, e aquele mal-estar aqui dentro.
Fora: quase novembro, a ventania de primavera levando para longe os últimos maus espíritos do inverno, cheiro de flores em jardins remotos, perfume das primeiras mangas maduras, morangos perdidos entre o monóxido de carbono dos automóveis entupindo as avenidas. Dentro: a fila que não andava, ar-condicionado estragado, senhoras gordas atropelando os outros pelos corredores estreitos sem pedir desculpas, seus carrinhos abarrotados, mortíferos feito tanques, criancinhas cibernéticas berrando pelos bonecos intergalácticos, caixas lentas, mal-educadas, mal-encaradas. E o suor e a náusea e a aflição de todos os supermercados do mundo nas manhãs de sábado.
Ela olhou as próprias compras; bolachas-d'água-e-sal, água com gás, arroz integral e, num surto de extravagância, um pote de geleia de pêssegos argentinos. "*Duraznos*", repetiu encantada. Gostava de sonoridades. E não tinha mãos livres para se abanar. E a mulher de pele repuxada amontoara no balcão seus víveres, dois carrinhos transbordantes de colesterol e *sugar blues*. Ela suspirou. E olhou para cima, de onde a espiava uma câmara de TV, como se fosse uma ladra em potencial, e olhou também as prateleiras dos lados do corredor polonês onde estava encurralada e viu montanhas de pacotes plásticos com jujubas verdes, rosa e amarelas, biscoitos com sabor de bacon, cebola, presunto, queijo. E latas, pilhas de latas.
Suspirou outra vez, suspirava muito, e voltou a olhar para fora, para além das cabeças. Continuava o céu azul tão claro e raro naquela cidade odiosa. Mas aqui dentro ela só conseguia tirar um pé da sandália havaiana — era sábado, "danem-se", ela era assim mesmo — para apoiar os dedos de unhas muito curtas, sem pintura, sobre o outro pé. Feito uma garça, ela, pousada no meio do charco açucarado. A saia larga indiana estampada de muitas cores até os tornozelos, a blusa solta de seda branca sem mangas, o dinheiro contado escondido no bolso sobre o seio esquerdo. O pé inchado, balançou-o no ar para ativar a circulação. E se

alguém olhasse para ela assim, sem ver o pé inchado escondido pela saia larga, diria ser perneta, pobre moça, toda desgrenhada, essas roupas meio hippies amassadas e ainda por cima perneta. Perneta, equilibrista, não se apoiava em nada nem ninguém, sem muletas ou bengala. "Danem-se", repetiu olhando enfrentativa em volta. Mas "danem-se" não era suficiente para aquela gentalha. Então rosnou: "Fodam-se!" em voz baixa, mas com ódio suficiente, exclamação, maiúscula e tudo. Ficou mais serena depois, embora exausta, desaforada e sem toxinas, a moça-garça.

Foi então que o viu na fila ao lado, já passando pela caixa. Não estava mais gordo, não no rosto pelo menos, nem mais calvo. Mas havia no corpo magro uma estranha barriga que parecia artificial. E rodas de suor nas axilas, manchando o tecido sintético da camisa branca social de manga comprida. Sem jeito, sem vê-la, ele tentava enfiar as compras nas sacolas de plástico, e enviesando a cabeça ela investigou curiosa: vodca, uísque, campari, pilhas de salgadinhos plásticos, maionese, margarina, pacotes de jornal com cruas linguiças sangrentas, outro carrinho cheio até as bordas de latas de cerveja, queijo, patê — seria uma festa? —, mais latas, muitas latas, seleta de legumes, massa de tomate, atum. As sacolas furavam, latas despencavam pelo chão, ele curvava-se para apanhá-las tentando assinar o cheque, e ninguém o ajudava. Ele era um homem que conhecera havia muito tempo, quando ainda não era esse urbanoide naquele supermercado mas apenas um quase jovem recém-chegado de anos de exílio político no Chile, Argélia, depois a pós-graduação em Paris, em algum assunto que ela não lembrava direito. Só sabia que ele o tempo todo falava num certo simulacro de uma tal *imagerie*, as pernas cruzadas no sofá forrado de algodãozinho estampado de lilás e malva da sala do apartamento dela, as pernas apertadas com força protegendo as bolas, como se ela estivesse sempre a ponto de violentá-lo no segundo seguinte, falando e falando sem parar em Lacan e Althusser e Derrida e Baudrillard, principalmente Jean Baudrillard, enquanto ela se ocupava em servir mais vinho branco seco gelado com pistache, contemplar as rosas amarelas no centro da mesa e comover-se a admirá-lo, assim jovem, assim estrangeiro no próprio país, assim aterrorizado com qualquer possibilidade do toque de outro humano em sua branca pele triste sem amor vinda do exílio.

"Você sabe viver", dizia ele. Ela sorria modesta, mais sarcástica do que lisonjeada. Mal sabia ele do quanto, entre as traduções do alemão, ela mourejava feito negra passando panos com álcool nas paredes, aspiradores nos tapetes, recolhendo cortinas para a lavanderia, trocando lençóis todo santo dia, lavando louça com as próprias mãos avermelhadas que olhava melancólica quando ele dizia essas coisas, ensaboando no tanque roupa quase sempre branca, quase sempre seda, que não tinha nem teria jamais máquina, picando cenouras, rabanetes e beterrabas para saladas cruas, remexendo em panelas de barro com colher de pau, odiava micro-ondas, para sempre e sempre exausta de tudo aquilo. Seu único consolo era a fita com Astrud Gilberto e Chet Baker sempre cantando búdicos ao fundo.

Limpa, ordenada, trabalhadeira, aquela mulher, todo dia. E morta de cansaço e amor sem esperanças por aquele homem que não a via nem veria jamais como realmente era, nem a tocaria nunca. Admirava-a para não precisar tocá-la. Conferia-lhe uma superioridade que ela não possuía para não ter que beijá-la. Dissimulado, songamonga, recolhia nomes, telefones, endereços de pessoas e lugares provavelmente úteis algum dia para a Árdua Tarefa de Subir na Vida, vampirizava cada um dos amigos dela, sobretudo os que detinham alguma espécie de poder, editores, políticos, jornalistas, donos de galerias de arte, cineastas, fiadores, produtores. Sedutor, insidioso, irresistível — "Vamos jantar uma hora dessas", insinuava ambíguo para todo mundo. Durante três anos. Nunca lhe dera um orgasmo. Nunca deitara nu ao lado dela na cama, nua também. No máximo sussurrava doçuras tipo: "Fica agora assim por favor parada contra essa janela de vidro que a luz do entardecer está batendo nos seus cabelos e eu quero guardar para sempre na memória esta imagem de você assim tão linda".

Não, ela não era tola. Mas como quem não desiste de anjos, fadas, cegonhas com bebês, ilhas gregas e happy ends cinderelescos, ela queria acreditar. Até a noite súbita em que não conseguiu mais. E jogou copos de uísque na cara dele, ligou bêbada de madrugada durante dias, deixou recados terríveis na secretária eletrônica ameaçando suicídio, assassinato, processo, chamando-o de ladrão, "Quero porque quero minhas fitas de Astrud e Chet de volta, sua bicha broxa", bem bruta e irracional repetindo o que seu analista, também exausto de tudo aquilo, dissera não especificamente sobre ele, mas sobre todos os homens do mundo: homossexual enrustido que não deu o cu até os trinta e cinco anos vira mau-caráter, minha filha. Ele tinha trinta e sete quando se conheceram. Agora quantos mesmo? Uns quarenta e três ou quarenta e quatro, era de Libra, daquele tipo que não sabe a hora de nascimento. E aquela barriga nojenta, aquele Ar de Quem Venceu na Vida, aquela camisa sintética, as rodas de suor, as calças Zoomp com pregas, as bolsas de plástico barato do super, três ou quatro em cada mão, saindo torto e quase gordo do supermercado.

Atrás dela, na fila, alguém empurrou-a com o carrinho. A caixa esperava com ar entediado e sotaque paraíba: "É cheque, cartão ou dinheiro, quééééérida?". "Dinheiro", ela disse. E jogou sobre o balcão a nota retorcida, como se fosse uma serpente viva. Depois pegou as poucas compras e caiu fora. *Ausgang!*

Lá fora o vento bateu em sua saia longa, fazendo-a voar. "Estou sem calcinha", ela lembrou. E pensou em Carmen Miranda. Mas deixou que voasse e voasse. Respirou fundo. Morangos, mangas maduras, monóxido de carbono, pólen, jasmins nas varandas dos subúrbios. O vento jogou seus cabelos ruivos sobre a cara. Sacudiu a cabeça para afastá-los e saiu andando lenta em busca de uma rua sem carros, de uma rua com árvores, uma rua em silêncio onde pudesse caminhar devagar e sozinha até em casa. Sem pensar em nada, sem nenhuma amargura, nenhuma vaga saudade, rejeição, rancor ou melancolia. Nada por dentro e por fora além daquele quase novembro, daquele sábado, daquele vento, daquele céu azul — daquela não dor, afinal.

Bem longe de Marienbad

Para Claire Cayron
e Alain Keruzoré

> *Il y a toujours quelque chose d'absent qui me tourmente.*
> CAMILLE CLAUDEL, CARTA A RODIN, 1886

I

SÃO OITO HORAS da noite, não há ninguém na estação. Não, não é exato. Para ser preciso o TGV chega pontualmente às 8h07 — e não há nada mais pontual que um TGV, exceto talvez aquele ônibus sueco de Kungshambra, faz tanto tempo, continuará assim? —, portanto não são bem oito horas da noite, mas um pouco mais, embora não muito. Se é que importa a hora em que tudo isto começa.

Suponhamos que eu tivesse levado três, no máximo cinco minutos para apanhar a mochila, essa bagagem típica e mínima de quem não se importa de andar de lá para cá o tempo todo sem paradeiro, saltar do trem e subir as escadas da plataforma até o corredor de saída, naquele passo meio desconfiado dos recém-chegados a algum lugar onde nunca estiveram antes. Suponhamos também que tenha olhado em volta à procura de K ou de qualquer outra pessoa inteiramente desconhecida e parada na estação deserta, segurando um cartaz com meu nome escrito, e talvez então tivesse me detido um momento a pensar vago que sempre foi um dos meus sonhos — esse: desembarcar numa estação deserta e desconhecida para encontrar alguém igualmente desconhecido segurando meu nome num cartaz erguido bem alto, sobre todas as outras cabeças dos que partem ou chegam, pois essa é a estação que imagino, cheia de gente que sobe e desce escadas, carregada de malas, vindo ou indo para lugares, para outras gentes, e sobre as suas anônimas cabeças em trânsito meu nome seria o único escrito em grandes letras visíveis, talvez vermelhas, erguidas bem alto, as letras do meu nome. Mas suponhamos ainda que tivesse me distraído alguns segundos nas esquinas desse pensamento (vadio, reconheço, autorreferente, narcisista), de qualquer forma não mais que segundos que não chegaram sequer a minuto, porque não há ninguém lá, nem cartaz, nem gente viajante nem nada e paciência, querido, ainda não será desta vez que. Conformado, começo a subir as escadas ou vou saindo das escadas para o corredor que leva até a rua, e nisso tudo, que não levaria mais que cinco, talvez sete ou nove minutos, embora possa parecer muito mais dito assim dessa maneira aqui, para ser preciso, para começar, ou quase, digamos finalmente que:

Não deve passar de oito horas e quinze minutos de uma noite de novembro quando, sozinho, na estação com minha mochila, olho em volta e não há ninguém à minha espera.
 Lá embaixo, ainda na plataforma onde param os trens que chegam de Paris, um homem manco e velho, um tanto cansado e metido num sobretudo xadrez preto e branco, dirige-se lento às escadas para subir até onde estou. Não usa bengala ou muletas, o que me faz imaginar, talvez desejar, que tenha apenas um pé machucado ou algo assim, e portanto mancar seja uma coisa passageira, não um destino irremediável. Ele desaparece por instantes nessa espécie de túnel das escadas que ligam a plataforma de chegada do trem ao corredor onde estou, só com minha mochila e meu olhar. Olho disfarçado mas muito atentamente para seus pés quando ele emerge do túnel e vem vindo pelo corredor em minha direção. Trôpego, acostumado aos trancos, traz as mãos nos bolsos, o homem manco, e nenhuma bagagem. Então sorri ao passar por mim, esse homem velho, e leva dois dedos ao boné como se fosse retirá-lo num cumprimento, como se fazia antigamente, embora eu não seja uma senhora ou senhorita nem pareça, sejamos francos, digno desse tipo de respeito. Mas é só um gesto, um resto de gesto, quem sabe a nobreza que sobra a um velho manco. Não retira o boné, o homem cansado de faces vermelhas e olhos azuis, vejo melhor tão perto, e se vai em direção à cidade, arrastando a perna manca que bate no cimento da passarela, e me deixa só, e desta vez sim, é exato dizer desta maneira para continuar:

São pouco mais de oito horas da noite. Estou completamente só entre os guichês fechados desta estação numa cidade do norte.
 Espero o velho manco cansado ultrapassar com dificuldade a lama, os ferros, as telas cor de laranja das obras em frente à estação, depois desaparecer na primeira esquina. Então espero mais. Cuido os táxis que passam, como se K pudesse estar dentro de um deles e poderia sim, poderá quem sabe abrir a porta rápido para que eu entre, sem descer, apenas recuando um pouco para dentro, para me dar espaço a seu lado, nesse ninho morno do banco de trás, e diga o endereço ao motorista caprichando na pronúncia francesa para que eu o admire, embora isso não me importe agora, quero apenas encontrá-lo, e meio ao acaso, pouco depois, quando o carro recomeçasse a andar, tomar entre as suas uma

das minhas mãos avermelhadas pelo frio e pelo peso da mochila, e afinal comece a falar sem parar naquela língua que ambos conhecemos bem e não ouvimos faz tempo, contando coisas engraçadas, estranhas ou até mesmo um tanto estúpidas, não importa. Não importará nada do que diga ou faça, desde que venha e tudo aconteça desta ou de outra maneira inteiramente diversa da que invento, parado na frente da estação desta cidade do norte onde, dizem, existe também o mar.

Nenhum carro para. K não vem e o tempo passa. Olho a cidade enlameada, varrida por ventos vindos quem sabe desse mar que por enquanto nem vejo. No meio do olhar, uma palavra me vem à mente: *sinistrée*. Não sei de onde vem, nem lembro, mas fico a mastigá-la em voz alta muitas vezes, feito um mantra demasiado longo, parado na frente da estação deserta: *sinistrée, sinistrée, c'est une ville sinistrée*.

São muito mais de oito horas da noite, talvez nove, meu relógio foi roubado numa aldeia africana ou numa metrópole da América do Sul. Não lembro, não sei. K não veio, não veio ninguém e ninguém mais poderia vir além dele. Fico tentado a dar a volta agora, em direção a Amsterdam, Katmandu ou Santiago de Compostela, mas sei que K está aqui, nesta cidade do norte, e eu preciso encontrá-lo. Há um hotel na minha frente. Jogo a mochila nas costas e penso: sempre haverá um hotel ao alcance do olho e das pernas de alguém perdido, aqui ou em qualquer outro lugar do planeta, e isso sempre deve ser também uma espécie de solução, mesmo provisória. Como os próprios hotéis estão aí afinal para isso mesmo: o provisório.

Puxo o zíper da jaqueta de couro até o pescoço, enfio as mãos nos bolsos, os pés na lama, e atravesso a rua.

II

Não quero ficar justamente em frente a elas, mas todas as outras mesas no restaurante do hotel estão ocupadas. A menos que eu sentasse de costas para elas, portanto de frente para a cozinha, o que seria esquisito, suponho, no mínimo inconveniente. Nem tanto talvez, mas como ainda desconheço o limite de tolerância para com as esquisitices alheias neste lugar onde nunca estive antes, por delicadeza acabo sentando exatamente onde não suportaria ficar. Em frente ao aquário em que elas estão.

Esguias, sinuosas.

Claro que posso, em princípio, desviar meu olhar através da parte superior do vidro do aquário, e depois desse primeiro vidro, pelo segundo vidro da outra parede do aquário, e depois desses dois vidros entre os quais ainda não há água, ultrapassar um terceiro — o da janela voltada para a rua, a lama, os ferros em frente à estação. Posso também olhar para a direita, onde três escandinavos de gravatas coloridas falam uma língua cheia de consoantes, mas como continuo a desconhecer o limite de tolerância & etc. compreendo que não devo olhá-los tempo demais. E por delicadeza, outra vez, mudo meus olhos. Mas por mais que possa sempre olhar para a esquerda, em direção à portaria com a loura cinquentona que me providenciou o quarto mais barato, para o teto ou a toalha da mesa, e até mesmo para a esquina lá fora, em que parece estar parado um homem velho, metido num sobretudo xadrez preto e branco, há um momento em que, como se nada mais houvesse no mundo para ser olhado, e por absoluta delicadeza, sou obrigado a encará-las de frente.

Negras, lisas.

Há duas enguias no aquário em minha frente. Há outros peixes menores também, nadando indiferentes em torno delas. Estão imóveis, duas serpentes viscosas preparando um bote sem pressa. Devem medir pelo menos quatro palmos, quase toda a extensão do aquário. Remotas, aceitam a exiguidade, amoldando o quieto horror de seus corpos pelas esquinas de vidro, apoiadas sobre as pedras do fundo, entre peixes menores tão distraídos que chegam a roçar nelas suas caudas, suas barbatanas. Mas não dão choque? — quero perguntar feito criança — e não devoram os outros peixes? — morro de curiosidade mórbida — e é verdade que são capazes de rastejar na lama feito cobras anfíbias? — mas não pergunto nada. Não demonstro sequer que sua presença me estremece. Entre paredes de vidro: expostas, obscenas. Sorrio para o garçom. Peço mais vinho, tão negro quanto a pele das enguias. E por monstruosa delicadeza, bebo sem espanto algum.

(... e bom, poderei comentar daqui a algum tempo, muito natural, dando outro gole no uísque ou acendendo mais um cigarro: "Então de repente uma noite lá estava eu naquela cidade desconhecida, bebendo vinho tinto cara a cara com aquelas duas enguias num aquário pequeno demais para elas"...)

Esse pensamento quase me salva. Digo *quase* porque, embora me jogue para a frente, para o tempo em que já não estarei aqui e agora olhando ad infinitum as enguias sem mais nada no mundo, não é exatamente esse, mas um outro que chega junto, talvez dentro dele, o realmente salvador. Se é que salva — pensamento, memória, fantasia — qualquer coisa que venha de dentro, não de fora. De dentro, isso que vem, ainda vago no começo, limita-se àquela palavra trágica que repito olhando fixo para as enguias, porque de alguma forma ajusta-se com perfeição aos seus lisos corpos negros esguios sinuosos: *sinistrée*.

A primeira vez que encontrei alguém que conhecia Saint-Nazaire e perguntei sobre a cidade, foi com essa palavra que me respondeu. "*Sinistrée*", disse. "*C'est une ville sinistrée.*" Chamava-se Alain, Jean-Paul, talvez François, em todo caso um desses nomes masculinos tipicamente franceses. Mas não estávamos na França. Era Ribeirão Preto, Presidente Prudente, talvez Piracicaba, em todo caso uma dessas cidades ricas do interior de São Paulo por onde eu andava, já naquele tempo, à procura de K. Enquanto Alain ou Jean-Paul, mais provavelmente François, e Deus sabe o que faria lá, num português difícil tentava contar uma longa história antiga de guerra, bunkers, bombardeios, nazistas, sem ouvi-lo direito eu mastigava a palavra — *si-nis-tré-e* —, rolando entre os dentes sua sonoridade dramática que me fazia pensar em sombras, gemidos. Escombros, ruínas. Fria chuva ácida e vento radioativo soprando sobre o sangue nas calçadas.

Quase peço mais vinho então, enquanto os escandinavos levantam da mesa ao lado e o salão vai ficando pouco a pouco completamente vazio. Seria mais fácil permanecer aqui, me embebedando nesta pausa difícil, a mastigar palavras trevosas e a contemplar enguias até que alguém me mande embora, as portas se fechem e todos vão dormir. Mas não — penso de repente, um segundo antes de, por pura delicadeza, pedir outro vinho, porque são os atos e não as palavras que podem salvar — quanto a mim: não.

Não há de ser por delicadeza que perderei minha vida — vou repetindo no mesmo ritmo em que afasto o vinho, levanto da mesa e decido, ainda esta noite e de qualquer maneira, sair à procura de K.

III

É fácil descobrir o endereço — *dix-sept, Rue du Port* —, que me soa romântico com seus erres rascantes ditos pela loura cinquentona da portaria. Mais difícil, e ela insiste, seria explicar por que me vou sem sequer passar uma noite aqui. Não pelo quarto, madame, pela comida ou qualquer outro desses detalhes dos hotéis, *s'il vous plaît*, mas pelo horror imóvel das enguias em sua jaula de vidro associado ao outro horror também imóvel daquela palavra. Pelo risco da imobilidade eterna, madame, pelo perigo de eu mesmo permanecer para sempre aqui, igualmente imóvel, congelado em inúteis delicadezas enquanto tudo ou nada ou apenas qualquer coisa, mesmo insignificante, se agita e move e se perde em outro lugar, com certeza madame não compreenderia tanta ânsia tropical, *bien sûr*.

Finjo que meu francês é pior do que na realidade é. Pago a conta, ela me estende um pequeno mapa da cidade. Aponta o caminho com a unha vermelha: "No *building*", diz. E repete, batendo com a ponta da unha na ponta do papel até que eu compreenda a palavra inglesa com estranho acento francês: "No *building*".

***

Avenue de la République, sempre em frente, e me perco um pouco quando a rua se divide em duas para contornar um prédio redondo onde as vitrines exibem sapatos, toca-fitas, vestidos e cristais, como todas as vitrines do mundo. Só depois de uma volta completa, cuidando sempre as placas, consigo chegar ao Hôtel de Ville. Não passa muito da meia-noite, imagino, mas as ruas estão desertas como se a cidade tivesse sido evacuada.

Sirenes, não sei se lembro ou penso ou vejo, clarões no ar, depois a explosão e cacos, estilhaços na carne macia das crianças. A mochila pesa, o vento corta a cara: Sarajevo, gemo, como se estivesse lá e fosse eu. Às vezes me detenho e olho para trás, como se ouvisse passos mancos batendo e batendo contra o cimento das calçadas. Nunca há ninguém quando olho. Deve ser o eco de meus próprios passos, fantasmas desta ou de outra guerra emboscados nas esquinas, alguma lata soprada pelo vento.

Em frente ao Hôtel de Ville hesito um pouco mais, indeciso entre virar à esquerda ou à direita. Desdobro no ar o mapa que o vento tenta arrancar-me das mãos, e para que não o faça sou obrigado a voltar-me de costas para ele — para o vento, para o lugar de onde sopra, talvez o mar que não vejo — e nesse movimento rápido, no segundo em que protejo a folha de papel com minhas costas arqueadas, ao mesmo tempo em que abaixo o rosto para procurar a direção correta, por acaso meus olhos esbarram no edifício dos correios, pouco abaixo na mesma rua. E tenho certeza de que alguém acabou de esconder-se entre as sombras das escadas.

Loucura, ilusão, delírio.

A chuva é tão fina que nem chega a molhar, apenas gela. Tenho que ir em frente ao encontro de K, nesta ou em qualquer outra cidade do norte ou do sul, da Europa ou da América. Histórias como esta costumam acabar bem e, mesmo que não se viva feliz para sempre — afinal, não se pode ter tudo —, deve haver pelo menos algum lugar quente e seco para abrigar o final da noite.

À esquerda, decido — sempre à gauche —, em direção ao cais, pela Rue Général De Gaulle, depois da igreja de tijolos expostos, cercada pelas folhas amarelas caídas desses plátanos que me fazem lembrar outras folhas, outros outonos, outras cidades. Tudo e cada coisa em qualquer lugar lembrará sempre e de alguma maneira outra coisa num lugar diverso, portanto é inútil me deter e sigo em frente. Cuido sempre as placas, prossigo até a altura em que a rua muda de nome para Boulevard René Coty, falta pouco agora, posso sentir nos meus passos. No ritmo da caminhada, na minha respiração.

Quando vejo os barcos atracados à esquerda e, mais à frente, onde a rua termina, a ponte iluminada verde, cinza e branca que começa a levantar-se à medida que me aproximo — como num sinal, como se me desse boas-vindas —, começo a andar mais depressa sem olhar para trás, apesar dos passos mancos que continuam batendo às minhas costas. Estou certo de que é lá, onde esta rua se detém para que a ponte se eleve e os barcos entrem no cais, na curva exata onde o vento sopra mais forte.

Um navio começa a entrar no porto. Não presto atenção. Em vez de olhar para ele, antes de atravessar os arcos do edifício em direção à porta, prefiro olhar para cima em busca das janelas iluminadas atrás das quais K possa estar sentado, escrevendo ao lado de um cálice de calvados ou rémy martin, assistindo a qualquer programa exótico na televisão sobre as serpentes domésticas do Daomé ou as rumbas catalãs entrecortadas por *ay! ay! ay!* pungentes, e ouvindo então o movimento embaixo, abra uma fresta para espiar o navio que chega e de repente me veja parado aqui embaixo, à sua procura, e sorria um sorriso que não verei, porque está muito alto e a luz que chega por trás não ilumina seu rosto, apenas seus contornos, mas de qualquer forma acene para mim, largamente, braço erguido contra o céu, para que eu suba sem demora ao encontro dele.

As janelas não abrem. Um vulto passa mancando atrás de mim.

Aperto várias vezes o botão com o número de seu apartamento. Espero, e enquanto espero tento me distrair acompanhando a chegada do navio. Mas ele não me interessa. Nada me interessa além do botão desse painel eletrônico que aperto e aperto outra e outra vez, até a ponta do meu dedo começar a doer. Ninguém responde. Lá dentro, lá em cima, lá longe. Experimento a porta de entrada, não chego a compreender por que ainda continua aberta a estas horas, o que seria impensável e arriscado nas cidades de onde venho. Empurro a porta, entro, chamo o elevador e até que chegue calculo o andar onde certamente K deve estar, nem escrevendo nem assistindo à televisão, mas apenas talvez dormindo esquecido de tudo, inclusive de mim, da minha chegada, e abrirá a porta um tanto mal-humorado, sem saber ao certo se faço parte de um sonho que não estava sonhando ou de uma realidade que ele mesmo inventou, tão distraído que depois esqueceu ou teve preguiça de esperar que acontecesse.

Deposito a mochila no chão do corredor, investigo os números das três portas deste andar. Em frente a uma delas há um estranho arranjo: uma mesa de madeira dessas das escolas de antigamente com pedras redondas polidas, a maioria cinzentas, em arranjos sinuosos sobre o tampo e pelo chão, como um código celta esotérico, talvez lógico para quem o armou, mas perfeitamente incompreensível para mim, que não entendo nada. Dirijo-me à outra porta, ao lado daquela, toco a campainha. Outra vez, várias vezes. E outra vez ninguém atende, e outra vez experimento a porta, e outra vez continuo a não compreender como possa estar aberta, à disposição de qualquer um e não apenas de mim.

Meu coração bate louco, tenho as palmas das mãos molhadas quando abro devagar a porta desse apartamento onde K com certeza estará. Puxo a mochila para dentro, sem ruído, antes que o vizinho celta possa entreabrir uma fresta para perguntar qualquer coisa difícil de responder. Fecho a porta atrás de mim, as luzes estão todas apagadas. Mas flutuando inconfundível na penumbra varada somente pelas luzes do porto além das janelas fechadas — como se eu fosse um animal, e ele outro — posso sentir perfeitamente nesse espaço o cheiro do corpo vivo de K.

IV

De fora chega apenas o ruído do vento estremecendo as vidraças. Nem um grito no porto. Tiro as botas, prevenindo ruídos, tiro a jaqueta, coloco-as no chão ao lado da mochila e permaneço parado no pequeno corredor de entrada até que meus olhos se acostumem ao escuro. Não sei quanto tempo se passa assim, enquanto minhas pupilas se dilatam aos poucos para começar a perceber formas como as de um armário aberto e vazio à minha esquerda, e um pouco mais adiante a televisão desligada, com um botão vermelho que brilha sozinho na penumbra. Depois, começo a avançar pela sala.

As cortinas estão abertas sobre as vidraças altas, que tomam quase toda a extensão da parede que dá para fora. Através delas posso ver as calçadas e tetos molhados pela chuva nesse bairro do outro lado da rua, que me disseram chamar-se Petit Maroc. Um pequeno Marrocos, duvido, pois visto de cima não há nada nele que lembre arcos mouriscos, vielas tortuosas, punhais afiados, meninos descalços meio mendigos, meio prostitutos, e o vento que sopra por lá certamente não é o siroco nem vem do deserto. A massa escura de algo que só depois de algum tempo percebo que deve ser água, talvez o mar, abraça as casas desse pequeno Marrocos abandonado no outro lado da ponte.

Há alguém parado na esquina. Parece um homem velho, metido num sobretudo xadrez preto e branco. Olha para cima, para onde estou, mas não tenho tempo de me deter nele. Preciso encontrar K.

Avanço mais, avanço sempre.

Em frente à televisão há um sofá e uma mesa baixa, retangular, alguns livros sobre o tampo de vidro. Tenho vontade de curvar-me, ver suas capas — Pessoa talvez, sempre Pessoa, alguma biografia maldita falando de fracassos, como ele gostava, e qualquer coisa inesperada feito um novo romancista búlgaro ou poeta letão de nome impronunciável —, mas tenho medo de esbarrar em algo e despertar K, que certamente dorme lá dentro. Eu continuo a avançar. Antes de chegar ao lado oposto da sala, onde há outra mesa redonda com apenas um grande vaso branco sem flores, passo pela porta aberta da cozinha.

E é então que, na área coberta que dá para o interior do prédio, esse que chamam *building*, acontece de súbito um ruído de asas.

Um grande pássaro branco, talvez uma gaivota, pousa na janela da cozinha e olha para dentro, para o interior escuro do apartamento onde estou parado e respiro lento, quieto, abafado, tentando não despertar nada vivo aqui dentro. Desvio-me da pequena mesa de madeira no centro da cozinha, nada sobre os balcões, a geladeira, vou vendo em câmara lenta, como se estivesse dentro de uma cápsula espacial e qualquer movimento mais brusco pudesse romper a força da gravidade e lançar-me suavemente para cima, pelos ares. Curvo-me em frente à janela e fico olhando, do outro lado da vidraça, para os olhos do grande pássaro quase totalmente branco, vejo melhor agora e assim de perto certas penas cinza-claras no seu dorso. Seus olhos cor de laranja vivo, fulvos, com pequenas pupilas negras encravadas no centro, olham sem medo algum para minhas pupilas dilatadas.

Curvo-me mais, ajoelho-me no chão, apoio o braço direito no metal gelado da pia, aproximo o rosto, comprimo a testa contra a vidraça. O pássaro vira o pescoço, me examina de perfil, o bico afiado. Mas antes que eu espalme a mão sobre o vidro e sequer comece a pensar que poderia talvez abrir a janela para deixá-lo entrar ou para que eu mesmo pudesse sair, quem sabe, acontece outra vez aquele ruído de asas — e de repente o pássaro se foi.

Sou um homem de joelhos no chão de uma cozinha vazia, num apartamento com todas as luzes apagadas nesta cidade do norte onde nunca estive antes. Tudo isso, que é nada, subitamente parece tão absurdo e patético e insano e monótono e falso e sobretudo tristíssimo, que levanto de um salto, dou a volta, saio da cozinha e vou entrando decidido pelo corredor que parte da sala para o interior do apartamento. As portas estão todas abertas. A privada, o banheiro, o escritório onde aparentemente não há nada além de uma mesa em frente à janela que dá para o porto e outra estante de livros. Ah, as inúteis delicadezas, digo em voz alta, sem me importar de fazer barulho, de despertar qualquer outra pessoa que possa não ser K e porventura durma atrás de uma dessas duas portas no final do corredor.

Estendo a mão e abro a porta à minha esquerda. É um quarto. Com as luzes de fora atravessando a janela, consigo ver uma mesa vazia e duas camas de solteiro dispostas em forma de L. Forço os olhos tentando divisar algum volume, alguma forma sobre qualquer uma delas. Estão perfeitas, intocadas. Frias, esticadas, desertas. Não há ninguém dormindo nelas.

Não quero pensar em nada, nem mesmo em voltar atrás, ao corredor de entrada, apanhar minhas botas, minha mochila, minha jaqueta, sem nunca mais olhar para trás, e partir enfim para Amsterdam, Katmandu, Santiago de Compostela. Ações, repito, ações são o que salva. Quero apenas estender minha mão no escuro, abrir a porta e entrar no quarto, mas não consigo deixar de ver a mim mesmo, ainda em silêncio, ainda agitado, sentando à beira da cama onde K deve dormir, e sem acender a luz de cabeceira, sentindo dentro do sono minha presença e meu cheiro, abriria os olhos antes que eu pudesse distender os dedos do braço que acabei de alongar em direção a seu rosto adormecido — então segura meus dedos abertos no ar, um segundo antes do gesto. Estou agitado e desfeito e confuso e não quero pensar absolutamente nada antes de abrir essa porta.

Para compor meu rosto, então, subo as mãos pelo espaço. Quero ajeitar os cabelos antes de vê-lo. E antes ainda, antes, porém, que elas alcancem a testa, sem saber por quê, uma canção antiga, dessas de roda, de jogo, uma cantiga de infância que ninguém lembra mais, muito menos eu, por isso me espanta tanto lembrá-la, me sobe estridente na memória. Detenho as mãos. Sem levá-las à testa, os dedos cobrindo por completo o rosto, pouco antes de abrir a porta canto no escuro em voz mais baixa que o vento lá fora:

> *Senhora dona Cândida,*
> *coberta de ouro e prata,*
> *descubra o seu rosto,*
> *quero ver a sua graça.*

Eu paro de cantar.
Eu abro a porta.
Eu estou sorrindo quando abro a porta do último quarto.

A cama de casal está feita. Mais além, as luzes amarelas do pequeno Marrocos varam o escuro. K não está no quarto, nem ninguém mais. Mergulho a cabeça nos lençóis à procura de seu cheiro, que também não está lá. Entranhado nos panos, guardado nas dobras. Lençóis limpos, cheiram apenas a limpeza. Água, sabão, detergente. Estou tão cansado, minha cabeça estala com passos mancos, estações desertas, enguias sinuosas, ruas vazias, chuva miúda, vento gelado, códigos celtas, gaivotas brancas, canções antigas. Sem pensar em nada mais, fecho os olhos para esquecer. Dorme, menino, repito no escuro, o sono também salva. Ou adia.

Pouco antes de dormir, percebo que ainda estou sorrindo. E que não sinto alegria. Afrouxo um por um os músculos do rosto, do corpo, da mente. Depois afundo.

V

Há um céu resplandecente lá fora.

Logo que abro os olhos, essa é a primeira coisa que vejo além da janela: o céu resplandecente lá fora. Mesmo antes de saber ao certo se estarei no sótão de alguma *squatter-house* em Brixton, naquele porão do cortiço turco em Kreuzberg ou num hotel barato perto da Puerta del Sol — sei do sol. Quando olho para dentro, as paredes brancas do quarto, o metal cor de vinho da armação da cama, uma reprodução azul de Salvador Dalí na cabeceira, e quando olho para fora, a ponte que leva ao pequeno Marrocos, a outra ponte maior ao longe, que lembra a cauda de um dinossauro, e sobretudo a luz do estuário — tudo isso confirma: continuo em Saint-Nazaire.

Continuo nesta cidade estranha, e a ausência de K também continua dentro do apartamento, confirmo, e vou confirmando mais enquanto saio da cama e volto, um por um, sobre meus próprios passos da noite passada. Tudo permanece como quando cheguei: vazio. Apenas o grande pássaro quase todo branco não está mais atrás da janela da cozinha — só as manchas escuras de fezes endurecidas no chão de cimento, algumas penas brancas entre elas, testemunham a sua visita. Não há vestígio algum da passagem de K ou de qualquer outra pessoa por aqui. Abro todos os armários do apartamento, abro os armários dos quartos, toalhas, lençóis, cabides, abro os armários da cozinha, louças, panelas, talheres, copos e um vidro com restos de café solúvel, único indício de que alguém mais, além do pássaro e de mim, andou também por aqui.

Sinais, procuro. Rastros, manchas, pistas. Não encontro nada.

Misturo devagar os grãos envelhecidos do café à água fervente da torneira. Tem gosto de terra, de lã, de cinza e de não sei que mais, áspero e grosso. Bebo assim mesmo. Abro a porta de vidro, saio na sacada que dá para o porto. O vento despenteia meus cabelos, acendo um cigarro e fico a olhar o sol oblíquo, entre a chaminé de tijolos e o molhe de cimento com alguns barcos atracados. Há verdes e brancos do outro lado do estuário, talvez dessa cidade que me disseram chamar-se Saint-Brevin les Pins. O céu é tão azul e sem nuvens que poderia ser abril, mas o vento gelado na minha cara e os galhos nus das árvores à beira d'água afirmam: é quase dezembro nesta cidade do norte. Uma cidade tão luminosa agora pela manhã que não parece a mesma da noite anterior.

Talvez pela luz, essa luz limpa e leve dos estuários onde os Oxuns encontram as Iemanjás, talvez pelo vento, pelo gosto mofado do café na minha boca, pela vaga vertigem que um primeiro cigarro sempre deixa na cabeça — por tudo isso, quem sabe, ou porque não há outro jeito, se tudo foi tentado, de repente fico perfeitamente sereno.

Jogo o cigarro no espaço. Como de costume, repito e repito: bem, paciência, querido, ainda não será desta vez que. E com a mesma nitidez de todas essas coisas que vejo e faço neste momento, enquanto contemplo o sol sobre o estuário, parado na sacada como numa fotografia, na sequência imediata deste momento que se move, decido ir embora de Saint-Nazaire.

Antes de entrar, percebo: o homem de sobretudo xadrez continua parado na esquina do Petit Maroc. Ao me ver, dá um passo à frente, e nesse movimento uma de suas pernas vacila um pouco, como se mancasse. Ele ergue o braço, parece que vai retirar o boné num cumprimento. Mas não espero que conclua o gesto. Preciso pegar minhas coisas e partir. Viajar, esquecer, talvez amar.

Estou quase feliz enquanto procuro as botas, a jaqueta e a mochila no corredor de entrada. Na estação certamente há trens para toda parte e a qualquer hora. Calço minhas botas com estrelas de metal cromado pensando vagamente que preciso de um banho e poderia quem sabe, mas não tenho vontade sequer de espiar os livros na mesa da sala nem de ficar mais um segundo neste lugar onde não há marcas da passagem de K. Exceto aquele vago cheiro, na noite passada, que logo se dissipou.

Tenho a mão estendida para abrir a porta, chamar o elevador. Descer, partir, viver.

Então, feito um soco no peito, lembro do escritório.

E vou voltando atrás, rastros, eu atravesso a sala, pistas, eu vejo o tampo negro da mesa sob a janela, manchas, eu entro no escritório, sinais, eu me aproximo da mesa, indícios, eu vejo, a pasta roxa sobre a mesa, vestígios: eu sei que todas essas coisas estão dentro dela. O mapa, dentro da pasta roxa.

Eu a prendo forte entre as mãos, como se pudesse escapar.

VI

"*Journal d'une ville sinistrée*", está escrito na capa, como se fosse um título. Letras negras, finas, quase anônimas de tão minuciosas, desenhadas cuidadosamente feito ideogramas chineses, como se alguém tivesse levado horas nesse trabalho que parece feito a bico de pena. Mesmo assim nessa escritura frágil, tombada para a direita como se pudesse cair da página, sou capaz de reconhecer a letra de K. Logo abaixo desse título, feito uma epígrafe colada na parte inferior da capa e provavelmente recortada de algum livro, há este trecho:

> Aún no sé si este es el sitio donde yo pueda vivir. Talvez para un desterrado — como la palabra lo indica — no haya sitio en la tierra. Solo quisiera pedirle a este cielo resplandeciente y a este mar, que por unos días aún podré contemplar, que acojan mi terror.

No final dessas palavras, com a letra muito miúda de K, está escrito o que suponho seja o nome de seu autor — Reinaldo Arenas —, que não conheço. Não paro para pensar, nem me detenho no sentido do que acabei de ler. Mesmo que a palavra *resplandeciente* me surpreenda, apesar de o céu começar a fechar-se lá fora. Ainda não é suficiente, eu preciso de mais. Abro a pasta com tanto estabanamento que algumas folhas de papel caem ao chão. Há também cartões-postais, folhas secas, recortes. Começo a apanhá-los, não parece haver lógica entre essas folhas soltas. Num suplemento de jornal há fotos, entrevistas, cronologia e bibliografia de Jorge Luis Borges. Algo dito por ele, em francês, foi sublinhado com tinta vermelha:

> [...] arc-en-ciel, c'est très beau, n'est-ce pas? C'est une architecture: on construit un arc dans le ciel, c'est très beau; tandis que dans les autres langues, c'est plat: voyez arco-iris en espagnol; arcobaleno en italien; rainbow en anglais; cela n'a rien de particulier, tandis que arc-en-ciel, c'est de toute beauté. Qui a trouvé ça?

Procuro mais. Lá fora o céu acabou de fechar-se. Não há nenhum arco-íris e uma bruma lenta começa a atravessar as águas, vinda dos lados de Saint-Brevin. Há vários postais sem nada escrito atrás: um dólmen, uma dessas ruínas druídicas no centro de uma praça banhada pelo sol; o portal sul da catedral de Chartres, do século XIII; Chet Baker tocando sua clarineta no festival de jazz de Newport, em 1955; um violinista sentado numa janela, o violino e o arco nas mãos, olhando para fora, numa pintura chamada *Der Geiger en Fenster*, de Otto Scholderer, em 1861; uma cidade medieval cercada de muralhas, chamada Guérande; uma gárgula na fachada da igreja de Notre-Dame; uma foto de Corinne Marchand em *Cleo das cinco às sete* recortada de algum jornal, escrito embaixo "*Je suis une maison vide sans toi... sans toi...*". Quando começo a me desesperar, algo que parece uma oração impressa em papel azul barato cai do meio dos papéis:

> *Notre-Dame des Flots,*
> *les flots montants de la tendresse.*
> *Notre-Dame des flots tranquilles,*
> *l'abondance coulant à flots*
> *et le coeur remis à flot.*
> *Le flot débordant de la joie,*
> *le soleil entrant à flots*
> *et la paix à grands flots...*

A bruma cobre por completo o cais. Cais das brumas, repito, sem lembrar quando nem onde li ou ouvi essa expressão: cais das brumas. Se há ondas na água além do farol em frente, a bruma ficou tão impenetrável que já não posso vê-las. Sento na cadeira e, disciplinadamente, coloco a pasta à minha esquerda enquanto vou empilhando à minha direita as coisas que já vi. E continuo a ver, coisas aparentemente sem nenhum nexo, nenhuma ligação: um mapa da cidade de Praga com os nomes Daniela e Johana ao lado da palavra *láska*,* que não sei o que significa, escritos sobre ele com a mesma letra de K, em tinta fina e negra; o catálogo de um programa de leituras e palestras de escritores da Estônia, Lituânia e Letônia, com fotos de cada um dos escritores, mas apenas uma das fotos, a de uma mulher de olhos penetrantes e cabelos lisos, chamada Vizma Belševica, cercada por uma moldura tão cuidadosamente desenhada quanto aquelas letras do título; um grosso catálogo de um festival de cinema em Nantes, sem nada assinalado; recortes de entrevistas com uma cantora do Cabo Verde, mulata e gorda, chamada Cesária Évora, sem nada assinalado; e de repente, outra vez copiado na letra de K, algo que parece um fragmento da *Ode marítima* de Fernando Pessoa:

Ó meus peludos e rudes heróis da aventura e do crime!
Minhas marítimas feras, maridos da minha imaginação!
Amantes casuais da obliquidade das minhas sensações!
Queria ser Aquela que vos esperasse nos portos,
A vós, odiados amados do seu sangue de pirata nos sonhos!

No pequeno Marrocos, o restaurante acendeu seu neon azul. É a única coisa visível através da bruma que cobre o cais. Procuro algum navio atracado no porto, mas a bruma é tão branca e espessa que não consigo ver nada. E continuo a procurar, e procuro pelo menos a letra de K numa frase, numa palavra perdida no meio dos papéis que incluem recortes sobre o julgamento dos estupradores e assassinos da pequena Céline; caras escaveiradas das crianças negras da Somália; uma entrevista de Leonard Cohen, sem nada assinalado; bombardeios em Sarajevo; um mapa com as estatísticas da aids na África marcadas em tarjas negras; uma foto de Jeremy Irons e Juliette Binoche fazendo amor vestidos e em pé, apoiados no que parece a porta de uma igreja, em algum filme que não vi; a capa rasgada de um livro de bolso chamado *Les nuits fauves*, de Cyril Collard, que também não li, nem vi, nem sei — e de repente uma página inteira quase completamente coberta pela letra de K cai no meu colo. Na parte superior, há uma foto de Brad Davis vestido de marinheiro, recortada e colada, e logo abaixo um texto sem crédito de ninguém e que, embora lembre Genet ou Fassbinder, parece ter sido escrito pelo próprio K:

---

* Do tcheco, significa "amor". (N. E.)

A aposta está perdida. Querelle curva-se sobre a mesa. Desabotoa o cinto, as calças, mas não chega a abaixá-las. Apenas abre as pernas e debruça-se mais sobre a mesa. O negro vem por trás. Primeiro, com a mão direita, abaixa as calças do marinheiro até os pés. Com a esquerda, desabotoa as próprias calças. O negro lambe o dedo indicador e começa a introduzi-lo entre as nádegas de Querelle. Seu dedo desaparece na carne branca. Não há nenhuma resistência. O negro retira o dedo e, com um único movimento firme, introduz seu membro dentro de Querelle. Querelle não se move. Com as duas mãos, o negro escancara as nádegas do outro para entrar mais, e melhor. Quando entrou completamente, sobe as mãos pelo peito de Querelle até alcançar os mamilos duros perdidos entre os pelos. É quando o negro tem a primeira suspeita. Move-se mais, entrando dentro de Querelle. Morde sua nuca, enfia a língua em seus ouvidos. Querelle continua imóvel. O negro desce as mãos dos mamilos do outro pelos pelos da barriga, até seu sexo. Quando a palma de sua mão segura o sexo rijo de Querelle, ele tem certeza absoluta. O marinheiro não perdeu a aposta. Ao contrário, é o único vencedor. É tarde demais para o negro recuar dessa derrota enviesada. Ao longe uma voz rouca de mulher cantarola sempre: "Each man kills the things he loves". O negro entra mais fundo, ao mesmo tempo em que sente a umidade do prazer de Querelle começando a molhar a palma de sua mão. Lá-rá-rá-lá-rá-rá-rá: o negro geme e goza dentro de Querelle. Querelle não geme nem se move. Apenas goza também, ao mesmo tempo, abundantemente, na palma branca da mão do negro. A aposta está ganha.

Brest: digo esse nome cortante feito faca. E recomponho na memória o mapa desse pequeno pedaço da França, qualquer coisa entre o que chamam Pays de la Loire e a Bretagne. À esquerda, pouco mais acima, pouco mais ao norte, naquela ponta do mapa que lembra uma cabeça de cão projetada sobre o Atlântico, fica a cidade de Brest. Procuro com os olhos além da ponte que lembra a cauda de um dinossauro — porque tudo, repito, sempre lembrará outra coisa. A bruma começou a dissipar-se, mas não o suficiente para que se possa ver a ponte maior, e muito menos o que existe além dela. Reviso as coisas que já examinei várias vezes. Nada mais há entre elas que ainda não tenha visto. Sacudo a pasta roxa no ar, parece vazia. Mas de repente uma pequena folha arrancada de um bloco de anotações cai de dentro dela. Apanho-a enquanto ainda flutua no ar. Nessa folha, com a letra frágil e tombada, clara e precisa de K, está escrito:

Este é o trigésimo dia. O ciclo está completo e não encontrei o Leopardo dos Mares. Já não sei ao certo se alguém me contou, se leram nas cartas, nas runas, mas estava certo de que ele estaria aqui e só por isso vim. Procurei-o no porto, nos cafés, na praia, pelas esquinas e barcos. Olhei tudo e todos muito atentamente. Sei que o identificaria por aquela tatuagem no braço esquerdo — um leopardo dourado saltando sobre sete ondas verdes espumantes. E mesmo que fizesse frio e eu não pudesse ver seus braços, reconheceria de longe seus olhos de jade. E, se usasse óculos escuros, eu assobiaria aquela canção até que me escutasse. Sem ele, não vejo sentido em continuar nesta cidade. Que todos me perdoem, mas escrever agora é recolher vestígios do impossível. Para encontrá-lo, e isso é tudo o que me importa, eu parto.

Embaixo, a data de ontem. Arrumo cuidadoso a folha de papel sobre as outras, à minha direita, bato-as juntas sobre a mesa para tentar certa ordem, certa harmonia. Depois pego a pasta, coloco tudo dentro e deixo exatamente como encontrei. Tudo isso é um tanto inútil porque, de toda maneira, ninguém saberá que estive aqui. Então, quando já quase parti, de dentro das dobras da contracapa cai um pequeno envelope fechado. Há um desenho sobre ele. Mas é tarde demais. A bruma dissipou-se, o céu começa a ficar outra vez lentamente azul, e eu preciso partir.

Fecho a pasta, deixo-a no centro do grande tampo negro da mesa em frente à janela. Da porta, olho-a pela última vez: é como se ninguém tivesse jamais tocado nela. Atravesso a sala, o corredor de entrada, pego minhas coisas, olho os desenhos celtas do vizinho também pela última vez. Apontam para o norte. Alcanço a rua, tudo é pela última vez agora e aqui, e só depois de dobrar a esquina é que, no bolso da jaqueta, aperto contra o coração o pequeno envelope que trouxe comigo.

Há um arco-íris desenhado atrás da ponte. *Arc-en-ciel*, *arcobaleno*, *rainbow*: preciso mesmo partir.

VII

Não sei que horas são. A estação está completamente deserta. Mas não, não é exato. Sem saber se vejo realmente, porque o trem é veloz demais e uns restos de bruma ainda persistem no ar, tenho quase certeza de ver parado na estação vazia um homem um tanto velho, metido num sobretudo xadrez preto e branco, um boné, faces vermelhas e olhos azuis. Ele acena, ele tira o boné e acena como num cumprimento, não sei se para mim ou para qualquer outro dentro ou fora do trem. Mas isso não importa: estou certo de que, se pudesse voltar atrás e vê-lo melhor enquanto anda, poderia também ouvir o som de seus passos mancos batendo contra o cimento.

Estico as pernas, apoio os pés no banco da frente. Gosto de olhar minhas botas com estrelas cromadas de metal. Passo a mão pelas faces, a barba de três dias raspa a palma. Faz calor aqui dentro, neste vagão onde viajo quase sozinho, acompanhado apenas por três escandinavos com gravatas coloridas, falando uma língua cheia de consoantes. Tiro a jaqueta, depois a blusa de lã, fico apenas de camiseta. Não me importam mais aqueles limites de tolerância & etc. que desconheço nas terras estranhas.

Depois que o trem dobra a primeira curva e me sinto completamente à vontade, abro o envelope que trouxe comigo. Dentro, numa folha de papel arrancada de um bloco, igual àquela outra, K copiou algumas linhas que parecem versos de uma canção francesa que conheço muito bem. Tão bem e há tanto tempo que, enquanto leio, todo o resto me volta à memória, e cantarolo com facilidade:

> *Je me souviens de vous*
> *Et de vos yeux de jade,*
> *Là-bas, à Marienbad,*
> *Là-bas, à Marienbad.*
> *Mais, où donc êtes-vous?*
> *Avec vos yeux de jade,*
> *Si loin de Marienbad,*
> *Si loin de Marienbad.**

Quero procurar entre as cassetes que guardo na mochila aquela que traz essa canção, que anda sempre comigo. Mas me detenho. Logo abaixo, na mesma folha de papel, K escreveu assim: "Aos caminhos, eu entrego o nosso encontro".

Aos caminhos, repito, erguendo o envelope no ar. Como num brinde. Coloco a cassete no walkman, ajusto os fones nos ouvidos, vou cantando junto e sorrio. Arregaço as mangas da camiseta até os ombros. No meu braço esquerdo, acaricio a tatuagem de um leopardo dourado saltando sobre sete ondas verdes. Na face do pequeno envelope que aperto entre as mãos, como num sobrescrito para um único destinatário possível em seu endereço improvável, acaricio ao mesmo tempo o desenho de um leopardo igual, saltando sobre sete idênticas ondas verdes. Às minhas, às dele, às ondas espumantes dos sete mares. Como champanhe.

Afasto o rosto do vidro da janela do trem que corre pelo meio dos campos até conseguir ver minha imagem refletida. Embora as formas sejam vagas, trêmulas, mais diluídas ainda pela luz do crepúsculo que

---

* "Marienbad", de Barbara e F. Wertheimer. (N. A.)

tomba, posso ver meus dois olhos flutuando no espaço. E apesar das sombras sinuosas que se dobram dentro deles, feito enguias num aquário pequeno demais, confirmo que são muito verdes. Como se fossem de jade.

Lá fora, o voo de um grande pássaro quase totalmente branco, talvez uma gaivota, corta minha imagem refletida na vidraça.

Desvio o rosto, não devo me deter tempo demais em meus próprios olhos. Aumento o som da canção, olho para fora enquanto o trem dispara sobre os trilhos. Preciso ficar sempre atento. Ainda não anoiteceu, e alguns dizem que há castelos pelo caminho.

Caio Fernando Abreu
Saint-Nazaire, dezembro de 1992

London, London ou Ajax, brush and rubbish

Para Carlos Temple Troya

MEU CORAÇÃO ESTÁ PERDIDO, mas tenho um mapa de Babylon City entre as mãos. Primeiro dia de fog autêntico. Há um fantasma em cada esquina de Hammersmith, W14. Vou navegando nas *waves* de meu próprio assobio até a porta escura da casa vitoriana.
— *Good morning, Mrs. Dixon! I'm the cleaner!*
— *What? The killer?*
— *Not yet, Lady, not yet. Only the cleaner...*
Chamo Mrs. Dixon de Mrs. Nixon. É um pouco surda, não entende bem. Preciso gritar bem junto à pérola (jamaicana) de sua orelha direita. Mrs. D(N)ixon usa um colete de peles (siberianas) muito elegante sobre uma malha negra, um colar de jade (chinês) no pescoço. Os olhos azuis são duros e, quando se contraem, fazem oscilar de leve a rede salpicada de vidrilhos (belgas) que lhe prende o cabelo. Concede-me algum interesse enquanto acaricia o gato (persa):
— *Where are you from?*
— *I'm Brazilian, Mrs. Nixon.*
— *Ooooooooooouuuuuu, Persian? Like my pussycat! It's a lovely country! Do you like carpets?*
— *Of course, Mrs. Nixon. I love carpets!*
Para auxiliar na ênfase, acendo imediatamente um cigarro. Mas Mrs. Nixon se eriça toda, junto com o gato:
— *Take care, stupid! Take care of my carpets! They are very-very expensive!*
Traz um cinzeiro de prata (tailandês) e eu apago meu cigarro (americano). *But, sometimes, yo hablo también un poquito de español e, if il faut, aussi un peu de français*: navego, navego nas *waves* poluídas de Babylon City, depois sento no Hyde Park, W2, e assisto ao encontro de Carmenmiranda com uma Rumbeira-from-Kiúba. *Perhaps* pelas origens tropicais e respectivos *backgrounds*, comunicam-se por meio de requebros brejeiros e *quizá* pelo tom dourado das folhas de outono (*like "Le Bonheur", remember "Le Bonheur"?*), talvez, *maybe*: amam-se imediatamente. Mas Carmen foge da briga, fiel às suas já citadas origens e repete enl(r)ouquecida, em português castiço, que aquele amor ledo e cego acabaria por matá-la. A Rumbeira-from-Kiúba, cujo nome até hoje não foi devidamente esclarecido (*something between Remedios and Esperanza*), decide tomar providências no

sentido de abandonar a *oldfashion* e matricula-se no *beginner* de dança moderna do The Place, Euston, NW1. Para consolar-se de seu frustrado *affair*, todos os sábados vai a Portobello Rd, W11, onde dedica-se à pesquisa e eventual aquisição de porcelana chinesa. *Su pequeña habitación* em Earl's Court Rd, W8, está quase toda tomada. Ainda ontem substituiu o travesseiro por uma caríssima peça da dinastia Ming. Entrementes, Carmen ganha £20 por semana cantando *"I-I-I-I-I-I like very much"* nos intervalos das sessões do Classic, Nothing Hill Gate, W11. Aos sábados compra velhos tamancos de altíssimas plataformas, panos rendados e frutas nas barracas de Portobello — para preencher *el hueco de su (c)hambre*. Muito tarde da noite, cada uma *en sus pequeñas habitaciones*, leem respectivamente Cabrera Infante e a lírica de Camões. Secretamente ambas esperam encontrar-se qualquer *Saturday* desses, entre lustres art nouveau, roupas de pajem renascentista, couves-de-bruxelas e pastéis da Jamaica, bem em frente ao Ceres, Portobello Rd, W14, onde tudo acontece. Ou quase. Mas secretamente, apenas. Nenhuma falará primeiro. Nenhuma deixará transparecer qualquer emoção por detrás do make-up. *It's so dangerous, money*, e, de mais a mais, na Europa é assim, meu filho, trata de ir te acostumando. *Pero siempre puede ser que sus ojos digan todo*. Como nessas melosas e absurdas histórias de Rumbeiras-from-Kiúba *meeting* Carmen-mirandas pelas veredas outonais do Hyde Park — onde as folhas, a quem interessar (f) possa, continuam caindo.

— *I think all Latin-American writers should write in English. Spanish is very difficult. But don't worry, dear: Joseph Conrad learned to write only at nineteen...*

Bolhas nas mãos. Calos nos pés. Dor nas costas. Músculos cansados. *Ajax, brush and rubbish*. Cabelos duros de poeira. Narinas cheias de poeira. *Stairs, stairs, stairs. Bathrooms, bathrooms. Blobs.* Dor nas pernas. Subir, descer, chamar, ouvir. *Up, down. Up, down. Many times got lost in undergrounds, corners, places, gardens, squares, terraces, streets, roads.* Dor, *pain. Blobs*, bolhas.

— *You're not just beautiful. I think you've got something else.*

I've got something else. Mas onde os castelos, os príncipes, as suaves vegetações, os grandes encontros — onde as montanhas cobertas de neve, os teatros, balés, cultura, História — onde? Dura paisagem, *hard landscape*. Tunisianos, japoneses, persas, indianos, congoleses, panamenhos, marroquinos. Babylon City ferve. *Blobs in strangers' hands*, virando na privada o balde cheio de sifilização, enquanto puxo a descarga para que Mrs. Burnes (ou Lascelley ou Hill ou Simpson) não escute meu grito.

— *What'you think about the Women's Lib?*
— *Nothing. I prefer boys.*
— *Chauvinist!*

Ela está descalça, embora faça frio. Tem uma saia de retalhos coloridos até quase o chão cheio de lixo. Os cabelos vermelhos de hena, algumas mechas verdes. Nos olhos, um pincel *stone* traçou enormes asas de *purple butterfly*. Como se seu rosto fosse um jardim. Empurra um carrinho de bebê vazio e canta. Qualquer coisa assim: "*I'm so happy/ I'm so happy/ 'cause today is The Day/ 'cause today is a Sunny Day*". É muito jovem, mas a heroína levou embora a rosa de suas faces. O boá azul esvoaça com o vento dos ônibus. Ela sorri ao passar e se detém e faz meia-volta e retira de dentro do carrinho de bebê uma bolsa de vidrilhos e cordões dourados e apanha um vidrinho escuro e salpica algumas gotas de óleo na ponta dos dedos e passa — *slowly, slowly* — na minha testa, na minha face, no meu peito, nas cicatrizes suicidas de meus pulsos de índio:

— *You know and I know that you know: today is just The Day.*

Cheira a sândalo, a Oriente. Eu não quero dizer nada, em língua nenhuma, eu não quero dizer absolutamente nada. Eu só sorrio e deixo ela ir embora com seus pés descalços e muito sujos dançando embaixo dos trapos coloridos da saia. Ela canta, ainda. Eu aproximo os pulsos das narinas e aspiro, até o ônibus chegar, eu aspiro. Sândalo, Oriente.

— *Won't you finish your bloody cigarette?*

— *Fuck off!*

— *Very eccentric!*

Mrs. Austin aponta as pombas no quintal e diz que não pode morrer, *you know?*, que tem oitenta anos mas não pode morrer. O que seria das pombas se Mrs. Austin morresse agora? Fico parado na esquina, as mãos cheias de pombas, os pés no jardim dourado de Mrs. Austin, que me deu cinquenta pence a mais. Elas passam, eles passam. Alguns olham, quase param. Outros voltam-se. Outros, depois de concluir que não mordo, apesar de meu cabelo preto e olho escuro, aproximam-se solícitos e, como nesta ilha não se pode marcar impunemente pelas esquinas, com uma breve curvatura agridem-me com sua *British hospitality*:

— *May I help you? May I help you?*

— *No, thanks. Nobody can help me.*

Something else. Toco o pequeno cacto com os dedos cheios de bolhas rosadas. É um frágil falo verde, coberto de espinhos brancos. Comprimo os espinhos brancos contra a pele rosada das bolhas de meus dedos. Mas nada acontece. *Something else.* Eu queria tocar "Pour Élise" ao piano, sabia? É meio kitsch, eu sei, mas eu queria, e *en el Brazil, cariño, en el otro lado del mar, hay una tierra encantada que se llama Arembepe, y un poco más al sur hay otra, que se llama Garopaba. En estos sitios, todos los días son sunny-days, todos. Mon cher,* apanhe suas maracas, sua malha de balé, seus pratos chineses — apanhe todos os pedaços que você perdeu nessas andanças e venha para o meu tapete mágico. *Te quieres volar conmigo hasta los sitios encantados? Something else. Coño.* Aperto minhas bolhas contra o pequeno falo verde. E nada continua acontecendo. Como César Vallejo: "*Tenemos en uno de los ojos mucha pena, y también en el otro, mucha* pena, y en los dos, cuando miran, mucha pena". Carmen hesita, o telefone nas mãos. Flashback: Carmen-menina hesita com o pintinho do vizinho entre as mãos de unhas verde-menta, esmalte *from* Biba, High Street Kensington, W8. *Quizá Remedios, Soledad o Esperanza.* Zoom no olho de cílios de visom. A boca escarlate repete enr(l)ouquecida:

— *Pero si no te gusta esa de que te hablo, hay otra más al sur, o más al centro, donde lo quieras, cielo, donde lo quieras, locura. Sometimes,* penso que *mio cuore es una basura,* but "your body hurts me as the world hurts God". *I can't forget it.*

— *Look deep on my eyes. Can you see? They're lost. They're completely lost. And I can do nothing.*

Caminho, caminho. Rimbaud foi para a África, Virginia Woolf jogou-se num rio, Oscar Wilde foi para a prisão, Mick Jagger injetou silicone na boca e Arthur Miller casou com Norma Jean Baker, que acabou entrando na Hi$tória, Norman Mailer que o diga. Mrs. Burnes não vem, não vem. *Wait her and after call me.* Espero, espero. Mrs. Burnes não vem. Amsterdam até que é legal, mas nunca vi tanta merda de cachorro na rua. Na Nicarágua um terço da população fala *ahuara*, que é uma língua hindu. No muro perto de casa alguém escreveu com sangue: "Flower-power is dead". É fácil, magro, tu desdobra numa boa: primeiro procura apartamento, depois trabalho, depois escola, depois, se sobrar tempo, amor. Depois, se preciso for, e sempre é, motivos para rir e/ou chorar — ou qualquer coisa mais drástica, como viciar-se definitivamente em heroína, fazer *auto-stop* até o Katmandu, traficar armas para o Marrocos ou — sempre existe a *old-fashion* — morrer de amores por alguém que tenha nojo de sua pele latina. *Why not?*

— *Please, can you clean the other side of that door?*

Primeiro, a surpresa de não encontrar. Surpresa branca, longa, boca aberta. £10. O aluguel da semana mais um ou dois maços de Players Number Six. Alguns sanduíches e ônibus, porque metrô a gente descola, *five* na entrada e *five, please,* na saída. Reviro a bolsa: passaporte brasileiro, patchuli hindu, moedas suecas, selos franceses, fósforos belgas, César Vallejo e Sylvia Plath. Olho no chão. Afasto as pernas das pessoas, as latas de lixo, levanto jornais, empurro bancos. Tenho duas opções: sentar na escada suja e chorar ou sair correndo e jogar-me no Tâmisa. Prefiro tomar o próximo trem para a próxima casa, navegar nas *waves* de meu próprio assobio e esperar por Mrs. Burnes, que não vem, que não vem.

— WHY?

— *I beg your pardon?*

Sempre anoitece cedo e na sala discutem as virtudes da princesa Anne, alguém diz que o marido sim, é um tesão, e ouvem rock que fala numa ilha-do-Norte-onde-não-sei-se-por-sorte-ou-por-castigo-dei-de-parar--por-algum-tempo-que-afinal-passou-depressa-como-tudo-tem-de-passar-

-hoje-eu-me-sinto-como se agora fosse também ontem, amanhã e depois de amanhã, como se a primavera não sucedesse ao inverno, como se não devesse nunca ter ousado quebrar a casca do ovo, como se fosse necessário acender todas as velas e todo o incenso que há pela casa para afastar o frio, o medo e a vontade de voltar. Mas o carrinho de bebê está vazio. A pedra de Brighton parece um coração partido. O tarô esconde a Torre Fulminada. As flores amarelas sobre a mesa branca ainda não morreram. O telefone existe, mas não chama. Na parede tem um mapa-múndi do século não sei quantos. O cacto. A agulha faz a bolha na ponta do dedo de Saturno libertar um líquido grosso e adocicado. Sinto dor: estou vivo. Meu último olhar do dia repousa, como num poema antigo, sobre o uniforme da Terceira Grande Guerra jogado ao chão para a ofensiva da manhã seguinte: tênis francês (trinta francos), blue jeans sueco (noventa coroas), suéter inglês (quatro libras), casaco marroquino (novecentas pesetas). Agora custo um pouco mais caro e meu preço está sujeito às oscilações da bolsa internacional. Quando você voltar, vai ver só, as pessoas falam, apontam: "Olha, ele acaba de chegar da Europa", fazem caras e olhinhos, dá um status incrível e nesse embalo você pode comer quem quiser, pode crer. Magrinha, você me avisou, eu sei, mas onde estão teus dedos cheios de anéis? Mas na sala, na sala discutem as virtudes do marido da princesa Anne e cantam rock. David Bowie é uma grande mulher, mas meu coração é atlante. Tenho Sol em *Virgo*, Marte em *Scorpio*, Vênus em *Leo* e Júpiter em *Sagitarius*. Situo, situo-me. Coloco o despertador para as sete horas, ainda é escuro, os carros ficam cobertos de gelo, apago a luz e puxo o cobertor roxo para cima de mim. E ainda por cima diz alguém longe, ainda por cima no fim do ano tem o cometa. Procuro o fósforo, acendo um cigarro. A pequena ponta avermelhada fica brilhando no escuro. *Sorry, in the dark: red between the shadows*. Quase como um farol. *Sorry: a lighthouse*. Magrinha, lá na Bahia, localiza minha pequena luz, estende tua mão cheia de anéis por sobre o mar e toca na minha testa *caliente* de índio latino-americano e fala assim, com um acento bem horroroso, que Shakespeare se retorça no túmulo, fala assim:

— De beguiner is ólueis dificulti, suiti ronci, létis gou tu trai agueim. Iuvi góti somessingui élsi, donti forguéti iti.

I don't forget. Meu coração está perdido, mas tenho um *London* de A a Z na mão direita e na esquerda um *Collins Dictionary*. Babylon City estertora, afogada no lixo ocidental. *But I've got something else. Yes, I do.*

inéditos

O meu travesseiro tem um ramo de trigo do lado esquerdo, mas o diário de Kafka está com a capa rasgada

TUA GRANDE ANGÚSTIA era não saber o que significa uma almanjarra. Por isso nos aproximamos devagar, tão perto e longe daquele mundo de papel crepom e lantejoulas. Eu vinha voltando do inferno quando te encontrei na porta. Aparentemente não havia ligação entre o que havia lá dentro e tu, ali fora, tão fora de qualquer coisa que não fossem os teus próprios limites. Mas eu também não sabia o que era uma almanjarra. Pensei rapidamente algumas coisas desagradáveis a respeito de mim mesmo enquanto investigava os meus arquivos, as minhas prateleiras, as minhas gavetas. Não havia nada. Serve cimitarra? perguntei. E disseste — não. Serve mandrágora? E disseste — não. Serve alfazema? E disseste — não. Quando pela terceira vez disseste — não, eu calei. Nas terceiras vezes sempre acontece alguma coisa, disse-me de passagem uma pessoa que também voltava do inferno: cuidado. Mas não era preciso dizer nada, eu sempre soube, e ainda que não soubesse saberia agora, enquanto pela terceira vez dizias não e de repente tudo se esvaziava daquilo que não fosse eu e tu, ali, à beira do inferno. Assim. Como se nunca houvéssemos percorrido outros lugares. As mãos estavam muito frias. Apenas lá dentro fazia calor. E ainda não escolhera descobrir quem eras quando me percebi irreversivelmente dentro do que estávamos sendo. Houve um daqueles prolongados momentos de silêncio, estendemos as mãos e, creio que ao mesmo tempo, sentimos os pulsos pesados de qualquer coisa como uma ausência. Fazia tanto tempo que eu estava cansado. Como se fosse uma câmera cinematográfica cheia de segundas intenções, olhei para os lados, para cima, para baixo, registrando o que via como se fosse essencial para te saber em extensão, ou para me saber junto contigo — pois então já havíamos chegado a um ponto em que não era mais possível saber de qualquer coisa que não fosse minha ou tua e que sendo minha e tua era a um só tempo nossa. Olhei, pois e, pois, vi. O campo. Sim. Era um campo. E depois a terra. O rosto da terra com seu interior de raízes. E um céu cinzento. E duas árvores descarnadas. E algumas pedras pequenas, redondas, coloridas. E atrás, muito atrás da arquitetura desamparada dos teus ombros, a silhueta duma cidade em chamas. Sodoma e Gomorra? perguntaste já dentro de mim: havias penetrado lentamente, varrendo todas as barreiras, havias violentado a minha distração e te ampliavas em mim tão desconhecidamente quanto eu mesmo me supunha, enquanto perguntavas sem que eu te ouvisse: Sodoma e Gomorra? Não respondi. Estava muito cansado de estar ali há tanto tempo. Mas já te disse que não sei o que é uma almanjarra. Sorriste para outra coisa que não eu e empreendeste o mesmo movimento de investigar o que estava à nossa volta. Da mesma maneira que havias devassado os meus adentros, estendi as mãos para tocar na tua carnação insólita: além da pele encontrei a rede distendida dos músculos, perfurados de veias onde escorria um sangue lento — atrás dela os ossos organizados em perfeita simetria e, sem cessar, a região escura onde tu próprio não conseguirias passagem. As levezas se dissiparam: eu fora além do permitido. Deixei a mão deslizar nas paredes ásperas. E era o inferno. Quis sair, então, mas já era tarde. De dentro para fora eu te via como nunca ninguém te vira nem te veria jamais: rodaste entontecido por alguns momentos e o vento batendo nos teus cabelos entremeava-se de algas e o teu rosto ganhava a transparência da face de um afogado e teus pés osciLaram breves e bruscos e tuas mãos independentes do corpo ganharam um movimento de ave. Comecei a morrer quando gritaste. Vamos voltar. Mas já não era possível. A densidade do que eu estava dentro havia-se tornado intransponível. Qualquer tentativa resultaria inútil. Então era isso: estar dentro de alguém era essa coisa sem solução. Estar dentro de alguém era esse não poder fazer nada. Esse duro amor. Esse silêncio mais doloroso que um grito. Tu sobreviverias: entre o que eu era e o que tu serias haveria sempre uma zona de sombra, úmida como a parede de samambaias, e nesse recôndito tu poderias te movimentar sem que o meu movimento te impedisse: roçarias devagar nos lençóis e o ramo de trigo no lado esquerdo do travesseiro machucaria de leve o teu rosto ainda intocado nesse dia: estenderias as mãos para o outro lado e o livro te diria sem precisar da tua compreensão:

> Estás em desespero?
> Sim? Estás desesperado?
> Ocultas-te? Queres ocultar-te?
> Os escritores falam imundícies.
> As costureiras sob a chuva torrencial.*

Gritarias? Não. Não creio. Assim como eu não gritava. Assim como eu continuava perdido no inferno do teu desconhecido mais profundo. Assim como para sempre nós dois e muitos outros e todos os outros aceitaríamos estar dentro de alguma coisa que não sabe que nos contém: dentro de alguma coisa con-

---

* Franz Kafka, *Diários*. (N. E.)

tida dentro de outra e de outra coisa: guardados no ventre do enorme: engendrados à luz de velas à beira de uma janela aberta. Mais nada. Mais nada. Assassinarás todas as levezas e farás dos teus dentes entrecerrados e da rudeza de teu peito a tua punição maior. Movimento-me nessa zona que agora é meu mundo. Teu sangue é minha sede insaciada. Vejo as ruas desertas por onde caminhas buscando e as pessoas para quem te curvas e teu gestos descontrolados para encontrar e teus passos ouço teus passos batendo no cimento como quem procura e não encontra e não sabe e não pergunta e não encontra e não. À beira do inferno. Agora amoldas o corpo entre os lençóis e teus gestos comprimem minha nuca contra o ramo de trigo, no lado esquerdo do travesseiro. De onde estou posso perceber a dúvida se desenrolando, tomando forma em palavras, aos poucos ganhando corpo e jeito, finalmente consumada em pergunta que transpõe a tua boca e se perde espatifada contra a manhã: a tua dúvida, a tua dívida para com o mundo — será que você sabe o que é uma almanjarra?

Caio Fernando Abreu
Porto Alegre, 9 de fevereiro de 1970,
segunda-feira de Carnaval

Angie

I'm lonely in London, London:
nowhere to go
[CAETANO VELOSO, "LONDON, LONDON"]

Não existe pátria para quem desespera e, quanto a mim, sei que o mar me precede e me segue, e minha loucura está sempre pronta.
ALBERT CAMUS, "DO MAR BEM PERTO"

TELEFONES TOCANDO SEM PARAR, palavras soltas, carros na rua, nos quatro viadutos que vejo pela janela, gritos e música, às vezes o som de um piano, entre buzinas, vindo de outros apartamentos, televisões ligadas, e motocicletas, e rádios, e aviões. Me debruço na mesa, fumo demais, mordo os lábios por dentro e não consigo me concentrar.

Percorro com a ponta dos dedos o caminho que se inicia nas duas rugas fundas que descem dos olhos unindo-se às duas rugas fundas que descem do nariz unindo-se às duas rugas fundas que descem dos cantos da boca: meu rosto inteiro puxado para baixo, numa expressão que já não consigo modificar, e nem sequer tento, marcada por cansaço, tristeza, amargura, e todas essas emoções cinzentas, algumas sem nome, que a cara da gente vai acumulando e revelando com o passar do tempo. Começo a compreender a velhice, sobretudo quando acordo pela manhã e é inevitável contemplar meu próprio rosto gasto cravado no fundo do espelho. Há uma casca que se greta aos poucos, como a das árvores, como a das cobras, e se parte, e não cai, nem se renova, nossa casca gretada, lanhada de mil vincos, pregada sobre os ossos, os nervos e os músculos, máscara patética, dia após dia, segundo a segundo, cada emoção, cada sonho, cada pequena esperança, cada raiva mastigada, cada dor gritada ou não, transformando-se em marcas miúdas lavrando fundo e sem parar a nossa pele, até esse ponto desconhecido que nunca compreenderemos e que chamam de morte. Mas que se há de fazer, que se há de fazer, perguntamos sempre às tontas, espatifando as unhas contra as paredes, perdidos nos corredores deste labirinto escuro, esbarrando uns nos outros com tanta violência que é como se cada sombra trouxesse em si uma possibilidade sumarenta de ódio, afiando nossas facas escondidas pelos cantos à espera do próximo combate.

Por esses dias sem sol, quando a alma, se é que temos uma, mofa em segredo, quando o olho para além das janelas, procurando horizontes, quando há horizontes, ou chaminés ao longe ou alguma nuvem, quando por trás dos vincos da pele a memória se contorce tentando reunir os cacos desse grande espelho partido de tudo que vivemos, com os dedos cortados por gumes, entre o sangue, a merda, a porra, entre todos esses rostos, frases, vultos ou fetiches quem sabe idiotas que guardamos — por esses dias sem sol, nem luz, nem cor, penso sempre que não há nada a fazer, a não ser continuar. E continuamos, entre o ruído dos telefones, as vibrações coloridas dos televisores trazendo palavras, imagens de gente que nunca vimos, e não nos interessam. Nada interessa além da concentração que pudesse conduzir a esse ponto remoto onde lateja o que chamam de vida.

Mas sem conseguir me concentrar, eu mordo os lábios por dentro, fumo demais e me debruço nesta mesa cheia de papéis escritos e a escrever, olhando não sei se para dentro ou longe, se para fora ou perto, mas para um tempo e um lugar que não este, que não aqui, que não agora.

I. PASSARINHO QUE SE DEBRUÇA

Conheci Angie numa tarde de outubro, em Londres. Eu o chamei assim um tempo depois, eu o chamo assim agora, de mim para mim, em segredo, em silêncio, em certas noites quando não consigo dormir, embora tente, e a memória dá voltas sobre si própria e então, sem querer, lembro e relembro de todo aquele tempo. Mas Angie ainda não era Angie naquela tarde de outubro quando o conheci, em Londres. A tarde também não era tarde, na verdade o sol já tinha ido embora quando voltei para casa. Começava a anoitecer, lá, e era quase noite, disso estou certo. London, London, Babylon City: era Londres. Como poderia chamar Angie antes que fosse Angie? Não há outro nome, mesmo antes de ser, e eu nem soubesse.

Conheci Angie quando ainda não era Angie — e agora, dez ou vinte anos mais tarde, que importa, costumo pensar com alguma amargura que, naquele tempo, eu também ainda não era eu — num anoitecer de outubro, em Londres. Mais precisamente: em Notting Hill Gate, onde fizeram *Performance*, um filme com Mick Jagger, onde uma espécie de executivo é sequestrado por um casal de *freaks*. Ele, o executivo, era Mick, e cantava *I remember you in Ladbroke Grove, in nine sixty six*, uma lâmpada de acetilênio nas mãos, ela era Anita Pallenberg. Lembro dela com um cestinho de palha, colhendo cogumelos alucinógenos no jardim. Falo deles porque todas as cartas que nos chegavam do Brasil contavam de viagens mágicas e diabólicas com os tais cogumelos, levemente dourados, com um anel preto junto à base plantada na bosta do boi zebu. Falo neles porque foi sobre isso que conversamos, naquela tarde, cogumelos alucinógenos, naquela noite, cartas do Brasil, que importa, Angie e eu.

Antes disso, eu tinha ido ao cinema. Sei que faço rodeios para chegar ao ponto, mas quero deixar tudo bem claro, quero recompor aquela tarde, aquele tempo, por mais que doa, farrapo por farrapo colorido, de uma forma que me permita vê-lo inteiro outra vez, retalhos costurados na minha frente, me olhando com seus olhos escuros ainda mais escurecidos pelo *kohl* que gostava de passar nas pálpebras inferiores, os cabelos crespos, as blusas indianas cheias de vidrinhos e cordões — não, isso foi depois, isso foi bem mais tarde: por enquanto, naquele dia, Angie não era Angie, eu não era eu (Daniel, Dani). Ele não me conhecia, eu nunca o tinha visto. Eu tinha apenas ido ao cinema Classic assistir *Gentlemen Prefer Blondes*, Marilyn Monroe, com Raul, o exilado moçambicano, e Jacques, o francês viciado em heroína, Jane Russel e *diamonds. Diamonds, the girl's best friends.*

Eu não saía quase nunca daquele apartamento quarto e sala. O dinheiro ganho trabalhando durante o verão na Suécia estava quase no fim, mas enquanto houvesse alguns *shillings* pela casa podia me dar ao luxo de ficar praticamente o dia inteiro na cama, sentindo frio, batendo punheta, escrevendo cartas que não mandava, contando as folhas amareladas caindo uma por uma daquela árvore — faia, olmo ou sicômoro? — em frente à janela, cento e oitenta e oito só naquela tarde, pensando em desenhar desenhos que mudassem o destino da civilização ocidental, ou oriental, tanto faz, me perguntando sem parar o que afinal tinha ido fazer lá, naquela ilha gelada do norte. Raul tentava me arrastar para a rua, mas ele queria ir sempre no Victoria and Albert Museum, ele adorava a droga daquele museu, principalmente os leões assírios, ou então naquelas discotecas de veados sadomasô em Earl's Court. Leões assírios ou veados, as duas coisas me enchiam o saco, eu preferia ficar em casa, ouvindo um velho disco de Jorge Ben, onde tinha "Taj Mahal", que eu e Julia às vezes dançávamos, sonhando ir embora para a Índia e não voltar nunca mais, para sempre afundados em algum *ashram*, ou lendo *Grande sertão: veredas*, o único livro em português que eu tinha, e se não lesse desta vez acho que nunca mais conseguiria, mas acabava sempre por dormir no meio da página aberta, porque ficava horas mastigando cada frase.

Naquela tarde, e creio que era um sábado, porque Julia tinha ido a Portobello roubar comida, roupas e incenso, como de costume, e Jacques, que morava no apartamento de cima, viera me trazer uma pedra de haxixe preto do Nepal, o melhor que tem, disse, prensado com ópio, quando Raul chegou. Raul vivia exilado na Suécia, que dá guarida a todos esses esmolambados políticos, basta chegar lá e contar uma história dessas superemocionantes, como Raul me contara uma vez, loucas escapadas, Pirineus, madrugadas, neves, tiros, não sei por que eu acabava sempre imaginando Ingrid Bergman à beira dum abismo, os lábios gretados de frio, apesar do abrigo caríssimo de peles. Não sei bem como, mas Raul andava sempre por perto, surgia assim de repente nos lugares mais inesperados com suas peles de raposa, pulseiras de marfim, um ácido no bolso, geralmente um bom *clear light*, o que ele mais gostava, indo ou vindo de ou para New York, Paris, Bruxelas (adorava Bruxelas, foi a única pessoa que conheci em toda a minha vida capaz de adorar Bruxelas), superior, afetado, falando sem parar, brinco de diamante sul-africano na orelha esquerda, carteira recheada de *pounds* e dólares e marcos alemães. A gente estava muito chapado quando ele chegou, conversando em espanhol, porque o inglês de Jacques e o meu francês eram péssimos, e de repente uma coisa confusa e tensa se instalou na sala. Raul ficou freneticamente a fim de Jacques, que era ainda bonito, no meio da destruição, mas pálido demais, drogado demais, pirado demais até para mim mesmo, que também era assim, pálido, drogado, pirado. Não sei bem como nem por quê, mas de repente na cabeça de Raul a minha presença era fundamental para que uma possível trepada entre os dois acontecesse. Ele me chamou na cozinha, revirando os olhinhos, repetindo "ô, pá, pois tens que dar-me uma pequena colaboração". Eu queria ficar lendo, tinha achado uma frase assim "passarinho que se debruça — o voo já está pronto!", eu estava achando isso do caralho e queria continuar de qualquer jeito, desta vez me sentia capaz de devorar umas dez páginas numa sentada — ou deitada, eu gostava de ler deitado, contando as folhas caírem. Mas acabei saindo. Enfiei o casaco sueco forrado de peles, que devia pesar uns vinte quilos, e acabei saindo.

Devíamos ser engraçados, os três juntos: uma bicha negra pintosa e chiquíssima, um *junkie* completamente drogado e eu, que ainda não era eu, coisa esquisita, com os cabelos compridos até a cintura, salpicados de purpurina. Devíamos ser engraçados, sim. Ou grotescos. Ou trágicos, ou loucos, ou patéticos, ou ameaçadores, três cavaleiros do Apocalipse, ou até mesmo belos, não sei bem, até hoje não sei direito o que a gente foi naquele tempo, ou o que éramos os três, um africano, um europeu e um latino-americano, caminhando pelas ruas cinzentas de Babylon City, numa tarde de outubro.

— *Diamonds, diamonds, diamonds: are the girl's best friends!*

Raul fazia caras e bocas e ancas e ombros cantando e descendo as escadarias em direção a Jacques e eu, parados na porta do cinema. Era quase noite. Dentro da névoa mais densa, os pequenos ônibus vermelhos de dois andares pareciam de brinquedo, cheios de bonecos de faces rosadas, prontos a responder solicitamente *you're welcome, you're welcome!* A cada pergunta. *What a hell*, como eram gentis. Olhei para Jacques, que não dizia nada, na verdade ele quase nunca dizia nem fazia nada, além de tirar o punhal marroquino do cano da bota para esfarelar lentamente o haxixe com que fabricava enormes charos, colando os pedacinhos de papel de seda uns aos outros, como as tias solteironas costuravam os retalhos de uma colcha. Quando estava de bom humor dizia sempre besteiras do tipo *me gustarria tanto conocer Bahiá*, olhando para mim como se eu fosse uma havaiana de peitos nus cobertos por colares de flores. *Es muy hermosa*, eu costumava responder, acrescentando superbemeducadamente *pero me gustaria conocer* más profundamente a Paris. Jacques cuspia *c'est une basura, coño* ou, depois que tinha visto um filme de Andy Warhol na televisão, *it's a trash, baby*. E tudo ia bem assim, quase todos os dias de quase todas as semanas. Mas agora eu pensava na faxina que Julia tinha me descolado para o dia seguinte, na casa de Mrs. Muzmin — ai, as vidraças, será que todas as velhinhas húngaras tinham obsessão por vidraças? —, e que eu precisava voltar para casa e dormir pelo menos umas doze horas, senão estaria morto no dia seguinte: o que viria depois que um passarinho se debruça e o voo já se aprontou?

Num francês rebuscado, Raul falava sem parar, enquanto Jacques grunhia, batendo o bico da bota cheia de estrelas azuis desbotadas no chão sujo, e eu não entendia nada, também não creio que Jacques entendesse, só concordava, enquanto Raul se esmerava em suas teias, imitando Marilyn Monroe, com Olhinhos Arregalados & Boquinhas Ingênuas, a víbora. A rua coberta de folhas amarelas. Fui caminhando pela rua coberta de folhas amarelas. Na esquina, Raul convidou para irmos a algum lugar, tomar chá. Pelo seu tom de voz, eu sabia que meu papel estava desempenhado. Sutil, dispensava meus precários serviços de cafetão. Guardei no bolso o resto da pedra preta de haxixe da cor das unhas de Jacques, que me estendia a mão. Os dois subiram num ônibus Swiss Cottage, sentariam na frente, fariam cara-de-quem-já-pagou, olhando pela janela quando viesse o cobrador. Abanei, parado na esquina. Tivesse um lenço branco, abanaria com mais dramaticidade. Gozem bastante, crianças, pensei. Embora soubesse que a coisa mais difícil do mundo era Jacques levantar o pau.

Londres, tarde de outubro da primeira metade da década de 70.

Querida mãe:
Estou aqui parado numa esquina desta cidade que não conheço e

onde não sei o que vim fazer. Faz cada vez mais frio. A gente tem calefação, mas todo mundo fala que o inverno aqui é dos brabos. Outro dia um brasileiro que tá aqui faz tempo me disse que inverno na Europa se escreve com *f*. Eu só tenho um par de tênis brancos onde Julia bordou, no pé direito, um símbolo do yin e do yang, e no pé esquerdo um quarto crescente com três estrelas e Saturno. No calcanhar do pé direito ela bordou o signo de Escorpião, no calcanhar do pé esquerdo aquela língua vermelha dos Stones, que eu não sei se a senhora conhece, acho que não, se conhecesse ia achar nojenta. Julia tem sido legal, mãe, ela anda tão legal que nem exige que eu trepe mais com ela, basta a gente dormir juntos, pra esquentar, assim mesmo nem sempre, ela já anda se virando com uns refugiados políticos sul-americanos que encontra pelo metrô, fazendo som, em geral "La Bamba" ou "Guantanamera", e acha o maior barato, dizque saca as pessoas só no olho. E aí, como ela diz, só vai. Nesse andor, acaba virando comunista. Qualquer dia me aparece de boina. Mãe, de vez em quando eu queria voltar, mas só de vez em quando, porque eu não tenho nada pra fazer aí, todas as pessoas que eu conhecia estão ou internadas ou presas ou largaram a faculdade para se drogarem o dia inteiro. Ou então andam por aqui. E aqui também, só não estão internadas porque ninguém controla a loucura de ninguém, nem presas porque ainda não foram apanhadas roubando ou traficando, e se foram também só ficaram uma noite em cana, são julgadas na manhã seguinte, pagam multa e tudo bem, só não largaram a faculdade porque ninguém estuda mais. Mas se drogam o dia inteiro, isso é igual. Julia toma uma lasquinha de ácido toda manhã, para ir trabalhar na casa daquela madame persa, que ela odeia, mulher dum cara do corpo diplomático, jura que um dia ainda vai botar cinco ácidos na torta de maçã. Eu fumo o haxixe que Jacques me dá, desde que acabou aquela psilocibina que a gente trouxe de Amsterdam, mas eu nem gostava tanto, barato besta, psilô. Gostava mais de Romilar ou Ambenil, será que a senhora não podia me mandar uns vidros para o inverno? Ando meio comportado, meio desligado. Tenho muita vontade de dormir. É quase novembro. As árvores estão ficando nuas. Estou mandando para a senhora uma folha que acaba de cair em cima da minha cabeça. Parece plátano daqueles daí, mas não é não, não sei o nome. Mãe, por favor, quando a senhora escrever de novo não fique repetindo que o meu lugar é aí. Eu não tenho mais lugar. Meu único lugar é dentro da minha cabeça louca desvairada. O pai ainda gosta de dizer que pra ele eu morri? Pois diga a ele que. Não, não diga nada. Sim, sim: diga a ele que ainda não dei o cu. Mas que não se entusiasme muito, porque está nos meus planos. Se o tal cometa foder mesmo com o planeta, em dezembro, acho que a gente não se vê mais. Dizque esta ilha vai afundar, mas eu não me importo nem um pouco. Tá tudo bem, tudo bem, tudo zen, como diz a Julia. Um beijo carinhoso do seu filho pródigo e mal-agradecido,

Dani.

Dobrei em quatro pedaços. Rasguei em dois. Coloquei os oito pedaços uns sobre os outros. Tornei a rasgar em dois. Coloquei os dezesseis pedaços uns sobre os outros. Tornei a rasgar em dois. Coloquei os trinta e dois pedaços uns sobre os outros. Tornei a rasgar em dois. E assim por diante. Muitas vezes. Com infinito cuidado. Quando os pedaços ficaram bem miudinhos, soprei pela calçada em direção ao hemisfério sul enquanto se formava um círculo de pessoas a minha volta, resmungando cada vez mais alto *brazilian pig, brazilian pig: you're not welcome here*, ao som de gaitas de fole escocesas, com canecas transbordantes de cerveja nas mãos e tortas de maçã prontas para me jogarem na cara. Fugi. Agora estou parado aqui atrás desta grade enferrujada, espiando o gramado do Holland Park que não acaba nunca. De tão verdinho, parece papel crepom. Porra: estou cansado pra caralho da minha cabeça. Ainda nem tenho vinte e cinco anos e já não suporto mais toda essa loucura idiota galopando solta dentro da minha cabeça de cabelos compridos até a cintura, salpicados de purpurina dourada. Isso que naquela época eu ainda nem tinha pegado piolho.

II. COMO POR QUE FOI QUE TANTO EMENDADO SE COMEÇOU

Julia parecia ter roubado pelo menos metade de Portobello naquela tarde, e entre os panos, sininhos indianos, couves-de-bruxelas, caixas de incenso, cenouras, tomates, blusas de cetim, almofadas marroquinas, vestidos dos anos 40, ele estava lá, no meio de todas aquelas coisas cheias de tiras, vidrinhos e cordões coloridos que não sabíamos bem para que serviam, mas enchiam o apartamento de algum tipo de vida que de certa forma remota ou aparente era exatamente a vida que tínhamos vindo buscar ali, sem saber disso, naquela cidade de Londres. De costas para a porta, os cabelos pretos e crespos chegando nos ombros, parecia algum refugiado chileno, um boliviano desses fugidos da Universidade Patrice Lumumba, pensei com uma espécie de raiva, desprezo ou ciúme, não aguentava essa fase terceiromundista de Julia, até que ela avançasse do meio das cores, muito animada:

— Encontrei com ele em Portobello.

Ele sorria, como se me conhecesse.

— Não tinha para onde ir.

Ele sorria, sem nenhuma culpa.

— Roubaram todas as coisas dele, em Amsterdam.
Ele sorria, como se estivesse feliz.

Então gostei quando vi seu rosto, um garoto de menos de vinte anos, talvez pelo sorriso sem culpa, de dentro do casaco cinza, de mangas muito curtas, deixando ver a magreza dos pulsos, ou porque me olhava como se me conhecesse há muito tempo, de cima daqueles ridículos sapatos amarelos, como se não tivesse medo da minha reação, como se fosse absolutamente natural que Julia o tivesse trazido para casa, pelo seu ar perdido, pelo seu jeito surrado, pelo cansaço de sua cara quase adolescente, minha irritação desapareceu e comecei a contar do filme, a falar em Raul e Jacques, para que ela soubesse que a minha tarde também tinha sido divertida, para que não suspeitasse dos meus dias fechado naquele apartamento, tirei o haxixe do bolso, para que percebesse que eu também era louco e estava na estrada, como ele, procurando um sonho que já morrera, e não sabíamos, acreditando e dividindo com ele apenas porque Julia o encontrara vagando em Portobello, por não ter para onde ir, por ter sido roubado em Amsterdam ou qualquer outro lugar, por esses laços estranhos que aproximam e emaranham as vidas das pessoas umas nas outras no meio de cidades inteiramente desconhecidas, por qualquer coisa assim, dizível de muitas formas totalmente indizível, eu oferecia a ele o que possuía de melhor, a pedra preta de haxixe, para que fumássemos e fumássemos e fumássemos, continuando a afundar naquelas entradas e bandeiras alucinadas dentro da cabeça de cada um de nós, sem mapa algum da mina de esmeraldas.

O apartamento parecia um bazar oriental, um mercado marroquino repleto de pedras falsas, os espelhinhos dos roubos de Julia brilhando na sala meio escura. Ninguém lembrara ainda de acender a luz. No meio dos trastes, ela sorria vitoriosa.

— Você roubou pra caralho hoje — eu disse.

Ela estendeu a mão aberta — entre a cama de um e outro exilado político, fazia aulas de dança no The Place e tinha essa mania de coreografar os gestos —, como se fizesse um discurso:

— Tem que roubar, cara. O que é lixo pra eles é luxo pra nós. Veja o que eles fizeram com a Índia, você acha que vai ficar por isso mesmo? Nada, bicho, karma é karma, alguém tem que cobrar, alguém tem que pagar. Não sou palmatória do mundo nem anjo vingador, também não acredito muito na tal justiça divina, ou acredito, não sei, mas o que sei é que subdesenvolvido na Europa tem mais é que roubar, e por mais que roube não roubará nunca sequer um milionésimo de tudo que eles nos roubaram até hoje. Veja esses indianos por aí, comprando ruas inteiras, sujando sem parar os parquezinhos particulares, as ruazinhas arborizadinhas, as herançazinhas vitorianas. Veja essa crioulada toda da Guiana, roubando supermercado, destruindo cabine telefônica, traficando coisa em metrô.

Eu dou a maior força, bicho. Enquanto explodem bombas do IRA e a inglesada faz essas caras de nojo de raça superior, eu cá com os meus botões de madrepérola, como diz o Raul, só faço aprovar. E no que depender de minha humilde pessoa terceiromundana, ainda ajudo no que puder, cuspo no chão, jogo na calçada talo de maçã, ponta de cigarro, papel de embrulho. Não quero nem saber, esta porra de ilha vai afundar quando passar o cometa, tá me ouvindo? Eu quero ajudar a acabar com tudo, cara. E sabe do que mais? Fecha esse baseado aí enquanto faço um chá, falou?

Costas viradas repentinamente. *Spot* baixando em resistência sobre elefantinho indiano. Número completo: o garoto já pudera perceber o quanto Julia era rebelde & politizada. Aplaudi, pensando em Paris, em 1968. Fiquei sozinho com ele, no meio daquelas bugigangas todas. Eu não sabia o que dizer. Ele não dizia nada. Só acendia um isqueiro para esfarelar lentamente o haxixe na palma da mão, a linha do coração, eu quis ver, mas os fiapos escuros cobriam a mão inteira. Ele me devolveu a pedra preta. Da cozinha chegava um barulho de louça e água jorrando da torneira. Para fazer mais ruído, eu disse:

— Julia e sua ideologia do roubo. Deve ser influência dos refugiados chilenos.

— O quê?

— Nada. Besteira. Julia.

— Nem me conhecia. Encontrei com ela na porta do Ceres. Achou que eu tinha cara de brasileiro, puxou papo. Quando eu disse que não tinha pra onde ir, falou logo que eu podia ficar aqui. Ela é legal.

— É.

— Tem seda?

Abri uma gaveta, tirei uma carta toda cheia de buracos retangulares. Com cuidado, cortei mais um. "Foi o maior lance da tua vida se mandar daqui, bicho. Tá todo mundo pirando feio no pedaço. E comendo cogumelo de bosta de boi feito uns tarados. Te escrevo num papel bem fininho procê aproveitar as mal traçadas pelo menos como seda." Estendi o papel para ele.

— Uma carta dum amigo meu. Dizque no Brasil tá todo mundo viajando de cogumelo.

— Trouxe uns — ele disse, enquanto os dedos misturavam sobre o papel de carta as lascas de haxixe ao fumo claro de um Players Number Six, o mais barato. Acendi uma varinha de incenso pra aliviar o cheiro. Nem era preciso, os vizinhos todos loucos, Jacques no andar de cima — ou trepando com Raul, pensei sem querer — e Jessica no *basement*, fazendo bolos de maconha do Quênia.

— Tenho saudade só de Minister e guaraná. Tivesse grana, comprava uma passagem, desembarcava no Galeão, tomava um guaraná champanha da Antarctica, comprava um Minister e voltava no voo seguinte.

— Foi o que eu mais senti.
— Hein?
— Os cogumelos, bicho. Podiam ter levado tudo, menos eles. Levaram um puta pacotão que tava na mochila. Só fiquei com uns no bolso, ainda dá prum chá. Em Florença eu comia e ficava o dia inteiro na janela, olhando os telhados. Tem uns telhados incríveis, lá. — Acendeu o cigarro, apertou os olhos. — Eu estudava fotografia lá. Mas levaram tudo, até a câmara. Se você quiser, a gente pode pôr uns cogumelos no chá.
— Melhor outra hora. Amanhã tenho *cleaning*.
— O quê?
— Faxina. Trampo.
— Só.
O cheiro adocicado da erva misturou-se devagar ao perfume do incenso que eu tinha acendido e ao do chá que vinha da cozinha. Earl Gray, reconheci.
— Falou.
— Mas tem outras coisas que eu sinto falta. Sol, por exemplo.
— Pode crer — a voz presa, segurando a fumaça, empurrando para cima, sete portas, sete moradas. — Mas é o maior barato.
— O quê?
Ela me estendeu o cigarro.
— Cogumelo, bicho.
Eu puxei. Para o fundo, para cima. Pequena explosão.
— Dá uma coisa estranha na cuca. É meio diabólico. Suava frio o tempo todo. Minha barriga ficava estufada. Uma vez eu morri. Aí deitei no chão, acendi uma vela, botei um disco de Ravi Shankar. Não me amarro muito, mas acho que tem a ver com morte, não é?
— Na falta de uma boa marcha fúnebre, só.
Devolvi o cigarro. Unhas roídas, vi. Angústia, pensei.
— Depois comecei a achar tudo ridículo e a dar risada sozinho. Apaguei a vela, quebrei o disco e vim-me embora da Itália. Muito careta.
Nas minhas costas, os músculos começaram a se soltar. Os espelhinhos pareciam brilhar mais no escuro. Ele pegou um sininho com uma das mãos e o cigarro com outra, aí começou a fazer uma coisa meio maluca: dava uma puxada, depois sacudia o sininho devagar, uma puxada, um tlim-tlim. Uma puxada, um tlim-tlim. De repente balançou o sininho com mais força e começou a tossir.
— Essa foi fundo — disse. E me passou o cigarro.
— Aí te roubaram tudo?
— Tudo. Uns caras lá no parque. Agora quero batalhar uma casa abandonada. Já ouviu falar em *crack-house*?
— *Crack-house* é coisa de Amsterdam. *Squatter*, aqui chama *squatter-house*. Tô sabendo.

Antes que eu pudesse fumar, Julia entrou com a bandeja — daquelas bandejas de asa de borboleta que alguém tinha trazido do Brasil — de chá e um pacote de bolachas. As *digestivas*, meio parecidas com bolacha Maria, mas mais gordas, meio oleosas, que comia sem parar. Acendeu a luz de repente. Julia não era de perceber sutilezas ambientais. Os olhos dele estavam vermelhos, contraídos. Continuava com o sininho na mão. Mas não fazia som nenhum.

— E que história é essa de marcha fúnebre? Jorge Ben é muito melhor. Puta astral de vida. Você gosta de Jorge Ben?

— Não me lembro — ele disse baixo.

— Ele é Sagitário. Você gosta de Sagitário?

— Eu sou Sagitário.

— E onde está o corpo do cavalo? Cadê o arco e a seta apontando para o céu? Você-ama-a-liberdade-e-é-um-otimista-incorrigível-tanto-que-às--vezes-pode-parecer-meio-irresponsável-os-sagitarianos-combinam-a-sen-sualidade-das-quatro-patas-com-a-humanidade-do-tronco-e-uma-ina-creditável-ânsia-pelo-infinito, sabia? Eu sou Gêmeos. O seu oposto. Ou complementar.

Ele balançou o sininho.

— Bombaim, Lonavla, Elora, Ajanta, Madras, Khajuraho, Calcutá, Agra, Hardwar, Rishikesh e Nova Delhi — Julia cantava e dançava, acompanhando o "Taj Mahal" como se recitasse uma oração em sânscrito, o cigarro numa das mãos, punhal de sacrifício, a xícara de chá na outra, oferenda estendida para os quatro braços do pôster de Vishnu. Ou Shiva, eu nunca sabia.

Tenho que dormir, acho que eu disse. Ninguém prestou atenção. No espelho do quarto, antes de deitar, olhei bem de perto meus olhos cheios de sangue, pupilas dilatadas, veiazinhas. Na praia, no Brasil, em dia de muito sol, ficavam meio verdes. O verde do mar acho que impregnava neles. Agora eram quase pretos, cantos caídos. Quando fui fechar as cortinas, uma folha — sicômoro, olmo ou faia? — desprendeu-se para bater contra a vidraça. Cento e oitenta e sete, enumerei, sem contar as que deviam ter caído quando eu não estava olhando. Tirei a roupa. Acertei o despertador para as sete. Ainda estaria escuro. Quantas teriam caído na minha ausência? Abri o livro na página marcada: "... *deve de: e no começo — para pecados e artes, as pessoas — como por que foi que tanto emendado se começou?*". Como? Umas cinquenta. Sem querer, pensei numa rua deserta, batida de sol, aquele sol quente de três da tarde, um degrau e um muro de pedras. Ou lembrei, não sei. Um visual meio mexicano. Mas eu não conhecia o México. Um lagarto enorme cruzou o muro. *Nowhere to go*, pensei. Depois Shiva agitou os braços. Ou seria Vishnu? No dia que sonhar que uma serpente morde a própria cauda, talvez morra. Ou comece a ser feliz. Há quanto tempo não trepava? Acho que tinha sido com Julia mesmo. Ou aquele alemão neurótico, Hans, Kurt, Franz, qualquer coisa assim, discotecas de Raul, pelos dourados na bunda, supertécnico, põe aqui, põe ali, agora assim, agora assado. Vontade de virar o rosto para afundar num ombro de cheiro conhecido. Apaguei a luz. O travesseiro tinha cheiro de patchuli. Mas era meu mesmo. Abracei meu próprio corpo. Longe, como se chegasse do outro lado da rua, daquela rua ou de outra qualquer, ou do outro lado do mundo, veio o barulho de um sininho indiano. Deve ter dado outra tragada, pensei. Tão bonito. E de repente estava inteiramente nu correndo sobre os telhados incríveis de Florença enquanto as pessoas lá embaixo gritavam: *pazzo, pazzo, pazzo!*

Angie abre a porta do quarto.
Tira a roupa toda.
Deita com [*ilegível*].
Trepam (visões com Rita Hayworth).
Orgasmo. ("O mundo não deveria terminar num suspiro, mas num orgasmo.")
"E eu nunca mais o esqueci."

Caio Fernando Abreu
1990

As quatro irmãs (uma antropologia fake)

Para Ivan Mattos,
Marco Antonio Lacerda
e Nelson Pujol Yamamoto

REZA NÃO MUITO ANTIGA LENDA que homossexuais masculinos de qualquer idade ou nação — além de *bofe*, *bicha*, *tia* ou denominações similares — dividem-se em quatro grupos distintos. Seriam na verdade, e sempre segundo a lenda, quatro irmãos que atendem por nomes femininos. A saber, e essa ordem arbitrária não implica cronologia nem preferência: Jacira, Telma, Irma e Irene.

Para começo de conversa, vamos à mais popular delas: a JACIRA. Suficientemente conhecida, seja pelo personagem Jacir (que no romance *Onde andará Dulce Veiga?*, de minha autoria, em dias de arco-íris recebe uma Oxumaré de frente e transforma-se na devastadora Jacira) ou pelos louváveis esforços do jornalista Eduardo Logullo em divulgá-la através da coluna Joyce Pascowitch, na *Folha de S.Paulo*. Das quatro irmãs, Jacira é aquela que todo mundo sabe que é homossexual, e ela mesma — que refere-se a si própria, seja qual for seu nome, sempre no feminino — acha ótimo ser. A Jacira usa roupas e cores chamativas, fala alto em público, geralmente anda em grupos de amigas também jaciras como ela, todas exercendo o velho hábito de "fechar". É uma pintosa — como diria Antonio Bivar. Uma pintosa assumida, despudorada. Sempre foi bicha, adora ser bicha e, maniqueísta como ela só, continua achando que a humanidade divide-se entre bofes e bichas, categoria esta na qual se inclui. Com orgulho. Superinformada, embora não leia muito, a Jacira sempre sabe — de orelhada — tudo que está em cartaz na cidade. Fofocas de televisão são seu forte, principalmente aquelas que insinuam viperinas dubiedades sobre a sexualidade alheia. Ao entrar em qualquer ambiente, uma Jacira sempre é imediatamente notada. O que satisfaz seu principal objetivo na vida: aparecer.

Bem menos luminosa e sem graça que a Jacira é: a TELMA. Seu nome provavelmente originou-se daquela versão que Ney Matogrosso cantava: *Telma, eu não sou gay/ que falam de mim são maldades*, algo assim. A Telma, ao contrário da Jacira, é infelicíssima. Ela bebe. Bebe para esquecer que poderia ser homossexual. O problema é que, exatamente quando bebe, mais exatamente ainda depois do terceiro ou quarto uísque, é que a Telma *transforma-se* em homossexual. Embriagada, Telma ataca. E dramaticamente, na manhã seguinte nunca lembra de nada. Embora tenha, digamos, caído em tentação muitas vezes, tantas quantas bebeu (ao beber, Telmas ficam muito erotizadas), ela sempre nega que é, e negará até a morte. A única solução para uma Telma empedernida seria a psicanálise (que ela, a mais doente, acha que não precisa) ou parar de beber. O que significaria, por tabela, também parar de trepar. Pobres Telmas — categoria da qual países como o Brasil (vide academias de musculação, futebol, chopadas com o pessoal da repartição etc.) está cheio.

Menos trágica, mas mais complexa, é a terceira irmã: a IRMA. As Irmas não são exatamente infelizes — pelo menos, não tanto quanto as Telmas —, embora bem menos felizes que as Jaciras — que aparentam ser ou realmente são felicíssimas. Irma é toda aquela que todo mundo jura que é, incluindo a mãe, a irmã e a esposa (Irmas casam muito) — mas ela não sabe que é. Não sabe ou finge que não. A Irma dá pinta, quase como a Jacira, adora todo o folclore gay, de Carmen Miranda a show de travesti, passando por Mae West, James Dean e Marilyn Monroe. Estranhamente, não "faz". Quando solteiras, ninguém de sexo algum poderá afirmar — muito menos provar — que já fez sexo com uma Irma. Ou se fez, não prestou muito. Quando casadas, nem sempre suas esposas (frequentemente modelo "homem da casa") exibem ar muito satisfeito. Sexualmente satisfeito. Irmas costumam ser afáveis — ao contrário das problemáticas Telmas, introvertidas e depressivas. Adoram Jaciras, apesar destas gostarem de chamá-las, sobretudo em público e aos gritos, de "queridas". É que toda Jacira sabe — ou supõe — que no fundo toda Irma é tão Jacira quanto ela. Mas como as Telmas, Irmas fogem de definições. E ao contrário das Telmas, muito pecadoras, podem até morrer sem se atreverem a provar dos prazeres do — para citar uma Jacira clássica — amor que não ousa dizer seu próprio etc.

Inicialmente limitada a essas três, a lenda recentemente incluiu a existência de uma quarta irmã: a IRENE. Tão assumida quanto a Jacira, ao contrário desta, a Irene não dá pinta. Ela é, sabe que é, mas não exibe nem constrange. Pode até usar brinquinho na orelha, dar alguma rabanada menos comedida, ou mesmo — de brincadeira — referir-se a si mesma ou a alguma amiga no feminino. Mas a Irene é tranquila. Geralmente analisada, culta, bom nível social, numa palavra — Irene parece *serena* em relação à própria sexualidade. Que é diversificada. Podem ter longos casos, morar junto, ou vivenciarem certas idiossincrasias eróticas. Só gostar de *working class*, por exemplo, ou de adolescentes, choferes de táxi ou estudantes de física. Ou de Irenes como elas: são as Irenes lésbicas. Telmas e Irmas escondem tudo da família, dos vizinhos e colegas, embora a Irma praticamente não tenha o que esconder. Jaciras não escondem nada, explicitérrimas. As Irenes deixam no ar: se alguém quiser perceber, que perceba. Educação é básico para elas. Serenamente educadas, pois, às vezes até casam. Com mulheres.

Entre as quatro, as relações desgraçadamente são turbulentas. Jaciras, por exemplo, adoram seduzir Telmas. Estas (quando sóbrias, claro) têm medo pânico de Jaciras. Irenes, por sua vez, nutrem grande carinho apiedado pelas desventuradas Telmas — e isso pode até resultar numa ardente noite de paixão entre ambas. Da qual naturalmente a Telma jamais lembrará, embora tenha feito horrores. O grande risco que toda Irene corre é apaixonar-se por uma Telma: comerá o pão que o diabo amassou, até entrar noutra. Com a Irma, de quem Irene também gosta, o risco não é tão grave: Irenes sabem que com Irma não rola. E pode assim transformar tudo numa aparentemente saudável "amizade viril": as duas fingindo, para usar a terminologia antiga, que são bofes. Há quem creia.

Jaciras não simpatizam muito com Irenes, acham-nas "metidas". A recíproca também é verdadeira: Irenes acham Jaciras pintosas demais, embora divertidas, folclóricas. E inconvenientes. E com a imperdoável mania de roubar namorados alheios. Irenes adoram namorar, pegar na mão, ir ao cinema, comer pizza, fim de semana em Ilhabela, ver TV — tudo isso *together*. Já Telmas e Irmas, entre si, são confusíssimas. Talvez uma tema o julgamento da outra, vai saber. Irmas, no entanto, às vezes podem ceder aos insistentes encantos das Jaciras. Existem mesmo certas Irmas que algumas Jaciras — para ódio das Irenes — juram já ter feito. Jaciras, por sua vez, não raramente invejam Irenes, que sempre aparentam certa prosperidade (ao contrário das Telmas, com cotê decadente). Irenes mais neuróticas gostariam, de vez em quando, de serem confundidas com Irmas. E Telmas costumam sentir cegos, súbitos impulsos de desvendar suas almas abissais para os ouvidos compreensivos das Irenes. Na verdade, no fundo Telmas, Irenes e Jaciras invejam um pouco aquela impressão (nem sempre verdadeira) de pureza que toda boa Irma passa. Assim como se estivesse fora de qualquer grupo de risco. A propósito, já que abordamos este tema desagradável, embora aparentem ser as mais perigosas, no que se refere a riscos, e apesar de promíscuas (a promiscuidade está implícita na jacirice), Jaciras cuidam-se muito. Camisinhas nacionais, infelizmente, daquelas que arrebentam na hora H. Irenes sempre carregam na frasqueira um sortido estoque de poderosas camisinhas que trouxeram de suas viagens, e com a idade tornam-se um tanto maníacas com a higiene, meio obcecadas com *safe sex*. Certas Irenes não fazem há anos, vivem em permanente estado de nervos. Já as Irmas, como não fazem, ou quando fazem, é tão escondido que não se sabe, não se preocupam com isso. O problema, novamente, são as Telmas. Impulsivas e atormentadas, nunca estão prevenidas. E jamais podem prever quando passarão do quarto uísque ou da décima quinta cerveja, números fatais para uma Telma. Portanto, não carregam camisinhas. Nem sequer as têm no banheiro. Tamanha a negação. Enlouquecidas numa cama (uma

Telma desejosa vale por cem Jaciras), Telmas fazem coisas que Madonna (ídolo das Jaciras) duvidaria. Esta representa outra secreta tortura mental das Telmas: como às vezes realmente não lembram do que fizeram (por lapso etílico), têm sempre o rabo preso e um medonho medo de serem positivas.

Irmas são sempre negativas. Ou aparentam. Acontecem surpresas, pois ser Irma não significa necessariamente ser casta. Irenes normalmente lidam bem com um teste positivo: espiritualizam-se, viram vegetarianas, fazem ioga, procuram o Santo Daime ou Thomas Green Morton. Leem muito Louise Hay. Jaciras muitas vezes negam-se a fazer O Teste: têm uma certeza irracional (ou não) de que daria positivo. O que nem sempre é verdade, visto que nada mais forte que santo de Jacira.

Vírus e seus desprazeres à parte, na verdade a aids não mudou muito o comportamento das quatro. Elas são arquetípicas, atávicas, eternas. Freud, por exemplo, cá entre nós, era Irmésima. Já Platão parece ter sido uma boa Irene. Mas ninguém colocaria em dúvida a jacirice de Oscar Wilde. Rimbaud, por sua vez, dá a impressão de ter começado como Jacira (quando chegou a Paris) para transformar-se — o que é raro — em Telma (na Abissínia). Clássicas ou modernas, elas não devem ser criticadas por isso. À sua maneira, cada uma busca essa *coisa* — como diria Leda Nagle —, o amor, a Ancestral Sede Antropológica. O que pode acontecer (vide Rimbaud) são transmutações: Irenes que se ajaciram; Irmas (com tendências etílicas) que viram Telmas; Telmas que — bem comidas — se irenizam ou até ajaciram etc. Há quem diga que essas novas identidades têm até nome, como as Juremas (Jaciras que se tornam Irenes).

Eu duvido. Jaciras são inabaláveis, intransformáveis. Jacira que é Jacira com maiúscula nasce Jacira, vive Jacira, morre Jacira. No fundo, achando o tempo todo que Telmas, Irmas e Irenes não passam de Jaciras tão loucas quanto elas.

Talvez tenham razão.

Caio Fernando Abreu
São Paulo, agosto de 1991

A literatura como vingança e redenção

Italo Moriconi

CAIO FERNANDO ABREU destaca-se como um dos principais representantes da geração de escritores brasileiros surgida no início dos anos 1970, em plena vigência da ditadura militar, com seu corolário de repressão política, social e comportamental. Nessa geração, a obra e a vida de Caio Fernando alinham-se ao conjunto de autores e artistas ligados ao contexto do que se usa chamar de contracultura, associando elementos de radicalismo de vanguarda estética e existencial à formação determinada tanto pelas fontes da cultura do entretenimento ou pop (cinema, música popular, TV...) quanto pela cultura escolar e erudita, propriamente literária, no sentido tradicional da palavra. Para dar conta dessa experiência histórica, traço forte em sua proposta é o elo indissolúvel entre vida e obra, biografia e criação literária. Em sua prosa, com exceção das cartas e crônicas, impera a fabulação. Mas o biográfico é pano de fundo, indicado de maneira oblíqua, em epígrafes, em detalhes da narração.

Permanece, porém, em aberto uma questão originária: aquilo que escrevemos molda nosso destino? Ou apenas reflete e potencializa o que já nos está dado pelas estrelas, pela psique ou até pelo DNA? Embate entre vivência e destino, um dilema que atravessa a obra de Caio de ponta a ponta. Daí o apego à astrologia, tão presente em sua vida e em seus escritos. Pode-se também dizer que a literatura e a vida de Caio encontraram seu destino na doença e na morte por aids. Depois do impacto inicial e da divulgação por ele próprio do diagnóstico nas célebres crônicas intituladas "Cartas para além dos muros", a vivência da enfermidade tornou-se o núcleo de seus projetos de escrita — de maneira intensa, porém desdramatizada. Como se sabe, paradoxalmente pacificado pela iminência da morte, no período final de sua vida, Caio voltou ao começo e reescreveu e republicou os contos de *Inventário do irremediável*, assim como organizou *Ovelhas negras*, a marcante coletânea de inéditos e semi-inéditos retirados da gaveta. Destino é reencontrar, no fim, o início, muitas vezes de maneira invertida.

Está consolidada pela fortuna crítica a compreensão de que a obra de Caio é multifacetada e de que seu talento se manifestou igualmente nos diversos gêneros que praticou: conto, romance, crônica, carta, teatro. Ele foi um dos melhores, senão o melhor cronista de jornal de sua época, atraindo leitores com sua coluna no *Estado de S. Paulo*. Como romancista, depois de *Limite branco* (1971), publicou, em 1990, *Onde andará Dulce Veiga*, um dos melhores livros da década que se iniciava. A primeira onda de recepção póstuma da obra de Caio foi dominada pelo cronista e pelo romancista. Depois vieram o teatro, a correspondência. Mas acredito que o presente volume reforçará a hipótese da preeminência do contista sobre as demais faces. Uma força que se projeta e se estende nas "novelas" de *Triângulo das águas* (1983) e *Estranhos estrangeiros* (1996), obras-primas da literatura brasileira.

A superioridade do conto também tem a ver com marca geracional. A década de 1970 produziu respeitável constelação de contistas. Só dava peso-pesado: Sérgio Sant'Anna, João Gilberto Noll, Sonia Coutinho, Márcia Denser, Moacyr Scliar, Silviano Santiago, entre tantos outros. Constelação que merece revisita hoje e que foi devidamente lida pela geração imediatamente posterior à de Caio, a de quem estreou entre meados dos anos 1990 e a primeira década do século atual. O ano da morte de Caio F., 1996, bem pode servir como marco cronológico de um deslocamento geracional na periodização de nossa história literária. Hoje assistimos ao amadurecimento dessas prosadoras e prosadores da virada do século. Para a geração de Caio, os 80 é que foram a década de amadurecimento. Momento magnificamente atestado pelos contos de *Os dragões não conhecem o paraíso*, de 1988. Embora não devamos esquecer o igualmente excepcional (e muito impactante no momento em que foi publicado) *Morangos mofados*, de 1982, que saiu pela antológica coleção Cantadas Literárias, da editora Brasiliense.

No quesito qualidade estética, Caio é autor de primeiro time. Passados mais de vinte anos de sua morte, o que sustenta o interesse pela obra é o valor artístico, para além do caráter de depoimento geracional que constitui sua matéria-prima. O alvo dessas obras na arena dos discursos transcende a autobiografia. O esforço de Caio era mesmo a Literatura com L maiúsculo. O pódio, o panteão a que todo escritor profissional aspira: cânone da palavra encenada para o público, pose ousada (e até abusada) da palavra poética, metafórica, alegórica.

No atrito entre crônica ficcionalizada de geração e busca da palavra poética, a escrita de Caio persegue um efeito: criar um simulacro do vivido que contenha, misturados, elementos de evocação quase xamânica dessa vivência e, por outro lado, uma ideação que acompanha a narração, já trazendo um balanço do evocado. Algumas narrativas são mais cruas: naquelas, hiperclássicas, em que são narradas cenas de violência homofóbica, na hora em que o pau come as metáforas são abandonadas, a poesia cede lugar ao simples relato.

O vivido é a experiência, em cinco aspectos: experiência da contracultura, experiência da infância, experiência da homossexualidade, experiência do amadurecimento, experiência da aids. Memória-balanço da experiência como projeto de base e sua presentificação através da palavra poética que empurra a narração, eis aí os dois pilares da textualidade de Caio. Mas o que é presentificado é a *emoção*, a repercussão do vivido no íntimo de si. Nesse sentido, a crônica geracional torna-se narrativa da intimidade, passa por esse filtro, mesmo em situações de diálogo. O diálogo em Caio é quase sempre a busca ou a nostalgia de uma intimidade comum entre duas solidões. A intimidade como troca de solidões.

Intimidade comandada pelo absolutismo da vontade estética. Foi talvez graças a ele, associado ao amadurecimento e à aceitação pessoal, que Caio suplantou a culpa e enfrentou de maneira tão desassombrada a vivência da doença e a espera da morte precoce, num momento em que HIV/aids era ainda (e talvez permaneça assim) um acontecimento socialmente traumático, foco de exposição e estigma. Viesse o que viesse, a vida, para ele, desde sempre, só tinha valor se pudesse ser traduzida em expressão literária. Perversão gloriosa. Daí também a insatisfação, a inquietude, a angústia que marcam tantos dos contos aqui: a vida não era suficiente. Ela estaria sempre em falta diante da necessidade da palavra poética. Tudo existe para levar a um livro, como afirmou Mallarmé. Tudo *só* existe, só interessa, só adquire sentido ao ser transformado em livro. No último Caio, entre o diagnóstico e o falecimento, foram dois anos de trabalho intenso, atravessado de sofrimentos. Era preciso cuidar da obra enquanto tal, colocar cada livro no lugar adequado dentro da trajetória desferida pelo conjunto. Afirmar sua assinatura pessoal, singular.

A contística de Caio se caracteriza, pois, pela consistência. Cada livro individualmente constitui um conjunto bem articulado e coerente. Não são meras reuniões de histórias. *O ovo apunhalado*, de 1975, já é um livro de contista pronto, evidenciando assimilação de leituras latino-americanas, toques de realismo fantástico que lembram Cortázar e o nosso José J. Veiga. Os relatos antigos reunidos em *Ovelhas negras* confirmam a qualidade de um talento precoce. E existe a consistência dada pelo fato de que todos os livros trazem, entre outros temas, uma percepção de amadurecimento pessoal. Pode-se dizer que seu fio condutor é o "tornar-se adulto". Nesse sentido, a experiência da contracultura é uma experiência de juventude, algo que ficou no passado, tatuada no corpo e na mente como perda.

Desde *Pedras de Calcutá*, a questão central é a evocação e o balanço da juventude desregrada, regada a cocaína e muito sexo casual, num ambiente boêmio e cultural de cultivo permanente da sensibilidade — as canções, os discos de rock, as telenovelas dos anos 1970, o cinema, a religiosidade alternativa, a própria experiência homossexual, em suma a herança urbana e noturna (*dark*) do movimento hippie. Cartografia geracional, história íntima. Logo o tornar-se adulto vira tornar-se velho, por força da doença, como podemos ler em "Linda, uma história horrível", primeiro conto do livro *Os dragões não conhecem o paraíso*. É quando filho e mãe passam a ter a mesma idade.

O sexo é abundante, mas complicado, embora a dessexualização angelical também compareça em graus e situações diferentes. Leitores precisam estar preparados para descrições gráficas de homoerotismo. O universo gay aqui não é o das homoafetividades normalizadas, e sim o dos porões da pegação, das baladas e boates. A homoafetividade é desejada, às vezes tangenciada pelas trepadas casuais. Há contos em que a trepada é hétero, mas o imaginário é gay. No conto "Os sapatinhos vermelhos", os atos da protagonista feminina projetam fantasias claramente masculinas, homoeróticas. O quarteto heterossexual mascara o sonho de uma orgia gay. No célebre monólogo de "Dama da noite", é também o imaginário gay que fala pela voz da mulher devassa ou trans.

Porém, o mais forte e significativo nas cenas homoeróticas de Caio não é a obscenidade sexual, e sim a cena de violência homofóbica que sobrevém. Tudo indica que Caio pessoa física enfrentava a homofobia no seu cotidiano, era seu pão nosso de cada dia, e ficcionalizou isso magistralmente nos clássicos "Garopaba, *mon amour*", "Aqueles dois" e "Terça-feira gorda". A literatura como vingança. Além desses três contos, uma das páginas mais marcantes da literatura gay brasileira é "Sargento Garcia", que está em *Morangos mofados*. Aqui temos a iniciação sexual do gay em modo de sociedade tradicional: violentação do jovem (no papel de submisso, fêmeo) pelo coroa macho (um militar). Conto visto, com razão, como uma obra-prima dentre as alegorias literárias da ditadura no Brasil. Alegoria da presença sufocante do conservadorismo machista numa sociedade opressora e da conexão sexo-poder, em termos teóricos mais gerais (conforme Foucault). E não se pode deixar de ver no conto uma imagem projetada do próprio pai militar do autor.

É certo que existe uma ligação direta entre o desvirginar do rapaz em "Sargento Garcia" e a homofobia retratada e denunciada nos textos clássicos anteriormente mencionados. Homofobia, violência policial, ditadura militar se correspondem. Mas cabe assinalar que, em "Sargento Garcia", a temática do gay encontra-se com a da *iniciação*, outra linha de força na obra de Caio, em diferentes configurações. As narrativas que abordam algum tipo de amadurecimento, de uma forma ou de outra, narram situações de iniciação, rituais ou episódios iniciáticos, que em mais de um conto é o desgarre ou a fusão com um *duplo* do narrador ou do protagonista. Vejam-se "Iniciação", "Réquiem por um fugitivo", "O inimigo secreto", "Uma história de borboletas". Na mesma linha, a busca irrealizada de homoafetividade é a busca por um duplo.

Toda iniciação é despedida da infância. São muito bonitos os contos de infância de Caio, associados às figuras do duplo, provocando inquietante estranheza, projetando uma espécie de suspense sinistro que sobrepaira várias narrativas. Por esse viés, "Sargento Garcia" pode ser lido par a par, como simétrico inverso de "Oásis", que está em *O ovo apunhalado*, um dos contos de Caio de que mais gosto. É um conto de infância. A cena evocada se passa num quartel, espaço tornado mágico por um grupo de meninos que o frequenta livremente para brincar. Um belo dia esse quartel é fechado e proibido às crianças. Claro, temos aí uma alegoria do regime militar que começava, batendo a porta na cara das crianças que éramos. Era o bruto real matando os anjos. A utopia cancelada, subsistindo como perda a ser vingada ou redimida pela ficção. O embate do sujeito poético com as portas fechadas do real é o que narra a literatura de Caio, de maneira rascante, não nostálgica, deixando gosto acentuado na garganta.

Rio de Janeiro, abril de 2018

O homem do imediato

Alexandre Vidal Porto

> *E conforme tu sentiste tudo, sinto tudo, e cá estamos de mãos dadas*
> FERNANDO PESSOA, "SAUDAÇÃO A WALT WHITMAN"

O CONTISTA em Caio Fernando Abreu fala de sua trajetória em carne viva. Ele — Sol em Virgem, ascendente em Libra e Lua em Capricórnio — produzia uma literatura claramente baseada em experiências individuais. Caio escrevia o que vivia e vivia do que escrevia. Suas tramas expressavam visões e angústias existenciais. Mas iam além: podiam ser, ao mesmo tempo, socialmente transgressoras e politicamente subversivas.

Imagino que fosse o que ele queria.

Começou a criar histórias ainda criança. Nunca parou. Passou a vida escrevendo de tudo: contos, crônicas, novelas, romances, traduções, peças de teatro, além de uma profusão de cartas e textos esparsos.

Em meio à variedade de estilos em que se expressou, o conto foi, na minha opinião, seu gênero literário por excelência, o que mais se adaptava ao seu ritmo de vida. Imagino que talvez concebesse tantas narrativas curtas porque sua literatura traduzia uma rápida sucessão de momentos de vida, de instantâneos do cotidiano. Caio criava movido por um sentido de urgência, e o conto lhe permitia abarcar uma multiplicidade maior de assuntos, personagens e visões de que precisava e que desejaria tratar.

O boom do conto no Brasil, nos anos 1970, tem em Caio um nome incontornável. Publicavam-se muitos livros de contos: era o espírito da época. Em um tempo de discurso político radicalizado e opressor e de uma literatura muito alegórica por causa da ditadura, vários escritores refugiaram-se no gênero.

Naquele momento, havia grandes contistas em atividade: Rubem Fonseca, Domingos Pellegrini, Sérgio Sant'Anna, Luiz Vilela, Wander Piroli, Dalton Trevisan, entre outros. Nesse ambiente, Caio se destacou — "Caio Fernando não passaria despercebido nunca", disse-me certa vez Marçal Aquino. Em 1970, publicou seu primeiro livro de contos, *Inventário do irremediável*, depois rebatizado de *Inventário do ir-remediável*. O segundo volume de contos, *O ovo apunhalado,* saiu em 1975.

Nos primeiros livros, Caio Fernando reconhece uma talvez excessiva influência de Clarice Lispector e de autores como Alain Robbe-Grillet, Nathalie Sarraute, Michel Butor, e também do realismo mágico latino-americano. Segundo o próprio Caio, em alguns contos do *Inventário*, "há meros exercícios de forma e estilo, além de textos demasiado pessoais, que soam mais como trechos de cartas ou diário íntimo".

No entanto, argumenta que, apesar de suas irregularidades, "sem dúvida *Inventário do irremediável* foi uma das bases de todos os livros que vieram depois. Quem sabe isso talvez possa interessar, além de mim mesmo, a alguns leitores?". É Caio quem pergunta.

Em 1977, foi escolhido para fazer parte de uma coletânea apresentada pelo semanário *O Pasquim*, *Histórias de um novo tempo: O novíssimo conto brasileiro*, com a intenção não só de reunir uma nova e promissora geração de escritores nacionais — Luiz Fernando Emediato, Jeferson Ribeiro de Andrade, Antônio Barreto, Domingos Pellegrini, Julio Cesar Monteiro Martins e Caio Fernando Abreu —, mas também de gritar contra a realidade política que oprimia artistas e não artistas.

Nesse mesmo ano, foi publicado seu terceiro livro de contos, cujo título, *Pedras de Calcutá*, faz referência a um verso do poeta, também gaúcho, Mario Quintana:

> Hoje me acordei pensando em uma pedra numa rua de Calcutá.
> Numa determinada pedra em certa rua de Calcutá.
> Solta. Sozinha. Quem repara nela?
> Só eu, que nunca fui lá,
> Só eu, deste lado do mundo, te mando agora este pensamento...
> Minha pedra de Calcutá!

Em *Pedras de Calcutá*, transparece a voz do Caio que vai surgir, pleno, em seu próximo livro, *Morangos mofados*, de 1982. Em um momento difícil da história do Brasil, aqueles contos dialogavam com as angústias do imediato. Falavam de descrença, dor e de estar à margem. Os contos do volume poderiam estar reunidos sob o título *O sonho acabou* ou coisa que o valha. Trata-se de um livro cosmopolita, que visita vários lugares e inclui expressões estrangeiras, ao qual Caio quis conferir um clima urbano.

Com *Morangos mofados*, podemos dizer que Caio se tornou um autor emblemático, uma espécie de porta-voz de seu tempo. Aquele conjunto de histórias dá conta das angústias pessoais do autor e dos impasses de toda uma geração que vivia, no Brasil, os estertores da ditadura militar. O livro traz uma série de signos que, ao contrário de datá-lo, transformam-no em marco daquela época. Muita gente considera *Morangos mofados* um livro histórico. Eu concordo.

O livro foi lançado originalmente pela editora Brasiliense, em uma coleção charmosa, voltada para os jovens, chamada Cantadas Literárias, que movimentou o mercado editorial à época. Na capa, grafites de Alex Vallauri e aqui, acolá, um pequeno desenho. Com aquelas histórias, Caio capta o espírito paulistano do início dos anos 1980. Encontra a sua voz. Está no auge, escrevendo como nunca.

Os contos de *Morangos mofados* são importantes porque expressam o *Zeitgeist* daquele período. Li o livro em 1984. Por anos, frases e imagens me acompanharam. O conto "Sargento Garcia", por exemplo, me causou forte impressão. Havia acabado de me alistar no serviço militar e, de alguma forma, eu era Hermes. No mapa do Brasil, ele e eu éramos antípodas, um no Rio Grande do Sul, o outro, no Ceará. Ele falava por mim e para mim. Ele falava de mim.

Depois disso, Caio ainda lançou mais duas coletâneas de contos: *Os dragões não conhecem o paraíso* (1988), que muitos consideram seu ponto mais alto como contista, e *Ovelhas negras* (1995), publicado quando ele lutava contra os efeitos da aids e chamado por ele de seu livro "pré-póstumo".

Quase todos os contos de Caio vinham dedicados a algum amigo ou à memória de alguém. Alguns trazem até instrução de uso. "Os sobreviventes", que abre *Morangos mofados*, vem com o seguinte parêntese: "Para ler ao som de Ângela Ro-Ro".

Pergunto-me qual o critério para cada uma daquelas dedicatórias. Qual seria o envolvimento de Caio com aqueles nomes?

Segundo várias pessoas que o conheceram, Caio Fernando gostava de gente. Era agradável, acolhedor. Dava atenção. Deixou uma legião de amigos queridos para quem ele continua a ser uma referência muito frequente.

Era aberto ao "outro". Recebia, frequentava, circulava. Graça Medeiros, astróloga gaúcha grande amiga de Caio desde o final dos anos 1960, descreve-o como "agregador humano". Ele, que estava sempre muito em sintonia com o que acontecia ao redor, precisava dessas relações humanas para criar.

Tudo o que significava libertação em alguma direção o interessava. Tinha muita curiosidade intelectual. Seus contos estão coalhados de referências musicais, literárias e cinematográficas. É como se, deliberadamente, se apresentasse como integrante de um sistema cultural cuja curadoria era feita por ele mesmo.

Nesse exercício, acabou compondo uma das crônicas mais vívidas dos costumes e das angústias existenciais dessa geração, que fez a transição do regime militar para um Brasil liberto e se preparava para viver sua plenitude, quando foi confrontada com o espectro da aids.

A obra do Caio fala de lugares em que esteve e de momentos que viveu: Santiago do Boqueirão (onde nasceu), Porto Alegre, a ditadura, o sonho hippie, o exílio no exterior, a solidão de São Paulo nos anos 1980. É muito imagética. Conta muito, mostra muito, leva o leitor pela mão.

Se alguém me perguntasse por um retrato de determinado segmento da sociedade brasileira do final dos anos 1970 para o começo dos anos 1980, eu responderia: leia Caio Fernando Abreu.

Mais que a maioria de seus contemporâneos escritores, Caio trata de tempos sombrios: ditadura, doença e realidade circundante. Sua literatura fala da angústia, da inquietude de estar em desacordo com o mundo ao redor, sentimento tão próprio dos jovens, com muita vida pela frente.

Caio era um homem do imediato, nunca buscou a eternidade. Com base em sua experiência, porém, acabou oferecendo um testemunho atemporal do que acontece com as pessoas em épocas de opressão.

Mas leitores maduros também podem descobrir-se nesse artista fabuloso que viveu até as últimas consequências e morreu na plenitude. Caio está muito bem documentado, como escritor e como personagem. Além da obra literária propriamente dita, toda sua produção epistolar se encontra disponível e desvela a vida pessoal e os processos íntimos e criativos do autor.

Independentemente de idade, porém, a leitura dos contos aqui reunidos, escritos entre 1962 e 1995, exige espírito jovial, porque só lê Caio Fernando Abreu quem, mesmo em situação adversa, quer seguir vivendo. É como a fotógrafa norte-americana Nan Goldin, que captura imagens trágicas de seu universo pessoal e dá a elas significados artísticos mais amplos, transformando-as de grotescas em sublimes.

As histórias de Caio oferecem cumplicidade para inseguranças, fraquezas e descontroles, e sua literatura fez o mundo menos inóspito e estranho para seus leitores.

Hoje não é dia de rock*

Heloisa Buarque de Hollanda

QUANDO PENSO que havia fechado meu expediente sobre o tema contracultura/desbunde/balanços/críticas/autocríticas e aponto o lápis para trabalhar "novos capítulos de nossa história cultural", eis que cai em minha mesa um livro irrecusável: *Morangos mofados*, de Caio Fernando Abreu. Disfarço a curiosidade, adio a leitura, rendo-me afinal à tentação. Não sei bem por quê, lembro-me do Teatro Ipanema, casa lotada aplaudindo freneticamente a peça de José Vicente, *Hoje é dia de rock*, na primavera-verão de 1971. De certa forma, *Morangos mofados* fala de uma história que se configurava oficialmente, no Rio, naquele teatro e naquele verão.

A peça — rito de passagem da geração desbunde — falava da grande mudança para a Fronteira, de um incontido desejo de sair, de se desligar de um mundo "condenado". Encenava, em meio a um estonteante trabalho visual e sonoro que traduzia plasticamente a liturgia psicodélica da época, um voo em direção às margens, no melhor estilo da utopia *drop-out*. "Quem nasceu para voar, voe no rumo do céu. Quem nasceu para cantar, cante. Teus pássaros viajam voando no espaço estreito da América, contra sertões, procurando ar, cor, luz, flor, pão. Pássaros viajam ao redor da Máquina, contra a Máquina, antes da Máquina e depois" — sentenciava Inca, a vidente, em um momento chave da peça. É assim que Isabel, regida pela visão da Fronteira, resgata a imagem de Elvis Presley (o grande e mágico motor dessa história), que irrompe em cena de lambreta e materializa a possibilidade do seu voo: "*I love you...* Nunca esperei que um dia, numa tarde de sábado, você podia sair de dentro do meu rádio para dizer olhando para mim: *I love you*. Quando eu queria sair de Minas e não sabia como... Como se eu fosse uma estrela caindo do céu, longe. Então eu imaginava você vindo, como eu te imaginava".

No texto e na encenação, a presença da fé fundamental que iluminou o projeto libertário da contracultura. A fé que orientou o sonho cujo primeiro grande impulso vem dos "rebeldes sem causa" de Elvis e Dean; que se define em seguida com a "grande recusa" da sociedade tecnocrática pelo *flower power* ao som dos Beatles e dos Rolling Stones; e que ganha,

---

* Texto publicado no *Jornal do Brasil*, em 24 e 31 de outubro de 1982. (N. E.)

de forma inesperada, uma nova e mágica força no momento em que Lennon declara drasticamente: o sonho acabou. Em *Hoje é dia de rock*, se não me falha a memória, um forte contingente jovem vislumbrou formalmente a viagem para o outro lado da margem, que oferecia naquela hora uma atração irresistível enquanto espaço de construção de um possível novo mundo, *strawberry fields forever*. Pois bem, *Morangos mofados* fala desse tempo, de seus atores, das expectativas e dos resultados dessa viagem. Assim como numerosos relatos, que ultimamente vêm surgindo, falam da outra opção da viagem dessa geração, a luta armada.

Neste ponto, acho oportuno pensar algumas distinções no interior de cada um desses campos de experiência. Se é verdade que no final dos anos 1960 apresentavam-se para a juventude radicalizada dois caminhos — o desbunde ou a luta armada —, a avaliação mais objetiva dessas formas de contestação não pode esquecer certas nuances. O primeiro momento do projeto da contracultura no Brasil, tal como foi sentido pelo tropicalismo e principalmente pelo teatro de José Celso Martinez Corrêa e que se definia como um projeto libertário e anárquico de cores político-revolucionárias e cujas origens remontam aos rachas no interior do Centro Popular de Cultura da União Nacional dos Estudantes (CPC/UNE), diferencia-se significativamente do desbunde-70, de cores pacíficas, que é levado adiante pela cultura jovem de caráter alternativo. Da mesma forma, cabe uma clara distinção entre o projeto de luta armada de Marighella, gerado pelos rachas com o Partido Comunista Brasileiro (PCB), e a opção guerrilheira tal como foi sentida e experimentada pelos segmentos de estudantes secundaristas que a ela aderiram. A distinção é importante na medida em que, tanto no caso da luta armada quanto no da contracultura, a história daqueles primeiros ainda está para ser feita e contada, o que representa uma séria dificuldade para a avaliação crítica do significado dos movimentos contestatórios que floresceram nos anos 1970.

Voltando aos *Morangos mofados*, o que primeiro chama a atenção nesse livro é um certo cuidado, uma enorme delicadeza em lidar com a matéria da experiência existencial de que fala. Ao contrário da maioria dos relatos recentes sobre a opção guerrilheira, cuja palavra de ordem é a autocrítica irônica, e que apresentam, às vezes até didaticamente, novos e seguros rumos políticos, Caio não procura analisar ou mesmo avaliar um caminho acabado (ou interrompido). Não se trata de revisar uma opção de intervenção. Apesar da tentativa de olhar com certo distanciamento histórico-existencial a viagem do desbunde, *Morangos* não deixa de revelar uma enorme perplexidade diante da falência de um sonho e da certeza de que é fundamental encontrar uma saída capaz de absorver, agora sem a antiga fé, a riqueza de toda essa experiência.

Mansamente, ao mesmo tempo muito próximo e muito distante, Caio aplica-se na definição de gestos, falas, sentimentos que, aos pedaços, começam a traçar o painel de um momento da história de vida de uma geração. Seu foco não comporta um julgamento de valor, nem parecem caber aqui teses que critiquem a validade dessa experiência ou identifiquem "erros de encaminhamento" ou "acertos estratégicos". Ao contrário, o movimento crítico se faz no sentido de flagrar uma incerta dor ao lado de um gosto amargo de morangos mofando que atravessa insistentemente os encontros e desencontros de seus personagens. Em lugar de teses (que, em geral, sem conflitos e contradições, permitem a substituição de um "programa" por outro), Caio escolhe o caminho de pequenas provas de evidência em que, uma vez extraído o sentimento de época, consegue fazer aflorar dramaticamente os limites e os impasses daquela experiência, sem que com isso encubra seus conteúdos de busca e desejo de transformação.

Se em *Hoje é dia de rock* a força da crença no valor absoluto da utopia iluminava a saída para a Fronteira, os *Morangos* de Caio, com uma irresistível atualidade, modificando caminhos percorridos, põem em cena uma possível pontuação para essa história, ou, como esclarece em "Os companheiros": "[...] uma história jamais fica suspensa: ela se consuma no que se interrompe, ela é cheia de pontos finais [...]". Um desses pontos finais, que parece ser o tema do livro, é a morte de Lennon. Morte cujo sentido Caio nos revela aos poucos através de longos corredores, contatos difíceis, gestos repetidos, silêncios recorrentes e, principalmente, num profundo e instantâneo entendimento entre desconhecidos, cuja coreografia é encenada no conto "O dia em que Júpiter encontrou Saturno". Livro afora, multiplicam-se esses momentos mínimos de encontros e dispersões cujo eixo é o gosto renitente de um certo mofo que se espalha no ar. Em *background*, o som de John Lennon e Paul McCartney em "Strawberry Fields Forever".

Não há dúvida de que Caio fala da crise da contracultura como projeto existencial e político. Do resgate sofrido pela utopia de um mundo alternativo centrado na recusa selvagem da racionalidade e resgatado pelos princípios do prazer e pela realidade espontânea do aqui e agora. Em *Morangos mofados* a viagem da contracultura é refeita e checada em seu ponto nevrálgico: a questão da eficácia do seu "sonho-projeto". Como diz o personagem em "Transformações": "Alguma coisa explodiu, partida em cacos. A partir de então, tudo ficou ainda mais complicado. E mais real". O que absolutamente não impede que o autor conserve o "direito adquirido" da percepção plástica e sensorial própria da *trip* da contracultura, percepção que informa mesmo os contos que não se referem diretamente a "velhas histórias coloridas", como "Sargento Garcia", "Aqueles dois" e "Terça-feira gorda".

Mas, insisto, a originalidade do seu relato nasce do partido que toma como autor e personagem. Através da aparente isenção no recorte de situações e sentimentos, na maior parte dos casos engendrado por uma sensibilíssima acuidade visual (e muitas vezes musical), cresce e se refaz a história de uma geração de "sobreviventes" (que dão nome ao conto-chave do livro). Aqueles sobreviventes "vagamente sagrados" de Marx, Marcuse, Reich, Castañeda, Laing: "[...] bolsas na Sorbonne, chás com Simone e Jean-Paul nos 50 em Paris, 60 em Londres ouvindo *here comes the sun here comes the sun little darling*, 70 em Nova York dançando *disco music* no Studio 54, 80 a gente aqui mastigando esta coisa porca sem conseguir engolir nem cuspir fora nem esquecer esse azedo na boca".

No conto-título do livro, uma última e inútil tentativa de socorrer John Lennon, um certo adeus às fantasias apocalípticas e, sobretudo, a clareza quanto à urgência de um novo projeto (sonho) que inclui um acerto de contas com o real.

Cronologia

1948 12 DE SETEMBRO — Sob o signo de Virgem, com ascendente em Escorpião e Lua em Capricórnio, Caio Fernando Loureiro de Abreu nasce às 8h15 da manhã em Santiago do Boqueirão, atual Santiago, no oeste do Rio Grande do Sul, a 450 km de Porto Alegre. Seu pai, Zaél Meneses de Abreu, sargento de cavalaria do Exército, é nativo da cidade. Nair Ferreira Loureiro, sua mãe, é professora primária, de família tradicional de estancieiros de Itaqui (RS). É o primeiro de cinco filhos. Depois virão José Cláudio (Gringo), Luiz Felipe, Márcia e Cláudia.

1954 Começa a escrever ficções com a história em quadrinhos de Lili Terremoto, uma menina que quer fugir de casa. Leitor precoce, nas prateleiras de livros dos pais encontra Machado de Assis, Erico Verissimo, Monteiro Lobato, Charles Dickens, Guy de Maupassant, D. H. Lawrence e Karl May.

1962 Vence um concurso literário escolar com o pequeno romance *A maldição dos Saint-Marie*, recolhido em *Ovelhas negras* (1995).

1964 Muda-se para a capital gaúcha para cursar o secundário no Instituto Porto Alegre, um internato particular.

1966 NOVEMBRO — Publica na revista *Claudia*, da editora Abril, o conto "O príncipe Sapo", enviado meses antes à editora Carmen da Silva, responsável pela seção A Arte de Ser Mulher da revista.

1967 MARÇO — Ingressa no curso de letras da URGS (atual UFRGS), mas tranca a matrícula meses depois. Também frequenta o curso de artes dramáticas.

1968 No início do ano, muda-se para São Paulo, onde integra a primeira equipe de repórteres da revista *Veja*. Também trabalha como redator de fascículos da editora Abril.
6 DE JANEIRO — Publica o conto "Os cavalos brancos de Napoleão" (*Inventário do irremediável*) no *Correio do Povo*. No mesmo jornal sairão "Metais alcalinos" (1969), "Ponto de fuga" (1970), "Apeiron" (1970), "Réquiem por um fugitivo" (1970) e "Triângulo amoroso: variação sobre o tema" (1970), de *Inventário do irremediável*; "Mas apenas e antigamente guirlandas sobre o poço" (1971), de *Ovelhas negras*; e "Retratos" (1972), de *O ovo apunhalado*.
MARÇO — O volume de contos *Três tempos mortos* recebe menção honrosa no prêmio José Lins do Rego, da Livraria José Olympio Editora. Os originais do livro se perdem.
DEZEMBRO — Com a decretação do AI-5, refugia-se durante alguns meses na Casa do Sol, sítio da poeta Hilda Hilst, sua amiga, em Campinas (SP), depois de se tornar alvo do Dops. Durante esse período, escreve a maior

parte dos contos de *Inventário do irremediável*.
Conclui *Limite branco*, iniciado dois anos antes.

1969 No início do ano, é demitido da editora Abril.
ABRIL — Volta a morar em Porto Alegre e a frequentar o curso de letras.
25 DE MAIO — O conto "Morte segunda", de *Inventário do irremediável*, aparece no paulistano *Diário de Notícias*, ilustrado por Maria Lídia Magliani.
NOVEMBRO — Vence o prêmio Fernando Chinaglia da União Brasileira de Escritores (UBE) para autores estreantes com *Inventário do irremediável*, pelo qual recebe mil cruzeiros novos (cerca de R$ 6 mil). O conto "O ovo" (*Inventário do irremediável*) recebe menção honrosa no prêmio Henry Miller, da editora Record.
8 DE NOVEMBRO — "Por artes e prestígio de Hilda", o conto "A visita", escrito na Casa do Sol, sai no Suplemento Literário de *O Estado de S. Paulo*. O texto será recolhido em *Ovelhas negras*.

1970 3 DE MAIO — Assina sua primeira crítica de cinema: "*Midnight Cowboy* ou a pseudocontestação", no *Correio do Povo*.
26 DE MAIO — Lançamento de *Roda de fogo: 12 gaúchos contam*, antologia de contos organizada por Carlos Jorge Appel, da editora porto-alegrense Movimento. É sua estreia em livro. Contribui com "A modificação" e "O poço" (*Pedras de Calcutá*). Moacyr Scliar e João Gilberto Noll também participam do volume.
30 DE MAIO — Estreia no Suplemento Literário Minas Gerais com "Sarau", de *O ovo apunhalado*. O mesmo veículo publicará os contos "Breve história de peixes" (1970), "Carta para além do muro" (1971), "Visita" (1973) e "London, London ou Ajax, brush and rubbish" (1974); e os poemas "Press to open" (1974), "Oriente" (1975).
3 DE SETEMBRO — Lançamento de *Inventário do irremediável* pela editora Movimento, na livraria Coletânea de Porto Alegre, de seu amigo e incentivador Arnaldo Campos, com apresentação de Madalena Wagner. Cursa direção teatral no Centro de Arte Dramática da UFRGS.
Ao longo da década de 1970, colabora em órgãos da imprensa alternativa como *Exemplar* (RS), *Opinião* (RJ), *Movimento* (RJ), *Versus* (SP), *Ficção* (RJ), *Inéditos* (MG), *Paralelo* (RS) e *Escrita* (SP).

1971 Muda-se para o Rio de Janeiro no início do ano. Reside em Santa Teresa, numa casa convertida em pequena comunidade hippie. Depois mora em Botafogo, e em seguida no Leme, com os amigos Henrique e Vera Antoun. Trabalha como pesquisador e redator das revistas *Manchete* e *Pais & Filhos*, da Bloch Editores.
29 DE JANEIRO — Lançamento de *Limite branco* pela editora Expressão e Cultura, do Rio de Janeiro, com orelha assinada por Flávio Moreira da Costa.
DEZEMBRO — É preso por porte de maconha num flagrante forjado. Apanha da polícia. Solto da cadeia por influência de Adolfo Bloch, seu patrão, é demitido e volta a morar com os pais, em Porto Alegre.

1972 23 DE JUNHO — Participa como ator de uma montagem adaptada de *Antígona*, de Sófocles, durante a inauguração de uma butique homônima em Porto Alegre, sob a direção de Irene Brietzke. Ao longo da década de 1970 atua com o grupo Província em peças como *The black grove*,

The last moment e *Serafim fim fim*, com a qual excursiona pelo interior gaúcho fazendo o papel de Batman, ao lado de Luiz Arthur Nunes, José de Abreu e Suzana Saldanha.

DEZEMBRO — O conto "Visita" (*O ovo apunhalado*) recebe o primeiro prêmio do Instituto Estadual do Livro do Rio Grande do Sul (IEL), de 5 mil cruzeiros (cerca de R$ 2,5 mil).

3 DE DEZEMBRO — Publica "A gravata" (*O ovo apunhalado*) na Revista ZH, encarte cultural do jornal *Zero Hora*, de Porto Alegre. Ainda nessa revista sairão "A margarida enlatada" (1972), do mesmo livro, e "Uma história confusa" (1974).

24 DE DEZEMBRO — "Faço ioga, estudo astrologia, quiromancia, numerologia, sou rosa-cruz... Minha maior ambição é ser um grande mago. A hora está certa: estamos em pleno despertar dos mágicos" (de um depoimento à revista ZH).

Trabalha como copidesque em *Zero Hora*. Na redação, conhece a amiga Graça Medeiros. Também atua como correspondente do *Suplemento Literário Minas Gerais*.

1973 28 DE ABRIL — Viaja para a Europa.

9 DE MAIO — *O ovo apunhalado* recebe menção honrosa do Prêmio Nacional de Ficção, atribuído pelo Instituto Nacional do Livro, do Ministério da Educação.

MAIO — Trabalha como garçom e lavador de pratos num bar do centro de Estocolmo.

SETEMBRO — Muda-se para Londres depois de passar pela Bélgica e pela Holanda. Na capital britânica, arranja empregos de faxineiro, lixeiro e modelo vivo, entre outros trabalhos temporários.

1974 4 DE FEVEREIRO — Passa a noite detido numa delegacia de Earl's Court por furtar livros com um amigo numa livraria da Kensington High Street: os dois volumes da biografia de Virginia Woolf por Quentin Bell. Paga trinta libras de multa.

ABRIL — Escreve em carta a Vera Antoun, com quem cogitara se casar: "tenho um componente homossexual muito forte. Até hoje, minhas relações heterossexuais sempre foram, sei lá, meio idiotas — porque, realmente, [...] o corpo feminino é uma coisa que não consegue me entusiasmar. Nunca fui exclusivamente homossexual ou exclusivamente heterossexual — creio que nunca serei".

29 DE MAIO — Volta ao Brasil e à casa dos pais, em Porto Alegre.

1975 8 DE MARÇO — O conto "A noite do dia em que Urano entrou em Escorpião" é publicado na *Folha da Manhã*, de Porto Alegre. Em *Morangos mofados* (1982), o título mudará para "O dia em que Urano entrou em Escorpião". No mesmo jornal publicará "Metâmeros" e "Antípodas" (1977).

JUNHO — Lançamento da antologia *Teia*, pela editora Lume de Porto Alegre, com oito contistas gaúchos, da qual participa com dois textos: "Recuerdos de Ypacaraí" (*Pedras de Calcutá*) e "Transventuras de Baby Devil, o anjo motoqueiro".

15 DE SETEMBRO — "Paris não é uma festa" (*Pedras de Calcutá*) aparece em *Movimento*.

NOVEMBRO — Lançamento de *O ovo apunhalado* (contos) em coedição da editora Globo e do IEL, com prefácio de Lygia Fagundes Telles, sua amiga e "fada madrinha". A direção do IEL censura três contos, inclusive "Triângulo em

cravo e flauta doce", escrito no Rio, em 1971, e publicado na revista *Ficção* em 1978; e "Mas apenas e antigamente guirlandas sobre o poço". *O ovo apunhalado* é indicado pela revista *Veja* como um dos melhores livros do ano.
É preso e torturado durante uma viagem com amigos a Garopaba (SC), para fornecer informações sobre a militância política de Graça Medeiros. A experiência origina o conto "Garopaba mon amour" (*Pedras de Calcutá*). Começa a frequentar sessões de psicoterapia.

1976 No primeiro semestre, atua na peça *Sarau das nove às onze*, com o grupo Província, em Porto Alegre. Escreve o texto em parceria com Luiz Arthur Nunes.
JULHO — O conto "Até oito, a minha polpa macia" (*Pedras de Calcutá*) aparece em *Inéditos*.
SETEMBRO — Participa com "O inimigo secreto" (*Pedras de Calcutá*) da antologia *Assim escrevem os gaúchos*, da paulistana Alfa-Ômega, organizada pelo crítico Janer Cristaldo. Começa a assinar críticas teatrais e crônicas culturais numa coluna da *Folha da Manhã*, de Porto Alegre. A colaboração se estende até o final de 1977.
NOVEMBRO — A peça *Pode ser que seja só o leiteiro lá fora* recebe o prêmio de Leitura Pública no VII Concurso de Dramaturgia Brasileira, promovido pelo Serviço Nacional de Teatro (SNT). O texto é proibido pela Censura e será montado somente em 1983.
Participa da antologia *Cinco autores apresentam dez novos*, da editora Sulina, com o conto "Aconteceu na praça XV", de *Pedras de Calcutá*. Integra *Cinco contistas*, antologia editada pela Assembleia Legislativa gaúcha, com "Holocausto" (*Pedras de Calcutá*), "London, London ou ajax, brush and rubbish", "Encantamento", "Do outro lado do muro", "O sótão" e "O caminho do dever". Divide apartamento com Luiz Arthur Nunes no centro de Porto Alegre.

1977 19 DE MARÇO — O Suplemento da *Tribuna da Imprensa* (RJ) publica "Joãozinho & Mariazinha" (*Pedras de Calcutá*).
ABRIL — Integra a antologia *Histórias de um novo tempo*, da carioca Codecri, editora de *O Pasquim*. O livro, que vende 30 mil exemplares em poucos meses, traz os contos "Sim, ele deve ter um ascendente em Peixes" e "Divagações de uma marquesa" (*Pedras de Calcutá*).
11 DE NOVEMBRO — Lançamento de *Pedras de Calcutá* (contos), pela Alfa-Ômega, na Feira do Livro de Porto Alegre. Inspirado por um poema de Mário Quintana, é "quase um livro de horror", como explica a *Zero Hora*.
OUTUBRO — O conto "Joãozinho & Mariazinha" (*Pedras de Calcultá*) é encenado por Luiz Arthur Nunes no espetáculo *deColagem*, com o grupo Seraphim, de Porto Alegre. Com o conto "Zoológico blues", de *Pedras de Calcutá*, participa de *Vício da palavra*, antologia de 26 autores organizada por Valdir Zwetsch. O livro sai pelas Edições Cooperativas Garnizé, de São Paulo. Reside numa casa de madeira na rua Chile, no bairro porto-alegrense de Petrópolis.

1978 Em meados do ano, volta a morar em São Paulo, onde trabalha como redator de *Pop*, revista jovem da Abril, e colabora como freelancer para a *Nova*. Inicialmente mora na rua Capote Valente com a amiga Maria Rosa Fonseca. Mais tarde, divide apartamento com Celso Curi, amigo e ex-namorado, na rua Cristiano Viana, em Pinheiros.

Participa do volume 1 da *Antologia da literatura rio-grandense contemporânea*, título didático da gaúcha L&PM, com organização de Antônio Hohlfeldt.

1979 23 DE JUNHO — Sua peça infantil em um ato *A comunidade do arco-íris* estreia em Porto Alegre com o grupo Província e direção de Suzana Saldanha. A peça fica sete meses em cartaz.
Trabalha como editor de texto da *Nova*, além de escrever fascículos culturais da Abril. Assina resenhas literárias para a *Veja*.

1980 MARÇO OU ABRIL — Muda-se para uma casa de vila na rua Melo Alves, no Jardim Paulista.
Continua escrevendo para revistas da Abril.
Nos anos 1980 e 1990, o escritor reformula e reedita a maior parte de sua obra.

1981 15 DE JULHO — "Além do ponto" (*Morangos mofados*) aparece em *1º Toque*, boletim informativo da editora Brasiliense.
NOVEMBRO — Assume o cargo de editor da revista *Leia Livros*, da Brasiliense. A colaboração termina em junho do ano seguinte.
Demite-se da *Nova* para terminar *Morangos mofados*.

1982 JANEIRO — Desliga-se da *Veja* em protesto contra a cobertura da morte de Elis Regina, que considera sensacionalista.
MAIO — Lançamento de *Morangos mofados* pela Brasiliense. Sucesso instantâneo, o volume tem oito edições em cinco anos.
Revisa *Inventário do irremediável* para relançá-lo pela Brasiliense, mas o livro acaba não sendo publicado.
Depois de dividir a casa da Melo Alves com os amigos Orlando Bernardes e Jacqueline Cantore, mora sozinho com sua gata Zelda Fitzgerald.

1983 MAIO — Muda-se para o Rio de Janeiro, onde escreve na revista *IstoÉ*, assinando textos culturais. A colaboração dura até 1984. Hospeda-se num hotel na rua Alexandrino Alves, em Santa Teresa.
Estreita amizade com Ana Cristina Cesar, "minha grande interlocutora, amiga e cúmplice".
JUNHO — Estreia no Centro Cultural São Paulo uma adaptação de contos de *Morangos mofados*, com o grupo Quadricômico e direção de seu amigo Paulo Yutaka.
AGOSTO — O grupo Descascando o Abacaxi estreia *Pode ser que seja só o leiteiro lá fora* em Porto Alegre, com direção de Luciano Alabarse.
SETEMBRO — Escreve o roteiro do curta *Aqueles dois*, baseado no conto homônimo de *Morangos mofados*. Com direção de Sérgio Amon, o filme estreará em 1985.
OUTUBRO — Publica *Triângulo das águas* pela Nova Fronteira.
NOVEMBRO — Uma adaptação teatral de *Morangos mofados* pelo grupo Asas do Coração estreia no Rio, com direção de Nara de Abreu.

1984 MAIO — Volta a residir em São Paulo, no bairro de Moema.
JUNHO — Viaja a Porto Alegre para a estreia de *Reunião de família*, sua adaptação para o palco do romance homônimo de Lya Luft, com direção de Luciano Alabarse. Em Santiago, recebe o título de Santiaguense Ilustre, conferido pela Câmara da cidade natal.
AGOSTO — Começa a colaborar na revista *Gallery Around*, publicação da casa noturna Gallery.

OUTUBRO — *Triângulo das águas* vence o prêmio Jabuti da Câmara Brasileira do Livro, na categoria conto.
Escreve a apresentação de *Sonhos de Bunker Hill*, de John Fante, e faz revisões para a Brasiliense.
Escreve o roteiro de *Romance*, longa-metragem de Sérgio Bianchi estreado em 1988, além de roteiros de episódios de *Joana Repórter*, da TV Globo, estrelada por Regina Duarte, e *Ronda*, série sobre São Paulo da TV Manchete.
Lançada a segunda edição de *O ovo apunhalado*, com texto revisto, pela editora Salamandra, do Rio de Janeiro, mesma editora de *Limite branco*.

1985 JANEIRO — Muda-se para um apartamento na Bela Vista, que divide com o cineasta Sérgio Bianchi. Seu conto "Uma praiazinha de areia bem clara, ali, na beira da sanga" é publicado na antologia *Contos pirandellianos: sete autores à procura de um bar* (Brasiliense), em homenagem ao bar Pirandello, em São Paulo, mais tarde incluído em *Os dragões não conhecem o paraíso* (1988).
MARÇO — Fecha contrato com a Brasiliense pelo romance *Onde andará Dulce Veiga?*. O livro será publicado pela Companhia das Letras em 1990.
DEZEMBRO — Publica "Os sapatinhos vermelhos" (*Os dragões não conhecem o paraíso*) na antologia *Espelho mágico: contos de contos infantis*, organizada por Julieta de Godoy Ladeire, pela Guanabara (RJ).
Trabalha na revista *A-Z*, sucessora da *Around*, até 1986.

1986 ABRIL — *O Estado de S. Paulo* lança o Caderno 2 e convida o escritor a integrar sua equipe. Escreve uma coluna semanal de crônicas e crítica literária. Permanece no jornal até 1990.
Muda-se para um apartamento na rua Haddock Lobo.
Escreve o prefácio de *Esta valsa é minha*, de Zelda Fitzgerald, lançado pela Companhia das Letras.

1987-8 MARÇO — Inicia nova colaboração na revista *A-Z*, agora como redator-chefe.
23 DE MARÇO — Lançamento de *Os dragões não conhecem o paraíso* pela Companhia das Letras, vencedor do prêmio Jabuti em 1989.
MAIO — É processado por difamação pelo prefeito de São Paulo, Jânio Quadros. Numa crônica no *Estadão* de outubro de 1987, o escritor sugerira o "internamento imediato" de Jânio para "uma boa faxina mental". Estreia de *Romance*, de Sérgio Bianchi, com roteiro escrito por Caio.
AGOSTO — Uma crítica elogiosa a *Os dragões...*, por John Gledson, no *Times* de Londres, alavanca a carreira internacional do escritor, que será traduzido para inglês, francês, italiano, holandês e alemão, entre outras línguas.
O IEL lança o fascículo biobibliográfico *Caio Fernando Abreu*, volume 19 da coleção Autores Gaúchos. Sai a coletânea de contos *Mel & girassóis*, pela porto-alegrense Mercado Aberto, com organização de Regina Zilbermann.
26 DE AGOSTO — Estreia no Rio *A maldição do Vale Negro*, "melodrama" em um ato escrito com Luiz Arthur Nunes, inspirado no romance de juventude *A maldição dos Saint-Marie*.
DEZEMBRO — Estreia no Rio de Janeiro o monólogo *Dama da noite*, baseado no conto homônimo de *Os dragões não conhecem o paraíso*, com adaptação e direção de seu amigo Gilberto Gawronski, que também faz o papel-título. A peça é apresentada em São Paulo, Porto Alegre e Londres em 1989.
O IEL lança *A maldição do Vale Negro*.

1989 ABRIL — Publica seu único livro infantil, *As frangas*, pela editora Globo do Rio de Janeiro. O volume tem capa e ilustrações de Rui de Oliveira.
OUTUBRO — Às vésperas do segundo turno das eleições presidenciais, escreve para o *Jornal do Brasil* o conto "O escolhido", sobre Fernando Collor de Mello. A direção do jornal recusa o texto por considerá-lo "altamente ofensivo". Semanas depois o texto sai no jornal alternativo *Verve*, do Rio de Janeiro.
17 DE OUTUBRO — Divide com Luiz Arthur Nunes o prêmio Molière de melhor autor teatral de 1988 por *A maldição do Vale Negro*.
Escreve os contos "Angie" (inédito) e "Sob o céu de Saigon" — "talvez a história mais paulistana que escrevi", recolhido em *Ovelhas negras*.

1990 FEVEREIRO — Começa a ministrar um laboratório de criação literária de três meses de duração na Oficina Cultural Oswald de Andrade, em São Paulo.
MARÇO — Dá aulas num curso de formação de atores do teatro da PUC-SP (Tuca).
ABRIL — Gilberto Gawronski dirige no Rio uma adaptação de "Uma história de borboletas" (*Os dragões não conhecem o paraíso*).
AGOSTO — Publicação do romance *Onde andará Dulce Veiga?* pela Companhia das Letras. Em 1º de setembro, o escritor faz uma sessão de autógrafos na Bienal do Livro paulistana. O livro vende seis edições em doze meses.
NOVEMBRO — No fim do mês, viaja a Londres para o lançamento de *Dragons Don't Go to Heaven*, sua primeira publicação no exterior. Permanece na capital inglesa durante alguns meses.

1991 JULHO — Encerra a colaboração na revista *Qualis*, de música clássica, editada por Paula Dip, iniciada meses antes.
Faz palestras e ministra oficinas literárias em diversas cidades brasileiras. Saem as segundas edições de *Os dragões não conhecem o paraíso* e *Triângulo das águas* (Siciliano).
Sai em Paris a versão francesa de *Os dragões não conhecem o paraíso*.

1992 NOVEMBRO — Viaja à França como bolsista da Maison des Écrivains Étrangers, em Saint-Nazaire, que já distinguira Ricardo Piglia e Reinaldo Arenas. Como resultado da experiência de dois meses na cidade portuária escreve o poema "Sous l'escorpion" e a novela *Bem longe de Marienbad* (*Estranhos estrangeiros*, 1996). Também grava um documentário para a Maison.
Assina críticas literárias na *Playboy*.

1993 ABRIL — A Globo publica sua tradução de *A balada do café triste e outras histórias*, de Carson McCullers.
JUNHO E JULHO — Lança na Itália a tradução de *Onde andará Dulce Veiga?*.
30 DE JULHO — Volta a morar em São Paulo, num flat na rua Frei Caneca, na Bela Vista.
AGOSTO — Volta a escrever no *Estadão*.
Faz revisões de traduções.

1994 FEVEREIRO — Escreve a peça em ato único *O homem e a mancha*, "livre releitura" de *Dom Quixote*.
MARÇO — Viaja à França para lançar a tradução francesa de *Dulce Veiga*, que será indicado ao prêmio Laure-Bataillon de melhor romance estrangeiro, da Maison des Écrivains Étrangers. Também lança a antologia de contos *L'Autre voix* e a novela *Bien loin de Marienbad*, em edição bilíngue.

JULHO-AGOSTO — Debilitado por infecções intermitentes, resolve fazer "O Teste" de HIV, que dá positivo. Tenta se matar, mas é contido pelo amigo Gil Veloso (seu secretário informal e "anjo da guarda"). Interna-se no Hospital Emílio Ribas, em São Paulo, onde passa 27 dias. A experiência dá origem a "Depois de agosto" (*Ovelhas negras*).
21 DE AGOSTO — Na crônica "Primeira carta para além do muro", em sua coluna no *Estado de S. Paulo*, revela que é portador do vírus HIV. Seguem-se duas "cartas" em que trata mais abertamente do assunto. "A única coisa que posso fazer é escrever."
SETEMBRO — Volta a morar em Porto Alegre, na casa dos pais no bairro Menino Deus. Amigos de São Paulo o presenteiam com um laptop, seu primeiro computador. Até então, sempre escrevera à máquina. Inicia nova colaboração em *Zero Hora*.
4 DE OUTUBRO — Viaja à Alemanha para lançar *Dulce Veiga* na Feira do Livro de Frankfurt, que tem o Brasil como país tema.
O grupo Deu Palla de Belo Horizonte encena uma adaptação para o palco de *Os dragões não conhecem o paraíso*. Adaptação e direção de Kalluh Araújo.

1995

MAIO — Estreia em São Paulo a peça *À beira do mar aberto*, baseada em contos adaptados pelo autor, com direção de Gilberto Gawronski.
31 DE MAIO — Publicação de *Ovelhas negras*, "espécie de biografia ficcional" com 25 textos, entre inéditos e guardados, escritos entre 1962 e 1995, pela editora Sulina, de Porto Alegre.
SETEMBRO — A peça *Pela noite*, adaptada da novela homônima (*Triângulo das águas*), estreia em Porto Alegre com direção de Renato Farias. Conclui a reescrita de *Inventário do irremediável* (agora com a grafia "ir-remediável"), eliminando oito contos.
27 DE OUTUBRO — Como patrono da XLI Feira do Livro de Porto Alegre, discursa na abertura do evento.
NOVEMBRO — Sua tradução de *Assim vivemos agora*, de Susan Sontag, é lançada pela Companhia das Letras. Doa à Fundação Casa de Rui Barbosa parte de sua correspondência passiva.
31 DE DEZEMBRO — Publica sua última coluna no *Estado de S. Paulo*.
Viaja a Santiago pela última vez.
Organiza dispersos e inéditos para futura publicação.
A Companhia das Letras lança edições revistas de *Pedras de Calcutá* e *Morangos mofados*.
Publicada a tradução italiana de *Bem longe de Marienbad*.

1996

JANEIRO — *Ovelhas negras* recebe o prêmio Jabuti de melhor livro de contos de 1995.
25 DE FEVEREIRO — Às 13h15, morre em Porto Alegre de falência múltipla de órgãos, depois de vinte dias internado com pneumonia. É enterrado no cemitério São Miguel e Almas.
JULHO — A Companhia das Letras publica *Estranhos estrangeiros*, que inclui "Ao simulacro da imagerie", "Bem longe de Marienbad", "London, London" e "Pela noite". Publicação de *Pequenas epifanias*, seleção de textos veiculados na imprensa, com organização de Gil Veloso, pela editora Sulina.
AGOSTO — A Sulina publica a nova versão de *Inventário do ir-remediável*, com capa de Maria Lídia Magliani. *O homem e a mancha* estreia em Porto Alegre, dirigida por Luiz Arthur Nunes, com Marcos Breda.

1997	Publicação de *Teatro completo*, em coedição Sulina/Instituto Estadual do Livro.
2002	Publicação de *Caio Fernando Abreu: cartas*, com organização de Italo Moriconi, pela carioca Aeroplano.
2005-6	A editora Agir publica os três volumes da série *Caio 3D*, seleção abrangente de sua obra entre as décadas 1970-90, com textos revisados pelo autor e vários inéditos.
2008	Lançamento do longa *Onde andará Dulce Veiga?*, com direção de Guilherme de Almeida Prado.
2012	Publicação de *A vida gritando nos contos* pela Nova Fronteira, seleção de crônicas inéditas organizada por Italo Moriconi; e, pela Record, de *Poesias nunca publicadas de Caio Fernando Abreu*, organização de Letícia Chaplin e Márcia de Lima e Silva.

FONTES

ABREU, Caio Fernando. *Caio Fernando Abreu: o essencial da década de 1970*. Rio de Janeiro: Nova Fronteira, 2014.

_____. *Caio Fernando Abreu: o essencial da década de 1980*. Rio de Janeiro: Nova Fronteira, 2014.

_____. *Caio Fernando Abreu: o essencial da década de 1990*. Rio de Janeiro: Nova Fronteira, 2014.

CALLEGARI, Jeanne. *Caio Fernando Abreu: Inventário de um escritor irremediável*. São Paulo: Seoman, 2008.

DIP, Paula. *Para sempre teu, Caio F.: Cartas, conversas, memórias de Caio Fernando Abreu*. Rio de Janeiro: Record, 2014.

MORICONI, Italo (Org.). *Caio Fernando Abreu: cartas*. e-galáxia, 2016.

Jornais e revistas da Hemeroteca Digital Brasileira. Disponível em: <http://bndigital.bn.gov.br/hemeroteca-digital/>. Acesso em: 24 abr. 2018.

Manuscritos, cartas, recortes e documentos da coleção Caio Fernando Abreu no Delfos — Espaço de Documentação e Memória Cultural da PUCRS. Disponível em: <http://delfosdigital.pucrs.br/dspace/handle/delfos/819>. Acesso em: 24 abr. 2018.

1ª EDIÇÃO [2018] 4 reimpressões

ESTA OBRA FOI COMPOSTA PELA SPRESS EM SWIFT E
IMPRESSA EM OSFETE PELA LIS GRÁFICA SOBRE PAPEL PÓLEN DA
SUZANO S.A. PARA EDITORA SCHWARCZ EM JUNHO DE 2024

A marca FSC® é a garantia de que a madeira utilizada na fabricação do papel deste livro provém de florestas que foram gerenciadas de maneira ambientalmente correta, socialmente justa e economicamente viável, além de outras fontes de origem controlada.